中國古典文學基本叢書

樂府詩集

第二册

〔宋〕郭茂倩 編

中華書局

郊祀曲

六宗禋祀岳，五畤奠甘泉。整蹕游九闕，清籥開八壖。鏘鏘玉鑾動，溶溶金陣旋。〔一〕郊宮光已屬音注，升柴禮既虔。福饗靈之集，南岳固斯年。

〔一〕陣：《百三名家集》作「障」。

鈞天曲

《史記》曰：「趙簡子疾，五日不知人。居二日半。簡子寤，語大夫曰：『我之帝所甚樂，與百神遊于鈞天，廣樂九奏萬舞。』」鈞天之名，蓋取諸此。

高宴浩天臺，置酒迎風觀。笙鏞禮百神，鍾石動雲漢。瑤臺一作堂琴一作寳瑟驚，綺席舞衣散。威鳳來參差，玄鶴起一作去(流)〔凌〕亂。〔一〕已慶明庭樂，詎慚南風彈。〔二〕

〔一〕起(流)〔凌〕亂：《謝宣城詩集》卷二作「至凌亂」。

〔二〕詎慚：同上作「誰想」。

入朝曲

江南佳麗地，金陵帝王州。逶迤帶緑水，迢遞起朱樓。飛甍夾馳道，垂楊蔭御溝。凝笳翼高蓋，疊鼓送華輈。獻納雲臺表，功名良可收。

出藩曲

雲披紫微内，分組承明阿。飛艎游一作遡極浦，旌節去關河。眇眇蒼山色，沉沉遠一作寒水波。鐃音巴渝曲，簫管盛唐歌。〔一〕夫君邁遺德，〔二〕江漢仰清和。

〔一〕管：《詩紀》作「鼓」。

〔二〕遺：同上作「惟」。

校獵曲

凝霜冬十月，殺盛涼飇哀一作開。原澤曠千里，騰騎紛一作絡往來。平罝望烟合，烈火從風迴。殪獸華容浦，張樂荆山臺。虞人昔有諭，明明時戒哉。

從戎曲

選旅(亂)〔辭〕轘轅，〔一〕弭節赴一作趨河源。日起霜戈照，風迴連騎翻。紅塵朝夜合，黃(河)〔沙〕萬里昏。〔二〕寥戾清笳囀，蕭條邊馬煩。自勉輟耕願，征役去何言。

〔一〕(亂)〔辭〕：據《詩紀》改。

〔二〕(河)〔沙〕：據同上改。

送遠曲

北梁辭歡宴，南浦送佳人。方衢控龍馬，平路騁朱輪。瓊筵妙舞絶，桂席羽觴陳。白雲丘陵遠，山川時未因。一爲清吹激，潺湲傷別巾。〔一〕

〔一〕巾：《藝文》卷四二作「神」。

登山曲

天明開秀崿，瀾光媚碧堤。風盪飄鶯(辭)〔亂〕一作翻鶯行，〔一〕雲(華)〔行〕一作飛行芳樹低。〔二〕

暮春春服美，游駕凌一作躡丹一作石梯。升嶠既小魯，登巒且悵齊。王孫尚游衍，蕙草正萋萋。

〔一〕（辭）〔亂〕：據《詩紀》改。

〔二〕（華）〔行〕：據同上改。

泛水曲

玉露一作霜霑翠葉，金風鳴素枝。罷遊平樂苑，泛鷁昆明池。旌一作羽旗散容裔，簫管一作鼓吹參差。日晚厭遵渚，採菱贈清漪。百年如流水，寸心寧共知。

齊鼓吹曲

入朝曲〔一〕

唐·李白

金陵控海浦，緑水帶吴京。〔二〕鐃歌列騎吹，颯沓引公卿。槌鍾速嚴妝，伐鼓啟重城。天子憑玉案，〔三〕劍履若雲行。日出照萬户，簪裾爛明星。〔四〕朝罷沐浴閒，遨遊閬風亭。濟濟雙闕下，歡娱樂恩榮。

〔一〕入朝曲：蕭本《李太白詩》卷五作《鼓吹入朝曲》。
〔二〕緑水：同上作「渌水」。
〔三〕玉案：同上作「玉几」。
〔四〕簪裙：同上作「簪裾」。

送遠曲

張籍

戲馬臺南山簇簇，山邊飲酒歌別曲。行人醉後起登車，席上回樽勸僮僕。青天漫漫覆長路，遠遊無家安得住。願君到處自題名，他日知君從此去。

泛水曲

王建

載酒入烟浦，方舟泛緑波。子酌我復飲，子飲我還歌。蓮深微路通，峰曲幽氣多。閲芳無留瞬，弄桂不停柯。水上秋月鮮，西山碧峨峨。兹歡良可貴，誰復更來過。

梁鼓吹曲

梁・沈約

《隋書・樂志》曰：「梁高祖制鼓吹新歌十二曲：一曰《木紀謝》，二曰《賢首山》，三曰

《桐柏山》，四曰《道亡》，五曰《忱威》，六曰《漢東流》，七曰《鶴樓峻》，八曰《昏主恣淫慝》，九曰《石首局》，十曰《期運集》，十一曰《於穆》，十二曰《惟大梁》。」

木紀謝

《隋書·樂志》曰：「漢第一曲《朱鷺》，改爲《木紀謝》，言齊謝梁升也。」

木紀謝，火一作炎運昌。炳南陸，耀炎光。民去癸，鼎歸梁。鮫魚出，慶雲翔。韡五帝，軼三王。德無外，化溥將。仁蕩蕩，義湯湯。浸金石，達昊蒼。横四海，被八荒。舞干戚，垂衣裳。對天眷，坐巖廊。胤有錫，祚無疆。風教遠，禮容盛。感人神，宣舞詠。降繁祉，延嘉慶。

賢首山

《隋書·樂志》曰：「漢第二曲《思悲翁》，改爲《賢首山》，言武帝破魏軍於司部，肇王迹也。」

賢首山，險而峻。乘峴憑，臨胡陣。騁奇謀一作謨，奮卒徒。斷白馬，塞飛狐。殪日逐，殲骨都。刃谷蠡，馘林胡。草既潤，原亦塗。輪無反，幕有烏。掃殘孽，震戎逋。揚凱奏，展歡酬。詠《杕杜》，旋京吴。

桐柏山

《隋書・樂志》曰：「漢第三曲《艾如張》，改爲《桐柏山》，言武帝牧司，王業彌章也。」

桐柏山，淮之首。肇基帝迹，遂光區有。大震邊關，〔一〕殪獯醜。農既勸，民惟阜。穗充庭，稼盈畝。迨嘉辰，薦芳糗。納寒場，爲春酒。昭景福，介眉壽。天斯長，地斯久。化無極，功無朽。

〔一〕大：《藝文》卷四二無「大」字。

道亡

《隋書・樂志》曰：「漢第四曲《上之回》，改爲《道亡》，言東昏喪道，義師起樊、鄧也。」

道亡數極歸永元，悠悠兆庶盡含寃。沈河莫極皆無安，赴海誰授矯龍翰。自樊漢，仙波流水清且瀾，救此倒懸拯塗炭。誓師劉旅赫靈斷，率兹八百驅十亂。登我聖明由多難，〔一〕

長夜杳冥忽云旦。

〔一〕由：《詩紀》卷九六作「去」。

忼威〔一〕

《隋書·樂志》曰：「漢第五曲《擁離》，改爲《忼威》，言破加湖，元勳建也。」

忼威授律命蒼（光）〔兕〕一作鬼，〔二〕言薄加湖灌秋水。迴瀾瀄（泊）〔汩〕泛增雉，〔三〕爭河投岸掬盈指。犯刃嬰戈洞流矢，資此威一作盛烈齊文軌。

〔一〕忼：《藝文》卷四二作「抗」。

〔二〕（光）〔兕〕：據《詩紀》卷九六改。

〔三〕（泊）〔汩〕：據同上改。

漢東流

《隋書·樂志》曰：「漢第六曲《戰城南》，改爲《漢東流》，言義師克魯山城也。」

漢東流，江之汭。逆徒蜂聚，旌旗紛蔽。仰震威靈，乘高騁鋭。至仁解網，窮鳥入懷。因此龍躍，言登泰階。

鶴樓峻

《晉書・樂志》曰：「漢第七曲《巫山高》，改爲《鶴樓峻》，言平郢城，兵威無敵也。」

鶴樓峻，連翠微。因巖設險池永歸，脣亡齒懼薄言震。耀靈威，凶衆稽顙，天不能違。金湯無所用，功烈長巍巍。

昏主恣淫慝

《隋書・樂志》曰：「漢第八曲《上陵》，改爲《昏主恣淫慝》，言東昏政亂，武帝起義，平九江、姑熟，大破朱雀，伐罪弔民也。」

昏主恣淫慝，皆曰自昌盛。上仁矜億兆，誓師爲請命。既齊丹浦戰，又符甲子辰。龕難伐有罪，伐罪弔斯民。悠悠萬姓，〔一〕於此覩陽春。

〔一〕萬姓：《藝文》卷四二作「萬姓民」。

石首局

《隋書·樂志》曰：「漢第九曲《將進酒》，改爲《石首局》，言義師平京城，仍廢昏定大事也。」

石首局，北墉堙。新堞嚴，東壘峻。共表裏，遥相鎮。矢未飛，鼓方振。競銜璧，並輿櫬。酒池擾，象廊震。同伐謀，兼善陳。闢應和，掃煨燼。翦庶惡，靡餘胤。

期運集

《隋書·樂志》曰：「漢第十曲《有所思》，改爲《期運集》，言武帝膺籙受禪，德盛化遠也。」

期運集，惟皇膺一作應寶符。龍躍清漢渚，鳳起方一作南城隅。謳歌共適夏，獄訟兩違朱。二儀啟佳一作嘉祚，千載猶旦暮。舞蹈流帝功，金玉一作石昭王度。

於穆

《隋書·樂志》曰：「漢第十一曲《芳樹》，改爲《於穆》，言大梁闡運，君臣和樂，休祚方遠也。」

於穆君臣，君臣和以肅。關王道，定天保，樂均靈囿，宴同在鎬。前庭一作庭前懸鼓鐘，左右列笙鏞。纓佩俯仰，有則備禮容。翔振鷺，騁群龍。隆周何足擬，遠與唐比蹤。

惟大梁

《隋書·樂志》曰：「漢第十二曲《上邪》，改爲《惟大梁》，言梁德廣運，仁化洽也。」

惟大梁開運，受籙膺一作應圖。君八極一作天冠八極，冠帶被五都一本無冠字。四海並和會，排（開）〔闕〕疑塞無異塗。〔一〕

〔一〕排（開）〔闕〕：據毛刻本改。疑塞：當作「欵塞」。

隋凱樂歌辭

述帝德

於穆我后，睿哲欽明。膺天之命，載育群生。開元創曆，邁德垂聲。朝宗萬宇，祇事百靈。焕乎皇道，昭哉帝則。惠政滂流，仁風四塞。淮海未賓，江湖背德。運籌必勝，濯征斯克。

八荒霧卷，四表雲褰。雄圖盛略，邁後光前。寰區已泰，福祚方延。長歌凱樂，天子萬年。

述諸軍用命

帝德遠覃，天維宏布。功高雲天，聲隆《韶》《濩》。惟彼海隅，未從王度。皇赫斯怒，元戎啟路。桓桓猛將，赳赳英謨。攻如燎髪，戰似摧枯。救兹塗炭，克彼妖逋。廛清兩越，氣静三吴。鯨鯢已夷，封疆載闢。班馬蕭蕭，歸旌奕奕。雲臺表効，司勳紀績。業並山河，道固金石。

述天下太平

阪泉軒德，丹浦堯勳。始實以武，終乃以文。嘉樂聖主，大哉爲君。出師命將，廓定重氛。書軌既并，干戈是戢。弘風設教，政成人立。禮樂聿興，衣裳載緝。風雲自美，嘉祥爰集。皇皇聖政，穆穆神猷。牢籠虞、夏，度越姬、劉。日月比耀，天地同休。永清四海，長帝九州。

唐凱樂歌辭

《唐書·樂志》曰：「唐制，凡命將出征，有大功獻俘馘，其凱樂用鐃吹二部，樂器有笛篳篥簫笳鐃鼓歌七種，迭奏《破陣樂》等四曲：一《破陣樂》，二《應聖期》，三《賀聖歡》，四《君臣同慶樂》。初，太宗平東都，破宋金剛，其後蘇定方執賀魯，李勣平高麗，皆備軍容凱歌以入。而貞觀、顯慶、開元禮並無儀注。太常舊有《破陣樂》《應聖期》兩曲歌辭，至太和三年始具儀注，又補撰二曲爲四曲」云。

破陣樂

受律辭元首，相將討叛臣。咸歌《破陣樂》，共賞太平人。

應聖期

聖德期昌運，雍熙萬宇清。乾坤資化育，海嶽共休明。闢土欣耕稼，銷戈遂偃兵。殊方歌帝澤，執贄賀昇平。

賀聖歡

四海皇風被，千年德水清。戎衣更不著，今日告功成。

君臣同慶樂

主聖開昌曆，臣忠奉大猷。〔一〕君看偃革後，便是太平秋。

〔一〕奉：《舊唐書》作「奏」。

唐凱歌六首

唐·岑參

岑參《送封大夫出師西征序》曰：「天寶中，匈奴、回紇寇邊，踰花門，略金山，烟塵相連，侵軼海濱。天子於是授鉞常清，出師征之。及破播仙，奏捷獻凱，參乃作凱歌」云。按《唐書·封常清傳》曰：「開元末，達奚背叛，自黑山北向，西趣碎葉。其後常清破賊有功。天寶六年，又從高仙芝破小勃律。」不言播仙，疑史之闕文也。

漢將承恩西破戎，捷書先奏未央宫。天子預開麟閣待，衹今誰數貳師功。

官軍西出過樓蘭，營幕傍臨月窟寒。蒲海曉霜凝劍尾，〔一〕葱山夜雪撲旌竿。

鳴笳擂鼓擁回軍，〔二〕破國平蕃昔未聞。大夫鵲印摇邊月，天將龍旗掣海雲。〔三〕日落轅門鼓角鳴，千群面縛出蕃城。洗兵魚海雲迎陣，秣馬龍堆月照營。蕃軍遥見漢家營，滿谷連山遍哭聲。萬箭千刀一夜殺，平明流血浸空城。暮雨旌旗濕未乾，胡塵白草日光寒。〔四〕昨夜將軍連曉戰，蕃軍只見馬空鞍。

〔一〕劍：《全唐詩》卷一七注：「集作馬。」

〔二〕擂：同上注：「集作疊。」

〔三〕天：同上注：「集作大。」

〔四〕塵：同上注：「集作煙。」

唐鼓吹鐃歌

柳宗元

唐鼓吹鐃歌十二曲，柳宗元作以紀高祖、太宗功德及征伐勤勞之事：一曰《晉陽武》，二曰《獸之窮》，三曰《戰武牢》，四曰《涇水黄》，五曰《奔鯨沛》，六曰《苞枿》，七曰《河右平》，八曰《鐵山碎》，九曰《靖本邦》，十曰《吐谷渾》，十一曰《高昌》，十二曰《東蠻》。按此諸曲，史書不載，疑宗元私作而未嘗奏，或雖奏而未嘗用，故不被於歌，如何承天之造宋曲云。

晉陽武

《晉陽武》，言隋亂既極，唐師起晉陽，平姦豪，爲生人義主，以仁興武也。第一。

晉陽武，奮義威。煬之渝，德焉歸。氓畢屠，綏者誰。皇烈烈，專天機。號以仁，揚其旗。日之昇，九土晞。斥田圻，流洪輝。有其二，翼餘隋。斮梟鷙，連熊螭。枯以肉，勍者羸。后土蕩，玄穹彌。合之育，莽然施。惟德輔，慶無期。

《晉陽武》二十六句，句三字。

獸之窮

《獸之窮》，言李密自邙山之敗，其下皆貳。霸王之業，知天授在唐，遂歸於有道，享我爵命也。第二。

獸之窮，奔大麓。天厚黄德，狙獷服。甲之櫜弓，弭矢箙。皇旅靖，敵逾蹙。自亡其徒，匪予戮。屈聲猛，虔慄慄。縻以尺組，噉以秩。黎之陽，土茫茫。富兵戎，盈倉箱。乏者德，莫能享。驅豺兕，授我疆。

《獸之窮》二十一句，其十九句句三字，三句句四字。

戰武牢

《戰武牢》，言太宗師討王充，竇建德助逆，師奮擊武牢下擒之，遂降充也。第三。

戰武牢，動河朔。逆之助，圖掎角。怒鷇麛，抗喬嶽。翹萌牙，傲霜雹。王謀内定，申掌握。鋪施芟夷，二主縛。憚華戎，廓封略。命之曹，卑以斮。歸有德，唯先覺。

《戰武牢》十八句，其十六句句三字，二句句四字。

涇水黄

《涇水黄》，言薛舉據涇以死，其子仁杲尤勇以暴，師平之也。第四。

涇水黄，隴野茫。負太白，騰天狼。有鳥鷙立，羽翼張。鈎喙決前，鉅一作距趯傍。怒飛飢嘯，翾不可當。老雄死，子復良。巢岐飲渭，肆翱翔。頓地紘，提天綱。列缺掉幟，招摇耀鋩。鬼神來助，夢嘉祥。腦塗原野，魄飛揚。星辰復，恢一方。

《涇水黄》二十四句，其十五句句三字，九句句四字。

奔鯨沛

《奔鯨沛》，言輔氏憑江淮，竟東海，命將平之也。第五。

奔鯨沛，盪海垠。吐霓翳日，腥浮雲。帝怒下顧，哀墊昏。授以神柄，推元臣。手援天矛，截修鱗。披攘蒙霿，開海門。地平水靜，浮天根。羲和顯耀，乘清氛。赫炎溥暢，融大鈞。

《奔鯨沛》十八句，其十句句三字，八句句四字。

苞枿

《苞枿》，言梁之餘，保荆、衡、巴、巫，窮南越，良將取之，不以師也。第六。

苞枿黜矣，惟根之蟠。彌巴蔽荆，負南極以安。曰我舊梁氏，緝綏艱難。江漢之阻，都邑固以完。聖人作，神武用。有臣勇智，奮不以衆。投跡死地，謀猷縱。化敵爲家，慮則中。浩浩海裔，不威而同。係縲降王，定厥功。澶漫萬里，宣唐風。蠻夷九譯，咸來從。凱旋金奏，象形容。震赫萬國，罔不龔。

《苞枿》二十八句，其十六句句四字，三句句五字，九句句三字。

河右平

《河右平》，言李軌保河右，師臨之不克變，或執以降也。第七。

河右澶漫，頑爲之魁。王師如雷震，崑崙以頹。上聾下聰，驁不可迴。助讎抗有德，惟人之災。乃潰乃奮，執縛歸厥命。萬室蒙其仁，一夫則病。濡以鴻澤，皇之聖。威畏德懷，功以定。順之于理，物咸遂厥性。

《河右平》十八句，其十一句句四字，五句句五字，二句句三字。

鐵山碎

《鐵山碎》，言突厥之大，古夷狄莫强焉。師大破之，降其國，告于廟也。第八。

鐵山碎，大漠舒。二虜勁，連穹廬。背北海，專坤隅。歲來侵邊，或傅于都。天子命元帥，奮其雄圖。破定襄，降魁渠。窮竟窟宅，斥余吾。百蠻破膽，邊氓蘇。威武輝耀，明鬼區。利澤彌萬祀，功不可踰。官臣拜首，〔一〕惟帝之謨。

《鐵山碎》二十二句，其十一句句三字，九句句四字，二句句五字。

〔一〕首：《全唐詩》卷一七作「手」。

靖本邦

《靖本邦》，言劉武周敗裴寂，咸有晉地，太宗滅之也。第九。

本邦伊晉，惟時不靖。根柢之摇，枝葉攸病。守臣不任，勩于神聖。惟越之興，〔一〕翦焉則定。洪惟我理，式和以敬。群頑既夷，庶績咸正。皇謨載大，惟人之慶。

《靖本邦》十四句，句四字。

〔一〕越：《全唐詩》卷一七作「鉞」。

吐谷渾

《吐谷渾》，言李靖滅吐谷渾於西海上也。第十。

吐谷渾盛强，背四海以夸。歲侵擾我疆，退匿險且遐。帝謂神武師，往征靖皇家。烈烈旆其旗，熊虎雜龍蛇。王旅千萬人，銜枚默無譁。束刃踰山徼，張翼縱漠沙。一舉刈羶腥，尸骸積如麻。除惡務本根，況敢遺萌芽。洋洋西海水，威命窮天涯。係虜來王都，犒樂窮休嘉。登高望還師，竟野如春華。行者靡不歸，親戚歡要遮。凱旋獻清廟，萬國思無邪。

《吐谷渾》二十六句，句五字。

高昌

《高昌》，言李靖滅高昌也。第十一。

麴氏雄西北，别絶臣外區。既恃遠且險，縱傲不我虞。烈烈王者師，熊螭以爲徒。龍旂翻海浪，馹騎馳坤隅。賁育搏嬰兒，一掃不復餘。平沙際天極，但見黄雲驅。臣靖執長纓，智勇伏囚拘。文皇南面坐，夷狄千群趨。咸稱天子神，往古不得俱。獻號天可汗，以覆我國都。兵戎不交害，各保性與軀。

《高昌》二十二句，句五字。

東蠻

《東蠻》，言既克東蠻，群臣請圖蠻夷狀，如《周書·王會》也。第十二。

東蠻有謝氏，冠帶理海中。自言我異世，雖聖莫能通。王卒如飛翰，鵬鶱駭群龍。轟然自天墜，乃信神武功。繫虜君臣人，累累來自東。無思不服從，唐業如山崇。百辟拜稽首，咸願圖形容。如周《王會》書，永永傳無窮。睢盱萬狀乖，咿嗢九譯重。廣輪撫四海，浩浩知皇風。歌詩鐃鼓間，以壯我元戎。

《東蠻》二十二句，句五字。

樂府詩集卷第二十一

横吹曲辭一

横吹曲，其始亦謂之鼓吹，馬上奏之，蓋軍中之樂也。北狄諸國，皆馬上作樂，故自漢已來，北狄樂總歸鼓吹署。其後分爲二部，有簫笳者爲鼓吹，用之朝會、道路，亦以給賜。漢武帝時，南越七郡，皆給鼓吹是也。有鼓角者爲横吹，用之軍中，馬上所奏者是也。《晉書·樂志》曰：「横吹有鼓角，又有胡角。按周禮云『以鼖鼓鼓軍事』。舊説云，蚩尤氏帥魑魅，與黄帝戰於涿鹿，帝乃始命吹角爲龍鳴以禦之。其後魏武北征烏丸，越沙漠而軍士思歸，於是減爲（半）〔中〕鳴，〔一〕尤更悲矣。横吹有雙角，即胡樂也。漢博望侯張騫入西域，傳其法於西京，唯得《摩訶兜勒》一曲。李延年因胡曲更造新聲二十八解，乘輿以爲武樂，後漢以給邊將，和帝時萬人將軍得用之。魏、晉以來，二十八解不復具存，而世所用者有《黄鵠》等十曲。」其辭後亡。又有《關山月》等八曲，後世之所加也。後魏之世，有《簸邏迴歌》，其曲多可汗之辭，皆燕魏之際鮮卑歌，歌辭虜音，不可曉解，蓋大角曲也。又《古今樂録》有《梁鼓角横吹曲》，多叙慕容垂及姚泓時戰陣之事，其曲有《企喻》等歌三十六曲，樂府胡吹舊曲又有《隔谷》等歌三十曲，總六十六曲，未詳時用何篇也。自隋已後，始以横吹用之鹵簿，與鼓吹列爲四部，總謂之鼓吹，並以供大駕及皇太子、王公等。一曰棡鼓部，其樂器有棡鼓、金鉦、大鼓、小鼓、長鳴角、次鳴角、大角七種。棡鼓金鉦一曲，夜警用之。大鼓十五曲，小鼓九曲，大角七曲，其辭並本之鮮卑。二曰鐃鼓部，其樂器有歌、鼓、簫、笳四種，凡十二曲。三曰大横吹部，其樂器有角、節鼓、笛、簫、篳篥、笳、桃皮篳篥七種，凡二十九曲。四曰小横吹部，其樂器有角、笛、簫、篳篥、笳、桃皮篳篥六種，凡十二曲。夜警亦用之。唐制，太常鼓吹，令掌鼓吹。施用調習之，節以備鹵簿之儀，而分五部。一曰鼓吹部，其樂器如隋棡鼓部而無大角。棡鼓一曲十疊，大鼓十五曲，嚴用三曲，警用十二曲，金鉦無曲以爲鼓節。小鼓九曲，上馬用一曲，嚴警用八曲。長鳴一曲三聲，上馬、嚴警用之。中鳴一曲三聲，用與長鳴同。二曰羽葆部，其樂器如隋鐃鼓部而加錞于，凡十八曲。三曰鐃吹部，其樂器與隋鐃鼓部同，凡七曲。四曰大横吹部，其樂器與隋同，凡二十四曲。黄鍾角八曲，中吕宫二曲，中吕徵一曲，中吕商三曲，中吕羽四曲，中吕角四曲，無射二曲。五曰小横吹部，其樂器與隋同。其曲不見，疑同用大横吹曲也。凡大駕行幸，則夜警晨嚴。大駕夜警十二曲，中警七曲，晨嚴三通。皇太子夜警九曲，公卿已下夜警七曲，晨嚴並三通。夜警衆一曲，轉次而振也。

〔一〕〔半〕〔中〕鳴：據《晉書》改。

漢横吹曲一

《樂府解題》曰：「漢横吹曲，二十八解，李延年造。魏、晉已來，唯傳十曲：一曰《黄鵠》，二曰《隴頭》，三曰《出關》，四曰《入關》，五曰《出塞》，六曰《入塞》，七曰《折楊柳》，八曰《黄覃子》，九曰《赤之揚》，十曰《望行人》。後又有《關山月》《洛陽道》《長安道》《梅花落》《紫騮馬》《驄馬》《雨雪》《劉生》八曲，合十八曲。」〔一〕

〔一〕《樂苑》卷一二多以下數句：「其辭并亡，惟《出塞》一曲，諸本載云古辭，今列諸家擬者於後。」

隴頭

陳・後　主

一曰《隴頭水》。《通典》曰：「天水郡有大阪，名曰隴坻，亦曰隴山，即漢隴關也。」《三秦記》曰：「其坂九回，上者七日乃越，上有清水四注下，所謂隴頭水也。」

隴頭征戍客，寒多不識春。驚風起嘶馬，苦霧雜飛塵。投錢積石水，斂轡交河津。四面夕冰合，萬里望佳人。

同前

唐・張籍

隴頭已斷人不行，〔一〕胡騎夜入涼州城。漢家處處格鬬死，〔二〕一朝盡没隴西地。驅我邊人胡中去，散放牛羊食禾黍。去年中國養子孫，今着氈裘學胡語。誰能更使李輕車，收取涼州屬漢家。〔三〕

〔一〕已斷：《張司業詩集》卷七作「路斷」。

〔二〕漢家：同上作「漢兵」。

〔三〕收：同上作「重」。屬：《全唐詩》卷一八注：「集作入。」

隴頭吟

王維

長安少年遊俠客，夜上戍樓看太白。隴頭明月迥臨關，隴上行人夜吹笛。關西老將不勝愁，駐馬聽之雙淚流。身經大小百餘戰，麾下偏裨萬户侯。蘇武纔爲典屬國，節旄空盡海西頭。〔一〕

〔一〕空：《河岳英靈集》卷中、《全唐詩》卷一八注均作「落」。空盡：《英華》卷一二五注：「一作零落。」

同前

翁綬

隴水潺湲隴樹黃，征人隴上盡思鄉。馬嘶斜月朔風急，〔一〕雁過寒雲邊思長。殘月出林明劍戟，平沙隔水見牛羊。橫行俱足封侯者，〔二〕誰斬樓蘭獻未央。

〔一〕斜月：《全唐詩》卷一八作「斜日」，是。

〔二〕俱足：同上作「俱是」，是。

隴頭水

梁・元帝

銜悲別隴頭，關路漫悠悠。故鄉迷遠近，征人分去留。沙飛曉成幕，〔一〕海氣旦如樓。〔二〕欲識秦川處，隴水向東流。

〔一〕曉：《百三名家集》作「晚」。

〔二〕旦：《英華》卷一九八、《百三名家集》均作「夜」。

同前

劉孝威

從軍戍隴頭，隴水帶沙流。時觀胡騎飲，常爲漢國羞。釁妻成兩劍，殺子祀雙鉤。頓取樓蘭頸，〔一〕就解郅支裘。勿令如李廣一作李牧，〔二〕功遂不封侯。〔三〕

〔一〕頓取句：《英華》卷一九八作「將頓樓蘭膝」。
〔二〕李廣：同上作「李牧」。
〔三〕功遂句：《英華》作「功名遂不酬」。《詩紀》卷二五、《百三名家集》均作「功多遂不酬」。

同前

車　歔

隴頭征人別，隴水流聲咽。只爲識君恩，甘心從苦節。雪凍弓弦斷，風鼓旗竿折。獨有孤雄劍，龍泉字不滅。

同前二首

陳・後　主

塞外飛蓬征，隴頭流水鳴。漠處揚沙暗，波中燥葉輕。地風冰易厚，寒深溜轉清。登山一回顧，幽咽動邊情。

高隴多悲風，寒聲起夜叢。禽飛暗識路，鳥轉逐征蓬。落葉時驚沫，移沙屢擁空。回頭不見望，流水玉門東。

同前

徐陵

別塗聳千仞，離川懸百丈。攢荊夏不通，積雪冬難上。枝交隴底暗，石礙坡前響。〔一〕回首咸陽中，唯言夢時往。〔二〕

〔一〕坡前：《英華》卷一九八、《百三名家集》均作「波前」，似是。

〔二〕夢時往：《英華》作「往時夢」。

同前

顧野王

隴底望秦川，〔一〕迢遞隔風烟。蕭條落野樹，幽咽響流泉。瀚海波難息，〔二〕交河冰未堅。寧知蓋山水，逐節赴危絃。

〔一〕隴底：《英華》卷一九八作「隴頭」，是。

〔二〕難：同上作「將」。

同前　謝燮

隴阪望咸陽，征人慘思腸。咽流喧斷岸，遊沫聚飛梁。鳧分斂冰彩，虹飲照旗光。試聽鐃歌曲，唯吟《君馬黄》。

同前二首　張正見

隴頭鳴四注，征人逐貳師。羌笛含流咽，〔一〕胡笳雜水悲。湍高飛轉駃，澗淺蕩還遲。前旌去不見，〔二〕上路杳無期。

隴頭流水急，流急行難渡。遠入隗囂營，傍侵酒泉路。心交賜寶刀，小婦成紈袴。欲知別家久，戎衣今已故。

〔一〕含：《英華》卷一九八作「合」。

〔二〕旌：同上作「旗」。

同前二首　江總

隴頭萬里外，天崖四面絶。〔一〕人將蓬共轉，水與啼俱咽。驚湍自湧沸，古樹多摧折。傳聞博望侯，苦辛提漢節。〔二〕霧暗山中日，〔三〕風驚隴上秋。徒傷幽咽響，〔四〕不見東西流。無期從此別，更度幾年幽。遥聞玉關道，望入杳悠悠。〔五〕

〔一〕崖：《百三名家集》作「涯」，似是。

〔二〕苦辛提：《英華》卷一九八作「辛苦持」。注：持「一作題。」

〔三〕山中：同上作「川中」。

〔四〕幽：同上作「悲」。

〔五〕入：同上作「人」。

同前

唐·楊師道

隴頭秋月明，隴水帶關城。笳添離别曲，風送斷腸聲。映雪峰猶暗，乘冰馬屢驚。霧中寒雁至，沙上轉蓬輕。天山傳羽檄，漢地急徵兵。陣開都護道，劍聚伏波營。於兹覺無度，方共濯胡纓。

同前

盧照鄰

隴坂高無極，征人一望鄉。〔一〕關河別去水，沙塞斷歸腸。馬繫千年樹，旌懸九月霜。〔二〕從來共嗚咽，〔三〕皆是爲勤王。

〔一〕一望鄉：《英華》卷一九八作「望故鄉」。

〔二〕旌：同上作「旗」。

〔三〕共：同上作「苦」。

同前

王　建

隴水何年隴頭別，不在山中亦嗚咽一作嗚亦咽。征人塞耳馬不行，未到隴頭聞水聲。謂是西流入蒲海，還聞北（海）〔去〕繞龍城。〔一〕隴東隴西多屈曲，野麋飲水長簇簇。胡兵夜回水傍住，憶着來時磨劍處。向前無井復無泉，放馬回看隴頭樹。

〔一〕（海）〔去〕：據毛刻本注「一作去」及《全唐詩》卷二九八改。

同前〔一〕

于濆

借問隴頭水，終年恨何事。深疑嗚咽聲，中有征人淚。〔二〕昨日上山下，〔三〕達曙不能寐。何處接長波，東流入清渭。

〔一〕同前：《全唐詩》卷五九九作《隴頭吟》。

〔二〕下四句同上作「自古蘊長策，況我非才智。無計謝潺湲，一宵空不寐。」下注「後四句一作『昨日上山下』」云。

〔三〕上山下：疑當作「上山去」。

同前二首

僧皎然

隴頭心欲絶，隴水不堪聞。碎影摇槍壘，寒聲咽幔軍。素從鹽海積，緑帶柳城分。日落天邊望，逶迤入塞雲。

秦隴逼氐羌，征人去未央。如何幽咽水，併欲斷君腸。西注悲窮漠，東分憶故鄉。旅魂聲攪亂，無夢到遼陽。〔一〕

〔一〕遼陽：《全唐詩》卷八二〇作「咸陽」，疑是。

同前

鮑溶

隴頭水，千古不堪聞。生歸蘇屬國，死別李將軍。細響風凋草，清哀雁落雲。

同前

羅隱

借問隴頭水，年年恨何事。全疑嗚咽聲，中有征人淚。自古無長策，況我非深智。何計謝潺湲，一宵空不寐。

出關

魏徵

中原還逐鹿，〔一〕投筆事戎軒。縱横計不就，慷慨志猶存。策杖謁天子，驅馬出關門。請纓（羈）〔繫〕南越，〔二〕憑軾下東藩。鬱紆陟高岫，出没望平原。古木吟寒鳥，空山啼夜猿。既傷千里目，還驚九折魂。豈不憚艱險，深懷國士恩。季布無二諾，侯嬴重一言。人生感意氣，功名誰復論。

〔一〕還：《全唐詩》卷一八注：「集作初。」

〔二〕〔覊〕〔繫〕：據同上注「集作繫」改。

入關

梁·吴　均

羽檄起邊庭，烽火亂如螢。是時張博望，夜赴交河城。馬頭要落日，劍尾掣流星。君恩未得報，何論身命傾。

同前

唐·賈　馳

河上微風來，關頭樹初濕。今朝關城吏，又見孤客入。上國誰與期，西來徒自急。

同前

張　祜

都城連百二，雄險此回環，地勢遥尊岳，河流側讓關。秦皇曾虎視，漢祖亦龍顔。何事梟兇輩，干戈自不閑。

出塞〔一〕

《晉書·樂志》曰：「《出塞》《入塞》曲，李延年造。」曹嘉之《晉書》曰：「劉疇嘗避亂塢壁，賈胡百數欲害之，疇無懼色，援笳而吹之，爲《出塞》《入塞》之聲，以動其遊客之思，於是群胡皆垂泣而去。」按《西京雜記》曰：「戚夫人善歌《出塞》《入塞》《望歸》之曲。」則高帝時已有之，疑不起於延年也。唐又有《塞上》《塞下》曲，蓋出於此。

候騎出甘泉，奔命入居延。旗作浮雲影，陣如明月弦。

〔一〕此首《古樂府》卷三作古辭。

同前

梁・劉孝標

薊門秋氣清，飛將出長城。絶漠衝風急，交河夜月明。陷敵摐金鼓，摧鋒揚旆旌。去去無終極，日暮動邊聲。

同前

周・王褒

飛蓬似征客，千里自長驅。塞禽唯有雁，關樹但生榆。背山看故壘，繫馬識餘蒲。還因麾下騎，來送月支圖。

同前

隋·楊　素

漢南胡未空，漢將復臨戎。飛狐出塞北，碣石指遼東。冠軍臨瀚海，長平翼大風。雲横虎落陣，〔一〕氣抱龍城虹。横行萬里外，胡運百年窮。兵寢星芒落，戰解月輪空。嚴鐎息夜斗，騂角罷鳴弓。北風嘶朔馬，胡霜切塞鴻。休明大道暨，幽荒日用同。方就長安邸，來謁建章宫。

〔一〕雲横兩句：《英華》卷一九七作「横虎落陣氣，抱龍繞城虹」。

同前二首

薛道衡

高秋白露團，上將出長安。塵沙塞下暗，風月隴頭寒。轉蓬隨馬足，飛霜落劍端。凝雲迷代郡，流水凍桑乾。烽微桔槹遠，橋峻轆轤難。從軍多惡少，召募盡材官。伏堤時卧鼓，〔一〕疑兵乍解鞍。柳城擒冒頓，〔二〕長坂納呼韓。受降今更築，燕然已重刊。還嗤傅介子，辛苦刺樓蘭。

邊庭烽火驚，〔三〕插羽夜徵兵。少昊騰金氣，文昌動將星。長驅鞮汗北，直指夫人城。絶漠三秋暮，窮陰萬里生。寒夜哀笳曲，霜天斷雁聲。連旗下鹿塞，〔四〕疊鼓向龍庭。妖雲墜虜陣，暈月遶胡營。左賢皆頓顙，單于已繫纓。紲馬登玄闕，〔五〕鉤鯤臨北溟。當知霍驃騎，高第起西京。

〔一〕伏堤：《英華》卷一九七作「伏波」。
〔二〕柳城：同上作「龍城」。
〔三〕驚：同上作「警」。
〔四〕下鹿塞：同上作「連下鹿」。
〔五〕玄闕：同上作「玄闕」。

同前二首

虞世基

窮秋塞草腓，塞外胡塵飛。徵兵廣武至，候騎陰山歸。廟堂千里策，將軍百戰威。轅門臨玉帳，大旆指金微。摧朽無勍敵，應變有先機。銜枚壓曉陣，卷甲解朝圍。瀚海波瀾靜，王庭氛霧晞。鼓鼙嚴朔氣，原野曀寒暉。勳庸震邊服，歌吹入京畿。待拜長平坂，〔一〕鳴騶入禮闈。

上將三略遠，元戎九命尊。緬懷古人節，思酬明主恩。山西多勇氣，〔二〕塞北有遊魂。揚桴度隴坂，勒騎一作馬上平原。誓將絶沙漠，悠然去玉門。輕齎不遑舍，驚策騖戎軒。懔懔邊風急，蕭蕭征馬煩。雪暗天山道，冰塞交河源。霧烽黯無色，霜旗凍不翻。耿介倚長劍，日落風塵昏。

〔一〕長平：《英華》卷一九七作「長安」。

〔二〕勇氣：同上作「虜氣」。

同前

唐・竇威

匈奴屢不平，漢將欲縱横。看雲方結陣，却月始連營。潛軍渡馬邑，揚斾掩龍城。會勒燕然石，方傳車騎名。

同前

陳子昂

忽聞天上將，關塞重横行。始返樓蘭國，還向朔方城。黄金裝戰馬，白羽集神兵。星月開天陣，山川列地營。晚風吹畫角，春色耀飛旌。寧知班定遠，獨是一書生。〔一〕

〔一〕獨：《全唐詩》卷一八作「猶」，是。

同前　張易之〔一〕

俠客重恩光，驄馬飾金裝。瞥聞傳羽檄，馳突救邊荒。轉戰磨笄地，橫行戴斗鄉。將軍占太白，小婦怨流黃。騕褭青絲騎，娉婷紅粉妝。一春鶯度曲，〔二〕八月雁成行。誰堪坐（秋）〔愁〕思，〔三〕羅袖拂空牀。

〔一〕張易之：《英華》卷一九七、《全唐詩》卷九九有張柬之《出塞》，較本詩多八句，餘同。首四句同，四句下接「歙野山川動，囂天旌旆揚。吴鈎明似月，楚劍利如霜。電斷衝胡塞，風飛出洛陽。轉戰磨笄俗，橫行戴斗鄉。手擒郅支長，面縛谷蠡王。」下接「將軍占太白」等八句，與本詩同。

〔二〕一春：《英華》與《全唐詩》張柬之詩作「三春」。

〔三〕（秋）〔愁〕：據同上改。

同前　沈佺期

十年通大漠，萬里出長平。寒日生戈劍，陰雲摇旆旌。飢烏啼舊壘，疲馬戀空城。辛苦皋蘭北，胡霜損漢兵。

同前〔一〕

王維

居延城外獵天驕，白草連天野火燒。暮雲空磧時驅馬，秋日平原好射鵰。護羌校尉朝乘障，破虜將軍夜渡遼。玉靶角弓珠勒馬，漢家將賜霍嫖姚。

〔一〕同前：《王右丞集》卷六下有「時爲監察塞上作」。

同前二首〔一〕

王昌齡

秦時明月漢時關，萬里長征人未還。但使龍城飛將在，不教胡馬度陰山。

白花垣上望京師，黄河水流無盡時。窮秋曠野行人絶，馬首東來知是誰。

〔一〕同前：指《出塞》，《英華》卷一九七作《塞上曲》。

同前

馬戴

金帶連環束戰袍，馬頭衝雪度臨洮。卷旗夜劫單于帳，亂斫胡兵缺寶刀。

樂府詩集卷第二十二

橫吹曲辭二

漢橫吹曲二

前出塞九首

唐·杜甫

戚戚去故里，悠悠赴交河。公家有程期，亡命嬰禍羅。君已富土境，開邊一何多。棄絶父母恩，吞聲行負戈。

出門日已遠，不受徒旅欺。骨肉恩豈斷，男兒死無時。走馬脱轡頭，手中挑青絲。捷下萬仞岡，俯身試搴旗。

磨刀嗚咽水，水赤刃傷手。欲輕腸斷聲，心緒亂已久。丈夫誓許國，憤惋復何有。功名圖麒麟，戰骨當速朽。

送徒既有長，遠戍亦有身。生死向前去，不勞吏怒嗔。路逢相識人，附書與六親。哀哉兩決絶，不復同苦辛。

迢迢萬餘里，領我赴三軍。軍中異苦樂，主將寧盡聞。隔河見胡騎，倏忽數百群。我始爲奴僕，幾時樹功勳？

挽弓當挽强，用箭當用長。射人先射馬，擒寇先擒王。殺人亦有限，列國自有疆。苟能制侵陵，豈在多殺傷。

驅馬天雨雪，軍行入高山。逕危抱寒石，指落曾冰間。已去漢月遠，何時築城還。浮雲暮南征，可望不可攀。

單于寇我壘，百里風塵昏。雄劍四五動，彼軍爲我奔。虜其名王歸，繫頸授轅門。潛身備行列，一勝何足論。

從軍十年餘，能無分寸功？衆人貴苟得，欲語羞雷同。中原有鬭爭，況在狄與戎。丈夫四方志，安可辭固窮。

後出塞五首

杜　甫

男兒生世間，及壯當封侯。戰伐有功業，焉能守舊丘。召募赴薊門，軍動不可留。千金買馬鞭一作鞍，百金裝刀頭。閭里送我行，親戚擁道周。班白居上列，酒酣進庶羞。少年別有贈，含笑看吴鈎。

朝進東門營，暮上河陽橋。落日照大旗，馬鳴風蕭蕭。平沙列萬幕，部伍各見招。中天懸明月，令嚴夜寂寥。悲笳數聲動，壯士慘不驕。借問大將誰，恐是霍嫖姚。

古人重守邊，今人重高勳。豈知英雄主，出師亘長雲。六合已一家，四夷且孤軍。遂使貔虎士，奮身勇所聞。拔劍擊大荒，日收胡馬群。誓開玄冥北，持以奉吾君。

獻凱日繼踵，兩蕃靜無虞。漁陽豪俠地，擊鼓吹笙竽。雲帆轉遼海，粳稻來東吴。越羅與楚練，照耀輿臺軀。主將位益崇，氣驕陵上都。邊人不敢議，議者死路衢。

我本良家子，出師亦多門。將驕益愁思，身貴不足論。躍馬二十年，恐辜明主恩。坐見幽州騎，長驅河、洛昏。中夜間道歸，故里但空村。惡名幸脱免，窮老無兒孫。

出塞

皇甫冉

吹角出塞門，前瞻即胡地。三軍盡回首，皆灑望鄉淚。轉念關山長，行看風景異。由來征戍客，各負輕生義。

同前

王之（奂）〔涣〕〔一〕

黄沙直上白雲間，〔二〕一片孤城萬仞山。羌笛何須怨楊柳，春光不度玉門關。

〔一〕王之(奂)〔涣〕：據《全唐詩》卷一八改。

〔二〕沙直：同上作「河遠」。

同前〔一〕

耿(緯)〔湋〕〔二〕

漢家邊事重，竇憲出臨戎。絶漠秋山在，陽關舊路通。列營依茂草，吹角向高風。更就燕然石，看銘破虜功。〔三〕

〔一〕《全唐詩》卷二六八作《送王將軍出塞》。

〔二〕耿(緯)〔湋〕：據《全唐詩》卷二六八改。

〔三〕看銘句：同上作「行看奏虜功」。

同前

張　籍

秋塞雪初下，將軍遠出師。分營長記火，放馬不收旗。月冷邊帳濕，沙昏夜探遲。征人皆白首，誰見滅胡時。

同前

劉駕

胡風不開花，四氣多作雪。北人尚凍死，況我本南越。古來犬羊地，巡狩無遺轍。九土耕不盡，武皇猶征伐。中天有高閣，圖畫何時歇。坐恐塞上山，低於沙中骨。

出塞曲

劉(濟)〔灣〕〔一〕

將軍在重圍，音信絕不通。羽書如流星，飛入甘泉宫。倚是并州兒，少年心膽雄。一朝隨召募，百戰爭王公。去年桑乾北，今年桑乾東。死是征人死，功是將軍功。汗馬牧秋月，〔二〕疲兵臥霜風。仍聞左賢王，更欲圖雲中。〔三〕

〔一〕劉(濟)〔灣〕：據《唐文粹》卷一二、《全唐詩》卷一九六改。

〔二〕牧：《全唐詩》注：「一作敗。」

〔三〕圖：《唐文粹》《全唐詩》均作「圍」。

同前二首

于鵠

微雪將軍出，〔一〕吹笳天未明。觀兵登古戍，斬將對雙旌。分陣瞻山勢，潛軍制馬鳴。如今新史上，已有滅胡名。

單于驕愛獵，放火到軍城。待月調新弩，〔二〕防秋置遠營。空山朱戟影，寒磧鐵衣聲。逢着降胡説，〔三〕陰山有伏兵。〔四〕

〔一〕雪：《英華》卷一九七作「雲」。

〔二〕待月句：同上作「乘月調新馬」。

〔三〕逢着句：《全唐詩》卷一八作「渡水逢胡説」。

〔四〕陰山：同上作「沙陰」。

同前三首〔一〕

僧貫休

掃盡狂胡迹，回戈望故關。〔二〕相逢唯死鬭，豈易得生還。縱宴參胡樂，收兵過雪山。不封十萬户，此事亦應閑。

玉帳將軍意，慇懃把酒論。功高寧在我，陣没與招魂。塞色干戈束，軍容喜氣屯。男兒今始是，敢出玉關門。

回首隴山頭，連天草木秋。聖君應入夢，半路遣封侯。水不擔陰雪，柴令倒戍樓。歸來麟閣上，春色滿皇州。

〔一〕同前：《全唐詩》卷八三〇作《古出塞曲》。
〔二〕戈：同上作「頭」。

入塞　　北周・王褒

戍久風塵色，勳多意氣豪。建章樓閣迥，長安陵樹高。度冰傷馬骨，經寒墜節旄。行當見天子，無假用錢刀。

同前　　隋・何妥

桃林千里險，候騎亂紛紛。問此將何事，嫖姚封冠軍。回旌引流電，歸蓋轉行雲。待任蒼龍傑，方當論次勳。

同前　　唐・劉希夷

將軍陷虜圍，邊務息戎機。霜雪交河盡，旌旗入塞飛。曉光隨馬度，春色伴人歸。課績朝明主，臨軒拜武威。

入塞曲

耿（緯）〔湋〕

將軍帶十圍，重錦製戎衣。猿臂銷弓力，虬鬚長劍威。首登平樂宴，新破大宛歸。樓上姝姬笑，門前問客稀。暮烽玄菟急，秋草紫騮肥。未奉君王詔，高槐晝掩扉。

同前三首〔一〕

僧貫休

單于烽火動，都護去天涯。别賜黄金甲，親臨白玉墀。塞垣須靜謐，師旅審安危。定遠條支寵，如今勝古時。

方見將軍貴，分明對冕旒。聖恩如遠被，狂虜不難收。臣節唯期死，功勳敢望侯。終辭修里第，從此出皇州。

百里精兵動，參差便渡遼。如何好白日，亦照此天驕。遠樹深疑賊，驚蓬迴似雕。凱歌何日唱，磧路共天遥。

〔一〕同前：《全唐詩》卷八三〇作《古塞曲》。

同前

沈彬

欲爲皇王服遠戎，萬人金甲鼓鼙中。陣雲黯塞三邊黑，兵血愁天一片紅。半夜翻營旗攪月，深秋防戍劍磨風。謗書未及明君爇，卧骨將軍已殁功。

苦戰沙間卧箭痕，戍樓閑上望星文。生希國澤分偏將，死奪河源答聖君。鳶覷敗兵眠白草，馬驚邊鬼哭陰雲。功多地遠無人紀，漢閣笙歌日又曛。

折楊柳

梁・元帝

《唐書・樂志》曰：「梁樂府有胡吹歌云：『上馬不捉鞭，反拗楊柳枝。下馬吹横笛，愁殺行客兒。』此歌辭元出北國，即鼓角横吹曲《折楊柳枝》是也。」《宋書・五行志》曰：「晉太康末，京洛爲折楊柳之歌，其曲有兵革苦辛之辭。」按古樂府又有《小折楊柳》，相和大曲有《折楊柳行》，清商四曲有《月節折楊柳歌》十三曲，與此不同。

〔山高〕〔巫山〕巫峽長，〔一〕垂柳復垂楊。同心且同折，故人懷故鄉。山似蓮花艷，流如明月光。寒夜猿聲徹，遊子淚霑裳。

〔一〕〔山高〕〔巫山〕：據《詩紀》卷七〇、《百三名家集》改。

同前　（柳惲）〔梁・簡文帝〕〔一〕

楊柳亂成絲，攀折上春時。葉密鳥飛礙，風輕花落遲。城高短簫發，林空畫角悲。曲中（別無）〔無別〕意，〔二〕併是爲相思。〔三〕

〔一〕（柳惲）〔梁簡文帝〕：據《玉臺》卷七、《英華》卷二〇八改，《詩紀》卷六七注：「《樂府》作柳惲者非。」

〔二〕（別無）〔無別〕：據《詩紀》改。

〔三〕是爲：《玉臺》作「爲久。」

同前　劉邈

高樓十載別，楊柳濯絲枝。摘葉驚開駃，攀條恨久離。年年阻音息，月月減容儀。春來誰不望，相思君自知。

同前二首　陳・後主

楊柳動春情，倡園妾屢驚。入樓含粉色，依風雜管聲。武昌識新種，官渡有殘生。還將出塞曲，仍共胡笳鳴。長條黄復緑，垂絲密且繁。花落幽人逕，步隱將軍屯。谷暗宵鉦響，風高夜笛喧。聊持暫攀折，空足憶中園。

同前　　　　　　　　　　岑（敬之）〔之敬〕〔一〕

將軍始見知，細柳繞營垂。懸絲拂城轉，飛絮上宮吹。塞門交度葉，谷口暗（還）〔横〕枝。〔二〕曲成攀折處，唯言怨别離。

〔一〕（敬之）〔之敬〕：據《陳書》卷三四、《詩紀》卷一〇六改。

〔二〕（還）〔横〕：據毛刻本注及《詩紀》改。

同前　　　　　　　　　　徐　陵

嫋嫋河堤樹，依依魏主營。江陵有舊曲，洛下作新聲。妾對長楊苑，君登高柳城。春還應共見，蕩子太無情。

同前　張正見

楊柳半垂空，裊裊上春中。枝疏董澤箭，葉碎楚臣弓。色映長河水，花飛高樹風。莫言限宮掖，不閉長楊宮。

同前　王瑳

塞外無春色，上林柳已黃。枝影侵宮暗，葉彩亂星光。陌頭藏戲鳥，樓上掩新妝。攀折思爲贈，心期別路長。

同前　江總

萬里音塵絶，千條楊柳結。不悟倡園花，遥同天嶺雪。〔一〕春心自浩蕩，春樹聊攀折。共此依依情，無奈年年別。

〔一〕天嶺：《英華》卷二〇八作「故里」，《百三名家集》作「羌嶺」。

同前

唐・盧照鄰

倡樓啟曙扉，園柳正依依。鳥鳴知歲隔，條變識春歸。露葉疑啼臉，〔一〕風花亂舞衣。攀折聊將寄，軍中書信稀。

〔一〕啼臉：《全唐詩》卷一八注：「集作愁黛。」

同前

沈佺期

玉窗朝日映，羅帳春風吹。拭淚攀楊柳，長條宛地垂。白花飛歷亂，黄鳥思參差。妾自肝腸斷，傍人那得知。

同前

喬知之

可憐濯濯春楊柳，攀折將來就纖手。妾容與此同盛衰，何必君恩獨能久。

同前

劉　憲

沙塞三河道，金閨二月春。碧烟楊柳色，紅粉綺羅人。露葉憐啼臉，風花思舞巾。攀持君不見，爲聽曲中新。

同前　崔湜

二月風光半，三邊戍不還。年華妾自惜，楊柳爲君攀。落絮縁衫袖，〔一〕垂條拂鬢鬟。那堪音信斷，流涕望陽關。

〔一〕緣：《全唐詩》卷一八注：「集作縈。」

同前　韋承慶

萬里邊城地，三春楊柳節。葉似鏡中眉，花如關外雪。征人遠鄉思，倡婦高樓别。不忍擲年華，含情寄攀折。

同前　歐陽瑾

垂柳拂妝臺，葳蕤葉半開。年華枝上見，邊思曲中來。嫩色宜新雨，輕花伴落梅。朝朝倦攀折，征戍幾時回？

同前　　張　祜

紅粉青樓曙，垂楊仲月春。懷君重攀折，非妾妬腰身。舞帶縈絲斷，嬌蛾向葉嚬。横吹凡幾曲，獨自最愁人。

同前　　張九齡

纖纖折楊柳，持此寄情人。一枝何足貴，憐是故園春。遲景那能久，流芳不及新。更愁征戍客，鬢老邊城塵。〔一〕

〔一〕鬢老句：《全唐詩》卷四八作「容鬢老邊城」。

同前　　余延壽

（天）〔大〕道連國門，〔一〕東西種楊柳。葳蕤君不見，裊娜垂來久。緣枝栖暝禽，雄去雌獨吟。餘花怨春盡，微月起秋陰。坐望窗中蝶，起攀枝上葉。好風吹長條，婀娜何如妾。妾見柳園新，高樓四五春。莫吹胡塞一作笳曲，愁殺隴頭人。

〔一〕（天）〔大〕道：據《全唐詩》卷一八改。

同前

李白

垂楊拂緑水，摇艷一作艷裔東風年。花明玉關雪，葉暖金窗烟。美人結長恨，〔一〕相對心悽然。攀條折春色，遠寄龍庭前一作龍沙邊。

〔一〕恨：《全唐詩》卷一八注「一作想」。似較佳。

同前二首

孟郊

楊柳多短枝，短枝多别離。贈遠累攀折，〔一〕柔條安得垂。青春有定節，離别無定時。但恐人别促，不怨來遲遲。莫言短枝條，中有長相思。朱顔與緑楊，併在别離期。

樓上春風過，風前楊柳歌。枝疏緣别苦，曲怨爲年多。花驚燕地雪，葉映楚池波。誰堪别離此，征戍在交河。

〔一〕累：《全唐詩》卷一八注：「集作屢。」

同前

李端

東城攀柳葉，柳葉低着草。少壯莫輕年，輕年有人老。〔一〕柳發遍川崗，登高堪斷腸。雨烟輕漠漠，何樹近君鄉。贈君折楊柳，顔色豈能久。上客莫沾巾，佳人正回首。新柳送君行，古柳傷君情。突兀臨荒渡，婆娑出舊營。隋家兩岸盡，陶宅五株平。〔二〕日暮偏愁望，春山有鳥聲。

〔一〕人：《全唐詩》卷一八注：「集作衰。」是。

〔二〕平：同上注：「集作榮。」

同前

翁綬

紫陌金堤映綺羅，遊人處處動離歌。陰移古戍迷荒草，花帶殘陽落遠波。臺上少年吹白雪，樓中思婦斂青蛾。殷勤攀折贈行客，此去關山雨雪多。

樂府詩集卷第二十三

橫吹曲辭三

漢橫吹曲三

望行人

唐·王建

自從江樹秋，日日望江樓。夢見離珠浦，書來在桂州。不一作願同〔魚〕比目〔魚〕〔一〕一作魚比目，終恨水分流。久不開明鏡，多應是白頭。

〔一〕〔魚〕比目〔魚〕：據《全唐詩》卷二九九及毛刻本改。

同前

張籍

秋風窗下起，旅雁向南飛。日日出門望，家家行客歸。無因見邊使，空待寄寒衣。獨閉青樓暮，〔一〕烟深鳥雀稀。

〔一〕閉：《張司業集》卷二作「倚」。

關山月〔一〕

梁·元帝

《樂府解題》曰：「《關山月》，傷離别也。古《木蘭詩》曰：『萬里赴戎機，關山度若飛。朔氣傳金柝，寒光照鐵衣。』」按相和曲有《度關山》，亦類此也。

朝望清波道，夜上白登臺。月中含桂樹，〔二〕流影自徘徊。寒沙逐風起，春花犯雪開。〔三〕夜長無與晤，衣單誰爲裁？

〔一〕關山月：《詩紀》卷七〇注：「一作《傷别離》。」

〔二〕含：《百三名家集》作「有」。

〔三〕犯：同上作「向」。

同前二首

陳·後主

秋月上中天，迥照關城前。暈缺隨灰減，光滿應珠圓。帶樹還添桂，銜峰乍似弦。復教征戍客，長怨久連翩。

戍邊歲月久，恒悲望舒耀。城遥接暈高，澗風連影摇。寒光帶岫徙，冷色含山峭。看時使人憶，爲似嬌娥照。

同前　陸瓊

邊城與明月，俱在關山頭。焚烽望别壘，擊斗宿危樓。團團婕妤扇，纖纖秦女鈎。鄉園誰共此，愁人屢益愁。

同前　張正見

巖間度月華，流彩映山斜。暈逐連城璧，輪隨出塞車。唐蓂遥合影，秦桂遠分花。欲驗盈虚理，方知道路賒。

同前二首　徐陵

關山三五月，客子憶秦川。思婦高樓上，當窗應未眠。星旗映疏勒，雲陣上祁連。戰氣今如此，從軍復幾年。

月出柳城東，微雲掩復通。蒼茫縈白暈，蕭瑟帶長風。羌兵燒上郡，胡騎獵雲中。將軍擁節起，戰士夜鳴弓。

同前　賀力牧

重關斂暮烟，明月下秋前。照石疑分鏡，臨弓似引弦。霧一作雷暗迷旗影，霜濃濕劍蓮。此處離鄉客，遥心萬里懸。

同前　阮卓

關山陵漢開，霜月正徘徊。映林如璧碎，侵塞似輪摧。楚師隨晦盡，胡兵逐暖來。寒笳將夜鵲，相亂晚聲哀。

同前　江總

兔月半輪明，(孤)〔狐〕關一路平。〔一〕無期從此別，復欲幾年行。映光書漢奏，分影照胡兵。流落今如此，長戍受降城。

〔一〕(孤)〔狐〕關：據《詩紀》卷一〇四改。

同前　北周・王褒

關山夜月明，秋色照孤城。影虧同漢陣，輪滿逐胡兵。天寒光轉白，風多暈欲生。寄言亭上吏，遊客解雞鳴。

同前　唐・盧照鄰

塞垣通碣石，虜障抵祁連。相思在萬里，明月正孤懸。影移金岫北，光斷玉門前。寄書謝中婦，時看鴻雁天。

同前　沈佺期

漢月生遼海，曈曨出半暉。合昏玄菟郡，中夜白登圍。暈落關山迥，光含霜霰微。將軍聽曉角，戰馬欲南歸。

同前　李白

明月出天山，蒼茫雲海間。長風幾萬里，吹度玉門關。漢下白登道，胡窺青海灣。由來征戰地，不見有人還。戍客望邊色一作邑，思歸多苦顏。高樓當此夜，歎息未應閑一作還。

同前　長孫左輔

淒淒還切切，戍客多離別。何處最傷心，關山見秋月。關月竟如何，由來遠近過。始經玄菟塞，終繞白狼河。忽憶秦樓婦，流光應共有。已得並蛾眉，還知攬纖手。去歲照同行，比翼復連形。今宵照獨立，顧影自煢煢。餘暉漸西落，夜夜看如昨。借問映旌旗，何如鑒帷幕？拂曉朔風悲，蓬驚雁不飛。幾時征戍罷，還向月中歸。

同前　耿（緯）〔湋〕

月明邊徼靜，戍客望鄉時。塞古柳衰盡，關寒榆發遲。蒼蒼萬里道，戚戚十年悲。今夜青樓上，還應照所思。

同前二首　戴叔倫

月出照關山，秋風人未還。清光無遠近，鄉淚（中）〔半〕書間。〔一〕

一雁過連營，繁霜覆古城。胡笳在何處，半夜起邊聲。

〔一一〕〔中〕〔半〕書間：據《全唐詩》卷二七四改。「書」字注：「一作宵。」

同前

崔融

月生西海上，氣逐邊風壯。萬里度關山，蒼茫非一狀。漢兵開郡國，胡馬窺亭障。夜夜聞悲笳，征人起南望。

同前

李端

露濕月蒼蒼，關頭榆葉黄。回輪照海遠，分彩上樓長。水凍頻移幕，兵疲數望鄉。祇應城影外，萬里共如霜。

同前

王建

關山月，營開道白前軍發。凍輪當磧光悠悠，照見三堆兩堆骨。邊風割面天欲明，金莎一作沙嶺西看看没。

同前

張籍

秋月朗朗關山上，山中行人馬蹄響。關山秋來雨雪多，行人見月唱邊歌。海邊漠漠天氣白，〔一〕胡兒夜度黃龍磧。軍中探騎暮出城，伏兵暗處低旌戟。溪水連地霜草平，〔二〕野駝尋水磧中鳴。隴頭風急雁不下，沙場苦戰多流星。可憐萬國關山道，〔三〕年年戰骨多秋草。

〔一〕漠漠：《張司業集》卷一作「茫茫」。

〔二〕溪水連地：同上作「沙磧連天」。

〔三〕萬國：同上作「萬里」。

同前

翁綬

徘徊漢月滿邊州，照盡天涯到隴頭。影轉銀河寰海靜，光分玉塞古今愁。笳吹遠戍孤烽滅，雁下平沙萬里秋。況是故園搖落夜，那堪少婦獨登樓。

同前

鮑氏君(微)〔徽〕〔一〕

高高秋月明，北照遼陽城。塞迥光初滿，風多暈更生。征人望鄉思，戰馬聞鞞聲一作驚。〔二〕朔風悲邊草，胡沙暗虜營。霜疑匣中劍，風憊原上旌。早晚謁金闕，不聞刁斗鳴一作聲。〔三〕

〔一〕鮑氏君(微)〔徽〕：《英華》卷一九八、《全唐詩》卷一八均作「女郎鮑君徽」，據改。

〔二〕聲：同上作「驚」。

〔三〕鳴：同上作「聲」。

洛陽道

梁・簡文帝

洛陽佳麗所，大道滿春光。遊童時一作初挾彈，〔一〕蠶妾始提筐。金鞍照龍馬，羅袂拂春桑。玉車爭曉入，〔二〕潘果溢高箱。

〔一〕時：《詩紀》卷六七、《百三名家集》均作「初」。

〔二〕曉：《英華》卷一九二及《百三名家集》作「晚」。

同前

梁・元帝

洛陽開大道，城北達城西。青槐隨幔拂，緑柳逐風低。玉珂鳴戰馬，金爪鬭場雞。桑萎日行暮，多（途）〔逢〕秦（女）〔氏〕妻。〔一〕

〔一〕（途）〔逢〕秦（女）〔氏〕：據《詩紀》卷七〇改。

同前

沈約

洛陽大道中，佳麗實無比。燕裾傍日開，趙帶隨風靡。領上蒲桃繡，腰中合歡綺。佳人殊未來，薄暮空徙倚。

同前

庾肩吾

徼道臨河曲，（曾成）〔層城〕傍洛川。〔一〕金門纔出柳，桐井半含泉。日起罘罳外，車回雙闕前。潘生時未返，遥心徒眷然。

〔一〕（曾成）〔層城〕：據《詩紀》卷八〇改。

同前

車　敹

洛陽道八達，洛陽城九重。重關如隱起，雙闕似芙蓉。王孫重行樂，公子好遊從。別有傾人處，佳麗夜相逢。

同前〔四〕〔五〕首〔一〕

陳・後　主

諠譁照邑里，遨遊出洛京。霜枝（嬾）〔嫩〕柳發，〔二〕水塹薄苔生。停鞭回去影，駐軸敞前甍。臺上經相識，城下屢逢迎。踟躕還借問，只重未知名。

日光朝杲杲，照耀東京道。霧帶城樓開，啼侵曙色早。佳麗嬌南陌，香氣含風好。自憐釵上纓，不歎河邊草。

建都開洛汭，中地乃城陽。縱橫肆八達，左右闢康莊。銅溝飛柳絮，金谷落花光。忘情伊水側，稅駕河橋傍。

百尺瞰金埒，九衢通玉堂。柳花塵裏暗，槐色露中光。遊俠幽并客，當壚京兆妝。向夕風烟晚，金羈滿洛陽。

青槐夾馳道，御水映銅溝。遠望陵霄闕，遥看井幹樓。黄金彈俠少，朱輪（徹盛）〔盛徹〕

侯。〔三〕桃花（離）〔雜〕渡馬，〔四〕紛披聚陌頭。

〔一〕（四）〔五〕首：第五首原列下鄭遲詩後，據《詩紀》卷九八及《百三名家集》移前。
〔二〕（嬾）〔嫩〕柳：據同上改。
〔三〕（徹盛）〔盛徹〕：據同上改。
〔四〕（離）〔雜〕：據同上改。

同前二首

徐　陵

緑柳三春暗，紅塵百戲多。東門向金馬，南陌接銅駝。華軒翼葆吹，飛蓋響鳴珂。潘郎車欲滿，無奈擲花何。

洛陽馳道上，春日起塵埃。濯龍望如霧一作水，河橋度似雷。聞珂知馬蹀，傍幰見甍開。相看不得語，密意眼中來。

同前

岑（敬之）〔之敬〕〔一〕

喧喧洛水濱，鬱鬱小平津。路傍桃李節，陌上採桑春。聚車看衞玠，連手望安仁。復有能留客，莫愁嬌態新。

〔一〕見卷二三注。

同前　張正見

曾城啟旦扉，上洛滿春暉。柳影緣溝合，槐花夾路飛。〔一〕蘇合彈珠罷，黄間負翳歸。紅塵暮不息，相看連騎稀。

〔一〕夾路：《詩紀》卷一〇二、《百三名家集》都作「夾岸」，與「緣溝」相應，似勝。

同上　陳暄

洛陽九（達）〔逵〕一作衢上，〔一〕羅綺四時春。路傍避驄馬，車中看玉人。鎮西歌艷曲，臨淄逢麗神。欲知雙璧價，潘、夏正連茵。

〔一〕（達）〔逵〕：據《詩紀》卷一〇六改。

同前　王瑳

洛陽夜漏盡，九重平旦開。日照蒼龍闕，烟遶鳳凰臺。浮雲翻似蓋，流水到成雷。曹王闘雞返，潘仁載果來。

同前二首

江總

德陽穿洛水，伊闕邇河橋。仙舟李膺棹，小馬王戎鑣。杏堂歌吹合，槐路風塵饒。緑珠含淚舞，孫秀强相邀。

小平路四達，〔一〕長秋聽五（鍾）〔鐘〕。〔二〕玉節迎司隸，錦車歸濯龍。弦歌聲不息，環佩響相從。花障蕩舟笑，日映下山逢。〔三〕

〔一〕路：《英華》卷一九二作「臨」，似是。

〔二〕長秋：同上與《百三名家集》都作「長楸」。

〔三〕逢：《英華》作「蓬」。

同前

唐·于武陵

浮世若浮雲，千回故復新。旋添青草塚，更有白頭人。歲暮客將老，雪晴山欲春。行行車與馬，不盡洛陽塵。

同前

鄭　渥

客亭門外路東西，多少喧騰事不齊。楊柳惹鞭公子醉，苧麻掩淚魯人迷。通宵塵土飛山月，是處經營夾御堤。須刻知音幾存殁，半回依約認輪蹄。

洛陽陌

李　白

白玉誰家郎，回車渡天津。看花東陌上，驚動洛陽人。

長安道

梁·簡文帝

神皋開隴右，陸海實西秦。金槌一作椎輪抵長樂，〔一〕複道向宜春。落花依度幰，垂柳拂行人。〔二〕金、張及許、史，夜夜尚留賓。

〔一〕金槌抵長樂：《英華》卷一九二作「椎輪抵赤縣」。

〔二〕人：《詩紀》卷六七、《百三名家集》均作「輪」。

同前　　梁·元帝

西接長楸道，南望小平津。飛甍臨綺翼，輕軒影畫輪。雕鞍承赭汗，槐路起紅塵。燕姬雜趙女，淹留重上春。

同前[一]　　庾肩吾

桂宮延複道，[二]黄山開廣路。遠聽平陵(鍾)〔鐘〕，[三]遥識新豐樹。合殿生光彩，離宫起烟霧。日落歌吹回，[四]塵飛車馬度。

〔一〕同前：指《長安道》，《藝文》卷四二作《長安路》。
〔二〕延：《百三名家集》作「連」。
〔三〕(鍾)〔鐘〕：據《百三名家集》改。
〔四〕歌吹回：《藝文》作「唱歌還」。

同前　　陳·後主

建章通未央，長樂屬明光。大道移甲第，甲第玉爲堂。遊蕩新豐裏，戲馬渭橋傍。當壚晚留客，夜夜苦紅妝。

同前　　顧野王

鳳樓臨廣路，仙掌入烟霞。章臺京兆馬，逸陌富平車。東門疏廣餞，北闕董賢家。渭橋縱觀罷，安能訪狹斜。

同前　　阮卓

長安馳道上，鍾鳴宫寺開。殘雲銷鳳闕，宿霧斂章臺。騎轉金吾度，車鳴丞相來。藹藹東都晚，群公騶御回。

同前　　蕭賁

前登灞陵道，還瞻渭水流。城形類北斗，橋勢似牽牛。飛軒駕良駟，寶劍雜輕裘。經過狹斜裏，日暮與淹留。

同前　　徐陵

輦道乘雙闕，豪雄被五都。横橋象天漢，法駕應坤圖。韓康賣良藥，董偃鬻明珠。喧喧擁車騎，非但執金吾。

同前　　陳暄

長安開繡陌，三條向綺門。張敞車單馬，韓嫣乘副軒。寵深來借殿，功多競買園。將軍夜夜返，絃歌著曙喧。

同前　　江總

翠蓋乘輕露，金羈照落暉。五侯新拜罷，七貴早朝歸。轟轟紫陌上，藹藹紅塵飛。日暮延平客，風花拂舞衣。

同前　　北周·王褒〔一〕

槐衢回北第，馳道度西宫。樹陰連袖色，塵影雜衣風。採桑逢五馬，停車對兩童。喧喧許史座，鍾鳴賓未窮。

〔一〕王褒：原列在僧貫休下，今提前。

同前　　隋・何妥

長安狹斜路，縱横四達分。車輪鳴鳳轄，箭服耀魚文。五陵多任俠，輕騎自連群。少年皆重氣，誰識故將軍。

同前　　唐・崔顥

長安甲第高入雲，誰家居住霍將軍。日晚朝回擁賓從，路傍拜揖何紛紛。莫言炙手手可熱，須臾火盡灰亦滅。莫言貧賤即可欺，人生富貴自有時。一朝天子賜顏色，世上悠悠應始知。

同前　　孟郊

胡風激秦樹，賤子風中泣。家家朱門開，得見不可入。長安十二衢，投樹鳥亦急。高閣何人家，笙簧正喧吸。

同前　　顧　況

長安道，人無衣，馬無草，何不歸來山中老。

同前　　聶夷中

此地無駐馬，夜中猶走輪，所以路旁草，少於衣上塵。

同前　　韋應物

漢家宮殿含雲烟，兩宮十里相連延。晨霞出没弄丹闕，春雨（依）〔霏〕微自甘泉。〔一〕（春雨）〔甘泉〕依微春尚早，〔二〕長安貴遊愛芳草。寶馬横來下建章，香車却轉避馳道。貴遊誰最貴，衛、霍世難比。何能蒙主恩，幸遇邊塵起。歸來甲第拱皇居，朱門峨峨臨九衢。中有流蘇合歡之寶帳，一百二十鳳凰羅列含明珠。下有錦鋪翠被之燦爛，博山吐香五雲散。麗人綺閣情飄颻，頭上鴛釵雙翠翹。低鬟曳袖回春雪，聚黛一聲愁碧霄。山珍海錯棄藩籬，烹犢炮羔如折葵。既請列侯封部曲，還將金印授廬兒。歡容若此何所苦，但苦白日西南馳。

〔一〕（依）〔霏〕微：據《英華》卷一九二改。

〔二〕（春雨）〔甘泉〕：據同上改。

同前

白居易

花枝缺處青樓開，艷歌一曲酒一杯。美人勸我急行樂，自古朱顏不再來。君不見外州客，長安道，一回來，一回老。

同前

薛　能

汲汲復營營，東西連兩京。關繻古若在，山岳累應成。各自有身事，不相知姓名。交馳喧衆類，分散入重城。此路去無盡，萬方人始生。〔一〕空餘片言苦，來往覓劉楨。

〔一〕始：《全唐詩》卷一八注：「集作旋。」疑是。

同前　僧貫休

憧憧合合，八表一轍。黄塵霧合，車馬火爇。名湯風雨，利輾霜雪。千車萬馱，半宿關月。上有堯、禹，下有夔、卨。紫氣銀輪兮常覆金（關）〔闕〕，〔一〕仙掌捧日兮濁河澄澈。愚將草木兮有言，與華封人兮不別。

〔一〕金（關）〔闕〕：據《全唐詩》卷八二六改。

同前　沈佺期

秦地平如掌，層城出雲漢。樓閣九衢春，車馬千門旦。緑柳開復合，紅塵聚還散。日晚鬬雞回，經過狹斜看。

樂府詩集卷第二十四

横吹曲辭四

漢横吹曲四

梅花落

宋·鮑照

《梅花落》，本笛中曲也。按唐大角曲亦有《大單于》《小單于》《大梅花》《小梅花》等曲，今其聲猶有存者。

中庭雜樹多，偏爲梅咨嗟。問君何獨然，念其霜中能作花，露中能作實。摇蕩春風媚春日，念爾零落逐風飇，〔一〕徒有霜華無霜質。

〔一〕風飇：《鮑參軍集》卷七、《詩紀》卷五〇作「寒風」。

同前

梁·吴均

(終)〔隆〕冬十二月，〔一〕寒風西北吹。獨有梅花落，飄蕩不依枝。流連逐霜彩，散漫下冰澌。何當與春日，共映芙蓉池。

〔一〕(終)〔隆〕：據《百三名家集》改。

同前

陳·後主

金一作春砌落芳梅，飄零上鳳臺。〔一〕拂妝疑粉散，逐溜似萍開。映日花光動，迎風香氣來。佳人早插鬢，試立且徘徊。楊柳春樓邊，車馬飛風烟。連娉烏孫伎，屬客單于氈。雁聲不見書，蠶絲欲斷弦。欲持塞上蕊，試立將軍前。

〔一〕飄零：《英華》卷二〇八作「飄飄」，毛本作「飄颻」。

同前

徐陵

對户一株梅，新花落故栽。[一]燕拾還蓮井，風吹上鏡臺。倡家怨思妾，樓上獨徘徊。啼看竹葉錦，簪罷未成栽。

〔一〕落故栽：《英華》卷二〇八作「屢發材」。

同前

蘇子卿

中庭一樹梅，寒多葉未開。祇言花是雪一作似雪，不悟有香來。上郡春恒晚，高樓年易催。織書偏有意，教逐錦文回。

同前

張正見

芳樹映紅一作雲野，[一]發早覺寒侵。落遠香風急，飛多花逕深。周人歎初摽，魏帝指前林。邊城少灌木，折此自悲吟。

〔一〕樹：毛刻本作「梅」。紅：《詩紀》卷一〇二作「雪」。

同前三首

江　總

縹色動風香，羅生枝已長。妖姬墜馬髻，未插江南璫。轉袖花紛落，春衣共有芳。著作秋胡婦，獨採城南桑。

胡地少春來，三年驚落梅。偏疑粉蝶散，乍似雪花開。可憐香氣歇，可惜風相摧。金鐃且莫韻，〔一〕玉笛幸徘徊。

臘月正月早驚春，〔二〕衆花未發梅花新。可憐芬芳臨玉臺，朝攀晚折還復開。長安少年多輕薄，〔三〕兩兩常唱梅花落。滿酌金巵催玉柱，落梅樹下宜歌舞。金谷萬株連綺甍，梅花密處藏嬌鶯。桃李佳人欲相照，摘葉牽花來並笑。楊柳條青樓上輕，梅花色白（雲）〔雪〕中明。〔四〕橫笛短簫淒復切，誰知柏梁聲不絶。

〔一〕韻：《英華》卷二〇八作「顧」，是。

〔二〕「臘月正月早驚春」首：《徐孝穆集》卷一、《英華》卷二〇八作徐陵作，疑是。

〔三〕少年：《英華》作「年少」。

〔四〕（雲）〔雪〕：據同上改。

同前

唐·盧照鄰

梅嶺花初發，天山雪未開。(處)〔雪〕處疑花滿，〔一〕花邊似雪回。因風入舞袖。雜粉向妝臺。匈奴幾萬里，春至不知來。

〔一〕(處)〔雪〕處：據《全唐詩》卷一八改。

同前

沈佺期

鐵騎幾時回，金閨怨早梅。雪中一作寒花已落，風暖葉應開。夕逐新春管，香迎小歲杯。感時何足貴，書裏報輪臺。

同前

劉方平

新歲芳梅樹，繁(苞)〔花〕四面同。〔一〕春風吹漸落，一夜幾枝空。小婦今如此，長城恨不窮。莫將遼海雪，來比後庭中。

〔一〕(苞)〔花〕：據《英華》卷二〇八改。

紫騮馬　梁·簡文帝

《古今樂録》曰：「《紫騮馬》古辭云：『十五從軍征，八十始得歸。道逢鄉里人，家中有阿誰？』又梁曲曰：『獨柯不成樹，獨樹不成林。念(娘)〔郎〕錦裲襠，〔一〕恒長不忘心。』蓋從軍久戍，懷歸而作也。」

賤妾朝下機，正值一作遇良人歸。青絲懸玉鐙，朱汗染香衣。驟急珂彌響，〔二〕蹢多塵亂飛。雕菰幸可薦，〔三〕故心君莫違一作故人心莫違。

〔一〕(娘)〔郎〕：據卷二五《紫騮馬歌》改。
〔二〕珂彌：《玉臺》卷七作「珍珂」。
〔三〕雕菰：《玉臺》卷七作「雕胡」。

同前　梁·元帝

長安美少年，金絡錦連錢。〔一〕宛轉青絲鞚，照耀珊瑚鞭。〔二〕

〔一〕錦：《詩紀》卷七〇、《百三名家集》均作「鐵」。

〔二〕照耀句下，《英華》卷二〇九、《詩紀》《百三名家集》有「依槐復依柳，蹀躞復隨前。方逐幽并去，西北共連翩。」疑此脱去。

同前

陳·後主

嫖姚紫塞歸，蹀躞紅塵飛。玉珂鳴廣路，金絡耀晨輝。蓋轉時移影，香動屢驚衣。禁門猶未閉，連騎恣一作莫相追。

蹀躞紫騮馬，照耀白銀鞍。直去黄龍外，斜趨玄菟端。垂鞚還細柳，揚塵歸上蘭。紅臉桃花色，客別重羞看。

同前

李燮

紫燕忽踟蹰，紅塵起路隅。園人移苜蓿，騎士逐蘼蕪。三邊追黠虜，一鼓定强胡。安用珂爲玉，自有汗成珠。

同前

徐陵

玉鐙繡纏鬃，金鞍錦覆幪。風驚塵未起，草淺埒猶空。角弓穿兩兔，珠彈落雙鴻。日斜馳逐罷，連翩還上東。

同前　張正見

將軍入大宛，善馬出從戎。影絶乾河上，聲流水窟中。〔一〕似鹿猶依草，如龍欲向空。須還千萬里，〔二〕試爲一追風。

〔一〕水：《百三名家集》注：「一作冰。」疑是。

〔二〕千：《詩紀》卷一〇二作「十」，是。

同前　陳暄

天馬汗如紅，鳴鞭度九嵕。飲傷城下凍，嘶依北地風。箛寒芳樹歇，笛怨柳枝空。横行意未已，羞往一作往轂車中。

同前　祖孫登〔一〕

候騎（陌）〔指〕樓蘭，〔二〕長城迴路難。嘶從風處斷，骨住水中寒。飛塵暗金勒，落淚灑銀鞍。抽鞭上關路，誰念客衣單。

〔一〕祖孫登：《英華》卷二〇九作「蘇子卿」。

〔二〕〔陌〕〔指〕：據《英華》《詩紀》卷一〇六改。

同前

獨孤嗣宗

倡樓望早春，寶馬度城闉。照耀桃花逕，蹀躞採桑津。金羈麗初景，玉勒染輕塵。遠聽珂驚急，猶是畫眉人。

同前

江　總

春草正萋萋，蕩婦出空閨一作金閨。識是東方騎，猶帶北風嘶。揚鞭向柳市，細蹀上金堤。願君憐織素，殘妝尚有啼。

同前

唐·盧照鄰

騮馬照金鞍，轉戰入臯蘭。塞門風稍急，長城水正寒。雪暗鳴珂重，山長噴玉難。不辭横絶漠，流血幾時乾？

同前　李白

紫騮行且嘶，雙翻碧玉蹄。臨流不肯渡，似惜錦障泥。白雪關山一作城遠，黄雲海樹一作戍迷。揮鞭萬里去，安得念一作變春閨。〔一〕

〔一〕念：《李太白集》卷六王琦注「一作戀」，是，此處注中「變」字是「戀」字之誤。

同前　李益

争埸看鬭雞，白鼻紫騮嘶。漳水春閨晚，叢臺日向低。歇鞍珠作汗，試劍玉如泥。爲謝紅梁燕，年年妾獨棲。

同前　秦韜玉

渥洼奇骨本難求，况是豪家重紫騮。膔大宜懸銀壓胯，力渾欺却玉銜頭。生獰弄影風隨起，蹀躞衝塵汗滿溝。若遇大夫皆調御，任從驅取覓封侯。

驄馬

梁・車　敹

一曰《驄馬驅》，皆言關塞征役之事。

驄馬鏤金鞍，柘彈落金丸。意欲趍𧾷亶走，先作野遊盤。平明發下蔡，日中過上蘭。路遠行須疾，非是畏人看。

同前

劉孝威

十五宦期門，二十屯邊徼。犀羈玉鏤鞍，寶刀金錯鞘。一隨驄馬驅，分受青蠅弔。且令都護知，願被將軍照。誓使氊衣鄉，掃地無遺噍。

同前

隋・王由禮

善馬金羈飾，躡影復凌空。影入長城水，聲隨胡地風。控歛青門外，珂喧紫陌中。行行苦不倦，唯當御史驄。

同前

唐・李群玉

浮雲何權奇，絶足世未知。長嘶清海風，蹬蹀振雲絲。由來渥洼種，本是蒼龍兒。穆滿不再活，無人崑閬騎。君識躍嶠怯，寧夯耀金羈。青芻與白水，空笑駑駘肥。伯樂儻一見，應驚耳長垂。當思八荒外，逐日向瑶池。

驄馬曲

紀唐夫

連錢出塞蹋沙蓬，豈比當時御史驄。逐北自諳深磧路，連嘶誰念静邊功。登山每與青雲合，弄影因知碧草同。今日虜平將换妾，不知羅袖舞春風。

驄馬驅

梁・元　帝

朔方寒氣重，胡關饒苦霧。白雪晝凝山，黄雲宿埋樹。連翩行役子，終朝征馬驅。試上金微山，還看玉關路。

同前

劉孝威

翩翩驄馬驅，横行復斜趨。先救遼城危，後拂燕山霧。風傷易水湄，日入隴西樹。未得報君恩，聯翩終不住。

同前

陳·徐陵

白馬號龍駒，雕鞍名鏤渠一作衢。諸兄二千石，小婦字羅敷。倚端輕掃史，〔一〕召募擊休屠。塞外多風雪，城中絶詔書。空憶長楸下，連蹀復連蹢。

〔一〕史：《英華》卷二〇九、《百三名家集》注：「一作吏。」

同前

江總

長城兵氣寒，飲馬詎爲難。暫解青絲轡，行歇鏤衢鞍。白登圍轉急，黄河凍不乾。萬里朝飛電，論功易走丸。

雨雪

陳·後主

《采薇》詩曰:「昔我往矣,楊柳依依。今我來思,雨雪霏霏。」《穆天子傳》曰:「天子遊于黄室之曲,筮獵苹澤,天子乃休。日中大寒,北風雨雪,有凍人,天子作詩三章以哀之,曰:『我徂黄竹』是也。」《雨雪曲》蓋取諸此。

長城飛雪下,邊關地籟吟。濛濛九天暗,霏霏千里深。樹冷月恒少,山霧日偏沉。況聽南歸雁,切思朝笳音。

雨雪曲

江　暉〔一〕

邊城風雪至,客子自心悲。風哀笳弄斷,雪暗馬行遲。輕生本爲國,重氣不關私。恐君猶不信,撫劍一揚眉。

〔一〕江暉:《英華》卷一九三作「王筠」,《詩紀》卷一〇七作「江暉」。

同前

張正見

胡關辛苦地,雲路遠漫漫。〔一〕含冰踏馬足,雜雨凍旗竿。沙漠飛恒暗,天山積轉寒。無因辭日逐，團扇掩齊紈。

〔一〕雲：《英華》卷一九三作「雪」，是。

同前　江總

雨雪隔榆溪，〔一〕從軍度隴西。遶陣看狐迹，〔二〕依山見馬蹄。天寒旗彩壞，地暗鼓聲低。漫漫愁（寒）〔雲〕起，〔三〕蒼蒼別路迷。

〔一〕隔：《英華》卷一九三作「阻」。

〔二〕陣：疑是「障」之誤。

〔三〕（寒）〔雲〕：據《英華》改。

同前　陳暄

都尉出祁連，雨雪滿雞田。雕陵持抵鵲，屬國用和氈。冰合軍應渡，樓寒烽未然。〔一〕花迷差未著，疏勒復經年。

〔一〕然：《英華》卷一九三作「燔」。

同前　謝燮

朔邊昔離別，寒風復淒切。峨峨六尺冰，飄飄千里雪。未塞袁安户，〔一〕行封蘇武節。應隨隴水流，幾過空一作疑嗚咽。〔二〕

〔一〕未塞：《英華》卷一九三作「深閉」。

〔二〕空：同上作「凝」。

同前　唐·李端

天山一丈雪，雜雨夜霏霏。濕馬胡歌亂，經烽漢火微。丁零蘇武別，疏勒范羌歸。若著關頭過，〔一〕長榆葉定稀。

〔一〕著：《全唐詩》卷一八注：「集作看。」過：同上注：「集作下。」

同前　翁綬

邊聲四合殷河流，雨雪飛來徧隴頭。鐵嶺探人迷鳥道，陰山飛將濕貂裘。斜飄旌旆過戎帳，半雜風沙入戍樓。一自塞垣無李、蔡，何人爲解北門憂。

劉生

梁·元帝

《樂府解題》曰：「劉生不知何代人，齊梁已來爲《劉生》辭者，皆稱其任俠豪放，周遊五陵三秦之地。或云抱劍專征爲符節官，所未詳也。」按《古今樂録》曰：「梁鼓角横吹曲，有《東平劉生歌》，疑即此《劉生》也。」

任俠有劉生，然諾重西京。扶風好驚坐，長安恒借名。榴花聊夜飲，〔一〕竹葉解朝酲。結交李都尉，遨遊佳麗城。

〔一〕榴花聊：《百三名家集》作「菊花連」。

同前

陳·後主

遊俠長安中，置驛過新豐。擊鍾蒲璧磬，鳴弦楊葉弓。孟公正驚客，朱家始賣僮。羞作荆卿笑，捧劍出遼東。

同前

張正見

劉生絶名價，豪俠恣遊陪。金門四姓聚，繡轂五〔香〕〔侯〕來。〔一〕塵飛馬腦勒，〔二〕酒映硨磲杯。別有追遊夜，秋窗向月開。

〔一〕繡轂：《英華》卷一九六作「簫鼓」。五〔香〕〔侯〕：據同上注「集作侯」改。

〔二〕馬腦：同上作「瑪瑙」。

同前

柳　莊

座驚稱字孟，〔一〕豪雄道姓劉。廣陌通朱邸，大路起青樓。要賢驛已置，留賓轄且投一作仍投。光斜日下霧，庭陰月上鈎。

〔一〕座驚稱字孟：《英華》卷一九六作「四座驚稱字」。

同前

江　暉

五陵多美選，六郡盡良家。劉生代豪蕩，標舉獨榮華。寶劍長三尺，金樽滿百花。唯當重意氣，何處有驕奢。

同前　　徐陵

劉生殊倜儻，任俠遍京華。戚里驚鳴筑，平陽吹怨笳。俗儒排左氏，新室忌漢家。〔一〕高才被擯壓，自古共憐嗟。

〔一〕忌漢家：《英華》卷一九六作「是誰家」。

同前　　江總

劉生負意氣，長嘯且徘徊。高論明秋水，命賞陟春臺。干戈倜儻用，筆硯縱橫才。置驛無年限，遊俠四方來。

同前　　隋・弘執（泰）〔恭〕〔一〕

英名振關右，雄氣逸江東。遊俠五都内，去來三秦中。〔二〕劍照七星影，馬控千金驄。縱橫方未息，因兹定武功。〔三〕

〔一〕（泰）〔恭〕：據《英華》卷一九六改。

〔二〕去來：同上作「來去」。

〔三〕武功：同上作「立功」。

同前

唐·盧照鄰

劉生氣不平，抱劍欲專征。報恩爲豪俠，死難在橫行。翠羽裝劍鞘，黄金飾馬纓。〔一〕但令一顧重，不吝百身輕。

〔一〕纓：《英華》卷一九六作「鈴」。

樂府詩集卷第二十五

横吹曲辭五

梁鼓角横吹曲

《古今樂録》曰：「梁鼓角横吹曲有《企喻》《瑯琊王》《鉅鹿公主》《紫騮馬》《黄淡思》《地驅樂》《雀勞利》《慕容垂》《隴頭流水》等歌三十六曲。二十五曲有歌有聲，十一曲有歌。是時樂府胡吹舊曲有《大白淨皇太子》《小白淨皇太子》《雍臺》《擒臺》《胡遵》《利羓女》《淳于王》《捉搦》《東平劉生》《單迪歷》《魯爽》《半和企喻》《比敦》《胡度來》十四曲。三曲有歌，十一曲亡。又有《隔谷》《地驅樂》《紫騮馬》《折楊柳》《幽州馬客吟》《慕容家自魯企由谷》《隴頭》《魏高陽王樂人》等歌二十七曲，合前三曲，凡三十曲，總六十六曲。」江淹《横吹賦》云：「奏《白臺》之二曲，起《關山》之一引。採菱謝而自罷，緑水慚而不進。」則《白臺》《關山》又是三曲。按歌辭有《木蘭》一曲，不知起於何代也。

企喻歌辭四曲

《古今樂録》曰：「《企喻歌》四曲，或云後又有二句『頭毛墮落魄，飛揚百草頭』。最後『男兒可憐蟲』一曲是苻融詩，本云『深山解谷口，把骨無人收』。」〔一〕按《企喻》本北歌，《唐書·樂志》曰：「北狄樂其可知者鮮卑、吐谷渾、部落稽三國，皆馬上樂也。後魏樂府始有北歌，即所謂《真人代歌》是也。大都時，〔二〕命掖庭宫女晨夕歌之。〔三〕周、隋世與西涼樂雜奏，今存者五十三章，其名可解者六章，《慕容可汗》《吐谷渾》《部落稽》《鉅鹿公主》《白淨皇太子》《企喻》也。其不可解者，咸多『可汗』之辭。北虜之俗呼主爲可汗。吐谷渾又慕容別種，知此歌是燕、魏之際鮮卑歌也。其詞虜音，竟不可曉。梁胡吹又有《大白淨皇太子》《小白淨皇太子》《企喻》等曲。〔四〕隋鼓吹有《白淨皇太子曲》，與北歌校之，其音皆異。」又有《半和企喻》《北敦》，蓋曲之變也。

男兒欲作健，結伴不須多。鷂子經天飛，群雀兩向波。

放馬大澤中，草好馬著臕。牌子鐵裲襠，鉅鉾鸐尾條。〔五〕

前行看後行，齊著鐵裲襠。前頭看後頭，齊著鐵鉅鉾。〔六〕

男兒可憐蟲，出門懷死憂。尸喪狹谷中，白骨無人收。

右四曲，曲四解。

〔一〕把：當作「白」。

〔二〕大都：《舊唐書》作「代都」。

〔三〕職：同上作「歌」。

〔四〕胡吹：同上作「樂府鼓吹」。

〔五〕鸛：左克明《古樂府》卷三作「鶴」。

〔六〕鉦：《舊唐書》作「鉉」。

琅琊王歌辭

《古今樂録》曰：「琅琊王歌八曲，或云『陰涼』下又有二句云：『盛冬十一月，就女覓凍漿。』最後云『誰能騎此馬，唯有廣平公』。」按《晉書·載記》：「廣平公，姚弼興之子，泓之弟也。」

新買五尺刀，懸著中梁柱。一日三摩娑，〔一〕劇於十五女。

琅琊復琅琊，琅琊大道王。陽春二三月，單衫繡裲襠。

東山看西水，水流盤石間。公死姥更嫁，孤兒甚可憐。
琅琊復琅琊，琅琊大道王。鹿鳴思長草，愁人思故鄉。
長安十二門，光門最妍雅。渭水從壟來，浮遊渭橋下。
琅琊復琅琊，女郎大道王。孟陽三四月，移鋪逐陰涼。
客行依主人，願得主人强。猛虎依深山，願得松柏長。
憎馬高纏鬃，遥知身是龍。誰能騎此馬，唯有廣平公。

右八曲，曲四解。

〔一〕 娑：《古樂府》卷三作「挲」，是。

鉅鹿公主歌辭

《唐書·樂志》曰：「梁有《鉅鹿公主歌》，似是姚萇時歌，其詞華音，與北歌不同。」〔一〕

官家出遊雷大鼓，細乘犢車開後户。
車前女子年十五，手彈琵琶玉節舞。

鉅鹿公主殷照女，皇帝陛下萬幾主。

右三曲，曲四解。

〔一〕北：疑誤，《古樂府》卷三作「此」。

紫騮馬歌辭

《古今樂録》曰：「『十五從軍征』以下是古詩。」

燒火燒野田，野鴨飛上天。童男娶寡婦，壯女笑殺人。高高山頭樹，風吹葉落去。一去數千里，何當還故處。十五從軍征，八十始得歸。道逢鄉里人，家中有阿誰？遥看是君家，松柏冢纍纍。兔從狗竇入，雉從樑上飛。中庭生旅穀，井上生旅葵。舂穀持作飯，採葵持作羹。羹飯一時熟，不知飴阿誰？出門東向看，淚落沾我衣。

右六曲，曲四解。

紫騮馬歌

《古今樂録》曰：「與前曲不同。」

獨柯不成樹，獨樹不成林。念郎錦裲襠，恒長不忘心。

右一曲。

黄淡思歌辭

《古今樂録》曰：「思，音相思之思。按李延年造《横吹曲》二十八解，有《黄覃子》，不知與此同否？」

歸歸黄淡思，逐郎還去來。歸歸黄淡百，逐郎何處索？

心中不能言，復作車輪旋。〔一〕與郎相知時，但恐傍人聞。

江外何鬱拂，龍洲廣州出。〔二〕象牙作帆檣，緑絲作幃縡。

緑絲何葳蕤，逐郎歸去來。

右四曲，曲四解。

〔一〕復：《古樂府》卷三作「腹」，疑是。

〔二〕龍洲：疑當作「龍舟」。出：毛本注：「一作去。」

地驅歌樂辭

《古今樂録》曰：「『側側力力』以下八句，是今歌有此曲。最後云『不可與力』，或云『各自努力』。」

青青黄黄，雀石頹唐。槌殺野牛，押殺野羊。

驅羊入谷，自羊在前。老女不嫁，蹋地唤天。

側側力力，念君無極。枕郎左臂，隨郎轉側。

摩捋郎鬚，看郎顔色。郎不念女，不可與力。

右四曲，曲四解。

地驅樂歌

《古今樂録》曰：「與前曲不同。」

月明光光星欲墮，〔一〕欲來不來早語我。

右一曲。

〔一〕星：左克明《古樂府》卷三作「露」。

雀勞利歌辭

雨雪霏霏，雀勞利。長觜飽滿，短觜飢。

右一曲，曲四解。

慕容垂歌辭

《晉書·載記》曰：「慕容本名䨲，尋以讖記乃去夬，以垂爲名。慕容儁僭號，封垂爲吴王，徙鎮信都，太元八年自稱燕王。」

慕容攀牆視，吴軍無邊岸。我身分自當，枉殺牆外漢。
慕容愁憤憤，燒香作佛會。願作牆裏燕，高飛出牆外。

右三曲，曲四解。

慕容出牆望，吴軍無邊岸。咄我臣諸佐，此事可惋歎。

隴頭流水歌辭

《古今樂録》曰：「樂府有此歌曲，解多於此。」〔一〕

隴頭流水，流離西下。〔二〕念吾一身，飄〔然〕曠野。〔三〕

西上隴阪，羊腸九回。山高谷深，不覺脚酸。

手攀弱枝，足踰弱泥。

右三曲，曲四解。

〔一〕《詩紀》卷九六此下多「《辛氏三秦記》曰：『隴渭西關，其陂九迴，上有清水，四注流下，俗歌云。』」

〔二〕西：疑當作「四」。

〔三〕飄〔然〕：據同上及《古樂府》卷三補。

隔谷歌

《古今樂録》曰：「前云無辭，樂工有辭如此。」

兄在城中弟在外，弓無弦，箭無括。食糧乏盡若爲活？救我來！救我來！

兄爲俘虜受困辱，骨露力疲食不足。弟爲官吏馬食粟，何惜錢刀來我贖。〔一〕

右〔一〕〔二〕曲。〔二〕

〔一〕此歌原列下《捉搦歌》後，今移前。

〔二〕〔一〕〔二〕：據同上改。

淳于王歌

肅肅河中育，育熟須含黄。獨坐空房中，思我百媚郎。

百媚在城中，千媚在中央。但使心相念，高城何所妨。

右二曲。

東平劉生歌

東平劉生安東子，樹木稀，屋裏無人看阿誰？

右一曲。

捉搦歌

粟穀難舂付石臼，弊衣難護付巧婦。男兒千凶飽人手，老女不嫁只生口。

誰家女子能行步，反著裌禪後裙露。天生男女共一處，願得兩個成翁嫗。

華陰山頭百丈井，下有流水徹骨冷。可憐女子能照影，不見其餘見斜領。

黄桑柘屐蒲子履，中央有系兩頭繫。〔一〕小時憐母大憐婿，何不早嫁論家計。

右四曲。

〔一〕系：左克明《古樂府》卷三、《詩紀》卷九六都作「絲」，是。

折楊柳歌辭

上馬不捉鞭，反折楊柳枝。蹀座吹長笛，愁殺行客兒。

腹中愁不樂，願作郎馬鞭。出入擐郎臂，蹀座郎膝邊。

放馬兩泉澤，忘不著連羈。擔鞍逐馬走，何(見)得〔見〕馬騎。〔一〕

遥看孟津河，楊柳鬱婆娑。我是虜家兒，不解漢兒歌。

健兒須快馬，快馬須健兒。蹕跋黄塵下，然後别雄雌。

右五曲，曲四解。

〔一〕(見)得〔見〕：據毛刻本改。

折楊柳枝歌

上馬不捉鞭，反拗楊柳枝。下馬吹長笛，〔一〕愁殺行客兒。
門前一株棗，歲歲不知老。阿婆不嫁女，那得孫兒抱。
敕敕何力力，女子臨窗織。不聞機杼聲，只聞女歎息。
問女何所思，問女何所憶。阿婆許嫁女，今年無消息。

右四曲，曲四解。

〔一〕長笛：本書卷二二《折楊柳》序引此辭作「横笛」。

幽州馬客吟歌辭

憎馬常苦瘦，〔一〕剿兒常苦貧。黄禾起羸馬，有錢始作人。
熒熒帳中燭，燭滅不久停。盛時不作樂，春花不重生。
南山自言高，只與北山齊。女兒自言好，故入郎君懷。
郎著紫袴褶，女著綵裌裙。男女共燕遊，黄花生後園。

黄花鬱金色，緑蛇銜珠丹。辭謝牀上女，還我十指環。

右五曲，曲四解。

〔一〕憎：《詩紀》卷九六作「快」。

慕容家自魯企〔由〕谷（由）歌〔一〕

郎在（千）〔十〕重樓，〔二〕女在九重閣。郎非黄鷂子，那得雲中雀。

右一曲四解。

〔一〕企〔由〕谷（由）：據《詩紀》卷九六改。

〔二〕（千）〔十〕重：據毛刻本及同上改。

隴頭歌辭

隴頭流水，流離山下。念吾一身，飄然曠野。

朝發欣城，暮宿隴頭。寒不能語，舌卷入喉。

隴頭流水，鳴聲幽咽。遥望秦川，心肝斷絶。

右三曲，曲四解。

高陽樂人歌

《古今樂録》曰：「魏高陽王樂人所作也，又有《白鼻騧》，蓋出於此。」

可憐白鼻騧，相將入酒家。無錢但共飲，畫地作交賒。

何處碟觴來？兩頰色如火。自有桃花容，莫言人勸我。

右二曲，曲四解。

梁鼓角横吹曲

雍臺

梁·武帝

日落登雍臺，佳人殊未來。綺窗蓮花掩，網户琉璃開。芊茸臨紫桂，蔓延交青苔。月没光陰盡，望子獨悠哉。

同前

吴　均

雍臺十二樓，樓樓鬱相望。隴西飛狐口，白日盡無光。

雍臺歌

唐・温庭筠

太子池南樓百尺，八窗新樹疏簾隔。〔一〕黄金鋪首畫鈎陳，羽葆亭童拂交戟。〔二〕盤紆欄楯臨高臺，帳殿臨流鸞扇開。早雁聲鳴細波起，〔三〕映花鹵簿龍飛回。

〔一〕八窗：《全唐詩》卷一八作「入窗」，是。

〔二〕亭童：同上注：「一作停幢。」

〔三〕鳴：同上注：「集作驚。」

捉搦歌

張祜

門上關，牆上棘。窗中女子聲唧唧。洛陽大道徒自直，女子心在婆舍側。嗚嗚籠鳥觸四隅，養男男娶婦，養女女嫁夫。阿婆六十翁七十，不知女子長日泣。從他嫁去無悒悒。

幽州胡馬客歌

李白

幽州胡馬客，緑眼虎皮冠。笑拂兩隻箭，萬人不可干。彎弓若轉月，白雁落雲端。雙雙掉鞭行，遊獵向樓蘭。出門不顧後，報國死何難。天驕五單于，狼戾好凶殘。牛馬散北海，割鮮若虎餐。雖居燕支山，不道朔雪寒。婦女馬上笑，顔如頳玉盤。翻飛射鳥獸，花月醉雕鞍。旄頭四光芒，爭戰若蜂攢。白刃灑赤血，流沙爲之丹。名將古誰是，疲兵良可歎。何時天狼滅，父子得安閑。

白鼻騧

後魏·温子昇

少年多好事，攬轡向西都。相逢狹斜路，駐馬詣當壚。

同前

唐·李　白

銀鞍白鼻騧，緑（池）〔地〕障泥錦。〔一〕細雨春風花落時一作春風細雨落花時，揮鞭且一作直就胡姬飲。

〔一〕（池）〔地〕：據蕭本《李太白詩》卷六、《全唐詩》卷一八改。

同前

張　祜

爲底胡姬酒，長來白鼻騧。摘蓮抛水上，郎意在浮花。

木蘭詩二首

古辭

《古今樂録》曰：「木蘭不知名，浙江西道觀察使兼御史中丞韋元甫續附入。」〔一〕

喞喞復喞喞一作促織何喞喞，木蘭當户織。不聞機杼聲，唯聞女歎息。問女何所思，問女何所憶，女亦無所思，女亦無所憶。昨夜見軍帖，可汗大點兵。軍書十二卷，卷卷有爺名。阿爺無大兒，木蘭無長兄。願爲市鞍馬，從此替爺征。東市買駿馬，西市買鞍韉，南市買轡頭，北市買長鞭。旦一作朝辭爺孃去，〔二〕暮宿黄河邊。不聞爺孃喚女聲，但聞黄河流水鳴濺濺。旦辭黄河去，暮至一作宿黑山頭。不聞爺孃喚女聲，但聞燕山胡騎鳴啾啾。〔三〕萬里赴戎機，關山度若飛。朔氣傳金柝，寒光照鐵衣，將軍百戰死，壯士十年歸。歸來見天子，天子坐明堂。策勳十二轉，賞賜一作賜物百千强。可汗問所欲，「木蘭不用尚書郎一作欲與木蘭賞，不願尚書郎，願馳千里足段成式《酉陽雜俎》云「願借明駝千里足」，送兒還故鄉」。爺孃聞女來，出郭相扶將。阿姊聞妹來，〔四〕當户理紅妝。小弟聞姊來，磨刀霍霍向豬羊。開我東閣門，坐我西間牀。〔五〕脱我戰時袍，著我舊時裳。當窗理雲鬢，挂一作對鏡帖花黄。〔六〕出門看火伴，火伴皆一作始驚(忙)〔惶〕。〔七〕「同行十二年，不知木蘭是女郎」。雄兔脚撲朔，雌兔眼迷離。雙作兩兔傍地走，〔八〕安能辨我是雄雌。

木蘭抱杼嗟，借問復爲誰。欲聞所慽慽，感激强其顔。老父隸兵籍，氣力日衰耗。豈足萬里行，有子復尚少。胡沙没馬足，朔風裂人膚。老父舊羸病，何以强自扶。木蘭代父去，秣馬備戎行。易却紈綺裳，洗却鉛粉妝。馳馬赴軍幕，慷慨攜干將。朝屯雪山下，暮宿青海傍。夜襲燕支虜，〔九〕更攜于闐羌。將軍得勝歸，士卒還故鄉。父母見木蘭，喜極成悲傷。木蘭能承父母顔，却(御)〔卸〕巾鞲理絲簧。〔一〇〕昔爲烈士雄，今復嬌子容。親戚持酒賀，父母始知生女與男同。門前舊軍都，十年共崎嶇，本結兄弟交，死戰誓不渝。今也見木蘭，言聲雖是顔貌殊。驚愕不敢前，歎重徒嘻吁。世有臣子心，能如木蘭節。忠孝兩不渝，千古之名焉可滅！

〔一〕《詩紀》卷九六題注有「《古文苑》作唐人《木蘭詩》」句。

〔二〕旦：同上作「朝」。

〔三〕鳴：同上作「聲」。

〔四〕阿姊聞妹來：《古樂府》卷三作「阿妹聞姊來」。

〔五〕間：《古文苑》、《英華》作「閣」。

〔六〕挂鏡：《詩紀》作「對鏡」。

〔七〕皆：同上作「始」。驚(忙)〔惶〕：據同上改。

〔八〕雙兔：同上作「兩兔」。

〔九〕燕支：《古樂府》與《詩紀》均作「月支」。

〔一〇〕（御）〔卸〕：據《詩紀》改。

横吹曲

陳·江　總

簫聲鳳臺曲，洞吹龍鍾管。鏜鎝漁陽摻，怨抑胡笳斷。

樂府詩集卷第二十六

相和歌辭一

《宋書·樂志》曰：「相和，漢舊曲也，絲竹更相和，執節者歌。本一部，魏明帝分爲二，更遞夜宿。本十七曲，朱生、宋識、列和等復合之爲十三曲。」其後晉荀勖又採舊辭施用於世，謂之清商三調歌詩，即沈約所謂「因絃管金石造歌以被之」者也。《唐書·樂志》曰：「平調、清調、瑟調，皆周房中曲之遺聲，漢世謂之三調。又有楚調、側調。楚調者，漢房中樂也。高帝樂楚聲，故房中樂皆楚聲也。側調者，生於楚調，與前三調總謂之相和調。」《晉書·樂志》曰：「凡樂章古辭存者，並漢世街陌謳謡，《江南可採蓮》、《烏生十五子》、《白頭吟》之屬。」其後漸被於弦管，即相和諸曲是也。魏晉之世，相承用之。承嘉之亂，五都淪覆，中朝舊音，散落江左。後魏孝文宣武，用師淮漢，收其所獲南音，謂之清商樂，相和諸曲，亦皆在焉。所謂清商正聲，相和五調伎也。凡諸調歌詞，並以一章爲一解。《古今樂録》曰：「傖歌以一句爲一解，中國以一章爲一解。」王僧虔啟云：「古曰章，今曰解，解有多少。當時先詩而後聲，詩叙事，聲成文，必使志盡於詩，音盡於曲。是以作詩有豐約，制解有多少，猶詩《君子陽陽》兩解，《南山有臺》五解之類也。」又諸調曲皆有辭、有聲，而大曲又有豔，有趍、有亂。辭者其歌詩也，聲者若羊吾夷伊那何之類也，豔在曲之前，趍與亂在曲之後，亦猶吴聲西曲前有和，後有送也。又大曲十五曲，沈約並列於瑟調。今依張永《元嘉正聲技録》分於諸調，又别叙大曲於其後。唯《滿歌行》一曲，諸調不載，故附見於大曲之下。其曲調先後，亦準《技録》爲次云。

相和六引

《古今樂録》曰：「張永《技録》相和有四引，一曰箜篌，二曰商引，三曰徵引，四曰羽引。箜篌引歌瑟調，東阿王辭。《門有車馬客行》《置酒篇》並晉、宋、齊奏之。古有六引，其宫引、角引二曲闕，宋爲箜篌引有辭，〔一〕三引有歌聲，而辭不傳。梁具五引，有歌有辭。凡相和，其器有笙、笛、節歌、琴、瑟、琵琶、箏七種。」

箜篌引〔二〕

唐・李　賀

一曰《公無渡河》崔豹《古今注》曰：「《箜篌引》者，朝鮮津卒霍里子高妻麗玉所作也。子高晨起刺船，有一白首狂夫，被髮提壺，亂流而渡，其妻隨而止之，不及，遂墮河而死。於是援箜篌而歌曰：『公無渡河，公竟渡河，墮河而死，將奈公何！』〔三〕聲甚悽愴，曲終亦投河而死。子高還，以語麗玉。麗玉傷之，乃引箜篌而寫其聲，聞者莫不墮淚飲泣。麗玉以其曲傳鄰女麗容，名曰《箜篌引》。又有《箜篌謡》，不詳所起，大略言結交當有終始，與此異也。」

公乎，公乎，提壺將焉如？屈平沉湘不足慕，徐衍入海誠爲愚。公乎，公乎，牀有菅席，盤有魚，北里有賢兄，東鄰有小姑。隴畝油油黍與葫，瓦甒濁醪蟻浮浮一作瓦瓶濁酒醪蟻浮，黍可食，醪可飲，公乎，公乎，其奈居。被髮奔流竟何如？賢兄小姑哭嗚嗚。

〔一〕爲：毛本作「唯」，是。
〔二〕箜篌引：《英華》卷二一〇作《公無渡河》。《李賀歌詩編》卷四作「《箜篌引》，又曰《公無渡河》」。
〔三〕將：毛本作「當」。

公無渡河

梁・劉孝威

請公無渡河，河廣風威厲。檣偃落金烏，舟傾没犀柵。紺蓋空嚴祀，〔一〕白馬徒牲祭。〔二〕銜石傷寡心，崩城掩嫿袂。劍飛猶共水，魂沈理俱逝。君爲川后臣，〔三〕妾作姜妃娣。〔四〕

〔一〕祀：《詩紀》卷八八、《百三名家集》均作「祠」。
〔二〕牲：同上作「生」。
〔三〕臣：《英華》卷二一〇注：「一作神。」
〔四〕姜妃：毛刻本、《詩紀》均作「江妃」。

同前

陳・張正見

金堤分錦纜，白馬渡蓮舟。風嚴歌響絶，浪湧榜人愁。〔一〕棹折桃花水，帆横竹箭流。何言沉璧處，千載偶陽侯。

〔一〕湧：《英華》卷二一〇注：「一作急。」

同前

唐・李白

黄河西來決崑崙，咆（吼）〔哮〕萬里觸龍門。〔一〕波滔天，堯咨嗟，大禹理百川，兒啼不窺家。殺湍湮洪水，九州始蠶麻。其害乃去，茫然風沙。被髮之叟狂而癡，清晨徑流欲奚爲？〔二〕旁人不惜妻止之，公無渡河苦渡之。虎可搏，河難憑，公果溺死流海湄。〔三〕有長鯨白齒若雪山，公乎公乎挂骨於其間。〔四〕箜篌所悲竟不還。

〔一〕咆（吼）〔哮〕：據蕭本《李太白詩》卷三、《英華》卷二一〇改。

〔二〕徑流：《李太白集》《英華》均作「臨流」。

〔三〕流：《英華》作「沉」。

〔四〕骨：《李太白集》王注本作「罥」。

同前

王　建

渡頭惡天兩岸遠，波濤塞川如疊坂。幸無白刃驅向前，何用將身自棄捐。蛟龍嚙屍魚食血，黄泥直下無青天。男兒縱輕婦人語，惜君性命還須取。婦人無力挽斷衣，舟沉身死悔難追，公無渡河公自爲。

同前

温庭筠

黄河怒浪連天來，大響谹谹如殷雷。龍伯驅風不敢上，百川噴雪高崔嵬。二十五弦何太哀，請公勿渡立徘徊。下有狂蛟鋸爲尾，裂帆截棹磨霜齒。神錐鑿石塞神潭，白馬趁趕赤塵起。公乎躍馬揚玉鞭，滅没高蹄日千里。

同前

王叡

濁波洋洋兮凝曉霧，公無渡河兮公苦渡。風號水激兮呼不聞，提壺看入兮中流去。浪擺衣裳兮隨步没，沉屍深入兮蛟螭窟。蛟螭盡醉兮君血乾，推出黄沙兮泛君骨。當時君死妾何適，遂就波濤合魂魄。願持精衞銜石心，窮取河源塞泉脈。

宫引

梁·沈約

《晉書·樂志》曰：「五聲，宫爲君，〔宫〕之〔宫〕爲言中也。〔一〕中和之道，無往而不理焉。商爲臣，商之爲言强也，謂金性之堅强也。角爲民，角之爲言觸也，謂象諸陽氣，觸物而生也。徵爲事，徵之爲言止也，言物盛則止也。羽爲物，羽之爲言舒也，言陽氣將復，萬物孳育而舒生也。是以聞宫聲使人温良而寬大，聞商聲使人方廉而好義，聞角聲使人惻隱而仁愛，聞徵聲使人樂養而好施，聞羽聲使人恭儉而好禮。」《隋書·樂志》曰：「梁有相和五引，三朝第一奏之，陳氏因焉。隋文帝開皇中，改五引爲五音。唯迎氣於五郊，降神奏之。《月令》所謂『孟春其音角』也。」按古有清角、清徵之流，此則當聲爲曲，即五音是也。《唐書·樂志》曰：「五郊迎氣，各以月律而奏其音。」蓋因隋舊制云。

〔一〕〔宮〕之〔宮〕爲：據《晉書》改。

八音資始君五聲，興比和樂感百精。優游律吕被咸英。

同前　　　　　　　　　　　　　　蕭子雲

宅中爲君聲之始，氣和而應律生子，四宮既作陰陽理。

商〔音〕〔引〕〔一〕　　　　　　　　梁·沈　約

司秋紀兑奏西音，激揚鍾石和瑟琴，風流福被樂愔愔。

〔一〕商〔音〕〔引〕：據《百三名家集》改。

同前　　　　　　　　　　　　　　蕭子雲

君臣數九發凉風，三弦夷則白藏通，充諧候管和六同。

角引　梁・沈約

萌生觸發歲在春，《咸池》始奏德尚仁，沾濡以息和且均。

同前　蕭子雲

蟄蟲始振音在斯，五聲六律旋相爲，《韶》繼《夏》盡備《咸池》。

徵引　梁・沈約

執衡司事宅離方，滔滔夏日火德昌，八音備舉樂無疆。

同前　蕭子雲

朱明在離日長至，候氣而動徵爲事，六樂成文從之備。

羽引　梁・沈約

玄英紀運冬冰(折)〔坼〕，〔一〕物爲音本和且悅，窮高測深長無絕。

〔一〕〔折〕〔坼〕：據《百三名家集》注「一作坼」改。

同前

蕭子雲

其音爲物登玄英，制留循短位濁清，惟皇創則和且平。

相和曲上

《古今樂録》曰：「張永《元嘉技録》：相和有十五曲，一曰《氣出唱》，二曰《精列》，三曰《江南》，四曰《度關山》，五曰《東光》，六曰《十五》，七曰《薤露》，八曰《蒿里》，九曰《覲歌》，十曰《對酒》，十一曰《雞鳴》，十二曰《烏生》，十三曰《平陵東》，十四曰《東門》，十五曰《陌上桑》。十三曲有辭，《氣出唱》《精列》《度關山》《薤露》《蒿里》《對酒》並魏武帝辭，《十五》文帝辭，《江南》《東光》《雞鳴》《烏生》《平陵東》《陌上桑》並古辭是也。二曲無辭，《覲歌》《東門》是也。其辭《陌上桑》歌瑟調，古辭《豔歌羅敷行》『日出東南隅』篇。《覲歌》，張録云無辭，而武帝有《往古篇》。《東門》，張録云無辭，而武帝有《陽春篇》。或云歌瑟調古辭《東門行》『入門悵欲悲』也。古有十七曲，其《武陵》《鵾雞》二曲亡。」按《宋書·樂志》《陌上桑》又有文帝《棄故鄉》

一曲，亦在瑟調。《東西門行》及《楚辭鈔》「今有人」、武帝「駕虹蜺」二曲，皆張録所不載也。

氣出唱

魏・武帝

駕六龍乘風而行。行四海外，路下之八邦。歷登高山臨溪谷，乘雲而行。行四海外，東到泰山。仙人玉女，下來翺遊。〔一〕驂駕六龍，飲玉漿，河水盡，不東流。解愁腹，飲玉漿。奉持行，東到蓬萊山。上至天之門。玉闕下，引見得入。赤松相對，四面顧望，視正焜煌。開（玉）〔王〕心正興，〔二〕其氣百道至，傳告無窮。閉其口，但當愛氣壽萬年。東到海，與天連。神仙之道，出窈入冥，常當專之。心恬澹，無所惕欲。閉門坐自守，天與期氣。願得神之人，乘駕雲車，驂駕白鹿，上到天之門，來賜神之藥。跪受之，敬神齊，當如此，道自來。

華陰山，自以爲大。高百丈，浮雲爲之蓋。仙人欲來，出隨風，列之雨。吹我洞簫鼓瑟琴，何（誾誾）〔誾誾〕。〔三〕酒與歌戲，今日相樂誠爲樂。玉女起，起舞移數時。鼓吹一何嘈嘈。從西北來時，仙道多駕烟，乘雲駕龍，鬱何蓩蓩。遨遊八極，乃到崑崙之山，西王母側。神仙金止玉亭，來者爲誰？赤松、王喬，乃德旋之門。樂共飲食到黃昏，多駕合坐，萬歲長，宜子孫。

遊君山，甚爲真。磪磈砟硌，爾自爲神。乃到王母臺，金階玉爲堂，芝草生殿旁。東西廂，客滿堂。主人當行觴，坐者長壽遽何央。長樂甫始宜孫子，常願主人增年，與天相守。

右三曲，魏、晉樂所奏。

〔一〕翱遊：《百三名家集》作「遨遊」。

〔二〕開（玉）〔王〕心：據《宋書·樂志》改。

〔三〕（閶閭）〔閶闔〕：據《宋書》、毛刻本改。

精列

魏·武帝

厥初生，造化之陶物，莫不有終期。莫不有終期，聖賢不能免，何爲懷此憂。願螭龍之駕，思想崑崙居。思想崑崙居，見期於迂怪，志意在蓬萊。志意在蓬萊，周、孔聖徂落，會稽以墳丘。會稽以墳丘，陶陶誰能度？君子以弗憂。年之暮奈何，時過時來微。

右一曲，魏、晉樂所奏。

江南　古辭

《樂府解題》曰：「江南古辭，蓋美芳晨麗景，嬉遊得時。若梁簡文『桂檝晚應旋』，〔唯〕歌遊戲也。」〔一〕按梁武帝作《江南弄》以代西曲，有《採蓮》《採菱》，蓋出於此。

唐陸龜蒙又廣古辭爲五解云。

江南可採蓮，蓮葉何田田。魚戲蓮葉間，魚戲蓮葉東，魚戲蓮葉西，魚戲蓮葉南，魚戲蓮葉北。

右一曲，魏、晉樂所奏。

〔一〕〔唯〕歌：據毛刻本補。

江南思　宋・湯惠休

幽客海陰路，留戍淮陽津。垂情向春草，知是故鄉人。

同前二首〔一〕　梁・簡文帝

桂檝晚應旋，歷岸扣輕舷。紫荷擎釣鯉，〔二〕銀筐插短蓮。人歸浦口暗，〔三〕那得久回船。

江南有妙妓，時則應璿樞。月暈蘆灰缺，秋還懸炭枯。含丹和九轉，芳樹蔭三株。〔四〕何辭天后詔，終是到仙都。〔五〕

〔一〕同前二首：《百三名家集》第一首作《江南行》，第二首作《江南思》。

〔二〕擎釣鯉：《英華》卷二〇一作「釣鯉魚」。

〔三〕口：《英華》作「已」。

〔四〕三株：《英華》《詩紀》卷六七均作「千株」。

〔五〕到：同上作「列」。

江南曲

梁·柳　惲

汀洲採白蘋，日落江南春。洞庭有歸客，瀟湘逢故人。故人何不返，〔一〕春華復應晚。〔二〕不道新知樂，只言行路遠。〔三〕

〔一〕何：《藝文》卷四二、《英華》卷二一〇均作「久」。

〔二〕應：《詩紀》卷七九作「將」。

〔三〕只：《藝文》卷四二作「空」。

同前　沈約

櫂歌發江潭，採蓮渡湘南，宜須閑隱處，〔一〕舟浦予自諳。羅衣織成帶，墮馬碧玉簪。但令舟檝渡，〔二〕寧計路嵚嵚。〔三〕

〔一〕宜：《詩紀》卷七二注：「一作莫。」

〔二〕但：《英華》卷二〇一作「且」。

〔三〕嵚嵚：《百三名家集》作「嶄嵚」。

同前　唐・宋之問

妾住越城南，離居不自堪。採花驚曙鳥，摘葉餧春蠶。懶結茱萸帶，愁安玳瑁簪。侍臣消瘦盡，〔一〕日暮碧江潭。

〔一〕侍臣：《全唐詩》卷一九注：「集作待君。」

同前　劉昚虛

美人何蕩漾，湖上風月長。〔一〕玉手欲有贈，徘徊雙鳴璫。〔二〕歌聲隨緑水，怨色起朝陽。〔三〕日暮還家望，雲波横洞房。

〔一〕月：《全唐詩》卷一九注：「集作日。」

〔二〕鳴璫：同上注：「集作明璫。」

〔三〕朝陽：同上及《英華》卷二一〇作「青陽」。

同前　　丁仙芝

長干斜路北，近浦是兒家。有意來相訪，明朝出浣沙。發向横塘口，船開值急流。知郎舊時意，且請攏船頭。昨暝逗南陵，風聲波浪阻。入浦不逢人，歸家誰信汝。未曉已成妝，乘潮去茫茫。因從京口渡，使報邵陵王。始下芙蓉樓，言發瑯琊岸。急爲打船開，惡許傍人見。

同前八首　　劉希夷

暮宿南洲草，晨行北岸林。日懸滄海闊，水隔洞庭深。烟景無留意，風波有異潯。歲遊難極目，春戲易爲心。朝夕無榮遇，芳菲已滿襟。

豔唱潮初落，江花露未晞。春洲驚翡翠，朱服弄芳菲。畫舫烟中淺，青陽日際微。錦帆衝浪濕，羅袖拂行衣。含情罷所採，相歎惜流暉。君爲隴西客，妾遇江南春。朝遊含靈果，夕採弄風蘋。果氣時不歇，蘋花日自新。以此江南物，持贈隴西人。空盈萬里懷，欲贈竟無因。皓如楚江月，靄若吴岫雲。波中自皎鏡，山上亦氤氲。〔一〕明月留照妾，輕雲持贈君。山川各離散，光氣乃殊分。天涯一爲別，江北自相聞。〔二〕艤舟乘潮去，風帆振草涼。〔三〕潮平見楚甸，天際望維揚。洄泝經千里，烟波接兩鄉。雲明江嶼出，日照海流長。此中逢歲晏，浦樹落花芳。暮春三月晴，維揚吴楚城。城臨大江汜，迴映洞浦清。晴雲曲金閣，珠樓碧烟裏。月明芳樹群鳥飛，風過長林雜花落。可憐離別誰家子，于此一至情何已。北堂紅草盛茸茸，南湖碧水照芙蓉。朝遊暮起金花盡，漸覺羅裳珠露濃。自惜妍華三五歲，已歎關山千萬重。人情一去無還日，欲贈懷芳怨不逢。憶昔江南年盛時，平生怨在長洲曲。冠蓋星繁江水上，〔四〕衝風摽落洞庭渌。落花舞袖紅紛紛，朝霞高閣洗晴雲。誰言此處嬋娟子，珠玉爲心以奉君。

〔一〕氤氲：毛刻本作「氛氲」。

〔二〕自：《全唐詩》卷一九注：「集作若。」

〔三〕草：疑作「早」。

〔四〕江水：毛刻本、《全唐詩》卷一九均作「湘水」。

同前　　于鵠

偶向江邊採白蘋，還隨女伴賽江神。衆中不敢分明語，暗擲金錢卜遠人。

同前　　李益

嫁得瞿塘賈，朝朝誤妾期。早知潮有信，嫁與弄潮兒。

同前〔一〕　　李賀

汀洲白蘋草，柳惲乘馬歸。江頭樝樹香，岸上蝴蝶飛。酒杯箬葉露，玉軫蜀桐虚。朱樓通水陌，沙暖一雙魚。

〔一〕同前：《李賀歌詩編》卷一作《追和柳惲》。

同前　李商隱

郎船安兩槳，儂舸動雙橈。掃黛開宫額，裁裙約楚腰。乖期方積思，臨醉欲拚驕。〔一〕莫以採菱唱，欲羨（奏）〔秦〕臺簫。〔二〕

〔一〕驕：毛刻本作「嬌」，是。

〔二〕（奏）〔秦〕臺：據毛刻本及《全唐詩》卷一九改。

同前　韓翃

長樂花枝雨點銷，江城日暮好相邀。春樓不閉葳蕤鎖，緑水四通宛轉橋。〔一〕

〔一〕四通：毛刻本及《全唐詩》卷一九均作「回通」。

同前　温庭筠

妾家白蘋浦，日上芙蓉楫。軋軋摇槳聲，移舟入茭葉。溪長茭葉深，作底難相尋。避郎郎不見，瀏鶒自浮沉。拾萍萍無根，採蓮蓮有子。不作浮萍生，寧作藕花死。岸傍騎馬郎，烏帽紫游韁。含愁復含笑，回首問横塘。妾住金陵步，〔一〕門前朱雀航。流蘇持作帳，芙蓉待作梁。出入金犢幰，兄弟侍中郎。前年學歌舞，定得郎相許。連娟眉繞山，依約腰如杵。鳳管悲若咽，鸞絃嬌欲語。扇薄露紅鉛，羅輕壓金縷。明月西南樓，珠簾玳瑁鈎。横波巧能笑，彎蛾不識愁。花開子留樹，草長根依土。早聞金溝遠，底事歸郎許。不學楊白花，朝朝淚如雨。

〔一〕步：《全唐詩》卷一九注：「集作浦。」

同前

張籍

江南人家多橘樹，吴姬舟上織白紵。土地卑濕饒蟲蛇，連木爲牌入江住。江村亥日常爲市，落帆渡橋來浦裏。青莎覆城竹爲屋，無井家家飲潮水。長干午日沽春酒，〔一〕高高酒旗懸江口。倡樓兩岸懸水柵，夜唱竹枝留北客。江南風土歡樂多，悠悠處處盡經過。

〔一〕長干：《全唐詩》卷一九作「長江」。

同前　羅　隱

江烟濕雨鮫綃軟，漠漠遠山眉黛淺。水國多愁又有情，夜槽壓酒銀船滿。綳絲採怨凝曉空，〔一〕吴王臺榭春夢中。鴛鴦瀲鵜唤不起，平鋪緑水眠東風。西陵路邊月悄悄，油壁輕車嫁蘇小。〔二〕

〔一〕綳絲採怨：《英華》卷二一〇作「細絲摇柳」，《全唐詩》卷一九注：「一作細柳摇煙。」

〔二〕輕車嫁蘇小：《全唐詩》注：「集作香車蘇小小。」

同前　陸龜蒙

爲愛江南春，涉江聊採蘋。水深烟浩浩，空對雙車輪。車輪明月團，車蓋浮雲盤。雲月徒自好，水中行路難。遥遥洛陽道，夾道生春草，〔一〕寄語棹船郎，莫誇風浪好。

〔一〕夾道：《全唐詩》卷一九作「夾岸」。

同前五解

陸龜蒙

魚戲蓮葉間，參差隱葉扇。𫛛鶄鸊鶙窺，瀲灩無因見。

魚戲蓮葉東，初霞射紅尾。傍臨謝山側，恰值清風起。

魚戲蓮葉西，盤盤舞波急。潛衣曲岸涼，正對斜光入。

魚戲蓮葉南，欹危午烟疊，光摇越鳥巢，影亂吴娃楫。

魚戲蓮葉北，澄陽動微漣。回看帝子渚，稍背鄂君船。

江南可採蓮

梁·劉　緩

古《江南》辭曰「江南可採蓮」，因以爲題云。

春初北岸涸，夏月南湖通。卷荷舒欲倚，芙蓉生即紅。楫小宜回逕，船輕好入叢。釵光逐影亂，衣香隨逆風。江南少許地，年年情不窮。

樂府詩集卷第二十七

相和歌辭二

相和曲中

度關山

魏·武帝

《樂府解題》曰：「魏樂奏武帝辭，言人君當自勤苦，省方黜陟，省刑薄賦也。若梁戴暠云『昔聽隴頭吟，平居已流涕』，但叙征人行役之思焉。」

天地間，人爲貴。立君牧民，爲之軌則。車轍馬迹，經緯四極。黜陟幽明，黎庶繁息。於鑠賢聖，總統邦域。封建五爵，井田刑獄，有燔丹書，無普赦贖。皋陶甫侯，〔一〕何有失職。嗟哉後世，改制易律。勞民爲君，役賦其力。舜漆食器，畔者十國，不及唐堯，采椽不斲。世歎伯夷，欲以厲俗。侈惡之大，儉爲共德。〔二〕許由推讓，豈有訟曲。兼愛尚同，疏者爲戚。

右一曲魏樂所奏

〔一〕甫侯：《宋書·樂志》作「甫刑」。

〔二〕共德：同上作「恭德」，共通恭。

同前

梁·簡文帝

關山遠可度，遠度復難思。直指遮歸道，都護總前期。力農爭地利，轉戰逐天時。材官蹶張皆命中，弘農越騎盡搴旗。搴旗遠不息，驅虜何窮極。狼居一封難再覩，閼氏永去無容色。鋭氣且横行，朱旗亂日精。先屠光禄塞，却破夫人城。凱還歸舊里，〔一〕非是衒功名。

〔一〕還歸：《英華》卷一九八作「歸還」，《百三名家集》作「歌還」。

同前

戴暠

昔聽隴頭吟，平居已流涕。今上關山望，〔一〕長安樹如薺。千里非鄉邑，百姓爲兄弟。〔二〕軍中大體自相褒，其間得意各分曹。博陵輕俠皆無位，幽州重氣本多豪。馬銜苜蓿葉，劍寶一作瑩鸊鵜膏。〔三〕初征心未習一作息，復值鴈飛入。山頭看月近，草上知風急。笛喝曲難成，笳繁響還澀。武帝初承平，東伐復西征。薊門海作塹，榆塞冰爲城。催令四校出，倚望三邊平。箭服潮來動，〔四〕刀環臨陣鳴。將軍一百戰，都護五千兵。〔五〕且決雄雌眼前利，誰道功名身後事。丈夫意氣本自然，來時辭弟一作第已聞一作開天。〔六〕但令此身與命在，不持烽火照甘泉。〔七〕

〔一〕今上：《古樂府》卷四作「今日」。

〔二〕百姓爲：《英華》卷一九八作「四海皆」。

〔三〕竇：《古樂府》作「瑩」。

〔四〕潮：《英華》和《古樂府》卷四作「朝」，疑是。

〔五〕都護：《英華》作「都府」。

〔六〕弟：《藝文》卷四五及《古樂府》均作「第」。

〔七〕持：《英華》作「交」。

同前

柳惲

長安倡家女，〔一〕出入燕南垂。與持德自美，〔二〕本以容見知。舊聞關山道，〔三〕何事總金羈。妾心日已亂，秋風鳴細枝。

〔一〕長安：《玉臺》卷五、《詩紀》卷七九作「少長」。

〔二〕與：同上作「惟」，是。

〔三〕道：同上作「遠」。

同前　劉遵

隴樹寒色落，塞雲朝欲開。谷深鼙易響，路狹幰難回。當知結綬去，非是棄繻來。行人思顧返，道別且徘徊。願度關山鶴，勞歌立可哀。

同前　王訓

邊庭多警急，羽檄未曾閒。從軍出隴坂，驅馬度關山。關山恒晻靄，高峰白雲外。遥望秦川水，千里長如帶。好勇自秦中，意氣本豪雄。少年便習戰，十四已從戎。昔年經上郡，今歲出雲中。遼水深難渡，榆關斷未通。折（銜）〔衝〕凌絶域。〔一〕流蓬驚未息。胡風朝夜起，平沙不相識。兵法貴先聲，（兵）〔軍〕中自有程。〔二〕逗遛皆贖罪，先登盡一城。都護疲詔吏，將軍擅發兵。平盧（凝）〔疑〕縱火，〔三〕飛鵶畏犯營，（輕）〔輜〕重一爲鹵一作虜，〔四〕金刀何用盟。誰知出塞外，獨有漢飛名。

〔一〕折（銜）〔衝〕：據《英華》卷一九八改。

〔二〕（兵）〔軍〕中：據同上改。

〔三〕（凝）〔疑〕：據同上改。

〔四〕（輕）〔輜〕重：據同上改。

同前

陳·張正見〔一〕

關山度曉月，劍客遠從征。雲中出迥陣，天外落奇兵。輪摧偃去節，樹倒礙懸旌。沙揚折坂暗，雲積榆溪明。馬倦時銜草，人疲屢看城。寒隴胡笳澀，空林漢鼓鳴。還聽鳴咽水，併切斷腸聲。

〔一〕張正見：《英華》卷一九八作「王訓」。

同前

唐·李端

雁塞日初晴，胡關雪復平。危（竿）〔關〕緣廣漠，〔一〕古寶傍長城。拔劍金星出，彎弧玉羽鳴。誰知係虜者，賈誼是書生。

〔一〕危（竿）〔關〕：據《英華》卷一九八改。

（同前）〔關山曲〕〔一〕

馬戴

金鎖耀兜鍪，黄雲拂紫騮。叛羌旗下戮，陷壁夜中收。霜霰戎衣故，〔二〕關河磧氣秋。箭瘡殊未合，更遣擊蘭州。

火發龍山北，中宵易左賢。勒兵臨漢水，驚鴈散胡天。木落防河急，軍孤受敵偏。猶聞漢皇怒，按劍待開邊。

〔一〕（同前）〔關山曲〕：據本書目録改。

〔二〕故：《英華》卷一九八作「月」。

東光

古辭

《古今樂録》曰：「張永《元嘉技録》云：『東光舊但〔有〕絃無音，宋識造其（歌）聲〔歌〕』。〔一〕」

東光（乎）〔平〕，〔二〕（倉）〔蒼〕梧何不（乎）〔平〕。〔三〕（倉）〔蒼〕梧多腐粟，無益諸軍糧。諸軍遊蕩子，早行多悲傷。

右一曲，魏、晉樂所奏。

〔一〕〔有〕絃、(歌)聲〔歌〕：據黄節《漢魏樂府風箋》卷一改。
〔二〕兩(乎)〔平〕：據左克明《古樂府》卷四及同上改。
〔三〕兩(倉)〔蒼〕梧：據《漢魏樂府風箋》改。

十五

魏·文帝

《古今樂録》曰：「《十五》歌，文帝辭，後解歌瑟調『西山一何高』，『彭祖稱七百』篇。」辭在瑟調。

登山而遠望，溪谷多所有。楩柟千餘尺，衆草之一作芝盛茂。華葉耀人目，五色難可紀。雉雊山雞鳴，虎嘯谷風起。號(罷)〔羆〕當我道，〔一〕狂顧動牙齒。

右一曲，魏、晉樂所奏。

〔一〕(罷)〔羆〕：據《宋書·樂志》改。

登高丘而望遠〔海〕〔一〕

唐·李白

登高丘而望遠海，〔二〕六鼇骨已霜，三山流安在？扶桑半摧折，白日沉光彩。銀臺金闕如夢中，秦皇漢武空相待。精衛費木石，黿鼉無所憑。君不見驪山茂陵盡灰滅，牧羊之子來攀登。盜賊劫寶玉，精靈竟何能。窮兵黷武今如此，鼎湖飛龍安可乘。

〔一〕〔海〕：據《李太白集》卷四補。

〔二〕同上無「而」字。

薤露　　古辭

崔豹《古今注》曰：「《薤露》《蒿里》，泣喪歌也。本出田横門人，横自殺，門人傷之，爲作悲歌。言人命奄忽，如薤上之露，易晞滅也。亦謂人死魂魄歸於蒿里。至漢武帝時，李延年分爲二曲，《薤露》送王公貴人，《蒿里》送士大夫庶人。使挽柩者歌之，亦謂之挽歌。」譙周《法訓》曰：「挽歌者，漢高帝召田横，至尸鄉自殺。從者不敢哭而不勝哀，故爲挽歌以寄哀音。」《樂府解題》曰：「《左傳》云：『齊將與吴戰於艾陵，公孫夏命其徒歌《虞殯》。』杜預云：『送死。』《薤露》歌即喪歌，不自田横始也。」按蒿里，山名，在泰山南。魏武帝《薤露行》曰：「惟漢二十二世，所任誠不良。」曹植又作《惟漢行》。

薤上露，〔一〕何易晞。露晞明朝更復落，人死一去何時歸。

〔一〕露：《文選》卷二八陸士衡《挽歌詩》注引崔豹《古今注》作「朝露」。

同前

魏·武帝

惟漢二十二世，〔一〕所任誠不良。沐猴而冠帶，知小而謀强。猶豫不敢斷，因狩執君王。白虹爲貫日，己亦先受殃。賊臣持一作執國柄，殺主滅宇京。蕩覆帝基業，宗廟以燔喪。播越西遷移，號泣而且行。瞻彼洛城郭，微子爲哀傷。

右一曲，魏樂所奏。

〔一〕二十二世：《詩紀》卷一一作「二十世」，《宋書·樂志》作「二十二世」。《樂府正義》云：「考世系當從《宋志》，但全詩五言句，作『二十世』者亦舉成數，未爲不可也。」黄節《魏武帝詩注》：「按石經，凡經傳中二十字皆作廿，然則此詩『二十二世』，當作『廿二世』也。」

同前

曹植

《樂府解題》曰：「曹植擬《薤露行》爲《天地》。」

天地無窮極，陰陽轉相因。人居一世間，忽若風吹塵。願得展功勤，輸力於明君。懷此王佐才，慷慨獨不群。鱗介尊神龍，走獸宗麒麟。蟲獸（豈）〔猶〕知德，〔一〕何況於士人。孔氏（册）〔刪〕詩書，〔二〕王業粲已分。騁我徑寸翰，流藻垂華芬。

〔一〕（豈）〔猶〕：據《詩紀》卷一三改。

〔二〕（册）〔刪〕：據同上改。

同前

晉・張駿

在晉之二葉一作世，皇道昧不明。主暗無良臣，艱一作姦亂起朝庭。七柄失其所，權綱喪典刑。愚滑窺神器，牝雞又晨鳴。哲婦逞幽虐，宗祀一朝傾。儲君縊新昌，帝執金墉城。禍釁萌宫掖，胡馬動北坰。三方風塵起，玁狁竊上京。義士扼素婉，感慨懷憤盈。誓心蕩衆狄，積誠徹昊靈。

惟漢行

魏・曹植

太極定二儀，清濁始以形。三光炤八極，天道甚著明。爲人立君長，欲以遂其生。行仁章以瑞，變故誡驕盈。神高而聽卑，報若響應聲。明主敬細微，三季曹天經。二皇稱至化，盛哉唐、虞庭。禹、湯繼厥德，周亦致太平。在昔懷帝京一作時，日昃不敢寧。濟濟在公朝，萬載馳其名。

同前

晉·傅玄

危哉鴻門會，沛公幾不還。輕裝入人軍，投身湯火間。兩雄不俱立，亞父見此權。項莊奮劍起，白刃何翩翩。伯身雖爲蔽，事促不及旋。張良慴坐側，高祖變龍顏。賴得樊將軍，(獸)〔虎〕當作虎叱項王前。〔一〕嗔目駭三軍，磨牙咀豚肩。空卮讓霸主，〔二〕臨急吐奇言。威凌萬乘主，指顧回泰山。神龍困鼎鑊，非噲豈得全？狗屠登上將，功業信不原。健兒實可慕，腐儒何足歎。

〔一〕(獸)〔虎〕：據《詩紀》卷二三改。

〔二〕霸主：《百三名家集》作「霸王」。

蒿里

古辭

蒿里誰家地，聚歛魂魄無賢愚。鬼伯一何相催促，人命不得少踟躕。

同前

魏・武帝

關東有義士，興兵討群凶。初期會盟津，乃心在咸陽。軍合力不齊，躊躇而雁行。勢利使人爭，嗣還自相戕。淮南弟稱號，刻璽於北方。鎧甲生蟣蝨，萬姓以死亡。白骨露於野，千里無雞鳴。生民百遺一，念之斷人腸。

右一曲，魏樂所奏。

同前

宋・鮑照

同盡無貴賤，殊願有窮伸。馳波催永夜，零露逼短晨一作漏馳催永夜，露宿逼短晨。結我幽山駕，去此滿堂親。虛容遺劍佩，美一作實貌戢衣巾。斗酒安可酌，尺書誰復陳。年代稍推遠，懷抱日幽淪。人生良自劇，天道與何人。齎我長恨意，歸爲狐兔塵。

同前

唐・僧貫休

兔不遲，烏更急。但恐穆王八駿，著鞭不及。所以蒿里，墳出蕺蕺。氣凌雲天，龍騰鳳集，盡爲風消土喫，狐掇蟻拾。黄金不啼玉不泣，白楊騷屑，亂風愁月。折碑石人，莽穢榛没。

牛羊窸窣，時見牧童兒，弄枯骨。

挽歌

魏・繆　襲

生時遊國都，死没棄中野。朝發高堂上，暮宿黄泉下。白日入虞淵，懸車息駟馬。造化雖神明，安能復存我。形容稍歇滅，齒髮行當墮。自古皆有然，誰能離此者。

同前三首

晉・陸　機

卜擇考休貞，嘉命咸在兹。夙駕警徒御，〔一〕結轡頓重基。龍幠被廣柳，前驅矯輕旗。殯宫何嘈嘈，哀響沸中闈。闈中且勿喧，〔二〕聽我《薤露》詩。死生各異倫，祖載當有時。舍爵兩楹位。啟殯進靈轜。飲餞觴莫舉，出宿歸無期。帷袵曠遺影，棟宇與子辭。周親咸奔凑，友朋自遠來。翼翼飛輕軒，駸駸策素騏。按轡遵長薄，送子長夜臺。呼子子不聞，泣子子不知。歎息重櫬側，念我疇昔時。三秋猶足收，萬世安可思。殉殁身易亡，救子非所能。含言〔言〕哽咽，〔三〕揮涕涕一作淚流離。

重阜何崔嵬，玄廬竄其間。磅礴立四極，穹崇效一作放蒼天。〔四〕測一作側聽陰溝涌，卧觀天井懸。（壙宵）〔廣霄〕何寥廓，〔五〕大暮安可晨。人往有返歲，我行無歸年。昔居四民宅，今託萬鬼鄰。昔爲七尺軀，今成灰與塵。金玉昔一作素所佩，鴻毛今不振。豐肌饗螻蟻，妍骸永夷泯。壽堂延魑魅，虚無自相賓。螻蟻爾何怨？魑魅我何親？拊心痛荼毒，永歎莫爲陳。

流離親友思，惆悵神不泰。素驂佇轜軒，玄駟騖飛蓋。哀鳴興殯宫，迴遲悲野外。魂輿寂無響，但見冠與帶。備物象平生，長旌誰爲旆。悲風鼓行軌，〔六〕傾雲結流藹，振策指靈丘，駕言從此逝。

〔一〕 警：《文選》卷二八作「驚」。
〔二〕 闈中：同上作「中闈」。
〔三〕 〔言〕：據同上補。
〔四〕 穹崇：同上作「穹隆」。
〔五〕 （壙宵）〔廣霄〕：據同上改。
〔六〕 鼓：同上作「徽」。

同前三首〔一〕

陶潛

荒草何茫茫，〔二〕白楊亦蕭蕭。嚴霜九月中，送我出遠郊。四面無人居，高墳正嶕嶢。鳥爲動哀鳴一作馬爲仰天鳴，林風自蕭條。〔三〕幽室一已閉，千年不復朝。千年不復朝，賢達無奈何。向來相送人，各以一作已歸其家。〔四〕親戚或餘悲，他人亦已歌。死去何所道，託體同山阿。

有生必有死，早終非命促。昨暮同爲人，今旦在鬼録。魂氣散何之，枯形寄空木。嬌兒索父啼，良友撫我哭。得失不復知，是非安能覺。千秋萬歲後，誰知榮與辱。但恨在世時，飲酒恒不足。〔五〕

在昔無酒飲，今但一作但恨湛空觴。春醪生浮蟻，何時更能嘗？肴案盈一作列我前，親戚一作舊哭我傍。〔六〕欲語口無音，欲視眼無光。昔在高堂寢，今宿荒草鄉。荒草無人眠，極視正茫茫。〔七〕一朝出門去，歸家一作來良未央。

〔一〕同前：《陶淵明集》卷四作《擬挽歌辭》。

〔二〕「荒草何茫茫」首，同上列入第三首。

〔三〕「鳥爲」兩句：《文選》卷二八、《陶淵明集》均作「馬爲仰天鳴，風爲自蕭條」。

〔四〕各以歸：《陶淵明集》作「各自還」。

〔五〕恒不足：同上作「不得足」。

〔六〕戚：同上作「舊」。

〔七〕「荒草」兩句：《陶淵明集》無。

同前　宋・鮑照

獨處重冥下，憶昔登高臺。傲岸平生中，不爲物所裁。埏門只復閉，白蟻相將來。生時芳蘭體，小蟲今爲災。玄鬢無復根，枯髏依青苔。憶昔好飲酒，素盤進青梅。彭、韓及廉、藺，疇昔已成灰。壯士皆死盡，餘人安在哉。

同前　北齊・祖孝徵

昔日驅駟馬，謁帝長楊宫。旌懸白雲外，騎獵紅塵中。今來向漳浦，素蓋轉悲風。榮華與歌笑，萬事盡成空。

同前　唐・趙微明

寒日蒿上明，淒淒郭東路。素車誰家子，丹旐引將去。原下荆棘叢，叢邊有新墓。人間痛傷別，此是長別處。曠野何蕭條，〔一〕青松白楊樹。

〔一〕何：《篋中集》作「多」。

同前二首

于鵠

陰風吹黄蒿，挽歌渡秋水。車馬却歸城，孤墳月明裏。雙轍出郭門，綿綿東西道。送死多於生，幾人得終老。見人切肺肝，不如歸山好。不聞哀哭聲，默默安懷抱。時盡從物化，又免生憂擾。世間壽者稀，盡爲悲傷惱。

同前

孟雲卿

草草門巷喧，〔一〕塗車儼成位。冥寞何所須，〔二〕盡我生人意。〔三〕北邙路非一作不遠，此别終天地。臨穴頻撫棺，至哀反無淚。爾形未衰老，爾息猶童稚。〔四〕骨肉不一作安可離，〔五〕皇天若容易。房帷即（虚張）〔靈帳〕，〔六〕庭宇爲哀次。《薤露》歌若斯，人生盡如寄。

〔一〕草草：《篋中集》作「草草」，是。

〔二〕冥寞句：同上作「冥冥何得盡」。

〔三〕盡我：同上作「戴我」。

〔四〕猶：《全唐詩》卷一九作「才」。

〔五〕不可：《篋中集》作「安可」。

〔六〕（虚張）〔靈帳〕：據同上及《全唐詩》改。

同前

白居易

丹旐何飛揚，素驂亦悲鳴，晨光照閭巷，輀車儼欲行。蕭條九月天，哀挽出重城。借問送者誰？妻子與弟兄，蒼蒼上古原，峨峨開新塋。含酸一慟哭，異口同哀聲。舊壠轉蕪絶，新墳日羅列。春風草緑北邙山，此地年年生死別。

對酒

魏・武帝

《樂府解題》曰：「魏樂奏武帝所賦『對酒歌太平』，其旨言王者德澤廣被，政理人和，萬物咸遂。若梁范雲『對酒心自足』，則言但當爲樂，勿徇名自欺也。」

對酒歌，太平時，吏不呼門，王者賢且明。宰相股肱皆忠良，咸禮讓，民無所爭訟，三年耕有九年儲，倉穀滿盈。班白不負戴，雨澤如此，百穀用成。〔一〕却走馬以糞其上田。〔二〕爵公侯伯子男，咸愛其民，以黜陟幽明，子養有若父與兄。犯禮法，輕重隨其刑。路無拾遺之私，囹圄空虚，冬節不斷人，耄耋皆得以壽終。恩德廣及草木昆蟲。

右一曲，魏樂所奏。

〔一〕百穀：《宋書》作「五穀」。

〔二〕上田：《宋書》、《詩紀》卷一一均作「土田」，是。

同前

梁·范雲

對酒心自足，故人來共持。方悦羅衿解，誰念髮成絲。徇性一作往良爲達，求名本自欺。迨君當歌日，及我傾樽時。

同前

張率

對酒誠可樂，此酒復芳醇。〔一〕如華良可貴，〔二〕似乳更甘珍。何當留上客，爲寄掌中人。金樽清復滿，玉椀亟來親。誰能共遲暮，對酒惜芳辰一作晨。〔三〕君歌尚未罷，却坐避梁塵。

〔一〕芳：《玉臺》卷六作「能」。

〔二〕貴：《英華》卷一九五作「賞」。

〔三〕惜：《玉臺》作「及」。

同前

陳・張正見

當歌對玉酒，匡坐酌金罍，竹葉三清泛，蒲萄百味開。風移蘭氣入，月逐桂香來。獨有劉將阮，忘情寄羽杯。

同前

岑之敬

色映臨池竹，香浮滿砌蘭。舒文泛玉盌，漾蟻溢金盤。簫曲隨鸞易，笳聲出塞難。唯有將軍酒，川上可除寒。

同前

北周・庾　信〔一〕

春水望桃花，春洲藉芳杜。琴從緑珠借，酒就文君取。牽馬向渭橋，日曝山頭脯。山簡接羅倒，王戎如意舞。箏鳴金谷園，笛韻平陽塢。人生一百年，歡笑唯三五。何處覓錢刀，求爲洛陽賈。

〔一〕庾信：《英華》卷一九五作「范雲」，疑誤，《詩紀》卷七七范雲詩中無此詩，而《庾子山集》載之。

同前

唐·崔國輔

行行日將夕，荒村古塚無人跡。朦朧荆棘一鳥飛，屢唱提壺沽酒喫。古人不達酒不足，遺恨精靈傳此曲。寄言當代諸少年，平生且盡杯中渌。

同前二首

李　白

松子棲金華，安期入蓬海。此人古之仙，羽化竟何在？浮生速流電，倏忽變光彩。天地無凋换，容顏有遷改。對酒不肯飲，含情欲誰待。

勸君莫拒杯，春風笑人來。桃李如舊識，傾花向我開。流鶯啼碧樹，明月窺金罍。昨來朱顏子，〔一〕今日白髮催。棘生石虎殿，鹿走姑蘇臺。自古帝王宅，城闕閉黄埃。君若不飲酒，昔人安在哉！

〔一〕來：《李太白集》卷二三作「日」。

樂府詩集卷第二十八

相和歌辭三

相和曲下

雞鳴

古辭

《樂府解題》曰：「古詞云：『雞鳴高樹巔，狗吠深宫中。』初言天下方太平，蕩子何所之。次言黄金爲門，白玉爲堂，置酒作倡樂爲樂，終言桃傷而李仆，喻兄弟當相爲表裏。兄弟三人近侍，榮耀道路，與《相逢狹路間行》同。若梁劉孝威《雞鳴篇》，但詠雞而已。」又有《雞鳴高樹巔》《晨雞高樹鳴》，皆出於此。

雞鳴高樹巔，狗吠深宫中。蕩子何所之，天下方太平。刑法非有貸，柔協正亂名。黄金爲君門，璧一作碧玉爲軒（闌）堂。〔一〕上有雙樽酒，作使邯鄲倡。劉王碧青甓，〔二〕後出郭門王。舍後有方池，池中雙鴛鴦。鴛鴦七十二，羅列自成行。鳴聲何啾啾，聞我殿東廂。兄弟四五人，皆爲侍中郎。五日一時來，觀者滿路傍。黄金絡馬頭，熲熲何煌煌。桃生露井上，李樹生桃傍。蟲來齧桃根，李樹代桃殭。樹木身相代，兄弟還相忘。

右一曲，魏、晉樂所奏。

〔一〕（闌）字衍：據《詩紀》卷六刪。

〔二〕王：《宋書·樂志》作「玉」，是。

雞鳴篇

梁·劉孝威〔一〕

埘雞識將曙，長鳴高樹巔。啄葉疑彰羽，排花强欲前。意氣多驚舉，飄颻獨無侶。陳思助鬬協狸膏，郈昭妬敵安金距。丹山可愛有鳳凰，金門飛舞有鴛鴦。何如五德美，豈勝千里翔。〔二〕

〔一〕劉孝威：《藝文》卷九一作「梁簡文帝」，《詩紀》卷八八劉孝威、卷六七梁簡文帝下均收此詩。

〔二〕翔：《古樂府》卷四作「祥」。

雞鳴高樹巔

梁·簡文帝

碧玉好名倡，夫壻侍中郎。桃花全覆井，金門半隱堂。時欣一來下，復比雙鴛鴦。雞鳴天尚早，東烏定未光。

晨雞高樹鳴

陳・張正見

晨雞振翮鳴，出迥擅奇聲。蜀郡隨金馬，天津應玉衡。摧冠驗遠石，擊火出連營。爭棲斜揭暮，解翼横飛度。試飲淮南藥，翻上仙都樹。枝低且候潮，葉淺還承露。承露觸嚴霜，葉淺伺朝陽。不見猜群怯寶劍，勇戰出花埸。當損黄金距，〔一〕誰論白玉璫。豈知長鳴逢晉帝，恃氣遇周王。流名説魯國，分影入陳倉。不復愁符朗，猶能感孟嘗。

〔一〕當：《英華》卷二〇六作「尚」。

烏生

古辭

一曰《烏生八九子》。《樂府解題》曰：「古辭云：『烏生八九子，端坐秦氏桂樹間。』言烏母〔生〕子，〔一〕本在南山巖石間，而來爲秦氏彈丸所殺。白鹿在苑中，人〔可〕得以爲脯。〔二〕黄鵠摩天，鯉在深淵，人〔可〕得而烹煮之。〔三〕則壽命各有定分，死生何歎一作待前後也。若梁劉孝威『城上烏，一年生九雛』，但詠烏而已。」又有《城上烏》蓋出於此。

烏生八九子，端坐秦氏桂樹間。唶！我秦氏家有遊遨蕩子，工用睢陽强，蘇合彈，左手持强彈，兩丸出入烏東西。唶！我一丸即發中烏身，烏死魂魄飛揚上天。阿母生烏子時，乃在南山巖石間。唶！我人民安知烏子處，蹊徑窈窕安從通？白鹿乃在上林西苑中，射工尚復得白鹿脯。唶！我黄鵠摩天極高飛，後宫尚復得烹煮之；鯉魚乃在洛水深淵中，釣鈎尚得鯉魚口。唶！我人民生各各有壽命，死生何須復道前後。

右一曲，魏、晉樂所奏。

〔一〕〔生〕子：據吴兢《樂府古題要解》補。

〔二〕〔可〕得：據同上補。

〔三〕〔可〕得：據同上補。

烏生八九子

梁·劉孝威

城上烏，一年生九雛。枝輕巢本狹，風多葉早枯。氄毛不自暖，張翼强相呼。金柝嚴兮翠樓肅，蜃壁光兮椒泥馥。虞機衡網不得〔施〕，〔一〕（猜）鷹鷙隼摶無由逐。〔二〕永願共棲曾氏冠，同瑞周王屋。莫啼城上寒，猶賢野間宿。〔三〕羽成翮備各西東，丁年賦命有窮通。不見高飛帝輦側，遠託日輪中一作終。尚逢王吉箭，猶嬰夏羿弓。〔四〕豈如變彩救燕質，入夢祚昭公。〔五〕留聲表師退，〔六〕集幕示營空。靈臺已鑄像，流蘇時候風。

〔一〕〔施〕：據《詩紀》卷八八補。

〔二〕（猜）鷹鷙隼搏：《詩紀》作「猜鷹鷙隼」，無「搏」字，《英華》卷二〇五、《百三名家集》同。《古樂府》卷四作「鷹鷙隼鶻」。按「猜」疑是「施」之異文，此句似當作「鷹鷙隼搏」。

〔三〕野間：《英華》作「野中」。

〔四〕夏羿：《英華》《詩紀》作「后羿」。

〔五〕昭：《詩紀》及《百三名家集》注：「一作周。」

〔六〕留：《英華》《詩紀》《百三名家集》均作「流」。

城上烏

吴均

焉焉城上烏，〔一〕翩翩尾畢逋。凡生八九子，夜夜啼相呼。質微知慮少，體賤毛衣粗。陛下三萬歲，臣至執金吾。

〔一〕焉焉：《古樂府》卷四、《詩紀》卷八一、《百三名家集》均作「鳴鳴」，是。

同前　朱超

朝飛集帝城，猶帶夜啼聲。近日毛雖暖，聞弦心尚驚。

平陵東　古辭

崔豹《古今注》曰：「《平陵東》，漢翟義門人所作也。」《樂府解題》曰：「義，丞相方進之少子，字文仲，爲東郡太守。以王莽方篡漢，舉兵誅之，不克，見害。門人作歌以怨之也。」

平陵東，松柏桐，不知何人劫義公。劫義公，在高堂下，〔一〕交錢百萬兩走馬。兩走馬，亦誠難，顧見追吏心中惻。心中惻，血出漉，歸告我家賣黄犢。

右一曲，魏、晉樂所奏。

〔一〕下：黄節《漢魏樂府風箋》作「上」。

同前　魏·曹植

閶闔開天衢，通被我羽衣乘飛龍。乘飛龍，與仙期，東上蓬萊採靈芝。靈芝採之可服食，

年若王父無終極。〔一〕

〔一〕若：《詩紀》卷一三注：「一作與。」《曹集考異》同。

陌上桑三解〔一〕

古　辭

一曰《豔歌羅敷行》。《古今樂録》曰：「《陌上桑》歌瑟調。古辭《豔歌羅敷行》《日出東南隅篇》。」崔豹《古今注》曰：「《陌上桑》者，出秦氏女子。秦氏，邯鄲人有女名羅敷，爲邑人千乘王仁妻。王仁後爲趙王家令。羅敷出採桑於陌上，趙王登臺見而悦之，因置酒欲奪焉。羅敷巧彈箏，乃作《陌上桑》之歌以自明，趙王乃止。」《樂府解題》曰：「古辭言羅敷採桑，爲使君所邀，盛誇其夫爲侍中郎以拒之。」與前説不同。若陸機「扶桑升朝暉」，但歌美人好合，與古詞始同而末異。又有《採桑》，亦出於此。

日出東南隅，〔二〕照我秦氏樓。秦氏有好女，自名爲羅敷。羅敷憙蠶桑，採桑城南隅。青絲爲籠係，〔三〕桂枝爲籠鉤。頭上倭墮髻，耳中明月珠。緗綺爲下裙，紫綺爲上襦。行者見羅敷，下擔（將）〔捋〕髭鬚；〔四〕少年見羅敷，脱帽著帩頭。耕者忘其犁，〔五〕鋤者忘其鋤。

來歸相怒怨，但坐觀羅敷。一解　使君從南來，五馬立踟躕。使君遣吏往，〔六〕問是誰家姝？秦氏有好女，自名爲羅敷。羅敷年幾何？二十尚不足，〔七〕十五頗有餘。使君謝羅敷：「寧可共載不？」羅敷前置辭：「使君一何愚！使君自有婦，羅敷自有夫。」二解　東方千餘騎，夫壻居上頭。何用識夫壻，〔八〕白馬從驪駒。青絲繫馬尾，黄金絡馬頭。腰中鹿盧劍，可直千萬餘。十五府小史，二十朝大夫。三十侍中郎，四十專城居。爲人潔白晳，鬑鬑頗有鬚。盈盈公府步，冉冉府中趨。坐中數千人，皆言夫壻殊。三解　前有豔歌曲，後有趨。

右一曲，魏、晉樂所奏。

〔一〕陌上桑：《宋書·樂志》作《豔歌羅敷行》，《玉臺》卷一作《日出東南隅行》。

〔二〕東南：《藝文》卷四一作「東海」。

〔三〕係：《玉臺》《藝文》均作「繩」。

〔四〕（將）〔捋〕：據《玉臺》改。

〔五〕犁：《玉臺》作「耕」。

〔六〕吏：《藝文》作「使」。

〔七〕不足：《玉臺》作「未滿」，《藝文》作「未然」。

〔八〕用：《玉臺》作「以」。

同前

楚辭鈔

今有人，山之阿，被服薜荔帶女蘿。既含睇，又宜笑，子戀慕予善窈窕。乘赤豹，從文貍，辛夷車駕結桂旗。被石蘭，帶杜衡，折芳拔荃遺所思。處幽室，終不見，天路險艱獨後來。表獨立，山之上，雲何容容而在下。杳冥冥，羌晝晦，東風飄飖神靈雨。風瑟瑟，木槮槮，〔一〕思念公子徒以憂。

〔一〕槮槮：《宋書·樂志》作「搜搜」。

同前

魏·武帝

駕虹蜺，乘赤雲，登彼九疑歷玉門，濟天漢，至崑崙，見西王母謁東君。交赤松，及羨門，受要秘道愛精神。食芝英，飲醴泉，拄杖〔挂〕枝佩秋蘭。〔一〕絶人事，遊渾元，若疾風遊欻飄（飄）〔翩〕一作飖。〔二〕景未移，行數千，壽如南山不忘愆。

〔一〕〔挂〕枝：據《宋書·樂志》《詩紀》卷一一補。

〔二〕飄（飄）〔翩〕：據《古樂府》卷四、《詩紀》改。

同前

魏・文帝

棄故鄉，離室宅，遠從軍旅萬里客。披荆棘，求阡陌，側足獨窘步，路局笮。虎豹嘷動，雞驚，禽失群，鳴相索。登南山，奈何蹈盤石，樹木叢生鬱差錯。寢蒿草，蔭松柏，涕泣雨面霑枕席。伴旅單，稍稍日零落，惆悵竊自憐，相痛惜。

右三曲，晉樂所奏。

同前

梁・吴均

婀婀陌上桑，蔭陌復垂塘。長條映白日，細葉隱鸝黄。蠶飢妾復思，拭淚且提筐。故人寧如此一作故人去如此，離恨煎人腸。

同前

王臺卿

令月開和景，處處動春心。挂筐須葉滿，息倦重枝陰。

同前

王筠

人傳陌上桑，未曉已含光。重重相蔭映，軟軟一作軟弱自芬芳。秋胡始停馬，羅敷未滿筐。春蠶朝已伏，〔一〕安得久彷徨。

〔一〕伏：《百三名家集》作「老」。

同前

亡名氏〔一〕

日出秦樓明，條垂露尚盈。蠶飢心自急，開奩妝不成。

〔一〕亡名氏：《古樂府》卷四作「王筠」。

同前

唐·李白

美女渭橋東一作美女緗綺衣，春還事蠶作。五馬如飛龍一作五馬飛如花，青絲結金絡。不知誰家子，調笑來相謔。妾本秦羅敷，玉顏艷名都。緑條映素手，採桑向城隅。使君且不顧，況復論秋胡。寒螿愛碧草，鳴鳳棲青梧。託心自有處，但怪傍人愚。徒令白日暮，〔一〕高駕空踟蹰。

〔一〕令：《英華》卷二〇八作「勞」。

同前

常　建

翳翳陌上桑，南枝交北堂。美人金梯出，素手自提筐。非但畏蠶飢，盈盈嬌路傍。

同前

陸龜蒙

皓齒還如貝色一作光含，長眉亦似烟華貼一作帖。鄰娃盡著繡襠襦，獨自提筐採蠶葉。

採桑

宋·鮑　照

季春梅始落，工女事蠶作。〔一〕採桑淇澳間，〔二〕還戲上宮閣。早蒲時結陰，晚篁一作竹初解籜。靄靄霧滿閨，融融景盈幕。乳燕逐草蟲，巢蜂拾花藥。是節最喧妍，佳服又新爍。歎對回塗，〔三〕揚歌弄場藿。〔抽〕琴（抽）試紓思，〔四〕薦佩果成託。承君郢中美，服義久心諾。衛風古愉艷，鄭俗舊浮薄。靈願悲渡湘，〔五〕宓賦笑瀝一作景洛。〔六〕盛明難重來，淵意爲誰澗？君其且調弦，桂酒妾行酌。

〔一〕「作」字下《鮑參軍集》卷五注：「一本下有『明鏡淨分桂，光顔畢苔葶』二句。」

〔二〕澳：毛刻本作「洧」。

〔三〕欽：《玉臺》卷四作「斂」，《鮑參軍集》作「綿」。

〔四〕〔抽〕琴〔抽〕：據《鮑參軍集》改。

〔五〕靈：《玉臺》作「虚」。

〔六〕宓：《玉臺》作「空」。

同前

梁·簡文帝

春色映空來，先發院邊梅。〔一〕細萍重疊長，新花歷亂開。連珂往淇上，〔二〕接幰至叢臺。叢臺可憐妾，當窗望飛蝶。忌跌行衫領，熨斗成褫襵。〔三〕寄語採桑伴，訝今春日短。枝高攀不及，葉細籠難滿。〔四〕

〔一〕院：《英華》卷二〇八作「水」。

〔二〕連珂句：同上作「連理傍淇水」。

〔三〕褫襵：同上作「裙襵」。下有「下牀著珠珮，捉鏡安花鑷。薄晚畏蠶飢，競採春桑葉」四句。

〔四〕句下同上有「年年將使君，歷亂遣相聞。欲知琴裏意，還贈錦中文。何當照梁日，還作入山雲。重門皆已閉，方知客留袂。可憐黄金絡，復以青絲繫。必也爲人時，誰會畏夫婿」十二句。

同前

姚翻

雁還高柳北，春歸洛水南。日照茱萸領，風揺翡翠簪。桑間視欲暮，閨裏遽飢蠶。相思君助取，相望妾那堪。

同前〔一〕

吴均

賤妾思不堪，採桑渭城南。帶減連枝繡，髮亂鳳凰簪。花舞依長薄，蛾飛愛緑潭。無由報君信，流涕向春蠶。

〔一〕同前：《英華》卷二〇八作《和蕭洗馬古意》，《詩紀》卷八二作《古意》七首之四。

同前

劉邈

倡妾不勝愁，結束下青樓。逐伴西城路，相攜南陌頭。葉盡時移樹，枝高乍一作任易鈎。絲繩提一作掛且脱，金籠寫仍收。蠶飢日欲暮，誰爲使君留。

同前　沈君攸

南陌落光移，蠶妾畏桑萎。逐便牽低葉，爭多避小枝。摘駃籠行滿，攀高腕欲疲。看金怯舉意，求心自可知。

同前　陳・後主

春樓髻梳罷，南陌競相隨。去後花叢散，風來香處移。廣袖承朝日，長鬟礙聚枝。柯新攀易斷，葉嫩摘前萎。採繁鉤手弱，〔一〕微汗雜妝垂。不應歸獨早，堪爲使君知。

〔一〕繁：《百三名家集》作「蘩」。

同前　張正見

春樓曙鳥驚，蠶妾候初晴。迎風金珥落，向日玉釵明。徙顧移籠影，攀鉤動釧聲。葉高知手弱，枝軟覺身輕。人多羞借問，年少怯逢迎。恐疑夫壻遠，聊復答專城。

同前　賀徹

蠶妾出房櫳，結伴類花叢。度水春山緑，映日晚妝紅。釧聲時動樹，衣香自入風。鈎長從枝曲，葉盡細條空。競採須盈手，爭歸欲滿籠。自憐公府步，誰與少年同。

同前　傅縡

羅敷試採桑，出入城南傍。綺裙映珠珥，絲繩提玉筐。度身攀葉聚，聳腕及枝長。空勞使君問，自有侍中郎。

同前　唐・郎大家宋氏

春來南雁歸，日去西蠶遠。妾思紛何極，客遊殊未返。

同前　劉希夷

楊柳送行人，青青西入秦。秦家採桑女，樓上不勝春。盈盈灞水曲，步步春芳緑。紅臉耀明珠，絳唇含白玉。回首渭橋東，遥憐樹色同一作春色同。青絲嬌落日，緗綺弄春風。攜籠長歎息，逶迤戀春色。看花若有情，倚樹疑無力。薄暮思悠悠，使君南陌頭。相逢不相識，歸去夢青樓。

同前　　李彦〔暐〕〔遠〕〔一〕

採桑畏日高，不待春眠足。攀條有餘愁，〔二〕那矜貌如玉。〔三〕千金豈不贈，五馬空躑躅。何以變真性，〔四〕幽篁雪中緑。

〔一〕〔暐〕〔遠〕：據《英華》卷二〇八、《全唐詩》卷三一一改。

〔二〕愁：同上作「態」。

〔三〕矜：《全唐詩》注：「一作憐。」

〔四〕變：疑是「辨」字。

同前　　王　建

鳥鳴桑葉間，葉緑條復柔。攀看去手近，放下長長鈎。黄花蓋野田，白馬少年遊。所念豈回顧，良人在高樓。

豔歌行

晉·傅　玄

日出東南隅，照我秦氏樓。秦氏有好女，自字爲羅敷。首戴金翠飾，耳綴明月珠。白素爲下裾，丹霞爲上襦。一顧傾朝市，再顧國爲虚。問女居安在，堂在城南居。〔一〕青樓臨大巷，幽門結重樞。使君自南來，駟馬立踟蹰。遣吏謝賢女：「豈可同行車。」斯女長跪對：「使君言何殊！使君自有婦，賤妾有鄙夫。天地正厥位，願君改其圖。」

〔一〕堂：疑當作「常」。

同前

陳·張正見

城隅上朝日，斜暉照杏梁。併卷茱萸帳，爭移翡翠牀。縈鬟聊向牖，拂鏡且調妝。裁金作小靨，散麝起微黄。二八秦樓婦，三十侍中郎。執戟超丹地，〔一〕豐貂入建章。未安文史閣，獨結少年場。彎弧貫葉影，學劍動星芒。翠蓋飛城曲，金鞍横道傍。調鷹向新市，彈雀往睢陽。行行稍有極，暮暮歸蘭房。前瞻富羅綺，左顧足鴛鴦。蓮舒千葉氣，燈吐百枝光。滿酌胡姬酒，多燒荀令香。不學幽閨妾，生離怨採桑。

〔一〕超：《百三名家集》作「趨」。

羅敷行

梁·蕭子範

城南日半上，微步弄妖姿。含情動燕俗，顧景笑齊眉。不愛柔桑盡，還憶畏蠶飢。春風若有顧，惟願落花遲。

同前

陳·顧野王

東隅麗春日，南陌採桑時。樓中結梳罷，提筐候早期。風輕鶯韻緩，霜灑落花遲。〔一〕五馬光長陌，千騎絡青絲。使君徒遣信，賤妾畏蠶飢。

〔一〕霜：疑誤，或是「露」字。

同前

後魏·高　允

邑中有好女，姓秦字羅敷。巧笑美回盼，鬢髮復凝膚。脚著花文履，耳穿明月珠。頭作墮馬髻，倒枕象牙梳。姌姌善趨步，襜襜曳長裙。王侯爲之顧，駟馬自踟躕。

日出東南隅行〔一〕

晉・陸　機

扶桑升朝暉，照此高臺端。高臺多妖麗，濬房出清顔。〔二〕淑貌耀皎日，惠心清且閒。美目揚玉澤，峨眉象翠翰。〔三〕鮮膚一何潤，秀色若可餐。〔四〕窈窕多容儀，婉媚(乃)〔巧〕笑言。〔五〕暮春春服成，粲粲綺與紈。金雀垂藻翹，瓊佩結瑶璠。方駕揚清塵，濯足洛水瀾。藹藹風雲會，佳人一何繁。南崖充羅幕，北渚盈軿軒。清川含藻景，高岸一作崖被華丹。馥馥芳袖揮，泠泠纖指彈。悲歌吐清響，〔六〕雅韻播幽蘭。〔七〕丹脣含九秋，妍迹凌七盤。赴曲迅驚鴻，蹈節如集鸞。綺態隨顔變，沈姿無定源。〔八〕俯仰紛阿那，顧步咸可歡。遺芳結飛飇，浮景映清湍。冶容不足詠，春遊良可歎。

〔一〕《日出東南隅行》：《玉臺》卷三作《艷歌行》。《文選》卷二八注：「或曰《羅敷艷歌》。」

〔二〕濬房：《玉臺》卷三作「洞房」。

〔三〕峨：誤，當作「蛾」。

〔四〕秀色：《玉臺》作「彩色」。

〔五〕(乃)〔巧〕：據毛刻本、《玉臺》、《陸士衡文集》卷六改。

〔六〕響：《玉臺》作「音」。

〔七〕雅韻：《文選》、《玉臺》、《陸士衡集》均作「雅舞」。
〔八〕定：《文選》作「乏」。

同前　　宋·謝靈運

柏梁冠南山，桂宫耀北泉。晨風拂幨幌，朝日照閨軒。美人卧屏席，懷蘭秀瑶璠。皎潔秋松氣，淑德春景暄。

同前　　梁·沈約

朝日出邯鄲，照我叢臺端。中有傾城豔，顧景織羅紈。延軀似纖約，遺視若回瀾。瑶妝映層綺，金服炫彫欒。幸有同匡好，西仕服秦官。寶劍垂玉貝，汗馬飾金鞍。縈場類轉雪，逸控似騰鸞。〔一〕羅衣夕解帶，玉釵暮垂冠。

〔一〕似：《百三名家集》作「寫」。

同前　　張率

朝日照屋梁，夕月懸洞房。專遽自稱豔，獨□伊覽光。雖資自然色，誰能棄薄妝。施著見朱粉，點畫示赬黄。含貝開丹吻，如羽發青陽。〔一〕金碧既簪珥，綺縠復衣裳。方領備蟲彩，曲裙雜鴛鴦。手操獨繭緒，脣凝脂燥黄。

〔一〕青陽：誤，當作「清揚」。

同前

蕭子顯

大明上迢迢，〔一〕陽城射凌霄。光照窗中婦，絶世同阿嬌。明鏡盤龍刻，簪羽鳳凰雕。逶迤梁家髻，冉弱楚宫腰。輕紈雜重錦，薄縠間飛綃。三六前年暮，四五今年朝。蠶龍拾芳翠，〔二〕桑陌採柔條。出入東城里，上下洛西橋。忽逢車馬客，〔三〕飛蓋動襜軺。單衣鼠毛織，寶劍羊頭銷。丈夫疲應對，〔四〕從者輟銜鑣。〔五〕柱間徒脈脈，垣上幾翹翹。女本西家宿，君自上宫要。漢馬三萬匹，夫壻任嫖姚。鞶囊虎頭綬，左珥凫盧貂。横吹龍鍾管，奏鼓象牙簫。十五張内侍，十八（買）〔賈〕登朝。〔六〕皆笑顔郎老，盡訝董公超。

〔一〕迢迢：《玉臺》卷七作「苕苕」。

〔二〕蠶龍句：毛刻本作「蠶籠」，《玉臺》作「蠶園拾芳繭」，似是。

〔三〕忽：《藝文》卷四一、《英華》卷一九三均作「路」，是。

〔四〕丈：《藝文》《英華》均作「大」，是。

〔五〕從者：《玉臺》《藝文》作「御者」。

〔六〕〔買〕〔賈〕：據毛刻本、《藝文》《英華》改。

同前

陳・後主

重輪上瑞暉，西北照南威。南威年二八，開牖敞重闈。當壚送客去，上苑逐春歸。鬢下珠勝月，窗前雲帶衣。紅裙結未解，緑綺〔白〕〔自〕難徽。〔一〕

〔一〕〔白〕〔自〕：據《百三名家集》改。

同前

徐伯陽

朱城璧日起朱扉，青樓含照本暉暉。遠映陌上春桑葉，斜入秦家緗綺衣。羅敷妝粉能佳麗，鏡前新梳倭墮髻。圜籠褭褭挂青絲，鐵鉤冉冉勝丹桂。蠶飢日晚暫生愁，忽逢使君南陌頭。五馬停珂遣借問，雙臉含嬌特好羞。妾壻府中輕小吏，即今來往專城裏。欲識東方千騎歸，靄靄日暮紅塵起。

同前

殷謀

秦樓出佳麗，正值朝日光。陌頭能駐馬，花處復添香。

同前

北周·王褒

曉星西北没，朝日東南隅。陽窗臨玉女，蓮帳照金鋪。鳳樓稱獨立，絶世良所無。鏡懸四龍網，枕畫七星圖。銀鏤明光帶，金地織成襦。調絃《大垂手》，歌曲《鳳將雛》。採桑三市路，賣酒七條衢。道逢五馬客，夾轂來相趨。將軍多事勢，夫壻好形模。高箱照雲母，壯馬飾當顱。單衣火浣布，利劍水精珠。自知心所愛，仕宦執金吾。飛甍彫翡翠，繡桷畫屠蘇。銀燭附蟬映雞羽，黄金〔步〕摇〔步〕動襜褕。〔一〕兄弟五日時來歸，高車竟道生光輝。名倡兩行堂上起，鴛鴦七十階前飛。少年任俠輕年月，珠丸出彈遂難追。

〔一〕〔步〕摇〔步〕：據毛刻本、《詩紀》卷一一三改。

同前

隋·盧思道

初月正如鈎，懸光入綺樓。中有可憐妾，〔一〕如恨亦如羞。深情出豔語，密意滿横眸。楚腰寧且細，孫眉本未愁。青玉勿當取，雙銀詎可一作肯留。會待東方騎，遥居最上頭。

〔一〕中有：《英華》卷一九三作「樓中」。

〔同前〕〔日出行〕〔一〕

北周·蕭搗

昏昏隱遠霧，團團乘陣雲。正值秦樓女，含嬌酬使君。

〔一〕〔同前〕〔日出行〕：據《英華》卷一九三和本書目録改。

同前〔一〕

唐·李白

日出東方隈，似從地底來。歷天又入海，〔二〕六龍所舍安在哉？其始與終古不息一作其行終古不休息，人非元氣，安能與之久徘徊。草不謝榮於春風，木不怨落於秋天。誰揮鞭策驅四運，萬物興歇皆自然。羲和，羲和，汝奚汨没於荒淫之波？魯陽何德？駐景揮戈。逆道違天，矯誣實多。吾將囊括大塊，浩然與溟涬同科。

〔一〕同前：《英華》卷一九三作《日出行》，《李太白集》卷三作《日出入行》。

〔二〕歷天句：《英華》作「歷天又復入西海」。

同前〔一〕

李　賀

白日下崑崙，發光如舒絲。徒照葵藿心，不見遊子悲。折折黃河曲，日從中央轉。暘谷耳曾聞，若木眼不見一作不可見。〔二〕奈何鑠石，胡爲銷人。羿彎弓屬矢，〔三〕那不中，足令久不得奔，〔四〕詎教晨光夕昏？

〔一〕同前：《李長吉歌詩》卷四作《日出行》。

〔二〕若木：《英華》卷一九三作「弱水」。

〔三〕羿字下《英華》有「能」字。

〔四〕足令句：《英華》作「足令烏不得翔、火不得奔」。

樂府詩集卷第二十九

相和歌辭四

吟歎曲

《古今樂録》曰：「張永《元嘉技録》有吟歎四曲：一曰《大雅吟》，二曰《王明君》，三曰《楚妃歎》，四曰《王子喬》。《大雅吟》《王明君》《楚妃歎》，並石崇辭。《王子喬》，古辭。《王明君》一曲，今有歌。《大雅吟》《楚妃歎》二曲，今無能歌者。古有八曲，其《小雅吟》《蜀琴頭》《楚王吟》《東武吟》四曲闕。」

大雅吟

晉·石　崇

堂堂太祖，淵弘其量。仁格宇宙，義風遐暢。啟土萬里，志在翼亮。三分有二，周文是尚。於穆武王，奕世載聰。欽明沖默，文思允恭。武則不猛，化則時雍。庭有儀鳳，郊有遊龍。啟路千里，萬國率從。蕩清吴會，六合乃同。百姓仰德，良史書功。超越三代，唐、虞比蹤。

右一曲，晉樂所奏。

王明君〔一〕

石崇

一曰《王昭君》。《唐書·樂志》曰：「《明君》，漢曲也。元帝時，匈奴單于入朝，詔以王嬙配之，即昭君也。及將去，入辭，光彩射人，悚動左右，天子悔焉。漢人憐其遠嫁，爲作此歌。晉石崇妓緑珠善舞，以此曲教之，而自製新歌。」按此本中朝舊曲，唐爲吴聲，蓋吴人傳授訛變使然也。《西京雜記》曰：「元帝後宫既多，不得常見，乃使畫工圖其形，案圖召幸。宫人皆賂畫工，多者十萬，少者亦不減五萬。昭君自恃容貌，獨不肯與。工人乃醜圖之，遂不得見。後匈奴入朝，求美人爲閼氏，帝按圖以昭君行。及去召見，貌爲後宫第一，善應對，舉止閒雅。帝悔之，而名籍已定，方重信於外國，故不復更人，乃窮按其事。畫工有杜陵毛延壽，爲人形，醜好老少，必得其真。安陵陳敞，新豐劉白、龔寬，並工爲牛馬飛鳥。衆藝人形好醜，不逮延壽。下杜陽望、樊青，尤善布色。同日棄市。籍其家資，皆巨萬。京師畫工於是差稀。」《古今樂録》曰：「《明君》歌舞者，晉太康中季倫所作也。王明君本名昭君，以觸文帝諱，故晉人謂之明君。匈奴盛，請婚於漢，元帝以後宫良家子明君配焉。初，武帝以江都王建女細君爲公主，嫁烏孫王昆莫，令琵琶馬上作樂，以慰其道路之思，送明君亦然也。其造新之曲，〔二〕多哀怨之聲。晉、宋以來，《明君》止以絃隸少許爲上舞而已。梁天監中，斯宣達爲樂府令，與諸樂工以清商兩相間絃爲《明君》上舞，傳之至今。」王僧虔《技録》云：「《明君》有閒絃及契注聲，又有送聲。」謝希逸《琴論》曰：「平調《明君》三十六拍，胡笳《明君》三十六拍，清調《明君》十三拍，間絃《明君》九拍，蜀調《明君》十二拍，吴調《明君》十四拍，杜瓊《明君》二十一拍，凡有七曲。」《琴集》曰：「胡笳《明君》四弄，有上舞、下舞、上閒絃、下閒絃。《明君》三百餘弄，其善者四焉。又胡笳《明君别》五弄，辭漢、跨鞍、望鄉、奔雲、入林是也。」按琴曲有《昭君怨》，亦與此同。

我本漢家子，將適單于庭。辭訣未及終，前驅已抗旌。僕御涕流離，轅馬悲且鳴。〔三〕哀鬱傷五内，泣淚沾朱纓。〔四〕行行日已遠，遂造匈奴城。延我於穹廬，加我閼氏名。殊類非所安，雖貴非所榮。父子見陵辱，對之慚且驚。殺身良不易，默默以苟生。苟生亦何聊，積思常憤盈。願假飛鴻翼，（棄）〔乘〕之以遐征。〔五〕飛鴻不我顧，佇立以屏營。昔爲匣中玉，今爲糞上英。朝華不足嘉一作歡，〔六〕甘與秋草并。〔七〕傳語後世人，遠嫁難爲情。

右一曲，晉樂所奏。

〔一〕《王明君》：《藝文》卷四二作《明君詞》。
〔二〕《文選》王季倫《王明君詞》作「其造新曲」，無「之」字，是。
〔三〕悲且鳴：《玉臺》作「爲悲鳴」。
〔四〕沾朱纓：《文選》卷二七作「溼珠纓」。
〔五〕（棄）〔乘〕：據《文選》改。
〔六〕嘉：《文選》《玉臺》《藝文》作「歡」。
〔七〕秋草：《古樂府》卷四作「草莽」。

王昭君

宋・鮑　照

既事轉蓬遠，心隨雁路絶。霜鞞旦夕驚，邊笳中夜咽。

同前

梁・施榮泰

垂羅下椒閣，舉袖拂胡塵。唧唧撫心歎，〔一〕蛾眉誤殺人。

〔一〕唧唧：《英華》卷二〇四作「寂寞」。

同前〔一〕

北周・庾信

(試)〔拭〕啼辭戚里，〔二〕回顧望昭陽。鏡失菱花影，釵除却月梁。圍腰無一尺，垂淚有千行。衫身承馬汗，〔三〕紅袖拂秋霜。别曲真多恨，哀絃須更張。

〔一〕同前：《英華》卷二〇四作《昭君怨》。

〔二〕(試)〔拭〕：據《詩紀》卷一一四改。

〔三〕衫身：《庾子山集》卷二作「緑衫」，似是。

同前〔一〕

(倚)〔猗〕蘭恩寵歇，〔二〕昭陽幸御稀。朝辭漢闕去，夕見胡塵飛。寄信秦樓下，因書秋雁歸。

〔一〕此詩作者不詳。庾信有《昭君怨》二首，第二首首句爲「斂眉光禄塞」，與此異。

〔二〕(倚)〔猗〕蘭：據毛刻本改。

同前

唐・崔國輔

漢使南還盡，胡中妾獨存。紫臺綿望絶，秋草不堪論。

同前

一回望月一回悲，望月月移人不移。何(如)〔時〕得見漢朝使，〔一〕爲妾傳書斬畫師。

〔一〕何(如)〔時〕：據毛刻本、《全唐詩》卷一九改。

同前

盧照鄰

合殿恩中絶，交河使漸稀。肝腸辭玉輦，〔一〕形影向金微。〔二〕漢宫草應緑，胡庭沙正飛。願逐三秋雁，年年一度歸。

〔一〕辭：《英華》卷二〇四作「隨」。

〔二〕金微：《搜玉小集》及《文粹》卷一二作「金徽」。

同前

駱賓王

斂容辭豹尾，緘怨度龍鱗。金鈿明漢月，玉筯染胡塵。妝鏡菱花暗，愁眉柳葉嚬。唯有清笳曲，時聞芳樹春。

同前

沈佺期

非君惜鸞殿，非妾妬蛾眉。薄命由驕虜，無情是畫師。嫁來胡地惡，〔一〕不並漢宮時。心苦無聊賴，何堪上馬辭。

〔一〕惡：《全唐詩》卷一九注：「集作日。」

同前

梁獻

圖畫失天真，容華坐誤人。君恩不可再，妾命在和親。淚點關山月，衣銷邊塞塵。一聞陽鳥至，思絶漢宮春。

同前　上官儀

玉關春色晚，金河路幾千。琴悲桂條上，笛怨柳花前。霧掩臨妝月，風驚入鬢蟬。緘書待還使，淚盡白雲天。

同前　董思恭

琵琶馬上彈，行路曲中難。漢月正南遠，燕山直北寒。髻鬟風拂散一作亂，眉黛雪沾殘。斟酌紅顏盡〔一〕，何勞鏡裏看。〔二〕

〔一〕盡：《全唐詩》卷一九注：「集作改。」

〔二〕何：《英華》卷二〇四作「徒」。

同前　顧朝陽

莫將鉛粉匣，不用鏡花光。一去邊城路，何(清)〔情〕更畫妝。〔一〕影銷胡地月，衣盡漢宮香。妾死非關命，祇緣怨斷腸。

〔一〕（清）〔情〕：據毛刻本改。

同前三首

東方虬

漢道初全盛，〔一〕朝廷足武臣。何須薄命妾，辛苦遠和親。〔二〕

掩涕辭丹鳳，銜悲向白龍。單于浪驚喜，無復舊時容。

胡地無花草，〔三〕春來不似春。自然衣帶緩，非是爲腰身。

〔一〕初：《英華》卷二〇四作「今」，《搜玉小集》作「方」。

〔二〕遠：《搜玉小集》作「事」。

〔三〕胡地句：《英華》作「塞外無青草」。

同前三首

郭元振

自嫁單于國，長銜漢掖悲。容顏日憔悴，有甚畫圖時。

厭踐冰霜域，嗟爲邊塞人。思從（漢）〔漠〕南獵，〔一〕一見漢家塵。

聞有南河信，〔二〕傳聞殺畫師。始知君惠重，〔三〕更遣畫蛾眉。〔四〕

〔一〕（漢）〔漢〕南：據《全唐詩》卷六六改。
〔二〕聞：同上注：「一作聞道河南使。」
〔三〕惠：同上及《搜玉小集》作「念」。
〔四〕遺畫：《英華》卷二〇四作「復惜」。《全唐詩》作「肯惜」。

同前

劉長卿

自矜妖豔色，不顧丹青人。那知粉繢能相負，却使容華翻誤身。上馬辭君嫁驕虜，玉顏對人啼不語。北風雁急浮清一作雲秋，〔一〕萬里獨見黄河流。纖腰不復漢宫寵，雙蛾長向胡天愁。琵琶絃中苦調多，蕭蕭羌笛聲相和。可憐一曲傳樂府，能使千秋傷綺羅。

〔一〕浮清：《唐文粹》卷一二作「浮雲」。

同前二首〔一〕

李白

漢家秦地月，流影照一作送明妃。一上玉關道，天涯去不歸。漢月還從東海出，明妃西嫁無來日。燕支長寒雪作花，蛾眉憔悴没胡沙。生乏黄金枉圖畫，死留青塚使人嗟。

昭君拂玉鞍，上馬啼紅頰。今日漢宫人，明朝胡地妾。

〔一〕同前：《英華》卷二〇四作《昭君怨》。

同前　儲光羲

日暮驚沙亂雪飛，傍人相勸易羅衣。强來前帳看歌舞，共待單于夜獵歸。

同前　僧皎然

自倚嬋娟望主恩，誰知美惡忽相翻。黄金不買漢宫貌，青塚空埋胡地魂。

同前二首　白居易

滿面胡沙滿鬢風，眉銷殘黛臉銷（殘）〔紅〕。〔一〕愁苦辛懃憔悴盡，如今却似畫圖中。

漢使却迴憑寄語，黄金何日贖蛾眉。君王若問妾顔色，莫道不如宫裏時。

〔一〕（殘）〔紅〕：據毛刻本、《全唐詩》卷一九改。

同前二首〔一〕

令狐楚

錦車天外去，毳幕雲中開。魏闕蒼龍遠，蕭關赤雁哀。

仙娥今下嫁，(嫡)〔驕〕子自同和。〔二〕劍戟歸田盡，牛羊遶塞多。

〔一〕同前二首：第二首「仙娥今下嫁」，《全唐詩》卷一九作張仲素詩。

〔二〕(嫡)〔驕〕子：據《全唐詩》卷一九改。

同前〔一〕

李商隱

毛延壽畫欲通神，忍爲黄金不爲人。〔二〕馬上琵琶行萬里，漢宫長有隔生春。〔三〕

〔一〕同前：《全唐詩》卷一九作《王昭君》。

〔二〕不爲：同上卷五四〇作「不顧」。

〔三〕生：同上，注：「一作山。」

明君詞〔一〕

梁・簡文帝

玉艷光瑶質，金鈿婉黛紅。一去蒲萄觀，長别披香宫。秋簷照漢月，愁帳入胡風。妙工偏見詆，無由情恨通。

〔一〕《明君詞》：《英華》卷二〇四作《昭君怨》。

同前

武陵王紀

塞外無春色，邊城有風霜。誰堪覽明鏡，持許照紅妝。

同前〔一〕

沈約

朝發披香殿，夕濟汾陰河。於兹懷九折，〔二〕自此斂雙蛾。沾妝疑湛露，〔三〕繞臆狀流波。日見奔沙起，稍覺轉蓬多。胡風犯肌骨，非直傷綺羅。銜涕試南望，關山鬱嵯峨。始作陽春曲，終成苦寒歌。唯有三五夜，明月暫經過。

〔一〕同前：《英華》卷二〇四作《昭君怨》。

〔二〕折：《玉臺》卷五、《英華》卷二〇四均作「逝」，是。

〔三〕疑：《英華》作「如」。

同前

陳・張正見

寒樹暗胡塵，〔一〕霜棲明漢月。淚染上春衣，憂變華年髮。

〔一〕寒：左克明《古樂府》卷四、《英華》卷二〇四作「塞」。

同前

北周・王褒

蘭殿辭新寵，椒房餘故情。鴻飛漸南陸，馬首倦西征。寄書參漢使，銜涕望秦城。唯餘馬上曲，猶作出關聲。

同前〔一〕

庾信

斂眉光禄塞，遥望夫人城。片片紅顔落，雙雙淚眼生。冰河牽馬渡，雪路抱鞍行。胡風入骨冷，一作作夜月照心明。方調琴上曲，變入胡笳聲。

〔一〕同前：《庾子山集》卷二作《昭君辭應詔》。

同前

隋・何　妥

昔聞别鶴弄，已自軫離情。今來昭君曲，還悲秋草并。

同前

薛道衡

我本良家子，充選入椒庭。不蒙女史進，更無畫師情。〔一〕蛾眉非本質，蟬鬢改真形。專(猶)〔由〕妾命薄，〔二〕誤使君恩輕。啼落渭橋路，〔三〕歎别長安城。今夜寒草宿，〔四〕明朝轉蓬征。〔五〕却望關山迥，前瞻沙漠平。胡風帶秋月，嘶馬雜笳聲。毛裘易羅綺，氈帳代帷屏。〔六〕自知蓮臉歇，羞看菱鏡明。釵落終應棄，髻解不須縈。何用單于重，詎假閼氏名。駃騠聊强食，挏酒未能傾。〔七〕心隨故鄉斷，愁逐(寒)〔塞〕雲生。〔八〕漢宫如有憶，爲視旄頭星。

〔一〕無：《英華》卷二〇四作「失」，是。

〔二〕(猶)〔由〕：據同上改。薄：同上作「舛」。

〔三〕落：《百三名家集》作「霑」。

〔四〕今夜：同上作「夜依」。

〔五〕明朝：同上作「朝逐」。

〔六〕帷：《百三名家集》作「金」。

〔七〕挏酒：《全隋詩》作「筒酒」，疑是。

〔八〕（寒）〔塞〕：據《英華》和毛刻本改。

同前

唐·王偃

北望單于日半斜，明君馬上泣胡沙。一雙淚滴黄河水，應得東流入漢家。

同前

張文琮

（我）〔戒〕途飛萬里，〔一〕回首望三秦。忽見天山雪，還疑上苑春。玉痕垂淚粉一作粉淚，羅袂拂胡塵。爲得胡中曲，還悲遠嫁人。

〔一〕（我）〔戒〕途：據《全唐詩》卷一九改。

同前

陳昭〔一〕

跨鞍今永訣，垂淚別親賓。漢地行將遠，〔二〕胡關逐望新。交河擁塞路，〔三〕隴首暗沙塵。

唯有孤明月，猶能遠送人。

〔一〕陳昭：《英華》卷二〇四作「陰鏗」。

〔二〕行將遠：同上作「隨行盡」。

〔三〕塞路：同上作「寒霧」，《詩紀》卷一〇六作「塞霧」。

同前　　戴叔倫

漢宫若遠近，〔一〕路在沙塞上。到死不得歸，何人共南望。

〔一〕若：疑當作「路」。

同前〔一〕　　李　端

李陵初送子卿回，漢月明明照帳來。〔二〕憶著長安舊遊處，千門萬户玉樓臺。

〔一〕同前：《全唐詩》卷二八六作《昭君詞》。

〔二〕漢月句：《全唐詩》作「漢月明時惆悵來」。

昭君歎二首

梁·范靜婦沈氏

早信丹青巧，重貨洛陽師。〔一〕千金買蟬鬢，〔二〕百萬寫蛾眉。

今朝猶漢地，明旦入胡關。情寄南雲反，思逐北風還一作高堂歌吹少，遊子夢中還。〔三〕

〔一〕貨：《英華》卷二〇四作「賂」。

〔二〕買：同上作「晝」。

〔三〕「情寄」二句，《玉臺》卷一〇作「高堂歌吹遠，游子夢中還」。

楚王吟

張率

章臺迎夏日，夢遠感春條。風生竹籟響，雲垂草緑饒。相看重束素，唯欣争細腰。不惜同從理，但使一聞韶。

楚妃歎

晉·石崇

劉向《列女傳》曰：「楚姬，楚莊王夫人也。莊王好狩獵畢弋，樊姬諫不止，乃不食禽獸之肉。王嘗與虞丘子語，以爲賢。樊姬笑之，王曰：『何笑也？』對曰：『虞丘子賢矣，未忠也。妾充後宫十一年，而所進者九人，賢於妾者二人，與妾同列者七人。虞丘子相楚十年，而所薦者非其子孫，則族昆弟，未聞進賢退不肖也。妾之笑不亦宜乎？』王於是以孫叔敖爲令尹，治楚三年而莊王以霸。」《樂府解題》曰：「陸機《吴趨行》云：『楚妃且勿歎』。明非近題也。」按謝希逸《琴論》有《楚妃歎》七拍。

蕩蕩大楚，跨土萬里。北據方城，南接交趾，西撫巴漢，東被海涘。五侯九伯，是疆是理。矯矯莊王，淵渟岳峙。冕旒垂精，充纊塞耳。韜光戢曜，潛默恭己。内委樊姬，外任孫子。猗猗樊姬，體道履信。既紬虞丘，九女是進。杜絶邪佞，廣啟令胤。割歡抑寵，居之不吝。不吝實難，可謂知幾。化自近始，著於閨闈。光佐霸業，邁德揚威。群后列辟，式瞻洪規。譬彼江海，百川咸歸。萬邦作歌，身没名飛。

右一曲，晉樂所奏。

同前

宋・袁伯文

玉墀滴凄露，羅幌已依霜。逢春每先絶，爭秋欲幾芳。

同前〔一〕

梁・簡文帝

閨閑漏永永，〔二〕漏長宵寂寂。草螢飛夜户，絲蟲繞秋屋。〔三〕薄笑未爲欣，微歎還成戚。金簪鬢下垂，玉筯衣前滴。

〔一〕同前：《藝文》卷四二作《悲楚妃嘆》。

〔二〕閨閑句：《詩紀》卷六七、《百三名家集》均作「幽閨情脈脈」。按「幽閨」似當作「閨幽」，與「漏長」相對。

〔三〕屋：《玉臺》卷七、《藝文》、《詩紀》均作「壁」。

同前〔一〕

唐・張　籍

湘雲初起江沉沉，君王遥在雲夢林。江南雨多旌旗暗，臺下朝朝春水深。章華殿前朝萬國，〔二〕君心獨自終無極。〔三〕楚兵滿地能逐禽，〔四〕誰用一身繼筋力。〔五〕西江若翻雲夢中，麋鹿死盡應還宫。

〔一〕同前：《張司業集》卷七作《楚妃怨》，《全唐詩》卷三八二作《楚妃嘆》。

〔二〕萬：《張司業集》作「下」。

〔三〕終無：《全唐詩》作「無終」，是。
〔四〕能：《張司業集》作「兼」。
〔五〕繼：《張司業集》作「騁」，是。

楚妃吟

梁·王筠

〔窗中曙〕〔一〕花早飛，林中明，鳥早歸。庭前日，暖春閨，香氣亦霏霏。香氣漂，當軒清唱調。獨顧慕，含怨復含嬌。蝶飛蘭復〔熏〕裊裊。〔二〕輕風入裾春可遊，歌聲梁上浮。春遊方有樂，沈沈下羅幕。

〔一〕〔窗中曙〕：此詩開端據《全梁詩》補三字。
〔二〕「蝶飛」句上有脱文，《全梁詩》「復」下有「熏」字。

楚妃曲

吳均

春妝約春黛，如月復如蛾。玉釵照繡領，金薄厠紅羅。

楚妃怨

唐·張籍

梧桐葉下黄金井，横架轆轤牽素綆。美人初起天未明，手拂銀瓶秋水冷。

王子喬

古　辭

劉向《列仙傳》曰：「王子喬者，周靈王太子晉也，好吹笙作鳳鳴。遊伊、洛之間，道人浮丘公接以上嵩高山。三十餘年後，求之於山上，見桓良曰：『告我家，七月七日待我於緱氏山頭。』至時，果乘白鶴駐山頭，望之不得到，舉手謝時人，數日而去。爲立祠於緱氏山下及嵩高之首焉。」

王子喬，參駕白鹿雲中遨。參駕白鹿雲中遨，下遊來，王子喬。參駕白鹿上至雲，戲遊遨。上建逋陰廣里踐近高。結仙宫，過謁三台，東遊四海五嶽，（山）〔上〕過蓬萊紫雲臺。〔一〕三王五帝不足令，令我聖明應太平。〔二〕養民若子事父明，當究天禄永康寧。玉女羅坐吹笛簫。嗟行聖人遊八極，鳴吐銜福翔殿側。聖主享萬年。悲吟皇帝延壽命。

右一曲，魏、晉樂所奏。

〔一〕（山）〔上〕：據《古樂府》卷四改。

〔三〕聖明：《古樂府》作「聖朝」。

同前〔一〕

梁·江淹

子喬好輕舉，不待鍊銀丹。控鶴去窈窕，〔二〕學鳳對巑岏。山無一春草，谷有千年蘭。雲衣下躑躅，龍駕何時還？

〔一〕同前：《江文通集》作「王太子」。

〔二〕去：《藝文》卷七八作「上」。

同前

高允生

仙化非常道，其義出自然。王喬誕神氣，白日忽升天。晻曖御雲氣，飄飄乘長烟。寄想崆峒外，翱翔宇宙間。七月有佳節一作期，控鶴崇崖巔。永與時人別，一去不復旋。

同前

後魏·高允

王少卿，王少卿，超升飛龍翔天庭。遺儀景，雲漢酬，光騖電逝忽若浮。騎日月，從列星，跨騰太廓踰窅冥。〔一〕尋元氣，出天門，窮覽有無究道根。

〔一〕太：《百三名家集》作「八」。

同前

唐·宋之問

王子喬，愛神仙，七月七日上賓天，白虎摇瑟鳳吹笙，乘騎雲氣吸日精。吸日精，長不歸，遺廟今在而人非。空望山頭草，草露濕君衣。

樂府詩集卷第三十

相和歌辭五

四弦曲

《古今樂録》曰："張永《元嘉技録》有《四弦》一曲，《蜀國四弦》是也，居相和之末，三調之首。古有四曲，其《張女四弦》《李延年四弦》《嚴卯四弦》三曲，闕《蜀國四弦》。節家舊有六解，宋歌有五解，今亦闕。"

蜀國弦〔一〕

梁·簡文帝

銅梁指斜谷，劍道望中區。通星上分野，作固下爲都。雅歌因良守，妙舞自巴渝。陽城嬉樂盛，〔二〕劍騎鬱相趨。五婦行難至，百兩好遊娱。牲祈望帝祀，酒酹蜀侯誅。〔三〕江妃納重聘，卓女愛將雛。停弦時繫爪，息吹治脣朱。〔四〕脱衫湔錦浪，〔五〕回扇避陽烏。聞君握節返，賤妾下城隅。

〔一〕蜀國弦：《詩紀》卷六七、《百三名家集》均作《蜀國絃歌篇十韻》。
〔二〕盛：《玉臺》卷七、《詩紀》均作「所」。
〔三〕誅：《詩紀》作「姝」，似是。
〔四〕治脣：《詩紀》作「更治」，似是。
〔五〕脱：《玉臺》作「春」。

同前

隋·盧思道

西蜀稱天府，由來擅沃饒。雪一作雲浮玉壘夕，日映錦城朝。南尋九折路，東上七星橋。琴心若易解，令客豈難要。

同前

唐·李　賀

楓香晚華靜，錦水南山影。驚石墜猿哀，竹雲愁半嶺。涼月生秋浦，玉沙鱗鱗光。〔一〕誰家紅淚客，不忍過瞿塘。

〔一〕鱗鱗：《李賀集》卷一宋本缺兩字，明人補作「粼粼」。

平調曲一

《古今樂録》曰：「王僧虔《大明三年宴樂技録》，平調有七曲：一曰《長歌行》，二曰《短歌行》，三曰《猛虎行》，四曰《君子行》，五曰《燕歌行》，六曰《從軍行》，七曰《鞠歌行》。荀氏録所載十二曲，傳者五曲。武帝「周西」、「對酒」，文帝「仰瞻」，並《短歌行》，文帝「秋風」、「别日」，並《燕歌行》是也，其七曲今不傳。文帝「功名」，明帝「青青」，並《長歌行》，武帝「吾年」，明帝「雙桐」，並《猛虎行》，「燕趙」《君子行》，左延年「苦哉」《從軍行》，「雉朝飛」《短歌行》是也。其器有笙、笛、筑、瑟、琴、箏、琵琶七種，歌弦六部。張永《録》曰：「未歌之前，有八部弦、四器，俱作在高下遊弄之後。凡三調，歌弦一部，竟輒作送，歌弦今用器。又有《大歌弦》一曲，歌「大婦織綺羅」，不在歌數，唯平調有之，即清調「相逢狹路間，道隘不容車」篇。後章有「大婦織綺羅，中婦織流黄」是也。張《録》云：「非管弦音聲所寄，似是命笛理弦之餘。」王録所無也，亦謂之《三婦豔》詩。

長歌行

古辭

《樂府解題》曰：「古辭云『青青園中葵，朝露待日晞』，言芳華不久，當努力爲樂，無至老大乃傷悲也。魏改奏文帝所賦曲『西山一何高』，言仙道茫茫不可識，如王喬、赤松，皆空言虛詞，迂怪難信，當觀聖道而已。若陸機『逝矣經天日，悲哉帶地川』，則復言人運短促，當乘間長歌，與古文合也。」崔豹《古今注》曰：「長歌、短歌，言人壽命長短，各有定分，不可妄求。」按古詩云「長歌正激烈」，魏（武）〔文〕帝《燕歌行》云「短歌微吟不能長」，〔一〕晉傅玄《豔歌行》云「咄來長歌續短歌」，然則歌聲有長短，非言壽命也。唐李賀有《長歌續短歌》，蓋出於此。

青青園中葵，朝露待日晞。〔二〕陽春布德澤，萬物生光輝。常恐秋節至，焜黄華葉衰。〔三〕百川東到海，何時復西歸。少壯不努力，老大徒傷悲。

〔一〕（武）〔文〕：據《燕歌行》爲文帝作改。

〔二〕待：《文選》卷二七作「行」。

〔三〕葉：《文選》卷二七作「蕊」。

同前二首

古辭

仙人騎白鹿，髮短耳何長。導我上太華，攬芝獲赤幢。來到主人門，奉藥一玉箱。主人服此藥，身體（一）日康强。〔一〕髮白〔復〕更黑，〔二〕延年壽命長。

岧岧山上亭，〔三〕皎皎雲間星。遠望使心思，遊子戀所生。驅車出北門，遥觀洛陽城。凱風吹長棘，夭夭枝葉傾。黄鳥飛相追，咬咬弄音聲。竚立望西河，泣下沾羅纓。

〔一〕（一）日：據《詩紀》卷六删。

〔二〕〔復〕更黑：據同上補。

〔三〕「岧岧山上亭」首，本與「仙人騎白鹿」首合爲一首，《古樂府》卷四、《詩紀》均别作一首，今據改。

同前

魏·明帝

静夜不能寐，耳聽衆禽鳴。大城育狐兔，高墉多鳥聲。壞宇何寥廓，〔一〕宿屋邪草生。中心感時物，撫劍下前庭。〔二〕翔佯於階際，景星一何明。仰首觀靈宿，北辰奮休榮。哀彼失群燕，喪偶獨煢煢。單心誰與侣，造房孰與成。徒然喟有和，悲慘傷人情。余情偏易感。懷罔增憤盈。〔三〕吐吟音不徹，泣涕沾羅纓。

〔一〕壞：疑當作「寰」。

〔二〕撫：《藝文》卷四二作「攬」。

〔三〕罔：疑當作「往」。

同前

晉・傅玄

利害同根源，賞下有甘鉤。義門近□塘，（獸）〔虎〕口出通侯。〔一〕撫劍安所趨，蠻方未順流。蜀賊阻石城，吴寇馮龍舟。二軍多壯士，聞賊如見讎。投身効知己，徒生心所羞。鷹隼厲天翼，恥與燕雀遊。成敗在縱者，無令鷙鳥憂。

〔一〕（獸）〔虎〕：唐人諱虎爲獸，今改。

同前

陸機

逝矣經天日，悲哉帶地川。寸陰無停晷，尺波徒自旋一作豈徒旋。年往迅勁矢，時來亮急弦。遠期鮮克及，盈數固希全。容華夙夜零，體澤坐自捐。兹物苟難停，吾壽安得延。俛仰逝將過，倏忽幾何間。慷慨亦焉訴，天道良自然。但恨功名薄，竹帛無所宣。迨及歲未暮，長歌乘我閒。

同前

宋・謝靈運

倏爍夕星流，昱奕朝露團。粲粲烏有停，泫泫豈暫安。徂齡速飛電，頽節鶩驚湍。覽物起悲緒，顧己識憂端。朽貌改鮮色，悴容變柔顏。變改苟催促，容色烏盤桓。亹亹衰期迫，靡靡壯志闌。既慚臧孫慨，復愧楊子歎。寸陰果有逝，尺素竟無觀。幸賒道念戚，且取長歌歡。

同前

梁・元帝

當壚擅旨酒，一巵堪十千。無勞蜀山鑄，扶授采金錢。〔一〕人生行樂爾，何處不留連。朝爲洛生詠，夕作據梧眠。忽茲忘物我，優游得自然。

〔一〕授：《詩紀》卷七〇作「受」。

同前

沈約

連連（無）〔舟〕一作舟壑改，〔一〕微微市朝變。來功嗣往迹，莫武徂升彥。局塗頓遠策，留歡（限）〔恨〕奔箭。〔二〕拊戚狀驚瀾，循休擬回電。歲去芳願違，年來苦心薦。春貌既移紅，秋林豈停蒨。一倍茂陵道，寧思柏梁宴。長戢兔園情，永別金華殿。聲徽無惑簡，丹青有餘絢。幽篇且未調，無使長歌倦。

〔一〕（無）〔舟〕：據《詩紀》卷七二、《百三名家集》改。

〔二〕（限）〔恨〕據同上改。

同前　〔沈約〕〔一〕

春隰荑緑柳，寒墀積皓雪。依依往紀盈，霏霏來思結。思結纏歲晏，曾是掩初節。初節曾不掩，浮榮逐弦缺。弦缺更圜合，〔二〕君一作浮榮永沉滅。色隨夏蓮變，（能）〔態〕與秋霜耋。〔三〕道迫無異期，賢愚有同絶。銜恨豈云忘，天道無甄別。功名識所職，竹帛尋摧裂。生外苟難尋，坐爲長歎設。

〔一〕〔沈約〕：兩字原脱，據《詩紀》卷七二、《百三名家集》補。

〔二〕圜：同上作「圓」，是。

〔三〕（能）〔態〕：據同上改。

同前　唐·李白

桃李得日開，〔一〕榮華照當年。東風動百物，草木盡欲言。枯枝無醜葉，涸水吐清泉。大力運天地，羲和無停鞭。功名不早著，竹帛將何宣。桃李務青春，誰能貫白日。〔二〕富貴與神仙，蹉跎成兩失。金石猶銷鑠，風霜無久質。畏落日月後，强歡歌與酒，秋霜不惜人，倏忽侵蒲柳。

〔一〕得：蕭本《李太白詩》卷六作「待」。
〔二〕貫：王琦注《李太白集》作「貰」，是。

同前

王昌齡

曠野饒悲風，颼颼黃一作多蒿草。〔一〕繫馬停白楊，〔二〕誰知我懷抱。所是同袍者，相逢盡衰一作哀老。况登漢家陵，〔三〕南望長安道。下有枯樹根，上有鼷一作鼯鼠窠。〔四〕高皇子孫盡，千古無人過。寶玉頻發掘，精靈其奈何！〔五〕人生須達命，有酒且長歌。

〔一〕黃：《英華》卷二〇三作「槁」。
〔二〕停：同上作「依」。
〔三〕况：同上作「北」。
〔四〕鼷：注作「鼯」，是，鼯飛行樹上。
〔五〕奈：同上作「若」。

鰕䱇篇

魏·曹植

一曰《鰕䱇篇》。《樂府解題》曰：「曹植擬《長歌行》爲《鰕䱇》。」

鰕䱇遊潢潦，不知江海流。燕雀戲藩柴，安識鴻鵠遊。世事此誠明，〔一〕大德固無儔。駕言登五岳，然後小陵丘。俯觀上路人，勢利是謀讎。高念〔翼〕皇家，〔二〕遠懷柔九州。撫劍而雷音，猛氣縱横浮。泛泊徒嗷嗷，誰知壯士憂。

〔一〕世事此誠明：《百三名家集》作「世士誠明性」。此：《藝文》卷四一作「比」。

〔二〕此二句原作「勢利□是謀，讎高念皇家」。□，《曹子建集》、《古樂府》卷四皆作「唯」。黄節《曹子建詩注》卷二云：「宋本作『勢利是謀讎，高念翼皇家。』」按宋本是，據改。

短歌行二首六解

魏·武帝

《古今樂録》曰：「王僧虔《技録》云：『《短歌行》「仰瞻」一曲，魏氏遺令，使節朔奏樂，魏文製此辭，自撫箏和歌。歌者云「貴官彈箏」，貴官即魏文也。此曲聲制最美，辭不可入宴樂。』」《樂府解題》曰：「《短歌行》，魏武帝『對酒當歌，人生幾何』，晉陸機『置酒高堂，悲歌臨觴』，皆言當及時爲樂也。」

對酒當歌，人生幾何？譬如朝露，去日苦多。一解 慨當以慷，憂思難忘，以何解愁，〔一〕唯有杜康。二解 青青子衿，悠悠我心，但爲君故，沈吟至今。三解 明明如月，何時可輟。〔二〕憂從中來，不可斷絶。四解 呦呦鹿鳴，食野之苹。我有嘉賓，鼓瑟吹笙。五解 山不厭高，水不厭深。周公吐哺，天下歸心。六解

〔一〕以何解愁：下一曲本辭作「何以解憂」，此或爲樂人所改。

〔二〕輟：《文選》卷二七、《藝文》卷四二均作「掇」。

右一曲，晉樂所奏。

對酒當歌，人生幾何？譬如朝露，去日苦多。慨當以慷，憂思難忘，何以解憂，唯有杜康。青青子衿，悠悠我心。呦呦鹿鳴，食野之苹。我有嘉賓，鼓瑟吹笙。明明如月，何時可輟。憂從中來，不可斷絶。越陌度阡，枉用相存。契闊談讌，心念舊恩。月明星稀，烏鵲南飛。繞樹三匝，何枝可依。山不厭高，海不厭深〔一〕。周公吐哺，天下歸心。

右一曲，本辭。

〔一〕海：《魏武帝集》卷二、《百三名家集》作「水」。

同前六解

魏・武帝

周西伯昌，懷此聖德。三分天下，而有其二。脩奉貢獻，臣節不〔隆〕〔墜〕。〔一〕崇侯譖之，是以拘繫。一解　後見赦原，賜之斧鉞，得使征伐。爲仲尼所稱：達及德行，猶奉事殷。論叙其美。二解　齊桓之功，爲霸之首，九合諸侯，一匡天下。一匡天下，不以兵車。正而不譎，其德傳稱。三解　孔子所歎，并稱夷吾，民受其恩。賜與廟胙，命無下拜。小白不敢爾，天威在顏咫尺。四解　晉文亦霸，躬奉天王。受賜珪瓚，秬鬯、彤弓、盧弓、矢千，虎賁三百人。五解　威服諸侯，師之者尊，八方聞之，名亞齊桓。河陽之會，詐稱周王。是〔以〕其名紛葩。〔二〕六解

右一曲，晉樂所奏。

〔一〕〔隆〕〔墜〕：據《宋書・樂志》、毛刻本改。

〔二〕是〔以〕：據《宋書》、《魏武帝集》補。

同前六解

魏・文帝

仰瞻帷幕，俯察几筵。其物如故，其人不存。一解　神靈倏忽，棄我遐遷。靡瞻靡恃，泣涕連

連。二解 呦呦遊鹿，銜草鳴麑。翩翩飛鳥，挾子巢棲。三解 我獨孤煢，懷此百離。憂心孔疚，莫我能知。四解 人亦有言，憂令人老。嗟我白髮，生一何早。五解 長吟永歎，懷我聖考。曰仁者壽，〔一〕胡不是保。六解

右一曲，魏樂所奏。

〔一〕者：《宋書》作「曰」。

同前

魏・明帝

翩翩春燕，端集余堂。陰匿陽顯，節運自常。厥貌淑美，玄衣素裳。歸仁服德，雌雄頡頏。執志精專，潔行馴良。銜土繕巢，有式宮房。不規自圜，無矩而方。

同前

晉・傅玄

長安高城，層樓亭亭。干雲四起，上貫天庭。蜉蝣何整，行如軍征。蟋蟀何感，中夜哀鳴。蚍蜉偷一作愉樂，粲粲其榮。寤寐念之，誰知我情。昔君視我，如掌中珠。何意一朝，棄我溝渠。昔君與我，如影如形，何意一去，心如流星。昔君與我，兩心相結。何意今日，忽然

兩絶。〔一〕

〔一〕兩：《百三名家集》作「雨」。

同前

陸　機

置酒高堂，悲歌臨觴。人生幾何，〔一〕逝如朝霜。時無重至，華不再揚。蘋以春暉，蘭以秋芳。來日苦短，去日苦長。今我不樂，蟋蟀在房。樂以會興，悲以别章。豈曰無感，憂爲子忘。我酒既旨，我肴既臧。短歌可詠，〔二〕長夜無荒。

〔一〕生：《藝文》卷四二作「壽」。

〔二〕可：《陸士衡文集》卷六作「有」。

同前

梁・張　率

君子有酒，小人鼓缶。乃布長筵，式宴親友。盛壯不留，容華易朽。如彼槁葉，有似過牖。往日莫淹，來期無久。秋風悴林，寒蟬鳴柳。悲自别深，歡由會厚。豈云不樂，與子同壽。我酒既盈，我肴伊阜。短歌是唱，孰知身後。

同前〔二首〕

北周·徐謙

窮通皆是運，榮辱豈關身。不顧門前客，〔一〕看時逢故人。意氣青雲裏，〔二〕爽朗烟霞外。不羡一囊錢，唯重心襟會。

〔一〕顧：《英華》卷二〇三作「顧」。

〔二〕「意氣青雲裏」一首，與「窮通皆是運」首原合爲一首，據《英華》、《詩紀》卷一一二改爲二首。

同前

隋·辛德源

馳射罷金溝，戲笑上雲樓。少妻鳴趙瑟，侍妓囀吴謳。杯度浮香滿，扇舉細塵浮。星河耿涼夜，飛月豔新秋。忽念奔駒促，彌欣執燭遊。

同前

唐·聶夷中

八月木蔭薄，十葉三墮枝。人生過五十，亦已同此時。朝出東郭門，嘉樹鬱參差。暮出西郭門，原草已離披。南鄰好臺榭，北鄰善歌吹。榮華忽消歇，四顧令人悲。生死與榮辱，四者乃常期。古人恥其名，没世無人知。無言鬢似霜，勿謂髮如絲。耆年無一善，何殊食乳兒。

同前〔一〕

李　白

白日何短短，百年苦易滿。蒼穹浩茫茫，萬劫太極長。麻姑垂兩鬢，一半已成霜。天公見玉女，大笑億千場。吾欲攬六龍，回車挂扶桑。北斗酌美酒，勸龍各一觴。富貴非所願，爲人駐頹光一作與人駐流光。〔二〕

〔一〕同前：《英華》卷二〇三作「短歌」。

〔二〕爲人句：《李太白集》卷五作「與人駐顔光」。

同前六首〔一〕

顧　況

城邊路，今人犁田昔人墓。岸上沙，昔時江水今人家。今人昔人共長歎，四氣相催節回換。明月皎皎入華池，白雲離離度清漢。〔二〕

我欲昇天天隔霄，我思渡水水無橋。我欲上山山路險，我欲汲井井泉遥。越人翠被今何夕，獨立沙邊江草碧。紫燕西飛欲寄書，白雲何處逢來客。〔三〕

新繫青絲百尺繩，心在君家轆轤上。我心皎潔君不知，轆轤一轉一惆悵。

何處春風吹曉幕，江南緑水通朱閣。〔四〕美人二八面如花，〔五〕泣向東風畏花落。〔六〕臨春風，聽春鳥，别時多，見時少。愁人夜永不得眠一作愁人一夜不得眠，瑶井玉繩相向曉。〔七〕軒轅皇帝初得仙，鼎湖一去三千年。周流三十六洞天，洞中日月星辰連。騎龍駕景遊八極，軒轅弓劍無人識，東海青童寄消息。

〔一〕同前：《全唐詩》卷二六五作「《悲歌》有序：情思發動，聖賢所不免也，故師乙陳其宜，延陵審其音，理亂之所經，王化之所興，信無逃於聲教，豈徒文彩之麗耶，遂作歌以悲之」。作六首。《唐文粹》卷一四作《悲歌》三首，以「城邊」「我欲」兩首合爲一首，又以「新繫」「何處」「臨春風」三首合爲一首。

〔二〕清漢：《全唐詩》作「霄漢」。

〔三〕逢來：《全唐詩》注：「一作蓬萊。」

〔四〕緑水：《全唐詩》作「渌水」。

〔五〕面：《英華》卷二〇三作「顔」。

〔六〕東風：《全唐詩》作「春風」。

〔七〕相向：《全唐詩》作「相對」。

同前

王建

人初生，日初出，上山遲，下山疾。百年三萬六千朝，夜裏分將强半日。有歌有舞(聞)〔須〕早爲，〔一〕昨日健於今日時。人家見生男女好，不知男女催人老。短歌行，無樂聲。

〔一〕(聞)〔須〕：《全唐詩》卷一九「聞」作「閒」，注「閒當作須」，據改。

同前

張籍

青天蕩蕩高且虛，上有白日無根株。流光暫出還入地，催我少年不須臾。與君相逢忽寂寞，〔一〕衰老不復如今樂。玉卮盛酒置君前，再拜願君千萬年。

〔一〕忽：《全唐詩》卷一九作「不」，《張司業集》卷七作「勿」，按「不」字是。

同前二首

白居易

曈曈太陽如火色，上行千里下一刻。出爲白晝入爲夜，圓轉如珠住不得。住不得，可奈何！爲君舉酒歌短歌。歌聲苦，詞亦苦，四座少年君聽取。今夕未竟明夕催，秋風纔住春風回。人無根蒂時不駐，朱顔白日相隳頹。勸君且强笑一面，勸君復强飲一杯。人生不得長歡樂，年少須臾老到來。

世人求富貴，多爲身嗜欲。〔一〕盛衰不自由，得失常相逐。問君少年日，苦學將干禄。負笈塵中遊，抱書雪前(宿)〔讀〕。〔二〕布衾不周體，藜茄纔充腹。三十登宦途，五十被朝服。奴温已挾纊，〔三〕馬肥初食粟。未敢議歡遊，尚爲名撿束。耳目聾暗後，堂上調絲竹。牙齒缺落時，盤中堆酒肉。彼來此已去，外餘中不足。少壯與榮華，相避如寒燠。青雲去地遠，白日(終)〔經〕天速。〔四〕從古無奈何，短歌聽一曲。

〔一〕身：《全唐詩》卷一九注：「一作奉。」

〔二〕(宿)〔讀〕：據《英華》卷二〇三改。

〔三〕已：《英華》作「新」。

〔四〕(終)〔經〕：據《英華》改。

同前

陸龜蒙

爪牙在身上，陷穽猶可制。爪牙在胸中，劍戟無所(謂)〔畏〕。〔一〕人言畏猛虎，誰是撩頭虪。祇見古來心，姦雄暗相噬。

〔一〕（謂）〔畏〕：據《全唐詩》卷一九改。

同前

僧皎然

古人若不死，吾亦有所悲。〔一〕蕭蕭煙雨九原上，白楊青松葬者誰。貴賤同一塵，死生同一指。人生在世共如此，〔二〕何異浮雲與流水。短歌行，短歌無窮日已傾。鄴宮梁苑徒有名，春草秋風傷我情。何爲不學金仙侶，一悟空王無死生。

〔一〕有：疑當作「何」。

〔二〕在世：《英華》卷二〇三作「萬代」。

樂府詩集卷第三十一

相和歌辭六

平調曲二

銅雀臺

陳・張正見

一曰《銅雀妓》。《鄴都故事》曰：「魏武帝遺命諸子曰：『吾死之後，葬於鄴之西崗上，與西門豹祠相近，無藏金玉珠寶。餘香可分諸夫人，不命祭吾。妾與伎人，皆著銅雀臺，臺上施六尺牀，下繐帳，朝晡上酒脯粻糒之屬。每月朝十五，輒向帳前作伎。汝等時登臺，望吾西陵墓田。』故陸機《弔魏武帝文》曰：『揮清絃而獨奏，薦脯糒而誰嘗？悼繐帳之冥漠，怨西陵之茫茫。登雀臺而群悲，佇美目其何望。』」按銅雀臺在鄴城，建安十五年築。其臺最高，上有屋一百二十間，連接榱棟，侵徹雲漢。鑄大銅雀置于樓顛，舒翼奮尾，勢若飛動，因名爲銅雀臺。《樂府解題》曰：「後人悲其意而爲之詠也。」

淒涼銅雀晚，〔一〕摇落墓田通。雲慘當歌日，松吟欲舞風。人疏瑶席冷，曲罷繐帷空。可惜年將淚，〔二〕俱盡望陵中。

〔一〕淒涼：《英華》卷二〇四作「荒涼」。

〔二〕年將：同上作「年年」，是。

同前

荀仲舉

高臺秋色晚，直望已悽然。〔一〕況復歸風便，松聲入斷絃。〔二〕淚逐梁塵下，心隨團扇捐。誰堪三五夜，空對月光圓。

〔一〕直望：《英華》卷二〇四作「銅雀」。

〔二〕斷絃：同上作「管絃」。

同前

唐・王無競

北登銅雀上，西望青松郭。繐帳空蒼蒼，陵田紛漠漠。平生事已變，歌吹宛猶昨。長袖拂玉塵，遺情結羅幕。妾怨在朝露，君恩豈中薄。高臺奏曲終，曲終淚横落。

同前

鄭愔

日斜漳浦望，風起鄴臺寒。玉座平生晚，金樽妓吹闌。舞餘依帳泣，歌罷向陵看。蕭索松風暮，愁烟入井欄。

同前

劉長卿

嬌愛更何日，高臺空數層。含啼映雙袖，不忍看西陵。漳河東流無復來，百花輦路爲蒼苔。〔一〕青樓月夜長寂寞，碧雲日暮空徘徊。君不見鄴中萬事非昔時，古人何在今人悲。春風不逐君王去，草色年年舊宮路。宮中歌舞已浮雲，空指行人往來處。

〔一〕爲：《唐文粹》卷一二作「唯」。

同前

賈至

日暮銅雀靜，西陵鳥雀歸。撫弦心斷絶，聽管淚霏霏。〔一〕靈機臨朝奠，空牀卷夜衣。〔二〕蒼蒼川上月，應照妾魂飛。

〔一〕霏霏：《英華》卷二〇四作「霏微」。
〔二〕夜衣：同上作「寢衣」。

同前　羅隱

强歌强舞竟難勝，花落花開淚滿繒。祇合當年伴君死，免教憔悴望西陵。

同前　薛能

魏帝當時銅雀臺，黄花深映棘叢開。人生富貴須回首，此地豈無歌舞來。

同前　張氏琰〔一〕

君王冥寞不可見，銅雀歌舞空徘徊。西陵嘖嘖悲宿鳥，空殿沈沈閉青苔。青苔無人跡，紅粉空相哀。

〔一〕張氏琰：《英華》卷二〇四作「女郎張琰」。

同前

梁氏瓊

歌扇向陵開，齊行奠玉杯。舞時飛燕列，夢裏片雲來。月色空餘恨，松聲暮更哀。誰憐未死妾，掩袂下銅臺。

銅雀妓〔一〕

齊·謝　朓

繐帷飄井幹，樽酒若平生。鬱鬱西陵樹，詎聞歌吹聲。芳襟染淚迹，嬋娟空復情。玉座猶寂寞，況乃妾身輕。

〔一〕《銅雀妓》：《詩紀》卷五八、《謝宣城詩集》卷二均作《同謝咨議詠銅爵臺》。

同前

梁·何　遜

秋風木葉落，蕭瑟管絃清。望陵歌對酒，向帳舞空城。寂寂簷宇曠，〔一〕飄飄帷幔輕。曲終相顧起，日暮松柏聲。

〔一〕簷：《英華》卷二〇四作「庭」。

同前

劉孝綽

雀臺三五日，歌吹似佳期。定對西陵晚，〔一〕松風飄素帷。危絃斷更接，〔二〕心傷於此時。〔三〕何言留客袂，翻掩望陵悲。

〔一〕定對：《英華》卷二〇四作「況復」。
〔二〕更接：《百三名家集》作「復續」。
〔三〕心傷於此時：《百三名家集》作「妾心傷此時」。

同前

江　淹

武王去金閣，英威長寂寞，雄劍頓無光，雜佩亦銷爍。秋至明月圜，〔一〕風傷白露落。清夜何湛湛，孤燭映蘭幕。撫影愴無從，惟懷憂不薄。瑤色行應罷，紅芳幾爲樂。徒登歌舞臺，終成螻蟻郭。

〔一〕圜：《百三名家集》作「圓」。

同前二首

唐・王　勃

妾本深宫妓，曾城閉九重。君王歡愛盡，歌舞爲誰容。錦衾不復襞，羅衣誰再縫。高臺西北望，流涕向青松。

金鳳鄰銅雀，漳河望鄴城。君王無處所，臺榭若平生。舞筵紛可就，歌梁儼未頃。西陵松檟冷，誰見綺羅情。

同前

沈佺期

昔年分鼎地，今日望陵臺。一旦雄圖盡，千秋遺令開。綺羅君不見，歌舞妾空來。恩共漳河水，東流無重迴。

同前

喬知之

金閣惜分香，鉛華不重妝。空餘歌舞地，猶是爲君王。哀弦調已絶，豔曲不須長。〔一〕共看西陵暮，秋烟生白楊。〔二〕

〔一〕不須：《全唐詩》卷八一注：「一作亦何。」

〔二〕生：同上作「起」。

同前

高適

日暮銅雀迥，幽聲一作深玉座清。蕭森松柏望，（姿）〔委〕鬱綺羅情。〔一〕君恩不再重，〔二〕妾（無）〔舞〕爲誰輕？〔三〕

〔一〕（姿）〔委〕鬱：據《英華》卷二〇四、《全唐詩》卷一九改。

〔二〕重：《英華》作「得」。

〔三〕（無）〔舞〕：據《英華》、毛刻本改。

同前

歐陽詹

蕭條登古臺，回首黄金屋。落葉不歸林，高陵永爲谷。妝容徒自麗，舞態閱誰目。惆悵繐帷前，〔一〕歌聲苦於哭。

〔一〕惆悵句：《英華》卷二〇四注：「一作嗚咽練帷前。」

同前

袁暉

君愛本相饒，從來事舞腰。那堪攀玉座，腸斷望陵朝。怨著情無主，哀凝曲不調。況臨松日暮，悲吹坐蕭蕭。

同前

劉商

魏主矜蛾眉，美人美於玉。高臺無晝夜，歌舞竟未足。盛色如轉圜，夕陽落深一作空谷。仍令身殁後，尚足平生慾。紅粉橫淚痕，調絃空向屋。〔一〕舉頭君不在，唯見西陵木。玉輦豈再來，嬌鬟爲誰緑？那堪秋風裏，更舞陽春曲！曲終一作罷情不勝，闌干向西哭。臺邊生野草，來去胸羅縠。況復陵寢間，雙雙見麋鹿。

〔一〕空向：元刻本作「向空屋」。

同前

李賀

佳人一壺酒，秋容滿千里。石馬卧新烟，憂來何所(歌)〔似〕。〔一〕歌聲且潛弄，陵樹風自起。長裙壓高臺，淚眼看花机。

〔二〕（歌）〔似〕：《全唐詩》卷一九、元刻本、毛刻本均作「似」。

同前　吴燭

秋色西陵滿緑蕪，繁絃一作紅急管强歡娱。長舒羅袖不成舞，却向風前承淚珠。

同前　朱光弼

魏王銅雀妓，日暮管絃清。一見西陵樹，悲心舞不成。

同前　朱放

恨唱歌聲咽，愁翻舞袖遲。西陵日欲暮，是妾斷腸時。

同前　僧皎然

强開樽酒向陵看，憶得君王舊日歡。不覺餘歌悲自斷，非關艷曲轉聲難。

雀臺怨〔一〕

唐·馬　戴

魏宫歌舞地，蝶戲鳥還鳴。玉座人難到，〔二〕銅臺雨滴平。西陵樹不見，漳浦草空生。萬恨盡埋此，徒懸千載名。

〔一〕《雀臺怨》：《英華》卷二〇四作《銅雀臺》。

〔二〕到：同上作「想」。

同前

程氏長文

君王去後行人絶，簫竽不響歌喉咽。雄劒無威光彩沈，寶瑟零落金星滅。〔一〕玉階寂寂墜秋露，月照當時歌舞處。當時歌舞人不迴，化爲今日西陵灰。

〔一〕瑟：《英華》卷二〇四作「琴」。

置酒高堂上

宋·孔　欣

置酒宴友生，高會臨疏欞。芳俎列佳肴，山罍滿春青。廣樂充堂宇，絲竹横兩楹。邯鄲有名倡，承間奏新聲。八音何寥亮，四座同歡情。舉觴發《湛露》，銜杯詠《鹿鳴》。觴謡可相娱，揚觶意何榮。顧歡來義士，〔一〕暢哉矯天誠。朝日不夕盛，川流常宵征。生猶懸水溜，死若波瀾停。當年貴得意，何能競虚名。

〔一〕義：疑當作「儀」。

當置酒

梁・簡文帝〔一〕

置酒宴嘉賓，矚迴臨飛觀。〔二〕絶嶺隔天餘，長嶼横江半。日色花上綺，風光水中亂。三益既葳蕤，四始方葱粲。

〔一〕梁簡文帝：按《陸士衡集》卷七亦載此詩，但《詩紀》卷二四陸機詩無此首。

〔二〕迴：《陸士衡集》作「眺」。

置酒行

唐・李益

置酒命所歡，憑觴遂爲戚。日往不再來，兹辰坐成昔。百齡非長久，五十將半百。胡爲勞我形，已鬢還復白。西山鸞鶴顧，〔一〕矯矯烟霧翮。明霞發金丹，〔二〕陰洞潛水碧。安得淩風羽，崦嵫駐靈魄。兀然坐衰老，〔三〕慚嘆東陵柏。

〔一〕顧：《全唐詩》作「群」，是。

〔二〕霞：《全唐詩》注：「一作訣。」

〔三〕兀：《全唐詩》作「無」。

同前

陸龜蒙

落塵花片排香痕，闌珊醉露棲愁魂。洞庭波色惜不得，東風領入黄金樽。千筠擲毫春譜大，碧舞紅啼相唱和。安知寂寞西海頭，青篗未垂孤鳳餓。

長歌續短歌

李賀

長歌破衣襟，短歌斷白髮。秦王不可見，旦夕成内熱。渴飲壺中酒，飢拔隴頭粟。淒淒四月(蘭)〔闌〕，〔一〕千里一時緑。夜峰何離離，明月落石底。徘徊沿石尋，照出高峰外。不得與之遊，歌成鬢先改。

〔一〕(蘭)〔闌〕：據《全唐詩》卷三九一改。

猛虎行

魏・文帝

古辭曰：「飢不從猛虎食，暮不從野雀棲。野雀安無巢，遊子爲誰驕。」魏明帝辭曰：「雙桐生空枝，枝葉自相加。通泉溉其根，玄雨潤其柯。」《古今樂録》曰：「《猛虎行》，王僧虔《技録》曰：『荀録所載，明帝《雙桐》一篇，今不傳。』《樂府解題》曰：「晉陸機云『渴不飲盜泉水』，言從遠役，猶耿介，不以艱險改節也。又有《雙桐生空井》，亦出於此。」

與君媾新歡，託配於二儀。充列于紫微，升降焉可知。梧桐攀鳳翼，雲雨散洪池。

同前

晉・陸機

渴不飲盜泉水，熱不息惡木陰。惡木豈無枝，志士多苦心。〔一〕整駕肅時命，杖策將遠尋。飢食猛虎窟，寒棲野雀林。日歸功未建，時往歲載陰。崇雲臨岸駭，鳴條隨風吟。靜言幽谷底，長嘯高山岑。急絃無懦響，亮節難爲音。人生誠未易，曷云開此襟。眷我耿介懷，俯仰愧古今。

〔一〕多苦心：《藝文》卷四一作「苦用心」。

同前

宋·謝惠連

貧不攻九疑玉，倦不憩三危峰，九疑有（或）〔惑〕號，〔一〕三危無安容。美物標貴用，志士厲奇蹤。如何（祇）〔抵〕遠役，〔二〕王命宜肅恭。伐鼓功未著，振旅何時從？

〔一〕（或）〔惑〕號：據《詩紀》卷四九改。

〔二〕（祇）〔抵〕：據《藝文》卷四一改。

同前

〔謝惠連〕〔一〕

猛虎潛深山，長嘯自生風。人謂客行樂，客行苦心傷。

〔一〕〔謝惠連〕：據毛刻本目録及《百三名家集》補。

同前

唐·儲光羲

寒亦不憂雪，飢亦不食人。人血豈不甘，〔一〕所惡傷明神。太室爲我宅，孟門爲我鄰。百獸爲我膳，五龍爲我賓。蒙馬一何威，浮江亦以仁。綵章耀朝日，牙爪雄武臣。高雲逐氣浮，厚地隨聲震。君能賈餘勇，日夕長(於)〔相〕親〔二〕。

〔一〕血：《英華》卷二一〇作「肉」。

〔二〕(於)〔相〕親：據《英華》、《全唐詩》卷一九改。

同前

李　白

朝作猛虎行，〔一〕暮作猛虎吟。〔二〕腸斷非關隴頭水，淚下不爲雍門琴。旌旗一作旍旌繽紛兩河道，戰鼓驚山欲傾倒。秦人半作燕(池)〔地〕囚，〔三〕胡馬翻銜洛陽草。一輸一失關下兵，朝降夕叛幽薊城。巨鰲未斬海水動，魚龍奔走安得寧！頗似楚、漢時，翻覆無定止。朝過博浪沙，暮入淮陰市。張良未遇韓信貧，劉、項存亡在兩臣。暫到下邳受兵略，來投漂母作主人。賢哲栖栖古如此，今時亦棄青雲士。有策不敢犯龍鱗，竄身南國避胡塵。寶書長一作玉劍挂高閣，〔四〕金鞍駿馬散故人。昨日方爲宣城客，掣鈴交通二千石。有時六博快壯一作寸心，遶牀三匝呼一擲。楚人每道張旭奇，心藏風雲世莫知。三吴邦伯多一作皆顧眄，四海雄俠皆相推一作兩追隨。〔五〕蕭、曹曾作沛中吏，攀龍附鳳當有時。〔六〕溧陽酒樓三月春，楊花漠漠一作茫茫愁殺人。〔七〕胡人緑眼吹玉笛，〔八〕吴歌白紵飛梁塵。丈夫相見一作到處且爲樂，槌牛撾鼓會衆賓。我從此去釣東海，得魚笑寄情相親。

〔一〕朝：《英華》卷二一〇作「行」。

〔二〕暮：同上作「坐」。

〔三〕燕（池）〔地〕：據同上改。

〔四〕挂：同上作「東」。

〔五〕雄：同上作「豪」。皆相推：《唐文粹》卷一三作「兩追隨」。

〔六〕當：同上作「皆」。

〔七〕漠漠：《唐文粹》《英華》均作「茫茫」。

〔八〕人：《李太白集》卷六作「雛」，是。

同前

韓　愈

猛虎雖云惡，亦各有匹儕。群行深谷間，百獸望風低。身食黃熊父，子食赤豹麛。擇肉於熊羆，肯視兔與狸。正晝當谷眠，眼有百步威。自矜無當對，氣性縱以乖。朝怒殺其子，暮還飧一作食其妃。匹儕四散走，猛虎還孤棲。狐鳴門四旁，烏鵲從噪之。出逐猴一作猚入居，虎不知所歸。誰云猛虎惡，中路正悲啼。豹來銜其尾，熊來攫其頤。猛虎死不辭，但慚前所爲。虎（兕）〔坐〕無助死，〔一〕況如汝細微。故當結以信，親當結以私。親故且不保，人誰信汝爲！

〔一〕（兕）〔坐〕：據《全唐詩》卷一九改。

同前　張籍

南山北山樹冥冥，猛虎白日遶（林）〔村〕行。〔一〕向晚一身當道食，山中麋鹿盡無聲。年年養子在深谷，雌雄上山不相逐，〔二〕谷中近窟有山（林）〔村〕，〔三〕長向村家取黄犢。五陵年少不敢射，空來林下看行跡。

〔一〕（林）〔村〕：據《英華》卷二一〇改。

〔二〕上山：同上作「上下」。

〔三〕（林）〔村〕：據同上改。

同前　李賀

長戈莫舂，强弩莫（烹）〔抨〕，〔一〕乳孫哺子，教得生獰。舉頭爲城，掉尾爲旌，東海黄公，愁見夜行。道逢騶虞，牛哀不平。（生）何用尺刀，〔二〕壁上雷鳴。泰山之下，婦人哭聲。官家有程，吏不敢聽。

〔一〕（烹）〔抨〕：據《英華》卷二一〇、《李賀詩歌編》卷四改。

〔二〕（生）：據同上及《唐文粹》卷一三删。

同前

僧齊己

磨爾牙，錯爾爪，狐莫威，兔莫狡，飢來吞噬取腸飽。横行不怕日月明，皇天産爾爲生（寧）〔獰〕〔一〕，前村半夜聞吼聲，何人按劍燈熒熒！

〔一〕（寧）〔獰〕：據《全唐詩》卷一九及毛刻本改。

雙桐生空井

〔梁·簡文帝〕〔一〕

季月對桐井，〔二〕新枝雜舊株。晚葉藏栖鳳，朝花拂曙烏。還看稚子照，銀牀繫轆轤。〔三〕

〔一〕梁簡文帝：原脱，據《玉臺》卷七補。

〔二〕對：同上作「雙」。

〔三〕繫：同上作「牽」。

樂府詩集卷第三十二

相和歌辭七

平調曲三

君子行〔一〕

《樂府解題》曰：「古辭云『君子防未然』，蓋言遠嫌疑也。又有《君子有所思行》，辭旨與此不同。」

君子防未然，不處嫌疑間。瓜田不納履，李下不正冠。嫂叔不親授，長幼不比肩。勞謙得其柄，和光甚獨難。周公下白屋，吐哺不及餐。一沐三握髮，後世稱聖賢。〔二〕

〔一〕《君子行》：此首無作者名，《文選》卷二七作「古辭」，《藝文》卷四一、《詩紀》卷一三作「曹植」，又見《曹子建集》卷六，無「嫂叔不親授」四句，注稱「古樂府作古辭，冠字下有四句」云云，恐編者有誤，故附此。

〔二〕後世：《曹子建集》作「後人」。

同前

晉・陸機

天道夷且簡，人道險而難。休咎相乘躡，翻覆若波瀾。去疾苦不遠，疑似實生患。近火固宜熱，履冰豈惡寒。掇蜂滅天道，拾塵惑孔顏。逐臣尚何有，棄友焉足歎。福鍾恒有兆，禍集非無端。天損未易辭，人益猶可歡。朗鑒豈遠假，取之在傾冠。近情苦自信，君子防未然。

同前

梁・簡文帝

君子懷琬琰，不使涅塵緇。從容子雲閣，寂寞仲舒帷。多謝悠悠子，管窺良可悲。

同前

沈　約

良御惑燕楚，妙察亂澠淄。堤傾由漏壤，〔一〕垣隙自危基。囂途或安踐，黨義勿輕持。〔二〕

〔一〕壤：《藝文》卷四一作「壞」。

〔二〕黨義：《百三名家集》作「讜議」。

同前

戴暠

晝野依德星，開鄽對廉水。接越稱交讓，連樹名君子。數非唯二失，升階無三止。探甑不(疑)〔凝〕塵，〔一〕正冠還避李。寄言蘧伯玉，無爲嗟獨耻。

〔一〕（疑）〔凝〕：據《藝文》卷四一作「凝」。

同前

唐·僧齊己

聖人不生，麟龍何瑞？梧桐不高，鳳凰何止？吾聞古之有君子，行藏以時，進退求己。榮必爲天下榮，耻必爲天下耻。苟進不如此，〔退不如此〕，〔一〕亦何必用虚僞之文章，取榮名而自美。

〔一〕〔退不如此〕：據《全唐詩》卷一九補。

燕歌行七解

魏·文帝

《樂府解題》曰：「晉樂奏魏文帝『秋風』『别日』二曲，言時序遷换，行役不歸，婦人怨曠無所訴也。」《廣題》曰：「燕，地名也，言良人從役於燕，而爲此曲。」

秋風蕭瑟天氣涼，草木摇落露爲霜。一解 群燕辭歸鵠南翔，〔一〕念吾客遊多思腸。〔二〕二解 慊慊思歸戀故鄉，君何淹留寄他方。〔三〕三解 賤妾煢煢守空房，憂來思君不敢忘。〔四〕四解 不覺淚下霑衣裳，援瑟鳴絃發清商。〔五〕五解 短歌微吟不能長，明月皎皎照我牀。六解 星漢西流夜未央，牽牛織女遥相望，爾獨何辜限河梁？七解

右一曲，晉樂所奏。

〔一〕辭：《藝文》卷四二作「爭」。鵠：《玉臺》卷九、《文選》卷二七作「雁」。

〔二〕多思腸：《文選》作「思斷腸」。

〔三〕君何：《文選》作「何爲」，《玉臺》卷九作「君爲」。

〔四〕敢：《玉臺》卷九作「可」。

〔五〕瑟：《藝文》作「琴」。

同前六解

魏·文帝

別日何易會日難，山川悠遠路漫漫。一解 鬱陶思君未敢言，寄書浮雲往不還。二解 涕零雨面毀形顔，誰能懷憂獨不歎。三解 耿耿伏枕不能眠，披衣出户步東西。四解 展詩清歌聊自

寬，樂往哀來摧心肝。悲風清厲秋氣寒，羅帷徐動經秦軒。五解 仰戴星月觀雲間，飛鳥晨鳴聲（氣）可憐，〔一〕留連顧懷不自存。六解

〔一〕（氣）：據《玉臺》卷九、《古樂府》卷四删。

右一曲，晉樂所奏。

別日何易會日難，山川悠遠路漫漫。鬱陶思君未敢言，寄聲浮雲往不還。涕零雨面毁容顏，誰能懷憂獨不歎。展詩清歌聊自寬，樂往哀來摧肺肝。耿耿伏枕不能眠，披衣出户步東西。〔一〕仰看星月觀雲間，飛鶬晨鳴聲可憐，留連顧懷不能存。

右一曲，本辭。

〔一〕披衣句下，左克明《古樂府》卷四二復有「悲風清厲秋氣寒，羅幃徐動經秦軒」二句。

同前

魏·明帝

白日晼晼忽西傾，霜露慘悽塗階庭。秋草捲葉摧枝莖，翩翩飛蓬常獨征，有似遊子不安寧。

同前

晉・陸　機

四時代序逝一作遠不追，寒風習習落葉飛。蟋蟀在堂露盈墀，〔一〕念君遠一作客遊恒苦悲。〔二〕君何緬然久不歸，賤妾悠悠心無違。白日既没明燈輝，夜禽赴林匹鳥棲。〔三〕雙鳴關關宿河湄，〔四〕憂來感物淚不晞。非君之念思爲誰？別日一作日別何早會何遲！〔五〕

〔一〕墀：《玉臺》卷九作「階」。
〔二〕恒：同上作「常」。
〔三〕夜：同上作「寒」。
〔四〕鳴：同上及《陸士衡文集》卷七作「鳩」。
〔五〕別日：《陸士衡文集》作「離別」。

同前

宋・謝靈運

孟冬初寒節氣成，悲風入閨霜依庭。秋蟬噪柳燕棲楹，〔一〕念君行役怨邊城。君何崎嶇久徂征，豈無膏沐感鸛鳴。對酒不樂淚沾纓，闢窗開幌(恍)弄秦箏。〔二〕調絃促柱多哀聲，遥夜明月鑒帷屏。誰知河漢淺且清，展轉思服悲明星。

〔一〕棲：《宋書·樂志》、《詩紀》卷四九均作「辭」。

〔二〕（恍）：據同上删。

同前

謝（靈運）〔惠連〕〔一〕

四時推遷迅不停，三秋蕭瑟葉解輕，〔二〕飛霜被野雁南征。念君客遊羈思盈，何爲淹留無歸聲。愛而不見傷心情，朝日潛輝華燈明。林鵲同棲渚鴻并，接翮偶羽依蓬瀛。仇依旅類相和鳴，余獨何爲志無成，憂緣物感淚沾纓。

〔一〕謝（靈運）〔惠連〕：據《藝文》卷四二、《詩紀》卷四九改。

〔二〕解輕：《藝文》作「辭莖」。

同前

梁·元帝

燕趙佳人本自多，遼東少婦學春歌。黄龍戍北花如錦，玄菟城前月似蛾。〔一〕如何此時别夫壻，金羈翠眊往交河。還聞入漢去燕營，怨妾愁心百恨生。〔二〕漫漫悠悠天未曉，遥遥夜夜聽寒更。〔三〕自從異縣同心别，偏恨同時成異節。横波滿臉萬行啼，翠眉暫斂千重結。〔四〕並海連天合不開，那堪春日上春臺。〔五〕唯見遠舟如落葉，〔六〕復看遥舸似行杯。沙汀夜鶴嘯羈雌，妾心無趣坐傷離。〔七〕翻嗟漢使音塵斷，〔八〕空傷賤妾燕南垂。

〔一〕前：《百三名家集》作「中」；蛾：作「娥」。
〔二〕愁心：同上作「心中」。
〔三〕寒：同上作「嚴」。
〔四〕暫：同上作「新」。
〔五〕堪：同上作「宜」。
〔六〕唯：《詩紀》卷七〇作「乍」。
〔七〕趣：《百三名家集》作「怨」；傷：作「别」。
〔八〕斷：《百三名家集》作「絶」。

同前

蕭子顯

風光遲舞出青蘋，蘭條翠鳥鳴發春。洛陽梨花落如雪，河邊細草細如茵。桐生井底葉交枝，今看無端雙燕離。五重飛樓入河漢，九華閣道暗清池。遥看白馬津上吏，傳道黄龍征戍兒。明月金光徒一作從照妾，浮雲玉葉君不知。思君昔去柳依依，至今八月避暑歸。明珠蠶繭〔勉〕登（勉）機，〔一〕鬱金香踽特香衣。洛陽城頭雞欲曙，丞相府中烏未飛，夜夢征人縫狐貉，私憐織婦裁錦緋。吴刀鄭（錦）〔綿〕絡，〔二〕寒閨夜被薄。芳年海上水中鳧，日暮寒夜空城雀。

〔一〕〔勉〕登（勉）機：據《玉臺》卷九改。

〔二〕（錦）〔綿〕絡：據同上改，《楚辭・招魂》：「鄭綿絡些。」

同前

北周・王　褒

初春麗日鶯欲嬌，〔一〕桃花流水没河橋。薔薇花開一作開花百重葉，楊柳拂一作覆地散千條。〔二〕隴西將軍號都護，樓蘭校尉稱嫖姚。自從昔别春燕分，經年一去不相聞。無復漢地長安月，〔三〕唯有漠北薊城雲。淮南桂中明月影，〔四〕流黄機上織成文。充國行軍屢築營，陽史討虜陷平城。城下風多能却陣，沙中雪淺詎停兵。屬國少婦猶年少，〔五〕羽林輕騎（散）〔數〕征行。〔六〕遥聞陌頭採桑曲，猶勝邊地胡笳聲。〔七〕胡笳向暮使人泣，還使閨中空佇立。〔八〕桃花落，杏花舒，〔九〕桐生井底寒葉疏。試爲來看上林雁，必有遥寄隴頭書。〔一〇〕

〔一〕日：《詩紀》卷一一三作「景」。
〔二〕散：同上與《藝文》卷四二作「數」。地：《英華》卷一九六作「池」。按上句似當作「開花」與「拂地」對，「百」與「數」對。
〔三〕長安：《藝文》《詩紀》作「關山」。
〔四〕桂：《英華》作「鏡」。
〔五〕少婦：《詩紀》作「小婦」。
〔六〕（散）〔數〕：據《藝文》《詩紀》改。
〔七〕邊地胡笳：《藝文》作「胡笳邊地」。
〔八〕還使：《藝文》《詩紀》作「長望」。
〔九〕落字下《詩紀》有「地」字，此句《藝文》作「桃抽覆地春花舒」。
〔一〇〕必：《藝文》《詩紀》作「應」。

同前

庾信

代北雲氣晝昏昏，千里飛蓬無復根。寒雁丁丁一作嗈嗈渡遼水，〔一〕桑葉紛紛落薊門。晉陽山頭無箭竹，疏勒城中乏水源。屬國征戍久離居，陽關音信絕能疏。願得魯連飛一箭，持寄思歸燕將書。渡遼本自有將軍，寒風蕭蕭生水紋。〔二〕妾驚甘泉足烽火，〔三〕君訝漁陽少陣雲。〔四〕自從將軍出細柳，蕩子空牀難獨守。〔五〕盤龍明鏡餉秦嘉，辟惡生香寄韓壽。春分燕來能幾日，二月蠶眠不復久。洛陽遊絲百丈連，黄河春冰千片穿。桃花顔色好如馬。〔六〕榆莢新開巧似錢。〔七〕蒲桃一杯千日醉，無事九轉學神仙。定取金丹作幾服，能令華表得千年。

〔一〕丁丁：《藝文》卷四二作「一一」，《庾子山集》卷二作「嗢嗢」。

〔二〕水紋：《藝文》作「水濱」。

〔三〕足：《藝文》作「旦」。

〔四〕少：《藝文》作「多」。

〔五〕難獨守：《藝文》作「定難守」。

〔六〕好如：《藝文》作「如好」。

〔七〕巧似錢：《藝文》作「似細錢」。

同前〔一〕

唐·高　適

漢家烟塵在東北，漢將辭家破殘賊。男兒本自重横行，天子非常賜顔色。摐金伐鼓下榆關，旌旗逶迤碣石間。〔二〕校尉羽書飛瀚海，單于獵火照狼山。〔山〕川蕭條極邊土，〔三〕胡騎憑淩雜風雨。戰士軍前半死生，美人帳下猶歌舞！大漠窮秋塞草衰，〔四〕孤城落日鬬兵稀。身當恩遇常輕敵，力盡關山未解圍。鐵衣遠戍辛勤久，玉筯應啼別離後。少婦城南欲斷腸，征人薊北空迴首。邊風飄飄那可度，〔五〕絶域蒼茫更何一作無所有。〔六〕殺氣三（日）〔時〕作陣雲，〔七〕寒聲一夜傳刁斗。相看白刃血紛紛，〔八〕死節從來豈顧勳。君不見沙場征戰苦，至今猶憶李將軍。

〔一〕同前：《高常侍集》卷五：「《燕歌行》并序：開元二十六年，客有從元戎出塞而還者，作《燕歌行》以示適，感征戍之事，因而和焉。」

〔二〕旗：同上作「旆」。

〔三〕（山）〔川〕：據同上及毛刻本補。

〔四〕衰：《高常侍集》、《河岳英靈集》卷中作「腓」。

〔五〕邊風：《高常侍集》作「邊庭」。

〔六〕蒼茫：《河岳英靈集》作「蒼黄」。更何：同上作「何所」，《高常侍集》作「無所」。

〔七〕三（日）〔時〕：據同上改。

〔八〕血：《高常侍集》作「雪」。

同前

賈至

國之重鎮惟幽都，東威九夷制北胡。〔一〕五軍精卒三十萬，百戰百勝擒單于。前臨滹沱後沮水，〔二〕崇山沃野亘千里。昔時燕王重賢士，黄金築臺從隗始。倏忽興王定薊丘，漢家又以封王侯。蕭條魏晉爲横流，鮮卑竊據朝五州。我唐區夏餘十紀，軍容武備赫萬祀。彤弓黄鉞授元帥，墾耕大漠爲内地。季秋膠折邊草腓，治兵羽獵因出師。千營萬隊連旌旗，望之如火忽雷一作電馳。〔三〕匈奴懾竄窮髮北，大荒萬里無塵飛。隋家昔爲天下宰，〔四〕窮兵黷武征遼海。南風不競多死聲，鼓卧旗折黄雲横。六軍將士皆死盡，戰馬空鞍歸故營。時遷道革天下平，白環入貢滄海清。自有農夫已高枕，無勞校尉重横行。

〔一〕制北胡：《全唐詩》卷二三五作「北制胡」，是，與上「東威九夷」相應。

〔二〕後：同上注：「一作阻。」沮水：《全唐詩》作「易水」。

〔三〕雷：同上作「電」。

〔四〕「隋」字上《全唐詩》有「君不見」三字。

同前

陶　翰

請君留楚調，聽我吟燕歌。家在遼水頭，邊風意氣多。出身爲漢將，正值戎未和。雪中凌天山，冰上渡交河。大小百餘戰，封侯竟蹉跎。歸來霸陵下，故舊無相過。雄劍委塵匣，空門唯雀羅。玉簪還趙女，〔一〕寶瑟付齊娥。〔二〕昔日不爲樂，時哉今奈何。

〔一〕趙女：《河岳英靈集》卷上作「趙妹」。

〔二〕寶瑟：同上作「瑶琴」。

從軍行五首

魏・王　粲

《古今樂録》曰：「《從軍行》，王僧虔云，荀録所載左延年《苦哉》一篇今不傳。」《樂府解題》曰：「《從軍行》皆軍旅苦辛之辭。」《廣題》曰：「左延年辭云：『苦哉邊地人，一歲三從軍。三子到燉煌，二子詣隴西。五子遠鬬去，五婦皆懷身。』陳伏知道又有《從軍五更轉》。」

從軍有苦樂，但問所從誰。所從神且武，焉得久勞師。相公征關右，赫怒震天威。一舉滅獯虜，再舉服羌夷。西收邊地賊，忽若〔附〕〔俯〕拾遺。〔一〕陳賞越丘山，酒肉踰川坻。軍中多飫饒，人馬皆溢肥。徒行兼乘還，空出有餘資。拓地三千里。往返一作反一如一作若飛。〔二〕歌舞入鄴城，所願獲無違。晝一作盡日獻一作處大朝，〔三〕日暮薄言歸。外參時明政，內不廢家私。禽獸憚爲犧，良苗實已揮。竊慕負鼎翁，願厲朽鈍姿。不能效沮溺，相隨把鋤犁。孰覽夫子詩，信知所言非。

涼一作源風厲秋節，司典告詳刑。我君順時發，桓桓東南征。泛舟蓋長川，陳卒被隰坰。征夫懷親戚，誰能無此一作戀情。〔四〕拊衿一作襟倚舟檣，眷言思鄴城。哀彼東山人，喟然感鸛鳴。日月不安處，人誰獲恒一作常寧。〔五〕昔人從公旦，一征輒三齡。〔六〕今我神武師，暫往必速平。棄余親睦恩，輸力竭忠貞。懼無一夫用，報我素餐誠。夙夜自恲性，思逝若抽縈。將秉先登羽，豈敢聽金聲。

從軍征遐路，討彼東南夷。方舟順廣川，薄暮未安坻。白日半西山，桑梓有餘暉。蟋蟀夾岸鳴，孤鳥翩翩飛。征夫心兩一作多懷，〔七〕悽一作惻愴令吾悲。〔八〕下船登高防，草露霑一作治我衣。迴身赴牀寢，此愁當告誰？身服干戈事，豈得念所私。即戎有（受）〔授〕命，〔九〕茲理不可違。

朝發鄴都橋，暮濟白馬津。逍遥河堤上，左右望我軍。連舫踰萬艘，帶甲千萬人。率彼東南路，將定一舉勳。籌策運帷幄，一由我聖君。恨一作限我無時謀，譬諸具官臣。鞠躬中堅内，微畫無所陳。許歷爲完士，一言猶一作獨敗秦。〔一〇〕我有素餐（貴）〔責〕，〔一一〕誠愧伐檀人。雖無鉛刀用，庶幾奮薄身。

悠悠涉荒路，靡靡我心愁。四望無烟火，但見林與丘。城郭生榛棘，蹊徑無所由。（蕉）〔萑〕蒲竟廣澤，〔一二〕葭葦夾長流。日夕涼風發，翩翩漂吾舟。寒蟬在樹鳴，鸛鵠摩天遊一作游。客子多悲傷，淚下不可收。朝入譙郡界，曠然消人憂。雞鳴達四境，黍稷盈原疇。館宅充廛一作鄽里，女士一作士女滿莊馗。自非聖賢國，誰能享斯休。詩人美樂土，雖客猶願留。

〔一〕（附）〔俯〕：據《文選》卷二七改。

〔二〕一如：同上作「速若」。

〔三〕晝日獻：同上作「盡日處」。

〔四〕此：同上作「戀」。

〔五〕恒：同上作「常」。

〔六〕一征：同上作「一徂」。

〔七〕兩：同上作「多」。

〔八〕悽：同上作「惻」。

〔九〕（受）〔授〕命：據同上改。

〔一〇〕猶：同上作「獨」。

〔一一〕（貴）〔責〕：據同上改。

〔一二〕（蕉）〔萑〕：據同上改。

同前

晉・陸　機

苦哉遠征人，飄飄窮四遐一作窮西河。南陟五嶺巔，北戍長城阿。溪谷一作深谷深一作邈無底，崇山鬱嵯峨。奮臂攀喬木，振迹涉流沙。隆暑固已慘，涼風嚴且苛。夏條焦一作集鮮藻，寒冰結衝波。胡馬如雲屯，越旗亦星羅。飛鋒無絶影，鳴鏑自相和。朝餐不免胄，夕息常負戈。苦哉遠征人，拊心悲如何！

同前

宋・顔延（年）〔之〕〔一〕

苦哉遠征人，畢力幹時艱。秦初略揚越，漢世爭陰山。地廣旁無界，嵒阿上虧天。嶠霧下高鳥，冰沙固流川。秋飈冬未至，春液夏不涓。閩烽指荆吴，胡埃屬幽燕。横海咸飛驪，絶漠皆控弦。馳檄發章表，軍書交塞邊。接鏑赴陣首，卷甲起行前。羽驛馳無絶，〔二〕旌旗晝夜懸。卧伺金柝響，起候亭燧烟。〔三〕逖矣遠征人，〔四〕惜哉私自憐！〔五〕

〔一〕顔延(年)〔之〕：據《藝文》卷四一、《詩紀》卷四六改。按顔延之，字延年。

〔二〕羽驛馳無絶：《藝文》卷四一作「羽檄旦暮絶」，疑是。

〔三〕烟：《藝文》作「燃」。

〔四〕逖：《藝文》作「悲」。

〔五〕惜：《藝文》作「苦」。

同前二首

梁・簡文帝

貳師惜善馬，樓蘭貪漢財。前年出右地，今歲(謝)〔討〕輪臺。〔一〕魚雲望旗聚，龍沙隨陣開。冰城朝浴鐵，地道夜銜枚。將軍號令密，天子璽書催。何時反舊里，遥見下機來。

雲中亭障一作障嶂羽檄驚，甘泉烽火通夜明。貳師將軍新築營，嫖姚校尉初出征。復有山西將，絶世愛一作受雄名。三門應遁甲，五壘學神兵。白雲隨陣一作旆色，蒼山答鼓聲。迤邐觀鵝翼，〔二〕參差覩雁行。先平小月陣，却滅大宛城。善馬還長樂，黄金付水衡。小婦趙人能鼓瑟，侍婢初笄解鄭聲。庭前桃花一作柳絮飛已一作欲合，必應紅妝來起迎一作起見迎。

〔一〕(謝)〔討〕：據《詩紀》卷六七、《百三名家集》改。

〔二〕迤邐：《玉臺》卷九作「邐迤」。

同前

梁・元帝

寶劍飾龍淵，〔一〕長虹（晝）〔畫〕彩（船）〔旃〕。〔二〕山虚和鐃管，水淨寫樓船。〔三〕連雞隨火度，燧象帶烽然。洞庭晚風急，〔四〕瀟湘夜月圓。荀令多文藻，臨戎賦雅篇。

〔一〕淵：《英華》卷一九九作「烟」。

〔二〕（晝）〔畫〕彩（船）〔旃〕：據同上改。

〔三〕淨寫：同上作「靜瀉」。

〔四〕晚：同上作「曉」。

同前

沈約

惜哉征夫子，憂恨良獨多。浮天出鯤海，束馬渡交河。雲縈九折嶝，〔一〕風卷萬里波。維舟無夕島，秣驥乏平莎。凌濤富驚沫，援木闕垂蘿。紅颷鳴疊嶼，〔二〕流雲照層阿。玄埃晦朔馬，白日照吴戈。寢興流征怨，〔三〕寤寐起還歌。晨裝豈輟（驚）〔警〕，〔四〕夕壘詎淹和。苦哉遠征人，悲矣將如何！

〔一〕雲：《英華》卷一九九作「雪」。
〔二〕紅颸：同上和《百三名家集》作「江颸」，是。
〔三〕流：《英華》作「動」。
〔四〕（驚）〔警〕：據《百三名家集》改。

同前

戴嵩

長安夜刺閨，胡騎白銅鞮。詔書發隴右，召募取關西。劍懸三尺鞘，鎧（暴）〔累〕七重犀。〔一〕督軍鳴戰鼓，（遑）〔巡〕夜數更鼙。〔二〕侵星出柳塞，際晚入榆溪。秦涇含藥（鳩）〔鴆〕，〔三〕晉火逐飛雞。通泉開地道，望敵豎雲梯。陰山日不暮，長城風自淒。弓寒折錦韉，馬凍滑斜蹄。燕旗竿上晚，羌笛管中嘶。登山試下趙，憑軾且平齊。當今函谷上，〔四〕唯見一丸泥。

〔一〕（暴）〔累〕：據《詩紀》卷九三改。
〔二〕（遑）〔巡〕夜：據同上改。
〔三〕（鳩）〔鴆〕：據同上改。
〔四〕今：疑當作「令」。

同前

吴　均

男兒亦可憐，立功在北邊。陣頭横却月，馬腹帶連錢。懷戈發隴坻，乘凍至遼邊。〔一〕微誠君不愛，終自直如弦。

〔一〕邊：《詩紀》卷八一作「川」。

同前二首〔一〕

江　淹

樽酒送征人，踟蹰在親宴。日暮浮雲滋，握手淚如霰。悠悠清水（天）〔川〕，〔二〕嘉魴得所薦。而我在萬里，結友不相見。袖中有短書，願寄雙飛燕。

從軍出隴北，長望陰山雲。涇渭各〔異〕流（異），〔三〕恩情於此分。故人贈寶劍，鏤以瑶華文。一言鳳獨立，再説鸞無群。何得晨風起，悠哉凌翠氛。黄鵠去千里，垂涕一作淚爲報君。

〔一〕同前二首：第一首爲《雜擬》三十首中《擬李都尉從軍》，第二首爲《古意報袁功曹》。

〔二〕清水（天）〔川〕：據《詩紀》卷七六改。

〔三〕〔異〕流（異）：據同上卷七五改。

同前

蕭子顯〔一〕

左角明王侵漢邊，〔二〕輕薄良家惡少年。〔三〕縱橫向沮澤，凌厲取山田。黃塵不見景，飛蓬恒滿天。（邊）〔邀〕功封浞野，〔四〕竊寵劫祁連。春風春月將進酒，妖姬舞女亂君前。

〔一〕蕭子顯：《英華》卷一九九作「蕭子雲」，《詩紀》卷八五注：「《英華》作蕭子雲者，非。」

〔二〕明王：《藝文》卷四一、《英華》均作「名王」。

〔三〕良家：《英華》作「家子」。

〔四〕（邊）〔邀〕功：據《詩紀》改。

同前

劉孝（義）〔儀〕〔一〕

冠軍親（俠）〔挾〕射，〔二〕長平自合圍。木落彫弓燥，氣秋征馬肥。〔三〕賢王皆屈膝，幕府復申威。何謂從軍樂，往返速如飛。

〔一〕劉孝（義）〔儀〕：據《詩紀》卷八七改。

〔二〕(俠)〔挾〕:據同上改。

〔三〕馬:同上作「雁」。

同前〔一〕

陳・張正見

胡兵屯薊北,漢將起山西。故人輕百戰,(卿)〔聊〕欲定三齊。〔二〕風前噴畫角,雲上舞飛梯。雁塞秋聲遠,龍沙雲路迷。燕然自可勒,函谷詎須泥?將軍定朔邊,刁斗出祁連。高柳横長塞,〔三〕榆關接(連)〔遠〕天。〔四〕井泉含陣竭,風火映山然。欲知客心斷,旄旌萬里懸。〔五〕

〔一〕同前:《詩紀》卷一〇三作《星名從軍詩》。

〔二〕(卿)〔聊〕:據《英華》卷一九九改。

〔三〕長:《英華》作「絶」,《詩紀》作「遥」。

〔四〕(連)〔遠〕天:據《英華》《詩紀》改。

〔五〕旄旌:《英華》《詩紀》作「危旌」。

同前

北周·趙　王〔一〕一作周趙

遼東烽火照甘泉，薊北亭障接燕然。水凍菖蒲未生節，關寒榆(葉)〔莢〕不成錢。〔二〕

〔一〕趙王：《英華》卷一九九作「周趙王」，左克明《古樂府》卷四作「周趙王招」。

〔二〕榆(葉)〔莢〕：據《英華》改。

同前

庾　信

河圖論陣氣，金匱辨星文。地中鳴鼓角，天上下將軍。函犀恒七屬，浴鐵本千群。〔一〕飛梯聊度絳，合弩暫凌汾。寇陣先中斷，妖營即兩分。連烽對嶺度，嘶馬隔河聞。箭飛如疾雨，城崩似壞雲。英王於此戰，何用武安君。

〔一〕浴：《庾子山集》卷二作「絡」。

同前二首

王　褒

兵書久閑習，征戰數曾經。講戎平樂觀，學戲羽林亭。〔一〕西征度疏勒，東驅出井陘。牧馬濱長渭，營軍毒上涇。平雲如陣色，半月類城形。羽書封信璽，詔使動流星。對岸流沙白，緣河柳色青。將幕恒臨斗，旌門常背刑。勳封瀚海石，功勒燕然銘。兵勢因麾下，軍圖送掖庭。誰憐下玉筯，向暮掩金屏。

黃河流水急，驄馬送征人。〔二〕谷望河陽縣，橋度小平津。年一作惡少多遊俠，結客好輕身。代風愁櫪馬，胡霜宜角筋。羽書勞警急，邊鞍倦苦辛。康居因漢使，盧龍稱魏臣。荒戍唯看柳，邊城不識春。男兒重意氣，無爲羞賤貧。

〔一〕學戲：《詩紀》卷一一三注：「一作覽劍。」

〔二〕送：同上作「遠」。

同前

隋·盧思道

朔方烽火照甘泉，長安飛將出祁連。(群)〔犀〕渠玉劍良家子，〔一〕白馬金羈俠少年。平明偃月屯右地，薄暮魚麗逐左賢。谷中石虎經銜箭，山上金人曾祭天。天涯一去無窮已，薊門迢遞三千里。朝見馬嶺黃沙合，夕望龍城陣雲起。庭中奇樹已堪攀，塞外征人殊未還。白雲初下天山外，浮雲直向五原間。〔二〕關山萬里不可越，誰能坐對芳菲月。流水本自斷人腸，堅冰舊來傷馬骨。邊庭節物與華異，冬霰秋霜春不歇。長風蕭蕭渡水來，歸雁連連映天没。從軍行，軍行萬里出龍庭。單于渭橋今已拜，將軍何處覓功名？

〔一〕（群）〔羣〕：據《英華》卷一九九改。

〔二〕向：《百三名家集》作「上」。

同前

明餘慶

三邊烽亂驚，十萬且横行。風卷常山陣，笳喧細柳營。劍花寒不落，弓月曉逾明。會取淮南地，持作朔方城。

樂府詩集卷第三十三

相和歌〔辭〕八〔一〕

平調曲四

從軍行二首

唐·虞世南

塗山烽候驚，〔二〕弭節度龍城。冀馬樓蘭將，燕犀上谷兵。劍寒花不落，弓曉月逾明。凜凜嚴霜節，冰壯黄河絶。蔽日卷征蓬，浮天散飛雪。全兵值月滿，精騎乘膠折。結髮早驅馳，辛苦事旌麾。馬凍重關冷，輪摧九折危。〔三〕獨有西山將，年年屬數奇。

爟一作烽火發金微，〔四〕連營出武威。孤城寒雲起，絶陣虜塵飛。俠客吸龍劍，〔五〕惡少縵胡衣。朝摩骨都壘，夜解谷蠡圍。蕭關遠無極，蒲海廣難依。沙磴離旌斷，〔六〕晴川候馬歸。交河梁已畢，燕山旆欲飛。〔七〕方知萬里相，侯服有光輝。

〔一〕〔辭〕：據本書目録補。

〔二〕驚：《英華》卷一九九作「警」。
〔三〕推：《英華》及《全唐詩》卷三六均作「摧」，似是。
〔四〕爟火：《全唐詩》作「烽火」。
〔五〕吸：疑當作「較」。
〔六〕鐙：爲「磴」之誤。
〔七〕飛：《全唐詩》作「揮」。

同前

駱賓王

平生一顧念一作重，意氣溢三軍。野日分戈影，天星合劍文。弓弦抱漢月，馬足踐胡塵。不求生入塞，唯當死報君。

同前

劉希夷

秋來風瑟瑟，群胡馬行疾。嚴城晝不開，伏兵暗相失。天子廟堂拜，將軍玉門出。紛紛伊洛間，戎馬數千匹。〔一〕軍門壓黄河，兵氣衝白日。平生懷伏劍，〔二〕慷慨既投筆。南登漢月孤，北走燕雲密。近取韓彭計，早知孫吴術。丈夫清萬里，誰能掃一室。

〔一〕數千：《英華》卷一九九作「幾萬」。

〔二〕伏：《全唐詩》卷八二作「仗」，是。

同前

喬知之

南庭結白露，北風掃黄葉。此時鴻雁來，驚鳴催思妾。曲房理針線，平砧擣文練。鴛綺裁易成，龍鄉信難見。窈窕九重閨，寂寞十年啼。紗窗白雲宿，羅幌月光棲。雲月曉微微，愁思流黄機。〔一〕玉霜凍珠履，金吹薄羅衣。漢家已得地，君去將何事？宛轉結蠶書，寂寞無雁使。生平賀恩信，〔二〕本爲容華進。况復落紅顔，蟬聲催緑鬢。

〔一〕愁思：《全唐詩》卷八一作「夜上」。

〔二〕賀：當作「荷」。

同前

李頎

白日登山望烽火，〔昏〕黄〔昏〕飲馬傍交河。〔一〕行人刁斗風砂暗，公主琵琶幽怨多。野營萬里無城郭，〔二〕雨雪紛紛連大漠。胡雁哀鳴夜夜飛，胡兒眼淚雙雙落。聞道玉門猶被遮，應將性命逐輕車。年年戰骨埋荒外，空見蒲萄入漢家。

〔一〕(昏)黄〔昏〕：據《全唐詩》卷一三三改。

〔二〕野營：同上作「野雲」。

同前三首

李　約

看圖閑教陣，畫地靜論邊。烏壘天西戍，鷹姿塞上川。路長須算日，〔一〕書遠每題年。無復生還望，(思)翻〔思〕未別前。〔二〕

柵高三面鬬，箭盡舉烽頻。營柳和烟暮，關榆帶雪春。邊城多老將，磧路少歸人。點盡三河卒，年年添塞塵。

候火起雕城，塵砂擁戰聲。遊軍藏漢幟，降騎説蕃情。霜降滮池淺，〔三〕秋深太白明。嫖姚方虎視，不覺請添兵。

〔一〕須算日：《英華》卷一九九、《全唐詩》卷三〇九均作「唯算月」。

〔二〕(思)翻〔思〕：據毛刻本改。

〔三〕降滮池：《全唐詩》作「落滹沱」。

同前

戎昱

昔從李都尉，雙鞬照馬蹄。擒生黑山北，殺敵黄雲西。太白沈虜地，邊草復萋萋。歸來邯鄲市，百尺青樓梯。感激然諾重，平生膽力齊。芳筵暮歌發，艷紛輕鬢低。半醉秋風起，鐵騎門前嘶。遠戍報烽火，孤城嚴鼓鼙。揮鞭望塵去，少婦莫含啼。

同前

厲玄

邊草早不春，〔一〕劍花增濘塵。〔二〕廣場收驥尾，〔三〕清瀚怯龍鱗。帆色已歸越，〔四〕松聲厭避秦。幾時逢范蠡，處處是通津。

〔一〕早：《全唐詩》卷五一六作「旱」。

〔二〕濘：同上作「野」。

〔三〕廣場：同上作「戰場」。

〔四〕已：同上作「起」。

同前二首 李白

從軍玉門道，逐虜金微山。笛奏梅花曲，刀開明月環。鼓聲鳴海上，兵氣擁雲間。願斬單于首，長驅靜鐵關。

百戰沙場碎鐵衣，城南已合數重圍。突營射殺呼延將，獨領殘兵千騎歸。

同前 王維

吹角動行人，喧喧行人起。笳鳴馬嘶亂，爭渡金河水。日暮沙漠垂，戰聲烟塵裏。盡繫名王頸，〔一〕歸來報天子。〔二〕

〔一〕名王：《英華》卷一九九作「番王」。

〔二〕報：同上作「獻」。

同前 王昌齡

向夕臨大荒，朔風軫歸慮。平沙萬里餘，飛鳥宿何處？虜騎獵長原，翩翩傍河去。邊聲摇白草，海氣生黄霧。百戰苦風塵，十年履霜露。雖投定遠筆，未坐將軍樹。早知行路難，悔不理章句。

烽火城西百尺樓，黄昏獨上海風秋。〔一〕更吹横笛關山月，誰解金閨萬里愁！〔二〕

琵琶起舞换新聲，總是關山舊别情。撩亂邊愁彈不盡，高高秋月照長城。

青海長雲暗雪山，孤城遥望雁一作玉門關。黄沙百戰穿金甲，不破樓蘭終不還！

〔一〕獨上：《河岳英靈集》卷中作「獨坐」。

〔二〕誰解：《全唐詩》卷一四三作「無那」。

同前

盧綸

二十在邊城，軍中得勇名。卷旗收敗馬，斷磧擁殘兵。覆陣烏鳶起，燒山草木明一作鳴。塞閒思遠獵，師老厭分營。雪嶺無人跡，冰河足一作有雁聲。李陵甘此没，惆悵漢公卿。

同前六首

劉長卿

迴看虜騎合，城下漢兵稀。白刃兩相向，黄雲愁不飛。手中無尺鐵，徒欲突重圍。

落日更蕭條，北方動枯草。〔一〕將軍追虜騎，夜失陰山道。戰敗仍樹勳，韓、彭但空老。

草枯秋塞上，望見漁陽郭。胡馬嘶一聲，漢兵淚雙落。誰爲吮癰者，〔二〕此事今人薄。

目極雁門道，青青邊草春。一身事征戰，匹馬同辛勤。〔三〕末路成白首，功歸天下人。倚劍白日暮，望鄉登戍樓。北風吹羌笛，此夜關山愁。迴首不無意，滹河空自流。黄沙一萬里，白首無人憐。報國劍已折，歸鄉身幸全。單于古臺下，邊色寒蒼然。

〔一〕北方：《唐文粹》卷一二、《全唐詩》卷一四八均作「北風」，是。
〔二〕瘫：同上作「瘡」，是。
〔三〕辛勤：同上作「苦辛」。

同前

杜頠

秋草馬蹄輕，角弓持弦急。去爲龍城侯，正值胡兵襲。軍氣横大荒，戰酣日將入。長風金鼓動，白霧鐵衣濕。四起愁邊聲，南轅時佇立。斷蓬孤自轉，寒雁飛相及。萬里雲沙漲，路平冰霰澀。夜聞漢使歸，獨向刀環泣。

同前

僧皎然

侯騎出紛紛，元戎霍冠軍。漢鞞秋聒地，羌火晝燒雲。萬里戎城合，〔一〕三邊羽檄分。烏孫驅未盡，肯顧遼陽勳。

漢旆拂丹霄，漢軍新破遼。紅塵驅鹵簿，白羽擁嫖姚。戰苦軍猶樂，功高將不驕。至今丁令塞，朔吹空蕭蕭。

百萬逐呼韓，頻年不解鞍。兵屯絶(漢)〔漠〕暗，〔二〕馬飲濁河乾。破虜功未録，勞師力已殫。須防肘腋下，飛禍出無端。

飛將下天來，奇謀閫外裁。水心龍劍動，地肺雁山開。望氣燕師鋭，當鋒虜陣摧。從今射鵰騎，不敢過雲堆。

黄紙君王詔，青泥校尉書。誓師張虎落，選將擐犀渠。(露)〔霧〕暗津浦失，〔三〕天寒塞柳疏。横行十萬騎，欲掃虜塵餘。

〔一〕戍：《全唐詩》卷一九作「戍」，是。

〔二〕(漢)〔漠〕：據同上改。

〔三〕(露)〔霧〕：據同上改。浦：同上注：「集作蒲。」「蒲」與下「柳」字對，是。

同前

王建

漢軍逐單于，日没處河曲。〔一〕浮雲道傍起，行子車下宿。槍城圍鼓角，氈帳依山谷。馬上懸壺漿，刀頭分頓肉。來時高堂上，父母親結束。回一作面首不見家，風吹破衣服。金瘡生肢節，相與拔一作取箭鏃。聞道西涼州，家家婦人哭。

〔一〕處河：疑當作「交河」。

同前　張祜

少年金紫就光輝，直指邊城虎翼飛。一卷旌一作施收千騎虜，萬全身出百（圍）重〔圍〕。〔一〕

黃雲斷塞尋鷹去，白草連天射雁歸。白首漢廷刀筆吏，丈夫功業本相依。

〔一〕（圍）重〔圍〕：據毛刻本改。

同前五首　令狐楚

荒雞隔水啼，汗馬逐風嘶。終日隨旌旆，何時罷鼓鼙？

孤心眠夜雪，滿眼是秋沙。萬里猶防塞，三年不見家。

却望冰河闊，前登雪嶺高。征人幾多在，又擬戰臨洮。

胡風千里驚，漢月五更明。縱有還家夢，猶聞出塞身一作聲。〔一〕

暮雪連青海，陰雲覆白山。可憐班定遠，出入玉門關！

〔一〕身：《全唐詩》卷一九作「聲」，是，作「身」則失韻。

同前三首

王（維）〔涯〕〔一〕

旌甲從軍久，〔二〕風雲識陣難。今朝韓信計，日下斬成安。

燕頷多奇相，狼頭敢犯邊。寄言班定遠，正是立功年。

旄頭夜落捷書飛，來奏金門著賜衣。白馬將軍頻破（鏑）〔敵〕，〔三〕黄龍戍卒幾時歸。

〔一〕王（維）〔涯〕：據《全唐詩》卷一九改。

〔二〕旌：同上注：「集作戈。」

〔三〕（鏑）〔敵〕：據同上改。

從軍五更轉五首

陳·伏知道

《樂苑》曰：「《五更轉》，商調曲。」按伏知道已有《從軍辭》，則《五更轉》蓋陳以前曲也。

一更刁斗鳴，校尉逴連城。遥聞射鵰騎，懸憚將軍名。

二更愁未央，高城寒夜長。試將弓學月，聊持劍比霜。

三更夜警新，横吹獨吟春。强聽梅花落，誤憶柳園人。

四更星漢低，落月與雲齊。依稀北風裏，胡笳雜馬嘶。

五更催送籌，曉色映山頭。城烏初起堞，更人悄一作笑下樓。

從軍有苦樂行

唐・李　益

魏王粲《從軍行》曰：「從軍有苦樂，但問所從誰。」因以爲題也。

勞者且勿歌，我欲送君觴。從軍有苦樂，此曲樂未央。僕本居一作起隴上，隴水斷人腸。東過秦宮路，宮路入咸陽。時逢漢帝出，諫獵至長楊。詎馳游俠窟，非結少年場。一旦承嘉惠，輕命重恩光。秉筆參帷帟，從軍至朔方。邊地多陰風，草木自淒涼。斷絶海雲去，出没胡沙長。參差引雁翼，隱轔騰軍裝。劍文夜如水，馬汗凍成霜。俠氣五都少，矜功六郡良。山河起目前，睚眦死路傍。北逐驅獯虜，西臨復舊疆。昔還賦餘資，今出乃贏糧。一矢致夏服，〔一〕我弓不再張。寄言丈夫雄，苦樂身自當。

〔一〕致：《英華》卷一九九作「弢」，是。

苦哉遠征人

鮑溶

晉陸機《從軍行》曰：「苦哉遠征人，飄飄窮四遐。」宋顔延年《從軍行》曰：「苦哉遠征人，畢力幹時艱。」蓋苦天下征伐也。又有《苦哉行》、《遠征人》，皆出於《從軍行》也。

征人歌古曲，攜手上河梁。李陵死別處，杳杳玄冥鄉。憶昔從此路，連年征鬼方。久行迷漢曆，三洗氈衣裳。百戰身且在，微功信難忘。遠承雲臺議，非勢孰敢當。落日弔李廣，白身過河陽。〔一〕閑弓失月影，勞劍無龍光。去日姑束髮，今來髮成霜。虚名乃閒事，生見父母鄉。掩抑《大風歌》，徘徊少年場。誠哉古人言，(烏)〔鳥〕盡良弓藏。〔二〕

〔一〕身：《全唐詩》卷一九注：「集作首。」是。

〔二〕(烏)〔鳥〕：據同上改。

苦哉行五首

戎昱

彼鼠侵我厨，縱貍授粱肉。鼠雖爲君却，貍食自須足。冀雪大國耻，翻是大國辱。羶腥逼綺羅，塼瓦雜珠玉。登樓非騁望，目笑是心哭。何意天樂中，至今奏胡曲。

官軍收洛陽，家住洛陽里。夫婿與兄弟，目前見傷死。吞聲不許哭，還遣衣羅綺。上馬隨匈奴，數秋黄塵裏。生爲名家女，死作塞垣鬼。鄉國無還期，天津哭流水。登樓望天衢，目極淚盈睫。强笑無笑容，須妝舊花(壓)〔靨〕。〔一〕昔年買奴僕，奴僕來碎葉。豈意未死間，自爲匈奴妾。一生忽至此，萬事痛苦業。得出塞垣飛，不如彼蜂蝶。妾家青河邊，七葉承貂蟬。身爲最小女，偏得渾家憐。親戚不相識，幽閨十五年。有時最遠出，祇到中門前。前年狂胡來，懼死翻生全。今秋官軍至，豈意遭戈鋋。匈奴爲先鋒，長鼻黄髮拳。彎弓獵生人，百步牛羊羶。脱身落虎口，不及歸黄泉。苦哉難重陳，暗哭蒼天。可汗奉親詔，今月歸燕山。忽如亂刀劍，攪妾心腸間。出户望北荒，迢迢玉門關。生人爲死别，有去無時還。漢月割妾心，胡風凋妾顔。去去斷絶魂，叫天天不聞。

〔一〕(壓)〔靨〕：據《全唐詩》卷一九改。

遠征人〔一〕

北周・王　褒

黄河流水急，驅馬送征人。〔二〕谷望河陽縣，(棲)〔橋渡〕小平津。〔三〕

〔一〕此詩已見本集卷三二王褒《從軍行》第二首，原詩有十六句，這是它的首四句，誤入于此。

〔二〕驅：同上作「驄」。

〔三〕（樓）〔橋渡〕：據同上改。

鞠歌行

晋·陸　機

《古今樂録》曰：「王僧虔《技録》，平調又有《鞠歌行》，今無歌者。」陸機序曰：「按漢宫閣有含章鞠室，靈芝鞠室，後漢馬防第宅卜臨道，連閣通池，鞠城彌於街路。鞠歌將謂此也。又東阿王詩『連騎擊壤』，或謂蹴鞠乎？三言七言，雖奇寶名器，不遇知己，終不見重。願逢知己，以託意焉。」

朝雲升，應龍攀，乘風遠遊騰雲端。鼓鍾歇，豈自歡，急弦高張思和彈。時希值，年夙愆，循己雖易人知難。王陽登，貢公歡，罕生既没國子歎。嗟千載，豈虚言，邈矣遠念情愾然。

同前

宋·謝靈運

德不孤兮必有鄰，唱和之契冥相因。譬如虬虎兮來風雲，亦如形聲影響陳。心歡賞兮歲易淪。隱玉藏彩疇識真。叔牙顯，夷吾親。郢既殁，匠寢斤。覽古籍，信伊人。永言知己感良辰。

同前

謝惠連

翔馳騎，〔千里姿〕，〔一〕伯樂不舉誰能知。南荆璧，萬金貲，卞和不斵與石離。年難留，時易隕，厲志莫賞徒勞疲。沮齊音，溺趙吹，匠石善運郢不危。古綿眇，理參差，單心慷慨雙淚垂。

〔一〕〔千里姿〕：據《詩紀》卷四九補。

同前

唐·李　白

玉不自言如桃李，魚目笑之卞和耻。楚國青蠅何太多，連城白璧遭讒毁。荆山長號泣血人，忠臣死爲刖足鬼。聽曲知甯戚，夷吾因小妻。秦穆五羊皮，買死百里奚。洗拂青雲上，當時賤如泥。朝歌鼓刀叟，虎變磻溪中。一舉釣六合，遂荒營丘東。平生渭水曲，誰識一作數此老翁。奈何今之人，雙目送征一作飛鴻。〔一〕

〔一〕征：王琦注《李太白集》卷四作「飛」。

清調曲一

《古今樂録》曰：「王僧虔《技録》，清調有六曲：一《苦寒行》，二《豫章行》，三《董逃行》，四《相逢狹路間行》，五《塘上行》，六《秋胡行》。」荀氏録所載九曲，傳者五曲。晉、宋、齊所歌，今不歌。武帝「北上」《苦寒行》，「上謁」《董逃行》，「蒲生」《〔塘〕上行》，〔一〕「晨上」「願登」並《秋胡行》是也。其四曲今不傳。明帝「悠悠」《苦寒行》，古辭「白楊」《豫章行》，武帝「白日」《董逃行》，古辭《相逢狹路間行》是也。其器有笙、笛、（下聲弄、高弄、遊弄），篪、節、琴、瑟、箏、琵琶八種。歌弦四弦。張永録云：「未歌之前，有五部弦，又在弄後。晉、宋、齊，止四器也。」

〔一〕〔塘〕上行：據本集卷三五《塘上行》開頭爲「蒲生」兩字補。

苦寒行二首六解

魏・〔文〕〔武〕帝〔一〕

《樂府解題》曰：「晉樂奏魏武帝《北上篇》，備言冰雪溪谷之苦。其後或謂之《北上行》，蓋因武帝辭而擬之也。」

北上太行山，艱哉何巍巍！太行山，艱哉何巍巍！羊腸坂詰曲，車輪爲之摧。一解　樹木何蕭瑟，北風聲正悲。何蕭瑟，北風聲正悲。熊羆對我蹲，虎豹夾道啼。二解 溪谷少人民，雪落何霏霏。少人民，雪落何霏霏。延頸長歎息，遠行多所懷。三解 我心何怫鬱，思欲一東歸。何怫鬱，思欲一東歸。水深橋梁絶，中道正徘徊。四解 迷惑失徑路，(瞑)〔暝〕無所宿棲。〔二〕失徑路，(瞑)〔暝〕無所宿棲。行行日以遠，人馬同時飢。五解 擔囊行取薪，斧冰持作糜。擔囊行取薪，斧冰持作糜。悲彼東山詩，悠悠使我哀。六解

右一曲，晉樂所奏。

〔一〕魏(文)〔武〕帝：據下文《樂府解題》及《宋書·樂志》《文選》卷二七改。

〔二〕(瞑)〔暝〕：據《宋書》改。

北上太行山，艱哉何巍巍！羊腸坂詰屈，車輪爲之摧。樹木何蕭瑟，〔一〕北風聲正悲。熊羆對我蹲，虎豹夾路啼。溪谷少人民，雪落何霏霏。延頸長歎息，遠行多所懷。我心何怫鬱，思欲一東歸，水深橋梁絶，中路正徘徊。迷惑失故路，薄暮無宿棲。行行日已遠，人馬同時飢，擔囊行取薪，斧冰持作糜。悲彼東山詩，悠悠令我哀。〔二〕

右一曲，本辭。

〔一〕樹木：《藝文》卷四一作「壠樹」。

〔二〕哀：同上作「悲」。

苦寒行五解

魏・明帝

悠悠發洛都，䒑我征東行。〔一〕悠悠發洛都，䒑我征東行。征行彌二旬，屯吹龍陂城。一解 顧觀故壘處，皇祖之所營。故壘處，皇祖之所營。屋室若平昔，棟宇無邪傾。二解 奈何我皇祖，潛德隱聖形。我皇祖，潛德隱聖形。雖没而不朽，書貴垂休名。三解 光光我皇祖，軒曜同其榮，我皇祖，軒曜同其榮。遺化布四海，八表以肅清。四解 雖有吴蜀寇，春秋足耀兵。徒悲我皇祖，不永享百齡。賦詩以寫懷，伏軾淚霑纓。五解

右一曲，晉樂所奏。

〔一〕䒑：《漢魏樂府風箋》卷一一黄節箋：《説文》䒑作𢍜，䒑當是𢍜之誤。

同前

晉・陸機

北遊幽朔城，涼野多險艱。〔一〕俯入穹谷底，仰陟高山盤。凝冰結重澗，積雪被長巒。陰雲興巖側，悲風鳴樹端。不覩白日景，但聞寒鳥喧。猛虎憑林嘯，玄猿臨岸歎。夕宿喬木

下，慘一作愴慘(怕)〔恒〕鮮歡。〔二〕渴飲堅冰漿，饑待一作飢食零露餐。離思固已(矣)〔久〕，〔三〕寤寐莫與言。劇哉行役人，慊慊恒苦寒。

〔一〕艱：《文選》卷二八作「難」。

〔二〕慘慘：同上作「慘愴」。(怕)〔恒〕：據同上及《陸士衡集》卷六改。

〔三〕(矣)〔久〕：據同上改。

同前

宋·謝靈運

歲歲曾冰(食)〔合〕，〔一〕紛紛霰雪落。浮陽減清暉，〔二〕寒禽叫悲壑。飢爨烟不興，渴汲水枯涸。〔三〕

〔一〕歲歲：疑誤，當作「峨峨」。(食)〔合〕：據《藝文》卷四一、《詩紀》卷四七改。

〔二〕減：同上作「滅」。

〔三〕《詩紀》注：「《初學記》又載四句云：『樵蘇無鳳飲，蒙冰煮朝餐。悲矣採薇唱，苦哉有餘酸。』」

前苦寒行二首

唐·杜甫

漢時長安雪一丈，牛馬毛寒縮如蝟。楚江巫峽冰入懷，虎豹哀號又堪記。秦城老翁荊揚客，慣習炎蒸歲絺綌。玄冥祝融氣或交，手持白羽未敢釋。去年白帝雪在山，今年白帝雪在地。凍埋蛟龍南浦縮，寒刮肌膚北風利。楚人四時皆麻衣，楚天萬里無晶輝。三足之烏足恐斷，羲和送將安所歸。〔一〕

〔一〕送將安所歸：《英華》卷二一〇作「送之將安歸」，《分門集注杜工部集》卷二作「迭送將安歸」。

後苦寒行二首

杜　甫

南紀巫廬瘴不絶，太古已來無尺雪。蠻夷長老怨苦寒，崑崙天關凍應折。玄猿口噤不能嘯，白鵠翅垂眼流血。安得春泥（浦）〔補〕地裂？〔一〕

晚來江門失大木，猛風中夜吹白屋。天兵斷斬青海一作梅戎，殺氣南行動坤軸。不爾苦寒何太酷，巴東之峽生淩澌。彼蒼迴（軒）〔斡〕人得知。〔二〕

〔一〕（浦）〔補〕：據毛刻本及《英華》卷二一〇改。

〔二〕（軒）〔斡〕：據《英華》改。

苦寒行

劉駕

嚴寒動八荒，蝍蝍無休時。〔一〕陽烏不自暖，雪壓扶桑枝。歲暮寒益壯，青春安得歸？朔雁到南海，越禽何處飛？誰言貧士歎，不爲身無衣？

〔一〕蝍蝍：《全唐詩》卷五八五作「刺刺」。

同前

僧貫休

北風北風，職何嚴毒！催壯士心，縮金烏足。凍雲嚻嚻礙雪，一片下不得。聲遶枯桑，根在沙塞。黄河徹底，頑直到海。一氣摶束，萬物無態。唯有吾庭前杉松樹枝，枝枝健在。

同前

僧齊己

冰峰撑空寒矗矗，雲凝水凍埋海陸。殺物之性，傷人之慾。既不能斷絶蒺藜荆棘之根株，又不能展鳳凰麒麟之拳跼。如此則何如爲和煦，爲膏雨，自然天下之榮枯，融融於萬户。

吁嗟篇

魏・曹　植

《樂府解題》曰：「曹植擬《苦寒行》爲《吁嗟》。」

吁嗟此轉蓬，居世何獨然。長去本根逝，夙夜無休閒。東西經七陌，南北越九（千）〔阡〕。〔一〕卒遇回風起，吹我入雲間。自謂終天路，忽然下沉淵。驚飈接我出，故歸彼中田。當南而更北，謂東而反西。宕宕當何依，忽亡而復存。飄颻周八澤，連翩歷五山。流轉無恒處，誰知吾苦艱。願爲中林草，秋隨野火燔。糜滅豈不痛，〔二〕願與（林葉）〔根一作株荄〕連。〔三〕

〔一〕（千）〔阡〕：據《詩紀》卷一三改。

〔二〕糜：同上作「糜」。

〔三〕（林葉）〔根一作株荄〕：據同上改。

北上行

唐・李　白

北上何所苦，北上緣太行。磴道盤且峻，巉巖凌穹蒼。馬足蹶側石，車輪摧高岡。沙塵接幽州，烽火連朔方。殺氣毒劍戟，嚴風裂衣裳。奔鯨夾黄河，鑿齒屯洛陽。前行無歸日，返顧思舊鄉。慘戚冰雪裏，悲號絶中腸。尺布不掩體，皮膚劇枯桑。汲水澗谷阻，採薪隴坂長。猛虎又掉尾，磨牙皓秋霜。草木不可餐，飢飲零露漿。歎此北上苦，停驂爲之傷。何日王道平？開顔覩天光。

樂府詩集卷第三十四

相和歌辭九

清調曲二

豫章行

古辭

《古今樂録》曰：「《豫章行》，王僧虔云《荀録》所載《古白楊》一篇，今不傳。」《樂府解題》曰：「陸機『泛舟清川渚』，謝靈運『出宿告密親』，皆傷離别，言壽短景馳，容華不久。傅玄《苦相篇》云『苦相身爲女』，言盡力於人，終以華落見棄。亦題曰《豫章行》也。」豫章，漢郡邑地名。

白（陽）〔楊〕初生時，〔一〕乃在豫章山。上葉摩青雲，下根通黄泉。涼秋八九月，山客持斧斤。我□何皎皎，（皎梯）〔稊〕落□□□。〔二〕根株已斷絶，顛倒巖石間。大匠持斧繩，鋸墨齊兩端。一驅四五里，枝葉〔相〕自捐。〔三〕□□□□□，會爲舟船蟠。身在洛陽宫，根在豫章山。多謝枝與葉，何時復相連？吾生百年□，自□□□俱。何意萬人巧，使我離根株。

右一曲，晉樂所奏。

〔一〕白(陽)〔楊〕：據《詩紀》卷六改。
〔二〕(皎梯)〔稊〕：據文意改。
〔三〕〔相〕：各本皆脱「相」字，依文意補。

豫章行二首

魏・曹植

《樂府解題》曰：「曹植擬《豫章》爲『窮達』。」

窮達難豫圖，禍福信亦然。虞舜不逢堯，耕耘處中田。太公未遭文，漁釣(涇)〔終〕渭川。〔一〕不見魯孔丘，窮困陳蔡間。周公下白屋，天下稱其賢。

鴛鴦自用親，〔二〕不(苦)〔若〕比翼連。〔三〕他人雖同盟，骨肉天性然。周公穆康叔，管蔡則流言。子臧讓千乘，季札慕其賢。

〔一〕(涇)〔終〕：據《藝文》卷四一、《詩紀》卷一三改。
〔二〕用：《詩紀》作「朋」，是。
〔三〕不(苦)〔若〕：據同上改。

豫章行苦相篇

晉·傅　玄

苦相身爲女，卑陋難再陳。兒男一作男兒當門户，〔一〕墮地自生神。雄心志四海，萬里望風塵。女育無欣愛，不爲家所珍。長大逃深室，藏頭羞見人。無淚適他鄉，〔二〕忽如雨絶雲。低頭和顔色，素齒結朱脣。跪拜無復數，婢妾如嚴賓。情合同雲漢，葵藿仰陽春。心乖甚水火，百惡集其身。玉顔隨年變，丈夫多好新。昔爲形與影，今爲胡與秦。胡秦時相見，一絶踰參辰。

〔一〕兒男：《詩紀》卷二二作「男兒」。

〔二〕無：同上作「垂」，是。

豫章行

陸　機

泛舟清川渚，遥望高一作南山陰。川陸殊途一作塗軌，懿親將遠尋。三荆歡同株，四鳥悲異林。樂會良自古，悼别豈獨今。寄世將幾何，日昃無停陰。前路既已多，後途隨年侵。促促薄暮景，亹亹鮮克禁。曷爲復以兹，曾是懷苦心。遠節嬰物淺，近情能不深。行矣保嘉福，景絶繼以音。

同前

宋・謝靈運

短生旅長世，恒覺白日欹。覽鏡睨頹容，華顔豈久期？苟無迴戈術，坐觀落崦嵫。

同前

謝惠連

軒帆遡遥路，薄送瞰遐江。舟車理殊緬，密友將遠從。九里樂同潤，二華念分峰。集歡豈今發，離歎自古鍾。促生靡緩期，迅景無遲蹤。緇髪迫多素，憔悴謝華茸。婉娩寡留晷，窈窕閉淹龍。如何阻行止，憤愠結心胸。既微達者度，歡戚誰能封。願子保淑慎，良訊代徽容。

同前

梁・沈約

燕陵平而遠，〔一〕易河清且駛。一見塵波阻，臨途引征思。雙劍愛匣同，孤鸞悲影異。宴言誠易纂，清歌信難嗣。〔二〕卧聞夕鐘急，坐閲朝光亟。往歡墜壯心，來戚滿衰志。殂芳無再馥，淪灰定還熾。夏臺尚可忘，榮辱亦奚事。愧微曠士節，徒感鄙生餌。勞哉納辰和，地遠託聲寄。

〔一〕陵：《藝文》卷四一作「陸」，是。

〔二〕清：《英華》卷二〇一作「浩」。

同前

隋・薛道衡

江南地遠接甌閩，東山英妙屢經遊。〔一〕前瞻疊障千重阻，却帶驚湍萬里流。楓葉朝飛向京洛，文魚夜過歷吴洲。君行遠度茱萸嶺，妾住長依明月樓。樓中愁思不開嚬，始復臨窗望早春。鴛鴦水上萍初合，鳴鶴園中花併新。空憶常時角枕處，無復前日畫眉人。照骨金環誰用許，見膽明鏡自生塵。蕩子從來好留滯，況復關山遠迢遞。當學織女嫁牽牛，莫學姮娥叛夫婿。〔二〕偏訝思君無限極，欲罷欲忘還復憶。願作王母三青鳥，飛來飛去傳消息。〔三〕豐城雙劍昔曾離，經年累月復相隨。不畏將軍成久别，只恐封侯心更移。

〔一〕東山：《詩紀》卷一二三作「山東」。

〔二〕莫學：同上作「莫作」，是。

〔三〕飛來飛去：同上作「飛去飛來」。

同前

唐・李　白

胡風吹代馬一作燕人攢志羽，北擁魯陽關。吴兵照海雪，西討何時還。半渡上遼津，黄雲慘無顏。老母與子别，呼天野草間。白馬一作百鳥繞旌旗，悲鳴相追攀。白楊秋月苦，早落豫章山。本爲休明人，斬虜素不閑。豈惜戰鬬死，爲君掃凶頑。精感〔百〕〔石〕没羽，〔一〕豈〔亡〕〔云〕憚險艱。〔二〕樓船若鯨飛，波蕩落星灣。此曲不可奏，三軍鬢成斑。〔三〕

〔一〕（百）〔石〕：據《李太白集》卷六改。

〔二〕（亡）〔云〕：據同上改。

〔三〕鬢：同上作「髮」。

董逃行五解

古　辭

崔豹《古今注》曰：「《董逃歌》，後漢游童所作也。終有董卓作亂，卒以逃亡。後人習之爲歌章，樂府奏之以爲儆誡焉。」《後漢書・五行志》曰：「靈帝中平中，京都歌曰：『承樂世，董逃，遊四郭，董逃。蒙天恩，董逃，帶金紫，董逃。行謝恩，董逃，整車騎，董逃。垂欲發，董逃，與中辭，董逃。出西門，董逃，瞻宫殿，董逃。望京城，董逃，日夜絶，董逃，心摧傷，董逃。』案『董』謂董卓也。言欲一作雖跋扈，〔一〕縱有殘暴，〔二〕終歸逃竄，至於滅族也。《風俗通》曰：「卓以《董逃》之歌，主爲己發，太禁絶之。」楊阜《董卓傳》曰：「卓改《董逃》爲『董安』。」《樂府解題》曰：「古詞云『吾欲上謁從高山，山頭危險大難（言）。』〔三〕言五岳之上，皆以黄金爲宫闕，而多靈獸仙草，可以求長生不死之術，令天神擁護君上以壽考也。若陸機『和風習習薄林』，謝靈運『春虹散彩銀河』，但言節物芳華，可及時行樂，無使徂齡坐徙而已。晉傅玄有《歷九秋篇》十二章，具叙夫婦别離之思，亦題云《董逃行》，未詳。」

吾欲上謁從高山，山頭危險大難（言）。遥望五嶽端，黄金爲闕，班璘。但見芝草，葉落紛紛。一解　百鳥集，來如烟。山獸紛綸，麟、辟邪；其端鵾雞聲鳴。但見山獸援戲相拘攣。二解　小復前行玉堂，未心懷流還。傳教出門來：「門外人何求？」所言：「欲從聖道求一得命延。」三解　教敕凡吏受言，採取神藥若木端。白兔長跪擣藥蝦蟆丸。奉上陛下一玉柈，服此藥可得神仙。〔四〕四解　服爾神藥，莫不歡喜。〔五〕陛下長生老壽，四面肅肅稽首，天神擁護左右，陛下長與天相保守。〔六〕五解

〔一〕欲：《後漢書·五行志》作「雖」。

〔二〕有：同上作「其」。

〔三〕大難（言）：據《宋書·樂志》删，下文同。

〔四〕神：《宋書》作「即」。

〔五〕莫：同上作「無」。

〔六〕相保守：《古樂府》無「相」字。

董逃行歷九秋篇

晉·傅　玄

歷九秋兮三春，遺貴客兮遠賓。〔一〕顧多君心所親，乃命妙妓才人，炳若日月星辰。其一　序金罍兮玉觴，賓主遞起（寫）〔雁〕行。〔二〕杯若飛電絶光，交觴接卮結裳。慷慨歡笑萬方。其二　奏新詩兮夫君，爛然虎變龍文，渾如天地未分，齊謳楚舞紛紛，歌聲上激青雲。其三　窮八音兮異倫，奇聲靡靡每新，微披素齒丹脣，〔三〕逸響飛薄梁塵，精爽眇眇入神。其四　坐咸醉兮沾歡，引樽促席臨軒。進爵獻壽翻翻，千秋要君一言，願愛不移若山。其五　君恩愛兮不竭，譬若朝日夕月，此景萬里不絶，長保初醮結髮，〔四〕何憂坐〔生〕胡越。〔五〕其六　攜弱手兮金環，上遊飛閣雲間。穆若鴛鳳（燕）〔雙鸞〕一作鶯。〔六〕還幸蘭房自安，娱心樂意難原。〔七〕其七　樂既極兮多懷，盛時忽逝若頹，寒暑革御景迴。春榮隨風飄摧。〔八〕感物動心增哀。其八　妾受命兮孤虚，男兒（隨）〔墮〕地稱姝，〔九〕女弱難存若無。〔一〇〕骨肉至親更疏，奉事他人託軀。其九　君如影兮隨形，賤妾如水浮萍。明月不能常盈，誰能無根保榮，良時冉冉代征。其十　顧繡領兮含暉，皎日迴光則微。〔一一〕朱華忽（示）〔爾〕漸衰，〔一二〕影欲捨形高飛，誰言往（思）〔恩〕可追。〔一三〕其十一　薺與麥兮夏零，蘭桂踐（履）〔霜〕逾馨。〔一四〕祿命懸天難明，妾心結意丹青，何憂君心中傾。其十二

〔一〕遺：《玉臺》卷九作「分遺」，《玉臺考異》：「遺字疑爲邀字之誤。」

〔二〕（寫）〔雁〕行：據《玉臺》改。

〔三〕披：《玉臺》作「笑」。

〔四〕結髮：《百三名家集》作「髮結」。

〔五〕坐〔生〕：據《玉臺》補。生字《百三名家集》作「成」。

〔六〕（燕）〔雙鸞〕：據《玉臺》補改，疑或是「鸞鳳雙鴛」。

〔七〕樂意：《玉臺》作「極樂」。

〔八〕春榮：《百三名家集》作「榮華」。

〔九〕（隨）〔墮〕地：據《玉臺》改。姝：《百三名家集》作「珠」。

〔一〇〕難：《百三名家集》作「雖」，是。

〔一一〕則微：《玉臺》作「側微」。

〔一二〕忽（示）〔爾〕：據同上改。

〔一三〕（思）〔恩〕：據同上改。

〔一四〕（履）〔霜〕：據同上改。

董逃行

陸　機

和風習習薄林，柔條布葉垂陰。鳴鳩拂羽相尋，倉鶊喈喈弄音，感時悼逝傷心。日月相追周旋，萬里倏忽幾年，人皆冉冉西遷。盛時一往不還，慷慨乖念悽然。昔爲少年無憂，常怪秉燭夜遊，翩翩宵征何求，於今知此有由。但爲老去年遒，盛固有衰不疑。長夜冥冥無期，何不驅馳及時。聊樂永日自怡，齎此遺情何之。人生居世爲安，豈若及時爲歡。世道多故萬端，憂慮紛錯交顔，老行及之長歎。

同前

唐・元　稹

董逃董逃董卓逃，揩鏗戈甲聲勞嘈。剜剜深臍脂焰焰，人皆數歎曰：〔一〕「爾獨不憶年年取我身上膏？」膏銷骨盡烟火死，長安城中賊毛起。城門四走公卿士，走勸劉虞作天子。劉虞不敢作天子，〔二〕曹瞞篡亂從此始。董逃董逃人莫喜，勝負翻一作相環相枕倚。〔三〕縫綴難成裁破易，何況曲針不能伸巧指，欲學裁縫須准擬。

〔一〕數：《全唐詩》卷四一八注：「一無數字。」

〔二〕敢：同上注「一作取」，是。

〔三〕翻：同上作「相」。

同前

張籍

洛陽城頭火曈曈，亂兵燒我天子宫。宫城南面有深山，盡將老幼藏其間。重巖爲屋橡爲食，丁男夜行候消息。聞道官軍猶掠人，舊里如今歸未得。董逃行，漢家幾時重太平？

相逢行〔一〕

古辭

一曰《相逢狹路間行》，亦曰《長安有狹斜行》。《樂府解題》曰：「古詞文意與《雞鳴曲》同。晉陸機《長安狹斜行》云：『伊、洛有歧路，歧路交朱輪。』則言世路險狹邪僻，正直之士無所措手足矣。」唐李賀有《難忘曲》，亦出於此。

相逢狹路間，道隘不容車。不知何年少，〔二〕夾轂問君家。君家誠易知，易知復難忘。黄金爲君門，白玉爲君堂。堂上置樽酒，作使邯鄲倡。〔三〕中庭生桂樹，華燈何煌煌。兄弟兩三人，中子爲侍郎。〔四〕五日一來歸，道上自生光。黄金絡馬頭，觀者盈道傍。入門時左顧，〔五〕但見雙鴛鴦。鴛鴦七十二，羅列自成行。音聲何噰噰，鶴鳴東西廂。大婦織綺羅，〔六〕中婦織流黄。小婦無所爲，挾瑟上高堂。丈人且安坐，調絲方未央一作調絲未遽央。

右一曲，晉樂所奏。

〔一〕《相逢行》：《玉臺》卷一作《相逢狹路間》。

〔二〕不知句：同上作「如何兩少年」。

〔三〕作使：同上作「使作」。

〔四〕爲侍郎：同上作「侍中郎」。

〔五〕時：藝文》卷四一作「一」。

〔六〕綺羅：《玉臺》作「羅綺」。

同前

宋・謝惠連〔一〕

行行即長道，道長息班草。邂逅賞心人，與我傾懷抱。夷世信難值，憂來傷人，平生不可保。陽華與春渥，陰柯長秋槁。心慨榮去速，情苦憂來早。日華難久居，憂來傷人，諄諄亦至老。親黨近恤庇，昵君不常好。九族悲素霰，三良怨黄鳥。邇〔來〕〔朱〕白即頹，〔二〕憂來傷人，近縞潔必造。水流理就溼，火炎同歸燥。賞契少能諧，斷金斷可寶。〔三〕千計莫適從，〔憂來傷人〕，〔四〕萬端信紛繞。巢林宜擇木，結友使心曉。心曉形迹略，略邇誰能了。相逢既若舊，憂來傷人，片言代紵縞。

〔一〕謝惠連：《藝文》卷四一作「謝靈運」，《詩紀》卷四七注：「今從《藝文》作靈運。

〔二〕（來）〔朱〕：據《詩紀》改。

〔三〕斷可寶：疑當作「斯可寶」。

〔四〕〔憂來傷人〕：據同上注補。

同前

梁・張　率

相逢夕陰街，獨趨尚冠里。高門既如一，甲第復相似。憑軾日欲昏，何處訪公子？公子之所在，所在良易知。青樓出上路，漸臺臨曲池。堂上撫流徽，雷樽朝夕施。橘柚分華實，朱火燎金枝。兄弟兩三人，冠珮一作佩紛陸離。〔一〕朝從禁中出，車騎並驅馳。金鞍馬腦勒，聚觀路傍兒。入門一顧望，鳧鵠有雄雌。雄雌各數千，相鳴戲羽儀。並在東西立，群次何離離。大婦刺方領，中婦抱嬰兒。小婦尚嬌稚，端坐吹參差。丈人無遽起，神鳳且來儀。

〔一〕冠：《玉臺》卷六作「裾」。

同前

唐·崔顥

妾年初二八，家住洛橋頭。玉户臨馳道，朱門近御溝。使君何假問，夫婿大長秋。女弟新承寵，諸兄近拜侯。春生百子殿，花發一作開五城樓。出入千門裏，年年樂未休。

同前二首

李白

朝騎五花馬，謁帝出銀臺。秀色誰家子，雲車一作中珠箔開。金鞭遥指點，〔一〕玉勒近遲回。夾轂相借問，疑一作知從天上來。〔二〕憐腸愁欲斷，〔三〕斜日復相催。下車何輕盈，飄然似落梅。邀入青綺門，〔四〕當歌共銜杯一作嬌羞初解珮，語笑共銜杯。銜杯映歌扇，似月雲中見。相見不相親，〔五〕不如不相見。相見情已深，未語可知心。胡爲守空閨，〔六〕孤眠愁錦衾。錦衾與羅幃，〔七〕纏綿會有時。春風正澹蕩，暮雨來何遲一作春風正糾結，青鳥來何遲。願因三青鳥，更報長相思。光景不待人，〔八〕須臾髮成絲。當年失行樂，老去徒傷悲。持此道密意，無令曠佳期。

相逢紅塵内，高揖黄金鞭。萬户垂楊裏，君家阿那邊。

〔一〕金鞭二句：《唐文粹》卷一三無。
〔二〕疑：同上及《才調集》卷六作「知」。
〔三〕憐腸四句：《唐文粹》及王琦注《李太白集》卷六均無。
〔四〕邀：王琦注本作「蹙」。
〔五〕相親：《才調集》、《唐文粹》及王琦注本作「得親」。
〔六〕守：《才調集》作「返」。
〔七〕與：同上作「語」。
〔八〕光景六句：《唐文粹》無。

同前

韋應物

二十登漢朝，英聲邁今古。適從東方來，又欲謁明主。猶酣新豐酒，尚帶灞陵雨。邂逅兩相逢，别來間寒暑。〔一〕寧知白日晚，暫向花間語。忽聞長樂鐘，走馬東西去。

〔一〕間：《韋江州集》卷九作「問」。

相逢狹路間

宋·孔欣

相逢狹路間，道狹正踟蹰。如何不群士，行吟戲路衢。輟步相與言，君行欲焉如？淳朴久已凋，榮利迭相驅。流落尚風波，人情多遷渝。勢集堂必滿，運去庭亦虚。競趨嘗不暇，〔一〕誰肯眷桑樞。無爲肆獨往，只將困淪胥。未若及初九，攜手歸田廬。躬耕東山畔，樂道詠玄書。狹路安足遊，方外可寄娱。

〔一〕嘗：疑當作「尚」。

同前

梁·昭明太子

京華有曲巷，曲曲不通輿。〔一〕道逢一俠客，緣路間君居。君居在城北，可尋復易知。朱門間皓壁，刻桷映晨離。〔二〕階植若華草，〔三〕光影逐飈移。輕幰委四壁，〔四〕蘭膏然百枝。長子飾青紫，中子任以貲。小子始總角，方作啼弄兒。三子俱入門，赫奕盛羽儀。華騮服衡轡，白玉鏤羈羈。容止同規矩，賓從盡恭卑。雅鄭時間作，孤竹乍參差。雲飛離水宿，〔五〕弄吭滿青池。〔六〕歡樂無終極，流目豈知疲。門下非毛遂，坐上盡英奇。大婦成貝錦，中婦飾粉絁。〔七〕小婦獨無事，理曲步簷垂。丈人暫徙倚，行使流風吹。

〔一〕曲曲：《詩紀》卷六六作「巷曲」。

〔二〕離：《昭明太子文集》卷一作「籬」。

〔三〕若：《詩紀》注：「一作苕。」

〔四〕壁：同上作「屋」。

〔五〕飛離：同上作「翔雜」。

〔六〕青池：同上作「清池」。

〔七〕飾：同上作「飭」。飾粉絁：同上注：「一作冶粉施。」

同前

沈約

相逢洛陽道，繫聲流水車。路逢輕薄子，佇立問君家。君家誠易知，易知復易憶。龍馬滿街衢，飛蓋交門側。大子萬户侯，中子飛而食。小子始從官，朝夕温省直。三子俱入門，赫奕多羽翼。若若青組紆，烟烟金璫色。〔一〕大婦繞梁歌，中婦迴文織。小婦獨無事，閉户聊且即，緑綺試一彈，玄鶴方鼓翼。

〔一〕烟烟：疑當作「煌煌」。

同前

劉孺

送君追遐路，路狹曖朝雰。三危上蔽日，九折杳連雲。枝交幰不見，聽靜吹纔聞。豈伊歎道遠，亦迺泣塗分。況茲别親愛，情念切離群。

同前　　劉　遵

春晚駕香車，交輪礙狹斜。所恐惟風入，疑傷步摇花。含羞隱年少，何因問妾家。青樓臨上路，相期覺路賒。

同前　　隋·李德林

天衢號九經，冠蓋恒縱横。忽逢懷刺客，相尋欲逐名。我住河陽浦，開門望帝城。金臺遠猶出，玉觀夜恒明。筵羞太官膳，酒釀步兵營。懸牀接高士，隔帳授諸生。流水琴前韻，飛塵歌後輕。大子難爲弟，中子難爲兄。小子輕財利，實見陶朱情。龍軒照人轉，驥馬嘘天門。〔一〕入門俱有説，至道勝金籯。出門會親友，天官奏德星。大婦訓端木，中婦誨劉靈。小婦南山下，擊缶和秦箏。群賓莫有戲，燈來告絶纓。

〔一〕門：毛刻本及《詩紀》卷一二二一均作「明」。按「明」字疑當作「鳴」。

樂府詩集卷第三十五

相和歌辭十

清調曲三

長安有狹斜行

古辭

長安有狹斜，狹斜不容車。適逢兩少年，挾轂問君家。君家新市傍，易知復難忘。大子二千石，中子孝廉郎。小子無官職，衣冠仕洛陽。三子俱入室，室中自生光。大婦織綺紵一作羅，中婦織流黄。小婦無所爲，挾琴上高堂。丈夫且徐徐，調絃詎未央。

同前

晉·陸機

伊洛有歧路，歧路交朱輪。輕蓋承華景，騰步躡飛塵。鳴玉豈樸儒，憑軾皆俊民。烈心厲勁秋，麗服鮮芳春。余本倦游客，豪彦多舊親。傾蓋承芳訊，欲鳴當及晨。守一不足矜，歧路良可遵。規行無曠迹，矩步豈逮人。投足緒已爾，四時不必循。將遂殊塗軌，要子同歸津。

同前

宋・謝惠連

紀郢有通逵，通逵並軒車。帟帟雕輪馳，〔一〕軒軒翠蓋舒。撰策之五尹，振轡從三閭。推劍憑前軾，鳴佩專後輿。

〔一〕帟帟：《藝文》卷四一作「奕奕」。

同前

荀昶

朝發邯鄲邑，暮宿井陘間。井陘一何狹，車馬不得旋。邂逅相逢值，崎嶇交一言。一言不容多，伏軾問君家。君家誠易知，〔一〕易知復易博。南面平原居，北趣相如閣。飛樓臨夕都，通門枕華郭。入門無所見，但見雙栖鶴。栖鶴數十雙，鴛鴦群相追。大兄珥金璫，中兄振纓緌一作中兄纓玉蕤。伏臘一來歸，鄰里生光輝。小弟無所爲，鬭雞東陌逵。大婦織紈綺，中婦縫羅衣。小婦無所作，挾瑟弄音徽。丈人且却坐，梁塵將欲飛。

〔一〕易知：《玉臺》卷三作「難知」，下「易知」同。

同前

梁·武帝

洛陽有曲陌，曲曲不通驛。〔一〕忽遇二少童，扶轡問君宅。我宅邯鄲右，易憶復可知。大息組緗縕，中息佩陸離。小息尚青綺，總角遊南皮。〔二〕三息俱入門，家臣拜門垂。三息俱升堂，旨酒盈千巵。三息俱入户，户内有光儀。大婦理金翠，中婦事玉觿。小婦獨閑暇，調笙遊曲池。丈人少徘徊，鳳吹方參差。

〔一〕曲曲：《玉臺》卷七作「陌曲」，《詩紀》卷六四作「曲陌」。

〔二〕角：《玉臺》作「丱」，《詩紀》作「轡」。

同前

梁·簡文帝

長安有徑塗，徑徑不通輿。〔一〕道逢雙總丱，扶輪問我居。我居青門北，可憶復易津。〔二〕大息騫金勒，中息〔割〕〔縮〕黄銀。〔三〕小息始得意，黄頭作弄臣。三息俱入門，雅志揚清塵。〔四〕三息俱上堂，觴肴滿四陳。三息俱入户，照耀光容新。大婦舒綺緗，中婦拂羅巾。小婦最容冶，映鏡學嬌嚬。丈人且安坐，清謳出絳脣。

〔一〕徑徑：《詩紀》卷六七作「塗逕」。
〔二〕津：同上作「尋」。
〔三〕〔割〕〔縮〕：據同上改。
〔四〕志：《百三名家集》作「意」，疑當作「音」，與「揚塵」相應。

同前

沈約

青槐金陵〔柏〕〔陌〕，〔一〕丹轂貴遊士。方驂萬乘臣，炫服千金子。咸陽不足稱，臨淄孰能擬。

〔一〕〔柏〕〔陌〕：據《藝文》卷四一改。

同前

庾肩吾

長安曲陌坂，〔一〕曲曲不容幰。〔二〕路逢雙綺襦，問君居近遠。我居臨御溝，可識不可求。〔三〕長子登麟閣，次子侍龍樓。少子無高位，聊從金馬遊。〔四〕三子俱來下，左右若川流。三子俱來入，高軒映彩旒。三子俱來宴，玉柱擊清甌。大婦襞雲裘，中婦卷羅幬。少婦多妖豔，[五]花鈿繫石榴。夫君且安坐，歡娛方未周。

〔一〕曲陌坂：《藝文》卷四一作「有曲陌」。

〔二〕曲曲：同上作「曲陌」。

〔三〕不可：同上作「不難」。

〔四〕金馬：同上作「嚴駕」。

〔五〕妖豔：《詩紀》卷八〇作「豔冶」。

同前

王囧

名都馳道傍，華轂亂鏘鏘。道逢佳麗子，問我居何鄉？我家洛川上，甲第遥相望。珠扉玳瑁牀，綺席流蘇帳。大子執金吾，次子中郎將。小子陪金馬，遨遊蔑卿相。三子俱休沐，風流鬱何壯。三子俱會同，肅雍多禮讓。三子俱還室，絲管紛寥亮。大婦裁舞衣，中婦學清唱。小婦窺鏡影，弄此朝霞狀。佳人且少留，爲君繞梁唱。

同前

徐防

長安有勾曲，勾勾不通馹。塗逢二綺衣，夾路訪君室。君室近霸城，易識復知名。大息登金馬，中息謁承明。小息偏愛幸，走馬曳長纓。三息俱入門，車服盡雕輕。三息俱上堂，嘉賓四座盈。三息俱入户，室内有光榮。大婦縑始呈，中婦鏽初營。小婦多姿媚，紅紗映削成。上客且安坐，胡牀妾自擎。

同前

陳・張正見

少年重遊俠，長安有狹斜。路窄時容馬，枝高易度車。簷高同落照，巷小共飛花。相逢夾繡轂，借問是誰家？

同前

北周・王褒

威紆狹邪道，〔一〕車騎動相喧。博徒稱劇孟，遊俠號王孫。勢傾魏侯府，交盡翟公門。路邪夾轂，塗艱倦折轅。日斜宣曲觀，春還御宿園。塗歌楊柳曲，巷飲榴花樽。獨有遊梁倦，〔二〕還守孝文園。

〔一〕威：《詩紀》卷一一三作「逶」。

〔二〕倦：同上作「客」，是。

三婦豔詩

宋·劉鑠

大婦裁霧縠，中婦牒冰練。小婦端清景，含歌登玉殿。丈人且徘徊，臨風傷流霰。

同前

齊·王融

大婦織綺羅一作縑綺，中婦織流黄。小婦獨無事，挾瑟一作琴上高堂。丈夫一作人且安坐，調弦詎未央一作未渠央。

同前〔一〕

梁·昭明太子

大婦舞輕巾，中婦拂華茵。〔二〕小婦獨無事，紅黛潤芳津。良人且高卧，方欲薦梁塵。

〔一〕同前：《玉臺》卷五作《擬三婦》。

〔二〕拂：同上作「掃」。

同前

沈約

大婦拂玉匣，〔一〕中婦結珠帷。〔二〕小婦獨無事，對鏡理蛾眉。〔三〕良人且安卧，夜長方自私。

〔一〕匣：《玉臺》卷五作「墀」。拂玉匣：《詩紀》卷七二作「掃玉墀」。
〔二〕珠帷：《玉臺》作「羅帷」。
〔三〕理：同上及《詩紀》作「畫」。

同前　　王筠

大婦留芳褥，中婦對華燭。小婦獨無事，當軒理清曲。丈人且安卧，豔歌方斷續。

同前　　吴均

大婦弦初切，中婦管方吹。小婦多姿態，〔一〕含笑逼清卮。佳人勿餘及，慇懃妾自知。

〔一〕小婦：《百三名家集》作「少婦」。

同前　　劉孝綽

大婦縫羅裙，中婦料繡文。唯餘最小婦，窈窕舞昭君。丈人慎勿去，聽我駐浮雲。

同前十一首

陳・後主

大婦避秋風，中婦夜牀空。小婦初兩髻，含嬌新臉紅。得意非霰日，可憐那可同。

大婦西北樓，中婦南陌頭。小婦初妝點，回眉對月鉤。可憐還自覺，人看反更羞。

大婦主一作弄縑機，中婦裁春衣。小婦新妝冶，拂匣動琴徽。長夜理清曲，餘嬌且未歸。

大婦妬蛾眉，中婦逐春時。小婦最（季）〔年〕少，〔一〕相望卷羅帷。羅帷夜寒卷，相望人來遲。

大婦上高樓，中婦蕩蓮舟。小婦獨無事，撥帳掩嬌羞。丈夫應自解，更深難道留。

大婦初調箏，中婦（飲）〔斂〕歌聲。〔二〕小婦春妝罷，弄月當宵楹。季子時將意，相看不用爭。

大婦愛恒偏，中婦意長堅。小婦獨嬌笑，新來華燭前。新來誠可惑，爲許得新憐。

大婦酌金杯，中婦照妝臺。小婦偏妖冶，下砌折新梅。衆中何假問，人今最後來。

大婦怨空閨，中婦夜偷啼。小婦獨含笑，正柱作烏棲。河低帳未掩，夜夜（盡）〔畫〕眉齊。〔三〕

大婦正當壚，中婦裁羅襦。小婦獨無事，淇上待吴姝。鳥歸花復落，欲去却踟躕。

大婦年十五，中婦當春户。小婦正横陳，含嬌情未吐。所愁曉漏促，不恨燈銷炷。

〔一〕（季）〔年〕：據《詩紀》卷九八改。

〔二〕（飲）〔斂〕：據同上改。

〔三〕（盡）〔畫〕：據同上改。

同前 張正見

大婦織殘絲，中婦妬蛾眉。小婦獨無事，歌罷詠新詩。上客何須起，爲待絶纓時。

同前 唐・董思恭

大婦裁紈素，中婦弄明璫。小婦多姿態，登樓紅粉妝。丈人且安坐，初日漸流光。

同前 王紹宗

大婦能調瑟，中婦詠新詩。小婦獨無事，花庭曳履綦。上客且安坐，春日正遲遲。

中婦織流黄

梁・簡文帝

翻花滿階砌，愁人獨上機。浮雲西北起，孔雀東南飛。調絲時繞腕，易鑷乍牽衣。鳴梭逐動釧，紅妝映落暉。

同前

陳・徐陵

落花還井上，〔一〕春機當户前。帶衫行障口，覓釧枕檀邊。〔二〕數鑷經無亂，新漿緯易牽。蜘蛛夜伴織，百舌曉驚眠。封用黎陽土，書因計吏船。欲知夫婿處，今督水衡錢。

〔一〕還：《詩紀》卷一〇〇注：「一作飛。」

〔二〕枕檀：同上注：「一作入壇。」

同前

盧詢〔一〕

別人心已怨，愁空日復斜。然香望韓壽，磨鏡待秦嘉。殘絲愁績爛，餘織恐（嫌）〔縑〕賒。〔二〕支機一片石，緩轉獨輪車。下簾還憶月，挑燈更惜花。似天河上景，春時織女家。

〔一〕盧詢：《詩紀》卷一一〇作北齊人，注：「名見《顏氏家訓》，云『范陽盧詢，疑即盧詢祖也』。《樂府》作陳人。」

〔二〕〔嫌〕〔縑〕：據同上改。

同前

唐·虞世南

寒閨織素錦，含怨斂雙蛾。綜新交縷澀，經脆斷絲多。衣香逐舉袖，釧動應鳴梭。還恐裁縫罷，無信達交河。

難忘曲

李賀

夾道開洞門，弱楊低晝戟。簾影竹〔葉〕〔華〕起，〔一〕簫聲吹日色。蜂語繞妝鏡，拂蛾學春碧。亂繫丁香梢，滿欄花向夕。

〔一〕〔葉〕〔華〕：據《李長吉詩歌彙解》卷三改。

塘上行五解

魏·武帝〔一〕

《鄴都故事》曰：「魏文帝甄皇后，中山無極人。袁紹據鄴，與中子熙娶后爲妻。後太祖破紹，文帝時爲太子，遂以后爲夫人。后爲郭皇后所譖，文帝賜死後宫。臨終爲詩曰：『蒲生我池中，緑葉何離離。豈無蒹葭艾，與君生别離。莫以賢豪故，棄捐素所愛。莫以麻枲賤，棄捐菅與蒯。莫以魚肉賤，棄捐葱與薤。』」《歌録》曰：「《塘上行》，古辭。或云甄皇后造。」《樂府解題》曰：「前志云：晉樂奏魏武帝《蒲生篇》，而諸集録皆言其詞文帝甄后所作，歎以讒訴見棄，猶幸得新好，不遺故惡焉。若晉陸機『江蘺生幽渚』，言婦人衰老失寵，行於塘上而爲此歌，與古辭同意。」

蒲生我池中，蒲生我池中，其葉何離離。傍能行人儀，〔二〕莫能縷自知。衆口鑠黄金，使君生（離）别〔離〕。〔三〕一解 念君去我時，念君去我時，獨愁常苦悲。想見君顔色，感結傷心脾。今悉夜夜愁不寐。二解 莫用豪賢故，莫用豪賢故，棄捐素所愛。莫用魚肉貴，棄捐葱與薤。莫用麻枲賤，棄捐菅與蒯。三解 倍恩者苦枯，〔四〕倍恩者苦枯，蹶船常苦没，教君安息定，慎莫致倉卒。念與君一共離别，亦當何時，共坐復相對。四解 出亦復苦愁，出亦復苦愁，入亦復苦愁。邊地多悲風，樹木何蕭蕭。今日樂相樂，延年壽千秋。五解

右一曲，晉樂所奏。

〔一〕魏武帝：按本書解釋則以爲甄后作。朱秬堂《樂府正義》：「凡魏武樂府諸詩皆借題寓意，於己必有所爲，而《蒲生篇》則但爲棄婦之詞，與魏武無當也，知其非魏武作矣。」

〔二〕人儀：據下文本辭作「仁義」，是。

〔三〕（離）別〔離〕：據本辭改，作「離别」失韻。

〔四〕枯：《宋書·樂志》作「括」，與没字韻。下「枯」字同。

蒲生我池中，其葉何離離。傍能行仁義，莫若妾自知。衆口鑠黄金，使君生别離。念君去我時，獨愁常苦悲。想見君顔色，感結傷心脾。念君常苦悲，夜夜不能寐。莫以豪賢故，棄捐素所愛。莫以魚肉賤，棄捐葱與薤。莫以麻枲賤，棄捐菅與蒯。出亦復苦愁，入亦復苦愁。邊地多悲風，樹木何脩脩。從君致獨樂，〔一〕延年壽千秋。

右一曲，本辭。

〔一〕從君：《玉臺》卷二作「從軍」。

同前

晉·陸機

江蘺生幽渚，微芳不足宣。被蒙風雨會，〔一〕移居華池邊。發藻玉臺下，垂影滄浪泉一作淵。霑潤既已渥，結根奥且堅。四節逝不處，繁華難久鮮。淑氣與時殞，餘芳隨風捐。天道有遷易，人理無常全。男歡智傾愚，女愛衰避妍。不惜微軀退，恒懼蒼蠅前。〔二〕願君廣末光，照妾薄暮年。

〔一〕風雨：《文選》卷二八作「風雲」。

〔二〕恒：同上及《陸士衡文集》卷六均作「但」，是。

同前

宋・謝惠連

芳萱秀陵阿，菲質不足營。幸有忘憂用，移根託君庭。垂穎臨清池，擢彩仰華甍。霑渥雲雨潤，葳蕤吐芳馨。願君春傾葉，留景惠餘明。

塘上行苦辛篇

梁・劉孝威

蒲生伊何陳，曲中多苦辛。黄金坐銷鑠，白玉遂淄磷。裂衣工毁嫡，掩袖切讒新。嫌成跡易已，愛去理難申。秦雲猶變色，魯日尚迴輪。妾歌已唱斷，〔一〕君心終未親。

〔一〕唱：《百三名家集》作「腸」，是。

塘上行

唐・李賀

藕花涼露濕，花缺藕根澀。飛下雌鴛鴦，塘水聲(溢溢)〔溘溘〕。〔一〕

〔一〕(溢溢)〔溘溘〕：據《李長吉歌詩彙解》卷四改。

蒲生行浮萍篇〔一〕

魏・曹植

浮萍寄清水，隨風東西流。結髮辭嚴親，來爲君子仇。恪勤在朝夕，無端獲罪尤。〔二〕在昔蒙恩惠，和樂如瑟琴。何意今摧頹，曠若商與參。茱萸自有芳，不若桂與蘭。新人雖可愛，〔三〕無若故所歡。行雲有返期，君恩儻中還。慊慊仰天歎，愁心將何愬。日月不恒處，人生忽若寓。悲風來入懷，淚下如垂露。發篋造裳衣，裁縫紈與素。

〔一〕《蒲生行浮萍篇》：《藝文》卷四一作《蒲生行》，《玉臺》卷二作《浮萍篇》。

〔二〕無端句：《藝文》作「中年獲愆尤」。

〔三〕可愛：同上作「成列」。

蒲生行

齊·謝朓

蒲生廣湖邊，託身洪波側。春露惠我澤，秋霜縟我色。根葉從風浪，常恐不永植。攝生各有命，豈云智與力。安得遊雲上，與爾同羽翼。

江蘺生幽渚〔一〕

梁·沈約

澤蘭被荒徑，孤芳豈自通。幸逢瑤池曠，得與金芝叢。朝承紫臺露，夕潤渌池風。既美修嫮女，復悦繁華童。夙昔玉霜滿，旦暮翠條空。葉飄儲胥右，芳歇露寒東。紀化尚盈昃，俗志信頹隆。財殫交易絶，華落愛難終。所惜改歡眄，豈恨逐征蓬。願回昭陽景，時照長門宫。〔二〕

〔一〕《江蘺生幽渚》：《詩紀》卷七二作《塘上行》。

〔二〕時：同上作「持」。

苦辛行

唐·戎昱

且莫奏短歌，聽余苦辛詞。如今刀筆士，不及屠沽兒。少年無事學詩賦，豈意文章復相誤。東西南北少知音，終年竟歲悲行路。仰面訴天天不聞，低頭告地地不言。天地生我尚如此，陌上他人何足論？誰謂西江深，涉之固無憂。誰謂南山高，可以登之遊。險巇唯有世間路，一嚮令人堪白頭。貴人立意不可測，等閑桃李成荆棘。風塵之士深可親，心如雞犬能依人。悲來却憶漢天子，不棄相如家舊貧。〔勸君且〕飲酒，酒能散羈〔愁〕，〔一〕誰家有酒判一醉，萬事從他江水流。

〔一〕〔勸君且〕飲酒，酒能散羈〔愁〕：據《全唐詩》卷二七〇補。

樂府詩集卷第三十六

相和歌辭十一

清調曲四

秋胡行四解

魏·武帝

《西京雜記》曰：「魯人秋胡，娶妻三月，而遊宦三年，休還家。其婦採桑於郊。胡至郊而不識其妻也，見而悦之，乃遺黄金一鎰。妻曰：『妾有夫，遊宦不返。幽閨獨處，三年于兹，未有被辱於今日也。』採桑不顧，胡慚而退。至家，問：『妻何在？』曰：『行採桑於郊，未返。』既歸還，乃向所挑之婦也，夫妻並慚。妻赴沂水而死。」《列女傳》曰：「魯秋潔婦者，魯秋胡之妻也。既納之五日去，而宦於陳，五年乃歸。未至其家，見路傍有美婦人，方採桑而説之。下車謂曰：『力田不如逢豐年，力桑不如見國卿。今吾有金，願以與夫人。』婦曰：『採桑力作，紡績織紝以供衣食，奉二親養。夫子已矣，不願人之金。』秋胡遂去。歸至家，奉金遺母，使人呼其婦。婦至，乃嚮採桑者也。婦汙其行，去而東走，自投於河而死。」《樂府解題》曰：「後人哀而賦之，爲《秋胡行》。若魏文帝辭云：『堯任舜禹，當復何爲。』亦題曰《秋胡行》。」《廣題》曰：「曹植《秋胡行》，但歌魏德，而不取秋胡事，與文帝之辭同也。」

晨上散關山，此道當何難。晨上散關山，此道當何難。牛頓不起，車墮谷間。坐盤石之上，彈五弦之琴，作爲清角韻。意中迷煩，歌以言志。晨上散關山。一解　有何三老公，卒來在我傍。有何三老公，卒來在我傍。負揜被裘，〔一〕似非恒人，謂卿云何困苦以自怨。徨徨所欲，來到此間，歌以言志。有何三老公。二解　我居崑崙山，所謂者真人。我居崑崙山，所謂者真人。道深有可得，名山歷觀。遨遊八極，枕石嗽流飲泉。沉吟不決，遂上升天，歌以言志。我居崑崙山。三解　去去不可追，長恨相牽攀，去去不可追，長恨相牽攀。夜夜安得寐，惆悵以自憐。正而不譎，辭賦依因。經傳所過，西來所傳。歌以言志，去去不可追。四解

〔一〕負揜：揜同掩，疑作畚，畚形近奄，又誤掩歟？

同前五解

魏·武帝

願登泰華山，神人共遠遊。願登泰華山，神人共遠遊。經歷崑崙山，到蓬萊，飄颻八極，與

神人俱。思得神藥，萬歲爲期。歌以言志。願登泰華山。一解天地何長久，人道居之短。天地何長久，人道居之短。世言伯陽，殊不知老。赤松王喬，亦云得道。得之未聞，庶以壽考。歌以言志。天地何長久。二解明明日月光，何所不光昭。明明日月光，何所不光昭。二儀合聖化，貴者獨人不。〔一〕萬國率土，莫非王臣。仁義爲名，禮樂爲榮。歌以言志。明明日月光。三解四時更逝去，晝夜以成歲。四時更逝去，晝夜以成歲。大人先天，而天弗違。不戚年往，憂世不治。存亡有命，慮之爲蚩。歌以言志。四時更逝去。四解戚戚欲何念，歡笑意所之。戚戚欲何念，歡笑意所之。壯盛智惠，〔二〕殊不再來。愛時進趣，將以惠誰？泛泛放逸，亦同何爲。歌以言志。戚戚欲何念。五解

右二曲，魏、晉樂所奏。

〔一〕獨人不：「不」字疑衍。去「不」字，「人」與下文「臣」字韻。

〔二〕惠：黄節《魏武帝詩注》作「慧」，是。

同前三首

魏·文帝

堯任舜禹，當復何爲。百獸率舞，鳳皇來儀。得人則安，失人則危。唯賢知賢，人不易知。歌以詠言，誠不易移。鳴條之役，萬舉必全。明德通靈，降福自天。

朝與佳人期，日夕殊不來。嘉肴不嘗，旨酒停杯。寄言飛鳥，告余不能。俯折蘭（黄）〔英〕，〔一〕仰結桂枝。佳人不在，結之何爲？從爾何所之？乃在大海隅。靈若道言，貽爾明珠。企予望之，步立躊躇。〔二〕佳人不來，何得何須。〔三〕泛泛渌池，中有浮萍。寄身流波，隨風靡傾。芙蓉含芳，菡萏垂榮。朝采其實，夕佩其英。采之遺誰？所思在庭。雙魚比目，鴛鴦交頸。有美一人，婉如（青）〔清〕揚。〔四〕知音識曲，善爲樂方。

〔一〕蘭（黄）〔英〕：據《詩紀》卷一二改。
〔二〕躊躇：同上作「踟躕」。
〔三〕何須：同上作「斯須」。
〔四〕（青）〔清〕揚：據同上改。

同前七首〔一〕

（晉）〔魏〕·嵇　康〔二〕

富貴尊榮，憂患諒獨多。富貴尊榮，憂患諒獨多。古人所懼，豐屋蔀家。人害其上，獸惡網羅。惟有貧賤，可以無他。歌以言之，富貴憂患多。

貧賤易居，貴盛難爲工。貧賤易居，貴盛難爲工。恥佞直言，〔三〕與禍相逢。變故萬端，俾吉作凶。思牽黄犬，其莫之從。〔四〕歌以言之，貴盛難爲工。

勞謙（有）〔寡〕悔，〔五〕忠信可久安。勞謙〔有〕〔寡〕悔，忠信可久安。天道害盈，〔六〕好勝者殘。强梁致災，多招禍患。〔七〕欲得安樂，獨有無愆。歌以言之，忠信可久安。

役神者弊，極欲疾枯。〔八〕役神者弊，極欲疾枯。顔回短折，不及童烏。〔九〕縱體淫恣，莫不早徂。酒色何物，今自不辜。歌以言之，酒色令人枯。

絶智棄學，遊心於玄默。絶智棄學，遊心於玄默。過而〔復〕悔，〔一〇〕當不自得。垂釣一壑，〔所〕樂一國。〔一一〕被髮行歌，和者四塞。〔一二〕歌以言之，遊心於玄默。

思與王喬，乘雲遊八極。思與王喬，乘雲遊八極。凌厲五岳，忽行萬億。授我神藥，自生羽翼。呼吸太和，練形易色。歌以言之，行遊八極。〔一三〕

徘徊鍾山，息駕於層城。徘徊鍾山，息駕於層城。上蔭華蓋，下采若英。受道王母，遂升紫庭。逍遥天衢，千載長生。歌以言之，徘徊於層城。

〔一〕同前七首：《嵇中散集》卷一作《重作四言詩》七首。

〔二〕（晉）〔魏〕嵇康：據《詩紀》卷一八改。本集將嵇康詩列在傅玄、陸機後，今提前。

〔三〕佞：魯迅校本《嵇康集》作「接」，是。

〔四〕其莫之從：《詩紀》卷一八作「其計莫從」。《嵇康集》作「其志莫從」。

〔五〕（有）〔寡〕悔：據《詩紀》改，《嵇康集》作「無」。
〔六〕害：《詩紀》注：「一作惡。」
〔七〕多招禍患：《詩紀》作「多事招禍患」。《嵇康集》作「多事招患」。
〔八〕極欲疾枯：《嵇康集》作「極欲令人枯」，下同。
〔九〕不及：同上作「下及」。
〔一〇〕過：《嵇中散集》及《詩紀》作「遇過」。〔復〕悔：據同上補。
〔一一〕〔所〕樂：據同上補。樂：《嵇康集》作「好樂」，注：「各本作所。」
〔一二〕和者：《嵇康集》作「和氣」。
〔一三〕行遊：《嵇中散集》及《詩紀》作「思行遊」。

同前二首〔一〕

晉·傅玄

秋胡子娶婦，三日會行。仕宦既享顯爵，保兹德音。以禄頤親，韞（比）〔此〕黄金。〔二〕覩一好婦，採桑路傍。遂下黄金，誘以逢卿。玉磨逾潔，蘭動彌馨。源流潔清，水無濁波。奈何秋胡，中道懷邪。美此節婦，高行巍峨。哀哉可愍，自投長河。

秋胡納令室，三日官他鄉。〔三〕皎皎潔婦姿，泠泠守空房。〔四〕燕婉不終夕，別如參與商。

憂來猶四海，易感難可防。人言生日短，愁者苦夜長。百草揚春華，攘腕採柔桑。素手尋繁枝，落葉不盈筐。羅衣翳玉體，回目流采章。君子倦仕歸，車馬如龍驤。精誠馳萬里，既至兩相忘。行人悦令顔，情一作借息此樹傍。〔五〕誘以逢卿喻，遂下黄金裝。烈烈貞女忿，言辭厲秋霜。長驅及居室，奉金升北堂。母立呼婦來，歡情樂未央。秋胡見此婦，惕然懷探湯。負心豈不慚，永誓非所望。清濁必異源，〔六〕凫鳳不並翔。引身赴長流，果哉潔婦腸。彼夫既不淑，此婦亦太剛。

〔一〕同前二首：《詩紀》卷二二第二首「秋胡納令室」作《和秋胡行》，注「一云《和班氏詩》」。

〔二〕（比）〔此〕：據《詩紀》卷二二改。

〔三〕官：同上作「宦」。

〔四〕泠泠：同上作「冷冷」。

〔五〕情：《玉臺》卷二作「請」，是。

〔六〕必：《古樂府》卷四作「自」。

同前

陸　機

道雖一致，塗有萬端。吉凶紛藹，休咎之源。人鮮知命，命未易觀。生亦何惜，功名所勤。

同前二首

宋・謝惠連

春日遲遲，桑何萋萋。紅桃含妖，〔一〕緑柳舒荑。邂逅粲者，游渚戲蹊。〔二〕華顔易改，良願難諧。

係風捕影，誠知不得。念彼奔波，意慮迴惑。漢女倏忽，洛神飄揚。空勤交甫，徒勞陳王。

〔一〕妖：《詩紀》卷四九作「夭」，疑作「宎」或「㗛」，即「笑」。

〔二〕游：《百三名家集》作「遵」。

同前九首〔一〕

顔延之

椅梧傾高鳳，寒谷待鳴律。影響豈不懷，自遠每相匹。婉彼幽閑女，作嬪君子室。峻節貫秋霜，明豔侔朝日。嘉運既我從，欣願自此畢。

燕居未及歡，〔二〕良人顧有違。脱巾千里外，結綬登王畿。戒徒在昧旦，左右相來依。〔三〕驅車出郊郭，行路正威遲。存爲久離别，没爲長不歸。

嗟余怨行役，三陟窮晨暮。嚴駕越風寒，解鞍犯霜露。原隰多悲涼，迴飆卷高樹。離獸起荒蹊，驚鳥縱横去。悲哉游宦子，勞此山川路。

超遥行人遠，〔四〕宛轉年運徂。良人一作時爲此別，〔五〕日月方向除。孰知寒暑積，僶俛見榮枯。歲暮臨空房，涼風起坐隅。寢興日已寒，白露生庭蕪。

勤役從歸願，反路遵山河。昔辭秋未素，今也歲載華。蠶月觀時暇，桑野多經過。佳人從所務，窈窕援高柯。傾城誰不顧，弭節停中阿。

年往誠思勞，路遠闊音形。〔六〕雖爲五載別，相與昧平生。捨車遵往路，鳧藻馳目成。南金豈不重，聊自意所輕。義心多苦調，密此金玉聲。〔七〕

高節難久淹，朅來空復辭。遲遲前途盡，依依造門基。上堂拜嘉慶，入室問何之。日暮行采歸，物色桑榆時。美人望昏至，慚歎前相持。

有懷誰能已，聊用申苦難。離居殊年載，一別阻河關。春來無時豫，秋至恒早寒。〔八〕明發動愁心，閨中夜長歎。〔九〕慘悽歲方晏，日落游子顔。

高張生絶絃，聲急由調起。自昔枉光塵，結言固終始。如何久爲別，百行諐諸己。君子失明義，誰與偕没齒。愧彼《行露》詩，甘之長川汜。

〔一〕同前：《詩紀》卷四六作《秋胡詩》。

〔二〕歡：《玉臺》卷四作「好」。

〔三〕相來：《文選》卷二一作「來相」。

〔四〕超遥：《玉臺》卷四作「迢遥」。
〔五〕良人：《文選》作「良時」。
〔六〕路遠：同上作「事遠」。
〔七〕密此：同上作「密比」。
〔八〕恒：《玉臺》作「應」。
〔九〕夜：同上作「起」。

同前七首〔一〕

齊·王　融

日月共爲照，松筠俱以貞。佩分甘自遠，結鏡待君明。且協金蘭好，方愉琴瑟情。佳人忽千里，空閨積思生。〔二〕

景落中軒坐，悠悠望城闕。高樹升夕煙，曾樓滿初月。光陰非或異，山川屢難越。輟泣掩鉛姿，搔首亂雲髪。

傾魂屬徂火，〔三〕摇念待方秋。涼氣承宇結，明熠傃階流。三星亦虚映，四屋慘多愁。思君如萱草，一見乃忘憂。

杼軸一作衿袖鬱不諧，契闊迷新故。朔風欄上發，寒鳥林間度。客遠乏衣裘，歲晏饒霜露。

參差興別緒，依遲一作違起離慕。願言如可〔信〕，行〔信〕邁亦〔亡〕〔云〕反。〔四〕睇景不告勞，瞻途寧遽遠。何以淹歸轍，蠶妾事春晚。送目亂前華，馳心迷舊婉。椒佩容有結，振芳歧路隅。黃金徒以賦，白珪終不渝。明心良自皎，安用久踟躕。遄車反枌巷，流目下西虞。披帷惕一作悵有望，〔五〕出門遲所欲。彼美復來儀，慚顏變欣矚。蘭艾隔芳蕕，〔六〕涇渭分清濁。去去夫人子，請徇川之曲。

〔一〕同前：《詩紀》卷五七作《和南海王殿下詠秋胡妻》。
〔二〕空閨：同上作「幽閨」。
〔三〕傾魂：同上作「傾魄」。
〔四〕可〔信〕，行〔信〕邁亦〔亡〕〔云〕：據同上改。
〔五〕惕：同上作「悵」。
〔六〕蕕：同上作「臭」。

同前

唐・高適

妾本邯鄲未嫁時，容華倚翠人未知。一朝結髮從君子，將妾迢迢東路陲。時逢大道無難阻，君方遊宦從陳、汝。蕙樓獨卧頻度春，彩落辭君幾徂暑。〔一〕三月垂楊蠶未眠，攜籠結侶南陌邊。道逢行子不相識，贈妾黄金買少年。妾家夫壻輕離久，寸心誓與長相守。願言行路莫多情，送妾貞心在人口。〔二〕日暮蠶飢相命歸，攜籠端飾來庭闈。勞心苦力終無恨，所冀君恩那可依。〔三〕聞説行人已歸止，乃是向來贈金子。相看顔色不復言，相顧懷慚有何已。從來自隱無疑背，直爲君情也相會。如何咫尺仍有情，況復迢迢千里外！此時顧恩不顧身，〔四〕念君此日赴河津。莫道向來不得意，故欲留規誡後人。

〔一〕落：《全唐詩》卷二一〇注「集作閣」，是。

〔二〕送：《高常侍集》卷五作「道」，是。

〔三〕那：《全唐詩》注「集作即」，是。

〔四〕此時：《高常侍集》作「誓將」。

瑟調曲一

《古今樂録》曰：「王僧虔《技録》，瑟調曲有《善哉行》《隴西行》《折楊柳行》《西門行》

《東門行》《東西門行》《却東西門行》《順東西門行》《飲馬行》《上留田行》《新成安樂宫行》《婦病行》《孤子生行》《放歌行》《大牆上蒿行》《野田黄爵行》《釣竿行》《臨高臺行》《長安城西行》《武舍之中行》《雁門太守行》《豔歌何嘗行》《豔歌福鍾行》《豔歌雙鴻行》《煌煌京洛行》《帝王所居行》《門有車馬客行》《牆上難用趨行》《日重光行》《蜀道難行》《櫂歌行》《有所思行》《蒲坂行》《採梨橘行》《白楊行》《胡無人行》《青龍行》《公無渡河行》。」《荀氏録》所載十五曲，傳者九曲。武帝「朝日」「自惜」「古公」，〔一〕文帝「朝遊」「上山」，明帝「赫赫」「我徂」，古辭「來日」，並《善哉》，古辭《羅敷豔歌行》是也，其六曲今不傳。「五嶽」《善哉行》，武帝「鴻雁」《却東西門行》，「長安」《長安城西行》，「雙鴻」「福鍾」並《豔歌行》，「牆上」《牆上難用趨行》是也。其器有笙、笛、節、琴、瑟、箏、琵琶七種，歌弦六部。張永録云：「未歌之前有七部，弦又在弄後。晉、宋、齊止四器也。」

善哉行六解

古　辭

《樂府解題》曰：「古辭云：『來日大難，口燥脣乾。』言人命不可保，當見親友，且永長年術，與王喬、八公遊焉。又魏文帝辭云：『有美一人，婉如青揚。』言其妍麗，知音，識曲，善爲樂方，令人忘憂。此篇諸集所出，不入樂志。」按魏明帝《步出夏門行》曰：「善哉殊復善，弦歌樂我情。」然則「善哉」者，蓋歎美之辭也。

來日大難，口燥脣乾。今日相樂，皆當喜歡。一解　經歷名山，芝草翻翻。〔二〕仙人王喬，奉藥一丸。二解　自惜袖短，内手知寒。慚無靈輒，以報趙宣。〔三〕三解　月没參横，北斗闌干。親交在門，飢不及餐。四解　歡日尚少，戚日苦多。以何忘憂，彈箏酒歌。五解　淮南八公，要道不煩。參駕六龍，遊戲雲端。六解

〔一〕武帝「朝日」：按魏文帝《善哉行》：「朝日樂相樂」，「朝日」非武帝辭，「朝日」當移至「文帝」下。

〔二〕翻翻：《藝文》卷四一作「翩翩」。

〔三〕報：同上作「救」。

同前七解

魏・武帝

古公亶甫，積德垂仁。思弘一道，哲王於豳。一解　太伯、仲雍，王德之仁。行施百世，斷髮文身。二解　伯夷、叔齊，古之遺賢。讓國不用，餓殂首山。三解　智哉山甫，相彼宣王。何用杜伯，累我聖賢。四解　齊桓之霸，賴得仲父。後任竪刁，蟲流出户。五解　晏子平仲，積德兼仁。與世沈德，未必思命。六解　仲尼之世，王國爲君。隨制飲酒，揚波使官。〔一〕七解

〔一〕揚波：疑當作「揚彼」。

同前六解

魏·武帝

自惜身薄祜，夙賤罹孤苦。既無三徙教，不聞過庭語。一解 其窮如抽裂，自以思所怙。雖懷一介志，是時其能與。二解 守窮者貧賤，惋(歡)〔歎〕淚如雨。〔一〕泣涕於悲夫，乞活安能覩。三解 我願於天窮，琅邪傾側左。雖欲竭忠誠，欣公歸其楚。四解 快人由爲歎，〔二〕抱情不得叙。五解 顯行天教人，誰知莫不緒。我願何時隨，此歎亦難處。今我將何照於光曜，釋銜不如雨。六解

〔一〕惋(歡)〔歎〕：據《詩紀》卷一一改。

〔二〕由：《宋書·樂志》作「日」。

同前五解

魏·文帝

朝日樂相樂，酣飲不知醉。悲弦激新聲，長笛吹清氣。一解 弦歌感人腸，四坐皆歡悅。寥寥高堂上，涼風入我室。二解 持滿如不盈，有德者能卒。君子多苦心，所愁不但一。三解

慊慊下白屋，吐握不可失。衆賓飽滿歸，主人苦不悉。四解　比翼翔雲漢，羅者安所羈。沖靜得自然，榮華何足爲。五解

同前六解

魏·文帝

上山採薇，薄暮苦飢。溪谷多風，霜露沾衣。一解　野雉群雊，猿猴相追。還望故鄉，鬱何壘壘。二解　高山有崖，林木有枝。憂來無方，人莫之知。三解　人生如寄，多憂何爲。今我不樂，歲月其馳。〔一〕四解　湯湯川流，中有行舟。隨波轉薄，〔二〕有似客遊。五解　策我良馬，被我輕裘。載馳載驅，聊以忘憂。六解

〔一〕歲：《詩紀》卷一二注：「一作日。」其：《詩紀》作「如」。

〔二〕轉薄：《文選》卷二七作「迴轉」。

同前五解

魏·文帝

朝遊高臺觀，夕宴華池陰。大酋奉甘醪，狩人獻嘉禽。一解　齊倡發東舞，秦箏奏西音。有客從南來，爲我彈清琴。二解　五音紛繁會，拊者激微吟。淫魚乘波聽，踴躍自浮沈。三解　飛鳥翻翔舞，悲鳴集北林。樂極哀情來，寥亮摧肝心。四解　清角豈不妙，德薄所不任。大

哉子野言，弭弦且自禁。五解

右六曲，魏、晉樂所奏。

同前

魏·文帝

有美一人，婉如清揚。妍姿巧笑，和媚心腸。知音識曲，善爲樂方。哀弦微妙，清氣含芳。流鄭激楚，度宫中商。感心動耳，綺麗難忘。離鳥夕宿，在彼中洲。延頸鼓翼，悲鳴相求。眷然顧之，使我心愁。嗟爾昔人，何以忘憂。

同前八解

魏·明帝

我祖我征，伐彼蠻虜。練師簡卒，爰正其旅。一解 輕舟竟川，初鴻依浦。桓桓猛毅，如羆如虎。二解 發〔枹〕〔砲〕若雷，〔一〕吐氣成雨。旄旍指麾，進退應矩。三解 百馬齊轡，御由造父。休休六軍，咸同斯武。四解 兼塗星邁，亮兹行阻。行行日遠，西背京許。五解 遊弗淹旬，遂屆揚土。奔寇震懼，莫敢當御。〔二〕六解 虎臣列將，怫鬱充怒。淮、泗肅清，奮揚微所。七解 運德曜威，惟鎮惟撫。反旆言歸，旆入皇祖。〔三〕八解

〔一〕〔枹〕〔砲〕：據《詩紀》卷一二改。

〔二〕莫敢句下，同上有「權實豎子，備則亡虜。假氣游魂，魚鳥爲伍」四句。按有此四句當另作一解，與八解不合。《宋書·樂志》亦無此四句。

〔三〕旆：同上注「一作告」，是。

同前四解

魏·明帝

赫赫大魏，王師徂征。冒暑討亂，振曜威靈。一解　泛舟黄河，隨波潺湲。通渠回越，行路綿綿。二解　綵旄蔽日，旌旒翳天。三解　淫魚瀺灂，遊嬉深淵。唯塘泊，〔一〕從如流。不爲單，握揚楚。心惆悵，歌採薇。心綿綿，在淮肥。願君速捷早旋歸。四解

右二曲，魏、晉樂所奏。

〔一〕塘泊：《宋書·樂志》及《詩紀》卷一二均作「塘泊」。

同前

宋·謝靈運

陽谷躍升，虞淵引落。景躍東隅，〔一〕晼晚西薄。三春燠敘，〔二〕九秋蕭索。涼來温謝，寒往暑却。居德斯頤，積善嬉謔。陰灌陽叢，凋華墮萼。歡去易慘，悲至難鑠。激涕當歌，

〔三〕對酒當酌。鄙哉愚人，戚戚懷瘼。善哉達士，滔滔處樂。

〔一〕躍：《詩紀》卷四七作「曜」。

〔二〕敘：同上作「敷」。

〔三〕激涕：同上作「擊節」。

同前〔一〕

梁·江　淹

置酒坐飛閣，逍遥臨華池。神飈自遠至，左右芙蓉披。緑竹夾清水，秋蘭被幽崖。〔二〕月出照園中，冠珮相追隨。客從南楚來，爲我吹參差。淵魚猶伏（涌）〔浦〕，〔三〕聽者未云疲。高文一何綺，小儒安足爲。肅肅廣殿陰，雀聲愁北林。衆賓還城邑，何用慰我心。〔四〕

〔一〕同前：《江文通文集》卷四作《魏文帝遊宴丕子桓》，不作《善哉行》。

〔二〕幽崖：《文選》卷三一作「幽涯」，是。

〔三〕伏（涌）〔浦〕：據同上改。

〔四〕何用：同上作「何以」。

同前

唐・僧貫休

有美一人兮婉如〔青〕〔清〕揚，〔一〕識曲別音兮令姿煌煌。繡袂捧琴兮登君子堂。如彼萱草兮使我憂忘。欲贈之以紫玉尺、白銀璫，久不見之兮，湘水茫茫。

〔一〕〔青〕〔清〕揚：據《詩・野有蔓草》改。

同前

僧齊己

大鵬刷翮謝溟渤，青雲萬層高突出。下視秋濤空瀰瀰，舊處魚龍皆細物。人生在世何容易，眼濁心昏信生死。願除嗜慾待身輕，攜手同尋列仙事。

來日大難

李白

來日一身，攜糧負薪。道長食盡，苦口焦脣。今日醉飽，樂過千春。仙人相存，誘我遠學。海陵三山，陸憩五嶽。乘龍上三天，〔一〕飛目瞻兩角。授以神藥，〔二〕金丹滿握。蟪蛄蒙恩，深愧短促。思填東海，强銜一木。道重天地，軒師廣成。蟬翼九五，以求長生。下士大笑，如蒼蠅聲。

〔一〕乘龍二句：《李太白集》卷五作「乘龍天飛，目瞻兩角」，是。

〔三〕神藥：同上作「仙藥」。

當來日大難

魏・曹植

《樂府解題》曰：「曹植擬《善哉行》爲『日苦短』。」

日苦短，樂有餘。乃置玉樽，辦東廚。廣情故，心相於。闔門置酒，和樂欣欣。遊馬後來，(袁)〔轅〕車解輪。〔一〕今日同堂，出門異鄉。别易會難，各盡杯觴。

〔一〕(袁)〔轅〕車：據《曹子建集》卷六改。

同前

唐・元稹

當來日，大難行。前有坂，後有坑。大梁側，小梁傾。兩軸相絞，兩輪相撑。大牛豎，小牛横。烏啄牛背，足趺力獰。當來日，大難行。太行雖險，險可使平。輪軸自撓，牽制不停。泥潦漸久，荆棘旋生。行必不得，不如不行。

樂府詩集卷第三十七

相和歌辭十二

瑟調曲二

隴西行

古辭

一曰《步出夏門行》。《樂府解題》曰：「古辭云：『天上何所有，歷歷種白榆。』始言婦有容色，能應門承賓。次言善於主饋，終言送迎有禮。此篇出諸集，不入《樂志》。若梁簡文『隴西〔四〕戰地』，〔一〕但言辛苦征戰，佳人怨思而已。」王僧虔《技録》云：「《隴西行》歌武帝『碣石』、文帝『夏門』二篇。」〔二〕《通典》曰：「秦置隴西郡，以居隴坻之西爲名。後魏兼置渭州。《禹貢》曰：『導渭自鳥鼠同穴，』即其地也。」今首陽山亦在焉。

天上何所有，歷歷種白榆。桂樹夾道生，青龍對道隅。鳳凰鳴啾啾，一母將九雛。顧視世間人，爲樂甚獨殊。好婦出迎客，顏色正敷愉。伸腰再拜跪，問客平安不。請客北堂上，坐客氍毹毹。清白各異樽，酒上正華疏。〔三〕酌酒持與客，客言主人持。却略再拜跪，然後持一杯。談笑未及竟，左顧勑中廚。促令辦粗飯，慎莫使稽留。廢禮送客出，盈盈府中趨。送客亦不遠，足不過門樞。取婦得如此，齊姜亦不如。健婦持門户，一勝一丈夫。〔四〕

〔一〕〔四〕：原脱，據下文梁簡文帝詩補。

〔二〕文帝「夏門」：按明帝有《步出夏門行》，當作明帝。

〔三〕上：毛刻本注：「一作止。」元刻本作「止」。

〔四〕一勝句：《古樂府》卷五作「亦勝一丈夫」，是。《玉臺》卷一作「勝一大丈夫」。

同前

晉·陸　機

我静如鏡，民動如煙。事以形兆，應以象懸。豈曰無才，世鮮興賢。

同前

宋·謝靈運

昔在老子，志一作至理成篇。柱小傾大，綆短絶泉。鳥之栖遊，林壇是閑。韶樂牢膳，豈伊攸便。胡爲乖枉，從表方圓。耿耿僚志，慊慊丘園。善歌以詠，言理成篇。

同前

謝惠連

運有榮枯，道有舒屈。潛保黄裳，顯服朱黻。誰能守静，棄華辭榮。窮谷是處，考槃是營。千金不迴，百代傳名。厥包者柚，忘憂者萱。何爲有用，自乖中原。實摘柯摧，葉殞條煩。

同前三首〔一〕

梁·簡文帝

邊秋胡馬肥，（雪）〔雲〕中驚寇入。〔二〕勇氣時無侶，〔三〕輕兵救邊急。沙平不見虜，嶂嶮還相及。出塞豈成歌，經川未遑汲。烏孫塗更阻，康居路猶澀。月暈抱龍城，星（眉）〔流〕照馬邑。〔四〕長安路遠書不還，寧知征人獨佇立。

隴西四戰地，羽檄歲時聞。護羌擁漢節，校尉立元勳。石門留鐵騎，冰城息夜軍。洗兵逢驟雨，送陣出黄雲。沙長無止泊，水脈屢縈分。當思勒彝鼎，無用想羅裙。

悠悠懸旆旌，知向隴西行。減竈驅前馬，銜枚進後兵。沙飛朝似幕，雲起夜疑城。迴山時阻路，絶水極稽程。往年郅支服，今歲單于平。方觀凱樂盛，〔五〕飛蓋滿西京。

〔一〕同前三首：《詩紀》卷六七以第一首爲《隴西行》，第二、三首爲《泛舟横大江》三首中之第二、三首，注：「魏文帝《飲馬長城窟行》曰：『泛舟横大江，討彼犯荆虜。』」

〔二〕（雪）〔雲〕中：據《詩紀》卷六七改。
〔三〕時：同上作「特」。
〔四〕星（眉）〔流〕：據同上改。
〔五〕觀：同上作「歡」。

同前

庾肩吾

借問隴西行，何當驅馬征。草合前迷路，雲濃後暗城。寄語幽閨妾，羅袖勿空縈。

同前

唐·王　維

十里一走馬，五里一揚鞭。都護軍書至，匈奴圍酒泉。關山正飛雪，烽戍斷無煙。

同前

耿　湋

雪下陽關路，人稀隴戍頭。封狐猶未翦，邊將豈無羞。白草三冬色，黄雲萬里愁。因思李都尉，畢竟不封侯。

同前

長孫左輔

陰雲凝朔氣，隴上正飛雪。四月草不生，北風勁如切。朝來羽書急，夜救長城窟。道隘行不前，相呼抱鞍歇。人寒指欲墮，馬凍蹄亦裂。射雁旋充飢，斧冰還止渴。寧辭解圍鬬，但恐乘疲没。早晚邊候空，歸來養羸卒。

步出夏門行

古　辭

邪徑過空廬，好人常獨居。卒得神仙道，上與天相扶。過謁王父母，乃在太山隅。離天四五里，道逢赤松俱。攬轡爲我御，將吾上天遊。〔一〕天上何所有，歷歷種白榆。桂樹夾道生，青龍對伏趺。

〔一〕上天：《詩紀》卷六作「天上」。

同前四解

魏・武　帝

雲行雨步，超越九江之皋。臨觀異同，心意懷遊豫，不知當復何從。經過至我碣石，心惆悵我東海。臨行至此爲豔〔一〕東臨碣石，以觀滄海。水何澹澹，山島竦峙。樹木叢生，百草豐茂。秋風蕭瑟，洪波涌起。日月之行，若出其中。星漢粲爛，若出其裏。幸甚至哉，歌以詠志。觀滄海一解　孟冬十月，北風徘徊。天氣肅清，繁霜霏霏。鵾雞晨鳴，鴻雁南飛。鷙鳥潛藏，熊羆窟棲。錢鎛停置，農收積場。逆旅整設，〔二〕以通賈商。幸甚至哉，歌以詠志。冬十月二解　鄉土不同，河朔隆寒。流澌浮漂，舟船行難。錐不入地，蘴藾深奥。水竭不流，冰堅可蹈。(土)〔士〕隱者貧，〔三〕勇俠輕非。心常歎怨，戚戚多悲。幸甚至哉，歌以詠志。河朔寒三解　神龜雖壽，猶有竟時。騰蛇乘霧，終爲土灰。驥老伏櫪，〔四〕志在千里。烈士暮年，壯心不已。盈縮之期，不但在天。養怡之福，可得永年。幸甚至哉，歌以詠志。神龜雖壽四解

〔一〕臨行：疑當作「雲行」。

〔二〕整設：《宋書·樂志》作「正設」。

〔三〕(土)〔士〕：據同上改。

〔四〕驥老：《詩紀》卷一一作「老驥」。

同前二解

魏·明帝

步出夏門，東登首陽山。嗟哉夷叔，仲尼稱賢。君子退讓，小人爭先。惟斯二子，于今稱傳。林鍾受謝，節改時遷。日月不居，誰得久存。善哉殊復善，絃歌樂情。一解 商風夕起，悲彼秋蟬。變形易色，隨風東西。乃眷西顧，雲霧相連。丹霞蔽日，彩虹帶天。弱水潺潺，葉落翩翩。孤禽失群，悲鳴其間。善哉殊復善，悲鳴在其間。二解 朝遊青泠，日暮嗟歸。朝遊止此爲豔 蹙迫日暮，烏鵲南飛。繞樹三匝，何枝可依。卒逢風雨，樹折枝摧。雄來驚雌，雌獨愁棲。夜失群侶，悲鳴徘徊。芃芃荆棘，葛生綿綿。感彼風人，惆悵自憐。月盈則沖，華不再繁。古來之説，嗟哉一言。蹙迫下爲趨

右二曲，魏、晉樂所奏。

丹霞蔽日行

魏·文帝

丹霞蔽日，采虹垂天。谷水潺潺，木落翩翩。孤禽失群，悲鳴雲間。月盈則沖，華不再繁。古來有之，嗟我何言。

同前

曹植

紂爲昏亂，殘忠虐正。〔一〕周室何隆，一門三聖。牧野致功，天亦革命。漢祖之興，〔二〕階秦之衰。〔三〕雖有南面，王道陵夷。炎光再幽，忽滅無遺。〔四〕

〔一〕殘忠虐正：《詩紀》卷一三作「虐殘忠正」。

〔二〕漢祖：同上作「漢祚」。

〔三〕階秦：同上注：「一作秦階。」

〔四〕忽滅：同上作「殄滅」。

折楊柳行四解

古辭

《古今樂録》曰：「王僧虔《技録》云：《折楊柳行》歌，文帝『西山』、古『默默』二篇，今不歌。」

默默施行違，厥罰隨事來。末喜殺龍逢，桀放於鳴條。一解　祖伊言不用，紂頭懸白旄。指鹿用爲馬，胡亥以喪軀。二解　夫差臨命絶，乃云負子胥。戎王納女樂，以亡其由余。璧馬禍及虢，二國俱爲墟。三解　三夫成市虎，慈母投杼趨。卞和之刖足，接輿歸草廬。四解

同前四解〔一〕

魏·文帝

西山一何高，高高殊無極。上有兩仙僮，不飲亦不食。與我一丸藥，光耀有五色。一解　服藥四五日，身體生羽翼。〔二〕輕舉乘浮雲，倏忽行萬億。流覽觀四海，茫茫非所識。二解　彭祖稱七百，悠悠安可原。老聃適西戎，于今竟不還。王喬假虛辭，赤松垂空言。三解　達人識真僞，愚夫好妄傳。追念往古事，憒憒千萬端。百家多迂怪，聖道我所觀。四解

右二曲，魏、晉樂所奏。

〔一〕同前：《詩紀》卷一二注：「《藝文》作《遊仙詩》，《古樂府》作《長歌行》。」

〔二〕身體：《藝文》卷七八作「胸臆」。

同前

晉·陸機

邈矣垂天景，壯哉奮地雷。隆隆豈久響，華（華）〔光〕恒西隤。〔一〕日落似有竟，時逝恒若催。仰悲朗月運，坐觀璇蓋回。〔二〕盛門無再入，衰房莫苦閴。〔三〕人生固已短，出處鮮爲諧。慷慨惟昔人，興此千載懷。升龍悲絶處，葛藟變條枚。寤寐豈虛歎，曾是感與摧。弭意無足（歎）〔歡〕，〔四〕願言有餘哀。

〔一〕華（華）〔光〕：據《詩紀》卷二四改。恒：同上作「但」。
〔二〕璇蓋：同上作「旋蓋」。
〔三〕闓：《陸士衡集》卷七作「開」。
〔四〕（歎）〔歡〕：據同上改。

同前二首

宋・謝靈運

鬱鬱河邊樹，青青野田草。合我故鄉客，〔一〕將適萬里道。妻妾牽衣袂，（收）〔拉〕淚沾懷抱。〔二〕還拊幼童子，顧託兄與嫂。辭訣未及終，嚴駕一何早。負笮引文舟，飢渴常不飽。誰令爾貧賤，咨嗟何所道。

騷屑出穴風，揮霍見日雪。颼颼無久摇，皎皎幾時潔。未覺泮春冰，已復謝秋節。空對尺素遷，〔三〕獨視寸陰滅。否桑未易繫，泰茅難重拔。桑（苧）〔茅〕迭生運〔四〕，語默寄前哲。

〔一〕合：《詩紀》卷四七作「舍」。
〔二〕（收）〔拉〕淚：據同上改。
〔三〕尺素：疑當作「尺景」。
〔四〕桑（苧）〔茅〕：據同上改。

西門行六解

古辭

《古今樂録》曰：「王僧虔《技録》：《西門行》歌古西門一篇，今不傳。」《樂府解題》曰：「古辭云『出西門，步念之』。始言醇酒肥牛，及時爲樂，次言『人生不滿百，常懷千歲憂，晝短苦夜長，何不秉燭遊』。終言貪財惜費，爲後世所嗤。又有《順東西門行》，爲三、七言，亦傷時顧陰，有類於此。」

出西門，步念之。今日不作樂，當待何時？一解 夫爲樂，爲樂當及時。何能坐愁怫鬱，當復待來茲。二解 飲醇酒，炙肥牛，請呼心所歡，可用解愁憂。三解 人生不滿百，常懷千歲憂。晝短而夜長，何不秉燭遊。〔一〕四解 自非仙人王子喬，計會壽命難與期。自非仙人王子喬，計會壽命難與期。五解 人壽非金石，年命安可期。貪財愛惜費，但爲後世嗤。六解

右一曲，晉樂所奏。

〔一〕《宋書·樂志》注：「一本『燭遊』後『行去之，如雲除，弊車羸馬爲自推』，無『自非』以下四十八字。」

出西門，步念之，今日不作樂，當待何時？逮爲樂，逮爲樂，當及時。何能愁怫鬱，當復待來茲。釀美酒，炙肥牛，請呼心所歡，可用解憂愁。人生不滿百，常懷千歲憂。晝短苦夜

長，何不秉燭遊。遊行去去如雲除，弊車羸馬爲自儲。

右一曲，本辭。

東門行四解

古　辭

《古今樂録》曰：「王僧虔《技録》云：『《東門行》歌古東門一篇，今不歌。』」《樂府解題》曰：「古詞云：『出東門，不顧歸。入門悵欲悲。』言士有貧不安其居者，拔劍將去，妻子牽衣留之，願共餔糜，不求富貴。且曰『今時清，不可爲非』也。若宋鮑照『傷禽惡弦驚』，但傷離别而已。」

出東門，不顧歸。來入門，悵欲悲。盎中無斗儲，還視桁上無懸衣。一解　拔劍出門去，兒女牽衣啼。他家但願富貴，賤妾與君共餔糜。二解　共餔糜，上用倉浪天故，下爲黄口小兒。今時清廉，難犯教言，君復自愛莫爲非。三解　今時清廉，難犯教言，君復自愛，莫爲非。行！吾去爲遲，平慎行，望君歸。四解

右一曲，晉樂所奏。

出東門，不顧歸。來入門，悵欲悲。盎中無斗米儲，還視架上無懸衣。拔劍東門去，舍中兒母牽衣啼。他家但願富貴，賤妾與君共餔糜。上用倉浪天故，下當用此黄口兒。今非，

咄！行！吾去爲遲，白髮時下難久居。

右一曲，本辭。

東門行〔一〕

晉·張駿

勾芒御春正，衡紀運玉瓊。明庶起祥風，和氣翕來征。慶雲蔭八極，甘雨潤四坰。昊天降靈澤，朝日耀華精。嘉苗布原野，百卉敷時榮。鳩鵲與鶩黄，〔二〕間關相和鳴。芙蓉覆靈沼，〔三〕香花揚芳馨。春遊誠可樂，感此白日傾。休否有終極，落葉思本莖。臨川悲逝者，節變動中情。

〔一〕《東門行》：《詩紀》卷三六注：「《選詩外編》作《遊春詩》。」

〔二〕鶩：疑當作「鶖」，即鸝。鶩乃水鳥，非鳩鵲之儔。

〔三〕芙蓉：《詩紀》作「緑萍」。

同前

宋·鮑照

傷禽惡弦驚，倦客惡離聲。離聲斷客情，賓御皆涕零。涕零心斷絶，將去復還訣。一息不相知，何況異鄉别。遥遥征駕遠，杳杳白一作落日晚。〔一〕居人掩閨卧，行子夜中飯。野風吹草木，〔二〕行子心腸斷。食梅常苦酸，衣葛常苦寒。絲竹徒滿座，憂人不解顔。長歌欲自慰，彌起長恨端。

〔一〕白日：《文選》卷二八作「落日」。

〔二〕草木：同上作「秋木」。

同前〔一〕

唐·柳宗元

漢家三十六將軍，東方雷動横陣雲。雞鳴函谷客如霧，貌同心異不可數。赤丸夜語飛電光，徼巡司隸眠如羊。當街一叱百吏走，馮敬胸中函匕首。兇徒側耳潛愜心，悍臣破膽皆杜口。魏王卧内藏兵符，子西掩袂真無辜。羌胡轂下一朝起，敵國舟中非所擬。安陵誰辨削礪功，韓國詎明深井里。絶〔臙〕〔咽〕斷骨那下補，〔二〕萬金寵贈不如土。

〔一〕同前：《全唐詩》卷三五一作《古東門行》。

〔二〕〔臙〕〔咽〕：據同上注改。一作臙，秦晋謂肌曰臙。下：同上注「一作可」，是。

東西門行〔一〕

梁·劉孝威

《古今樂録》曰：「王僧虔《技録》云：《東西門行》今不歌。」

廣津寒欲歇，聯檣密纜收。天高匝近岫，江闊少方舟。餞淚留神眷，離歆切私儔。佇變齊兒俗，當傳楚獻囚。徒然頒並命，祇惡思如抽。〔二〕

〔一〕《東西門行》：《詩紀》卷八八注：「此似應詔餞贈之作。」

〔二〕惡：同上作「悪」。

却東西門行

魏·武帝

《古今樂録》曰：「王僧虔《技録》云：《却東西門行》，荀録所載。武帝《鴻雁》一篇，今不傳。」

鴻雁出塞北，乃在無人鄉。舉翅萬餘里，行止自成行。冬節食南稻，春日復北翔。田中有轉蓬，隨風遠飄揚。長與故根絶，萬歲不相當。奈何此征夫，安得去四方。戎馬不解鞍，鎧甲不離傍。冉冉老將至，何時反故鄉。神龍藏深泉，猛獸步高岡。狐死歸首丘，故鄉安可忘。

右一曲，魏、晉樂所奏。

同前

宋·謝惠連

慷慨發相思，惆悵戀音徽。四節競闌候，六龍引頹機。人生隨時變，遷化焉可祈。百年難必保，千慮盈懷之。

同前

梁·沈約

驅馬城西阿，〔一〕遥眺想京闕。望極煙原盡，地遠山河没。摇裝非短晨，還歌豈明發。修服悵邊羈，瞻途眇鄉謁。馳蓋轉徂龍，回星引奔月。樂去哀（鏡）〔境〕滿。〔二〕悲來壯心歇。歲華委徂貌，年霜移暮髮。辰物久侵晏，〔三〕征思坐論越。〔四〕清氣掩行夢，〔五〕憂原邊瀛渤。一念起關山，千里顧兵窟。〔六〕

〔一〕城西：《藝文》卷四一作「西城」。

〔二〕（鏡）〔境〕：據《詩紀》卷七二注改。

〔三〕侵晏：《百三名家集》作「侵尋」。

〔四〕論越：同上作「淪越」，是。

〔五〕清氣：同上作「清氛」。

〔六〕兵：《詩紀》作「丘」。

鴻雁生塞北行

晉·傅玄

鳳凰遠生海西，及時崑山岡。五德存羽儀，和鳴定宫商。百鳥並侍左右，鼓翼騰華光。上熙遊雲日間，千歲時來翔。孰若彼龍與黿，曳尾泥中藏。非雲雨則不升，冬伏春迺驤。退哀此秋蘭，草根絶，隨化揚。靈氣一何憂美，〔一〕萬里馳芬芳。常恐物〔微〕易（微）歇，〔二〕一朝見棄忘。

〔一〕憂：疑當作「優」。

〔二〕物〔微〕易（微）歇：據《詩紀》卷二二改。

順東西門行

晉·陸機

《古今樂録》曰：「王僧虔《技録》云：《順東西門行》，今不歌。」

出西門，望天庭，陽谷既虚崦嵫盈。感朝露，悲人生，（遊）〔逝〕者若斯安得停。〔一〕桑樞戒，蟋蟀鳴，我今不樂歲聿征。迨未暮，及時平，置酒高堂宴友生。激朗笛，彈哀箏，取樂今日盡歡情。

〔一〕（遊）〔逝〕：據《陸士衡集》卷七改。

同前

宋·謝靈運

出西門，眺雲間，揮斤扶木墜虞泉。信道人，鑒徂川，思樂暫捨誓不旋。閔九九，傷牛山，宿心載違徒昔言。競落運，務頹年，招命儕好相追牽。酌芳酤，奏繁弦，惜寸陰，情固然。

同前

謝惠連

哀朝菌，閔頹力，遷化常然焉肯息。及壯齒，遇世直，酌酩華堂集親識。〔一〕舒情盡歡遣悽惻。

〔一〕酩：《藝文》卷四一作「酩」，是。

樂府詩集卷第三十八

相和歌辭十三

瑟調曲三

飲馬長城窟行

古　辭〔一〕

一曰《飲馬行》。長城，秦所築以備胡者。其下有泉窟，可以飲馬。古辭云：「青青河畔草，綿綿思遠道。」言征戍之客，至於長城而飲其馬，婦人思念其勤勞，故作是曲也。酈道元《水經注》曰：「始皇二十四年，使太子扶蘇與蒙恬築長城，起自臨洮，至于碣石。東暨遼海，西並陰山，凡萬餘里。民怨勞苦，故楊泉《物理論》曰：『秦築長城，死者相屬。』民歌曰：『生男愼勿舉，生女哺用脯。不見長城下，尸骸相支拄。』其寃痛如此。今白道南谷口有長城，自城北出有高坂，傍有土穴出泉，挹之不窮。歌録云：『飲馬長城窟，』信非虛言也。」《樂府解題》曰：「古詞，傷良人遊蕩不歸，或云蔡邕之辭。若魏陳琳辭云：『飲馬長城窟，水寒傷馬骨。』則言秦人苦長城之役也。」《廣題》曰：「長城南有溪坂，上有土窟，窟中泉流。漢時將士征塞北，皆飲馬此水也。按趙武靈王既襲胡服，自代並陰山下至高闕爲塞，山下有長城，武靈王之所築也。其山中斷，望之若雙闕，所謂高闕者焉。」《古今樂録》曰：「王僧虔《技録》云『《飲馬行》，今不歌。』」

青青河畔草，〔一〕綿綿思遠道。遠道不可思，宿昔夢見之。〔三〕夢見在我傍，忽覺在他鄉。他鄉各異縣，展轉不相見。〔四〕枯桑知天風，海水知天寒。入門各自媚，誰肯相爲言。客從遠方來，遺我雙鯉魚。呼兒烹鯉魚，中有尺素書。長跪讀素書，書中竟何如？上言加餐飯，〔五〕下言長相憶。〔六〕

〔一〕古辭：《文選》卷二七同，《玉臺》卷一作蔡邕詩。
〔二〕畔：同上作「邊」。
〔三〕宿：《文選》作「夙」。
〔四〕相：同上作「可」。
〔五〕言：同上作「有」。飯：同上作「食」。
〔六〕言：同上作「有」。憶：《藝文》卷四一作「思」。

同前

魏·文帝

浮舟横大江，討彼犯荆虜。武將齊貫甲，〔一〕征人伐金鼓。長戟十萬隊，幽冀百石弩。發機若雷電，一發連四五。

〔一〕甲：《藝文》卷四一作「鉀」。

同前

陳琳

飲馬長城窟，水寒傷馬骨。往謂長城吏，慎莫稽留太原卒。官作自有程，舉築諧汝聲。男兒寧當格鬭死，何能怫鬱築長城。長城何連連，連連三千里。邊城多健少，内舍多寡婦。作書與内舍：「便嫁莫留住。善事新姑嫜，時時念我故夫子。」報書往邊地：「君今出語一何鄙！身在禍難中，何爲稽留他家子。生男慎莫舉，生女哺用脯。君獨不見長城下，死人骸骨相撑拄。結髮行事君，慊慊心意關〔一〕。〔明知〕邊地苦〔二〕，賤妾何能久自全。」

〔一〕關：《詩紀》卷一六注：「一作間。」

〔二〕〔明知〕：據同上補。

同前〔一〕

晉·傅玄

青青河邊草，悠悠萬里道。草生在春時，遠道還有期。春至草不生，期盡歎無聲。〔二〕感物懷思心，夢想發中情。夢君如鴛鴦，比翼雲間翔。既覺寂無見，曠如參與商。〔三〕河洛自用固，不如中岳安。回流不及反，浮雲往自還。悲風動思心，悠悠誰知者。懸景無停居，忽如馳駟馬。傾耳懷音響，轉目淚雙墮。生存無會期，要君黄泉下。

〔一〕同前：《玉臺》卷一作《青青河邊草》篇。

〔二〕期：《詩紀》卷二二注：「一作泣。」

〔三〕「曠如」句下，同上有「夢君結同心，比翼遊北林。既覺寂無見，曠如商與參」四句。

同前

陸　機

驅馬陟陰山，山高一作陰馬不前。往問陰山候，勁虜在燕然。戎車無停軌，旌旆屢徂遷。仰憑積雪巖，俯涉堅冰川。冬來秋未反，去家邈以綿。獫狁亮未夷，征人豈徒旋。末德爭先鳴，凶器無兩全。師克薄賞行，軍没微軀捐。將遵甘、陳迹，收功單于旃。振旅勞歸（去）〔士〕〔一〕，受爵藁街傳。

〔一〕（去）〔士〕：據《文選》卷二八改。

同前

梁・沈約

介馬渡龍堆，塗縈馬屢迴。前訪昌海驛，雜種寇輪臺。旌幕卷煙雨，徒御犯冰埃。

同前

陳・後主

征馬入他鄉，山花此夜光。離群嘶向影，因風屢動香。月色含城暗，秋聲雜塞長。何以酬君子，〔一〕馬（草）〔革〕報疆埸。〔二〕

〔一〕君子：《英華》卷二〇九作「天子」，是。

〔二〕（草）〔革〕：據同上改。

同前

張正見

秋草朔風驚，飲馬出長城。群驚還怯飲，地險更宜行。傷冰斂凍足，畏冷急寒聲。無因度吴坂，方復入羌城。

同前

北周・王　褒

北走長安道，征騎每經過。戰垣臨八陣，旌門對兩和。屯兵戍隴北，飲馬傍城阿。雪深無復道，冰合不生波。塵飛連陣聚，沙平騎跡多。昏昏隴坻月，耿耿霧中河。羽林猶角觝，將軍尚雅歌。臨戎常拔劍，蒙險屢提戈。秋風鳴馬首，薄暮欲如何。

同前

尚法師

長城征馬度，横行且勞群。入冰穿凍水，飲浪聚流文。澄鞍如漬月，照影若流雲。別有長松氣，自解逐將軍。

同前

隋・煬　帝

肅肅秋風起，悠悠行萬里。萬里何所行，横漠築長城。豈台小子智，先聖之所營。樹兹萬世策，安此億兆生。詎敢憚焦思，高枕於上京。北河秉武節，〔一〕千里卷戎旌。山川互出没，原野窮超忽。摐金止行陣，鳴鼓興士卒。千乘萬騎動，飲馬長城窟。秋昏塞外雲，霧暗關山月。緣巖驛馬上，乘空烽火發。借問长安候，單于入朝謁。濁氣靜天山，晨光照高關。釋兵仍振旅，要荒事方舉。飲至告言旋，功歸清廟前。

〔一〕北河：《英華》卷二〇九作「兩」，是。

同前

唐·太宗

塞外悲風切，交河冰已結。瀚海百重波，陰山千里雪。迥戍危烽火，層巒引高節。悠悠卷旆旌，飲馬出長城。寒沙連騎迹，朔吹斷邊聲。胡塵清玉塞，羌笛韻金鉦。絶漠干戈戢，車徒振原隰。都尉反龍堆，將軍旋馬邑。揚麾氛霧静，紀石功名立。荒裔一戎衣，雲臺凱歌入。

同前

虞世南

馳馬渡河干，流深馬渡難。前逢錦車使，都護在樓蘭。輕騎猶銜勒，疑兵尚解鞍。温池下絶澗，棧道接危巒。拓地勳未賞，〔一〕亡城律詎寬。有月關猶暗，經春隴尚寒。雲昏無復影，冰合不聞湍。懷君不可遇，聊持報一餐。

〔一〕未：《英華》卷二〇九作「方」。

同前

袁　朗

朔風動秋草，清蹕長安道。長城連不窮，所以隔華戎。規模唯聖作，荷負曉成功。烏庭已向内，龍荒更鑿空。玉關塵卷静，金微路已通。湯征隨北怨，舜詠起南風。畫野功初立，綏邊事云集。朝服踐狼居，凱歌旋馬邑。山響傳鳳吹，霜華藻瓊鈒。屬國擁節歸，單于款關入。日落寒雲起，〔一〕驚河被原隰。〔二〕零落葉已寒，河流清且急。四時徭役盡，千載干戈戢。太平今若斯，汗馬竟無施。唯當事筆硯，歸去草封禪。

〔一〕寒雲：《全唐詩》卷二〇作「寒風」。

〔二〕驚河：同上作「驚沙」。

同前

王　翰

長安少年無遠圖，一生惟羨執金吾。騏驎前殿拜天子，走馬爲君西擊胡。胡沙獵獵吹人面，漢虜相逢不相見。遥聞鼙鼓動地來，傳道單于夜猶戰。此時顧恩寧顧身，爲君一行摧萬人。壯士揮戈回白日，單于濺血染朱輪。回來飲馬長城窟，長城道傍多白骨。問之耆老何代人，云是秦王築城卒。黄昏塞北無人煙，鬼哭啾啾聲沸天。無罪見誅功不賞，孤魂流落此城邊。當昔秦王按劍起，諸侯膝行不敢視。富國强兵二十年，築怨興徭九千里。秦王築城何太愚，天實亡秦非北胡。一朝禍起蕭牆内，渭水咸陽不復都。

同前　王　建

長城窟，長城窟邊多馬骨。古來此地無井泉，賴得秦家築城卒，征人飲馬愁不回，長城變作望鄉堆。蹄跡未乾人去近，續後馬來泥汙盡。枕弓睡着待水生，不見陰山在前陣。馬蹄足脱裝馬頭，健兒戰死誰封侯？

同前　僧子　蘭

游客長城下，飲馬長城窟。馬嘶聞水腥，爲浸征人骨。豈不是流泉，終不成潺湲。洗盡骨上土，不洗骨中冤。骨若（不）〔比〕流水，〔一〕四海有還魂。空流嗚咽聲，聲中疑是言。

〔一〕（不）〔比〕：據《全唐詩》卷二〇改。

青青河畔草　齊・王　融

容容寒煙起，翹翹望行子。行子殊未歸，寤寐（若）〔君〕容輝。〔一〕夜中心愛促，覺後阻河曲。河曲萬里餘，情交襟袖疏。珠露春華返，璿霜秋照晚。入室怨蛾眉，情歸爲誰婉。

〔一〕（若）〔君〕：據《詩紀》卷五七改。

同前

梁・沈約

漠漠牀上塵，心中憶故人。〔一〕故人不可憶，中夜長歎息。歎息想容儀，不言長別離。〔二〕別離稍已久，空牀寄〔杯〕酒（杯）。〔三〕

〔一〕心中：《玉臺》卷五作「中心」。

〔二〕不言：同上作「不欲」。

〔三〕〔杯〕酒（杯）：據同上改。

同前

何遜

春蘭已應好，折花望遠道。秋夜苦復長，抱枕向空牀。吹臺下促節，不言於此別。歌筵掩團扇，何時一相見。弦絶猶依軫，葉落裁下枝。即此雖云別，方我未成離。

同前〔一〕

梁·武帝

幕幕繡户絲，〔二〕悠悠懷昔期，昔期久不歸，鄉國曠音輝。〔三〕音輝空結遲，半寢覺如至。既寤了無形，與君隔平生。月以雲掩光，葉(似)〔以〕霜摧老。〔四〕當途競自容，莫肯爲妾道。

〔一〕同前：《詩紀》卷六四作《擬青青河畔草》。

〔二〕幕幕：疑作「冪冪」。

〔三〕音輝：同上作「音徽」。

〔四〕(似)〔以〕：據同上改。

同前

荀昶

熒熒山上火，苕苕隔隴左，隴左不可至，精爽通寤寐。寤寐衾幬同，忽覺在他邦。他邦各異邑，相逐不相及。迷墟在望煙，木落知冰堅。升朝各自進，誰肯相攀牽。客從北方來，遺我端弋綈。命僕開弋綈，中有隱起珪。長跪讀隱珪，辭苦聲亦悽，上言各努力，下言長相懷。

泛舟横大江〔一〕

梁・簡文帝

魏文帝《飲馬長城窟行》曰「泛舟横大江」，〔二〕因以爲題也。

滄波白日暉，遊子出王畿。旁望重山轉，前觀遠帆稀。廣水浮雲吹，江風引夜衣。旅雁同洲宿，寒鳬夾浦飛。行客誰多病，〔三〕當念早旋歸。

〔一〕《詩紀》卷六七作三首，餘兩首爲「隴西四戰地」、「悠悠懸旆旌」，已見卷三七《隴西行》。

〔二〕同上注引「泛舟横大江，討彼犯荆虜」，多五字。

〔三〕病：同上注：「一作與。」

同前

陳・張正見

大江修且闊，揚舲度回磯。波中畫鷁涌，〔一〕帆上錦花飛。舟移歷浦月，櫂舉濕春衣。王孫客若遠，〔二〕詎待送將歸。

〔一〕波：《英華》卷一九三作「渡」。

〔二〕客若：同上作「若定」，《百三名家集》作「定若」。

上留田行

魏・文帝

《古今樂録》曰：「王僧虔《技録》有《上留田行》，今不歌。」崔豹《古今注》曰：「上留田，地名也。人有父母死不字其孤弟者，鄰人爲其弟作悲歌以風其〔兄，故〕(今注)曰《上留田》。」〔一〕《樂府廣題》曰：「蓋漢世人也。云『里中有啼兒，似類親父子。回車問啼兒，慷慨不可止』。」

居世一何不同，上留田。富人食稻與粱，上留田。貧子食糟與糠，上留田。貧賤亦何傷，上留田。禄命懸在蒼天，上留田。今爾歎息將欲誰怨？上留田。

〔一〕〔兄，故〕(今注)曰：據《古今注》卷中改。

同前

晉・陸機

嗟行人之藹藹，駿馬陟原風馳。輕舟泛川雷邁，寒往暑來相尋。零雪霏霏集宇，悲風徘徊入襟。歲華冉冉方除，我思纏綿未紓，感時悼逝悽如。

同前　宋・謝靈運

薄遊出彼東道，上留田。薄遊出彼東道，上留田。循聽一何矗矗，上留田。澄川一何皎皎，上留田。悠哉逷矣征夫，上留田。悠哉逷矣征夫，上留田。兩服上阪電遊，〔一〕上留田。舫舟下遊飈驅，上留田。此別既久無適，上留田。此別既久無適，上留田。寸心繫在萬里，上留田。尺素遵此千夕，上留田。秋冬迭相去就，上留田。秋冬迭相去就，上留田。素雪紛紛鶴委，上留田。清風飈飈入袖，上留田。歲云暮矣增憂，上留田。歲云暮矣增憂，上留田。誠知運來詎抑，上留田。熟視年往莫留，上留田。

〔一〕電遊：《詩紀》卷四七注：「彙作電逝。」是。

同前　梁・簡文帝

正月土膏初欲發，天馬照耀動農祥。田家斗酒群相勞，爲歌長安金鳳皇。

同前　唐・李　白

行至上留田，孤墳何峥嶸。積此萬古恨，春草不復生。悲風四邊來，腸斷白楊聲。借問誰家地，埋没蒿里塋。古老向余言，言是上留田。蓬科馬鬣今已平，昔之弟死兄不葬，他人於此舉銘旌。一鳥死，百鳥鳴。一獸走，百獸驚。〔恒〕〔桓〕山之禽别離苦，〔一〕欲去迴翔不能征。田氏倉卒骨肉分，青天白日摧紫荆。交柯之木本同形，東枝憔悴西枝榮。無心之物尚如此，參商胡乃尋天兵。孤竹延陵，讓國揚名。高風緬邈，頹波激清。尺布之謡，塞耳不能聽。

〔一〕〔恒〕〔桓〕山：據《李太白集》卷三改。

同前

僧貫　休

父不父，兄不兄，上留田，蟊賊生。徒陟崗，淚崢嶸。我欲使諸凡鳥雀，盡變爲鶺鴒。我欲使諸凡草木，盡變爲田荆。鄰人歌，鄰人歌，古風清，清風生。

新城安樂宫〔一〕

梁·簡文帝

《古今樂録》曰：「王僧虔《技録》有《新城安樂宫行》，今不歌。」《樂府解題》曰：「《新城安樂宫行》，備言雕飾刻斵之美也。」

遥看雲霧中，刻桷映丹紅。〔二〕珠簾通晚日，〔三〕金華拂夜風。欲知歌管處，〔四〕來過安樂宫。

〔一〕新城：《玉臺》卷七、《古樂府》卷五作「新成」。

〔二〕紅：《英華》卷一九二作「虹」。

〔三〕晚日：《玉臺》、《藝文》卷六二作「曉日」。

〔四〕歌管：《玉臺》作「聲管」。

同前

陰鏗

新宫實壯哉，雲裏望樓臺。迢遞翔鵾仰，聯翩賀燕來。重寒露簷宿，〔一〕返景夏蓮開。砌石披新錦，花梁畫早梅。欲知安樂盛，歌管雜塵埃。

〔一〕重寒句：《藝文》卷六九、《英華》卷一九二均作「重簷寒露宿」，是。

同前

唐·陳子良

春色照蘭宫，秦女（且）〔坐〕窗中〔一〕。柳葉來眉上，桃花落臉紅。拂塵開扇匣，卷帳却薰籠。衫薄偏憎日，裙輕更畏風。

〔一〕（且）〔坐〕：據《全唐詩》卷三九改。

安樂宮

李賀

深一作漆井桐烏起，尚復牽清水。未盥邵陵（王）〔瓜〕，〔一〕瓶中弄長翠。新城安樂宮，〔二〕宮如鳳凰翅。歌迴蠟板鳴，（大棺）〔左悺〕提壺使一作左綰提壺伎。〔三〕綠繁悲水曲，茱萸別秋子。

〔一〕（王）〔瓜〕：據《李長吉歌詩彙解》卷三改。

〔二〕新城：同上作「新成」。

〔三〕（大棺）〔左悺〕：據同上改。

婦病行

古辭

婦病連年累歲，傳呼丈人前一言。當言未及得言，不知淚下一何翩翩。「屬累君兩三孤子，莫我兒飢且寒，有過慎莫笪笞，行當折搖，思復念之」。亂曰：抱時無衣，襦復無裏。閉門塞牖舍，孤兒到市，道逢親交，泣坐不能起。從乞求與孤買餌，對交啼泣淚不可止。「我欲不傷悲不能已」。探懷中錢持授，交入門，見孤兒啼索其母抱，徘徊空舍中，行復爾耳，棄置勿復道！

同前

陳·江總

窈窕懷貞室，風流挾琴婦。唯將角枕卧，自影啼妝久。羞開翡翠帷，懶對蒲萄酒。深悲在縑素，託意忘箕箒。夫壻府中趨，誰能大垂手。

孤兒行

古辭

《孤子生行》，一曰《孤兒行》。古辭言孤兒爲兄嫂所苦，難與久居也。《歌録》曰：「《孤子生行》，亦曰《放歌行》。」《樂府解題》曰：「鮑照《放歌行》云『蓼蟲避葵堇』，言朝廷方盛，君上好才，何爲臨歧相將去也。」

孤兒生，孤子遇生，命獨當苦！父母在時，乘堅車，駕駟馬。父母已去，兄嫂令我行賈。南到九江，東到齊與魯。臘月來歸，不敢自言苦。頭多蟣虱，面目多塵。大兄言辦飯，大嫂言視馬。上高堂，行取殿下堂，孤兒淚下如雨。使我朝行汲，暮得水來歸。手爲錯，足下無菲。愴愴履霜，中多蒺藜。拔斷蒺藜，腸〔月〕〔肉〕中愴欲悲。〔一〕淚下渫渫，清涕纍纍。冬無複襦，夏無單衣。居生不樂，不如早去，下從地下黄泉。春氣動，草萌芽。三月蠶桑，六月收瓜。將是瓜車，來到還家。瓜車反覆，助我者少，啗瓜者多。願還我蒂，兄與嫂嚴，獨且急歸。當興校計。〔二〕亂曰：里中一何譊譊，願欲寄尺書，將與地下父母，兄嫂難與久居。

〔一〕腸（月）〔肉〕：據《古樂府》卷五改。

〔二〕興：同上作「與」。

放歌行

晉·傅玄

靈龜有枯甲，神龍有腐鱗。人無千歲壽，存質空相因。朝露尚移景，促哉水上塵。丘冢如履綦，不識故與新。高樹來悲風，松柏垂威神。曠野何蕭條，顧望無生人。但見狐狸迹，虎豹自成群。狐雛攀樹鳴，離鳥何繽紛。愁子多哀心，塞耳不忍聞。長嘯淚雨下，太息氣成雲。

同前

宋·鮑照

蓼蟲避葵堇，習苦不言非一作排。〔一〕小人自齷齪，安知曠士懷。雞鳴洛城裏，禁門平旦開。

冠蓋縱横至，車騎四方來。素帶曳長飈，華纓結遠埃。日中安能止，鐘鳴猶未歸。夷世不可逢，賢君信愛才。明慮自天斷，不受外嫌猜。一言分珪爵，片善辭草萊。〔二〕豈伊白璧賜，將起黄金臺。今君有何疾，臨路獨遲回。

〔一〕不言非：《藝文》卷四二作「良可哀」。
〔二〕草萊：同上作「蒿萊」。

同前

唐・王昌齡

南渡洛陽津，西望十二樓。明堂坐天子，月朔朝諸侯。清樂動千門，皇風被九州。慶雲從東來，泱漭抱日流。昇平貴論道，文墨將何求。有詔徵草澤，微誠獻謀猷。〔一〕冠冕如星羅，拜揖曹與周。望塵非吾事，〔二〕入賦且遲留。幸蒙國士識，因脱負薪裘。今者放歌行，以慰梁甫愁。但營數斗禄，奉養母豐羞。〔三〕若得金膏遂，飛雲亦可儔。〔四〕

〔一〕獻謀猷：《全唐詩》卷二〇注：「集作將獻謀。」
〔二〕吾：《唐文粹》卷一二作「君」。
〔三〕母：同上作「每」。
〔四〕儔：同上作「籌」。

樂府詩集卷第三十九

相和歌辭十四

瑟調曲四

大牆上蒿行

魏·文帝

《古今樂録》曰：「王僧虔《技録》有《大牆上蒿行》，今不歌。」

陽春無不長成，草木群類，隨大風起。零落若何翩翩。中心獨立一何煢，四時舍我驅馳，今我隱約欲何爲。人生居天壤間，忽如飛鳥栖枯枝，我今隱約欲何爲。適君身體所服，何不恣君口腹所嘗，冬被貂鼲温暖，夏當服綺羅輕涼。行力自苦，我將欲何爲？不及君少壯之時，乘堅車，策肥馬良。上有倉浪之天，今我難得久來視。下有蠕蠕之地，今我難得久來履。何不恣意遨遊。從君所喜，帶我寶劍，今爾何爲自低卬？悲麗平壯觀，白如積雪，利若秋霜。駮犀標首，玉琢中央。帝王所服，辟除凶殃。御左右，奈何致福祥。吴之辟閭，越之步光，楚之龍泉，韓有墨陽，苗山之鋋，羊頭之鋼，知名前代，咸自謂麗且美。曾不知君劍良，綺難忘。冠青雲之崔嵬，纖羅爲纓，飾以翠翰，既美且輕。表容儀，俯仰垂光榮。宋之章甫，齊之高冠，亦自謂美，蓋何足觀。排金鋪，坐玉堂，風塵不起，天氣清涼。奏桓瑟，舞趙倡，女娥長歌，聲協宮商，感心動耳，蕩氣回腸。酌桂酒，鱠鯉魴，與佳人期，爲樂康。前奉玉巵，爲我行觴。今日樂，不可忘，樂未央。爲樂常苦遲，歲月逝，忽若飛，何爲自苦，使我心悲。

野田黄雀行四解〔一〕

曹　植

《古今樂録》曰：「王僧虔《技録》有《野田黄雀行》，今不歌。」《樂府解題》曰：「晉樂奏東阿王『置酒高殿上』，始言豐膳樂飲，盛賓主之獻酬。中言歡極而悲，嗟盛時不再。終言歸於知命而無憂也。」《空侯引》亦用此曲。按漢鼓吹鐃歌亦有《黄雀行》，不知與此同否？

置酒高殿上，親交從我遊。〔二〕中廚辦豐膳，烹羊宰肥牛。秦箏何慷慨，齊瑟和且柔。一解

陽阿奏奇舞，〔三〕京洛出名謳。樂飲過三爵，緩帶傾庶羞。主稱千金壽，賓奉萬年酬。二解

久要不可忘，薄終義所尤。謙謙君子德，磬折欲何求。〔四〕盛時不再來，百年忽我遒。三解

驚風飄白日，光景馳西流。生存華屋處，零落歸山丘。先民誰不死，知命復何憂！四解

右一曲，晉樂所奏。

〔一〕《野田黄雀行》：《藝文》卷四二作《箜篌引》，本集卷四〇引王僧虔《技録》稱此詩爲《門有車馬客行》，是一詩而有三名。

〔二〕親交：《詩紀》卷一三作「親友」。

〔三〕奇舞：《藝文》卷四二作「妙舞」。

〔四〕「磬折」句下，《古樂府》卷五接「驚風飄白日」兩句。

置酒高殿上，親交從我遊。中廚辦豐膳，烹羊宰肥牛。秦箏何慷慨，齊瑟和且柔。陽阿奏奇舞，京洛出名謳。樂飲過三爵，緩帶傾庶羞。主稱千金壽，賓奉萬年酬。久要不可忘，薄終義所尤。謙謙君子德，磬折欲何求。驚風飄白日，光景馳西流。盛時不可再，百年忽我遒。生存華屋處，零落歸山丘。先民誰不死，知命亦何憂。

右一曲，本辭。

同前

高樹多悲風，海水揚其波。利劍不在掌，結友何須多。〔一〕不見籬間雀，見鷂自投羅。羅家得雀喜，少年見雀悲。拔劍捎羅網，黄雀得飛飛。飛飛摩蒼天，來下謝少年。

〔一〕友：《古樂府》卷五作「交」。

同前

隋・蕭 轂

弱軀愧一作慚彩飾，輕毛非錦文。不知鴻鵠志，非是鳳凰群。作風隨濁雨，入曲應玄雲。空城舊侶絶，滄海故交分。寧死明珠彈，且避鷹將軍。

同前

唐・李 白

遊莫逐炎洲翠，棲莫近吴宫燕。吴宫火起焚爾窠，〔一〕炎洲逐翠遭網羅。蕭條兩翅蓬蒿下，縱有鷹鸇奈若何。

〔一〕爾窠：《李太白集》卷三作「巢窠」。

同前

儲光羲

嘖嘖野田雀，不知軀體微。閑穿深蒿裹，〔一〕爭食復爭飛。窮老一頹舍，棗多桑樹稀。無棗猶可食，無桑何以衣。蕭條空倉暮，相引時來歸。邪路豈不棲，〔二〕(諸)〔渚〕田豈不肥。〔三〕

水長路且懷，〔四〕惻惻與心違。

〔一〕深：《英華》卷二〇九作「疏」。

〔二〕棲：《全唐詩》卷二〇作「捷」。

〔三〕（諸）〔渚〕田：據同上改。

〔四〕懷：同上作「壞」。

同前

僧貫休

高樹風多，吹爾巢落。深蒿葉暖，宜爾依薄。莫近鶚類，〔一〕珠網亦惡，〔二〕飲野田之清水，食野田之黄粟。深花中睡，垺土裏浴。如此即全勝啄太倉之穀，而更穿人屋。〔三〕

〔一〕鶚：《全唐詩》卷二〇作「鶚」。

〔二〕珠：同上注：「集作蛛。」

〔三〕人：同上注：「集有之字。」

同前

僧齊己

雙雙野田雀，上下同飲啄。暖去棲蓬蒿，寒歸傍籬落。殷勤避羅網，乍可遇鵰鶚。鵰鶚雖不仁，分明在寥廓。

置酒高殿上

陳·張正見

陳王開甲第，粉壁麗椒塗。高窗侍玉女，飛闥敞金鋪。名香散綺幕，石墨彫金爐。清醪稱玉饋，浮蟻擅蒼梧。鄒、嚴恒接武，申、白日相趨。容與升階玉，差池曳履珠。千金一巧笑，百萬兩鬟姝。趙姬未鼓瑟，齊客罷吹竽。歌喧桃與李，琴挑《鳳將雛》。魏君慚舉白，晉主愧投壺。風雲更代序，人事有榮枯。長卿病消渴，壁立還成都。

同前〔一〕

江總

三清傳旨酒，柏梁奉歡宴。霜雲動玉葉，凍水疏金箭。羽籥響鐘石，流泉灌金殿。盛時不再得，光景馳如電。

〔一〕同前：《藝文》卷三九作「賦得殿上詩」。

雁門太守行八解〔一〕

古辭

《古今樂録》曰：「王僧虔《技録》云：『《雁門太守行》歌古洛陽令一篇。』」《後漢書》

曰：「王渙，字稚子，廣漢郪人也。父順，安定太守。渙少好俠，尚氣力，晚改節敦儒學，習書讀律，略通大義。後舉茂才，除温令。討擊姦猾，境内清夷，商人露宿於道。其有放牛者，輒云，以屬稚子，終無侵犯。在温三年，遷兗州刺史。繩正（風）部〔郡〕，威（風）大行。〔二〕後坐考妖言不實論，歲餘徵拜侍御史。永元十五年，還爲洛陽令。政平訟理，發擿姦伏，京師稱歎，以爲有神算。元興元年病卒。百姓咨嗟，男女老壯相與致奠醊，以千數。及喪西歸，經弘農，民庶皆設槃案於路，吏問其故，咸言平常持米到洛，爲卒司所抄，恒亡其半。自王君在事，不見侵枉，故來報恩。其政化懷物如此。民思其德，爲立祠安陽亭西。每食輒弦歌而薦之。永嘉二年，鄧太后詔嘉其節義，而以子石爲郎中。延熹中，桓帝事黄老道，悉毁諸旁祀，唯存卓茂與渙祠焉。」《樂府解題》曰：「按古歌詞，歷述渙本末，與傳合。而曰《雁門太守行》，所未詳。若梁簡文帝『輕霜中夜下』，備言邊城征戰之思，皇甫規雁門之問，蓋據題爲之也。」

孝和帝在時，洛陽令王君，本自益州廣漢蜀民。〔三〕少行宦學，通五經論。一解 明知法令，歷世衣冠。從温補洛陽令。治行致賢，擁護百姓，子養萬民。二解 外行猛政，内懷慈仁。文武備具，料民富貧。移惡子姓，篇著里端。〔四〕三解 傷殺人，比伍同罪對門，禁鍪矛八尺，〔五〕捕輕薄少年，加笞決罪，詣馬市論。四解　無妄發賦，念在理冤。敕吏正獄，不得苛煩。財用錢三十，買繩禮竿。五解　賢哉賢哉，我縣王君。臣吏衣冠，奉事皇帝。功曹主簿，皆得其人。六解　臨部居職，不敢行恩。清身苦體，夙夜勞勤。治有能名，遠近所聞。七解　天年不遂，早就奄昏。爲君作祠，安陽亭西。欲令後世，莫不稱傳。八解

右一曲，晉樂所奏。

〔一〕《宋書·樂志》題上有《洛陽行》三字。《全漢詩》注：「按其歌辭歷述渙本末，與本傳合。其題當作《洛陽行》，其調則爲《雁門太守行》也。」

〔二〕（風）部〔郡〕威〔風〕：據《後漢書》刪補。

〔三〕蜀：《宋書》無「蜀」字。

〔四〕姓篇：同上作「姓名五篇」。

〔五〕鋻：同上作「鎦」。

同前二首

梁·簡文帝

輕霜中夜下，黄葉遠辭枝。〔一〕寒苦春難覺，邊城秋易知。風急旍旗斷，〔二〕塗長鎧馬疲。少解孫吴法，家本幽并兒。非關買雁肉，徒勞皇甫規。

隴暮風恒急，關寒霜自濃。櫪馬夜方思，〔三〕邊衣秋未重。潛師夜接戰，略地曉摧鋒。悲笳動（明）〔胡〕塞，〔四〕高旗出漢墉。勤勞謝（公）〔功〕業，〔五〕清白報迎逢。非須主人賞，〔六〕寧期定遠封。單于如未擊，〔七〕終夜慕前蹤。

〔一〕遠：《英華》卷一九六、《藝文》卷四二均作「晚」。

〔二〕旍：《藝文》作「鈴」，《英華》作「征」。

〔三〕思：《英華》作「飼」，是。

〔四〕（明）〔胡〕塞：據《詩紀》卷六七改。

〔五〕（公）〔功〕業：據同上改。

〔六〕須：《英華》作「頒」。

〔七〕擊：同上作「繫」，是。

同前

褚　翔〔一〕

三月楊花合，四月麥秋初。幽州寒食罷，鄭國採桑疏。便聞雁門戍，〔二〕結束事戎車。去歲無霜雪，今年（月）〔有〕閏餘。〔三〕月如弦上弩，星類水中魚。戎車攻日逐，燕騎蕩康居。大宛歸善馬，小月送降書。寄語閨中妾，〔四〕忽怨寒牀虛。

〔一〕褚翔：《藝文》卷四二作「梁簡文帝」，《詩紀》卷九二作「褚翔」。
〔二〕便：《英華》卷一九六作「更」，又「戍」作「守」。
〔三〕（月）〔有〕：據同上及《詩紀》改。
〔四〕閨中：《藝文》作「金閨」。

同前

唐·李賀

黑雲壓城城欲摧，甲光向月一作日金鱗開。〔一〕角聲滿天秋色裏，塞上燕支凝夜紫。〔二〕半卷紅旗臨易水，霜重鼓寒聲不起一作鼓聲寒不起。報君黄金臺上意，提攜玉龍爲君死。

〔一〕向月：《李長吉歌詩彙解》卷一注：「曾本、二姚本作向日。」
〔二〕燕支：同上作「燕脂」。塞上：同上注：「吴本作塞土。」《唐文粹》卷一二同。

同前

張祜

城頭月没霜如水，趚趚踏沙人似鬼。〔一〕燈前拭淚試香裘，長引一聲殘漏子。駝囊瀉酒酒一杯，前頭啑血心不回。寄語年少妻莫哀，魚金虎竹天上來，雁門山邊骨成灰。

〔一〕踏：《全唐詩》卷二〇作「蹋」。

同前

莊南傑

旌旗閃閃摇天末，長笛横吹虜塵闊。跨下嘶風白練獰，腰間切玉青蛇活。擊革摐金燧牛尾，犬羊兵敗如山死。九泉寂寞葬秋蟲，濕雲荒草啼秋思。

豔歌何嘗行四解〔一〕

古辭

一曰《飛鵠行》。《古今樂録》曰：「王僧虔《技録》云：《豔歌何嘗行》，歌文帝《何嘗》《古白鵠》二篇。」《樂府解題》曰：「古辭云：『飛來雙白鵠，乃從西北來。』言雌病雄不能負之而去，『五里一反顧，六里一徘徊』。雖遇新相知，終傷生别離也。又有古辭云『何嘗快獨無憂』，不復爲後人所擬。『鵠』一作『鶴』。」

飛來雙白鵠，乃從西北來。十十五五，羅列成行。〔二〕一解　妻卒被病，行不能相隨。〔三〕五里一反顧，六里一徘徊。二解　吾欲銜汝去，口噤不能開；吾欲負汝去，毛羽何摧頽。三解　樂哉新相知，憂來生别離，躇躊顧群侣，淚下不自知。〔四〕四解　念與君離别，〔五〕氣結不能言，各各重自愛，遠道歸還難。妾當守空房，閉門下重關。若生當相見，亡者會黄泉。今日樂相樂，延年萬歲期。「念與」下爲趨。

〔一〕《豔歌何嘗行》：《玉臺》卷一作《雙白鵠》。

〔二〕十十兩句：同上作「十十將五五，羅列行不齊」。

〔三〕妻卒兩句：同上作「忽然卒疲病，不能飛相隨」。

〔四〕淚下句：同上作「淚落縱横垂」。

〔五〕念與君離别以下八句，同上缺。

同前五解

魏·文　帝〔一〕

何嘗快，獨無憂，但當飲醇酒，炙肥牛。一解　長兄爲二千石，中兄被貂裘。二解　小弟雖無官爵，鞍馬馺馺，往來王侯長者遊。三解　但當在王侯殿上，快獨摴蒱六博，對坐彈棊。四解　男兒居世，各當努力，蹙迫日暮，殊不久留。五解　少小相觸抵，寒苦常相隨，忿恚安足諍。吾中道與卿共別離。約身奉事君，禮節不可虧。上慚倉浪之天，〔二〕下顧黄口小兒。奈何復老心皇皇，獨悲誰能知。「少小」下爲趨曲，前爲豔。

右二曲，晉樂所奏。

〔一〕魏文帝：《宋書·樂志》作「古辭」，今《魏文帝集》從《樂府詩集》收入。

〔二〕倉浪：《宋書》作「滄浪」。

飛來雙白鵠

宋・吴邁遠

可憐雙白鵠，雙雙絶塵氛。連翩弄光景，交頸遊青雲。逢羅復逢繳，雌雄一旦分。哀聲流海曲，孤叫去江濆。〔一〕豈不慕前侣，爲爾不及群。步步一零淚，千里猶待君。樂哉新相知，悲來生别離。持此百年命，共逐寸陰移。譬如空山草，零落心自知。

〔一〕去：《玉臺》卷四作「出」。

飛來雙白鶴

陳・後主

朔吹已蕭瑟，愁雲屢合開。玄冬辛苦地，白鶴從風催。音響已清切，毛羽復殘摧。飛未進□□，〔一〕但爲失雙回。儻逢（□）噲〔參〕德，〔二〕當共銜珠來。

〔一〕飛未：《詩紀》卷九八作「飛來」。

〔二〕（□）噲〔參〕德：據《百三名家集》補。

同前

梁・元帝

紫蓋學仙成，能令吴市傾。逐舞隨疏節，聞琴應别聲。集田遥赴影，隔霧近相鳴。時從洛浦渡，飛向遼東城。

同前

唐・虞世南

飛來雙白鶴，奮翼遠凌烟。雙棲集紫蓋，一舉背青田。颸影過伊洛，流聲入管弦。鳴群倒景外，刷羽閬風前。映海疑浮雪，拂澗瀉飛泉。燕雀寧知去，蜉蝣不識還。何言别儔侣，從此間山川。顧步已相失，徘徊反自憐。〔一〕危心猶（驚）〔警〕露，〔二〕哀響讵聞天。無因振六翮，輕舉復隨仙。

〔一〕反：《全唐詩》卷二〇注：「集作各。」

〔二〕（驚）〔警〕：據同上改。

今日樂相樂

陳・江總

綺殿文雅遒，玳筵歡趣密。鄭態逶迤舞，齊弦窈窕瑟。金罍送縹觴，王井沈朱實。願以北堂宴，長奉南山日。

豔歌行

古辭

《古今樂録》曰：「《豔歌行》非一，有直云『豔歌』，即《豔歌行》是也。若《羅敷》《何嘗》《雙鴻》《福鍾》等行，亦皆『豔歌』。」王僧虔《技録》云：「《豔歌雙鴻行》，荀録所載，《雙鴻》一篇；《豔歌福鍾行》，荀録所載，《福鍾》一篇，今皆不傳。《豔歌羅敷行》『日出東南隅』篇，荀録所載。《羅敷》一篇，相和中歌之，今不歌。」《樂府解題》曰：「古辭云『翩翩堂前燕，冬藏夏來見』。言燕尚冬藏夏來，兄弟反流宕他縣。主婦爲綻衣服，其夫見而疑之也。」

翩翩堂前燕，冬藏夏來見。兄弟兩三人，流宕在他縣。〔一〕故衣誰當補，新衣誰當綻。賴得賢主人，覽取爲吾組。〔二〕夫壻從門來，斜柯西北眄。語卿且勿眄，水清石自見。石見何纍纍，遠行不如歸。

〔一〕流宕：《玉臺》卷一作「流蕩」。

〔二〕組：同上作「綻」。

同前

南山石嵬嵬，松柏何離離。上枝拂青（雪）〔雲〕，〔一〕中心十數圍。洛陽發中梁，松樹竊自悲。斧鋸截是松，松樹東西摧。特作四輪車，〔二〕載至洛陽宫。觀者莫不歎，問是何山材。誰能刻鏤此？公輸與魯班。被之用丹漆，薰用蘇合香。本自南山松，今爲宫殿梁。

〔一〕青（雪）〔雲〕：據《古樂府》卷五改。

〔二〕特：同上作「持」。

豔歌行有女篇

晉·傅玄

有女懷芬芳，媞媞步東廂。蛾眉分翠羽，〔一〕明眸發清揚。〔二〕丹脣翳皓齒，秀色若珪璋。巧笑（雲）〔露〕權靨，〔三〕衆媚不可詳。令儀希世出，無乃古毛嬙。頭安金步摇一作首戴金步摇，耳繫明月璫。珠環約素腕，翠羽垂鮮光。〔四〕文袍綴藻黼，玉體映羅裳。容華既已豔，志節擬秋霜。（微）〔徽〕音冠青雲，〔五〕聲響流四方。妙哉英媛德，〔六〕宜配侯與王。靈應萬世合，日月時相望。媒氏陳束帛，羔雁鳴前堂。百兩盈中路，起若鸞鳳翔。凡夫徒踴躍，望絶殊參商。

〔一〕分翠羽：《藝文》卷一八作「若雙翠」。

〔二〕明眸：《玉臺》卷二作「明目」。

〔三〕（雲）〔露〕：據同上改。權：《百三名家集》作「歡」。

〔四〕羽：《玉臺》作「爵」。

〔五〕（微）〔徽〕音：據同上改。

〔六〕英媛：《百三名家集》作「美媛」。

豔歌行

宋・劉義恭

江南遊湘妃，窈窕漢濱女。淑問流古今，蘭音媚鄧楚。瑶顔映長川，善服照通滸。求思望襄澨，歎息對衡渚。中情未相感，搔首增企予。悲鴻失良匹，俯仰戀儔侶。徘徊忘寢食，羽翼不能舉。傾首佇春燕，爲我津辭語。

同前二首〔一〕

梁・簡文帝

淩晨光景麗，倡女鳳樓中。前瞻削成小，傍望卷旌空。分妝間淺靨，〔二〕繞臉傅斜紅。張琴未調軫，飲吹不全終。自知心所愛，出入仕秦宫。誰言連尹屈，更是莫敖通。輕軺綴皁蓋，飛轡轢雲驄。金鞍隨繫尾，銜瑣映纏騣。戈鏤荆山玉，劍飾丹陽銅。左把蘇合彈，傍持大屈弓。控弦因鵲血，挽强用牛螉。弋獵多登隴，酣歌每入豐。暉暉隱落日，冉冉還房櫳。燈生陽燧火，塵散鯉魚風。流蘇時下帳，象簟復韜筒。霧暗窗前柳，寒疏井上桐。女蘿託松際，甘瓜蔓井東。拳拳恃君寵，歲暮望無窮。

雲楣桂成户，飛棟杏爲梁。斜窗通蕊氣，〔三〕細隙引塵光。裁衣魏后尺，汲水淮南牀。青驪暮當返，〔四〕預使羅裙香。

〔一〕同前：第一首《玉臺》卷七作《艷歌篇》十八韻。第二首《詩紀》卷六七亦作《艷歌篇》。

〔二〕間：《詩紀》卷六七作「開」。

〔三〕蕊氣：《藝文》卷四二作「藥氣」。

〔四〕當返：《藝文》卷四二作「已及」。

同前

陳・顧野王

燕姬妍，趙女麗，出入王宮公主第。倚鳴瑟，歌未央，調弦八九弄，度曲兩三章。唯欣春日永，詎愁秋夜长。歌未央，倚鳴瑟。輕風飄落蕊，〔乳燕〕巢蘭室。〔一〕結羅帷，玩朝日。窗開翠幔卷，妝罷金星出。爭攀四照花，競戲三條術。

夕臺行雨度，朝梁照日輝。東城採桑返，南市數錢歸。長歌挑碧玉，羅塵笑洛妃。欲知歡未盡，棲〔烏已〕夜（已烏）飛。〔二〕

齊倡趙女盡妖妍，珠簾玉砌併神仙。莫笑人來最落後，能使君恩得度前。豈知洛渚羅塵步，詎減〔天〕河（天）秋夕渡。〔三〕妖姿巧笑能傾城，那思他人不憎妬。蓮花藻井推芰荷，採菱妙曲勝陽阿。

〔一〕〔乳燕〕：據《詩紀》卷一〇六補。

〔二〕棲〔烏已〕夜（已烏）：據同上改。

〔三〕〔天〕河（天）：據同上改。

煌煌京洛行五解

魏・文帝

《古今樂録》曰：「王僧虔《技録》云：『《煌煌京洛行》，歌文帝園桃一篇。』」《樂府解題》曰：「晉樂奏文帝『夭夭園桃，無子空長』，言虛美者多敗。又有韓信高鳥盡，良弓藏，子房保身全名，蘇秦傾側賣主，陳軫忠而有謀，楚懷不納，郭生古之雅人，燕昭臣之，吳起知小謀大，及魯仲連高士，不受千金等語。若宋鮑照『鳳樓十二重』，梁戴暠『欲知佳麗地』，始則盛稱京洛之美，終言君恩歇薄，有怨曠沉淪之歎。」

夭夭園桃，無子空長。虚美難假，偏輪不行。淮陰五刑，鳥得弓藏。〔一〕保身全名，獨有子房。一解　大憤不收，〔二〕褒衣無帶。多言寡誠，祇令事敗。二解　蘇秦之説，六國以亡。傾側賣主，車裂固當。賢矣陳軫，忠而有謀。楚懷不從，禍卒不救。三解　禍夫吴起，智小謀大。西河何健，伏尸何劣。四解　嗟彼郭生，〔三〕古之雅人。智矣燕昭，可謂得臣。峨峨仲連，齊之高士。北辭千金，東蹈滄海。五解

右一曲，晉樂所奏。

〔一〕鳥得：《詩紀》卷一二作「鳥盡」。

〔二〕大憤：疑當作「大幘」，與下「褒衣」相應。

〔三〕郭生：《藝文》卷四二作「樂生」。

同前二首〔一〕

宋・鮑照

鳳樓十二重，四户八綺窗。繡桷金蓮花，桂柱玉盤龍。珠簾無隔路，〔二〕羅幌不勝風。寶帳三千所，〔三〕爲爾一朝容。揚芬紫烟上，垂綵緑雲中。春吹回白日，霜歌落塞鴻。但懼秋塵起，盛愛逐衰蓬。坐視青苔滿，卧對錦筵空。琴瑟縱横散，〔四〕舞衣不復縫。古來兵歇薄，〔五〕君意豈獨濃。唯見雙黄鵠，千里一相從。

〔一〕二首：《鮑參軍集》卷三作《代陳思王京洛篇》，只一首。

〔二〕路：《玉臺》卷四、《藝文》卷四二作「露」，是。

〔三〕三千所：《玉臺》作「三千萬」。

〔四〕瑟：同上作「筑」。

〔五〕兵：疑爲「共」字之誤。同上作「皆」。

〔同前〕

〔梁・簡文帝〕〔一〕

南遊偃師縣，〔二〕斜上霸陵東。迴瞻龍首堞，遥望德陽宮。重門遠照耀，天閣復穹隆。〔三〕城旁疑複道，樹裏識松風。黄河入洛水，〔四〕丹泉繞射熊。夜輪懸素魄，朝（天）〔光〕蕩碧空。〔五〕秋霜曉驅雁，春雨（暗）〔暮〕成虹。〔六〕曲陽造甲第，高安還禁中。劉蒼歸作相，竇憲出臨戎。此時車馬合，兹晨冠蓋通。誰知兩京盛，〔七〕歡宴遂無窮。

〔一〕〔同前〕〔梁簡文帝〕：據《詩紀》補。

〔二〕「南遊偃師縣」一首，《鮑參軍集》不收，《藝文》卷四二作簡文帝詩。《詩紀》卷六七作梁簡文帝《京洛篇》，注：《樂府》作《煌煌京洛行》，列鮑照後，逸作者之名，或以爲鮑詩，非也」。

〔三〕天閣：《藝文》作「天闕」，是。

〔四〕黄河：《百三名家集》作「黄沙」。

〔五〕朝（天）〔光〕：據《藝文》改。

〔六〕（暗）〔暮〕：據同上改。

〔七〕誰知：同上作「惟此」。

同前

戴暠

欲知佳麗地，爲君陳帝京。由來稱俠窟，爭利復爭名。鑄銅門外馬，刻石水中鯨。黑龍過飲渭，丹鳳俯臨城。群公邀郭解，天子問黄瓊。詔幸平陽第，騎指伏波營。五侯同拜爵，七貴各垂纓。衣風飄飖起，車塵暗浪生。舞見淮南法，歌聞齊后聲。〔一〕揮金留客坐，饌玉待鐘鳴。獨有文園客，偏嗟武騎輕。

〔一〕齊后：疑當作「齊右」。

同前

陳·張正見

千門儼西漢，萬户擅東京。凌雲霞上起，鳷鵲月中生。風塵暮不息，簫管夜恒鳴。唯當賣藥處，不入長安城。

樂府詩集卷第四十

相和歌辭十五

瑟調曲五

門有車馬客行

晉·陸機

《古今樂録》曰：「王僧虔《技録》云：『《門有車馬客行》歌東阿王置酒一篇。』」《樂府解題》曰：「曹植等《門有車馬客行》皆言問訊其客，或得故舊鄉里，或駕自京師，備叙市朝遷謝，親友凋喪之意也。」按曹植又有《門有萬里客》，亦與此同。

門有車馬客，駕言發故鄉。念君久不歸，濡跡涉江湘。投袂赴門塗，攬衣不及裳。拊膺攜客泣，掩淚叙温涼。借問邦族間，惻愴論存亡。親友多零落，舊齒皆凋喪。市朝互遷易，城闕或丘荒。墳壟日月多，松柏鬱茫茫。天道信崇替，人生安得長。慷慨惟平生，俛仰獨悲傷。

同前

宋・鮑　照

門有車馬客，問君何鄉士。捷步往相訊，果得一作遇舊鄰里。悽悽聲中情，慊慊增下俚。語昔有故悲，論今無新喜。清晨相訪慰，日暮不能已。歡戚競尋諸一作叙，〔一〕談調何終止。辭端竟未究，忽唱分塗始。前悲尚未弭，後戚方復起。嘶聲盈我口，談言在我耳。〔二〕手跡可傳心，願爾篤行李。

〔一〕諸：《百三名家集》作「緒」，是。

〔二〕我耳：同上作「君耳」，是。

同前

陳・張正見

飛觀霞光啟，重門平旦開。北闕高（箱）〔輧〕過，〔一〕東方連騎來。紅塵揚翠轂，赭汗染龍媒。桃花夾逕聚，流水傍池回。捎鞭聊靜電，〔二〕接軫暫停雷。非關萬里客，自有六奇才。琴和朝雉操，酒泛夜光杯。舞袖飄金谷，歌聲遶鳳臺。良時不可再，驄馭鬱相催。安知太行道，失路車輪摧。

〔一〕高〔箱〕〔輶〕：據《英華》卷一九五改。

〔二〕捎鞭句：《百三名家集》作「揮鞭聊接電」。

同前

隋・何〔晏〕〔妥〕〔一〕

門前車馬客，言是故鄉來。故鄉有書信，縱横印檢開。開書看未極，行客屢相識。借問故鄉人，潺湲淚不息。上言離别久，下道望應歸。寸心將夜鵲，相逐向南飛。

〔一〕何〔晏〕〔妥〕：據《詩紀》卷一二一改。

同前

唐・虞世南

財雄重交結，〔一〕戚里擅豪華。〔二〕曲臺臨上路，高門抵狹斜。〔三〕赭汗千金馬，〔四〕繡轂五香車。〔五〕白鶴隨飛蓋，朱路入鳴笳。〔六〕夏蓮開劍水，春桃發露花。〔七〕輕裙染回雪，浮蟻泛流霞。〔八〕高談辯飛兔，摛藻握靈蛇。逢恩借羽翼，〔九〕失路委泥沙。曖曖風烟晚，路長歸騎遠。日斜青瑣第，塵飛金谷苑。危弦促柱奏巴渝，遺簪墮珥解羅襦。如何守直道，翻使谷名愚。

〔一〕財雄：《全唐詩》卷二二〇注：「集作陳遵。」
〔二〕戚里：同上卷三六作「田蚡」。
〔三〕高門：同上作「高軒」。
〔四〕千金：《英華》卷一九五作「千里」。
〔五〕繡轂：《全唐詩》卷三六作「繡軸」。
〔六〕朱路：同上作「朱鷺」。
〔七〕發露：同上作「發綬」。
〔八〕輕裙兩句：同上和《英華》無。
〔九〕借羽翼：同上作「出毛羽」。

同前

李白

門有車馬客，〔一〕金鞍曜朱輪。謂從丹一作雲霄落，乃是故鄉親。呼兒掃中堂，坐客論悲辛。對酒兩不飲，停觴淚盈巾。歎我萬里遊，飄飖三十春。〔二〕空談霸王略，〔三〕紫綬不挂身。雄劍藏玉匣，陰符生素塵。廓落無所合，流離湘水濱。借問宗黨間，多爲泉下人。生苦百戰役，死託萬鬼鄰。北風揚胡沙，埋翳周與秦。大運且如此，〔四〕蒼穹寧匪仁。惻愴竟何道，存亡任大鈞。

〔一〕客：郭本《李太白詩》卷五作「賓」。

〔二〕飄颻：同上作「飄飄」。

〔三〕霸王：同上作「帝王」。

〔四〕大運：《英華》卷一九五作「天運」。

門有萬里客〔行〕〔一〕

魏·曹植

門有萬里客，問君何鄉人，褰裳起從之，果得心所親。挽裳對我泣，太息前自陳。本是朔方士，今爲吴越民。行行將復行，去去適西秦。

〔一〕〔行〕：據《曹子建集》和本書目録補。

牆上難爲趨

晉·傅玄

《古今樂録》曰：「王僧虔《技録》云：『《牆上難用趨行》，荀録所載，牆上一篇，今不傳。』」

門有車馬客，驂服若騰飛。革組結玉佩，〔一〕蘩藻紛葳蕤。馮軾垂長纓，顧盼有餘輝。貧主屣弊履，整比藍縷衣。〔二〕客曰嘉病乎，正色意無疑。吐言若覆水，摇舌不可追。渭濱漁釣翁，乃爲周所諮。顔回處陋巷，大聖稱庶幾。苟富不知度，千駟賤采薇。季孫由儉顯，管仲病三歸。夫差耽淫侈，終爲越所圍。遺身外榮利，然後享巍巍。迷者一何衆。孔難知德希。甚美致憔悴，不如豚豕肥。楊朱泣路歧，失道令人悲。〔三〕子貢欲自矜，原憲知其非。屈伸各異勢，窮達不同資。夫唯體中庸，先天天不違。

〔一〕革組：《百三名家集》作「華組」，是。

〔二〕整比：《百三名家集》作「整此」。

〔三〕今：同上作「令」，是。

同前

北周·王　褒

昔稱梁孟子，兼聞魯孔丘。訪政聊爲述，問陳豈相酬。末代多僥倖，卿相盡經由。臺郎百金價，台司千萬求。當朝少直筆，趨代皆曲鈎。廷尉十年不得調，將軍百戰未封侯。夜伏擁門作常伯，自有蒲萄得涼州。白璧求善價，明珠難暗投。高牆不可踐，井水自難浮。風胡有年歲，銛利比吴鈎。

日重光行

晉·陸　機

《古今樂録》曰：「王僧虔《技録》有《日重光行》，今不傳。」崔豹《古今注》曰：「《日重光》、《月重輪》，群臣爲漢明帝作也。明帝爲太子，樂人作歌詩四章，以贊太子之德。一曰《日重光》，二曰《月重輪》，三曰《星重輝》，四曰《海重潤》。漢末喪亂，後二章亡。舊説云，天子之德，光明如日，規輪如月，衆輝如星，霑潤如海。太子比德，故云重也。」

日重光，奈何天回薄。日重光，冉冉其遊如飛征。日重光，今我日華華之盛。日重光，倏忽過，亦安停。日重光，盛往衰，亦必來。日重光，譬如四時，固恒相催。日重光，惟命有分可營。日重光，但一作常惆悵才志。日重光，身没之後無遺名。

月重輪行

魏·文　帝

三辰垂光，照臨四海。焕哉何煌煌，悠悠與天地久長。愚見目前，聖覩萬年。明闇相絶，何可勝言。

同前

魏·明帝

天地無窮，人命有終。立功揚名，行之在躬。聖賢度量，得爲道中。

同前

晉·陸機

人生一時，月重輪。盛年焉可恃一作持，〔一〕月重輪。吉凶倚伏，百年莫我與期。臨川曷悲悼，兹去不從肩，月重輪。功名不勖之，善哉古人，揚聲敷聞九服，身名流何穆。既自才難，既嘉運，亦易愆。俛仰行老，存没將何觀？〔二〕志士慷慨獨長歎，獨長歎。

〔一〕焉可恃：《詩紀》卷二四作「安可持」。

〔二〕何觀：同上作「何所」。

同前

梁·戴暠

皇基屬明兩，副德表重輪。重輪非是暈，桂滿自恒春。海珠含更滅，〔一〕階蓂翳且新。婕妤比團扇，曹王譬洛神。浮川疑讓璧，入户類燒銀。從來看顧兔，不曾聞鬬麟。北堂豈盈手，西園偏照人。

〔一〕含更滅：《藝文》卷四二作「全更滅」。

蜀道難二首

梁・簡文帝

《古今樂録》曰：「王僧虔《技録》有《蜀道難行》，今不歌。」《樂府解題》曰：「《蜀道難》備言銅梁玉壘之阻，與《蜀國絃》頗同。」《尚書談録》曰：「李白作《蜀道難》，以罪嚴武。後陸暢謁韋南康皋於蜀郡，感韋之遇，遂反其詞作《蜀道易》云：『蜀道易，易於履平地。』」按銅梁玉壘在蜀郡西南，今永康是也。非入蜀道，失之遠矣。

建平督郵道，魚(後)〔復〕永安宮。〔一〕若奏巴渝曲，時當君思中。

巫山七百里，巴水三回曲。笛聲下復高，猿啼斷還續。

〔一〕魚(後)〔復〕：據《詩紀》卷六七改。

同前二首〔一〕

劉孝威

玉壘高無極，銅梁不可攀。雙流逆巇一作巘道，〔二〕九坂澀陽關。鄧侯束馬去，〔三〕王生斂轡還。懼身充叱馭，奉玉若猶慳。〔四〕

嵎山金碧有光輝，〔五〕遷停車馬正輕肥。〔六〕彌思王褒擁節去〔七〕復憶相如乘傳歸。〔八〕君平子雲寂不嗣，〔九〕江漢英靈已信稀。〔一〇〕

〔一〕二首：《詩紀》卷八八作一首，注：「《文苑英華辨證》曰：『此篇《文苑》與《類聚》同，惟郭氏《樂府》分前五言、後七言各爲一首，中闕六句。』今從《文苑》爲一首。」

〔二〕逆：《藝文》卷四二作「迸」。《英華》卷二〇〇作「亦」。

〔三〕東馬：《詩紀》作「策馬」。去：《英華》作「度」。

〔四〕懼身兩句：《英華》作：「斂轡懼身尤，叱馭奉王猷。若恪千金重，誰爲萬里侯。戲馬呑珠界，揚舲擢錦流。沉犀厭怪水，掘鏡表靈丘。」下接「隅山」句。

〔五〕嵎山：同上作「隅山」。《詩紀》作「禹山」。

〔六〕停：同上作「亭」。正：作「尚」。

〔七〕思：同上作「想」。去：作「反」。

〔八〕復：同上作「更」。

〔九〕寂：同上作「闃」。

〔一〇〕已信稀：同上作「信已衰」。

同前

陳·陰鏗

王尊奉漢朝，靈關不憚遥。高岷長有雪，陰棧屢經燒。輪摧九折路，騎阻七星橋。蜀道難如此，功名詎可要。

同前

唐·張〔文〕琮〔一〕

梁山鎮地險，積石阻雲端。深谷下寥廓，層巖上鬱盤。飛梁駕絶嶺，棧道接危巒。攬轡獨長息，方知斯路難。

〔一〕張〔文〕琮：據《全唐詩》卷二〇及毛刻本補。

同前

李白

噫吁嚱，危乎，高哉！蜀道之難難於上青天。蠶叢及魚鳧，開國何茫然。爾來四萬八千歲，乃一作不與秦塞通人煙。〔一〕西當太白有鳥道，可以横絶峨眉巔。地崩山摧壯士死，然後天梯石棧方一作相鈎連。〔二〕上有六龍迴日之高標一作横河斷海之浮雲，下有衝波逆折之迴川。黄鶴之飛尚不得一作過，〔三〕猨猱欲度愁攀緣。青泥何盤盤，百步九折縈巖巒。捫參歷井仰脅息，以手撫膺坐長歎，問君西遊何時還？畏途巉巖不可攀。但見悲鳥號枯一作古木，〔四〕雄飛呼雌一作雌從遶林間。〔五〕又聞子規啼夜月，愁空山，蜀道之難難於上青天！使人聽此凋朱顔。連峰去天不盈尺一作入煙幾千尺，枯松倒挂倚絶壁，飛湍瀑流爭喧豗，砯崖轉石萬壑雷。其險也若此，〔六〕嗟爾遠道之人胡爲乎來哉！劍閣崢嶸而崔嵬，一夫當關，萬夫莫開。所守或匪親一作人，化爲狼與豺。朝避猛虎，夕避長蛇。磨牙吮血，殺人如麻。錦城雖云樂，不如早還家。蜀道之難難於上青天，側身西望長咨嗟一作令人嗟。

〔一〕乃：蕭本《李太白詩》卷三作「不」。

〔二〕方：同上作「相」。

〔三〕不得：同上作「不得過」。

〔四〕枯木：同上作「古木」。

〔五〕呼雌：同上作「從雌」。

〔六〕若此：同上作「如此」。

櫂歌行五解

魏・明帝

《古今樂録》曰：「王僧虔《技録》云：《櫂歌行》歌明帝『王者布大化』一篇，或云左延年作，今不歌。梁簡文帝在東宮更製歌，少異此也。」《樂府解題》曰：「晉樂，奏魏明帝辭云『王者布大化』，備言平吳之勳。若晉陸機『遲遲春欲暮』，梁簡文帝『妾住在湘川』，但言乘舟鼓櫂而已。」

王者布大化，配乾稽后祇。陽育則陰殺，晷景應度移。一解 文德以時振，武功伐不隨。重華舞干戚，有苗服從嫣。二解 蠢爾吳蜀虜，憑江棲山阻。哀哉王士民，瞻仰靡依怙。三解 太皇上悼愍斯，宿昔奮天怒。發我許昌宫，列舟于長浦。四解 翌日乘波揚，棹歌悲且涼。太常拂白日，旗幟紛設張。五解 將抗旄與鉞，曜威於彼方。伐罪以弔民，清我東南疆。「將抗」下爲趨。

右一曲，晉樂所奏。

同前

晉・陸機

遲遲暮春日，天氣柔且嘉。元吉隆初已，濯穢遊黄河。龍舟浮鷁首，羽旗垂藻葩。乘風宣飛景，逍遥戲中波。名謳激清唱，榜人縱櫂歌。投綸沉洪川，飛繳入紫霞。

同前　宋・孔甯子

君子樂和節，品物待陽時。上祖降繁祉，〔一〕元已命水嬉。倉武戒橋梁，旄人樹羽旗。高檣抗飛帆，羽蓋翳華枝。佽飛激逸響，娟娥吐清辭。泝洄緬無分，欣流愴有思。仰瞻翳雲繳，俯引沈泉絲。委羽漫通渚，鮮染中塡坻。鷁鳥威江使，揚波駭馮夷。夕影雖已西，闕二字終無期。

〔一〕上祖：《詩紀》卷五三作「上位」。

同前〔一〕　吴邁遠

十三爲漢使，孤劍出皋蘭。西南窮天險，東北畢地闗。岷山高以峻，燕水清且寒。一去千里孤，邊馬何時還？遥望烟嶂外，瘴氣欝雲端。始知身死處，平生從此殘。

〔一〕同前：此詩疑非《櫂歌行》而誤入。

同前〔一〕

鮑照

羈客離嬰時，飄颻無定所。昔秋寓江介，兹一作今春客河滸。往戢于役身，願令懷〔永〕（水）楚。〔二〕泠泠儵疏潭，邕邕雁循渚。飂戾長風振，遥曳一作飄遥高帆舉。驚波無留連，舟人不躊竚。

〔一〕同前：《詩紀》卷五〇作《代櫂歌行》。

〔二〕願令句：同上作「願言永懷楚」，是。

同前

梁·簡文帝

妾家住湘川，菱歌本自便。風生解刺浪，〔一〕水深能捉船。葉亂由牽荇，絲飄爲折蓮。濺妝疑薄汗，霑衣似故湔。浣紗流暫濁，汰錦色還鮮。參同趙飛燕，借問李延年。從來入絃管，誰在櫂歌前？〔二〕

〔一〕刺浪：《藝文》卷四二作「榜浪」。

〔二〕誰：《詩紀》卷六七作「詎」。

同前　劉孝綽

日暮楚江上，江深風復生。所思竟何在，相望徒盈盈。舟子行催櫂，無所喝流聲。

同前　阮研

芙蓉始出水，緑荇葉初鮮。且停《白雪》和，共奏《激楚》絃。平生此遭遇，一日當千年。

同前　王籍

揚舲横大江，乘流任蕩蕩。輕橈莫不息，復逐夜潮上。時見湘水仙，恒聞解佩響。

同前　北齊・魏收

雪溜添春浦，花水足新流。桃發武陵岸，柳拂武昌樓。

同前〔一〕　〔隋〕・蕭岑

桂酒既潺湲，輕舟亦乘駕。鼓枻何吟吟，〔二〕吟我皇唐化。容與滄浪中，淹留明月夜。

〔一〕原列魏收前，據《詩紀》卷一二一補〔隋〕字，列後。

〔二〕何吟吟：《英華》卷二〇三作「何所吟」，是。

同前

盧思道

秋江見底清，越女復傾城。方舟共採摘，最得可憐名。落花流寶珥，微吹動香纓。帶垂連理濕，櫂舉木蘭輕。順風一作避人傳細語，因波寄遠情。誰能結錦纜，薄暮隱長汀。

棹歌行

唐・駱賓王

寫月(圖)〔塗〕黄罷，〔一〕凌波拾翠通。鏡花摇芰日，衣麝入荷風。葉密舟難蕩，蓮疏浦易空。鳳媒羞自託，鴛翼恨難窮。秋帳燈花翠，〔二〕倡樓粉色紅。相思無别曲，併在棹歌中。

〔一〕(圖)〔塗〕黄：據《英華》卷二〇三改。

〔二〕燈花：同上作「燈光」。

同前

徐堅

棹女飾銀鈎，新妝下翠樓。霜絲青桂楫，蘭栧紫霞舟。水落金陵曙，風起洞庭秋。扣船過曲浦，飛帆越回流。影入桃花浪，香飄杜若洲。洲長殊未返，蕭散雲霞晚。日下大江平，烟生歸岸遠。岸遠聞潮波，爭途遊戲多。因聲趙津女，來聽採菱歌。

蒲坂行

齊·陸厥

《古今樂録》曰：「王僧虔《技録》有《蒲坂行》，今不歌。」《通典》曰：「河東，唐虞所都蒲坂也。漢爲蒲坂縣。春秋時秦晉戰於河曲，即其地也。」

江南風已春，河間柳已把。雁返無南書，寸心何由寫。流泊祁連山，飄飖高闕下。

同前

梁·劉遵

漢使出蒲坂，去去往交河。間諜敢虧對，騣馬脱鳴珂。乍作渡瀘怨，何辭上隴歌。

白楊行

晉·傅玄

《古今樂録》曰：「王僧虔《技録》有《白楊行》，今不歌。」

青雲固非青，當雲奈白雲。驥從西北馳來，吾何憶。驥來對我悲鳴，舉頭氣凌青雲。當奈此驥正龍形。踠足蹉跎長坂下，蹇驢慷慨，敢與我爭馳。躑躅鹽車之中，流汗兩耳盡下垂。雖懷千里之逸志，當時一得施。〔一〕白雲彯彯，舍我高翔。青雲徘徊，戢我愁啼。上眄增崖，下臨清池。日欲西移，既來歸君。君不一顧，仰天太息。當用生爲，青〔雲〕乎（雲），〔二〕飛時悲，當奈何邪！青雲飛乎！

〔一〕一：疑當作「不」。

〔二〕青〔雲〕乎（雲）：據《詩紀》卷二二補删。

胡無人行

梁·徐摛

《古今樂録》曰：「王僧虔《技録》有《胡無人行》，今不歌。」

刻楹登魯殿，擁絮拭胡妝。猶將漢閨曲，誰忍奏氈房。遥憶甘泉夜，闇淚斷人腸。

同前

吴均

劍頭利如芒，恒持照眼光。〔一〕鐵騎追驍虜，金羈討黠羌。高秋八九月，胡地草風霜。〔二〕男兒不惜死，破膽與君嘗。

〔一〕恒：《百三名家集》作「怕」。

〔二〕草：同上作「早」，是。

同前

唐·徐彦伯

十月繁霜下，征人遠鑿空。雲摇錦更節，〔一〕海照角端弓。暗磧埋砂樹，衝飇卷塞蓬。方隨膜拜入，歌舞玉門中。

〔一〕更：《全唐詩》卷二〇注：「集作車。」是。

同前

聶夷中

男兒徇大義，立節不沽名。腰間懸陸離，大歌胡無行。不讀戰國書，不覽黄石經。醉卧咸陽樓，夢入受降城。更願生羽儀，飛身入青冥。請攜天子劍，斫下旄頭星。自然胡無人，雖有無戰爭。悠哉典屬國，驅羊老一生。

同前

李　白

嚴風吹霜海草凋，筋幹精堅胡馬驕。漢家戰士三十萬，將軍兼領一作誰者霍嫖姚。流星白羽腰間插，劍花秋蓮光出匣。天兵照雪下玉關，虜箭如沙射金甲。雲龍風虎盡交迴，太白入月敵可摧。敵可摧，旄頭滅。履胡之腸涉胡血。懸胡青天上，埋胡紫塞旁。胡無人，漢道昌。陛下之壽三千霜，〔一〕但歌大風雲飛揚。安得猛士兮守四方，胡無人，漢道昌一本無此六字。

〔一〕郭本、王本《李太白集》卷三無「陛下之壽」五句。

同前

僧貫休

霍嫖姚，趙充國，天子將之平朔漠。肉胡之肉，燼胡帳幄。千里萬里，唯留胡之空殼。邊風蕭蕭，榆葉初落。殺氣晝赤，枯骨夜哭。將軍既立殊勳，遂有《胡無人》曲。我聞之，天子富有四海，德被無垠。但令一物得所，八表來賓。亦何必令彼胡無人！

樂府詩集卷第四十一

相和歌辭十六

楚調曲上

《古今樂録》曰：「王僧虔《技録》：楚調曲有《白頭吟行》《泰山吟行》《梁甫吟行》《東武琵琶吟行》《怨詩行》。其器有笙、笛弄、節、琴、箏、琵琶、瑟七種。」張永録云：「未歌之前，有一部弦，又在弄後，又有但曲七曲：《廣陵散》《黄老彈飛引》《大胡笳鳴》《小胡笳鳴》《鵾雞游弦》《流楚》《窈窕》，並琴、箏、笙、筑之曲，王録所無也。其《廣陵散》一曲，今不傳。」

白頭吟二首五解

古辭

《古今樂録》曰：「王僧虔《技録》曰：《白頭吟行》歌古『皚如山上雪』篇。」《西京雜記》曰：「司馬相如將聘茂陵人女爲妾，卓文君作《白頭吟》以自絶，相如乃止。」《樂府解題》曰：「古辭云：『皚如山上雪，皎若雲間月。』又云：『願得一心人，白頭不相離。』

始言良人有兩意，故來與之相決絶。次言别於溝水之上，叙其本情。終言男兒重意氣，何用於錢刀。若宋鮑照『直如朱絲繩』，陳張正見『平生懷直道』，唐虞世南『氣如幽徑蘭』，皆自傷清直芬馥，而遭鑠金玷玉之謗，君恩似薄，與古文近焉。」一説云：《白頭吟》疾人相知，以新間舊，不能至於白首，故以爲名。唐元稹又有《決絶詞》，亦出於此。

皚如山上雪，皎若雲間月。聞君有兩意，故來相決絶。一解　平生共城中，何嘗斗酒會。今日斗酒會，明旦溝水頭。蹀躞御溝上，〔一〕溝水東西流。二解　郭東亦有樵，郭西亦有樵，兩樵相推與，無親爲誰驕？三解　淒淒重淒淒，嫁娶亦不啼。願得一心人，白頭不相離。四解　竹竿何嫋嫋，魚尾何離簁，男兒欲相知，何用錢刀爲！齰如如字下或有五字馬噉萁，〔二〕川上高士嬉。今日相對樂，延年萬歲期。五解

右一曲，晉樂所奏。

〔一〕蹀躞：《宋書·樂志》作「蹀喽」。

〔二〕馬：同上作「五馬」。

皚如山上雪，皎若雲間月。聞君有兩意，故來相決絶。今日斗酒會，明旦溝水頭。躞蹀御溝上，溝水東西流。淒淒復淒淒，嫁娶不須啼。願得一心人，白頭不相離。竹竿何嫋嫋，

魚尾何簁簁。男兒重意氣，何用錢刀爲！

右一曲，本辭。

同前

宋・鮑　照

直如朱絲繩，清如玉壺冰。何慚宿昔意，猜恨坐相仍。人情賤恩舊，世路逐衰興。毫髮一爲瑕，丘山不可勝。食苗實碩鼠，點白信蒼蠅。鳧鵠遠成美，薪芻前見凌。申黜褒女進，班去趙姬升。周王日淪惑，漢帝益嗟稱。心賞固難恃，〔一〕貌恭豈易憑。古來共如此，非君獨撫膺。

〔一〕固：《玉臺》卷四作「猶」。

同前

陳・張正見

平生懷直道，（桂）松〔桂〕比真風。〔一〕語默妍蚩際，沈浮毀譽中。讒新恩易盡，情去寵難終。彈珠金市側，抵玉春山東。〔二〕含香老顏駟，執戟異揚雄。惆悵崔亭伯，幽憂馮敬通。王嬙没故塞，〔三〕班女棄深宫。春苔封履跡，秋葉奪妝紅。顏如花落槿，鬢似雪飄蓬。此

時積一作即長歎，傷年誰復同。〔四〕

〔一〕（桂）松〔桂〕：據《英華》卷二〇七、《古樂府》卷五改。
〔二〕春山：《英華》作「泰山」，《古樂府》作「崑山」。
〔三〕故塞：《百三名家集》作「胡塞」，是。
〔四〕傷：《英華》作「少」。

同前〔一〕

唐・劉希夷

洛陽城東桃李花，飛來飛去落誰家？洛陽女兒惜顔色，行逢落花長歎息。〔二〕今年花落顔色改，明年花開復誰在？已見松柏摧爲薪，更聞桑田變成海。古人無復洛城東，今人還對落花風。年年歲歲花相似，歲歲年年人不同。寄言全盛紅顔子，須憐半死白頭翁。此翁白頭真可憐，伊昔紅顔美少年。公子王孫芳樹下，清歌妙舞落花前。光禄池臺文錦繡，將軍樓閣畫神仙。一朝卧病無人識，三春行樂在誰邊？宛轉蛾眉能幾時，須臾白髮亂如絲。但看舊來歌舞地，唯有黄昏鳥雀悲。〔三〕

〔一〕同前：《全唐詩》卷三作《代悲白頭翁》。
〔二〕行逢：同上作「坐見」。

〔三〕烏雀悲：《英華》卷二〇七作「烏雀飛」，是。

同前二首

李白

錦水東北流，波蕩雙鴛鴦。雄巢漢宫樹，雌弄秦草芳。寧同萬死碎綺翼，不忍雲間兩分張。此時阿嬌正嬌妬，獨坐長門愁日暮。但願君恩顧妾深，豈惜黄金將買賦一作買詞賦。相如作賦得黄金，丈夫好新多異心。一朝將聘茂陵女，文君因贈一作賦《白頭吟》。東流不作西歸水，落花辭條歸故林。兔絲固無情，隨風任顛倒。誰使女蘿枝，而來强縈抱。兩草猶一心，人心不如草。莫卷龍鬚席，從他生網絲。且留琥珀枕，或有夢來時。覆水再收豈滿杯，棄妾已去難重回。古時得意不相負，〔一〕祇今唯見青陵臺。

錦水東流碧，波蕩雙鴛鴦。雄巢漢宫樹，雌弄秦草芳。相如去蜀謁武帝，赤車駟馬生輝光。一朝再覽大人作，萬乘忽欲凌雲翔。聞道阿嬌失恩寵，千金買賦要君王。相如不憶貧賤日，官高金多聘私室。〔二〕茂陵姝子皆見求，文君歡愛從此畢。淚如雙泉水，行墮紫羅襟。五起雞三唱，清晨《白頭吟》。長吁不整緑雲鬢，仰訴青天哀怨深。城崩杞梁妻，誰道土無心。東流不作西歸水，落花辭枝羞故林。頭上玉燕釵，是妾嫁時物。贈君表相思，羅袖幸時拂。莫卷龍鬚席，從他生網絲。且留琥珀枕，還有夢來時。鷫鸘裘在錦屏上，自君一挂無由披。妾有秦樓鏡，照心勝照井。願持照新人，雙對可憐影。覆水却收不滿杯，相如還謝文君回。古來得意不相負，祇今唯有青陵臺。

〔一〕古時：王琦本《李太白集》卷四作「古來」。

〔二〕官：同上作「位」。

同前

張籍

請君膝上琴，彈我《白頭吟》。憶昔君前嬌笑語，兩情宛轉如縈素。宮中爲我起高樓，更開華池種芳樹。春天百草秋始衰，棄我不待白頭時。羅襦玉珥色未暗，今朝已道不相宜。揚州青銅作明鏡，暗中持照不見影。人心回互自無窮，眼前好惡那能定。君恩已去若再返，菖蒲花生月長滿。〔一〕

〔一〕生：《唐文粹》卷一二作「青」。

反白頭吟〔一〕

白居易

鮑照作《白頭吟》，白居易反其致，爲《反白頭吟》。

炎炎者烈火，營營者小蠅。火不熱真玉，蠅不點清冰。此苟無所受，彼莫能相仍。乃知物性中，各有能不能。古稱怨報死，〔二〕則人有所懲。懲淫或應可，在道未爲弘。譬如蜩鷃徒，啾啾啅龍鵬。宜當委之去，寥廓高飛騰。豈能泥塵下，區區酬怨憎。胡爲坐自苦，吞悲仍撫膺。

〔一〕反白頭吟：《白氏長慶集》卷二作《反鮑明遠白頭吟》。

〔二〕報：《全唐詩》卷二〇注：「集作恨。」

決絶詞三首

元　稹

乍可爲天上牽牛織女星，不願爲庭前紅槿枝。七月七日一相見，故心終不移。那能朝開暮飛去，一任東西南北吹。分不兩相守，恨不兩相思。對面且如此，背面當何知。春風撩亂伯勞語，此時抛去時。〔一〕握手苦相問，竟不言後期。君情既決絶，妾意已參差。借如死生别，安得長苦悲。

噫春冰之將泮，何余懷之獨結。有美一人，於焉曠絶。一日不見，比一日於三年，況三年之曠别。水得風兮小而已波，筍在苞兮高不見節。矧桃李之當春，競衆人之攀折。我自顧悠悠而若雲，又安能保君皓皓之如雪。〔二〕感破鏡之分明，覩淚痕之餘血。幸他人之既不我先，又安能使他人之終不我奪。已焉哉，織女別黄姑，一年一度暫相見，彼此隔河何事無。

夜夜相抱眠，幽懷尚沈結。那堪一年事，長遣一宵説。但感久相思，何暇暫相悦。虹橋薄夜成，龍駕侵晨列。生憎野鵲往遲回，死恨天雞識時節。曙色漸曈曨，華星次明滅。〔三〕一去又一年，一年何時一作可徹。有此迢遞期，不如生死別。天公隔是妬相憐，何不便教相決絶。

〔一〕此時：《全唐詩》卷二〇注「集有況是二字」，即「況是此時」，是。

〔二〕皓皓：同上注：「集作皚皚。」

〔三〕次：同上注：「集作欲。」

泰山吟

晉·陸機

《古今樂録》曰：「王僧虔《技録》有《泰山吟行》，今不歌。」《樂府解題》曰：「《泰山吟》，言人死精魄歸於泰山，亦《薤露》《蒿里》之類也。」

泰山一何高，迢迢造天庭。峻極周已遠，層雲鬱冥冥。梁甫亦有館，蒿里亦有亭。幽塗延萬鬼，神房集百靈。長吟泰山側，慷慨激楚聲。

同前

宋・謝靈運

岱宗秀維岳，崔崒刺雲天。岞崿既崄巇，觸石輒千眠。〔一〕登封瘞崇壇，降禪藏肅然。石閭何晻藹，明堂秘靈篇。

〔一〕千眠：《詩紀》卷四七作「芊綿」。

梁甫吟

蜀・諸葛亮

《古今樂録》曰：「王僧虔《技録》有《梁甫吟行》，今不歌。謝希逸《琴論》曰：諸葛亮作《梁甫吟》。《陳武別傳》曰：武常騎驢牧羊，諸家牧豎十數人，或有知歌謡者，武遂學《泰山梁甫吟》《幽州馬客吟》及《行路難》之屬。《蜀志》曰：諸葛亮好爲《梁甫吟》。然則不起於亮矣。李勉《琴説》曰：《梁甫吟》，曾子撰。《琴操》曰：曾子耕泰山之下，天雨雪凍，旬月不得歸，思其父母，作《梁山歌》。蔡邕《琴頌》曰：梁甫悲吟，周公越裳。」按梁甫，山名，在泰山下。《梁甫吟》，蓋言人死葬此山，亦葬歌也。又有《泰山梁甫吟》，與此頗同。

步出齊城門，遥望蕩陰里。里中有三墓，累累正相似。問是誰家墓，田彊、古冶子。〔一〕力能排南山，文能絶地紀。一朝被讒言，二桃殺三士。誰能爲此謀？國相齊晏子。

〔一〕田彊：《古樂府》卷五作「田疆」，是。

同前

晉・陸機

玉衡既一作固已驂，羲和若飛淩。四運尋環轉，〔一〕寒暑自相徵。〔二〕冉冉年時暮，迢迢天路徵。招摇東北指，大火西南升。悲風無絶響，玄雲互相仍。豐水凴川結，霜露彌天凝。〔三〕年命時相逝，慶雲鮮克乘。履信多愆期，思順焉足凴。愾愾一作慷愾臨川響，〔四〕非此孰爲興。哀吟梁甫巔，慷慨獨撫膺。

〔一〕尋：《百三名家集》作「循」。
〔二〕徵：《陸士衡集》卷七作「承」，是。
〔三〕霜：同上作「零」，《百三名家集》作「寒」。
〔四〕愾愾：《陸士衡集》作「慷慨」。

同前

梁·沈約

龍駕有馳策，日御不停陰。〔一〕星籥亟迴變，氣化坐盈侵。寒光稍眇眇，〔二〕秋塞日沉沉。高窗灰餘火，〔三〕傾河駕騰參。颸風折暮草，驚竿霣層林。〔四〕時雲靄空遠，淵水結清深。奔樞豈易紐，珠庭不可臨。〔五〕懷仁每多意，履順孰能禁。露清一唯促，緩志且移心。京歌步梁甫，〔六〕歎絶有遺音。

〔一〕不：《百三名家集》作「無」。

〔二〕眇眇：《英華》卷二〇七作「耿耿」。

〔三〕灰：同上及《詩紀》卷七二均作「仄」，是。

〔四〕竿：《詩紀》作「籜」，是。

〔五〕珠：《英華》卷二〇七作「殊」。

〔六〕京歌：同上及《詩紀》均作「哀歌」。

同前

陳·陸瓊

臨淄佳麗地，年少習名倡。似笑脣朱動，非愁眉翠揚。掩抑隨竿轉，和柔會瑟張。輕扇屢迴指，飛塵亟繞梁。寄言諸葛相，此曲作難忘。

同前

唐・李　白

長嘯梁甫吟，何時見陽春？君不見朝歌屠叟辭棘津，八十西來釣渭濱。寧羞白髮照淥水，逢時吐一作壯氣思經綸。廣張三千六百鈞，〔一〕風雅暗與文王親。〔二〕大賢虎變愚不測，當年頗似尋常人。君不見高陽酒徒起草中，長揖山東隆準公。入門不拜一作開説騁雄辯，〔三〕兩女輟洗來趨風。東下齊城七十二，指麾楚、漢如旋蓬。狂生落拓尚如此，〔四〕何況壯士當群雄。我欲攀龍見明主，雷公砰訇震天鼓，帝旁投壺多玉女。三時大笑開電光，倏爍晦冥起風雨。閶闔九門不可通，以額叩關閽者怒。白日不照吾精誠，杞國無事憂天傾。猰貐磨牙競人肉，騶虞不折生草莖。手接飛猱搏彫虎，側足焦原未言苦。智者可卷愚者豪，世人見我輕鴻毛。力排南山三壯士，齊相殺之費二桃。吴、楚弄兵無劇孟，亞夫咍爾爲徒勞。梁甫吟，梁甫吟，〔五〕聲正悲。張公兩龍劍，神物合有時。風雲感會起屠釣，大人峴屼當安之。

〔一〕鈞：《英華》卷二〇七作「鉤」，蕭本《李太白詩》卷三作「釣」。

〔二〕風雅：蕭本作「風期」，是。

〔三〕入門不拜：《唐文粹》卷一二作「一開遊説」。

〔四〕狂生落拓：蕭本作「狂客落魄」。

〔五〕梁甫吟：蕭本、王琦本《李太白集》均不重疊此三字。

泰山梁甫行〔一〕

魏·曹植

《樂府解題》曰：「曹植改《泰山梁甫》爲『八方』。」

八方各異氣，千里殊風雨。劇哉邊海民，寄身於草（墅）〔野〕，〔二〕妻子象禽獸，行止依林阻。柴門何蕭條，狐兔翔我宇。

〔一〕《泰山梁甫行》：《藝文》卷四一、《曹子建集》卷六均作《梁甫行》。

〔二〕（墅）〔野〕：據《古樂府》卷五改。

東武吟行

晉·陸機

《古今樂録》曰：「王僧虔《技録》有《東武吟行》，今不歌。」《樂府解題》曰：「鮑照云『主人且勿喧』，沈約云『天德深且曠』，傷時移事異，榮華徂謝也。」左思《齊都賦》注云：「《東武》《泰山》，皆齊之土風，弦歌謳吟之曲名也。」《通典》曰：「漢有東武郡，今高密、諸城縣是也。」

投跡短世間，高步長生闈。濯髮冒雲冠，洗身被羽衣。飢從韓衆餐，寒就佚女棲。

同前　宋・鮑照

主人且勿諠，賤子歌一言。僕本寒鄉士，出身蒙漢恩。始隨一作逢張校尉，召募到河源。〔一〕後逐李輕車，追虜出塞垣。〔二〕密途亘萬里，寧歲猶七奔。肌力盡鞍甲，心思歷涼温。將軍既下世，部曲亦罕存。時事一朝異，孤績誰復論。少壯辭家去，窮老還入門。腰鎌刈葵藿，倚杖牧雞豚。昔如韝上鷹，今似檻中猿。徒結千載恨，空負百年怨。棄席思君幄，疲馬戀君軒。願垂晉主惠，不愧田子魂。

〔一〕召：《文選》卷二八作「占」。

〔二〕出：《藝文》卷四一作「窮」。

同前　梁・沈約

天德深且曠，人世賤而浮。〔一〕東枝（裁）〔纔〕拂景，〔二〕西壑已停輈。逝辭金門寵，去飲玉池流。霄轡一永矣，〔三〕俗累從此休。

〔一〕賤：疑當作「淺」。

〔二〕（裁）〔纔〕：據《百三名家集》改。

〔三〕一：《藝文》卷四一作「絶」。

東武吟

唐·李白

好古笑流俗，素聞賢達風。方希佐明主，長揖辭成功。白日在高天，回光燭微躬。恭承鳳皇詔，欻起雲蘿中。清切紫霄迥，優游丹禁通。君王賜顏色，聲價凌烟虹。乘輿擁翠蓋，扈從金城東。寶馬麗絶景，錦衣入新豐。倚巖望松雪，〔一〕對酒鳴絲桐。因學揚子雲，獻賦甘泉宫。天書美片善，清芬播無窮。歸來入咸陽，〔二〕談笑皆王公。一朝去金馬，飄落成飛蓬。賓友日疏散，玉樽亦已空。才力猶可倚一作待，不慚世上雄。閑作《東武吟》，曲盡情未終。書此謝知己，吾尋黄綺翁一作扁舟尋釣翁。

〔一〕倚：蕭本《李太白詩》卷五作「依」。

〔二〕歸來以下二句：同上無此二句。

怨詩行

古辭

《古今樂録》曰：「《怨詩行》歌東阿王『明月照高樓』一篇。」王僧虔《技録》曰「荀録所載『古爲君』一篇，今不傳。」《琴操》曰：「卞和得玉璞以獻楚懷王，王使樂正子治之，曰：『非玉。』刖其右足。平王立，復獻之，又以爲欺，刖其左足。平王死，子立，復獻之，乃抱玉而哭，繼之以血，荆山爲之崩。王使剖之，果有寶。乃封和爲陵陽侯。辭不受而作怨歌焉。」班婕妤《怨詩行》序曰：「漢成帝班婕妤失寵，求供養太后於長信宫，乃作怨詩以自傷。託辭於紈扇云。」《樂府解題》曰：「古詞云：『爲君既不易，爲臣良獨難。』言周公推心輔政，二叔流言，致有雷雨拔木之變。梁簡文『十五頗有餘』，自言姝豔，以讒見毁。又曰『持此傾城貌，翻爲不肖軀』。與古文意同而體異。若傅休奕《怨歌行》云：『昭昭朝時日，皎皎最明月。』蓋傷十五入君門，一别終華髮，不及偕老，猶望死而同穴也。」

天德悠且長，人命一何促。百年未幾時，奄若風吹燭。嘉賓難再遇，人命不可續。齊度遊四方，各繫太山録。人間樂未央，忽然歸東嶽。當須盪中情，遊心恣所欲。

同前二首七解〔一〕

魏·曹植

明月照高樓，流光正徘徊。上有愁思婦，悲歎有餘哀。一解 借問歎者誰？自云客子妻。〔二〕夫行踰十載，賤妾常獨棲。二解 念君過於渴，思君劇於飢。君爲高山柏，妾爲濁水泥。三解 北風行蕭蕭，烈烈入吾耳。心中念故人，淚墮不能止。四解 沈浮各異路，會合當何諧？願作東北風，吹我入君懷。五解 君懷常不開，賤妾當何依？恩情中道絶，流止任東西。六解 我欲竟此曲，此曲悲且長。今日樂相樂，别後莫相忘。七解

右一曲，晉樂所奏。

〔一〕同前：《文選》卷二三作《七哀詩》。

〔二〕客子：《詩紀》卷一三作「宕子」。

明月照高樓，流光正徘徊。上有愁思婦，悲歎有餘哀。借問歎者誰？言是客子妻。君行踰十年，孤妾常獨栖。君若清路塵，妾若濁水泥。浮沈各異勢，會合何時諧？願爲西南風，長逝入君懷。君懷時不開，〔一〕妾心當何依？

右一曲，本辭。

〔一〕時:《文選》作「良」。

同前

晉·梅陶

庭植不材柳,花育能鳴鶴。鼓枝遊畦畝,栖釣一丘壑。(最)〔晨〕悦朝敷榮〔一〕,夕乘南音客。晝立薄遊景,暮宿漢陰魄。庇身蔭王猷,罷蹇反幻迹。

〔一〕(最)〔晨〕:據《詩紀》卷三二改。

同前

宋·僧惠休

明月照高樓,含君千里光。巷中情思滿,斷絶孤妾腸。悲風盪帷帳,瑶翠坐自傷。妾心依天末,思與浮雲長。嘯歌視秋草,幽葉豈再揚。暮蘭不待歲,離華能幾芳。願作張女引,流悲繞君堂。君堂嚴且祕,絶調徒飛揚。

怨詩

魏·阮瑀

民生受天命,漂若河中塵。雖稱百齡壽,孰能應此身。猶獲嬰凶禍,流落一作流離恒苦辛。

同前

晉・陶潛

天道幽且遠，鬼神茫昧然。結髮念善事，僶俛五十一作六九年。弱冠逢世阻，始室喪其偏。炎火屢焚如，螟蜮恣中田。風雨縱横至，收斂不盈廛。夏日長抱飢，寒夜無被眠。造夕思雞鳴，及晨願烏遷。在己亦何怨一作何怨天，離憂悽目前。吁嗟身後名，於我若浮烟。慷慨激一作獨悲歌，鍾期信爲賢。

同前

梁・簡文帝

秋風與白團，本自不相安。新人及故愛，意氣豈能寬。黄金肘後鈴，〔一〕白玉案前盤。誰堪空對此，還成無歲寒。

〔一〕鈴：《百三名家集》作「鈐」，是。

同前

劉孝威

退寵辭金屋，見譴斥甘泉。枕席秋風起，房櫳明月懸。燭避窗中影，香迴爐上烟。丹庭斜草逕，素壁點苔錢。歌起蒲生曲，樂奏下山弦。新聲昔廣宴，餘杯今自傳。王嫱向絶漠，宗女入祁連。雁書猶未返，角馬無歸年。昭臺省媵御，〔一〕曾坂無棄捐。後薪隨復積？前魚誰復憐。

〔一〕省：《詩紀》卷八八作「有」。

同前〔一〕

陳·張正見

新豐妖冶地，遊俠競嬌奢。池臺間羅綺，桃李雜烟霞。蓋影分連騎，衣香合並車。豔粉驚飛蝶，紅妝映落花。舞衫飄冶袖，歌扇掩團紗。玉牀珠帳卷，金樓鏡月斜。還疑蕭史鳳，不及季倫家。

〔一〕同前：《百三名家集》作《情詩》。

同前二首

江　總

採桑歸路河流深，憶昔相期柏樹林。奈許新縑傷妾意，無由故劍動君心。

新梅嫩柳未障羞，情去思移那可留。〔一〕團扇篋中言不分，纖腰掌上詎勝愁。

〔一〕思移：《百三名家集》作「恩移」，是。

樂府詩集卷第四十二

相和歌辭十七

楚調曲中

怨詩二首

唐・薛奇童

日晚梧桐落，微寒入禁垣。月懸三雀觀，霜度萬秋門。豔舞矜新寵，愁容泣舊恩。不堪深殿裏，簾外欲黄昏。

禁苑春風起，流鶯遶合歡。玉窗通日氣，珠箔卷輕寒。楊葉垂金砌，梨花入井欄。君王好長袖，新作舞衣寬。

同前

張紘

去年離别雁初歸，今夜裁縫螢已飛。征客去來音信斷，〔一〕不知何處寄寒衣。

〔一〕去來：《全唐詩》卷二〇作「近來」。

同前　劉元濟

玉關芳信斷，蘭閨錦字新。愁來好自抑，念切已含嚬。虛牖風驚夢，空牀月厭人。〔一〕歸期儻可促，勿度柳園春。

〔一〕厭：《全唐詩》卷二〇作「壓」。

同前三首　李暇

羅敷初總髻，蕙芳正嬌小。月落始歸船，春眠恒著曉。

何處期郎遊，小苑花臺間。相憶不可見，且復乘月還。

別前花照路，別後露垂葉。歌舞須及時，如何坐悲妾。

同前二首〔一〕　崔國輔

樓前桃李疏，池上芙蓉落。織錦猶未成，蛩聲入羅幕。

妾有羅衣裳，秦王在時作。爲舞春風多，秋來不堪著。

〔一〕同前：《唐文粹》卷一二録第二首，題作《怨詞》。

同前　孟郊

試妾與君淚，兩處滴池水。看取芙蓉花，今年爲誰死。

同前　劉叉

君莫嫌醜婦，醜婦死守貞。山頭一怪石，長作望夫名。鳥有並翼飛，獸有比肩行。丈夫不立義，豈如鳥獸情。

同前　鮑溶

女蘿寄松柏，緑蔓花綿綿。三五定君婚，結髮早移天。肅肅羊雁禮，泠泠琴瑟篇。恭承采蘩祀，敢效同居賢。〔一〕皎日不留景，良時如逝川。〔二〕秋心還遺愛，〔三〕春貌無歸妍。翠袖洗朱粉，碧階封綺錢。〔四〕新人易如玉，廢瑟難爲弦。寄羨蕣華木，〔五〕榮君香閤前。豈無摇落苦，貴與根蒂連。希君舊光景，照妾薄暮年。

〔一〕居：《全唐詩》卷二〇注：「集作車。」

〔二〕時：同上注：「集作辰。」

〔三〕秋：同上注：「集作愁。」還遺：同上注：「集作忽移。」是。

〔四〕封：同上作「對」。綺：同上注：「集作緑。」

〔五〕羡：同上注：「集作謝。」

同前

白居易

奪寵心那慣，尋思倚殿門。不知移舊愛，何處作新恩。

同前二首〔一〕

姚氏月華

春水悠悠春草緑，對此思君淚相續。羞將離恨向東風，理盡秦箏不成曲。

與君形影分胡越，玉枕終年對離別。登臺北望烟雨深，回身泣向寥天月。

〔一〕同前：《才調集》卷一〇作《古怨》。

怨歌行

漢・班婕妤

新裂齊紈素，鮮潔如霜雪。〔一〕裁爲合歡扇，團團似明月。出入君懷袖，動摇微風發。常恐秋節至，涼飇奪炎熱。〔二〕棄捐篋笥中，恩情中道絶。

〔一〕鮮：《文選》卷二七作「皎」。

〔二〕飇：《玉臺》卷作「風」。

同前

魏・曹植〔一〕

爲君既不易，爲臣良獨難。忠信事不顯，乃有見疑患。周公佐成王，〔二〕金縢功不刊。推心輔王室，二叔反流言。待罪居東國，泣涕當留連。〔三〕皇靈大動變，震雷風且寒。拔樹偃秋稼，天威不可干。素服開金縢，感悟求其端。公旦事既顯，成王乃哀歎。吾欲竟此曲，此曲悲且長。今日樂相樂，别後莫相忘。

右一曲，晉樂所奏。

〔一〕曹植：《技録》《樂録》《樂府解題》皆以爲古辭，《藝文類聚》樂部論樂、真西山《文章正宗》和本篇都作曹植作。

〔二〕周公：《藝文》卷四一作「周旦」。

〔三〕當：《曹子建集》卷六作「常」，是。

怨歌行朝時篇

晉·傅　玄

昭昭朝時日，皎皎最明月。〔一〕十五入君門，一别終華髮。同心忽異離，曠如胡與越。胡越有會時，參辰遼且闊。形影無彷彿，音聲寂無達。纖弦感促柱，觸之哀聲發。情思如循環，憂來不可遏。塗山有餘恨，詩人詠《采葛》。蜻蛚吟牀下，回風起幽闥。春榮隨路落，芙蓉生木末。自傷命不遇，良辰永乖别。已爾可奈何，譬如紈素裂。孤雌翔故巢，星流光景絶。魂神馳萬里，甘心要同穴。

〔一〕最：《玉臺》卷二作「晨」，是。

怨歌行

梁·簡文帝

十五頗有餘，日照杏梁初。蛾眉本多嫉，掩鼻特成虚。持此傾城貌，翻爲不肖軀。秋風吹海水，寒霜依玉除。月光臨户駛，〔一〕荷花依浪舒。望檐悲雙翼，窺沼泣王餘。〔二〕苔生履處没，草合行人疏。裂紈傷不盡，歸骨恨難祛。早知長信別，不避後園輿。

〔一〕駛：《英華》卷二一一作「映」。

〔二〕王餘：《百三名家集》作「前魚」，注：「或作王餘，魚名。」

同前〔一〕

江　淹

紈扇如團月，出自機中素。畫作秦王女，乘鸞向烟霧。彩色世所重，雖新不代故。〔二〕竊悲涼風至，〔三〕吹我玉階樹。君子恩未畢，零落委中路。

〔一〕同前：《詩紀》卷七〇作《雜體》三十首之三《班婕妤詠扇》，《藝文》卷四一作《擬班婕妤詠扇》。

〔二〕代：《藝文》作「似」。

〔三〕悲：《詩紀》作「愁」。

同前

沈　約

時屯寧易犯，俗險信難群。坎壈元淑賦，〔一〕頓挫敬通文。遽淪班姬寵，夙窆賈生墳。短

俗同如此，長歎何足云。〔二〕

〔一〕元淑：疑當作「元叔」，爲東漢趙壹字，壹有《刺世疾邪賦》。

〔二〕何足云：《藝文》卷四一作「欲何云」。

同前

北周・庾　信

家住金陵縣前，嫁得長干少年。〔一〕回頭望鄉淚落，不知何處天邊。胡塵幾日應盡，漢月何時更圓？爲君能歌此曲，不覺心隨斷弦。

〔一〕長干：《百三名家集》作「長安」，是。

同前

唐・虞世南

紫殿秋風冷，彫甍白日沈。裁紈悽斷曲，織素別離心。〔一〕掖庭羞改畫，長門不惜金。寵移恩稍薄，情疏恨轉深。香銷翠羽帳，弦斷鳳凰琴。鏡前紅粉歇，階上緑苔侵。誰言掩歌扇，翻作《白頭吟》。

〔一〕别：《英華》卷二一一作「引」。

同前

李　白

十五入漢宫，花顔笑春紅。君王選玉色，侍寢金一作錦屏中。薦枕嬌夕月，卷衣戀春一作香風。寧知趙飛燕，奪寵恨無窮。沈憂能傷人，緑鬢成霜蓬。一朝不得意，世事徒爲空。鷫鸘换美酒，舞衣罷〔鵾籠〕〔雕龍〕。〔一〕寒苦不忍言，爲君奏絲桐。腸斷弦亦絶，悲心夜忡忡。

〔一〕〔鵾籠〕〔雕龍〕：據蕭本《李太白詩》卷五改。

同前此詩中有逸句

吴少微

城南有怨婦，含怨倚蘭叢。〔一〕自謂二八時，歌舞入漢宫。皇恩〔數流盼〕，〔弄〕〔承〕幸玉堂中。〔二〕緑陌黄花催夜酒，錦衣羅袂逐春風。建章西宫焕若神，燕、趙美女二千人。〔三〕君王厭德不忘新，況群艷冶紛來陳。是時別君不再見，三十三春長信殿。長信重門晝掩關，清房曉帳幽且閑。綺窗蟲網氛塵色，文軒鶯對桃李顔。天王貴宫不貯老，浩然淚隕今來還。自憐〔春色〕轉晚暮，〔四〕試逐佳遊芳草路。小腰麗女奪人奇，金鞍少年曾不顧。歸來誰爲夫，請謝西家婦。莫辭先醉解羅襦。

〔一〕倚蘭：《全唐詩》卷二〇注：「集作傍芳。」

〔二〕〔數流盼〕，〔弄〕〔承〕：據同上注補改。

〔三〕二：同上注：「集作三。」

〔四〕〔春色〕：據同上注補。

明月照高樓

梁・武帝

圓魄當虚闥，清光流思筵。筵思照孤影，悽怨還自憐。臺鏡早生塵，匣琴又無弦。悲慕屢傷節，離憂亟華年。〔一〕君如東扶景，〔二〕妾似西柳烟。相去既路迴，明晦亦殊懸。願爲銅鐵轡，以感長樂前。

〔一〕華年：疑當作「乖年」，與「傷節」對。

〔二〕扶：《玉臺》卷七作「榑」。

同前

唐・雍陶

朗月何高高，樓中簾影寒。一婦獨含歎，四坐誰成歡？時節屢已移，遊旅杳不還。滄溟儻未涸，妾淚終不乾。君若無定雲，妾若不動山。雲行出山易，山逐雲去難。願爲邊塞塵，因風委君顔。君顔良洗多，盪妾濁水間。

長門怨

梁·柳　惲

《漢武帝故事》曰：「武帝爲膠東王時，長公主嫖有女，欲與王婚，景帝未許。後長主還宫，膠東王數歲，長主抱置膝上，問曰：『兒欲得婦否？』長主指左右長御百餘人，皆云『不用』。指其女問曰：『阿嬌好否？』笑對曰：『好，若得阿嬌作婦，當作金屋貯之。』長主乃苦要帝，遂成婚焉。」《漢書》曰：「孝武陳皇后，長公主嫖女也。擅寵驕貴，十餘年而無子，聞衞子夫得幸，幾死者數焉，元光五年廢居長門宫。」《樂府解題》曰：「《長門怨》者，爲陳皇后作也。后退居長門宫，愁悶悲思，聞司馬相如工文章，奉黄金百斤，令爲解愁之辭。相如爲作《長門賦》，帝見而傷之，復得親幸。後人因其賦而爲《長門怨》也。」

玉壺夜愔愔，應門重且深。秋風動桂樹，流月摇輕陰。綺檐清露溽，網户思蟲吟。歎息下蘭閤，〔一〕含愁奏雅琴。何由鳴曉佩，復得抱宵衾。無復金屋念，豈照長門心。

〔一〕閤：《古樂府》卷五、《玉臺考異》卷五均作「閣」。

同前〔一〕

費昶

向夕千愁起，自悔何嗟及。愁思且歸牀，羅襦方掩泣。絳樹揺風軟，黄鳥弄聲急。金屋貯嬌時，不言君不入。

〔一〕同前：《玉臺》卷六作《長門後怨》。

同前

唐・徐賢妃

舊愛柏梁臺，新寵昭陽殿。守分辭方輦，〔一〕含情泣團扇。一朝歌舞榮，夙昔詩書賤。頹恩誠已矣，覆水難重薦。

〔一〕方：《全唐詩》卷二〇注：「集作芳。」

同前

沈佺期

月皎風泠泠，長門次掖庭。玉階聞墜葉，羅幌見飛螢。清露凝珠綴，流塵下翠屏。妾心君未察，愁歎劇繁星。

同前

吴少微

月出映曾城，孤圓上太清。君王春愛歇，〔一〕枕席涼風生。怨咽不能寢，踟蹰步前楹。空階白露色，百草寒蟲鳴。念昔金房裏，猶嫌玉座輕。如何嬌所誤，長夜泣恩情。

〔一〕春：《全唐詩》卷二〇注：「集作眷。」是。

同前

張修之

長門落景盡，洞房秋月明。玉階草露積，金屋網塵生。妾妬今應改，君恩昔未平。寄語臨邛客，何時作賦成。

同前

裴交泰

自閉長門經幾秋，羅衣濕盡淚還流。一種蛾眉明月夜，南宮歌管北宮愁。

同前

劉　皁

宮殿沉沉月欲分，昭陽更漏不堪聞。珊瑚枕上千行淚，不是思君是恨君。〔一〕

〔一〕不是句：《英華》卷二〇四注：「一作半是思君半恨君。」

同前 袁暉

早知君愛歇，本自無縈妬。誰使恩情深，今來反相誤。愁眠羅帳曉，泣坐金閨暮。獨有夢中魂，猶言意如故。

同前 劉言史

獨坐爐邊結夜愁，暫時恩去亦難留一作收。手持金筯垂紅淚，亂撥寒灰不舉頭。

同前二首 李白

天回北斗挂西樓，金屋無人螢火流。月光欲到長門殿，別作深宫一段愁。

桂殿長愁不記春，黄金四屋起秋塵。夜懸明鏡青天上，獨照長門宫裏人。

同前 李華

弱體鴛鴦薦，啼妝翡翠衾。鵶鳴秋殿曉，人静禁門深。每憶椒房寵，那堪永巷陰。日驚羅帶緩，非復舊來心。

同前　　岑參

君王嫌妾妬，閉妾在長門。舞袖垂新寵，愁眉結舊恩。緑錢生履跡，紅粉濕啼痕。羞被桃花笑，看春獨不言。

同前　　齊澣

煢煢孤思逼，寂寂長門夕。妾妬亦非深，君恩那不惜。攜琴就玉階，調悲聲未諧。將心託明月，流影入君懷。

同前　　劉長卿

何事長門閉，珠簾只自垂。月移深殿早，春向後宫遲。蕙草生閑地，梨花發舊枝。芳菲自恩幸，看却被風吹。〔一〕

〔一〕却：《全唐詩》卷二〇注：「集作著。」

同前

僧皎然

春風日日閉長門，摇蕩春心自夢魂。〔一〕若遣花開只笑妾，不如桃李正無言。

〔一〕自：《全唐詩》卷二〇注：「集作似。」

同前

盧綸

空宫古廊殿，〔一〕寒月落斜暉。卧聽未央曲，滿箱歌舞衣。

〔一〕宫：《全唐詩》卷二〇注：「集作空。」

同前

戴叔倫

自憶專房寵，曾居第一流。移恩向何處，〔一〕暫妬不容收。夜久絲管絶，〔二〕月明宫殿秋。空將舊時意，長望鳳凰樓。

〔一〕何：《全唐詩》卷二〇注：「集作他。」

〔二〕久絲管：同上注：「集作静管弦。」

同前　　劉駕

御泉長繞鳳凰樓，只是恩波別處流。閑揲舞衣歸未得，夜來砧杵六宫秋。

同前二首　　高蟾

天上何勞萬古春，君前誰是百年人。魂銷尚愧金爐燼，思起猶慚玉輦塵。烟翠薄情攀不得，星芒浮豔採無因。可憐明鏡來相向，何似恩光朝夕新。

天上鳳凰休寄夢，人間鸚鵡舊堪悲。平生心緒無人識，一隻金梭萬丈絲。

同前　　張祜

日映宫牆柳色寒，笙歌遥指碧雲端。珠鉛滴盡無心語，强把花枝冷笑看。

同前二首　　鄭谷

閑把羅衣泣鳳凰，先朝曾教舞霓裳。春來却羡庭花落，得逐晴風出禁牆。

流水君恩共不回，杏花爭忍掃成堆。殘春未必多烟雨，淚滴閑階長緑苔。

同前二首　劉氏媛

雨滴梧桐秋夜長，愁心和雨到昭陽。淚痕不學君恩斷，拭却千行更萬行。

學畫蛾眉獨出群，當時人道便承恩。經年不見君王面，花落黄昏空掩門。

阿嬌怨　劉禹錫

望見葳蕤舉翠華，試開金屋掃庭花。須臾宫女傳來信，云一作言幸平陽公主家。

樂府詩集卷第四十三

相和歌辭十八

楚調曲下

班婕妤

晉・陸　機

一曰《婕妤怨》。《漢書》曰：「孝成班婕妤，初入宫爲少使，俄而大幸，爲婕妤，居增成舍。自鴻嘉後，帝稍隆内寵，婕妤進侍者李平，平得幸，立爲婕妤，賜姓衛，所謂衛婕妤也。其後趙飛燕姊弟亦從微賤興，班婕妤失寵，稀復進見。趙氏姊弟驕妒，婕妤恐久見危，求供養太后長信宫，帝許焉。」《樂府解題》曰：「《婕妤怨》者，爲漢成帝班婕妤作也。婕妤，徐令彪之姑，況之女。美而能文，初爲帝所寵愛。後幸趙飛燕姊弟，冠於後宫。婕妤自知見薄，乃退居東宫，作賦及紈扇詩以自傷悼。後人傷之而爲《婕妤怨》也。」

婕妤去辭寵，淹留終不見。寄情在玉階，託意唯團扇。春苔暗階除，秋草蕪高殿。黄昏履綦絶，愁來空雨面。

同前　梁・元帝

婕妤初選入，含媚向羅幃。何言飛燕寵，青苔生玉墀。誰知同輦愛，遂作裂紈詩。以茲自傷苦，終無長信悲。

同前　劉孝綽

應門寂已閉，非復後庭時。況在青春日，萋萋緑草滋。妾身似秋扇，君恩絶履綦，詎憶遊輕輦，從今賤妾辭。〔一〕

〔一〕從今：《詩紀》卷八七注：「一作徒令。」是。

同前〔一〕　孔翁歸

長門與長信，日暮九重空。雷聲聽隱隱，車響絶瓏瓏。恩光隨妙舞，團扇逐秋風。鉛華誰不慕，人意自難終。〔二〕

〔一〕同前：《玉臺》卷六作《奉和湘東王教班婕妤》。

〔二〕不慕：《藝文》卷三〇作「不見」。難終：又作「難同」。

同前〔一〕

何思澄

寂寂長信晚，雀聲喧洞房。〔二〕蜘蛛網高閣，駁蘚被長廊。虚殿簾幃靜，閑階花蕊香。悠悠視日暮，〔三〕還復拂空牀。

〔一〕同前：《玉臺》卷六作《奉和湘東王教班婕妤》。

〔二〕喧：同上作「哦」。

〔三〕悠悠：《藝文》卷三〇作「愁愁」。

同前

王叔英妻沈氏〔一〕

日落應門閉，愁思百端生。況復昭陽近，風傳歌吹聲。寵移終不恨，讒枉太無情。只言爭分理，非獨舞腰輕。〔二〕

〔一〕王叔英妻沈氏：《藝文》卷三〇作「徐悱妻劉氏」。

〔三〕獨：同上作「妒」，是。

同前

陰鏗

柏梁新寵盛，長信昔恩傾。誰爲詩書巧，翻爲歌舞輕。〔一〕花月分窗進，苔草共階生。妾淚衫前滿，單眠夢裏驚。可惜逢秋扇，何用合歡名。

〔一〕爲：《藝文》卷三〇作「謂」，是。

同前

陳·何楫

齊紈既逐篋，〔一〕趙舞即凌人。履跡隨恩故，階苔逐恨新。獨卧銷香炷，長啼費手巾。〔二〕庭草何聊賴，也持春當春。〔三〕

〔一〕篋：《詩紀》卷一〇七作「篋」，是。

〔二〕手巾：同上作「錦巾」。

〔三〕持春：同上作「持秋」。

同前

唐・徐彦伯

君恩忽斷絶，妾思終未央。巾櫛不可見，枕席空餘香。窗暗網羅白，階秋苔蘚黄。應門寂已閉，流涕向昭陽。

同前

嚴識玄

賤妾如桃李，君王若歲時。秋風一已勁，摇落不勝悲。寂寂蒼苔滿，沉沉緑草滋。榮華非此日，指輦競何辭。

同前三首

王　維

玉窗螢影度，金殿人聲絶。秋夜守羅幃，孤燈耿不滅。
宫殿生秋草，君王恩幸疏。那堪聞鳳吹，門外度金輿。
怪來妝閣閉，朝下不相迎。總向春園裏，花間語笑聲。

婕妤怨

崔　湜

不分君恩斷，〔一〕新妝視鏡中。容華尚春日，嬌愛已秋風。枕席臨窗曉，幃屏向月空。年年後庭樹，榮落在深宫。

〔一〕分：《英華》卷二〇四作「忿」。

同前〔一〕

崔國輔

長信宫中草，年年愁處生。故侵珠履跡，不使玉階行。

〔一〕同前：《唐文粹》卷一二作《長信宫》。

同前

張　烜

賤妾裁紈扇，初摇明月姿。君王看舞席，坐起秋風時。玉樹清御路，金陳翳垂絲。昭陽無分理，愁寂任前期。

同前[一]

劉方平

夕殿別君王，宮深月似霜。[二]人愁在長信，[三]螢出向昭陽。露裛紅蘭死，[四]秋彫碧樹傷。唯當合歡扇，[五]從此篋中藏。

〔一〕同前：《全唐詩》卷二五一作《班婕妤》。
〔二〕宮深：同上注：「一作深宮。」
〔三〕人愁：同上作「人幽」。
〔四〕死：同上作「溼」。
〔五〕當：令狐楚《御覽詩》作「留」。

同前

王 沈

長信梨花暗欲栖，應門上籥草萋萋。春風吹花亂撲户，班倢車聲不至啼。

同前

皇甫冉

由來詠團扇，今與值秋風。事逐時皆往，[一]恩無日再中。早鴻聞上苑，寒露下深宮。顔色年年謝，相如賦豈工。

〔一〕時：《御覽詩》作「人」。

同前

陸龜蒙

妾貌非傾國，君王忽然寵。南山掌上來，不敵新恩重。後宮多窈窕，日日學新聲。一落君王耳，南山又須輕。

同前

翁　綬

讒謗潛來起百憂，朝承恩寵暮仇讎。火燒白玉非因玷，霜剪紅蘭不待秋。花落昭陽誰共輦，月明長信獨登樓。繁華事逐東流水，團扇悲歌萬古愁。

同前

劉氏雲

君恩不可見，妾豈如秋扇。秋扇尚有時，妾身永微賤。莫言朝花不復落，嬌容幾奪昭陽殿。

長信怨

王諲

飛燕倚身輕，爭人巧笑名。生君棄妾意，增妾怨君情。日落昭陽壁，〔一〕秋來長信城。寥寥金殿裏，歌吹夜無聲。

〔一〕壁：《全唐詩》卷二〇作「殿」，是。

同前

王昌齡

金井梧桐秋葉黄，珠簾不捲夜來霜。金爐玉枕無顔色，〔一〕卧聽南宫一作宫中清漏長。奉箒平明金殿開，暫將團扇共徘徊。〔二〕玉顔不及寒鴉色，猶帶昭陽日影來。

〔一〕金爐：《全唐詩》卷二〇注：「集作熏籠。」

〔二〕暫：同上注：「集作且。」共：又注：「集作暫。」

同前

李白

月皎昭陽殿，霜清長信宫。天行乘玉輦，飛燕與君同。更有留情處，承恩樂未窮。誰憐團扇妾，獨坐怨秋風。

蛾眉怨

王翰

君不見宜春苑中九華殿，飛閣連連直如髮。白日全含朱鳥窗，流雲半入蒼龍闕。宮中綵女夜無事，學鳳吹簫弄清越。珠簾北卷待涼風，繡户南開向明月。忽聞天子憶蛾眉，寶鳳銜花揲兩鬢。傳聲走馬開金屋，夾路鳴環上玉墀。長樂彤庭宴華寢，三千美人曳光錦。〔一〕燈前含笑更羅衣，帳裏承恩薦瑶枕。不意君心半路迴，求仙别作望仙臺。倉琅禁闥遥相憶，〔二〕紫翠巖房晝不開。欲向人間種桃實，先從海底覓蓬萊。蓬萊可求不可上，孤舟縹緲知何往。黄金作盤銅作莖，晴天白露掌中擎。〔三〕王母嫣然感君意，雲車羽旆欲相迎。飛廉觀前空怨慕，少君何事須相誤。一朝埋没茂陵田，賤妾蛾眉不重顧。宮車晚出向南山，仙衞逶迤去不還。朝晡泣對麒麟樹，樹下蒼苔日漸斑。人生百年夜將半，對酒長歌莫長歎。乘知白日不可思，〔四〕一死一生何足算。

〔一〕光：《全唐詩》卷二一〇注：「集作花。」

〔二〕倉：同上注：「集作琳。」

〔三〕晴：同上注：「集作青。」

〔四〕乘：同上作「賸」，注：「集作情。」

玉階怨

齊·謝朓

夕殿下珠簾，流螢飛復息。長夜縫羅衣，思君此何極。

同前〔一〕

虞炎

紫藤拂花樹，黄鳥度青枝。思君一歎息，苦淚應言垂。

〔一〕同前：《玉臺》卷一〇作《有所思》。

同前

唐·李白

玉階生白露，〔一〕夜久侵羅襪。却下水精簾，〔二〕玲瓏望秋月。

〔一〕生：郭本《李太白詩》卷五作「坐」。

〔二〕水精：同上作「水晶」。

宫怨　長孫左輔

窗前好樹名玫瑰，去年花落今年開。無情春色尚識返，君心忽斷何時來。憶昔妝成候仙仗，宫瑣玲瓏日新上。拊心却笑西子嚬，掩鼻誰憂鄭姬謗。草染文章衣下履，花黏甲乙牀前帳。三千玉貌休自誇，十二金釵獨相向。盛衰傾奪欲何如，嬌愛翻悲逐佞諛。重遠豈能慚沼鵠，棄前方見泣船魚。看籠不記薰龍腦，詠扇空曾秃鼠鬚。始意一作喜類蘿新託柏，終傷如薺却甘荼。除院獨開還獨閉，〔一〕鸚鵡驚飛苔覆地。滿箱舊賜前日衣，漬枕新垂夜來淚。痕多開鏡照還悲，緑鬢青蛾尚未衰。莫道新縑長絶比，猶逢故劍會相追。

〔一〕除院：誤，《全唐詩》卷二〇作「深院」，注：「集作院深。」

同前　李　益

露濕晴花宫殿香，〔一〕月明歌吹在昭陽。似將海水添宫漏，共滴長門一夜長。

〔一〕宫：《全唐詩》卷二〇注：「集作春。」

同前

于濆

妾家望江口，少年家財厚。臨江起珠樓，不賣文君酒。當年樂貞獨，巢燕時爲友。父兄未許人，畏妾事姑舅。西牆鄰宋玉，窺見妾眉宇。一旦及天聰，恩光生户牖，謂言入漢宫，富貴可長久。君王縱有情，不奈陳皇后。誰憐頰似桃，孰知腰勝柳。今日在長門，從來不如醜。

同前

柯宗〔一〕

塵滿金爐不（在）〔炷〕香。〔二〕□□〔黄昏〕獨自立重廊。〔三〕笙歌何處承恩寵，一一隨風入上陽。

長門槐柳半蕭疏，玉輦沈思恨有餘。紅淚旋銷傾國態，黄金誰爲達相如。

〔一〕柯宗：《全唐詩》卷二〇作「柯崇」。

〔二〕（在）〔炷〕：據同上改。

〔三〕〔黄昏〕：據同上補。

雜怨三首　聶夷中

生在綺羅下，豈識漁陽道。良人自戍來，夜夜夢中到。漁陽萬里遠，近於中門限。中門逾有時，漁陽常在眼。

良人昨日去，明日又不還一作明月又不圓，别時各有淚，零落青樓前。

君淚濡羅巾，妾淚滴路塵。羅巾今在手，日得隨妾身。路塵如因飛，得上君車輪。

同前三首　孟郊

夭桃花清晨，遊女紅粉新。夭桃花薄暮，遊女紅粉故。樹有百年一作度花，人無一定顔。花送人老盡，人悲花自閑。

貧女鏡不明，寒花日少容。〔一〕暗蛩有虚織，短線無長縫。浪水不可照，狂夫不可從。浪水多散影，狂夫多異蹤。持此一生薄，空成百恨濃。〔二〕

憶人莫至悲，至悲空自衰。寄人莫翦衣，翦衣未必歸。朝爲雙一作同蒂花，暮爲四散飛。花落却遶樹，遊子不顧期。

〔一〕寒花日：《唐文粹》卷一二作「寒日花」。

〔二〕百：《全唐詩》卷二〇注：「集作萬。」

大曲十五曲

《宋書·樂志》曰：「大曲十五曲：一曰《東門》，二曰《西山》，三曰《羅敷》，四曰《西門》，五曰《默默》，六曰《園桃》，七曰《白鵠》，八曰《碣石》，九曰《何嘗》，十曰《置酒》，十一曰《爲樂》，十二曰《夏門》，十三曰《王者布大化》，十四曰《洛陽令》，十五曰《白頭吟》。《東門》，《東門行》；《羅敷》，《豔歌羅敷行》；《西門》，《西門行》；《默默》，《折楊柳行》；《白鵠》《何嘗》並《豔歌何嘗行》；《爲樂》，《滿歌行》；《洛陽令》，《雁門太守行》；《白頭吟》並古辭。《碣石》，《步出夏門行》，武帝辭。《西山》，《折楊柳行》；《園桃》，《煌煌京洛行》並文帝辭。《夏門》，《步出夏門行》；《王者布大化》，《櫂歌行》並明帝辭。《置酒》，《野田黄爵行》，東阿王辭。《白頭吟》，與《櫂歌》同調。其《羅敷》《何嘗》《夏門》三曲，前有豔，後有趨。《碣石》一篇，有豔。《白鵠》《爲樂》《王者布大化》三曲，有趨。《白頭吟》一曲有亂。」《古今樂録》曰：「凡諸大曲竟，黄老彈獨出舞，無辭。」按王僧虔《技録》：「《櫂歌行》在瑟調，《白頭吟》在楚調。」而沈約云同調，未知孰是。

滿歌行二首四解

古　辭

《樂府解題》曰「古辭云：『爲樂未幾時，遭時嶮巇。』其始言逢此百罹，零丁荼毒。古人遜位躬耕，遂我所願。次言窮達天命，智者不憂。莊周遺名，名垂千載。終言命如鑿石見火，宜自娛以頤養，保此百年也。」

爲樂未幾時，遭世險巇。逢此百罹，零丁荼毒，愁懣難支。遥望辰極，天曉月移。憂來填心，誰當我知。一解　戚戚多思慮，耿耿不寧。禍福無形，唯念古人，遜位躬耕。遂我所願，以兹自寧。自鄙山棲，守此一榮。二解　暮秋烈風起，西蹈滄海。心不能安。攬衣起瞻夜，北斗闌干。星漢照我，去去自無他。奉事二親，勞心可言。三解　窮達天所爲，智者不愁，多爲少憂。安貧樂正道，師彼莊周。遺名者貴，子熙同巇。往者二賢，名垂千秋。四解　飲酒歌舞，不樂何須。善哉照觀日月，日月馳驅，轗軻世間。何有何無，貪財惜費，此〔一〕何〔一〕愚。〔二〕命如鑿石見火，居世竟能幾時？但當歡樂自娛，盡心極所嬉怡。安善養君德性，百年保此期頤。「飲酒」上爲趨。

右一曲，晉樂所奏。

〔一〕〔一〕何〔一〕：據下曲本辭改。

爲樂未幾時，遭時嶮巇，〔一〕逢此百離。〔二〕伶丁荼毒，愁苦難爲。遥望極辰。天曉月移。憂來填心，誰當我知。戚戚多思慮，耿耿殊不寧。禍福無形，惟念古人，遜位躬耕。遂我所願，以〔兹〕自寧。〔三〕自鄙棲棲，守此末榮。暮秋烈風，昔蹈滄海，心不能安。攬衣瞻夜，北斗闌干。星漢照我，去自無他。奉事二親，勞心可言。窮達天爲，智者不愁，多爲少憂。安貧樂道，師彼莊周。遺名者貴，子遐同遊。往者二賢，名垂千秋。飲酒歌舞，樂復何須。照視日月，日月馳驅。轗軻人間。何有何無。貪財惜費，此一何愚。鑿石見火，居代幾時？爲當歡樂，心得所喜。安神養性，得保遐期。

右一曲，本辭。

〔一〕遭時：《古樂府》卷五作「遭世」。

〔二〕百離：同上作「百罹」。

〔三〕以〔兹〕：據同上補。

樂府詩集卷第四十四

清商曲辭一

清商樂，一曰清樂。清樂者，九代之遺聲。其始即相和三調是也，並漢魏已來舊曲。其辭皆古調及魏三祖所作。自晉朝播遷，其音分散，苻堅滅涼得之，傳於前後二秦。及宋武定關中，因而入南，不復存於内地。自時已後，南朝文物號爲最盛。民謡國俗，亦世有新聲。故王僧虔論三調歌曰：「今之清商，實由銅雀。魏氏三祖，風流可懷。京洛相高，江左彌重。而情變聽改，稍復零落。十數年間，亡者將半。所以追餘操而長懷，撫遺器而太息者矣。」後魏孝文討淮漢，宣武定壽春，收其聲伎，得江左所傳中原舊曲，《明君》《聖主》《公莫》《白鳩》之屬，及江南吴歌、荆楚西聲，總謂之清商樂。至於殿庭饗宴，則兼奏之。遭梁、陳亡亂，存者蓋寡。及隋平陳得之，文帝善其節奏，曰：「此華夏正聲也。」乃微更損益，去其哀怨、考而補之，以新定律吕，更造樂器。因於太常置清商署以管之，謂之「清樂」。開皇初，始置七部樂，清商伎其一也。大業中，煬帝乃定清樂、西涼等爲九部。而清樂歌曲有《楊伴》,舞曲有《明君》《并契》。樂器有鐘、磬、琴、瑟、擊琴、琵琶、箜篌、筑、箏、節鼓、笙、笛、簫、篪、塤等十五種,爲一部。唐又增吹葉而無塤。隋室喪亂,日益淪缺。唐貞觀中,用十部樂,清樂亦在焉。至武后時,猶有六十三曲。其後歌辭在者有《白雪》《公莫》《巴渝》《明君》《鳳將雛》《明之君》《鐸舞》《白鳩》《白紵》《子夜吴聲四時歌》《前溪》《阿子及歡聞》《團扇》《懊憹》《長史變》《丁督護》《讀曲》《烏夜啼》《石城》《莫愁》《襄陽》《(西)〔棲〕烏夜飛》《估客》《楊伴》《雅歌驍壺》《常林歡》《三洲》《採桑》《春江花月夜》《玉樹後庭花》《堂堂》《泛龍舟》等三十二曲,〔一〕《明之君》《雅歌》各二首,《四時歌》四首,合三十七首。〔二〕又七曲有聲無辭,《上柱》《鳳雛》《平調》《清調》《瑟調》《平折》《命嘯》,通前爲四十四曲存焉。長安已後,朝廷不重古曲,工伎寖缺,能合於管弦者唯《明君》《楊伴》《驍壺》《春歌》《秋歌》《白雪》《堂堂》《春江花月夜》等八曲。自是樂章訛失,與吴音轉遠。開元中,劉貺以爲宜取吴人,使之傳習,以問歌工李郎子。郎子北人,學於江都人俞才生。時聲調已失,唯雅歌曲辭,辭典而音雅。後郎子亡去,清樂之歌遂闕。自周、隋已來,管弦雅曲將數百曲,〔三〕多用西涼樂。鼓舞曲多用龜茲樂。唯琴工猶傳楚、漢舊聲及清調。蔡邕五弄,楚調四弄,謂之九弄。雅聲獨存,非朝廷郊廟所用,故不載。《樂府解題》曰:

「蔡邕云：『清商曲，又有《出郭西門》《陸地行車》《夾鐘》《朱堂寢》《奉法》等五曲，其詞不足采著。』」

吴聲歌曲一

《晉書·樂志》曰：「吴歌雜曲，並出江南。東晉已來，稍有增廣。其始皆徒歌，既而被之管弦。蓋自永嘉渡江之後，下及梁、陳，咸都建業，吴聲歌曲起於此也。」《古今樂録》曰：「吴聲歌舊器有篪、箜篌、琵琶，今有笙、筝。其曲有《命嘯》吴聲游曲半折、六變、八解，《命嘯》十解。存者有《烏噪林》《浮雲驅》《雁歸湖》《馬讓》，〔皆〕餘〔皆〕不傳。〔四〕吴聲十曲：一曰《子夜》，二曰《上柱》，三曰《鳳將雛》，四曰《上聲》，五曰《歡聞》，六曰《歡聞變》，七曰《前溪》，八曰《阿子》，九曰《丁督護》，十曰《團扇郎》，並梁所用曲。《鳳將雛》以上三曲，古有歌，自漢至梁不改，今不傳。上聲以下七曲，内人包明月製舞《前溪》一曲，餘並王金珠所製也。游曲六曲《子夜四時歌》《警歌》《變歌》，並十曲中間游曲也。半折、六變、八解，漢世已來有之。八解者，古彈、上柱古彈、鄭干、新蔡、大治、小治、當男、盛當，梁太清中猶有得者，今不傳。又有《七日夜》《女歌》《長史變》《黃鵠》《碧玉》《桃葉》《長樂佳》《歡好》《懊惱》《讀曲》，亦皆吴聲歌曲也。」

〔一〕《阿子及歡聞》雖兩名實一曲，見《舊唐書·音樂志》。（西）〔棲〕烏：據同上改。

〔二〕《四時歌》四首：四首二字當删，因《四時歌》作爲一首，加《明之君》《雜歌》四首，加三十二曲，合三十七首。

〔三〕雅曲：疑當作雜曲，包括俗曲。

〔四〕（皆）餘〔皆〕：按文意改。

吴歌三首

宋·鮑　照

夏口樊城岸，曹公却月戍。但觀流水還，識是儂淚下。

夏口樊城岸，曹公却月樓。觀見流水還，識是儂淚流。

人言荆江狹，荆江定自闊。五兩了無聞，風聲那得達。

子夜歌四十二首〔一〕

晉宋齊辭

《唐書·樂志》曰：「《子夜歌》者，晉曲也。晉有女子名子夜，造此聲，聲過哀苦。」《宋書·樂志》曰：「晉孝武太元中，琅琊王軻之家有鬼歌子夜，殷允爲豫章，豫章僑人庾僧虔家亦有鬼歌子夜。」殷允爲豫章亦是太元中，則子夜是此（詩）〔時〕以前人也。〔二〕《古今樂録》曰：「凡歌曲終，皆有送聲。子夜以持子送曲《鳳將雛》以澤雉送曲。」《樂府解題》曰：「後人更爲四時行樂之詞，謂之《子夜四時歌》。又有《大子夜歌》《子夜警歌》《子夜變歌》，皆曲之變也。」

落日出前門，瞻矚見子度。冶容多姿鬢，芳香已盈路。

芳是香所爲，冶容不敢當。天不奪人願，故使儂見郎。

宿昔不梳頭，絲髮被兩肩。婉伸郎膝上，何處不可憐。

自從別歡來，奩器了不開。頭亂不敢理，粉拂生黄衣。

崎嶇相怨慕，始獲風雲通。玉林語石闕，〔三〕悲思兩心同。

見娘喜一作善容媚，〔四〕願得結金蘭。空織無經緯，求匹理自難。

始欲識郎時，兩心望如一。理絲入殘機，何悟不成匹。

前絲斷纏一作成綿，意欲結交情。春蠶易感化，絲子已復生。

今夕已歡別，合會在何時？明燈照空局，悠然未有期。

自從別郎來，何日不咨嗟。黄蘗鬱成林，當奈苦心多。

高山種芙蓉，復經黄蘗塢。果得一蓮時，流離嬰辛苦。

朝思出前門，暮思還後渚。語笑向誰道，腹中陰憶汝。
擥枕北窗卧，郎來就儂嬉。小喜多唐突，相憐能幾時。
駐筯不能食，蹇蹇步闈裏。投瓊著局上，終日走博子。
郎爲傍人取，負儂非一事。攡門不安横，無復相關意。
年少當及時，蹉跎日就老。若不信儂語，但看霜下草。
緑攬迮題錦，雙裙今復開。已許腰中帶，誰共解羅衣。
常慮有貳意，歡今果不齊。枯魚就濁水，長與清流乖。
歡愁儂亦慘，郎笑我便喜。不見連理樹，異根同條起。
感歡初殷勤，歎子後遼落。打金側玳瑁，外豔裏懷薄。
别後涕流連，相思情悲滿。憶子腹糜爛，肝腸尺寸斷。
道近不得數，遂致盛寒違。不見東流水。何時復西歸。
誰能思不歌，誰能飢不食。日冥當户倚，惆悵底不憶。
擥裙未結帶，約眉出前窗。羅裳易飄颺，小開駡春風。
舉酒待相勸，酒還杯亦空。願因微觴會，心感色亦同。
夜覺百思纏，憂歎涕流襟。徒懷傾筐情，郎誰明儂心。

儂年不及時，其於作乖離。素不如浮萍，轉動春風移。

夜長不得眠，轉側聽更鼓。無故歡相逢，使儂肝腸苦。

歡從何處來？端然有憂色。三喚不一應，有何比松柏？

念愛情慊慊，傾倒無所惜。重簾持自鄣，誰知許厚薄。

氣清明月朗，夜與君共嬉。郎歌妙意曲，儂亦吐芳詞。

驚風急素柯，白日漸微濛。郎懷幽閨性，儂亦恃春容。

夜長不得眠，明月何灼灼。想聞散喚聲，虛應空中諾。

人各既疇匹，我志獨乖違。風吹冬簾起，許時寒薄飛。

我念歡的的，子行由豫情。霧露隱芙蓉，見蓮不分明。

儂作北辰星，千年無轉移。歡行白日心，朝東暮還西。

憐歡好情懷，移居作鄉里。桐樹生門前，出入見梧子。

遣信歡不來，自往復不出。金銅作芙蓉，蓮子何能(貴)〔實〕。〔五〕

初時非不密，其後日不如。回頭批櫛脫，轉覺薄志疏。

寢食不相忘，同坐復俱起。玉藕金芙蓉，無稱我蓮子。

恃愛如欲進，含羞未肯前。口朱發豔歌，〔六〕玉指弄嬌弦。

朝日照綺錢，光風動紈素。〔七〕巧笑蒨兩犀，美目揚雙蛾。

〔一〕四十二首：末兩首「恃愛」「朝日」，《玉臺》卷一〇作梁武帝詩，《梁武帝集》亦載之，倘去此二首，則爲四十首，成整數，二字或後人所增。

〔二〕此〔詩〕〔時〕：據文意改。

〔三〕林：《詩紀》卷四一注：「一作牀。」

〔四〕喜：同上及《古樂府》卷六作「善」。

〔五〕〔貴〕〔實〕：據《詩紀》改。

〔六〕口朱：同上及《梁武帝集》作「朱口」，是。

〔七〕素：《玉臺》作「羅」。

子夜四時歌七十五首

晉宋齊辭

春歌二十首

春風動春心，流目矚山林。山林多奇采，陽鳥吐清音。

緑荑帶長路，丹椒重紫莖。流吹出郊外，共歡弄春英。

光風流月初，新林錦花舒。情人戲春月，窈窕曳羅裾。

妖冶顔蕩駘，景色復多媚。温風入南牖，織婦懷春意。

碧樓冥初月，羅綺垂新風。含春未及歌，桂酒發清容。

杜鵑竹裹鳴，梅花落滿道。燕女遊春月，羅裳曳芳草。

朱光照緑苑，丹華粲羅星。那能閨中繡，獨無懷春情。

鮮雲媚朱景，芳風散林花。佳人步春苑，繡帶飛紛葩。

羅裳迮紅袖，玉釵明月璫。冶遊步春露，豔覓同心郎。

春林花多媚，春鳥意多哀。春風復多情，吹我羅裳開。

新燕弄初調，杜鵑競晨鳴。畫眉忘注口，遊步散春情。

梅花落已盡，柳花隨風散。歎我當春年，無人相要唤。

昔别雁集渚，今還燕巢梁。敢辭歲月久，但使逢春陽。

春園花就黄，陽池水方渌。酌酒初滿杯，調弦始終一作成曲。〔一〕

娉婷揚袖舞，阿那曲身輕。照灼蘭光在，容冶春風生。

阿那曜姿舞，逶迤唱新歌。翠衣發華洛，回情一見過。

明月照桂林，〔二〕初花錦繡色。誰能不相思，〔三〕獨在機中織。

崎嶇與時競，不復自顧慮。春風振榮林，常恐華落去。

思見春花月，含笑當道路。逢儂多欲擿，可憐持自誤。
自從别歡後，歎音不絶響。黄蘗向春生，苦心隨日長。

〔一〕始終：《詩紀》卷四一作「始成」。
〔二〕明月句：《玉臺》卷一〇作「朝日照北林」。
〔三〕不相思：同上作「春不思」。

夏歌二十首

高堂不作壁，招取四面風。吹歡羅裳開，動儂含笑容。
反覆華簟上，屏帳了不施。郎君未可前，待我整容儀。
開春初無歡，秋冬更增凄。共戲炎暑月，還覺兩情諧。
春别猶春戀，〔一〕夏還情更久。羅帳爲誰褰，雙枕何時有？
疊扇放牀上，企想遠風來。輕袖拂華妝，〔二〕窈窕登高臺。
含桃已中食，郎贈合歡扇。深感同心意，蘭室期相見。
田蠶事已畢，思婦猶苦身。當暑理絺服，持寄與行人。
朝登涼臺上，夕宿蘭池裏。乘月採芙蓉，夜夜得蓮子。

暑盛靜無風，夏雲薄暮起。攜手密葉下，浮瓜沉朱李。
鬱蒸仲暑月，長嘯出湖邊。芙蓉始結葉，花豔未成蓮。
適見戴青幡，三春已復傾。林鵲改初調，林中夏蟬鳴。
春桃初發紅，惜色恐儂擿。朱夏花落去，誰復相尋覓。
昔別春風起，今還夏雲浮。路遥日月促，非是我淹留。
青荷蓋渌水，芙蓉葩紅鮮。郎見欲採我，我心欲懷蓮。
四周芙蓉池，朱堂敞無壁。珍簟鏤玉牀，繾綣任懷適。
赫赫盛陽月，無儂不握扇。窈窕瑶臺女，冶遊戲涼殿。
春傾桑葉盡，夏開蠶務畢。晝夜理機縛，〔三〕知欲早成匹。
情知三夏熱，今日偏獨甚。香巾拂玉席，共郎登樓寢。
輕衣不重綵，飇風故不涼。三伏何時過，許儂紅粉妝。
盛暑非遊節，百慮相纏綿。泛舟芙蓉湖，散思蓮子間。

〔一〕春戀：當是「眷戀」。

〔二〕妝：《古樂府》卷六作「牀」。

〔三〕縛：《詩紀》卷四一作「絲」。

秋歌十八首

風清覺時涼，明月天色高。佳人理寒服，萬結砧杵勞。

清露凝如玉，涼風中夜發。情人不還卧，冶遊步明月。

鴻雁搴南去，〔乳〕闕一字燕指北飛。〔一〕征人難爲思，願逐秋風歸。

開窗秋一作取月光，滅燭解羅裳。合笑帷幌裏，舉體蘭蕙香。

適憶三陽初，今已九秋暮。追逐泰始樂，不覺華年度。

飄飄初秋夕，明月耀秋輝。握腕同遊戲，庭含媚素歸。

秋夜涼風起，天高星月明。蘭房競妝飾，綺帳待雙情。

涼秋開窗寢，斜月垂光照。中宵無人語，羅幌有雙笑。

金風扇素節，玉露凝成霜。登高去來雁，〔二〕惆悵客心傷。

草木不常一作長榮，憔悴爲秋霜。今遇泰始世，年逢九春陽。

自從別歡來，何日不相思。常恐秋葉零，無復蓮條時。

掘作九州池，盡是大宅裏。處處種芙蓉，婉轉得蓮子。

初寒八九月，獨纏自絡絲。寒衣尚未了，郎喚儂底爲？

秋愛兩兩雁，春感雙雙燕。蘭鷹接野雞，雉落誰當見？

仰頭看桐樹，桐花特可憐。願天無霜雪，梧子解千年。

白露朝夕生，秋風淒長夜。憶郎須寒服，乘月擣白素。

秋夜入窗裏，〔三〕羅帳起飄颺。仰頭看明月，寄情千里光。

別在三陽初，望還九秋暮。惡見東流水，終年不西顧。

〔一〕〔乳〕：據《詩紀》卷四一補。

〔二〕去：字疑誤。

〔三〕夜：《玉臺》卷一〇作「風」，是。

冬歌十七首

淵冰厚三尺，素雪覆千里。我心如松柏，君情復何似？〔一〕

塗澀無人行，冒寒往相覓。若不信儂時，但看雪上跡。

寒鳥依高樹，枯林鳴悲風。爲歡憔悴盡，那得好顔容。

夜半冒霜來，見我輒怨唱。懷冰闇中倚，已寒不蒙亮。

躡履步荒林，蕭索悲人情。一唱泰始樂，枯草銜花生。

昔別春草緑，今還墀雪盈。誰知相思老，玄鬢白髮生。

寒雲浮天凝，積雪冰川波。連山結玉巖，修庭振瓊柯。

炭爐却夜寒，重抱坐疊褥。與郎對華榻，弦歌秉一作炳蘭燭。

天寒歲欲暮，朔風舞飛雪。懷人重衾寢，故有三夏熱。

冬林葉落盡，逢春已復曜。葵藿生谷底，傾心不蒙照。

朔風灑霰雨，緑池蓮水結。願歡攘皓腕，共弄初落雪。

嚴霜白草木，寒風晝夜起。感時爲歡歎，霜鬢不可視。

何處結同心，西陵柏樹下。晃蕩無四壁，嚴霜凍殺我。

白雪停陰岡，丹華耀陽林。何必絲與竹，山水有清音。

未嘗經辛苦，無故强相矜。欲知千里寒，但看井水冰。

果欲結金蘭，〔二〕但看松柏林。經霜不墮一作墜地，歲寒無異心。

適見三陽日，寒蟬已復鳴。感時爲歡歎，白髮緑鬢生。

〔一〕情：《玉臺》卷一〇作「心」。

〔二〕「果欲結金蘭」首：《詩紀》卷六四收入梁武帝《子夜冬歌》四首中。

子夜四時歌七首

梁・武帝

春歌〔一〕

蘭葉始滿地，梅花已落枝。持此可憐意，摘以寄心知。

夏歌三首〔二〕

江南蓮花開，紅光復碧水。色同心復同，藕異心無異。〔三〕
閨中花如繡，簾上露如珠。欲知有所思，停織復踟蹰。
含桃落花日，黄鳥營飛時。君住馬已一作欲疲，妾去蠶已飢。

秋歌二首〔四〕

繡帶合歡結，〔五〕錦衣連理文。懷情入夜月，含笑出朝雲。
當信抱梁期，莫聽回風音。鏡上兩入髻，〔六〕分明無兩心。

冬歌〔七〕

寒閨動黻帳，密筵重錦席。賣眼拂長袖，含笑留上客。

〔一〕《春歌》：《詩紀》卷六四作「四首」，第一首「階上香入懷」，第三首「朱日光素冰」，見下王金珠《春歌》三首中。第四首：「花塢蝶雙飛，柳堤鳥百舌。不見佳人來，徒勞心斷絶。」《詩紀》注：「《樂府》不載。」

〔二〕《夏歌》三首：同上作「四首」，第三首「玉盤著朱李」，見下王金珠《夏歌》二首中。

〔三〕「江南蓮花開」首：《詩紀》注：「《藝文》載一首云：『江南蓮花水，紅光復碧色。同絲有同藕，異心無異菂。』」復：同上作「照」，《玉臺》卷一〇作「覆」，是。

〔四〕《秋歌》二首：同上作四首，第二首「七采紫金柱，九華九玉梁。但歌雲不去，含吐有餘香」。第三首「吹漏未可停，弦斷更當續。但作雙絲引，共奏同心曲。」注：「以上二首，《樂府》不載。」

〔五〕繡帶合歡結：此首又見王金珠《冬歌》，首句作「寒閨周黼帳」。

〔六〕鏡上句：同上作「鏡中兩人髻」，是。

〔七〕《冬歌》：同上作四首，第二首「别時鳥啼户，金晨雪滿墀。過此君不返，但想緑鬢衰」。注：「《樂府》所載古辭一首，與此小異。」第三首「果欲結金蘭」，注：「《樂府》作古辭。」第四首「一年漏將盡，萬里人未歸。君志因有在，妾軀乃無依」。注：「《樂府》不載。」

子夜四時歌八首

王金珠

春歌三首

朱日光素水，〔一〕黄華映白雪。折梅待佳人，共迎陽春月。

階上香入懷，〔二〕庭中花照眼。春心鬱如此，〔三〕情來不可限。

吹漏不可停，〔四〕斷弦當更續。俱作雙思引，〔五〕共奏同心曲。

夏歌二首

玉盤貯朱李，〔六〕金杯盛白酒。本欲持自親，〔七〕復恐不甘口。

垂簾倦煩熱，卷幌乘清陰。風吹合歡帳，直動相思琴。

秋歌二首

疊素蘭房中，勞情桂杵側。朱顏潤紅粉，香汗光玉色。

紫莖垂玉露，緑葉落金櫻。著錦如言重，衣羅始覺輕。

冬歌〔八〕

寒閨周黼帳，錦衣連理文。懷情入夜月，含笑出朝雲。

〔一〕水：《玉臺》卷一〇作「冰」。又「朱日光素冰」首，同上作梁武帝詩，《梁武帝集》載之。

〔二〕香：同上作「歌」。又「階上歌入懷」一首，同上及《藝文》卷四三均作梁武帝詩，《梁武帝集》載之。

〔三〕鬱：《梁武帝集》作「一」。

〔四〕吹漏：《玉臺》作「吹蒲」。不可：同上作「未可」。又「吹漏不可停」首，《玉臺》作梁武帝詩，《梁武帝集》載之。

〔五〕雙思：同上作「雙絲」。

〔六〕貯：同上作「著」。又玉盤著朱李首，同上作梁武帝詩，《梁武帝集》載之。

〔七〕本：《玉臺》及《梁武帝集》均作「雖」。

〔八〕此首除第一句外，與梁武帝《秋歌》第一首同。

樂府詩集卷第四十五

清商曲辭二

吴聲歌曲二

子夜春歌

唐·王　翰

春氣滿林香，春遊不可忘。落花吹欲盡，垂柳折還長。桑女淮南曲，金鞍塞北裝。行行小垂手，日暮渭川陽。

子夜冬歌

崔國輔

寂寥抱冬心，裁羅又褧褧，夜久頻挑燈，霜寒剪刀冷。

同前

薛　耀

朔風扣群木，嚴霜凋百草。借問月中人，安得長不老。

子夜四時歌六首

郭元振

春歌二首

青樓含日光，緑池起風色。贈子同心花，殷勤此何極。

陌頭楊柳枝，已被春風吹。妾心正斷絶，君懷那得知。

秋歌二首

邀歡空佇立，望美頻迴顧。何時復採菱，江中密相遇。

辟惡茱萸囊，延年菊花酒。與子結綢繆，丹心此何有。

冬歌二首

北極嚴氣升，南至温風謝。調絲競短歌，拂枕憐長夜。

帷横雙翡翠，被卷兩鴛鴦。婉態不自得，宛轉君王牀。

子夜四時歌四首〔一〕

李白

春歌

秦地羅敷女，採桑緑水邊。素手青條上，紅妝白日鮮。蠶飢妾欲去，五馬莫留連。

夏歌

鏡湖三百里，菡萏發荷花。五月西施採，人看隘若耶。迴舟不待月，歸去越王家。

秋歌

長安一片月，萬户擣衣聲。秋風吹不盡，總是玉關情。何日平胡虜？良人罷遠征。

冬歌

明朝驛使發，一夜絮征袍。素手抽針冷，那堪把剪刀！裁縫寄遠道，幾日到臨洮？

〔一〕《子夜四時歌》：郭本《李太白詩》卷六作《子夜吴歌》。

子夜四時歌四首 陸龜蒙

春歌

山連翠羽屏，草接烟華席。望盡南飛燕，佳人斷信息一作消息。

夏歌

蘭眼擡露斜，鶯脣映花老。金龍傾漏盡，玉井敲冰早。

秋歌

涼漢清泬寥，衰林怨風雨。愁聽絡緯唱，似與羈魂語。

冬歌

南光走冷圭，北籟號空木。年年任霜霰，不減篔簹緑。

大子夜歌二首〔一〕

歌謡數百種，子夜最可憐。慷慨吐清音，明轉出天然。

絲竹發歌響，假器揚清音。不知歌謡妙，聲勢出口心。

子夜警歌二首

鏤椀傳綠酒，雕爐薰紫烟。誰知苦寒調，共作白雪弦。

恃愛如欲進，含羞出不前。〔二〕朱口發豔歌，玉指弄嬌弦。

〔一〕《大子夜歌》二首、《子夜警歌》二首，皆晉宋辭。《全唐詩·樂府》因此二題與上文陸龜蒙作相連，遂作陸詩收入，誤也。《全唐詩》卷二一在上兩題下均注：「次首本古曲辭。」

〔二〕出不：《玉臺》卷一〇作「未肯」。

子夜變歌三首

《宋書·樂志》曰：「六變諸曲，皆因事製歌。」《古今樂録》曰：「《子夜變歌》前作持子送，後作歡娱我送。《子夜警歌》無送聲，仍作變，故呼爲變頭，謂六變之首也。」

人傳歡負情，我自未常見。三更開門去，始知子夜變。

歲月如流邁，春盡秋已至。熒熒條上花，零落何乃駛。

歲月如流邁，行已及素秋。蟋蟀吟堂前，惆悵使儂愁。

同前〔一〕

梁·王金珠

七綵紫金柱，九華白玉梁。但歌繞不去，含吐有餘香。

〔一〕同前：《玉臺》卷一〇作梁武帝《秋歌》，《梁武帝集》載之。

上聲歌八首

晉宋梁辭

《古今樂録》曰：「《上聲歌》者，此因上聲促柱得名。或用一調，或用無調名，如古歌辭所言，謂哀思之音，不及中和。梁武因之改辭，無復雅句。」

儂本是蕭草，持作蘭桂名。芬芳頓交盛，感郎爲《上聲》。

郎作《上聲曲》，柱促使弦哀。譬如秋風急，觸遇傷儂懷。

初歌《子夜》曲，改調促鳴箏。四座暫寂靜，聽我歌《上聲》。

三鼓染烏頭，聞鼓白門裏。擘裳抱履走，何冥不輕紀。

三月寒暖適，楊柳可藏雀。未言涕交零，如何見君隔。

新衫繡兩端一作迮襠〔一〕，迮著羅裙裏。行步動微塵，〔二〕羅裙隨風起。

裲襠與郎着，反繡持貯裏。汗汗莫濺浣，持許相存在。

春月暵何太，生裙迮羅襪。〔三〕暖暖日欲冥，從儂門前過。

〔一〕新衫句：《玉臺》卷一〇作「留衫繡兩襠」。《詩紀》卷四一「端」作「襠」。

〔二〕行步句：《玉臺》作「微步動輕塵」。

〔三〕羅襪：「襪」字失韻，當作「襪羅」，「羅」字與「過」字協韻。

同前〔一〕

梁・王金珠

花色過桃杏，名稱重金瓊。名歌非《下里》，含笑作《上聲》。

〔一〕同前：《玉臺》卷一〇作梁武帝詩。

歡聞歌

《古今樂録》曰：「《歡聞歌》者，晉穆帝升平初歌，畢輒呼『歡聞不』？以爲送聲，後因此爲曲名。今世用莎持乙子代之，語稍訛異也。」

遥遥天無柱，流漂萍無根。單身如螢火，持底報郎恩。

同前〔一〕

王金珠

豔豔金樓女，心如玉池蓮。持底報郎恩，俱期遊梵天。

〔一〕同前：《玉臺》卷一〇作梁武帝詩。

歡聞變歌六首

《古今樂録》曰：「《歡聞變歌》者，晉穆帝升平中，童子輩忽歌於道，曰『阿子聞』，曲終輒云：『阿子汝聞不？』無幾而穆帝崩。褚太后哭『阿子汝聞不』？聲既悽苦，因以名之。」

金瓦九重牆，玉壁珊瑚柱。中夜來相尋，喚歡聞不顧。

歡來不徐徐，陽窗都鋭户。耶婆尚未眠，肝心如推櫓。

張罾不得魚，〔魚〕不櫓罾歸。〔一〕君非鸕鷀鳥，底爲守空池？

刻木作班鵻，有翅不能飛。摇著帆檣上，望見千里磯。

鍥臂飲清血，牛羊持祭天。没命成灰土，終不罷相憐。

駛風何曜曜，帆上牛渚磯。帆作繖子張，船如侶馬馳。

〔一〕〔魚〕不：據毛刻本補。《詩紀》卷四一作「不櫓罾空歸」。

同前

王金珠

南有相思木，合影復同心。遊女不可求，誰能識得音。

前溪歌七首

《宋書・樂志》曰：「《前溪歌》者，晉車騎將軍沈玩所製。」郗昂《樂府解題》曰：「《前溪》，舞曲也。」

憂思出門倚，逢郎前溪度。莫作流水心，引新都捨故。

爲家不鑿井，擔瓶下前溪。開穿亂漫下，但聞林鳥啼。

前溪滄浪映，通波澄渌清。聲弦傳不絶，千載寄汝名，永與天地并。

逍遥獨桑頭，北望東武亭。黄瓜被山側，春風感郎情。

逍遥獨桑頭，東北無廣親。黄瓜是小草，春風何足一作處歎，憶汝涕交零。

黄葛結蒙籠，生在洛溪邊。花落逐水去，何當順流還，還亦不復鮮。

黄葛生爛熳，誰能斷葛根。寧斷嬌兒乳，不斷郎殷勤。

同前

包明月

當曙與未曙，百鳥啼窗前。〔一〕獨眠抱被歎。憶我懷中儂，單情何時雙。

〔一〕窗前：前字失韻，疑當作「前窗」，窗字與雙字協韻。

阿子歌三首

《宋書·樂志》曰：「《阿子歌》者，亦因升平初歌云『阿子汝聞不』？後人演其聲爲《阿子》、《歡聞》二曲。」《樂苑》曰：「嘉興人養鴨兒，鴨兒既死，因有此歌。未知孰是。」

阿子復阿子，念汝好顔容。風流世希有，窈窕無人雙。

春月故鴨啼，獨雄顛倒落。工知悦弦死，故來相尋博。

野田草欲盡，東流水又暴。念我雙飛鳧，飢渴常不飽。

同前

王金珠

可憐雙飛鳧，飛集野田頭。飢食野田草，渴飲清河流。

丁督護歌五首

宋·武帝

一曰《阿督護》。《宋書·樂志》曰：「《督護歌》者，彭城内史徐逵之爲魯軌所殺，宋高祖使府内直督護丁旿收斂殯埋之。逵之妻，高祖長女也。呼旿至閤下，自問殮送之事。每問輒歎息曰：『丁督護』！其聲哀切，後人因其聲廣其曲焉。」《唐書·樂志》曰：「《丁督護》，晉宋間曲也。今歌是宋武帝所製」云。

督護北征去，前鋒無不平。朱門垂高蓋，永世揚功名。

洛陽數千里，孟津流無極。辛苦戎馬間，别易會難得。

督護北征去，相送落星墟。帆檣如芒檉，督護今何渠。

督護初征時，〔一〕儂亦惡聞許。願作石尤風，四面斷行旅。

聞歡去北征，相送直瀆浦。只有淚可出，無復情可吐。

〔一〕「督護初征」兩句：《玉臺》卷一〇作「督護上征去，儂亦思聞許」。

同前〔一〕

王金珠

黃河流無極，洛陽數千里。轗軻戎旅間，何由見歡子。

〔一〕同前：《玉臺》卷一〇作宋武帝詩。

同前

唐・李　白

雲陽上征去，兩岸饒商賈。吴牛喘月時，拖船一何苦。水濁不可飲，壺漿半成土。一唱《都護歌》，心摧淚如雨。萬人鑿盤石，無田達江滸。君看石芒碭，掩淚悲千古。

團扇郎六首〔一〕

《古今樂録》曰：「《團扇郎歌》者，晉中書令王珉，捉白團扇與嫂婢謝芳姿有愛，情好甚篤。嫂捶撻婢過苦，王東亭聞而止之。芳姿素善歌，嫂令歌一曲當赦之。應聲歌曰：『白團扇，辛苦五流連。是郎眼所見。』珉聞，更問之：『汝歌何遺？』芳姿即改云：『白團扇，憔悴非昔容，羞與郎相見。』後人因而歌之。」

七寶畫團扇，燦爛明月光。餉郎却暄暑，相憶莫相忘。
青青林中竹，可作白團扇。動摇郎玉手，因風托方便。
犢車薄不乘，步行耀玉顔。逢儂都共語，起欲著夜半。
團扇薄不摇，窈窕摇蒲葵。相憐中道罷，定是阿誰非。
御路薄不行，窈窕決横塘。團扇鄣白日，面作芙蓉光。
白練薄不著，趣欲著錦衣。異色都言好，清白爲誰施。

〔一〕第一首「七寶畫團扇」，《玉臺》《藝文》皆作桃葉《答王獻之團扇歌》。第二首「青青林中竹」，《藝文》亦作桃葉《答王團扇歌》。

同前〔一〕

〔梁・武　帝〕

手中白團扇，淨如秋團月。清風任動生，嬌聲任意發。〔二〕

〔一〕同前：此首《玉臺》卷一〇、《藝文》卷四三均作梁武帝詩，據補。

〔二〕嬌聲句：《玉臺》作「嬌香承意發」，《藝文》作「嬌香乘意發」。

同前〔一〕

團扇復團扇，持許自遮面。憔悴無復理，羞與郎相見。

〔一〕同前：此首《玉臺》卷一〇、《藝文》卷四三作桃葉《答王團扇歌》。

同前　唐・張祜

白團扇，今來此去捐。願得入郎手，團圓郎眼前。

同前　劉禹錫

團扇復團扇，奉君清暑殿。秋風入庭樹，從此不相見。上有乘鸞女，蒼蒼蟲網遍。明年入懷袖，別是機中練。〔一〕

〔一〕是：《全唐詩》卷二一作「有」。

七日夜女歌九首〔一〕

三春怨離泣，九秋欣期歌。駕鸞行日時，月明濟長河。

長河起秋雲，漢渚風涼發。含欣出霄路，可笑向明月。〔二〕

金風起漢曲，素月明河邊。七章未成匹，飛燕一作鸞起長川。

春離隔寒暑，明秋暫一會。兩歎別日長，雙情若飢渴。

婉孌不終夕，一別周年期。桑蠶不作繭，晝夜長懸絲。

靈匹怨離處，索居隔長河。玄雲不應雷，是儂啼歎歌。

振玉下金階，拭眼矚星藟。〔三〕惆悵登雲軺，悲恨兩情殫。

風驂不駕纓，翼人立中庭。簫管且停吹，展我叙離情。

紫霞烟翠蓋，斜月照綺窗。銜悲握離袂，易爾還年容。

〔一〕女歌：毛本目録、本書目録均作「女郎歌」。

〔二〕可笑：疑當作「巧笑」。

〔三〕星藟：疑當作「星闌」，天曙則星闌。

長史變歌三首

《宋書·樂志》曰：「《長史變歌》者，晉司徒左長史王廞臨敗所製也。」

出儂吴昌門，清水緑碧色。徘徊戎馬間，求罷不能得。

口和狂風扇，心故清白節。朱門前世榮，千載表忠烈。

朱桂結貞根，〔芬〕芳(芬)一作菲溢帝庭。〔一〕陵霜不改色，枝葉永流榮。

〔一〕〔芬〕芳(芬)：據《詩紀》卷四一改。

黄生曲三首

黄生無誠信，冥强將儂期。通夕出門望，至曉竟不來。

崔子信桑條，餧去都餧還。爲歡復摧折，命生絲髮間。

松柏葉青蒨，石榴花葳蕤。迮置前後事，歡今定憐誰。

黄鵠曲四首

《列女傳》曰：「魯陶嬰者，魯陶明之女也。少寡，養幼孤，無强昆弟，紡績爲産。魯人或聞其義，將求焉。嬰聞之恐不得免，乃作歌明己之不更二庭也。其歌曰：『悲夫黄鵠之早寡兮，七年不雙。宛頸獨宿兮，不與衆同。夜半悲鳴兮，想其故雄。天命早寡兮，獨宿何傷。寡婦念此兮，泣下數行。嗚呼哀哉兮，死者不可忘。飛鳴尚然兮，況於真良。雖有賢雄兮，終不重行。』魯人聞之，不敢復求。」按《黄鵠》本漢横吹曲名。

黄鵠參天飛，半道鬱徘徊。腹中車輪轉，君知思憶誰。

黄鵠參天飛，半道還哀鳴。三年失群侶，生離傷人情。

黄鵠參天飛，疑翮爭風回。高翔入玄闕，時復乘雲頹。

黄鵠參天飛，半道還後渚。欲飛復不飛，悲鳴覓群侶。

碧玉歌三首

《樂苑》曰：「《碧玉歌》者，宋汝南王所作也。〔一〕碧玉，汝南王妾名。以寵愛之甚，所以歌之。」

碧玉破瓜時，郎爲情顛倒。芙蓉陵霜榮，秋容故尚好。

碧玉小家女，不敢攀貴德。感郎千金意，慚無傾城色。

碧玉小家女，不敢貴德攀。感郎意氣重，遂得結金蘭。

〔一〕宋汝南王：按宋無汝南王，晉有，疑宋或當作晉。

同前二首〔一〕

碧玉破瓜時，相爲情顛倒。感郎不羞郎，回身就郎抱。
杏梁日始照，蕙席歡未極。碧玉奉金杯，淥酒助花色。

〔一〕同前：第一首「碧玉破瓜時」，《藝文》卷四三作孫綽《情人詩》。第二首「杏梁日始照」，《玉臺》卷一〇作梁武帝詩。

同前　〔唐·李　暇〕〔一〕

碧玉上宫妓，出入千花林。珠被玳瑁牀，感郎情意深。

〔一〕唐李暇：據毛本、本書目録補。

桃葉歌三首〔一〕

《古今樂録》曰：「《桃葉歌》者，晉王子敬之所作也。桃葉，子敬妾名，緣於篤愛，所以歌之。」《隋書·五行志》曰：「陳時江南盛歌王獻之《桃葉》詩，云：『桃葉復桃葉，渡江不用楫。但渡無所苦，我自迎接汝。』後隋晉王廣伐陳，置將桃葉山下，及韓擒〔虎〕渡江，〔二〕大將任蠻奴至新亭，以導北軍之應。子敬，獻之字也。」

桃葉映紅花，無風自婀娜。春花映何限，感郎獨採我。

桃葉復桃葉，桃樹連桃根。相憐兩樂事，獨使我殷勤。

桃葉復桃葉，渡江不用楫。但渡無所苦，我自來迎接一作我自迎接汝。〔三〕

〔一〕第一首「桃葉映紅花」，《詩紀》卷四一注：「《彤管新編》作桃葉。」第二首「桃葉復桃葉」，同上注：「《玉臺》作王獻之。」

〔二〕韓擒〔虎〕：據毛刻本補。

〔三〕我自句：《玉臺》卷一〇作「我自迎接汝」。

同前〔一〕

桃葉復桃葉，渡江不待艣。風波了無常，没命江南渡。

〔一〕同前：《詩紀》卷四一注：「《彤管新編》作桃葉。」

長樂佳七首

小庭春映日，四角佩琳琅。玉枕龍鬚席，郎暝首何當。

雎鳩不集林，體潔好清流。貞節曜奇世，長樂戲汀洲。

鴛鴦翻碧樹，皆以戲蘭渚。寢食不相離，長莫過時許。

欲知長樂佳，仲陵羅淑女，〔一〕媚蘭雙情諧。

欲知長樂佳，中陵羅雎鳩，美死兩心齊。

比翼交頸遊，千載不相離。偕情欣歡，念長樂佳。

欲知長樂佳，仲陵羅背林，前溪長相隨。

〔一〕仲陵：《詩紀》卷四一作「中陵」，下文的「仲陵」同。

同前

紅羅複斗帳，四角垂朱璫。玉枕龍鬚席，郎眠何處牀。

歡好曲三首

淑女總角時，喚作小姑子。容豔初春花，人見誰不愛。
窈窕上頭歡，那得及破瓜。但看脱葉蓮，何如芙蓉花。
逶迤總角年，華豔星間月。遥見情傾廷，〔一〕不覺喉中噦。

〔一〕廷：疑當作「延」。

樂府詩集卷第四十六

清商曲辭三

吳聲歌曲三

懊儂歌十四首

《古今樂録》曰：「《懊儂歌》者，晉石崇緑珠所作，唯『絲布澀難縫』一曲而已。後皆隆安初民間訛謡之曲。宋少帝更製新歌三十六曲。齊太祖常謂之《中朝曲》，梁天監十一年，武帝敕法雲改爲《相思曲》。」《宋書·五行志》曰：「晉安帝隆安中，民忽作《懊惱歌》，其曲中有『草生可攬結，女兒可攬抱』之言。桓玄既篡居天位，義旗以三月二日掃定京師，玄之宫女及逆黨之家子女妓妾悉爲軍賞。東及甌越，北流淮泗，人皆有所獲焉。時則草可結事，則女可抱信矣。」

絲布澀難縫，令儂十指穿。黄牛細犢車，遊戲出孟津。

江中白布帆，烏布禮中帷。撢如陌上鼓，許是儂歡歸。

江陵去揚州，三千三百里。已行一千三，所有二千在。
寡婦哭城頹，此情非虛假。相樂不相得，抱恨黄泉下。
内心百際起，外形空殷勤。既就頹城感，敢言浮花言。
我與歡相憐，約誓底言者。常歡負情人，郎今果成詐。
我有一所歡，安在深閤裏。桐樹不結花，何由得梧子。
長檣鐵鹿子，布帆阿那起。詫儂安在間，一去三千里。
暫薄牛渚磯，歡不下廷板。水深沾儂衣，白黑何在浣。
愛子好情懷，傾家料理亂。攬裳未結帶，落托行人斷。
月落天欲曙，能得幾時眠。悽悽下牀去，儂病不能言。
髮亂誰料理，託儂言相思。還君華豔去，催送實情來。
山頭草，歡少。四面風，趨使儂顛倒。
懊惱奈何許，夜聞家中論，不得儂與汝。

懊惱曲

唐·温庭筠

藕絲作線難勝針，蕊粉染黄那得深。玉白蘭芳不相顧，倡一作青樓一笑輕千金。莫言自古皆如此，健劍荆鐘鉛繞指。三秋庭緑盡迎霜，惟有荷花守紅死。西一作廬江小吏朱斑輪，柳縷吐牙香玉春。兩股金釵已相許，不令獨作空城塵。〔一〕悠悠楚水流如馬，恨紫愁紅滿平野。野土千年怨不平，至今燒作鴛鴦瓦。

〔一〕城：《全唐詩》卷二一作「成」。

華山畿二十五首

《古今樂録》曰：「《華山畿》者，宋少帝時懊惱一曲，亦變曲也。少帝時，南徐一士子，從華山畿往雲陽。見客舍有女子年十八九，悦之無因，遂感心疾。母問其故，具以啟母。母爲至華山尋訪，見女具説聞感之因。脱蔽膝令母密置其席下卧之，當已。少日果差。忽舉席見蔽膝而抱持，遂吞食而死。氣欲絶，謂母曰：『葬時車載，從華山度。』母從其意。比至女門，牛不肯前，打拍不動。女曰：『且待須臾。』妝點沐浴，既而出。歌曰：『華山畿，君既爲儂死，獨活爲誰施？歡若見憐時，棺木爲儂開。』棺應聲開，女透入棺，家人叩打，無如之何，乃合葬，呼曰神女冢。」

華山畿，君既爲儂死，獨生爲誰施。〔一〕歡若見憐時，棺木爲儂開。

聞歡大養蠶，定得幾許絲。所得何足言，奈何黑瘦爲？

夜相思，投壺不停箭，憶歡作嬌時。

開門枕水渚，三刀治一魚，歷亂傷殺汝。

未敢便相許，夜聞儂家論，不持儂與汝。

懊惱不堪止，上牀解要繩，自經屏風裏。

啼著曙，淚落枕將浮，身沈被流去。

將懊惱，石闕晝夜題，碑淚常不燥。

别後常相思，頓書千丈闕，題碑無罷時。

奈何許，所歡不在間，嬌笑向誰緒。

隔津歎，牽牛語織女，離淚溢河漢。

啼相憶，淚如漏刻水，晝夜流不息。

著處多遇羅，的的往年少，豔情何能多。

無故相然我，路絶行人斷，夜夜故望汝。

一坐復一起，黄昏人定後，許時不來已。

摩可儂，巷巷相羅截，終當不置汝。

不能久長離，中夜憶歡時，抱被空中啼。
腹中如湯灌，肝腸寸寸斷，教儂底聊賴。
相送勞勞渚，長江不應滿，是儂淚成許。
奈何許，天下人何限，慊慊只爲汝。
郎情難可道，歡行豆挾心，見荻多欲繞。
松上蘿，願君如行雲，時時見經過。
夜相思，風吹窗簾動，言是所歡來。
長鳴雞，誰知儂念汝，獨向空中啼。
腹中如亂絲，憒憒適得去，愁毒已復來。

〔一〕生：《詩紀》卷五五作「活」。

讀曲歌八十九首

《宋書·樂志》曰：「《讀曲歌》者，民間爲彭城王義康所作也。其歌云『死罪劉領軍，誤殺劉第四』是也。」《古今樂録》曰：「《讀曲歌》者，元嘉十七年袁后崩，百官不敢作聲歌，或因酒讌，止竊聲讀曲細吟而已，以此爲名。」按義康被徙，亦是十七年。南齊時，朱碩仙善歌吴聲《讀曲》。武帝出遊鍾山，幸何美人墓。碩仙歌曰：「一憶所歡時，緣山破芿荏。山神感儂意，盤石鋭鋒動。」帝神色不悦，曰：「小人不遜，弄我。」時朱子尚亦善歌，復爲一曲云：「暖暖日欲冥，觀騎立蜘蹰。太陽猶尚可，且願停須臾。」於是俱蒙厚賚。

花釵芙蓉髻，雙鬢如浮雲。春風不知著，好來動羅裙。

念子情難有，已惡動羅裙，聽儂入懷不？

紅藍與芙蓉，我色與歡敵。莫案石榴花，歷亂聽儂摘。

千葉紅芙蓉，照灼緑水邊。餘花任郎摘，慎莫罷儂蓮。

思歡久，不愛獨枝蓮，只惜同心藕。

打壞木棲牀，誰能坐相思。三更書石闕，憶子夜啼碑。

奈何不可言，朝看莫牛跡，知是宿蹄痕。

娑拖何處歸，道逢播掿郎。口朱脱去盡，花釵復低昂。

所歡子，蓮從胸上度，刺憶庭欲死。〔一〕

攬裳踱，跣把絲織履，故交白足露。

上知所，所歡不見憐，憎狀從前度。

思難忍，絡𨱇語酒壺，倒寫儂頓盡。

上樹摘桐花，何悟枝枯燥。迢迢空中落，遂爲梧子道。

桐花特可憐，願天無霜雪，梧子解千年。

柳樹得春風，一低復一昂。誰能空相憶，獨眠度三陽。

折楊柳，百鳥園林啼，道歡不離口。

縠衫兩袖裂，花釵鬢邊低。何處分別歸，西上古餘啼。

所歡子，不與他人別，啼是憶郎耳。

披被樹明燈，獨思誰能忍。欲知長寒（衣）〔夜〕〔二〕，蘭燈傾壺盡。

坐起歎，汝好願他甘，叢香傾筐入懷抱。

逋髮不可料，〔三〕憔悴爲誰睹？欲知相憶時，但看裙帶緩幾許。

憶歡不能食，徘徊三路間，因風覓消息。

朝日光景開，從君良燕遊。願如卜者策，長與千歲龜。

所歡子，問春花可憐，摘插裲襠裏。

芳萱初生時，知是無憂草。雙眉畫未成，那能就郎抱。

百花鮮，誰能懷春日，獨入羅帳眠。

聞歡得新儂，四支懊如垂。烏散放行路井中，百翅不能飛。

憐歡敢喚名，念歡不呼字。連喚歡復歡，兩誓不相棄。

奈何許，石闕生口中，銜碑不得語。

白門前，烏帽白帽來。白帽郎，是儂良，不知烏帽郎是誰？

初陽正二月，草木鬱青青。躡履步前園，時物感人情。

青幡起御路，緑柳蔭馳道。歡贈玉樹箏，儂送千金寶。

桃花落已盡，愁思猶未央。春風難期信，託情明月光。

計約黄昏後，人斷猶未來。聞歡開方局，已復將誰期。

自從別郎後，卧宿頭不舉。飛龍落藥店，骨出只爲汝。

日光没已盡，宿鳥縱横飛。徙倚望行雲，躞蹀待郎歸。

百度不一回，千書信不歸。春風吹楊柳，華豔空徘徊。

音信闊弦朔，方悟千里遥。朝霜語白日，知我爲歡消。

合冥過藩來，向曉開門去。歡取身上好，不爲儂作慮。

五鼓起開門，正見歡子度。何處宿行還，衣被有霜露。

本自無此意，誰交郎舉前。视儂轉邁邁，不復來時言。

自我别歡後，歎音不絶響。茱萸持捻泥，龕有殺子像。

家貧近店肆，出入引長事。郎君不浮華，誰能呈實意。

念日行不遇，道逢播掿郎。查滅衣服壞，白肉亦黯瘡。

歔欷暗中啼，斜日照帳裏。無油何所苦，但使天明爾。

黄絲咡素琴，泛彈弦不斷。百弄任郎作，唯莫《廣陵散》。

思歡不得來，抱被空中語。月没星不亮，持底明儂緒。

詐我不出門，冥就他儂宿。鹿轉方相頭，丁倒欺人目。

歡但且還去，遣信相參伺。契兒向高店，須臾儂自來。

欲行一過心，誰我道相憐。摘菊持飲酒，浮華著口邊。

語我不遊行，常常走巷路。敗橋語方相，欺儂那得度。

闊面行負情，詐我言端的。畫背作天圖，子將負星曆。

君行負憐事，那得厚相於。麻紙語三葛，我薄汝粗疏。

黄天不滅解，甲夜曙星出。漏刻無心腸，復令五更畢。

打殺長鳴雞，彈去烏臼鳥，願得連冥不復曙，一年都一曉。

空中人住在，高牆深閤裏。書信了不通，故使風往爾。

儂心常慊慊，歡行由預情。霧露隱芙蓉，見蓮詎分明。

非歡獨慊慊，儂意亦驅驅。雙燈俱時盡，奈許兩無由。

誰交强纏綿，常持罷作慮。作生隱藕葉，蓮儂在何處。

相憐兩樂事，黄作無趣怒。合散無黄連，此事復何苦！

誰交强纏綿，常持罷作意。走馬織懸簾，薄情奈當駛。

執手與歡别，合會在何時？明燈照空局，悠然未有期。

百憶却欲噫，兩眼常不燥。蕃師五鼓行，離儂何太早！

合笑來向儂，一抱不能置。領後千里帶，那頓誰多媚。〔四〕

歡相憐，今去何時來？裲襠别去年，不忍見分題。

歡相憐，題心共飲血。梳頭入黄泉，分作兩死計。

嬌笑來向儂，一抱不能已。湖燥芙蓉萎，蓮汝藕欲死。

歡心不相憐，慊苦竟何已？芙蓉腹裏萎，蓮汝從心起。

下帷掩燈燭，明月照帳中。無油何所苦，但使天明儂。

執手與歡别，欲去情不忍。餘光照己藩，坐見離日盡。

種蓮長江邊，藕生黃蘗浦。必得蓮子時，流離經辛苦。
人傳我不虛，實情明把納。芙蓉萬層生，蓮子信重沓。
聞乖事難懷，況復臨別離。伏龜語石板，方作千歲碑。
鈐盪與時競，不得尋傾慮。春風扇芳條，常念花落去。
坐倚無精魂，使我生百慮。方局十七道，期會是何處？
暫出白門前，楊柳可藏烏。歡作沈水香，儂作博山爐。
十期九不果，常抱懷恨生。然燈不下炷，有油那得明。
自從近日來，了不相尋博。竹簾裲襠題，知子心情薄。
下帷燈火盡，朗月照懷裏。無油何所苦，但令天明爾。
近日蓮違期，不復尋博子。六籌翻雙魚，都成罷去已。
一夕就郎宿，通夜語不息。黃蘗萬里路，道苦真無極。
登店賣三葛，郎來買丈餘。合匹與郎去，誰解斷粗疏。
儂亦粗經風，罷頓葛帳裏，敗許粗疏中。
紫草生湖邊，誤落芙蓉裏。色分都未獲，空中染蓮子。
閨閤斷信使，的的兩相憶。譬如水上影，分明不可得。

逍遥待曉分，轉側聽更鼓。明月不應停，特爲相思苦。〔五〕

罷去四五年，相見論故情。殺荷不斷藕，蓮心已復生。

辛苦一朝歡，須臾情易厭。行膝點芙蓉，深蓮非骨念。

慊苦憶儂歡，書作後非是。五果林中度，見花多憶子。

〔一〕刺憶：疑當作「刺臆」，與上「胸」字相應。庭字疑誤。

〔二〕（衣）〔夜〕：據《詩紀》卷五五改。

〔三〕逋髮：同上及《古樂府》卷六作「通髮」。

〔四〕誰多：疑當作「許多」。

〔五〕相思：《古樂府》卷六作「思君」。

同前五首

唐・張　祜

窗中獨自起，簾外獨自行。愁見蜘蛛織，尋思直到明。

碓上人不春，〔一〕窗中絲罷絡。看渠駕去車，定是無四角。

不見心相許，徒云脚漫勤。摘荷空摘葉，是底採蓮人。

窗外山魈立，知渠脚不多。三更機底下，摸着是誰梭。

郎去摘黄瓜，郎來收赤棗。郎耕種麻地，今作西舍道。

〔一〕人：《全唐詩》卷二一作「米」，是。

中國古典文學基本叢書

樂府詩集

第四册

〔宋〕郭茂倩 編

中華書局

一年一年老去，明日後日花開。未報長安平定，萬國豈得銜杯。冰泮寒塘始緑，雨餘百草皆生。朝來門閤無事，[二]晚下高齋有情。

〔一〕（此）：衍文，據《嘉話録》删。

〔二〕門閤：《韋江州集》卷一〇作「門閭」。

上皇三臺[一]

不寐倦長更，披衣出户行。月寒秋竹冷，風切夜窗聲。

〔一〕《全唐詩》卷二六作韋應物作，按《韋江州集》中無此詩。

突厥三臺

雁門山上雁初飛，馬邑欄中馬正肥。日旰山西逢驛使，殷勤南北送征衣。

宫中三臺二首　　王　建

魚藻池邊射鴨，芙蓉園裏看花。日色柘袍相似，不著紅鸞扇遮。

池北池南草緑，殿前殿後花紅。天子千年萬歲，未央明月清風。

江南三臺四首

王　建

揚州橋邊小婦，〔一〕長干市裏商人。三年不得消息，各自拜鬼求神。

青草湖邊草色，飛猿嶺上猿聲。萬里三湘客到，〔二〕有風有雨人行。

樹頭花落花開，道上人去人來。朝愁暮愁即老，〔三〕百年幾度三臺。

聞身强健且爲一作聞身康健早爲，頭白齒落難追。准擬百年千歲，能得幾許多時。

〔一〕小婦：《全唐詩》卷二六作「少婦」。

〔二〕三湘：同上作「湘江」。

〔三〕即老：《才調集》卷二作「郎老」。

陵雲臺

梁・謝　舉

《魏志》曰：「文帝黄初元年十二月，初營洛陽宫。戊午，幸洛陽。二年，築陵雲臺。」劉義慶《世説》曰：「陵雲臺，樓觀精巧，先秤衆木輕重，然後構造，無錙銖相負揭。臺高峻，恒隨風動摇。」楊龍驤《洛陽記》曰：「陵雲臺高二十三丈，登之見孟津也。」

綺甍懸桂棟，隱暧傍喬柯。勢高凌玉井，臨迴度金波。易覺涼風至，早飛秋雁過。高臺相思曲，望遠騷人歌。幸屬一作矚此迢遞，知承雲霧多。〔一〕

〔一〕雲霧：《英華》卷一九二作「寒露」。

同前

北周·王 褒

高臺懸百尺，中夕殊未窮。北臨酸棗寺，西眺明光宮。城旁抵雙府，林裏對相風。書題鹿盧榜，觀寫飛廉銅。窗開神女電，梁映美人虹。虞捐濫天寵，鄭膂特懷忠。莊生垂翠釣，昭儀抵鬬熊。〔一〕馳輪有盈缺，人道亦汙隆。還念西陵舞，非復鄴城中。

〔一〕抵：《詩紀》卷一一三作「拒」。

建興苑〔一〕

梁·紀少瑜

丹陵抱天邑，紫淵更上林。銀臺懸百仞，玉樹起千尋。水流冠蓋影，風揚歌吹音。踟躕憐拾翠，顧步惜遺簪。日落庭光轉，方幰屢移陰。願言樂未極，不道愛黄金。

〔一〕建興苑：《詩紀》卷九二作「《遊建興苑》」。

曲池水

齊・謝朓

緩步遵莓渚，披衿待蕙風。芙蕖舞輕蒂，苞筍出芳叢。浮雲自西北，江海思無窮。烏去能傳響，見我(測)〔緑〕琴中。〔一〕

〔一〕(測)〔緑〕琴：據《謝宣城集》卷二改。

築城曲

唐・張籍

馬縞《中華古今注》曰：「秦始皇三十二年，得讖書云：『亡秦者胡。』乃使蒙恬擊胡，築長城以備之。」《淮南子》曰：「秦發卒五十萬築修城，西屬流沙，北繫遼水，東結朝鮮，中國内郡輓車而餉之。後因有《築城曲》，言築長城以限胡虜也。又有《築城睢陽曲》，與此不同。」《古今樂録》曰：「築城相杵者，出自漢梁孝王。孝王築睢陽城，方十二里。造唱聲，以小鼓爲節，築者下杵以和之。後世謂此聲爲《睢陽曲》。」《晉太康地記》曰：「今樂家《睢陽曲》，是其遺音。」《唐書・樂志》曰「《睢陽操》用舂牘」是也。按《漢書》曰「梁孝王廣睢陽城七十二里」，而云十二里，未知孰實。

築城去，〔一〕千人萬人齊抱杵。〔二〕重重土堅試行錐，軍吏執鞭催作遲。來時一年深磧裏，着盡短衣渴無水。力盡不得抛一作休杵聲，〔三〕杵聲未定人皆死。家家養男當門户，今日作君城下土。

〔一〕去：《張司業詩集》卷一作「處」。

〔二〕齊抱：同上作「抱把」。

〔三〕抛：同上作「休」。

同前五解〔一〕

元稹

年年塞下丁，長作出塞兵。自從冒頓强，官築遮虜城。一解　築城須努力，城高遮得賊。但恐賊路多，有城遮不得。二解　丁口傳父口，莫問城堅不。平城被虜圍，漢斵城牆走。三解　因兹虜請和一作請休和，〔二〕虜往騎來多。〔三〕半疑兼半信，築城猶嵯峨。四解　築城安敢煩，願聽丁一言。請築鴻臚寺，兼愁虜出關。五解

〔一〕同前：指《築城曲》，《元氏長慶集》卷二三作《古築城曲》。

〔二〕虜請和：同上作「請休和」。

〔三〕多：同上作「過」。

同前〔二首〕〔一〕

陸龜蒙

城上一掊土，〔二〕手中千萬杵。築城畏不堅，堅城在何處。

莫歎築城勞，〔三〕將軍要却敵。城高功亦高，爾命何〔處〕〔勞〕一作足惜。〔四〕

〔一〕同前〔二首〕：原作一首，據《甫里先生文集》卷七改爲二首，因補。

〔二〕一掊：同上作「一抔」。

〔三〕築城勞：同上作「將軍逼」。

〔四〕何〔處〕〔勞〕：據同上改。

大道曲

晉·謝尚

青陽二三月，柳青桃復紅。車馬不相識，音落黄埃中。

《樂府廣題》曰：「謝尚爲鎮西將軍，嘗着紫羅襦，據胡牀，在市中佛國門樓上彈琵琶，作《大道曲》。市人不知是三公也。」

採荷調〔一〕

梁・江從簡

《樂府廣題》曰：「梁太尉從事中郎江從簡，年十七，有才思。爲《採荷調》以刺何敬容。敬容覽之，不覺嗟賞，愛其巧麗。敬容時爲宰相。」

欲持荷作柱，荷弱不勝梁。欲持荷作鏡，荷暗本無光。

〔一〕採荷調：《詩紀》卷九〇作《採蓮諷》。

湖陰曲〔一〕

唐・温庭筠〔二〕

曲序曰：〔三〕「晉王敦舉兵至湖陰。明帝微行，視其營伍。由是樂府有《湖陰曲》。後其辭亡，因作而附之。」

祖龍黄鬚珊瑚鞭，鐵驄金面青連錢。虎髯拔劍欲成夢，日壓賊營如血鮮。海旗風急驚眠起，甲重光摇照湖水。蒼黄追騎塵外歸，森索妖星陣前死。五陵愁碧春萋萋，灞川玉馬空中嘶。羽書如電入青瑣，雪腕如捶催畫鞞。白虬天子金煌鋩，高臨帝座迴龍章。吴波不動楚山晚，花壓闌干春晝長。

〔一〕湖陰曲：《温庭筠詩集》卷一作《湖陰詞》。
〔二〕温庭筠：此處原空，下行作「温庭筠曲序曰」，今按本書體例改。
〔三〕曲序：同上作「並序」。

永明樂十首

齊・謝朓

《南齊書・樂志》曰：「《永明樂歌》者，竟陵王子良與諸文士造奏之。人爲十曲。道人釋寶月辭頗美，武帝常被之筦弦，而不列於樂官。」按此曲永明中造，故曰永明樂。

帝圖閏九有，〔一〕皇風浮四溟。永明一爲樂，《咸池》無復靈。
民和禮樂富，世清歌頌徽。鴻名軼卷領，稱首邁垂衣。
朱臺鬱相望，青槐紛馳道。〔二〕秋雲湛甘露，春風散芝草。
龍樓日月照，淄館風雲清。儲光温似玉，藩度式如瓊。
化洽鯷海君，恩變龍庭長。西北騖環裘，東南盡龜象。
出車長洲苑，選旅朝夕川。絡絡結雲騎，奕奕泛戈船。
燕駟遊京洛，趙服麗有輝。清歌留上客，妙舞送將歸。

實相薄五禮，妙花開六塵。明祥已玉燭，寶瑞亦金輪。生蔑（荓）〔苧〕蘿性，〔三〕身與嘉惠隆。飛纓入華殿，屣步出重宫。彩鳳鳴朝陽，玄鶴舞清商。瑞此永明曲，千載爲金皇。〔四〕

〔一〕閏：《古樂府》卷一〇作「開」，《謝宣城詩集》卷二作「潤」。
〔二〕紛：《百三名家集》作「分」。
〔三〕（荓）〔苧〕蘿：據同上改。
〔四〕爲金皇：同上作「今爲皇」。

同前十首

王　融

玄符昭景曆，茂實偶英聲。長爲南山固，永與朝日明。
靈丘比翼栖，芳林合條起。兩代分憲章，一朝會書軌。
二離金玉相，三袞蘭蕙芳。重儀文世子，再奉東平王。
空谷返逸驂，陰山響鳴鶴。振玉躧丹墀，懷芳步青閣。
崇文晦已明。膠庠雜復整。弱臺留折巾，沂川詠芳穎。
定林去喧俗，〔一〕鹿野出埃霞。香風流梵琯，澤雨散雲花。

楚望傾澠滁，日館仰鑾鈴。已晞五雲發，方照兩河清。
幸哉明盛世，壯矣帝王居。高門夜不柝，飲帳曉長舒。
總棹金陵渚，方駕玉山阿。輕露炫珠翠，初風搖綺羅。
西園抽蕙草，北沼掇芳蓮。生逢永明樂，死日生之年。

〔一〕定林：《古樂府》卷一〇作「空林」。

同前

梁·沈約

聯翩貴遊子，侈靡千金客。華轂起飛塵，珠履竟長陌。

永世樂

北齊·魏收

《隋書·樂志》曰：「後魏太武平河西，得西涼樂，其歌曲有《永世樂》。」

綺窗斜影入，上客酒須添。翠羽方開美，鉛華汗不霑。關門今可下，落珥不相嫌。

無愁果有愁曲〔一〕

唐·李商隱

《隋書·樂志》曰：「北齊後主自能度曲，嘗倚弦而歌，別採新聲，爲《無愁曲》。自彈胡琵琶而唱之，音韻窈窕，極於哀思。使胡兒閹官輩齊和之，曲終樂闋，莫不隕涕。雖行幸道路，或時馬上奏之，樂往哀來，竟以亡國。」李商隱曰：「《無愁果有愁曲》，北齊歌也。」《唐會要》：「天寶十三載，改《無愁》爲《長歡》。」

東有青龍西白虎，中含福皇包世度。玉壺渭水笑清潭，鑿天不到牽牛處。麒麟踏雲天馬獰，牛山撼碎珊瑚聲。秋娥點滴不成淚，十二玉樓無故釘。推烟唾月抛千里，十番紅桐一行死。白楊別屋鬼迷人，空留暗記如蠶紙。日暮向風牽短絲，血凝血散今誰是。

〔一〕《無愁果有愁曲》：《李義山詩集》卷二作「《無愁果有愁曲北齊歌》」。

起夜來

梁·柳惲

《樂府解題》曰：「《起夜來》，其辭意猶念疇昔思君之來也。」唐聶夷中又有《起夜半》。

城南斷兵騎，〔一〕閣道覆青埃。露華光翠網，月影入蘭臺。洞房且莫掩，應門或復開。颯颯秋桂響，非君起夜來。〔二〕

〔一〕兵騎：《詩紀》卷七九作「車騎」。

〔二〕非君：《古樂府》卷一〇作「悲君」。

同前〔一〕

唐・施肩吾

香銷連理帶，塵覆合歡杯。懶卧相思枕，愁吟《起夜來》。

〔一〕同前：指《起夜來》，按《全唐詩》卷四九四作《夜起來》，下文同。

（同前）〔起夜半〕〔一〕

聶夷中

念遠心如燒，不覺中夜起。桃花帶露泛，〔二〕立在月明裏。

〔一〕（同前）〔起夜半〕：據毛本及本書目録改。

〔二〕泛：《全唐詩》卷六三六注：「一作滋。」

獨不見

梁・柳　惲

《樂府解題》曰：「《獨不見》，傷思而不得見也。」

别島望雲臺，〔一〕天淵臨水殿。芳草生未積，春花落如霰。出從張公子，還過趙飛燕。奉箒長信宮，誰知獨不見。

〔一〕雲臺：《玉臺》卷五作「風臺」。

同前〔一〕

唐·沈佺期

盧家小婦鬱金堂，〔二〕海燕雙栖玳瑁梁。九月寒砧催下葉，〔三〕十年征戍憶遼陽。白狼河北音書斷，丹鳳城南秋夜長。誰（知）〔謂〕含愁獨不見，〔四〕使妾明月照流黄。〔五〕

〔一〕同前：指《獨不見》，《全唐詩》卷九六作《古意呈補闕喬知之》，注：「一作《古意》，又作《獨不見》。」

〔二〕小婦：同上作「少婦」。堂：同上注：「一作香。」

〔三〕下葉：同上作「木葉」。

〔四〕誰（知）〔謂〕：據同上改。

〔五〕使妾：同上作「更教」。照：同上作「對」。

同前

王訓

日晚宜春暮，風軟上林朝。對酒近初節，開樓蕩夜嬌。〔一〕石橋通小澗，竹路上青霄。持底誰見許，長愁成細腰。

〔一〕嬌：《全唐詩》卷二六注：「集一作謡。」

同前　　楊巨源

東風豔陽色，柳緑花如霰。競理同心鬟，爭持合歡扇。香傳賈娘手，粉離何郎面。最恨卷簾時，含情獨不見。

同前　　李白

白馬誰家子，黄龍邊塞兒。天山三丈雪，豈是遠行時。春蕙忽秋草，莎雞鳴曲池。〔一〕風催寒（梭）〔梭〕響，〔二〕月入霜閨悲。憶與君别年，種桃齊蛾眉。桃今百餘尺，花落成枯枝。終然獨不見，流淚空自知。

〔一〕曲：《全唐詩》卷二六注：「集作西。」

〔二〕寒（梭）〔梭〕：據同上及《李太白集》卷四改。

同前　戴叔倫

前宮路非遠，舊苑春將遍。玉户看早梅，雕梁數歸燕。身輕逐舞袖，香暖傳歌扇。自知秋風詞，〔一〕長侍昭陽殿。誰信後庭人，年年獨不見。

〔一〕知：當是「和」字。

同前　胡曾

玉關一自有氛埃，年少從軍竟未回。門外塵凝張樂樹，水邊香滅按歌臺。窗殘夜月人何處，簾卷春風燕復來。萬里寂寥音信絶，寸心爭忍不成灰。

樂府詩集卷第七十六

雜曲歌辭十六

攜手曲

梁·沈約

《攜手曲》，梁沈約所制也。《樂府解題》曰：「《攜手曲》，言攜手行樂，恐芳時不留，君恩將歇也。」

捨轡下雕輅，更衣奉玉牀。（聯）〔斜〕簪映秋水，〔一〕開鏡比春妝。所畏紅顏促，君恩不可長。（鴂）〔鷃〕冠且容裔，〔二〕豈吝桂枝亡。

〔一〕（聯）〔斜〕簪：據《玉臺》卷五改。

〔二〕（鴂）〔鷃〕冠：據吴兆宜注本《玉臺》卷五改，宋本作雞，誤。

同前

吴　均

豔裔陽之春，攜手清洛濱。雞鳴上林苑，薄暮小平津。長裾藻白日，〔一〕廣袖帶芳塵。故交一如此，新知詎憶人。

〔一〕藻：《藝文》卷四二作「掃」。

同前

唐·田娥

攜手共惜芳菲節，鶯啼錦花滿城闕。行樂逶迤念容色，色衰祇恐君恩歇。鳳笙龍管白日陰，盈虧自感青天月。

邯鄲行

齊·陸厥

《通典》曰：「邯鄲，戰國時趙國所都，自敬侯始都之。有叢臺、洪波臺在焉。邯，山名；鄲，盡也。」《樂府廣題》曰：「《邯鄲》，舞曲也。」

趙女擫鳴琴，邯鄲紛躧步。長袖曳三街，兼金輕一顧。有美獨臨風，佳人在遐路。相思欲褰衽，叢臺日已暮。

邯鄲歌

梁·武帝

回顧灞陵上，北指邯鄲道。短衣妾不傷，南山爲君老。

大垂手

吴　均[一]

《樂府解題》曰：「《大垂手》《小垂手》，皆言舞而垂其手也。」隋・江總《婦病行》曰「夫壻府中趨，誰能大垂手」是也。又《獨摇手》亦與此同。

垂手忽迢迢，[二]飛燕掌中嬌。羅衫恣風引，[三]輕帶任情摇。詎似長沙地，促舞不回腰。

〔一〕吴均：《玉臺》卷七作梁簡文帝《賦樂府得大垂手》。

〔二〕迢迢：同上作「苕苕」。

〔三〕羅衫：同上作「羅衣」。

同前

唐・聶夷中

金刀翦輕雲，盤用黄金縷。裝束趙飛燕，教來掌上舞。舞罷飛燕死，片片隨風去。

小垂手

梁・吴　均

舞女出西秦，躡影舞陽春。且復小垂手，廣袖拂紅塵。折腰應兩笛，頓足轉雙巾。蛾眉與(慢)〔曼〕臉，[一]見此空愁人。

〔一〕（慢）〔曼〕臉：據《詩紀》卷八一改。

夜夜曲二首

梁・沈　約

《夜夜曲》，梁沈約所作也。梁《樂府解題》曰：「《夜夜曲》，傷獨處也。」

北斗闌干去，〔一〕夜夜心獨傷。月輝横射枕，燈光半隱牀。河漢縱復横，〔二〕北斗横復直。星漢空如此，寧知心有憶。〔三〕孤燈曖不明，寒機曉猶織。〔四〕零淚向誰道，雞鳴徒歎息。

〔一〕「北斗闌干去」一首，《玉臺》卷一〇作梁簡文帝詩。

〔二〕縱復横：《玉臺》卷五作「縱且横」。

〔三〕心有憶：《藝文》卷四二作「心所憶」。

〔四〕曉猶織：《藝文》作「猶更織」。

同前〔一〕

梁・簡文帝

靄靄夜中霜，（河開）〔何關〕向曉光。〔二〕枕啼常帶粉，身眠不著牀。蘭膏盡更益，薰爐滅復香。但問愁多少，便知夜短長。

〔一〕同前：指《夜夜曲》，《玉臺》卷七作《擬沈隱侯夜夜曲》。

〔二〕〔河開〕〔何關〕：據同上改。

同前〔一〕

愁人夜獨傷，滅燭卧蘭房。衹恐多情月，旋來照妾牀。

〔一〕同前：此詩不知作者名，據《全唐詩》當爲唐人作。

同前

唐·王　偃

北斗星移銀漢低，班姬愁思鳳城西。青槐陌上人行絶，明月樓前烏夜啼。

同前

僧貫　休

蟪蛄切切風騷騷，芙蓉噴香蟾蜍高。孤燈耿耿征婦勞，更深撲落金錯刀。

秋夜長

齊・王融

魏文帝詩曰：「漫漫秋夜長，烈烈北風涼。展轉不能寐，披衣起彷徨。彷徨忽已久，白露沾我裳。俯視清水波，仰看明月光。」又曰：「草蟲鳴何悲，孤雁獨南翔。鬱鬱多悲思，綿綿思故鄉。」《秋夜長》其取諸此。

秋夜長，夜長樂未央。舞袖拂花燭，歌聲繞鳳梁。

同前

唐・王勃

秋夜長，殊未央。月明白露澄清光，層城綺閣遥相望。遥相望，川無梁。北風受節南雁翔，〔一〕崇蘭委質時菊芳。鳴環曳履出長廊，爲君秋夜擣衣裳，纖羅對鳳凰，丹綺雙鴛鴦，調砧亂杵思自傷。思自傷，征夫萬里戍他鄉。鶴關音信斷，龍門道路長。所在天一方，〔二〕寒衣徒自香。

〔一〕南雁：《全唐詩》卷二一六作「雁南」。
〔二〕所：《王子安集》卷二作「君」。

同前

張籍

秋天如水夜未央，天漢東西月色光。愁人不寐畏枕席，暗蟲喞喞遶我傍。荒城爲村無更聲，起看北斗天未明。白露滿田風裊裊，千聲萬聲鶡鳥鳴。

秋夜曲二首

王建

天清漏長霜泊泊，蘭緑收榮桂膏涸。高樓雲鬟弄嬋娟，古瑟暗斷秋風絃。玉關遥隔萬里道，金刀不剪雙淚泉。香囊火死香氣少，向帷合眼何時曉一作向誰眠閤何時曉。城烏作營啼野月，秦州少婦生離别。〔一〕

秋燈向壁掩洞房，良人此夜直明光。天河悠悠漏水長，南樓北斗兩相當。〔二〕

〔一〕秦州：《全唐詩》卷二六作「秦川」。

〔二〕南樓：《全唐詩》卷二九八注：「一作南斗。」

同前二首〔一〕

王（維）〔涯〕〔張仲素〕

丁丁漏水夜何長，漫漫輕雲露月光。秋壁闇蟲通夕響，寒衣未寄莫飛霜。

桂魄初生秋露微，輕羅已薄未更衣。銀箏夜久殷勤弄，心怯空房不忍歸。

〔一〕同前二首：此二首原作「唐王維」，檢《王右丞集》無此二詩。按《全唐詩》卷二六「丁丁漏水夜何長」首，是張仲素作，「桂魄初生秋露微」首，是王涯作，據補改。

夜坐吟〔一〕

宋·鮑照

《夜坐吟》，鮑照所作也。其辭曰「冬夜沉沉夜坐吟」，言聽歌逐音，因音託意也。宗夬又有《遥夜吟》，則言永夜獨吟，憂思未歇，與此不同。

冬夜沉沉夜坐吟，含情一作聲未發已知心。〔二〕霜入幕，風度林。朱燈滅，朱顔尋。體君歌，逐君音。不貴聲，貴意深。

〔一〕夜坐吟：《詩紀》卷五〇作《代夜坐吟》。

〔二〕含情：《百三名家集》作「含聲」。

同前

唐・李　白

冬夜夜寒覺夜長，沉吟久坐坐北堂。冰合井泉月入閨，青釭凝明一作金釭青凝照悲啼。〔一〕青一作金釭滅，啼轉多。掩妾淚，聽君歌。歌有聲，妾有情。情聲合，兩無違。一語不入意，從君萬曲梁塵飛。

〔一〕青釭凝明：《李太白集》卷三作「金釭青凝」，下文亦作「金釭」。

同前

李　賀

踏踏馬頭一作蹄誰見過，眼看北斗直天河。西風羅幕生翠波，鉛華笑妾顰青娥。爲君起唱一作舞長相思，簾外嚴霜皆倒飛，明星爛爛東方陲。紅霞稍出東南涯，陸郎去矣乘斑騅。

遥夜吟

梁・宗　夬

遥夜復遥夜，遥夜憂未歇。坐對風動帷，卧見雲間月。〔一〕

〔一〕雲間月：「間」疑作「開」，與上句意相對。

寒夜怨

（宋）〔梁〕・陶弘景〔一〕

《樂府解題》曰：「晉陸機《獨寒吟》云『雪夜遠思君，寒窗獨不寐』，但叙相思之意爾。」陶弘景有《寒夜怨》，梁簡文帝有《獨處愁》，亦皆類此。

夜雲生，夜鴻驚，悽切嘹唳傷夜情。空山霜滿高烟平，鉛華沈照帳孤明。寒日微，〔二〕寒風緊。愁心絶，愁淚盡。情人不勝怨，思來誰能忍。

〔一〕（宋）〔梁〕陶弘景：據《詩紀》卷八九改。

〔二〕寒日：當作「寒月」。

寒夜吟

唐・鮑溶

九衢金吾夜行行，上宫玉漏遥分明。霜飇乘陰掃地起，旅鴻迷雪繞枕聲，遠人歸夢既不成。留家惜夜歡心發，羅幕畫堂深皎潔。蘭烟對酒客幾人，獸火揚光二三月。細腰楚姬絲竹間，白紵長袖歌閑閑，豈識苦寒損朱顏。

獨處愁〔一〕

梁・簡文帝

司馬相如《美人賦》曰：「芳香郁烈，黼帳高張。有女獨處，婉然在牀。乃歌曰：『獨處室兮廓無依，思佳人兮情傷悲。』」《獨處愁》蓋取諸此。

獨處恒多怨，開幕試臨風。彈棋鏡奩上，傅粉高樓中。自君征馬去，音信不曾通。只恐金屏掩，明年已復空。

〔一〕獨處愁：《詩紀》卷六七作《獨處怨》。

憂旦吟

齊・張融

鳴琴當春夜，春夜當鳴琴。羈人不及樂一作自不樂，何似千里心。

霜婦吟

北周・蕭撝

寒夜靜房櫳，孤妾思偏叢。悲生聚紺黛，淚下浸妝紅。蓄恨縈心裏，含啼歸帳中。會須明月落，那忍見牀空。

同聲歌

後漢・張衡

《樂府解題》曰：「《同聲歌》，漢張衡所作也。言婦人自謂幸得充閨房，願勉供婦職，不離君子。思爲莞簟，在下以蔽匡牀；衾裯，在上以護霜露。繾綣枕席，没齒不忘焉。以喻臣子之事君也。」晉傅玄《何當行》曰：「同聲自相應，同心自相知。」言結交相合，其義亦同也。

邂逅承際會，得充君後房。情好新交接，恐慄若探湯。不才勉自竭，賤妾職所當。綢繆主中饋，奉禮助蒸嘗。思爲(苑)〔莞〕蒻席，〔一〕在下蔽匡牀；願爲羅衾幬，在上衞風霜。洒掃清枕席，鞮芬以狄香。重户結金扃，高下華燈光。衣解巾粉御，列圖陳枕張。素女爲我師，儀態盈萬方。衆夫所希見，天老教軒皇。樂莫斯夜樂，没齒焉可忘。

〔一〕(苑)〔莞〕蒻席：據《古樂府》卷一〇改，上引《樂府解題》亦作「莞」。

何當行

晉・傅玄

同聲自相應，同心自相知。外合不由中，雖固終必離。管鮑不世出，結交安可爲。

定情詩

後漢・繁　欽〔一〕

《樂府解題》曰：「《定情詩》，漢繁欽所作也。言婦人不能以禮從人，而自相悦媚。乃解衣服玩好致之，以結綢繆之志，若臂環致拳拳，指環致慇懃，耳珠致區區，香囊致扣扣，跳脱致契闊，佩玉結恩情，自以爲志而期於山隅、山陽、山西、山北。終而不答，乃自傷悔焉。」

我出東門遊，邂逅承清塵。思君即幽房，侍寢執衣巾。時無桑中契，迫此路側人。我〔即〕〔既〕媚君姿，〔二〕君亦悦我顔。何以致拳拳，綰臂雙金環；何以致慇懃，約指一雙銀；何以致區區，耳中雙明珠；何以致叩叩，香囊繫肘後；何以致契闊，繞腕雙跳脱；何以結恩情，珮玉綴羅纓；〔三〕何以結中心，素縷連雙針；何以結相於，〔四〕金薄畫搔頭；何以慰別離，耳後玳瑁釵；何以答歡悦，〔五〕紈素三條裾；〔六〕何以結愁悲，白絹雙中衣。與我期何所，乃期東山隅，日旰兮不至，〔七〕谷風吹我襦。遠望無所見，涕泣起踟躕。與我期何所，乃期山南陽，日中兮不來，飄風吹我裳。〔八〕逍遥莫誰覩，望君愁我腸。與我期何所，乃期西山側，日夕兮不來，躑躅長歎息。遠望涼風至，俯仰正衣服。與我期何所，乃期山北岑，日暮兮不來，淒風吹我衿。望君不能坐，悲苦愁我心。愛身以何爲，惜我華色時，中情既款款，然後尅密期。褰衣躡花草，〔九〕謂君不我欺。厠此醜陋質，徙倚無所之。自傷失所欲，淚下如連絲。

〔一〕後漢：《詩紀》卷一七作「魏」。

〔二〕我（即）〔既〕：據同上改。

〔三〕珮玉：《玉臺》卷一作「美玉」。

〔四〕相於：《玉臺》作「相投」。

〔五〕答歡悦：《御覽》卷六九六作「合歡忻」。

〔六〕裾：同上作「裙」。

〔七〕兮不至：《玉臺》作「子不來」。

〔八〕飄風：《玉臺》作「凱風」。

〔九〕花草：《玉臺》作「茂草」。

定情篇

唐・喬知之

共君結新婚，歲寒（必）〔心〕未卜。〔一〕相與遊春園，各隨情所逐。〔二〕君念菖蒲花，〔三〕妾感苦寒竹。菖花多豔姿，寒竹有貞葉。此時妾比君，君心不如妾。簪玉步河堤，（交）闕一字〔夭詔〕援緑（籤）〔篾〕。〔四〕鳧雁將子遊，鶯燕從雙栖。君念春光好，〔五〕妾向春光啼，〔六〕君時不得意，妾棄還金閨。〔七〕結闕一字〔言〕本同心，〔八〕悲歡何未齊。怨（明）〔咽〕前致辭，〔九〕願得（中）〔申〕所悲。〔一〇〕人間丈夫易，世路婦難爲。始經天月照，〔一一〕終若流星馳。〔天月恒終始，流星無定期〕。〔一二〕長信佳麗人，〔一三〕失意非蛾眉。廬江小史婦，〔一四〕非關織作遲。本願長相對，今已長相思。復有遊宦子，結援從梁、陳。〔一五〕燕居崇三朝，去來歷九春。誓心妾終始，蠶桑奉所親。歸願未克從，黃金贈路人。潔婦懷明義，從（汎）〔沉〕河之津。〔一六〕于今千萬年，誰當問水濱。更憶倡家樓，夫壻事封侯。去時思灼灼，〔一七〕去罷心悠悠。不憐妾歲晏，〔一八〕（千）〔十〕載隴西頭。〔一九〕以茲常惕惕，百慮恒盈積。由來共結褵，幾人同匪石。故歲彫梁燕，雙去今來隻。〔二〇〕今日玉庭梅，朝紅暮成碧。碧榮始芬敷，黃葉已淅瀝。何用念芳春，〔二一〕芳春有流易；何用重歡娛，歡娛俄戚戚。家本巫山陽，歸去路何長。叙言情未盡，採菉已盈筐。桑〔榆〕日闕一字〔反〕映，物（草）色盈高岡。〔二二〕下有碧流水，上有丹桂香。〔二三〕桂枝不須折，〔二四〕碧流清且潔。〔二五〕贈君比芳菲，受惠常不滅；〔二六〕贈君淚潺湲，〔二七〕相思無斷絶。妾有秦家鏡，寶匣裝珠璣。鑑來年二八，不記易陰暉。妾闕一字〔無〕光寂寂，〔二八〕委照影依依。〔二九〕今日特爲贈，相識莫相違。

〔一〕（必）〔心〕未卜：據《英華》卷二一一改。

〔二〕情：同上作「性」。

〔三〕君念：同上作「君愛」。

〔四〕（交）闕一字〔夭韶〕援緑（箴）〔蒖〕：據同上改。

〔五〕君念：同上作「君向」。

〔六〕妾向：同上作「妾對」。

〔七〕妾棄：同上作「棄妾」。

〔八〕結闕一字〔言〕：據同上補。

〔九〕怨（明）〔咽〕：據同上改。

〔一〇〕（中）〔申〕所悲：據同上改。

〔一一〕始經天月照：同上作「始如經天月」。按「始經」句與下句偶，較勝。

〔一二〕〔天月恒終始，流星無定期〕：據同上補。

〔一三〕長信：同上作「長思」。

〔一四〕小史：同上作「小吏」。

〔一五〕結援：同上作「結綬」。

〔一六〕從（汎）〔沉〕：據同上改。

〔一七〕灼灼：同上作「照灼」。按作「灼灼」與下對，較勝。

〔一八〕不憐：同上作「不矜」。

〔一九〕（千）〔十〕載：據同上改。

〔二〇〕今來：同上作「歸來」。

〔二一〕芳春：同上作「春芳」，下句同。

〔二二〕桑〔榆〕日闕一字〔反〕映，物（草）色盈高岡：據同上補。映：同上作「景」。

〔二三〕香：同上作「芳」。

〔二四〕桂枝：同上作「桂花」。

〔二五〕碧流清且潔：同上作「碧水自清潔」。

〔二六〕受惠常不滅：同上作「愛惠常不歇」。

〔二七〕淚：同上作「比」。

〔二八〕妾闕一字〔無〕：據同上補。

〔二九〕委照影：同上作「妾至鄙」。

定情樂

施肩吾

敢嗟君不憐，自是命不諧。著破三條裾，〔一〕却還雙股釵。

〔一〕裾：《全唐詩》卷二六注：「集作裙。」

合歡詩五首〔一〕

晉・楊方

《樂府解題》曰：「《合歡詩》，晉楊方所作也。言婦人謂虎嘯風起，龍躍雲浮，磁石引針，陽燧(改)〔取〕火，〔二〕皆以同聲相應，同氣相求，我與君情，〔三〕亦猶形影宮商之不離也。常願食共並根穗，飲共連理杯，衣共雙絲絹，寢共無縫裯；坐必接膝，行必攜手。如鳥同翼，如魚比目，利斷金石，密踰膠漆也。」

虎嘯谷風起，龍躍景雲浮。同聲好相應，同氣自相求。我情與子親，譬如影追軀。食共同根穗，〔四〕飲共連理杯，衣共雙絲絹，〔五〕寢共無縫裯。〔六〕居願接膝坐，行願攜手趨。子靜我不動，子遊我不留。〔七〕齊彼同心鳥，譬彼比目魚。〔八〕情至斷金石，膠漆未爲牢。但願長無別，合形作一軀。生爲併身物，死爲同棺灰。秦氏自言至，我情不可儔。

磁石引長針，〔九〕陽燧下炎烟。宮商聲相和，心同自相親。我情與子合，亦如影追身。寢共織成被，絮共同功綿。〔一〇〕暑搖比翼扇，寒坐併肩氈。子笑我必哂，子慼我無歡。來與子共迹，去與子同塵。齊彼蛩蛩獸，舉動不相捐。唯願長無別，合形作一身。生有同室好，死成併棺民。徐氏自言至，我情不可陳。

獨坐空室中，愁有數千端。悲響答愁歎，哀涕應苦言。〔一二〕彷徨四顧望，白日入西山。不覩佳人來，但見飛鳥還。飛鳥亦何樂，夕宿自作群。

飛黄銜長轡，翼翼回輕輪。俯涉渌水澗，仰過九層山。修途曲且險，秋草生兩邊。黄華如沓金，白花如散銀。青敷羅翠采，絳葩象赤雲。爰有承露枝，紫榮合素芬。扶（路）〔疏〕（重）〔垂〕清藻，〔一三〕布翹芳且鮮。且爲豔采回，心爲奇色旋。撫心悼孤客，俯仰還自憐。踟躕向壁歎，攬筆作此文。

南鄰有奇樹，〔一三〕承春挺素華。豐翹被長條，緑葉蔽朱柯。因風吹微音，〔一四〕芳氣入紫霞。我心羨此木，願徙著予家。夕得遊其下，朝得弄其葩。爾根深且堅，〔一五〕予宅淺且洿。移植良無期，（欲）〔歎〕息將如何。〔一六〕

〔一〕合歡詩五首：《古樂府》卷一〇此題下衹録前二首。《詩紀》卷三二亦作「二首」，後三首作《雜詩》。按《樂府解題》述楊方《合歡詩》大意不涉及後三首，可見衹前二首爲《合歡詩》。後三首内容各異，與前二首皆不相關。《玉臺》卷三合此五首作「楊方《合歡詩》五首」，本書從之，實誤。

〔二〕（改）〔取〕火：據詩句「陽燧下炎烟」意改。

〔三〕我與君情：《樂府古題要解》作「我情與君」。

〔四〕同：《玉臺》作「並」。

〔五〕共：同上作「用」。
〔六〕共：同上注：「一作用。」
〔七〕不：同上作「無」。
〔八〕彼：同上作「此」。
〔九〕引：同上作「招」。
〔一〇〕共：同上作「用」。
〔一一〕言：同上注：「一作心。」
〔一二〕扶（路）〔疏〕（重）〔垂〕：據同上改。
〔一三〕南鄰：同上注：「一作南林。」
〔一四〕吹：同上作「吐」。微：同上注：「一作徽。」
〔一五〕堅：《藝文》卷八作「固」。
〔一六〕（欲）〔歎〕息：據《藝文》改。

樂府詩集卷第七十七

雜曲歌辭十七

春江行〔一〕

梁·簡文帝

唐郭元振曰：「《春江》，巴女曲也。」

客行祇念路，相爭渡京口。〔二〕誰知堤上人，拭淚空摇手。

〔一〕春江行：《玉臺》卷一〇作《春江曲》。

〔二〕相爭：同上作「相將」。

春江曲

唐·郭元振

江水春沈沈，上有雙竹林。竹葉壞水色，郎亦壞人心。

同前

張籍

春江無雲潮水平，蒲心出水梟雛鳴。長干夫壻愛遠行，自染春衣縫已成。妾身生長金陵側，去年隨夫住江北。春來未到父母家，舟小風多渡不得。欲辭舅姑先問人，私向江頭祭水神。

同前三首〔一〕

張仲素

搖漾越江春，相將看白蘋。〔二〕歸時不覺夜，出浦月隨人。

家寄征江岸，〔三〕征人幾歲遊。不知潮水信，每日到沙頭。

乘曉南湖去，參差疊浪橫。前洲在何處，霧裏雁嚶嚶。

〔一〕同前三首：同前指《春江曲》，本書以此三首爲唐張仲素作。《全唐詩》卷二六以第一首爲王涯作，後二首爲張仲素作。同上卷三四六《王涯集》、卷三六七《張仲素集》同。

〔二〕看：同上作「采」。

〔三〕征江：同上作「征河」。按「征」字疑誤。

江上曲

齊・謝朓

易陽春草出，踟蹰日已暮。蓮葉尚田田，淇水不可渡。願子淹桂舟，時同千里路。千里既相許，桂舟復容與。江上可采菱，清歌共南楚。

同前

唐・李嘉祐

江上澹澹芙蓉花，江口蛾眉獨浣紗。可憐應是陽臺女，坐對鸂鶒嬌不語。掩面羞看北地人，回首忽作空山雨。蒼梧秋色不堪論，千載依依帝子魂。君看峰上斑斑竹，盡是湘妃泣淚痕。

江皋曲

齊・王融

林斷山更續，洲盡江復開。雲峰帝鄉起，水源桐柏來。

楊花曲〔一〕

宋・湯惠休

葳蕤華結情，宛轉風含思。掩涕守春心，折蘭還自遺。江南相思引，多歎不成音。黄鶴西

北去，銜我千里心。深堤下生草，高城上入雲。春人心生思，思心長爲君。〔二〕

〔一〕楊花曲：《玉臺》卷一〇有《楊花曲》一首四句，即「深堤下生草」四句。吴兆宜注稱，一有「葳蕤華結情」八句。《全宋詩》分作三首，疑是。

〔二〕長：《玉臺》作「常」。

桃花曲

梁・簡文帝

但使新花豔，得間美人簪。何須論後實，怨結子瑕心。

同前

唐・顧況

魏帝宫人舞鳳樓，隋家天子泛龍舟。君王夜醉春眠晏，不覺桃花逐水流。

映水曲

梁・范靜妻沈氏

輕鬢學浮雲，雙蛾擬初月。水澄正落釵，萍開理垂髮。

登樓曲

范靜妻沈氏

憑高川陸近，望遠阡陌多。相思隔重嶺，相憶限一作恨長河。〔一〕

〔一〕限：《古樂府》卷一〇作「恨」，注：「一作限。」

越城曲

別怨悽歌響，〔一〕離啼濕舞衣。願假《烏棲曲》，翻從南向飛。

〔一〕怨：《玉臺》卷一〇注：「一作遠。」

迎客曲

徐勉

絲管列，舞席陳，含聲未奏待嘉賓。羅絲管，舒舞席，斂袖嘿脣迎上客。

送客曲

徐勉

袖繽紛，聲委咽，餘曲未終高駕別。爵無算，景已流，空紆長袖客不留。

送歸曲

吴　均

送子獨南歸，攬衣空閔默。關山晝欲暗，河冰夜向塞。燕至他人鄉，雁去還誰國。寄子兩行書，分明達濟北。

還臺樂

陳·陸　瓊

蒲萄四時芳醇，瑠璃千鍾舊賓。夜飲舞遲銷燭，朝醒絃促催人。春風秋月恒好，歡醉日月言新。

芙蓉花〔一〕

隋·辛德源

洛神挺凝素，文君拂豔紅。麗質徒相比，鮮彩兩難同。〔二〕光臨照波日，香隨出岸風。涉江良自遠，託意在無窮。

〔一〕芙蓉花：《英華》卷三二二作《芙蓉》。
〔二〕鮮彩：同上作「鮮姿」。

浮遊花

〔辛德源〕〔一〕

窗中斜日照，池上落花浮。若畏春風晚，當思秉燭遊。

〔一〕〔辛德源〕：據《古樂府》卷一〇補。

芳林篇

梁・柳惲

芳林曄兮發朱榮，時既晚兮隨風零。隨風零兮返無期，安得陽華遺所思。

上林

梁・昭明太子

千金騕褭騎，萬(斤)〔斥〕流水車，〔一〕爭遊上林苑，〔二〕高蓋逗春華。

〔一〕萬(斤)〔斥〕：據《詩紀》卷六六改。斤：《全梁詩》作「折」。

〔二〕苑：同上作「裏」。

夾樹

吴均

桂樹夾長歧，〔一〕復值清風吹。氛氳揉芳葉，連綿交密枝。能迎春露點，不逐秋風移。願君長惠愛，當使歲寒知。

〔一〕長歧：《詩紀》卷八一作「長陂」。

樹中草

梁・簡文帝

幸有青袍色，聊因翠幄凋。雖間珊瑚蒂，非是合歡條。

同前

唐・李白

鳥銜野田草，誤入枯桑裏。客土植危根，逢春猶不死。草木雖無情，因依尚可生。如何同枝葉，各自有枯榮。

同前

張祜

青青樹中草，託根非不危。草生樹却死，榮枯君可知。

城上麻

梁・吴均

麻生滿城頭，麻葉落城溝。麻莖左右披，溝水東西流。少年感恩命，奉劍事西周。但令直心盡，何用返封侯。

燕燕于飛

陳・江　總

《燕燕》詩曰：「燕燕于飛，差池其羽。之子于歸，遠送于野。」《燕燕于飛》蓋出於此。按《燕燕》，本衛莊姜送歸妾之詩也。若江總辭，詠雙燕而已。

二月春暉暉，雙燕理毛衣。銜花弄藿靡，拂葉隱芳菲。或在堂間戲，多從幕上飛。若作仙人履，終向日南歸。〔一〕

〔一〕終：《英華》卷二〇六作「應」。

錦石擣流黄〔一〕

隋・煬　帝

漢使出燕然，愁閨夜不眠。易製殘燈下，鳴砧秋月前。今夜長城下，雪昏月應暗。誰見倡樓前，心悲不成慘。

〔一〕錦石擣流黄：《詩紀》卷一二〇作二首，「今夜長城下」起爲另一首。

河曲遊

盧思道

鄴下盛風流，河曲有名遊。應、徐託後乘，車馬踐芳洲。丰茸雞樹密，遥裔鶴烟稠。日上疑高蓋，雲起類重樓。金羈自沃若，蘭棹成夷猶。懸匏動清吹，采菱轉豔謳。還珂響金埒，歸袂拂銅溝。唯畏三春晚，勿言千載憂。

城南隅讌

盧思道

城南氣初新，才王邀故人。輕盈雲映日，流亂鳥啼春。花飛北寺道，絃散南漳濱。舞動淮南袖，歌揚齊後塵。駢鑣歇夜馬，接軫限歸輪。公孫飲彌月，平原讌浹旬。即是消聲地，何須遠避秦。

喜春遊歌二首

隋·煬帝

禁苑百花新，佳期遊上春。輕身趙皇后，歌曲李夫人。

步緩知無力，臉(慢)〔曼〕動餘嬌。〔一〕錦袖淮南舞，寶袜楚宫腰。

〔一〕臉(慢)〔曼〕：據《詩紀》卷一二〇改。

春遊吟

唐·李章

初春遍芳甸，千里藹盈矚。美人摘新英，步步玩春緑。所思杳何處，宛在吴江曲。可憐不得共芳菲，日暮歸來淚滿衣。

春遊樂

施肩吾

一年三百六十日，賞心那似春中物。草迷曲塢花滿園，東家少年西家出。

同前二首

李端

遊童蘇合帶，倡女蒲葵扇。初日映城時，相思忽相見。褰裳踏露草，理鬢回花面。薄暮不同歸，留情此芳甸。

柘彈連錢馬，銀鉤妥墮鬟。採桑春陌上，踏草夕陽間。意合詞先露，心誠貌却閑。明朝若相憶，雲雨出巫山。

春遊曲三首　張仲素

烟柳飛輕絮，風榆落小錢。濛濛百花裏，羅綺競鞦韆。

騁望登香閣，爭高下砌臺。林間踏青去，席上意錢來。

行樂三春節，林花百和香。當年重意氣，先佔鬬雞場。

樂府　古辭

行胡從何方，列國持何來。氍毹毾㲪五木香，迷迭艾蒳及都梁。

同前〔一〕　魏·明帝

種瓜東井上，冉冉自踰垣。與君新爲婚，瓜葛相結連。寄託不肖軀，有如倚太山。兔絲無根株，蔓延自登緣。萍藻託清流，常恐身不全。被蒙丘山惠，賤妾執拳拳。天日照知之，想君亦俱然。

〔一〕同前：《玉臺》卷二同。《詩紀》卷一二作《種瓜篇》。

同前二首

唐・劉言史

花頷紅騣一向偏，緑槐香陌欲朝天。仍嫌衆裏嬌行疾，傍鐙深藏白玉鞭。

噴珠團香小桂條，〔一〕玉鞭兼賜霍嫖姚。弄影便從天禁出，碧蹄聲碎五門橋。

〔一〕珠：《全唐詩》卷二六注：「集作沫。」按作「沫」與聲律合。

同前

顧況

暖谷春光至，宸遊近甸榮。雲隨天仗轉，風入御簾輕。翠蓋浮佳氣，朱樓倚太清。朝臣冠劍退，宫女管弦迎。細草承雕輦，繁花入幔城。文房開聖（武）藻，〔武〕衛宿天營。〔一〕玉醴隨觴至，銅壺逐漏行。五星含土德，萬姓徹中聲。親祀先崇典，躬推示勸耕。國風新正樂，農器近消兵。道德關河固，刑章日月明。野人同鳥獸，率舞感昇平。

〔一〕聖（武）藻〔武〕衛：據《全唐詩》卷二六改。

同前　　權德(興)〔輿〕〔一〕

光風澹蕩百花吐，樓上朝朝學歌舞。身年二八壻侍中，幼妹承恩兄尚主。緑窗珠箔繡鴛鴦，侍婢先焚百和香。鶯啼日出不知曙，寂寂羅幃春夢長。

〔一〕(興)〔輿〕：據本書目録改。

同前三首　　孟郊

蓮子不可得，荷花生水中。猶勝道傍柳，無事一作時蕩春風。

淥萍與荷葉，同此一水中。風吹荷葉在，淥萍西復東。

蓮花未開時，苦心終日卷。春水一作風徒蕩漾，荷花未開展。

同前　　陸長源

芙蓉初出水，菡萏露中花。風吹著枯木，無奈值空槎。

雜曲二首

梁・王筠

鳥一作烏還夜已逼，蟲飛曉尚賒。桂月徒留影，蘭(臺)〔燈〕空結花。〔一〕可憐洛城東，芳樹摇春風。丹霞映白日，細雨帶輕虹。

〔一〕蘭(臺)〔燈〕：據《英華》卷二一一改。

同前

陳・傅縡

新人新寵住蘭堂，翠帳金屏玳瑁牀。叢星不如珠簾色，度月還如一作似粉壁光。〔一〕從來著名推趙子，復有丹脣發皓齒。一嬌一態本難逢，如畫如花定相似。樓臺宛轉曲皆通，絃管逶迤徹下風。此殿笑語恒長共，傍省歡娱不復同。訝許人情太厚薄，分恩賦念能斟酌。多作繡被爲鴛鴦，〔二〕長弄綺琴憎別鶴。人今投寵要須堅，會使歲寒恒度前。共取辰星作心抱，〔三〕無轉無移千萬年。

〔一〕如：《英華》卷二一一作「同」。

〔二〕鴛鴦：同上作「雙鴛」。

〔三〕辰星：同上作「星辰」。

同前

徐陵

傾城得意已無儔，洞房連閣未消愁。宮中本造鴛鴦殿，爲誰新起鳳皇樓。〔一〕緑黛紅顔兩相發，千嬌百念情無歇。〔二〕舞衫迴袖勝春風，歌扇當窗似秋月。碧玉宮妓自翩妍，絳樹新聲自一作最可憐。〔三〕張星舊在天河上，猶來張姓本連天。〔四〕二八年時不憂度，傍邊得寵誰應一作相妬。〔五〕立春曆日自當新，正月春幡底（頭）〔須〕故。〔六〕流蘇錦帳掛香囊，織成羅幌隱燈光。只應私將琥珀枕，（瞑瞑）〔暝暝〕來上珊瑚牀。〔七〕

〔一〕爲誰新起：《英華》卷二一一注：「一作爲起新妝。」

〔二〕百念：同上作「百態」。

〔三〕自：同上作「最」。

〔四〕猶來：《百三名家集》作「從來」，是。

〔五〕應：《英華》作「相」。

〔六〕底（頭）〔須〕：據文義改。

〔七〕（瞑瞑）〔暝暝〕：據《英華》改。

同前三首　　江　總

行行春逕蘼蕪緑，織素那復解琴心。乍愜南階悲緑草，誰堪東陌怨黄金。紅顏素月俱三五，夫壻何在今追虜。關山隴月春雪冰，〔一〕誰見人啼花照户。

殿内一處起金房，併勝餘人白玉堂。珊瑚掛鏡臨網户，芙蓉作帳照雕梁。房櫳宛轉垂翠幕，佳麗逶迤隱珠箔。風前花管颺難留，舞處花鈿低不落。陽臺通夢太非真，洛浦凌波復不新。曲中唯聞張女曲，〔二〕定有同姓可憐人。但願私情賜斜領，不願傍人相比並。妾門逢春自可榮，君面未秋何意冷。

泰山言應可轉移，新寵不信更參差。合歡錦帶鴛鴦鳥，同心綺袖連理枝。皎皎新秋明月開，早露飛螢暗裏來。鯨燈落花殊未盡，虬水銀箭莫相催。非是神女期河漢，别有仙姬入吹臺。未眠解着同心結，欲醉那堪連理杯。後宫不愜茱萸芳，夜夜爭開蘇合房。寶釵翠鬢還相似，朱脣玉面非一行。新人未語言如澀，新寵無前判不臧。願奉更衣蘭麝氣，恐君馬到自驚香。

〔一〕冰：《英華》卷二一一作「深」。

〔二〕曲：《詩紀》卷一〇四作「調」。

同前

唐·王　勃

智瓊神女，來訪文君。蛾眉始約，羅袖初薰。歌齊曲韻，舞亂行分。〔一〕若向陽臺薦枕，何啻得勝朝雲。

〔一〕分：《全唐詩》卷二六作「紛」。

古曲

陳·後　主

桂鉤影，桂枝開。紫綺袖，逐風迴。日明珠，色偏亮。葉盡衫，香更來。

同前〔一〕

北周·王　褒

青樓臨大道，遊俠盡淹留。〔二〕陳王金被馬，秦女桂爲鉤。馳輪洛陽巷，〔三〕鬪雞南陌頭。薄暮風塵起，聊爲清夜遊。

〔一〕同前：《詩紀》卷一一三注：「一作雜曲。」

〔二〕盡：同上注：「一作任。」

〔三〕洛陽：《百三名家集》作「洛城」。

同前五首

唐・施肩吾

可憐江北女，慣唱江南曲。摇（落）〔蕩〕木蘭舟，〔一〕雙鳧不成浴。

郎爲匕上香，妾爲籠上灰。〔二〕歸時雖暖熱，〔三〕去罷生塵埃。

夜裁鴛鴦綺，朝織蒲桃綾。欲試一寸心，待縫三尺冰。

憐時魚得水，怨罷商與參。不如山支子，却解結同心。

紅顔感暮花，白日同流水。思君如孤燈，一夜一心死。

〔一〕摇（落）〔蕩〕：據《全唐詩》卷二六改。

〔二〕爲：同上注：「集作作。」

〔三〕雖：同上作「即」。

樂府詩集卷第七十八

雜曲歌辭十八

燉煌樂

後魏·温子昇

《通典》曰:「燉煌古流沙地,黑水之所經焉。秦及漢初爲月支、匈奴之境。武帝開其地,後分酒泉置燉煌郡。燉、大,煌、盛也。」

客從遠方來,相隨歌且笑。自有燉煌樂,不減安陵調。

同前二首

隋·王胄

長途望無已,高山斷還續。意欲此念時,氣絶不成曲。

極目眺修塗,平原忽超遠。心期在何處,望望崦嵫晚。

阿那瓌

〔古辭〕〔一〕

《北史》曰：「阿那瓌，蠕蠕國主也。蠕蠕之爲國，冬則徙渡漠南，夏則還居漠北。」《通典》曰：「蠕蠕自拓跋初徙雲中，即有種落。〔二〕後魏太武神䴥中强盛，盡有匈奴故地。〔三〕阿那瓌，孝明帝時蠕蠕國主。」辭云匈奴主也。

聞有匈奴主，雜騎起塵埃。列觀長平坂，驅馬渭橋來。

〔一〕〔古辭〕：據《古樂府》卷一〇補。

〔二〕按《通典》卷一九六《蠕蠕》：「蠕蠕車鹿會雄健，始有部衆。」不言「徙雲中」，又稱其「度漠北」。

〔三〕同上稱「後魏神䴥二年，太武率兵十餘萬襲之，於是國落四散」。無神䴥中强盛事。

高句麗

北周・王　褒

《通典》曰：「高句麗，東夷之國也。其先曰朱蒙，本出於夫餘。朱蒙善射，國人欲殺之，遂棄夫餘，東南走，渡普述水，至紇升骨城居焉。號曰句麗，以高爲氏。」按：唐亦有《高麗曲》，李勣破高麗所進，後改《夷賓引》者是也。

蕭蕭易水生波，燕趙佳人自多。傾杯覆盌漼漼，垂手奮袖娑娑。〔一〕不惜黄金散盡，只畏白日蹉跎。

〔一〕娑娑：《百三名家集》作「婆娑」。

同前

唐·李　白

金花折風帽，白馬小遲回。翩翩舞廣袖，似鳥海東來。

舍利弗

〔李白〕〔一〕

金繩界寶地，珍木蔭瑶池。雲間妙音奏，天際法蠡吹。

〔一〕〔李白〕：據《李太白集》補。本書目録作「無名氏」。

摩多樓子

〔李白〕〔一〕

從戎向邊北，遠行辭密親。借問陰山候，還知塞上人。

〔一〕〔李白〕：據同上補。本書目録闕作者名。

同前

李（白）〔賀〕〔一〕

玉塞去金人，二萬四千里。風吹沙作雲，一時渡遼水。天白水如絹，〔二〕甲絲雙串斷。行行莫苦辛，城月猶殘半。曉氣朔〔烟〕上，〔三〕趢趗胡馬蹄。行人聽水別，隔隴長東西。

〔一〕李（白）〔賀〕：據毛本及《李賀歌詩編》卷四改。

〔二〕絹：《全唐詩》卷二六作「練」。

〔三〕朔〔烟〕上：據同上補。

法壽樂〔一〕

齊・王　融

天長命自短，世促道悠悠。禪衢開遠駕，愛海亂輕舟。累塵曾未極，積樹豈能籌。情埃何用洗，正水有清流。

右歌本處〔二〕

百神肅以虔，三靈震且越。常耀掩芳霄，〔三〕薰風鏡蘭月一作微風動蘭月。〔四〕丹榮落一作藻玉墀，〔五〕翠羽文珠闕。皓毳非虛來，交輪豈徒發。

右歌靈瑞

韶年春已仲，明星夜未央。千祀鍾休曆，萬國會佳祥。〔六〕金容函夕景，〔七〕翠鬢佩晨光。表塵維淨覺，泛俗迺輪皇。

右歌下生

襲氣變離宮，重柝警曾殿。曼響感心神，修容展歡宴。生老終已縈，死病行當薦。方爲淨國遊，豈結危城戀。

右歌在宫

春木一作枝多病夭，〔八〕秋葉少欣榮。心骸終委滅，親愛暫平生。長風吹北壟，迅影急東瀛。〔九〕知三既情竭一作暢，〔一〇〕得一乃身貞。

右歌田遊〔一一〕

飛策辭國門，端儀偃郊樹。慈愛徒相思，閨中空怨慕。〔一二〕風隸乖往塗，〔一三〕駿足獨歸路。舉袂謝時人，得道且還顧。〔一四〕

右歌出國

明心弘十力，寂慮安一作通四禪。青禽承逸軌，文鑣鏡重川。〔一五〕鷲巖標遠勝，鹿野究清玄。不有希世寶，何以導蒙泉。〔一六〕

右歌得道

亭亭宵月流，〔一七〕朏朏晨霜結。川上不徘徊，條間問生滅。〔一八〕靈知湛常然，符應有盈缺。感運復來儀，且壓一作厭人間泄一作世。〔一九〕

右歌寶樹一作雙樹〔二〇〕

春山玉所府，檀林鸞所栖。引火歸炎（隧）〔燧〕，〔二一〕（揖）〔挹〕水自青堤。〔二二〕菴園無異轍，祇館有同躋。比肩非今古，接武豈燕齊。

右歌賢衆

昔余輕歲月，茲也重光陰。閨中屏鉛黛，闕下掛纓簪。禪悦兼芳旨，法言戀清琴。〔二三〕一異非能辨，寵辱一作空有誰爲心。

右歌學徒

峻岸臨層穹，〔二四〕迢迢疏遠風。騰芳清漢裏，響梵高雲中。金華紛冉弱，瓊樹鬱青葱。貞心逸一作延淨景，〔二五〕邃業嗣天宮。

右歌供具

影響未嘗隔，晦明殊復親。弘慈邈已遠，睿后扇高塵。區中提景福，〔二六〕宇外沐深仁。萬祀留國祚，億兆慶唐民。

右歌福應

〔一〕《法壽樂》：《詩紀》卷五七作「《法樂辭》」。
〔二〕本處：同上作「本起」。
〔三〕常耀：同上作「恒耀」。
〔四〕鏡：同上作「動」。
〔五〕落：同上作「藻」。
〔六〕佳祥：同上作「嘉祥」。
〔七〕函：同上作「涵」。
〔八〕春木：同上作「春枝」。
〔九〕迅影：同上作「迅瀑」，似是。
〔一〇〕竭：同上作「暢」。
〔一一〕田遊：同上作「四遊」。
〔一二〕怨慕：同上作「戀慕」。
〔一三〕風：同上作「夙」。
〔一四〕還顧：同上作「還去」。
〔一五〕文鑣：同上作「文驪」。
〔一六〕蒙泉：同上作「濛泉」。

〔一七〕宵月：同上作「雙月」。

〔一八〕問生滅：同上作「亟渝滅」，是。

〔一九〕且壓人間泄：同上作「且厭人間世」，按作「世」是。

〔二〇〕寶樹：同上作「雙樹」。

〔二一〕炎（隧）〔燧〕：據文義改。

〔二二〕（揖）〔挹〕水：據同上改。青：同上作「清」。

〔二三〕戀：同上注：「一作忘。」

〔二四〕峻岸：《百三名家集》作「峻宇」。

〔二五〕逸淨景：同上作「延淨境」。逸：《詩紀》作「延」。

〔二六〕提：同上作「褆」。

步虛詞十首〔一〕

北周·庾信

《樂府解題》曰：「《步虛詞》，道家曲也，備言衆仙縹緲輕舉之美。」

渾成空教立，元始正塗開。赤玉靈文下，朱陵真氣來。中天九龍館，倒景八風臺。雲度弦歌響，星移空殿迴。〔二〕青衣上少室，童子向蓬萊。逍遥閬四會，倏忽度三災。

無名萬物始，有道百靈初。寂絶乘丹氣，玄冥上玉虛。三元隨建節，八景逐迴輿。赤鳳來銜璽，青烏入獻書。壞機仍成機，枯魚還作魚。栖心浴日館，行樂止雲墟。

凝真天地表，絶想寂廖前。有象猶虚豁，忘形本自然。開經壬子歲，值道甲申年。迴雲隨舞曲，流水逐歌弦。〔三〕石髓香如飯，芝房脆似蓮。停鸞讌瑶水，歸路上（鳴）〔鴻〕天。〔四〕

道生乃太一，守静即玄根。中和練九氣，甲子謝三元。居心受善水，教學重香園。皛留報關吏，鶴去畫城門。更以欣無迹，還來寄絶言。

洞靈尊上德，虞石會明真。要妙思玄（紀）〔牝〕一作絶，〔五〕虚無養谷神。丹丘乘翠鳳，玄圃馭斑麟。移梨付苑吏，種杏乞山人。自此逢何世，從今復幾春。海無三尺水，山成數寸塵。

東明九芝蓋，北燭一作燭五雲車。〔六〕飄颻入倒景，出没上烟霞。春泉下玉溜一作霤，青鳥向金華。漢帝看桃核，齊侯問棗花。上元應送酒，來向蔡經家。

歸心遊太極，回向入無名。五香芬紫府，千燈照赤城。鳳林採珠實，（春）〔舂〕山種玉榮。〔七〕夏笛三山響，〔八〕春鐘九乳鳴。絳河應遠别，黄鵠來相迎。

北閣臨玄水，〔九〕南宫坐絳雲。〔一〇〕龍泥印玉策，天火練真文。上元風雨散，中天歌吹分。靈駕千尋上，空香萬里聞。

地鏡階基遠，天窗影迹深。碧玉成雙樹，空青爲一一作迴林。鵠巢堪鍊石，蜂房得煮金。漢武多驕慢，淮南不小心。蓬萊入海底，何處可追尋。

麟洲一海闊，玄圃半天高。浮丘迎子晉，若士避盧敖。經餐林慮李，舊食綏山桃。成丹須竹節，刻髓用蘆刀。無妨隱士去，即是賢人逃。

〔一〕步虚詞：《庾子山集》卷五作「道士步虚詞」。
〔二〕空殿：似當作「宫殿」。
〔三〕歌弦：同上作「歌筵」。
〔四〕上（鳴）〔鴻〕天：據同上改。
〔五〕玄（紀）〔牝〕：據同上改。
〔六〕北屬：同上作「北燭」。
〔七〕（春）〔舂〕山：據同上注「一作舂」改，舂山本於《穆天子傳》。舂：同上作「龍」。
〔八〕夏笛三山響：同上作「夏簧三舌響」。
〔九〕北閣：同上作「北闕」。
〔一〇〕坐：同上作「生」。

同前二首　隋·煬帝

洞府凝玄液，靈山體自然。俯臨滄海島，回出大羅天。八行分寶樹，十丈散芳蓮。懸居燭日月，天步役風烟。躡記書金簡。乘空誦玉篇。冠法二儀立，佩帶五星連。瓊軒觶甘露，瑜井挹膏泉。南巢息雲馬，東海戲桑田。回旗遊八極，飛輪入九玄。高蹈虛無外，天地乃齊年。

同前　　唐·陳羽

總轡行無極，相推凌太虛。翠霞承鳳輦，碧霧翼龍輿。輕舉金臺上，高會玉林墟。朝遊度圓海，夕宴下方諸。

同前　　顧況

漢武清齋讀鼎書，内官扶上畫雲車。壇上月明宫殿閉，仰看星斗禮空虛。

迴步遊三洞，清心禮七真。飛符超羽翼，禁火醮星辰。〔一〕殘藥沾雞犬，靈香出鳳麟。壺中無窄處，願得一容身。

〔一〕禁：《全唐詩》卷二九注：「集作焚。」

同前十首

吴筠

衆仙仰靈範，肅駕朝神宗。金景相照曜，逶迤昇太空。七玄已高飛，火鍊生朱宫。〔一〕餘慶逮天壤，平和王道融。八威清遊氣，十絶舞祥風。使我躋陽源，〔二〕其來自陰功。逍遥太霞上，真鑒靡不通。

逸轡登紫清，元乘邁奔電。〔三〕閬風隔三天，俯視猶可見。玉闌一作闥標敞朗，〔四〕瓊林鬱葱蒨。自非挺金骨，焉得諧夙願。真朋何森森，合景恣遊宴。良會忘淹留，千齡纔一眄。

三宫發明景，朗照同鬱儀。紛然馳飈欻，上采空清蕤。令我洞金色，後天耀瓊姿。心叶太虚静，寥寥竟何思。玄中有至樂，淡泊終無爲。但與正真友，飄飄散遨嬉。〔五〕

稟化凝正氣，鍊形爲真仙。忘心符元宗，返本叶自然。帝一集絳宫，流光出丹玄。元英與桃君，朗詠長生篇。六符焕明霞，〔六〕百闕一作關羅紫烟。〔七〕飈車涉寥廓，靡靡乘景還。不覺雲路遠，斯須遊萬天。

扶桑誕初景，羽蓋凌晨霞。倏欻造西域，嬉遊金母家。碧津湛洪源，灼爍敷荷花。煌煌青琳宫，璀璨列玉華。〔八〕真氣溢絳府，自然思無邪。俯矜區中士，夭濁良可嗟。

瓊臺（劫）爲〔萬〕仞，〔九〕孤映大羅表。常有三素雲，凝光自飛繞。羽（童）〔幢〕泛明霞，〔一〇〕升降何縹緲。鸞鳳吹雅音，栖翔絳林標。玉虚無晝夜，靈景何皎皎。一覩太上京，方知衆天小。灼灼青華林，靈風振瓊柯。三光無冬春，一氣清且和。迴首邇結鄰，〔一一〕傾眸親曜羅。豁落制六天，流鈴威百魔。綿綿慶不極，誰謂椿齡多。高情無侈靡，遇物生華光。至樂無簫歌，玉音自玲琅。〔一二〕或登明真臺，宴此羽景堂。香靄結寶雲，〔一三〕靡微散靈香。〔一四〕天人誠遐曠，歡泰不可量。爰從太微上，肆覲虚皇尊。騰我八景輿，威遲入天門。既登玉〔晨〕〔宸〕庭，〔一五〕肅肅仰紫軒。敢問龍漢末，如何闢乾坤。怡然輟雲璈，告我希夷言。幸聞至精理，方見造化源。二氣播萬有，化機無停輪。而我操其端，乃能出陶鈞。寥寥天漢上，所遇皆清真。澄瑩含元和，氣同自相親。絳樹結丹實，紫霞流碧津。以兹保童嬰，永用超形神。

〔一〕朱宫：《全唐詩》卷八五三作「珠宫」。

〔二〕陽源：同上作「陽原」。

〔三〕元乘：同上作「乘光」。

〔四〕玉闈：同上作「玉闥」。

〔五〕散：同上注：「一作從。」

〔六〕六符：同上作「六府」。

〔七〕百闕：同上作「百關」，是。
〔八〕璀璨：同上作「粲粲」。
〔九〕（刼）爲〔萬〕仞：據同上改。
〔一〇〕羽（童）〔幢〕：據同上改。
〔一一〕結鄰：同上作「結靈」，疑當作「結璘」，結璘臺指月宫。
〔一二〕玉音自玲琅：同上作「金玉音琅琅」。
〔一三〕香靄：同上作「杳靄」。
〔一四〕靡微：同上作「霏微」。
〔一五〕玉（晨）〔宸〕：據同上改。

同前二首

劉禹錫

阿母種桃雲海際，花落子成二千歲。〔一〕海風吹折最繁枝，跪捧瓊盤獻天帝。〔二〕
華表千年鶴一歸，〔三〕凝丹爲頂雪爲衣。星星仙語人聽盡，却向五雲翻翅飛。

〔一〕二千：《全唐詩》卷二一九作「三千」。
〔二〕瓊盤：同上作「金盤」。

〔三〕鶴一歸：同上注：「集作一鶴歸。」

同前十九首

韋渠牟

玉簡真人降，金書道籙通。烟霞方蔽日，雲雨已生風。四極威儀異，三天使命同。那將人世戀，不去上清宫。

羽駕正翩翩，雲鴻最自然。霞冠將月曉，珠珮與星連。鏤玉留新訣，雕金得舊編。〔一〕不知飛鳥學，更有幾人仙。

上帝求仙使，真符取玉郎。三才閑布象，二景鬱生光。騎吏排龍虎，笙歌走鳳皇。天高人不見，暗入白雲鄉。

鸞鶴共徘徊，仙官使者催。香花三洞啟，風雨百神來。鳳篆文初定，龍泥印已開。何須生羽翼，始得上瑶臺。

羽節忽排烟，蘇君已得仙。命風驅日月，縮地走山川。幾處留丹竈，何時種玉田。一朝騎白虎，直上紫微天。

靜發降靈香，思神意智長。虎存時促步，龍想更成章。扣齒風雷響，挑燈日月光。仙雲在何處？彷彿滿空堂。

幾度遊三洞，何方召百神。風雲皆守一，龍虎亦全真。執節仙童小，燒香玉女春。應須絶巖内，委曲問皇人。

上法杳無營，玄修似有情。道宮瓊作想，真帝玉爲名。召岳驅旌節，馳雷發吏兵。雲車降何處，齋室有仙卿。

羽衞一何鮮，香雲起暮烟。方朝太素帝，更向玉清天。鳳曲凝猶吹，龍驂儼欲前。真文幾時降，知在永和年。

大道何年學？真符此日催。還持金作印，未要玉爲臺。羽節分明授，霞衣整頓裁。應緣五雲(仗)〔使〕，〔二〕教上列仙來。

獨自授金書，蕭條詠紫虚。龍行還當馬，雲起自成車。九轉風烟合，千年井竈餘。參差從太一，壽等混元初。

道學已通神，香花會女真。霞牀珠斗帳，金薦玉輿輪。一室心偏靜，三天夜正春。靈官竟誰降，仙相有夫人。

上界有黄房，仙家道路長。神來知位次，樂變協宮商。競把瑠璃椀，誰傾白玉漿。霞衣最芬馥，蘇合是靈香。

珠佩紫霞纓，夫人會八靈。太霄猶有觀，絶宅豈無形。暮雨徘徊降，仙歌宛轉聽。誰逢玉妃輦，應檢九真經。

西海辭金母，東方拜木公。雲行疑帶雨，星步欲凌風。羽袖揮丹鳳，霞巾曳彩虹。飄飄九霄外，下視望仙宫。

玉樹雜金花，天河織女家。月邀丹鳳舄，風送紫鸞車。霧縠籠綃帶，雲屏列錦霞。瑶臺千萬里，不覺往來賒。

舞鳳凌天出，歌麟入夜聽。雲容衣眇眇，風韻曲泠泠。扣齒端金簡，焚香檢玉經。仙宫知不遠，只近太微星。

紫府與玄洲，誰來物外遊。無煩騎白鹿，不用駕青牛。金化顔應駐，雲飛鬢不秋。仍聞碧海上，更用玉爲樓。

轡鶴復驂鸞，全家去不難。雞聲隨羽化，犬影入雲看。釀玉當成酒，燒金且轉丹。何妨五色綬，次第給仙官。

〔一〕雕金：《全唐詩》卷二九作「雕龍」。

〔二〕五雲〔仗〕〔使〕：據毛本和同上改。

同前

僧皎然

予因覽真訣，遂感西域君。玉笙下青冥，人間未曾聞。日華鍊魂魄，皎皎無垢氛。謂我有仙骨，且令餌氤氳。俯仰愧靈顔，願隨鸞鶴群。俄然動風馭，縹眇歸青雲。

同前

高駢

青溪道士人不識，上天下天鶴一隻。洞門深鎖碧窗寒，滴露研珠寫《周易》。

步虚引

陳陶

小隱山人十洲客，莓苔爲衣雙耳白。青編爲我忽降書，暮雨虹蜺一千尺。赤城門閉六丁直，曉日已燒東海色。朝天半夜聞玉雞，星斗離離礙龍翼。

樂府詩集卷第七十九

近代曲辭一

《荀子》曰「久則論略，近則論詳」，言世近而易知也。兩漢聲詩著于史者，唯《郊祀》《安世》之歌而已。班固以巡狩福應之事，不序郊廟，故餘皆弗論。由是漢之雜曲，所見者少，而相和、鐃歌，或至不可曉解。非無傳也，久故也。魏、晉已後，訖於梁、陳，雖略可考，猶不若隋、唐之爲詳。非獨傳者加多也，近故也。近代曲者，亦雜曲也，以其出於隋、唐之世，故曰近代曲也。隋自開皇初，文帝置七部樂：一曰西涼伎，二曰清商伎，三曰高麗伎，四曰天竺伎，五曰安國伎，六曰龜兹伎，七曰文康伎。至大業中，煬帝乃立清樂、西涼、龜兹、天竺、康國、疏勒、安國、高麗、禮畢，以爲九部，樂器工衣於是大備。唐武德初，因隋舊制，用九部樂。太宗增高昌樂，又造讌樂，而去禮畢曲。其著令者十部：一曰讌樂，二曰清商，三曰西涼，四曰天竺，五曰高麗，六曰龜兹，七曰安國，八曰疏勒，九曰高昌，十曰康國，而總謂之燕樂。聲辭繁雜，不可勝紀。凡燕樂諸曲，始於武德、貞觀，盛於開元、天寶。其著録者十四調二百二十二曲。又有梨園，别教院法歌樂十一曲，雲韶樂二十曲。肅、代以降，亦有因造。僖、昭之亂，典章亡缺，其所存者，概可見矣。

紀遼東

隋・煬帝

《紀遼東》，隋煬帝所作也。《通典》曰：「高句麗自東晉以後，居平壤城，亦曰長安城。隨山屈曲，南臨浿水，在遼東南。復有遼東、玄菟等數十城。」《隋書》曰「大業八年，煬帝伐高麗，度遼水，大戰于於東岸，擊賊破之，進圍遼東」是也。王建又有《渡遼水》，亦出於此。

遼東海北翦長鯨，風雲萬里清。方當銷鋒散馬牛，旋師宴鎬京。前歌後舞振軍威，飲至解戎衣。判不徒行萬里去，空道五原歸。

秉旄仗節定遼東，俘馘變夷風。清歌凱捷九都水，歸宴洛陽宫。策功行賞不淹留，全軍藉智謀。詎似南宫複道上，先封雍齒侯。

同前

隋・王　胄

遼東浿水事龔行，俯拾信神兵。欲知振旅旋歸樂，爲聽凱歌聲。十乘元戎纔渡遼，扶濊已冰消。詎似百萬臨江水，桉轡空迴鑣。天威雷邁舉朝鮮，信次即言旋。還笑魏家司馬懿，迢迢用一年。鳴鑾詔蹕發淆潼，合爵及疇庸。何必豐沛多相識，比屋降堯封。

遼東行

唐·王　建

遼東萬里遼水曲，古戍無城復無屋。黄雲蓋地雪作山，不惜黄金買衣服。戰迴各自收弓箭，正西回面家鄉遠。年年郡縣送征人，將與遼東作丘坂。寧爲草木鄉中生，有身不向遼東行。

渡遼水

王　建

渡遼水，此去咸陽五千里。來時父母知隔生，重著衣裳如送死。亦有白骨歸咸陽，營家各與題本鄉。身在應無回渡一作渡遼日，駐馬相看遼水傍。

昔昔鹽

隋·薛道衡

隋薛吏部有《昔昔鹽》，唐趙嘏廣之爲二十章。《樂苑》曰：「《昔昔鹽》，羽調曲，唐亦爲舞曲」。「昔」一作「析」。

垂柳覆金堤，蘼蕪葉復齊。〔一〕水溢芙蓉沼，花飛桃李蹊。採桑秦氏女，織錦竇家妻，關山別蕩子，風月守空閨。恒斂千金笑，長垂雙玉啼。盤龍隨鏡隱，彩鳳逐帷低。飛魂同夜鵲，〔二〕倦寢憶晨雞。暗牖懸蛛網，空梁落燕泥。前年過代北，今歲往遼西。一去無消息，〔三〕那能惜馬蹄。

〔一〕復：《英華》卷二八七作「正」。
〔二〕飛魂同夜鵲：同上作「驚魂同野雀」。
〔三〕消息：同上作「還意」。

同前〔一〕

碧落風烟外，瑶臺道路賒。何如連御苑，別自有仙家。此地回鸞駕，緣溪滿翠華。洞中明月夜，窗下發煙霞。

〔一〕此詩失題作者名，《全隋詩》薛道衡詩中無此首。

昔昔鹽二十首

唐·趙　嘏

垂柳覆金堤

新年垂柳色，嫋嫋對空閨。不畏芳菲好，自緣離別啼。因風飄玉户，向日映金堤。驛使何時度，還將贈隴西。

蘼蕪葉復齊

提筐紅葉下，度日採蘼蕪。掬翠香盈袖，看花憶故夫。葉齊誰復見，風暖恨偏孤。一被春光累，容顏與昔殊。

水溢芙蓉沼

渌沼春光後，青青草色濃。綺羅驚翡翠，暗粉妬芙蓉。雲遍窗前見，荷翻鏡裏逢。將心託流水，終日渺無從。

花飛桃李蹊

遠期難可託，桃李自依依。花徑無容跡，戎裘未下機。隨風開又落，度日掃還飛。欲折枝枝贈，那知歸不歸。

採桑秦氏女

南陌採桑出，誰知妾姓秦。獨憐傾國貌，不負早鶯春。珠履蹋花濕，龍鉤折桂新。〔一〕使君那駐馬，自有侍中人。

〔一〕龍鉤：疑當作「籠鉤」。

織錦竇家妻

當年誰不羨，分作竇家妻。錦字行行苦，羅帷日日啼。豈知登隴遠，衹恨下機迷。直候陽關使，殷勤寄海西。

關山別蕩子

那堪聞蕩子，迢遞涉關山。腸爲馬嘶斷，衣從淚滴斑。愁看塞上路，詎惜鏡中顔。儻見征西雁，應傳一字還。

風月守空閨

良人猶遠戍，耿耿夜閨空。繡户流宵月，羅帷坐曉風。魂飛沙帳北，腸斷玉關中。尚自無消息，錦衾那得同。

恒斂千金笑

玉顔恒自斂，羞出鏡臺前。早惑陽城客，今悲華錦筵。從軍人更遠，投喜鵲空傳。夫婿交河北，迢迢路幾千。

長垂雙玉啼

雙雙紅淚墮，度日暗中啼。雁出居延北，人猶遼海西。向燈垂玉枕，對月灑金閨。不惜羅衣濕，惟愁歸意迷。

蟠龍隨鏡隱

鸞鏡無由照，蛾眉豈忍看。不知愁髮換，空見隱龍蟠。那愜紅顔改，偏傷白日殘。今朝窺玉匣，雙淚落闌干。

綵鳳逐帷低

巧繡雙飛鳳，朝朝伴下帷。春花那見照，暮色已頻欺。欲卷思君處，將啼裛淚時。何年征成客，傳語報佳期。

鷩魂同夜鵲

萬里無人見，衆情難與論。思君常入夢，同鵲屢驚魂。孤寢紅羅帳，雙啼玉筯痕。妾心甘自保，豈復暫忘恩。

倦寢聽晨雞

去去邊城騎，愁眠掩夜閨。披衣窺落月，拭淚待鳴雞。不憤連年別，那堪長夜啼。功成應自恨，早晚發遼西。

暗牖懸蛛網

暗中蛛網織，歷亂綺窗前。萬里終無信，一條徒自懸。分從珠露滴，愁見隙風牽。妾意何聊賴，看看劇斷絃。

空梁落燕泥

春至今朝燕，花時伴獨啼。飛斜珠箔隔，語近畫梁低。帷卷閑窺户，牀空暗落泥。誰能長對此，雙去復雙栖。

前年過代北

代北幾千里，前年又復經。燕山雲自合，胡塞草應青。鐵馬喧鼙鼓，蛾眉怨錦屏。不知羌笛曲，掩淚若爲聽。

今歲往遼西

萬里飛書至，聞君已渡遼。祇諳新別苦，忘却舊時嬌。烽戍年將老，紅顔日向凋。胡沙兼漢苑，相望幾迢迢。

一去無還意

良人征絶域，一去不言還。百戰攻胡虜，三冬阻玉關。蕭蕭邊馬思，獵獵戍旗閑。獨把千重恨，連年未解顔。

那能惜馬蹄

雲中路杳杳，江畔草萋萋。妾久垂珠淚，君何惜馬蹄？邊風悲曉角，營月怨春鼙。未道休征戰，愁眉又復低。

江都宫樂歌

隋·煬帝

揚州舊處可淹留，臺榭高明復好遊。風亭芳樹迎早夏，長皋麥隴送餘秋。淥潭桂楫浮青雀，果下金鞍躍紫騮〔一〕。綠觴素蟻流霞飲，長袖清歌樂戲州。

〔一〕躍：《百三名家集》作「躍」。

十索四首

丁六娘

《樂苑》曰：「《十索》，羽調曲也。」

裙裁孔雀羅，紅緑相參對。映以蛟龍錦，分明奇可愛。粗細君自知，從郎索衣帶。

爲性愛風光，偏憎良夜促。曼眼腕中嬌，相看無厭足。歡情不耐眠，從郎索花燭。

君言花勝人，人今去花近。寄語落花風，莫吹花落盡。欲作勝花妝，從郎索紅粉。

二八好容顏，非意得相關。逢桑欲採折，尋枝倒懶攀。欲呈纖纖手，從郎索指鐶。

同前二首〔一〕

含嬌不自轉，送眼勞相望。無那關情伴，共入同心帳。欲防人眼多，從郎索錦障。

蘭房下翠帷，蓮帳舒鴛錦。歡情宜早暢，密態須同寢。欲共作纏綿，從郎索花枕。

〔一〕《詩紀》卷一二八注：「《樂府》作無名氏，《選詩拾遺》并作丁六娘。」

水調二首

《樂苑》曰：「《水調》，商調曲也。」舊説，《水調河傳》，隋煬帝幸江都時所製。曲成奏之，聲韻怨切。王令言聞而謂其弟子曰：「但有去聲而無回韻，帝不返矣。」後竟如其言。按唐曲凡十一疊，前五疊爲歌，後六疊爲入破。其歌，第五疊五言調，聲最爲怨切。故白居易詩云：「五言一遍最慇懃，調少情多似有因。不會當時翻曲意，此聲腸斷爲何人！」唐又有新水調，亦商調曲也。

歌第一

平沙落日大荒西，隴上明星高復低。孤山幾處看烽火，壯一作戰士連營候鼓鞞。

第二

猛將關西意氣多，能騎駿馬弄琱戈。金鞍寶鉸精神出，笛倚新翻水調歌。

第三

王孫別上綠珠輪，不羨名公樂此身。户外碧潭春洗馬，樓前紅燭夜迎人。

第四

隴頭一段氣長秋，舉目蕭條總是愁。祇爲征人多下淚，年年添作斷腸流。

第五

雙帶仍分影，同心巧結香。不應須换彩，意欲媚濃妝。

入破第一

細草河邊一雁飛，黄龍關裏掛戎衣。爲受明王恩寵甚，從事經年不復歸。

第二

錦城絲管日紛紛，半入江風半入雲。此曲只應天上去，人間能得幾回聞。

第三

昨夜遥歡出建章，今朝綴賞度昭陽。傳聲莫閉黄金屋，爲報先開白玉堂。

第四

日晚笳聲咽戍樓，隴雲漫漫水東流。行人萬里向西去，滿目關山空一作無恨一作自愁。

第五

千年一遇聖明朝，願對君王舞細腰。乍可當熊任生死，誰能伴鳳上一作入雲霄。

第六徹

閨燭無人影，羅屏有夢魂。近來音耗絶，終日望君門。

同前

唐·吴融

鑿河千里走黄沙，浮殿西來動日華。可道新聲是亡國，且貪惆悵後庭花。

堂堂二首

李義府

《樂苑》曰：「《堂堂》，角調曲，唐高宗朝曲也。」《會要》曰：「調露中，太子既廢，李嗣真私謂人曰：『禍猶未已。主上不親庶務，事無巨細決於中宫。宗室雖衆，俱在散位，居中制外，其勢不敵，恐諸王藩翰，爲中宫所蹂踐矣。隋已來樂府有《堂堂曲》，再言堂者，是唐再受命也。中宫僭擅，復歸子孫，則爲再受命矣。近日閭里又有側堂堂、撓堂堂之謡，側者不正之辭，撓者不安之稱，將見患難之作不久矣。』後皆如其言。」按《堂堂》本陳後主所作，唐爲法曲，故白居易詩云「法曲法曲歌堂堂」是也。

鏤月成歌扇，裁雲作舞衣。自憐回雪影，好取洛川歸。

懶正鴛鴦被，羞褰玳瑁牀。春風别有意，密處也尋香。

同前　李賀

堂堂復堂堂，紅脱梅灰香一作紅熟海梅香。〔一〕十年粉蠹生畫梁，飢蟲不食推碎黄。蕙花已老桃葉長，禁院懸簾隔御光。華清源中礐石湯，徘徊百一作白鳳隨君王。

〔一〕灰：《全唐詩》卷二七注：「集作花。」

涼州（歌第一）〔六首〕〔一〕

《樂苑》曰：「《涼州》，宫調曲。開元中，西涼府都督郭知運進。」《樂府雜録》曰：「《梁州曲》，本在正宫調中，有大遍小遍。至貞元初，康崑崙翻入琵琶玉宸宫調，初進曲在玉宸殿，故有此名。合諸樂即黄鍾宫調也。」張同《幽閑鼓吹》曰：「段和尚善琵琶，自制《西涼州》。後傳康崑崙，即《道調涼州》也，亦謂之《新涼州》云。」

〔歌第一〕〔二〕

漢家宫裏柳如絲，上苑桃花連碧池。聖壽已傳千歲酒，天文更賞百僚詩。

第二

朔風吹葉雁門秋，萬里烟塵昏戍樓。征馬長思青海北，胡笳夜聽隴山頭。

第三

開篋淚霑襦，見君前日書。夜臺空寂寞，猶是紫雲車。

排遍第一

三秋陌上早霜飛，羽獵平田淺草齊。錦背蒼鷹初出按，五花驄馬餵來肥。

第二

鴛鴦殿裏笙歌起，翡翠樓前出舞人。喚上紫微三五夕，聖明方壽一千春。

〔一〕涼州（歌第一）〔六首〕：據目録改。按目録，《涼州》六首，第一首五疊，歌第一即「漢家」疊。

〔二〕〔歌第一〕：據上補。

涼州詞

耿（緯）〔湋〕〔一〕

國使翩翩隨旆旌，隴西岐路足荒城。氈裘牧馬胡雛小，日暮蕃歌三兩聲。

〔一〕耿(緯)〔湋〕：據《新唐書・文藝傳下》改。

同前　張籍

邊城暮雨雁飛低，蘆笋初生漸欲齊。無數鈴聲遥過磧，應馱白練到安西。

古鎮城門白磧開，胡兵往往傍沙堆。巡邊使客行應早，每待平安火到來。

鳳林關裏水東流，白草黄榆六十秋。邊將皆承主恩澤，無人解道取涼州。

同前　薛逢

昨夜蕃兵報國讎，沙州都護破(梁)〔涼〕州。〔一〕黄河九曲今歸漢，塞外縱横戰血流。

〔一〕(梁)〔涼〕州：據《全唐詩》卷二七改。

大和(第一)〔一〕

《樂苑》曰：「大和，羽調曲也。」

〔第一〕〔二〕

國門卿相舊山莊，聖主移來宴緑芳。簾外輾爲車馬路，花間踏出舞人場。

第二

國鳥尚含天樂囀，寒風猶帶御衣香。爲報碧潭明月夜，會須留賞待君王。

第三

庭前鵲遶相思樹，井上鶯歌爭刺桐。含情少婦悲春草，多是良人學轉蓬。

第四

塞北江南共一家，何須淚落怨黄沙。春酒半酣千日醉，庭一作邊前一作庭還有落梅花。

第五徹

我皇膺運太平年，四海朝宗會百川。自古幾多明聖主，不如今帝勝堯天。

〔一〕大和（第一）：據目録删，目録作一首，共五疊，第一指「國門」第一疊。

〔二〕〔第一〕：據上補。

伊州（歌第一）〔一〕

《樂苑》曰：「《伊州》，商調曲，西京節度（盍）〔蓋〕嘉運所進也。」〔二〕

〔歌第一〕〔三〕

秋風明月獨離居，蕩子從戎十載餘。征人去日慇懃囑，歸雁來時數寄書。

第二

彤闈曉闢萬鞍迴，玉輅春遊薄晚開。渭北清光摇草樹，州南嘉景入樓臺。

第三

聞道黄花戍，〔四〕頻年不解兵。可憐閨裏月，偏照漢家營。〔五〕

第四

千里東歸客，無心憶舊遊。掛帆游白水，高枕到青州。

第五

桂殿江烏對，彫屏海燕重。祇應多釀酒，醉罷樂高鐘。

入破第一

千門今夜曉初晴，萬里天河徹帝京。璨璨繁星駕秋色，稜稜霜氣韻鐘聲。

第二

長安二月柳依依，西出流沙路漸微。閼氏山上春光少，相府庭邊驛使稀。

第三

三秋大漠冷溪山，八月嚴霜變草顔。卷旆風行宵渡磧，銜枚電掃曉應還。

第四

行樂三陽早，芳菲二月春。閨中紅粉態，陌上看花人。

第五

君住孤山下，烟深夜徑長。轅門渡緑水，遊苑逩垂楊。

〔一〕伊州（歌第一）：據目録删。按目録，《伊州》一首，共十疊，歌第一即「秋風」第一疊。

〔二〕（盇）〔蓋〕嘉運：據《新唐書·突厥傳下》改。

〔三〕〔歌第一〕：據〔一〕補。

〔四〕黄花戍：《全唐詩》卷九六沈佺期《雜詩》作「黄龍戍」。注：「一作黄花塞。」

〔五〕偏照：同上作「長在」。

陸州（歌第一）〔一〕

〔歌第一〕〔二〕

分野中峰變，陰晴衆壑殊。欲投人處宿，隔浦問樵夫。

第二

共得烟霞逕，東歸山水遊。蕭蕭望林夜，寂寂坐中秋。

第三

香氣傳空滿，妝花映薄紅。歌聲天仗外，舞態御樓中。

排遍第一

樹發花如錦，鶯啼柳若絲。更逢歡宴地，愁見别離時。

第二

明月照秋葉，西風響夜砧。强言徒自亂，往事不堪尋。

第三

坐對銀釭曉，停留玉筯痕。君門常不見，無處謝前恩。

第四

曙月當窗滿，征人出塞遊。〔三〕畫樓終日閉，清一作絲管爲誰調。

〔一〕陸州（歌第一）：據目録删。按目録《陸州》一首共七疊，歌第一爲「分野」第一疊。

〔二〕〔歌第一〕：據〔一〕補。

〔三〕遊：失韻，當作「遥」。

簇拍陸州〔一〕

西去輪臺萬里餘，〔二〕故鄉音耗日應疏。〔三〕隴山鸚鵡能言語，爲報閨人數寄書。〔四〕

〔一〕此詩即《全唐詩》卷二〇一岑參《赴北庭度隴思家》詩。

〔二〕去：同上作「向」。

〔三〕故鄉音耗：同上作「也知鄉信」。

〔四〕閨人：同上作「家人」。

石州

《樂苑》曰：「《石州》，商調曲也。又有舞石州。」

自從君去遠巡邊，終日羅幃獨自眠。看花情轉切，攬鏡淚如泉。一自離君後，啼多雙臉穿。何時狂虜滅，免得更留連。

樂府詩集卷第八十

近代曲辭二

蓋羅縫二首〔一〕

秦時明月漢時關，萬里征人尚未還。但願龍庭神一作飛將在，〔二〕不教胡馬渡陰山。

音書杜絶白狼西，桃李無顔黄鳥啼。寒雁春深歸去盡，出門腸斷草萋萋。

〔一〕第一首本於王昌齡《從軍行》。

〔二〕但願龍庭神將在：同上作「但使龍城飛將在」。

雙帶子

私言切語誰人會，海燕雙飛繞畫梁。君學秋胡不相識，妾亦無心去採桑。

崑崙子〔一〕

揚子譚經去〔二〕，淮王載酒過。醉來啼鳥喚一作換，坐久落花多。

〔一〕此詩本於王維《從岐王過楊氏别業應教》，原有八句，截取前四句而成。

〔二〕譚經去：同上作「談經處」。

祓禊曲三首

王子年《拾遺記》曰：「周昭王溺於江漢，二女延娟、延娱與王乘舟，夾擁王身，同没焉。故江漢之人到今思之。至春上巳之日，禊集祠間，或以時鮮甘味，採蘭杜包裹，以沉水中，或結五色紗囊盛食，或用金鐵之器並沉水中，言蛟龍畏五色金鐵，則不侵此食也。」《後漢書·禮儀志》曰：「三月上巳，官民皆潔於東流水上，曰洗濯祓除，去宿垢疢爲大潔。潔者，言陽氣布暢，萬物訖出，始潔之矣。」注：「謂之禊也。」《風俗通》曰：「《周禮·女巫》掌歲時以祓除疾病。禊者，潔也。春者，蠢也。蠢〔蠢〕，〔一〕揺動也。《尚書》『以殷仲春，厥民析』言人解析也。」蔡邕曰：「《論語》『暮春者，春服既成，冠者五六人，童子六七人，浴乎沂，風乎舞雩，詠而歸』。今三月上巳祓禊於水濱，蓋出於此。一説云：後漢有郭虞者，三日上巳産二女，二日中並不育，俗以爲大忌，至此月日諱止家，皆於東流水上爲祈禳自潔濯，謂之禊祠，引流行觴，遂成曲水。《韓詩》曰：鄭國之俗，三月上巳，之溱洧兩水之上，招魂續魄，秉蘭草，祓除不祥。《漢書》：「八月祓灞水。」亦斯義也。杜篤《祓禊賦》曰：「王侯公主，暨于富商，用事伊、洛，帷幔玄黄。」本傳大將軍梁商亦歌泣於洛禊也。自魏不復用三日水宴者焉。《晉書》曰：「武帝嘗問摯虞三日曲水之義，虞對曰：『漢章帝時，平原徐肇以三月初生三女，至三日俱亡。人以爲怪，乃招攜之水濱洗祓，遂因水以泛觴。其義起此。』束晳曰：『昔周公城洛邑，因流水以泛酒，故逸詩云「羽觴隨波」。又秦昭王以三日置酒河曲，見金人奉水心之劍，曰：「令君製有西夏。」乃霸諸侯，因此立爲曲水。二漢相緣，皆爲盛集。』」《西京雜記》曰「漢宫三月上巳張樂於流水」是也，晉宋已後皆因之，至唐傳以爲曲。

昨見春條緑，那知秋葉黄。蟬聲猶未斷，寒一作塞雁已成行。

金谷園中柳，春來已一作自舞腰。〔二〕那堪好風景，獨上洛陽橋。

何處堪愁思，花間長樂宫。君王不重客，泣淚向春一作東風。

〔一〕蠡〔蠡〕：據《風俗通·禊》補。

〔二〕已：《全唐詩》卷二七注：「一作學。」「學」字佳。

上巳樂

唐·張祜

猩猩血綵繫頭標，天上齊聲舉畫橈。却是内人爭意切，六宫羅袖一時招。〔一〕

〔一〕羅：《全唐詩》卷二七注：「集作紅。」

穆護砂

《歷代歌辭》曰：「《穆護砂》曲，犯角。」

玉管朝朝弄，清歌日日新。折花當驛路，寄與隴頭人。

思歸樂二首

《樂苑》曰：「《思歸樂》，商調曲也。後一曲犯角。」

晚日催絃管，春風入綺羅。杏花如有意，偏落舞衫多。

萬里春應盡，三江雁亦稀。連天漢水廣，孤客未言歸。

金殿樂

入夜秋砧動，千門起四鄰。不緣樓上月，應爲隴頭人。

胡渭州二首

《樂苑》曰：「《胡渭州》，商調曲也。」

亭亭孤月照行舟，寂寂長江萬里流。鄉國不知何處是，雲山漫漫使人愁。

楊柳千尋色，桃花一苑芳。風吹入簾裏，唯有惹衣香。

戎渾〔一〕

風勁角弓鳴，將軍獵渭城。草枯鷹眼疾，雪盡馬蹄輕。

〔一〕此詩本於王維《觀獵》，截取前四句而成。

牆頭花二首〔一〕

蟋蟀鳴洞房，梧桐落金井。爲君裁舞衣，天寒剪刀冷。

妾有羅衣裳，秦王在時作。爲舞春風多，秋來不堪著。

〔一〕第二首本於崔國輔《怨詞》。

採桑

《樂苑》曰：「《採桑》，羽調曲。又有《楊下採桑》。」按《採桑》本清商西曲也。

自古多征戰，由來尚甲兵。長驅千里去，一舉兩蕃平。按劍從沙漠，歌謡滿帝京。寄言天下將，須立武功名。

楊下採桑

飛絲惹緑塵，軟葉對孤輪。今朝入園去，物色强看人。

破陣樂

《歷代歌辭》曰：「《破陣樂》，小歌曲。」《樂苑》曰：「商調曲也。」按《破陣樂》本舞曲，唐太宗所造。玄宗又作《小破陣樂》，亦舞曲也。

秋來四面足風沙，塞外征人暫别家。千里不辭行路遠，時光早晚到天涯。

同前二首　張説

漢兵出頓金微，照日明光鐵衣。〔一〕百里火幡焰焰，千行雲騎騑騑。蹙踏遼河自竭，鼓噪燕山可飛。正屬四方朝賀，端知萬舞皇威。

少年膽氣凌雲，共許驍雄出群。匹馬城南挑戰，單刀薊北從軍。一鼓鮮卑送款，五餌單于解紛。誓欲成名報國，羞將開口論勳。

〔一〕明光：《全唐詩》卷二七注：「集作光明。」

戰勝樂

百戰得功名，天兵意氣生。三邊永不戰，此是我皇英。

劍南臣

不分君恩斷，觀妝視鏡中。容華尚春日，嬌愛已秋風。枕席臨窗曉，屏帷對月空。年年後庭樹，芳悴在深宮。

征步郎

塞外虜塵飛，頻年度磧西。死生隨玉劍，辛苦向金微。

歎疆場

《樂苑》曰：「《歎疆場》，宮調曲也。」

聞道行人至，妝梳對鏡臺。淚痕猶尚在，笑靨自然開。

塞姑

昨日盧梅塞口，整見諸人鎮守。都護三年不歸，折盡江邊楊柳。

水鼓子

雕弓白羽獵初回，薄夜牛羊復下來。夢水河邊秋草合，黑山峰外陣雲開。

婆羅門〔一〕

《樂苑》曰：「《婆羅門》，商調曲。開元中，西涼府節度楊敬述進。」《唐會要》曰：「天寶十三載，改《婆羅門》爲《霓裳羽衣》。」

迴樂峰前沙似雪，受降城外月如霜。不知何處吹蘆管，一夜征人盡望鄉。

〔一〕此詩本於李益《夜上受降城聞笛》。

浣沙女二首

南陌春風早，東鄰去日斜。千花開瑞錦，香撲美人車。

長樂青門外，宜春小苑東。樓開萬户上，人向百花中。

鎮西二首

天邊物色更無春，衹有羊群與馬群。誰家營裏吹羌笛，哀怨教人不忍聞。

歲去年來拜聖朝，更無山闕對溪橋。九門楊柳渾無半，猶自千條與萬條。

回紇

《樂苑》曰：「《回紇》，商調曲也。」

曾聞瀚海使難通，幽閨少婦罷裁縫。緬想邊庭征戰苦，誰能對鏡治愁容。久戍人將老，須臾變作白頭翁。

長命女

《樂苑》曰：「《長命西河女》，羽調曲也。」《樂府雜録》曰：「大曆中，嘗有樂工自造一曲，即古曲《長命西河女》也。增損節奏，頗有新聲。」

雲送關西雨，風傳渭北秋。孤燈然客夢，寒杵擣鄉愁。

醉公子

昨日春園飲，今朝倒接䍦。誰人扶上馬，不省下樓時。

一片子

柳色青山映，梨花雪鳥藏。緑窗桃李下，閑坐歎春芳。

甘州

《樂苑》曰：「《甘州》，羽調曲也。」

欲使傳消息，空書意不任。寄君明月鏡，偏照故人心。

濮陽女

《樂苑》曰：「《濮陽女》，羽調曲也。」

雁來書不至，月照獨眠房。賤妾多愁思，不堪秋夜長。

相府蓮

《古解題》曰：「《相府蓮》者，王儉爲南齊相，一時所辟皆才名之士。時人以入儉府爲蓮花池，謂如紅蓮映緑水，今號蓮幕者自儉始。其後語訛爲『想夫憐』，亦名之醜爾。又有《簇拍相府蓮》。」《樂苑》曰：「《想夫憐》，羽調曲也。」白居易詩曰：「玉管朱弦莫急催，客聽歌送十分杯。長愛夫憐第二句，倩君重唱夕陽開。」王維右丞詞云「秦川一半夕陽開」是也。

夜聞鄰婦泣，切切有餘哀。即問緣何事，征人戰未一作骨迴。

簇拍相府蓮〔一〕

莫以今時寵，寧無舊日恩。看花滿眼淚，不共楚王言。閨燭無人影，羅屏有夢魂。近來音耗絶，終日望應門。

〔一〕此詩當作兩首：前一首即王維《息夫人》詩，「寧無」作「能忘」；後一首見前《水調歌》第六徹。倘合爲一首，則「今時寵」與「近來音耗絶」矛盾。

離別難

《樂府雜録》曰：「《離別難》，武后朝有一士人陷冤獄，籍其家。妻配入掖庭，善吹觱篥，乃撰此曲以寄情焉。初名《大郎神》，蓋取良人第行也，既畏人知，遂三易其名曰《悲切子》，終號《怨回鶻》云。」

此别難重陳，花深復變人。來時梅覆雪，去日柳含春。物候催行客，歸途淑氣新。剡川今已遠，魂夢暗相親。

同前　白居易

緑楊陌上送行人，馬去車回一望塵。不覺別時紅淚盡，歸來無淚可霑巾。

山鷓鴣二首

《歷代歌辭》曰：「《山鷓鴣》，羽調曲也。」

玉關征戍久，空閨人獨愁。寒露濕青苔，別來蓬鬢秋。

人坐青樓晚，鶯語百花時。愁多人自老，〔一〕腸斷君不知。

〔一〕多人：《全唐詩》卷二七作「人多」。

鷓鴣詞　李　益

湘江斑竹枝，錦翼鷓鴣飛。處處湘陰合，郎從何處歸。

同前二首

李　涉

湘江烟水深，沙岸隔楓林。何處鷓鴣飛，日斜斑竹陰。二女虛垂淚，〔一〕三閭枉自沈。惟有鷓鴣啼，〔二〕獨傷行客心。

越岡連越井，越鳥更南飛。何處鷓鴣啼，夕烟東嶺歸。嶺頭行人少，〔三〕天涯北客稀。鷓鴣啼別處，相對淚沾衣。

〔一〕虛：《全唐詩》卷二七注：「集作雲。」

〔二〕啼：同上作「鳥」。

〔三〕頭：同上注：「集作外。」

樂世

白居易

一曰《緑腰》。《琵琶録》曰：「《緑腰》，即録要也。貞元中，樂工進曲，德宗令録出要者，因以爲名，後語訛爲緑腰。」《新唐書》曰：「《涼州》《胡渭》《録要》，雜曲是也。」《樂府雜録》曰：「《緑腰》，軟舞曲也。康崑崙嘗於琵琶彈一曲，即新翻羽調《緑腰》也。」《樂苑》曰：「《樂世》，羽調曲，又有急樂也。」

管急絲繁拍漸稠，〔一〕緑腰宛轉曲終頭。誠知《樂世》聲聲樂，老病人聽未免愁。

〔一〕絲：《全唐詩》卷二七注：「集作弦。」

急〔世樂〕〔樂世〕〔一〕

白居易

正抽碧線繡紅羅，忽聽黄鶯斂翠蛾。秋思冬愁春〔恨〕〔悵〕望，〔二〕大都不得意時多。

〔一〕急〔世樂〕〔樂世〕：據《白氏長慶集》卷五三改，集作《急樂世辭》。

〔二〕春〔恨〕〔悵〕望：據同上改。

何滿子

白居易

唐白居易曰：「何滿子，開元中滄州歌者，臨刑進此曲以贖死，竟不得免。」《杜陽雜編》曰：「文宗時，宫人沈阿翹爲帝舞《何滿子》，調辭風態，率皆宛暢。」然則亦舞曲也。

世傳滿子是人名，臨就刑時曲始成。一曲四詞歌八疊，從頭便是斷腸聲。

同前

薛逢

繫馬宫槐老，持杯店菊黄。故交今不見，流恨滿川光。

清平調三首

李白

《松窗録》曰：「開元中，禁中重木芍藥。會花方繁開，帝乘照夜白，太真妃以步輦從，李龜年以歌擅一時之名。帝曰：『賞名花，對妃子，焉用舊樂辭爲！』遂命李白作《清平調》辭三章，令梨園弟子略撫絲竹以促歌，帝自調玉笛以倚曲。」《唐書》曰「玄宗嘗自度曲，欲造樂府新辭，亟召白。白已醉，卧於酒肆，召入，以水灑面，即令秉筆。頃之，成十數章」是也。

雲想衣裳花想容，春風拂檻露華濃。若非群玉山頭見，會向瑶臺月下逢。

一枝紅豔露凝香，〔一〕雲雨巫山枉斷腸。借問漢宫誰得似，可憐飛燕倚新妝。

名花傾國兩相歡，長得君王帶笑看。解釋春風無限恨，沈香亭北倚欄干。

〔一〕紅：《全唐詩》卷一六四作「穠」。

回波樂

李景伯

《回波樂》，商調曲。唐中宗時造，蓋出於〔西〕〔曲〕水引流泛觴也。〔一〕《本事詩》曰：「中宗之世，嘗因内宴，群臣皆歌《回波樂》，撰辭起舞。時沈佺期以罪流嶺表，恩還舊官，而未復朱紱。佺期乃歌《回波樂》辭以見意，中宗即以緋魚賜之，自是多求遷擢。」《唐書》曰：「景龍中，中宗宴侍臣，酒酣，令各爲《回波樂》，衆皆爲諂佞之辭，及自要榮位。次至諫議大夫李景伯，乃歌此辭。後亦爲舞曲。」

回波爾時酒巵，微臣職在箴規。侍宴既過三爵，諠譁竊恐非儀。

〔一〕〔西〕〔曲〕水：據王羲之《蘭亭集序》「流觴曲水」改。

聖明樂三首〔一〕

張仲素

《樂苑》曰：「《聖明樂》，開元中太常樂工馬順兒造。又有《大聖明樂》，並商調曲也。」《隋書·樂志》曰：「文帝開皇六年，高昌獻《聖明樂》曲。帝令知音者於館所聽之，歸而肄習。及客方獻，先於前奏之，胡夷皆驚焉。」然則隋已有之矣。

玉帛殊方至，歌鐘比屋聞。華夷今一貫，同賀聖明君。

海浪恬丹徼，邊塵靖黑山。從今萬里外，不復鎮蕭關。

九陌祥烟合，千春瑞月明。宫華將苑柳，先發鳳皇城。

〔一〕《聖明樂》三首：按《全唐詩》卷二七以第一、第三首爲張仲素作，第二首爲令狐楚作。又卷三六七張仲素詩以第一首爲《獻壽詞》。

大酺樂

《樂苑》曰：「《大酺樂》，商調曲，唐張文收造。」

淚滴珠難盡，容殘玉易銷。儻隨明月去，莫道夢魂遥。

同前二首

杜審言

聖后乘乾日，皇明御曆辰。紫宫初啟坐，蒼璧正臨春。雷雨垂膏澤，金錢賜下人。詔酺歡賞遍，交泰覩惟新。

毗陵震澤九州通，士女歡娱萬國同。伐鼓撞鐘驚海上，新妝袨服照江東。梅花落處疑殘雪，柳葉開時任好風。大德不官逢道泰，〔一〕天長地久屬年豐。

〔一〕大德不官：《全唐詩》卷六二作「火德雲官」。

同前

張　祜

車駕東來值太平，大酺三日洛陽城。小兒一伎竿頭絶，天下傳呼萬歲聲。

紫陌酺歸日欲斜，紅塵開路薛王家。雙鬟前説樓前鼓，〔一〕兩伎爭輪好結花。〔二〕

〔一〕前説：《全唐詩》卷五一一作「笑説」。

〔二〕結花：同上作「落花」。

千秋樂

張　祜

《唐書》曰：「開元十七年八月癸亥，玄宗以降誕日，讌百僚於花蕚樓下。百僚表請以每年八月五日爲千秋節，王公已下獻鏡及承露囊，天下請咸令讌樂，仍著于令，從之。」《千秋樂》蓋起於此。

八月平時花蕚樓，萬方同樂奏千秋。傾城人看長竿出，一伎初成趙解愁。

火鳳辭

李百藥

《樂苑》曰：《火鳳》，羽調曲也。又有《真火鳳》。《唐會要》曰：「貞觀中，有裴神符者，妙解琵琶。初唯作《勝蠻奴》《火鳳》《傾杯樂》三曲，聲度清美，太宗深愛之。」則《火鳳》蓋貞觀已前曲也。

歌聲扇裏出，〔一〕妝影（扇）〔鏡〕中輕。〔二〕未能令掩笑，何處欲鄣聲。知音自不惑，得念是分明。莫見雙嚬斂，疑人含笑情。

佳人靚晚妝，清唱動蘭房。影入含風扇，聲飛照日梁。嬌嚬眉際斂，逸韻口中香。自有橫陳分，〔三〕應憐秋夜長。

〔一〕扇裏：《全唐詩》卷四三作「扇後」。

〔二〕（扇）〔鏡〕中：據同上改。

〔三〕分：同上作「會」。

熱戲樂

張　祜

《教坊記》曰：「玄宗在藩邸，有散樂一部。及即位，且羈縻之。嘗於九曲閱太常樂，卿姜晦押樂以進。凡戲，輒分兩朋以判優劣，人心競勇，謂之熱戲。乃詔寧王主藩邸樂以敵之。一伎戴百尺幢，鼓舞而進，太常所戴則百餘尺。比彼伎一出，則往復矣，長欲半之，疾乃兼倍。太常群樂方鼓譟。上不說，命內養五六十人各執一物，皆鐵馬鞭骨檛之屬也，潛匿袖中，雜立於聲兒後。候復鼓譟，當亂搖之。左右初怪內養麕至，竊見袖中有物，皆奪氣喪魄，而戴竿者方振摇其幢，南北不已。上顧謂內人曰：『其竿即當自折。』斯須中斷，上撫掌大笑。內伎咸稱慶，於是罷遣。」

熱戲爭心劇火燒，銅槌暗執不相饒。上皇失喜寧王笑，百尺幢竿果動摇。

春鶯囀

張祜

《樂苑》曰：「《大春鶯囀》，唐虞世南及蔡亮作。又有《小春鶯囀》，並商調曲也。」《教坊記》曰：「高宗曉聲律，聞風葉鳥聲，皆蹈以應節。嘗晨坐，聞鶯聲，命樂工白明達寫之爲《春鶯囀》，後亦爲舞曲。」二説不同，未知孰是。

興慶池南柳未開，太真先把一枝梅。內人已唱《春鶯囀》，花下傞傞軟舞來。

達磨支

温庭筠

《唐會要》曰：「天寶十三載，改《達磨支》爲《泛蘭叢》。」《樂苑》曰：「《泛蘭叢》，羽調曲。又有《急泛蘭叢》。」《樂府雜録》曰：「《達磨支》，健舞曲也。」

擣麝成塵香不滅，拗蓮作寸絲難絶。紅淚文姬洛水春，白頭蘇武天山雪。君不見無愁高緯花漫漫，漳浦宴餘清露寒。一旦臣僚共囚虜，欲吹羌管先泛瀾。舊臣頭鬢霜華一作雪早，可惜雄心醉中老。萬古春歸夢不歸，鄴城風雨連天草。

如意娘

《樂苑》曰：「《如意娘》，商調曲。唐則天皇后所作也。」

看朱成碧思紛紛，憔悴支離爲憶君。不信比來長下淚，開箱驗取石榴裙。

雨霖鈴

張　祜

《明皇別録》曰：「帝幸蜀，南入斜谷。屬霖雨彌旬，於棧道雨中，聞鈴聲與山相應。帝既悼念貴妃，因採其聲爲《雨霖鈴曲》，以寄恨焉。時獨梨園善觱篥樂工張徽從至蜀，帝以其曲授之。洎至德中，復幸華清宫，從官嬪御皆非舊人。帝於望京樓命張徽奏《雨霖鈴曲》，不覺悽愴流涕。其曲後入法部。」《樂府雜録》曰：「明皇自蜀反正，樂工製《還京樂》《雨霖鈴》二曲。」

雨霖鈴夜却歸秦，猶是張徽一曲新。〔一〕長説上皇垂淚教，月明南内更無人。

〔一〕猶是：《全唐詩》卷五一一作「猶見」。

桂華曲

白居易

《桂華曲》，白居易蘇州所作。蘇之東城，古吴都城也，今爲樵牧場。有桂一株，生于城下，惜其不得地而作曲。音韻怨切，聽輒動人。故其詩云：「桂華詞苦意丁寧，唱到嫦娥醉便醒。此是世間腸斷曲，莫教不得意人聽。」又《聽都子歌》云：「都子新歌有性靈，一聲格轉已堪聽。更聽唱到嫦娥字，猶有樊家舊典刑。」

可憐天上桂華孤，試問姮娥更要無。月宫幸有閑田地，何不中央種兩株。

渭城曲

王維

《渭城》一曰《陽關》，王維之所作也。本《送人使安西詩》，後遂被於歌。劉禹錫《與歌者詩》云：「舊人唯有何戡在，更與慇懃唱渭城。」白居易《對酒詩》云：「相逢且莫推辭醉，聽唱陽關第四聲。」陽關第四聲，即「勸君更盡一杯酒，西出陽關無故人」也。《渭城》《陽關》之名，蓋因辭云。

渭城朝雨浥輕塵，客舍青青柳色春。〔一〕勸君更盡一杯酒，西出陽關無故人。

〔一〕青青柳色春：《王右丞集》卷五《送元二使安西》注：「一作依依楊柳春。」《全唐詩》卷一二七「柳色」注：「集作楊柳。」

樂府詩集卷第八十一

近代曲辭三

竹枝

唐·顧　況

《竹枝》本出於巴渝。唐貞元中，劉禹錫在沅湘，以俚歌鄙陋，乃依騷人《九歌》作《竹枝》新辭九章，教里中兒歌之，由是盛於貞元、元和之間。禹錫曰：「竹枝，巴歙也。巴兒聯歌，吹短笛、擊鼓以赴節。歌者揚袂睢舞，其音協黄鐘羽。末如吴聲，含思宛轉，有淇濮之豔焉。」

帝子蒼梧不復歸，洞庭葉下荆雲飛。巴人夜唱竹枝後，腸斷曉猿聲漸稀。

同前九首

劉禹錫

白帝城頭春草生，白鹽山下蜀江清。南人上來歌一曲，北人莫上動鄉情。

山桃紅花滿上頭，蜀江春水拍江一作拍山流。〔一〕花紅易衰似郎意，水流無限似儂愁。

江上朱樓新雨晴，〔二〕瀼西春水縠文生。橋東橋西好楊柳，人來人去唱歌行。

日出三竿春霧消，江頭蜀客駐蘭橈。憑寄狂夫書一紙，住在成都萬里橋。

兩岸山花似雪開，家家春酒滿銀杯。昭君坊中多女伴，永安宮外踏青來。

瞿塘嘈嘈十二灘，此中道路古來難。長恨人心不如水，等閑平地起波瀾。

巫峽蒼蒼烟雨時，清猿啼在最高枝。個裏愁人腸自斷，由來不是此聲悲。

城西門前灩澦堆，年年波浪不能摧。〔三〕懊惱人心不如石，〔四〕少時東去復西來。

山上層層桃李花，雲間烟火是人家。銀釧金釵來負水，長刀短笠去燒畬。

〔一〕拍江：一作「拍山」，是。

〔二〕朱樓：《劉夢得文集》卷九作「春來」。

〔三〕摧：《全唐詩》卷二八注：「集作推。」

〔四〕懊惱：同上作「懊恨」。

同前二首

劉禹錫

楊柳青青江水平，聞郎江上唱歌聲。東邊日出西邊雨，道是無情還有情。〔一〕

楚水巴山江雨多，巴人能唱本鄉歌。今朝北客思歸去，迴入紇那披綠羅。

〔一〕無情還有情：《劉夢得文集》卷九作「無晴還有晴」。還：《全唐詩》卷二八注：「集作却。」

同前四首

白居易

瞿塘峽口冷烟低，〔一〕白帝城頭月向西。唱到竹枝聲咽處，寒猿晴鳥一時啼。〔二〕

竹枝苦怨怨何人，夜靜山空歇又聞。蠻兒巴女齊聲唱，愁殺江樓病使君。

巴東船舫上巴西，波面風生雨脚齊。水蓼冷花紅蔟蔟，江蘺濕葉碧萋萋。〔三〕

江畔誰人唱竹枝，前聲斷咽後聲遲。怪來調苦緣詞苦，多是通州司馬詩。

〔一〕冷烟：《白氏長慶集》卷一八作「水煙」。

〔二〕晴鳥：同上作「闇鳥」。

〔三〕萋萋：同上作「淒淒」。

同前四首

李　涉

荆門灘急水潺潺，兩岸猿啼烟滿山。渡頭年少應官去，月落西陵望不還。

巫峽雲開神女祠，緑潭紅樹影參差。下牢戍口初相問，無義灘頭剩別離。

石壁千重樹萬重，白雲斜掩碧芙蓉。昭君溪上年年月，獨自嬋娟色最濃。〔一〕十二峰頭月欲低，空濛江上子規啼。〔二〕孤舟一夜東歸客，泣向春風憶建溪。〔三〕

〔一〕獨自：《全唐詩》卷二八注：「集作偏照。」

〔二〕濛：同上注：「集作聆。」

〔三〕春風：同上作「東風」。

同前二首

晉・孫光憲

門前春水白蘋花，岸上無人小艇斜。商女經過江欲暮，散抛殘食飼神鴉。

亂繩千結絆人深，越羅萬丈表長尋。楊柳在身垂意緒，藕花落盡見蓮心。

楊柳枝二首

唐・白居易

《楊柳枝》，白居易洛中所製也。《本事詩》曰：「白尚書有妓樊素善歌，小蠻善舞。嘗爲詩曰：『櫻桃樊素口，楊柳小蠻腰。』年既高邁，而小蠻方豐豔，乃作《楊柳枝》辭以託意曰：『永豐西角荒園裏，盡日無人屬阿誰！』及宣宗朝，國樂唱是辭。帝問誰辭，永豐在何處，左右具以對。時永豐坊西南角園中有垂柳一株，柔條極茂，因東使命取兩枝植於禁中。居易感上知名，且好尚風雅，又作辭一章云：『定知玄象今春後，柳宿光中添兩星。』河南盧尹時亦繼和。薛能曰：「《楊柳枝》者，古題所謂《折楊柳》也。乾符五年，能爲許州刺史。飲酣，令部妓少女作楊柳枝健舞，復賦其辭爲《楊柳枝》新聲云。」

一樹春風萬萬枝，嫩於金色軟於絲。永豐西角荒園裏，盡日無人屬阿誰！

一樹衰殘委泥土，雙枝榮耀植天庭。定知玄象今春後，柳宿光中添兩星。

同前八首　　白居易

《六么》《水調》家家唱，《白雪》《梅花》處處吹。古歌舊曲君休聽，聽取新翻《楊柳枝》。

陶令門前四五樹，亞夫營裏百千條。何似東都正二月，黄金枝映洛陽橋。

依依嫋嫋復青青，勾引清風無限情。〔一〕白雪花繁空撲地，緑絲條弱不勝鶯。

紅板江橋青酒旗，館娃宫暖日斜時。可憐雨歇東風定，萬樹千條各自垂。

蘇州楊柳任君誇，更有錢塘勝館娃。若解多情尋小小，緑楊深處是蘇家。

蘇家小女舊知名，楊柳風前别有情。剥條盤作銀環樣，卷葉吹爲玉笛聲。

葉含濃露如啼眼，枝嫋輕風似舞腰。小樹不禁攀折苦，乞君留取兩三條。

人言柳葉似愁眉，更有愁腸似柳絲。柳絲挽斷腸牽斷，彼此應無續得期。

〔一〕清風：《全唐詩》卷二八作「春風」。

同前

盧　貞

一樹依依在永豐，兩枝飛去杳無蹤。玉皇曾採人間曲，應逐歌聲入九重。

同前九首

劉禹錫

塞北梅花羌笛吹，淮南桂樹小山詞。請君莫奏前朝曲，聽唱新翻《楊柳枝》。

南陌東城春早時，相逢何處不依依。桃紅李白皆誇好，須得垂楊相發輝。

鳳闕輕遮翡翠帷，龍墀遥望麴塵絲。御溝春水柳暉映，〔一〕狂殺長安年少兒。

金谷園中鶯亂飛，銅駝陌上好風吹。城東桃李須臾盡，〔二〕爭似垂楊無限時！

花萼樓前初種時，美人樓上鬬腰支。如今抛擲上一作長街裏，〔三〕露葉如啼欲恨誰。

煬帝行宫汴水濱，數株殘柳不勝春。〔四〕昨來風起花如雪，飛入宫牆不見人。

御陌青門拂地垂，千條金縷萬條絲。如今綰作同心結，將贈行人知不知。

城外春風滿酒旗，〔五〕行人揮袂日西時。長安陌上無窮樹，唯有垂楊管別離。
輕盈嫋娜占春華，舞榭妝樓處處遮。春盡絮飛留不得，隨風好去落誰家。

〔一〕柳：《劉夢得文集》卷九作「相」，是。
〔二〕東：《全唐詩》卷二八注：「集作中。」
〔三〕上街：文集作「長街」，是。
〔四〕殘：《全唐詩》注：「集作楊。」
〔五〕滿：同上注：「集作吹。」

同前三首〔一〕

劉禹錫

揚子江頭烟景迷，隋家宫樹拂金堤。嵯峨猶有當時色，〔二〕半蘸波中水鳥棲。
迎得春光先到來，淺黄輕緑映樓臺。只緣嫋娜多情思，便被春風長請挼。〔三〕
巫峽巫山楊柳多，朝雲暮雨遠相和。因想陽臺無限事，爲君迴唱《竹枝歌》。〔四〕

〔一〕三首：《劉夢得文集》卷九作「二首」，無第一首。
〔二〕有：《全唐詩》卷二八注：「集作是。」
〔三〕請挼：同上注：「集作倩猜。」文集卷九作「暗催」，疑是。

〔四〕竹：同上注：「集作柳。」

同前二首　李商隱

暫憑樽酒送無憀，莫損愁眉與細腰。人世死前唯有別，春風爭擬惜長條。
含烟惹霧每依依，萬緒千條拂落暉。爲報行人休盡折，半留相送半迎歸。

同前　韓琮

梁苑隋堤事已空，萬條猶舞舊春風。那堪更想千年後，誰見楊花入漢宫。

同前　施肩吾

傷見路傍楊柳春，一枝折盡一重新。今年還折去年處，不送去年離別人。

同前八首　温庭筠

宜春苑外最長條，閑裊春風伴舞腰。正是玉人腸斷處，一渠春水赤欄橋。
南内牆東御路傍，預知春色柳絲黄。杏花未肯無情思，何事情人最斷腸。

蘇小門前柳萬條，毿毿金線拂平橋。黄鶯不語東風起，深閉朱門伴細腰。
金縷毿毿碧瓦溝，六宫眉黛惹春愁。晚來更帶龍池雨，半拂欄干半入樓。
館娃宫外鄴城西，遠映征帆近拂堤。繫得王孫歸意切，不關春草緑萋萋。
兩兩黄鸝色似金，裊枝啼露動芳音。春來幸自長如線，可惜牽纏蕩子心。
御柳如絲映九重，鳳凰窗柱繡芙蓉。景陽樓伴千條露，一面新妝待曉鐘。
織錦機邊鶯語頻，停梭垂淚憶征人。塞門三月猶蕭索，縱有垂楊未覺春。

同前二首

皇甫松

春入行宫映翠微，玄宗侍女舞烟絲。如今柳向空城緑，玉笛何人更把吹。
爛漫春歸水國時，吴王宫殿柳垂絲。黄鶯長叫空閨畔，西子無因更得知。

同前四首

僧齊己

鳳樓高映緑陰陰，凝（重）〔碧〕多含雨露深。〔一〕莫謂一枝柔軟力，幾曾牽破别離心。
館娃宫畔響廊前，依託吴王養翠烟。劍去國亡臺榭毁，却隨紅樹噪秋蟬。
穠低似中陶潛酒，軟極如傷宋玉風。多謝將軍遶營種，翠中閑卓戰旗紅。

高僧愛惜遮江寺，遊子傷殘露野橋。爭似著行垂上苑，碧桃紅杏對摇摇。

〔一〕凝（重）〔碧〕：據毛刻本及《全唐詩》卷二八改。

同前二首

張祜

莫折宫前楊柳枝，玄宗曾向笛中吹。傷心日暮烟霞起，無限春愁生翠眉。

凝碧池邊斂翠眉，景陽樓下綰清絲。那勝妃子朝元閣，玉手和烟弄一枝。

同前五首

孫魴

靈和風暖太昌春，舞線摇絲向昔人。何似曉來江雨後，一行如畫隔遥津。

彭澤初栽五樹時，只應閑看一枝枝。不知天意風流處，要與佳人學畫眉。

暖傍離亭静拂橋，入流穿檻緑摇摇。不知落日誰相送，魂斷千條與萬條。

春來緑樹遍天涯，未見垂楊未可誇。晴日萬株烟一陣，閑坊兼是莫愁家。

十首當年有舊詞，唱青歌翠幾無遺。未曾得向行人道，不爲離情莫折伊。

同前十首

薛　能

華清高樹出離宫，南陌柔條帶暖風。誰見輕陰是良夜，瀑泉聲畔月明中。

洛橋晴影覆江船，羌笛秋聲濕塞烟。閑想習池公宴罷，水蒲風絮夕陽天。

嫩緑輕懸似綴旒，路人遥見隔宫樓。誰能更近丹墀種，解播皇風入九州。

暖風晴日斷浮埃，廢路新條發〔釣〕臺。〔一〕處處輕〔輕〕〔陰〕可惆悵，〔二〕後人攀處古人栽。

潭上江邊嫋嫋垂，日高風静絮相隨。青樓一樹無人見，正是女郎眠覺時。

汴水高懸百萬條，風清兩岸一時摇。隋家力盡虚栽得，無限春風屬聖朝。

和花烟樹九重城，夾路春陰十萬營。唯向邊頭不堪望，一株憔悴少人行。

窗外齊垂旭日初，樓邊輕好暖風徐。〔三〕遊人莫道栽無益，桃李清陰却不如。

衆木猶寒獨早青，御溝橋畔曲江亭。陶家舊日應如此，一院春條緑遶廳。

帳偃纓垂細復繁，令人心想石家園。風條月影皆堪重，何事侯門愛樹萱。

〔一〕〔釣〕臺：據《全唐詩》卷二八補。

〔二〕輕〔輕〕〔陰〕：據同上改。

〔三〕好暖：同上作「暖好」。

同前九首

薛　能

數首新詞帶恨成，〔一〕柳絲牽我我傷情。柔娥幸有腰支穩，試踏吹聲作唱聲。

高出軍營遠映橋，賊兵曾斫火曾燒。風流性在終難改，依舊春來萬萬條。

縣依陶令想嫌迂，營伴將軍即大粗。此日與君除萬恨，數篇風調更應無。

狂似纖腰（嫩）〔軟〕勝綿，〔二〕自多情態更誰憐。遊人不折還堪恨，抛向橋邊與路邊。

朝陽晴照緑楊烟，一别通波十七年。應有舊枝無處覓，萬株風裹卓旌旃。

晴垂芳態吐牙新，雨擺輕條濕面春。别有出牆高數尺，不知摇動是何人。

暖梳簪朶事登樓，因掛垂楊立地愁。牽斷緑絲攀不得，半空懸著玉搔頭。

西園高樹後庭根，處處尋芳有折痕。終憶舊遊桃葉舍，一株斜映竹籬門。

劉白蘇臺總近時，當初章句是誰推。纖腰舞盡春楊柳，未有儂家一首詩。

〔一〕詞：《全唐詩》卷二八注：「集作詩。」

〔二〕（嫩）〔軟〕：據同上改。

同前五首

後唐・牛　嶠

解凍風來末上青，解垂羅袖拜卿卿。無端裊娜臨官路，舞送行人過一生。

吴王宫裏色偏深，一簇纖條萬縷金。不憤錢塘蘇小小，引郎枝下結同心。〔一〕

橋北橋南千萬條，恨伊張緒不相饒。金羈白馬臨風望，認得羊家静婉腰。〔二〕

狂雪隨風撲馬飛，惹烟無力被風欹。莫交移入靈和殿，宫女三千又妬伊。

裊翠籠烟拂暖波，舞裙新染麴塵羅。章華臺畔隋堤上，倚得春風爾許多。

〔一〕枝：同上注：「集作松。」

〔二〕家：同上注：「一作娘。」

同前三首

晉・和　凝

軟碧摇烟似送人，映花時把翠眉嚬。青青自是風流主，慢颭金絲待洛神。

瑟瑟羅裙金縷腰，黛眉〔限〕〔偎〕破未重描。〔一〕醉來咬損新花子，拽住仙郎盡放嬌。

鵲橋初就咽銀河，今夜仙郎自性和。〔二〕不是昔年攀桂樹，豈能月裏索姮娥。

〔一〕（限）〔佷〕破：據文義改。

〔二〕自性和：當係作者自稱姓和，「性」當作「姓」。

同前四首

孫光憲

（閶）〔閭〕門風暖落花乾，〔一〕飛遍江城雪不寒。〔二〕獨有晚來臨水驛，閑人多憑赤欄干。

有池有榭即濛濛，浸潤翻成長養功。恰似有人長點檢，著行排立向春風。

根柢雖然傍濁河，無妨終日近笙歌。騕褭金帶誰堪比，還共黄鶯不較多。

萬株枯槁怨亡隋，似吊吴臺各自垂。好是淮陰明月裏，酒樓横笛不勝吹。

〔一〕（閶）〔閭〕門：據《全唐詩》卷二八改，與下文「吴臺」相應。

〔二〕江城：同上作「江南」。

樂府詩集卷第八十二

近代曲辭四

浪淘沙九首

唐・劉禹錫

九曲黄河萬里沙，浪淘風簸自天涯。如今直上銀河去，同到牽牛織女家。

洛水橋邊春日斜，碧流〔輕〕〔清〕淺見瓊沙。〔一〕無端陌上狂風急，驚起鴛鴦出浪花。

汴水東流虎眼文，清淮曉色鴨頭春。君看渡口淘沙處，渡却人間多少人。

鸚鵡洲頭浪颭沙，青樓春望日將斜。銜泥燕子争歸舍，獨自狂夫不憶家。

濯錦江邊兩岸花，春風吹浪正淘沙。女郎剪下鴛鴦錦，將向中流〔定〕〔疋〕晚霞。〔二〕

日照澄洲江霧開，淘金女伴滿江隈。美人首飾侯王印，盡是沙中浪底來。

八月濤聲吼地來，頭高數丈觸山迴。須臾却入海門去，卷起沙堆似雪堆。

莫道讒言如浪深，莫言遷客似沙沉。千淘萬〔漉〕〔漉〕雖辛苦，〔三〕吹盡狂沙始到金。

流水淘沙不暫停，前波未滅後波生。令人忽憶瀟湘渚，迴唱迎神三兩聲。

〔一〕（輕）〔清〕淺：據《全唐詩》卷二八改。

〔二〕（定）〔疋〕晚霞：據同上改。

〔三〕萬（灑）〔漉〕：據同上改。

同前六首

白居易

一泊沙來一泊去，一重浪滅一重生。相攪相淘無歇日，會交山海一時平。

白浪茫茫與海連，平沙浩浩四無邊。暮去朝來淘不住，遂令東海變桑田。

青草湖中萬里程，黄梅雨裏一人行。愁見灘頭夜泊處，風翻暗浪打船聲。

借問江（湖）〔潮〕與海水，〔一〕何似君情與妾心。相恨不如潮有信，相思始覺海非深。

海底飛塵終有日，山頭化石豈無時。誰道小郎抛小婦，船頭一去没迴期。

隨波逐浪到天涯，遷客生還有幾家。却到帝鄉重富貴，請君莫忘浪淘沙。

〔一〕江（湖）〔潮〕：作「潮」與第三句相應，因改。

同前二首

皇甫松

灘頭細草接疏林，浪惡罾船半欲沉。宿鷺眠洲非舊浦，去年沙嘴是江心。

蠻歌荳蔻北人愁，松雨蒲風野艇秋。浪起鵁鶄眠不得，寒沙細細入江流。

紇那曲二首

劉禹錫

楊柳鬱青青，竹枝無限情。同郎一回顧，聽唱紇那聲。

踏曲興無窮，調同詞不同。願郎千萬壽，長作主人翁。

瀟湘神二曲

劉禹錫

湘水流，湘水流，九疑雲物至今愁。君問二妃何處所，零陵香草露中秋。

斑竹枝，斑竹枝，淚痕點點寄相思。楚客欲聽瑶瑟怨，瀟湘深夜月明時。

抛毬樂二首

劉禹錫

五綵繡團團，登君玳瑁筵。最宜紅燭下，偏稱落花前。上客如先起，應須贈一船。

春早見花枝，朝朝恨發遲。及看花落後，却憶未開時。幸有抛毬樂，一杯君莫辭。

太平樂二首　白居易

《樂苑》曰：「《太平樂》，商調曲也。」

歲豐仍節儉，時泰更銷兵。聖念長如此，何憂不太平。

湛露浮堯酒，薰風起舜歌。願同堯舜意，所樂在人和。

同前二首〔一〕　王（維）〔涯〕〔張仲素〕

風俗今和厚，君王在穆清。行看採花曲，盡是太階平。

聖德超千古，皇威靜四方。蒼生今息戰，無事覺時長。〔二〕

〔一〕同前二首：四部叢刊本《王右丞集》無此詩，趙殿成注《王右丞集》卷一五有，疑即據本書編入。按第一首《全唐詩》卷三四六作王涯詩，第二首同上卷三六七作張仲素詩。題均作《太平詞》。

〔二〕時長：同上作「時良」。

昇平樂十首〔一〕　薛能

《唐會要》曰：「《昇平樂》，商調曲也。」

正氣遶宫樓，〔二〕皇居信上遊。遠岡延聖祚，平地載神州。會合皆重譯，潺湲近八流。中興豈假問，據此自千秋。

寥泬敞延英，朝班立位横。宣傳無草動，拜舞有衣聲。鴛瓦雲消濕，〔三〕蟲絲日照明。辛勤自不到，遥見似前生。〔四〕

處處足歡聲，〔五〕時康歲已深。不同三尺劍，應似五弦琴。壽笑山猶盡，明嫌日有陰。何當憐一物，亦遣斷愁吟。

曙質絶埃氛，彤庭列禁軍。聖顔初對日，龍尾競緣雲。珮響交成韻，簾陰暖帶紋。逍遥豈有事，於此詠南薰。

一物周天至一作一物至周天，洪纖盡晏然。車書無異俗，甲子并豐年。奇技皆歸朴，征夫亦服田。君王故不有，台鼎合韋弦一作賢。

日日聽歌謡，區中盡祝堯。蟲蝗初不害，夷狄近全銷。史筆惟書瑞，天臺絶見祆。因令匹夫志，轉欲事清朝。

品物盡昭蘇，神功復帝謨。他時應有壽，當代且無虞。賜曆通遐俗，移關入半胡。鷦鷯一何幸，於此寄微軀。

無戰復無私，堯時即此時。焚香臨極早，待月卷簾遲。端拱乾坤内，何言黈纊垂。君看聖明驗，只此是神龜。

旭日上清穹，明堂坐聖聰。衣裳承瑞氣，冠冕蓋重瞳。花木經宵露，旌旗立仗風。〔六〕何期於此地，見説似一作是仙宫。

五帝、三皇主，蕭曹、魏邴臣。文章惟反朴，戈甲盡生塵。諫紙應無用，朝綱自有倫。昇平不可紀，所見是閑人。

〔一〕《全唐詩》卷六四〇以第一、二、三、六、十一首爲曹唐作。
〔二〕正：同上卷二八注：「集作瑞。」
〔三〕雲：疑當作「雪」。
〔四〕生：同上注：「集作程。」
〔五〕聲：同上注：「集作心。」是。
〔六〕立：同上注：「集作入。」

金縷衣

李　錡〔一〕

勸君莫惜金縷衣，勸君惜取少年時。花開堪折直須折，莫待無花空折枝。

〔一〕李錡：《樊川文集》卷一《杜秋娘詩》注引「勸君莫惜金縷衣」詩，稱「李錡長唱此辭」，不言李錡作。

鳳歸雲二首

滕　潛

金井欄邊見羽儀，梧桐（枝）〔樹〕上宿寒枝。〔一〕五陵公子憐文綵，畫與佳人刺繡衣。

飲啄蓬山最上頭，和烟飛下禁城秋。曾將弄玉歸雲去，金翿斜開十二樓。

〔一〕（枝）〔樹〕：據《全唐詩》卷六改。

拜新月

李　端

開簾見新月，便即下階拜。細語人不聞，北風吹裙帶。

同前

吉中孚妻張氏

拜新月，拜月出堂前。暗魄深籠桂，〔一〕虚弓未引弦。拜新月，拜月妝樓上。鸞鏡未安臺，〔二〕蛾眉已相向。拜新月，拜月不勝情。庭前風露清，〔三〕月臨人自老，望月更長生。〔四〕東家阿母亦拜月，一拜一悲聲斷絶。昔年拜月逞容儀，〔五〕如今拜月雙淚垂。回看衆女拜新月，却憶紅閨年少時。

〔一〕深：《全唐詩》卷二八注：「集作初。」

〔二〕末：同上注：「集作始。」

〔三〕前：同上注：「集作花。」

〔四〕望月更：同上注：「集作人望月。」

〔五〕儀：同上注：「集作輝。」

憶江南三首　白居易

一曰《望江南》。《樂府雜録》曰：「《望江南》本名《謝秋娘》，李德裕鎮浙西，爲妾謝秋娘所製。後改爲《望江南》。」

江南好，風景舊曾諳。日出江花紅勝火，春來江水緑如藍，能不憶江南。

江南憶，最憶是杭州。山寺月中尋桂子，郡亭枕上看潮頭，何日更重遊。

江南憶，其次憶吴宫。吴酒一杯春竹葉，吴娃雙舞醉芙蓉，早晚復相逢。

同前二首　劉禹錫

春過也，共惜豔陽年。猶有桃花流水上，無辭竹葉醉樽前，惟待見青天。

春去也，多謝洛城人。弱柳從風疑舉袂，叢蘭裛露似霑巾，獨笑亦含嚬。

宫中調笑四首

王　建

《樂苑》曰：「《調笑》，商調曲也。戴叔倫謂之《轉應詞》。」

團扇，團扇，美人病來遮面。玉顏憔悴三年，誰復商量管弦。弦管，弦管，春草昭陽路斷。

胡蝶，胡蝶，飛上金花枝葉。君前對舞春風，百葉桃花樹紅。紅樹，紅樹，燕語鶯啼日暮。

羅袖，羅袖，暗舞春風依舊。遥看歌舞玉樓，好日新妝坐愁。愁坐，愁坐，一世虚生虚過。

楊柳，楊柳，日暮白沙渡口。船頭江水茫茫，商人少婦斷腸。腸斷，腸斷，鷓鴣夜飛失伴。

同前二首〔一〕

韋應物

胡馬，胡馬，遠放燕支山下。咆沙咆雪獨嘶，東望西望路迷。迷路，迷路，邊草無窮日暮。

河漢，河漢，曉挂秋城漫漫。愁人起望相思，江南塞北别離。離别，離别，河漢雖同路絶。

〔一〕《全唐詩》卷八九〇作《調笑令》，注：「一名《宫中調笑》，一名《轉應曲》，一名《三臺令》。」

轉應詞

戴叔倫

邊草,邊草,邊草盡來兵老。山南山北雪晴,千里萬里月明。明月,明月,胡笳一聲愁絶。

宫中行樂辭八首

李白

小小生金屋,盈盈在紫微。山花插寶髻,石竹繡羅衣。每出深宫裏,常隨步輦歸。只愁歌舞散一作罷,化作綵雲飛。

柳色黄金嫩,梨花白雪香。玉樓巢一作關翡翠,金一作珠殿鎖鴛鴦。選妓隨雕一作朝輦,徵歌出洞房。宫中誰第一,飛燕在昭陽。

盧橘爲秦樹,蒲萄出一作是漢宫。烟花宜落日,絲管醉春風。笛奏龍鳴水,〔一〕簫吟鳳下空。君王多樂事,何必向回中。〔二〕

玉樹一作殿春歸日一作好,金宫樂事多。後庭朝未入,輕輦夜相過。笑出花間語,嬌來燭下歌。〔三〕莫教明月去,留著醉姮娥。

繡户香風暖,紗窗曙色新。宫花爭笑日,池草暗生春。緑樹聞歌鳥,青樓見舞人。昭陽桃李月,羅綺自一作坐相親。

今日明光裏，還須結伴遊。春風開紫殿，天樂下珠樓。豔舞全知巧，嬌歌半欲羞。更憐花月夜，宮女笑藏鉤。

寒雪梅中盡，春風柳上歸。宮鶯嬌欲醉，檐燕語還飛。遲日明歌席，新花豔舞衣。晚來移綵仗，行樂泥光輝。

水緑南薰殿，花紅北闕樓。鶯歌聞太液，鳳吹（遠）〔繞〕瀛洲。〔四〕素女鳴珠佩，天人弄綵毬。今朝風日好，宜入未央遊。

〔一〕龍鳴：《李太白集》卷五作「龍吟」。

〔二〕何必向回中：同上作「還與萬方同」。

〔三〕燭下：同上作「竹下」。

〔四〕（遠）〔繞〕：據同上改。

宮中樂五首

令狐楚

楚塞金陵靜，巴山玉壘空。萬方無一事，端拱大明宮。

霜霽長楊苑，冰開太液池。宮中行樂日，天下盛明時。

柳色烟相似，梨花雪不如。春風真有意，一一麗皇居。

月上宮花靜，烟含苑樹深。銀臺門已閉，仙漏夜沉沉。

九重青鎖闥，百尺碧雲樓。明月秋風起，珠簾上玉鈎。

同前五首

張仲素

網户交如綺，紗窗薄似烟。樂吹天上曲，人是月中仙。

翠匣開寒鏡，珠釵掛步摇。妝成祗畏曉，更漏促春宵。

江果瑶池實，〔一〕金盤露井冰。甘泉將避暑，臺殿曉光凝。

月彩浮鸞殿，砧聲隔鳳樓。笙歌臨水檻，紅燭乍迎秋。

奇樹留寒翠，神池結夕波。黄山一夜雪，渭水雁聲多。〔二〕

〔一〕江：《全唐詩》卷二八注「集作紅」，似是。

〔二〕雁：同上注：「集作瀉。」

踏歌詞二首

崔液

綵女迎金屋，仙姬出畫堂。鴛鴦裁錦袖，翡翠帖花黄。歌響舞分行，豔色動流光。

庭際花微落，樓前漢已横。金(臺)〔壺〕催夜盡，〔一〕羅袖拂寒輕。樂笑暢歡情，未半著天明。

〔一〕金〔臺〕〔壺〕：據《全唐詩》卷二八改。

同前三首

謝偃

春景嬌春臺，新露泣新梅。春葉參差吐，新花重疊開。花影飛鶯去，歌聲度鳥來。倩看飄颻雪，何如舞袖迴。

逶迤度香閣，顧步出蘭闈。欲〔曉〕〔繞〕鴛鴦殿，〔一〕先過桃李蹊。風帶舒還卷，簪花舉復低。欲問今宵樂，但聽歌聲齊。

夜久星沉没，更深月影斜。裙輕纔動佩，鬟薄不勝花。細風吹寶袜，輕露濕紅紗。相看樂未已，蘭燈照九華。

〔一〕〔曉〕〔繞〕：據文義改。

同前二首

張説

花萼樓前雨露新，長安城裏太平人。龍銜火樹千燈豔，〔一〕雞踏一作上蓮花萬歲春。

帝宫三五戲春臺，行雨流風莫妬來。西域燈輪千影合，東華金闕萬重開。

〔一〕燈：《全唐詩》卷二八注：「集作重。」

踏歌行

劉禹錫

春江月出大堤平，堤上女郎連袂行。唱盡新詞看一作歡不見，紅霞影樹鷓鴣鳴。

桃蹊柳陌好經過，燈下妝成月下歌。爲是襄王故宮地，至今猶自細腰多。

新詞宛轉遞相傳，振袖傾鬟風露前。月落烏啼雲雨散，遊童陌上拾花鈿。

日暮江頭聞竹枝，〔一〕南人行樂北人悲。自從雪裏唱新曲，直至三春花盡時。

〔一〕頭：《全唐詩》卷二八注：「集作南。」

天長地久詞五首

盧綸

《天長地久詞》，盧綸所作也。其和云：「天長久，萬年昌。」

玉砌紅花樹，香風不敢吹。春光解天意，偏發殿南枝。

虹橋千步廊，半在水中央。天子方清暑，宮人重暮妝。〔一〕

辭輦復當熊，傾心奉上宮。君王若看貌，甘在衆妃中。

雲日呈祥禮物殊，北庭生獻五單于。塞天萬里無飛鳥，〔二〕可在邊城用郅都。〔三〕

臺殿雲涼風日微，〔四〕君王初賜六宫衣。樓船罷泛歸猶早，〔五〕行道才人鬬射飛〔六〕

〔一〕人重暮：《全唐詩》卷二八注：「娃起夜。」

〔二〕天：同上注：「集作垣。」

〔三〕在：同上注：「集作是。」

〔四〕涼風日：同上注：「集作深秋色。」

〔五〕罷泛：同上注：「集作泛罷。」

〔六〕道：同上注：「集作遺。」

欸乃曲五首

元　結

《欸乃曲》，元結之所作也。其序曲曰：「大曆初，結爲道州刺史，以軍事詣都。使還州，逢春水，舟行不進。作《欸乃曲》，令舟子唱之，以取適於道路云。」欸音襖，乃音靄，棹船聲也。

偏存名跡在人間，順俗與時未安閑。來謁大官兼問政，扁舟却入九疑山。

湘江二月春水平，滿月和風宜夜行。唱橈欲過平陽戍，守吏相呼問姓名。

千里楓林烟雨深，無朝無暮有猿吟。停橈靜聽曲中意，好是雲山韶濩音。

零陵郡北湘水東，浯溪形勝滿湘中。溪口石顛堪自逸，誰能相伴作漁翁。

下瀧船似入深淵，上瀧船似欲昇天。瀧南始到九疑郡，應絶高人乘興船。

十二月樂辭十三首〔一〕

李　賀

正月

上樓迎春新春歸一作正月上樓迎春歸，暗黄著柳宮漏遲。薄薄淡靄弄野姿，寒緑幽（泥）〔風〕生短絲。〔二〕錦牀曉卧玉肌冷，露臉未開對朝暝。官街柳帶不堪折，早晚菖蒲勝綰結。

二月

二月飲酒採桑津，宜男草生蘭笑人。蒲如交劍一作絞刀風如薰，勞勞胡燕怨酣春。薇帳逗烟生緑塵一作香緑昏，金翅峨髻愁暮雲，沓颯起舞真珠裙。津頭送别唱流水，酒客背寒南山死。

三月

東方風來滿眼春，花城柳暗一作禁愁幾一作殺人。〔三〕複宮深殿竹風起，新翠舞襟靜如水。

光風轉蕙百餘里，暖霧驅雲撲天地。軍裝宫妓掃蛾淺，摇摇錦旗夾城暖。曲水飄香去不歸，梨花落盡成秋一作愁苑。

四月

曉涼暮涼樹如蓋，千山濃緑生雲外。依微香雨青氛氲一作過清氛，膩葉蟠花照曲門。金塘閑水摇碧漪，老景沉重一作帖無驚飛，墮紅殘萼暗參差。

五月

雕玉押簾上一作雕玉簾押上，輕縠籠虚門。井汲鉛華水，扇織鴛鴦文。回雪舞涼殿，甘露洗空緑。羅袖從徊翔一作羅綬從風翔，香汗霑寶粟。

六月

裁生羅，伐湘竹，帔一本無帔字拂疏霜簟秋玉。炎炎紅鏡東方開，暈如車輪上徘徊，啾啾赤帝騎龍來。

七月

星依雲渚冷，露滴盤中圓。好花生木末，衰蕙愁空一作故園。夜天如玉砌，池葉極青錢。僅厭舞衫薄，稍知花簟寒。曉風何拂拂，北斗光闌干。

八月

孀一作宮妾怨長夜，獨客夢歸家。傍檐蟲緝一作織絲，向壁燈垂花。檐外月光吐，簾中樹影斜。悠悠飛露姿，點綴池中荷。

九月

離宮散螢天似水，竹黄池冷芙蓉死。月綴金鋪光脈脈，涼苑虚庭空淡白。霜花飛飛風草草，翠錦斕斑滿層道。雞人罷唱曉瓏聰，〔四〕鴉啼金井下疏桐。

十月

玉壺銀箭稍難傾，釭花夜笑凝幽明。碎霜斜舞上羅幕，燭籠兩行照飛閣。珠帷怨卧不成眠，金鳳刺衣著體寒，長眉對月鬭彎環。

十一月

宮城團回凜嚴光，白天碎碎墮瓊芳。撾鍾高飲千日酒，却天凝寒作君壽。御溝泉合一作冰合如環素，火井温水在何處。

十二月

日脚淡光紅灑灑，薄霜不銷桂枝下。依稀和氣解冬嚴，已就長日辭長夜。

閏月

帝重光，年重時，七十二候回環推。天官玉琯灰剩飛，今歲何長來歲遲。王母移桃獻天子，羲氏和氏迂龍轡。

〔一〕十二月樂辭：《李賀歌詩編》卷一作《河南府試十二月樂辭并閏月》。

〔二〕幽（泥）〔風〕：據同上改。

〔三〕暗一作禁：按作「禁」似是。

〔四〕曨聰：《全唐詩》作「瓏璁」。

樂府詩集卷第八十三

雜歌謡辭一

言者，心之聲也；歌者，聲之文也。情動於中而形於言，言之不足故嗟嘆之，嗟嘆之不足故永歌之。歌之爲言也，長言之也。夫欲上如抗，下如墜，曲如折，止如槁木，倨中矩，句中鈎，纍纍乎端如貫珠，此歌之善也。《宋書·樂志》曰：「黄帝、帝堯之世，王化下洽，民樂無事，故因擊壤之歡，慶雲之瑞，民因以作歌。其後風衰雅缺，而妖淫靡曼之聲起。周衰，有秦青者，善謳，而薛談學謳於秦青，未窮青之伎而辭歸。青餞之於郊，乃撫節悲歌，聲震林木，響遏行雲。薛談遂留不去，以卒其業。又有韓娥者，東之齊，至雍門，匱糧，乃鬻歌假食。既去而餘響繞梁，三日不絶。左右謂其人不去也。過逆旅，逆旅人辱之，韓娥因曼聲哀哭。一里老幼悲愁垂涕相對，三日不食。遽追之，韓娥還，復爲曼聲長歌；一里老幼喜躍抃舞，不能自禁，忘向之悲也。乃厚賂遣之。故雍門之人善歌哭，効韓娥之遺聲。衛人王豹處淇川，善謳，河西之民皆化之。齊人綿駒居高唐，善歌，齊之右地亦傳其業。前漢有魯人虞公者，善歌，能令梁上塵起。若斯之類，並徒歌也。《爾雅》曰：『徒歌謂之謡。』」《廣雅》曰：「聲比於琴瑟曰歌。」《韓詩章句》曰：「有章曲曰歌，無章曲曰謡。」梁元帝《纂要》曰：「齊歌曰謳，吴歌曰歈，楚歌曰豔，浮歌曰哇，振旅而歌曰凱歌，堂上奏樂而歌曰登歌，亦曰升歌。」故歌曲有《陽陵》《白露》《朝日》《魚麗》《白水》《白雪》《江南》《陽春》《淮南》《駕辯》《淥水》《陽阿》《採菱》《下里巴人》，又有長歌、短歌、雅歌、緩歌、浩歌、放歌、怨歌、勞歌等行。漢世有相和歌，本出於街陌謳謡。而吴歌雜曲，始亦徒歌，復有但歌四曲，亦出自漢世，無弦節作伎，最先一人唱，三人和，魏武帝尤好之。時有宋容華者，清徹好聲，善唱此曲，當時特妙。自晉已後不復傳，遂絶。凡歌有因地而作者，《京兆》《邯鄲歌》之類是也；有因人而作者，《孺子》《才人歌》之類是也；有傷時而作者，微子《麥秀歌》之類是也；有寓意而作者，張衡《同聲歌》之類是也。甯戚以困而歌，項籍以窮而歌，屈原以愁而歌，卞和以怨而歌，雖所遇不同，至於發乎其情則一也。歷世已來，歌謳雜出。今并採録，且以謡讖繫其末云。

歌辭一

擊壤歌

《帝王世紀》曰：「帝堯之世，天下大和，百姓無事。有八九十老人擊壤而歌。」

日出而作，日入而息。鑿井而飲，耕田而食。帝何力於我哉〔一〕

〔一〕帝何力於我哉：《詩紀》前集卷一注：「一作帝力於我何有哉！」

卿雲歌三首

《尚書大傳》曰：「舜將禪禹，於時俊乂百工相和而歌《卿雲》。帝乃唱之曰『卿雲爛兮』；八伯咸進，稽首曰『明明上天』；帝乃再歌曰『日月有常』。」《史記·天官書》曰：「若烟非烟，若雲非雲，郁郁紛紛，蕭索輪囷，是謂慶雲。」慶雲即卿雲，蓋和氣也。舜時有之，故美之而作歌。

卿雲爛兮，〔一〕（禮漫漫）〔糺縵縵〕兮。〔二〕日月光華，旦復旦兮。

明明上天，爛然星陳。日月光華，弘于一人。

日月有常，星辰有行。四時順經，萬姓允誠。於予論樂，配天之靈。遷于賢善，莫不咸聽。鼚乎鼓之，軒乎舞之，精華已竭，褰裳去之。

〔一〕卿雲：《竹書紀年》卷上作「慶雲」。

〔二〕〔禮漫漫〕〔糺縵縵〕：據《尚書大傳》卷一改。

塗山歌

《吴越春秋》曰：「禹年三十未娶，行塗山，恐時暮失嗣，辭云：『吾之娶也，必有應也。』乃有白狐九尾造於禹，禹曰：『白者，吾之服也；九尾者，王之證也。』於是塗山之人歌之。禹因娶塗山，謂之女嬌。」

綏綏白狐，九尾龐龐。我家嘉夷，來賓爲王。成于家室，我都攸昌。〔一〕天人之際，於茲則行，明矣哉！

〔一〕成于家室，我都攸昌：《吴越春秋》卷六作「成家成室，我造彼昌」。

夏人歌二首

《尚書大傳》曰：「夏人飲酒，醉者持不醉者，不醉者持醉者，而歌曰：『盍歸乎薄，〔一〕薄亦大矣。』伊尹退而更曰：『覺兮較兮，吾大命格兮。去不善而〔就〕善，〔二〕何不樂兮。』薄，湯之都，言當歸湯也。」《韓詩外傳》曰：「桀爲酒池糟堤，縱靡靡之樂，〔一鼓〕而牛飲者三千。〔三〕群臣皆相持而歌。」

江水沛兮，舟楫敗兮。我王廢兮，趣歸於亳，亳亦大兮。

樂兮樂兮，四牡驕兮。六轡沃兮，去不善而從善，何不樂兮？

〔一〕盍歸乎薄：《尚書大傳·湯誓》作「盍歸於亳」。

〔二〕〔就〕善：據同上補。

〔三〕〔一鼓〕：據毛本補。

商歌二首〔一〕

齊·甯　戚

《淮南子》曰：「甯越欲干齊桓公，因窮無以自達，於是爲商旅，將任車以商於齊，暮宿於郭門外。桓公郊迎客，夜開門，辟任車，爝火甚盛，從者甚衆。越飯牛車下，望見桓公而悲，擊牛角而疾商歌。桓公聞之曰：『異哉，非常人也！』命後車載之。」

越，一作戚。

南山矸，白石爛。生不遭堯與舜禪，短布單衣適至骭。從昏飯牛薄夜半，長夜漫漫何時旦。

滄浪之水白石粲，中有鯉魚長尺半。弊布單衣裁至骭，清朝飯牛至夜半。黄犢上坂且休息，吾將捨汝相齊國。

〔一〕商歌二首：《詩紀》前集卷一作《飯牛歌》，注：「一作《南山歌》。」又注「三見」。第三見作：「出東門兮厲石斑，上有松柏青且闌。粗布衣兮縕縷，時不遇兮堯舜主。牛兮努力食細草，大臣在爾側，吾當與爾適楚國。」注：「此首見劉向《别録》。」

師乙歌〔一〕

《家語》曰：「孔子相魯，齊人歸女樂，魯君淫荒。孔子遂行，師乙送。孔子曰：『吾欲歌可乎？』乃歌之。」

彼婦人之口，可以出走。彼婦人之謁，〔二〕可以死敗。優哉游哉，〔三〕聊以卒歲。〔四〕

〔一〕師乙歌：《詩紀》前集卷一作《去魯歌》。

〔二〕謁：《家語》卷五作「請」。

〔三〕《史記・孔子世家》「優」字上有「蓋」字。

〔四〕聊：同上作「維」。

獲麟歌

魯・孔　子

《孔叢子》曰：「叔孫氏之車子鉏商，樵於野而獲麟焉。衆莫之識，以爲不祥，棄之五父之衢。冉有告曰：『麇身而肉角，豈天之妖乎？』夫子曰：『吾將往觀焉。』遂泣曰：『予之於人，猶麟也。麟仁獸出而死，吾道窮矣！』乃歌云。」

唐虞世兮麟鳳游，今非其時來何求，麟兮麟兮我心憂。

河激歌

趙簡子夫人

《列女傳》曰：「女娟者，趙河津吏之女也。簡子南擊楚，津吏醉卧，不能渡簡子。簡子怒，召欲殺之。娟懼，持楫走前曰：『願以微軀易父之死。』簡子遂釋不誅。將渡，用楫者少一人。娟攘拳操楫而請，簡子遂與渡，中流，爲簡子發《河激之歌》。簡子歸，納爲夫人。」

升彼〔河〕〔阿〕兮而觀清，〔一〕水揚波兮〔冒〕〔杳〕冥冥。〔二〕禱求福兮醉不醒，誅將加兮妾心驚。罰既釋兮瀆乃清。妾持楫兮操其維，蛟龍助兮主將歸，〔呼〕〔浮〕來櫂兮行勿疑。〔三〕

〔一〕〔河〕〔阿〕兮而：據《列女傳》卷六改。而：同上作「面」。

〔二〕〔冒〕〔杳〕：據同上改。

〔三〕〔呼〕〔浮〕：據同上改。

越人歌

劉向《説苑》曰：「鄂君子晳泛舟於新波之中，乘青翰之舟，張翠蓋，會鐘鼓之音畢。榜枻越人擁楫而歌，於是鄂君乃揄修袂，行而擁之，舉繡被而覆之。鄂君，楚王母弟也。」

今夕何夕兮搴洲中流，〔一〕今日何日兮得與王子同舟。蒙羞被好兮不訾詬恥，心幾頑而不絶兮得知王子。山有木兮木有枝，心説君兮知不知。〔二〕

〔一〕洲中流：《説苑·善説》作「中洲流」。

〔三〕知不知：同上作「君不知」。

徐人歌

劉向《新序》曰：「延陵季子將聘晉，帶寶劍以過徐君。徐君觀劍，不言而色欲之。季子未獻也，然其心許之矣。使反而徐君已死，季子於是以劍帶徐君墓樹而去。徐人乃爲之歌。」

延陵季子兮不忘故，〔一〕脱千金之劍兮帶丘墓。〔二〕

〔一〕《藝文》卷三四無兩「兮」字，「故」字上有「舊」字。

〔二〕帶丘墓：作「挂丘樹」。

漁父歌

古　辭

《楚辭》曰：「屈原既放，游於江潭。漁父見之，鼓枻而歌。」滄浪，水名也。清諭明時，可以振纓而仕，濁諭亂世，可以抗足而去。故孔子曰：「清斯濯纓，濁斯濯足矣。」言自取之也。若張志和《漁父歌》，但歌漁者之事。

滄浪之水清兮，可以濯吾纓；滄浪之水濁兮，可以濯吾足。

漁父歌五首

唐・張志和

西塞山邊白鷺飛，〔一〕桃花流水鱖魚肥。青箬笠，緑蓑衣，春江細雨不須歸。〔二〕

釣臺漁父褐爲裘，兩兩三三舴艋舟。能縱棹，慣乘流，長江白浪不曾憂。

霅溪灣裏釣漁翁，舴艋爲家西復東。江上雪，浦邊風，笑着荷衣不歎窮。

松江蟹舍主人歡，菰飯蒓羹亦共餐。楓葉落，荻花乾，醉宿漁舟不覺寒。

青草湖中月正圓，巴陵漁父棹歌連。釣車子，掘頭船，樂在風波不用仙。

〔一〕邊：《全唐詩》卷三八〇、八九〇作「前」。

〔二〕春江：同上作「斜風」。

同前

晉・和凝

白芷汀寒立鷺鷥，蘋風輕剪浪花時。烟羃羃，日遲遲，香引芙蓉惹釣絲。

同前

歐陽炯

風浩寒溪照膽明，小君山上玉蟾生。荷露墜，翠烟輕，撥剌遊魚幾處驚。

同前三首

李珣

水接衡門十里餘，信船歸去卧看書。輕爵禄，慕玄虚，莫道漁人只爲魚。

避世垂綸不記年，官高爭得似君閑。傾白酒，對青山，笑指柴門待月還。

棹警鷗飛水濺袍，影侵潭面柳垂條。終日醉，絶塵勞，曾見錢塘八月濤。

採葛婦歌

《吴越春秋》曰：「采葛，越之婦人，傷越王用心，乃作若何之歌。」〔一〕

嘗膽不苦味若飴，今我采葛以作絲。〔二〕

〔一〕若何之歌：《吴越春秋》卷八注：「《會稽賦》注亦引此書曰：『乃作《何苦》之詩』。」按作《何苦》是。

〔二〕「嘗膽不苦」兩句：同上作：「葛不連蔓棻台，我君心苦命更之。嘗膽不苦甘如飴，令我采葛以作絲，《文選》注引《採葛婦歌》，有『飢不遑食四體疲』一句，此書無之，闕文也。女工織兮不敢遲。弱於羅兮輕霏霏，號絺素兮將獻之。越王悦兮忘罪除，吴王歡兮飛尺書，增封益地賜羽奇，机杖茵褥諸侯儀。群臣拜賀天顔舒，我王何憂能不移。」

紫玉歌

《樂府詩集》曰：「紫玉，吴王夫差女也。作歌詩以與韓重。」

南山有鳥，北山張羅。意欲從君，讒言孔多。悲結成疹，没命黄壚。命之不造，寃如之何！羽族之長，名爲鳳皇。一日失雄，三年感傷。雖有衆鳥，不爲匹雙。故見鄙姿，逢君輝光。身遠心近，何曾暫忘。

鄴民歌

《史記》〔《漢書》〕曰：〔一〕「魏襄王時，史起爲鄴令，引漳水溉鄴以富魏之河内，而民作歌云。」

鄴有賢令兮爲史公，決漳水兮灌鄴旁，終古舄鹵兮生稻粱。

〔一〕〔《史記》〕〔《漢書》〕曰：據《漢書·溝洫志》改。

鄭白渠歌

《史記》曰：「韓聞秦之好興事，欲罷，無令東伐。乃使水工鄭國間説秦，令鑿涇水自中山西抵瓠口爲渠，並北山，東注洛，溉舄鹵之地四萬餘頃，今曰鄭國渠。」《漢書》曰：「太始二年，趙中大夫白公復奏穿渠。引涇水，首起谷口，尾入櫟陽，注渭中，袤二百里，溉田四千五百餘頃，名曰白渠。人得其饒，〔一〕於是歌之。」

田於何所？池陽、谷口。鄭國在前，白渠起後。舉臿如雲，〔二〕決渠爲雨。〔水流竈下，魚躍入釜〕。〔三〕涇水一石，其泥數斗。且溉且糞，長我禾黍。衣食京師，億萬之口。〔四〕

〔一〕人：《漢書·溝洫志》作「民」。

〔二〕如：同上作「爲」。

〔三〕「水流竈下」兩句：據《前漢紀》太始二年補。

〔四〕億萬之口：同上作「百萬餘口」。

百里奚歌

梁·高允生

羈旅入秦庭，始得收顯曜。釋褐出輜車，卓爲千乘道。豔色進華容，繁弦發（微）〔徵〕

調。〔一〕居貴易素心，翻然忘久要。裝金五羊皮，寫情陳所告。豈徒望自傷，念君無定操。

〔一〕（微）〔徵〕調：據《詩紀》卷九三改。

秦始皇歌〔一〕

《古今樂録》曰：「秦始皇祠洛水，有黑頭公從河中出，呼始皇曰：『來受天寶。』乃與群臣作歌。」

洛陽之水，其色蒼蒼。祠祭大澤，倏忽南臨。〔二〕洛濱醊禱，色連三光。

〔一〕秦始皇歌：《詩紀》前集卷二作《祠洛水歌》。

〔二〕臨：同上注：「一作征，征古轉入陽。」

雞鳴歌

《樂府廣題》曰：「漢有雞鳴衛士，主雞唱。宮外舊儀，宮中與臺並不得畜雞。晝漏盡，夜漏起，中黄門持五夜，甲夜畢傳乙，乙夜畢傳丙，丙夜畢傳丁，丁夜畢傳戊，戊夜，是爲五更。未明三刻雞鳴，衛士起唱。」《漢書》曰：「高祖圍項羽垓下，羽是夜聞漢軍四面皆楚歌。」應劭曰：「楚歌者，雞鳴歌也。」《晉太康地記》曰：「後漢固始、鮦陽、公安、細陽四縣衛士習此曲，於闕下歌之，今雞鳴歌是也。然則此歌蓋漢歌也。」按《周禮·雞人》「掌大祭祀，夜嘑旦以嘂百官」，則所起亦遠矣。

東方欲明星爛爛，汝南晨雞登壇喚。曲終漏盡嚴具陳，月没星稀天下旦。千門萬户遞魚鑰，宫中城上飛烏鵲。

雞鳴曲

唐·王建

雞初鳴，明星照東屋。雞再鳴，紅霞生海腹。百官待漏雙闕前，聖人亦挂山龍服。寶釵命婦燈下起，環珮玲瓏曉光裏。直内初燒玉(按)〔案〕香，〔一〕司更尚滴銅壺水。〔二〕金吾衛裏直一作更郎妻，到明不睡聽晨雞。天頭日月相送(近)〔迎〕，〔三〕夜棲旦鳴人不迷。

〔一〕玉(按)〔案〕：據《全唐詩》卷二九八改。

〔二〕尚：同上注：「一作常。」

〔三〕送(近)〔迎〕：據同上改。

同前

李廓

星稀月没上五更，〔一〕膠膠角角雞初鳴。征人牽馬出門立。辭妾欲向安西行。再鳴引頸檐頭下，月中角聲催上馬。〔二〕纔分地色第三鳴，旌旗一作旆紅塵已出城。婦人上城亂招手，夫婿不聞遥哭聲。長恨雞鳴别時苦，不遣雞栖近窗户。

〔一〕上：《全唐詩》卷四七九作「入」。

〔二〕月：同上作「樓」。

平城歌

《漢書·匈奴傳》曰：「高祖自將兵三十二萬擊韓王信。帝先至平城，步兵未盡到，冒頓縱精兵三十餘萬圍帝於白登，七日，漢兵中外不得救餉。」樊噲時爲上將軍，不能解圍，天下皆歌之。後用陳平秘計得免。白登在平城東南，去平城十餘里。

平城之下亦誠苦，〔一〕七日不食，不能彀弩。

〔一〕下：《詩紀》卷八注：「一作圍。」

楚歌

漢・高帝

《漢書》曰：「高祖欲立戚夫人子趙王如意而廢太子，後不果。戚夫人泣涕，帝曰：『爲我楚舞，吾爲若楚歌。』」其旨言太子得四皓爲輔，羽翼成就，不可易也。顔師古曰：「楚歌者，楚人之歌，猶吴歈越吟也。」

鴻鵠高飛，〔一〕一舉千里。羽翼以就，〔二〕横絶四海。横絶四海，又可奈何，〔三〕雖有繒繳，尚安所施。

〔一〕鵠：《史記・留侯世家》作「雁」。

〔二〕翼：同上作「翮」。以：同上作「已」。

〔三〕又：同上作「當」。

吴楚歌

晉・傅玄

《樂府詩集》曰：「傅玄辭。一曰《燕美人歌》。」

燕人美兮趙女佳，其室則邇兮限曾崖。雲爲車兮風爲馬，玉在山兮蘭在野。雲無期兮風有止，思心多端誰能理。〔一〕

〔一〕思心多端：《詩紀》卷二二作「思多端兮」。

同前

唐·張籍

庭前春鳥啄林聲，紅夾羅襦縫未成。今朝社日停針線，起向朱櫻樹下行。

樂府詩集卷第八十四

雜歌謠辭二

歌辭二

戚夫人歌

《漢書·外戚傳》曰：「高祖得定陶戚姬，愛幸，生趙隱王如意。惠帝立，吕后爲皇太后，乃令永巷囚戚夫人，髡鉗，衣赭衣，令舂。戚夫人舂且歌。太后聞之大怒，曰：『乃欲倚子邪！』召趙王殺之。戚夫人遂有人彘之禍。」

子爲王，母爲虜。終日舂薄暮，常與死爲伍。相離三千里，當誰使告汝。

畫一歌

《漢書》曰：「惠帝時，曹參代蕭何爲相國。初，高帝與何定天下，法令既明具。及參守職，舉事無所變更，一遵何之約束，於是百姓歌之。」

蕭何爲法，講若畫一。〔一〕曹參代之，守而勿失。載其清靜，〔二〕民以寧壹。

〔一〕講：《史記·曹相國世家》作「顜」，《古樂府》卷一作「較」。

〔二〕靜：《漢書·曹參傳》作「靖」。

趙幽王歌

《漢書》曰：「趙幽王友，高帝之子。孝惠時，友以諸呂女爲后，不愛，愛它姬。諸呂女讒之於太后。太后怒，召趙王，置邸，令衞圍守之。趙王餓，乃作歌，遂幽死。」

諸呂用事兮劉氏微，迫脅王侯兮强授我妃。我妃既妬兮誣我以惡，讒女亂國兮上曾不寤。我無忠臣兮何故棄國，〔一〕自快中野兮蒼天與直。于嗟不可悔兮寧早自賊，爲王餓死兮誰者憐之，呂氏絶理兮託天報仇。

〔一〕忠臣：《古樂府》作「忠良」。

淮南王歌

《漢書》曰：「淮南厲王長，高帝少子也。長廢法不軌，文帝不忍置於法，乃載以輜車，處蜀嚴道邛郵，遣其子、子母從居。長不食而死。後民有作歌歌淮南王。帝聞之，乃追尊淮南王爲厲王，置園如諸侯儀。」

一尺布，尚可縫；一斗粟，尚可舂。兄弟二人不相容。〔一〕

〔一〕「一尺布」首：高誘《淮南鴻烈解叙》作：「一尺繒，好童童；一升粟，飽蓬蓬。兄弟二人不能相容。」

京兆歌

齊·陸厥

《通典》曰：「京兆、馮翊、扶風，皆古雍州之域。秦始皇以爲内史。漢景帝二年，分置左右内史。武帝改左内史爲左馮翊，右内史爲右扶風，後與京兆號三輔。」故趙廣漢云：「亂吾治者，常二輔是也。」

兔園夾池水，修竹復檀欒。不如黄山苑，儲胥與露寒。邐迤傍無界，岑崟鬱上干。上干入翠微，下趾連長薄。芳露浸紫莖，秋風摇素蕚。雁起宵未央，雲間月將落。照梁桂兮影徘徊，承露盤兮光照灼。壽陵之街走狐兔，金巵玉盌會銷鑠。願奉蒲萄花，爲君實羽爵。

左馮翊歌

陸　厥

上林潏紫泉，離宫赫千户。飛鳴亂鳧雁，參差雜蘭杜。比翼獨未群，連葉誰爲伍。一物或難致，無云泣易覩。

扶風歌九首〔一〕

晉・劉　琨

朝發廣莫門，暮宿丹水山。左手彎繁弱，右手揮龍淵。
顧瞻望宫闕，俯仰御飛軒。據鞍長歎息，淚下如流泉。
繫馬長松下，發鞍高嶽頭。冽冽悲風起〔二〕泠泠澗水流。
揮手長相謝，哽咽不能言。浮雲爲我結，飛鳥爲我旋。〔三〕
去家日已遠，安知存與亡。慷慨窮林中，抱膝獨摧藏。
麋鹿遊我前，猴猿戲我側。〔四〕資糧既乏盡，薇蕨安可食。
攬轡命徒侣，吟嘯絶巖中。君子道微矣，夫子故有窮。〔五〕
惟昔李騫期，〔六〕寄在匈奴庭。忠信反獲罪，漢武不見明。
我欲竟此曲，此曲悲且長。棄置勿重陳，重陳令心傷。

〔一〕扶風歌九首：《文選》卷二八作「一首」，《詩紀》卷三一同。又注：「樂府每四句一解，凡九解。」
〔二〕洌洌：《文選》作「烈烈」。
〔三〕飛鳥：同上作「歸鳥」。
〔四〕猴猿：同上作「猿猴」。
〔五〕故：《詩紀》注：「一作固。」
〔六〕李愆期：同上作「李騫期」。

同前

宋・鮑照

昨辭金華殿，今次鴈門縣。寢卧握秦戈，棲息抱越箭。忍悲別親知，行泣隨征傳。寒烟空徘徊，朝日乍舒卷。

秋風辭

漢・武帝

《漢武帝故事》曰：「帝行幸河東，祠后土。顧視帝京，忻然中流，與群臣飲讌。帝歡甚，乃自作《秋風辭》。」

秋風起兮白雲飛，草木黄落兮鴈南歸。蘭有秀兮菊有芳，懷佳人兮不能忘。泛樓船兮濟汾河，横中流兮揚素波。簫鼓鳴兮發櫂歌，歡樂極兮哀情多，少壯幾時兮奈老何。

衛皇后歌

《漢書》曰：「衛子夫爲皇后。弟青，貴震天下，天下歌之。」按《外戚傳》：「衛子夫爲平陽主謳者。武帝祓霸上，還過平陽主。既飲，謳者進，帝獨説子夫。帝起更衣，子夫侍尚衣軒中，得幸。平陽主因奏子夫送入宫，是爲衛皇后。」

生男無喜，生女無怒，獨不見衛子夫霸天下。

李延年歌

《漢書·外戚傳》曰：「李延年，性知音，善歌舞，武帝愛之。嘗侍上起舞而歌。延年後爲協律都尉。」

北方有佳人，絶世而獨立。一顧傾人城，再顧傾人國。寧不知傾城與傾國，〔一〕佳人難再得。

〔一〕寧不知：《玉臺》卷一無此三字，吴兆宜注：「今删三字，反不如舊。」

李夫人歌

〔漢·武帝〕〔一〕

《漢書·外戚傳》曰："孝武李夫人，本以倡進。初，武帝愛其兄延年。平陽主因言，延年有女弟，帝乃召見之，實妙麗善舞，由是得幸。夫人少而早卒，帝思念不已。方士齊人少翁言能致其神，乃夜張燈燭，設帷帳，陳酒肉。而令帝居他帳，遥望見好女如李夫人之貌，還幄坐而步。又不得就視，帝愈益相思悲感，爲作詩，令樂府諸音家弦歌之。"

是邪非邪？立而望之，偏何姍姍其來遲！〔二〕

〔一〕〔漢武帝〕：據毛本及本書目録補。

〔二〕偏：《古樂府》作"翩"。

同前三首

唐·李商隱

一帶不結心，兩股方安髻。慚愧白茅人，月没教星替。

剩結茱萸枝，多擘秋蓮的。獨自有波光，綵囊盛不得。

蠻絲繫條脱，〔妍眼〕和香屑。〔一〕壽宫不惜鑄南人，柔腸早被秋波割。〔二〕清澄有餘幽素

香，鰥魚渴鳳真珠房。不知瘦骨類冰井，更許夜簾通曉霜。土花漠〔碧〕〔漠〕雲〔忙忙〕〔茫茫〕，〔三〕黄河欲盡天蒼黄。〔四〕

〔一〕〔妍眼〕：據《全唐詩》卷二九補。
〔二〕波：同上注：「集作眸。」
〔三〕漠〔碧〕〔漠〕雲〔忙忙〕〔茫茫〕：據同上改。
〔四〕黄：同上注：「集作蒼。」

同前　李賀

紫皇宮殿重重開，夫人飛入瓊瑶臺。緑香繡帳何時歇，青雲無光宮水咽。翩聯桂花墜秋月，孤鸞驚啼商絲發。紅壁闌珊懸佩璫，歌臺小妓遥相望。玉蟾滴水雞人唱，露華蘭葉參差光。

同前　鮑溶

璿閨羽帳華燭陳，方士夜降夫人神。葳蕤半露芙蓉色，窈窕將期環佩身。麗如三五月，可望難親近。嚬黛含犀竟不言，春思秋怨誰能問。欲求巧笑如生時，歌塵在空瑟銜絲。神來未及夢相見，帝比初亡心更悲。愛之欲其生又死，東流萬代無回水。宮漏丁丁夜向晨，烟消霧散愁方士。

同前

張　祜

延年不語望三星，莫説夫人上涕零。爭奈世間惆悵在，甘泉宮夜看圖形。

李夫人及貴人歌

齊·陸　厥

屬車桂席塵，豹尾香烟滅。彤殿向蘼蕪，青蒲復萎絶。坐萎絶，對蘼蕪。臨丹階，〔一〕泣椒塗。寡鶴羈雌飛且止，〔二〕雕梁翠壁網蜘蛛。洞房明月夜，對此淚如珠。

〔一〕丹：《詩紀》卷六二注：「一作玉。」

〔二〕止：《玉臺》卷九作「上」。

未央才人歌

梁·庾肩吾

從來守未央，轉欲訝春芳。朝風凌日色，夜月奪燈光。相逢儻遊豫，暫爲卷衣裳。

中山〔王〕孺子妾歌二首〔一〕

齊・陸厥

《漢書》曰：「詔賜中山靖王子噲及孺子妾冰、未央才人歌詩四篇。」如淳曰：「孺子，幼少稱孺子。妾，宫人也。」顔師古曰：「孺子，王妾之有品號者。妾，王之衆妾也。冰，其名。才人，天子内官。」按，此謂以歌詩賜中山王及孺子妾、未央才人等爾，累言之，故云及也。而陸厥作歌，乃謂之中山孺子妾，失之遠矣。《藝文志》又曰：「臨江王及愁思節士歌詩四篇，李夫人及幸貴人歌詩三篇。」亦皆累辭也。

未央才人，中山孺子，一笑傾城，一顧傾市。傾城不自美，傾市復爲容。願把陵陽袖，披雲望九重。

如姬寢卧内，班婕一作妾坐同車。〔二〕洪波陪飲帳，林光宴秦餘。歲暮寒飇及，秋水落芙蕖。子瑕矯後駕，安陵泣前魚。賤妾終已矣一作賤妾恩已畢，君子定焉如。

〔一〕中山〔王〕：據《文選》卷二八、《玉臺》卷四補。

〔二〕婕：同上《文選》作「妾」。

同前

唐·李白

中山孺子妾，特以色見珍。雖不如延年妹，〔一〕亦是當時絶世人。桃李出深井，花豔驚上春。一貴復一賤，關天豈由身。芙蓉老秋霜，團扇羞網塵。戚姬髠翦入春市，〔二〕萬古共悲辛。

〔一〕雖：《李太白集》卷四作「雖然」。

〔二〕髠翦：同上作「髠髮」。

臨江王節士歌

齊·陸厥

木葉下，江波連，秋月照浦雲歇山。秋思不可裁，復帶秋風來。秋風來已寒，白露驚羅紈，節士慷慨髮衝冠。彎弓挂若木，長劍竦雲端。

同前

唐·李白

洞庭白波木葉稀，燕鴻始入吴雲飛。吴雲寒，燕鴻苦，風號沙宿瀟湘浦。節士感秋淚如雨。〔一〕白日當天心，照之可以事明主。壯士憤，雄風生。安得倚天劍，跨海斬長鯨。

〔一〕感秋：《李太白詩》卷四作「悲秋」。

行幸甘泉宮

梁·簡文帝

《漢書》曰：「武帝太始三年正月，行幸甘泉宮。成帝永始四年正月，行幸甘泉。」揚雄《甘泉賦》曰：「乃命群僚歷吉日，協靈辰，星陳而天行。乘輿登夫鳳皇兮而翳華芝，駟蒼螭兮六素虯。」劉歆《甘泉宮賦》曰：「軼(陵)〔淩〕陰之地室，〔一〕過陽谷之秋城。回天門而鳳舉，躡黃帝之明庭。冠高山而爲居，乘崑崙而爲宮。」王褒《甘泉宮頌》曰：「甘泉山，天下顯敞之名處也。前接大荆，後臨北極，左撫仁鄉，右望素域。其爲宮室也，仍巀嶭而爲觀，攘抗岸以爲階。覽除閣之麗美，〔二〕覺堂殿之巍巍。」按劉孝威歌辭云「避暑甘泉宮」，蓋與《上之回》同意。

雉歸海水寂，裘來重譯通。吉行五十里，隨處宿離宫。鼓聲恒入地，塵飛上暗空。〔三〕赦書隨豹尾，〔四〕太史逐相風。銅鳴周國(旞)〔鐩〕，〔五〕旗曳楚雲虹。倖臣射覆罷，從騎新歌終。〔六〕董桃拜金紫，賢妻侍禁中。不羨神仙侶，排烟逐駕鴻。

〔一〕(陵)〔淩〕陰：據《初學記》卷二四改。

〔二〕麗美：《全漢文》卷四二作「麗靡」。

〔三〕上暗空：《英華》卷二〇三作「暗上空」。
〔四〕赦書：同上作「尚書」，似是。
〔五〕（旞）〔鐩〕：據《詩紀》卷六七改。
〔六〕騎：《詩紀》注：「一作妓。」《百三名家集》作「使」，似是。

同前

劉孝威

漢家迎夏畢，避暑甘泉宮。機車鳴里鼓，〔一〕駟馬駕相風。校尉烏丸騎，待制樓煩（宮）〔弓〕。〔二〕後旌遊五柞，前笳度九嵕。才人豹尾内，御酒屬車中。輦回百子閣，扇動七輪風。鳴鍾休衛士，披圖召後宮。材官促校獵，〔三〕秋來一作涼秋戲射熊。

〔一〕機車：《藝文》卷四三作「棧車」。
〔二〕樓煩（宮）〔弓〕：據《藝文》卷四三、《英華》卷二〇三改。
〔三〕促：《藝文》作「但」，《英華》作「從」。

烏孫公主歌〔一〕

《漢書·西域傳》曰：「武帝元封中，遣江都王建女細君爲公主，以妻烏孫王昆莫。

公主至其國，自治宮室居，歲時一再與昆莫會，置酒飲食。昆莫年老，言語不通，公主悲，乃自作歌。」

吾家嫁我兮天一方，〔二〕遠託異國兮烏孫王。穹廬爲室兮旃爲牆，〔三〕以肉爲食兮酪爲漿。〔四〕居常土思兮心内傷，〔五〕願爲黄鵠兮歸故鄉。〔六〕

〔一〕烏孫公主歌：《玉臺》卷九作《烏孫公主歌詩》。

〔二〕「家」下同上有「之」字。

〔三〕旃：同上作「氈」。

〔四〕同上無「以」字。《藝文》卷四三同。

〔五〕居常土思：《玉臺》作「常思漢土」。《藝文》作「思土」。

〔六〕「黄」上《玉臺》有「飛」字。歸：作「還」。

匈奴歌

《十道志》曰：「焉支、祁連二山，皆美水草。匈奴失之，乃作此歌。」《漢書》曰：「元狩二年春，霍去病將萬騎出隴西，討匈奴，過焉支山千有餘里。其夏，又攻祁連山，捕首虜甚多。」「祁連山即天山，匈奴呼天爲祁連，故曰祁連山。焉支山即燕支山也。」

失我焉支山，令我婦女無顔色。失我祁連山，使我六畜不蕃息。

驪駒歌

古辭

《漢書·儒林》曰：「王式除爲博士，既至舍中，會諸大夫共持酒肉勞式，皆注意高仰之。博士江公心嫉式，謂歌吹諸生曰：『歌《驪駒》。』式曰：『聞之於師：客歌《驪駒》，主人歌《客毋庸歸》。』今日諸君爲主人，日尚早，未可也。」驪駒者，客欲去歌之，故式以爲言也。

驪駒在門，僕夫具存。驪駒在路，僕夫整駕。

離歌

晨行梓道中，梓葉相切磨。與君别交中，繣如新縑羅。〔一〕裂之有餘絲，吐之無還期。

〔一〕新縑羅：《詩紀》卷七作「新縑維」。

瓠子歌二首

漢·武帝

《史記·河渠書》曰：「漢武帝既封禪，乃使汲仁、郭昌發卒數萬人塞瓠子決河。於是天子已用事萬里沙，還，自臨決河，沈白馬玉璧，令群臣從官自將軍已下皆負薪寘決河。是時東郡以故薪柴少，而下淇園之竹以爲楗。天子既臨河決，悼功之不成，乃作歌二章。於是卒塞瓠子，築宫其上，曰宣房宫。」

瓠子決兮將奈何？浩浩洋洋兮慮殫爲河。〔一〕殫爲河兮地不得寧，功無已時兮吾山平。〔二〕吾山平兮鉅野溢，〔三〕魚弗鬱兮柏冬日。〔四〕正道弛兮離常流，〔五〕蛟龍騁兮方遠遊。歸舊川兮神哉沛，不封禪兮安知外。爲我謂河伯兮何不仁，泛濫不止兮愁吾人。齧桑浮兮淮、泗滿，久不反兮水維緩。

河湯湯兮激潺湲，北渡回兮迅流難。〔六〕搴長茭兮湛美玉，〔七〕河伯許兮薪不屬。薪不屬兮衛人罪，燒蕭條兮噫乎何以禦水。隤林竹兮楗石菑，宣防塞兮萬福來。

〔一〕浩浩洋洋兮慮：《史記·河渠書》作「皓皓旰旰閭」。

〔二〕時：《藝文》卷四二無「時」字。

〔三〕鉅野：同上作「鉅鹿」。

〔四〕弗鬱：《史記》作「沸鬱」。柏：《藝文》作「迫」，字通。

〔五〕正道：《史記》作「延道」。

〔六〕回兮迅流難：同上作「汚兮浚流難」。

〔七〕湛：同上作「沉」。

李陵歌

《漢書》曰：「昭帝即位，數年，匈奴與漢和親。漢使求蘇武等，單于許武還。李陵置酒賀武曰：『異域之人，一别長絶。』因起舞而歌，陵泣下數行，遂與武決。」

徑萬里兮度沙漠，爲君將兮奮匈奴。路窮絶兮矢刃摧，士衆滅兮名已隤。老母已死，雖〔欲〕報恩將安歸！〔一〕

〔一〕雖「欲」：據《漢書·李陵蘇武傳》補。

廣川王歌二首

《漢書》曰：「廣川王去，繆王齊太子也。有幸姬王昭平、王地餘，許以爲后，後皆殺之。更立陽城昭信爲后，幸姬陶望卿爲脩靡夫人，主繒帛，崔脩成爲明貞夫人，主永巷。昭信復譖望卿：『疑有姦。』去以故不愛望卿。後與昭信等飲，諸婢皆侍，去爲望卿作歌曰《背尊章》，使美人相和歌之。後昭信譖殺望卿，欲擅愛，曰：『王使明貞夫人主諸姬，淫亂難禁。請閉諸姬舍門，無令出敖。』使其大婢爲僕射，主永巷，盡封閉諸舍，上籥於后，非大置酒召，不得見。去憐之，爲作歌曰《愁莫愁》，令昭信聲鼓爲節，以教諸姬歌之。」按《西京雜記》作廣川王去疾。

背尊章，嫖以忽。謀屈奇，起自絶。行周流，自生患。諒非望，今誰怨。愁莫愁，生無聊。心重結，意不舒。内弗鬱，憂哀積。上不見天，生何益！日崔隤，時不再。願棄軀，死無悔。

牢石歌

《漢書・佞幸傳》曰：「元帝時，石顯爲中書令，與僕射牢梁、少府五鹿充宗結爲黨友，諸附倚者皆得寵位。而民歌之，言其兼官據勢也。」

牢邪石邪，五鹿客邪！印何纍纍，綬若若邪！

黄鵠歌

漢・昭帝

《西京雜記》曰：「始元元年，黄鵠下太液池，帝爲此歌。」按清商吴聲曲有黄鵠歌，與此不同。

黄鵠飛兮下建章，羽肅肅兮行蹌蹌。金爲衣兮菊爲裳，唼喋荷荇，出入蒹葭。自顧菲薄，愧爾嘉祥。

黄門倡歌〔一〕

《漢書·禮樂志》曰：「成帝時，鄭聲尤甚。黄門名倡丙彊、景武之屬，富顯於世。」

《隋書·樂志》曰：「漢樂有黄門鼓吹，天子宴群臣之所用也。」

佳人俱絶世，握手上春樓。點黛方初月，縫裙學石榴。君王入朝罷，爭競理衣裘。

〔一〕疑此非漢人詩，題下失作者名。

樂府詩集卷第八十五

雜歌謡辭三

歌辭三

五侯歌

《漢書》曰:「成帝河平二年,悉封舅大將軍王鳳庶弟譚爲平阿侯,商成都侯,立紅陽侯,根曲陽侯,逢時高平侯。五人同日封,故世謂之五侯。時五侯群弟,爭爲奢侈,後庭姬妾各數十人,羅鐘磬,舞鄭女,作優倡,狗馬馳逐;大治第室,起土山漸臺,洞門高廊閣道,連屬彌望。百姓歌之,言其奢僭如此。」按傳稱成都侯穿長安城,引内灃水注第中大陂。曲陽侯第,園中土山漸臺類白虎殿。則穿城引水非曲陽,與歌辭不同。高都、外杜,皆長安里名。

五侯初起,曲陽最怒。壞決高都,連竟外杜。土山漸臺西白虎。

上郡歌

《漢書》曰：「成帝時，馮野王爲上郡太守。其後弟立亦自五原徙西河、上郡。立居職公廉，治行略與野王相似，而多知有恩貸，好爲條教。吏民嘉美野王、立相代爲太守，乃歌之云。」

大馮君，小馮君，兄弟繼踵相因循，聰明賢知惠吏民。政如魯衞德化鈞，周公、康叔猶二君。

燕王歌

《漢書》曰：「燕剌王旦，武帝第四子也。昭帝時，謀事不成，妖祥數見。燕倉知其謀，告之，由是發覺。王憂懣，置酒萬載宫，會賓客群臣妃妾坐飲。王自歌，華容夫人起舞，坐者皆泣。王遂自殺。」

歸空城兮狗不吠，雞不鳴，横術何廣廣兮，固知國中之無人。

華容夫人歌

髮紛紛兮寘渠，骨籍籍兮亡居。母求死子兮，妻求死夫。裴回兩渠間兮，君子獨安居！

廣陵王歌

《漢書》曰：「廣陵厲王胥，武帝第五子也。昭帝時，胥見帝年少無子，有覬欲心。迎女巫李女須，使下神祝詛。宣帝即位，祝詛事發覺。胥置酒顯陽殿，召太子霸及子女董訾、胡生等夜飲，使所幸八子郭昭君、家人子趙左君等鼓瑟歌舞。王自歌，左右悉涕泣奏酒，至雞鳴時罷。」

欲久生兮無終，長不樂兮安窮。奉天期兮不得須臾，千里馬兮駐待路。黄泉下兮幽深，人生要死，何爲苦心。何用爲樂心所喜，出入無悰爲樂亟。蒿里召兮郭門閲，死不得取代庸，身自逝。

鮑司隸歌

《樂府廣題》曰：「《列異傳》云：『鮑宣，宣子永，永子昱，三世皆爲司隸，而乘一驄馬，京師人歌之。』」

鮑氏驄，三人司隸再入公。馬雖瘦，行步工。

五噫歌

《三輔决録》曰：「梁鴻東出關，過京師，作《五噫》之歌。肅宗聞而（悲）〔非〕之，〔一〕求鴻不得。」

陟彼北邙兮，噫！顧瞻帝京兮，〔二〕噫！宫闕崔嵬兮，噫！民之劬勞兮，噫！遼遼未央兮，噫！

〔一〕（悲）〔非〕：據《後漢書·梁鴻傳》改，《書鈔》卷一〇六、《御覽》卷一五八皆作「怒」。

〔二〕瞻：《後漢書》作「覽」。

董少平歌

《後漢書》曰：「董宣，字少平。光武時爲洛陽令，搏擊豪强，京師號爲卧虎，而歌之云。」

枹鼓不鳴董少平。

張君歌

《後漢書》曰：「張堪爲漁陽太守，捕擊姦猾，賞罰必信，吏民皆樂爲用。乃於狐奴開稻田八千餘頃，勸民耕種，以致殷富。百姓歌之。」

桑無附枝，麥穗兩歧。張君爲政，樂不可支。

廉叔度歌

《後漢書》曰：「廉范，字叔度。建初中爲蜀郡太守，成都民物豐衍，邑宇逼側。舊制禁民夜作以防火災，而更相隱蔽，燒者日屬。范乃毁削先令，但嚴使儲水而已。百姓爲便，乃歌之云。」

廉叔度，來何暮。不火禁，〔一〕民安作。平生無襦今五袴。

〔一〕火禁：《後漢書・廉范傳》作「禁火」。

范史雲歌

《後漢書》曰：「范冉，字史雲。桓帝時爲萊蕪長，遭母喪不到官。後於梁沛間，徒行敝服，賣卜於市。遭黨人禁錮，遂推鹿車，載妻子，捃拾自資。或寓息客廬，或依宿樹陰，如此十餘年，乃治草堂而居焉。所止單漏，有時絶粒，閭里歌之。及黨禁解，爲三府所辟，乃應司空命。」冉或作丹。

甑中生塵范史雲，釜中生魚范萊蕪。

岑君歌

《後漢書》曰：「岑熙爲魏郡太守，招聘隱逸，與參政事，無爲而化。視事二年，輿人歌之。」

我有枳棘，岑君伐之。我有蟊賊，岑君遏之。狗吠不驚，足下生氂。含哺鼓腹，焉知凶災。我喜我生，獨丁斯時。美矣岑君，於戲休兹。

皇甫嵩歌

《後漢書》曰：「皇甫嵩爲冀州牧。請冀州一年田租以贍飢民，百姓歌之。」

天下大亂兮市爲墟，母不保子兮妻失夫，賴得皇甫兮復安居。

郭喬卿歌

《後漢書》曰：「郭賀，字喬卿。建武中爲尚書令，在職六年，拜荆州刺史。到官，有殊政，百姓歌之。顯宗巡狩到南陽，特見嗟賞，賜以三公之服，敕行部去襜帷，使百姓見其容服，以章有德。」

厥德仁明郭喬卿，中正朝廷上下平。〔一〕

〔一〕中正：《後漢書·郭賀傳》作「忠正」。上下：《詩紀》卷八作「天下」。

賈父歌

《後漢書》曰：「中平元年，交趾屯兵執刺史及合浦太守，自稱柱天將軍。靈帝敕三府精選能吏，有司舉賈琮爲交趾刺史。琮到部，即移書告示，各使安其資業，百姓爲之歌。」

賈父來晚，使我先反。今見清平，吏不敢飯。

朱暉歌

《東觀漢紀》曰：「朱暉，字文季。再遷臨淮太守，吏民畏愛而爲之歌。」

强直自遂，南陽朱季。吏畏其威，民懷其惠。

劉君歌

《後漢書》曰：「劉陶，舉孝廉，除順陽長。縣多姦猾，陶到官，按發若神。以病免，吏民思而歌之。」

邑然不樂，思我劉君。何時復來，安此下民。

洛陽令歌

《長沙耆舊傳》曰：「祝良，字石卿，爲洛陽令。歲時亢旱，天子祈雨不得。良乃暴身階庭，告誠引罪，自晨至中，紫雲沓起，甘雨登降。人爲之歌。」

天久不雨，蒸人失所。〔一〕天王自出，祝令特苦。精符感應，滂沱下雨。

〔一〕蒸人：《御覽》卷五一一九作「烝民」。

滎陽令歌

《殷氏世傳》曰：「殷褒，爲滎陽令。廣築學館，會集朋徒，民知禮讓，乃歌之云。」

滎陽令，有異政。修立學校人易性，令我子弟恥訟爭。〔一〕

〔一〕訟爭：《詩紀》卷一九作「鬭訟」。

徐聖通歌

《會稽典録》曰：「徐弘，字聖通，爲汝陰令。誅鉏姦桀，道不拾遺，民乃歌之。」

徐聖通，政無雙。平刑罰，姦宄空。

王世容歌

《吴録》曰：「王鐔，字世容，爲武城令。民服德化，宿惡奔迸，父老歌之。」

王世容，政無雙。省徭役，盗賊空。

晉高祖歌

《晉陽秋》曰：「高祖伐公孫淵，過故鄉，賜牛酒穀帛，會父老故舊飲讌，高祖作歌。」

天地開闢，日月重光。遭逢際會，奉辭遐方。將掃逋穢，還過故鄉。肅清萬里，總齊八荒。告誠歸老，待罪武陽。

徐州歌

《晉書》曰：「王祥隱居廬江三十餘年，不應州郡之命。後徐州刺史呂虔檄爲別駕，固辭不受。弟覽爲具車牛，虔乃召祥，委以州事。于時寇盜充斥，祥率勵兵士，頻討破之，州界清靜，政化大行，時人歌之。」

海沂之康，實賴王祥。邦國不空，別駕之功。

束晳歌

《晉書》曰：「束晳，陽平元城人。太康中，郡界大旱，晳爲邑人請雨，三日而雨注。衆謂晳誠，感而爲作歌。」

束先生，通神明，請天三日甘雨零。我黍以育，我稷以生。何以疇之，報東長生。

豫州歌

《晉書》曰：「祖逖爲豫州刺史，躬自儉約，督課農桑，克己務施，不畜資産，子弟耕耘，負擔樵薪。又收葬枯骨，爲之祭醊。百姓感悦。嘗置酒大會，耆老中坐流涕曰：『吾等老矣，更得父母，死將何恨！』乃作此歌，其得人心如此。」

幸哉遺黎免俘虜，〔一〕三辰既朗遇慈父。玄酒忘勞甘瓠脯，〔二〕何以詠思歌且舞。〔三〕

〔一〕遺黎免俘虜：《詩紀》卷四三引《祖逖别傳》作「遺民免豺虎」。

〔二〕玄酒忘勞：同上作「玄酒清醪」。

〔三〕何以詠思：同上作「亦何報恩」。又「思」字《晉書·祖逖傳》作「恩」。

應詹歌

《晉書》曰：「王澄爲荆州牧，應詹督南平、天門、武陵三郡軍事。天下大亂，詹境獨全，百姓歌之。」

亂離既普，殆爲灰朽。僥倖之運，賴兹應后。歲寒不凋，孤境獨守。拯我塗炭，惠隆丘阜。

潤同江海，恩猶父母。

吴人歌

《晉書》曰：「鄧攸爲吴郡守，載米之官，俸禄無所受，唯飲吴水而已。及去郡，百姓數千人留牽攸船，不得進，乃以小舟夜中發去，吴人歌之。」

紞如打五鼓，雞鳴天欲曙。鄧侯挽不來，〔一〕謝令推不去。

〔一〕來：《詩紀》卷四三作「留」。

并州歌

《樂府廣題》曰：「晉汲桑力能扛鼎，呼吸聞數里，殘忍少恩。六月盛暑，重裘累茵，使人扇之，忽不清涼，便斬扇者。并州大姓田蘭、薄盛，斬於平原，士女慶賀，奔走道路而歌之。」

士爲將軍何可羞，六月重茵披豹裘，不識寒暑斷他頭。雄兒田蘭爲報仇，中夜斬首謝并州。

隴上歌

《晉書·載記》曰："劉曜圍陳安于隴城，安敗，南走陜中。曜使將軍平先、丘中伯率勁騎追安。安與壯士十餘騎於陜中格戰，安左手奮七尺大刀，右手執丈八蛇矛，近交則刀矛俱發，輒害五六，遠則雙帶鞬服，左右馳射而走。平先亦壯健絶人，與安搏戰，三交，奪其蛇矛而退，遂追斬于澗曲。安善於撫接，吉凶夷險，與衆同之。及其死，隴上爲之歌。曜聞而嘉傷，命樂府歌之。"

隴上壯士一作隴上健兒有陳安，〔一〕軀幹雖小腹中寬，愛養將士同心肝。驪驄父馬鐵鍛鞍，〔二〕七尺大刀奮如湍，〔三〕丈八蛇矛左右盤，十盪十決無當前。〔四〕戰始三交失蛇矛，〔五〕棄我驪驄竄巖幽，爲我外援而懸頭。西流之水東流河，一去不還奈子何。

〔一〕壯士有：《御覽》卷三五三、《詩紀》卷四三引《趙書》作"健兒曰"。

〔二〕驪驄父馬：《詩紀》作"騄驄駿馬"，《御覽》脱"駿"字。鍛：《御覽》作"鏤"。

〔三〕奮如湍：《詩紀》作"配齊鐶"。

〔四〕"十盪"句下，同上有"百騎俱出如雲浮，追者千萬騎悠悠"兩句。《御覽》作"騎修修"。

〔五〕"戰始"句下，同上作"十騎俱盪九騎留。棄我騄驄攀巖幽，天非降雨迨者休。阿呵嗚呼奈子何！嗚呼阿呵奈子何！」《御覽》只有「十騎俱蕩」一句，無下四句。

司馬將軍歌

唐·李 白

《司馬將軍歌》，李白所作，以代隴上健兒陳安。

狂風吹古月，竊弄章華臺。北落明星動光彩，南征猛將如雲雷。手中電曳倚天劍，〔一〕直斬長鯨海水開。我見樓船壯心目，頗似龍驤下三蜀。揚兵習戰張虎旗，江中白浪如銀屋。身居玉帳臨河魁，紫髯若戟冠崔嵬。細柳開營揖天子，始知灞上爲嬰孩。羌笛横吹阿嚲回，向月樓中吹落梅。將軍自起舞長劍，壯士呼聲動九垓。功成獻凱見明主，丹青畫像麒麟臺。

〔一〕電曳：《李太白詩》卷四作「電擊」。

鄭櫻桃歌

李 頎

《晉書·載記》曰：「石季龍，勒之從子也，性殘忍。勒爲聘將軍郭榮之妹爲妻，季龍寵惑優僮鄭櫻桃而殺郭氏，更納清河崔氏，櫻桃又譖而殺之。」櫻桃美麗，擅寵宫掖，樂府由是有《鄭櫻桃歌》。

石季龍，僭天禄，擅雄豪，美人姓鄭名櫻桃。櫻桃美顔香且澤，娥娥侍寢專宫掖，後庭卷衣三萬人，翠眉清鏡不得親。官軍女騎一千疋，繁花照耀漳河春。織成花映紅（輪）〔綸〕巾，〔一〕紅旗掣曳鹵簿新。鳴鼙走馬接飛鳥，銅鈦（琴）〔瑟〕瑟隨去塵。〔二〕鳳陽重門如意館，百尺金梯倚銀漢。自言富貴不可量，女爲公主男爲王。赤花雙簟珊瑚牀，盤龍斗帳琥珀光。淫昏僞位神所惡，滅石者陵終不誤。鄴城蒼蒼白露微，世事翻覆黄雲飛。〔三〕

〔一〕紅（輪）〔綸〕巾：據《全唐詩》卷一三三改。

〔二〕銅鈦（琴）〔瑟〕瑟：據同上改。

〔三〕世事：同上注：「一作浮世。」

襄陽童兒歌

《晉書》曰：「山簡，永嘉中鎮襄陽。時四方寇亂，朝野危懼。簡優游卒歲，唯酒是耽。諸習氏荆土豪族，有佳園池。簡每出嬉游，多之池上，置酒輒醉，名之曰高陽池。於是童兒皆歌之。有葛强者，簡之愛將，家於并州，故歌云『舉鞭向葛强：何如并州兒？』」

山公出何許，往至高陽池。日夕倒載歸，酩酊無所知。時時能騎馬，倒著白接䍦。舉鞭向葛强：何如并州兒？

襄陽歌

李白

落日欲没峴山西，倒著接䍦花下迷。襄陽小兒齊拍手，攔街爭唱《白銅鞮》。傍人借問笑何事，笑殺山公醉似泥。鸕鷀杓，鸚鵡杯，百年三萬六千日，一日須傾三百杯。遥看漢水鴨頭緑，恰似蒲桃初醱醅。此江若變作春酒，壘麴便築糟丘臺。千金駿馬换少妾，〔一〕醉坐雕鞍歌《落梅》。車傍側掛一壺酒，鳳笙龍管行相催。咸陽市上嘆黄犬，何如月下傾金罍。君不見晉朝羊公一片石一作一片古碑材，龜龍剥落生莓苔。淚亦不能爲之墮，心亦不能爲之哀。誰能憂彼身後事，〔二〕金鳧銀鴨葬死灰。清風朗月不用一錢買，〔三〕玉山自倒非人推。舒州杓，力士鐺，李白與爾同死生。襄王雲雨今安在，江水東流猿夜聲。

〔一〕少妾：《李太白詩》卷七作「小妾」。
〔二〕「誰能」兩句：同上無。
〔三〕朗月：同上作「明月」。

襄陽曲四首

李白

襄陽行樂處，歌舞《白銅鞮》。江城回渌水，花月使人迷。

山公醉酒時，酩酊襄陽下。〔一〕頭上白接䍦，倒着還騎馬。

峴山臨漢江，水渌沙如雪一作水色如霜雪。〔二〕上有墮淚碑，青苔久磨滅。

且醉習家池，莫看墮淚碑。山公欲上馬，笑殺襄陽兒。

〔一〕襄陽：《李太白詩》卷五作「高陽」。

〔二〕水渌：同上作「水緑」。

蘇小小歌〔一〕

古辭

一曰《錢塘蘇小小歌》。《樂府廣題》曰：「蘇小小，錢塘名倡也，蓋南齊時人。西陵在錢塘江之西，歌云『西陵松柏下』是也。」

我乘油壁車，〔二〕郎乘青驄馬。〔三〕何處結同心，西陵松柏下。

〔一〕蘇小小歌：《玉臺》卷一〇作「《錢塘蘇小歌》」。

〔二〕我：同上作「妾」。

〔三〕郎乘：同上作「郎騎」。

同前

唐·李　賀

幽蘭露，如啼眼。無物結同心，烟花不堪翦。草如茵，松如蓋，風爲裳，水爲珮。油壁車，久相待。冷翠燭，勞光彩。西陵下，風吹雨。〔一〕

〔一〕風吹雨：《李賀歌詩編》卷一作「風雨晦」。

同前

温庭筠

買蓮莫破券，買酒莫解金。酒裏春容抱離恨，水中蓮子懷芳心。吴宫女兒腰似束，家在錢塘小江曲。一自檀郎逐便風，門前春水年年緑。

同前三首

張　祜

車輪不可遮，馬足不可絆。長怨十字街，使郎心四散。

新人千里去，故人千里來。剪刀横眼底，方覺淚難裁。登山不愁峻，涉海不愁深。中擘庭前棗，教郎見赤心。

河中之水歌

梁・武帝〔一〕

河中之水向東流，洛陽女兒名莫愁。莫愁十三能織綺，十四採桑南陌頭，〔二〕十五嫁爲盧郎婦，〔三〕十六生兒（似）〔字〕阿侯。〔四〕盧家蘭室桂爲梁，中有鬱金蘇合香。頭上金釵十二行，足下絲履五文章。珊瑚挂鏡爛生光一作生輝光，平頭奴子擘履箱。〔五〕人生富貴何所望，恨不早嫁東家王。〔六〕

〔一〕梁武帝：《藝文》卷四三作「古辭」。
〔二〕南陌頭：同上作「東陌頭」。
〔三〕盧郎婦：同上作「盧家婦」。
〔四〕（似）〔字〕阿侯：據同上改。
〔五〕擘：同上作「提」。
〔六〕早嫁：同上作「嫁與」。

樂府詩集卷第八十六

雜歌謡辭四

歌辭四

中興歌十首

宋・鮑　照

千冬逢一春，〔一〕萬夜視朝日。生年值中興，〔二〕歡起百（年）〔憂〕畢。〔三〕
中興太平運，化清四海樂。祥景照玉臺，紫烟遊鳳閣。
碧樓含夜月，紫殿爭朝光。綵墀散蘭麝，風起自生芳。
白日照前窗，玲瓏綺羅中。美人掩輕扇，含思歌春風。
三五容色滿，四五妙華歇。已輪春日歡，分隨秋光没。
北出湖邊戲，前還苑中遊。飛轂繞長松，馳管逐波流。
九月秋水清，三月春花滋。千金逐良日，皆競中興時。
窮泰已有分，壽夭復屬天。既見中興樂，莫持憂自煎。

襄陽是小地，壽陽非帝城。今日中興樂，遥治在上京。〔四〕

梅花一時豔，竹葉千年色。願君松柏心，採照無窮極。

〔一〕逢：《鮑參軍集》卷七作「見」，《百三名家集》作「遲」。

〔二〕年：同上作「平」。

〔三〕百（年）〔憂〕：據同上改。

〔四〕治：當作「治」。

勞歌二首

伍緝之

《莊子》曰：「勞我以生，佚我以老，息我以死。」《韓詩》曰：「飢者歌食，勞者歌事。」若伍緝之云「迍邅已窮極」，又云「居身苦且危」，則勞生可知矣。

幼童輕歲月，謂言可久長，一朝見零悴，嘆息向秋霜。迍邅已窮極，疢痾復不康，每恐先朝露，不見白日光。庶及盛年時，暫遂情所望。吉辰既乖越，來期眇未央。促促歲月盡，窮年空怨傷。

女蘿依附松，終已冠高枝；浮萍生託水，至死不枯萎。傷哉抱關士，獨無松與期。月色似冬草，〔一〕居身苦且危。幽生重泉下，窮年冰與澌。多謝負郭生，無所事六奇。勞爲社下宰，時無魏無知。

〔一〕月：疑誤，或是「顔」字。

同前

北周·蕭撝

百年能幾許，公事罷平生。寄言任立政，誰憐李少卿。

白日歌

齊·張融

張融歌序曰：「懸象著明，莫大於日月，而彼日月不能不謝。固知無準，衰爲盛之終，盛乃衰之始，故爲《白日歌》。」

白日白日，舒天照暉。〔一〕數窮則盡，盛滿而衰。〔二〕

〔一〕照暉：《詩紀》卷六二作「昭暉」。

〔二〕而衰：同上作「則衰」。

雲歌

梁・王臺卿

玉雲初度色，金風送影來。全生疑魄暗，半去月時開。欲知無處所，一爲上陽臺。

一旦歌

一旦被頭痛，避頭還着牀。自無親伴侶，誰當給水漿。匍匐入山院，正逢虎與狼。對虎低頭啼，垂淚淚千行。

滟豫歌二首

酈道元《水經注》曰：「白帝山城水門之西，江中有孤石，名滟豫石。〔水〕冬出〔水〕二十餘丈，〔一〕夏則没，亦有裁出焉。江水東逕廣〔峽〕溪〔峡〕，〔二〕乃三峽〔首〕之〔首〕也。〔三〕峽中有瞿塘、黄龕二灘，夏水回復，沿泝所忌。」《十道志》曰：「滟豫石與城郭門外石潛通，蜀人往燒火伏石則滟預邊沸。」《國史補》曰：「蜀之三峽，最號峻急，四月五月尤險，故行者歌之。」滟或作灔，預或作豫。

灔預大如馬，瞿塘不可下。

灩預大如牛，瞿塘不可流。〔四〕

〔一〕（水）冬出〔水〕：據《水經注》卷三四改。

〔二〕廣（峽）溪〔峽〕：據同上改。

〔三〕三峽（首）之〔首〕：據同上改。

〔四〕《詩紀》卷四三列另一首，作「淫預大如馬，瞿唐不可下。淫預大如象，瞿唐不可上」。

同前

梁・簡文帝〔一〕

淫預大如（服）〔襆〕，〔二〕瞿塘不可觸。金沙浮轉多，桂浦忌經過。

〔一〕梁簡文帝：《古樂府》卷一作「古辭」。按《詩紀》簡文帝無此歌，又卷四三列此歌注：「《升菴詩話》曰：『此舟人商估刺水行舟之歌，樂府以爲梁簡文所作，非也。蜀江有瞿唐之患，桂江有桂浦之險，故涉瞿唐者則準灩襆，涉桂浦者則準金沙。』」

〔二〕淫預大如（服）〔襆〕：據同上改。淫預：同上作「灩澦」。

巴東三峽歌二首

酈道元《水經注》曰：「巴東三峽，謂廣溪峽、巫峽、西陵峽也。三峽七百里中，兩岸連山，略無闕處。重巖疊嶂，隱蔽天日。非亭午夜分，不見日月。其中有灘，名曰黃牛。江湍紆回，信宿猶見，故行者謡曰：『朝發黃牛，暮宿黃牛。三日三暮，〔一〕黃牛如故。』《宜都山川記》曰：自黃牛灘東入西陵界，至峽口一百許里，山水紆曲，林木高茂。猿鳴至清，山谷傳響，泠泠不絶，行者聞之，莫不懷土，故漁者歌云。」

巴東三峽巫峽長，猿鳴三聲淚沾裳。
巴東三峽猿鳴悲，〔二〕猿鳴三聲淚沾衣。

〔一〕三日：《水經注》卷三四作「三朝」。
〔二〕「巴東三峽猿鳴悲」二句，同上無。

挾琴歌

范靜妻沈氏

逶迤起塵唱，宛轉遶梁聲。調弦可以進，蛾眉畫未成。

挾瑟歌

北齊・魏　收

春風宛轉入曲房，兼送小苑百花香。白馬金鞍去未返，紅妝玉筯下成行。

同前

唐・陸龜蒙

挾瑟爲君撫，君嫌聲太古。寥寥倚浪絲，嘹嘹沈湘語。賴有秋風知，清泠吹玉（桂）〔柱〕。〔一〕

〔一〕玉（桂）〔柱〕：據毛刻本及《全唐詩》卷六一九改。

鄱陽歌二首

《南史》曰：「梁陸襄爲鄱陽内史。大同初，郡人鮮于琮結（同）〔門〕徒，〔一〕殺廣晉令王筠，有衆萬餘人，將出攻郡。襄先已率人吏修城隍爲備，及賊至，破之，生獲琮。時鄰郡守宰案其黨與，皆不得實，或有善人盡室罹禍，唯襄郡枉直無濫，民乃作歌。又有彭、李二家，因忿爭相誣告。襄引入内室，不加責誚，但和言解喻之。二人感恩，深自悔咎。乃爲設酒食，令其盡歡，酒罷同載而還，因相親厚。民因歌之。」

鮮于抄後善惡分，人無横死賴陸君。

陸君政，無怨家。鬬既罷，讎共車。

〔一〕（同）〔門〕徒：據《南史·陸襄傳》改。

北軍歌

《南史》曰：「梁臨川（靜）〔靖〕惠王宏爲揚州刺史。〔一〕天監中，武帝詔都督諸軍侵魏。宏以帝之介弟，所領皆器甲精新，軍容甚盛，北人以爲百數十年所未之有。軍次洛口，前軍尅梁城。諸將欲乘勝深入，宏聞魏援近，畏懦不敢進，召諸將欲議旋師。吕僧珍曰：『知難而退，不亦善乎！』停軍不進。魏人知其不武，遺以巾幗。北軍乃歌之，歌云韋武，謂韋叡也。」

不畏蕭娘與吕姥，但畏合肥有韋武。

〔一〕臨川（靜）〔靖〕惠王宏：據點校本《南史》卷五一改。

雍州歌

《南史》曰：「梁南平王偉子恪，爲雍州刺史，年少未閑庶務，委之群下。百姓每通一辭，數處輸錢，方得聞徹。賓客有江仲舉、蔡薳、王臺卿、庾仲容四人，俱被接遇，並有蓄積。民間歌之。後達武帝，帝因接末句云。」

江千萬，蔡五百，王新車，庾大宅。主人憒憒不如客。〔一〕

〔一〕不如客：毛本作「不知客」。

始興王歌

《南史》曰：「梁始興忠武王憺爲都督、荆州刺史。時天監初，軍旅之後，公私匱乏。憺厲精爲政，廣闢屯田，減省力役，供其窮困，辭訟者皆立待符教，決於俄頃，曹無留事，下無滯獄。後徵還朝，而民歌之。荆土方言謂父謂爹，故歌云『人之爹』也。」

始興王，人之爹。赴人急，如水火，何時復來哺乳我。

夏侯歌

《梁書》曰：「夏侯夔爲豫州刺史，於蒼陵立堰，溉田千餘頃，境内賴之。夔兄亶先居此任，兄弟並有恩惠，百姓歌之。夔在州七年，遠近多親附。」

我之有州，賴彼夏侯。前兄後弟，布政優優。

咸陽王歌

《北史》曰：「後魏咸陽王禧謀逆伏誅，後宮人爲之歌，其歌遂流於江表。」

可憐咸陽王，奈何作事誤？ 金牀玉几不能眠，夜起踏霜露。〔一〕洛水湛湛彌岸長，行人那得度？

〔一〕夜起踏霜露：《北史》卷一九作「夜蹋霜與露」。

鄭公歌

《北史》曰：「後魏鄭述祖爲(兗)〔光〕州刺史。〔一〕有人入市盜布，其父執之以歸述祖，述祖特原之，自是境内無盜。 先是述祖之父道昭亦嘗爲(兗)〔光〕州刺史，故百姓歌之。」

大鄭公，小鄭公，相去五十載，風教尚猶同。〔二〕

〔一〕(兗)〔光〕州：據《北史·裴俠傳》改，下同。

〔二〕尚猶同：同上作「猶尚同」。

裴公歌

《北史》曰：「裴俠爲河北郡守，躬履儉素，愛民如子。郡舊有漁獵夫三十人，以供郡守，俠曰：『以口腹役人，吾所不爲也。』悉罷之。又有丁三十人，供郡守役，俠亦罷之，不以入私，並收庸爲市官馬。歲時既積，馬遂成群。去職之日，一無所取。民歌之云。」

肥鮮不食，丁庸不取。裴公貞惠，爲世規矩。

長白山歌

《北史》曰：「來整，榮國公護之子也。尤驍勇，善撫御，討擊群賊，所向皆捷。諸賊歌之。」

長白山頭百戰場，十十五五把長槍。不畏官軍千萬衆，只怕榮公第六郎。

敕勒歌

《樂府廣題》曰：「北齊神武攻周玉壁，士卒死者十四五。神武恚憤，疾發。周王下令曰：『高歡鼠子，親犯玉壁，劍弩一發，元凶自斃。』神武聞之，勉坐以安士衆。悉引諸貴，使斛律金唱《敕勒》，神武自和之。」其歌本鮮卑語，易爲齊言，故其句長短不齊。敕勒川，陰山下。天似穹廬，籠蓋四野。天蒼蒼，野茫茫，風吹草低見牛羊。

同前

唐·温庭筠

敕勒金(墤)〔幘〕壁，〔一〕陰山無歲華。帳外風飄雪，營前月照沙。羌兒吹玉管，胡姬踏錦花。却笑江南客，梅落不歸家。

〔一〕金(墤)〔幘〕壁：據《温庭筠詩集》卷三改。

東征歌

隋·王通

杜淹《文中子世家》曰：「隋仁壽中，文中子西遊長安，見文帝，奏太平十有二策。帝下其議於公卿，公卿不悦。文中子知謀之不用，作《東征之歌》而歸。帝聞而再徵之，不至。」

我思國家兮遠遊京畿，忽逢帝王兮降禮布衣。遂懷古人之心兮，將興太平之基，時異事變兮志乖願違。吁嗟道之不行兮垂翅東歸，皇之不斷兮將身西飛。

薛將軍歌

《唐書》曰：「高宗時，薛仁貴領兵擊九姓突厥於天山。時九姓有衆十餘萬，令驍健數十人逆來挑戰。仁貴發三矢，射殺三人，自餘一時下馬請降。仁貴恐爲後患，並坑殺之。九姓自此衰弱，不復更爲邊患，於是軍中歌之。」

將軍三箭定天山，戰士長歌入漢關。〔一〕

〔一〕戰士：《新唐書·薛仁貴傳》作「壯士」，《御覽》卷二七六作「將士」。

顏有道歌

《唐書》曰：「顏遊秦，師古叔父。武德初爲廉州刺史，時劉黑闥初平，人多以强暴寡禮，風俗未安。遊秦撫恤境内，敬讓大行，邑里歌之，高祖璽書勉勞焉。」

廉州顏有道，（姓）〔性〕行同莊、老。〔一〕愛人如赤子，不殺非時草。

〔一〕（姓）〔性〕行：據文意改。

新河歌

《唐書》曰：「薛大鼎，貞觀中爲滄州刺史。州界有無棣河，隋末填廢，大鼎奏開之，引魚鹽於海。百姓歌之。」

新河得通舟楫利，直達滄海魚鹽至。昔日徒行今結駟，〔一〕美哉薛公德滂被。

〔一〕結駟：《舊唐書·薛大鼎傳》作「騁駟」。

田使君歌

《唐書》曰：「田仁會，永徽中爲郢州刺史。屬時旱，仁會自曝祈禱，竟獲甘澤。其年大稔，百姓歌之。」

父母育我田使君，精誠爲人上天聞。田中致雨山出雲，倉廩既實禮義申，但願常在不憂貧。〔一〕

〔一〕不憂貧：《舊唐書》作「不患貧」。

黄麞歌

《唐書・五行志》曰：「如意初，里中歌黄麞。後契丹李盡忠、孫萬榮叛，陷營州。則天令總管曹仁師、王孝傑等將兵百萬討之，大敗於硤石黄麞谷而死。」朝廷嘉其忠，爲造此曲，後亦爲舞曲。

黄麞黄麞草裏藏，彎弓射爾傷。

得体歌

《唐書》曰：「天寶初，韋堅爲陜郡太守、水陸轉運使，於長安城東滻水傍，穿廣運潭以通吴會數十郡舟楫，若廣陵郡船，即堆積廣陵所出錦鏡銅器，餘郡皆然。舟人大笠寬衫芒屨，如吴楚之製。先是，民間戲唱《得体歌》。至開元末，田同秀上言，見玄元皇帝，云有寶符在陜州桃林縣古關令尹喜宅。遣中使求得之，以爲殊祥，改縣爲靈寶。及堅鑿新潭成，又致揚州銅器。陜縣尉崔成甫乃翻此詞爲《得寶歌》，集兩縣官伎女子唱之。成甫又作歌詞十章，自衣缺胯緑衫錦半臂偏袒膊紅抹額，於第一船作號頭唱之，和者女子百人，皆鮮服靚妝，齊聲接影，鼓笛胡部以應之。」《樂府雜録》曰：「《得寶歌》一曰《得寶子》，又曰《得鞛子》。明皇初得太真妃，喜而謂後宮曰：『予得楊氏，如得至寶。』樂府遂作此曲。」二説不同。

得体紇那也，紇囊得体耶〔一〕。潭裏船車鬧，揚州銅器多。三郎當殿坐，看唱《得体歌》。〔二〕

得寶歌

得寶弘農野，弘農得寶耶。〔三〕潭裏船車鬧，揚州銅器多。三郎當殿坐，看唱《得寶歌》。〔四〕

〔一〕耶：毛本作「那」。
〔二〕看：同上作「聽」。
〔三〕耶：毛本作「那」。
〔四〕看：同上作「聽」。

黄臺瓜辭

唐·章懷太子

《唐書》曰：「高宗武后生四子，長曰孝敬皇帝弘，爲太子監國，而仁明孝悌。武后方圖臨朝，乃殺孝敬，立雍王賢爲太子。賢日懷憂惕，知必不保全，無由敢言，乃作《黄臺瓜辭》，命樂工歌之，冀武后聞之感悟。後終爲武后所逐，死於黔中。」

種瓜黄臺下，瓜熟子離離。一摘使瓜好，再摘令瓜稀，〔一〕三摘尚自可，〔二〕摘絶抱蔓歸。

〔一〕令：《全唐詩》卷六作「使」，注：「一作令。」

〔二〕尚：同上作「猶」，注：「一作尚。」

古歌

沈佺期

落葉流風向玉臺，夜寒秋思洞房開。〔一〕水精簾外金波下，雲母窗前銀漢迴。玉階陰陰苔蘚色，君王履綦難再得。璇閨窈窕秋夜長，繡户徘徊秋月光。〔二〕燕姬綵帳芙蓉色，秦子金爐蘭麝香。〔三〕北斗七星横夜半，清歌一曲斷君腸。

〔一〕夜寒秋思：《全唐詩》卷九五注：「一作寒釭愁思。」

〔二〕秋月：同上作「明月」。

〔三〕秦子：同上作「秦女」，注：「一作子。」按「女」字是。

同前二首

薛維翰

美人怨何深，含情倚金閣。不嚬復不語，紅淚雙雙落。

美人閉紅燭，獨坐裁心錦。〔一〕頻放剪刀聲，夜寒知未寢。

〔一〕心錦：疑當作「新錦」。

樂府詩集卷第八十七

雜歌謠辭五

歌辭五

潁川歌

《漢書》曰："灌夫不好文學，喜任俠，已然諾，諸所與交通，無非豪傑大猾。家累數千萬，食客日數十百人。陂池田園，宗族賓客爲權利，橫潁川。潁川兒歌之。"

潁水清，灌氏寧。潁水濁，灌氏族。

庾公歌二首

《晉書·五行志》曰："庾亮初鎮武昌，出至石頭，百姓於岸上歌之。後連徵不入，及薨，還都葬焉。"

庾公上武昌，翩翩如飛鳥。庾公還揚州，白馬牽旒旐。

庾公初上時，翩翩如飛鳥。庾公還揚州，白馬牽流蘇。〔一〕

〔一〕流蘇：《詩紀》卷四三作「旒車」。

御路楊歌

《宋書·五行志》曰：「晉海西公太和中民爲此歌，白者金行，馬者國族，紫爲奪正之色，明以紫間朱也。海西公尋廢，三子非海西子，並縊以馬韁，死之。明日，南方獻甘露。」

青青御路楊，白馬紫游韁。汝非皇太子，那得甘露漿。

鳳皇歌

《宋書·五行志》曰：「晉海西公生皇子，百姓歌之，其歌甚美，其旨甚微。海西公不男，使左右向龍與内侍接生子以爲己子。」

鳳皇生一雛，天下莫不喜。本言是馬駒，今定成龍子。

黄曇子歌

唐·温庭筠

《晉書·五行志》曰：「桓石民爲荆州，百姓忽歌《黄曇子曲》。後石民死，王忱爲荆州之應，黄曇子，王忱字也。」按横吹曲李延年二十八解有《黄覃子》，不知與此同否？凡歌辭考之與事不合者，但因其聲而作歌爾。

參差緑蒲短，摇豔雲一作春塘滿。紅瀲蕩融融，鶯翁鸂鶒暖。萋芊小城路，馬上修（娥）〔蛾〕懶。〔一〕羅衫裊向風，〔二〕點粉金鸝卵。

〔一〕（娥）〔蛾〕：據《全唐詩》卷二九改。

〔二〕裊向風：同上作「褭回風」。

歷陽歌

《晉書·五行志》曰：「庾楷鎮歷陽，百姓歌之。後楷南奔桓玄，爲玄所殺。」

重羅黎，重羅黎，〔一〕使君南上無還時。

〔一〕兩「黎」字：《宋書》都作「犁」。

苻堅時長安歌

《晉書·載記》曰：「苻堅既滅燕，慕容沖姊爲清河公主年十四，有殊色，堅納之，寵冠後庭。沖年十二，亦有龍陽之資，堅又幸之。姊弟專寵，宫人莫進。長安歌之，咸懼爲亂。王猛切諫，堅乃出沖，後竟爲沖所敗。」

一雌復一雄，雙飛入紫宫。

王子年歌二首

《南史》曰：「齊太祖高皇帝諱道成，姓蕭氏。未受命時，王子年作此歌。按穀中精細者，稻也，即道也；熟猶成也。金刀，劉字；刈猶翦也。」

欲知其姓草肅肅，穀中最細低頭熟，鱗身甲體永興福。

金刀利刃齊刈之。

邯鄲郭公歌

《樂府廣題》曰：「北齊後主高緯，雅好傀儡，謂之郭公。時人戲爲《郭公歌》。及將敗，果營邯鄲。高郭聲相近。九十九，末數也。滕口，鄧林也。大兒，謂周帝，太祖子也。高岡，後主姓也。雉雞類，武成小字也。後敗於鄧林，盡如歌言，蓋語妖也。」

邯鄲郭公九十九，技兩漸盡入滕口。大兒緣高岡，雉子東南走。不信吾言時，當看歲在酉。

邯鄲郭公辭

温庭筠

金笳悲故曲，玉座積深塵。言是邯鄲伎，不（易）〔見〕鄴城人。〔一〕青苔竟埋骨，紅粉自傷神。唯有漳河柳，還向舊營春。

〔一〕不（易）〔見〕：據《温庭筠詩集》卷三改。

齊雲觀歌

《隋書·五行志》曰：「陳後主造齊雲觀，國人歌之，功未畢而爲隋師所虜。」

齊雲觀，寇來無際畔。

周宣帝歌

《隋書·五行志》曰：「周宣帝與宫人夜中連臂蹋蹀而歌。」〔一〕

自知身命促，把燭夜行遊。

〔一〕蹋蹀：《隋書》作「蹋蹀」。

謡辭一

黄澤謡

《穆天子傳》曰：「天子東遊于黄澤，使宫樂謡云。」

黄之陀，其馬歕沙，皇人威儀。皇之澤，其馬歕玉，皇人壽穀。〔一〕

〔一〕壽穀：《詩紀》前集卷三作「受穀」。

白雲謡

《穆天子傳》曰：「天子觴西王母于瑶池之上，西王母爲天子謡，天子答之。」

白雲在天，山陵自出。道里悠遠，山川間之。將子無死，向復能來。〔一〕

〔一〕向復能來：《詩紀》前集卷三作「尚能復來」。

穆天子謡

予歸東土，和治諸夏。〔一〕萬民平均，吾顧見汝。比及三年，將復而野。

〔一〕和治：《詩紀》前集卷三作「和洽」。

越謡

古辭

君乘車，我帶笠，它日相逢下車揖。君檐簦，我跨馬，它日相逢爲君下。〔一〕

〔一〕《詩紀》前集卷一注：「一本作：『卿雖乘車我戴笠，後日相逢下車揖。我步行，卿乘馬，後日相逢君當下。』」

長安謡

《漢書·佞倖傳》曰：「成帝初，石顯與妻子徙歸故(鄉)〔郡〕，〔一〕其黨牢梁、陳順皆免官，諸所交結，以顯爲官，皆廢罷。少府五鹿充宗左遷玄菟太守，御史中丞伊嘉爲雁門都尉。長安謡云。」

伊徙雁，鹿徙菟，去牢與陳實無價。

〔一〕故(鄉)〔郡〕：據《漢書》改。

城中謡〔一〕

《後漢書》曰：「前世長安《城中謡》，言改政移風，必有其本，上之所好，下必甚焉。」

城中好高髻，四方高一尺。城中好廣眉，〔二〕四方且半額。〔三〕城中好大袖，〔四〕四方全匹帛。〔五〕

〔一〕城中謡：《玉臺》卷一作《童謡歌》。

〔二〕廣眉：同上作「大眉」。

〔三〕且：同上作「眉」。

〔四〕大袖：同上作「廣袖」。

〔五〕全：同上作「用」。

會稽童謡

《後漢書》曰：「張霸，永元中爲會稽太守。時賊未解，郡界不寧，乃移書開購，明用信賞，賊遂束手歸附，不煩士卒之力，於是有童謡。」

棄我戟，捐我矛。盜賊盡，吏皆休。

二郡謡

《後漢書》曰：「汝南太守宗資，任功曹范滂，南陽太守成瑨，亦委功曹岑晊。范滂，字孟博。岑晊，字公孝。二郡爲謡。」

汝南太守范孟博，南陽宗資主畫諾。南陽太守岑公孝，弘農成瑨但坐嘯。

京兆謡

《續漢書》曰：「李燮拜京兆，詔發西園錢。燮上封事，遂止不發。吏民愛敬，乃爲此謡。」

我府君，道教舉。恩如春，威如虎。剛不吐，弱不茹。〔一〕愛如母，訓如父。

〔一〕弱不茹：《詩紀》卷八作「柔不茹」。

後漢桓靈時謡

《後漢書》曰：「桓靈之世，更相濫舉，人爲之謡。」

舉秀才，不知書。察孝廉，父别居。

吴謡

《吴志》曰：「周瑜少精意於音樂，雖三爵之後，其有闕誤，瑜必知之，知之必顧，故時人謡云。」

曲有誤，周郎顧。

晉泰始中謡

《晉書》曰：「泰始中人爲賈充等謡，言亡魏而成晉也。」

賈、裴、王，亂紀綱。王、裴、賈，濟天下。

閣道謡

《晉書》曰：「潘岳才名冠世，爲衆所疾。後爲河陽令，而鬱鬱不得志。時尚書僕射山濤領吏部，王濟、裴楷等並爲帝所親遇，岳内非之，乃題閣道爲謡。」

閣道東，有大牛。王濟鞅，裴楷鞦，和嶠刺促不得休。

南土謡

王隱《晉書》曰：「杜預爲鎮南大將軍，都督荆州諸軍事，南土美而謡之。」

後世無叛由杜翁，孰識智名與勇功。

宋時謡

《南史》曰：「宋時用人乖實，有謡云。」

上車不落爲著作，體中何如作秘書。

宋大明中謡

《南史》曰：「大明中，有奚顯度者，爲員外散騎侍郎。孝武嘗使主領人功，而苛虐無道，動加捶撻，暑雨寒雪，不聽暫休，人不堪命，或自經死。時建康縣考囚，或用方材壓額及踝脛，故民間有此謡。又相戲曰：『勿反顧，付奚度。』其暴酷如此。」

寧得建康壓額，不能受奚度柏。

山陰謡

《南史》曰：「丘仲孚爲山陰令，居職甚有聲稱，而百姓爲此謡。前世傅琰父子、沈憲、劉玄明相繼宰山陰，並有政績，言仲孚皆過之也。」

二傅、沈、劉，不如一丘。

梁時童謡

《南史》曰：「臨賀郡王正德，性凶慝。其後梁室傾覆，既由正德。百姓至聞臨賀郡名，亦不欲道，其惡之如是，故有童謡。」

寧逢五虎入市，不欲見臨賀父子。

曲堤謡

《北史》曰：「宋世良爲清河太守，才識閑明，尤善政術。郡東南有曲堤，群盜所萃。世良施八條之制，盜奔它境，而民爲此謡。」

曲堤雖險賊何益，但有宋公自屏跡。

趙郡謡

《北史》曰：「後魏李孝伯，父曾，道武時爲趙郡太守，令行禁止。并州丁零數爲山東害，知曾能得百姓死力，不敢入境。賊於常山界得一死鹿，賊長爲趙郡地也，責之，還令送鹿故處，其見憚如此。郡人爲之謡。」

詐作趙郡鹿，猶勝常山粟。

北齊太上時童謡

千金買藥園，〔一〕中有芙蓉樹。破家不分明，〔二〕蓮子隨它去。

〔一〕藥園：《全北齊詩》作「果園」，注：「一作藥園。」

〔二〕家：同上注：「一作券。」

獨酌謡四首

陳・後主

陳後主序曰：「齊人淳于髡善爲十酒，偶效之作《獨酌謡》。」

獨酌謡，獨酌且獨謡。一酌豈陶暑，二酌斷風飇，三酌意不暢，四酌情無聊，五酌盂易覆，六酌歡欲調，七酌累心去，八酌高志一作德超，九酌忘物我，十酌忽凌霄。凌霄異羽翼，任致得飄飄。寧學世人醉，揚波去我遥。爾非浮丘伯，安見王子喬。

獨酌謡，獨酌起中宵。中宵照春月，初花發春朝。春花春月正徘徊，一樽一弦當夜開。聊奏孫登曲，仍斟畢卓杯。羅綺徒紛亂，金翠轉遲回。中心(更)〔本〕如水，〔一〕凝志(本)〔更〕同灰。逍遥自可樂，世語世情哉。

獨酌謡，獨酌酒難消。獨酌三兩盌，弄曲兩三調。調弦忽未畢，忽値出房朝。更似遊春苑，還如逢麗譙。衣香逐嬌去，眼語送杯嬌。餘樽盡復益，自得是逍遥。

獨酌謡，獨酌一樽酒。樽酒傾未酌，明月正當牖。是牖非圜甕，吾樂非擊缶。自任物外歡，更齊椿菌久。卷舒乃一卷，忘情且十斗。寧復語綺羅，因情即山藪。

〔一〕〔更〕〔本〕：據《百三名家集》改，下文〔本〕〔更〕同。

同前　　陸瑜

獨酌謡，芳氣饒。一傾蕩神慮，再酌動神飈。忽逢鳳樓下，非待鸞弦招。窗明影乘入，人來香逆飄。杯隨轉態盡，釧逐畫杯摇。桂宫非蜀郡，當壚也至宵。

同前　　沈炯

獨酌謡，獨酌謡，〔一〕獨酌獨長謡。智者不我顧，愚夫余不要。〔二〕不愚復不智，誰當余見招。所以成獨酌，一酌一傾瓢。〔三〕生涯本漫漫，神理暫超超。再酌矜許、史，三酌傲松、喬。頻煩四五酌，不覺凌丹霄。倏爾厭五鼎，俄然賤《九韶》。彭、殤無異葬，夷、跖可同朝。龍蠖非不屈，鵬鷃本逍遥。寄語號呶侶，無乃太塵囂。

〔一〕《詩紀》卷一〇一無第二個「獨酌謡」三字。
〔二〕不要：同上作「未要」。
〔三〕一傾瓢：同上作「傾一瓢」。

巂謠

孔仲智

芳杜觴春酒，彷彿傷山時。徒歌不成樂，空以巂自悲。巂傷懷土心，遽復還山路。迨及春復時，無使春光暮。

筌篌謠

結交在相得，骨肉何必親。甘言無忠實，世薄多蘇秦。從風暫靡草，富貴上昇天。不見山巔樹，摧扤下爲薪。豈甘井中泥，上出作埃塵。

同前

唐·李　白

攀天莫登龍，走山莫騎虎。貴賤結交心不移，唯有嚴陵及光武。周公稱大聖，管、蔡寧相容。漢謡一斗粟，不與淮南春。兄弟尚路人，吾心安所從。它人方寸間，山海幾千重。輕言託朋友，對面九疑峰。多花必早落，〔一〕桃李不如松。管、鮑久已死，何人繼其蹤。

〔一〕多花：《李太白集》卷三作「開花」。

玉漿泉謡

《隋書》曰：「豆盧勣，爲渭州刺史，甚有惠政，華夷悦服，大致祥瑞。鳥鼠山俗呼爲高武隴，其下渭水所出，其山絶壁千尋，由來乏水，諸羌苦之。勣馬足所踐，忽飛泉涌出。有白烏翔止廳前，乳子而後去。民爲之謡，後因號其泉曰玉漿泉。」

我有丹陽，山出玉漿。濟我人夷，神烏來翔。

鄴城童子謡〔一〕

李賀

鄴城中，暮塵起。將黑丸，〔二〕斫文吏。棘爲鞭，虎爲馬。團團走，鄴城下。切玉劍，射日弓，獻何人，奉相公。扶轂來，閤右兒，〔三〕香掃塗，相公歸。

〔一〕鄴城童子謡：《李賀歌詩編》卷三作《古鄴城童子謡效王粲刺曹操》，「刺」字據《全唐詩》卷三九二補。

〔二〕將：《全唐詩》作「探」。

〔三〕閤右：同上作「關右」。

唐天寶中京(兆)〔師〕謡〔一〕

《唐書》曰：「李峴爲京兆尹，甚著聲績。天寶中，連雨六十餘日。宰臣楊國忠惡其不附己，以雨災歸京兆尹，乃出爲長沙太守。時京師米麥踊貴，百姓爲之謡。其爲政得人心如此。」

欲得米麥賤，無過追李峴。〔二〕

〔一〕(兆)〔師〕：據《唐書》及本書目録改。

〔二〕「欲得」兩句，《新唐書》作「欲粟賤，追李峴」。

樂府詩集卷第八十八

雜歌謡辭六

謡辭二

堯時康衢童謡

《列子》曰：「堯治天下五十年，不知天下之治與不治，億兆之願戴己與不願戴己，顧問左右外朝及在野，皆不知也。堯乃微服游於康衢，聞童兒謡。堯喜，問曰：『誰教爾爲此言？』童兒曰：『聞之大夫。』大夫曰：『古詩也。』堯還宫，召舜，因禪以天下，舜不辭而受之。」

立我烝民，莫匪爾極。〔一〕不識不知，順帝之則。

〔一〕《古謡諺》卷七一注：「《後漢書・班固傳》注：『民作人。』《劉陶傳》注：『匪作不。』」

晉獻公時童謡

《春秋左氏傳》曰：「晉獻公伐虢，圍下陽，問於卜偃曰：『吾其濟乎？』偃以童謡對，曰：『克之。十月丙子旦，日在尾，月在策，鶉火中，必是時也。冬十二月丙子朔，晉滅虢，虢公醜奔京師。』」《漢書・五行志》曰：「周十二月，夏十月也。言天者以夏正。」

丙之晨，〔一〕龍尾伏辰。袀服振振，〔二〕取虢之旂。鶉之奔奔，〔三〕天策焞焞。火中成軍，虢公其奔。

〔一〕丙之晨：《御覽》卷五作「丙子之晨」。

〔二〕袀服：《左傳・僖公五年》作「均服」。

〔三〕奔奔：同上作「賁賁」。

晉惠公時童謡

《漢書・五行志》曰：「晉惠公賴秦力得立，立而背秦，内殺二大夫，國人不説。及更葬其兄恭太子申生而不敬，故詩妖作也。後與秦戰，爲秦所獲，立十四年而死，晉人絶之，更立其兄重耳，是爲文公，遂伯諸侯。」恭太子更葬兮，後十四年晉亦不昌，昌乃在其兄。

魯國童謡

《漢書・五行志》曰：「《左氏傳》，魯文、成之世童謡也。至昭公時，有鸜鵒來巢，公攻季氏敗，出奔齊，居外野，次乾侯八年，死于外，歸葬魯。昭公名裯。公子宋立，是爲定公。」

鸜之鵒之，公出辱之。鸜鵒之羽，公在外野。往饋之馬，鸜鵒跦跦。公在乾侯，徵褰與襦。鸜鵒之巢，遠哉遥遥。〔一〕裯父喪勞，宋父以驕。鸜鵒鸜鵒，往歌來哭。〔二〕

〔一〕遥遥：《漢書》作「摇摇」。

〔二〕《史記・魯世家》作「鸜鵒來巢，公在乾侯。鸜鵒入處，公在外野」。

楚昭王時童謡

《家語》曰：「楚昭王渡江，江中有物，大如斗，圓而赤，直觸王舟。舟人取之，王大怪之，徧問群臣，莫之能識。王使使聘於魯，問于孔子。孔子曰：『此爲萍實也，可剖而食之，吉祥也，唯霸者爲能獲焉。』使者反，王遂食之，大美。久之，使來以告魯大夫。大夫因子游問曰：『夫子何以知其然？』曰：『吾昔之鄭，過乎陳之野，聞童謠，此楚王之應也，是以知之。』」

楚王渡江得萍實，大如斗，〔一〕赤如日，剖而食之甜如蜜。〔二〕

〔一〕斗：《説苑》卷一八作「拳」。

〔二〕甜：同上作「美」。

周末時童謠〔一〕

《家語》曰：「齊有一足之鳥，飛習於公朝，下止於殿前，舒翅而跳。齊侯大怪之，使使聘魯，問於孔子。孔子曰：『此鳥名曰商羊，水祥也。昔童兒有屈其一脚，振訊兩（眉）〔肩〕而跳且謠，〔二〕今齊有之，其應至矣。急告民趨治溝渠，修堤防，將有大水爲災。』頃之，大霖雨，水溢泛諸國，傷害民人，唯齊有備不敗。」

天將大雨，商羊鼓舞。〔三〕

〔一〕周末時童謠：《詩紀》前集卷三作「《魯童謠》」。《古謠諺》卷三四作「《商羊童謠》」。

〔二〕有屈其一脚，振訊兩（眉）〔肩〕而跳：《詩紀》作「屈脚振肩而跳」。訊：《古謡諺》作「迅」。

〔三〕鼓舞：《説苑》卷一八作「起舞」。

漢元帝時童謡

《漢書·五行志》曰：「元帝時童謡，至成帝建始二年三月戊子，北宫中井泉稍上，溢出南流。井水，陰也，竈烟，陽也；玉堂、金門，至尊之居：象陰盛而滅陽，竊有宫室之應也。王莽生於元帝初元四年，至成帝封侯，爲三公輔政，因以篡位也。」

井水溢，滅竈烟，灌玉堂，流金門。

漢成帝〔時〕燕燕童謡〔一〕

《漢書·五行志》曰：「成帝時童謡，後帝爲微行出遊，常與富平侯張放俱稱富平侯家人，過陽阿主作樂，見舞者趙飛燕而幸之，故曰『燕燕尾涎涎』，美好貌也。『張公子』，謂富平侯也。『木門倉琅根』，（爲）〔謂〕宫門銅鍰，〔二〕言將尊貴也。後遂立爲皇后，與弟昭儀賊害後宫皇子，卒皆伏辜，所謂『燕飛來，啄皇孫，皇孫死，燕啄矢』者也。」

燕燕尾涎涎，〔三〕張公子，時相見。木門倉琅根。〔四〕燕飛來，啄皇孫，皇孫死，燕啄矢。〔五〕

〔一〕漢成帝〔時〕：據本書目録和本詩題解補。
〔二〕（爲）〔謂〕宫門銅鍰：據《漢書》改。
〔三〕涎涎：《玉臺》卷九作「殿殿」。
〔四〕倉琅：同上作「蒼狼」。
〔五〕同上無「皇孫死」二句。

漢成帝時歌謡〔一〕

《漢書·五行志》曰：「成帝時歌謡也。桂，赤色，漢家象。華不實，無繼嗣也。王莽自謂黄象，黄爵巢其顛也。」

邪徑敗良田，讒口亂善人。〔二〕桂樹華不實，黄爵巢其顛。〔三〕故爲人所羡，〔四〕今爲人所憐。

〔一〕歌謡：《玉臺》卷九作「童謡」。
〔二〕同上無此二句。
〔三〕爵：同上作「雀」。

〔四〕故：同上作「昔」。

王莽時汝南童謡〔一〕

《漢書》曰：「汝南舊有鴻隙大陂，郡以爲饒。成帝時，關東數水，陂溢爲害。翟方進爲相，與御史大夫孔光共遣掾行視，以爲決去陂水，其地肥美，省堤防費而無水憂，遂奏罷之。及翟氏滅，鄉里歸惡，言方進請陂下良田不得而奏罷陂。王莽時常枯旱，郡中追怨方進，時有童謡。」子威，方進字也。

壞陂誰？翟子威。飯我豆食羹芋魁。反乎覆，陂當復。誰云者？兩黄鵠。〔二〕

〔一〕王莽時汝南童謡：《詩紀》卷十八作《鴻隙陂童謡》。

〔二〕「壞陂誰」首：《後漢書·許楊傳》作「敗我陂者翟子威，飴我大豆，亨我芋魁。反乎覆，陂當復」。無「誰云者」二句。

更始時南陽童謡

《後漢書·五行志》曰：「更始時，南陽有童謡。是時更始在長安，世祖爲大司馬，平定河北。更始大臣並僭專權，故謠妖作也。後更始遂爲赤眉所殺，是更始之不諧在赤眉也。世祖自河北興。」

諧不諧，在赤眉。得不得，在河北。

後漢時蜀中童謡

《後漢書·五行志》曰：「世祖建武六年，蜀中童謡。是時公孫述僭號於蜀，時人竊言王莽稱黄，述欲繼之，故稱白。五銖，漢家貨，明當復也。述遂誅滅。」

黄牛白腹，五銖當復。

後漢順帝末京都童謡

《後漢書·五行志》曰：「順帝之末，京都童謡。按順帝即世，孝質短祚，大將軍梁冀貪樹疏幼，以爲己功，專國號令，以贍其私。太尉李固以爲清河王，雅性聰明，敦詩悦禮，加又屬親，立長則順，置善則固。而冀建白太后，策免固，徵蠡吾侯，遂即至尊。固是月幽斃于獄，暴屍道路，而太尉胡廣封安樂鄉侯、司徒趙戒厨亭侯、司空袁湯安國亭侯。」

直如弦，死道邊。曲如鉤，反封侯。

後漢桓帝初小麥童謡

《後漢書·五行志》曰：「桓帝之初，天下童謡。按元嘉中，涼州諸羌一時俱反，南入蜀、漢，東抄三輔，延及并、冀，大爲民害。命將出衆，每戰常負，中國益發甲卒，麥多委棄，但有婦女穫刈之也。『吏買馬，君具車』者，言調發重及有秩者也。『請爲諸君鼓嚨胡』者，不敢公言，私咽語也。」

小麥青青大麥枯，誰當穫者婦與姑。丈人何在西擊胡。吏買馬，君具車，請爲諸君鼓嚨胡。

大麥行

唐·杜甫

大麥乾枯小麥黄，婦女行泣夫走藏。東至集壁西梁洋，問誰腰鐮胡與羌。豈無蜀兵三千人，部領辛苦江山長。安得如鳥有羽翅，託身白雲還故鄉。

後漢桓帝初城上烏童謡

《後漢書·五行志》曰:「桓帝之初,京都童謡。按此皆謂爲政貪也。『城上烏,尾畢逋』者,處高利獨食,不與下共,謂人主多聚斂也。『公爲吏,子爲徒』者,言蠻夷將畔逆,父既爲軍吏,其子又爲卒徒往擊之也。『一徒死,百乘車』者,言前一人往討胡既死矣,後又遣百乘車往。『車班班,入河間』者,言桓帝將崩,乘輿班班入河間迎靈帝也。『河間姹女工數錢,以錢爲室金爲堂』者,靈帝既立,其母永樂太后好聚金以爲堂也。『石上慊慊舂黄粱』〔者〕,〔一〕言永樂(唯)〔雖〕積金錢,慊慊常(若)〔苦〕不足,(吏)〔使〕人舂黄粱而食之也。〔二〕『粱下有懸鼓,我欲擊之丞卿怒』者,言永樂教靈帝,使賣官受錢,所禄非其人,天下忠篤之士怨望,欲擊懸鼓以求見,丞卿主鼓者,亦復諂順,怒而止我也。」劉昭以爲:「此謡後驗,竟爲靈帝作。言『一徒』,似斥桓帝,帝貴任群閹,參委機政,左右前後莫非刑人,有同囚徒之長,故言寄一徒也。且又弟則廢黜,身無嗣,塊然單獨,非一而何?『百乘車』者,乃國之君。解犢後徵,正膺斯數,繼以班班,尤得以類焉。」解犢,靈帝所封也。

城上烏,尾畢逋。公爲吏,子爲徒。一徒死,百乘車。車班班,入河間。河間姹女工數錢,以錢爲室金爲堂。石上慊慊春黄粱。梁下有懸鼓，我欲擊之丞卿怒。

〔一〕石上慊慊春黄粱〔者〕：據《後漢書》補。

〔二〕（唯）〔雖〕積金錢慊慊常（若）〔苦〕不足（吏）〔使〕人：據同上改。

後漢桓帝初京都童謡

《後漢書·五行志》曰：「桓帝之初，京都童謡。至延熹末，鄧皇后以譴自殺，乃以竇貴人代之。其父名武，字游平，拜城門校尉。及太后攝政，爲大將軍，與太傅陳蕃合心戮力，惟德是建，印綬所加，咸得其人，豪賢大姓，皆絶望矣。」

游平賣印自有平，不避豪賢及大姓。

後漢桓帝末京都童謡

《後漢書·五行志》曰：「桓帝之末，京都童謡。按解犢亭，屬饒陽河間縣也。居無幾何而桓帝崩，使者與解犢侯皆白蓋車從河間來。延延，衆貌。是時御史劉鯈建議立靈帝，以鯈爲侍中。中常侍侯覽畏其親近，必當間己，白拜鯈泰山太守，因令司隸迫促殺之。朝廷少長，思其功效，乃拔用其弟郃，致位司徒，此爲合諧也。」劉昭按：「《郡國志》饒陽本屬涿，後屬安平。靈帝既是河間王曾孫，謡言自是有徵，無俟河間之縣爲驗也。」

白蓋小車何延延。河間來合諧，河間來合諧。

後漢靈帝末京都童謡

《後漢書·五行志》曰：「靈帝之末，京都童謡。至中平六年，少帝登躡至尊，獻帝未有爵號，爲中常侍段珪等所執，公卿百官皆隨其後，到河上，乃得來還。此爲非侯非王上北芒者也。」

侯非侯，王非王，千乘萬騎上北芒。

後漢獻帝初童謡

《後漢書·五行志》曰：「獻帝初童謡。公孫瓚以爲易地當之，遂徙鎮焉。乃修城積穀，以待天下之變。建安三年，袁紹攻瓚，瓚大敗，縊其姊妹妻子，引火自焚。紹兵趣登臺斬之。初，瓚破黄巾，殺劉虞，乘勝南下，侵據齊地，雄威大振，而不能開廓遠圖，欲以堅城觀時，坐聽圍戮，斯亦自易地而去世也。」

燕南垂，趙北際，中央不合大如礪，唯有此中可避世。

後漢獻帝初京都童謠

《後漢書·五行志》曰：「獻帝元初，京都童謠。按『千里草』爲董，『十日卜』爲卓。凡別字之體，皆從上起，左右離合，無有從下發端者也。今二字如此者，天意若曰，卓自下摩上，以臣陵君也。『青青』〔者〕，〔一〕暴盛之貌。『不得生』者，亦旋破亡也。」

千里草，何青青。十日卜，不得生。

〔一〕青青〔者〕：據《後漢書》補。

魏明帝景初中童謠

《宋書·五行志》曰：「魏明帝景初中童謠。及宣王平遼東，歸至白屋，當還鎮長安。會帝疾篤，急召之。乃乘追鋒車東渡河，終翦魏室，如童謠之言也。」

阿公阿公駕馬車，不意阿公東渡河。阿公東還當奈何。

魏齊王嘉平中謡

《宋書·五行志》曰：「魏齊王嘉平中謡。按朱虎者，楚王彪小字也。王淩令狐愚聞此謡，謀立彪。事發，淩等伏誅，彪賜死。」

白馬素羈西南馳，其誰乘者朱虎騎。

吴孫亮初童謡

《宋書·五行志》曰：「吴孫亮初童謡。按（楊）〔成〕子閣者，〔一〕反語石子堈也。鈎絡，鈎帶也。及諸葛恪死，果以葦席裹身，篾束其腰，投之石子堈。後聽恪故吏收葬，求之此堈云。」

吁汝恪，何若若，蘆葦單衣篾鈎絡，於何相求（楊）〔成〕子閣。〔二〕

〔一〕（楊）〔成〕子閣：據《宋書》改。

〔二〕（楊）〔成〕子閣：據《宋書》改。

吴孫亮初白鼉鳴童謡

《宋書·五行志》曰：「吴孫亮初，公安有白鼉鳴童謡。按南郡城可長生者，有急，易以逃也。明年，諸葛恪敗，弟融鎮公安，亦見襲。融刮金印龜，服之而死。鼉有鱗介，甲兵之象也。」

白鼉鳴，龜背平，南郡城中可長生，守死不去義無成。

白鼉鳴

唐·張　籍

天欲雨，有東風，南溪白鼉鳴窟中。六月人家井無水，夜聞白鼉人盡起。

吴孫晧初童謡

《宋書·五行志》曰：「吴孫晧初童謡。按晧尋遷都武昌，民泝流供給，咸怨毒焉。」

寧飲建業水，不食武昌魚。寧還建業死，不止武昌居。

吴孫晧天紀中童謡

《宋書・五行志》曰：「吴孫晧天紀中童謡。晉武帝聞之，加王濬龍驤將軍。及征吴，江西衆軍無過者，而王濬先定秣陵。」

阿童復阿童，銜刀游渡江。〔一〕不畏岸上虎，但畏水中龍。

〔一〕游：《晉書・羊祜傳》作「浮」。

晉武帝太康後童謡三首

《宋書・五行志》曰：「晉武帝太康後江南童謡。于時吴人皆謂在孫氏子孫，故竊發爲亂者相繼。按横目者『四』字，自吴亡至晉元帝興，幾四十年，皆如童謡之言。元帝懦而少斷，『局縮肉』，直斥之也。干寶云『不知所斥』，諱之也。」

局縮肉，數横目，中國當敗吴當復。

宫門柱，且莫朽，吴當復，在三十年後。

雞鳴不拊翼，吴復不用力。

晉惠帝永熙中童謡

《晉書·五行志》曰：「惠帝永熙中童謡。時楊駿專權，楚王用事，故言『荆筆楊板』。二人不誅，則君臣禮悖，故云『幾作驢』也。」

二月末，〔一〕三月初，荆筆楊板行詔書，宫中〔人〕〔大〕馬幾作驢。〔二〕

〔一〕末：《御覽》卷六〇六引王隱《晉書》作「盡」。

〔二〕〔人〕〔大〕馬：據《晉書》改。《宋書·五行志》亦作「大」。

晉惠帝元康中京洛童謡二首

《晉書·五行志》曰：「惠帝元康中京洛童謡。南風，賈后字也。白，晉行也。沙門，太子小〔字〕〔名〕也。〔一〕魯，賈謐國也。言賈后將與謐爲亂，以危太子，而趙王因釁咀嚼豪賢，以成篡奪也。」按《賈后傳》有此謡云：「南風烈烈吹黄沙，遥望魯國鬱嵯峨，前至三月滅汝家。」與《五行志》所載不同。其後賈謐既誅，賈后尋亦廢死。《宋書·五行志》曰：「是時愍懷頗失衆望，卒以廢黜，不得其死焉。」

南風起，吹白沙，遥望魯國何嵯峨，千歲髑髏生齒牙。〔二〕

城東馬子莫嚨哅，比至來年纏汝髪。〔三〕

〔一〕小〔字〕〔名〕：據《晉書》改。

〔二〕「南風起」首：《晉書·惠賈皇后傳》作「南風烈烈吹黄沙，遥望魯國鬱嵯峨，前至三月滅汝家」。又《愍懷太子傳》作「南風起兮吹白沙」，餘與本書同。

〔三〕「城東」首：《愍懷太子傳》作「東宫馬子莫聾空，前至臘月纏汝髪」。

晉元康中洛中童謡

《宋書·五行志》曰：「晉元康中，趙王倫既篡，洛中有童謡。數月而齊王、成都、河間義兵同會誅倫。按成都西蕃而在鄴，故曰『虎從北來』；齊東蕃而在許，故曰『龍從南來』；河間水涯而在關中，〔一〕故曰『水從西來』。齊留輔政，居宫西，有無君之心，故曰『登城看』也。」

虎從北來鼻頭汗，龍從南來登城看，水從西來何灌灌。

〔一〕水涯：《宋書》作「水區」，《晉書》作「水源」。

晉惠帝時洛陽童謡

《晉書》曰：「惠帝時洛陽童謡。明年而胡賊石勒、劉羽反。」

鄴中女子莫千妖，前至三月抱胡腰。

晉惠帝太安中童謡

《宋書·五行志》曰：「晉惠帝太安中童謡。其後中原大亂，宗藩多絶，唯琅邪、汝南、西陽、南頓、彭城同至江表，而元帝嗣晉矣。」

五馬遊渡江，〔一〕一馬化爲龍。

〔一〕遊：《晉書·元帝紀》作「浮」。

晉懷帝永嘉初謡

《晉書·五行志》曰：「苟晞將破汲桑時有此謡。司馬越由是惡晞，奪其兖州，隙難遂構焉。」按列傳：「東海孝獻王越，字元超，懷帝永嘉初出鎮許昌，自許昌率苟晞及冀州刺史丁劭討汲桑，破之。越還于許。長史潘滔説之曰：『兗州天下樞要，公宜自牧。』乃轉苟晞爲青州刺史，由是與晞有隙。」元超兄弟大洛度，上桑打椹爲苟作。

晉懷帝永嘉中童謡

《晉書·五行志》曰：「司馬越還洛時童謡也。」按《列傳》：「越既與苟晞構怨，尋詔越爲丞相，領兗州牧，督兗、豫、司、冀、幽、并六州。越辭丞相不受，自許遷于鄄城，移屯濮陽，又遷于滎陽，後自滎陽還洛。」《帝紀》曰「永嘉三年三月丁巳，東海王越歸京師」是也。

洛中大鼠長尺二，若不早去大狗至。

晉永嘉中童謡

《三十國春秋》曰：「永嘉中童謡也。」

秦川中，血没腕，唯有涼州倚柱觀。

晉明帝太寧初童謠

《晉書·五行志》曰：「明帝太寧初童謠。及明帝崩，成帝幼，爲蘇峻所逼，遷于石頭，御膳不足，此『大馬死，小馬餓』也。高山，峻也，言峻尋死。石，峻弟蘇石也。峻死後，石據石頭，尋亦破，此山崩石破之應也。」

惻惻力力，放馬山側。〔一〕大馬死，小馬餓。高山崩，石自破。

〔一〕山側：《世説·容止》引《晉陽秋》作「出山側」。

晉哀帝隆和初童謠

《晉書·五行志》曰：「哀帝隆和初童謠。朝廷聞而惡之，改年曰興寧。民復歌曰：『雖復改興寧，亦復無聊生。』哀帝尋崩。升平五年而穆帝崩，不滿斗，不至十年也。」

升平不滿斗，隆和那得久。桓公入石頭，陛下徒跣走。

晉太和末童謡

《晉書·五行志》曰：「太和末童謡，及海西公被廢，〔一〕百姓耕其門以種小麥，遂如謡言。」

犂牛耕御路，白門種小麥。

〔一〕「被廢」下《宋書·五行志》有「處吴」二字。

晉孝武太元末京口謡

《晉書·五行志》曰：「孝武帝太元末京口謡，尋王恭起兵誅王國寶，旋爲劉牢之所敗，故言『拉颯棲』也。」

黄雌雞，莫作雄父啼。一旦去毛衣，衣被拉颯棲。

樂府詩集卷第八十九

雜歌謠辭七

謠辭三

晉安帝元興初童謠

《宋書·五行志》曰：「晉桓玄既篡，有此童謠。及玄敗走至江陵，五月中誅，如其期焉。時又有民謠云：『征鍾落地桓迸走。』征鍾，至穢之服。桓，四體之下稱。玄自下居上，猶征鍾之厠歌謠，下體之詠民口也。而云『落地』，墜地之祥，迸走之言，其驗明矣。」按《帝紀》，桓玄篡位在安帝元興二年十二月也。

草生及馬腹，烏啄桓玄目。

晉安帝元興中童謠

《宋書·五行志》曰：「晉安帝元興中，桓玄既得志而有童謠。及玄敗走，而諸桓悉誅焉。郎君，司馬元顯也。」

長干巷，巷長干。今年殺郎君，明年斬諸桓。

晉安帝義熙初童謡

《晉書·五行志》曰：「安帝義熙初童謡。時官養盧龍，寵以金紫，奉以名州，養之已極，而龍不能懷我好音，舉兵内伐，遂成讎敵也。及敗，斬伐其黨，如草木之成積焉。」按《列傳》：「盧循小字元龍，元興二年寇廣州，逐刺史吴隱之，自攝州事，號平南將軍。安帝乃假循征虜將軍、廣州刺史。義熙中，劉裕破循于豫章。循走交州，爲刺史杜慧度所殺。」

官家養蘆化成荻，蘆生不止自成積。

晉安帝義熙初謡二首

《宋書·五行志》曰：「盧龍據有廣州，民間有謡。後擁上流數州之地，内逼京輦，應『天半』之言。時復有謡言，龍後果敗，不得入石頭矣。」

蘆生漫漫竟天半。

盧橙橙，逐水流。東風忽如起，那得入石頭。

晉吴中童謡

《宋書·五行志》曰：「晉庾(義)〔羲〕在吴郡時吴中童謡。〔一〕無幾而庾(義)〔羲〕王洽相繼亡。」

寧食下湖荇，不食上湖蓴。庾、吴、没命喪，復殺王領軍。

〔一〕庾(義)〔羲〕：據《晉書·庾亮傳》附子《羲傳》改。

晉荆州童謡

《晉書·五行志》曰：「殷仲堪在荆州時童謡。未幾而仲堪敗，桓玄遂有荆州。」

芒籠目，繩縛腹。殷當敗，桓當復。

晉京口謡

《宋書·五行志》曰：「晉王恭鎮京口，誅王國寶，百姓爲此謡。按『昔年食白飯』，言得志也。『今年食麥麸』，麥麸粗穢，其精已去，明將敗也，天公將加譴謫而誅之也。『捻嚨喉』，氣不通，死之祥也。『敗復敗』，丁寧之辭也。恭尋死，京都大行咳疾，而喉並喝焉。」

昔年食白飯，今年食麥麸。天公誅謫汝，教汝捻嚨喉。嚨喉喝復喝，京口敗復敗。

晉京口民間謡二首

《宋書·五行志》曰：「晉王恭在京口，民間忽有此謡。按黄字，上恭字頭也，小人，恭字下也。尋如謡言。」

黄頭小人欲作賊，〔一〕阿公在城下，指縛得。

黄頭小人欲作亂，賴得金刀作蕃扞。〔二〕

〔一〕小人：《晉書·五行志中》作「小兒」，下一首同。

〔二〕蕃：同上作「藩」。

苻堅時長安謡

《晉書·載記》曰：「苻堅時長安有此謡。堅以鳳皇非梧桐不棲，非竹實不食，乃植桐竹數十萬株于阿房城以待之。後堅爲慕容沖所敗，入止阿房城焉。鳳皇，沖小字也。」

鳳皇鳳皇止阿房。

苻堅初童謡

《晉書·五行志》曰：「苻堅初有此童謡，及堅敗於淝水，爲姚萇所殺，在僞位凡三十年。」

阿堅連牽三十年，後若欲敗時，〔一〕當在江湖邊。

〔一〕《晉書·苻堅載記》無「時」字。

苻堅時童謡

《晉書·載記》曰：「苻堅强盛時有此童謡。堅聞而惡之，每征伐，戒軍候云：『有新城者避之。』後因壽春之敗，其國大亂，竟死於新（城）〔平〕佛寺。」〔一〕《五行志》曰：「時復有謡云：『魚羊田斗當滅秦。』識者以爲魚羊，鮮也。田斗，卑也。堅自號秦，言滅之者鮮卑也。其群臣諫堅，令盡誅鮮卑，堅不從。及淮南敗還，初爲慕容沖所攻，又爲姚萇所殺，身死國滅云。」

河水清復清，苻詔死新城。〔二〕

〔一〕新（城）〔平〕：據《晉書》改。

〔二〕苻詔：《晉書・五行志中》作「苻堅」。

宋元嘉中魏地童謡

《南史》曰：「宋元嘉二十七年，魏太武帝圍汝南戍，文帝遣臧質比救至盱眙，太武已過淮。自廣陵返攻盱眙，就質求酒。質封溲便與之，且報書云：『不聞童謡言邪？虜馬飲江水，佛狸死卯年。冥期使然，非復人事。爾智識及衆，豈能勝苻堅邪？頃年展爾陸梁者，是爾未飲江，太歲未卯耳。』時魏地有童謡，故質引之云。」

軺車北來如穿雉，不意虜馬飲江水。虜主北歸石濟死，虜欲渡江天不徙。

梁武帝時謡

《南史》曰：「梁武帝天監元年十一月，立長子統爲皇太子。時民間有謡。按『鹿子開』者，反語爲來子哭也。後太子果薨。是時長子歡爲徐州刺史，以嫡孫次應嗣位，而帝意在晉安王，猶豫未決。及立晉安王爲皇太子，而歡止封豫章郡王還任。謡言『心徘徊』者，未定也。『城中諸少年，逐歡歸去來』者，復還徐方之象也。」統即昭明太子也。

鹿子開城門，城門鹿子開，當開復未開，使我心徘徊。城中諸少年，逐歡歸去來。

梁大同中童謡

《隋書·五行志》曰：「梁大同中有童謡。其後侯景破丹陽，乘白馬，以青絲爲羈勒以應之。」

青絲白馬壽陽來。

梁末童謡

《南史》曰：「梁末有童謡。及王僧辯滅，説者以爲僧辯本乘巴馬以擊侯景。『馬上郎』，王字也。『塵』謂陳也。江東謂羖羊角爲『皁莢』，隋氏姓楊，楊，羊也，言陳終滅於隋也。」

可憐巴馬子，一日行千里。不見馬上郎，但有黄塵起。〔一〕黄塵污人衣，皁莢相料理。

〔一〕但有：《御覽》卷九六〇作「只見」。

陳初童謡

《隋書·五行志》曰：「陳初有童謡。其後陳主果爲韓擒所敗。擒本名擒虎，黄班之謂也。破建康之始，復乘青驄馬，往反時節皆應。」

黄班青驄馬，發自壽陽涘。來時冬氣末，去日春風始。

同前

御路種竹篠，蕭蕭已復起。合盤貯蓬塊，無復揚塵已。

陳初時謡

日西夜烏飛，拔劍倚梁柱。歸去來，歸山下。

後魏宣武孝明時謡

《北史·魏本紀》曰:「宣武孝明間謡,識者以爲索謂魏本索髮,『焦梨狗子』指宇文泰,俗謂之黑獺也。」

狐非狐,貉非貉,焦梨狗子齧斷索。

後魏末童謡

《北史·齊本紀》曰:「後魏末,文宣未受禪時有童謡。按藁然兩頭,於文爲高。『河邊羖𦐇』爲水邊羊,指帝名也。於是徐之才勸帝受禪。」

一束藁,兩頭然,河邊羖𦐇飛上天。

東魏童謡

《北史》曰:「東魏孝静帝之將立也,時有童謡。按『青雀子』,謂静帝實清河王之世子。『鸚鵡』謂齊神武也。後竟爲齊所滅。」

可憐青雀子,飛來鄴城裏。羽翮垂欲成,化作鸚鵡子。

北齊鄴都童謡

《隋書·五行志》曰：「齊神武始移都于鄴，時有童謡。按魏孝靜帝者，清河王之子也。后則神武之女。鄴都宫室未備，即逢禪代，作窠未成之効也。孝靜尋崩，文宣以后爲太原長公主，降於楊愔。時婁后尚在，故言寄書於父母。新婦子，斥后也。」

可憐青雀子，飛入鄴城裏。作窠猶未成，舉頭失鄉里。寄（言）〔書〕與父母，〔一〕好看新婦子。

〔一〕寄（言）〔書〕：據《隋書》改。

北齊武定中童謡

《隋書·五行志》曰：「武定中有童謡。按高者，齊姓也。澄，文襄名。五年神武崩，摧折之應。七年文襄遇盜所害，澄滅之徵也。」

百尺高竿摧折，水底然燈澄滅。

北齊文宣時謡

《北史·齊本紀》曰：「文宣時謡。按帝以午年生，故曰『馬子』。三臺，石季龍舊居，故曰『石室』。三千六百日，十年也。文宣在位十年，果如謡言。」

馬子入石室，三千六百日。

北齊後主武平初童謡

《隋書·五行志》曰：「武平元年童謡。按其年四月，隴東王胡長仁謀遣刺客殺和士開，事露，反爲士開所譖而死。」

狐截尾，你欲除我我除你。

北齊後主武平中童謡二首

《隋書·五行志》曰：「武平二年童謡，小兒唱訖，一時拍手，云『殺却』。至七月二十五日，御史中丞琅邪王儼執士開，送於南臺而斬之。是歲又有童謡，而七月士開被誅。九月，琅邪王遇害。十一月，趙彦深出爲西兖州刺史。」

和士開，七月三十日，將你向南臺。

七月刈禾傷早，九月喫餻正好，十月洗蕩飯甕，十一月出却趙老。〔一〕

〔一〕「七月」首：《北史·綦連猛》作「七月刈禾太早，九月噉糕未好。本欲尋山射虎，激箭旁中趙老」。

北齊後主武平末童謡

《隋書·五行志》曰：「武平末有童謡。時穆后母子淫辟，干預朝政，時人患之。穆后小字黄花，尋逢齊亡，欲落之應也。」

黄花勢欲落，清尊但滿酌。

北齊末鄴中童謡

《隋書·五行志》曰：「北齊末鄴中有童謡。未幾，周師入鄴。」

金作掃帚玉作把，淨掃殿屋迎西家。

周初童謡

《隋書·五行志》曰：「周初有童謡。按靜帝，隋氏之甥，既遜位而崩，諸舅强盛。」

白楊樹頭金雞鳴，衹有阿舅無外甥。

隋煬帝大業中童謡

《隋書·五行志》曰：「煬帝大業中童謡。其後李密坐楊玄感之逆，爲吏所拘，在路逃叛，潛結群盜，自陽城山而來，襲破洛口倉，後復屯兵苑内。『莫浪語』，密也。宇文化及自號許國，尋亦破滅。『誰道許』者，蓋驚疑之辭也。」

桃李子，鴻鵠遶陽山，〔一〕宛轉花林裏。莫浪語，誰道許。

〔一〕鴻鵠遶陽山：《舊唐書·五行志》作「洪水繞楊山」。

唐武德初童謡

《新唐書·五行志》曰：「竇建德未敗時，有此謡也。」

豆入牛口，勢不得久。

唐貞觀中高昌國童謡

《唐書》曰：「貞觀中，高昌國有此童謡。其國王文泰使人捕其初唱者，不能得。」《帝紀》曰：「十三年，以侯君集爲交河道行軍大總管，帥師伐高昌。十四年平之，以其地置西州，又置安西都護府。」

高昌兵馬如霜雪，漢家兵馬如日月。〔一〕日月照霜雪，回首自消滅。〔二〕

〔一〕「高昌」兩句：《新唐書·高昌傳》無「馬」字。

〔二〕回首自消滅：同上作「幾何自殄滅」。回首：同上作「迴手」。

唐永淳初童謡

《新唐書·五行志》曰：「高宗永淳元年童謡。是歲七月，東都大雨，人多殍殕。」

新禾不入箱，新麥不入場。迨及八九月，狗吠空垣牆。

唐高宗永淳中童謡

《新唐書·五行志》曰：「高宗自調露中欲封嵩山，屬突厥叛而止。後又欲封，以吐蕃入寇遂停。時有童謡。」按《舊書》：「武后自封岱之後，勸帝封中嶽。每下詔草儀注，即歲饑、邊事警急而止。永淳中，既至山下，未及行禮，遘疾還宫而崩。」

嵩山凡幾層，不畏登不得。但恐不得登，三度徵兵馬，傍道打騰騰。

唐武后時童謠

紅緑複裙長，千里萬里聞香。

唐神龍中謡

《新唐書·五行志》曰：「中宗神龍以後民謡。按『山南』，唐也。『烏鵲窠』者，人居寡也。『山北』，胡也。『金駱駝』者，虜獲而重載也。」

山南烏鵲窠，山北金駱駝。鐮柯不鑿孔，斧子不施柯。

唐中宗時童謡

《新唐書·五行志》曰：「安樂公主於洛州造安樂寺，〔一〕時有童謡。」按《舊書》：「安樂公主，中宗幼女，韋皇后所生。初降武崇訓，崇訓死，降武延秀。所造安樂佛寺，擬於宫掖，巧妙過之。」

可憐安樂寺，了了樹頭懸。

〔一〕洛州：《新唐書》作「洛州」。

唐景龍中謡

《新唐書・五行志》曰：「景龍中民謡也。」按《會要》：「東都聖善寺，神龍初，中宗爲武太后追福所造，景龍中復增廣焉。」

可憐聖善寺，身著緑毛衣。牽來河裏飲，踏殺鯉魚兒。

唐天寶中童謡

《新唐書・五行志》曰：「天寶中，安禄山未反時童謡。」按《舊書》：「天寶十四載，禄山以范陽叛。明年，竊號燕國。」

燕燕飛上天，天上女兒鋪白氈，氈上有千錢。

唐天寶中幽州謡

《新唐書・五行志》曰：「天寶中，幽州有此謡也。」

舊來誇戴竿，今日不堪看。但看五月裏，清水河邊見契丹。

唐德宗時童謡

《新唐書・五行志》曰：「朱泚未敗前兩月有童謡。」按《舊書》：「建中四年，朱泚以涇原兵叛，僭號曰大秦，明年改號曰漢。是歲六月，兵敗而死。」

一隻筯，兩頭朱。五六月，化爲蛆。〔一〕

〔一〕蛆：《新唐書・五行志》作「胆」。《廣韻》：「胆，蟲在肉中。」

唐元和初童謡

《新唐書・五行志》曰：「元和初童謡，既畢乃轉身曰：『舞了也。』」按《舊書・志》云：「『爲十年六月三日，武元衡爲盜所害之應。』本傳云：『「打麥」，謂打麥時也。『麥打』，謂暗中突擊也。『三三三』，謂六月三日也。既而旋其袖曰『舞了也』，謂元衡之卒也。』」

打麥，麥打。三三三，舞了也。

唐咸通中童謡

《新唐書·五行志》曰：「懿宗咸通七年童謡也。」

草青青，被嚴霜。鵲始後，看顛狂。

唐咸通末成都童謡

《新唐書·五行志》曰：「咸通十四年，成都有童謡。是歲，歲陰在巳，明年在午。巳，蛇也。午，馬也。」

咸通癸巳，出無所之。蛇去馬來，道路稍開。頭無片瓦，地有殘灰。

唐僖宗時童謡

《新唐書·五行志》曰：「僖宗時有此童謡。」按《舊書》云：「乾符中仍歲凶荒，人飢爲盜，河南尤甚。曹州人王仙芝、尚君長，聚盜起於濮陽，攻剽城邑，陷曹、濮、鄆等州。五年，仙芝敗，而黄巢之衆攻江西云。」

金色蝦蟆爭努眼，翻却曹州天下反。

唐乾符中童謡

《新唐書·五行志》曰：「乾符六年童謡也。」

八月無霜塞草青，將軍騎馬步空城。〔一〕漢家天子西巡狩，猶向江東更索兵。

〔一〕步：《新唐書·五行志》作「出」。

唐中和初童謡

《新唐書·五行志》曰：「中和初有此童謡。」按《舊書》：「中和四年，黄巢既敗，以其殘衆東走。李克用追擊，至濟陰而還。賊散於兖、鄆，黄巢入泰山，至狼虎谷，爲其將林言所殺。」

黄巢走，泰山東，死在翁家翁。

梁太祖時蜀中謡

《五代史》曰：「劉知俊初事梁太祖，後奔蜀，王建雖加寵待，然亦忌之，常謂近侍曰：

『劉知俊非爾輩能駕馭，不如早爲之所。』有嫉之者，於里巷間作此謡。知俊色黔，丑生。椶繩者，王氏子孫皆以宗承爲名，故以此猜疑之，遂見殺於成都。」

黑牛出圈椶繩斷。

樂府詩集卷第九十

新樂府辭一

樂府之名，起於漢、魏。自孝惠帝時，夏侯寬爲樂府令，始以名官。至武帝，乃立樂府，采詩夜誦，有趙、代、秦、楚之謳。則採歌謡，被聲樂，其來蓋亦遠矣。凡樂府歌辭，有因聲而作歌者，若魏之三調歌詩，因弦管金石，造歌以被之是也。有因歌而造聲者，若清商、吴聲諸曲，始皆徒歌，既而被之弦管是也。有有聲有辭者，若郊廟、相和、鐃歌、横吹等曲是也。有有辭無聲者，若後人之所述作，未必盡被於金石是也。新樂府者，皆唐世之新歌也。以其辭實樂府，而未常被於聲，故曰新樂府也。元微之病後人沿襲古題，唱和重複，謂不如寓意古題，刺美見事，猶有詩人引古以諷之義。近代唯杜甫《悲陳陶》《哀江頭》《兵車》《麗人》等歌行，率皆即事名篇，無復倚旁。乃與白樂天、李公垂輩，謂是爲當，遂不復更擬古題。因劉猛、李餘賦樂府詩，咸有新意，乃作《出門》等行十餘篇。其有雖用古題，全無古義，則《出門行》不言離别，《將進酒》特書列女。其或頗同古義，全創新詞，則《田家》止述軍輪，

《捉捕》請先螻蟻。如此之類，皆名樂府。由是觀之，自風雅之作，以至于今，莫非諷興當時之事，以貽後世之審音者。儻採歌謡以被聲樂，則新樂府其庶幾焉。

樂府雜題一

新曲〔一〕

謝偃

青樓綺閣已含春，凝妝豔粉復如神。細細輕裾全漏影，〔二〕離離薄扇詎障塵。樽中酒色恒宜滿，曲裏歌聲不厭新。紫燕欲飛先遶棟，黄鶯始哢即嬌人。撩亂絲垂昏柳陌，參差濃葉暗桑津。上客莫畏斜光晚，自有西園明月輪。

〔一〕新曲：《全唐詩》卷三八作「《樂府新歌應教》」。

〔二〕輕裾：同上作「輕裙」。

同前二首

長孫無忌

家住朝歌下，早傳名。〔一〕結伴來遊淇水上，舊長情。玉佩金鈿隨步動，〔二〕雲羅霧縠逐風輕。轉目機心懸自許，何須更待聽琴聲。

迴雪凌波遊洛浦，遇陳王。婉約娉婷工語笑，侍蘭房。芙蓉綺帳還開掩，翡翠珠被爛齊光。長願今宵奉顔色，不愛聞簫逐鳳皇。〔三〕

〔一〕早傳名：《全唐詩》卷三〇作「儂阿早傳名」。儂阿：注：「一本無此二字。」

〔二〕動：同上作「遠」。

〔三〕聞簫：同上作「吹簫」。

湘川新曲二首

杜易簡

昭潭深無底，橘州淺而浮。本欲凌波去，翻爲目成留。〔一〕願君稍弭楫，無令賤妾羞。

二八相招攜，採菱渡前溪。弱腕隨橈起，纖腰向舸低。自解看花笑，憎聞染竹啼。

〔一〕目成：《全唐詩》卷四五作「目挑」。

小曲新辭二首

白居易

霽色鮮宮殿，秋聲脆管弦。聖明千載樂，歲歲似今年。

紅裾明月夜，碧簟早秋時。好向昭陽宿，天〔源〕〔涼〕玉漏遲。〔一〕

〔一〕天(源)〔涼〕：據《白氏長慶集》卷一八改。

公子行

劉希夷

天津橋下陽春水，天津橋上繁華子。馬聲迴合青雲外，人影摇揚緑波裏。〔一〕緑波清迴玉爲砂，〔二〕青雲離披錦作霞。可憐楊柳傷心樹，可憐桃李斷腸花。此日遨遊邀美女，〔三〕此時歌舞入倡家。倡家美女鬱金香，飛去飛來公子傍。〔四〕的的珠簾白日映，〔五〕娥娥玉顔紅粉妝。〔六〕花際徘徊雙蛺蝶，池邊顧步兩鴛鴦。傾國傾城漢武帝，爲雲爲雨楚襄王。古來容光人所羨，況復今日遥相見。願作輕羅着細腰，願爲明鏡分嬌面。與君相向轉相親，與君雙棲共一身。〔七〕願作貞松千歲古，〔八〕誰論芳槿一朝新。百年同謝西山日，千秋萬古北邙塵。

〔一〕摇揚：《全唐詩》卷八二作「動摇」。摇揚緑波裏：《英華》卷一九四作「摇空緑楊裏」。

〔二〕緑波清迴：《英華》作「碧波蕩漾」。清迴：《全唐詩》作「蕩漾」。

〔三〕邀：《英華》作「看」。

〔四〕飛去飛來：同上作「飛來飛去」。

〔五〕的的：《英華》作「灼灼」。

〔六〕玉顔：同上作「玉貌」。
〔七〕雙棲：同上作「相棲」。
〔八〕願作：同上作「願言」。

同前　　陳羽

金羈白面郎，何處踏青來。馬嬌郎半醉，躞蝶望樓臺。似見樓上人，玲瓏窗户開。隔花聞一笑，落日不知迴。

同前　　韓琮

紫袖長衫色，銀蟾半臂花。〔一〕帶裝盤水玉，〔二〕鞍繡坐雲霞。别殿承恩澤，飛龍賜渥洼。控羅青裊轡，鏤象碧重葩。意氣傕歌舞，〔三〕闌珊走鈿車。袖（彰）〔障〕雲縹緲，〔四〕釵轉鳳敧斜。珠卷迎歸箔，紅籠晃醉紗。唯無難夜日，不得似仙家。

〔一〕銀蟾：《才調集》卷八、《全唐詩》卷五六五作「銀蟬」。
〔二〕裝：《全唐詩》注：「一作長。」
〔三〕傕歌舞：同上及《才調集》作「傾歌舞」。

〔四〕袖（彰）〔障〕：據《英華》卷一九四改。

同前

顧況

輕薄兒，白如玉，〔一〕紫陌春風纏馬足。雙鐙懸金縷鶻飛，長衫刺雪生犀束。綠槐夾道陰初成，珊瑚幾節敵流星。紅肌拂拂酒光獰，〔二〕當街背拉金吾行。朝遊鼕鼕鼓聲發，暮遊鼕鼕鼓聲絶。入門不肯自昇堂，美人扶踏金階月。

〔一〕白：《全唐詩》卷二六五作「面」。

〔二〕獰：同上注：「一作凝。」

同前

聶夷中

漢代多豪族，恩深益嬌逸。走馬踏殺人，街吏不敢詰。紅樓宴青春，數里望雲蔚。金釭焰勝晝，不畏落暉疾。美人盡如月，南威不敢匹。〔一〕芙蓉自天來，不向水中出。綺席戛雲和，〔二〕碧簫吹鳳質。唯（限）〔恨〕魯陽死，〔三〕無人駐白日。

花樹出牆頭，花裏誰家樓。一行書不讀，身封萬户侯。美人樓上歌，不是古涼州。

〔一〕不敢：《英華》卷一九四、《全唐詩》卷六三六作「莫能」。

〔二〕綺席戞：同上作「飛瓊奏」。

〔三〕唯（限）〔恨〕：據同上改。

同前

于　鵠

少年初拜（太常）〔大長〕秋，〔一〕半醉垂鞭見列侯。馬上抱雞三市鬬，袖中攜劍五陵遊。玉簫金管迎歸院，錦袖紅妝擁上樓。更向苑東新買宅，〔二〕碧波清水入門流。〔三〕

〔一〕（太常）〔大長〕秋：據《全唐詩》卷三一〇改。

〔二〕苑東：同上作「院西」，注：「一作東。」

〔三〕碧波：同上作「月波」，注：「一作月陂。」

同前

雍　陶

公子風流輕錦繡，〔一〕新裁白紵作春衣。金鞭留當誰家酒，拂柳穿花信馬歸。

〔一〕輕：《全唐詩》卷五一八作「嫌」。

同前二首

張　祜

玉堂前後畫簾垂，〔一〕立却花驄待出時。紅粉美人擎酒勸，錦衣年少臂鷹隨。〔二〕輕將玉杖敲花片，旋把金鞭約柳絲。〔三〕晴日獨遊三五騎，〔四〕等閑行傍曲江池。

春色滿城池，杯盤看處移。〔五〕鐙金斜雁子，鞍帕嫩鵝兒。買笑歆桃李，尋歌折柳枝。可憐明月夜，長是管弦隨。

〔一〕玉堂前後畫簾：《全唐詩》卷五一一作「錦堂晝永繡簾」。

〔二〕錦衣：同上作「青衣」。年少：同上注：「一作健僕。」

〔三〕柳絲：同上作「柳枝」。

〔四〕晴日：同上作「近地」。

〔五〕看處移：同上作「著處移」。

同前

孟賓于

錦衣紅奪彩霞明，侵曉春遊向野庭。不識農夫辛苦力，驕驄踏爛麥青青。

將軍行

劉希夷

將軍闢轅門，耿介當風立。諸將欲言事，逡巡不敢入。劍氣射雲天，鼓聲振原隰。〔一〕黄塵塞路起，走馬追兵急。彎弓從此去，飛箭如雨集。截圍一百重，〔二〕斬首五千級。代馬流血死，胡人抱鞍泣。古來養甲兵，有事常討襲。乘我廟堂運，坐使干戈戢。獻凱歸京都，〔三〕軍容何翕習。

〔一〕振：《唐文粹》卷一二、《英華》卷一九六作「破」。

〔二〕截圍：《英華》作「突圍」。重：《唐文粹》及《全唐詩》卷八二作「里」。

〔三〕歸京都：《唐文粹》作「歸帝京」，《全唐詩》作「歸京師」，注：「一作還帝京。」《英華》作「帝來勞」。

同前

張籍

彈箏峽東有胡塵，天子擇日拜將軍。蓬萊殿前賜六纛，還領禁兵爲部曲。當朝受詔不辭家，夜向咸陽原上宿。戰車彭彭旌旗動，三十六軍齊上隴。〔一〕隴頭戰勝夜亦行，分兵處處收舊城。胡兒殺盡陰磧暮，擾擾唯有牛羊聲。邊人親戚曾戰歿，今逐官軍收舊骨。磧西行見萬里空，樂府獨奏將軍功。〔二〕

〔一〕齊：《唐文粹》卷一二作「聲」。

〔二〕樂府：《張司業詩集》卷一作「幕府」。

老將行

王維

少年十五二十時，步行奪得胡馬騎。〔一〕射殺山中白額虎，〔二〕肯數鄴下黄鬚兒。一身轉戰三千里，一劍曾當百萬師。漢兵奮迅如霹靂，虜騎崩騰畏蒺藜。衞青不敗由天幸，李廣無功緣數奇。自從棄置便衰朽，世事蹉跎成白首。昔時飛箭無全目，今日垂楊生左肘。路傍時賣故侯瓜，門前學種先生柳。茫茫古木連窮巷，寥落寒山對虚牖。誓令疏勒出飛泉，不似潁川空使酒。賀蘭山下陣如雲，羽檄交馳日夕聞。節使三河募年少，詔書五道出將軍。試拂鐵衣如雪色，聊持寶劍動星文。願得燕弓射大將，恥令越甲鳴吴軍。〔三〕莫嫌舊日雲中守，猶堪一戰取功勳。〔四〕

〔一〕奪得：《王右丞集》卷一、《唐文粹》卷一二作「奪取」。

〔二〕山中：《唐文粹》作「中山」。

〔三〕鳴吴軍：《英華》卷三三三、《唐文粹》作「鳴吾君」，宜從。

〔四〕取：《王右丞集》作「立」。

燕支行

王維

漢家天將才且雄，〔一〕來時謁帝明光宫。〔二〕萬乘親推雙闕下，千官出餞五陵東。誓辭甲第金門裏，身作長城玉塞中。衛霍才堪一騎將，〔三〕朝廷莫數貳師功。〔四〕趙、魏、燕、韓多勁卒，關西俠少何咆勃。報讎只是聞嘗膽，飲酒不曾妨刮骨。畫戟琱戈白日寒，連旗大旆黄塵没。疊鼓遥翻瀚海波，鳴笳亂動關山月。〔五〕麒麟錦帶佩吴鈎，颯沓青驪躍紫騮。拔劍已斷天驕臂，歸鞍共飲月支頭。漢軍大呼一當百，〔六〕虜騎相看哭且愁。教戰雖令赴湯火，終知上將伐謀猷。〔七〕

〔一〕天：《全唐詩》卷一二五注：「一作大。」

〔二〕來時：同上注「一作時來」，是。

〔三〕才：《唐文粹》卷十二作「讒」。

〔四〕莫數：《王右丞集》卷一及《全唐詩》作「不數」。

〔五〕關山：同上及《唐文粹》作「天山」。

〔六〕漢軍：《唐文粹》作「漢兵」。

〔七〕伐謀猷：《王右丞集》及《全唐詩》作「先伐謀」，似是。

桃源行

王維

宋陶潛《桃花源記》曰：「晉太元中，武陵人沿溪捕魚，忽逢桃花林。夾岸數百步，中無雜樹，芳華鮮美，落英繽紛。漁人甚異之。復前行，林盡水源，得一山，山有小口，彷彿有光，乃捨船而入。初纔通人，行數十步，豁然開朗，土地平曠，屋舍儼然，有良田美池桑竹之屬。阡陌交通，雞犬相聞。其中往來種作，男女衣著悉如外人，黄髮垂髫，怡然自樂。見漁人，大驚，問所從來。邀還家，爲設酒殺雞。自云先世避秦亂，率妻子邑人來此，不復出，遂與外人隔絶。問今何世，乃不知有漢，無論魏晉。漁人爲具言，皆歎惋。停數日，辭去。（曰）此中人語〔云〕：〔一〕『不足爲外人道也。』既出得船，復由向路，處處誌之。其後欲往，迷不復得路云。」

漁舟逐水愛山春，兩岸桃花夾古津。〔二〕坐看紅樹不知遠，行盡青溪（忽值）〔不見〕人。〔三〕山口潛行始隈隩，山開曠望旋平陸。遥看一處攢雲樹，近入千家散花竹。樵客初傳漢姓名，居人未改秦衣服。居人共住武陵源，還從物外起田園。月明松下房櫳靜，〔四〕日出雲中雞犬喧。驚聞俗客爭來集，〔五〕競引還家問都邑。平明閭巷掃花開，薄暮漁樵乘水入。初因避地去人間，更問神仙遂不還。〔六〕峽裏誰知有人事，世中遥望空雲山。〔七〕不疑靈境難聞見，塵心未盡思鄉縣。出洞無論隔山水，辭家終擬長遊衍。自謂經過舊不迷，安知峰壑今來變。〔八〕常時只記入山深，清溪幾度到雲林。〔九〕春來遍是桃花水，不辨仙源何處尋。

〔一〕（曰）此中人語〔云〕：據《陶淵明集》卷五改。

〔二〕古津：《王右丞集》卷一、《英華》卷三三二作「去津」。

〔三〕青溪：《英華》作「清溪」。（忽值）〔不見〕：據《王右丞集》改。

〔四〕靜：《英華》作「淨」。

〔五〕驚：同上作「忽」。

〔六〕更問神仙遂：《英華》、《文粹》卷一二作「及至成仙去」。

〔七〕世中：同上作「世上」。

〔八〕峰：《英華》作「岑」。

〔九〕清溪：同上作「青溪」。

同前

劉禹錫

漁舟何招招，浮在武陵水。拖綸擲餌信流去，誤入桃源行數里。〔一〕清源尋盡花綿綿，踏花覓徑至洞前。洞門蒼黑烟霧生，〔二〕暗行數步逢虛明。俗人毛骨驚仙子，爭來致詞何至此。須臾皆破冰雪顏，笑語一作言委曲問世間，〔三〕因嗟隱身來種玉，不知人世如風燭。筵羞石髓勸客餐，鐙爇松脂留客宿。雞聲犬聲遥相聞，曉光葱籠開五雲。漁人振衣起出户，滿庭無路花紛紛。翻然恐迷鄉縣處，〔四〕一息不肯桃源住。桃花滿溪水似鏡，〔五〕塵心如垢洗不去。仙家一出尋無蹤，至今水流山重重。〔六〕

〔一〕桃源：《唐文粹》卷一六上作「花源」。
〔二〕蒼黑：同上作「蒼暗」。
〔三〕笑語：同上及《劉夢得文集》卷八作「笑言」。
〔四〕恐迷：《唐文粹》作「恐失」。
〔五〕桃花：同上作「桃源」。
〔六〕水流：同上作「流水」。

春女行

劉希夷

春女顔如玉，怨歌陽春曲。巫山春樹紅，沅江春草緑。〔一〕自憐妖豔姿，妝成獨見時。愁心伴楊柳，春盡亂如絲。目極千里餘，悠悠春江水。遥想玉關人，〔二〕愁卧金閨裏。尚言春花落，不知秋風起。嬌愛猶未終，悲涼從此始。憶昔楚王宫，玉樓妝粉紅。纖腰弄明月，長袖拂春風。〔三〕容華委(曲)〔西〕山，〔四〕光陰不可還。〔五〕桑林變東海，〔六〕富貴今何在！寄言桃李容，胡爲閨閤重。但看楚王墓，唯有數株松。

〔一〕沅江：《全唐詩》卷八二作「沅湘」，注：「一作江。」

〔二〕遥想：同上作「頻想」。

〔三〕拂春風：同上作「舞春風」，注：「一作拂。」

〔四〕(曲)〔西〕山：據同上改。

〔五〕可：同上注：「一作再。」

〔六〕變：同上注：「一作没。」

同前

王翰

紫臺穹跨連緑波，紅軒鉿匝垂纖羅。中有一人金作面，隔幌玲瓏遥可見。忽聞黄鳥鳴且悲，鏡邊含笑着春衣。羅袖嬋娟似無力，行拾落花比容色。落花一度無再春，人生作樂須及辰。君不見楚王臺上紅顔子，今日皆成狐兔塵。

洛陽女兒行

王維

洛陽女兒對門居，纔可顔容十五餘。良人玉勒乘驄馬，侍女金盤膾鯉魚。畫閣朱樓盡相望，紅桃緑柳垂檐向。羅幃送上七香車，寶扇迎歸九華帳。狂夫富貴在青春，意氣驕奢劇季倫。自憐碧玉親教舞，不惜珊瑚持與人。春窗曙滅九微火，九微片片飛花瑣。戲罷曾無理曲時，妝成祇是薰香坐。城中相識盡繁華，日夜經過趙、李家。誰憐越女顔如玉，貧賤江頭自浣沙。

扶南曲五首〔一〕

王維

翠羽流蘇帳，春眠曙不開。羞從面色起，嬌逐語聲來。早向昭陽殿，君王中使催。

堂上清弦動，堂前綺席陳。齊歌盧女曲，雙舞洛陽人。傾國徒相看，寧知心所親。

香氣傳空滿，妝華影箔通。歌聞天仗外，舞出御筵中。〔二〕日暮歸何處，花間長樂宮。

宮女還金屋，將眠復畏明。入春輕衣好，半夜薄妝成。拂曙朝前殿，玉除多珮聲。〔三〕

朝日照綺窗，佳人坐臨鏡。散黛恨猶輕，插釵嫌未正。同心勿遽遊，幸得春妝竟。

〔一〕扶南曲：《全唐詩》卷一二五作「《扶南曲歌詞》」。

〔二〕御筵：《王右丞集》卷一作「御樓」。

〔三〕玉除：《全唐詩》作「玉墀」。

笑歌行

李白

笑矣乎，笑矣乎。君不見曲如鈎，古人知爾封公侯；君不見直如弦，古人知爾死道邊。張儀所以只掉三寸舌，蘇秦所以不墾二頃田。笑矣乎，笑矣乎。君不見滄浪老人歌一曲，還道滄浪濯吾足。平生不解謀此身，虛作《離騷》遣人讀。笑矣乎，笑矣乎。趙有豫讓楚屈平，賣身買得千年名。巢由洗耳有何益，夷齊餓死終無成。君愛身後名，我愛眼前酒。飲酒眼前樂，虛名何處有！男兒窮通當有時，曲腰向君君不知。猛虎不看机上肉，洪爐不鑄囊中錐。笑矣乎，笑矣乎。甯武子，朱買臣，叩角行歌皆負薪。今日逢君君不識，豈得不如佯狂人。

江夏行

李白

憶昔嬌小姿，春心亦自持。爲言嫁夫壻，得免長相思。誰知嫁商賈，令人却愁苦。自從爲夫妻，何曾在鄉土。去年下揚州，相送黄鶴樓。眼看帆去遠，心逐江水流。只言期一載，誰爲歷三秋。〔一〕使妾腸欲斷，恨君情悠悠。東家西舍同時發，北去南來不逾月。未知行李遊何方，作個音書能斷絶。適來往南浦，欲問西江船。正見當壚女，紅妝二八年。一種爲人妻，獨自多悲悽。對鏡便垂淚，逢人只欲啼。不如輕薄兒，旦暮長追隨。〔二〕悔作商人婦，青春長別離。如今正好同歡樂，君去容華誰得知。

〔一〕爲：疑作「謂」。

〔二〕追隨：《李太白集》卷八作「相隨」。

横江詞六首

李　白

人言横江好，〔一〕儂道横江惡。一風三日吹倒山一作猛風吹倒天門山。〔二〕白浪高於瓦官閣。

海潮南去過潯陽，牛渚由來險馬當。横江欲渡風波惡，一水牽愁萬里長。

横江西望阻西秦，漢水東流一作楚水東連楊子津。〔三〕白浪如山那可渡，狂風愁殺峭帆人。

海神東一作來過惡風回，〔四〕浪打天門石壁開。浙江八月何如此，濤似連山噴雪來。

横江館前津吏迎，向余東指海雲生。郎今欲渡緣何事？如此風波不可行。

〔日〕〔月〕暈天風霧不開，〔五〕海鯨東蹙百川回。驚波一起三山動，公無渡河歸去來！

〔一〕人言：《李太白集》卷七作「人道」。

〔二〕二日：《全唐詩》卷一六六作「三日」，是。

〔三〕東流：同上作「東連」。

〔四〕東過：同上作「來過」。

〔五〕（日）〔月〕暈：據同上改。

靜夜思

李白

牀前看月光，疑是地上霜。舉頭望山月，低頭思故鄉。

黄葛篇

李白

黄葛生洛溪，黄花自綿冪。青烟蔓長條，繚繞幾百尺。閨人費素手，綵緝作絺綌。縫爲絶國衣，遠寄日南客。蒼梧大火落，暑服莫輕擲。此物雖過時，是妾手中跡。

采葛行

鮑溶

春溪幾回葛花黄，黄麛引子山山香。蠻女不惜手足損，鈎刀一一牽柔長。葛絲茸茸春雪體，深澗擇泉清處洗。殷勤十指蠶吐絲，當窗嫋娜聲高機。〔一〕織成一尺無一兩，供進天子五月衣。水精夏殿開涼户，冰山繞座猶難御。衣親玉體又何如，杳然獨對秋風曙。鏡湖女兒嫁鮫人，鮫綃逼(穴)〔肖〕色不分。〔二〕吴中角簟泛清水，摇曳勝被三素雲。自兹貢薦無人惜，那敢更爭龍手跡。蠻女將來海市頭，賣與嶺南貧估客。

〔一〕嫋娜：《全唐詩》卷四八七作「嫋嫋」。

〔二〕逼(穴)〔肖〕：據同上改。色：同上作「也」。

樂府詩集卷第九十一

新樂府辭二

樂府雜題二

祖龍行

韋楚老〔一〕

《漢書·五行志》曰：「秦始皇三十六年，鄭客從關東來，至華陰，望見素車白馬從華山上下，知其非人，道住，止而待之。遂至，持璧與客曰：『爲我遺鎬池君。』因言『今年祖龍死』，忽不見。鄭客奉璧，即始皇二十八年過江所湛璧也。是歲始皇死，後三年而秦滅。」顏師古曰：「此直江神告鎬池之神，以始皇將死爾。」蘇林曰：「祖，始也。龍，人君象，謂始皇也。」應劭曰：「祖，人之先。龍，君之象。」《祖龍行》蓋出於此。

黑雲兵氣射天裂，壯士朝眠夢冤結。祖龍一夜死沙丘，胡亥空隨鮑魚轍。腐肉偷生二千里，〔二〕僞書先賜扶蘇死。墓接驪山土未乾，瑞光已向芒碭起。陳勝城中鼓三下，秦家天地如崩瓦。龍蛇撩亂入咸陽，少帝空隨漢家馬。

〔一〕韋楚老：《全唐詩》卷五〇八作「常楚老」。

〔二〕二千：同上作「三千」。

鄴都引

張說

君不見魏武草創爭天禄，群雄睚眦相馳逐。晝攜壯士破堅陣，夜接詞人賦華屋。都邑繚繞西山陽，桑榆漫漫漳河曲。城郭爲墟人改代，但有西園明月在。〔一〕鄴傍高塚多貴臣，蛾眉曼睩共灰塵。試上銅臺歌舞處，唯有秋風愁殺人。

〔一〕但有：《唐文粹》卷一二作「但見」。

孟門行

崔顥

黄雀銜黄花一作蘋花，翩翩傍檐隙。本擬報君恩，〔一〕如何反彈射。金罍美酒滿座春，平原愛（財）〔才〕多衆賓。〔二〕滿堂盡是忠義士，何意得有讒諛人。諛人翻覆那可道，〔三〕能令君心不自保。北園新栽桃李枝，根株未固何轉移。成陰結子君自取，〔四〕若問傍人那得

知。〔五〕

〔一〕擬：《全唐詩》卷一三〇注：「一作欲。」

〔二〕愛（財）〔才〕：據同上改。

〔三〕諛人：同上作「諛言」，注：「一作人。」

〔四〕結子：同上作「結實」，注：「一作子。」

〔五〕若：同上注：「一作借。」

邯鄲宮人怨

崔顥

邯鄲陌上三月春，暮行逢見一婦人。自言鄉里本燕、趙，少小隨家西入秦。母兄憐愛無儔侣，五歲名爲阿嬌女。七歲丰茸好顔色，八歲黠惠能言語。十三兄弟教詩書，十五青樓學歌舞。我家青樓臨道傍，紗窗綺幔暗聞香。日暮笙歌君駐馬，春日妝梳妾斷腸。不用城南使君壻，本求三十侍中郎。何知漢帝好容色，玉輦攜歸登建章。建章宮殿不知數，萬户千門深且長。百堵椒塗接青瑣，〔一〕九華閣道連洞房。水精簾箔雲母扇，瑠璃窗牖玳瑁牀。歲歲年年奉歡宴，嬌貴榮華誰不羨。恩情莫比陳皇后，寵愛全勝趙飛燕。瑶房侍寢世莫知，金屋更衣人不見。誰言一朝復一日，君王棄世市朝變。宫車出葬茂陵田，賤妾獨留長信殿。一朝太子升至尊，兩宮人事如掌翻。〔二〕同時侍女見讒毁，後來新人莫敢言。兄弟印綬皆被奪，昔年賞賜不復存。一旦放歸舊鄉里，乘車垂淚還入門。父母愍我曾富貴，嫁與西舍金王孫。念此翻覆復何道，百年盛衰誰能保。憶昨尚如春日花，悲今已作秋時草。少年去去莫停鞭，人生萬事由上天。非我今日獨如此，古今歇薄皆共然。

〔一〕椒塗：《全唐詩》卷一三〇作「塗椒」。

〔二〕兩宮：同上作「宮中」。

吴宫怨

衛　萬

君不見吴王宫閣臨江起，不卷珠簾見江水。曉氣晴來雙闕間，潮聲夜落千門裏。勾踐城中非舊春，姑蘇臺下起黄塵。〔一〕祇今唯有西江月，曾照吴王宫裏人。

〔一〕下：《全唐詩》卷七七三注：「一作上。」

同前

張　籍

吴宫四面秋江水，江清露白芙蓉死。吴王醉後欲更衣，座上美人嬌不起。宫中千門復萬户，君恩反覆誰能數。君心與妾既不同，徒向君前作歌舞。茱萸滿宮紅實垂，秋風裊裊生繁枝。姑蘇臺上夕燕罷，他人侍寢還獨歸。白日在天光在地，君今詎得長相棄。〔一〕

〔一〕詎得：《張司業集》卷一作「那得」。

青樓曲二首

王昌齡

白馬金鞍從武皇，旌旗十萬宿長楊。樓頭小婦鳴箏坐，遥見飛塵入建章。

馳道楊花滿御溝，紅妝縵綰上青樓。金章紫綬千餘騎，夫壻朝迴初拜侯。

同前

于濆

青樓臨大道，一上一回老。所思終不來，極目傷春草。

中流曲〔一〕

崔國輔

歸時日尚早，〔二〕更欲向芳洲。渡口水流急，迴船不自由。

〔一〕《中流曲》：《全唐詩》卷一一九注：「一作《古意》。」

〔二〕時：同上注：「一作來。」

聖壽無疆詞十首〔一〕

楊巨源

文物京華盛，謳歌國步康。瑤池供壽酒，銀漢麗宸章。雨露涵雙闕，雷霆肅萬方。代推仙祚遠，春共聖恩長。鳳扆臨花暖，龍爐傍日香。遥知千萬歲，天意奉君王。

鵷鷺彤庭際，軒車綺陌前。九城多好色，〔二〕萬井半祥（禋）〔烟〕。〔三〕人醉逢堯酒，鶯歌答舜弦。花明御溝水，香暖禁城天。錫宴文逾盛，〔四〕（微歡）〔徵歌〕物更妍。〔五〕無窮豔陽月，長照太平年。

雲陛臨黃道，天門在碧虛。大明含睿藻，元氣抱宸居。戈偃征苗後，詩傳宴鎬初。年華富仙苑，時哲滿公車。化入絪緼大，恩垂涣汗餘。悠然萬方靜，風俗揖華胥。

玉漏飄青瑣，金鋪麗紫宸。雲山九門曙，天地一家春。瑞靄方呈賞，暄風本配仁。巖廊開鳳翼，水殿壓鼇身。文雅逢明代，歡娱及賤臣。年年未央闕，恩共物華新。

垂拱乾坤正，歡心品類同。紫烟含北極，玄澤付東風。珠綴留晴景，金莖直曉空。發生資盛德，交泰讓全功。間氣登三事，祥光啟四聰。遐荒似川水，天外亦朝宗。〔六〕

代是文明晝，春當宴喜時。爐烟添柳重，宮漏出花遲。漢典方寬律，周官正採詩。碧霄傳鳳吹，紅旭在龍旂。造化膺神契，陽和沃聖思。無因隨百獸，〔七〕率舞奉丹墀。

睿德符玄化，芳情翊太和。日輪皇鑒遠，天仗聖朝多。曙色含金榜，晴光轉玉珂。中宮陳廣樂，元老進賡歌。蓮葉看龜上，桐花識鳳過。小臣空擊壤，滄海是恩波。

物象朝高殿，簪裾溢上京。春當九衢好，天向萬方明。樂報簫韶發，(林)〔杯〕看沆瀣生。〔八〕芙蓉丹闕暖，楊柳玉樓晴。閶闔開中禁，衣裳儼太清。南山同聖壽，長(獻)〔對〕鳳皇城。〔九〕

日上蒼龍闕，香含紫禁林。晴光五雲疊，春色九天深。〔一〇〕賞協元和德，文垂雅頌音。景雲隨御輦，顥氣在宸襟。永保無疆壽，長懷不戰心。聖朝多慶賜，瓊樹粉牆陰。

化洽生成遂，功宣動植知。瑞凝三秀草，春入萬年枝。鳳掖嘉言進，鵷行喜氣隨。仗臨丹地近，衣對碧山垂。渥澤方柔遠，聰明本聽卑。願同東觀事，〔一一〕長覩漢威儀。〔一二〕

〔一〕聖壽無疆詞：《全唐詩》卷三三三題上有「春日奉獻」四字。

〔二〕色：同上注：「一作樂。」

〔三〕祥(禋)〔烟〕：據同上毛刻本改。

〔四〕錫宴：同上作「賜宴」。

〔五〕(微歡)〔徵歌〕：據同上改。

〔六〕亦：同上注：「一作一。」

〔七〕無：同上注：「一作每。」

〔八〕（林）〔杯〕：據同上改。

〔九〕長（獻）〔對〕：據同上改。

〔一〇〕九天：同上作「九重」。

〔一一〕事：同上作「士」，似是。

〔一三〕覩：同上作「對」。

朝元引四首

陳　陶

帝燭熒煌下九天，蓬萊宫曉玉爐烟。無央鸞鳳隨金母，〔一〕來賀薰風一萬年。

玉殿雲開露冕旒〔二〕，下方珠翠壓鼇頭。天雞唱罷南山曙，〔三〕春色光輝十二樓。〔四〕

萬宇靈祥擁帝居，東華元老薦屠蘇。龍池遥望非烟拜，五色曈曨在玉壺。

寶祚河宫一向清，龜魚天篆益分明。近臣誰獻登封草，五嶽齊呼萬歲聲。

〔一〕央：《全唐詩》卷七四六注：「一作窮。」

〔二〕玉：同上作「正」。

〔三〕曙：同上作「曉」，注：「一作曙。」

〔四〕光輝：同上注：「一作先歸。」

平蕃曲三首

劉長卿

吹角報蕃營，迴軍欲洗兵。已教青海外，自築漢家城。

渺渺戍烟孤，茫茫塞草枯。隴關何用閉，〔一〕萬里不防胡。

絶漠大軍還，平沙獨戍閑。空留一片石，萬古在燕山。

〔一〕何：《劉隨州詩集》卷四作「那」。

悲陳陶

杜甫

孟冬十郡良家子，血作陳陶澤中水。野曠天清無戰聲，四萬義軍同日死。群胡歸來血洗箭，仍唱胡歌飲都市。都人回面向北啼，日夜更望官軍至。

悲青坂

杜甫

我軍青坂在東門，天寒飲馬太白窟。黄頭奚兒日向西，數騎彎弓敢馳突。山雪河冰野蕭颸，青是烽烟白人骨。焉得附書與我軍，忍待明年莫倉卒。

哀江頭

杜　甫

少陵野老吞聲哭，春日潛行曲江曲。江頭宮殿鎖千門，細柳新蒲爲誰緑。憶昔霓旌下南苑，苑中萬物生顏色。昭陽殿裏第一人，同輦隨君侍君側。輦前才人帶弓箭，白馬嚼齧黄金勒。翻身向天仰射雲，一箭正墜雙飛翼。明眸皓齒今何在，血汙游魂歸不得。清渭東流劍閣深，去住彼此無消息。人生有情淚霑臆，江水江花豈終極。黄昏胡騎塵滿城，欲往城南望城北一作望南北〔一〕。

〔一〕望城北：《分門杜工部詩》卷三作「忘南北」。

哀王孫

杜　甫

長安城頭頭白烏，夜飛延秋門上呼。又向人家啄大屋，屋底達官走避胡。金鞭斷折九馬死，骨肉不待同馳驅。腰下寶玦青珊瑚，可憐王孫泣路隅。問之不肯道姓名，但道困苦乞爲奴。已經百日竄荆棘，身上無有完肌膚。高帝子孫盡高準，龍種自與常人殊。豺狼在邑龍在野，王孫善保千金軀。不敢長語臨交衢，且爲王孫立斯須。昨夜東風吹血腥，東來橐駝滿舊都。朔方健兒好身手，昔何勇鋭今何愚。竊聞天子已傳位，聖德北服南單于。花門剺面請雪恥，慎勿出口他人狙。哀哉王孫慎勿疏，五陵佳氣無時無。

兵車行

杜甫

車轔轔，馬蕭蕭，行人弓箭各在腰。爹娘妻子走相送，塵埃不見咸陽橋。牽衣頓足攔道哭，哭聲直上于雲霄。道傍過者問行人，行人但云點行頻。或從十五北防河，便至四十西營田。去時里正與裹頭，歸來頭白還戍邊。邊亭流血成海水，武皇開邊意未已。君不聞漢家山東二百州，千村萬落生荆杞。縱有健婦把鋤犁，禾生隴畝無東西。況復秦兵耐苦戰，被驅不異犬與雞。長者雖有問，役夫敢申恨。且如今年冬，未休關西卒一云：役夫心益憤。如今縱得休，還爲隴西卒。縣官急索租，租税從何出。信知生男惡，反是生女好。生女猶是嫁比鄰，生男埋没隨百草。君不見青海頭，古來白骨無人收。新鬼煩冤舊鬼哭，天陰雨濕聲啾啾。

來從竇車騎〔一〕

李　益

束髮逢世屯，懷恩抱明義。讀書良不武，〔二〕學劍慚非智。遂别魯諸生，來從竇車騎。追兵赴邊急，絡馬黄金轡。出入燕南陲，由來重意氣。自經皋蘭戰，又破樓煩地。〔三〕西北護三邊，東南留一尉。時過如雲雨，〔四〕參差不自意。〔五〕將軍失恩澤，萬事從此異。置酒高樓上，〔六〕薄暮秋風起。〔七〕長戟與我歸，歸來同棄置。自酌還自飲，非名又非利。歌出易水寒，琴下雍門淚。出逢平樂舊，言在天階侍。問我從軍苦，自陳少年貴。丈夫交四海，(從)〔徒〕論身自致。〔八〕漢將不封侯，蘇卿來遠使。〔九〕令我終此曲，〔一〇〕此曲成不易。〔一一〕貴人難識心，何由知忌諱。

〔一〕《來從竇車騎》：《全唐詩》卷二八二題下有「行」字，注：「自朔方行作。」

〔二〕不武：同上作「有感」。

〔三〕又：同上注：「一作入。」

〔四〕如雲雨：同上作「欻如雲」。

〔五〕不自：同上注：「一作自不。」

〔六〕高樓：同上作「高臺」，似是。

〔七〕秋風起：同上作「秋風至」。

〔八〕(從)〔徒〕論：據同上改。

〔九〕來：同上作「勞」。

〔一〇〕令：同上作「今」。

〔一一〕成：同上作「誠」，似是。

憶長安曲二首〔一〕

岑參

東望望長安，正值日初出。長安不可見，但見長安日。〔二〕

長安何處在，只在馬蹄下。明日歸長安，爲君急走馬。

〔一〕《憶長安曲二首》：《岑嘉州詩》卷五題下有「寄龐漼」三字。

〔二〕但見：同上作「喜見」。

九曲詞三首

高適

《河圖》曰：「黄河出崑崙山，東北流千里，折西而行，至於蒲山。南流千里，至於華山之陰。東流千里，至於桓雍。北流千里，至於下津。河水九曲，長九千里，入于渤海。」酈道元《水經注》曰：「黄河百里一小曲，千里一曲一直矣。」《新唐書》曰：「天寶中，哥舒翰攻破吐蕃洪濟、大莫等城，收黄河九曲，以其地置洮陽郡。」適由是作《九曲詞》。

鐵騎横行鐵嶺頭，〔一〕西看邏逤取封侯。青海只今將飲馬，黄河不用更防秋。

許國從來徹廟堂，連年不爲在疆場。〔二〕將軍天上封侯印，御史臺中異姓王。

萬騎爭歌楊柳春，千場對舞繡騏驎。到處盡逢歡洽事，相看總是太平人。

〔一〕「鐵騎」首：《高常侍集》卷八作第三首，「許國」首作第一首。

〔二〕疆場：同上作「壇場」。

情人玉清歌

畢　耀〔一〕

洛陽城中有一人名玉清，〔二〕可憐玉清如其名。善（踏）〔蹋〕斜柯能獨立，〔三〕嬋娟花豔無人及。珠爲裙，玉爲纓。臨春風，吹玉笙，悠悠滿天星。（萬）〔黄〕金閣上晚妝成，〔四〕《雲和曲》中爲（慢）〔曼〕聲。〔五〕玉梯不得踏，〔六〕摇袂兩盈盈，城頭之日復何情。

〔一〕畢耀：《全唐詩》卷二五五詩題下注：「一作張南容詩。」

〔二〕「洛陽」句：同上作「洛陽有人名玉清」。

〔三〕善〔踏〕：據同上補。

〔四〕（萬）〔黄〕金：據同上改。

〔五〕（慢）〔曼〕聲：據同上改。

〔六〕踏：同上作「蹈」。

湘中弦二首〔一〕

崔　塗

烟愁雨細雲冥冥，杜蘭香老三湘清。故山望斷不知處，鶗鴂隔花啼一聲。〔二〕

蒼山遥遥江潾潾，路傍老盡無閑人。〔三〕王孫不見草空緑，惆悵渡頭春復春。

〔一〕弦：《全唐詩》卷六七九注：「一作謡。」

〔二〕鶗鴂：同上作「䳏鴂」。啼：同上作「時」。

〔三〕無：同上作「没」。無閑：同上注：「一作一問。」

湘弦怨

孟　郊

昧者理芳草，〔一〕蒿蘭同一鋤；〔二〕狂飈怒秋林，〔三〕曲（植）〔直〕同一枯。〔四〕嘉木忌深蠹，〔五〕

哲人悲巧誣。〔六〕靈均入迴流，靳尚爲良謨。我願分衆泉，清濁各異渠；〔七〕我願分衆巢，梟鸞相遠居。此志諒難保，此情竟何如。〔八〕湘弦少知意，〔九〕孤響空踟躕。

〔一〕理芳草：《唐文粹》卷一二作「治春草」。
〔二〕蒿：同上及《全唐詩》卷三七二注：「一作蕭。」
〔三〕狂：同上及注與《孟東野詩集》卷一作「盲」。怒：同上及注作「怨」。
〔四〕曲（植）〔直〕：據《唐文粹》改。
〔五〕木：同上作「禾」。
〔六〕哲：同上作「直」。
〔七〕異：同上作「有」。
〔八〕情竟：同上作「意誠」。
〔九〕「湘弦」兩句：同上缺。意：《全唐詩》作「音」。

湘弦曲

莊南傑

楚琴錚錚戛秋露，巫雲兩脚飛朝暮。〔一〕古磬高敲百尺樓，孤猿夜哭千丈樹。雲軿碾火聲瓏瓏，連山卷盡長江空。鶯啼寂寞花枝雨，鬼嘯荒郊松柏風。滿堂怨咽悲相續，（具）〔苦〕

調中含古離曲。〔二〕繁弦響絶楚魂遥，湘(山)〔江〕水碧(天)〔湘〕山緑。〔三〕

〔一〕兩脚：《全唐詩》卷四七〇作「峽雨」。

〔二〕(具)〔苦〕調：據同上改。

〔三〕湘(山)〔江〕水碧(天)〔湘〕山緑：據同上改。

促促曲〔一〕

李益

促促何促促，黄河九回曲。嫁與棹船郎，空牀將影宿。不道君心不如石，那教妾貌長如玉。〔二〕

〔一〕《促促曲》：《全唐詩》卷二八二作「《效古促促曲爲河上思婦作》」。

〔二〕教：同上注：「一作令。」

促促詞〔一〕

王建

促促復刺刺，〔二〕水中無魚山無石。少年雖嫁不將歸，〔三〕白頭猶著父母衣。〔四〕四邊田宅非所有，〔五〕我身不及逐雞飛。出門若有歸死處，猛虎當衢向前去。〔六〕百年不遣踏君門，在家誰喚爲新婦。豈不見他鄰舍娘，嫁來長在舅姑傍。

〔一〕《促促詞》：《全唐詩》卷二九八作「《促刺詞》」，注：「一作《促促行》。」
〔二〕促促復刺刺：同上作「促刺復促刺」。
〔三〕不將：同上作「不得」。
〔四〕白頭：同上作「頭白」。
〔五〕四邊田宅：同上作「田邊舊宅」。所：同上注：「一作我。」
〔六〕衢：同上注：「一作途。」

同前

張　籍

促促復促促，家貧夫婦歡不足。今年爲人送租船，去年捕魚在江邊。家中姑老子復小，自執吳綃輸税錢。家家桑麻滿地黑，念君一身空努力。乍教牛蹄團團羊角直，〔一〕君身長在應不得。

〔一〕乍教：《張司業集》卷一作「願教」。

樓上女兒曲

盧仝

誰家女兒樓上頭，指麾婢子掛簾鉤。林花撩亂心之愁，卷却羅袖彈箜篌。箜篌歷亂五六弦，羅袖掩面啼向天。相思弦斷情不斷，落花紛紛心欲穿。心欲穿，憑欄干。相憶柳條綠，相思錦帳寒。直緣感君恩愛一回顧，使我雙淚長珊珊。我有嬌靨待君笑，我有嬌娥待君掃。〔一〕鶯花爛熳君不來，及至君來花已老。心腸寸斷誰得知，玉階冪𧥬生青草。

〔一〕娥：當作「蛾」。

青青水中蒲三首

韓愈

青青水中蒲，下有一雙魚。君今上隴去，我在與誰居？
青青水中蒲，長在水中居。寄語浮萍草，相隨我不如。
青青水中蒲，葉短不出水。婦人不下堂，行子在萬里。

樂府詩集卷第九十二

新樂府辭三

樂府雜題三

塞上曲

李　白

大漢無中策，匈奴犯渭橋。五原秋草緑，胡馬一何驕。命將征西極，横行陰山側。燕支落漢家，婦女無花色。轉戰渡黄河，休兵樂事多。蕭條清萬里，瀚海寂無波。

同前二首〔一〕

王昌齡

蟬鳴桑樹間，〔二〕八月蕭關道。出塞入塞雲，〔三〕處處黄蘆草。從來幽并客，皆向沙場老。〔四〕莫學遊俠兒，矜誇紫騮好。

邊頭何慘慘，已葬霍將軍。部曲皆相弔，燕南代北聞。功勳多被黜，兵馬亦尋分。更遣黄龍戍，唯當哭塞雲。

〔一〕同前：指《塞上曲》，《全唐詩》卷一四〇作《塞下曲》四首，此處僅收其第一、第四二首。又另有《塞上曲》一首。
〔二〕桑樹間：同上作「空桑林」。
〔三〕入塞雲：同上作「入塞寒」，注：「一作復入塞。」似是。
〔四〕向沙場：同上作「共塵沙」。

同前

耿〔緯〕〔湋〕〔一〕

慣習干戈事鞍馬，初從少小在邊城。身微久屬千夫長，家遠多親五郡〔兒〕〔兵〕。〔二〕懶説疆場曾大獲，且悲年鬢老長征。塞鴻過盡殘陽裏，樓上凄凄暮角聲。〔三〕

〔一〕耿〔緯〕〔湋〕：據《全唐詩》卷二六九改。
〔二〕〔兒〕〔兵〕：據同上改。
〔三〕凄凄：同上注：「一作嗚嗚。」

同前〔一〕

司空曙

塞柳接胡桑，軍門向大荒。幕營隨月魄，〔二〕兵氣長星芒。横吹催春酒，重裘隔夜霜。冰開不防虜，青草滿遼陽。

〔一〕同前：《英華》卷一九七作《塞上曲》，《全唐詩》卷二九三作《塞下曲》。

〔二〕月魄：《英華》作「日魄」。

同前九曲〔一〕

僧貫休

幽并兒百萬，百戰未曾輸。蕃界已深入，將軍仍遠圖。月明風拔帳，磧暗鬼騎狐。但有東歸日，甘從筋力枯。

中軍殺白馬，白日祭蒼蒼。號變旗幡亂，鼙乾草木黄。〔二〕朔雲含凍雨，枯骨放妖光。故國今何處？參差近鬼方。

白雁兼羌笛，幾年垂淚聽。陰風吹殺氣，永日在青冥。遠戍秋添將，邊烽夜雜星。嫖姚頭半白，猶自看兵經。

大雨始無塵，〔三〕邊聲四散聞。浸河荒寨柱，吹角白頭軍。牛馬甝腥草，〔四〕烏鳶識陣雲。征人心力盡，枯骨更遭焚。

帳幕侵奚界，憑陵未可涯。擒生行别路，尋箭向平沙。赤落蒲桃葉，香微甘草花。不堪登隴望，白日又西斜。

地角天涯外，人號鬼哭邊。大河流敗卒，寒日下蒼烟。殺氣諸蕃動，軍書一箭傳。將軍莫惆悵，高處是燕然。

山接胡奴水，河連勃勃城。數州今已伏，此命豈堪輕。磧吼旄頭落，風乾刁斗清。因嗟李陵苦，只得没蕃名。

錦袷胡兒黑如漆，騎羊上(水)〔冰〕如箭疾。〔五〕蒲桃酒白鵰腊紅，苜蓿根甜沙鼠出。單于右臂何須斷，天子昭昭本如日。一握鬣鬚一握絲，須知只爲平戎術。

去年轉鬬陰山脚，生得單于却放却。今年深入於不毛。胡兵拔帳遺弓刀。(兒)男〔兒〕貴展平生志，〔六〕爲國輸忠合天地。甲穿雖則失黄金，劍缺猶能生紫氣。塞草萋萋兵士苦，胡虜如今勿胡虜。封侯十萬始無心，玉關生入君看取。〔七〕

〔一〕同前九曲：指《塞上曲》，《全唐詩》卷八三〇作《塞上曲》二首，即此第八第九首。又《古塞上曲》七首，即此前七首。

〔二〕鞾：同上注：「一作沙。」

〔三〕大雨：同上作「久雨」。

〔四〕牛馬：同上作「戰馬」。⿰齒束：同上作「齕」。

〔五〕上(水)〔冰〕：據同上改。

〔六〕〔兒〕男〔兒〕：據同上及毛本改。貴：同上作「須」。

〔七〕生：同上作「凱」。

同前二首〔一〕

戎昱

漢將歸來虜塞空，旌旗初入玉關東。〔二〕高蹄戰馬三千匹，落日平原秋草中。

胡風略地燒連山，碎葉孤城未下關。山頭烽子聲聲叫，〔三〕知是將軍夜獵還。

〔一〕同前二首：「同前」指《塞上曲》。第一首，《全唐詩》卷二七〇作《塞下曲》，第二首作《塞上曲》。

〔二〕初入：同上作「初下」。

〔三〕聲：同上注：「一作齊。」

同前二首

王〔維〕〔涯〕〔一〕

天驕遠塞行，鞘裏寶刀鳴。〔二〕定是酬恩日，今朝覺命輕。

塞虜常爲敵，邊風已報秋。平生多志氣，〔三〕箭底覓封侯。

〔一〕王〔維〕〔涯〕：據《全唐詩》卷三四六改。

〔二〕鞘裏：同上作「出鞘」。

〔三〕志：同上注：「一作意。」

同前

周朴

一墜風來一墜砂，〔一〕有人行處没人家。黄河九曲冰先合，紫塞三春不見花。

〔一〕一墜風來一墜砂：《全唐詩》卷六七三作「一陣風來一陣沙」。

同前

張祜

邊風卷地時，日暮帳初移。磧迥三通角，山寒一點旗。連收揭索馬，引滿射鵰兒。莫道勳功細，〔一〕將軍昔戍師。

〔一〕勳功：《全唐詩》卷五一〇作「功勳」。

塞上行

歐陽詹

聞説胡兵欲利秋，昨來投筆到營州。驍雄已許將軍用，邊塞無勞天子憂。

同前

鮑溶

西風應時筋角堅，承露牧馬水草冷。可憐黄河九曲盡，氈館牢落胡無影。〔一〕

〔一〕胡：《全唐詩》卷四八七注：「一作樹。」

同前〔一〕

李昌符

莽倉廬關北，〔二〕孤城帳幕多。客軍甘入陣，老將望回戈。樹盡禽棲草，冰堅路在河。汾陽尋下世，〔三〕羌虜肯先和？

〔一〕同前：《又玄集》卷下作「《塞上行》」。《全唐詩》卷六〇一作「《書邊事》」，注：「一作《邊行書事》。」

〔二〕「莽倉」四句：《全唐詩》作「朔野烟塵起，天軍又舉戈。陰風向晚急，殺氣入秋多」。注：「一作莽蒼蘆關北。」下三句同本集。莽倉：《又玄集》作「漭蒼」。按「倉」作「蒼」是。

〔三〕尋下世：同上作「無繼者」。

同前

周　朴

秦築長城在，連雲磧氣侵。風吹邊草急，角絶塞鴻沈。世世征人往，年年戰骨深。遼天望鄉者，迴首盡霑襟。

塞上

高　適

東出盧龍塞，浩然客思孤。亭堠列萬里，漢兵猶備胡。邊塵滿北溟，〔一〕虜騎正南驅。轉鬬豈長策，和親非遠圖。惟昔李將軍，按節出皇都。〔二〕總戎掃大漠，一戰擒單于。常懷感激心，願効縱横謨。倚劍欲誰語，關河空鬱紆。〔三〕

〔一〕滿：《英華》卷一九七、《全唐詩》卷二一一作「漲」。

〔二〕出皇都：《全唐詩》作「臨此都」。

〔三〕關河：同上作「山河」。《英華》作「關山」。

同前

王　建

漫漫復淒淒，黄沙暮漸迷。人當故鄉立，馬過舊營嘶。斷雁逢（水）〔冰〕磧，〔一〕回軍占雪溪。夜來山下哭，應是送降奚。

〔一〕（水）〔冰〕磧：據《全唐詩》卷二九九改。

同前〔一〕

鮑溶

朔風號蓟門，〔二〕殺氣日夜興。咸陽三千里，鐵馬如飢鷹。〔三〕行子久去鄉，見山不敢登。〔四〕寒日慘大野，虜雲若飛鵬。西北防秋軍，麾幢宿層冰。匈奴天未喪，戰鼓長騰騰。〔五〕漢卒馬上老，樊纓空絲繩。誠知天所驕，欲罷又不能。

〔一〕同前：指《塞上》，《全唐詩》卷四八五作「《塞下》」。
〔二〕朔風：同上作「北風」。
〔三〕鐵馬：同上作「驛馬」。
〔四〕見山：同上作「逢山」。
〔五〕騰騰：同上作「登登」。

同前〔一〕

李端

二十在邊城，軍中得勇名。卷旗收敗馬，斷磧擁殘兵。〔二〕覆陣烏鳶起，燒山野火明。〔三〕

塞閑思遠獵，師老厭分營。雪嶺無人跡，冰河足雁聲。李陵甘没此，惆悵漢公卿。

〔一〕同前：指《塞上》，《全唐詩》卷二八六注：「一本作盧綸詩，題作《從軍行》。」

〔二〕斷磧：同上作「占磧」。

〔三〕野火：同上作「草木」。

同前

曹松

邊塞來處闊，〔一〕今日復明朝。河凌去聲堅通馬，朝雲缺見鵰。〔二〕沙中程獨泣，鄉外隱誰招。回首若經歲，〔三〕靈州生柳條。〔四〕

〔一〕邊塞：《全唐詩》卷七一六作「邊寒」，是。來處：同上作「來所」。

〔二〕朝雲：同上作「胡雲」。

〔三〕若：同上注：「一作苦。」

〔四〕生：同上注：「一作在。」

同前

鄭渥

出門何處問西東，指畫翻爲語論同。到此客頭潛覺白，未秋山葉已飄紅。帳前影落傳書雁，日下聲交失馬翁。早晚回鞭復南去，大衣高蓋漢鄉風。

同前二首

譚用之

秋風漠北雁飛天，單騎那堪遶賀蘭。磧暗更無巖樹影，地平時有野燒瘢。貂披寒色和衣冷，劍佩胡霜隔匣寒。早晚横戈似飛尉，擁旄深入異田單。

鉢略城邊日欲西，遊人却憶舊山歸。牛羊集水烟黏步，鵰鶚盤空雪滿圍。獵騎静逢邊氣薄，戍樓寒對暮烟微。横行總是男兒事，早晚重來似翰飛。

同前〔一〕

姚合

磧路三千里，〔二〕黄雲覆草平。戰須移死地，軍諱殺降兵。印馬秋遮虜，〔三〕蒸砂夜築城。故鄉歸未得，〔四〕都尉欠功名。〔五〕

〔一〕同前：指《塞上》，《全唐詩》卷五〇二作「《塞下曲》」。

〔二〕「磧路」兩句：同上作「磧露黄雲下，凝寒鼓不鳴」。

〔三〕印：同上注：「一作邛。」

〔四〕故鄉：同上作「舊鄉」。未得：同上作「不得」。

〔五〕欠：同上作「負」。

同前

張喬

勒兵遼水邊，風急卷旌旃。絶塞寒無樹，〔一〕平沙勢蓋天。〔二〕雪晴回探騎，〔三〕月落控鳴弦。永定山河誓，南歸改漢年。

〔一〕寒：《全唐詩》卷六三八注：「一作陰。」樹：同上注：「一作草。」
〔二〕勢蓋：同上作「勢盡」，注：「一作去蓋。」
〔三〕「雪晴」四句：同上注：「一作下營看斗建，傳號信狼烟。聖代垂青史，當書破虜年。」

同前二首〔一〕

周朴

柳色正沉沉，〔二〕風吹秋更深。山河空遠道，鄉國自鳴砧。巷有千家月，人無萬里心。長城哭崩後，寂寞至如今。〔三〕

受降城必破，回落隴頭移。蕃道北海北，謀生今始知。

〔一〕同前：指《塞上》，《全唐詩》卷六七三對第一首作「《秋深》」，注：「一作《塞上行》。」

〔二〕正：同上作「尚」。

〔三〕寂寞：同上作「寂絶」。

同前〔一〕

秦韜玉

到處人皆著戰袍，麾旗風緊馬蹄勞。〔二〕黑山霜重弓添硬，青塚砂平月更高。大野幾重閑雪嶺，〔三〕長河無限舊風濤。〔四〕鳳林關外皆唐土，猶尚蒐兵數似毛。〔五〕

〔一〕同前：指《塞上》，《全唐詩》卷六七〇作「《塞下》」。

〔二〕麾旗：同上注：「一作席箕。」蹄：同上注：「一作毿。」

〔三〕閑：同上作「開」，是。

〔四〕風濤：同上作「雲濤」。

〔五〕「猶尚」句：同上作「何日陳兵戍不毛」。

同前

戴師顔〔一〕

空磧晝蒼茫，沙腥古戰場。逢春多霰雪，生計在牛羊。冷角吹鄉淚，乾榆落夢牀。從來山水客，誰謂到漁陽。

〔一〕戴師顔：《全唐詩》卷六九〇作「戴司顔」。

同前　江爲

萬里黄雲凍不飛，磧烟烽火夜深微。胡兒移帳寒笳絶，雪路時聞探馬歸。

同前二首　杜荀鶴

旌旗獵獵漢將軍，(閑)〔間〕出巡遊帝命新。〔一〕沙塞旋收饒帳幕，犬戎時殺少烟塵。冰河夜渡偷來馬，雪嶺朝飛獵去人。獨作書生疑不穩，軟弓輕劍也隨身。

草白河冰合，蕃戎出掠頻。戍樓三號火，〔二〕探騎一條塵。戰士風霜老，將軍雨露新。封侯不由此，何以慰征人。

〔一〕(閑)〔間〕出巡遊：據《全唐詩》卷六九二改。遊：同上作「邊」，是。

〔二〕三號火：同上注：「一作三急號。」

塞下曲六首　李白

五月天山雪，無花祇有寒。笛中聞《折柳》，春色未曾看。曉戰隨金鼓，宵眠抱玉鞍。願將腰下劍，直爲斬樓蘭。

天兵下北荒，胡馬欲南飲。横戈從百戰，直爲銜恩甚。握雪海上餐，拂沙隴頭寢。何當破月氏，然後方高枕。

駿馬如風飇，〔一〕鳴鞭出渭橋。彎弓辭漢月，插羽破天驕。陣解星芒盡，營空海霧銷。功成畫麟閣，獨有霍嫖姚。

白馬黄金塞，雲砂繞夢思。那堪愁苦節，遠憶邊城兒。螢飛秋窗滿，月度霜閨遲。摧殘梧桐葉，蕭颯沙棠枝。無時獨不見，淚流空自知。

塞虜乘秋下，天兵出漢家。將軍分虎竹，戰士卧龍沙。邊月隨弓影，胡霜拂劍花。玉關殊未入，少婦莫長嗟。

烽火動沙漠，連照甘泉雲。漢皇按劍起，還召李將軍。兵氣天上合，鼓聲隴底聞。横行負勇氣，一戰静妖氛。

〔一〕如：《李太白集》卷五作「似」。

同前〔一〕　　郭元振〔二〕

塞外虜塵飛，頻年出武威。死生隨玉劍，辛苦向金微。久戍人將老，長征馬不肥。仍聞酒泉郡，已合數重圍。

〔一〕同前：指《塞下曲》，《全唐詩》卷六六作「《塞上》」。

〔二〕郭元振：同上作「郭震，字元振，以字顯」。

同前二首〔一〕

王昌齡

飲馬渡秋水，水寒風似刀。平沙日未没，黯黯見臨洮。昔日長城戰一作當日龍城戰，咸言意氣高。黄塵是今古一作黄沙滿今古，〔二〕白骨亂蓬蒿。

秋風夜渡河，吹却雁門桑。遥見胡地獵，鞴馬宿嚴霜。五道分兵去，孤軍百戰場。功多翻下獄，士卒但心傷。

〔一〕同前二首：指《塞下曲》，《全唐詩》卷一四〇第一首下注「此首一本題作《望臨洮》」，以第二首爲《塞下曲》。

〔二〕是：同上作「足」。

同前二首

馬　戴

旌旗倒北風，霜霰逐南鴻。夜救龍城急，朝焚虜帳空。骨銷金鏃在，鬢改玉關中。却想羲

皇代，〔一〕無人説戰功。〔二〕
廣漠雲凝慘，日斜飛霰生。燒山搜猛獸，伏道擊回兵。風折旗竿曲，沙埋樹杪一作塞路平。
黄雲飛旦夕，〔三〕偏奏苦寒聲。

〔一〕羲皇代：《全唐詩》卷五五五作「羲軒氏」。
〔二〕説：同上作「尚」。
〔三〕「黄雲」句：同上注：「一作雲飛日一夕。」

同前〔一〕

張籍

邊州八月修城堡，候騎先燒磧中草。〔二〕胡風吹沙度隴飛，隴頭林木無北枝。將軍閲兵青塞下，鳴鼓逢逢促獵圍。〔三〕天寒山路石斷裂，白日不銷帳上雪。烏孫國亂多降胡，詔使名王持漢節。年年征戰不得閑，邊人殺盡唯空山。

〔一〕同前：指《塞下曲》，《張司業集》卷七作「《塞上曲》」。
〔二〕磧中：同上作「磧上」。
〔三〕逢逢：同上作「鼕鼕」。

同前

于濆

赤子別父母，〔一〕犬戎圍邏娑。戰鼓聲未齊，烏鳶已相賀。燕然山上雲，半是離鄉魂。衛霍待富貴，〔二〕不知誰與論。〔三〕

〔一〕「赤子」二句：《全唐詩》卷五九九作「紫塞曉屯兵，黄沙披甲卧」，似是。

〔二〕待：同上注：「一作徒。」

〔三〕「不知」句：同上作「豈能無一作清乾坤」。

同前

陶翰

進軍飛狐北，窮寇勢將變。落日沙塵昏，背河更一戰。騂馬黄金勒，〔一〕彫弓白羽箭。射殺左賢王，歸奏未央殿。欲言塞下事，天子不召見。東出咸陽門，〔二〕哀哀淚如霰。

〔一〕騂：《又玄集》卷上及《全唐詩》卷一四六注均作「駿」。

〔二〕東：《又玄集》作「西」。

同前二首〔一〕

李　益

蕃州部落能結束，朝馳暮獵黄河曲。〔二〕燕歌未斷塞鴻飛，牧馬群嘶邊草緑。秦築長城城已摧，漢武北上單于臺。古來征戰虜不盡，今日還復天兵來。黄河東流流九折，沙場埋恨何時絶。蔡琰没處造胡笳，〔三〕蘇武歸來持漢節。爲報如今都護雄，匈奴且莫下雲中。請書塞北陰山石，願勒燕然車騎功。

漢家今上郡，秦塞古長城。有日雲長慘，無風沙自驚。當今聖天子，不戰四夷平。

〔一〕同前二首：第二首《全唐詩》卷二八三題作「《登長城》」。

〔二〕朝馳暮獵：同上作「朝暮一作朝馳獵」。

〔三〕没處：當作「没去」，「處」字疑誤。

樂府詩集卷第九十三

新樂府辭四

樂府雜題四

塞下曲十一首〔一〕

僧貫休

下營依遁甲，分（師）〔帥〕把河隍。〔二〕地使人心惡，風吹旗焰荒。搜山見探卒，〔三〕放火獵黄羊。唯有南飛雁，聲聲斷客腸。

歸去是何年，山連邏沙川。蒼黄曾戰地，空闊養鵰天。旗插蒸沙堡，槍擔卓槊泉。蕭條寒日落，號令徹窮邊。

虜寇日相持，如龍馬不肥。突圍金甲破，趁賊鐵槍飛。漢月堂堂上，胡雲慘慘微。黄河冰已合，猶未送征衣。

南北唯堪恨，東西實可嗟。常飛侵夏雪，何處有人家。風刮陰山薄，河推大岸斜。只應寒夜夢，時見故園花。

不是將軍勇，胡兵豈易當。雨曾淋火陣，箭又中金瘡。鐵嶺全無土，豺群亦有狼。因思無戰日，天子是陶唐。

榆葉飄蕭盡，關防烽寨重。寒來知馬疾，戰後覺人兇。燒逐飛蓬死，沙生毒霧濃。誰能奏明主，功業已堪封。

萬戰千征地，蒼茫古寨門。陰兵爲客祟，惡酒發刀痕。風落崑崙(食)〔石〕，〔四〕河萌苜蓿根。將軍更移帳，日日近西蕃。

古塞腥膻地，胡兵聚如蠅。寒鵰中髆石，落在黃河冰。蒼茫邏逤城，枿枿賊氣興。鑄金禱秋穹，還擬相憑陵。

戰骨踐成塵，〔五〕飛入征人目。黃雲忽變黑，戰鬼作陣哭。〔六〕陰風吼大漠，火號出不得。誰爲天子前，唱此邊城曲。

日向平沙出，還向平沙没。飛蓬落陣營，〔七〕驚鵰去天末。帝鄉青樓倚霄漢，歌吹掀天對花月。豈知塞上望鄉人，日日雙眸滴清血。

狼烟作陣雲，匈奴愛輕敵。領兵不知數，牛羊復吞磧。嚴冬大河枯，嫖姚去深擊。戰血染黃沙，風吹映天赤。

〔一〕塞下曲十一首：《全唐詩》卷八二七作《古塞下曲》四首，即後四首。又卷八三〇作《古塞下曲》七首，即前七首。

〔二〕分（師）〔帥〕：據同上改。

〔三〕見：同上作「得」。

〔四〕崑崙（食）〔石〕：據同上改。

〔五〕戰：同上注：「一作白。」踐成：同上注：「一作化黄。」

〔六〕陣：同上注：「一作夜。」

〔七〕陣：同上注：「一作軍。」

同前六首〔一〕

盧　綸

鷲翎金僕姑，燕尾繡蝥弧。獨立揚新令，千營共一呼。

林暗草驚風，將軍夜引弓。平明尋白羽，没在石稜中。

月黑雁飛高，單于夜遁逃。欲將輕騎逐，大雪滿弓刀。

野幕蔽瓊筵，〔二〕羌戎賀勞旋。醉和金甲舞，雷鼓動山川。

調箭又呼鷹，俱聞出世能。〔三〕奔狐將迸雉，〔四〕掃盡古丘陵。

亭亭七葉貴，蕩蕩一隅清。他日題麟閣，唯應獨不名。〔五〕

〔一〕同前：《全唐詩》卷二七八作「《和張僕射塞下曲》」。
〔二〕蔽：同上作「敝」。
〔三〕出世：同上注：「一作百中。」
〔四〕狐：同上注：「一作猿。」
〔五〕「唯應」句：同上注：「一作誰知獨有名。」

同前二首

僧皎然

寒塞無因見落梅，胡人吹入笛聲來。勞勞亭上春應度，夜夜城南戰未回。
都護今年破武威，胡沙萬里鳥空飛。旄竿瀚海掃雲出，氈騎天山踏雪歸。

同前

李賀

胡角引北風，薊門白於水。天含青海道，城頭見千里。〔一〕露下旗濛濛，寒金鳴夜刻。蕃甲鎖蛇鱗，馬嘶青塚白。秋靜是旄頭，沙遠席（其）〔羈〕愁。〔二〕帳北天應盡，河聲出塞流。〔三〕

〔一〕見：《全唐詩》卷三九三作「月」。

〔二〕（其）〔羈〕愁：據《英華》卷一九七改。

〔三〕河聲：同上作「黃河」。

同前

劉駕

勒兵遼水邊，風急卷旌旃。絶塞陰無草，平沙去盡天。下營看斗建，傳號信狼烟。聖代書青史，當時破虜年。

同前二首

王（維）〔涯〕〔一〕

辛勤幾出黃花戍，迢遞初隨細柳營。塞晚每愁殘月苦，邊秋更逐斷蓬驚。

年少辭家從冠軍，金裝寶劍去邀勳。不知馬骨傷寒水，唯見龍城起暮雲。

〔一〕王（維）〔涯〕：據《全唐詩》卷三四六改。

同前二首

令狐楚

雪滿衣裳冰滿鬚，〔一〕曉隨飛將伐單于。平生志氣今何在，〔二〕把得家書淚似珠。

邊草蕭條塞雁飛，征人南望盡霑衣。〔三〕黄塵滿面長須戰，白髮生頭未得歸。

〔一〕鬢：毛本和《全唐詩》卷三三四都作「鬢」。

〔二〕志氣：同上作「意氣」，是。

〔三〕盡：同上作「淚」。

同前五首

張仲素

三戍漁陽再渡遼，騂弓在臂劍横腰。匈奴欲似知名姓，〔一〕休傍陰山更射鵰。

玁馬千群雁幾雙，〔二〕燕然山下碧油幢。傳聲(漢)〔漠〕北單于破，〔三〕火照旌旗夜受降。

朔雪飄飄開雁門，平沙歷亂卷蓬根。功名恥計擒生數，〔四〕直斬樓蘭報國恩。

隴水潺湲隴樹秋，征人到此淚雙流。〔五〕鄉關萬里無因見，西戍河源早晚休。〔六〕

陰磧茫茫塞草腓，〔七〕桔槔烽上暮烟飛。〔八〕交河北望天連海，〔九〕蘇武曾將漢節歸。

〔一〕欲似：《全唐詩》卷三六七作「似若」。

〔二〕千群：同上作「千行」。

〔三〕(漢)〔漠〕北：據同上改。

〔四〕計：同上注：「一作記。」

〔五〕征：同上注：「一作無。」

〔六〕休：同上注：「一作收。」

〔七〕腓：同上作「肥」。

〔八〕暮烟：同上作「暮雲」。

〔九〕交：同上注：「一作關。」

同前六首

戎昱

慘慘寒日没，北風卷蓬根。將軍領疲兵，却入古塞門。回頭指陰山，殺氣成黄雲。

上山望胡兵，胡馬馳驟速。黄河冰已合，意又向南牧。嫖姚夜出軍，霜雪割人肉。

塞北無草木，烏鳶巢僵屍。泱漭沙漠空，終日胡風吹。戰卒多苦辛，苦辛無四時。

晚渡西海西，向東看日没。傍岸砂磧堆，半和戰兵骨。單于竟未滅，陰氣常勃勃。

城上畫角哀，則知兵辛苦。〔一〕試問左右人，無言淚如雨。何意休明時，終年事鼙鼓。

北風凋白草，胡馬日駸駸。夜後戍樓月，秋來邊將心。鐵衣霜露重，〔二〕戰馬歲年深。自有盧龍塞，烟塵飛至今。

〔一〕則知：《全唐詩》卷二七〇作「即知」。辛苦：同上作「心苦」，是。

〔三〕露：同上注：「一作雪。」

同前

丁稜

北風鳴晚角，雨雪塞雲低。烽舉戰軍動，天寒征馬嘶。出營紅旆展，過磧暗沙迷。諸將年皆老，何時罷鼓鼙。

同前

郎士元

寶刀塞上兒，〔一〕身經百戰曾百勝。壯心竟未嫖姚知，白草山頭日初没。黄沙戍下悲歌發，〔二〕蕭條夜靜邊風吹，獨倚營門望秋月。

〔一〕塞上：《全唐詩》卷二四八作「塞下」。

〔二〕戍下悲歌發：同上注：「一作城下歌聲發。」又「歌」下注：「一作笳。」

同前

許渾

夜戰桑乾雪，〔一〕秦兵半不歸。朝來有鄉信，獨自寄征衣。

〔一〕雪：《丁卯集》卷下作「北」。

同前

周朴

石國胡兒向磧東，愛吹横笛引秋風。夜來雲雨皆飛盡，月照平沙萬里空。

同前二首

張祜

二十逐嫖姚，分兵遠戍遼。雪迷經塞夜，冰壯渡河朝。促放鵰難下，生騎馬未調。小儒何足問，看取劍横腰。

萬里配長陘〔一〕，連年慣野營。入群來揀馬，抛伴去擒生。箭插鵰翎闊，弓盤鵲角輕。間看行遠近，〔二〕西去受降城。

〔一〕長陘：《全唐詩》卷五一〇作「長征」，似是。

〔二〕遠近：同上作「近遠」。

塞下〔一〕

李宣遠

秋日并州路，黄榆落故關。〔二〕孤城吹角罷，數騎射鵰還。帳幕遥臨水，牛羊自下山。行人正垂淚，烽火起雲間。

〔一〕《塞下》：《全唐詩》卷四六六作「《并州路》」，注：「一作楊達詩，題云《塞下作》。」

〔二〕故關：同上注：「一作照間。」

同前三首

沈彬

塞葉聲悲秋欲霜，寒山數點下牛羊。映霞旅雁隨疏雨，向磧行人帶夕陽。邊騎不來沙路失，國恩深後海城荒。胡兒向化新成長，猶自千回問漢王。

貴主和親殺氣沈，燕山閑獵鼓鼙音。旗分雪草偷邊馬，箭入寒雲落塞禽。隴月盡牽鄉思動，戰衣誰寄淚痕深。金釵謾作封侯別，擘破佳人萬里心。

月冷榆關過雁行，將軍寒笛老思鄉。貳師骨恨千夫壯，李廣魂飛一劍長。戍角就沙催落日，陰雲分磧護秋霜。〔一〕誰知漢武輕中國，閑奪天山草木荒。

〔一〕秋霜：《全唐詩》卷七四三作「飛霜」。

交河塞下曲

胡曾

交河冰薄日遲遲，漢將思家感别離。塞北草生蘇武泣，隴西雲起李陵悲。曉侵雉堞烏先覺，春入關山雁獨知。何處疲兵心最苦，夕陽樓上笛聲時。

汾陰行

李嶠

君不見昔日西京全盛時，汾陰后土親祭祠。齋宫宿寢設厨供，〔一〕撞鐘鳴鼓樹羽旗。漢家五世才且雄，〔二〕賓延萬靈服九戎。〔三〕柏梁賦詩高宴罷，詔書法駕幸河東。河東太守親掃除，奉迎至尊導鑾輿。五營將校列容衛，〔四〕三河縱觀空里閭。回旌駐蹕降靈場，焚香奠醑邀百祥。金鼎發食正焜煌，〔五〕靈祇煒燁攄景光。埋玉陳牲禮神畢，舉麾上馬乘輿出。彼汾之曲嘉可游，木蘭爲楫桂爲舟。櫂歌微吟綵鷁浮，簫鼓哀鳴白雲秋。歡娱宴洽賜群后，家家復除户牛酒。聲明動天樂無有，千秋萬歲南山壽。自從天子向秦關，玉輦金車不復還。珠簾羽帳長寂寞，〔六〕鼎湖龍髯安可攀。〔七〕千齡人事一朝空，四海爲家此路窮。雄豪意氣今何在，〔八〕壇場宫館盡蒿蓬。〔九〕路逢古老長歎息，〔一〇〕世事回環不可測。昔時青樓對歌舞，今日黄埃聚荆棘。山川滿目淚沾衣，富貴榮華能幾時。不見只今汾水上，唯有年年秋雁飛。

〔一〕廚：《全唐詩》卷五七作「儲」，似是。
〔二〕五世：同上作「五葉」，注：「一作四世。」
〔三〕服九戎：同上作「朝九戎」。
〔四〕將校：同上作「夾道」。
〔五〕發食：同上作「發色」，似是。
〔六〕羽帳：同上作「羽扇」，注：「一作蓋。」
〔七〕安可：同上注：「一作何處。」
〔八〕雄豪：同上作「豪雄」。
〔九〕館：同上作「觀」。
〔一〇〕古老：同上作「故老」。

大梁行

唐堯客

客有成都來，爲我彈鳴琴。前彈《别鶴操》，後奏《大梁吟》。大梁傷客情，荒臺對古城。版築有陳迹，歌吹無遺聲。雄哉魏公子，疇日好羅英。秀士三千人，煌煌象列星。〔一〕金槌奪晉鄙，白刃刎侯嬴。邯鄲救趙北，函谷走秦兵。君子榮且昧，忠信莫之明。間諜忽來及，雄圖靡克成。千齡萬化盡，但見滎與清。〔二〕舊國多狐兔，〔三〕夷門荆棘生。蒼梧彩雲没，汳浦緑池平。〔四〕聞有東山去，蕭蕭班馬鳴。河洲搴宿莽，日夕涙沾纓。因之唁公子，慷慨此歌行。

〔一〕象列星：《全唐詩》卷七七七作「列衆星」。

〔二〕滎與清：同上作「汴水清」，是。

〔三〕多狐兔：同上作「多孤壘」。

〔四〕汳浦：同上作「湘浦」，疑非。

同前〔一〕

高適

古城莽蒼饒荆榛，〔二〕驅馬荒城愁殺人。魏王宫觀盡禾黍，〔三〕信陵賓客隨灰塵。憶昔雄都舊朝市，〔四〕軒車照曜歌鐘起。軍容帶甲三十萬，國步連衡一千里。〔五〕全盛須臾那可論，高臺曲池無復存。遺墟但見狐狸跡，〔六〕古地空多一作餘草木根。〔七〕暮天摇落傷懷抱，撫劍悲歌對秋草。〔八〕俠客猶傳朱亥名，行人尚識夷門道。白璧黄金萬户侯，寶刀駿馬填山丘。年代淒涼不可問，往來唯見水東流。〔九〕

〔一〕同前：指《大梁行》，《高常侍集》卷五作「《古大梁行》」。
〔二〕莽蒼：《全唐詩》卷二一三注：「一作蒼茫。」
〔三〕觀：同上注：「一作館，一作殿。」
〔四〕憶昔：《高常侍集》作「憶昨」。
〔五〕一：同上作「五」。《全唐詩》注：「一作五。」連衡：作「連營」。
〔六〕跡：《全唐詩》注：「一作窟。」
〔七〕空多：同上及《高常侍集》作「空餘」。
〔八〕撫劍：《全唐詩》作「倚劍」。
〔九〕唯見：同上作「唯有」。

洛陽行

張籍

洛陽宮闕當中州，城上峨峨十二樓。翠華西去幾時返，梟巢乳鳥藏蟄燕。御門空鎖五十年，税彼農夫修玉殿。六街朝暮鼓鼕鼕，禁兵持戟守空宫。百官月月謝拜表，〔一〕驛使相續長安道。上陽宮樹黄復緑，野豺入苑食麋鹿。陌上老翁雙淚垂，共説武皇巡幸時。

〔一〕月月謝拜表：《張司業詩集》卷七作「日月拜章表」。

永嘉行

張籍

《晉書》曰：「懷帝永嘉五年六月，劉曜、王彌陷洛陽，入于南宫，昇太極前殿，縱兵大掠，悉收宫人珍寶。曜於是害諸王公及百官已下三萬餘人，遷帝於平陽。劉聰以帝爲會稽公。」按劉元海本匈奴冒頓之後，曜其族子也。

黄頭鮮卑入洛陽，胡兒持戟昇明堂。晉家天子作降虜，公卿齊走如牛羊。〔一〕紫陌旌旛暗相觸，家家雞犬驚上屋。婦人出門隨亂兵，夫死眼前不敢哭。九州諸侯自〔曠〕〔顧〕土，〔二〕無人領兵來護主。北人避胡多在南，〔三〕南人至今能晉語。

〔一〕齊走：《全唐詩》卷三八二作「奔走」。如牛羊：《張司業詩集》卷一作「如驅羊」。

〔二〕自〔曠〕〔顧〕土：據同上改。

〔三〕多在南：《張司業詩集》作「皆在南」。

田家行

王建

男聲欣欣女顔悦，人家不怨言語别。五月雖熱麥風清，檐頭索索繰車鳴。野蠶作繭人不取，葉間撲撲秋蛾生。麥收上場絹在軸，的知輸得官家足。不願一作望入口復上身，〔一〕且免向城賣黃犢。田家衣食無厚薄，不見縣門身即樂。

〔一〕不願：《全唐詩》卷二九八作「不望」。

同前〔一〕

元稹

牛吒吒，田确确，旱塊敲牛蹄趵趵。種得官倉珠顆穀，六十年來兵簇簇，日月食糧車轆轆。〔二〕一日官軍收海服，驅牛駕車食（羊）〔牛〕肉，〔三〕歸來收得牛兩角。重鑄耬犁作斤斸，姑舂婦擔〔去〕輸官，〔四〕〔輸官〕不足歸賣屋。〔五〕願官早勝讎早覆，農死有兒牛有犢，不遣官軍糧不足。

〔一〕同前：指《田家行》，《元氏長慶集》卷二三作「《田家詞》」。

〔二〕日月：同上作「月月」，是。

〔三〕食（羊）〔牛〕肉：據同上改。

〔四〕〔去〕輸官：據同上補。

〔五〕〔輸官〕不足：據同上補。

思遠人

王　建

妾思常懸懸，君行復綿綿。征途向何處，碧海與青天。歲久自有念，〔一〕誰令長在邊。少年若不歸，蕭室如黃泉。〔二〕

〔一〕歲久：《全唐詩》卷二九七注：「一作羈人。」

〔二〕蕭室：同上作「蘭室」，似是。

同前

張　籍

野橋春水清，橋上送君行。去去人應老，年年草自生。出門看遠道，無信向邊城。楊柳別離處，秋蟬今復鳴。

憶遠曲

水上山沈沈，征途渡遠林。〔一〕途荒人行少，馬跡猶可尋。雪中獨立樹，海口失侶禽。（誰愛）〔離憂〕如長（綿）〔線〕，〔二〕千里縈我心。

〔一〕渡遠林：《張司業詩集》卷七作「復繞林」。

〔二〕（誰愛）〔離憂〕如長（綿）〔線〕：據同上改。

同前

元稹

憶遠曲，郎身不遠郎心遠。沙隨郎飯俱在匙，郎意看沙那比飯。水中畫字無字痕，君心暗畫誰會君。況妾事姑姑進止，身去門前同萬里。一家盡是郎腹心，妾似生來無兩耳。妾身何足言，聽妾私勸君。君今夜夜醉何處，姑來伴妾自閉門。嫁夫恨不早，養兒將備老。妾自嫁郎身骨立，老姑爲郎求娶妾。妾不忍見姑郎忍見，爲郎忍耐看姑面。

望遠曲

孟郊

朝朝候歸信，日日登高臺。行人未去植庭梅，别來三見庭花開。庭花開盡復幾時，春光駘蕩阻佳期。愁來望遠烟塵隔，空憐緑鬢風吹白，何當歸見遠行客。

夫遠征

元稹

趙卒四十萬，盡爲坑中鬼。趙王未信趙母言，猶點新兵更填死。填死之兵兵氣索，秦强趙破括敵起。括雖專命起尚輕，何況牽肘之人牽不已。坑中之鬼妻在營，髽麻戴絰鵝雁鳴。送夫之婦又行哭，哭聲送死非送行。夫遠征，遠征不必戍長城，出門便不知死生。

樂府詩集卷第九十四

新樂府辭五

樂府雜題五

寄遠曲

王　建

美人别來無處所，巫山月明湘江雨。千回想見不分明，井底看星夢中語。兩心相對尚難知，〔一〕何況萬里不相疑。

〔一〕「兩心」二句：《全唐詩》卷二九八注：「一本無後二句。」

同前

張　籍

美人去來春江暖，〔一〕江頭無人湘水滿。浣沙石上水禽栖，江南路長春日短。蘭舟桂楫常渡江，無因重寄雙瓊璫。

〔一〕去來：《張司業詩集》卷一作「來去」。

征婦怨四首〔一〕

孟郊

良人昨日去，明月又不圓。别時各有淚，零落青樓前。君淚濡羅巾，妾淚滿路塵。羅巾(去)〔長〕在手，〔二〕今得隨妾身。路塵如因風，得上君車輪。生在絲羅下，〔三〕不識漁陽道。良人自戍來，夜夜夢中到。漁陽千里道，近如中門限。中門踰有時，漁陽長在眼。

〔一〕《全唐詩》卷三七二作二首，以第一、第二首合成一首，第四、第三首合成一首，第四首在前，第三首在後。兩首下都注：「前四句，一本别作一首。」按《全唐詩》作兩首較勝。

〔二〕(去)〔長〕：據同上及《孟東野詩集》卷一改。

〔三〕絲羅：《全唐詩》作「緑羅」，注：「一作絲蘿。」疑是。

同前

張籍

九月匈奴殺邊將，漢軍全殁遼水上。萬里無人收白骨，家家城下招魂葬。婦人依倚子與夫，同居貧賤心亦舒。夫死戰場子在腹，妾身雖存如晝燭。

織婦詞

孟　郊

夫是田中郎，妾是田中女。當年嫁得君，爲君秉機杼。筋力日已疲，不息窗下機。如何織紈素，自著藍縷衣。官家榜村路，更索栽桑樹。

同前

元　稹

織婦何太忙，蠶經三卧行欲老。蠶神女聖早成絲，今年絲税抽徵早。早徵非是官人惡，去歲官家事戎索。征人戰苦束刀（槍）〔瘡〕，〔一〕主將勳高换羅幕。繅絲織帛猶努力，變繬撩機苦難織。〔二〕東家頭白雙女兒，爲解挑紋嫁不得。〔三〕檐前裊裊游絲上，上有蜘蛛巧來往。羨他蟲豸解緣天，能向虛空織羅網。

〔一〕束刀（槍）〔瘡〕：據《元氏長慶集》卷二三改。

〔二〕繬：同上作「緝」，是。

〔三〕「爲解」句：同上原注：「予掾荆時，目擊貢綾户有終老不嫁之女。」

同前

鮑　溶

百日織綵絲，一朝停杼機。機中有雙鳳，化作天邊衣。使人馬如風，誠不阻音徽。影響隨羽翼，雙雙繞君飛。行人豈願行，不怨不知歸。所怨天盡處，何人見光輝。

織錦曲

王　建

大女身爲織錦户，〔一〕名在縣家供進簿。長頭起樣呈作官，聞道官家中苦難。回花側葉與人别，唯恐秋天絲線乾。〔二〕紅縷葳蕤紫茸軟，蝶飛參差花宛轉。一梭聲盡重一梭，玉腕不停羅袖卷。窗中夜久睡髻偏，横釵欲墮垂著肩。合衣卧時參没後，停燈起在雞鳴前。一匹千金亦不賣，限日未成宫裏怪。錦江水涸貢轉多，宫中盡著單絲羅。莫言山積無盡日，百尺高樓一曲歌。

〔一〕大：《全唐詩》卷二九八注：「一作一。」

〔二〕恐：同上注：「一作愁。」

織錦詞

温庭筠

丁東細漏侵瓊瑟，影轉高梧月初出。簇蔌金梭萬縷紅，鴛鴦豔錦初成匹。錦中百結皆同心，蕊亂雲盤相間深。此意欲傳傳不得，玫瑰作柱朱弦琴。爲君裁破合歡被，星斗迢迢共千里。象尺薰爐未覺秋，〔一〕碧池中一作已有新蓮子。〔二〕

〔一〕象尺：《才調集》卷二作「象齒」。

〔二〕中有：《温庭筠詩集》卷一作「已有」。

當窗織

王　建

梁横吹曲《折楊柳》曰：「門前一株棗，歲歲不知老。阿婆不嫁女，那得孫兒抱。」唧唧復唧唧，女子臨窗織。不聞機杼聲，只聞女歎息。」《當窗織》其取諸此。

歎息復歎息，園中有棗行人食。貧家女（大）〔爲〕富家織，〔一〕父母隔牆不得力。〔二〕水寒手澀絲脆斷，續來續去心腸爛。〔三〕草蟲促促機下啼，〔四〕兩日催成一匹半。輸官上頭有零落，〔五〕姑未得衣身不著。當窗却羨青樓倡，十指不動衣盈箱。

〔一〕女（大）〔爲〕富家織：據《全唐詩》卷二九八改。同上注：「一作女大當窗織。」
〔二〕父母：同上作「翁母」。
〔三〕爛：同上注：「一作急。」
〔四〕促促：同上注：「一作織。」啼：同上注：「一作鳴。」
〔五〕上頭：同上作「上頂」。

擣衣曲〔一〕

王建〔二〕

班婕妤《擣素賦》曰：「廣儲縣月，〔三〕暉木流清。〔四〕桂露朝滿，涼衿夕輕。改容飾而相命，卷霜帛而下庭。於是投香杵，加紋砧，〔五〕擇鸞聲，爭鳳音。」又曰：「調無定律，〔六〕聲無定本。任落手之參差，從風飈之（近）遠〔近〕。〔七〕或連躍而更投，或暫舒而長卷。」蓋言擣素裁衣，緘封寄遠也。

月明中庭擣衣石，掩帷下堂來擣帛。婦姑相對初力生，〔八〕雙揎白腕調杵聲。高樓敲玉節會成，家家不睡皆起聽。秋天丁丁復凍凍，玉釵低昂衣帶動。夜深月落冷如刀，濕著一雙纖手痛。回編易裂看生熟，鴛鴦紋成水波曲。重燒熨斗帖兩頭，與郎裁作迎寒裘。

〔一〕擣衣曲：《全唐詩》卷二九八注：「一作《送衣曲》。」

〔二〕〔王建〕：本書目録原作無名氏，今據《全唐詩》補。
〔三〕廣儲：疑當作「廣除」。
〔四〕暉木：《全漢文》卷十一作「暉水」，與「流清」相應。
〔五〕加紋砧：同上作「扣玟砧」，「扣」與投杵相應。
〔六〕調無定律：同上作「調非常律」，作「非常」，避免與下句「無定」兩字重出。
〔七〕（近）遠〔近〕：據同上改。按作「遠近」，與上「定本」協韻。
〔八〕初：《全唐詩》作「神」。

同前

劉禹錫

爽砧應秋律，繁杵含淒風。一一遠相續，家家音不同。户庭凝露清，伴侶明月中。長裾委襞積，輕珮垂璁瓏。汗餘衫更馥，鈿移麝半空。報寒驚邊雁，促思聞候蟲。天狼正芒角，虎落定相攻。盈篋寄何處，征人如轉蓬。

送衣曲

王　建

去秋送衣渡黄河，今秋送衣上隴坂。婦人不知道徑處，但聞新移軍近遠。〔一〕半年著道經雨濕，開籠見風衣領急。舊來十月初點衣，與郎著向營中集。絮時厚厚綿纂纂，貴欲征人身上暖。願郎莫著裹屍歸，〔二〕願妾不死長送衣。

〔一〕聞：《全唐詩》卷二九八作「問」。

〔二〕著：疑當作「作」。

寄衣曲

張　籍

纖素縫衣獨苦辛，遠因回使寄征人。官家亦自寄衣去。貴從妾手看君身。〔一〕高堂姑老無侍子，不得自到邊城裏。殷勤爲看初著時，征夫身上宜不宜。

〔一〕看君身：《張司業詩集》卷一、《唐文粹》卷一二均作「著君身」，是。

淮陰行五首

劉禹錫

劉禹錫序曰：「古有《長干行》，備言三江之事。禹錫阻風淮陰，乃作《淮陰行》。」

簇簇淮陰市，竹樓緣岸上。好日起檣竿，鳥飛驚五兩。〔一〕

今日轉船頭，金烏指西北。烟波與春草，千里同一色。

船頭大銅鐶，摩挲光陣陣。早晚使風來，〔二〕沙頭一眼認。

何物令儂羨，羨郎船尾燕。銜泥趁檣竿，宿食長相見。

隔浦望行船，頭昂尾𢤱𢤱。無奈（脱葉）〔挑菜〕時，〔三〕清淮春浪軟。

〔一〕鳥：《劉夢得文集》卷八作「鳥」。

〔二〕早晚：《全唐詩》卷三六四作「早早」，似是。使風：同上注：「一作便風。」似是。

〔三〕（脱葉）〔挑菜〕：同上作「晚來」，注「一作挑菜」，據改。

泰娘歌

劉禹錫

劉禹錫歌序曰：「泰娘，本韋尚書家主謳者。初，尚書爲吴郡得之，命樂工教以琵琶歌舞，盡得其技。後攜之歸京師，京師多善工，又捐去故技，授以新聲，而泰娘頗見稱於貴遊間。元和初，尚書薨於東都，泰娘出居民間。久之，爲蘄州刺史張愻所得。其後愻坐事謫武陵郡，愻卒，泰娘無所歸，地遠，無有知其容與藝者，故日抱樂器而哭，其音甚悲。禹錫聞之，乃作《泰娘歌》云。」

泰娘家本閶門西，門前渌水環金堤。有時妝成好天氣，走上皋橋折花戲。風流太守韋尚書，路傍忽見停隼旟。斗量明珠鳥傳意，紺𢤱迎入專城居。長鬟如雲衣似霧，錦茵羅薦承輕步。舞學驚鴻水榭春，歌傳一作撩上客蘭堂暮。〔一〕從郎西入帝城中，貴遊簪組香簾櫳。低鬟緩視抱明月，纖指破撥生胡風。繁華一旦有消歇，題劍無光履聲絶。洛陽舊宅生草萊，杜陵蕭蕭松柏哀。妝奩蟲網厚如繭，博山爐側傾寒灰。蘄州刺史張公子，白馬新到銅駝里。自言買笑擲黄金，月墮雲中從此始。安知鵬鳥坐隅飛，寂寞旅魂招不歸。秦嘉鏡有前時結，韓壽香銷故篋衣。山城少人江水碧，斷雁哀猿風雨夕。朱弦已絶爲知音，雲鬟未秋私自惜。舉目風烟非舊時，夢歸歸路多參差。〔二〕如何將此千行淚，更洒湘江斑竹枝。

〔一〕歌傳：《劉夢得文集》卷九作「歌撩」。

〔二〕夢歸：同上作「夢尋」。

更衣曲

劉禹錫

《漢武帝故事》曰：「武帝立衞子夫爲皇后。初，上行幸平陽主家，主置酒作樂。子夫爲主謳者，善歌，能造曲，每歌挑上。上意動，起更衣，子夫因侍得幸。頭解，上見其美髮悦之。主遂納子夫於宫。」《更衣曲》其取於此。

博山炯炯吐香霧，紅燭引至更衣處。夜如何其夜漫漫，鄰雞未鳴寒雁度。庭前雪壓松桂

叢，廊下點點懸紗籠。滿堂醉客爭笑語，嘈囋琵琶青幕中。〔一〕

〔一〕嘈囋：《劉夢得文集》卷八作「嘈嘈」。青：同上作「音」。

視刀環歌

劉禹錫

常恨言語淺，不如人意深。今朝兩相視，脈脈萬重心。

堤上行三首

劉禹錫

《古今樂録》曰：「清商西曲《襄陽樂》云：『朝發襄陽城，暮至大堤宿。大堤諸女兒，花豔驚郎目。』梁簡文帝由是有《大堤曲》，《堤上行》又因《大堤曲》而作也。」

酒旗相望大堤頭，堤下連檣堤上樓。日暮行人爭渡急，槳聲幽軋滿中流。〔一〕

江南江北望烟波，入夜行人相應歌。《桃葉》傳情《竹枝》怨，水流無限月明多。

長堤繚繞水徘徊，〔二〕酒舍旗亭次第開。日晚上簾招賈客，輌峨大艑落帆來。

〔一〕幽：《全唐詩》卷三六五注：「一作咿。」

〔二〕長堤：同上作「春堤」。

競渡曲

劉禹錫

劉異《事始》曰：「楚傳云：競渡起於越王勾踐。」《荆楚歲時記》云：「舊傳屈原死於汨羅，時人傷之，競以舟楫拯焉，因以成俗。」《歲華紀麗》云「因勾踐以成風，拯屈原而爲俗」是也。劉禹錫序曰：「競渡始於武陵，至今舉楫而相和之音，咸呼『何在』，招屈之義也。」《競渡曲》蓋起於此。

沅江五月平堤流，邑人相將浮綵舟。靈均何年歌已矣，哀謡振楫從此起。揚枹擊節雷闐闐，亂流齊進聲轟然。蛟龍得雨鬐鬣動，螮蝀飲河形影聯。刺史臨流褰翠幃，揭竿命爵分雄雌。先鳴餘勇爭鼓舞，未至銜枚顏色沮。百勝本自有前期，一飛由來無定所。風俗如狂重此時，縱觀雲委江之湄。綵旂夾岸照鮫室，羅襪凌波呈水嬉。曲終人散空愁暮，招屈亭前水東注。

沓潮歌

劉禹錫

劉禹錫歌序曰：「元和十年夏五月，大風駕潮，南海泛溢，南人云沓潮也，率三歲一有之。客或言其狀，禹錫因歌之。」

屯門積日無迴飈，滄波不歸成沓潮。轟如鞭石矻且摇，亘空欲駕黿鼉橋。驚湍蹙縮悍而驕，大陵高岸失岧嶤。四邊無阻音響調，背負元氣掀重霄。介鯨得性方逍遥，仰鼻嘘吸揚朱翹。海人狂顧迭相招，罽衣髽首聲嘵嘵。征南將軍登麗譙，赤旗指麾不敢囂。翌日風迴沴氣消，歸濤納納景昭昭。烏泥白沙復滿海，海色不動如青瑶。

北邙行

王建

晉張協《登北邙賦》曰：「陟巒丘之巊陀，升逶迤之修坂。回余車於峻嶺，聊送目於四遠。伊洛混而東流，帝居赫以崇顯。於是徘徊絶嶺，踟躕步趾。前瞻狼山，却闚大岯，東眺虎牢，西睨熊耳。邪亘天際，旁極萬里。莽眩眼以芒昧，諒群形之維紀。爾乃地勢窊隆，丘墟陂陀。墳隴𡾊疊〔一〕，棋佈星羅。松林摻映以攢列，玄木搜寥而振柯。壯漢氏之所營，望五陵之嵬峨。」《後漢書》曰：「光武葬於原陵。」《帝王世紀》曰：「原陵在臨平亭東，去洛陽十五里。」朱超石《與兄書》曰：「登北邙遠眺，衆美都盡。」且言光武墳邊杏甚美，即原陵蓋在北邙也。《魏志》曰：「明帝欲平北邙，令登臺觀見孟津。廷尉辛毗諫止之。」按《北邙行》，言人死葬北邙，與《梁甫吟》《泰山吟》《蒿里行》同意。

北邙山頭少閑土，盡是洛陽人舊墓。舊墓人家歸葬多，〔二〕堆著黄金無置處。〔三〕天涯悠悠葬日促，崗岅崎嶇不停轂。高張素幕繞銘旌，夜唱挽歌山下宿。洛陽城北復城東一作城西並城東，魂車祖馬長相逢。車轍廣若長安路，蒿草少於松柏樹。山頭澗底石漸稀，〔四〕盡向墳前作羊虎。誰家石碑文字滅，後人重取書年月。朝朝車馬送葬回，還起大宅與高臺。

〔一〕崐疊：疑當作「崐壘」，疊韻字。

〔二〕舊墓：《全唐詩》卷二九八注：「一作洛陽。」

〔三〕無置處：同上作「無買處」。

〔四〕山頭澗底：同上作「澗底盤陀」。

同前

張籍

洛陽北門北邙道，喪車轔轔入秋草。車前齊唱《薤露歌》，高墳新起(白)〔日〕峨峨。〔一〕朝朝暮暮長送葬，〔二〕洛陽城中人更多。千金立碑高百尺，終作誰家柱下石。山頭松柏半無主，地下白骨多於土。寒食家家送紙錢，鴟鳶作窠銜上樹。〔三〕人居朝市未解愁，請君暫向北邙遊。

〔一〕（白）〔日〕峨峨：據《張司業詩集》卷一改。

〔二〕長送葬：同上作「人送葬」。

〔三〕鴟鳶：同上作「烏鳶」。

野田行

李益

日没出古城，野田何茫茫。寒狐上孤塚，〔一〕鬼火燒白楊。昔人未爲泉下客，行到此中曾斷腸。

〔一〕上孤塚：《全唐詩》卷二八二作「嘯青冢」。

同前

張碧

風昏晝色飛斜雨，冤骨千堆髑髏語。八（弦）〔紘〕牢落人物悲，〔一〕是個田園荒廢主。〔二〕悲嗟自古爭天下，〔三〕幾度乾坤復如此。秦皇矻矻築長城，漢祖區區白蛇死。野田之骨兮又成塵，樓閣風烟兮還復新。願得華山之下長歸馬，野田無復堆冤者。

〔一〕八（弦）〔紘〕：據《全唐詩》卷四六九改。悲：同上注：「一作稀。」

〔二〕是個：同上注：「一作盡是。」

〔三〕下：同上注：「一作子。」似是。

斜路行

王建

《長安有狹斜行》曰：「長安有狹斜，道隘不容車。」《斜路行》其義亦同。

世間娶容非一作不娶婦，中庭牡丹勝松樹。九衢大道人不行，走馬奔車逐斜路。斜路行熟直路荒，東西豈是一作不橫太行。南樓彈弦北户舞，行人到此多徊一作彷徨。頭白如絲面如繭，亦學少年行不返。縱令自解思故鄉，輪折蹄穿白日晚。誰將古曲换斜音，回取行人斜路心。

雉將雛

王建

雉咿喔，雛出縠。毛斑斑，嘴啄啄。學飛未得一尺高，〔一〕還逐母行旋母脚。麥壟淺淺雖蔽身，〔二〕遠去戀雛低怕人。時時土中鼓兩翅，引雛拾蟲不相離。

〔一〕未：《全唐詩》卷二九八注：「一作不。」

〔二〕雖：同上作「難」。

樂府詩集卷第九十五

新樂府辭六

樂府雜題六

長安羇旅行

孟　郊

十日一理髮，每梳飛旅塵。三旬九過飲，每食唯舊貧。萬物皆及時，獨余不覺春。失名誰肯訪，得意爭相親。直木有恬翼，靜流無躁鱗。始知喧競場，莫處君子身。野策藤竹輕，山蔬薇蕨新。潛歌歸去來，事外風景真。

羇旅行

張　籍

遠客出門世路難，〔一〕停車斂策在門端。荒城無人（雪）〔霜〕滿路，〔二〕（野）火燒（野）橋不得度，〔三〕寒蟲入窟鳥歸巢，僮僕問我誰家去。行尋田頭（暗）〔暝〕未息，〔四〕雙轂長轅礙荆棘。（緑）〔緣〕岡入澗投田家，〔五〕主人舂米爲夜食。晨雞喔喔茆屋傍，行人起掃車上霜。舊山已別行已遠，身計未成難復返。長安陌上相識稀，遥望天門白日晚。誰能聽我苦辛行，爲向君前歌一聲。

〔一〕世路難：《張司業詩集》卷一作「行路難」。
〔二〕(雪)〔霜〕滿路：據同上改。
〔三〕〔野〕火燒(野)橋：據同上改。
〔四〕(暗)〔暝〕未息：據同上改。
〔五〕(緑)〔緣〕岡：據同上改。

求仙曲

孟郊

仙教生爲門，仙宗静爲根。持心苦妄求，〔一〕服食安足論。鏟惑有靈藥，餌真成本源。自當出塵網，馭鳳昇崑崙。

〔一〕苦：《孟東野詩集》卷一作「若」。

求仙行

張籍

漢皇欲作飛仙子，年年採藥東海裏。蓬萊無路海無邊，方士舟中相就死。〔一〕招摇在天

(因)〔迴〕白日，〔二〕甘泉玉樹無仙實。九皇真人終不下，空向離宮祠太一。丹田有氣凝素華，君能保之昇絳霞。

〔一〕相就死：《張司業詩集》卷一作「相枕死」。

〔二〕(因)〔迴〕白日：據同上改。

結愛

孟郊

心心復心心，結愛務在深。一度欲離別，〔一〕千回結衣襟。結妾獨守志，結君早歸意。始知結衣裳，不如結心腸。坐結行亦結，結盡百年月。

〔一〕離：《孟東野詩集》卷一注：「一作言。」

節婦吟〔一〕

張籍

君知妾有夫，贈妾雙明珠。感君纏綿意，繫在紅羅襦。妾家高樓連苑起，良人執戟明光裏。知君用心如日月，事夫誓擬同生死。還君明珠雙淚垂，何不相逢未嫁時。

〔一〕《唐文粹》卷一二題下有「寄東平李司空」，《全唐詩》卷三八二題目「空」字下有「師送」二字。

楚宫行

張籍

章華宫中九月時，桂花半落紅橘垂。江頭騎火照輦道，君王夜從雲夢歸。霓旌鳳蓋到雙闕，臺上重重歌吹發。千門萬户開相當，燭籠左右列成行。下輦更衣入洞房，洞房侍女盡焚香。玉階羅幕微有霜，〔一〕齊言此夕樂未央。玉酒湛湛盈華觴，絲竹次第鳴中堂。巴姬起舞向君王，回身垂手結明璫。願君千年萬年壽，朝出射麋夜飲酒。

〔一〕羅幕：《張司業詩集》卷一作「羅幃」。

山頭鹿

張籍

山頭鹿，角芰芰，〔一〕尾促促。貧兒多租輸不足，夫死未葬兒在獄。（早）〔旱〕日熬熬蒸野崗，〔二〕禾黍不收無獄糧。〔三〕縣家唯憂少（年）〔軍〕食，〔四〕誰能令爾無死傷。

〔一〕角芰芰：《張司業詩集》卷七作「雙角芰芰」。

〔二〕（早）〔旱〕日：據同上改。

〔三〕不收：同上作「不熟」。

〔四〕少（年）〔軍〕食：據同上改。

各東西

張籍

遊人别，一東復一西。出門相背兩不返，唯信車輪與馬蹄。道路悠悠不知處，山高海闊誰辛苦。遠遊不定難寄書，日日空尋别時語。浮雲上天雨墮地，暫時會合終離異。我今與子非一身，安得死生不相棄。

湘江曲

張籍

湘水無潮秋水闊，〔一〕湘中月落行人發。（送）〔行〕人發，〔二〕送人歸，白蘋茫茫鷓鴣飛。

〔一〕湘水：《張司業詩集》卷七作「湘江」。

〔二〕（送）〔行〕人：據同上改。

雀飛多

張籍

雀飛多，觸網羅。網羅高樹（山）顛，〔一〕汝飛蓬蒿下，勿復投身網羅間。粟積倉，禾在田，巢之雛望其母來還。

〔一〕山：《張司業詩集》卷七無「山」字。

夢上天〔一〕

元稹

夢上高高天，高天蒼蒼高不極。〔二〕下視五嶽塊纍纍，仰天依舊蒼蒼色。踏雲聳身身更上，〔三〕攀天上天攀未得。西瞻若（木）〔水〕兔輪低，〔四〕東望蟠桃海波黑。日月之光不到此，非暗非明烟塞塞。天悠地遠身跨風，下無階梯上無力。來時畏有他人上，截斷龍胡斬鵬翼。茫茫漫漫方自悲，哭向青雲（掐）〔椎〕素臆。〔五〕哭聲厭咽旁人惡，喚起驚悲淚飄露。千慚萬謝喚厭人，向使無君終不寤。

〔一〕《夢上天》：《全唐詩》卷四一八注：「和劉猛。」

〔二〕高天：《元氏長慶集》卷二三作「高高」。

〔三〕踏：《全唐詩》作「蹋」。

〔四〕若（木）〔水〕：據同上二書改。

〔五〕（掐）〔椎〕素臆：據同上改。

君莫非〔一〕

元稹

鳥不解走，獸不解飛，兩不相解，那得相譏。犬不飲露，蟬不啖肥，以蟬易犬，蟬死犬饑。燕在梁棟，鼠在階基，各自窠窟，不能改移。〔二〕婦好針縷，夫讀書詩。男翁女嫁，卒不相知。懼聾摘耳，効痛嚬眉，我不非爾，爾無我非。

〔一〕《君莫非》：《全唐詩》卷四一八注：「和李餘。」下四首同。

〔二〕不能改移：《元氏長慶集》卷二三作「人不能移」。

田頭狐兔行〔一〕

元稹

種豆耘鋤，種禾溝甽。禾苗豆甲，狐搰兔翦。割鵠餧鷹，烹麟啖犬，鷹怕兔毫，犬被狐引。狐兔相須，鷹犬相盡。日暗天寒，禾稀豆損。鷹犬就烹，狐兔俱哂。

〔一〕田頭：《元氏長慶集》卷二三作「田野」。

人道短

元稹

古道天道長，人道短，我道天道短，人道長。天道晝夜回轉不曾住，春秋冬夏忙。顛風暴雨電雷狂，晴被陰暗，月奪日光，往往星宿，日亦堂堂。天既職性命，道德人自强。堯、舜有聖德，天(下)〔不〕能遣，〔一〕壽命永昌，泥金刻玉與秦始皇，周公、傅説何不長宰相，老聃、仲尼何事栖遑，莽、卓、恭、顯皆數十年貴富，梁冀夫婦車馬煌煌，若此顛倒事，豈非天道短，豈非人道長！堯、舜留得神聖事，百代天子有典章。仲尼留得孝順語，千年萬歲父子不敢相滅亡。没後千餘載，唐家天子封作文宣王。老君留得五千字，子孫萬萬稱聖唐，謚作玄元帝，魂魄坐天堂。周公《周禮》十二卷，有能行者知紀綱。傅説《説命》三四紙，有能師者稱祖宗。天能夭人命，人使道無窮。若此神聖事，誰道人道短，豈非人道長！天能種百草，蕕得十年有氣息，蕣纔一日芳，人能揀得丁沈蘭蕙，料理百和香；天解養禽獸，餧虎豹豺狼，人解和麴蘖，充檎祀烝嘗。杜鵑無百作，天遣百鳥哺雛，不遣哺鳳皇，巨蟒壽千歲，天遣食牛吞象充腹腸，蛟螭與變化，鬼怪與隱藏，蚊蚋與利觜，枳棘與鋒鋩。賴得人道有揀别，信任天道真茫茫。若此撩亂事，豈非天道短，賴得人道長。

〔一〕(下)〔不〕：據《全唐詩》卷四一八改。

苦樂相倚曲

元稹

古來苦樂之相倚，近於掌上之十指。君心半夜猜恨生，荆棘滿懷天未明。漢皇一作成眼瞥飛燕時，〔一〕可憐班女恩已衰，未有因由相決絶，猶得半年佯暖熱，轉將深意喻旁人，緝綴疵瑕遺潛説。〔二〕一朝詔下辭金屋，班姬自痛何倉卒，呼天撫地將自明，〔三〕不悟尋時(暗)一作已〔已〕銷骨。〔四〕白首宫人前再拜，願將日月相(揮)〔輝〕解，〔五〕苦樂相尋晝夜間，燈光那得天明在。〔六〕主今被奪心應苦，妾奪深恩初爲主，欲知妾意恨主時，主今爲妾思量取。班姬收淚抱妾身，我曾排擯無限人。

〔一〕漢皇：《元氏長慶集》卷二三作「漢成」。

〔二〕疵瑕：《全唐詩》卷四一八作「瑕疵」。

〔三〕撫：同上注：「一作俯。」

〔四〕(暗)〔已〕銷骨：據《元氏長慶集》改。

〔五〕相(揮)〔輝〕：據同上改。

〔六〕得：《全唐詩》作「有」。

捉捕歌

元　稹

捉捕復捉捕，莫捉狐與兔。狐兔藏窟穴，豺狼妨道路。道路非不妨，最憂螻蟻聚。豺狼不陷穽，螻蟻潛幽蠹。切切主人窗，主人輕細故。延緣蝕欒櫨，漸入棟梁柱。梁棟盡空虛，攻穿痕不露。主人坦然意，晝夜安寢寤。網羅布參差，鷹犬走回互。盡力窮窟穴，無心自還顧，客來歌捉捕，歌竟淚如雨。豈是惜狐兔，畏君先後誤。願君掃梁棟，莫遣螻蟻附。次及清道途，盡滅豺狼步。主人堂上坐，行客門前度。然後巡野田，遍張畋獵具。外無梟獍援，内有熊羆驅。狡兔掘荒榛，妖狐熏古墓。用力不足多，得禽自無數。畏君聽未詳，聽客有明喻。蟣虱誰不輕，鯨鯢誰不惡。在海尚幽遐，在懷交穢污。歌此勸主人，主人那不悟。不悟還更歌，誰能恐違忤。

採珠行

〔元　稹〕〔一〕

海波無底珠沉海，採珠之人判死採。萬人判死一得珠，斛量買婢天何在！年年採珠珠避人，今年採珠由海神。海神採珠珠盡死，死盡明珠空海水。珠爲海物屬海神，〔二〕神今自採何況人。

〔一〕〔元稹〕：據《元氏長慶集》卷二三補。本書目録作「無名氏」。

〔二〕屬海神：《元氏長慶集》作「海屬神」。

同前

鮑溶

東方暮空海面平，驪龍弄珠燒月明。海人驚窺水底火，百寶錯落隨龍行。浮心一夜生姦見，月質龍軀看幾遍。擘波下去忘此身，迢迢謂海無靈神。海宫正當龍睡重，昨夜孤光今得弄。河伯空憂水府貧，天吴不敢相驚動。一團冰容掌上清，四面人入光中行。騰華乍摇白日影，銅鏡萬古羞爲靈。海邊老翁怨狂子，抱珠哭向無底水。一富何須龍頷前，千金幾葬魚腸裏。鱗蟲變化回陰陽，〔一〕填海破山無景光。拊心彷彿失珠意，此土爲爾離農桑。飲風衣日亦飽暖，老翁擲却荆雞卵。〔二〕

〔一〕回：《全唐詩》卷四八七作「爲」。

〔二〕荆：同上注：「一作同。」似是。

平戎辭〔二首〕〔一〕

王〔維〕〔涯〕〔張仲素〕

太白秋高助漢兵，長風夜卷虜塵清。男兒解却腰間劍，喜見君王道化平。

卷旆生風喜氣新，早持龍節靜邊塵。漢家天子圖麟閣，身是當今第一人。

〔一〕平戎辭（二首）：按王維詩中無此二首，第一首《全唐詩》卷三四六作王涯詩，第二首同上卷三六七作張仲素詩，題作《塞上曲》，是。

望春辭二首〔一〕

令狐楚

高樓曉見一花開，〔二〕便覺春光四面來。（晚）〔暖〕日晴雲知次第，〔三〕東風不用更相催。

雲霞五采浮天闕，梅柳千般夾御溝。〔四〕不上黃山南北望，〔五〕豈知春色滿神州。〔六〕

〔一〕望春辭：《全唐詩》卷三三四第一首作《遊春詞》，第二首作《漢苑行》。

〔二〕曉：同上注：「一作喜。」

〔三〕（晚）〔暖〕日：據同上改。

〔四〕般：同上注：「一作枝。」

〔五〕黃山南北：同上注：「樂遊原上。」

〔六〕神：同上注：「一作皇。」

思君恩〔三首〕〔一〕

（令狐楚）〔張仲素〕〔王涯〕

小苑鶯歌歇，長門蝶舞多。眼看春又去，翠輦不經過。〔二〕

紫禁香如霧，青天月似霜。雲韶何處奏？祇是在昭陽。

雞鳴天漢曙，鶯語禁林春。誰入巫山夢，唯應洛水神。

〔一〕思君恩〔三首〕：按第二、第三首不見于令狐楚詩，第二首《全唐詩》卷三六七作張仲素詩，第三首同上卷三四六作王涯詩。

〔二〕經：《全唐詩》卷三三四注：「一作曾。」

漢苑行三首〔一〕

張仲素

二月風光變柳條，〔二〕九天清樂奏雲韶。〔三〕蓬萊殿後花如錦，紫閣階前雪未銷。

回雁高翻太液池，〔四〕新花低發上林枝。年光到處皆堪賞，春色人間總不知。〔五〕

春風淡淡影悠悠，〔六〕鶯轉高枝燕入樓。千步回廊聞鳳吹，珠簾處處上銀鈎。

〔一〕漢苑行三首：按第一首不見于張仲素詩，《全唐詩》卷三四六作王涯詩，疑是。

〔二〕風光：同上作「春風」。
〔三〕清樂：同上作「仙樂」。
〔四〕高翻：《全唐詩》卷三六七作「高飛」，注：「一作風高。」
〔五〕不：同上注：「一作未。」
〔六〕淡淡：同上作「淡蕩」。

燒香曲

李商隱

細雲蟠蟠牙比魚，〔一〕孔雀翅尾蛟龍鬚。（章）〔漳〕宫舊樣博山爐，〔二〕楚嬌捧笑開芙蕖。八蠶繭綿小分炷，獸焰微紅隔雲母。白天月澤寒未冰，金虎含秋向東吐。玉珮呵光銅照昏，簾波日暮衝斜門。西來欲上茂陵樹，柏梁已失栽桃魂。露庭月井大紅氣，輕衫薄（細）〔袖〕當君意。〔三〕蜀殿瓊人伴夜深，金鑾不問殘燈事。何當巧吹君懷度，襟灰爲土填清露。

〔一〕細雲：《全唐詩》卷五四一作「鈿雲」，似是。
〔二〕（章）〔漳〕宫：據同上及《李義山詩集》卷二改。
〔三〕薄（細）〔袖〕：據同上改。

房中曲

李商隱

薔薇泣幽素，翠帶花錢小。嬌郎痴若雲，抱日西簾曉。枕是龍宮石，割得秋波色。玉簟失柔膚，但見蒙羅碧。憶得前年春，未語悲含辛。歸來已不見，錦瑟長於人。今日澗底松，明日山頭蘗。愁到天池翻，相看不相識。

河内詩三首

樓上曲

李商隱

鼉鼓沈沈虬水咽，秦絲不上蠻弦絶。常娥衣薄不禁寒，蟾蜍夜豔秋河月。碧城冷落空濛烟，簾輕幕重金鉤欄。靈香不下兩皇子，孤星直上相風竿。八桂林邊九芝草，短襟小鬢相逢道。入門暗數一千春，願去閏年留月小。梔子交加香蓼繁，停辛佇苦留待君。

湖中曲

李商隱

閶門日下吴歌遠，陂路緑菱香滿滿。後溪暗起鯉魚風，船旗閃斷芙蓉幹。輕身奉君畏身輕，雙橈兩槳樽酒清。莫因風雨罷團扇，此曲斷腸唯此聲。低樓小徑城南道，猶自金鞍對芳草。

同前　李賀

長眉越沙採蘭若，桂葉水葓春一作秋漠漠。橫船醉眠白晝閑，渡口梅風歌扇薄。燕釵玉股照青蕖，〔一〕越王嬌郎一作娘小字書。蜀紙封中報雲鬢，〔二〕晚漏壺中一作銅壺水淋盡。

〔一〕青蕖：《全唐詩》卷三九一作「青渠」。

〔二〕封中：同上作「封巾」，是。

春懷引　李賀

芳蹊密影成花洞，柳結濃烟一作陰香帶重。〔一〕蟾蜍碾玉掛明弓，捍撥裝金打仙鳳。寶枕垂雲選春夢，鈿合碧寒一作空龍腦凍。阿侯繫錦覓周郎，憑仗東風好相送。

〔一〕香帶：《李賀歌詩編·集外詩》作「花帶」。

靜女春曙曲　李賀

嫩蝶憐芳抱新蕊，泣露枝枝滴天淚。粉窗香咽頽曉雲，錦堆花（蜜）〔密〕藏春睡。〔一〕戀屏孔雀搖金尾，鶯舌分明呼婢子。冰洞寒龍半匣水，一隻商鸞逐烟起。

〔一〕花〔蜜〕〔密〕：據《全唐詩》卷三九四改。

白虎行

李賀

火烏日暗崩騰雲，秦皇虎視蒼生群。燒書滅國無暇日，鑄劍佩玦唯將軍。玉壇設醮思冲天，一世二世當萬年。燒丹未得不死藥，拏舟海上尋神仙。鯨魚張鬣海波沸，耕人半作征人鬼。雄豪氣猛如焰烟，無人爲決天河水。誰最苦兮誰最苦，報人義士深相許。漸離擊筑荆卿歌，荆卿把酒燕丹語。劍如霜兮腸如鐵，出燕城兮望秦月。天授秦封祚未終，衮龍衣點荆卿血。朱旗卓地白蛇死，漢皇却是真天子。〔一〕

〔一〕却是：《李賀詩歌編·集外詩》作「知是」。

月漉漉篇

李賀

月漉漉，波咽玉。〔一〕莎青桂花繁，芙蓉别江木。粉態裌羅寒，雁羽鋪烟濕。誰能看石帆，乘船鏡中入。秋白鮮紅死，水香蓮子齊。挽菱隔歌袖，緑刺罥銀泥。〔二〕

〔一〕咽：《李賀歌詩編》卷四作「烟」。

〔二〕緑：同上作「絲」。

黄頭郎

李賀

《漢書·佞幸傳》曰：「鄧通以櫂船爲黄頭郎。文帝嘗夢欲上天，不能，有一黄頭郎推上天。覺而之漸臺，以夢陰求推者郎，得鄧通，夢中所見也。」顔師古曰：「櫂船，能持櫂行船也。土勝水，其色黄，故刺船之郎皆著黄帽，因號曰黄頭郎。黄帽，蓋染綃帛爲之也。」

黄頭郎，撈攏去不歸。南浦芙蓉影，愁紅獨自垂。水弄湘娥珮，竹啼山露月。玉瑟調青門，石雲濕黄葛。沙上蘼蕪花，秋風已先發。好持掃羅薦，香出鴛鴦一作籠熱。

倚瑟行

鮑溶

《漢書》曰：「文帝至霸陵，慎夫人從。帝指視新豐道曰：『此走邯鄲道也。』使慎夫人鼓瑟，帝自倚瑟而歌，意悽愴悲懷。」李奇曰：「聲氣依倚瑟也。」顔師古曰：「慎夫人，邯鄲人。倚瑟即今之以歌合曲也。」

金輿傳警灞水涯，〔一〕龍旗參天行殿巍。左文皇帝右慎姬，北面侍臣張釋之。因高知處邯鄲道，壽陵已見生秋草。萬世何人不此歸，一言出口堪生老。高歌倚瑟揚清悲，〔二〕樂餘哀生知爲誰。〔三〕臣驚謡歎不可放，〔四〕願賜一言釋名妄。明珠爲日紅亭亭，水銀爲河玉爲星。泉宫一閉秦國喪，牧童弄火驪山上。與世無情在速貧，棄屍於野由斯葬。生死茫茫不可知，是不一姓君莫悲。始皇有訓二世誓，君獨何人至於斯。灞陵一代無發毁，儉風本自張廷尉。

〔一〕傳警灞水涯：《全唐詩》卷四八五作「傳驚灞滻水」。
〔二〕揚清悲：同上作「流清悲」。
〔三〕樂餘：同上作「徐樂」。
〔四〕謡：同上作「歡」。放：同上注：「一作望。」

江南别

羅　隱

去年今夜江南别，鴛鴦翅冷飛蓬熱。今年今夜江北邊，鯉魚腸斷音書絶。男兒心事無了時，出門上馬不自知。

樂府詩集卷第九十六

新樂府辭七

系樂府十二首

元　結

元結序曰：「天寶中，結將前世嘗可稱歎者爲詩十二篇，引其義以名之，總曰系樂府。」

思太古

東南三千里，沅、湘爲太湖。湖上山谷深，有人多似愚。嬰孩寄樹顛，就水捕鷓鸕。所歡同鳥獸，身意復何拘。吾行遍九州，此風皆已無。吁嗟聖賢教，不覺久踟躕。

隴上歎

援車登隴坂，窮高遂停駕。延望戎狄鄉，巡回復悲咤。滋移有情教，草木猶可化。聖賢禮讓風，何不遍西夏。父子忍猜害，君臣敢欺詐。所適今若斯，悠悠欲安舍。

頌東夷

嘗聞古天子，朝會張新樂。金石無全聲，宮商亂清濁。東驚且悲歎，〔一〕節變何煩數。始知中國人，就此亡純朴。爾爲外方客，何爲獨能覺。其音若或在，蹈海吾將學。

〔一〕東驚：《元次山文集》卷三作「來驚」。

賤士吟

南風發天和，和氣天下流。能使萬物榮，不能變羈愁。爲愁亦何爾，自請説此由。諂競實多路，苟邪皆共求。常聞古君子，指以爲深羞。正方終莫可，江海有滄洲。

欸乃曲

誰能聽欸乃，欸乃感人情。不恨湘波深，不怨湘水清。所嗟豈敢道，空羨江月明。昔聞扣斷舟，引釣歌此聲。始歌悲風起，歌竟愁雲生。遺曲今何在，逸爲漁父行。

貧婦詞

誰知苦貧夫，家有愁怨妻。請君聽其詞，能不爲酸嘶。所憐抱中兒，不如山下麑。空念庭前地，化爲人吏蹊。出門望山澤，回顧心復迷。何時見府主，長跪向之啼。

去鄉悲

踟蹰古塞關，悲歌爲誰長。日行見孤老，羸弱相提將。聞其呼怨聲，聞聲問其方。乃言無患苦，豈棄父母鄉。非不見其心，仁惠誠所望。念之何可説，獨立爲悽傷。

壽翁興

借問多壽翁，何方自修育。惟云順所然，忘情學草木。始知世上術，勞苦化金玉。不見充所求，空聞恣躭欲。清和存主母，〔一〕潛濩無亂黷。誰正好長生，此言堪佩服。

〔一〕主母：同上作「王母」。

農臣怨

農臣何所怨，乃欲千人主。〔一〕不識天地心，徒然怨風雨。將論草木患，欲説昆蟲苦。巡回宫闕傍，其意無由吐。一朝哭都市，淚盡歸田畝。謡頌若採之，此言當可取。

〔一〕千：《全唐詩》卷二四〇作「干」。

謝天龜〔一〕

客來自江漢，云得雙天龜。且言龜甚靈，問我君何疑。自昔保方正，顧嘗無妄私。順和固鄙分，全守真常規。行之恐不及，此外將何爲。惠恩如可謝，占問敢終辭。

〔一〕天龜：《元次山文集》作「大龜」，下同。

古遺歎

古昔有遺歎，所歎何所爲。有國遺賢臣，萬世爲冤悲。所遺非遺望，所遺非可遺，所遺非遺用，所遺在遺之。嗟嗟山海客，全獨竟何辭。心非膏濡類，安得無不遺。

下客謡

下客無黄金，豈思主人憐。客言勝黄金，主人然不然。珠玉誠彩翠，綺羅如嬋娟。終恐見斯好，有時去君前。豈知保終信，〔一〕長使令德全。風聲與時茂，歌頌萬千年。

〔一〕終信：當作「忠信」。

補樂歌十首

元結

元結序曰：「自伏羲至于殷，凡十代，樂歌有其名亡其辭。考之傳記，義或存焉，故採其名義以補之，凡十篇十〔八〕〔九〕章，〔一〕各引其義以序之，命曰《補樂歌》。」

〔一〕十〔八〕〔九〕章：據《元次山文集》卷一改。

網罟

伏羲氏之樂歌也，其義蓋稱伏羲能易人取禽獸之勞。

吾人苦兮，水深深，網罟設兮，水不深。

吾人苦兮，山幽幽，網罟設兮，山不幽。

《網罟》二章，章四句。

豐年

神農氏之樂歌也，其義蓋稱神農教人種植之功。

猗太帝兮，其智如神，分草實兮，濟我生人。

猗太帝兮，其功如天，均四時兮，成我豐年。

《豐年》二章，章四句。

雲門

軒轅氏之樂歌也，其義蓋言雲之出潤益萬物，如帝之德無所不施。

玄雲溟溟兮，〔一〕垂雨濛濛，類我聖澤兮，涵濡不窮。

玄雲漠漠兮，含映逾光，類我聖德兮，麻被無方。〔二〕

《雲門》二章，章四句。

〔一〕溟溟：同上作「溶溶」。

〔二〕麻被：同上作「溥被」。

九淵

少昊氏之樂歌也，其義蓋稱少昊之德淵然深遠。

聖德至深兮，蘊蘊如淵，〔一〕生類娭娭兮，孰知其然。

《九淵》一章，四句。

〔一〕蘊蘊：同上注：「一作翕翕。」

五莖

顓頊氏之樂歌也，其義蓋稱顓頊得五德之根莖。

植植萬物兮，滔滔根莖，五德涵柔兮，渢渢而生。其生如何兮，秞秞，天下皆自我君兮，化成。

《五莖》一章，〔七〕〔八〕句。〔一〕

〔一〕〔七〕〔八〕句：據同上改。

六英

高辛氏之樂歌也，其義蓋稱帝嚳能總六合之英華。

我有金石兮，擊考崇崇，與汝歌舞兮，上帝之風，由六合兮，英華渢渢。
我有絲竹兮，韻和泠泠，與汝歌舞兮，上帝之聲，由六合兮，根柢嬴嬴。

《六英》二章，章六句。

咸池

陶唐氏之樂歌也，其義蓋稱堯德至大，無不備全。

元化油油兮，孰知其然，至德汩汩兮，順之以先。
元化渥渥兮，孰知其然，至道泱泱兮，由之以全。

《咸池》二章，章四句。

大韶

有虞氏之樂歌也，其義蓋稱舜能紹先聖之德。

森森群象兮，日見生成，欲聞朕初兮，玄封冥冥。
洋洋至化兮，日見深柔，欲聞《大濩》兮，〔一〕大淵油油。

《大韶》二章，章四句。

〔一〕大濩：同上作「涵濩」。

大夏

有夏氏之樂歌也，其義蓋稱禹治水，其功能大中國。

茫茫下土兮，乃生九州，山有長岑兮，川有深流。
茫茫下土兮，乃均四方，(有)國〔有〕(安)〔民〕人兮，〔一〕野有封疆。
茫茫下土兮，乃歌萬年，上有茂功兮，下戴人天。

《大夏》三章，章四句。

〔一〕(有)國〔有〕：據同上改。(安)〔民〕人：《全唐詩》卷二四〇作「安乂」，注「一作民人」，據改。

大濩

有殷氏之樂歌也，其義蓋稱湯敕天下，濩然得所。

萬姓苦兮，怨且哭，不有聖人兮，誰濩育。聖人生兮，天下和，萬姓熙熙兮，舞且歌。

《大濩》二章，章四句。

補九夏歌九首〔一〕

皮日休

《周禮》曰：「鍾師掌金奏，凡樂事以鍾鼓奏九夏，《王夏》《肆夏》《昭夏》《納夏》《章夏》《齊夏》《族夏》《祴夏》《驁夏》。」鄭司農云：「夏，大也，樂之大歌有九。」杜子春云：「王出入奏《王夏》，尸出入奏《肆夏》，牲出入奏《昭夏》，四方賓來奏《納夏》，臣有功奏《章夏》，夫人祭奏《齊夏》，族人侍奏《族夏》，客醉而出奏《祴夏》，公出入奏《驁夏》。」鄭康成云：「九夏皆詩篇名，頌之類也。此歌之大者，載在樂章，樂崩亦從而亡。祴與陔同。」皮日休曰：「九夏亡者，吾能頌之。」〔二〕乃作《補九夏歌》。

〔一〕《補九夏歌九首》：《皮子文藪》卷三作「《九夏歌九篇》」。

〔二〕九夏亡者，吾能頌之：同上《補周禮九夏系文》作「九夏亡者，吾能頌乎？夫大樂既去，至音不嗣，頌於古不是以補亡，頌於今不是以入用，庸可頌乎」？

王夏〔一〕

爣爣皎日，欻麗乎天。厥明御舒，如王出焉。
爣爣皎日，欻入於地。厥晦厥貞，如王入焉。
出有龍旂，入有珩珮。勿驅勿馳，惟慎惟戒。
出有嘉謀，入有内則。緊彼臣庶，欽王之式。

《王夏》四章，章四句。

〔一〕《王夏》：同上作「《王夏》之歌者，王出入之所奏也」。「王夏」不作標題。以下各題仿此，即《肆夏》題作「《肆夏》之歌者，尸出入之所奏也」。《昭夏》題作「《昭夏》之歌者，牲出入之所奏也」。《納夏》題作「《納夏》之歌者，四方賓客來之所奏也」。《章夏》題作「《章夏》之歌者，臣有功之所奏也」。《齊夏》題作「《齊夏》之歌者，夫人祭之所奏也」。《族夏》題作「《族夏》之歌者，族人酌之所奏也」。《祴夏》題作「《祴夏》之歌者，賓既出之所奏也」。《驁夏》題作「《驁夏》之歌者，公出入之所奏也」。

肆夏

愔愔清廟，儀儀袞服。我尸出矣，迎神之轂。杳杳陰竹，坎坎路鼓。我尸入矣，得神之祜。

《肆夏》二章，章四句。

昭夏

有鬱其鬯，有儼其彝。九變未作，(全)〔金〕乘來之。〔一〕既酹既酢，爰(暢)〔⿰革柬〕爰舞。〔二〕象物既降，(全)〔金〕乘之去。

《昭夏》二章，章四句。

〔一〕(全)〔金〕乘：據同上改。

〔二〕爰(暢)〔⿰革柬〕：據同上改。

納夏

麟之儀儀，不蟄不維。樂德而至，如賓之嬉。〔一〕鳳之愉愉，不篝不笯。樂德而至，如賓之娛。自筐及筥，我有牢醑。自筐及篚，我有貨幣。我牢不愆，我貨不匱。碩碩其才，有樂而止。

《納夏》四章，章四句。

〔一〕嬉：同上作「娛」。

章夏

王有虎臣，錫之鈇鉞。征彼不憓，一撲而滅。王有虎臣，錫之圭瓚。征彼不享，一烘而泮。王有掌封，逌爾疆理。王有掌(容)〔客〕〔一〕饋爾饔餼。何以樂之，金石九奏。何以錫一作賜之，龍旂九旒。

《章夏》四章，章四句。

〔一〕掌(容)〔客〕：據同上改。

齊夏

瓓瓓衡笄，翬(衣)〔翬〕褕翟。〔一〕自内而祭，爲君之則。

《齊夏》一章，四句。

〔一〕翬(衣)〔翬〕：據同上改。

族夏

洪源誰孕，疏爲江河。大塊孰(涎)〔埏〕，〔一〕播爲山阿。

厥流浩漾，厥勢嵯峨。今君之酌，慰我實多。

《族夏》二章，章四句。

〔一〕 孰（涎）〔埏〕：據同上改。

祴夏

禮酒既酌，嘉賓既厚，牘爲之奏。

禮酒既竭，嘉賓既悦，應爲之節。

禮酒既罄，嘉賓既醒，〔一〕雅爲之行。

《祴夏》一章，三句。

〔一〕 醒：《全唐詩》卷六〇八注：「一作醒。」似是。

驁夏

桓桓其珪，袞袞其衣。出作二伯，天子是毗。

桓桓其珪，袞袞其服。入作三孤，國人是福。

《驁夏》二章，章四句。

新題樂府上〔一〕

元　稹

元稹序曰：李公垂作樂府新題二十篇，稹取其病時之尤急者，列而和之，蓋十五而已，今所得纔十二篇。又得《八駿圖》一篇，總十三篇。〔二〕

〔一〕新題樂府：《元氏長慶集》卷二四作「《和李校書新題樂府》十二首並序」。

〔二〕列而和之，蓋十五而已，今所得纔十二篇。又得《八駿圖》一篇，總十三篇：同上序稱「列而和之，蓋十二而已」。無蓋十五等語及得《八駿圖》一篇語。

上陽白髮人

白居易傳曰：「天寶五載已後，楊貴妃專寵，後宮無復進幸。六宮有美色者，輒置別所，上陽其一也。貞元中尚存焉。」

天寶年中花鳥使，撩花（鶄）〔狎〕鳥含春思。〔一〕滿懷墨詔求嬪御，走上高樓半酣醉。醉酣直入卿士家，閨闈不得偷回避。良人顧望一作妾心死別，〔二〕小女呼爺血垂淚。十中一得一作十中有一預更衣，〔三〕九配深宮作宮婢。御馬南奔胡馬蹙，宮女三千合宮棄。宮門一閉不復開，上陽花草青苔地。月夜閑聞洛水聲，秋池暗度風荷氣。日日長看提（衆）〔象〕門，〔四〕

終身不見門前事。近年又送數人來，自言興慶南宮至。我悲此曲將徹骨，更想深冤復酸鼻。此輩賤嬪何足言，帝子天孫古稱貴。諸王在閤四十年，十宅六宮門户閟。〔五〕隋煬枝條襲封邑，肅宗血胤無官位。王無妃媵主無夫一作壻，〔六〕陽亢陰淫結災累。何如決壅順衆流，女遣從夫男作吏。

〔一〕（鶤）〔鵯〕鳥：據同上改。

〔二〕顧望：同上作「顧妾」。

〔三〕一得預：同上作「有一得」。

〔四〕提（衆）〔象〕門：據同上改。

〔五〕十宅：同上作「七宅」。

〔六〕無夫：同上作「無壻」。

華原磬

白居易傳曰：「天寶中，始廢泗濱磬，用華原石代之。磬人曰：『泗濱磬下，調之不能和，得華原石考之乃和。』由是不改。」

泗濱浮石裁爲磬，古樂疏音少人聽。工師小賤牙、曠稀，不辨邪聲嫌雅正。正聲不屈古調高，鍾律參差管弦病。鏗金戛瑟徒相雜，投玉敲冰（沓）〔杳〕然（零）〔震〕。〔一〕華原軟石易追琢，高下隨人無雅鄭。棄舊美新由樂胥，自此黄鍾不能競。玄宗愛樂愛新樂，梨園弟子承恩横。《霓裳》纔徹胡騎來，《雲門》未得蒙親定。我藏古磬藏在心，有時激作《南風》詠。伯夔曾撫野獸馴，仲尼暫叩春雷盛。〔二〕何時得向筍簴懸，爲君一吼君心醒。願君每聽念封疆，不遣豺狼剿人命。

〔一〕（沓）〔杳〕然（零）〔震〕：據同上改。

〔二〕叩：《元氏長慶集》作「和」。

五弦彈

《樂苑》曰：「五弦未詳所起，形如琵琶，五弦四隔，孤柱一。合散聲五，隔聲二十，柱聲一，總二十六聲，隨調應律。」《唐書·樂志》曰：「五弦琵琶稍小，蓋北國所出。」《樂府雜録》曰：「唐貞元中，趙璧妙於此伎。」《國史補》曰：「趙璧彈五弦，人問其術，曰：『吾之於五弦也，始則心驅之，中則神遇之，終則天隨之。方吾浼然眼如耳，耳如鼻，不知五弦之爲璧，璧之爲五弦也。』」

趙璧五弦彈徵調，徵聲巉絶何清峭。避一作辭雄皓鶴警露啼，〔一〕失子哀猿繞林嘯。風入春松正凌亂，鶯含曉舌憐嬌妙。嗚嗚暗溜咽冰泉，殺殺霜刀澀寒鞘。促節頻催漸繁撥，珠幢斗絶金鈴掉。千軗嗚鏑發胡弓，萬片清球擊虞廟。衆樂雖同第一部，德宗皇帝常偏召。旬休節假暫歸來，一聲狂殺長安少。主第侯家最難見，挼歌（接）〔按〕曲皆承詔。〔三〕水精簾外教貴嬪，玳瑁筵心伴中要。臣有五賢非此弦，或在拘囚或屠釣。一賢得進勝累百，兩賢得進同周、召，三賢事漢滅暴强，四賢鎮岳寧邊徼，五賢並用調五常，五常既序三光耀。趙璧五弦非此賢，九九何勞設庭燎。

〔二〕避雄：同上作「辭雄」。

〔三〕（接）〔按〕曲：據同上改。

西涼伎

吾聞昔日西涼州，人烟撲地桑柘稠。蒲萄酒熟恣行樂，紅豔青旗朱粉樓。樓下當壚稱卓女，樓頭伴客名莫愁。鄉人不識離別苦，更卒多爲沈滯遊。哥舒開府設高宴，八珍九醞當前頭。前頭百戲競撩亂，丸劍跳躑霜雪浮。師子摇光毛彩竪，胡騰醉舞筋骨柔。〔一〕大宛來獻赤汗馬，贊普亦奉翠茸裘。一朝燕賊亂中國，河湟淚盡空遺丘。〔二〕開遠門前萬里堠，今來蹙到行原州。去京五百而近何其逼，天子縣内半没爲荒陬，西涼之道爾阻修。連城邊將但高會，每聽此曲能不羞。

〔一〕胡騰：同上作「胡姬」。

〔二〕淚盡：同上作「忽盡」。淚：毛本作「没」。

法曲

《唐會要》曰：「文宗開成三年，改法曲爲仙(韻)〔韶〕曲。」〔一〕按法曲起於唐，謂之法部。其曲之妙者，(其)〔有〕《破陣樂》《一戎大定樂》《長生樂》《赤白桃李花》，餘曲有《堂堂》《望瀛》《霓裳羽衣》《獻仙音》《獻天花》之類，總名法曲。」白居易傳曰：「法曲雖似失雅音，蓋諸夏之聲也，故歷朝行焉。」太常丞宋沇傳漢中王舊説曰：「玄宗雖雅好度曲，然未嘗使蕃漢雜奏。天寶十三載，始詔道調法曲，與胡部新聲合作。識者深異之。明年冬而安禄山反。」

吾聞黄帝鼓清角，弭伏熊羆舞玄鶴。舜持干羽苗革心，堯用《咸池》鳳巢閣。《大夏》《濩》《武》皆象功，功多已訝玄功薄。漢祖過沛亦有歌，秦王破陣非無作。作之宗廟見艱難，作之軍旅傳糟粕。明皇度曲多新態，宛轉侵(摇)〔淫〕易沈著。〔二〕《赤白桃李》取花名，《霓裳羽衣》號天落。雅弄雖云已變亂，夷音未得相參錯。自從胡騎起烟塵，毛毳腥羶滿咸、洛。女爲胡婦學胡妝，伎進胡音務胡樂。火鳳聲沈多咽絶，春鶯囀罷長蕭索。胡音胡騎與胡妝，五十年來競紛泊。

〔一〕仙（韻）〔韶〕曲：據《唐會要》卷三四改。

〔二〕侵（摇）〔淫〕：據同上及《元氏長慶集》改。

馴犀〔一〕

白居易傳曰：「貞元丙戌歲，南海進馴犀，詔養苑中。至十三年冬大寒而馴犀死。」

建中之初放馴象，遠歸林邑近交、廣。獸返深山鳥搆巢，鷹鵰鵨鶻無羈鞅。貞元之歲貢馴犀，上林置圈官司養。玉盆金棧非不珍，虎啖狴牢魚食網。渡江之橘踰汶貉，反時易性安能長。臘月北風霜雪深，跧跼鱗身遂長往。行地無疆費傳驛，通天異物罹幽枉。乃知養獸如養人，不必人人自敦獎。不擾則得之於理，不奪有以多於賞。脱衣推食衣食之，不若男耕女令紡。堯民不自知有堯，但見安閑聊擊壤。前觀馴象後馴犀，理國其如指諸掌。

〔一〕馴犀：《元氏長慶集》卷二四作「觀犀」。

立部伎

《新唐書·禮樂志》曰：「太宗貞觀中，始造讌樂。其後又分爲立、坐二部，堂下立奏謂之立部伎，堂上坐奏謂之坐部伎。」李公垂傳曰：「太常選坐部伎，無性識者退入立部伎。又選立部伎，無性識者退入雅樂部，則雅樂可知矣。故作歌以諷焉。」

胡部新聲錦筵坐，中庭漢振高音播。太宗廟樂傳子孫，取類群兇陣初破。戢戢攢槍霜雪耀，騰騰擊鼓雲雷磨。〔一〕初疑遇敵身啟行，終象由文士憲左。昔日高宗常立聽，曲終然後臨玉座。如今節將一掉頭，電卷風收盡摧挫。宋音鄭女歌聲發，滿堂會客齊喧和。〔二〕珊珊佩玉動腰身，一一貫珠隨咳唾。頃向圓丘見郊祀，亦曾正旦親朝賀。太常雅樂備宮懸，九奏未終百寮惰。淰滯難令季札辨，遲回但恐文侯臥。工師盡取聾昧人，豈是先王作之過。宋沇嘗傳天寶季，法曲胡音忽相和。明年十月燕寇來，九廟千門虜塵涴。我聞此語歎復泣，古來邪正將誰奈。奸聲入耳佞入心，侏儒飽飯夷齊餓。

〔一〕雲雷：同上作「風雷」。

〔二〕喧和：同上作「喧歌」。

樂府詩集卷第九十七

新樂府辭八

新題樂府下

元　稹

驃國樂

《新唐書·禮樂志》曰："貞元十七年，驃國王雍羌遣其弟悉利〔移〕〔一〕城主舒難陀獻其國樂，至成都，韋皋復譜次其聲，又圖其舞容樂器以獻。大抵皆夷狄之器，其聲曲不隸於有司，故無足采。"《舊（本）〔書〕志》〔二〕曰："驃國王獻本國樂凡一十二曲，以樂工三十五人來朝，樂曲皆演釋氏經論之辭。"《會要》曰："驃國在雲南西，與天竺國相近，故樂曲多演釋氏詞云。"

驃之樂器頭象駝，音聲不合十二和。促舞跳趫筋節硬，繁詞變亂名字訛。千彈萬唱皆咽咽，左旋右轉空傞傞。俯地呼天終不會，曲成調變當如何。德宗深意在柔遠，笙鏞不御停嬌娥。史館書爲朝貢傳，太常編入鞮鞢科。古時陶堯作天子，遜遁（新）〔親〕聽《康衢歌》。〔三〕又遣遒人持木鐸，遍采謳謡天下過。萬人有意皆洞達，四岳不敢施煩苛。盡令區中擊壤塊，然及海外覃恩波。〔四〕秦霸周衰古官廢，下堙上塞王道頗。共矜異俗同聲教，不念齊民方荐瘥。傳稱魚鼈亦咸若，苟能效此誠(是)〔足〕多。〔五〕借如牛馬未蒙澤，豈在抱甕滋黿鼉。教化從來有源委，必將泳海先泳河。是非倒置自古有，〔六〕驃兮驃兮誰爾訶。

〔一〕悉利〔移〕：據《新唐書》補。

〔二〕《舊(本)〔書〕志》：據《舊唐書·音樂志》改。

〔三〕(新)〔親〕聽：據文義改。

〔四〕然及：《新唐書》作「燕及」。

〔五〕(是)〔足〕多：據同上改。

〔六〕自古有：同上作「自中古」。

胡旋女

白居易傳曰：「天寶末，康居國獻胡旋女。」《唐書·樂志》曰：「康居國樂舞急轉如風，俗謂之胡旋。」《樂府雜録》曰：「胡旋舞居一小圓毬子上舞，縱横騰擲，兩足終不離毬上，其妙如此。」

天寶欲末胡欲亂。胡人獻女能胡旋。旋得明王不覺迷，妖胡奄到長生殿。胡旋之義世莫知，胡旋之容我能傳。蓬斷霜根羊角疾，竿戴朱盤火輪炫。驪珠迸珥逐飛星，〔一〕虹暈輕巾掣流電。潛鯨暗噏笡波海，〔二〕回風亂舞當空霰。萬過其誰辨終始，四座安能分背面。才人觀者相爲言，承奉君恩在圓變。〔三〕是非好惡隨君口，南北東西逐君眄。柔軟依身著珮帶，〔四〕徘徊遶指同環釧。佞臣聞此心計回，熒惑君心君眼眩。君言似曲屈爲一作如鈎，〔五〕君言好直舒爲箭。巧隨清影觸處行，妙學春鶯百般囀。傾天側地用君力，抑塞周遮恐君見。翠華南幸萬里橋，玄宗始悟坤維轉。寄言旋目與旋心，有國有家當共譴。

〔一〕飛星：《元氏長慶集》卷二四作「龍星」。

〔二〕波海：同上作「海波」。

〔三〕圓變：《全唐詩》卷四一九作「圜變」。

〔四〕著：同上注「一作看」，是。

〔五〕屈爲鈎：《元氏長慶集》作「屈如鈎」。

蠻子朝

《唐書》曰：「貞元之初，韋皋招撫諸蠻。至九年四月，南詔異牟尋請歸附，十四年又遣使朝賀。」李公垂傳曰：「貞元末，蜀川始通蠻國。」

西南六詔有遺種，僻在荒陬路尋壅。部落支離君長賤，比諸夷狄爲幽冗。犬戎强盛頻侵削，降有憤心戰無勇。夜防鈔盜保深山，朝望烟塵上高冢。鳥道繩橋來款附，非因慕化因危悚。清平官(繫)〔擊〕金呿嵯，〔一〕求天叩地持雙(拱)〔珙〕。〔二〕益州大將韋令公，頃實遭時定汧隴。自居劇鎮無他績，〔三〕幸得蠻來固恩寵。爲蠻開道引蠻(胡)〔朝〕，〔四〕迎蠻送蠻常繼踵。〔五〕天子臨軒四方賀，朝廷無事唯端拱。漏天走馬春雨寒，瀘水飛蛇瘴烟重。椎頭醜類除憂患，瘇足役夫勞洶湧。匈奴(玄)〔互〕市歲不供。〔六〕雲蠻通好(蠻)〔轡〕長駷。〔七〕戎王養馬漸多年，南人耗悴西人恐。

〔一〕官(繫)〔擊〕：據同上改。

〔二〕持雙(拱)〔珙〕：據同上改。

〔三〕自居：元刻本作「白居」，疑是，「白」猶「空」。

〔四〕引蠻(胡)〔朝〕：據同上改。

〔五〕迎蠻：同上作「接蠻」。

〔六〕(玄)〔互〕市：據同上改。

〔七〕(蠻)〔轡〕：據同上改。

縛戎人

李公垂傳曰：「近制，西邊，每禽蕃囚，皆傳置南方，不加剿戮，故作歌以諷焉。」

邊頭大將差健卒，入抄擒生快於鶻。但逢赬面即捉來，半是邊人半戎羯。〔一〕大將論功重多級，捷書飛奏何超忽。聖朝不殺諧至仁，遠送炎方示懲一作微罰。〔二〕萬里虛勞肉食費，連頭盡被氈裘暍。華茵重席卧腥臊，病犬愁鵂聲咽嗢。中有一人能漢語，自言家本長城窟。小年隨父戍安西，河、渭、瓜沙眼看没。天寶未亂猶數載，〔三〕狼星四角光蓬勃。中原禍作邊防危，果有豺狼四來伐。蕃馬膔成正翹健，蕃兵肉飽爭唐突。烟塵亂起無亭燧，主帥驚跳棄旄鉞。半夜城摧鵝雁鳴，妻啼子叫曾不歇。陰森神廟未敢依，脆薄河冰安可越。荊棘深處共潛身，前困蒺藜後䲡鼊。平明蕃騎四面走，古墓深林盡(誅捎)〔株榾〕。〔四〕少壯爲俘頭被髡，老弱留居足多刖。〔五〕烏鳶滿野屍狼藉，樓榭成灰牆突兀。暗水濺濺入舊池，平沙漫漫鋪明月。戎王遣將來安慰，口不敢言心咄咄。供進腋腋御叱般，豈料穹廬揀肥腯。五六十年消息絶，中間盟會又猖獗。眼穿東日望堯雲，腸斷正朝梳漢髪。近年如此思漢者，半爲老病半埋骨。嘗一作尚教孫子學鄉音，〔六〕猶話平時好城闕。老者儻盡少者壯，生長蕃中似蕃悖。不知祖父皆漢民，便恐爲蕃心矻矻。緣邊飽餧十萬衆，〔七〕何不齊驅一時發。年年但捉兩三人，精衛銜蘆塞溟渤。

〔一〕邊人：同上作「蕃人」。

〔二〕懲罰：同上作「微罰」。

〔三〕猶：《全唐詩》卷四一九作「前」。

〔四〕（誅搰）〔株榾〕：據《元氏長慶集》改。

〔五〕老弱：同上作「老翁」。

〔六〕嘗：同上作「尚」。《全唐詩》作「常」。

〔七〕餒：《全唐詩》作「餧」。

陰山道

《通典》曰：「秦始皇平天下，北却匈奴，築長城，渡河以陰山爲塞。陰山，唐之安北都護府也。」《唐書》曰：「高宗顯慶初，詔蘇定方等并回紇，破賀魯於陰山，即其地也。」李公垂傳曰：「元和二年，有詔，内出金帛酬回紇馬價。」

年年買馬陰山道，馬死陰山帛空耗。元和天子念女工，内出金銀代酬犒。臣有一言昧死進，死生甘分答恩燾。費財爲馬不獨生，耗帛傷工有他盗。臣聞平時七十萬疋馬，關中不省聞嘶噪。四十八監選龍媒，時貢天庭付良造。如今坰野十無一，盡在飛龍相踐暴。萬束芻茭供旦暮，千鍾菽粟長牽漕。屯軍郡國百餘鎮，縑緗歲奉春冬勞。税户逋逃例攤配，官司折納仍貪冒。挑紋變纈力倍費，棄舊從新人所好。越縠繚綾織一端，十疋(半)〔素〕縑功未到。〔一〕豪家富賈踰常制，令族清班無雅操。從騎愛奴絲布衫，臂鷹小兒雲錦韜。群臣利己安差僭，〔二〕天子深衷空惆悼。久立花塼鵷鳳行，雨露恩波幾時報。

〔一〕(半)〔素〕縑：據同上改。

〔二〕安差僭：同上作「要差僭」。

八駿圖

《穆天子傳》曰：「天子之駿赤驥、盜驪、白義、渠黃、黃騮、緑耳、踰輪、山子，所謂八駿也。」郭璞曰：「八駿，皆因其毛色以爲名號爾。赤驥，騏驥也。驪，黑色。華騮，色如華而赤，今名馬駿赤者爲棗騮。騮，赤色也。」

穆滿志空闊，將行九州野。神馭四來歸，天與八駿馬。龍種無凡性，龍行無暫捨。朝辭(浮)〔扶〕桑底，〔一〕暮宿崑崙下。鼻息吼春雷，蹄聲裂寒瓦。尾掉滄波黑，汗染浮一作白雲赭。〔二〕華輈本修密，翠蓋尚妍冶。御者腕不移，乘者寐不假。車無輪扁斲，轡無王良把。雖有萬駿來，誰是敢騎者。

〔一〕(浮)〔扶〕桑：據同上改。

〔二〕浮雲：同上作「白雲」。

新樂府上

白居易

新樂府五十篇，白居易元和四年作也。其序曰：「《七德舞》以陳王業，《法曲》以正華聲，《二王後》以明祖宗之意，《海漫漫》以戒求仙，《立部伎》以刺雅樂之替，《華原磬》以刺樂工之非其人，《上陽白髮人》以愍怨曠，《胡旋女》以戒近習，《新豐折臂翁》以戒邊功，《太行路》以諷君臣之不終，《司天臺》以引古而儆今，《捕蝗》以刺長吏，《昆明春水滿》以思王澤之廣被，《城鹽州》以誚邊將，《道州民》以美臣之遇主，《馴犀》以感爲政之難終，《五弦彈》以惡鄭聲之奪雅，《蠻子朝》以刺將驕而相備位，《驃國樂》以言王化之先後，《縛戎人》以達窮民之情，《驪宮高》以惜人之財力，《百鍊鏡》以爲皇王之鑒，《青石》以激忠烈，《兩朱閣》以刺佛寺之寖多，《西涼伎》以刺封疆之臣，《八駿圖》以懲遊佚，《澗底松》以念寒儁，《牡丹芳》以憂農，《紅線毯》以憂蠶桑之費，《杜陵叟》以傷農夫之困，《繚綾》以念女工之勞，《賣炭翁》以苦宫市，《母別子》以刺新間舊，《陰山道》以疾貪虜，《時世妝》以儆風俗，《李夫人》以鑒嬖惑，《陵園妾》以憐幽閉，《鹽商婦》以惡幸人，《杏爲梁》以刺居處之奢，《井底引銀瓶》以止淫奔，《官牛》以諷執政，《紫豪筆》以譏失職，《隋堤柳》以憫亡國，《草茫茫》以懲厚葬，《古塚狐》以戒豔色，《黑潭龍》以疾貪吏，《天可度》以惡詐人，《秦吉了》以哀冤民，《鵶九劍》以思決壅，《採詩官》以鑒前王亂亡之由。」大抵皆以諷諭爲體，欲以播於樂章歌曲焉。

七德舞

《唐書・樂志》曰：「太宗爲秦王時，征伐四方，民間作《秦王破陣樂》之曲。及即位，享宴奏之。貞觀七年，太宗製《破陣樂舞圖》，詔魏徵、虞世南、褚亮、李百藥爲之歌辭，更名《七德之舞》。」白居易傳曰：「自龍朔已後，詔郊廟享宴，皆先奏之。」

七德舞，七德歌，傳自武德至元和。元和小臣白居易，觀舞聽歌知樂意。樂終稽首陳其事。太宗十八舉義兵，白旄黄鉞定兩京。擒充戮竇四海清，二十有四功業成。二十有九即帝位，三十有五致太平。功成理定何神速，速在推心置人腹。亡卒遺骸散帛收，飢人賣子分金贖。魏徵夢見〔天〕子（夜）泣，〔一〕張謹哀聞辰日哭。怨女三千放出宫，死囚四百來歸獄。翦鬚燒藥賜功臣，李勣嗚（呼）〔咽〕思一作咽思殺身。〔二〕含血吮瘡撫戰士，思摩奮呼乞効死。則知不獨善戰善乘時，以心感人人心歸。今來一百九十載，〔三〕天下至今歌舞之。歌七德，舞七德，聖人有祚垂無極。〔四〕豈徒耀神武，豈徒誇聖文，太宗意在陳王業，王業艱難示子孫。

〔一〕〔天〕子〔夜〕泣：據《白氏長慶集》卷三、《唐文粹》卷一二改。

〔二〕嗚〔呼〕〔咽〕：據同上改。

〔三〕今來：《唐文粹》及《全唐詩》卷四二六作「爾來」。

〔四〕有祚：同上作「有作」。

法曲〔一〕

法曲法曲歌大定，積德重熙有餘慶，永徽之人舞而詠。法曲法曲舞《霓裳》，政和世理音洋洋，開元之人樂且康。法曲法曲歌堂堂，堂堂之慶垂無疆，中宗、肅宗復鴻業，唐祚中興萬萬葉。法曲法曲合夷歌，夷聲邪亂華聲和，以亂干和天寶末，明年胡塵犯宮闕。乃知法曲本華風，苟能審音與政通。一從胡曲相參錯，不辨興衰與哀樂。願求牙、曠正華音，不令夷夏相交侵。

〔一〕《法曲》：同上作「《法曲歌》」。

二王後

《禮記·郊特牲》曰：「禮二王之後，尊賢不過二代。」杜佑曰：「不臣二王後者，尊也。

先王通三正之義，故《書》有『虞賓在位』，《詩》云『有客有客，亦白其馬』，明天下非一家所有，敬讓之至。故封建之，使得服其正朔，用其禮樂，以事先祀。故孔子云：『夏禮吾能言之，杞不足徵也，殷禮吾能言之，宋不足徵也。』隋封後周靖帝爲介國公，唐封隋帝爲酅國公，以爲二王後。」

二王後，彼何人，介公、酅公爲國賓，周武、隋文之子孫。古人有言，天下者非是一人之天下，周亡天下傳于隋，隋人失之唐得之。唐興十葉歲二百，介公、酅公世爲客。明堂太廟朝享時，引居賓位備威儀。備威儀，助郊祭，高祖、太宗之遺制。不獨興滅國，不獨繼絶世，欲令嗣位守文君，亡國子孫取爲戒。

海漫漫

海漫漫，其下無底旁無邊，〔一〕雲濤烟浪最深處，人傳中有三神山。山上多生不死藥，服之羽化爲天仙。秦皇、漢武信此語，方士年年採藥去。蓬萊今古但聞名，烟水茫茫無覓處。海漫漫，風浩浩，眼穿不見蓬萊島。不見蓬萊不敢歸，童男丱女舟中老。徐福、文成多誑誕，上元、太一虚祈禱。君看驪山頂上茂陵頭，畢竟悲風吹蔓草。何況玄元聖祖五千言，不言藥，不言仙，不言白日昇青天。

〔一〕其下：同上作「直下」。

立部伎

立部伎，鼓笛諠。舞雙劍，跳九一作七丸。〔一〕嫋巨索，掉長竿。太常部伎有等級，堂上者坐堂下立。堂上坐部笙歌清，堂下立部鼓笛鳴。笙歌一聲衆側耳，鼓笛萬曲無人聽。立部賤，坐部貴。坐部退爲立部伎，擊鼓吹笙和雜戲。立部又退何所任，始就樂懸操雅音。雅音替壞一至此，長令爾輩調宮徵。圓丘后土郊祀時，言將此樂感神祇。欲望鳳來百獸舞，何異北轅將適楚。工師愚賤安足云，太常三卿爾何人。

〔一〕九丸：同上作「七丸」。

華原磬

華原磬，華原磬，古人不聽今人聽。泗濱石，泗濱石，今人不擊古人擊。今人古人何不同，用之捨之由樂工。樂工雖在耳如壁，不分清濁即爲聾。梨園弟子調律呂，知有新聲不（如）〔知〕古。〔一〕古稱浮磬出泗濱，立辯致死聲感人。宮懸一聽華原石，君心遂忘封疆臣。果然胡寇從燕起，武臣少肯封疆死。始知樂與時政通，豈聽鏗鏘而已矣。磬襄入海去不歸，長安市人爲樂師。〔二〕華原磬與泗濱石，清濁兩聲誰得知。

〔一〕不〔如〕〔知〕古：據同上改。

〔二〕市人：《全唐詩》卷四二六作「市兒」。

上陽白髮人

上陽人，紅顔暗老白髮新。緑衣監使守宮門，一閉上陽多少春。玄宗末歲初選入，入時十六今六十。同時采擇百餘人，零落年深殘此身。憶昔吞悲别親族，〔持〕〔扶〕入車中不教哭。〔一〕皆云入内便承恩，臉似芙蓉胸似玉。未容君王得見面，已被楊妃遥側目。〔如〕〔妒〕令潛配上陽宮，〔二〕一生遂向空房宿。秋夜長，夜長無寐天不明。耿耿殘燈背壁影，蕭蕭暗雨打窗聲。春日遲，日遲獨坐天難暮。宮鶯百囀愁厭聞，梁燕雙栖老休妬。鶯歸燕去長悄然，春往秋來不記年。唯向深宮望明月，東西四五百迴圓。今日宮中年最老，大家遥賜尚書號。小頭鞋履窄衣裳，青黛點眉眉細長。外人不見見應笑，天寶末年時世妝。上陽人，苦最多。少亦苦，老亦苦，少苦老苦兩如何！君不見昔時吕向《美人賦》，又不見今日《上陽白髮歌》。〔三〕

〔一〕〔持〕〔扶〕入：據同上改。

〔二〕〔如〕〔妒〕令：據同上改。

〔三〕上陽：《全唐詩》卷四二六下注：「一本此下有宫人字。」似是。

胡旋女

胡旋女，胡旋女，心應弦，手應鼓。弦鼓一聲兩袖舉，迴雪飄颻轉蓬舞。左旋右轉不知疲，千匝萬周無已時。人間物類無可比，奔車輪緩旋風遲。曲終再拜謝天子，天子爲之微啟齒。胡旋女，出康居，徒勞東來萬里餘。中原自有胡旋者，鬬妙爭能爾不如。天寶季年時欲變，臣妾人人學圓轉。中有太真外禄山，二人最道能胡旋。梨花園中册作妃，金雞障下養爲兒。禄山胡旋迷君眼，兵過黄河疑未反。貴妃胡旋惑君心，死棄馬嵬念更深。從兹地軸天維轉，五十年來制不禁。胡旋女，莫空舞，數唱此歌悟明主。

新豐折臂翁

新豐老翁八十八，頭鬢眉鬚皆似雪。玄孫扶向店前行，左臂憑肩右臂折。〔一〕問翁臂折來幾年，兼問致折何因緣。翁云貫屬新豐縣，生逢聖代無征戰。慣聽梨園歌管聲，〔二〕不識旗槍與弓箭。無何天寶大徵兵，户有三丁點一丁。點得驅將何處去，〔三〕五月萬里雲南行。聞道雲南有瀘水，〔四〕椒花落時瘴烟起。大軍徒涉水如湯，未過十人二三死。〔五〕村南村北哭聲哀，兒别爺孃夫别妻。皆云前後征蠻者，千萬人行無一回。是時翁年二十四，兵部牒中有名字。夜深不敢使人知，偷將大石鎚折臂。張弓簸旗俱不堪，從兹始免征雲南。骨碎筋傷非不苦，且圖揀退歸鄉土。臂折來來六十年，〔六〕一肢雖廢一身全。至今風雨陰寒夜，直到天明痛不眠。痛不眠，終不悔，且喜老身今獨在。不然當時瀘水頭，身死魂飛骨不收。應作雲南望鄉鬼，萬人塚上哭呦呦。老人言，君聽取。君不聞開元宰相宋開府，不賞邊功防黷武。又不聞天寶宰相楊國忠，欲求恩幸立邊功。邊功未立生人怨，請問新豐折臂翁。

〔一〕左：《全唐詩》卷四二六注：「一作右。」右：同上注：「一作左。」

〔二〕「慣聽」句：同上注：「一作唯聽驪宫歌吹聲。」

〔三〕點得：同上注：「一作里胥。」將：同上注：「一作向。」

〔四〕聞：同上注：「一作傳。」

〔五〕過：同上注：「一作戰。」

〔六〕臂折來來：同上作「此臂折來」。

太行路

太行之路能摧車，若比人心是坦途。〔一〕巫峽之水能覆舟，若比人心是安流。人心好惡苦不常，好生毛羽惡成瘡。〔二〕與君結髮未五載，忽從牛女爲參商。〔三〕古稱色衰相棄背，當時美人猶怨悔，何況如今鸞鏡中，妾顏未改君心改。爲君薰衣裳，君聞蘭麝不馨香；爲君事容飾，〔四〕君看金翠無顏色。行路難，難重陳，人生莫作婦人身，百年苦樂由他人。行路難，難於山，險於水，不獨人間夫與妻，近代君臣亦如此。君不見左納言，右內史，〔五〕朝承恩，暮賜死。行路難，〔六〕不在水，不在山，只在人心反覆間。

〔一〕人：《全唐詩》卷四二六注：「一作君。」下文第四、五句中之「人」同。《唐文粹》卷一二亦作「君」。

〔二〕成瘡：《白氏長慶集》作「生瘡」。

〔三〕忽從：《唐文粹》作「豈期」。

〔四〕事容飾：《白氏長慶集》作「盛容飾」。

〔五〕右內史：同上作「右納史」。

〔六〕《唐文粹》複「行路難」一句。

樂府詩集卷第九十八

新樂府辭九

新樂府中

白居易

司天臺

司天臺，仰觀俯察天人際。羲和死來職事廢，官不求賢空取藝。昔聞西漢元、成間，上淩下替謫見天。北辰微暗少光色，四星煌煌如火赤。耀芒動角射三台，上台半滅中台坼。是時非無太史官，眼見心知不敢言。明朝趨入明光殿，唯奏慶雲壽星見。天文時變兩如斯，九重天子不得知。不得知，安用臺高百尺爲！

捕蝗

捕蝗捕蝗誰家子，天熱日長飢欲死。興元兵久傷陰陽，〔一〕和氣蠱蠹化爲蝗。始自兩河及三輔，荐食如蠶飛似雨。雨飛蠶食千里間，不見青苗空赤土。河南長吏言憂農，課人晝夜捕蝗蟲。是時粟斗錢三百，蝗蟲之價與粟同。捕蝗捕蝗竟何利，徒使飢人重勞費。一蟲雖死百蟲來，豈將人力競天災，〔二〕我聞古之良吏有善政，以政驅蝗蝗出境。又聞貞觀之初道欲昌，文皇仰天吞一蝗。一人有慶兆民賴，是歲雖蝗不爲害。

〔一〕久：《全唐詩》卷四二六作「後」，注：「一作久，一作舉。」

〔二〕競：同上作「定」。

昆明春水滿〔一〕

《漢書・武帝紀》曰：「元狩三年秋，發謫吏穿昆明池。」《西南夷傳》曰：「越巂昆明國有滇池，方三百里。漢使求身毒國而爲昆明所閉，欲伐之，故作昆明池象之，以習水戰，在長安西南，周回四十里。」《食貨志》曰：「時越欲與漢用船戰，遂大修昆明池。」白居易傳曰：「貞元中始漲之。」〔二〕

昆明春，昆明春，春池岸古春流新。影浸南山青滉瀁，波沉西日紅奫淪。往年因旱靈池竭，〔三〕龜尾曳塗魚煦沫。詔開八水注恩波，千介萬鱗同日活。今來淨淥水照天，游魚鱍鱍蓮田田。洲香杜若抽心短，沙暖鴛鴦鋪翅眠。動植飛沉皆遂性，〔四〕皇澤如春無不被。魚者仍豐網罟資，貧人又獲菰蒲利。詔以昆明近帝城，官家不得收其征。菰蒲無租魚無稅，近水之人感君惠。感君惠，獨何人，吾聞率土皆王民，遠民何疏近何親。願推此惠及天下，無遠無近同欣欣。吴興山中罷榷茗，鄱陽坑裏休封銀。〔五〕天涯地角無禁利，熙熙同似昆明春。

〔一〕《昆明春水滿》：《全唐詩》作「《昆明春》」。

〔二〕漲之：同上作「漲泛」。

〔三〕靈池竭：同上作「池枯竭」。

〔四〕遂性：同上注：「一作性遂。」

〔五〕封：同上注：「一作稅。」

城鹽州

《通典》曰：「鹽州，春秋時戎狄之地，秦、漢屬北地郡，後魏置大興郡，西魏改爲五原，後爲鹽州，以北近鹽池，因以爲名。唐爲鹽州，或爲五原郡。」白居易傳曰：「貞元八年，特詔城之。」

城鹽州，城鹽州，城在五原原上頭。蕃東節度鉢闡布，忽見新城當要路。金鳥飛傳贊普聞，建牙傳箭集群臣。君臣赬面有憂色，皆言勿謂唐無人。自築鹽州十餘載，左衽氈裘不犯塞。晝牧牛羊夜捉生，長去新城百里外。諸邊急警勞戍人，唯此一道無烟塵。靈夏潛安誰復辨，秦原暗通何處見。鄜州驛路好馬來，長安藥肆黄耆賤。城鹽州，鹽州未城天子憂。德宗按圖自定計，非關將略與廟謀。吾聞高宗、中宗世，北虜猖狂最難制。韓公創築受降城，三城鼎峙屯漢兵。東西亘絶數千里，耳冷不聞胡馬聲。如今邊將非無策，心笑韓公築城壁。相看養寇爲身謀，各握强兵固恩澤。願分今日邊將恩，褒贈韓公封子孫。誰能將此鹽州曲，翻作歌詞聞至尊。

道州民

道州民，多侏儒，長者不過三尺餘。市作矮奴年進送，號爲道州任土貢。任土貢，寧若斯，不聞使人生别離，老翁哭孫母哭兒。一自陽城來守郡，不進矮奴頻詔問。城云臣按六典書，任土貢有不貢無。道州水土所生者，只有矮民無矮奴。吾君感悟璽書下，歲貢矮奴宜悉罷。道州民，老者幼者何欣欣。父兄子弟始相保，從此得作良人身。道州民，民到於今受其賜，欲説使君先下淚。仍恐兒孫忘使君，生男多以陽爲字。

馴犀

馴犀馴犀通天犀，軀貌駭人角駭雞。海蠻聞有明天子，驅犀乘傳來萬里。一朝得謁大明宫，歡呼拜舞自論功。五年馴養始堪獻，六譯語言方得通。上嘉人獸俱來遠，蠻館四方犀入苑。秣以瑶芻鎖以金，故鄉迢遞君門深。海鳥不知鐘鼓樂，池魚空結江湖心。馴犀生處南方熱，秋無白露冬無雪。一入上林三四年，又逢今歲苦寒月。飲冰卧霰苦蜷跼，角骨凍傷鱗甲縮。馴犀死，蠻兒啼，〔一〕向闕再（三）〔拜〕顔色低。〔二〕奏乞生歸本國去，恐身凍死似馴犀。君不見建中初，馴象生還（放）〔故〕林邑。〔三〕君不見貞元末，馴犀凍死蠻兒泣。所嗟建中異貞元，象生犀死何足言。

〔一〕兒：《全唐詩》注：「一作童。」

〔二〕再（三）〔拜〕：據同上改。

〔三〕（放）〔故〕：據同上改。

五弦彈

五弦彈，五弦彈，聽者傾耳心寥寥。趙璧知君入骨愛，五弦一一爲君調。第一第二弦索索，秋風拂松疏韻落。第三第四弦泠泠，夜鶴憶子籠中鳴。第五弦聲最掩抑，隴水凍咽流不得。五弦並奏君試聽，淒淒切切復錚錚。鐵擊珊瑚一兩曲，（水）〔冰〕寫玉盤千萬聲。〔一〕〔鐵聲殺，冰聲寒〕，〔二〕殺聲入耳膚血寒，〔三〕慘氣中人肌骨酸。〔四〕曲終聲盡欲半日，四座相對愁無言。座中有一遠方士，唧唧咨咨聲不已。自歎今朝初得聞，始知辜負平生耳。唯憂趙璧白髮生，老死人間無此聲。遠方士，爾聽五弦信爲美，吾聞正始之音不如是。正始之音其若何？朱弦疏越清廟歌。一彈一唱再三歎，曲淡節稀聲不多。融融曳曳召元氣，聽之不覺心平和。人情重今多賤古，古琴有弦人不撫。〔五〕更從趙璧藝成來，〔六〕二十五弦不如五。

〔一〕（水）〔冰〕寫：據《白氏長慶集》卷三改。

〔二〕〔鐵聲殺，冰聲寒〕：據《全唐詩》卷四二六補。按脱此兩句，則下句「殺聲」無所承。

〔三〕膚血寒：同上作「膚血憯」，是。

〔四〕慘氣：同上作「寒氣」，是。

〔五〕琴：同上注：「一作瑟。」

〔六〕更：同上注：「一作自。」

蠻子朝

蠻子朝，泛皮船兮渡繩橋，來自嶲州道路遥。入界先經蜀川過，蜀將收功先表賀。臣聞雲南六詔蠻，東連牂牁西連蕃。六詔星居初瑣碎，合爲一詔漸强大。開元皇帝雖聖神，唯蠻倔强不來賓。鮮于仲通六萬卒，征蠻一陣全軍没。至今西洱河岸邊，箭孔刀痕滿枯骨。

誰知今日慕華風，不勞一人蠻自通。誠由陛下休明德，亦賴微臣誘諭功。德宗看一作省表知如此，〔一〕笑令中使迎蠻子。蠻子導從者誰何，摩挲俗羽雙隈伽。清平官持赤藤杖，大將軍繫金呿嗟。異牟尋（勞）〔男〕尋閣勸，〔二〕（持）〔特〕勑召對延英殿。〔三〕上心貴在懷遠蠻，引臨玉座近天顔。冕旒不垂親勞倈，賜衣賜食移時對。移時對，不可得，大臣相看有羨色。可憐宰相拖紫佩金章，朝日唯聞對一刻。

〔一〕看表：《白氏長慶集》卷三作「省表」。

〔二〕異牟尋（勞）〔男〕：據同上改。

〔三〕（持）〔特〕勑：據文義改。

驃國樂

驃國樂，驃國樂，出自大海西南角。雍羌之子舒難陀，來獻南音擧正朔。德宗立仗御紫庭，黈纊不塞爲爾聽。玉螺一吹椎髻聳，銅鼓千擊文身踊。珠纓炫轉星宿摇，花鬘斗藪龍蛇動。曲終王子啟聖人，臣父願爲唐外臣。左右歡呼何翕習，至尊德廣之所及。須臾百辟詣閤門，俯伏拜表賀至尊。伏見驃人獻新樂，請書國史傳子孫。時有擊壤老農父，暗測君心閑獨語。聞君政化甚聖明，欲感人心致太平。感人在近不在遠，太平由實非由聲。

觀身理國國可濟，君如心兮民如體。體生疾苦心憯悽，民得和平君愷悌。貞元之民若未安，驃樂雖聞君不歡；貞元之民苟無病，驃樂不來君亦聖。驃樂驃樂徒喧喧，不如聞此芻蕘言。

縛戎人

縛戎人，縛戎人，耳穿面破驅入秦。〔一〕天子矜憐不忍殺，詔徙東南吴與越。黄衣小使録姓名，領出長安乘遞行。身被金瘡面多瘠，扶病徒行日一驛。朝餐飢渴費杯盤，夜卧腥臊汚牀席。忽逢江水憶交河，垂手齊聲嗚咽歌。其中一虜語諸虜：「爾苦非多我苦多。」同伴行人因借問，欲説喉中氣憤憤。自云鄉貫一作管本涼原，大曆年中没落蕃。一落蕃中四十載，遣着皮裘繫毛帶。唯許正朝服漢儀，斂衣整巾潛淚垂。〔二〕誓心密定歸鄉計，不使蕃中妻子知。暗思幸有殘筋力，更恐年衰歸不得。蕃候嚴兵鳥不飛，脱身冒死奔逃歸。晝伏宵行經大漠，雲陰月黑風沙惡。驚藏青塚寒草疏，偷渡黄河夜冰薄。忽聞漢軍鼙鼓聲，路傍走出再拜迎。游騎不聽能漢語，將軍遂縛作蕃生。配向江南卑濕地，〔三〕豈無存卹空防備。〔四〕念此吞聲仰訴天，若爲辛苦度殘年。涼原鄉井不得見，胡地妻兒虚棄捐。没蕃被囚思漢土，歸漢被劫爲蕃虜。早知如此悔歸來，兩地寧如一處苦。縛戎人，戎人之中我苦辛。自古此冤應未有，漢心漢語吐蕃身。

〔一〕耳：《全唐詩》卷四二六注：「一作口。」
〔二〕潛：同上注：「一作雙。」
〔三〕江南：同上作「東南」。
〔四〕豈：同上作「定」，似是。《白氏長慶集》作「略」。

驪宮高

《唐會要》曰：「開元十一年十月，置温泉宮於驪山。」《舊書·帝紀》曰：「是年十月，幸温泉宮，自是歲數幸焉。天寶六載十月，改温泉宮爲華清宮。」

高高驪山上有宮，朱樓紫殿三四重。遲遲兮春日，玉甃暖兮温泉溢，嫋嫋兮秋風，山蟬鳴兮宮樹紅。翠華不來歲月久，牆有衣兮瓦有松。吾君在位已五載，何不一幸乎其中。西去都門幾多地，吾君不遊有深意。一人出兮不容易，六宮從兮百司備。八十一車千萬騎，朝有宴飫暮有賜。中人之産數百家，未足充君一日費。吾君修己人不知，不自逸兮不自嬉，吾君愛人人不識，不傷財兮不傷力。驪宮高兮高入雲，君之來兮爲一身，君之不來兮爲萬人。

百鍊鏡

百鍊鏡，鎔範非常規，日辰處所靈且祇，〔一〕江心波上舟中鑄，五月五日日午時。瓊粉金膏磨瑩已，化爲一片秋潭水。鏡成將獻蓬萊宫，揚州長史手自封。〔二〕人間臣妾不合照，〔三〕背有九五飛天龍。人人呼爲天子鏡，我有一言聞太宗。太宗常以人爲鏡，鑒古鑒今不鑒容。四海安危居掌内，百王治亂懸心中。乃知天子别有鏡，不是揚州百鍊銅。

〔一〕處所：《全唐詩》卷四二七注：「一作置處。」衹：又注：「一作奇。」
〔二〕長史：同上作「長吏」。此句又注：「一作鈿函金匣鎖幾重。」
〔三〕照：同上注：「一作用。」

青石

青石出自藍田山，兼車運載來長安。工人磨琢欲何用，石不能言我代言。不願作人家墓前神道碣，墳土未乾名已滅；不願作官家道旁德政碑，不鐫實録鐫虚辭。願爲顔氏、段氏碑，〔一〕雕鏤太尉與太師。刻此兩片堅貞質，狀彼二人忠烈姿。義心若石屹不轉，死節名流確不移。如觀奮擊朱泚日，似見叱呵希烈時。各於其上題名謚，〔二〕一置高山一沉水，陵谷雖遷碑獨存〔三〕骨化爲塵名不死。長使不忠不烈臣，觀碑改節慕爲人。慕爲人，勸事君。

〔一〕顔氏、段氏：同上注：「一作段氏、顔氏。」

〔二〕諡：同上注：「一作字。」

〔三〕獨：同上注：「一作猶。」

兩朱閣

兩朱閣，南北相對起。借問何人家，貞元雙帝子。帝子吹簫雙得仙，五雲飄飖飛上天。第宅亭臺不將去，化爲佛寺在人間。妝閣伎樓何寂靜。柳似舞腰池似鏡。花落黄昏悄悄時，不聞歌吹聞鍾磬。〔一〕寺門勑牓金字書，尼院佛庭寬有餘。青苔明月多閑地，比屋疲人無處居。〔二〕憶昨平陽宅初置，吞并平人幾家地。仙去雙雙作梵宫，漸恐人間盡爲寺。〔三〕

〔一〕歌：同上注：「一作鼓。」

〔二〕疲：同上注：「一作齊。」

〔三〕間：同上注：「一作家。」

西涼伎

西涼伎，西涼伎，〔一〕假面胡人假師子。刻木爲頭絲作尾，金鍍眼睛銀帖齒，奮迅毛衣擺雙耳，如從流沙來萬里。紫髯深目兩胡兒，〔二〕鼓舞跳梁前致辭。應似涼州未陷日，〔三〕安西都護進來時。須臾云得新消息，安西路絶歸不得。泣向師子涕雙垂，涼州陷没知不知。師子迴頭向西望，哀吼一聲觀者悲。貞元邊將愛此曲，醉坐笑看看不足。享賓犒士宴三軍，〔四〕師子胡兒長在目。有一征夫年七十，見弄涼州低面泣。泣罷斂手白將軍，主憂臣辱昔所(閔)〔聞〕。〔五〕自從天寶兵戈起，犬戎日夜吞西鄙。涼州陷來四十年，河、隴侵將七千里。〔六〕平時安西萬里疆，今日邊防在鳳翔。緣邊空屯十萬卒，飽食温衣閑過日。〔七〕遺民腸斷在涼州，將卒相看無意收。天子每思常痛惜，將軍欲説合慚羞。奈何仍看西涼伎，取笑資歡無所愧。縱無智力未能收，忍取西涼弄爲戲。

〔一〕西涼伎：《白氏長慶集》無此三字。

〔二〕兩：《全唐詩》注：「一作羌。」

〔三〕應似：同上注：「一作道是。」是。

〔四〕享賓：同上作「娱賓」。三軍：同上作「監軍」。

〔五〕(閔)〔聞〕：據同上改。

〔六〕七：同上注：「一作九。」

〔七〕温：同上注：「一作厚。」

樂府詩集卷第九十九

新樂府辭十

新樂府下

八駿圖

白居易

穆王八駿天馬駒，後人愛之寫爲圖。背如龍兮頸如象，〔一〕骨竦筋高脂肉壯。〔二〕日行萬里速如飛，〔三〕穆王獨乘何所之？四荒八極踏欲遍，三十二蹄無歇時。屬車軸折趁不及，黄屋草生棄若遺。瑶池西赴王母宴，七廟經年不親薦。璧臺南與盛姬遊，明堂不復朝諸侯。白雲黄竹歌聲動，一人荒樂萬人愁。周從后稷至文、武，積德累功世勤苦。豈知纔及〔四〕〔五〕代孫，〔四〕心輕王業如灰土。由來尤物不在大，能蕩君心則爲害。〔五〕文帝却之不肯乘，千里馬去漢道興。穆王得之不爲戒，八駿駒來周室壞。〔六〕至今此物世稱珍，〔七〕不知房星之精下爲怪。《八駿圖》，君莫愛。

〔一〕象：《全唐詩》卷四二七注：「一作鳥。」

〔二〕脂：同上注：「一作肌。」壯：又注：「一作少。」

〔三〕速：同上作「疾」。

〔四〕（四）〔五〕代：據同上注「一作五」改。按周武、成、康、昭、穆，至穆王爲五代。

〔五〕則：《唐文粹》卷一三作「即」。

〔六〕八駿駒：《全唐詩》注：「一作千里馬。」

〔七〕世：同上作「尚」。

澗底松

左太沖詩曰：「鬱鬱澗底松，離離山上苗。以彼徑寸莖，蔭此百尺條。世胄躡高位，英俊沈下僚。地勢使之然，由來非一朝。金、張藉舊業，七葉珥漢貂。馮公豈不偉，白首不見招。」《澗底松》蓋取諸此。

有松百尺大十圍，〔一〕生在澗底寒且卑。澗深山險人路絶，老死不逢工度之。天子明堂欠梁木一作棟，此求彼有兩不知。〔二〕誰諭蒼蒼造物意，但與之材不與地。金、張世禄原憲貧，〔三〕牛衣寒賤貂蟬貴。貂蟬與牛衣，高下雖有殊，高者未必賢，下者未必愚。君不見沉海底生珊瑚，歷歷天上種白榆。

〔一〕有：《全唐詩》注：「一作青。」

〔二〕此求彼有：同上注：「一作彼求此棄。」

〔三〕原憲貧：同上注：「一作黄憲賢。」

牡丹芳

牡丹芳，牡丹芳，黄金蕊綻紅玉房。千片赤英霞爛爛，百枝絳豔燈煌煌。〔一〕照地初開錦繡段，當風不結蘭麝囊。〔二〕仙人琪樹白無色，王母桃花小不香。宿露輕盈泛紫豔，〔三〕朝陽照耀生紅光。紅紫二色間深淺，向背萬態隨低昂。映葉多情隱羞面，卧叢無力含醉妝。低嬌笑容疑掩口，〔四〕凝思怨人如斷腸。穠姿貴彩信奇絶，雜卉亂花無比方。石竹金錢何細碎，芙蓉芍藥苦尋常。遂使王公與卿士，遊花冠蓋日相望。輕車軟轝貴公主，〔五〕香衫細馬豪家郎。衛公宅靜閉東院，西明寺深開北廊。戲蝶雙舞看人久，〔六〕殘鶯一聲春日長。〔七〕共愁日照芳難駐，仍張帷幕垂陰涼。〔八〕花開花落二十日，一城之人皆若狂。三代以還文勝質，人心重華不重實。重華直至牡丹芳，其來有漸非今日。元和天子憂農桑，卹下動天天降祥。去歲嘉禾生九穗，田中寂寞無人至。今年瑞麥分兩岐，君心獨喜無人知。無人知，可歎息，我願暫求造化力，減却牡丹妖豔色。少回卿士愛花心，〔九〕同似吾君憂稼穡。〔一〇〕

〔一〕黯：《全唐詩》作「點」，注：「一作焰。」

〔二〕囊：同上注：「一作裳。」

〔三〕宿：同上注：「一作曉。」

〔四〕容：疑當作「客」，與下句「人」字相應。

〔五〕輕車：同上作「庳車」（《長慶集》同）。主：同上注：「一作子。」

〔六〕人：同上注：「一作花。」

〔七〕春：同上注：「一作嬌。」

〔八〕帷：同上注：「一作羅。」

〔九〕卿士愛：同上注：「一作士女看。」

〔一〇〕似：同上注：「一作助。」憂：同上注：「一作愛。」

紅線毯

白居易傳曰：「貞元中，宣州進開樣紅線毯。」

紅線毯，擇繭繰絲清水煮，揀絲練線紅藍染。〔一〕染爲紅線紅於藍，〔二〕織作披香殿上毯。披香殿廣十丈餘，紅線織成可殿鋪。綵絲茸茸香拂拂，線軟花虛不勝物。美人踏上歌舞來，羅襪繡鞋隨步没。太原毯澀毳縷硬，蜀都褥薄錦花冷。不如此毯温且柔，年年十月來宣州。宣城太守加樣織，自謂爲臣能竭力。百夫同擔進宫中，綫厚絲多卷不得。宣城太守知不知，一丈毯，〔三〕千兩絲，地不知寒人要暖，少奪人衣作地衣。

〔一〕揀：《全唐詩》注：「一作練。」

〔二〕藍：同上注：「一作花。」似是。

〔三〕毯：同上注：「一本此下有用字。」

杜陵叟

杜陵叟，杜陵居，歲種薄田一頃餘。三月無雨旱風起，麥苗不秀多黄死。九月降霜秋（草）〔早〕寒，〔一〕禾穗未熟皆青乾。長吏明知不申破，急斂暴徵求考課。典桑賣地納官租，明年衣食將何如！剥我身上帛，奪我口中粟，虐人害物即豺狼，何必鉤爪鋸牙食人肉。不知何人奏皇帝，帝心惻隱知人弊。白麻紙上書德音，京畿盡放今年税。昨日里胥方到門，手持勑牒牓鄉村。十家租税九家畢，〔二〕虚受吾君蠲免恩。

〔一〕（草）〔早〕寒：據《長慶集》改。

〔二〕九家：同上作「八九」。

繚綾

繚綾繚綾何所似？不似羅綃與紈綺，應似天台山上月明前，〔一〕四十五尺瀑布泉。中有文章又奇絶，地鋪白烟花簇雪。織者何人衣者誰？越溪寒女漢宫姬。去年中使宣口勑，天上取樣人間織。織爲雲外秋雁行，染作江南春水色。廣裁衫袖長製裙，金斗熨波刀翦文。異彩奇文相隱映，轉側看花花不定。昭陽舞人恩正深，春衣一對直千金。汗沾粉污不再着，曳土抢一作踏泥無惜心。〔二〕繚綾織成費功績，莫比尋常繒與帛。絲細繰多女手疼，札札千聲不盈尺。昭陽殿裏歌舞人，若見織時應也惜。〔三〕

〔一〕月明：《全唐詩》注：「一作明月。」

〔二〕抢泥：同上作「蹋泥」。

〔三〕也：同上注：「一作合。」

賣炭翁

賣炭翁，伐薪燒炭南山中。滿面塵灰烟火色，兩鬢蒼蒼十指黑。賣炭得錢何所營？身上衣裳口中食。可憐身上衣正單，心憂炭賤願天寒。夜來城外一尺雪，曉駕炭車輾冰轍。牛困人飢日已高，市南門外泥中歇。翩翩兩騎來是誰？〔一〕黄衣使者白衫兒。手把文書口稱勑，回車叱牛牽向北。一車炭，〔二〕千餘斤，宮使驅將惜不得。半疋紅紗一丈綾，〔三〕繫向牛頭充炭直。

〔一〕翩翩兩騎：《全唐詩》注：「兩騎翩翩。」

〔二〕炭：同上注：「一本此下有重字。」

〔三〕紅紗：《長慶集》作「紅綃」。

母別子

母別子，子別母，白日無光哭聲苦。關西驃騎大將軍，去年破虜新策勳。勑賜金錢二百萬，洛陽迎得如花人。新人〔迎〕來舊人棄，〔一〕掌上蓮花眼中刺。寵新棄舊未足悲，〔二〕悲在君家留兩兒。一始扶牀一初坐，〔三〕坐啼行哭牽人衣。以汝夫婦新嬿婉，使我母子生別離。不如林中烏與鵲，母不失雛雄伴雌。應似後園桃李樹，〔四〕花落隨風子在枝。新人新人聽我語，洛陽無限紅樓女，但願將軍重立功，更有新人勝於汝。

〔一〕〔迎〕來：據《長慶集》補。

〔二〕寵新：同上作「近新」。

〔三〕扶牀：同上作「扶行」。

〔四〕後園：同上作「園中」。

陰山道

陰山道，陰山道，紇邏敦肥水泉好。每至戎人送馬時，〔一〕道傍千里無纖草。草盡泉枯馬病羸，飛龍但印骨與皮。五十匹縑易一匹，縑去馬來無了日。養無所用(去)〔土〕非宜，每歲死傷十六七。縑絲不足女工苦，疏織短截充匹數。藕絲蛛(蜩)〔網〕三丈餘，〔二〕回鶻訴稱無用處。〔三〕咸安公主號可敦，遠爲可汗頻奏論。元和二年下新勑，内出金帛酬馬直。仍詔江淮馬價縑，從此不令疏短織。合羅將軍呼萬歲，捧授金銀與縑綵。誰知黠虜啟貪心，明年馬多來一倍。縑漸好，馬漸多，陰山虜，奈爾何。

〔一〕送：《全唐詩》注：「一作進。」

〔二〕(蜩)〔網〕：據《白氏長慶集》改。

〔三〕回鶻：《全唐詩》作「迴紇」。

時世妝

時世妝，時世妝，出自城中傳四方。時世流行無遠近，顋不施朱面無粉。烏膏注一作膏脣脣似泥，雙眉畫作八字低。妍蚩黑白失本態，妝成盡似含悲啼。圓鬟垂鬢椎髻樣，〔一〕斜紅

不暈赭面狀。昔聞被髮伊川中，幸有見之知有戎。元和妝梳君記取，髻椎面赭非華風。〔二〕

〔一〕垂鬟椎髻：《長慶集》作「無鬟堆髻」。

〔二〕髻椎：同上作「髻堆」。

李夫人

漢武帝，初哭一作喪李夫人。〔一〕夫人病時不肯别，死後留得生前恩。君恩不盡念未已，甘泉殿裏令寫真。丹青畫出竟何益，〔二〕不言不笑愁殺人。又令方士合靈藥，玉釜煎鍊金爐焚。九華帳中夜悄悄，〔三〕反魂香降夫人魂。夫人之魂在何許？香烟引到焚香處。既來何苦不須臾，縹緲悠揚還滅去。去何速兮來何遲，是耶非耶兩不知。翠蛾彷彿平生貌，不似昭陽寢疾時。魂之不來君心苦，魂之來兮君亦悲。背燈隔帳不得語，安用暫來還見（爲）〔違〕。〔四〕傷心不獨漢武帝，自古及今皆若斯。君不見穆王三日哭，重璧臺前傷盛姬。又不見泰陵一掬淚，馬嵬（路上）〔坡下〕念楊妃，〔五〕縱令妍姿豔質化爲土，此恨長在無銷期。生亦惑，死亦惑，尤物惑人忘不得。人非木石皆有情，不如不遇傾城色。

〔一〕初哭：《唐文粹》卷一三和《全唐詩》作「初喪」。

〔二〕畫：《全唐詩》注：「一作寫。」

〔三〕中：《唐文粹》和《全唐詩》作「深」。

〔四〕見（爲）〔違〕：據同上改。

〔五〕（路上）〔坡下〕：據同上改。

陵園妾

陵園妾，顔色如花命如葉。命如葉薄將奈何，一奉寢宮年月多。年月多，〔一〕春愁秋思知何限。青絲髮落叢鬢疏，紅玉膚銷繫裙慢。〔二〕憶昔宮中被妬猜，因讒得罪配陵來。老母啼呼趁車別，中官監送鎖門回。山宮一閉無開日，未死此身不令出。〔三〕松門到曉月徘徊，柏城盡日風蕭瑟。松門柏城幽閉深，聞蟬聽燕感光陰。眼看菊蕊重陽淚，手把梨花寒食心。把花掩淚無人見，緑蕪牆遶青苔院。四季徒支妝粉錢，一朝不識君王面。〔四〕遥想六宮奉至尊，宣徽雪夜浴堂春。雨露之恩不及者，猶聞不啻三千人。三千人，〔五〕我爾君恩何厚薄？〔六〕願令輪轉直陵園，三歲一來均苦樂。

〔一〕年月多：《全唐詩》句下有「時光换」句。

〔二〕繫裙慢：《長慶集》作「繫裙縵」。

〔三〕未死此身：《全唐詩》注：「一作此身未死。」

〔四〕一朝：同上作「三朝」。

〔五〕三千人：同上注：「一無此三字。」

〔六〕我爾：《長慶集》作「我同」。

鹽商婦

鹽商婦，多金帛，不事田農與蠶績。南北東西不失家，風水爲鄉船作宅。本是揚州小家女，嫁得西江大商客。綠鬟富去金釵多，〔一〕皓腕肥來銀釧窄。前呼蒼頭後叱婢，問爾因何得如此。婿作鹽商十五年，不屬州縣屬天子。每年鹽利入官時，少入官家多入私。官家利薄私家厚，鹽鐵尚書遠不知。何況江頭魚米賤，紅鱠黄橙香稻飯。飽食濃妝倚柂樓，兩朵紅顋花欲綻。鹽商婦，有幸嫁鹽商。終朝美飯食，終歲好衣裳。好衣美食有來處，〔二〕亦須慚愧桑弘羊。桑弘羊，死已久，不獨漢時今亦有。

〔一〕富：《全唐詩》注：「一作溜。」

〔二〕有來處：同上作「來何處」。

杏爲梁

杏爲梁，桂爲柱，何人堂室李開府。碧砌紅軒色未乾，去年身殁今移主。高其牆，大其門，誰家第宅盧將軍。素泥朱板光未滅，今歲官收別賜人。〔一〕開府之堂將軍宅，造未成時頭已白。逆旅重居逆旅中，心是主人身是客。更有愚夫念身後，心雖甚長計非久。窮奢極麗越規模，付子傳孫令保守。莫教門外過客聞，撫掌迴頭笑殺君。君不見馬家宅，尚猶存，宅門題作奉宸園一作鳳城園。君不見魏家宅，屬他人，詔贖賜還五代孫。儉存奢失今在目，安用高牆圍大屋。

〔一〕今歲：《全唐詩》作「今日」。

井底引銀瓶

井底引銀瓶，銀瓶欲上絲繩絶。石上磨玉簪，玉簪欲成中央折。瓶沉簪折知奈何，似妾今朝與君別。憶昔在家爲女時，人言舉動有殊姿。嬋娟兩鬢秋蟬翼，宛轉雙蛾遠山色。笑隨戲伴後園中，此時與君未相識。妾弄青梅憑一作倚短牆，君騎白馬傍垂楊。牆頭馬上遥相顧，一見知君即斷腸。知君斷腸共君語，君指南山松柏樹。感君松柏化爲心，暗合雙鬟逐君去。到君家舍五六年，君家大人頻有言。聘則爲妻奔是妾，不堪主祀奉蘋蘩。終知君家不可住，其奈出門無去處。豈無父母在高堂，亦有親情滿故鄉。潛來更不通消息，今日悲羞歸不得。爲君一日恩，誤妾百年身。寄言癡小人家女，愼勿將身輕許人。

官牛

官牛官牛駕官車，滻水岸邊般載沙。〔一〕一石沙，幾斤重，朝載暮載將何用？〔二〕載向五門官道西，緑槐陰下鋪沙堤。昨來新拜右丞相，恐怕泥塗污馬蹄。右丞相，馬蹄踏沙雖淨潔，牛領牽車欲流血。右丞相，但能濟人治國調陰陽，官牛領穿亦無妨。

〔一〕般：《全唐詩》注：「一作驅。」

〔二〕載：同上注：「一作駕。」

紫毫筆

紫毫筆，尖如錐兮利如刀。江南石上有老兔，喫竹飲泉生紫毫。宣城之人采爲筆，〔一〕千萬毛中揀一毫。〔二〕毫雖輕，功甚重，管勒工名充歲貢，君兮臣兮勿輕用。勿輕用，將何如？願賜東西府御史，願頒左右臺起居。搦管趨入黄金闕，〔三〕抽毫立在白玉除。臣有姦邪正衙奏，君有動言直筆書。起居郎，侍御史，爾知紫毫不易致。每歲宣城進筆時，紫毫之價如金貴。慎勿空將彈失儀，慎勿空將録制詞。

〔一〕之：《全唐詩》注：「一作工。」

〔二〕揀：同上注：「一作選。」

〔三〕搦：同上注：「一作握。」

隋堤柳

《通典》曰：「隋煬帝大業初，發河南諸郡男女百餘萬開通濟渠，自西苑引穀、洛水達于河，又引河通于淮海。」《大業拾遺記》曰：「煬帝將幸江都，命雲屯將軍麻祜謀濬黄河入汴堤，使勝巨艦，所謂隋堤也。」

隋堤柳，歲久年深盡衰朽。風飄飄兮雨蕭蕭，三株兩株汴河口。老枝病葉愁殺人，曾經大業年中春。大業年中煬天子，種柳成行夾流水。西自黄河東至淮，〔一〕緑〔影〕〔陰〕一千三百里。〔二〕大業末年春暮月，柳色如烟絮如雪。南幸江都恣佚遊，應將此柳繫龍舟。紫髯郎將護錦纜，青娥御史直迷樓。海内財力此時竭，舟中歌笑何日休。上荒下困勢不久，宗社之危如綴旒。〔三〕煬天子，自言福祚長無窮，豈知皇子封酅公。龍舟未過彭城閣，義旗已入長安宫。蕭牆禍生人事變，晏駕不得歸秦中。土墳數尺何處葬，吳公臺下多悲風。二百年來汴河路，沙草和烟朝復暮。後王何以鑒前王，請看隋堤亡國樹。

〔一〕至：《全唐詩》注：「一作接。」

〔二〕緑〔影〕〔陰〕：據同上改。

〔三〕綴旒：同上注：「一本此下有『煬天子，自言歡樂殊未極，豈知明年正朔歸武德』三句。」

草茫茫

草茫茫，土蒼蒼。蒼蒼茫茫在何處？驪山脚下秦皇墓。墓中下錮三重泉，當時自以爲深固。下流水銀象江海，上綴珠光作烏兔。别爲天地於其間，擬將富貴隨身去。一朝盜掘墳陵破，龍椁神堂三月火。可憐寶玉歸人間，暫借泉中買身禍。奢者狼藉儉者安，一凶一吉在眼前。憑君回首向南望，漢文葬在霸陵原。

古塚狐

古塚狐，妖且老，化爲婦人顏色好。頭變雲鬟面變妝，大尾曳作長紅裳。徐徐行傍荒村路，日欲暮時人静處。或歌或舞或悲啼，翠眉不動花顏低。〔一〕忽然一笑千萬態，見者十人八九迷。假色迷人猶若是，〔二〕真色迷人應過此。彼真此假俱迷人，人心惡假貴重真。狐假女妖害猶淺，一朝一夕迷人眼。女爲狐媚害即深，〔三〕日長月長溺人心。〔四〕何况褒妲之色善蠱惑，能喪人家覆人國。君看爲害淺深間，豈將假色同真色。

〔一〕不動：《長慶集》作「不舉」。顏：《全唐詩》注：「一作鈿。」

〔二〕若是：《長慶集》作「如是」。

〔三〕即：《全唐詩》注：「一作則，一作却。」

〔四〕日長月長：同上作「日長月增」。注：「一作日增月長。」是。

黑潭龍

黑潭水深色如墨，傳有神龍人不識。潭上架屋官立祠，龍不能神人神之。豐凶水旱與疾疫，鄉里皆言龍所爲。家家養豚漉清酒，朝祈暮賽依巫口。神之來兮風飄飄，紙錢動兮錦傘摇。神之去兮風亦静，香火滅兮杯盤冷。肉堆潭岸石，酒潑廟前草。不知龍神饗幾多，林鼠山狐長醉飽。狐何幸，豚何辜，年年殺豚將餧狐。狐假龍神食豚盡，九重泉底龍知無？

天可度

天可度，地可量，唯有人心不可防。但見丹誠赤如血，誰知僞言巧似簧。勸君掩鼻君莫掩，使君夫婦爲參商。勸君掇蜂君莫掇，使君父子成豺狼。海底魚兮天上鳥，高可射兮深可釣，唯有人心相對時，咫尺之間不能料。君不見李義府之輩笑欣欣，笑中有刀潛殺人。陰陽神變皆可測，不測人間笑是瞋。

秦吉了

《唐書・樂志》曰：「嶺南有鳥，似鸜鵒而稍大，乍視之不相分辨，籠養久則能言無不通，南人謂之吉了。開元初，廣州獻之，聲音雄重，委曲識人情，惠於鸚鵡遠矣。《漢書・武帝本紀》書南越獻馴象、能言鳥，即吉了也。」

秦吉了，出南中，彩毛青黑花頸紅。耳聰心惠舌端巧，鳥語人言無不通。昨日長爪鳶，今朝大觜烏，鳶捎乳燕一窠覆，〔一〕烏啄母雞雙眼枯。雞號墮地燕驚去，然後拾卵攫其雛。豈無鵰與鶚，嗉中肉飽不肯搏，亦有鸞鶴群，閑立颾高如不聞。〔二〕秦吉了，人云爾是能言鳥，豈不見雞燕之冤苦。吾聞鳳凰百鳥主，爾竟不爲鳳凰之前致一言，〔三〕安用噪噪閑言語。〔四〕

〔一〕窠：《全唐詩》注：「一作巢。」

〔二〕颾高：當作「高颾」，與「閑立」對稱。

〔三〕言：同上注：「一作詞。」

〔四〕噪噪同上注：「一作嗦嗦。」

鴉九劍

歐冶子死千年後，精靈暗授張鴉九。鴉九鑄劍吴山中，天與日時神借功。金鐵騰精火翻焰，踊躍求爲鏌鋣劍。劍成未試十餘年，有客持金買一觀。誰知閧匣長思用，〔一〕三尺青蛇不肯蟠。客有心，劍無口，客代劍言告鴉九：君勿矜我玉可切，君勿誇我鍾可刜，不如持我決浮雲，無令漫漫蔽白日。爲君使無私之光及萬物，蟄蟲昭蘇萌草出。〔二〕

〔一〕閧匣：《全唐詩》作「閉匣」。

〔二〕草：同上注：「一作芽。」

采詩官

《漢書・藝文志》曰：「哀樂之心感而歌詠之聲發，誦其言謂之詩，詠其聲謂之歌。故古有采詩之官，王者所以觀風俗、知得失、自考政也。」《食貨志》曰：「孟春之月，行人振木鐸徇于路以采詩，獻之大師，比其音律以獻於天子。」采詩，謂采取怨刺之詩也。

采詩官，采詩聽歌導人言。言者無罪聞者誡，下流上通上下泰。周滅秦興至隋氏，十代采詩官不置。郊廟登歌讚君美，樂府豔詞悦君意。若求興諭規刺言，〔一〕萬句千章無一字。不是章句無規刺，漸及朝廷絶諷議。諍臣杜口爲冗員，諫鼓高懸作虚器。一人員扆常端默，百辟入門兩自媚。〔二〕夕郎所賀皆德音，春官每奏唯祥瑞。君之堂兮十里遠，〔三〕君之門兮九重閟。君耳唯聞堂上言，君眼不見門前事。貪吏害民無所忌，奸臣蔽君無所畏。君不見厲王、胡亥之末年，〔四〕群臣有利君無利。君兮君兮願聽此，欲開壅蔽遠人情，〔五〕先向歌詩求諷刺。

〔一〕興：《全唐詩》注：「一作諷。」
〔二〕兩：同上注：「一作皆。」
〔三〕十：《全唐詩》作「千」。
〔四〕胡亥：同上注：「一作煬帝。」
〔五〕遠：《長慶集》作「達」。

樂府詩集卷第一百

新樂府辭十一

樂府倚曲

漢皇迎春辭

温庭筠

春〔草〕芊芊，晴埽烟，〔一〕宫城大錦紅殷鮮。海日如融照仙掌，〔二〕淮王小隊纓鈴響。獵獵東風展焰旗，〔三〕畫神金甲葱籠網。鉅公步輦迎句芒，複道埽塵鸞篲長。豹尾竿前趙飛燕，柳風吹盡眉間黄。碧草含情杏花喜，上林鶯囀遊絲起。寶馬摇環萬騎歸，恩光暗入簾櫳裏。

〔一〕春〔草〕：據《温庭筠詩集》卷二補。埽：《全唐詩》卷五七五注：「一作拂。」

〔二〕如融：同上作「初融」。

〔三〕展焰：《全唐詩》作「焰赤」。

夜宴謡

長釵墜髮雙蜻蜓，碧盡山斜開畫屏。虬鬚公子五侯客，〔一〕一飲千鍾如建瓴。鸞咽姹唱圓無節，〔二〕眉斂湘烟袖回雪。清夜恩情四座同，莫令溝水東西别。亭亭蠟淚香珠濺，〔三〕闇露小一作曉風羅幕寒。〔四〕飄飄一作飄颻戟帶儼相次，〔五〕二十四枝龍畫竿。裂管縈弦共繁曲，芳樽細浪傾春（渌）〔醁〕。〔六〕高樓客散杏花多，脈脈新蟾如瞪目。

〔一〕虬鬚：《全唐詩》注：「一作髯。」

〔二〕姹：同上作「奼」，注：「一作妖。」

〔三〕香珠濺：同上作「香珠殘」。

〔四〕小風：同上作「曉風」。

〔五〕飄飄：同上作「飄颻」。

〔六〕春（渌）〔醁〕：據同上改。

蓮浦謡

嗚橈軋軋溪溶溶，廢緑平烟吴苑東。水清蓮媚兩相向，鏡裏見愁愁更紅。白馬金鞭大堤上，〔一〕西江日夕多風浪。荷心有露似驪珠，不是真圓亦摇蕩。

〔一〕鞭：《全唐詩》注：「一作鞍。」

遐水謡

天兵九月渡遐水，馬踏沙鳴雁聲起。〔一〕殺氣空高萬里情，塞寒如箭傷眸子。狼烟堡上霜漫漫，枯葉飄一作號風天地乾。〔二〕犀帶鼠裘無暖色，清光炯冷黄金鞍。虜塵如霧罩一作昏亭障，〔三〕隴首年年漢飛將。麟閣無名期未歸，樓中思婦徒相望。

〔一〕雁聲起：《温庭筠詩集》卷一作「驚雁起」。

〔二〕飄風：同上作「號風」。

〔三〕罩亭障：同上作「昏亭障」。

曉仙謡

玉妃唤月歸海宫，月色淡白涵春空。銀河欲轉星靨靨，雪浪疊山埋早紅。〔一〕宫花有露如新淚，小苑茸茸一作叢叢入寒翠。〔二〕綺閣空傳唱漏聲，網軒未辨凌雲字。遥遥珠帳連湘烟，鶴扇如霜金骨仙。〔三〕碧簫曲盡綵霞動，下視九州皆悄然。秦王女騎紅尾鳳，乘一作半空回首晨雞弄。〔四〕霧蓋狂塵億兆家，〔五〕世人猶作牽情夢。

〔一〕雪浪：《温庭筠詩集》卷一作「碧浪」。

〔二〕茸茸：同上作「叢叢」。
〔三〕扇：《全唐詩》卷五七五注：「一作羽。」
〔四〕乘空：同上作「半空」。
〔五〕兆：同上注：「一作萬。」

水仙謡

水客夜騎紅鯉魚，赤鸞雙鶴蓬瀛書。輕塵不起雨新霽，萬里孤光含碧虚。露魄冠輕見雲髮，〔一〕寒絲七（柱）〔炷〕香泉咽。〔二〕夜深天碧亂山姿，光碎玉一作平波滿船月。〔三〕

〔一〕魄：《全唐詩》注：「一作冕。」
〔二〕七（柱）〔炷〕：據《温庭筠詩集》卷二改。
〔三〕玉波：同上作「平波」。

東峰歌

錦礫潺湲玉溪水，曉來微雨（蕉）〔藤〕一作藤花紫。〔一〕冉冉山雞紅尾長，一聲樵斧驚飛起。松刺梳空石差齒，烟香風軟人參蕊。陽崖一夢伴雲根，仙菌靈芝夢魂裏。

〔一〕（蕉）〔藤〕花紫：據《温庭筠詩集》卷二改。

罩魚歌

朝罩罩城東一作南，〔一〕暮罩罩城西。兩槳鳴幽幽，蓮子相高低。持罩入深水，金鱗大如手。魚尾迸圓波，千珠落湘藕。風飀飀，雨離離，菱尖茭刺鸂鶒飛。〔二〕水連網眼白如影，淅瀝篷聲寒點微。楚岸有花花蓋屋，金塘柳色前溪曲。悠溶杳若去無窮，〔三〕五色澄潭鴨頭緑。

〔一〕城東：《温庭筠詩集》卷二作「城南」。

〔二〕菱尖茭刺：《全唐詩》卷五七六注：「一作菱茭刺」，三字句。

〔三〕溶：同上注：「一作悠。」

生禖屏風〔歌〕〔一〕

玉墀暗接崑崙井，井上無人金索冷。畫壁陰森九子堂，階前細月鋪花影。〔二〕繡屏銀鴨香蓊濛，天上夢歸花繞叢。宜男漫作後庭草，不似櫻桃千子紅。

〔一〕風〔歌〕：據毛本、本書目録補。

〔二〕細：《全唐詩》注：「一作碎。」

湘宮人歌

池塘芳意濕，〔一〕夜半東風起。生緑畫羅屏，金壺貯春水。黄粉楚宫人，方飛一作芳花玉刻鱗。〔二〕娟娟照棋燭，〔三〕不語兩含嚬。

〔一〕芳意：《全唐詩》作「芳草」。

〔二〕方飛：同上作「芳花」。

〔三〕棋：同上注：「一作臺。」

太液池歌

《漢書》曰：「建章宫北有太液池，池中有蓬萊、方丈、瀛州，象神山也。」顏師古曰：「太液池者，言其津潤所及廣也。」

腥鮮龍氣連清防，花風漾漾吹細光。疊瀾不定照天井，倒影蕩摇晴翠長。〔一〕平碧淺春生緑塘，雲容雨態連青蒼。夜深銀漢通柏梁，二十八宿朝玉堂。

〔一〕摇：《全唐詩》注：「一作漾。」

雞鳴埭歌〔一〕

南朝天子射雉時，銀河耿耿星參差。銅壺漏斷夢初覺，寶馬塵高人未知。魚躍蓮東蕩宫沼，濛濛御柳懸棲烏。紅妝萬户鏡中春，碧樹一聲天下曉。盤踞勢窮三百年，朱方殺氣成愁烟。彗星拂地浪連海，戰鼓渡江塵漲天。繡龍畫雉填宫井，野火風驅燒九鼎。殿巢江燕砌生蒿，十二金人霜炯炯。芊綿平緑臺城基，暖色春空荒古陂。〔二〕寧知《玉樹後庭曲》，〔三〕留待野棠如雪枝。

〔一〕《雞鳴埭歌》：《温庭筠詩集》卷一作「《雞鳴埭曲》」。

〔二〕春空：同上作「春容」。

〔三〕《玉樹後庭曲》：同上作「《玉樹後庭花》」。

雉場歌

茭葉萋萋接烟樹，〔一〕雞鳴埭上梨花露。彩仗鏘鏘已合圍，繡翎白頸遥相妬。鷴尾扇張金縷高，碎鈴素拂驪駒豪。緑場紅迹未相接，〔二〕箭發銅牙傷彩毛。麥壟桑陰小山晚，六虬歸去凝笳遠。城頭却望幾含情，青畝春蕪連古苑。〔三〕

〔一〕烟樹：《温庭筠詩集》作「烟曙」。

〔二〕未：同上注：「一作來。」

〔三〕青：《全唐詩》注：「一作春。」春：同上注：「一作青。」

東郊行

鬭雞臺下東西道，柳覆斑騅蝶縈草。坱靄韶容鎖澹愁，青筐葉盡蠶應老。緑渚幽香注一作生白蘋，〔一〕差差小浪吹魚鱗。王孫騎馬有歸意，〔二〕林彩空中一作著空如細塵。〔三〕安得一生一作人生各相守，〔四〕燒船破棧休馳走。〔五〕世上方應無別離，〔六〕路傍更長千枝柳。

〔一〕注白蘋：《温庭筠詩集》卷二作「生白蘋」。

〔二〕意：《全唐詩》卷五七六注：「一作思。」

〔三〕空中：同上俱作「著空」。

〔四〕一生：同上俱作「人生」。

〔五〕馳：《全唐詩》注：「一作狂。」

〔六〕方：同上注：「一作多。」

春野行

草淺淺，春如翦。花壓李娘愁，飢蠶欲成繭。東城年少氣堂堂，〔一〕金丸驚起雙鴛鴦。含羞更問衛公子，月到枕前春夢長。〔二〕

〔一〕年少：《温庭筠詩集》卷二作「少年」。

〔二〕前：《全唐詩》卷五七六注：「一作邊。」

吴苑行

錦雉雙飛梅結子，平春遠緑窗中起。吴江澹畫水連空，三尺屏風隔千里。小苑有門紅扇開，天絲舞蝶俱一作共徘徊。〔一〕綺户雕楹長若此，韶光歲歲如歸來。

〔一〕俱：《温庭筠詩集》卷一作「共」。

塞寒行

燕弓弦勁霜封瓦，樸簌寒鵰睇平野。一點黄塵起雁喧，白龍堆下千蹄馬。河源怒濁風如刀，〔一〕翦斷朔雲天更高。晚出榆關逐征北，〔二〕驚沙飛迸衝貂袍。〔三〕心許凌烟名不滅，年年錦字傷離别。彩毫一畫竟何榮，空使青樓泣一作淚成血。〔四〕

〔一〕濁：《温庭筠詩集》卷一作「觸」，《全唐詩》卷五七五注：「一作觸，一作激。」作「激」字似是。

〔二〕關：《全唐詩》注：「一作林。」

〔三〕貂：同上注：「一作征。」

〔四〕空：同上注：「一作長。」泣：同上俱作「淚」。

臺城曉朝曲

司馬門前火千炬，闌干星斗天將曙。朱網龕驂丞相車，曉隨疊鼓朝天去。博山鏡樹香丰茸，〔一〕裊裊浮航金畫龍。大江（劍）〔斂〕勢避宸極，〔二〕兩闕深嚴烟翠濃。

〔一〕丰：毛本作「芊」。

〔二〕（劍）〔斂〕勢：據毛本及《温庭筠詩集》卷二改。

走馬樓三更曲

春姿暖氣昏神沼，李樹拳枝紫芽小。玉皇夜入未央宫，長火千條照棲鳥。馬過平橋通畫堂，虎幡龍戟風悠揚。簾間清唱報寒點，丙含無人遺燼香。〔一〕

〔一〕含：《全唐詩》作「舍」。

春曉曲

家臨長信往來道，乳燕雙雙拂烟草。〔一〕油壁車輕金犢肥，流蘇帳曉春雞早。籠中嬌鳥暖猶睡，簾外落花閑不掃。衰桃一樹近前池，似惜紅顔鏡中老。

〔一〕拂：《全唐詩》卷五七七注：「一作掠。」草：同上注：「一作早。」

惜春詞

百舌問花花不語，低回似恨横塘雨。蜂爭粉蕊蝶分香，不似垂楊惜金縷。願君留得長妖韶，〔一〕莫逐東風還蕩摇。秦女含嚬向烟月，愁紅帶露空迢迢。

〔一〕君：《全唐詩》卷五七六注：「一作言。」妖韶：《才調集》卷二作「妖嬈」。

春愁曲

紅絲穿露珠簾冷，百尺啞啞下纖綆。遠翠愁山入卧屏，兩重雲母空烘影。涼簪墜髮春眠重，玉兔熓香一作氤柳如夢。〔一〕錦疊空牀委墮紅，颸颸掃尾雙金鳳。蜂喧蝶駐俱一作戲悠揚，柳拂赤欄纖草長。覺後梨花委平緑，春風和雨吹池塘。

〔一〕熓香：《全唐詩》卷五七六注：「一作氤氳。」

春洲曲

韶光染色如蛾翠，緑濕紅鮮水容媚。蘇小慵多蘭渚閑，融融浦日鵁鶄寐。紫騮蹀躞金銜嘶，岸上揚鞭烟草迷。門外平橋連柳堤，歸來晚樹黄鶯啼。

晚歸曲

格格水禽飛帶波，孤光斜起夕陽多。湖西山淺似相笑，菱刺惹衣攢黛蛾。青絲繫船向江木，〔一〕蘭芽出土吴江曲。水極晴摇泛灩紅，草平春染烟綿緑。玉鞭騎馬白玉一作楊叛兒，〔二〕刻金作鳳光參差。丁丁暖漏滴花影，催入景陽人不知。彎堤弱柳遥相矚，雀扇團圓掩香玉。蓮塘艇子歸不歸，柳闇桑穠聞布穀。

〔一〕木：《全唐詩》卷五七六注：「一作水。」

〔二〕白玉：同上注及《才調集》卷二作「楊叛」。

湘東宴曲

湘東夜宴金貂人，楚女含情嬌翠嚬。玉管將吹插鈿帶，錦囊斜拂雙麒麟。重城漏斷孤帆去，唯恐瓊籤報天曙。萬户沈沈碧樹圓，雲飛雨散知何處。欲上香車俱脈脈，清歌響斷銀屏隔。堤外紅塵蠟一作蜜炬歸，樓前澹月連天白。〔一〕

〔一〕連天：《才調集》卷二及《全唐詩》作「連江」。

照影曲

景陽妝罷瓊窗暖，欲照澄明香步懶。橋上衣多抱彩雲，金鱗不動春塘滿。黄印額山輕爲

塵，翠鮮紅稚俱含嚬。〔一〕桃花百媚如欲語，曾爲無雙今兩身。〔二〕

〔一〕翠鮮：《全唐詩》卷五七五作「翠鱗」。

〔二〕爲：同上注：「一作謂。」似是。

舞衣曲

藕腸纖縷袖輕春，烟機漠漠嬌娥嚬。〔一〕金梭淅瀝透空薄，翦落交刀吹斷雲。〔二〕張家公子夜聞雨，夜向蘭堂思楚舞。蟬衫麟帶壓愁香，偷得鶯黃（銷）〔鎖〕金縷一作偷得黃鶯鎖金縷。〔三〕管含蘭氣嬌語悲，胡槽雪腕鴛鴦絲。芙蓉力弱應難定，楊柳風多不自持。迴嚬笑語西窗客，星斗寥寥波脈脈。不逐秦王卷象牀，滿樓明月梨花白。

〔一〕娥：《全唐詩》卷五七五注：「一作蛾。」

〔二〕交刀：同上注：「一作鮫鮹。」

〔三〕黃（銷）〔鎖〕：據《才調集》卷二改。《全唐詩》作「簧鎖」。

故城曲

漠漠沙堤烟，堤西雉子斑。雉聲何角角，麥秀桑陰間。遊絲蕩平緑，明滅時相續。白馬金絡頭，東風故城曲。故城殷貴嬪，曾占未央春。自從香骨化，飛作馬蹄塵。

蘭塘辭

塘水汪汪鳧唼喋，憶上江南木蘭楫。繡頸金鬟蕩倒光，〔一〕團團皺緑雞頭葉。〔二〕露凝荷卷珠淨圓，紫菱刺短浮根鮮。〔三〕小姑歸晚紅妝淺，鏡裏芙蓉照水鮮。東溝潏潏勞回首，欲寄一杯瓊液酒。知道無郎却有情，長教月照相思柳。

〔一〕頸：《全唐詩》卷五七六注：「一作領。」

〔二〕皺緑：《温庭筠詩集》卷二作「緑皺」。

〔三〕鮮：《全唐詩》作「纏」，又注：「一作綿。」

碌碌古辭

左亦不碌碌，右亦不碌碌，野草自根肥，羸牛生健犢。融蠟作杏蔕，男兒不戀家。春風破紅意，女頰如桃花。忠言未見信，巧語翻咨嗟。一鞘無兩刀，徒勞油壁車。

昆明池水戰辭

汪汪積水連碧空，〔一〕重疊細紋交斂紅。〔二〕赤帝龍孫鱗甲怒，臨流一眄生陰風。〔三〕鼉鼓三聲報天子，雕旗一作旌戰艦凌波起。〔四〕雷吼濤驚白若山，石鯨眼裂蟠蛟死。滇池海浪相喧豗，〔五〕青翰畫鷁相次來一作青幟白旌相次來。〔六〕箭羽槍纓三百萬，踏翻西海生塵埃。茂陵仙去菱花老，唼唼游魚近烟島。渺莽殘陽釣艇歸，緑頭江鴨眠沙草。

〔一〕連碧空：《温庭筠詩集》卷二作「光連空」。

〔二〕交斂：同上作「晴激」。《全唐詩》作「晴漾」。又注「一作交瀲」，作「瀲」是。

〔三〕一眄：《温庭筠詩集》作「一時」，《全唐詩》作「一盼」。

〔四〕雕旗戰艦：同上俱作「雕旌獸艦」。

〔五〕滇池海浪相喧豗：同上俱作「溟池海浦俱喧豗」。

〔六〕青翰畫鷁：同上俱作「青幟白旌」。

獵騎辭

早辭平扆殿，夕奉湘南宴。香兔抱微烟，重鱗疊輕扇。僕飢使君馬，〔一〕雁避將軍箭。寶柱惜離弦，流黄悲赤縣。理敘低舞鬟，换袖回歌面。晚柳未如絲，春花已如霰。所嗟故里曲，不及青樓燕。〔二〕

〔一〕僕：《全唐詩》作「蠶」，是。

〔二〕燕：《温庭筠詩集》卷三作「宴」。

樂府雜詠六首

陸龜蒙

雙吹管

長短裁浮筠，參差作飛鳳。高樓明月夜，〔一〕吹出江南弄。

東飛鳧

裁得尺錦書，欲寄東飛鳧。脛短翅亦短，雌雄戀菰蒲。

花成子

春風等君意，亦解欺桃李。寫得去時真，歸來不相似。

月成弦

孤光照還没，轉益傷離别。妾若是姮娥，〔二〕長圓不教缺。

孤獨怨

前回邊使至，聞道交河戰。坐想鼓鞞聲，寸心攢百箭。

金吾子

嫁得金吾子，長聞輕薄名。〔三〕君心如不重，妾腰徒自輕。

〔一〕明月：《甫里先生文集》卷七作「微月」。

〔二〕姮娥：同上作「常娥」。

〔三〕長：《全唐詩》卷六二七作「常」。

正樂府十首

皮日休

正樂府，皮日休所作也。其意以樂府者，蓋古聖王採天下之詩，欲以觀民風之美惡，而被之管弦，以爲訓戒，非特以魏、晉之侈麗，梁、陳之浮豔，而謂之樂府也。故取其可悲可懼者著於歌詠，凡十篇，名之曰正樂府。

卒妻悲

河隍戍卒去，一半多不回。家有半菽食，身爲一囊灰。官吏按其籍，伍中斥其妻。處處魯人髽，家家杞婦哀。少者任所歸，老者無所攜。況當札瘥年，米粒如瓊瑰。纍纍作餓殍，見之心若摧。其夫死鋒刃，其室委塵埃。其命即用矣，其賞安在哉！豈無黔敖恩，救此窮餓骸。誰知白屋士，念此翻欸欸。

橡媼歎

秋深橡子熟，散落榛蕪崗。傴傴黄髮媼，拾之踐晨霜。移時始盈掬，盡日方滿筐。幾曝復幾蒸，用作三冬糧。山前有熟稻，紫穟襲人香。〔一〕細穫又精舂，粒粒如玉璫。持之納于官，私室無倉箱。如何一石餘，只作五斗量。狡吏不畏刑，貪官不避贓。農時作私債，農畢歸官倉。自冬及于春，橡實誑飢腸。吾聞田成子，詐仁猶自王。吁嗟逢橡媼，不覺淚沾裳。

〔一〕紫穟：《皮子文藪》卷一〇作「紫穗」。

貪官怨

國家省闥吏，賞之皆與位。素來不知書，豈能精吏理。大者或宰邑，小者皆尉史。愚者若混沌，毒者如雄虺。傷哉堯、舜民，肉袒受鞭箠。吾聞古聖王，天下無遺士。朝廷及下邑，治者皆仁義。國家選賢良，定制兼拘忌。所以用此徒，令之充禄仕。何不廣取人，何不廣歷試。下位既賢哉，上位何如矣。胥徒賞以財，俊造悉爲吏。天下若不平，吾當甘棄市。

農父謡

農父寃苦辛，向我述其情。難將一人農，可備十人征。如何江、淮粟，輓漕輸咸京。黄河水如電，一半沉與傾。均輸利其事，職司安敢評。三川豈不農，三輔豈不耕。奚不車其粟，用以供天兵。美哉農父言，何計達王程。

路臣恨

路臣何方來？去馬真如龍。行驕不動塵，滿轡金瓏璁。有人自天來，將避荆棘叢。獰呼不覺止，推下蒼黄中。〔一〕十夫制鞭策，〔二〕御之如驚鴻。日行六七郵，瞥若雁無蹤。〔三〕路臣慎勿愬，愬則刑爾躬。軍期方似雨，天命正如風。七雄戰爭時，賓旅猶自通。如何太平世，動步却途窮。

〔一〕推：《全唐詩》卷六〇八注：「一作椎。」

〔二〕制：《皮子文藪》作「掣」。

〔三〕雁無蹤：同上作「鷹無蹤」，是。

賤貢士

南越貢珠璣，西蜀進羅綺。到京未晨旦，一一見天子。如何賢與俊，爲貢賤如此。所知不可求，敢望前席事。吾聞古聖人，射宫親選士。不肖盡屏跡，賢能皆得位。所以謂得人，所以稱多士。歎息幾編書，時哉又何異。

頌夷臣

夷臣本學外，仍善唐文字。吾人本尚捨，何況夷臣事。所以不學者，反爲夷臣戲。所以尸禄人，反爲夷臣忌。吁嗟華風衰，何嘗不由是。

惜義鳥

商顔多義鳥，義鳥實可嗟。危巢(年)〔半〕纍纍，〔一〕隱在栲木花。他巢若有雛，乳之如一家；他巢若遭捕，投之同一羅。商人每秋貢，所貢復如何？飽以稻粱滋，飾以組繡華。惜哉仁義禽，委戲於宫娥。吾聞鳳之貴，仁義亦足夸。所以不遭捕，蓋緣生不多。

〔一〕(年)〔半〕：據《全唐詩》卷六〇八改。

誚虚器

襄陽作髹器，中有庫露真。持以遺北虜，紿云生有神。每歲走其使，所費如雲屯。吾聞古聖王，修德來遠人。未聞作巧詐，用欺禽獸君。吾道尚如此，戎心安足云。如何漢宣帝，却得呼韓臣。

哀隴民

隴山千萬仞，鸚鵡巢其巔。窮危又極險，其山（獨）〔猶〕不全。〔一〕峕峕隴之民，懸度如登天。空中覘其巢，墮者爭紛然。百禽不得一，十人九死焉。隴川有戍卒，戍卒亦不閑。將命提雕籠，直到金堂前。〔二〕彼毛不自珍，彼舌不自言。胡爲輕人命？奉此玩好端。吾聞古聖王，珍禽皆捨旃。今此隴民屬，每歲啼漣漣。

〔一〕（獨）〔猶〕不全：據《全唐詩》改。

〔二〕金堂：同上作「金臺」。

樂 府 詩 集 索 引

說明：

1. 本索引分爲“作者姓名篇名索引”、“篇名索引”兩部分。“作者姓名篇名索引” 收《樂府詩集》所出全部有名氏作者姓名及本書所收其詩作篇名，并列明其所在卷次、頁碼，如：

王　維

少年行　66/1385

出塞　21/467

即指：王維所作《少年行》在本書卷第六六、第一三八五頁，所作《出塞》在本書卷第二一、第四六七頁。

“篇名索引”收《樂府詩集》所收全部詩作篇名，并列明其所在卷次、頁碼，如：

八駿圖　97/1971

99/1993

即指：《八駿圖》在本書卷第九七、第一九七一頁，及卷第九九、第一九九三頁。

2. “作者姓名篇名索引”所收“有名氏作者”係指本書所收詩題下有明確署名者，未署名或署爲“古辭”、“無名氏”等不詳名氏者不收。其排序以作者姓氏筆畫爲序，同姓以姓名字數排，且以“～”代出姓氏首字。各作者名下所出詩作篇名亦以筆畫爲序，首字同者以“～”代出。“篇名索引”同此。

3. 本索引所採用筆畫數按繁體新字形計算，筆畫數相同則以筆畫順序“一”、“丨”、“丿”、“㇏（丶）”、“乛”爲序，後字類推。

作者姓名篇名索引

五　畫

九　畫

十　畫

十一畫

十二畫

十六畫

十七畫

十八畫

十九畫

二十畫

二十一畫

篇名索引

四　畫

六　畫

七　畫

八　畫

九　畫

十二畫

十三畫

十四畫

十九畫

二十畫

二十一畫

二十二畫

中國古典文學基本叢書

樂府詩集

第一册

〔宋〕郭茂倩 編

中華書局

就是主管俗樂的樂府署。樂府所採的趙、代、秦、楚之謳，都是當時的俗樂。

《樂府詩集》編集了從不盡可靠的陶唐氏之作，一直到五代，分爲十二類：

一，郊廟歌辭　是祭祀用的，祀天地、太廟、明堂、藉田、社稷。

二，燕射歌辭　是宴會用的，以飲食之禮親宗族，以賓射之禮親故舊，以饗宴之禮親四方賓客，是辟雍饗射所用。

三，鼓吹曲辭　是用短簫鐃鼓的軍樂。

四，横吹曲辭　是用鼓角在馬上吹奏的軍樂。

五，相和歌辭　是用絲竹相和，都是漢時的街陌謳謡。

六，清商曲辭　源出于相和三調（平調、清調、瑟調），皆古調及魏曹操、曹丕、曹叡所作。

七，舞曲歌辭　分雅舞、雜舞。雅舞用于郊廟、朝饗，雜舞用于宴會。

八，琴曲歌辭　有五曲、九引、十二操。

九，雜曲歌辭　雜曲的内容，有寫心志，抒情思，叙宴遊，發怨憤，言征戰行役，或緣于佛老，或出于夷虜。兼收并載，故稱雜曲。

十，近代曲辭　也是雜曲，因是隋唐的雜曲，故稱近代。

十一，雜歌謡辭　是徒歌、謡、讖、諺語。

十二，新樂府辭　是唐代新歌，辭擬樂府而未配樂，或寓意古題，刺美人事，或即事名篇，無復依傍。

這十二類的分法，在當時是比較概括而不繁瑣的。《隋書·樂志》和《通典·樂典一》，分樂府詩爲四類：一，大予樂，郊廟上陵所用；二，雅頌樂，辟雍饗射所用；三，黄門鼓吹樂，天子宴群臣所用；四，短簫鐃歌，軍中所用。這四類分法，是沿襲漢明帝時的分法（見《隋書·音樂志上》），顯然已經不够。因爲到了三國的魏，設立清商署，把相和歌包括清商三調從鼓吹署裏獨立出來，把鼓吹專指短簫鐃歌、横吹曲辭了。〔三〕四分法更不能概括三國以後的樂府詩演變，所以郭茂倩要定出新的分法來。三國初，又設總章管舞曲，晉以下也有總章，〔四〕所以郭氏又立了舞曲歌辭。又《魏書·樂志》稱：「神龜二年，陳仲孺言，依琴五調調聲之法以均樂器。」瑟調、清調、平調都依琴來調正，琴曲被重視，可能因此又分出琴曲歌辭。至于雜曲是無類可歸的曲，雜歌謡辭和新樂府辭是不入樂的。所以這十二類的分法是適應于樂府詩的時代變化來的。它不像宋鄭樵的《通志·樂略》，把樂府詩分爲五十三類那樣的繁瑣。

這十二類的分法，也有可商處。如舞曲，分雅舞、雜舞，雅舞用之郊廟、朝饗，雜舞用之宴會，那已經包括在郊廟、燕射中了。再像鞞、鐸、巾、拂等舞曲，都包括在清商曲内。那末舞曲就不必另立一類了。再像琴曲，本書中所收的唐堯《神人暢》、虞舜《思親操》等都不可信。「當時一部份琴曲亦屬清樂，故琴曲曲調常與相和相通。」〔五〕那末琴曲似可分屬相和、清商等類，似不必另立一類。本書裏收了合樂的和不合樂的樂府詩，不合樂的像雜歌謡辭和新樂府辭，前者是接近民歌，後者是模擬樂府而作，把這兩部份收進去是好的。但在合樂的部份收得不免稍濫，「如薛道衡《昔昔鹽》凡二十句，唐趙嘏每句賦詩一首。此殆如春官程試，摘句命題，本無關於樂府。乃列之薛詩之後，未免不倫。」〔六〕又本集中疑有誤收的詩，如卷三三收王褒《遠征人》「黄河流水急」四句一首，王集不載，此四句即見于卷三二王褒《從軍行》第二首中。又卷六八收李元操《鳴雁行》一首，乃詠雀，又卷七四收王胄《棗下何纂纂》兩首，内容寫柳寫槐，并與題不合。疑皆誤收。又它的雜歌謡辭，收録徒歌、謡讖、諺語。其中「有些是僞託的古歌，有些是和『詩』相距很遠的讖辭和諺語。另一方面，有些有意思的歌謡又缺而不載。其採録標準是有問題的。」〔七〕如《綿州巴歌》就没有收。

本集在分類編選上雖有可商處，但還是最完備的樂府詩集，保存了極豐富的樂府詩。其中「以《相和》、《雜曲》爲菁華。主要部分都是『感于哀樂，緣事而發』的里巷歌謡。」「再就題材説，像《雉子斑》、《蜨蝶行》、《步出夏門行》、《孤兒行》、《婦病行》、《東門行》等等無一不是新鮮的。就是拿題材相同的詩來比，樂府還照樣給人新鮮之感。將寫愛情的《上邪》比《柏舟》，寫戰陣的《戰城南》比《擊鼓》，寫棄婦的《上山採蘼蕪》比《谷風》和《氓》，寫懷人的《青青河畔草》、《冉冉孤生竹》比《卷耳》和《伯兮》，或各擅勝場，或後來居上，絶不是陳陳相因。假如把最能見漢樂府特色的叙事詩單提出來説，像《陌上桑》、《隴西行》、《孤兒行》、《孔雀東南飛》那樣，相應着社會人事和一般傳記文學的發展而發展起來的曲折淋漓的詩篇，當然更不是《詩經》時代所能有。」〔八〕至于《新樂府辭》，像「杜甫《悲陳陶》、《哀江頭》、《兵車》、《麗人》等歌行，率皆即事名篇，無復依傍」。元稹、白居易所作「其有雖用古題，全無古義，則《出門行》不言離别，《將進酒》特書列女。其或頗同古義，全創新詞，則《田家》止述軍輸，《捉捕》請先螻蟻」。「莫非諷興當時之事，以貽後世之審音者」。郭茂倩把這部份不入樂的新樂府選入本書，更能見現實主義文學的發展。

本書中編入的郊廟燕射歌辭，幾乎都是糟粕。但其中也有少數幾篇是可取的，像郊廟中的《日出入》、《天馬》。更因本書是先列古辭，後附擬作，因此像李白的《天馬歌》也附在裏面，給這類作品增加了光彩。至于鼓吹横吹，其中名篇更多，像《艾如張》、《戰城南》、《巫山高》、《有所思》、《上邪》都是，更附有李白的《戰城南》、《將進酒》，李賀的《巫山高》、

《將進酒》，杜甫的《前出塞》、《後出塞》，而傳誦的《木蘭辭》就見于横吹裏。相和裏的名篇有《平陵東》、《陌上桑》、《孤兒行》等，曹操的名篇《薤露》、《蒿里行》、《步出夏門行》都包括在内。這裏也收了《蜀道難》，還有李白的《蜀道難》，可證李白是模仿樂府舊題而作。清商裏以《子夜歌》最著名。雜曲裏名篇較多，像《羽林郎》、《焦仲卿妻》等，以及鮑照的《行路難》，李白的《北風行》、《行路難》都是。新樂府裏包括杜甫、白居易、元稹直到晚唐陸龜蒙、皮日休的樂府詩。類似這樣的現實主義的名篇，都是值得我們學習的。

魯迅講民間文學「它又剛健，清新。無名氏文學如《子夜歌》之流，會給舊文學一種新力量」。又説到民間文學「偶有一點爲文人所見，往往倒吃驚，吸入自己的作品中，作爲新的養料。舊文學衰頽時，因爲攝取民間文學或外國文學而起一個新的轉變，這例子是常見于文學史上的。」〔九〕魯迅提到的《子夜歌》，正收在本書的清商裏。由于本書的編例，把樂府古辭列在前面，文人的擬作列在後面，正好供我們研究，剛健、清新的民間文學，怎樣使文人吃驚，紛紛擬作。文人又怎樣把它吸入自己的作品中，作爲新的養料，來發展詩歌的創作。在這裏，我們更可以研究大作家如李白、杜甫、白居易，他們怎樣向民歌學習，他們不是一般的模仿，在吸取民歌營養的基礎上作了進一步的發展，使他們的詩歌創作具有突破前人的杰出成就。毛澤東同志指出：「民歌中倒是有一些好的。將來趨勢，很可能從民歌中吸引養料和形式。」〔一〇〕我們正可以從本書中學習古代民歌，學習大作家怎樣繼承民歌的優良傳統再加以發展，創作出具有新的内容和形式的詩篇，從而發展我們的新詩創作。

最後説一下我們的點校工作。我們用文學古籍刊行社的宋本影印本做底本，用汲古閣本校，還參校了有關各史的樂志、作家的本集、《玉臺新詠》和它的《考異》、《唐文粹》、《藝文類聚》、《文苑英華》、左克明《古樂府》、《詩紀》、《漢魏六朝百三名家集》、《全漢三國晉南北朝詩》、《唐人選唐詩》、《全唐詩》等。改正了一些誤脱，如劉瀯的《出塞曲》誤作「劉濟」，梁簡文帝的《折楊柳》誤作「柳渾」，何妥的《門有車馬客行》誤作「何晏」。《烏夜啼》二首「玉房掣鎖聲翻葉」，原脱作者名，據《全唐詩》補「顧況」。梁武帝的《子夜四時歌》，《春歌》脱去「花塢蝶雙飛」一首，《秋歌》脱去「七采紫金柱」、「吹漏未可停」兩首，據《詩紀》引入注中。又鮑照《煌煌京洛行》二首，第二首非鮑照作，據《藝文》、《詩紀》注明。又顧況《短歌行》、高適《燕歌行》都有序，本集不收，即收在注中。有些字我們認爲錯的，雖無書可校，也作了校記，如沈約《怨歌行》「坎鸞元淑賦」，加注：「元淑，疑當作『元叔』，爲東漢趙壹字，壹有《刺世疾邪賦》。」我們雖然作了點校，一定有很多疏漏甚至錯誤，希望得到讀者的指正。

本書從二十卷到四十六卷是喬象鍾同志點校的，從四十七卷到七十三卷是陳友琴同志點校的，其他各卷是本社點校的。全部點校都請余冠英先生審核定稿。余先生不僅審定全稿，還補充了很多校記，謹向余先生及喬、陳兩同志表示感謝。

本書是按照樂府的分類編排的，對于每一個作家或每一個題目屬於哪一類比較難找，因此後附作者索引（每一作者後附有他的詩作篇名）和篇名索引，以便檢查。

中華書局編輯部

〔一〕見《四庫全書總目・樂府詩集》。
〔二〕見王運熙《樂府詩論叢》頁一。
〔三〕見同上頁三。
〔四〕見同上頁五引《後漢書・獻帝紀》：「建安八年，總章始復備八佾舞。」《晉書・樂志》裏也有「總章」。
〔五〕見同上頁一九。
〔六〕見《四庫全書總目・古樂府》。
〔七〕見余冠英《樂府詩選・前言》。
〔八〕同上。
〔九〕見《且介亭雜文・門外文談》。
〔一〇〕見《毛主席給陳毅同志談詩的一封信》，《人民日報》一九七七年十二月三十一日。

總 目

第一册

第二册

第三册

第四册

目録

樂府詩集卷第三　郊廟歌辭三

樂府詩集卷第四　郊廟歌辭四

樂府詩集卷第五　郊廟歌辭五

樂府詩集卷第六 郊廟歌辭六

樂府詩集卷第七　郊廟歌辭七

樂府詩集卷第八　郊廟歌辭八

樂府詩集卷第九　郊廟歌辭九

樂府詩集卷第十　郊廟歌辭十

樂府詩集卷第十一　郊廟歌辭十一

樂府詩集卷第十三　燕射歌辭一

樂府詩集卷第十四　燕射歌辭二

樂府詩集卷第十五 燕射歌辭三

樂府詩集卷第十六 鼓吹曲辭一

樂府詩集卷第十七　鼓吹曲辭二

樂府詩集卷第十八　鼓吹曲辭三

樂府詩集卷第十九　鼓吹曲辭四

樂府詩集卷第二十　鼓吹曲辭五

樂府詩集卷第二十一　横吹曲辭一

樂府詩集卷第二十二　横吹曲辭二

樂府詩集卷第二十三　横吹曲辭三

樂府詩集卷第二十四　橫吹曲辭四

樂府詩集卷第二十五　橫吹曲辭五

樂府詩集卷第二十七　相和歌辭二

樂府詩集卷第二十八　相和歌辭三

樂府詩集卷第三十一　相和歌辭六

樂府詩集卷第三十四 相和歌辭九

樂府詩集卷第三十五　相和歌辭十

樂府詩集卷第三十六　相和歌辭十一

樂府詩集卷第三十七　相和歌辭十二

樂府詩集卷第三十九　相和歌辭十四

樂府詩集卷第四十　相和歌辭十五

樂府詩集卷第四十一　相和歌辭十六

樂府詩集卷第四十二　相和歌辭十七

樂府詩集卷第四十三　相和歌辭十八

樂府詩集卷第四十五　清商曲辭二

樂府詩集卷第四十六　清商曲辭三

樂府詩集卷第四十七　清商曲辭四

樂府詩集卷第四十八　清商曲辭五

樂府詩集卷第四十九　清商曲辭六

樂府詩集卷第五十　清商曲辭七

樂府詩集卷第五十一　清商曲辭八

樂府詩集卷第五十二　舞曲歌辭一

樂府詩集卷第五十三　舞曲歌辭二

樂府詩集卷第五十七　琴曲歌辭一

樂府詩集卷第五十八　琴曲歌辭二

樂府詩集卷第六十一　雜曲歌辭一

樂府詩集卷第六十二　雜曲歌辭二

樂府詩集卷第六十三　雜曲歌辭三

樂府詩集卷第六十六　雜曲歌辭六

樂府詩集卷第六十七　雜曲歌辭七

樂府詩集卷第六十八　雜曲歌辭八

樂府詩集卷第六十九　雜曲歌辭九

樂府詩集卷第七十　雜曲歌辭十

樂府詩集卷第七十一　雜曲歌辭十一

樂府詩集卷第七十二　雜曲歌辭十二

樂府詩集卷第七十五　雜曲歌辭十五

樂府詩集卷第七十六 雜曲歌辭十六

樂府詩集卷第七十七　雜曲歌辭十七

樂府詩集卷第七十八　雜曲歌辭十八

樂府詩集卷第七十九　近代曲辭一

樂府詩集卷第八十　近代曲辭二

樂府詩集卷第八十一　近代曲辭三

樂府詩集卷第八十二　近代曲辭四

樂府詩集卷第八十三　雜歌謠辭一

樂府詩集卷第八十四　雜歌謡辭二

樂府詩集卷第八十五 雜歌謡辭三

樂府詩集卷第八十六 雜歌謡辭四

樂府詩集卷第八十七 雜歌謡辭五

樂府詩集卷第八十八　雜歌謠辭六

樂府詩集卷第八十九　雜歌謡辭七

樂府詩集卷第九十　新樂府辭一

樂府詩集卷第九十一　新樂府辭二

樂府詩集卷第九十二　新樂府辭三

樂府詩集卷第九十四　新樂府辭五

樂府詩集卷第九十五　新樂府辭六

樂府詩集卷第九十六　新樂府辭七

樂府詩集卷第九十七 新樂府辭八

樂府詩集卷第一百　新樂府辭十一

樂府詩集卷第一

郊廟歌辭一

《樂記》曰：「王者功成作樂，治定制禮。」是以五帝殊時，不相沿樂，三王異世，不相襲禮。」明其有損益也。然自黄帝已後，至於三代，千有餘年，而其禮樂之備，可以考而知者，唯周而已。《周頌·昊天有成命》，郊祀天地之樂歌也，《清廟》，祀太廟之樂歌也，《我將》，祀明堂之樂歌也，《載芟》《良耜》，藉田社稷之樂歌也。然則祭樂之有歌，其來尚矣。兩漢已後，世有制作。其所以用於郊廟朝廷，以接人神之歡者，其金石之響，歌舞之容，亦各因其功業治亂之所起，而本其風俗之所由。武帝時，詔司馬相如等造《郊祀歌》詩十九章，五郊互奏之。又作《安世歌》詩十七章，薦之宗廟。至明帝，乃分樂爲四品：一曰《大予樂》，典郊廟上陵之樂。郊樂者，《易》所謂「先王以作樂崇德，殷薦上帝」。宗廟樂者，《虞書》所謂「琴瑟以詠，祖考來格」。《詩》云「肅雍和鳴，先祖是聽」也。二曰雅頌樂，典六宗社稷之樂。社稷樂者，《詩》所謂「琴瑟擊鼓，以御田祖」。《禮記》曰「樂施於金石，越於音聲，用乎宗廟社稷，事乎山川鬼神」是也。永平三年，東平王蒼造光武廟登歌一章，稱述功德，而郊祀同用漢歌。魏歌辭不見，疑亦用漢辭也。武帝始命杜夔創定雅樂。時有鄧靜、尹商，善訓雅歌，〔一〕歌（詩）〔師〕尹胡能習宗廟郊祀之曲，〔二〕舞師馮肅、服養，曉知先代諸舞，夔總領之。魏復先代古樂，自夔始也。晉武受命，百度草創。泰始二年，〔三〕詔郊廟明堂禮樂權用魏儀，遵周室肇稱殷禮之義，但使傅玄改其樂章而已。永嘉之亂，舊典不存。賀循爲太常，始有登歌之樂。明帝太寧末，又詔阮孚增益之。至孝武太元之世，郊祀遂不設樂。宋文帝元嘉中，南郊始設登歌，廟舞猶闕。乃詔顏延之造天地郊登歌三篇，大抵依倣晉曲，是則宋初又仍晉也。南齊、梁、陳，初皆沿襲，後更創制，以爲一代之典。元魏、宇文繼有朔漠，宣武已後，雅好胡曲，郊廟之樂，徒有其名。隋文平陳，始獲江左舊樂。乃調五音爲五夏、二舞、登歌、房中等十四調，賓祭用之。唐高祖受禪，未遑改造，樂府尚用前世舊文。武德九年，乃命祖孝孫修定雅樂，而梁、陳盡吴、楚之音，周、齊雜胡戎之伎。於是斟酌南北，考以古音，作爲唐樂，貞觀二年奏之。按郊祀明堂，自漢以來，有夕牲、迎神、登歌等曲。宋、齊以後，又加裸地、迎牲、飲福酒。唐則夕牲、裸地不用樂，公卿攝事，又去飲福之樂。安、史作亂，咸、鎬爲墟，五代相承，享國不永，制作之事，蓋所未暇。

朝廷宗廟典章文物，但按故常以爲程式云。

〔一〕尹商：《三國志·魏書·杜夔傳》作「尹齊」。訓：同上作「詠」。

〔二〕歌（詩）〔師〕尹胡：據同上及《宋書·樂志》（以下簡稱《宋書》）改。

〔三〕二年：《宋書》作「五年」。

漢郊祀歌

練時日

練時日，侯有望，爇膋蕭，延四方。九重開，靈之斿，垂惠恩，鴻祜休。靈之車，結玄雲，駕飛龍，羽旄紛。靈之下，若風馬，左倉龍，右白虎。靈之來，神哉沛，先以雨，般裔裔。靈之至，慶陰陰，相放悲，震澹心。靈已坐，五音飭，虞至旦，承靈億。牲繭栗，粢盛香，尊桂酒，賓八鄉。靈安留，吟青黄，遍觀此，眺瑶堂。衆嫭並，綽奇麗，顔如荼，兆逐靡。被華文，厠霧縠，曳阿錫，佩珠玉。俠嘉夜，茝蘭芳，澹容與，獻嘉觴。

帝臨

帝臨中壇，四方承宇，繩繩意變，備得其所。清和六合，制數以五。海内安寧，興文匽武。

后土富媪，昭明三光。穆穆優游，嘉服上黄。

青陽〔一〕

青陽開動，根荄以遂，膏潤並愛，跂行畢逮。霆聲發榮，壛處頃聽，枯槁復産，廼成厥命。衆庶熙熙，施及夭胎，群生啿啿，惟春之祺。

〔一〕《青陽》：《漢書·禮樂志》（以下簡稱《漢書》）題下有「鄒子樂」三字。

朱明〔一〕

朱明盛長，敷與萬物，桐生茂豫，靡有所詘。敷華就實，既阜既昌，登成甫田，百鬼迪嘗。廣大建祀，肅雍不忘，神若宥之，傳世無疆。

〔一〕《朱明》：《漢書》題下有「鄒子樂」三字。

西顥〔一〕

西顥沆碭，秋氣肅殺，含秀垂穎，續舊不廢。姦僞不萌，妖孽伏息，隅辟越遠，四貉咸服。

既畏兹威，惟慕純德，附而不驕，正心翊翊。

〔一〕《西顥》：《漢書》題下有「鄒子樂」三字。

玄冥〔一〕

玄冥陵陰，蟄蟲蓋臧，草木零落，抵冬降霜。易亂除邪，革正異俗，兆民反本，抱素懷樸。條理信義，望禮五嶽。籍斂之時，掩收嘉穀。

〔一〕《玄冥》：《漢書》題下有「鄒子樂」三字。

惟泰元

《漢書·禮樂志》曰：「建始元年，丞相匡衡奏罷『鸞路龍鱗』，更定詩曰『涓選休成』。」

惟泰元尊，媪神蕃釐，經緯天地，作成四時。精建日月，星辰度理，陰陽五行，周而復始。雲風雷電，降甘露雨，百姓蕃滋，咸循厥緒。繼統恭勤，順皇之德，鸞路龍鱗，罔不肸飾。嘉籩列陳，庶幾宴享，滅除凶災，烈騰八荒。鐘鼓竽笙，雲舞翔翔，招摇靈旗，九夷賓將。

天地

《漢書·禮樂志》曰：「丞相匡衡奏罷『黼繡周張』，更定詩曰『肅若舊典』。」

天地並況，惟予有慕，爰熙紫壇，思求厥路。恭承禋祀，緼豫爲紛，黼繡周張，承神至尊。千童羅舞成八溢，合好效歡虞泰一。九歌畢奏斐然殊，鳴琴竽瑟會軒朱。璆磬金鼓，靈其有喜，百官濟濟，各敬其事。盛牲實俎進聞膏，神奄留，臨須搖。長麗前掞光耀明，寒暑不忒況皇章。展詩應律鋗玉鳴，函宮吐角激徵清。發梁揚羽申以商，造茲新音永久長。聲氣遠條鳳鳥翔，神夕奄虞蓋孔享。

日出入

日出入安窮？時世不與人同。故春非我春，夏非我夏，秋非我秋，冬非我冬。泊如四海之池，遍觀是邪謂何？吾知所樂，獨樂六龍，六龍之調，使我心若。訾黄其何不徠下！

天馬

《漢書·武帝紀》曰：「元鼎四年秋，馬生渥洼水中，作《天馬之歌》。」「太初四年春，貳師將軍李廣利斬大宛王首，獲汗血馬來，作《西極天馬之歌》。」《禮樂志》曰：《天馬歌》，「元狩三年，馬生渥洼水中作。」李斐曰：「南陽新野有暴利長，武帝時遭刑，屯田燉煌界。數於渥洼水旁見群野馬，中有奇者，與凡馬異，來飲此水。利長先作土人，持勒靽於水旁。後馬玩習。久之，代土人持勒靽，收得其馬，獻之。欲神異之，云從水中出也。」《西域傳》曰：「大宛國多善馬，馬汗血，言其先，天馬子也。」應劭云：「大宛有天馬種，蹏蹋石汗血。蹋石者，謂蹋石而有跡，言其蹏堅利。汗血者，謂汗從前肩髆出，如血。號一日千里也。」《張騫傳》曰：「漢武帝初發書《易》曰：『神馬當從西北來。』得烏孫馬好，名曰天馬。及得宛馬，汗血，益壯。更名烏孫馬曰西極馬，宛馬曰天馬云。」按《史記・樂書》稱「武帝伐大宛，得千里馬，名蒲梢。作歌曰：『天馬來兮從西極，經萬里兮歸有德。承靈威兮降外國，涉流沙兮四夷服。』」與此不同。

太一況，天馬下，霑赤汗，沫流赭。志俶儻，精權奇，籋浮雲，晻上馳。體容與，迣萬里，今安匹，龍爲友。〔一〕

天馬徠，從西極，涉流沙，九夷服。天馬徠，出泉水，虎脊兩，化若鬼。天馬徠，歷無草，徑千里，循東道。天馬徠，執徐時，將摇舉，誰與期？天馬徠，開遠門，竦予身，逝昆侖。天馬徠，龍之媒，游閶闔，觀玉臺。

〔一〕龍爲友：《漢書》在此句下有「元狩三年，馬生渥洼水中作」句，以别於下一首「天馬徠」指大宛來之天馬。

天門

天門開，詄蕩蕩，穆並騁，以臨饗。光夜燭，德信著，靈寖（平而）鴻，長生豫。〔一〕太朱涂廣，夷石爲堂，飾玉梢以舞歌，體招摇若永望。星留俞，塞隕光，照紫幄，珠熉黄。幡比翄回集，貳雙飛常羊。月穆穆以金波，日華耀以宣明。假清風軋忽，激長至重觴。神裴回若留放，殣冀親以肆章。函蒙祉福常若期，寂漻上天知厥時。泛泛滇滇從高斿，殷勤此路臚所求。佻正嘉吉弘以昌，休嘉砰隱溢四方。專精厲意逝九閡，紛云六幕浮大海。

〔一〕靈寖（平而）鴻長生豫：《漢書補注·禮樂志》（以下簡稱《漢書補注》）：「先謙曰：『八字不成句義。『平而』二字當衍。顔注亦未爲『平』字釋義，衍文明矣。』」據删。

景星

一曰《寶鼎歌》。《漢書·武帝紀》曰：「元鼎四年夏六月，得寶鼎后土祠旁，作《寶鼎之歌》。」《禮樂志》曰：「《景星》，元鼎五年，〔一〕得鼎汾陰作。」如淳曰：「景星者，德星也。見無常，常出有道之國。」

景星顯見，信星彪列，象載昭庭，日親以察。參侔開闔，爰推本紀，汾脽出鼎，皇祐元始。五音六律，依韋饗昭，雜變並會，雅聲遠姚。空桑琴瑟結信成，四興遞代八風生。殷殷鍾石羽籥鳴。河龍供鯉醇犧牲。百末旨酒布蘭生。泰尊柘漿析朝酲。微感心攸通修名，周流常羊思所并。穰穰復正直往甯，馮蠵切和疏寫平。上天布施后土成，穰穰豐年四時榮。

〔一〕五年：《漢書補注》：「先謙曰：『《武紀》得鼎在四年，「五」當作「四」。』」

齊房

一曰《芝房歌》。《漢書·武帝紀》曰：「元封二年夏六月，甘泉宫内中産芝，九莖連葉，作《芝房之歌》。」應劭云：「芝，芝草也，其葉相連。」《瑞應圖》云：「王者敬事耆老，不失舊故，則芝草生。」「内中，謂後庭之室也。」故詔書曰：「上帝溥臨，不異下房，賜朕弘休」是也。《禮樂志》曰：「《齊房》，元封二年，芝生甘泉齊房作。」

齊房産草，九莖連葉，宫童効異，披圖案諜。玄氣之精，回復此都，蔓蔓日茂，芝成靈華。

后皇

后皇嘉壇，立玄黄服，物發冀州，兆蒙祉福。沇沇四塞，遐狄合處，經營萬億，咸遂厥宇。

華爗爗

華爗爗，固靈根。神之斿，過天門，車千乘，敦昆侖。神之出，排玉房，周流雜，拔蘭堂。神之行，旌容容，騎沓沓，般縱縱。〔一〕神之徠，泛翊翊，甘露降，慶雲集。神之揄，臨壇宇，九疑賓，夔龍舞。神安坐，翔吉時，共翊翊，合所思。神嘉虞，申貳觴，福滂洋，邁延長。沛施祐，汾之阿，揚金光，横泰河，莽若雲，增陽波。遍臚讙，騰天歌。

〔一〕縱縱：《漢書補注》：「官本縱縱作從從，注：全同貌。」

五神

五神相，包四鄰，土地廣，揚浮雲。扢嘉壇，椒蘭芳，璧玉精，垂華光。益億年，美始興，交於神，若有承。廣宣延，咸畢觴，靈輿位，偃蹇驤。卉汨臚，析奚遺？淫淥澤，汪然歸。

朝隴首

一曰《白麟歌》。《漢書·武帝紀》曰：「元狩元年冬十月，行幸雍，獲白麟，作《白麟之歌》。」顔師古云：「麟，麐身，牛尾，馬足，黄色，圜蹄，一角，角端有肉。」

朝隴首，覽西垠，雷電尞，獲白麟。爰五止，顯黄德，圖匈虐，熏鬻殛。闢流離，抑不詳，賓百僚，山河饗。掩回轅，鬗長馳，騰雨師，洒路陂。流星隕，感惟風，籋歸雲，撫懷心。

象載瑜

一曰《赤雁歌》。《漢書·禮樂志》曰：「太始三年，行幸東海，獲赤雁作。」

象載瑜，白集西，食甘露，飲榮泉。赤雁集，六紛員，殊翁雜，五采文。神所見，施祉福，登蓬萊，結無極。

赤蛟

赤蛟綏，黄華蓋，露夜零，晝晻濭。百君禮，六龍位，勺椒漿，靈已醉。靈既享，錫吉祥，芒芒極，降嘉觴。靈殷殷，爛揚光，延壽命，永未央。杳冥冥，塞六合，澤汪濊，輯萬國。靈禗禗，象輿轙，票然逝，旗逶蛇。禮樂成，靈將歸，託玄德，長無衰。

漢郊祀歌

靈芝歌

古　辭

因靈寢兮産靈芝，象三德兮瑞應圖。延壽命兮光此都，配上帝兮象太微，參日月兮揚光輝。

天馬歌

唐・李　白

天馬來出月支窟，背爲虎文龍翼骨。嘶青雲，振緑髮，蘭筋權奇走滅没。騰崑崙，歷西極，四足無一蹶。雞鳴刷燕晡秣越，神行電邁躡恍惚。天馬呼，飛龍趨。目明長庚臆雙鳧，尾如（煙）〔流〕星首渴烏，〔一〕口噴紅光汗溝朱，曾陪時龍躡天衢。羈金絡月照皇都，逸氣稜稜凌九區，白璧如山誰敢沽？迴頭笑紫燕，但覺爾輩愚。天馬奔，戀君軒，駷躍驚矯浮雲翻。萬里（入）一作足〔足〕躑躅，〔二〕遥瞻閶闔門。不逢寒風子，誰採逸景孫。白雲在青天，丘陵遠崔嵬。鹽車上峻坂，倒行逆施畏日晚。伯樂翦拂中道遺，少盡其力老棄之。願逢田子方，惻然爲我思。〔三〕雖有玉山禾，不能療苦饑。嚴霜五月凋桂枝，伏櫪銜冤摧兩眉。請君贖獻穆天子，猶堪弄影舞瑶池。

〔一〕（烟）〔流〕星：據蕭本《分類補注李太白詩》（以下簡稱《李太白詩》）卷三改。

〔二〕（入）一作足〔足〕躑躅：據同上集及「一作」改。

〔三〕思：同上集作「悲」。

天馬辭

張仲素

天馬初從渥水來，歌曾唱得濯龍媒。〔一〕不知玉塞沙中路，苜蓿殘花幾處開。

蹀蹀宛駒齒未齊，摐金噴玉向風嘶。來時行盡金河道，獵獵輕風在碧蹄。

〔一〕歌曾唱得濯龍媒：《全唐詩》卷三六七作「郊歌曾唱得龍媒」。

晉郊祀歌

傅　玄

《晉書・樂志》曰：「武帝泰始二年，詔傅玄造郊祀明堂歌辭。其祠天地五郊，有《夕牲歌》《迎送神歌》及《饗神歌》。」

夕牲歌

天命有晉，穆穆明明。我其夙夜，祗事上靈。常于時假，迄用其成。於薦玄牡，進夕其牲。崇德作樂，神祇是聽。

迎送神歌

宣文蒸哉，日靖四方。永言保之，夙夜匪康。光天之命，上帝是皇。嘉樂殷薦，靈祚景祥。神祇（隆）〔降〕假，〔一〕享福無疆。

〔一〕（隆）〔降〕假：據《晉書·樂志》（以下簡稱《晉書》）改。

饗神歌〔一〕

天祚有晉，其命惟新。受終于魏，奄有兆民。〔二〕燕及皇天，懷柔百神。〔三〕丕顯遺烈，之德之純。享其玄牡，式用肇禋。神祇來格，福禄是臻。時邁其猶，昊天子之。祐享有晉，兆民戴之。畏天之威，敬授人時。丕顯丕承，於猶繹思。

皇極斯建，庶績咸熙。庶幾夙夜，惟晉之祺。

宣文惟后，克配彼天。撫寧四海，保有康年。於乎緝熙，肆用靖民。爰立典制，爰修禮紀。

作民之極，莫匪資始。克昌厥後，永言保之。

〔一〕《饗神歌》：《晉書》作《饗天地五郊歌》。

〔二〕兆民：同上作「黎民」。

〔三〕懷柔：同上作「懷和」。

晉天地郊明堂歌

傅玄

《宋書·樂志》曰：「晉前所作《天地郊明堂歌》，有《夕牲歌》《降神歌》《天郊饗神歌》《地郊饗神歌》《明堂饗神歌》。其《夕牲》《降神》，天地郊、明堂同用。」

夕牲歌

皇矣有晉，時邁其德。受終于天，光濟萬國。萬國既光，神定厥祥。虔于郊祀，祗事上皇。

祗事上皇，百福是臻。巍巍祖考，克配彼天。嘉牲匪歆，德馨惟饗。受天之祐，神化四方。

降神歌

於赫大晉，膺天景祥。二帝邁德，宣兹重光。我皇受命，奄有萬方。郊祀配享，禮樂孔章。神祇嘉饗，祖考是皇。克昌厥後，保祚無疆。

天郊饗神歌

整泰壇，祀皇神。〔一〕精氣感，百靈賓。藴朱火，燎芳薪。紫煙遊，冠青雲。神之體，靡象形。曠無方，幽以清。神之來，(亢)〔光〕景昭。〔二〕聽無聞，視無兆。神之至，舉歆歆。靈爽協，動余心。神之坐，同歡娱。澤雲翔，化風舒。嘉樂奏，文中聲。八音諧，神是聽。咸潔齊，並芬芳。烹牷牲，享玉觴。神悦饗，歆禋祀。祐大晉，降繁祉。祚京邑，行四海。保天年，窮地紀。

〔一〕祀：《晉書》作「禮」。

〔二〕(亢)〔光〕景：據同上改。

地郊饗神歌

整泰折，竢皇祇。衆神感，群靈儀。陰祀設，吉禮施。夜將極，時未移。祇之體，無形象。潛泰幽，洞忽荒。祇之出，薆若有。靈無遠，天下母。祇之來，遺光景。昭若存，終冥冥。祇之至，舉欣欣。舞象德，歌成文。祇之坐，同歡豫。澤雨施，化雲布。樂八變，聲教敷。物咸亨，祇是娱。齊既潔，侍者肅。玉觴進，咸穆穆。饗嘉豢，歆德馨。祚有晉，暨群生。溢九壤，格天庭。保萬壽，延億齡。

明堂饗神歌

經始明堂，享祀匪懈。於皇烈考，光配上帝。赫赫上帝，既高既崇。聖考是配，明德顯融。率土敬職，萬方來祭。常于時假，保祚永世。

宋南郊登歌

顔延之

《宋書·樂志》曰：「文帝元嘉二十二年，詔顔延之造《天地郊夕牲》《迎送神》《饗神》雅樂登歌〔二〕〔三〕篇。」〔一〕

夕牲歌

夤威寶命，嚴恭帝祖。表海炳岱，〔二〕系唐胄楚。靈鑒濬文，民屬睿武。奄受敷錫，宅中拓宇。亘地稱皇，罄天作主。月竁來賓，日際奉土。開元首正，禮交樂舉。六典聯事，九官列序。有牷在滌，有潔在俎。以薦王衷，以答神祐。

〔一〕〔二〕〔三〕篇：據《宋書》「宋南郊雅樂登歌三篇」改。

〔二〕表海炳岱：《文選》卷二七作「炳海表岱」。

迎送神歌

維聖饗帝，維孝養親。〔一〕皇乎備矣，有事上春。禮行宗祀，敬達郊禋。金枝中樹，廣樂四陳。陟配在京，降德在民。奔精照夜，高燎煬晨。陰明浮爍，沈禜深淪。告成大報，受釐元神。月御案節，星驅扶輪。遥興遠駕，曜曜振振。

〔一〕養親：《宋書》作「饗親」。按下文言「禮行宗祀」，《孝經・聖治》稱「宗祀文王於明堂以配上帝」，此處以「親」配「帝」，當以作「饗」爲是。

饗神歌

營泰畤，定天衷。思心睿，謀筮從。建表蕝，設郊宫。田燭置，權火通。曆元旬，律首吉。

飾紫壇，坎列室。中星兆，六宗秩。乾宇晏，地區謐。大孝昭，祭禮供。牲日展，盛自躬。

具陳器，備禮容。形舞綴，被歌鍾。望帝閽，聳神蹕。靈之來，辰光溢。潔粢酌，娱太一。

明煇夜，華晢日。祼既始，獻又終。煙薌鬯，報清穹。饗宋德，祚王功，休命永，福履充。

樂府詩集卷第二

郊廟歌辭二

宋明堂歌

謝莊

《南齊書·樂志》曰：「明堂祠五帝。漢郊祀歌皆四言，宋孝武使謝莊造辭，莊依五行數，木數用三，火數用七，土數用五，金數用九，水數用六。案《鴻範》五行，一曰水，二曰火，三曰木，四曰金，五曰土。《月令》木數八，火數七，土數五，金數九，水數六。蔡邕云：『東方有木三土五，故數八；南方有火二土五，故數七；西方有金四土五，故數九；北方有水一土五，故數六。』又納音數，一言得土，三言得火，五言得水，七言得金，九言得木。若依《鴻範》木數用三，則應水一火二金四也。若依《月令》金九水六，則應木八火七也。當以《鴻範》一二之數，言不成文，故有取捨，而使兩義並違，未詳以數立文爲何依據也。〔一〕《周頌·我將》祀文王，言皆四，其一句五，一句七。莊歌太祖亦無定句。」《宋書·樂志》曰：「迎送神歌依漢郊祀，三言，四句一轉韻。」

〔一〕立文：《南齊書·樂志（以下簡稱《南齊書》）作「立言」。

迎神歌

地紐謐，乾樞回。華蓋動，紫微開。旌蔽日，車若雲。駕六氣，乘絪緼。曄帝京，輝天邑。
聖祖降，五靈集。構瑶戺，聳珠簾。漢拂幌，月棲檐。舞綴暢，鍾石融。駐飛景，鬱行風。
懋粢盛，潔牲牷。百禮肅，群司虔。皇德遠，大孝昌。貫九幽，洞三光。神之安，解玉鑾。
景福至，萬宇歡。

登歌

雍臺辨朔，澤宮練（服）〔辰〕。〔一〕潔火夕照，明水朝陳。六瑚賁室，八羽華庭。昭事先聖，
懷濡上靈。《肆夏》（戒）〔式〕敬，〔二〕升歌發德。永固鴻基，以綏萬國。

〔一〕練（服）〔辰〕：據《宋書》改。按漢郊祀歌有《練時日》，即選時日，即「練辰」。齊明堂樂歌登歌正作「澤宮選辰」。

〔二〕（戒）〔式〕敬：據同上改，齊明堂樂歌登歌正作「《肆夏》式敬」。

歌太祖文皇帝

維天爲大，維聖祖是則。辰居萬宇，綴旒下國。内靈八輔，外光四瀛。蒿宫仰蓋，日館希旌。複殿留景，重檐結風。刮楹接緯，達嚮承虹。設業設虡在王庭。肇禋祀，克配乎靈。我將我享，維孟之春。以孝以敬，以立我烝民。

歌青帝

參映夕，駟照晨。靈乘震，司青春。雁將向，桐始蕤。柔風舞，暄光遲。萌動達，萬品新。潤無際，澤無垠。

歌赤帝

龍精初見大火中，朱光北至圭景同。帝在在離實司衡，水雨方降木槿榮。〔一〕庶物盛長咸殷阜，恩覃四冥被九有。

〔一〕水雨：《南齊書》作「雨水」。

歌黄帝

履建宅中宇，〔一〕司繩御四方。裁化遍寒燠，布政周炎凉。景麗條可結，霜明（水）〔冰〕可折。〔二〕凱風扇朱辰，白雲流素節。分至乘結晷，啟閉集恒度。帝運緝萬有，皇靈澄國步。

〔一〕建：本書齊明堂歌《黄帝歌》、《南齊書》、《藝文類聚》（以下簡稱《藝文》）卷四三都作「艮」。

〔二〕（水）〔冰〕可折：據《宋書》《藝文》改。

歌白帝

百川如鏡，天地爽且明。雲冲氣舉，德盛在素精。木葉初下，洞庭始揚波。夜光徹地，翻霜照懸河。庶類收成，歲功行欲寧。浹地奉渥，罄宇承秋靈。

歌黑帝

歲（月）既晏〔日〕方馳。〔一〕靈乘坎，德司規。玄雲合，晦鳥（路）〔歸〕。〔二〕白雲繁，亘天涯。雷在地，時未光。飭國典，閉關梁。四節遍，萬物殿。福九域，祚八鄉。晨晷促，夕漏延。太陰極，微陽宣。鵲將巢，冰已解。氣濡水，風動泉。

〔一〕歲〔月〕既晏〔日〕方馳：據《宋書》《藝文》卷四十三删補。《藝文》作「歲既暮，日既馳」。

〔二〕鳥〔路〕〔歸〕：「路」字失韻，據《藝文》改。

送神歌

萬里照，四空香。神之車，歸清都。琁庭寂，玉殿虚。睿化凝，孝風熾。顧靈心，結皇思。

蘊禮容，餘樂度。靈方留，景欲暮。開九重，肅五達。鳳參差，龍已沬。雲既動，河既梁。

齊南郊樂歌

《南齊書·樂志》曰：「武帝建元二年，有司奏，郊廟雅樂歌辭、太廟登歌用褚淵，餘悉用謝超宗所撰，多删顔延之、謝莊辭以爲新曲，〔一〕備改樂名。永明二年，又詔王儉造太廟二室及郊配辭。其南郊樂，群臣出入奏《肅咸之樂》，牲出入奏《引牲之樂》，薦豆呈毛血奏《嘉薦之樂》。凡夕牲歌，並重奏。迎神奏《昭夏之樂》，皇帝入壇東門奏《永至之樂》，升壇奏登歌，初獻奏《文德宣烈之樂》，次奏《武德宣烈之樂》，太祖高皇帝配饗奏《高德宣烈之樂》，飲福酒奏《嘉胙之樂》，送神奏《昭夏之樂》，就燎位奏《昭遠之樂》，還便殿奏《休成之樂》，重奏。」

〔一〕郊廟雅樂歌辭、太廟登歌用褚淵至多删顔延之、謝莊辭以爲新曲：《南齊書》：「郊廟雅樂歌辭舊使學士博士撰，搜簡採用。」是郊廟雅樂歌辭不是褚淵作，不當與太廟登歌並稱「用褚淵」。又同書稱「超宗所撰多删顔延之、謝莊辭以爲新曲」，是褚淵撰的郊廟雅歌樂辭和太廟登歌不一定是删顔延之、謝莊辭的。

肅咸樂

謝超宗

夤承寶命，嚴恭帝緒。奄受敷錫，升中拓宇。亘地稱皇，罄天作主。月域來賓，日際奉土。
開元首正，禮交樂舉。六典聯事，九官列序。

引牲樂

皇乎敬矣，恭事上靈。昭教國祀，肅肅明明。有牲在滌，有絜在俎。以薦王衷，以答神祜。
陟配在京，降德在民。奔精望夜，高燎佇晨。

嘉薦樂

我恭我享，惟孟之春。以孝以敬，立我烝民。青壇奄靄，翠幙端凝。嘉俎重薦，兼藉再升。

設業設虡，展容玉庭。肇禋配祀，克對上靈。

昭夏樂

惟聖饗帝，惟孝饗親。禮行宗祀，敬達郊禋。金枝中樹，廣樂四陳。月御案節，星驅扶輪。遥興遠駕，曜曜振振。告成大報，受釐元神。

永至樂

紫壇望靈，翠幙佇神。率天奏贄，罄地來賓。神貺並介，泯祇合祉，〔一〕恭昭鑒享，肅光孝祀。威藹四靈，洞曜三光，皇德全被，大禮流昌。

〔一〕泯祇：《南齊書》作「泯祇」，張元濟校勘記：「疑『泯祇』當作『氓祇』」。按作「氓祇」與上句「神貺」相對。

登歌

報惟事天，祭實尊靈。史正嘉兆，神宅崇禎。五時昭鬯，六宗彝序。介丘望塵，皇軒肅舉。

文德宣烈樂

營泰時，定天衷。思心緒，謀筮從。田燭置，權火通。〔一〕大孝昭，國禮融。

〔一〕權火：毛本作「爟火」，「權」是借字。

武德宣烈樂

功燭上宙，德耀中天。風移九域，禮飾八埏。四靈晨炳，五緯宵明，膺曆締運，道茂前聲。

高德宣烈樂

王　儉

饗帝嚴親，則天光大。舃奕前古，榮鏡無外。日月宣華，卿雲流靄。五漢同休，六幽咸泰。

嘉胙樂

謝超宗

鬯嘉禮，承休錫。盛德符景緯，昌華應帝策。聖藹耀昌基，融祉暉世曆。聲正涵月軌，書文騰日迹。寶瑞昭神圖，靈貺流瑞液。我皇崇暉祚，重芬冠往籍。

昭夏樂

薦饗洽，禮樂該。神娭展，辰斾回。洞雲路，拂琁階。紫霁藹，青霄開。睠皇都，顧玉臺。留昌德，結聖懷。

昭遠樂

天以德降，帝以禮報。牲樽俯陳，柴幣仰燎。事展司采，敬達瑄薌。煙贄青昊，震颺紫場。陳馨示策，肅志宗禋。禮非物備，福唯誠陳。

休成樂

昭事上祀，饗薦具陳。回鑾轉翠，拂景翔宸。綴縣敷暢，鐘石昭融。羽炫深晷，籥噎行風。肆序輟度，肅禮停文。四金聳衛，六馭齊輪。

齊北郊樂歌

謝超宗

《南齊書·樂志》曰：「北郊樂，迎地神奏《昭夏之樂》，升壇奏登歌，初獻奏《地德凱容之樂》，次奏《昭德凱容之樂》，送神奏《昭夏之樂》，瘞埋奏《隸幽之樂》，餘辭同南郊。」《隋書·樂志》曰：「齊氏承宋，咸用元徽舊式，宗祀朝饗，奏樂俱同。惟增北郊之禮，乃元徽所闕，永明六年之所加也。唯送神之樂，宋孝建二年秋起居注云奏《肆夏》，永明中改奏《昭夏》。」

昭夏樂

詔禮崇營，敬饗玄時。靈正丹帷，月肅紫墀。展薦登華，風縣凝鏘。神惟戾止，鬱葆遥莊。昭望歲芬，環游辰太。穆哉尚禮，横光秉藹。

登歌

佇靈敬享，禋肅彝文。縣動聲儀，薦潔牲芬。陰祇以貺，昭司式慶。九服熙度，六農祥正。

地德凱容歌

繕方丘，端國陰。掩珪晷，仰靈心。詔源委，遍丘林。禮獻物，樂薦音。

昭德凱容樂

慶圖濬邈，蘊祥祕瑶。俔天炳月，嬪光紫霄。邦化靈懋，閫則風調。儷德方儀，徽載以昭。

昭夏樂

薦神升，享序棽。淹玉俎，停金奏。賓旆轉，旒駕旋。溢素景，鬱紫躔。靈心顧，留辰睠。洽外瀛，瑞中縣。

隸幽樂

后皇嘉慶，定祇玄畤。承帝休圖，祇敷靈祉。篚冪周序，軒朱凝會。牲幣芬壇，精明佇蓋。調川瑞昌，警岳祥泰。

齊明堂樂歌

《南齊書·樂志》曰：「武帝建元初，詔謝超宗造明堂夕牲等歌，并採用謝莊辭。賓出入奏《肅咸樂》，牲出入奏《引牲樂》，薦豆呈毛血奏《嘉薦樂》，迎神奏《昭夏樂》，皇帝升明堂奏《登歌》，初獻奏《凱容宣烈之樂》，還東壁受福酒奏《嘉胙樂》，送神奏《昭夏樂》，並建元永明中所奏也。其《凱容宣烈樂》《嘉胙樂》，太廟同用。」

肅咸樂二首

謝超宗

彝承孝典，恭事嚴聖。浹天奉賮，罄壤齊慶。司儀具序，羽容夙章。芬枝揚烈，黼構周張。

助寶奠軒，酎珍充庭。璆縣凝會，琄朱竚聲。先期選禮，肅若有承。祇對靈祉，皇慶昭膺。

尊事威儀，輝容昭序。迅恭明神，潔盛牲俎。肅肅嚴宮，藹藹崇基。皇靈降止，百祇具司。

戒誠望夜，端烈承朝。依微昭旦，物色輕宵。

引牲樂

惟誠潔饗，惟孝尊靈。敬芳黍稷，敬滌犧牲。騂繭在豢，載溢載豐。以承宗祀，以肅皇衷。

蕭芳四舉，華火周傳。神鑒孔昭，嘉足參牷。〔一〕

〔一〕嘉足參牷：《宋書》作「嘉是柔牷」。

嘉薦樂二首

肇禋戒祀，禮容咸舉。六典飾文，九司炤序。牲柔既昭，犧剛既陳。恭滌惟清，敬事惟神。

加籩再御，兼俎兼薦。節動軒越，聲流金縣。

奕奕閟幄，亹亹嚴闈。潔誠夕鑒，端服晨暉。聖靈戾止，翊我皇則。上綏四宇，下洋萬國。

永言孝饗，孝饗有容。儐僚贊列，肅肅雍雍。

昭夏樂

地紐謐，乾樞回。華蓋動，紫微開。旌蔽日，車若雲。駕六氣，乘烟熅。燁帝（景）〔京〕，〔一〕耀天邑。聖祖降，五雲集。懋粢盛，潔牲牷。百禮肅，群司虔。皇德遠，大孝昌。貫九幽，洞三光。神之安，解玉鑾。昌福至，萬宇歡。

〔一〕帝（景）〔京〕：據前宋明堂歌《迎神歌》改。

登歌

雍臺辯朔，澤宮選辰。潔火夕炤，明水朝陳。六瑚賁室，八羽華庭。昭事先聖，懷濡上靈。

《肆夏》式敬，升歌發德。永固洪基，以綏萬國。

凱容宣烈樂

釃醴具登，嘉俎咸薦。饗洽誠陳，禮周樂徧。祝辭罷祼，序容輟縣。蹕動端庭，鑾回嚴殿。神儀駐景，華漢高虛。八靈案衛，三(代)〔祇〕解途。〔一〕翠蓋耀澄，〔二〕罼帟凝晨。玉鏣息節，〔三〕金輅懷音。式誠達孝，底心肅感。追憑皇鑒，思承淵範。神錫懋祉，四緯昭明。仰福帝徽，俯齊庶生。

〔一〕三(代)〔祇〕：據《宋書》改。

〔二〕耀澄：《南齊書》作「澄耀」，是。

〔三〕玉鏣：同上作「玉鑣」，疑是。

青帝歌

參映夕，駟昭晨。靈乘震，司青春。雁將向，桐始蕤。和風舞，暄光遲。萌動達，萬品親。潤無際，澤無垠。

赤帝歌

龍精初見大火中，朱光北至圭景同。帝在在離實司衡，雨水方降木槿榮。庶物盛長咸殷阜，恩澤四溟被九有。下逸〔一〕

〔一〕下逸：《南齊書》無「下逸」兩字注，此兩字疑衍。宋明堂歌《歌赤帝》與此歌同，未言「下逸」。

黄帝歌

履艮宅中宇，司繩總四方。裁化徧寒燠，布政司炎涼。至分乘經晷，閉啟集恒度。帝暉緝萬有，皇靈澄國步。

白帝歌

百川若鏡，天地爽且明。雲冲氣舉，盛德在素精。庶類收成，歲功行欲寧。浹地奉渥，罄宇承帝靈。

黑帝歌

歲既暮，日方馳。靈乘坎，德司規。玄雲合，晦鳥(蹊)〔歸〕。〔一〕白雲繁，亘天涯。晨晷促，夕漏延。太陰極，微陽宣。

〔一〕鳥(蹊)〔歸〕：據《藝文》卷四三改。

嘉胙樂

禮薦洽，福祚昌。聖皇膺嘉祐，帝業凝休祥。居極乘景運，宅德瑞中王。澄明臨四奥，精華延八鄉。洞海同聲憓，澈宇麗乾光。靈慶纏世祉，鴻烈永無疆。

昭夏樂

宋・謝　莊

蘊禮容，餘樂度。靈方留，景欲暮。開九重，肅五達。鳳參差，龍已沬。雲既動，河既梁。萬里照，四空香。神之車，歸清都。瓊庭寂，玉殿虚。鴻化凝，孝風熾。顧靈心，結皇思。鴻慶遐鬯，嘉薦令芳。翊帝明德，永祚深光。

樂府詩集卷第三

郊廟歌辭三

齊雩祭樂歌

謝朓

《南齊書·樂志》曰：「建武二年，雩祭明堂。謝朓造辭，一依謝莊，唯世祖四言也。」

迎神歌八解

清明暢，禮樂新。候龍景，練貞辰。陽律亢，陰晷伏。秏下土，荐穜稑。震儀警，王度乾。嗟雲漢，望昊天。張盛樂，奏《雲舞》。集五精，延帝祖。雩有諷，禜有秩。膋芗芬，圭瓚瑟。靈之來，帝閽開。車煜燿，吹徘徊。停龍轙，遍觀此。凍雨飛，〔一〕祥風靡。壇可臨，奠可歆。對泯祉，〔二〕鑒皇心。

〔一〕凍雨：疑當作「涷雨」，《爾雅·釋天》：「暴雨謂之涷。」

〔二〕泯祉：《南齊書》作「氓祉」。

歌世祖武皇帝

濬哲維祖，長發其武。帝出自震，重光御宇。七德攸宣，九疇咸叙。靜難荆舒，凝威蠡浦。昧旦丕承，夕惕刑政。化壹車書，德馨粢盛。昭星夜景，非雲曉慶。衢室成陰，璧水如鏡。禮充玉帛，樂被筦絃。於鑠在詠，陟配於天。自宫徂兆，靡愛牲牷。我將我享，永祚豐年。

歌青帝

營翼日，鳥殷宵。凝冰泮，玄蟄昭。景陽陽，風習習。女夷歌，東皇集。（樽）〔奠〕春酒，〔一〕秉青珪。命田祖，渥群黎。

〔一〕（樽）〔奠〕：據點校本《南齊書》改。

歌赤帝

惟此夏德德恢台，兩龍既御炎精來。火景方中南謁秩，靡草云黄含桃實。族雲蓊鬱温風煽，興雨祁祁黍苗遍。

歌黄帝

稟火自高明，毓金挺剛克。涼燠資成化，群方載厚德。陽季勾萌達，炎徂溽暑融。商暮百工止，歲極凌陰冲。皇流疏已清，原隰甸已平。咸言祚惟億，敦民保齊京。

歌白帝

帝悦于兑，執矩固司藏。百川收潦，精景應徂商。嘉樹離披，榆關命賓鳥。夜月如霜，秋風方嫋嫋。商陰肅殺，萬寶咸亦遒。勞哉望歲，場功冀可收。

歌黑帝

白日短，玄夜深。招摇轉，移太陰。霜鍾鳴，冥陵起。星回天，月窮紀。聽嚴風，來不息。望玄雲，黝無色。曾冰洌，積羽幽。飛(雲)〔雪〕至，〔一〕天山側。關梁閉，方不巡。合國吹，饗蜡賓。充微陽，究終始。百禮洽，萬觀臻。〔二〕

〔一〕飛(雲)〔雪〕：據點校本《南齊書》改。

〔二〕萬觀：同上作「萬祚」。

送神歌

敬如在，禮將周。神之駕，不少留。躡龍鑣，轉金蓋。紛上馳，雲之外。警七曜，詔八神。排閶闔，渡天津。有滰興，膚寸積。雨冥冥，又終夕。俾栖糧，惟萬箱。皇情暢，景命昌。

齊藉田樂歌

江　淹

《南齊書・樂志》曰：「藉田歌，漢章帝元和元年，班固奏〔用〕《周(商)頌・載芟》祠先農。〔一〕晉傅玄作《祀先農先蠶夕牲歌》詩一篇，《迎送神》一篇，《饗社稷先農先聖先蠶歌》詩三篇，辭皆叙田農事。胡道安作《先農饗神詩》一篇，樂府相傳舊歌三章。永明四年藉田，詔江淹造歌。淹不依(故傳)〔胡傳〕〔二〕製《祀先農迎送神升歌》及《饗神歌》二章。」

〔一〕〔用〕《周(商)頌・載芟》：《南齊書》作「用商頌」，據補「用」字，並據《詩・周頌》改。

〔二〕(故傳)〔胡傳〕：據《南齊書》改。

迎送神升歌

羽鑾從動，金駕時遊。教騰義鏡，樂綴禮修。率先丹耦，躬遵緑疇。靈之聖之，歲殷澤柔。

饗神歌

瓊斝既飾，繡簋以陳。方燮嘉種，永毓宵民。

梁雅樂歌

沈約

《隋書·樂志》曰：「梁初，郊禋宗廟及三朝之樂，並用宋、齊元徽、永明儀注，唯改《嘉祚》爲《永祚》，又去《永至之樂》。何佟之、周捨議：按《周禮》，王出入奏《王夏》，大祭祀與朝會同用。而漢制，皇帝在廟奏《永至》，朝會別奏《皇夏》。二樂有異，於禮爲乖。乃除《永至》，還用《皇夏》。蓋秦漢已來稱皇，故變《王夏》爲《皇夏》也。及武帝定國樂，並以『雅』爲稱，取《詩序》云：『言天下之事，形四方之風，謂之雅。雅者，正也。』《論語》云：『仲尼自衛反魯，然後樂正，《雅》《頌》各得其所。』故曰雅止乎十二，則天數也。乃〔至〕〔去〕階步之樂，〔一〕增撤食之雅焉。衆官出入，奏《俊雅》，皇帝出入奏《皇雅》，皇太子出入奏《胤雅》，王公出入奏《寅雅》，上壽酒奏《介雅》，食舉奏《需雅》，撤饌奏《雍雅》，牲出入奏《滌雅》，薦毛血奏《牷雅》，降神及迎送奏《諴雅》，皇帝飲福酒奏《獻雅》，燎埋奏《禋雅》，其辭並沈約所製。普通中，薦蔬之後，改諸雅歌，敕蕭子雲製辭。既無牲牢，遂省《滌雅》《牷雅》云。」

〔一〕乃（至）〔去〕：據《隋書·音樂志》（以下簡稱《隋書》）改。

皇雅三首

《隋書·樂志》曰：「皇帝出入奏《皇雅》，取《詩·大雅》云『皇矣上帝，臨下有赫』也。二郊、太廟同用。」

帝德實廣運，車書靡不賓。執瑁朝群后，垂旒御百神。八荒重譯至，萬國婉來親。華蓋拂紫微，勾陳繞太一。容裔被緹組，參差羅罕畢。星回照以爛，天行徐且謐。清蹕朝萬宇，端冕臨正陽。青絇黄金繶，衮衣文繡裳。既散華蟲采，復流日月光。

滌雅

《隋書·樂志》曰：「牲出入奏《滌雅》，取《禮記·郊特牲》云『帝牛必在滌三月』也。

二郊、明堂、太廟同用。」

將修盛禮，其儀孔熾。有腯斯牲，國門是置。不黎不痟，靡𠎝靡忌。呈肌獻體，永言昭事。

俯休皇德，仰綏靈志。百福具膺，嘉祥允洎。駿奔伊在，慶覃遐嗣。

牷雅

《隋書·樂志》曰：「薦毛血奏《牷雅》，取《春秋左氏傳》云『牲牷肥腯』也。二郊、明堂、太廟同用。」

反本興敬，復古昭誠。禮容宿設，祀事孔明。華俎待獻，崇碑麗牲。充哉繭握，肅矣簪纓。

其膋既啟，我豆既盈。庖丁遊刃，葛盧驗聲。多祉攸集，景福來并。

誠雅三首

《隋書·樂志》曰：「降神及迎送神奏《誠雅》，取《尚書·大禹謨》云『至誠感神』也。南郊降神用『懷忽慌』，北郊迎神用『地德溥』，二郊、明堂、太廟送神同用『我有明德』。」

懷忽慌，瞻浩蕩。盡誠潔，致虔想。出杳冥，（隆）〔降〕無象。〔一〕皇情肅，具僚仰。人禮盛，神途敞。僾明靈，申敬饗。感蒼極，洞玄壤。

地德溥，崐丘峻。揚羽翟，鼓應㮴。出尊祇，展誠信。招海瀆，羅岳鎮。惟福祉，咸昭晉。

我有明德，馨非稷黍。牲玉孔備，嘉薦惟旅。金懸宿設，和樂具舉。禮達幽明，敬行樽俎。

鼓鍾云送，遐福是與。

〔一〕（隆）〔降〕：據《隋書》改。

獻雅

《隋書・樂志》曰：「皇帝飲福酒奏《獻雅》，取《少牢饋食禮》云：『祝酌授尸。主人拜受爵。』《禮記・祭統》云：『尸飲五，君洗玉爵獻卿。』今之飲福酒，亦古獻爵之義也。

二郊、明堂、太廟同用。」

神宮肅肅，天儀穆穆。禮獻既同，膺此釐福。我有馨明，無愧史祝。

禋雅二首

《隋書・樂志》曰：「燎埋奏《禋雅》，取《周禮・大宗伯》云『以禋祀祀昊天上帝』，

《書》曰『禋于六宗』也。就燎用『紫宫昭焕』，就埋用『盛樂斯舉』。」

紫宫昭焕，太一微玄。降臨下土，尊高上天。載陳珪璧，式備牲牷。雲孤清引，栒虡高懸。

俯昭象物，仰致高煙。肅彼靈祉，咸達皇虔。

盛樂斯舉，協徵調宫。靈饗慶洽，祉積化融。八變有序，三獻已終。坎牲瘞玉，酬德報功。

振垂成吕，投壤生風。道無虚致，事由感通。於皇盛烈，比祚華、嵩。

梁南郊登歌二首

沈約

登歌者，祭祀燕饗堂上所奏之歌也。《禮記·明堂位》曰：「升歌《清廟》，下管象《武》。」《仲尼燕居》曰：「入門而金作，示情也；升歌《清廟》，示德也；下而管象，示事也。是故古之君子，不必親相與言也，以禮樂以相示。」《郊特牲》曰：「奠酬而工歌，發德也。歌者在上，匏竹在下，貴人聲也。」《周禮·大師》職曰：「大祭祀，帥瞽登歌，令奏擊拊。」《小師》曰：「大祭祀，登歌擊拊。」《尚書大傳》曰：「古者帝王升歌《清廟》，大琴練絃達越，大瑟朱絃達越，以韋爲鼓，不以竽瑟之聲亂人聲。《清廟》升歌，歌先人之功烈德澤。苟在廟中（當）〔嘗〕見文王者，〔一〕愀然如復見文王。故《書》曰：『戛擊、鳴球、搏拊、琴瑟以詠，祖考來格。』此之謂也。」按登歌各頌祖宗之功烈，去鐘撤竽以明至德，所以傳云其歌之呼也。曰：「於穆清廟。」於者，歎之也。穆者，敬之也。清者，欲其在位者遍聞之也。《隋書・樂志》曰：「《大戴》云：『《清廟》之歌，懸一磬而尚搏拊。』在漢之世，獨奏登歌。近代以來，始用絲竹。舊三朝設樂，皆有登歌。梁武以爲登歌者，頌祖宗功業，非元日所奏，於是去之。後以其說非通，復用於嘉慶。後周登歌，備鐘磬琴瑟，階上設笙管。隋亦因之，合於《儀禮》荷瑟升歌，及笙人立於階下，間歌合樂，是燕飲之事也。祀神宴會通行之。若大祀臨軒，陳於壇之上。若册拜王公，設宫懸，不用登歌。釋奠則唯用登歌而不設懸。梁南北郊、宗廟、皇帝初獻及明堂，遍歌五帝，〔二〕並奏登歌。」

曒既明，禮告成。惟聖祖，主上靈。爵已獻，罍又盈。息羽籥，展歌聲。僾如在，結皇情。

禮容盛，樽俎列。玄酒陳，陶匏設。獻清旨，致虔潔。王既升，樂已闋。降蒼昊，垂芳烈。

〔一〕(當)〔嘗〕見：據《尚書大傳・皋繇謨》改。

〔二〕五帝：毛本「五帝」下有「德」字。

梁北郊登歌二首

沈約

方壇既坎，地祇已出。盛典弗僭，群望咸秩。乃升乃獻，敬成禮卒。靈降無兆，神饗載謐。

允矣嘉祚，其升如日。

至哉坤元，實惟厚載。躬兹奠饗，誠交顯晦。或升或降，摇珠動佩。德表成物，慶流皇代。

純嘏不愆，祺福是賚。

梁明堂登歌

沈約

歌青帝

帝居在震，龍德司春。開元布澤，含和尚仁。群居既散，歲云陽止。飭農分地，人粒惟始。

雕梁繡栱，丹楹玉墀。靈威以降，百福來綏。

歌赤帝

炎光在離，火爲威德。執禮昭訓，持衡受則。靡草既凋，温風以至。嘉薦惟旅，時羞孔備。

齊醍在堂，笙鏞在下。匪惟七百，無絕終始。〔一〕

〔一〕終始：「始」似宜作「古」，與「下」字爲韻。

歌黄帝

鬱彼中壇，含靈闡化。迴環氣象，輪無輟駕。布德焉在，四序將收。音宫數五，飯稷驂騮。宅屏居中，旁臨外宇。升爲帝尊，降爲神主。

歌白帝

神在秋方，帝居西皓。允兹金德，裁成萬寶。鴻來雀化，參見火邪。幕無玄烏，菊有黄華。載列笙磬，式陳彝俎。靈罔常懷，惟德是與。

歌黑帝

德盛乎水，玄冥紀節。陰降陽騰，氣凝象閉。司智莅坎，駕鐵衣玄。祁寒坼地，晷度迴天。悠悠四海，駿奔奉職。祚我無疆，永隆人極。

北齊南郊樂歌

《隋書·樂志》曰：「齊武成時，始定四郊、宗廟、三朝之樂。大禘圜丘及北郊，夕牲，群臣入門奏《肆夏樂》；迎神奏《高明樂》，登歌辭同；牲出入、薦毛血並奏《昭夏》；群臣出、進熟、群臣入並奏《肆夏》，辭同初入；進熟、皇帝入門奏《皇夏》，升丘奏《皇夏》，壇上登歌辭同；初獻奏《高明樂》，奠爵訖奏《高明之樂》《覆燾之舞》，獻太祖配饗神座奏《武德之樂》《昭烈之舞》；皇帝小退，當昊天上帝神座前奏《皇夏》，辭同上；飲福酒奏《皇夏》，詣東陛、還便坐奏《皇夏》，辭同初入門；送神降丘南陛奏《高明樂》，之望燎位奏《皇夏》，辭同上；紫壇既燎奏《昭夏樂》，自望燎還本位奏《皇夏》，辭同上；還便殿奏《皇夏》，群臣出奏《肆夏》，辭同上；祠感帝用圜丘樂。」

肆夏樂

肇應靈序，奄字黎人。乃朝萬國，爰徵百神。祇展方望，幽顯咸臻。禮崇聲協，贄列珪陳。翼差鱗次，端笏垂紳。來趨動色，式贊天人。

高明樂

惟神監矣，皇靈肅止。圓璧展事，成文即始。士備八能，樂合六變。風湊伊雅，光華襲薦。宸衞騰景，靈駕霏煙。嚴壇生白，綺席凝玄。

昭夏樂

剛柔設位，惟皇配之。言肅其禮，念暢在兹。飾牲舉獸，載歌且舞。既捨伊腯，致精靈府。

物色惟典，齋沐加恭。宗族咸暨，罔不率從。

昭夏樂

展禮上月，肅事應時。藾栗爲用，交暢有期。弓矢斯發，盆簝將事。圓神致祀，率由先志。

和以鑾刀，臭以血膋。至哉敬矣，厥義孔高。

皇夏樂

帝敬昭宣，皇誠肅致。玉帛齊軌，屏攝咸次。三垓上列，四陛旁升。龍陳萬騎，鳳動千乘。

神儀天藹，晬容離曜。金根停軫，奉光先導。

皇夏樂

紫壇雲曖，紺幄霞褰。我其陟止，載致其虔。百靈竦聽，萬國咸仰。人神咫尺，玄應肸蠁。

高明樂

上下眷，旁午從。爵以質，獻以恭。咸斯暢，樂惟雍。孝敬闡，臨萬邦。

高明樂

自天子之，會昌神道。丘陵肅事，克光天保。九關洞開，百靈環列。八樽呈備，五聲投節。

武德樂

配神登聖，主極尊靈。敬宣昭燭，咸達窅冥。禮弘化定，樂贊功成。穰穰介福，下被群生。

皇夏樂

皇心緬且感，吉蠲奉至誠。赫哉光盛德，乾巛詔百靈。報福歸昌運，承祐播休明。風雲馳九域，龍蛟躍四溟。浮幕呈光氣，儷象燭華精。《濩》《武》方知恥，《韶》《夏》僅同聲。

高明樂

獻享畢，懸佾周。神之駕，將上遊。超斗極，絶河流。懷萬國，寧九州。欣帝道，心顧留。匝上下，荷皇休。

昭夏樂

玄黄覆載，元首照臨。合德致禮，有契其心。敬申事閟，潔誠云報。玉帛載升，棫樸斯燎。寥廓幽曖，播以馨香。皇靈惟監，降福無疆。

皇夏樂

天大親嚴，匪敬伊孝。永言肆饗，宸明增耀。陽丘既暢，大典逾光。乃安斯息，欽若舊章。天迴地旋，鳴鑾引警。且萬且億，皇曆惟永。

北齊北郊樂歌

《隋書·樂志》曰：「齊北郊迎神奏《高明樂》，登歌辭同；薦毛血奏《昭夏》，進熟、皇帝入門、皇帝升丘並奏《皇夏》，奠爵訖奏《高明樂》《覆燾之舞》，送神、降丘、南陛奏《高明樂》，既瘞奏《昭夏樂》，還便殿奏《皇夏》，餘並同南郊樂。」

高明樂

惟祇監矣，皇靈肅止。方琮展事，即陰成理。士備八能，樂合八變。風湊伊雅，光華襲薦。宸衞騰景，靈駕霏煙。嚴壇生白，綺席凝玄。

昭夏樂

展禮上月，肅事應時。藺粟爲用，交暢有期。弓矢斯發，盆簝將事。（萬）〔方〕祇致祀，〔一〕率由先志。和以鑾刀，〔二〕臭以血膋。至哉敬矣，厥義孔高。

〔一〕（萬）〔方〕祇：據《隋書》改。按南郊《昭夏樂》作「圓神」，與北郊「方祇」對。

〔二〕鑾刀：《詩·信南山》作「鸞刀」。

皇夏樂

帝敬昭宣，皇誠肅致。玉帛齊軌，屏攝咸次。重垓上列，分陛旁升。龍陳萬騎，鳳動千乘。

神儀天藹，晬容離曜。金根停軫，奉光先導。

皇夏樂

層壇雲曖，嚴幄霞褰。我其陟止，載致其虔。百靈竦聽，萬國咸仰。人神咫尺，玄應肸蠁。

高明樂

自天子之，會昌神道。方澤祇事，克光天保。九關洞開，百靈環列。八樽呈備，五聲投節。

高明樂

獻享畢，懸佾周。神之駕，將下遊。超荒極，懇崐丘。懷萬國，寧九州。欣帝道，心顧留。匝上下，荷皇休。

昭夏樂

玄黃覆載，元首照臨。合德致禮，有契其心。敬中事閟，潔誠云報。牲玉載陳，棫樸斯燎。寥廓幽曖，播以馨香。皇靈惟監，降福無疆。

皇夏樂

天大親嚴，匪敬伊孝。永言肆饗，宸明增耀。陰澤云暢，大典逾光。乃安斯息，欽若舊章。天迴地旋，鳴鑾引警。且萬且億，皇曆惟永。

北齊五郊樂歌

《隋書·樂志》曰：「齊五郊迎氣降神並奏《高明樂》。」又曰：「禮五方上帝並奏《高明之樂》，爲《覆燾之舞》。」

青帝高明樂

歲云獻，谷風歸。斗東指，雁北飛。電鞭激，雷車遽。虹旌靡，青龍馭。和氣洽，具物滋。翻降止，應帝期。

赤帝高明樂

婺女司旦，中吕宣。朱精御節，離景延。根荄俊茂，温風發。柘火風水，應炎月。執衡長物，德孔昭。赤旂霞曳，會今朝。

黄帝高明樂

居中匝五運，乘衡畢四時。含養資群物，協德固皇基。嘽緩契王風，持載符君德。良辰動靈駕，承祀昌邦國。

白帝高明樂

風涼露降，馳景颾寒精。山川摇落，平秩在西成。蓋藏成積，烝人被嘉祉。從享來儀，鴻休溢千祀。

黑帝高明樂

虹藏雉化，告寒。（水）〔冰〕壯地坼，〔一〕年殫。日次月紀，方極。九州萬邦，獻力。叶光是紀，歲窮。微陽潛兆，方融。天子赫赫，明聖。享神降福，惟敬。

〔一〕（水）〔冰〕壯：據《隋書》改。

北齊明堂樂歌

《隋書·樂志》曰：「齊祀五帝於明堂。先祀一日，夕牲，群臣入自門奏《肆夏》，太祝令迎神奏《高明樂》《覆燾舞》，太祖配饗奏《武德樂》《昭烈舞》，五方天帝並奏《高明樂》《覆燾舞》，辭同迎氣；牲出入、薦毛血並奏《昭夏樂》，群臣出、進熟、群臣入並奏《肆夏》，辭同初入；進熟、皇帝入門及升壇並奏《皇夏》，辭同用；初獻、裸獻並奏《高明樂》《覆燾舞》，飲福酒奏《皇夏》，太祝送神奏《高明樂》《覆燾舞》，還便殿奏《皇夏》。」

肆夏樂

國陽崇祀，嚴恭有聞。荒華胥暨，樂我大君。冕瑞有列，禽帛載叙。〔一〕群后師師，威儀容與。執禮辨物，司樂考章。率由靡墜，休有烈光。

〔一〕載叙：《隋書》作「恭叙」。

高明樂

祖德光，國圖昌。祇上帝，禮四方。闢紫宫，洞華闕。龍獸奮，風雲發。飛朱雀，從玄武。攜日月，帶雷雨。耀宇内，溢區中。眷帝道，感皇風。帝道康，皇風扇。粢盛列，椒糈薦。神且寧，會五精。歸福禄，幸閶亭。

武德樂

我惟我祖，自天之命。道被歸仁，時屯啟聖。運鍾千祀，授手萬姓。夷兇掩虐，匡頹翼正。載經載營，庶土咸寧〔一〕。九功以洽，七德兼盈。丹書入告，玄玉來呈。露甘泉白，雲郁河清。聲教咸往，舟車畢會。仁加有形，化洽無外。嚴親惟重，陟配惟大。既祐斯歌，率土攸賴。

〔一〕庶土：《隋書》作「庶士」。

昭夏樂

孝饗不匱，精潔臨年。滌牢委溢，形色博牷。于以用之，言承歆祀。肅肅威儀，敢不敬止。

載飾載省，維牛維羊。明神有察，保茲萬方。

昭夏樂

我將宗祀，賁獻厥誠。鞠躬如在，側聽無聲。薦色斯純，呈氣斯臭。有滌有濯，惟神其祐。五方來格，一人多祉。明德惟馨，於穆不已。

皇夏樂

象乾上構，儀巛下基。集靈崇祖，永言孝思。室陳簋豆，庭羅懸佾。夙夜畏威，保茲貞吉。舞貴其夜，歌重其升。降斯百禄，惟饗惟應。

高明樂

度几筵，闢牖户。禮上帝，感皇祖。酌惟潔，滌以清。薦心款，達神明。

高明樂

帝精來降，應我明德。禮殫義展，流祉邦國。既受多祉，實資孝敬。祀竭其誠，荷天休命。

皇夏樂

恭祀洽，盛禮宣。英猷爛層景，廣澤同深泉。上靈鍾百福，群神歸萬年。月軌咸梯岫，日域盡浮川。瑞鳥飛玄扈，潛鱗躍翠漣。皇家膺寶曆，兩地復參天。

高明樂

青陽奏，發朱明。歌西皓，唱玄冥。大禮罄，廣樂成。神心懌，將遠征。飾龍駕，矯鳳旍。指閶闔，59層城。出温谷，邁炎庭。跨西汜，過北溟。忽萬億，耀光精。比電騖，與雷行。嗟皇道，懷萬靈。固王業，震天聲。

皇夏樂

文物備矣，聲明有章。登薦惟肅，禮邈前王。鬯齊云終，折旋告罄。穆穆旒冕，藴誠畢敬。屯衛按部，鑾蹕迴途。暫留紫殿，將及清都。

樂府詩集卷第四

郊廟歌辭四

周祀圜丘歌

庾信

《隋書·樂志》曰：「周祀圜丘樂：降神奏《昭夏》，皇帝將入門奏《皇夏》，俎入、奠玉帛並奏《昭夏》，皇帝升壇奏《皇夏》，初獻及初獻配帝並作《雲門之舞》，獻畢奏登歌，飲福酒奏《皇夏》，撤奠奏《雍樂》，帝就望燎位、還便坐並奏《皇夏》。」

昭夏

重陽禋祀大報天，(景)〔丙〕午封壇肅且圜。〔一〕孤竹之管雲和弦，神光來下風肅然。〔二〕王城七里通天臺，紫微斜照影徘徊。連珠合璧重光來，天策暫轉鉤陳開。

〔一〕(景)〔丙〕午：據《庾子山集》卷七改。

〔二〕來下：同上作「未下」。

皇夏

旌迴外壝，蹕靜郊門。千乘按轡，萬騎雲屯。藉茅無咎，掃地惟尊。揖讓展禮，衡璜節步。星漢就列，風雲相顧。取法於天，降其永祚。

昭夏

日至大禮，豐犧上辰。牲牢脩牧，繭栗毛純。俎豆斯立，陶匏以陳。大報反命，居陽兆日。六變鼓鐘，三和琴瑟。俎奇豆偶，惟誠惟質。

昭夏

圓玉已奠，蒼幣斯陳。瑞形成象，璧氣含春。禮從天數，智總圓神。爲祈爲祀，至敬咸遵。

皇夏

七里是仰，八陛有憑。就陽之位，如日之升。思虔肅肅，施敬繩繩。祝史陳信，玄象斯格。惟類之典，惟靈之澤。幽顯對揚，人神咫尺。

雲門舞二首

獻以誠，鬱以清。山罍舉，沈齊傾。惟尚饗，洽皇情。降景福，通神明。

長丘遠歷，大電遥源。弓藏高隴，鼎没寒門。人生于祖，物本於天。奠神配德，迄用康年。

登歌

歲之祥，國之陽。蒼靈敬，翠雲長。象爲飾，龍爲章。乘長日，坏蟄户。(烈)〔列〕雲漢，〔一〕迎風雨。(六)〔大〕吕歌，〔二〕《雲門舞》。省滌濯，奠牲牷。鬱金酒，鳳皇樽。迴天睠，顧中原。

〔一〕(烈)〔列〕：據《隋書》改。

〔二〕(六)〔大〕吕：據點校本《隋書》引《周禮·大司樂》「乃奏黄鍾，歌大吕，舞《雲門》，以祀天神」改。

皇夏

國命在禮，君命在天。陳誠惟肅，飲福惟虔。洽斯百禮，福以千年。鉤陳掩映，天駟徘徊。彫禾飾斝，翠羽承罍。受斯茂祉，從天之來。

雍樂

禮將畢，樂將闌。迴日轡，動天關。翠鳳摇，和鑾響。五雲飛，三步上。風爲馭，雷爲車。無轍迹，有煙霞。暢皇情，休靈命。雨留甘，雲餘慶。

皇夏

六典聯事，九司咸則。率由舊章，於焉允塞。掌禮移次，燔柴在焉。煙升玉帛，氣斂牲牷。休氣馨香，膋芳昭晰。翼翼虔心，明明上徹。

皇夏

玉帛禮畢，人神事分。嚴承乃睠，瞻仰迴雲。輦路千門，王城九軌。式道移候，司方指迴。得一惟清，於萬斯寧。受兹景命，于天告成。

周祀方澤歌

庾信

《隋書・樂志》曰：「周祀方澤樂：降神及奠玉帛並奏《昭夏》，初獻奏登歌，舞詞同圓丘，望坎位奏《皇夏》。」

昭夏

報功陰澤，展禮玄郊。平琮鎮瑞，方鼎升庖。調歌孫竹，〔一〕縮酒江茅。聲舒鐘鼓，器質陶匏。列茘秀華，凝芳都茘。川澤茂祉，丘陵容衞。雲飾山罍，蘭浮泛齊。日至之禮，歆兹大祭。

〔一〕孫竹：《庾子山集》卷七同，《隋書》作「絲竹」。

昭夏

曰若厚載，欽明方澤。敢以敬恭，陳之玉帛。德包含養，功藏靈迹。斯箱既千，子孫則百。

登歌

質明孝敬，求陰順陽。壇有四陛，琮爲八方。牲牷蕩滌，蕭合馨香。和鑾戾止，振鷺來翔。威儀簡簡，鐘鼓喤喤。聲和孤竹，韻入空桑。封中雲氣，坎上神光。下元之主，功深蓋藏。

皇夏

司筵撤席，掌禮移次。迴顧封壇，恭臨坎位。瘞玉埋俎，藏芬斂氣。是曰就幽，成斯地意。

周祀五帝歌

庾信

《隋書·樂志》曰：「周祀五帝：奠玉帛及初獻並奏《皇夏》，皇帝初獻五帝及初獻配帝並奏《雲門舞》。」

皇夏

嘉玉惟芳，嘉幣惟量。成形依禮，稟色隨方。神班其次，歲禮惟常。威儀抑抑，率由舊章。

皇夏

惟令之月，惟嘉之辰。司壇宿設，掌史誠陳。敢用明禮，言功上神。鉤陳旦闢，閶闔朝分。旒垂象冕，樂奏山雲。將迴霆策，暫轉天文。五運周環，四時代序。鱗次玉帛，循迴樽俎。神其降之，介福斯許。

青帝雲門舞

甲在日，鳥中星。禮東后，奠蒼靈。樹春旗，命青史。候雁還，東風起。歌木德，舞震宫。泗濱石，龍門桐。孟之月，陽之天。億斯慶，兆斯年。

配帝舞

帝出于震，蒼德於神。其明在日，其位居春。勞以定國，功以施人。言從配祀，近取諸身。

赤帝雲門舞

招摇指午對南宫，〔一〕日月相會實沈中。離光布政動温風，純陽之月樂炎精，赤雀丹書飛送迎。朱絃絳鼓罄虔誠，萬物含養各長生。

〔一〕對：《隋書》作「樹」。

配帝舞

以炎爲政，以火爲官。位司南陸，享配離壇。三和實俎，百味浮蘭。神其茂豫，天步艱難。

黄帝雲門舞

三光儀表正，四氣風雲同。戊己行初曆，黄鍾始變宫。平琮禮内鎮，陰管奏司中。齊壇芝曄曄，清野桂馮馮。夕牢芬六鼎，安歌韻八風。神光乃超忽，佳氣恒葱葱。

配帝舞

四時咸一德，五氣或同論。猶吹鳳皇管，尚對梧桐園。器圜居土厚，位總配神尊。始知今奏樂，還用我《雲門》。

白帝雲門舞

肅靈兑景，承配秋壇。雲高火落，露白蟬寒。帝律登年，金精行令。瑞獸霜耀，祥禽雪映。司藏肅殺，萬保咸宜。厥田上上，收功在斯。

配帝舞

金行秋令，白帝朱宣。司正五雉，歌庸九川。執文之德，對越彼天。介以福祉，君子萬年。

黑帝雲門舞

北辰爲政玄壇，北陸之祀員官。宿設玄圭浴蘭，〔一〕坎德陰風御寒。次律將迴窮紀，微陽欲動細泉。管猶調於陰竹，聲未入於春絃。待歸餘於送曆，方履慶於斯年。

〔一〕玄圭：《庾子山集》卷七作「玄璜」。

配帝舞

地始坼，虹始藏。服玄玉，居玄堂。沐蕙氣，浴蘭湯。匏器潔，水泉香。陟配彼，福無疆。君欣欣，此樂康。

隋圜丘歌

《隋書·樂志》曰：「仁壽元年，詔牛弘、柳顧言、許善心、虞世基、蔡徵等創製雅樂歌辭。其祠圜丘，降神奏《昭夏》，皇帝升壇奏《皇夏》，次奏登歌，初獻奏《諴夏》，既獻奏文舞，飲福酒奏《需夏》，次奏武舞，送神奏《昭夏》，皇帝就燎位、還大次並奏《皇夏》，辭同升壇。」

昭夏

肅祭典，協良辰。具嘉薦，俟皇臻。禮方成，樂已變。感靈心，迴天睠。闢華闕，下乾宫。
乘精氣，御祥風。望爟火，通田燭。膺介圭，受瑄玉。神之臨，慶陰陰。煙衢洞，宸路深。
善既福，德斯輔。流鴻祚，遍區宇。

皇夏

於穆我君，昭明有融。道濟區域，功格玄穹。百神警衛，萬國承風。仁深德厚，信洽義豐。
明發思政，勤憂在躬。鴻基惟永，福祚長隆。

登歌

德深禮大，道高饗穆。就陽斯恭，陟配惟肅。血膋升氣，冕裘標服。誠感青玄，信陳史祝。
祇承靈貺，載膺多福。

誠夏

肇禋崇祀，大報尊靈。因高盡敬，掃地推誠。六宗隨兆，五緯陪營。雲和發韻，孤竹揚清。我粢既潔，我酌惟明。元神是鑒，百祿來成。

文舞

皇矣上帝，受命自天。睿圖作極，文教遐宣。四方監觀，萬品陶甄。有苗斯格，無得稱焉。天地之經，和樂具舉。休徵咸萃，要荒式序。正位履端，秋霜春雨。

需夏

禮以恭事，薦以饗時。載清玄酒，備潔薌萁。迴旒分爵，思媚軒墀。惠均撤俎，祥降受釐。十倫以具，百福斯滋。克昌厥德，永祚鴻基。

武舞

御曆膺期，乘乾表則。成功戡亂，順時經國。兵暢五材，武弘七德。憬彼遐裔，化行充塞。

三道備舉，二儀交泰。情發自中，義均莫大。祀敬恭肅，鐘鼓繁會。萬國斯歡，兆人斯賴。享兹介福，康哉元首。惠我無疆，天長地久。

昭夏

享序洽，祀禮施。神之駕，嚴將馳。奔精驅，長離耀。牲煙達，潔誠照。騰日馭，鼓電鞭。辭下土，升上玄。瞻寥廓，杳無際。澹群心，留餘惠。

隋五郊歌

《隋書·樂志》曰：「五郊歌辭：青帝奏角音，赤帝奏徵音，黄帝奏宫音，白帝奏商音，黑帝奏羽音。迎送神登歌與圓丘同。」

角音

震宫初動，木德惟仁。龍精戒旦，鳥曆司春。陽光煦物，温風先導。巖處載驚，膏田已冒。犧牲豐潔，金石和聲。懷柔備禮，明德惟馨。

徵音

長嬴開序，炎上爲德。執禮司萌，持衡御國。重離得位，芒種在時。含櫻薦實，木槿垂蕤。

慶賞既行，高明可處。順時立祭，事昭福舉。

宫音

爰稼作土，順位稱坤。孕金成德，履艮爲尊。黄本内色，宫實聲始。萬物資生，四時咸紀。

靈壇汎掃，盛樂高張。威儀孔備，福履無疆。

商音

西成肇節，盛德在秋。三農稍已，九穀行收。金氣肅殺，商威飂戾。嚴風鼓莖，繁霜殞蔕。

厲兵詰暴，敕法慎刑。明神降嘏，國步惟寧。

羽音

玄英啟候，冥陵初起。虹藏於天，雉化於水。嚴關重閉，星迴日窮。黄鍾動律，廣莫生風。

玄樽示本，天産惟質。恩覃外區，福流京室。

隋感帝歌

《隋書·樂志》曰：「祀感帝奏《諴夏》，迎送神、登歌與圓丘同。」

諴夏

禘祖垂典，郊天有章。以春之孟，於國之陽。繭栗惟誠，陶匏斯尚。人神接禮，明幽交暢。火靈降祚，火曆載隆。烝哉帝道，赫矣皇風。

隋雩祭歌

《隋書·樂志》曰：「雩祭奏《諴夏》，迎送神、登歌與圓丘同。」

諴夏

朱明啟候時載陽，肅若舊典延五方。嘉薦以陳盛樂奏，氣序和平資靈祐。公田既雨私亦濡，人殷俗富政化敷。

隋蜡祭歌

《隋書·樂志》曰：「蜡祭奏《諴夏》，迎送神、登歌與圜丘同。」

諴夏

四方有祀，八蜡酬功。收藏既畢，榛葛送終。使之必報，祭之斯索。三時告勞，一日爲澤。神祇必來，鱗羽咸致。惟義之盡，惟仁之至。年成物阜，罷役息人。皇恩已洽，靈慶無垠。

隋朝日夕月歌

《隋書·樂志》曰：「朝日夕月並奏《諴夏》，迎送神、登歌與圜丘同。」

朝日諴夏

扶木上朝暾，嵫山沈暮景。寒來遊晷促，暑至馳輝永。時和合璧耀，俗泰重輪明。執圭盡昭事，服冕罄虔誠。

夕月誠夏

澄輝燭地域，流耀鏡天儀。曆草隨弦長，珠胎逐望虧。成形表蟾兔，竊藥資王母。西郊禮既成，幽壇福惟厚。

隋方丘歌

《隋書·樂志》曰：「祭方丘迎神奏《昭夏》，奠玉帛奏登歌，獻皇地祇奏《誠夏》，送神奏《昭夏》，餘並同圓丘。」

昭夏

柔功暢，陰德昭。陳瘞典，盛玄郊。篚（幕）〔冪〕清，〔一〕膋膋馥。皇情虔，具寮肅。笙頌合，鼓鼗會。出桂旗，屯孔蓋。敬如在，肅有承。神胥樂，慶福膺。

〔一〕篚（幕）〔冪〕：據《隋書》改。

登歌

道惟生育，器乃包藏。報功稱範，殷薦有常。六瑚已饋，五齊流香。貴誠尚質，敬洽義章。
神祚惟永，帝業增昌。

諴夏

厚載垂德，崐丘主神。陰壇吉禮，北至良辰。鑒水呈潔，牲栗表純。樽壺夕視，幣玉朝陳。
群望咸秩，精靈畢臻。祚流於國，祉被於人。

昭夏

奠既徹，獻已周。竦靈駕，逝遠遊。洞四極，匝九縣。慶方流，祉恒遍。埋玉氣，掩牲芬。
晰神理，顯國文。

隋神州歌

《隋書·樂志》曰：「祭神州奏《諴夏》，迎送神、登歌與方丘同。」

諴夏

四海之内，一和之壤。地曰神州，物賴生長。咸池既降，泰折斯饗。牲牷尚黑，珪玉實兩。
九宇載寧，神功克廣。

隋社稷歌

《隋書·樂志》曰「祭社稷奏《諴夏》，迎送神、登歌與方丘同。」

春祈社諴夏

厚地開靈，方壇崇祀。達以風露，樹之松梓。句萌既申，芟柞伊始。恭祈粢盛，載膺休祉。

春祈稷諴夏

粒食興教，播厥有先。尊神致潔，報本惟虔。瞻榆束耒，望杏開田。方憑戩福，佇詠豐年。

秋報社諴夏

北墉申禮，單出表誠。豐犧入薦，華樂在庭。原隰既平，泉流又清。如雲已望，高廩斯盈。

秋報稷諴夏

人天務急，農亦勤止。或蓘或藨，惟亹惟芑。涼風戒時，歲云秋矣。物成則報，功施必祀。

隋先農歌

《隋書·樂志》曰：「享先農奏《諴夏》，迎送神與方丘同。」

諴夏

農祥晨晰，土膏初起。春原俶載，青壇致祀。斂蹕長阡，迴旌外壝。房俎飾薦，山罍沈滓。親事朱紘，〔一〕躬持黛耜。恭神務穡，受釐降祉。

〔一〕朱紘：殿本《隋書》作「朱紘」，考證：各本紘俱訛弦。按《禮記》：『昔者天子爲籍千畝，冕而朱紘，躬秉耒。』從改紘。」

隋先聖先師歌

諴夏

經國立訓，學重教先。《三墳》肇册，《五典》留篇。開鑿理著，陶鑄功宣。東膠西序，春誦夏弦。芳塵載仰，祀典無騫。

唐祀圓丘樂章

《唐書·樂志》曰：「貞觀二年，祖孝孫修定雅樂，取《禮記》云『大樂與天地同和』，故制十二和之樂：祭天神奏《豫和之樂》，祭地祇奏《順和》，祭宗廟奏《永和》，登歌奠玉帛奏《肅和》，皇帝行及臨軒奏《太和》，王公出入，送文舞出、迎武舞入奏《舒和》，皇帝食舉及飲酒奏《休和》，皇帝受朝奏《正和》，皇太子軒懸出入奏《承和》，正至皇帝禮會登歌奏《昭和》，郊廟俎入奏《雍和》，酌獻、飲福酒奏《壽和》。六年，冬至祀昊天於圓丘樂章，褚亮、虞世南、魏徵等作。」大曆十四年，改《豫和》爲《元和》，以避諱也。按唐初作十二和以法天數，其後增造非一，頗無法度，皆隨時制名云。

豫和

上靈睠命膺會昌，盛德殷薦叶辰良。景福降兮聖德遠，玄化穆兮天曆長。

太和

穆穆我后，道應千齡。登三處大，得一居貞。禮唯崇德，樂以和聲。百神仰止，天下文明。

肅和

闓陽播氣，甄曜垂明。有赫圓宰，深仁曲成。日麗蒼璧，煙開紫營。聿遵虔享，式降鴻禎。

雍和

欽惟大帝，載仰皇穹。始命田燭，爰啟郊宮。《雲門》駭聽，雷鼓鳴空。神其介祀，景祚斯融。

壽和

八音斯奏，三獻畢陳。寶祚惟永，暉光日新。

舒和

疊璧凝影皇壇路，編珠流彩帝郊前。已奏黄鍾歌大吕，還符寶曆祚昌年。

凱安

《新唐書·禮樂志》曰：「貞觀初，（舞）〔更〕隋文舞曰《治康》，〔一〕武舞曰《凱安》，郊廟朝會同用之。舞者各六十四人。文舞，左籥右翟，著委貌冠，黑素，絳領，廣袖，白絝，革帶，烏皮履。武舞，左干右戚，服平冕，餘同文舞。朝會則武弁，平巾幘，廣袖，金甲，豹文絝，烏皮靴。執干戚，餘同郊廟。凡初獻作文舞，亞獻、終獻作武舞，太廟降神以文舞。」及高宗崩，改《治康舞》曰《化康》，以避諱也。《舊書·樂志》曰：「《凱安舞》，貞觀中造，凡有六變：一變象龍興參野，二變象克靖關中，三變象東夷賓服，四變象江淮寧謐，五變象獫狁讋服，六變復位以崇，象兵還振旅。亦如周之

《大武》，六成樂止。」按貞觀禮，享郊廟日，文舞奏《豫和》《順和》《永和》等樂。麟德二年十月，文舞改用《功成慶善樂》，武舞改用《神功破陣樂》，并改器服。後以《慶善樂》不可降神，《破陣樂》不入雅樂，復用《治康》《凱安》如故。

昔在炎運終，中華亂無象。酆郊赤烏見，邛山黑雲上。大賚下周車，禁暴開殷網。幽明同叶贊，鼎祚齊天壤。

〔一〕(舞)〔更〕：據《新唐書·禮樂志》(以下簡稱《新唐書》)改。

豫和

歌奏畢兮禮獻終，六龍馭兮神將昇。明德感兮非黍稷，降福簡兮祚休徵。

唐郊天樂章

《唐書·樂志》曰：「太樂舊有《郊天送神辭》一章，不詳所起。」

豫和

蘋蘩禮著，黍稷誠微。音盈鳳管，彩駐龍旂。洪歆式就，介福攸歸。送樂有闋，靈馭遄飛。

樂府詩集卷第五

郊廟歌辭五

唐享昊天樂　武后

第一

太陰凝至化，（真）〔貞〕耀蘊軒儀。〔一〕德邁娥臺敞，仁高姒幄披。捫天遂啟極，夢日乃昇曦。

〔一〕（真）〔貞〕耀：據《舊唐書·音樂志》（以下簡稱《舊唐書》）改。

第二

瞻紫極，望玄穹。翹至懇，罄深衷。聽雖遠，誠必通。垂厚澤，降雲宮。

第三

乾儀混成沖邃，天道下濟高明。闓陽晨披紫闕，太一曉降黄庭。圓壇敢申昭報，方璧冀展虔情。丹襟式敷衷懇，玄鑒庶察微誠。

第四

巍巍叡業廣，赫赫聖基隆。菲德承先顧，禎符萃眇躬。銘開武巖側，圖薦洛川中。微誠詎幽感，景命忽昭融。有懷慚紫極，無以謝玄穹。

第五

朝壇霧卷，曙嶺煙沉。爰設筐幣，式表誠心。筵輝麗璧，樂暢和音。仰惟靈鑒，俯察翹襟。

第六

昭昭上帝，穆穆下臨。禮崇備物，樂奏鏘金。蘭羞委薦，桂醑盈斟。敢希明德，〔一〕聿罄莊心。

〔一〕明：《全唐詩》卷一〇作「靈」。

第七

樽浮九醞，禮備三周。陳誠菲奠，契福神猷。

第八

奠璧郊壇昭大禮，鏘金拊石表虔誠。始奏《承雲》娱帝賞，復歌《調露》暢《韶》《英》。

第九

荷恩承顧託，執契恭臨撫。廟略静邊荒，天兵曜神武。有截資先化，無爲遵舊矩。禎符降昊穹，大業光寰宇。

第十

肅肅祀典，邕邕禮秩。三獻已周，九成斯畢。爰撤其俎，載遷其實。或升或降，唯誠唯質。

第十一

禮終肆類，樂闋九成。仰惟明德，敢薦非馨。顧慚菲奠，久駐雲軿。瞻荷靈澤，悚戀兼盈。

第十二

式乾路，闢天扉。迴日馭，動雲衣。登金闕，入紫微。望仙駕，仰恩徽。

唐祀昊天樂章

《唐書・樂志》曰：「景龍三年，中宗親祀昊天上帝：降神用《豫和》，皇帝行用《太和》，登歌用《肅和》，迎俎用《雍和》，酌獻用《福和》，送文舞出、迎武舞入用《舒和》，武舞作用《凱安》。」

豫和

天之曆數歸睿唐，顧惟菲德欽昊蒼。(巽)〔選〕吉日兮表殷薦，〔一〕冀神鑒兮降闓陽。

〔一〕(巽)〔選〕：據《舊唐書》改。

太和

恭臨寶位，肅奉瑶圖。恒思解網，每軫泣辜。德慚巢、燧，化劣唐、虞。期我良弼，式贊嘉謨。

告謝

得一流玄澤，通三御紫宸。遠叶千齡運，遐銷九域塵。絶瑞駢闐集，殊祥絡繹臻。登年慶栖畝，稔歲賀盈囷。

肅和

悠哉廣覆，(方)〔大〕矣曲成。〔一〕九玄著象，七曜甄明。珪璧是奠，醞酎斯盈。作樂崇德，爰暢《咸》《英》。

〔一〕(方)〔大〕矣：據同上改。

雍和

郊壇展敬，嚴配因心。孤竹簫管，空桑瑟琴。肅穆大禮，鏗鏘八音。恭惟上帝，希降靈歆。

福和

九成爰奏，三獻式陳。欽（成）〔承〕景福，〔一〕恭託明禋。

〔一〕欽（成）〔承〕：據《全唐詩》卷一〇改。

中宮助祭升壇

坤元光至德，柔訓闡皇風。《芣苡》芳聲遠，《螽斯》美化隆。叡範超千載，嘉猷備六宮。肅恭陪盛典，欽若薦禋宗。

亞獻

三靈降饗，三后配神。虔敷藻奠，敬展郊禋。

舒和

已陳粢盛敷嚴祀，更奏笙鏞協雅聲。璦圖寶曆欣寧謐，晏俗淳風樂太平。

凱安

堂堂聖祖興，赫赫昌基泰。戎車盟津偃，玉帛塗山會。舜日啟祥暉，堯雲卷征旆。風猷被有截，聲教覃無外。

唐祀圓丘樂章

《唐書·樂志》曰：「開元十一年，玄宗祀昊天於圓丘：降神用《豫和》，六變詞同，皇帝行用《太和》，登歌奠玉帛用《肅和》，迎俎用《雍和》，皇帝酌獻天神、酌獻配座、飲福酒並用《壽和》，送文舞出、迎武舞入用《舒和》，武舞用《凱安》，禮畢送神用《豫和》，皇帝還大次用《太和》。」

豫和

至矣丕構，烝哉太平。授犧膺籙，復禹繼明。草木仁化，《鳧鷖》頌聲。祀宗陳德，無愧斯誠。

太和

郊壇齋帝，禮樂祠天。丹青寰宇，宮徵山川。神祇畢降，行止重旋。融融穆穆，納祉洪延。

肅和

止奏潛聆，登儀宿囀。〔一〕太玉躬奉，參鍾首奠。簠簋聿昇，犧牲遞薦。昭事顒若，存存以俔。

〔一〕宿囀：《舊唐書》作「宿轉」。

雍和

爛雲普洽，律風無外。千品其凝，九賓斯會。禋樽晉燭，純犧滌汏。玄覆攸廣，鴻休汪濊。

壽和

六變爰闋，八階載虔。祐我皇祚，於萬斯年。

壽和

於赫聖祖，龍飛晉陽。厎定萬國，奄有四方。功格上下，道冠農黃。郊天配享，德合無疆。

壽和

崇崇泰畤，肅肅嚴禋。粢盛既潔，金石畢陳。上帝來享，介福爰臻。受釐合福，〔一〕寶祚惟新。

〔一〕福：《全唐詩》卷一〇作「祉」。

舒和

祝史正辭，人神慶叶。福以德昭，享以誠接。六藝云備，百禮斯浹。祀事孔明，祚流萬葉。

凱安

馨香惟后德，明命光天保。肅和崇皇靈，〔一〕陳信表皇道。玉鏚初蹈厲，金匏既靜好。

〔一〕皇靈：同上作「聖靈」，與下「皇道」之「皇」不重出。

豫和

太號成命，《思文》配天。神光肸蠁，龍駕言旋。昐昐閶闔，昭昭上玄。俾昌而大，於萬斯年。

太和

六成既闋，三薦云終。神心具醉，聖敬愈崇。受鳌皇邸，迴蹕帷宫。穰穰之福，永永無窮。

唐封泰山樂章

〔張　説〕〔一〕

《唐書·樂志》曰：「開元十三年，玄宗封泰山祀天樂：降神用《豫和》六變，迎送皇帝用《太和》，登歌奠玉帛用《肅和》，迎俎用《雍和》，酌獻、飲福並用《壽和》，送文舞出、迎武舞入用《舒和》，終獻、亞獻用《凱安》，送神用《豫和》。」

豫和六首　降神

挹泰壇，〔二〕柴泰清。受天命，報天成。竦皇心，薦樂聲。志上達，歌下迎。

億上帝，臨下庭。騎日月，陪列星。嘉〔視〕〔祝〕信，〔三〕大糦馨。澹神心，醉皇靈。相百辟，貢八荒。九歌叙，萬舞翔。肅振振，鏗皇皇。〔四〕帝欣欣，福穰穰。高在上，道光明。物資始，德難名。承眷命，牧蒼生。寰宇謐，太階平。天道無親，至誠與鄰。山川遍禮，宫徵惟新。玉帛非盛，聰明會真。正斯一德，通乎百神。饗帝饗親，維孝維聖。緝熙懿德，敷揚成命。華夷志同，笙鏞禮盛。明靈降止，感此誠敬。

〔一〕〔張説〕：據《唐文粹》卷一〇和本書目録補。

〔二〕挹：《舊唐書》作「歆」。

〔三〕〔視〕〔祝〕信：據同上改。

〔四〕鏗：《舊唐書》、《唐文粹》作「鏘」。

太和

孝敬中發，和容外彰。騰華照宇，如升太陽。貞璧就奠，玄靈垂光。禮樂具舉，濟濟洋洋。

肅和

奠祖配天，承天享帝。百靈咸秩，四海來祭。植我蒼璧，布我玄製。華日裶徊，神煙容裔。

雍和

俎豆有馥，〔潔〕粢〔豐〕盛（潔豐）。〔一〕亦有和羹，既戒既平。鼓鐘管磬，肅唱和鳴。皇皇后祖，來我思成。

〔一〕〔潔〕粢〔豐〕盛（潔豐）：據同上删補。原作「粢盛潔豐」，失韻。

壽和

烝烝我后，享獻惟夤。躬酌鬱鬯，跪奠明神。孝莫孝乎配上帝親，敬莫敬乎教天下臣。〔一〕

〔一〕配上帝親、教天下臣：同上作「以親」「爲臣」，《唐文粹》卷一〇作「於親」「爲臣」。

壽和

皇祖嚴配，配享皇天。皇皇降嘏，天子萬年。

舒和

六鐘翕協六變成，八佾倘佯八風生。樂《九(歆)〔韶〕》兮人神感，〔一〕美《七德》兮天地清。

〔一〕九(歆)〔韶〕：據《舊唐書》改。

凱安

烈祖順三靈，文宗威四海。黄鉞誅群盜，朱旗掃多罪。戢兵天下安，約法人心改。大哉干羽意，長見風雲在。

豫和

禮樂終，禋燎上。懷靈惠，結皇想。歸風疾，迴風爽。百(神)〔福〕來，〔一〕衆神往。

〔一〕百(神)〔福〕：據同上改，與下句「衆神」不重出。

唐祈穀樂章

褚亮

《唐書·樂志》曰：「貞觀中正月上辛，祈穀於南郊：降神用《豫和》，皇帝行用《太和》，登歌奠玉帛用《肅和》，迎俎用《雍和》，酌獻飲福用《壽和》，送文舞出、迎武舞入用《舒和》，武舞用《凱安》，送神用《豫和》。其《豫和》《太和》《壽和》《凱安》五章詞同冬至圓丘。按《貞觀禮》，祀感帝同用此詞，（明）〔顯〕慶已後，〔一〕同用冬至圓丘詞。」

〔一〕（明）〔顯〕慶：據同上改。按唐無明慶年號，顯慶爲唐高宗年號。

肅和

履艮斯繩，居中體正。龍運垂祉，昭符啟聖。式事嚴禋，聿懷嘉慶。惟帝永錫，時皇休命。

雍和

殷薦乘春，太壇臨曙。八簋盈和，六瑚登御。嘉稷匪歆，德馨斯飫。祝嘏無易，靈心有豫。

舒和

玉帛犧牲申敬享，金絲鏚羽盛音容。庶俾億齡禔景福，長欣萬宇洽時邕。

唐明堂樂章

《唐書·樂志》曰：「季秋享上帝于明堂：降神用《豫和》，皇帝行用《太和》，登歌奠玉帛用《肅和》，迎俎用《雍和》，酌獻飲福用《壽和》，送文舞出、迎武舞入用《舒和》，武舞用《凱安》，送神用《豫和》。其《豫和》《太和》《壽和》《凱安》五章，詞同冬至圓丘。貞觀中，褚亮等作。」

肅和

象天御宇，乘時布政。嚴配申虔，宗禋展敬。樽罍盈列，樹羽交映。玉幣通誠，祚隆皇聖。

雍和

八牖晨披，五精朝奠。霧凝瓊篚，風清金縣。神滌備全，明粢豐衍。載結彝俎，陳誠以薦。

舒和

御扆合宫承寶曆，席圖重館奉明靈。偃武修文九圍泰，沉烽靜柝八荒寧。

唐明堂樂章

武后

外辦將出

總章陳昔典，衢室禮惟神。宏規則天地，神用叶陶鈞。負扆三春旦，充庭萬宇賓。顧己誠虚薄，空慚馭兆人。

皇帝行

仰膺曆數，俯順謳歌。遠安邇肅，俗阜時和。化光玉鏡，訟息金科。方興典禮，永戢干戈。

皇嗣出入升降

至人光俗，大孝通神。謙以表性，恭惟立身。洪規載啟，茂典方陳。譽隆三善，祥開萬春。

迎送王公

千官肅事，萬國朝宗。載延百辟，爰集三宮。君臣德合，魚水斯同。睿圖方永，周曆長隆。

登歌

禮崇宗祀，志表嚴禋。笙鏞合奏，文物惟新。敬遵茂典，敢擇良辰。潔誠斯著，奠謁方申。

配饗

笙鏞間玉宇，文物昭清暉。晬影臨芳奠，〔一〕休光下太微。孝思期有感，明潔庶無違。

〔一〕晬影：《舊唐書》作「粹影」。

宫音

履艮包群望，居中冠百靈。萬方資廣運，庶品荷財成。神功諒匪測，盛德實難名。藻奠申誠敬，恭祀表惟馨。

角音

出震位，開平秩。扇條風，乘甲乙。龍德盛，鳥星出。薦珪篚，陳誠實。

徵音

赫赫離精御炎陸，滔滔熾景開隆暑。冀延神鑒俯蘭樽，式表虔襟陳桂俎。

商音

律中夷則，序應收成。功宣建武，義表惟明。爰申禮奠，庶展翹誠。九秋是式，百穀斯盈。

羽音

葭律肇啟隆冬，蘋藻攸陳饗祭。黄鍾既陳玉燭，紅粒方殷稔歲。

唐雩祀樂章

《唐書·樂志》曰：「孟夏雩祀上帝于南郊：降神用《豫和》，皇帝行用《太和》，登歌奠玉帛用《肅和》，迎俎用《雍和》，酌獻飲福用《壽和》，送文舞出、迎武舞入用《舒和》，武舞用《凱安》，送神用《豫和》。其《豫和》《太和》《壽和》《凱安》五章，詞同冬至圓丘。貞觀中，褚亮等作。」

肅和

朱鳥開辰，蒼龍啟映。大帝昭饗，群生展敬。禮備懷柔，功宣舞詠。旬液應序，年祥叶慶。

雍和

紺筵分彩，寶圖吐絢。風管晨凝，雲歌曉囀。肅事蘋藻，〔一〕虔申桂奠。百穀斯登，萬箱攸薦。

〔一〕蘋藻：毛刻本注：「一作蘭羞。」

舒和

鳳曲登歌調令序，龍雩集舞泛祥風。綵旞雲迴昭睿德，朱干電發表神功。

唐雩祀樂章

《唐書·樂志》曰：「太樂舊有雩祀降神送神辭二章，不詳所起，或云開元中造。」〔一〕

豫和

鳥緯遷序，龍星見辰。純陽在律，明德崇禋。五方降帝，萬宇安人。恭以致享，肅以迎神。

豫和

祀遵經設，享緣誠舉。獻畢于樽，撤臨于俎。舞止干戚，樂停柷敔。歌以送神，神還其所。

〔一〕開元中：《舊唐書》作「開元初」。

樂府詩集卷第六

郊廟歌辭六

唐五郊樂章

《唐書·樂志》曰：「祀五方上帝五郊樂：祀黄帝降神奏宫音，皇帝行用《太和》，登歌奠玉帛用《肅和》，迎俎用《雍和》，酌獻飲福用《壽和》，送文舞出、迎武舞入用《舒和》，武舞用《凱安》，送神用《豫和》。其《太和》《壽和》《凱安》《豫和》四章，辭同冬至圜丘。祀青帝降神奏角音，祀赤帝降神奏徵音，祀白帝降神奏商音，祀黑帝降神奏羽音，餘同黄帝，並貞觀中魏徵等作。」

黄帝宫音

黄中正位，含章居貞。既(長)〔彰〕六律，〔一〕兼和五聲。畢陳萬舞，乃薦斯牲。神其下降，永祚休平。

〔一〕既(長)〔彰〕:據《舊唐書》改。

肅和

眇眇方輿,蒼蒼圓蓋。至哉樞紐,宅中圖大。氣調四序,風和萬籟。祚我明德,時雍道泰。

雍和

金懸夕肆,玉俎朝陳。饗薦黄道,芬流紫辰。〔一〕迺誠迺敬,載享載禋。崇薦斯在,惟皇是賓。

〔一〕紫辰:《全唐詩》卷一一作「紫宸」。

舒和

御徵乘宫出郊甸,安歌率舞遞將迎。自有《雲門》符帝賞,猶持雷鼓答天成。

青帝角音

鶴雲旦起,鳥星昏集。律候新風,陽開初蟄。至德可饗,行潦斯挹。錫以無疆,蒸人乃粒。

肅和

玄鳥司春，蒼龍登歲。節物變柳，光風轉蕙。瑶席降神，朱絃饗帝。誠備祝嘏，禮殫珪幣。

雍和

大樂稀音，至誠簡禮。文物棣棣，[一]聲明濟濟。六變有成，三登無體。迺眷豐潔，恩覃愷悌。

〔一〕棣棣：《唐文粹》卷一〇作「斯建」。

舒和

笙歌籥舞屬年韶，鷺鼓鳧鍾展時豫。《調露》初迎綺春節，《承雲》遽踐蒼霄馭。

赤帝徵音

青陽告謝，朱明戒序。咸長是祈，[一]敬陳椒醑。博碩斯薦，笙鏞備舉。庶盡肅恭，非馨稷黍。

〔一〕咸：《舊唐書》《全唐詩》俱作「延」，似是。

肅和

離位克明，火中宵見。峰雲暮起，景風晨扇。木槿初榮，含桃可薦。芬馥百品，鏗鏘三變。

雍和

昭昭丹陸，（帟帟）〔奕奕〕炎方。〔一〕禮陳牲幣，樂備篪簧。瓊羞溢俎，玉醑浮觴。恭惟正直，歆此馨香。

〔一〕（帟帟）〔奕奕〕：據《舊唐書》改。

舒和

千里温風飄絳羽，十枝炎景騰朱干。〔一〕陳觴薦俎歌三獻，拊石摐金會七盤。

〔一〕十枝：同上作「十枚」。騰：同上作「勝」。

白帝商音

白藏應節，天高氣清。歲功既阜，庶類收成。萬方靜謐，九土和平。馨香是薦，受祚聰明。

肅和

金行在節，素靈居正。氣肅霜嚴，林凋草勁。豺祭隼擊，潦收川鏡。九穀已登，萬箱流詠。

雍和

律應西成，氣躔南吕。珪幣咸列，笙竽備舉。苾苾蘭羞，芬芬桂醑。式資宴貺，用調霜序。

舒和

璿儀氣爽驚緹籥，玉吕灰飛含素商。鳴鞞奏管芳羞薦，會舞安歌葆旄揚。

黑帝羽音

嚴冬季月，星迴風厲。享祀報功，方祚來歲。

肅和

律周玉琯，星回金度。次極陽烏，紀窮陰兔。火林霰雪，陽泉凝沍。八蜡已登，三農息務。

雍和

陽月斯紀，應鐘在候。載潔牲牷，爰登俎豆。既高既遠，無聲無臭。静言格思，惟神保祐。

舒和

執籥持羽初終曲，朱干玉鏚始分行。《七德》《九功》咸已暢，明靈降福具穰穰。

唐五郊樂章

《唐書·樂志》曰：「太樂舊有五郊迎送神辭十章，不詳所起。」

黄郊迎神

朱明季序，黄郊王辰。厚以載物，甘以養人。毓金爲體，稟火成身。宫音式奏，奏以迎神。

送神

春末冬暮，徂夏杪秋。土王四月，時季一周。黍稷已享，籩豆宜收。送神有樂，神其賜休。

青郊迎神

緹幕移候，青郊啟蟄。淑景遲遲，和風習習。璧玉宵備，旌旄曙立。張樂以迎，帝神其入。

送神

文物流彩，聲明動色。人竭其恭，靈昭其飭。歆薦無已，垂禎不極。送禮有章，惟神還軾。

赤郊迎神

青陽節謝，朱明候改。靡草彫華，含桃流彩。虡列鐘磬，筵陳脯醢。樂以迎神，神其如在。

送神

炎精式降，蒼生攸仰。羞列豆籩，酒陳犧象。昭祀有應，(冥期)〔宜其〕不爽。〔一〕送樂張音，惟靈之往。

〔一〕（冥期）〔宜其〕：據《舊唐書》改。

白郊迎神

序移玉律，節應金商。天嚴殺氣，吹警秋方。槱燎既積，稷奠並芳。樂以迎奏，庶降神光。

送神

祀遵五禮，時屬三秋。人懷肅敬，靈降禎休。奠歆旨酒，薦享珍羞。載張送樂，神其上遊。

黑郊迎神

玄英戒序，黑郊臨候。掌禮陳彝，司筵執豆。寒雰斂色，沍泉凝漏。樂以迎神，八音斯奏。

送神

北郊時冽，南陸輝處。奠本虔誠，獻彌恭慮。上延祉福，下承歡豫。廣樂送神，神其整馭。

唐朝日樂章

《唐書·樂志》曰：「貞觀中，朝日樂：降神用《豫和》，皇帝行用《太和》，登歌奠玉帛用《肅和》，迎俎用《雍和》，酌獻飲福用《壽和》，送文舞出、迎武舞入用《舒和》，武舞用《凱安》，送神用《豫和》。其《豫和》《太和》《壽和》《凱安》五章，詞同冬至圜丘。」

肅和

惟聖格天，惟明饗日。帝郊肆類，王宫戒吉。珪奠春舒，鍾歌曉溢。禮云克備，斯文有秩。

雍和

晨儀式薦，明祀惟光。神物爰止，靈暉載揚。玄端肅事，紫幄興祥。福履攸假，於昭允王。〔一〕

〔一〕允：《舊唐書》、《唐文粹》卷一〇作「令」。

舒和

崇牙樹羽延《調露》，旋宫扣律掩《承雲》。誕敷懿德昭神武，載集豐功表睿文。

唐朝日樂章

《唐書·樂志》曰：「太樂舊有朝日迎送神辭二章，不詳所起。」

迎神

太陽朝序，王宫有儀。蟠桃彩駕，細柳光馳。軒祥表合，漢曆彰奇。禮和樂備，神其降斯。

送神

五齊兼酌，〔一〕百羞具陳。樂終廣奏，禮畢崇禋。明鑒萬宇，昭臨兆人。永流洪慶，式動曦輪。

〔一〕酌：《舊唐書》作「餝」。

唐夕月樂章

《唐書·樂志》曰：「貞觀中，夕月樂：降神用《豫和》，皇帝行用《太和》，登歌奠玉帛用《肅和》，迎俎用《雍和》，酌獻飲福用《壽和》，送文舞出、迎武舞入用《舒和》，武舞用《凱安》，送神用《豫和》。其《豫和》《太和》《壽和》《凱安》五章，詞同冬至圓丘。」

肅和

測妙爲神，通微曰聖。坎祀貽則，郊禋展敬。璧薦登光，金歌動映。以載嘉德，以流曾慶。

雍和

朏晨爭舉，天宗禮闢。夜典（恭）〔涼〕秋，〔一〕陰明湛夕。有醑斯旨，有牲斯碩。穆穆其暉，穰穰是積。

〔一〕（恭）〔涼〕秋：據《舊唐書》改。

舒和

合吹八風金奏動，分容萬舞玉鞘驚。詞昭茂典光前(列)〔烈〕，〔一〕夕曜乘功表盛明。

〔一〕前(列)〔烈〕：據同上改。

唐蜡百神樂章

《唐書·樂志》曰：「貞觀中，蜡百神樂：降神用《豫和》，皇帝行用《太和》，登歌奠玉帛用《肅和》，迎俎用《雍和》，酌獻飲福用《壽和》，送文舞出、迎武舞入用《舒和》，武舞用《凱安》，送神用《豫和》。其《豫和》《太和》《壽和》《凱安》五章，詞同冬至圓丘。」

肅和

序迫歲陰，日躔星紀。爰稽茂典，聿崇清祀。綺幣霞舒，瑞珪虹起。百禮垂裕，萬靈薦祉。

雍和

緹籥勁序，玄英晚候。姬蜡開儀，豳歌入奏。蕙馥彫俎，蘭芬玉酎。大饗明祇，永綏多祐。

舒和

經緯兩儀文化洽，削平方域武功成。瑶絃自樂乾坤泰，玉鏚長歡區縣寧。〔一〕

〔一〕縣：《全唐詩》卷一二作「宇」。

唐蜡百神樂章

《唐書·樂志》曰：「太樂舊有蜡百神迎送神辭二章，不詳所起。」

迎神

八蜡開祭，萬物合祀。〔一〕上極天維，下窮坤紀。鼎俎流馥，樽彝薦美。有靈有祇，咸希來止。

〔一〕合：《舊唐書》作「咸」。

送神

十旬歡洽，一日祠終。澄彝拂俎，報德酬功。慮虔容肅，禮縟儀豐。神其降祉，整馭隨風。

唐祀九宮貴神樂章

唐天寶中，祀九宮貴神樂：降神用《豫和》六變，皇帝行用《太和》，登歌用《肅和》，迎俎用《雍和》，酌獻用《壽和》，飲福酒用《福和》，退文舞、迎武舞用《舒和》，亞獻、終獻用《凱安》，登歌、撤豆用《肅和》，送神用《豫和》。

豫和

於昭上穹，臨下有光。羽翼五佐，周流八荒。誰其饗之，時文對揚。虞經夏典，兹禮未遑。
黑帝旋馭，青躔導日。金籙上玄，玉堂初吉。鈎陳夕次，鑾和先蹕。藹藹群靈，昭昭咸秩。
帝臨中壇，受釐元神。皇靈萃止，羽旄肅陳。攝提運衡，招摇移輪。光光宇宙，電耀雷震。
夜如何其，明星煌煌。天清容衛，露結壇場。樹羽幢幢，佩玉鏘鏘。凝精駐目，瞻望神光。
九位既肅，萬靈畢會。天門啟扃，日御飛蓋。焕兮棽離，儐兮暗靄。如山之福，惟聖時對。

崇崇泰壇，靈具臨兮。鏗鍠大樂，振動心兮。神之降矣，卿雲郁兮。神之至止，清風肅兮。

太和

帝在靈壇，大明登光。天回雲粹，穆穆皇皇。金奏九夏，圭陳八薌。曠哉動植，如熙春陽。

肅和

歌工既奏，神位既秩。天符衆星，運行太一。聲和十管，氣應中律。肅肅明廷，介兹元吉。

雍和

俎豆有踐，黄流在樽。九宫之祀，三代莫存。樂變六宫，壇開八門。聖皇昭對，祐我黎元。

壽和

時文哲后，肅事嚴禋。馨我明德，饗于貴神。大庖載盈，旨酒斯醇。精意所屬，期於利人。

福和

祀既云畢，明靈告旋。禮洽和應，神歆福延。動植咸若，陰陽不愆。錫兹祝嘏，〔一〕天子萬年。

〔一〕祝嘏：《全唐詩》卷一一作「純嘏」。

舒和

羽籥既闋干戚陳，八音克諧六變新。愉貴神兮般以樂，保皇祚兮萬斯春。

凱安

盛德陳萬舞，稜威暢九垓。〔一〕風雲交律候，日月麗昭回。行慶休祥發，乘春和氣來。百神肅臨享，蕩蕩天門開。

〔一〕稜威：《全唐詩》作「威稜」。

肅和

精意嚴恭，明祠豐潔。獻酬既備，俎豆斯撤。日麗天儀，風和樂節。事光祀典，福覃有截。

豫和

享中百禮，慶洽百靈。上排閶闔，洞入杳冥。奠玉高壇，燔柴廣庭。神之降福，萬國咸寧。

唐祀風師樂章

包佶

迎神

太皞御氣，句芒肇功。蒼龍青旗，爰候祥風。律以和應，神以感通。鼎俎脩蠁，時惟禮崇。

奠幣登歌

旨酒告潔，青蘋應候。禮陳瑶幣，樂獻金奏。彈弦自昔，解凍惟舊。仰瞻肸蠁，群祥來湊。

迎俎酌獻

德盛昭臨，迎拜巽方。爰候發生，式薦馨香。酌醴具舉，工歌再揚。神歆（入）〔六〕律，〔一〕恩降百祥。

〔一〕（入）〔六〕律：據《全唐詩》卷一一改。

亞獻終獻

膋薌備，玉帛陳。風動物，樂感神。三獻終，百神臻。草木榮，天下春。

送神

微穆敷華能應節，飄揚發彩宜行慶。送迎靈駕神心饗，跪拜靈壇禮容盛。氣和草木發萌芽，德暢禽魚遂翔泳。永望翠蓋逐流雲，自兹率土調春令。

唐祀雨師樂章

包佶

迎神

陟降左右，誠達幽(圓)〔玄〕。〔一〕作解之功，樂惟有年。雲軿戾止，灑霧飄煙。惟馨展禮，爰列豆籩。

〔一〕幽(圓)〔玄〕：據《全唐詩》卷一一注「一作玄」改。

奠幣登歌

歲正朱明，禮布元制。惟樂能感，與神合契。陰霧離(㧗)〔披〕，〔一〕靈馭摇裔。膏澤之慶，期於稔歲。

〔一〕離(㧗)〔披〕：據《全唐詩》改。

迎俎酌獻

陽開幽蟄，躬奉鬱鬯。禮備節應，震來靈降。動植求聲，飛沈允望。時康氣茂，惟神之貺。

亞獻終獻

奠既備，獻將終。神行令，瑞飛空。迎乾德，祈歲功。乘煙燎，儼從風。

送神

整駕昇車望寥廓，垂陰薦祉蕩昏氛。饗時靈貺僾如在，樂罷餘聲遥可聞。飲福陳誠禮容備，撤俎終獻曙光分。跪拜臨壇結空想，年年應節候油雲。

唐祭方丘樂章

《唐書·樂志》曰：「貞觀中，夏至祭皇地祇於方丘：迎神用《順和》，皇帝行用《太和》，登歌奠玉帛用《肅和》，迎俎用《雍和》，酌獻飲福用《壽和》，送文舞出、迎武舞入用《舒和》，武舞用《凱安》。其《太和》《壽和》《凱安》三章，詞同冬至圓丘。並褚亮等作。」

順和

萬物資以化，(文)〔交〕泰屬昇平。〔一〕易從業惟簡，得一道斯寧。具儀光玉帛，送舞變《咸》

《英》。〔二〕黍稷良非貴，明德信惟馨。

〔一〕（文）〔交〕泰：據《舊唐書》改。

〔二〕送舞：《新舊唐書合鈔》卷三《樂志》謂「送」字疑當作「迭」。

肅和

至矣坤德，皇哉地祇。開元統紐，合大承規。九宫肅列，六典相儀。永言配命，長保無虧。

雍和

柔而能方，直而能敬。厚載以德，大亨以正。有滌斯牷，有馨斯盛。介兹景福，祚我休慶。

舒和

玉幣牲牷分薦享，羽旄干鏚遞成容。一德惟寧兩儀泰，三材保合四時邕。

順和

陰祇協贊，厚載方貞。牲幣具舉，簫管備成。其（豊）〔禮〕惟肅，〔一〕其德惟明。神之聽矣，式鑒虔誠。

〔一〕其(豐)〔禮〕：據《舊唐書》改。

唐大享拜洛樂章

武后

《唐書·樂志》曰：「則天皇后永昌元年，大享拜洛樂：(禮)設〔禮〕用《昭和》，〔一〕次《致和》，次《咸和》，乘輿初行用《九和》，次拜洛、受圖用《顯和》，登歌用《昭和》，迎俎用《敬和》，酌獻用《欽和》，送文舞出、迎武舞入用《齊和》，武舞用《德和》，撤俎用《禋和》，辭神用《通和》，送神用《歸和》。」按《樂志》又有《歸和》一章，亦送神詞也。

〔一〕(禮)設〔禮〕：據《舊唐書》改。

昭和

九玄眷命，三聖基隆。奉(成)〔承〕先旨，〔一〕明臺畢功。宗祀展敬，冀表深衷。永昌帝業，式播淳風。

〔一〕奉(成)〔承〕：據《全唐詩》卷一一二改。

致和

神功不測兮運陰陽，包藏萬宇兮孕八荒。天符既出兮帝業昌，願臨明祀兮降禎祥。

咸和

坎澤祠容備舉，坤壇祭典爰申。靈睠遥行祕躅，嘉貺荐委殊珍。肅禮恭禋載展，翹襟懇志逾殷。方期交際縣應，下一句逸。

九和

祇荷坤德，欽若乾靈。慚惕罔寘，興居匪寧。恭崇禮則，肅奉儀形。惟憑展敬，敢薦非馨。

（拜洛）〔顯和〕〔一〕

菲躬承睿顧，薄德忝坤儀。乾乾遵後命，翼翼奉先規。撫俗勤雖切，還淳化尚虧。未能弘至道，何以契明祇。

〔一〕（拜洛）〔顯和〕：據《舊唐書》改。按上文題解作「次拜洛、受圖用《顯和》」。

顯和

顧德有慚虚菲，明祗屢降禎符。汜水初呈祕象，温洛荐表昌圖。玄澤流恩載洽，丹襟荷渥增愉。

昭和

舒（云）〔陰〕致養，〔一〕合大資生。德以恒固，功由永貞。升歌薦序，垂幣翹誠。虹開玉照，鳳引金聲。

〔一〕舒（云）〔陰〕：據《舊唐書》改。

敬和

蘭俎既升，蘋羞可薦。金石載設，《咸》《英》已變。林澤斯總，山川是遍。敢用敷誠，實惟忘倦。

齊和

沈潛演貺分三極，廣大凝禎總萬方。既薦羽旌文化啟，還呈干鏚武威揚。

德和

夕惕司龍契，晨兢當鳳扆。崇儒習舊規，偃伯循先旨。絶壤飛冠蓋，遐區麗山水。幸承三聖餘，忻屬千年始。

禋和

百禮崇容，千官肅事。靈降（舞）〔無〕兆，〔一〕神凝有粹。奠享咸周，威儀畢備。奏《夏》登列，歌《雍》撤肆。

〔一〕（舞）〔無〕兆：據《全唐詩》卷一二改。

通和

皇皇靈睠，穆穆神心。暫動凝質，還歸積陰。功玄樞紐，理寂高深。銜恩佩德，聳志翹襟。

歸和

言旋雲洞兮躡煙途，永寧中宇兮安下都。包涵動植兮順榮枯，長貽寳貺兮贊瓊圖。

歸和

調雲闋兮神座興，驂雲駕兮儼將昇。騰絳霄兮垂景祐，翹丹懇兮荷休徵。

唐祭方丘樂章

《唐書・樂志》曰：「睿宗太極元年，祭皇地祇於方丘：迎神用《順和》八變，加金奏，皇帝行用《太和》，登歌奠玉帛用《肅和》，迎俎及酌獻用《雍和》，送文舞出、迎武舞入用《舒和》，武舞用《凱安》，送神用《順和》。《太和》《凱安》詞同貞觀冬至圓丘，《肅和》《雍和》詞同貞觀太廟，《舒和》詞同皇帝朝群臣。」

順和

坤厚載物，德柔垂祉。九域咸雍，四溟爲紀。敬因良節，虔修陰祀。廣樂式張，靈其降止。

金奏

坤元至德，品物資生。神凝博厚，道協高明。列鎮五嶽，環流四瀛。于何不載，萬寶斯成。

順和

樂備金石，禮光樽俎。大享爰終，洪休是舉。雨零感節，雲飛應序。纓紱載辭，皇靈具舉。

樂府詩集卷第七

郊廟歌辭七

唐祭汾陰樂章

《唐書·樂志》曰：「玄宗開元十一年，祭皇地祇於汾陰：迎神用《順和》八變，皇帝行用《太和》，登歌奠玉用《肅和》，迎俎用《雍和》，酌獻飲福用《壽和》，送文舞出、迎武舞入用《舒和》，武舞用《凱安》，送神用《順和》」

順和　　韓思復

大樂和暢，殷薦明神。一降通感，八變必臻。有求斯應，無德不親。降靈醉止，休徵萬人。

同前　　盧從愿

坤元載物，陽樂發生。播殖資始，品彙咸亨。列俎棋布，方壇砥平。神歆禋祀，后德惟明。

同前　劉晃

大君出震，有事郊禋。齊戒既肅，馨香畢陳。樂和禮備，候暖風春。恭惟降福，實賴明神。

同前　韓休

於穆濬哲，維清緝熙。肅事昭配，永言孝思。滌濯靜嘉，馨香在茲。神之聽之，用受福釐。

太和　王晙

於穆聖皇，六葉重光。太原刻頌，后土疏場。寶鼎呈符，歊雲孕祥。禮樂備矣，降福穰穰。

肅和　崔玄童

聿修嚴配，展事禋宗。祥符寶鼎，禮備黄琮。祝詞以信，明德惟聰。介茲景福，永永無窮。

雍和　賈曾

蠲我漸饎，〔一〕潔我膋薌。有豆孔碩，爲羞既臧。至誠無昧，精意惟芳。神其醉止，欣欣樂康。

〔一〕漸：《舊唐書》作「餅」，是。

壽和　蘇頲

禮物斯具，樂章乃陳。誰其作主，皇考聖真。對越在天，聖明佐神。窅然汾上，厚澤如春。

舒和　何鸞

樂奏云闋，禮章載虔。禋宗于地，昭假于天。惟馨薦矣，既醉歆焉。神之降福，永永萬年。

凱安　蔣挺

維歲之吉，維辰之良。聖君紱冕，肅事壇場。大禮已備，大樂斯張。神其醉止，降福無疆。

順和　源光裕

方丘既膳，嘉饗載謐。齊敬畢誠，陶匏貴質。秀（畢）〔簠〕豐薦，〔一〕芳俎盈實。永永福流，其昇如日。

〔一〕秀（畢）〔篳〕：據《舊唐書》改。

唐禪社首樂章

《唐書·樂志》曰：「玄宗開元十三年，禪社首山祭地祇樂：迎神用《順和》，皇帝行用《太和》，登歌奠玉帛用《肅和》，迎俎入用《雍和》，初獻用《壽和》，〔一〕飲福用《福和》，還宫用《太和》，送神用《靈具醉》以代《順和》。」

〔一〕初獻：《舊唐書》作「酌獻」。按上文《唐祭汾陰樂章》亦作「酌獻飲福用《壽和》」。

順和

賀知章

至哉含柔德，萬物資以生。常順稱厚載，流謙通變盈。聖心事能察，增廣陳厥誠。黄祇僾如在，〔一〕泰折俟咸亨。

〔一〕僾：《舊唐書》作「儼」。

太和

肅我成命，於昭黄祇。裘冕而祀，陟降在斯。五音克備，八變聿施。緝熙肆靖，厥心匪離。

肅和

黄祇是祇，我其夙夜。夤畏誠潔，匪遑寧舍。禮以琮玉，薦厥茅藉。念兹降康，胡寧克暇。

雍和

夙夜宥密，不敢寧宴。五齊既陳，八音在縣。粢盛以潔，房俎斯薦。惟德惟馨，尚兹克遍。

壽和

惟以明發，有懷載殷。樂盈而反，禮順其禋。立清以獻，薦欲是親。於穆不已，裒對斯臻。

福和

穆穆天子，告成岱宗。大裘如濡，執珽有顒。樂以平志，禮以和容。上帝臨我，云胡肅邕。

太和

昭昭有唐，天俾萬國。列祖應命，四宗順則。申錫無疆，宗我同德。曾孫繼緒，享神配極。

靈具醉　源乾曜

靈具醉，杳熙熙。靈將往，眇禠禠。顧明德，吐正詞。爛遺光，流禎祺。

唐祭神州樂章

《唐書·樂志》曰：「貞觀中，祭神州于北郊：迎神用《順和》，皇帝行用《太和》，登歌奠玉帛用《肅和》，迎俎用《雍和》，酌獻飲福用《壽和》，送文舞出、迎武舞入用《舒和》，武舞用《凱安》，送神用《順和》。《順和》詞同夏至方丘，《太和》《壽和》《凱安》詞同冬至圓丘，並褚亮等作。」

肅和

大矣坤儀，至哉神縣。包含日域，牢籠月竁。露潔三清，風調六變。皇祇届止，式歆恭薦。

雍和

泰折嚴享，陰郊展敬。禮以導神，樂以和性。黝牲在列，黄琮俯映。九土既平，萬邦貽慶。

舒和

坤道降祥和庶品，靈心載德厚群生。水土既調三極泰，文武畢備九區平。

唐祭神州樂章

《唐書·樂志》曰：「太樂舊有祭神州迎送神辭二章，不詳所起。」

迎神

黄輿厚載，赤寰歸德。含育九區，保安萬國。誠敬無怠，禋祀有則。樂以迎神，其儀不忒。

送神

神州陰祀，洪恩廣濟。草樹霑和，飛沉沐惠。禮修鼎俎，奠歆瑶幣。送樂有章，靈軒其逝。

唐祭太社樂章

《唐書·樂志》曰：「貞觀中，祭太社樂：迎神用《順和》，皇帝行用《太和》，登歌奠玉帛用《肅和》，迎俎用《雍和》，酌獻飲福用《壽和》，送文舞出、迎武舞入用《舒和》，武舞用《凱安》，送神用《順和》，《順和》詞同夏至方丘，《太和》《壽和》《凱安》詞同冬至圓丘，並褚亮等作。」

肅和

后土凝德，神功協契。九域底平，兩儀交際。戊期應序，陰墉展幣。靈車少留，俯歆樽桂。

雍和

美報崇本，嚴恭展事。受露疏壇，承風啟地。潔粢登俎，醇犧入饋。介福遠流，群生畢遂。

舒和

神道發生敷九稼，陰(極)〔陽〕乘仁暢八埏。〔一〕緯武經文隆景化，登祥薦祉啟豐年。

〔一〕陰（極）〔陽〕：據《舊唐書》改。

唐祭太社樂章

《唐書·樂志》曰：「太樂舊有太社迎送神辭二章，不詳所起。」

迎神

烈山有子，后土有臣。播種百穀，濟育兆人。春官緝禮，宗伯司禋。戊爲吉日，迎享茲辰。

送神

吉祥式就，酬功載畢。親地尊天，禮文經術。既徵令序，福流初日。神馭爰歸，祠官其出。

唐享先農樂章

《唐書·樂志》曰：「貞觀中，享先農樂：迎神用《（誠）〔咸〕和》，〔一〕皇帝行用《太和》，登歌奠玉帛用《肅和》，迎俎用《雍和》，酌獻飲福用《壽和》，送文舞出、迎武舞入用《舒和》，武舞用《凱安》，送神用《（誠）〔承〕和》。〔二〕其《太和》《壽和》《凱安》詞同冬至圓丘，並褚亮等作。」

〔一〕（誠）〔咸〕和：據《舊唐書》改，下同。

〔二〕（誠）〔承〕和：據同上改，下同。

（誠）〔咸〕和

粒食伊始，農之所先。古今攸賴，是曰人天。耕斯帝藉，播厥公田。式崇明祀，神其福焉。

肅和

樽彝既列，瑚簋方薦。歌工載登，幣禮斯奠。肅肅享祀，顒顒纓弁。神之聽之，福流寰縣。

雍和

前夕視牲，質明奉俎。沐芳整弁，其儀式序。盛禮畢陳，嘉樂備舉。歆我懿德，非馨稷黍。

舒和

羽籥低昂文綴已，干戚蹈厲武行初。望歲祈農神所聽，延祥介福豈云虚。

唐享先農樂章

《唐書·樂志》曰：「太樂舊有享先農送神辭一章，不詳所起。」

(誠)〔承〕和

三推禮就，萬庾祈凝。夤賓志遠，薦蓘惟興。降歆肅薦，垂祐祗膺。送神有樂，神其上升。

唐享先蠶樂章

《唐書·樂志》曰：「(明)〔顯〕慶中，〔一〕皇后親蠶，内出享先蠶樂章：迎神用《永和》，亦曰《(頌)〔順〕德》，〔二〕皇后升壇用《肅和》，登歌奠幣用《展敬》，迎俎用《潔誠》，飲福送神用《昭慶》。」

〔一〕(明)〔顯〕慶：據《舊唐書》改。

〔二〕(頌)〔順〕德：據同上改。

永和

芳春開令序，韶苑暢和風。惟靈申廣祐，利物表神功。綺會周天宇，黼黻藻寰中。〔一〕庶幾承慶節，歆奠下帷宫。

〔一〕澡寰中：「澡」似當作「藻」。

肅和

明靈光至德，深功掩百神。祥源應節啓，福緒逐年新。萬宇承恩覆，七廟佇恭禋。一兹申至懇，〔一〕方期遠慶臻。

〔一〕一兹：《全唐詩》卷一二作「于兹」。

展敬

霞莊列寶衞，雲集動和聲。金巵薦綺席，玉幣委芳庭。因心罄丹款，先已勵蒼生。所冀延明福，於兹享至誠。

潔誠

桂筵開玉俎，蘭圃薦瓊芳。八音調鳳律，三獻奉鸞觴。潔粢申大享，庭宇冀降祥。神其覃

有慶，（契）〔錫〕福永無疆。〔一〕

〔一〕（契）〔錫〕福：據《舊唐書》改。

昭慶

仙壇禮既畢，神駕儼將昇。佇屬深祥啟，方期庶績凝。虔誠資宇内，務本勗黎蒸。靈心昭備享，率土洽休徵。

唐釋奠文宣王樂章

《唐書·樂志》曰：「皇太子親釋奠：迎神用《誠和》，亦曰《宣和》，皇太子行用《承和》，登歌奠幣用《肅和》，迎俎用《雍和》，送文舞出、迎武舞入用《舒和》，武舞用《凱安》，詞同冬至圓丘，送神用《誠和》，詞同迎神。」《通典》曰：「開元中又造三和樂：一曰《祴和》，三公升降及行則奏之；二曰《豐和》，享先農則奏之；三曰《宣和》，祭孔宣父、齊太公則奏之。」

誠和

聖道日用，神幾不測。〔一〕金石以陳，絃歌載陟。爰釋其菜，匪馨于稷。來顧來享，是宗是極。

〔一〕神幾：《舊唐書》作「神機」，毛本「幾」下注：「一作機。」

承和

萬國以貞光上嗣，三善茂德表重輪。視膳寢門遵要道，高闢崇賢引正人。

肅和

粵惟上聖，有縱自天。傍周萬物，俯應千年。舊章允著，嘉贄孔虔。王化兹首，儒風是宣。

雍和

堂獻瑶篚，庭敷璆縣。禮備其容，樂和其變。肅肅（觀）〔親〕享，〔一〕雍雍執奠。明禮惟馨，蘋蘩可薦。

〔一〕（觀）〔親〕享：據《舊唐書》改。

舒和

隼集龜開昭聖列，龍蹲鳳跱肅神儀。尊儒敬業宏圖闡，緯武經文盛德施。

唐享孔子廟樂章

《唐書·樂志》曰：「太樂舊有享孔子廟迎送神辭二章，不詳所起。」

迎神

通吴表聖，問老探真。三千弟子，五百賢人。億齡規法，萬載祠禋。潔誠以祭，奏樂迎神。

送神

醴溢犧象，羞陳俎豆。魯壁類聞，泗川如覯。里校覃福，胄筵承祐。雅樂清音，送神其奏。〔一〕

〔一〕其奏：《全唐詩》卷一二作「具奏」。

唐釋奠武成王樂章

于　邵

唐釋奠武成王，舊以文宣王樂章用之。德宗正元中，詔于邵補造。

迎神

卜畋不從，兆發非熊。乃傾荒政，爰佐一戎。盛烈載垂，命祀維崇。日練上戊，宿嚴閟宮。迎奏嘉至，感而遂通。

奠幣登歌

管磬升，(壇)〔擅〕薌集。〔一〕上公進，嘉幣執。信以通，僾如及。恢帝功，錫后邑。四維張，百度立。綿億載，邈難挹。

〔一〕(壇)〔擅〕薌：據《全唐詩》卷一二改。

迎俎酌獻

五齊潔，九牢碩。梡槳循，罍斝滌。進具物，揚鴻勳。和奏發，高靈寂。虔告終，繁祉錫。昭秩祀，永無易。

亞獻終獻

貳觴以獻，三變其終。顧此非馨，尚達斯衷。茅縮可致，神歆載融。始神翊周，拯溺除凶。時惟降祐，永絶興戎。

送神

明祀方終，備樂斯闋。黝纁就瘞，豆籩告撤。肸蠁尚餘，光景云滅。返歸虚極，神心則悦。

唐享龍池樂章

《唐書・樂志》曰：「玄宗龍潛時，宅隆慶坊，宅南坊人所居，忽變爲池，望氣者異焉。故中宗季年，泛舟池中。玄宗正位，以坊爲宮，池水逾大，彌漫數里，因爲《龍池樂》

以歌其祥。」《新書·禮樂志》曰：「《龍池樂》，舞者十二人，冠芙蓉冠，躡履。備用雅樂，唯無鐘磬。」〔一〕《唐逸史》曰：「玄宗在東都晝寢，夢一女子，容豔異常，梳交心髻，大袖寬衣。帝曰：『汝何人？』曰：『妾凌波池中龍女也，衛宫護駕，妾實有功。今陛下洞曉鈞天之樂，願賜一曲，以光族類。』帝於夢中爲鼓胡琴，倚歌爲凌波池之曲，龍女拜謝而去。及寤，盡記之，命禁樂，自御琵琶，習而翻之。因宴於凌波宫，臨池奏新聲。忽池波湧起，有神女出於波心，乃夢中之女也。望拜御坐，良久方没。因置祠池上，每歲祀之。」《會要》曰：「開元元年，内出祭《龍池樂》章。十六年，築壇於興慶宫，以仲春月祭之。」

〔一〕鐘磬：《新唐書》無「鐘」字。

第一章

姚崇

恭聞帝里生靈沼，應報明君鼎業新。既協翠泉光寶命，還符白水出真人。此時舜海潛龍躍〔一〕，此地堯河帶馬巡。〔二〕獨有前池一小雁，叨承舊惠入天津。

〔一〕此：《唐文粹》卷一〇作「當」。

〔三〕地：同上作「日」。

第二章

蔡　孚

帝宅王家大道邊，神馬龍龜涌聖泉。〔一〕昔日昔時經此地，看來看去漸成川。歌臺舞榭宜正月，柳岸梅洲勝往年。莫言波上春雲少，秪爲從龍直上天。

〔一〕龍龜：《唐文粹》卷一〇作「潛龍」。

第三章

沈佺期

龍池躍龍龍已飛，龍德(光)〔先〕天天不違。〔一〕池開天漢分皇道，龍向天門入紫微。邸第樓臺多氣色，君王鳧雁有光輝。爲報寰中百川水，來朝上地莫東歸。

〔一〕(光)〔先〕天：據《舊唐書》改。

第四章

盧懷慎

代邸東南龍躍泉，清漪碧浪遠浮天。樓臺影就波中出，日月光疑鏡裏懸。雁沼回流成舜海，龜書薦祉應堯年。大川既濟慚爲檝，報德空思奉細涓。

第五章　姜晈

龍池初出此龍山，常經此地謁龍顔。日日芙蓉生夏水，年年楊柳變春灣。堯壇寶匣餘煙霧，舜海漁舟尚往還。願以飄颻五雲影，〔一〕從來從去九天間。

〔一〕以：《唐文粹》作「似」，是。

第六章　崔日用

龍興白水漢興符，聖主時乘運斗樞。岸上苹茸五花樹，波中的皪千金珠。操環昔聞迎夏啟，發匣先來瑞有虞。風色雲光隨隱見，赤雲神化象江湖。

第七章　蘇頲

西京鳳邸躍龍泉，佳氣休光(鎮)〔鍾〕在天。〔一〕軒后霧圖今已得，秦王水劍昔常傳。恩魚不似昆明釣，瑞鶴長如太液仙。願侍巡遊同舊里，更聞簫鼓濟樓船。

〔一〕（鎮）〔鍾〕在天：據《舊唐書》《唐文粹》改。

第八章

李乂

星分邑里四人居，水洊源流萬頃餘。魏國君王稱象處，晉家蕃邸化龍初。青蒲暫似遊梁馬，緑藻還疑宴鎬魚。自有神靈滋液地，年年雲物史官書。

第九章

姜晞

靈沼縈迴邸第前，浴日涵（天）〔春〕寫曙天。〔一〕始見龍臺升鳳闕，應如霄漢起神泉。石匱渚傍還啟聖，桃李初生更有仙。欲化帝圖從此受，正同河變一千年。

〔一〕涵（天）〔春〕：據《舊唐書》改。

第十章

裴璀

乾坤啟聖吐龍泉，泉水年年勝一年。始看魚躍方成海，即覩龍飛利在天。洲渚遥將銀漢接，樓臺直與紫微連。休氣榮光常不散，懸知此地是神仙。

梁郊祀樂章

《五代會要》曰：「梁開平二年正月，太常奏定郊廟樂曲：南郊降神奏《慶和之樂》，舞《崇德之舞》，皇帝行奏《慶順》，奠玉幣、登歌奏《慶平》，迎俎奏《慶肅》，酌獻奏《慶熙》，飲福酒奏《慶隆》，送文舞、迎武舞奏《慶融》，亞獻、終獻奏《慶休》，送神奏《慶和》。」

慶和樂

趙光逢

就陽位，升圓丘。佩雙玉，御大裘。膺天命，擁神休。萬靈感，百禄遒。
秉黄鉞，建朱旗。震八表，清二儀。帝業顯，王道夷。受景命，啟皇基。
開九門，懷百神。通肸蠁，接氤氲。明粢薦，廣樂陳。奠嘉璧，燎芳薪。
膺寶圖，執左契。德應天，聖饗帝。薦表衷，荷靈惠。壽萬年，祚百世。
惟德動天，有感必通。秉兹一德，禋於六宗。欽夤寶命，恭肅禮容。來顧來饗，永穆皇風。
天惟佑德，辟乃奉天。交感斯在，昭事罔愆。歲功已就，王道無偏。於焉報本，是用告虔。

慶順樂

聖皇戾止，天步舒遲。乾乾睿相，穆穆皇儀。進退必肅，陟降是祇。六變克協，萬靈協隨。

慶平樂

天命降鑒，帝德惟馨。享祀不忒，禮容孔明。奠璧布幣，薦純獻精。〔一〕神祐以答，敷錫永寧。

〔一〕薦純：《全唐詩》卷一六作「薦神」。

慶肅樂

張　衮

籩豆簠簋，黍稷非馨。懿兹彝器，厥德惟明。金石匏革，以和以平。由此無（體）〔疆〕，〔一〕期乎永寧。

〔一〕無（體）〔疆〕：據同上改。

慶熙樂

哲后躬享，旨酒斯陳。王恭無斁，嚴祀惟夤。皇祖以配，大孝以振。宜錫景福，永休下民。

慶隆樂

恭祀上帝，于國之陽。爵醴是荷，鴻基永昌。

慶融樂

導和氣兮襲氤氳，宣皇規兮彰聖神。服遐裔兮敷質文，格苗扈兮息煙塵。

慶休樂

大業來四夷，仁風和萬國。白日體無私，皇天輔有德。七旬罪已服，六月師方克。偉哉帝道隆，終始常作則。

慶和樂

煙燎升，禮容徹。誠感達，人神悅。靈貺彰，聖情結。玉座寂，金爐歇。

周郊祀樂章

《五代史·樂志》曰：「太祖廣順元年，邊蔚議改漢十二成爲十二順之樂：祭天神奏《昭順之樂》，祭地祇奏《寧順之樂》，祭宗廟奏《肅順之樂》，登歌奠玉帛奏《感順之樂》，皇帝行及臨軒奏《治順之樂》，王公出入、送文舞、迎武舞奏《忠順之樂》，皇帝食舉奏《康順之樂》，皇帝受朝、皇后入宮奏《雍順之樂》，皇太子軒懸出入奏《温順之樂》，正至皇帝禮會登歌奏《禮順之樂》，郊廟俎入奏《禋順之樂》，酌獻、飲福奏《福順之樂》，祭孔宣父、齊太公降神同用《禮順之樂》，三公升降及行同用《忠順之樂》，享藉田同用《寧順之樂》。」

昭順樂

五兵勿用，萬國咸安。告功圓蓋，受命雲壇。樂鳴鳳律，禮備雞竿。神光欲降，衆目遐觀。

治順樂

羽衞離丹闕，金軒赴泰壇。珠旗明月色，玉佩曉霜寒。黼黻龍衣備，琮璜寶器完。百神將受職，宗社保長安。

感順樂

明君陳大禮，展幣祀圜丘。雅樂聲齊發，祥雲色正浮。

禋順樂

黄彝將獻，特牲預迎。既脩昭事，潛達明誠。

福順樂

相承五運，取法三才。大禮爰展，率土咸來。卿雲祕室，甘泉寶臺。象樽初酌，受福不回。

福順樂

昊天成命，邦國盛儀。多士齊列，六龍載馳。壇升泰一，樂奏《咸池》。高明祚德，永致昌期。

福順樂

上天垂景貺，哲后舉鸞觴。明德今方祚，邦家萬世昌。

忠順樂

武舞〔樂〕[一]

木鐸敷音文德昌，朱干成列武功彰。雷鼗鷺羽今休用，玉戚相參正發揚。圭瓚方陳禮，干旄乃象功。成文非羽籥，猛勢若羆熊。

〔一〕〔樂〕：據毛刻本補。

昭順樂

雲門孤竹，蒼璧黄琮。既祀天地，克配祖宗。虔修盛禮，仰答玄功。神歸碧落，福降無窮。

樂府詩集卷第八

郊廟歌辭八

漢安世房中歌十七首

《通典》曰：「周有《房中之樂》，歌后妃之德。秦始皇二十六年，改曰《壽人》。」《漢書·禮樂志》曰：「漢《房中祠樂》，高祖唐山夫人所作。凡樂，樂其所生，禮不忘其本。高祖樂楚聲，故《房中樂》，楚聲也。孝惠二年，使樂府令夏侯寬備其簫管，更名《安世樂》。」《宋書·樂志》曰：「魏文帝黄初二年，議者以《房中》歌后妃之德，所以風天下，正夫婦，乃改爲《正始之樂》。明帝太和初，繆襲奏：『魏國初建，王粲所作登歌《安世詩》，專以思詠神靈及説神靈鑒享之意。後省讀漢《安世詩》，無有《二南》風化天下之言，又改曰《享神歌》。』」

大孝備矣，休德昭清。高張四縣，樂充宫廷。芬樹羽林，雲景杳冥。金支秀華，庶旄翠旌。〔一〕《七始華始》，肅倡和聲。神來宴娭，庶幾是聽。鬻鬻音送，細齊人情。忽乘青玄，熙事備成。清思眑眑，經緯冥冥。

我定曆數，人告其心。敕身齊戒，施教申申。乃立祖廟，敬明尊親。大矣孝熙，四極爰轃。王侯秉德，其鄰翼翼，顯明昭式。清明鬯矣，皇帝孝德。竟全大功，撫安四極。海内有姦，紛亂東北。詔撫成師，武（侯）〔臣〕承德。〔二〕行樂交逆，《簫》《勺》群慝。肅爲濟哉，蓋定燕國。

大海蕩蕩水所歸，高賢愉愉民所懷。大山崔，百卉殖。民何貴？貴有德。

安其所，樂終産。樂終産，世繼緒。飛龍秋，游上天。高賢愉，樂民人。

豐草葽，女羅施。善何如，誰能回。大莫大，成教德；長莫長，被無極。

雷震震，電耀耀。明德鄉，治本約。治本約，澤弘大。加被寵，咸相保。施德大，〔三〕世曼壽。

都荔遂芳，窅窊桂華。〔四〕孝奏天儀，若日月光。乘玄四龍，回馳北行。羽旄殷盛，芬哉芒芒。孝道隨世，我署文章。

桂華馮馮翼翼，〔五〕承天之則。吾易久遠，燭明四極。〔六〕

慈惠所愛，美若休德。杳杳冥冥，克綽永福。美芳磑磑即即，〔七〕師象山則。〔八〕

嗚呼孝哉，案撫戎國。蠻夷竭歡，象來致福。兼臨是愛，終無兵革。

嘉薦芳矣，告靈饗矣。告靈既饗，德音孔臧。惟德之臧，建侯之常。承保天休，令問不忘。

皇皇鴻明，蕩侯休德。嘉承天和，伊樂厥福。在樂不荒，惟民之則。〔九〕浚則師德，下民咸殖。令問在舊，孔容翼翼。〔一〇〕

孔容之常，承帝之明。下民之樂，子孫保光。承順温良，受帝之光。嘉薦令芳，壽考不忘。承帝明德，師象山則。雲施稱民，永受厥福。承容之常，承帝之明。下民安樂，受福無疆。

〔一〕庶旄翠旌：《漢書》至此爲第一首，《七始華始》四句屬第二首。《漢書補注》注：「此一章八句。」第二首下注：「此一章十句。」

〔二〕武(侯)〔臣〕：據同上改。

〔三〕施德大：同上作「德施大」，與下句「世曼壽」相對。

〔四〕桂華：當作「桂英」。李慈銘《漢書札記》曰：「華字非韻，當是英字之誤。臣瓚注引《茂陵中書》歌《都孋》《桂英》可證。」

〔五〕桂華：《漢書補注》：「錢大昭曰：『此二字是《練時日》《帝臨》《青陽》之類，所以記章數也，但存《桂華》《美若》二章之名，其餘俱脱去耳。』」按《漢書》注引晉灼曰，即稱「桂華馮馮翼翼」，不以「桂華」爲篇名。

〔六〕燭明四極：《漢書》於此句下接「慈惠所愛」四句爲一首，《漢書補注》於「克綽永福」下注：「此一章八句。」

〔七〕美芳：《漢書補注》：「劉奉世曰：『桂華、美芳，皆二詩章名，本側注在前篇之末，傳寫之誤，遂以冠後。後詞無『美芳』，亦當作『美若』矣。」按作「美若」，承上文「美若休德」來。但《漢書》臣瓚注引《茂陵中書》即作「美芳」，疑作「美芳」不誤。

〔八〕美芳兩句：《漢書》以此二句列入下一首「嗚呼孝哉」六句上，《漢書補注》在句末「終無兵革」下注：「此一章八句。」

〔九〕惟民之則：《漢書》以「皇皇鴻名」至「惟民之則」爲一首，《漢書補注》下注：「此一章六句。」

〔一〇〕孔容翼翼：《漢書》以「浚則師德」至「孔容翼翼」四句爲一首。《漢書補注》下注：「此一章四句。」

晉宗廟歌

傅　玄

《南齊書·樂志》曰：「晉泰始中，傅玄造《祠廟夕牲昭夏歌》一篇，《迎送神肆夏歌》一篇，登歌七廟七篇，饗神歌二篇。玄云：『登歌歌盛德之功烈，故廟異其文。饗神猶《周頌》之《有瞽》及《雍》，但說祭饗神明禮樂之盛，七廟饗神皆用之。』」

夕牲歌

我夕我牲，猗歟敬止。嘉豢孔時，供兹享祀。神鑒厥誠，博碩斯歆。祖考降饗，以虞孝孫之心。

迎送神歌

嗚呼悠哉，日鑒在兹。以時享祀，神明降之。神明斯降，既祐饗之。祚我無疆，受天之祜。

赫赫太上，巍巍聖祖。明明烈考，丕承繼序。

征西將軍登歌

經始宗廟，神明戾止。申錫無疆，祗承享祀。假我皇祖，綏予孫子。燕及後昆，錫兹繁祉。

豫章府君登歌

嘉樂在庭，〔一〕薦祀在堂。皇皇宗廟，乃祖（先）〔乃〕皇。〔二〕濟濟辟公，相予烝嘗。享祀不忒，降福穰穰。

〔一〕在庭：《晉書》作「肆筵」。

〔二〕（先）〔乃〕皇：據同上改。

潁川府君登歌

於邈先后，實司于天。顯矣皇祖，帝祉肇臻。本支克昌，資始開元。惠我無疆，享祀永年。

京兆府君登歌

於惟曾皇，顯顯令德。高明清亮，匪兢柔克。保乂命祐，基命惟則。篤生聖祖，光濟四國。

宣皇帝登歌

於鑠皇祖，聖德欽明。勤施四方，夙夜敬止。載敷文教，載揚武烈。匡定社稷，龔行天罰。經始大業，造創帝基。畏天之命，于時保之。

景皇帝登歌

執競景皇，克明克哲。旁作穆穆，惟祗惟畏。纂宣之緒，耆定厥功。登此儁乂，糾彼群凶。業業在位，帝既勤止。維天之命，於穆不已。

文皇帝登歌

於皇時晉，允文文(皇)〔祖〕。〔一〕聰明叡智，聖敬神武。萬幾莫綜，皇斯清之。虎兕放命，皇斯平之。柔遠能邇，簡授英賢。創業垂統，勳格皇天。

〔一〕文(皇)〔祖〕：《宋書》考證：「萬承蒼云：『皇疑作祖，與下武爲韻。』」據改。

饗神歌二首

曰晉是常，享祀時序。宗廟致敬，禮樂具舉。惟其來祭，普天率土。犧樽既奠，清酤既載。亦有和羹，薦羞斯備。烝烝永慕，感時興思。登歌奏舞，神樂其和。祖考來格，祐我邦家。敷天之下，罔不休嘉。

肅肅在位，濟濟臣工。四海來格，禮儀有容。鍾鼓振，管絃理，舞開元，歌永始，神胥樂兮。肅肅在位，臣工濟濟。小大咸敬，上下有禮。理管絃，振鼓鍾，舞象德，歌詠功，神胥樂兮。肅肅在位，有來雍雍。穆穆天子，相惟辟公。禮有儀，樂有則，舞象功，歌詠德，神胥樂兮。

晉江左宗廟歌

歌高祖宣皇帝

曹　毗

於赫高祖，德協靈符。應運撥亂，釐整天衢。勳格宇宙，化動八區。肅以典刑，陶以玄珠。
神石吐瑞，靈芝自敷。肇基天命，道均唐虞。

歌世宗景皇帝

景皇承運，纂隆洪緒。皇維重抗，天暉再舉。蠢矣二寇，擾我揚楚。乃整元戎，以膏齊斧。
亹亹神算，赫赫王旅。鯨鯢既平，功冠帝宇。

歌太祖文皇帝

太祖齊聖，王猷誕融。仁教四塞，天基累崇。皇室多難，嚴清紫宮。威厲秋霜，惠過春風。
平蜀夷楚，以文以戎。奄有參墟，聲流無窮。

歌世祖武皇帝

於穆武皇，允龔欽明。應期登禪，龍飛紫庭。百揆時序，聽斷以情。殊域既賓，僞吴亦平。晨流甘露，宵映朗星。野有擊壤，路垂頌聲。

歌中宗元皇帝

運屯百六，天羅解貫。元皇勃興，網籠江漢。仰齊七政，俯平禍亂。化若風行，澤猶雨散。淪光更耀，金輝復焕。德冠千載，蔚有餘粲。

歌肅宗明皇帝

明明肅祖，闡弘帝祚。英風夙發，清暉載路。姦逆縱忒，罔式皇度。躬振朱旗，遂豁天步。宏猷淵塞，高羅雲布。品物咸寧，洪基永固。

歌顯宗成皇帝

於休顯宗，道澤玄播。式宣德音，暢物以和。邁德蹈仁，匪禮弗過。敷以純風，濯以清波。

連理映阜，鳴鳳棲柯。同規放勛，義蓋山河。

歌康皇帝

康皇穆穆，仰嗣洪德。爲而不宰，雅音四塞。閑邪以誠，〔一〕鎮物以默。威靜區宇，道宣邦國。

〔一〕閑邪：疑當作「閑邪」，《易・乾・文言》：「閑邪存其誠。」

歌孝宗穆皇帝

孝宗夙哲，休音允臧。如彼晨離，曜景扶桑。垂訓華幄，流潤八荒。幽讚玄妙，爰該典章。西平僭蜀，北靜舊疆。高猷遠暢，朝有遺芳。

歌哀皇帝

於穆哀皇，聖心虛遠。雅好玄古，大庭是踐。道尚無爲，治存易簡。化若風行，民猶草偃。雖曰登遐，徽音彌闡。愔愔《雲》《韶》，盡美盡善。

歌太宗簡文皇帝

王　珣

皇矣簡文，於昭于天。靈明若神，周淡如淵。沖應其來，實與其遷。亹亹心化，日用不言。易而有親，簡而可傳。觀流彌遠，求本逾玄。

歌烈宗孝武皇帝

天鑒有晉，欽哉烈宗。同規文考，玄默允（龔）〔恭〕。〔一〕威而不猛，約而能通。神鉦一震，九域來同。道積淮海，雅頌自東。氣陶淳露，化協時雍。

〔一〕允（龔）〔恭〕：據《晉書》改。

四時祠祀歌

曹　毗

肅肅清廟，巍巍聖功。萬國來賓，禮儀有容。鐘鼓振，金石熙。宣兆祚，武開基。神斯樂兮。理管絃，有來斯和。説功德，吐清歌。神斯樂兮。洋洋玄化，潤被九壤。民無不悦，道無不往。禮有儀，樂有式。詠九功，永無極。神斯樂兮。

宋宗廟登歌

王韶之

《宋書·樂志》曰：「武帝永初中，詔廟樂用王韶之所造七廟登歌辭七首。又有七廟享神登歌一首，并以歌章太后，其辭亦韶之造。」

北平府君歌

綿綿遐緒，(明)昭〔明〕載融。〔一〕漢德未遠，堯有遺風。於穆皇祖，永世克隆。本枝惟慶，貽厥靡窮。

〔一〕(明)昭〔明〕：據《宋書》改。

相國掾府君歌

乃立清廟，清廟肅肅。乃備禮容，禮容穆穆。顯允皇祖，昭是嗣服。錫兹繁祉，聿懷多福。

開封府君歌

四縣既序，簫管既舉。堂獻六瑚，庭萬八羽。先王有典，克禋皇祖。不顯洪烈，永介休祜。

武原府君歌

鐘鼓喤喤，威儀將將。温恭禮樂，致享曾皇。〔一〕邁德垂仁，係軌重光。天命純嘏，惠我無疆。

〔一〕致享：《宋書》作「敬享」。

東安府君歌

鑠矣皇祖，帝度其心。永言配命，播兹徽音。思我茂猷，如玉如金。駿奔在陛，是鑒是歆。

孝皇帝歌

蒸哉孝皇，齊聖廣淵。發祥誕慶，景祚自天。德敷金石，道被管絃。有命既集，徽風永宣。

高祖武皇帝歌

惟天有命，眷求上哲。赫矣聖武，撫運桓撥。功並敷土，道均汝墳。止戈曰武，經緯稱文。

鳥龍失紀，雲火代名。受終改物，作我宋京。至道惟王，大業有劭。降德兆民，升歌清廟。

七廟享神歌

奕奕寢廟，奉璋在庭。笙籥既列，犧象既盈。黍稷匪芳，明祀惟馨。樂具禮充，潔羞薦誠。神之格思，介以休禎。濟濟群辟，永觀厥成。

宋世祖廟歌

謝　莊

孝武皇帝歌

帝錫二祖，長世多祜。於穆睿考，（龔）〔襲〕聖承矩。〔一〕玄極弛馭，乾紐墜緒。闢我皇維，締我宋宇。刷定四海，〔二〕肇構神京。復禮輯樂，散馬墮城。〔三〕澤牣九有，化浮八瀛。慶雲承掖，甘露飛甍。肅肅清廟，徽徽閟宮。舞蹈象德，笙磬陳風。黍稷非盛，明德惟崇。神其歆止，降福無窮。

〔一〕（龔）〔襲〕聖：據《宋書》改。

〔二〕刷定：同上作「刊定」。

〔三〕隳城：同「隳城」。

宣太后歌

禀祥月輝，毓德軒光。嗣徽嬀汭，思媚周姜。母臨萬宇，訓藹紫房。朱（玄）〔紘〕玉籥，〔一〕式載瓊芳。

〔一〕朱（玄）〔紘〕：據《宋書》改。

宋章廟樂舞歌

《宋書·樂志》曰：「章廟樂舞雜歌，悉同用太廟辭，唯三后別撰。夕牲、賓出入奏《肅咸樂》，牲出入奏《引牲樂》，薦豆呈毛血奏《嘉薦樂》，迎神奏《昭夏樂》，皇帝入廟北門奏《永至樂》，太祝裸地奏登歌，章太后室奏《章德凱容之樂》，昭太后室奏《昭德凱容之樂》，宣太后室奏《宣德凱容之樂》，皇帝還東壁受福酒奏《嘉胙之樂》，送神奏《昭夏之樂》，皇帝詣便殿奏《休成之樂》。」

肅咸樂二首

殷　淡

彝承孝典，恭事嚴聖。浹天奉賚，罄壤齊慶。司儀具序，羽容夙彰。芬枝飀烈，黼構周張。助寶奠軒，酎珍充庭。璆縣凝會，琄朱竚聲。先期選禮，肅若有承。祇對靈祉，皇慶昭膺。尊事威儀，輝容昭叙。迅恭神明，粢盛牲俎。肅肅嚴宫，藹藹崇基。皇靈降祉，百祇具司。戒誠望夜，端列承朝。依微昭旦，物色輕（宵）〔霄〕。〔一〕鴻慶遐鬯，嘉薦令芳。翊帝明德，永祚流光。

〔一〕（宵）〔霄〕：據《南齊書》改。

引牲樂

維誠潔饗，維孝奠靈。敬芬黍稷，敬滌犧牲。騂繭在豢，載溢載豐。以承宗祀，以肅皇衷。

蕭芳四舉，華火周傳。神監孔昭，嘉是柔牷。

嘉薦樂

肇禋戒祀，禮容咸舉。六典飾文，九司昭序。牲柔既昭，犧剛既陳。恭滌惟清，敬事惟神。

加籩再御，兼俎重薦。節動軒越，聲流金縣。奕奕閟幄，亹亹嚴闈。潔誠夕鑒，端服晨暉。

聖靈戾止，翊我皇則。上綏四宇，下洋萬國。永言孝饗，孝饗有容。儐僚贊列，肅肅雍雍。

昭夏樂

閟宮黝黝，復殿微微。瓊除肅炤，釭壁彤煇。黼帟神凝，玉堂嚴馨。圓火夕耀，方水朝清。

金枝委樹，翠鐙竚縣。渟波澄宿，華漢浮天。恭事既夙，虔心有慕。仰降皇靈，俯寧休祚。

永至樂

《漢書·禮樂志》曰：「皇帝入廟門奏《永至》，以爲行步之節，猶古《采齊》《肆夏》也。」

皇朝罊矣，〔一〕孝容以昭。鑾華羽迾，拂漢涵渚。〔二〕申申嘉夜，翊翊休朝。行金景送，步玉風《韶》。師承祀則，肅對禋祧。

〔一〕皇朝：《宋書》作「皇明」。

〔二〕涵渚：渚，同上作「滈」，疑當作「膏」。按上一首《昭夏樂》：「圓火夕耀，方水朝清」，「渟波澄宿，華漢浮天」。「拂漢」指「華漢」言，「涵渚」指「渟波」言，「渟波」承「方水」言。

登歌二首

帝容承祀，練時涓日。九重徹關，四靈賓室。肅唱函音，庶旄委佾。休靈告饗，嘉薦尚芬。玉瑚飾列，桂簋昭陳。具司選禮，翼翼振振。禮無爽物，信靡愧辭。精華孚𢛳，誠監昭通。升歌翊節，下管調風。祼崇祀典，酎恭孝時。皇心履變，敬明尊親。大哉孝德，至矣交神。

章德凱容樂

幽瑞浚靈，表彰嬪聖。翊載徽文，敷光崇慶。上緯纏祥，中維飾詠。永屬煇猷，聯昌景命。

昭德凱容樂

明　帝

表靈躔象，纘儀緯風。膺華丹燿，登瑞紫穹。訓形霄宇，武彰宸宮。騰芬金會，寫德聲容。

宣德凱容樂

天樞凝燿，地紐儷煇。聯光騰世，炳慶翔機。薰藹中宇，景纏上微。玉頌鏤德，金籥傳徽。

嘉胙樂

殷淡

禮薦洽，福時昌。皇聖膺嘉祐，帝業凝休祥。居極乘景運，宅德瑞中王。澄明臨四表，精華延八鄉。洞海周聲惠，徹宇麗乾光。靈慶纏世祉，鴻烈永無疆。

昭夏樂

大孝備，盛禮豐。神安留，嘉樂充。旋駕聳，泛青穹。延八虛，闢四空。藹流景，肅行風。昭融教，緝風度。戀皇靈，結深慕。解羽縣，輟華樹。偕瓊除，端玉輅。流汪濊，慶國步。

休成樂

《漢書·禮樂志》曰：「登歌再終下奏《休成之樂》，美神明既饗也。」

釃醴具登，嘉俎咸薦。饗洽誠陳，禮周樂遍。祝辭罷祼，序容輟縣。蹕動端庭，鑾回嚴殿。神儀駐景，華漢亭虛。八靈案衞，三祇解途。翠蓋燿澄，畢奕凝宸。玉鑣息節，金輅懷音。式誠（遠）〔達〕孝，〔一〕底心肅感。追憑皇鑒，思承淵範。神錫懋祉，四緯昭明。仰福帝徽，俯齊庶生。

〔一〕（遠）〔達〕孝：據《宋書》改。

樂府詩集卷第九

郊廟歌辭九

齊太廟樂歌

《南齊書·樂志》曰：「宋昇明中，太祖爲齊王，令司馬褚淵造太廟登歌二章。建元初，詔謝超宗造廟樂歌詩十六章。永明二年，又詔王儉造太廟二室歌辭。其夕牲、群臣出入奏《肅咸樂》，牲出入奏《引牲樂》，薦豆呈毛血奏《嘉薦樂》，迎神奏《昭夏樂》，皇帝入廟北門奏《永至樂》，太祝祼地奏《登歌》，皇祖〔廟〕〔廣〕陵丞、〔一〕太中大夫、淮陰令、皇曾祖即丘令、皇祖太常卿五室，並奏《凱容樂》，皇考宣皇帝室奏《宣德凱容樂》，昭皇后室奏《凱容樂》，皇帝還東壁上福酒奏《永祚樂》，送神奏《肆夏樂》，皇帝詣便殿奏《休成樂》，太祖高皇帝室奏《高德宣烈樂》，穆皇后室奏《穆德凱容樂》，高宗明皇帝室奏《明德凱容樂》。」《古今樂録》曰：「梁何佟之周捨等議，以爲《周禮》牲出入奏《昭夏》，而齊氏仍宋儀注，迎神奏《昭夏》，牲出入更奏《引牲樂》，乃以牲牢之樂用接祖宗之靈，宋季之失禮也。」

〔一〕(廟)〔廣〕陵：據《南齊書》改。

肅咸樂　謝超宗

潔誠底孝，孝感煙霜。夤儀式序，肅禮綿張。金華樹藻，肅哲騰光。殷殷升奏，嚴嚴階庠。匪椒匪玉，是降是將。懋分神衷，翊祐傳昌。

引牲樂

肇祀嚴靈，恭禮尊國。達敬傳典，〔一〕結孝陳則。芬滌既肅，犧牷既整。聳誠流思，端儀選景。肆禮佇夜，綿樂望晨。崇席皇鑒，用饗明神。

〔一〕傳典：《南齊書》作「敷典」。

嘉薦樂

清思昒昒，閟寢微微。恭言載感，肅若有希。芬俎具陳，嘉薦兼列。凝馨煙颺，分炤星(哲)〔晢〕。〔一〕睿靈式降，協我帝道。上澄五緯，下陶八表。

〔一〕星（哲）〔晳〕：《南齊書》作「星晳」，按當作「星晳」。

昭夏樂

涓辰選氣，展禮恭祇。重闈月洞，層牖煙施。載虚玉鬯，載受金枝。天歌折饗，雲舞磬儀。

神惟降止，泛景凝羲。帝華永藹，泯藻方摛。

永至樂

戲繇惟則，姬經式序。九司聯事，八方承宇。鑾迥靜陳，縵樂具舉。凝旒若慕，傾璜載竚。

振振瓊衞，穆穆禮容。載藹皇步，式敷帝蹤。

登歌

清明既鬯，大孝乃熙。天儀睟愴，皇心儼思。既芬房豆，載潔牷牲。鬱祼升禮，鋗玉登聲。

茂對幽嚴，式奉徽靈。以享以祀，惟感惟誠。

凱容樂

國昭惟茂，帝穆惟崇。登祥緯遠，締世景融。紛綸睿緒，菴蔚王風。明進厥始，濬哲文終。

凱容樂

瓊條禽蔚，瓊源浚照。懋矣皇烈，載挺明劭。永言敬思，式恭惟教。休途良乂，榮光有耀。

凱容樂

嚴宗正典，崇饗肇禋。九章既飾，三清既陳。昭恭皇祖，承假徽神。貞祐伊協，卿藹是鄰。

凱容樂

肅惟敬祀，潔事參薌。環袨像綴，緬密絲簧。明明烈祖，尚錫龍光。粤《雅》于姬，伊《頌》在商。

凱容樂

神宮懋鄴，明寢昌基。德凝羽綴，道朌容辭。假我帝緒，懿我皇維。昭大之載，國齊之祺。

宣德凱容樂

道闓期運，義開藏用。皇矣睿祖，至哉攸縱。循規烈炤，襲矩重芬。德溢軒、羲，道懋炎、雲。

凱容樂

月靈誕慶，雲瑞開祥。道茂淵柔，德表徽章。粹訓宸中，儀形宙外。容蹈凝華，金羽傳藹。

永祚樂

構宸抗宇，合軫齊文。萬靈載溢，百禮以殷。朱絃繞風，翠羽停雲。桂樽既滌，瑶俎既薰。升薦惟誠，昭禮惟芬。降祉遥裔，集慶氤氳。

肆夏樂

禮既升，樂以愉。昭序溢，幽饗餘。人祇邕，敬教敷。神光動，靈駕翔。芬九垓，鏡八鄉。福無屆，祚無疆。

休成樂

睿孝式邕，饗敬爰偏。〔一〕諦容輟序，佾文靜縣。辰儀聳蹕，霄衛浮鑾。〔二〕旒帟雲舒，翠華景摶。恭惟尚烈，休明再纏。國(獻)〔猷〕遠藹，〔三〕昌圖聿宣。

〔一〕偏：《詩紀》卷六三注：「一作遍。」

〔二〕霄衛：《南齊書》作「宵衛」。

〔三〕國(獻)〔猷〕：據《詩紀》改。

太廟登歌

褚淵

惟王建國，設廟凝靈。月薦流典，時祀暉經。瞻宸僾思，〔一〕雨露追情。簡日筮晷，閟奠升文。金罍渟桂，沖幄舒薰。備僚肅列，駐景開雲。

至饗攸極，睿孝惇禮。具物咸潔，聲香合體。氣昭扶幽，眇慕纏遠。迎絲驚促，送佾留晚。

聖衷踐候，節改增愴。妙感崇深，英徽彌亮。

〔一〕瞻宸：《南齊書》作「瞻辰」，是。

高德宣烈樂

王　儉

悠悠草昧，穆穆經綸。乃文乃武，乃聖乃神。動龕危亂，靜比斯民。誕應休命，奄有八夤。

握機肇運，光啟禹服。義滿天淵，禮昭地軸。澤靡不懷，威無不肅。戎夷竭歡，象來致福。

偃風裁化，晅日敷祥。信星含曜，秬草流芳。七廟觀德，六樂宣章。惟先惟敬，是饗是將。

穆德凱容樂

大姒嬪周，塗山儷禹。我后嗣徽，重規疊矩。肅肅閟宮，翔翔《雲舞》。有饗德馨，無絶終古。

明德凱容樂

多難固業，殷憂啟聖。帝宗纘武，惟時執競。起柳獻祥，百堵興詠。義雖祀夏，功符受命。

遠無不懷，邇無不肅。其儀濟濟，其容穆穆。赫矣君臨，昭哉嗣服。允王惟后，膺此多福。

禮以昭事，樂以感靈。八簋陳室，六舞充庭。觀德在廟，象德在形。四海來祭，萬國咸寧。

梁宗廟登歌七首

沈約

功高禮洽，道尊樂備。三獻具舉，百司在位。誠敬罔僁，幽明同致。茫茫億兆，無思不遂。

蓋之如天，容之如地。

殷兆玉筐，周始邠王。於赫文祖，基我大梁。肇土七十，奄有四方。帝軒百祀，人思未忘。

永言聖烈，祚我無疆。

有夏多罪，殷人塗炭。四海倒懸，十室思亂。自天命我，殲凶殄難。既躍乃飛，言登天漢。

爰饗爰祀，福禄攸贊。

犧象既飾，罍俎斯具。我鬱載馨，黄流乃注。峨峨卿士，駿奔是務。佩上鳴階，纓還拂樹。

悠悠億兆，天臨日煦。

猗與至德，光被黔首。鑄鎔蒼昊，甄陶區有。肅恭三獻，對揚萬壽。比屋可封，含生無咎。

匪徒七百，天長地久。

有命自天，於皇后帝。悠悠四海，莫不來祭。繁祉具膺，八神聳衞。福至有兆，慶來無際。

播此餘休，于彼荒裔。八簋充室，六龍解驂。神宮肅肅，靈寢微微。嘉薦既饗，景福攸歸。
祀典昭潔，我禮莫違。
至德光被，洪祚載輝。

梁小廟樂歌

《隋書·禮儀志》曰：「梁又有小廟，太祖太夫人廟也。非嫡，故別立廟。皇帝每祭太廟訖，詣小廟，亦以一太牢，如太廟禮。」

舞歌

閟宮肅肅，清廟濟濟。於穆夫人，固天攸啟。祚我梁德，膺斯盛禮。文槐達嚮，重檐丹陛。
飾我俎彝，潔我粢盛。躬事奠饗，推尊盡敬。悠悠萬國，具承茲慶。大孝追遠，兆庶攸詠。

登歌

光流者遠，禮貴彌申。嘉饗云備，盛典必陳。追養自本，立愛惟親。皇情乃慕，帝服來尊。
駕齊六轡，旂耀三辰。感茲霜露，事彼冬春。以斯孝德，永被烝民。

陳太廟舞辭

《隋書・樂志》曰：「陳初並用梁樂，唯改七室舞辭。皇祖步兵府君、正員府君、懷安府君、皇高祖安成府君、皇曾祖太常府君五室，並奏《凱容舞》，皇祖景皇帝室奏《景德凱容舞》，皇考高祖武皇帝室奏《武德舞》。」

凱容舞

於赫皇祖，宮牆高嶷。邁彼厥初，成兹峻極。縵樂簡簡，閟寢翼翼。裸饗若存，惟靈靡測。

凱容舞

昭哉上德，浚彼洪源。道光前訓，慶流後昆。神猷緬邈，清廟斯存。以享以祀，惟祖惟尊。

凱容舞

選辰崇饗，飾禮嚴敬。靡愛牲牢，兼馨粢盛。明明列祖，龍光遠映。肇我王風，形斯舞詠。

凱容舞

道遥積慶，德遠昌基。永言祖武，致享從思。九章停列，八舞迴墀。靈其降止，百福來綏。

凱容舞

肇迹締基，義摽鴻篆。恭惟載德，瓊源方闡。享薦三清，筵陳四璉。增我堂構，式敷帝典。

景德凱容舞

皇祖執德，長發其祥。顯仁藏用，懷道韜光。寧斯閟寢，合此蕭薌。永昭貽厥，還符翦商。

武德舞

烝哉聖祖，撫運升離。道周經緯，功格玄祇。方軒邁扈，比舜陵嬀。緝熙是詠，欽明在斯。雲雷遘屯，圖南共舉。大定揚、越，震威衡、楚。四奥宅心，九疇還叙。景星出翼，非雲入吕。德暢容辭，慶昭羽綴。於穆清廟，載揚徽烈。嘉玉既陳，豐盛斯潔。是將是享，鴻猷無絶。

北齊享廟樂辭

《隋書·樂志》曰：「齊享廟樂：先祀一日，夕牲、群臣入奏《肆夏》，迎神奏《高明》登歌樂，牲出入、薦毛血並奏《昭夏樂》，三公出、進熟、群臣入並奏《肆夏》，辭同，皇帝入北門奏《皇夏樂》，太祝祼地奏登歌樂，皇帝詣東陛及升殿並奏《皇夏》，辭同，皇帝既升殿，殿上作登歌樂，皇帝初獻六世祖司空公、五世祖吏部尚書、高祖秦州刺史、曾祖太尉武貞公、祖文穆皇帝五室，並奏《始基樂》《恢祚舞》，獻高祖神武皇帝室，奏《武德樂》《昭烈舞》，獻文襄皇帝室，奏《文德樂》《宣政舞》，獻顯祖文宣皇帝室奏《文正樂》《光大舞》，皇帝還東壁、飲福酒奏《皇夏樂》，送神奏《高明樂》，皇帝詣便殿奏《皇夏樂》，群臣出奏《肆夏》，辭同。」

肆夏樂

差以五列，和以八音。式祇王度，如玉如金。霜淒雨暢，烝哉帝心。有敬其祀，肅事惟歆。昭昭車服，濟濟衣簪。鞠躬貢酎，罄折奉琛。

高明登歌樂

日卜惟吉，辰擇其良。奕奕清廟，黼黻周張。大吕爲角，應鍾爲羽。路鼗陰竹，德歌昭舞。
祀事孔明，百神允穆。神心乃顧，保兹介福。

昭夏樂

大祀云事，獻奠有儀。既歌既展，贊顧迎犧。執從伊竦，芻飾惟慄。俟用於庭，將升於室。
且握且騂，以致其誠。惠我貽頌，降祉千齡。

昭夏樂

緬彼遐慨，悠然永思。留連七享，纏綿四時。神升魄沈，靡聞靡見。陰陽載俟，臭聲兼薦。
祖考其鑒，言萃王休。降神敷錫，百福是由。

皇夏樂

齊居嚴殿，夙駕層闈。車輅垂彩，旒衮騰輝。聳誠載仰，翹心有慕。洞洞自形，斤斤表步。

閟宫有邃，神道依俙。孝心緬邈，爰屬爰依。

登歌樂

太室窅窅，神居宿設。鬱鬯惟芬，珪璋惟潔。彝斝應時，龍蒲代用。藉茅無咎，福禄攸降。

端感會事，儼思脩禮。齊齊勿勿，俄俄濟濟。

登歌樂

我祠我祖，永惟厥先。炎農肇聖，靈祉蟬聯。霸圖中造，帝業方宣。道昌基構，撫運承天。

奄家六合，爰光八埏。尊神致禮，孝思惟纏。寒來暑反，惕薦在年。匪敬伊慕，備物不愆。

設虡設業，鞉鼓填填。辟公在位，有容伊虔。登歌敔佾，下管應懸。厥容無爽，幽明肅然。

誠匝厚地，和達穹玄。既調風雨，載協山川。周庭有列，湯孫永延。教聲惟被，邁後光前。

始基樂恢祚舞

克明克俊，祖武惟昌。業弘營土，聲被海方。有流厥德，終耀其光。明神幽贊，景祚攸長。

始基樂恢祚舞

顯允盛德，隆我前構。瑶源瀰瀉，瓊根愈秀。誕惟有族，丕緒克茂。大業崇新，洪基增舊。

始基樂恢祚舞

祖德丕顯，明哲知幾。豹變東國，鵲起西歸。禮申官次，命改朝衣。敬思孝享，多福無違。

始基樂恢祚舞

兆靈有業，潛德無聲。韜光戢耀，貫幽洞冥。道弘舒卷，施博藏行。緬追歲事，夜遽不寧。

始基樂恢祚舞

皇皇祖德，穆穆其風。語默自己，明叡在躬。荷天之錫，聖表克隆。高山作矣，寶祚其崇。
離光旦旦，載焕載融。感薦惟永，神保無窮。

武德樂昭烈舞

天造草昧，時難糾紛。孰拯斯溺，靡救其焚。大人利見，緯武經文。顧指維極，吐吸風雲。
開天闢地，峻岳夷海。冥工掩迹，上德不宰。神心有應，龍化無待。義征九服，仁兵告凱。
上平下成，靡或不寧。匪王伊帝，偶極崇靈。享親則孝，潔祀惟誠。禮備樂序，肅贊神明。

文德樂宣政舞

聖武丕基，叡文顯統。眇哉神啟，鬱矣天縱。道則人弘，德云邁種。昭冥咸叙，崇深畢綜。
自中徂外，經朝庇野。政反淪風，威還缺雅。旁作穆穆，格于上下。維享維宗，來鑒來假。

文正樂光大舞

玄曆已謝，蒼靈告期。圖璽有屬，揖讓惟時。龍升獸變，弘我帝基。對揚穹昊，實啟雍熙。
欽若皇猷，永懷王度。欣賞斯穆，威刑允措。軌物俱宣，憲章咸布。俗無邪指，下歸正路。
茫茫九域，振以乾綱。混通華裔，配括天壤。作禮視德，列樂傳響。薦祀惟虔，衣冠載仰。

皇夏樂

孝心翼翼，率禮兢兢。時洗時薦，或降或升。在堂在户，載湛載凝。多品斯奠，備物攸膺。蘭芬敬挹，玉俎恭承。受祭之（祐）〔祜〕，〔一〕如彼岡陵。

〔一〕（祐）〔祜〕：據《隋書·音樂志》改。

高明樂

仰榱桷，慕衣冠。禮云罄，祀將闌。神之駕，紛奕奕。乘白雲，無不適。窮昭域，極幽塗。歸帝祉，眷皇都。

皇夏樂

禮行斯畢，樂奏以終。受嘏先退，載暢其衷。鑾軒循轍，麾旌復路。光景徘徊，紘歌顧慕。靈之相矣，有錫無疆。國圖日（鏡）〔競〕，〔一〕家曆天長。

〔一〕日（鏡）〔競〕：據《隋書》改。

周宗廟歌

庾　信

《隋書·樂志》曰：「周宗廟樂：皇帝入廟門奏《皇夏》，降神奏《昭夏》，俎入、皇帝升階，獻皇高祖、皇曾祖德皇帝、皇祖太祖文皇帝、文宣皇太后、閔皇帝、明皇帝、高祖武皇帝七室，皇帝還東壁飲福酒、還便坐，並奏《皇夏》。」

皇夏

肅肅清廟，巖巖寢門。欹器防滿，金人戒言。應輮懸鼓，崇牙樹羽。階變升歌，庭紛象舞。閑安象設，緝熙清奠。春鮪初登，新蓱先薦。僾然入室，儼乎其位。〔一〕悽愴履之，非寒之謂。

〔一〕其位：《庾子山集》卷七作「在位」。

昭夏

永惟祖武，潛慶靈長。龍圖革命，鳳曆歸昌。功移上墋，德耀中陽。清廟肅肅，猛虡煌煌。曲高大夏，聲和盛唐。牲牷蕩滌，蕭合馨香。和鑾戾止，振鷺來翔。永敷萬國，是則四方。

皇夏

年祥辨日，上協龜言。奉酎承列，來庭駿奔。彫禾飾斝，翠羽承樽。敬殫如此，恭惟執燔。

皇夏

慶緒千重秀，鴻源萬里長。無時猶戢翼，有道故韜光。盛德必有後，仁義終克昌。明星初肇慶，大電久呈祥。

皇夏

克昌光上烈，基聖穆西藩。崇仁高涉渭，積德被居原。帝圖張往迹，王業茂前尊。重芬德陽廟，疊慶壽陵園。百靈光祖武，千年福孝孫。

皇夏

雄圖屬天造，宏略遇群飛。風雲猶聽命，龍躍遂乘機。百二當天險，三分拒樂推。函谷風塵散，河陽氛霧晞。濟弱淪風起，扶危頹運歸。地紐崩還正，天樞落更追。原祠乍超忽，畢隴或綿微。終封三尺劍，長卷一戎衣。

皇夏

月靈興慶，沙祥發源。功參禹迹，德贊堯門。言容典禮，褕狄徽章。儀形温德，令問昭陽。日月不居，歲時晼晚。瑞雲纏心，閟宫惟遠。

皇夏

龍圖基代德，天步屬艱難。謳歌還受瑞，揖讓乃登壇。升輿芒刺重，入位據關寒。卷舒雲泛濫，游揚日浸微。出鄭終無反，居桐竟不歸。祀夏今惟舊，尊靈謚更追。

皇夏

若水逢降君，窮桑屬惟政。丕哉馭帝籙，鬱矣當天命。方定五雲官，先齊八風令。文昌氣似珠，太史河如鏡。南宫學已開，東觀書還聚。文辭金石韻，毫翰風飈豎。清室桂憑憑，齊房芝詡詡。寧思玉管笛，空見靈衣舞。

皇夏

南河吐雲氣，北斗降星辰。百靈咸仰德，千年一聖人。書成紫微動，律定鳳皇馴。六軍命西土，甲子陳東鄰。戎衣此一定，萬里更無塵。煙雲同五色，日月並重輪。流沙既西靜，蟠木又東臣。凱樂聞朱雁，鐃歌見白麟。今爲六代祀，還得九疑賓。

皇夏

禮殫祼獻，樂極休成。長離前掞，宗祀文明。縮酌浮蘭，澄罍合鬯。磬折禮容，旋迴靈貺。受釐撤俎，飲福移樽。惟光惟烈，文子文孫。

皇夏

庭闋四始，筵終三薦。顧步階墀，徘徊餘奠。六龍矯首，七萃警途。鼓移行漏，風轉相烏。翼翼從事，綿綿四時。惟神降嘏，永言保之。

周大祫歌

庾　信

周宗廟大祫樂：「降神奏《昭夏》，奠玉帛奏登歌，餘同宗廟時享。」

昭夏

律在夾鍾，服居蒼衮。杳杳清思，綿綿長遠。就祭於合，班神於本。來庭有序，助祭有章。樂舞六代，賓歌二王。和鈴以節，鞗革斯鏘。齊宫饌玉，鬱罍浮金。洞庭鐘鼓，龍門瑟琴。其樂已變，惟神是臨。

登歌

神維顯思，不言而令。玉帛之禮，敢陳莊敬。奉如弗勝，薦如受命。交於神明，慤于言行。

樂府詩集卷第十

郊廟歌辭十

隋太廟歌

《隋書·樂志》曰：「文帝開皇中，詔牛弘、姚察、許善心、虞世基、劉臻等詳定雅樂，并撰歌辭。其太廟歌辭：有迎神歌，登歌，俎入歌，皇高祖太原府君、皇曾祖康王、皇祖獻王、皇考太祖武元皇帝四室歌，飲福酒歌，送神歌。其俎入歌、飲福酒歌，並郊丘社廟同用。」

迎神歌

務本興教，尊神體國。霜露感心，享祀陳則。官聯式序，奔走在庭。几筵結慕，祼獻惟誠。嘉樂載合，神其降止。永言保之，錫以繁祉。

登歌

孝熙嚴祖，師象敬宗。惟皇肅事，有來雝雝。雕梁霞複，繡橑雲重。觀德自感，奉璋伊恭。
彝斝盡飾，羽綴有容。升歌發藻，景福來從。

俎入歌

祭本用初，祀由功舉。駿奔咸會，供神有序。明酌盈樽，豐犧實俎。幽金既薦，犢錯維旅。
享由明德，香非稷黍。載流嘉慶，克固鴻緒。

太原府君歌

締基發祥，肇源興慶。迺仁迺哲，克明克令。庸宣國圖，善流人詠。開我皇業，七百同盛。

康王歌

皇條俊茂，帝系靈長。豐功疊軌，厚利重光。福由善積，代以德彰。嚴恭盡禮，永錫無疆。

獻王歌

盛才必達，丕基增舊。涉渭同符，遷邠等構。弘風邁德，義高道富。神鑒孔昭，王猷克懋。

太祖歌

深仁冥著，至道潛敷。皇矣太祖，耀名天衢。翦商隆祚，奄宅隋區。有命既集，誕開靈符。

飲福酒歌

神道正直，祀事有融。肅雝備禮，莊敬在躬。羞燔已具，奠斝將終。降祥惟永，受福無窮。

送神歌

饗禮具，利事成。佇旒冕，肅簪纓。金奏終，玉俎撤。盡孝敬，窮嚴潔。人祇分，哀樂半。降景福，憑幽贊。

唐享太廟樂章

《唐書·樂志》曰：「貞觀中，享太廟樂：迎神用《永和》，九變詞同，皇帝行用《太和》，登歌酌鬯用《肅和》，迎俎用《雍和》，獻皇祖宣簡公、皇祖懿王同用《長發之舞》，景皇帝用《大基之舞》，元皇帝用《大成之舞》，高祖用《大明之舞》，皇帝飲福用《壽和》，送文舞出、迎武舞入用《舒和》，武舞用《凱安》，撤俎用《雍和》，送神用《永和》。其《太和》《凱安》詞同冬至圓丘。並魏徵、褚亮等作。」

永和

於穆烈祖，弘此丕基。永言配命，子孫保之。百神既洽，萬國在茲。是用孝享，神其格思。

肅和

大哉至德，允茲明聖。格于上下，聿遵誠敬。嘉樂斯登，鳴球以詠。神其降止，式隆景命。

雍和

崇茲享祀，誠敬兼至。樂以感靈，禮以昭事。粢盛咸潔，牲牷孔備。永言孝思，庶幾不匱。

長發舞

《唐會要》曰：「貞觀十四年，詔用顔師古、許敬宗議，皇祖宣簡公、懿王廟，並奏《長發之舞》，取《詩》云『濬哲惟商，長發其祥』也。」

濬哲惟唐，長發其祥。帝命斯祐，王業克昌。配天載德，就日重光。本枝百代，申錫無疆。

大基舞

猗與祖業，皇矣帝先。翦商德厚，封唐慶延。在姬猶稷，方晉踰宣。基我鼎運，於斯萬年。

大成舞

周（穆）〔稱〕王季，〔一〕晉美帝文。明明盛德，穆穆齊芬。藏用四履，屈道參分。鏗鏘鐘石，載紀鴻勳。

〔一〕周（穆）〔稱〕：據《舊唐書》改。

大明舞

《唐會要》曰：「貞觀十四年，詔用顏師古等議，高祖廟奏《大明之舞》，取《易》曰『大明終始，六位時成』，《詩》有《大明之篇》稱『文王有明德』也。」

五紀更運，三正遞升。勛、華既没，禹、湯勃興。神武命代，靈睠是膺。望雲彰德，察緯告徵。上紐天維，下安地軸。徵師涿野，萬國咸服。偃伯靈臺，九官允穆。殊域委賮，懷生介福。大禮既飾，大樂已和。黑章擾囿，赤字浮河。功宣載籍，德被詠歌。克昌厥後，百禄是荷。

壽和

八音斯奏，三獻畢陳。寶祚惟永，暉光日新。

舒和

聖敬通神光七廟，靈心薦祚和萬方。嚴禋克配鴻基遠，明德惟馨鳳曆昌。

雍和

於穆清廟，聿修嚴祀。四縣載陳，三獻斯止。籩豆徹薦，人祇介祉。神惟格思，錫祚不已。

永和

肅肅清祀，烝烝孝思。薦享昭備，虔恭在兹。雍歌徹俎，祝嘏陳辭。用光武志，永固鴻基。

唐享太廟樂章

《唐書·樂志》曰：「高宗永徽已後，續造享太廟樂章：獻太宗用《崇德之舞》，高宗用《鈞天之舞》，中宗用《太和之舞》，睿宗用《景雲之舞》，皇祖宣皇帝用《光大之舞》。舊樂章宣(元)〔光〕二宫同用《長發》，〔一〕其詞亦同。開元十年始别造詞，而宣帝更用《光大》云。」

〔一〕宣(元)〔光〕：據《舊唐書》改。

崇德舞

五運改卜，千齡啟聖。彤雲曉聚，黄星夜映。葉闡珠囊，基開玉鏡。後爲圖開。下臨萬宇，上齊七政。霧開三象，塵清九服。海溓星暉，遠安邇肅。天地交泰，華夷輯睦。翔泳歸仁，中外提福。績踰黜夏，勳高翦商。武陳《七德》，刑設三章。祥禽巢閣，仁獸遊梁。卜年惟永，景福無疆。

鈞天舞

承天撫籙，纂聖登皇。遐清萬宇，仰協三光。功成日用，道濟時康。瓊圖載永，寶曆斯昌。日月揚暉，煙雲爛色。河岳修貢，神祇效職。舜風攸偃，堯曦先就。睿感通寰，孝思浹宙。奉揚先德，虔遵曩狩。展義天（局）〔扃〕，〔一〕飛英雲岫。化逸王表，神凝帝先。乘雲厭俗，馭日登玄。

〔一〕天（局）〔扃〕：據《舊唐書》改。

太和舞

廣樂既備，嘉薦既新。述先惟德，孝饗惟親。七獻具舉，五齊畢陳。錫茲祚福，於萬斯春。

景雲舞

惟睿作聖，惟聖登皇。精感耀魄，時膺會昌。舜惭大孝，堯推讓王。能事斯極，振古誰方。文明履運，車書同軌。巍巍赫赫，盡善盡美。衢室凝旒，大庭端扆。釋負之寄，事光復子。脱屣高天，登遐上玄。龍湖超忽，象野芊綿。遊衣復道，薦果初年。新廟奕奕，明德配天。

光大舞

大業龍祉，徽音駿尊。潛居皇德，赫嗣天昆。展儀宗祖，重誠孝孫。春秋無極，享奏存存。

唐享太廟樂章

《唐書・樂志》曰：「太樂舊有享太廟迎神、次金奏及送神辭三章，不詳所起。」

迎神

七廟觀德，百靈攸仰。俗荷財成，物資含養。道光執契，化籠提象。肅肅雍雍，神其來享。

金奏

肅肅清廟，巍巍盛唐。配天立極，累聖重光。樂和管磬，禮備烝嘗。永惟來格，降福無疆。

送神

五聲備奏，三獻終祠。車移鳳輦，旆轉紅旗。〔一〕禮周籩豆，誠效虔祇。皇靈徙蹕，簪紳拜辭。

〔一〕紅旗：《全唐詩》卷一三作「虹旗」，疑是。

唐武后享清廟樂章

第一〔一〕

建清廟，贊玄功。擇吉日，展禋宗。樂已變，禮方崇。望神駕，降仙宮。

第二

隆周創業，寶命惟新。敬宗茂典，爰表虔禋。聲明已備，文物斯陳。肅容如在，懇志方申。

第三登歌

肅敷大禮，上謁尊靈。敬陳筐幣，載表丹誠。

第四迎神

敬奠蘋藻，式罄虔襟。潔誠斯展，佇降靈歆。

第五飲福

爰陳玉醴，式奠瓊漿。靈心有穆，介福無疆。

第六送文舞

帝圖草創，王業初開。功高佐命，業贊雲雷。

第七迎武舞

赫赫玄功被穹壤，皇皇至德洽生靈。開基撥亂妖氛廓，佐命宣威海内清。

第八武舞作

荷恩承顧託，執契恭臨撫。廟略靜邊荒，天兵耀神武。

第九撤俎

登歌已闋，獻禮方周。欽承景福，肅奉鴻休。

第十送神

大禮言畢，仙衞將歸。莫申丹懇，空瞻紫微。

〔一〕第一：《舊唐書校勘記》卷一四：「按自『第三登歌』至『第十送神』，皆先言篇數，後言儀節，惟第一第二但言篇數，未言儀節，殊爲不類。以上下文之例推之，第一下當有『迎神』二字，第二下當有『皇帝行』三字，至於第四下之『迎神』，則『迎俎』之訛耳。『迎俎』在『登歌』之後，若作『迎神』，則不應在『登歌』後矣。」

唐享太廟樂章

《唐書・樂志》曰：「中宗神龍元年，享太廟樂：迎神用《嚴和》，九變詞同，皇帝行用《昇和》，登歌祼鬯用《虔和》，迎俎用《歆和》，光皇帝酌獻用《長發》，景皇帝酌獻用《大基》，元皇帝酌獻用《大成》，高祖酌獻用《大明》，太宗酌獻用《崇德》，五室舞詞並同貞觀，高宗酌獻用《鈞天》，舞詞同光宅，孝敬皇帝酌獻用《承光》，皇帝飲福用《延和》，送文舞出、迎武舞入用《同和》，武舞用《寧和》，撤俎用《恭和》，送神用《通和》，皇后助享、皇后行用《正和》，詞同貞觀中宮朝會，登歌奠鬯用《昭和》，皇后酌獻、飲福用《誠敬》，撤俎用《肅和》，送神用《昭感》。」

嚴和

肅肅清廟，赫赫玄猷。功高萬古，化奄十洲。中興丕業，上荷天休。祗奉先構，禮被懷柔。〔一〕

〔一〕禮被：《全唐詩》卷一三作「禮備」。

昇和

顧惟菲薄，纂曆應期。中外同軌，夷狄來思。樂用崇德，禮以陳詞。夕惕若厲，欽奉宏基。

虔和

禮標薦鬯，肅事祠庭。敬申如在，敢託非馨。

歆和

崇禋已備，粢盛聿修。潔誠斯展，鐘石方遒。

承光舞

金相載穆，玉裕重輝。養德青禁，承光紫微。乾宮候色，震象增威。監國方永，賓天不歸。

孝友自衷，温文性與。龍樓正啟，鶴駕斯舉。丹扆流念，鴻名式序。中興考室，永陳彝俎。

延和

巍巍累聖，穆穆重光。奄有區夏，祚啟隆唐。百蠻飲澤，萬國來王。本枝億載，鼎祚逾長。

同和

惟聖配天敷盛禮，惟天爲大闡洪名。恭禋展敬光先德，蘋藻申虔表志誠。

寧和

炎馭失天綱，土德承天命。英猷被寰宇，懿躅隆邦政。七德已綏邊，九夷咸底定。景化覃遐邇，深仁洽翔泳。

恭和

禮周三獻，樂闋九成。肅承靈福，悚惕兼盈。

通和

祠容既畢，仙座爰興。停停鳳舉，藹藹雲昇。長隆寶運，永錫休徵。福覃貽厥，恩被黎蒸。

昭和

道洽二儀交泰，時休四宇和平。環珮肅於庭實，鐘石揚乎頌聲。

誠敬

顧惟菲質，忝位椒宮。虔奉蘋藻，肅事神宗。敢申誠潔，庶罄深衷。睟容有裕，靈享無窮。

肅和

月禮已周，雲和將變。爰獻其醑，載遷其奠。明德逾隆，非馨是薦。澤霑動植，仁覃宇縣。

昭感

鏗鏘《韶》《濩》，肅穆神容。洪規赫赫，祠典雍雍。已周三獻，將乘六龍。虔誠有託，懇志無從。

唐享太廟樂章

張說

《唐書·樂志》曰：「玄宗開元七年，享太廟樂：迎神用《永和》，皇帝行用《太和》，登歌酌瓚用《肅和》，迎俎用《雍和》，皇帝酌醴齊用文舞，獻宣皇帝用《光大舞》，光皇帝用《長發舞》，景皇帝用《大政舞》，元皇帝用《大成舞》，高祖用《大明舞》，太宗用《崇德舞》，高宗用《鈞天舞》，中宗用《太和舞》，睿宗用《景雲舞》，皇帝飲福受脤用《福和》，送文舞出、迎武舞入用《舒和》，亞獻終獻行事，武舞用《凱安》，撤豆用登歌，送神用《永和》。按景皇帝舊用《大基》，至是改用《大政》云。」

永和三首

肅九室，諧八音。歌皇慕，動神心。禮宿設，樂妙尋。聲明備，祼奠臨。

律迓氣，音入玄。依玉几，御黼筵。聆愾息，僾周旋。《九韶》遍，百福傳。

信工祝，永頌聲。來祖考，聽和平。相百辟，貢九瀛。神休委，帝孝成。

太和

時文聖后，清廟肅邕。致誠勤薦，在貌思恭。玉節《肆夏》，金鏘五鐘。繩繩雲步，穆穆天容。

肅和

天子（享）孝〔享〕，〔一〕工歌溥將。（射）〔躬〕祼鬱鬯，〔二〕乃焚膋薌。臭以達（旨）〔陰〕，〔三〕聲以求陽。奉時烝嘗，永代不忘。

〔一〕（享）孝〔享〕：據《舊唐書》改。
〔二〕（射）〔躬〕祼：據同上改。
〔三〕達（旨）〔陰〕：據《全唐詩》卷一三改。

雍和二首

在滌嘉豢，麗碑敬牲。角握之牝，色純之騂。火傳陽燧，水溉陰精。太公胖俎，傅説和羹。

俎豆有馥，齍盛潔豐。亦有和羹，既戒既平。鼓鐘管磬，肅唱和鳴。皇皇后祖，（來）〔賚〕我

思成。〔一〕

〔一〕（來）〔賚〕我：據《舊唐書》改。

文舞

聖謨九德，真言五千。慶集昌胄，符開帝先。高文杖鉞，克配彼天。三宗握鏡，六合涣然。

帝其承祀，率禮罔愆。圖書霧出，日月清懸。舞形德類，詠諗功傳。黄龍蜿蟺，緑雲蹁躚。

五行氣順，八佾風宣。介此百禄，於皇萬年。

光大舞

肅肅藝祖，滔滔濬源。有雄玉劍，作鎮金門。玄王貽緒，后稷謀孫。肇禋九廟，四海來尊。

長發舞

具禮崇德，備樂承風。魏推幢主，周贈司空。不行而至，無成有終。神興王業，天歸帝功。

大政舞

於赫元命，權輿帝文。天齊八柱，地半三分。宗廟觀德，笙鏞樂勳。封唐之兆，成天下君。

大成舞

帝舞季歷，〔一〕（龍）〔襲〕聖生昌。〔二〕后歌有蟜，胎炎孕黄。天地合德，日月齊光。肅雍孝享，祚我萬方。

〔一〕舞：《全唐詩》注：「一作符。」

〔二〕（龍）〔襲〕聖：據《舊唐書》改。

大明舞

赤精亂德，四海困窮。黄旗舉義，三靈會同。旱望春雨，雲披大風。溥天來祭，高祖之功。

崇德舞

皇合一德，朝宗百神。削平天（地）〔下〕，〔一〕大拯生人。上帝配食，單于入臣。戎歌陳舞，曄曄震震。

〔一〕天（地）〔下〕：據《舊唐書》改。

鈞天舞

高皇邁道，端拱無爲。化懷獯鬻，兵賦句驪。禮尊封禪，樂盛來儀。合位媧后，同稱伏羲。

大和舞

退居江水，鬱起丹陵。禮物還舊，朝章中興。龍圖友及，駿命恭膺。鳴球（香）〔秉〕瓚，〔一〕大糦是承。

〔一〕（香）〔秉〕瓚：據《舊唐書》改。

景雲舞

景雲霏爛，告我帝符。噫帝沖德，與天爲徒。笙鏞遥遠，俎豆虚無。春秋孝獻，迴復此都。

福和

備禮用樂，崇親致尊。誠通慈降，敬徹愛存。獻懷稱壽，啐感承恩。皇帝孝德，子孫千億。

舒和

大包天域，長亘不極。

六鐘翕協六變成，八佾倘佯八風生。樂《九韶》兮人神感，美《七德》兮天地清。

凱安四首

瑟彼瑶爵，亞維上公。室如屏氣，門不容躬。禮殷其本，樂執其中。聖皇永慕，天地幽通。

禮匝三獻，樂遍九成。降循軒陛，仰欷皇情。福與仁合，德因孝明。百年神畏，四海風行。

總總干戚，填填鼓鐘。奮揚增氣，坐作爲容。離若鷙鳥，合如戰龍。萬方觀德，肅肅邕邕。

烈祖順三靈，文宗威四海。黄鉞誅群盜，朱旗掃多罪。戢兵天下安，約法人心改。大哉千羽意，長見風雲在。

登歌

止笙磬，徹豆籩。廓無響，窅八玄。主在室，神在天。情餘慕，禮罔愆。喜黍稷，屢豐年。

永和

眇嘉樂，授靈爽。感若來，思如往。休氣散，迴風上。返寂寞，還惚恍。懷靈駕，結空想。

樂府詩集卷第十一

郊廟歌辭十一

唐享太廟樂章

《唐書·樂志》曰：「代宗寶應已後，續造享太廟樂章：獻玄宗用《廣運之舞》，肅宗用《惟新之舞》，代宗用《保大之舞》，德宗用《文明之舞》，順宗用《大順之舞》，憲宗用《象德之舞》，穆宗用《和寧之舞》，武宗用《大定之舞》，昭宗用《咸寧之舞》，宣宗、懿宗有舞詞而名不傳。」

廣運舞

郭子儀

於赫皇祖，昭明有融。惟文之德，惟武之功。河海靜謐，車書混同。虔恭孝饗，穆穆玄風。

惟新舞

劉晏

漢祚惟永，神功中興。風驅氛祲，天覆黎蒸。三光再朗，庶績其凝。重熙累葉，景命是膺。

保大舞

郭子儀

於穆文考，聖神昭彰。《簫》《勺》群慝，含光遠方。萬物茂遂，九夷賓王。愔愔《雲》《韶》，德音不忘。

文明舞

鄭餘慶

開邸除暴，時邁勛尊。三元告命，四極駿奔。金枝翠葉，輝燭瑶琨。象德億載，貽慶湯孫。

大順舞

鄭　絪

於穆時文，受天明命。允恭玄默，化成理定。出震嗣德，應乾傳聖。猗歟緝熙，千億流慶。

象德舞

段文昌

肅肅清廟，登顯至德。澤周八荒，兵定四極。生物咸遂，群盗滅息。明聖欽承，子孫千億。

和寧舞

牛僧孺

湜湜頎頎，融昭德輝。不紐不舒，貫成九圍。武烈文經，敷施當宜。纂堯付啟，億萬熙熙。

大定舞

李　回

受天明命，敷祐下土。化時以儉，衛文以武。氛消夷夏，俗臻往古。億萬斯年，形于律吕。

宣宗舞

夏侯孜

於鑠令主，聖祚重昌。興起教義，申明典章。俗尚素朴，人皆樂康。積德可報，流慶無疆。

懿宗舞

蕭　倣

聖祚無疆，慶傳樂章。金枝繁茂，玉葉延長。海瀆常晏，波濤不揚。汪汪美化，垂範今王。

咸寧舞

於鑠丕嗣，惟帝之光。羽籥象德，金石薦祥。聖系無極，景命永昌。神降上哲，維天配長。

唐太清宫樂章

《唐書・禮儀志》曰:「玄宗開元二十〔九〕年正月,〔一〕詔兩京諸州置玄元廟。天寶二年三月,以西京玄元廟爲太清宫。其樂章:降仙聖奏《煌煌》,登歌發爐奏《沖和》,上香畢奏《紫極舞》,撤醮奏登歌,送仙聖奏《真和》。《會要》曰:「太清宫薦獻聖祖玄元皇帝奏《混成紫極之舞》。」

〔一〕二十〔九〕年:據《舊唐書》和《新唐書・玄宗紀》補。

煌煌

煌煌道宫,肅肅太清。禮光尊祖,樂備充庭。罄竭誠至,希夷降靈。雲凝翠蓋,風欻虹旌。衆真以從,九奏初迎。永惟休祐,是錫和平。

沖和

虚無結思,鐘磬和音。歌以頌德,香以達心。禮殊祼鬯,義感昭臨。雲車至止,慶垂愔愔。

香初上

肅肅我祖，綿綿道宗。至感潛達，靈心暗通。雲駢御氣，芝蓋隨風。四時禋祀，萬國來同。

再上

仙宗績道，〔一〕我李承天。慶深虛極，符光象先。俗登仁壽，化闡嬗涓。五千貽範，億萬斯年。

〔一〕績道：《全唐詩》卷一四作「積道」。

終上

不宰元功，無爲上聖。洪源《長發》，誕受天命。金奏迎真，瓊宫展盛。備禮周樂，垂光儲慶。

紫極舞

至道生元氣，重圓法混成。無爲觀大象，沖用體常名。仙樂臨丹闕，雲車出玉京。靈符百代應，瑞節九真迎。寶運開皇極，天臨映太清。長垂一德慶，永庇萬方寧。

序入破第一奏

真宗開妙理，沖教統清虚。化演無爲日，言昭有象初。瑶壇肅靈瑞，〔一〕金闕映仙居。一奏三清樂，長回八景輿。

〔一〕瑶壇：《全唐詩》作「瑶臺」。

第二奏

虚極仙宗本，希夷象帝先。百靈朝太上，萬法祖重圓。善貸惟沖德，功成謂自然。雲門達和氣，思用合鈞天。

第三奏

元符傳紫極，寶祚啟高真。道德先垂裕，沖和已化淳。人風齊太古，天瑞叶惟新。仙樂清都上，長明交泰辰。

登歌

嚴禋展事，禮潔蒸嘗。皇矣聖祖，德惟馨香。盛薦既撤，(歌)工〔歌〕再揚。〔一〕大來之慶，降福穰穰。

〔一〕(歌)工〔歌〕：據《全唐詩》改。

真和

玉磬含響，金罏既馥。風馭泠泠，雲壇肅肅。杳歸大象，霈流嘉福。俾寧萬邦，無思不服。

唐德明興聖廟樂章

李 舒

《唐書·禮儀志》曰：「玄宗天寶二年三月，追尊皋繇爲德明皇帝，涼武昭王爲興聖皇帝。其廟樂：第一迎神，第二登歌奠幣，第三迎俎，第四酌獻，第五亞獻、終獻，第六送神。」

迎神

元尊九德，佐堯光宅。烈祖太宗，方周作伯。響懷霜露，〔一〕樂變金石。白雲清風，彷彿來格。

〔一〕響懷：疑當作「饗懷」。

登歌奠幣

四時有典，百事來祭。尊祖奉宗，嚴禋大帝。禮先蒼璧，奠備黝制。於萬斯年，熙成帝系。

迎俎

盛牲實俎，涓選休成。鼎煁陽燧，玉盥陰精。有飶嘉豆，既和大羹。侑以清樂，細齊人情。

德明酌獻

清廟奕奕，和樂雍雍。器尊犧象，禮屬宗公。白水方祼，黄流在中。謨明之德，萬古清風。

興聖酌獻

閟宫靜謐，合樂周張。泰尊始獻，百末重觴。震澹存誠，庶幾迪嘗。遥源之祚，天漢靈長。

亞獻終獻

惟清惟肅，靡聞靡見。舉備九成，俛終三獻。慶彰曼壽，胙撤嘉薦。瘞玉埋牲，禮神斯遍。

送神

元精回復，靈貺繁滋。風灑蘭路，雲摇桂旗。高丘緬邈，涼部逶遲。瞻望靡及，纏綿永思。

唐儀坤廟樂章

《唐書·樂志》曰：「儀坤廟樂：迎神用《永和》，次金奏，皇帝行用《太和》，酌獻登歌用《肅和》，迎俎用《雍和》，肅明皇后室酌獻用《昭升》，昭成皇后室酌獻用《坤貞》，飲福用《壽和》，送文舞出、迎武舞入用《舒和》，武舞用《安和》，撤俎用《雍和》，送神用《永和》。」

永和　徐彦伯

猗若清廟，肅肅熒熒。國薦嚴祀，坤(興)〔輿〕淑靈。〔一〕有几在室，有樂在庭。臨兹孝享，百禄惟寧。

〔一〕坤(興)〔輿〕：據《舊唐書》改。

金奏

陰靈効祉，軒曜降精。祥符淑氣，慶集柔明。瑶俎既列，雕桐發聲。徽猷永遠，比德皇英。

太和　丘説

孝哉我后，沖乎迺聖。道映重華，德輝文命。慕深視篋，情殷撫鏡。萬國移風，兆人承慶。

肅和　張齊賢

裸圭既濯，鬱鬯既陳。畫冪雲舉，黄流玉醇。儀充獻酌，禮盛衆禋。〔一〕地察惟孝，愉焉饗親。

〔一〕 衆禋：疑當作「來禋」。

雍和

鄭善玉

酌鬱既灌，取蕭方爇。籩豆靜(器)〔嘉〕，〔一〕簠簋芬飶。魚腊薦美，牲牷表潔。是戢是將，載迎載列。

〔一〕 靜(器)〔嘉〕：據《舊唐書》改。

昭升

薛稷

陽靈配德，陰魄昭升。堯壇鳳下，漢室龍興。俔天作對，前旒是凝。化行南國，道盛西陵。造舟集灌，無德而稱。我粢既潔，我醴既澄。陰陰靈廟，光靈若憑。德馨惟饗，孝思烝烝。

坤貞

乾道既亨，坤元以貞。肅雍攸在，輔佐斯成。外睦九族，内光一庭。克生叡哲，祚我休明。

欽若徽範，悠哉淑靈。建兹清宫，于彼上京。縮茅以獻，潔秬惟馨。實受其福，期乎億齡。

壽和　徐堅

於穆清廟，肅雍嚴祀。合福受釐，介以繁祉。

舒和　胡雄

送文迎武遞參差，一始一終光聖儀。四海生人歌有慶，千齡孝享肅無虧。

安和　劉子玄

妙算申帷幄，神謀出廟庭。兩階文物備，《七德》武功成。校獵長楊苑，屯軍細柳營。將軍獻凱入，歌舞溢重城。

雍和　員半千

孝享云畢，維撤有章。雲感玄羽，風悽素商。瞻望神座，祇戀匪遑。禮終樂闋，肅雍鏘鏘。

永和　祝欽明

閟宮實實，清廟微微。降格無象，馨香有依。式昭纂慶，方融嗣徽。明禋是享，神保聿歸。

唐儀坤廟樂章

《唐書・樂志》曰：「太樂又有儀坤廟樂章，與前略同。而有迎神、送神二章，無徐彦伯、祝欽明之詞。」

迎神

月靈降德，坤元授光。娥英比秀，任姒均芳。瑶臺薦祉，金屋延祥。迎神有樂，歆此嘉薌。

送神

玉帛儀大，金絲奏廣。靈應有孚，冥徵不爽。降彼休福，歆兹禋享。送樂有章，神麾其上。

唐昭德皇后廟樂章

《唐書・樂志》曰：「昭德皇后廟樂：迎神用《永和》，登歌酌鬯用《肅和》，迎俎用《雍和》，酌獻用《坤元》，飲福用《壽和》，送文舞出、迎武舞入用《舒和》，武舞用《凱安》，撤俎用《雍和》，送神用《永和》。其辭内出。」

永和

穆清廟，薦嚴禋。昭禮備，和樂新。望靈光，集元辰。祚無極，享萬春。

肅和

誠心達，娱樂分。升蕭膋，鬱氛氲。茅既縮，鬯既薰。后來思，福如雲。

雍和

我將我享，盡明而誠。載芬黍稷，載滌犧牲。懿矣元良，萬邦以貞。心乎愛敬，若覩容聲。

坤元

於穆先后，儷聖稱崇。母臨萬宇，道被六宫。昌時協慶，理内成功。殷薦明德，傳芳國風。

壽和

工祝致告，徽音不遐。酒醴咸旨，馨香具嘉。受釐獻祉，永慶邦家。

舒和

金枝羽部（輟）〔徹〕清歌，〔一〕瑶堂肅穆笙磬羅。諧音遍響合明意，萬類昭融靈應多。

〔一〕（輟）〔徹〕清歌：據《全唐詩》卷一四改。

凱安

辰位列四星，帝功參十亂。進賢勤内輔，扈蹕清多難。承天厚載均，並曜宵光燦。留徽藹前躅，萬古披圖焕。

雍和

公尸既起，享禮載終。稱歌進撤，盡敬由衷。澤流惠下，大小咸同。

永和

昭事終，幽享餘。移月御，返仙居。瓊庭寂，靈幄虚。顧徘徊，感皇儲。

唐讓皇帝廟樂章

李　舒

迎神

皇矣天宗，德先王季。因心則友，克讓以位。爰命有司，式遵前志。神其降靈，昭饗祀事。

奠幣

惟帝時若，去而上仙。祀用商武，〔一〕樂備宮縣。白璧加薦，玄纁告虔。子孫拜後，承兹吉蠲。

〔一〕商武：《全唐詩》卷一五作「商舞」。

迎俎

祀盛體薦，禮協粢盛。方周假廟，用魯純牲。捧撤祇敬，擊拊和鳴。受釐歸胙，既戒而平。

酌獻

八音具舉，三壽既盥。潔茲宗彝，瑟彼圭瓚。蘭肴重錯，椒醑飄散。降祚維城，永爲藩翰。

亞獻終獻

秩禮有序，和音既同。九儀不忒，三揖將終。孝感藩后，相維辟公。四時之典，永永無窮。

送神

奠獻已事，昏昕載分。風摇雨散，靈衛絪緼。龍駕帝服，上騰五雲。泮宮復閟，寂寞無聞。

唐享隱太子廟樂章

《唐書·樂志》曰：「貞觀中，享隱太子廟樂：迎神用《誠和》，登歌奠玉帛用《肅和》，迎俎用《雍和》，送文舞出、迎武舞入用《舒和》，武舞用《凱安》，送神用《誠和》，詞同迎神。」

誠和

道閟鶴關，運纏鳩里。門集大命，〔一〕俾歆嘉祀。禮亞六瑚，誠殫二簋。有誠顒若，神斯戾止。

〔一〕門：《舊唐書校勘記》卷一四謂「門」當作「用」。

肅和

歲肇春宗，乾開震長。瑶山既寂，戾園斯享。玉肅其事，物昭其象。絃誦成風，笙歌合響。

雍和

明典肅陳，神居邃啟。春伯聯事，秋官相禮。有來雍雍，登歌濟濟。緬惟主鬯，庶歆芳醴。

舒和

三縣已判歌鍾列，六佾將開羽鏚分。尚想燕飛來蔽日，終疑鶴影降(陵)〔凌〕雲。〔一〕

〔一〕(陵)〔凌〕雲：據《舊唐書》改。

(武舞)〔凱安〕〔一〕

天步昔將開，商郊初欲踐。撫戎金陣廓，貳極瑶圖闡。雞戟遂崇儀，龍樓期好善。弄兵隳震業，啟聖隆祠典。

〔一〕(武舞)〔凱安〕：據《舊唐書》改。

唐享隱太子廟樂章

《唐書・樂志》曰：「太樂舊有隱太子廟迎送神辭二章，不詳所起。」

迎神

蒼震有位，黄離蔽明。江充禍結，戾據災成。銜冤昔痛，贈典今榮。享靈有秩，奉樂以迎。

送神

皇情悼往，祀儀增設。鐘鼓鏗鍠，羽旄昭晰。掌禮云備，司筵告撤。樂以送神，靈其鑒闋。

樂府詩集卷第十二

郊廟歌辭十二

唐享章懷太子廟樂章

《唐書·樂志》曰：「神龍初，享章懷太子廟樂章：第一迎神，第二登歌酌鬯，第三迎俎及酌獻，第四送文舞出、迎武舞入，第五武舞作，第六送神，詞同隱廟。」

迎神

副君昭象，道應黄離。銅樓備德，玉裕成規。仙氣靄靄，靈從師師。前驅戾止，控鶴來儀。

登歌酌鬯

忠孝本著，羽翼先成。寢門昭德，馳道爲程。幣帛有典，容衞無聲。司存既肅，廟享惟清。

迎俎酌獻

通三錫胤，明兩承英。太山比赫，伊水聞笙。宗祧是寄，禮樂其亨。嘉辰薦俎，以發聲明。

送文舞迎武舞

羽籥崇文禮以畢，干鏚奮武事將行。用捨由來其有致，壯志宣威樂太平。

武舞作

緑林熾炎曆，黄虞格有苗。沙塵驚塞外，帷幄命嫖姚。七德干戈止，三邊雲霧消。寶祚長無極，歌舞盛今朝。

唐享懿德太子廟樂章

《唐書・樂志》曰：「神龍初，享懿德太子廟樂章：第一迎神，第二登歌酌鬯，第三迎俎及酌獻，第四送文舞出、迎武舞入，第五武舞作，第六送神，詞同隱廟。」

迎神

甲觀昭祥，畫堂升位。禮絶群后，望尊儲貳。啟誦慚德，莊丕掩粹。伊浦鳳翔，緱峰鶴至。

登歌酌鬯

譽闡元儲，寄崇明兩。玉裕雖晦，銅樓可想。絃誦輟音，笙歌罷響。幣帛言設，禮容無爽。

迎俎酌獻

雍雍盛典，肅肅靈祠。賓天有聖，對日無期。飄飄羽服，掣曳雲旗。眷言主鬯，心乎愴兹。

送文舞迎武舞

八音協奏陳金石，六佾分行整禮容。滄溟赴海還稱少，素月開輪即是重。

武舞作

隋季昔云終，唐年初啟聖。纂戎將禁暴，崇儒更敷政。威略靜三邊，仁恩覃萬姓。

唐享節愍太子廟樂章

《唐書·樂志》曰：「景雲中，享節愍太子廟樂章：第一迎神，第二登歌酌鬯，第三迎俎及酌獻，第四送文舞出、迎武舞入，第五武舞作，第六送神，詞同隱廟。」

迎神

儲后望崇，元良寄切。寢門是仰，馳道不絕。仙袂雲會，靈旗電晰。煌煌而來，禮物攸設。

登歌酌鬯

灼灼重明，仰承元首。既賢且哲，惟孝與友。惟孝雖遥，靈規不朽。禮因誠致，備潔玄酒。

迎俎酌獻

嘉薦有典，至誠莫騫。畫梁雲亘，雕俎星聯。樂器周列，禮容備宣。依俙如在，若未賓天。

送文舞迎武舞

邕邕闡化憑文德，赫赫宣威藉武功。既執羽旄先拂吹，還持玉鏚更揮空。

武舞作

武德諒雄雄，〔一〕由來掃寇戎。劍光揮作電，旗影列成虹。霧廓三邊靜，波澄四海同。睿圖今已盛，相共舞皇風。

〔一〕雄雄：《全唐詩》卷一五作「雍雍」。

唐享文（恭）〔敬〕太子廟樂章〔一〕

請神

許孟容

觴牢具品，管磬有節。祝道𡩋恭，神儀昭晰。桐珪早貴，象輅追設。（罄）〔聲〕達樂成，〔二〕降歆豐潔。

〔一〕文（恭）〔敬〕太子：據《新唐書》卷八二、《全唐詩》卷一五改。

〔二〕（罄）〔聲〕達：據《全唐詩》改。

登歌　陳京

歌以德發，聲以樂貴。樂善名存，追仙禮異。鸞旌拱脩，鳳鳴合吹。神聽皇慈，仲月皆至。

迎俎酌獻　馮伉

撰日瞻景，誠陳樂張。禮容秩秩，羽舞煌煌。肅將滌濯，祗薦芬芳。永錫繁祉，思深享嘗。

退文舞迎武舞

干旄羽籥相虧蔽，一進一退殊行綴。昔獻三雍盛禮容，今陳六佾崇儀制。

亞獻終獻　崔邠

醴齊泛樽彝，軒縣動干戚。入室僾如在，升階虔所歷。奮疾合威容，定利舒皦繹。方崇廟貌禮，永被君恩錫。

送神　張薦

三獻具舉，九旗將旋。追勞表德，罷享賓天。風引仙管，堂虛畫筵。芳馨常在，瞻望悠然。

唐享惠昭太子廟樂章

請神　歸登

嘉薦既陳，祀事孔明。閒歌在堂，萬舞在庭。外則盡物，内則盡誠。鳳笙如聞，歆其絜精。

登歌　杜羔

因心克孝，位震遺芬。賓天道茂，軫懷氣分。發祇乃祀，咳嘆如聞。二歌斯升，以詠德薰。

迎俎酌獻　李逢吉

既潔酒醴，聿陳熟腥。肅將震念，昭格儲靈。展矣禮典，薰然德馨。愔愔管磬，亦具是聽。

(退)〔送〕文舞迎武舞〔一〕　孟簡

喧喧金石容既缺，肅肅羽駕就行列。緱山遺響昔所聞，廟庭進旅今攸設。

〔一〕(退)〔送〕：據《全唐詩》卷一五改。

亞獻終獻　裴度

重輪始發祥，齒胄方興學。冥然升紫府，鏗爾薦清樂。奠斝致馨香，在庭紛羽籥。禮成神既醉，彷彿緱山鶴。

送神　王涯

威儀畢陳，備樂將闋。苞茅酒縮，膋蕭香徹。宫臣展事，肅雍在列。迎精送往，厥鑒昭晰。

唐武氏享先廟樂章　武后

先德謙撝冠昔，嚴規節素超今。奉國忠誠每竭，承家至孝純深。追崇懼乖尊意，顯號恐玷徽音。既迫王公屢請，方乃俯遂群心。有限無由展敬，奠醑每闕親斟。大禮虔申典册，蘋藻敬薦翹襟。

唐韋氏褒德廟樂章

《唐書·樂志》曰：「神龍中，中宗爲皇后韋氏祖考立廟曰褒德，其廟樂：迎神用《昭德》，登歌用《進德》，俎入初獻用《褒德》，次武舞作，亞獻及送神用《彰德》，詞並內出。」

昭德

道赫梧宫，悲盈蒿里。爰暢徽烈，載敷嘉祀。享洽四時，規陳二簋。靈應昭格，神其戾止。

進德

塗山懿戚，嬀汭崇姻。祠筵肇啟，祭典方申。禮以備物，樂以感神。用隆敦敘，載穆彝倫。

褒德

家著累仁，門昭積善。瑶篚既列，金縣式展。

武舞作

昭昭竹殿開，奕奕蘭宫啟。懿範隆丹掖，殊榮闢朱邸。六佾薦徽容，三簋陳芳醴。萬石覃貽厥，分珪崇祖禰。

彰德

名隆五岳，秩映三台。嚴祠已備，睟影方迴。

梁太廟樂舞辭

《五代會要》曰：「梁開平二年正月，太常奏定享太廟樂：迎神舞《開平之舞》，迎俎奏《慶肅之樂》，酌獻奏《慶熙》，飲福酒奏《慶隆》，送文舞、迎武舞奏《慶融》，亞獻終獻奏《慶休》。」《唐餘録》曰：「梁宗廟樂：迎神奏《開平舞》，次皇帝行，次帝盥，次登歌。獻肅祖奏《大合之舞》，恭祖奏《象功之舞》，憲祖奏《來儀之舞》，烈祖奏《昭德之舞》，次飲福，次撤豆，次送神。」

開平舞

黍稷馨，醻醴清。牲牷潔，金石鏗。恭祀事，結皇情。神來格，歌頌聲。

皇帝行

莫高者天，攀隮勿克。隮天有方，累仁積德。祖宗隆之，子孫履之。配天明祀，永永孝思。

帝盥

莊肅莅事，周旋禮容。祼鬯嚴潔，穆穆雍雍。

登歌

於赫我皇，建中立極。動以武功，靜以文德。昭事上帝，歡心萬國。大報嚴禋，四海述職。

大合舞

於穆皇祖，濬哲雍熙。美溢中夏，化被南陲。后稷累德，公劉創基。肇興九廟，樂合來儀。

象功舞

天地合德，睿聖昭彰。累贈太傅，俄登魏王。雄名不朽，奕葉而光。建國之兆，君臨萬方。

來儀舞

於赫帝命，應天順人。亭育品彙，賓禮百神。洪基永固，景命惟新。肅恭孝享，祚我生民。

昭德舞

肅肅文考，源濬派長。漢稱誕季，周實生昌。奄有四海，超彼百王。笙鏞迭奏，禮物熒煌。

飲福

戛玉摐金永頌聲，縻絲孤竹和且清。靈歆醉止犧象盈，自天降福千萬齡。

撤豆

笙鏞洋洋，庭燎煌煌。明星有爛，祝史下堂。籩豆斯撤，禮容有章。克勤克儉，無怠無荒。

送神

其降無從，其往無蹤。黍稷非馨，有感必通。赫奕令德，彷彿晬容。再拜慌惚，遐想昊穹。

後唐宗廟樂舞辭

《唐餘録》曰：「後唐並用唐樂，無所變更，唯别造六室舞辭：懿祖室奏《昭德之舞》，獻祖室奏《文明之舞》，太祖室奏《應天之舞》，昭宗室奏《永平之舞》，莊宗室奏《武成之舞》，明宗室奏《雍熙之舞》。」

昭德舞

懿彼明德，赫赫煌煌。名高閫域，功著旂常。道符休泰，運叶祺祥。慶傳萬祀，以播耿光。

文明舞

帝業光揚，皇圖翕赫。聖德孔彰，神功不測。信及豚魚，恩霑動植。懿範鴻名，傳之萬億。

應天舞

晉國肇興，雄圖再固。黼黻帝道，金玉王度。皇天無親，惟德是輔。載誕英明，永光聖祚。

永平舞

慶傳寶祚，〔一〕位正瑶圖。功宣四海，化被八區。静彰帝道，動合乾符。千秋萬祀，永荷昭蘇。

〔一〕寶：《全唐詩》卷一六作「瓚」。

武成舞

崔居儉

艱難王業，返正皇唐。先天載造，却日重光。漢紹世祖，夏資少康。功成德茂，率祀無疆。

雍熙舞

盧文紀

仁君御宇，寰海謐清。運符武德，道協文明。九功式敘，百度惟成。〔一〕金門積慶，玉葉傳榮。

〔一〕惟成：《全唐詩》卷一六作「惟貞」。

漢宗廟樂舞辭

《五代史·樂志》曰：「漢宗廟酌獻樂舞：文祖室奏《靈長之舞》，德祖室奏《積善之舞》，翼祖室奏《顯仁之舞》，顯祖室奏《章慶之舞》，高祖室奏《觀德之舞》。」《唐餘録》曰：「高祖追尊四祖廟，且遠引漢之二祖爲六室。張昭因傅會其禮，乃曰太祖高皇帝創業垂統室奏《武德之舞》，世祖光武皇帝再造丕基室奏《大武之舞》，自如其舊。而《大武》即用東平王蒼辭云。」

武德舞

明明我祖，天集休明。神母夜哭，彤雲晝興。籩豆有踐，管籥斯登。孝孫致告，神其降靈。

靈長舞

天降祥，漢祚昌。火炎上，水靈長。建廟社，潔蒸嘗。羅鐘石，儼珩璜。陳玉豆，酌金觴。

氣昭感，德馨香。祇洛汭，瞻晉陽。降吾祖，福穰穰。

積善舞

黍稷斯馨，祖德惟明。蛇告赤帝，龜謀大横。雲行雨施，天成地平。造我家邦，斡我璿衡。陶匏在御，醍盎惟精。或戛或擊，載炮載烹。飲福受胙，舞降歌迎。滔滔不竭，洪惟水行。

顯仁舞

運極金行謝，天資水德隆。禮神酆畤館，布政未央宫。詰旦修明祀，登歌答茂功。雲軿臨降久，星俎薦陳豐。藹藹沈檀霧，鏘鏘環珮風。熒煌昇藻藉，肸蠁轉珠櫳。尊祖《咸》《韶》備，貽孫書軌同。京坻長有積，宗社享無窮。

章慶舞

罘罳曉唱鷄人，三牲八簋斯陳。霧集瑶階瑣闥，香生綺席華茵。珠佩貂璫熠爚，羽旄干戚紛綸。酌鬯既終三獻，凝旒何止千春。阿閣長棲綵鳳，郊宫疊奏祥麟。赤伏英靈未泯，玄珪運祚重新。玉斝犧樽(簟)〔瀲〕灎，〔一〕龍旂鳳轄逡巡。瞻望月游冠冕，猶疑蒼野回輪。

〔一〕（篹）〔瀲〕灩：據《全唐詩》卷一六改。

觀德舞

張　昭

高廟明靈再啟圖，金根玉輅幸神都。巢阿丹鳳銜書命，入昴飛星獻寶符。正撫薰弦娱赤子，忽登仙駕泣蒼梧。薦櫻鶴館笳簫咽，酌鬯金楹劍珮趨。星俎雲罍兼魯禮，朱干象箾雜巴渝。氤氳龍麝交青瑣，彷彿錫鑾下蕊珠。薦豆奉觴親玉几，配天合祖耀璿樞。受釐飲酒皇歡洽，仰俟餘靈泰九區。

周宗廟樂舞辭

《唐餘録》曰：「周宗廟樂：降神奏《肅順》，皇帝行奏《治順》，獻信祖室奏《肅雍之舞》，僖祖室奏《章德之舞》，義祖室奏《善慶之舞》，慶祖室奏《觀成之舞》，太祖室奏《明德之舞》，世宗室奏《定功之舞》，酌獻登歌奏《感順》，迎俎奏《禋順》，飲福奏《福順》，送文舞、迎武舞奏《忠順》，武舞奏《善勝》，撤俎奏《禮順》，送神奏《肅順》。」

肅順

我后至孝，祇謁祖先。仰瞻廟貌，夙設宫縣。朱弦疏越，羽舞回旋。神其來格，明祀惟虔。

治順

清廟將入，衮服是依。載行載止，令色令儀。永終就養，空極孝思。瞻望如在，顧復長違。

肅雍舞

周道載興，象日之明。萬邦咸慶，百穀用成。於穆聖祖，祇薦鴻名。祀于廟社，陳其犧牲。進旅退旅，皇舞之形。〔一〕一倡三歎，朱弦之聲。以妥以侑，既和且平。至誠潛達，介福攸寧。

〔一〕皇舞：《全唐詩》卷一六作「皇武」。

章德舞

清廟新，展嚴禋。恭祖德，厚人倫。雅樂薦，禮器陳。儼皇尸，列虞賓。神如在，聲不聞。

享必信，貌惟夤。想龍服，奠犧樽。禮既備，慶來臻。

善慶舞

卜世長，帝祚昌。定中國，服四方。修明祀，從舊章。奏激楚，轉清商。羅俎豆，列簪裳。歌𩇕𩇕，容皇皇。望來格，降休祥。祝敢告，壽無疆。

觀成舞

穆穆王國，奕奕神功。毖祀載展，明德有融。彝樽斯滿，簠簋斯豐。紛絺旄羽，鏘洋磬鐘。或昇或降，克和克同。孔惠之禮，必肅之容。錫以純嘏，祚其允恭。神保是饗，萬世無窮。

明德舞

惟彼岐陽，德大流光。載造周室，澤及遐荒。於鑠聖祖，上帝是皇。迺聖迺神，知微知章。新廟奕奕，豐年穰穰。取彼血膋，以往烝嘗。黍稷惟馨，籩豆大房。工祝致告，受福無疆。

咸順

萬舞咸列，三階克清。貫珠一倡，擊石九成。盈觴雖酌，靈坐無形。永懷我祖，達其孝誠。

禋順

旨酒既獻，嘉肴乃迎。振其蕢鼓，潔以鉶羹。肇禋肇祀，或炮或烹。皇尸儼若，保饗是明。

福順

新廟奕奕，金奏洋洋。享于祖考，循彼典章。清酤特滿，嘉玉騰光。神醉既告，帝祉無疆。

忠順

稱文既表温柔德，示武須成蹈厲容。綴兆疾舒皆應節，明明我祖樂何窮。

善勝舞

《五代史·樂志》曰：「周廣順元年，改郊廟朝會舞名，乃改漢《治安》爲《政和之舞》，

《振德》爲《善勝之舞》，《觀象》爲《崇德之舞》，《講功》爲《象成之舞》。」

聖祖累功，福鍾來裔。持羽執干，舞文不廢。

禋順

禮畢祀先，香散几筵。罷舞干戚，收撤豆籩。

肅順

樂奏四順，福受萬年。神歸碧天，庭餘瑞煙。

樂府詩集卷第十三

燕射歌辭一

《周禮·大宗伯》之職曰：「以飲食之禮親宗族兄弟，以賓射之禮親故舊朋友，以饗燕之禮親四方之賓客。」《大行人》：「掌大賓之禮、大客之儀以親諸侯，以九儀辨諸侯之命，等諸臣之爵，以同邦國之禮而待其賓客。上公饗禮九獻，食禮九舉；侯伯饗禮七獻，食禮七舉；子男饗禮五獻，食(舉)〔禮〕五舉。〔一〕諸侯之卿各下其君二等，大夫、士皆如之。」凡正饗，食則在廟，燕則在寢，所以仁賓客也。《儀·燕禮》曰：「工歌《鹿鳴》《四牡》《皇皇者華》。笙入，奏《南陔》《白華》《華黍》。乃間歌《魚麗》，笙《由庚》；歌《南有嘉魚》，笙《崇丘》；歌《南山有臺》，笙《由儀》。遂歌鄉樂：《周南》，《關雎》《葛覃》《卷耳》；《召南》，《鵲巢》《采蘩》《采蘋》。」此燕饗之有樂也。《大司樂》曰：「大射，王出入奏《王夏》，及射令奏《騶虞》，詔諸侯以弓矢舞。」《樂師》：「燕射，帥射夫以弓矢舞。」《大師》：「大射，帥瞽而歌射節。」此大射之有樂也。《王制》曰：「天子食，舉以樂。」《大司樂》：「王大食，三宥，皆令奏鐘鼓。」漢鮑業曰：

「古者天子食飲，必順四時五味，故有食舉之樂，所以順天地、養神明、求福應也。」此食舉之有樂也。《隋書・樂志》曰：「漢明帝時，樂有四品。其二曰雅頌樂，辟雍饗射之所用。則《孝經》所謂『移風易俗，莫善於樂』。《禮記》曰：『揖讓而治天下者，禮樂之謂也。』三曰黄門鼓吹，天子宴群臣之所用。則《詩》所謂『坎坎鼓我，蹲蹲舞我』者也。」漢有殿中御飯食舉七曲，太樂食舉十三曲，魏有雅樂四曲，皆取周詩《鹿鳴》。晉荀勖以《鹿鳴》燕嘉賓，無取於朝。乃除《鹿鳴》舊歌，更作行禮詩四篇，先陳三朝朝宗之義。又爲王公上壽酒、食舉樂歌詩十（二）〔三〕篇。〔二〕司律陳頎以爲三元肇發，群后奉璧，趨步拜起，莫非行禮，豈容别設一樂，謂之行禮。荀議《鹿鳴》之失，似悟昔繆，還制四篇，復襲前軌，亦未爲得也。終宋、齊已來，相承用之。梁、陳三朝，樂有四十九等，其曲有《相和》五引及《俊雅》等七曲。後魏道武初，正月上日饗群臣，備列宫縣正樂，奏燕、趙、秦、吴之音，五方殊俗之曲，四時饗會亦用之。隋煬帝初，詔秘書省學士定殿前樂工歌十四曲，終大業之世，每舉用焉。其後又因高祖七部樂，乃定以爲九部。唐武德初，讌享承隋舊制，用九部樂。貞觀中，張文收造讌樂，於是分爲十部。後更分讌樂爲立坐二部。天寶已後，讌樂西涼、龜兹部著録者二百餘曲，而清樂天竺諸部不在焉。

〔一〕食(舉)〔禮〕：據《周禮·大行人》改。

〔二〕十(二)〔三〕篇：據《晉書》改。

晉四廂樂歌

傅玄

《晉書·樂志》曰：「晉初，食舉亦用《鹿鳴》。至武帝泰始五年，使傅玄、荀勖、張華各造正旦行禮及王公上壽酒、食舉樂歌詩，後又詔成公綏亦作焉。傅玄造三篇：一曰《天鑒》，正旦大會行禮歌；二曰《於赫》，上壽酒歌；三曰《天命》，食舉東西廂歌。」

正旦大會行禮歌

天鑒有晉，世祚聖皇。時齊七政，朝此萬方。鐘鼓斯震，九賓備禮。正位在朝，穆穆濟濟。煌煌三辰，實麗于天。君后是象，威儀孔虔。率禮無愆，莫匪邁德。儀刑聖皇，萬邦惟則。

天鑒四章，章四句。

上壽酒歌

於赫明明，聖德龍興。三朝獻酒，萬壽是膺。敷佑四方，如日之升。自天降祚，元吉有徵。

於赫一章八句。

食舉東西廂歌

天命大晉，載育群生。於穆上德，隨時化成。自祖配命，皇皇后辟。繼天創業，宣、文之績。丕顯宣、文，先知稼穡。克恭克儉，足教足食。既教食之，弘濟艱難。上帝是祐，下民所安。天祐聖皇，萬邦來賀。雖安勿安，乾乾匪暇。乃正丘郊，乃定冢社。廙廙作宗，光宅天下。惟敬朝饗，爰奏食舉。盡禮供御，嘉樂有序。樹羽設業，笙鏞以閒。琴瑟齊列，亦有篪塤。喤喤鼓鍾，鎗鎗磬管。八音克諧，載夷載簡。既夷既簡，其大不禦。風化潛興，如雲如雨。如雲之覆，如雨之潤。聲教所暨，無思不順。教以化之，樂以和之。和而養之，時惟邕熙。禮慎其儀，樂節其聲。於鑠皇繇，既和且平。

天命十三章，章四句。

晉四廂樂歌

荀　勖

《晉書・樂志》曰：「魏杜夔傳舊雅樂四曲：一曰《鹿鳴》，二曰《騶虞》，三曰《伐檀》，四曰《文王》，皆古聲辭。及太和中，左延年改夔《騶虞》《伐檀》《文王》三曲，更自作聲節，其名雖同而聲實異。唯因夔《鹿鳴》，全不改易。每正旦大會，太尉奉璧，群后行禮，東廂雅樂郎作者是也。後又改三篇：第一曰《於赫篇》，詠武帝，聲節與古《鹿鳴》同；第二曰《巍巍篇》，詠文帝，用延年所改《騶虞》聲；第三曰《洋洋篇》，詠明帝，用延年所改《文王》聲；第四曰(日)復用《鹿鳴》，〔一〕《鹿鳴》之聲重用，而除古《伐檀》。」《古今樂録》曰：「漢故事，上壽用《四會曲》。魏明帝青龍二年，以長笛食舉第十一古大置酒曲代《四會》，又易古詩名曰《羽觴行》，用爲上壽曲，施用最在前。《鹿鳴》以下十二曲名食舉樂，而《四會之曲》遂廢。」《宋書・樂志》曰：「晉荀勖造正旦大會行禮歌四篇：一曰《於皇》，當《於赫》；二曰《明明》，當《巍巍》；三曰《邦國》，當《洋洋》；四曰《祖宗》，當《鹿鳴》。王公上壽酒歌一篇，曰《踐元辰》，當《羽觴行》。食舉樂東西廂歌十二篇：一曰《煌煌》，當《鹿鳴》；二曰《賓之初筵》，當《於穆》；三曰《三后》，當《昭昭》；四曰《赫矣》，當《華華》；五曰《烈文》，當《朝宴》；六曰《猗歟》，當《盛德》；七曰《隆化》，當《綏萬邦》；八曰《振鷺》，當《朝朝》；九曰《翼翼》，當《順天》；十曰《既宴》，當《陟天庭》；十一曰《時邕》，當《參兩儀》；十二曰《嘉會》。」

〔一〕曰(日)：據《晉書》删。

正旦大會行禮歌四首

於皇元首，群生資始。履端大享，敬御繁祉。肆覲群后，爰及卿士。欽順則元，允也天子。

於皇一章八句。

明明天子，臨下有赫。四表宅心，惠浹荒貊。柔遠能邇，孔淑不逆。來格祁祁，邦家是若。

明明一章八句。

光光邦國，天篤其祜。丕顯哲命，顧柔三祖。世德作求，奄有九土。思我皇度，彝倫攸序。

邦國一章八句。

惟祖惟宗，高朗緝熙。對越在天，駿惠在兹。聿求厥成，我皇崇之。式固其猶，往敬用治。

祖宗一章八句。

王公上壽酒歌

踐元辰，延顯融。獻羽觴，祈令終。我皇壽而隆，我皇茂而嵩。本枝奮百世，休祚鍾聖躬。

踐元辰一章八句。

食舉樂東西廂歌十二首

煌煌七曜，重明交暢。我有嘉賓，是應是貺。邦政既圖，接以大饗。人之好我，式遵德讓。

煌煌一章八句。

賓之初筵，藹藹濟濟。既朝乃宴，以洽百禮。頒以位叙，或廷或陛。登儐台叟，亦有兄弟。胥子陪寮，憲兹度楷。觀頤養正，降福孔偕。

賓之初筵一章十二句。

昔我三后，大業是維。今我聖皇，焜燿前暉。奕世重規，明照九畿。思輯用光，時罔有違。陟禹之跡，莫不來威。天被顯禄，福履是綏。

三后一章十二句。

赫矣太祖，克廣明德。廓開宇宙，正世立則。變化不經，民無瑕慝。創業垂統，兆我晉國。

赫矣一章八句。

烈文伯考，時惟帝景。夷險平亂，威而不猛。御衡不迷，皇塗焕炳。〔一〕七德咸宣，其寧惟永。

烈文一章八句。

猗歟盛歟，先皇聖文。則天作孚，大哉爲君。慎徽五典，帝載是懃。文武發揮，茂建嘉勳。修己濟治，民用寧殷。懷遠燭幽，玄教氛氲。〔二〕善世不伐，服事參分。德博化隆，道冒無垠。

猗歟一章十六句。

〔一〕炳：《晉書》作「景」。

〔二〕氛氲：同上作「氤氲」。

隆化洋洋，帝命溥將。登我晉道，越惟聖皇。龍飛革運，臨禀八荒。叡哲欽明，配蹤虞、唐。封建厥福，駿發其祥。三朝習吉，終然允臧。其臧惟何？總彼萬方。元侯列辟，四嶽蕃王。〔一〕時見世享，率兹有常。旅揖在庭，嘉客在堂。宋、衛既臻，陳留、山陽。我有賓使，〔二〕觀國之光。貢賢納計，獻璧奉璋。保祐命之，申錫無疆。

隆化一章二十八句。

〔一〕蕃王：《晉書》作「藩王」。

〔二〕我有賓使：同上作「有賓有使」。

振鷺于飛，鴻漸其翼。京邑穆穆，四方是式。無競惟人，王綱允敕。君子來朝，言觀其極。

振鷺一章八句。

翼翼大君，〔一〕民之攸塈。信理天工，惠康不匱。將遠不仁，訓以淳粹。幽明有倫，俊乂在位。九族既睦，庶邦順比。開元布憲，四海鱗萃。協時正統，殊塗同致。厚德載物，靈心隆貴。敷奏讜言，納以無諱。樹之典象，誨之義類。上教如風，下應如卉。一人有慶，群萌以遂。我后宴喜，令問不墜。

翼翼一章二十六句。

〔一〕翼翼：《晉書》作「廙廙」。

既宴既喜，翕是萬邦。禮儀卒度，物有其容。晰晰庭燎，喤喤鼓鍾。笙磬詠德，萬舞象功。八音克諧，俗易化從。其和如樂，庶品時邕。

既宴一章十二句。

時邕斌斌，六合同塵。往我祖宣，威靜殊鄰。首定荆楚，遂平燕、秦。亹亹文皇，邁德流仁。爰造草昧，應乾順民。靈瑞告符，休徵響震。天地弗違，以和神人。既戡庸、蜀，〔一〕吴會是賓。肅慎率職，楛矢來陳。韓、濊進樂，均協清《鈞》。〔二〕西旅獻獒，扶南效珍。蠻裔重譯，玄齒文身。我皇撫之，景命惟新。

時邕一章二十六句。

〔一〕既戢：《晉書》作「既禽」。

〔二〕均協：同上作「宮徵」。

愔愔嘉會，有聞無聲。清酤既奠，籩豆既馨。〔一〕禮充樂備，《簫韶》九成。愷樂飲酒，酣而不盈。率土歡豫，邦國以寧。王猷允塞，萬載無傾。

嘉會一章十二句。

〔一〕既馨：《晉書》作「既升」。

晉四廂樂歌

張　華

王公上壽詩

稱元慶，奉壽觴。后皇延遐祚，安樂撫萬方。

食舉東西廂樂詩〔一〕

明明在上，丕顯厥繇。翼翼三壽，蕃后惟休。群生漸德，六合承流。三正元辰，朝慶鱗萃。

華夏奉職貢，八荒覲殊類。黻冕充廣庭，鳴玉盈朝位。

濟濟朝位，言觀其光。儀序既以時，禮文煥以彰。思皇享多祜，嘉樂永無央。

九賓在庭，臚讚既通。升瑞奠贄，乃侯乃公。穆穆天尊，隆禮動容。履端承元吉，介福御萬邦。

朝享，上下咸雍。崇多儀，繁禮容。舞盛德，歌九功。揚芳烈，播休蹤。

皇化洽，洞幽明。懷柔百神，輯祥禎。潛龍躍，雕虎仁。儀鳳鳥，届游麟。枯蠹榮，竭泉流。菌芝茂，枳棘柔。和氣應，休徵(弦)〔滋〕。〔二〕協靈符，彰帝期。綏宇宙，萬國和。昊天成命，賚皇家，賚皇家。

世資聖哲，三后在天，啟鴻烈。啟鴻烈，隆王基。率土謳吟，欣戴于時。恒文〔示〕象，〔三〕代氣著期。

泰始開元，龍升在位。四隩同風，燮寧殊類。五韙來備，嘉生以遂。凝庶績，臻大康。申繁祉，胤無疆。本枝百世，繼緒不忘。繼緒不忘，休有烈光。永言配命，惟晉之祥。

聖明統世篤皇仁，廣大配天地，順動若陶鈞。玄化參自然，至德通神明。清風暢八極，流澤被無垠。

於皇時晉，奕世齊聖。惟天降嘏，神祇保定。弘濟區夏，允集大命。有命既集光帝猷，大明重曜鑒六幽。聲教洋溢惠滂流。〔惠滂流〕，〔四〕移風俗。多士盈朝，賢俊比屋。敦世心，斲彫反素樸。反素樸，懷庶方。干戚舞階庭，疏狄悦遐荒。扶南假重譯，肅慎襲衣裳。雲覆雨施，德洽無疆。旁作穆穆，仁化翔。

朝元日，賓王庭。承宸極，當盛明。衍和樂，竭祇誠。仰嘉惠，懷德馨。遊淳風，泳淑清。協億兆，同歡榮。建皇極，統天位。運陰陽，御六氣。殷群生，成性類。王道浹，治功成。人倫序，俗化清。虔明祀，祇三靈。崇禮樂，式儀刑。

慶元吉，宴三朝。播金石，詠泠簫。奏《九夏》，舞《雲》《韶》。邁德音，流英聲。八紘一，六合寧。六合寧，承聖明。王澤洽，道登隆。綏函夏，總華戎。齊德教，混殊風。混殊風，康萬國。崇夷簡，尚敦德。弘王度，遠遐則。

〔一〕目録作「十一首」。按本書所分十一首與《宋書》稍異，《宋書第一首六句，自「明明在上」至「六合承流」；第二首十二句，自「三正元辰」至「嘉樂永無央」；第四首把本書第四第五首合爲一首，自「朝享」至「賚皇家」；第六首六句，自「泰始開元」至「嘉生以遂」；第七首接下自「凝庶績」至「惟晉之祥」。

〔二〕(弦)〔滋〕：據同上改。

〔三〕〔示〕象：據同上補。

〔四〕〔惠滂流〕：據同上補。

正旦大會行禮詩四首

於赫皇祖，迪哲齊聖。經緯大業，基天之命。克開洪緒，誕篤天慶。旁濟彝倫，仰齊七政。

烈烈景皇，克明克聰。靜封略，定勳功。成民立政，儀刑萬邦。式固崇軌，光紹前蹤。

允文烈考，濬哲應期。參德天地，比功四時。大亨以正，庶績咸熙。肇啟晉宇，遂登皇基。

明明我后，玄德通神。受終正位，協應天人。容民厚下，育物流仁。躋我王道，輝光日新。〔成公綏〕〔一〕

晉四廂樂歌

〔一〕〔成公綏〕：據目録及《詩紀》卷三九補。

王公上壽酒歌

上壽酒，樂未央。大晉應天慶，皇帝永無疆。

正旦大會行禮歌〔一〕

穆穆天子，光臨萬國。多士盈朝，莫匪俊德。流化罔極，王猷允塞。嘉會置酒，嘉賓充庭。羽旄曜辰極，〔二〕鐘鼓振泰清。百辟朝三朝，彧彧明儀(形)〔刑〕。〔三〕濟濟鏘鏘，金振玉聲。禮樂具，宴嘉賓。眉壽祚聖皇，景福惟日新。群后戾止，有來雍雍。獻酬納贄，崇此禮容。豐肴萬俎，旨酒千鍾。嘉樂盡宴樂，福禄咸攸同。樂哉，天下安寧。道化行，風俗清。《簫韶》作，詠九成。年豐穰，世泰平。至治哉，樂無窮。元首聰明，股肱忠。澍豐澤，揚清風。嘉瑞出，靈應彰。麒麟見，鳳皇翔。醴泉湧，流中唐。嘉禾生，穗盈箱。降繁祉，祚聖皇。承天位，統萬國。受命應期，授聖德。四世重光，宣開洪業。景克昌，文欽明，德彌彰。肇啟晉邦，流祚無疆。泰始建元，鳳皇龍興。龍興伊何？享祚萬乘。奄有八荒，化育黎蒸。圖書煥炳，〔四〕金石有徵。德光大，道熙隆。被四表，格皇穹。奕奕萬嗣，明明顯融，高朗令終。保兹永祚，與天比崇。

聖皇君四海，順人應天期。三葉合重光，泰始開洪基。明曜參日月，功化侔四時。宇宙清且泰，黎庶咸雍熙，善哉雍熙。

惟天降命，翼仁祐聖。於穆三皇，載德彌盛。總齊璿璣，光統七政。百揆時序，化若神聖。四海同風興至仁，濟民育物擬陶鈞。擬陶鈞，垂惠潤。皇皇群賢，峨峨英雋。德化宣芬，芳播來胤。播來胤，垂後昆。清廟何穆穆，皇極闢四門。皇極闢四門，萬機無不綜。亹亹翼翼，樂不及荒，飢不遑食。大禮既行樂無極。

登崑崙，上曾城。乘飛龍，升泰清。冠日月，佩五星。揚虹蜺，建彗旌。披慶雲，蔭繁榮。覽八極，遊天庭。順天地，和陰陽。序四時，曜三光。張帝綱，正皇綱。播仁風，流惠康。邁洪化，振靈威。懷萬方，納九夷。朝閶闔，宴紫微。建五旗，羅鐘虡。列四縣，奏《韶》《武》。鏗金石，揚旌羽。縱八佾，巴、渝舞。詠《雅》《頌》，和律呂。于胥樂，樂聖主。

化蕩蕩，清風泄。總英雄，御俊傑。開宇宙，掃四裔。光緝熙，美聖哲。超百代，揚休烈。流景祚，顯萬世。

皇皇顯祖，翼世佐時。寧濟六合，受命應期。神武鷹揚，大化咸熙。廓開皇衢，用成帝基。光光景皇，無競惟烈。匡時拯俗，休功蓋世。宇宙既康，九域有截。天命降鑒，啟祚明哲。穆穆烈考，克明克儁。實天生德，誕膺靈運。肇建帝業，開國有晉。載德奕世，垂慶洪胤。

明明聖帝，龍飛在天。與靈合契，通德幽玄。仰化青雲，俯育重淵。受靈之祐，於萬斯年。

〔一〕正旦大會行禮歌：《詩紀》題下有「十五章」，《晉書》《詩紀》與本書對十五章的分法稍有不同。本書第四章「嘉瑞出」與《詩紀》同，《晉書》分作二章，「四世重光」起爲另一章。本書第七章「惟天降命」與《晉書》同，惟《晉書》作第八章；《詩紀》分爲二章，以第二個「播來胤」起爲另一章。本書第八章「登崑崙」，《晉書》把它和本書第九章「邁洪化」、第十章「建五旗」共三章合成一章，《詩紀》把本書第八、第九章合爲一章。這樣，《晉書》僅十四章，少一章，疑「登崑崙」章分法有誤。又《宋書》分法與本書亦有不同，本書第七首「惟天降命」，《宋書》分爲二首，至「垂後昆」爲一首，自「清廟何穆穆」以下爲另一首。本書第八首「登崑崙」與第九首「邁洪化」，《宋書》合爲一首。

〔二〕辰極：《晉書》作「宸極」。

〔三〕儀（形）〔刑〕：據《詩紀》改。

〔四〕焕炳：《晉書》作「既焕」。

晉冬至初歲小會歌

張　華

日月不留，四氣回周。節慶代序，萬國同休。庶尹群后，奉壽升朝。我有嘉禮，式宴百僚。繁肴綺錯，旨酒泉渟。笙鏞和奏，磬管流聲。上隆其愛，下盡其心。宣其壅滯，詠之德音。〔一〕乃宣乃訓，配享交泰。永載仁風，長撫無外。

〔一〕詠：《晉書》作「訓」。

晉宴會歌

張華

亹亹我皇，配天垂光。留精日昃，經覽無方。聽朝有暇，延命衆臣。冠蓋雲集，樽俎星陳。肴蒸多品，八珍代變。羽爵無算，究樂極宴。歌者流聲，舞者投袂。動容有節，絲竹並設。宣暢四體，繁手趣摯。歡足發和，酣不忘禮。好樂無荒，翼翼濟濟。

晉中宮所歌

張華

先王統大業，玄化漸八維。儀刑孚萬邦，内訓隆壼闈。皇英垂帝典，《大雅》詠三妃。執德宣隆教，正位理厥機。含章體柔順，帥禮蹈謙祗。《螽斯》弘慈惠，《樛木》逮幽微。徽音穆清風，高義邈不追。遺榮參日月，百世仰餘暉。

晉宗親會歌

張華

族燕明禮順，餟食序親親。骨肉散不殊，昆弟豈他人。本枝篤同慶，《棠棣》著先民。於皇聖明后，天覆弘且仁。降禮崇親戚，旁施協族姻。式宴盡酣娱，飲御備羞珍。和樂既宣洽，上下同歡欣。德教加四海，敦睦被無垠。

樂府詩集卷第十四

燕射歌辭二

宋四廂樂歌

王韶之

《宋書·樂志》曰：「王韶之造四廂樂歌五篇：一曰《肆夏樂歌》四章，客入，四廂振作《於鑠曲》，皇帝當陽，四廂振作《將將曲》，皇帝入變服，四廂振作《於鑠》《將將》二曲，又黄鍾、太蔟二廂作《法章》《九功》二曲；二曰大會行禮歌二章，沽洗廂作；三曰王公上壽歌一章，黄鍾廂作；四曰殿前登歌三章，別用金石；五曰食舉歌十章，黄鍾、太蔟二廂更作，黄鍾作《晨羲》《體至和》《王道》《開元辰》《禮有容》五曲，太蔟作《五玉》《懷荒裔》《皇猷緝》《惟永初》《王道純》五曲。」《古今樂録》曰：「按《周禮》云：『王出入奏《王夏》，賓出入奏《肆夏》。』《肆夏》本施之於賓，帝王出入則不應奏《肆夏》也。」

肆夏樂歌

於鑠我皇，體仁包元。齊明日月，比量乾坤。陶甄百王，稽則黄軒。訏謨定命，辰告四蕃。將將蕃后，翼翼群僚。盛服待晨，明發來朝。饗以八珍，樂以《九韶》。仰祗天顔，厥猷孔昭。

大會行禮歌

法章既設，初筵長舒。濟濟列辟，端委皇除。飲和無盈，威儀有餘。温恭在位，敬終如初。九功既歌，六代惟時。被德在樂，宣道以詩。穆矣太和，品物咸熙。慶積自遠，告成在兹。

大哉皇宋，長發其祥。纂系在漢，統源伊唐。德之克明，休有烈光。配天作極，辰居四方。皇矣我后，聖德通靈。有命自天，誕受休禎。龍飛紫極，造我宋京。光宅宇宙，赫赫明明。

王公上壽歌

獻壽爵，慶聖皇。靈祚窮二儀，休明等三光。

殿前登歌

明明大宋，緝熙皇道。則天垂化，光定天保。天保既定，肆覲萬方。禮繁樂富，穆穆皇皇。沔彼流水，朝宗天池。洋洋貢職，抑抑威儀。既習威儀，亦閑禮容。一人有則，作孚萬邦。烝哉我皇，固天誕聖。履端惟始，對越休慶。如天斯久，如日斯盛。介兹景福，永固駿命。

食舉歌

晨羲載曜，萬物咸覩。嘉慶三朝，禮樂備舉。元正肇始，典章暉明。萬方畢來賀，華裔充皇庭。多士盈九位，俯仰觀玉聲。恂恂俯仰，載爛其輝。鼓鍾震天區，禮容塞皇闈。思樂窮休慶，福履同所歸。

五玉既獻，三帛是薦。爾公爾侯，鳴玉華殿。皇皇聖后，降禮南面。元首納嘉禮，萬邦同歡願。休哉，君臣嘉燕。建五旗，列四縣。樂有文，禮無倦。融皇風，窮一變。

體至和，感陰陽。德無不柔，繁休祥。瑞徽璧，應嘉鐘。舞靈鳳，躍潛龍。景星見，甘露墜。木連理，禾同穗。玄化洽，仁澤敷。極禎瑞，窮靈符。

懷荒裔，綏齊民。荷天祐，靡不賓。靡不賓，長世弘盛。昭明有融繁嘉慶。繁嘉慶，熙帝載。合氣咸和，[一]蒼生欣戴。三靈協瑞，惟新皇代。德澤被八紘，乾寧軌萬國。

王道四達，流仁布德。窮理詠乾元，垂訓順帝則。靈化侔四時，幽誠通玄默。天覆地載，流澤汪濊。聲教布濩德光大。

皇猷緝，咸熙泰。禮儀焕帝庭，要荒服遐外。被髮襲纓冕，左衽回衿帶。

開元辰，畢來王。奉貢職，朝后皇。鳴珩佩，觀典章。樂王度，悦徽芳。陶盛化，遊太康。

丕昭明，永克昌。

惟永初，德丕顯。齊七政，敷五典。彝倫序，洪化闡。王澤流，太平始。樹聲教，明皇紀。

和靈祇，恭明祀。衍景祚，膺嘉祉。

禮有容，樂有儀。金石陳，干羽施。邁《武》《濩》，均《咸池》。歌《南風》，舞德稱。文武焕，頌聲興。

王道純，德彌淑。寧八表，康九服。道禮讓，移風俗。移風俗，永克融。歌盛美，(造)〔告〕成功。[二]詠徽烈，邈無窮。

〔一〕合氣咸和：《南齊書》作「含氣感和」，按「含」字是，「咸」字似不誤。

〔二〕(造)〔告〕成功：據同上改。

齊四廂樂歌

宋　辭

《南齊書·樂志》曰：「元會大饗四廂樂，齊微改革，多仍宋舊辭。其臨軒樂亦奏《肆夏》《於鑠》四章」云。

肆夏樂歌

於鑠我皇，體仁包元。齊明日月，比量乾坤。陶甄百王，稽則黄軒。訏謨定命，辰告四蕃。將將蕃后，翼翼群僚。盛服待晨，明發來朝。饗以八珍，樂以《九韶》。仰祇天顔，厥猷孔昭。

法章既設，初筵長舒。濟濟列辟，端委皇除。飲和無盈，威儀有餘。温恭在位，敬終如初。

九功既歌，六代惟時。被德在樂，宣道以（時）〔詩〕。〔一〕穆矣大和，品物咸熙。慶積自遠，告成在兹。

〔一〕（時）〔詩〕：據《南齊書》改。

大會行禮歌

大哉皇齊，長發其祥。祚隆姬夏，道邁虞唐。德之克明，休有烈光。配天作極，辰居四方。
皇矣我后，聖德通靈。有命自天，誕授休禎。龍飛紫極，造我齊京。光宅宇宙，赫赫明明。

上壽歌

獻壽爵，慶聖皇。靈祚窮二儀，休明等三光。

殿前登歌

明明齊國，緝熙皇道。則天垂化，光定天保。天保既定，肆覲萬方。禮繁樂富，穆穆皇皇。
沔彼流水，朝宗天池。洋洋貢職，抑抑威儀。既習威儀，亦閑禮容。一人有則，作孚萬邦。
烝哉我皇，實靈誕聖。履端惟始，對越休慶。如天斯崇，如日斯盛。介兹景福，永固洪命。

食舉歌

晨羲載焕，萬物咸覩。嘉慶三朝，禮樂備舉。元正肇始，典章徽明。萬方來賀，華夷充庭。

多士盈九德，俯仰觀玉聲。恂恂俯仰，載爛其暉。鐘鼓震天區，禮容塞皇闈。思樂窮休慶，福履同所歸。

五玉既獻，三帛是薦。爾公爾侯，鳴玉華殿。皇皇聖后，降禮南面。元首納嘉禮，萬邦同欽願。休哉休哉，君臣熙宴。建五旗，列四縣。樂有文，禮無倦。融皇風，窮一變。

禮至和，感陰陽，德無不柔繫休祥。〔一〕瑞徵辟，〔二〕應嘉鍾。舞雲鳳，〔三〕躍潛龍。景星見，甘露墜。木連理，禾同穗。玄化洽，仁澤敷。極禎瑞，窮靈符。

懷荒遠，綏齊民。荷天祐，靡不賓。靡不賓，長世盛，昭明有融繁嘉慶。繁嘉慶，熙帝載。含氣感和，蒼生欣戴。三靈協瑞，惟新皇代。

王道四達，流仁〔布〕德。〔四〕窮理詠乾元，垂訓從帝則。靈化侔四時，幽誠通玄默。德澤被八紘，禮章軌萬國。

皇猷緝，咸熙泰。禮儀焕帝庭，要荒服遐外。被髮襲纓冕，左衽回衿帶。天覆地載，澤流汪濊。聲教布濩德光大。

開元辰，畢來王。奉貢職，朝后皇。鳴珩佩，觀典章。樂王慶，〔五〕悦徽芳。陶盛化，遊太康。惟昌明，永克昌。

惟建元，德丕顯。齊七政，敷五典。彝倫序，洪化闡。王澤流，太平始。樹靈祇，恭明祀。

（仁）〔介〕景祚，〔六〕膺嘉祉。禮有容，樂有儀。金石陳，干羽施。邁《武》《濩》，均《咸池》。歌《南風》，德永稱。文明焕，頌聲興。王道純，德彌淑。寧八表，康九服。導禮讓，移風俗。移風俗，永克融。歌盛美，告成功。詠休烈，邈無窮。

〔一〕繫休祥：《宋書》作「繁休祥」，疑是。

〔二〕徽辟：同上作「徽璧」，疑是。

〔三〕雲鳳：同上作「靈鳳」。

〔四〕〔布〕德：據同上補。

〔五〕王慶：同上作「王度」。

〔六〕（仁）〔介〕景祚：據《南齊書》改。

梁三朝雅樂歌

俊雅三首

沈約

《隋書·樂志》曰：「衆官出入奏《俊雅》，取《禮記·王制》云：『司徒選士之秀者升之學，曰俊士也。』二郊、太廟、明堂，三朝同用焉。」

設官分職，髦俊攸俟。髦俊伊何？貴德尚齒。唐乂咸事，周寧多士。區區衛國，猶賴君子。漢之得人，帝猷乃理。

開我八襲，闢我九重。珩珮流響，纓紱有容。衮衣前邁，列辟雲從。義兼東序，事美西雍。分階等肅，異列齊恭。

重列北上，分庭異陛。百司揚職，九賓相禮。齊、宋舅甥，魯、衛兄弟。思皇藹藹，群龍濟濟。我有嘉賓，實惟愷悌。

同前三首

蕭子雲

惟王建國，辨方正位。於赫有梁，向明而治。知人則哲，聰明文思。思皇多士，俊乂咸事。

弗惟其官，惟人乃備。

訓迪庶工，位以德序。恭己而治，垂旒當宁。或以言揚，或以事舉。春朝秋覲，圭幣惟旅。

翼翼鄷、郇，峨峨齊、楚。

客入金奏，賓至縣興。威儀有則，是降是升。百辟卿士，元首是承。左右秩秩，終敬且矜。

彝倫攸序，王猷以凝。

胤雅　沈約

《隋書·樂志》曰：「皇太子出入奏《胤雅》，取《詩》『君子萬年，永錫祚胤』也。三朝用之。」

自昔殷代，哲王迭有。降及周成，惟器是守。上天乃眷，大梁既受。灼灼重明，仰承元首。體乾作貳，命服斯九。置保置師，居前居後。前星比耀，克隆萬壽。

同前　蕭子雲

天下爲家，大梁受命。眷求一德，惟烈無競。儀刑哲王，元良誕慶。灼灼明兩，作離承聖。英華外發，温文成性。立師立保，左右惟政。休有烈光，前星比盛。

寅雅　沈約

《隋書·樂志》曰：「王公出入奏《寅雅》，取《尚書》《周官》云：『貳公弘化，寅亮天地』也。三朝用之。」

禮莫違，樂具舉。延藩辟，朝帝所。執桓蒲，列齊、莒。垂衮毳，紛容與。升有儀，降有序。

齊簪紱，忘笑語。始矜嚴，終酣醑。

同前

蕭子雲

車同軌，行同倫。來萬國，相九賓。延群后，朝藎臣。禮時行，樂日新。摐夷則，奏雅寅。衮衣曜，玉帛陳。儀抑抑，皇恂恂。

介雅三首

沈約

《隋書·樂志》曰：「上壽酒奏《介雅》，取《詩·大雅》云：『君子萬年，介爾景福』也。三朝用之。」

百福四象初，萬壽三元始。拜獻惟衮職，同心協卿士。北極永無窮，南山何足擬。

壽隨百禮洽，慶與三朝升。惟皇集繁祉，景福互相仍。申錫永無遺，穰簡必來應。

百味既含馨，六飲莫能尚。玉罍信湛湛，金卮頗搖漾。敬舉發天和，祥祉流嘉貺。

同前三首

蕭子雲

明君創洪業，大同登頌聲。開元洽百禮，來儀奏九成。申錫南山祚，赫赫復明明。

三朝禮樂和，百福隨春酒。玉樽湛而獻，聰明作元后。安樂享延年，無疆臣拜手。

四氣新元旦，萬壽初今朝。趨拜齊衮玉，鐘石變簫韶。日升等皇運，洪基邈且遥。

需雅八首

沈約

《隋書·樂志》曰：「食舉奏《需雅》，取《易·象》曰：『雲上於天，需，君子以飲食宴樂』也。三朝用之。」

實體平心待和味，庶羞百品多爲貴。或鼎或鼒宣九沸，楚桂胡鹽芼芳卉。加籩列俎彫且蔚。

五味九變兼六和，令芳甘旨庶且多。三危之露九期禾，圓案方丈粲星羅。皇舉斯樂同山河。

九州上腴非一族，玄芝碧樹壽華木。終朝采之不盈掬，用拂腥羶和九穀。既甘且飫致遐福。

人欲所大味爲先，興和盡敬咸在旃。碧鱗朱尾獻嘉鮮，紅毛緑翼墜輕翾。臣拜稽首萬斯年。

擊鐘以俟惟大國，況乃御天流至德。侑食斯舉揚盛則，其禮不諐儀不忒。風猷所被深且塞。

膳夫奉職獻芳滋，不廱不夭咸以時。調甘適苦别澠淄，其德不爽受福釐。於焉逸豫永無期。

備味斯饗惟至聖，咸降人神禮爲盛。或風或雅流歌詠，負鼎言歸啟殷命。悠悠四海同兹慶。

道我六穗羅八珍，洪鼎自爨匪勞薪。荆包海物必來陳，滑甘瀡瀡味和神。以斯至德被無垠。

同前八首

蕭子雲

農用八政食爲元，播時百穀民所天。禘嘗郊社盡潔虔，讌饗饋食禮節宣。九功惟序登頌絃。

感物而動物靡遂，大羹不和有遺味。非極口腹而行氣，節之民心殺攸貴，寧爲禮本饔與餼。始諸飲食物之初，設卦觀象受以需。蒸民乃粒有牲芻，自衛反魯删《詩》《書》。弋不射宿殺已祛。

在昔哲王觀民志，庶羞百品因時備。爲善不同同歸治，蔬膳菲食化始至。率物以躬行尊位。

《雅》有《洞酌》《風》《采蘋》，藴藻之菜非八珍。澗溪沼沚貴先民，明信之德感人神。譬諸禴祭在西鄰。

行葦之微猶(物)〔勿〕踐，〔一〕寧惟血氣無身剪。聖人之心微而顯，千里之應出言善，況遂豚魚革前典。

春酸夏苦各有宜，筐筥錡釜備糗酏。逡巡揖讓詔司儀，卑高制節明等差，君臣之序正在斯。日月光華風四塞，規饗有序儀不忒。匪天私梁乃佑德，光被四表自南北，長世綴旒爲下國。

〔一〕(物)〔勿〕踐：據《詩紀》卷九五改。

雍雅三首

沈約

《隋書·樂志》曰：「撤饌奏《雍雅》，取《禮記·仲尼燕居》云『大饗客出以《雍》撤』也。三朝用之。」

明明在上，其儀有序。終事靡愆，收鉶撤俎。乃升乃降，和樂備舉。天德莫違，人謀是與。

敬行禮達，玆焉讌語。

我餕惟阜，我肴孔庶。嘉味既充，食旨斯飫。屬厭無爽，冲和在御。擊壤齊歡，懷生等豫。

蒸庶乃粒，（宴）〔實〕由仁恕。〔一〕百司警列，皇在在陛。既飫且醑，卒食成禮。其容穆穆，其儀濟濟。凡百庶僚，莫不愷悌。

奄有萬國，抑由天啟。

〔一〕（宴）〔實〕由：據《隋書》改。

同前三首

蕭子雲

穆穆天子，時惟聖敬。濟濟群公，恭爲德柄。爲撤有典，膳夫是命。禮行禘嘗，義光朝聘。

神饗其德，民洽其慶。

尚有和羹，既戒且平。亦有其餕，亦惟克明。其餕惟旅，其酳惟成。百禮斯洽，三宥已行。

明哉元首，遹駿其聲。

戒食有章，卒食惟序。庭鳴金奏，凱收籩筥。客出以《雍》，撤以振羽。離磬乃作，和鐘備

舉。濟濟威儀，喤喤簨簴。

北齊元會大饗歌

《隋書·樂志》曰：「北齊元會大饗，協律不得升陛，黄門舉麾於殿上。賓入門，四廂奏《肆夏》；皇帝出閤奏《皇夏》；皇帝當扆，群臣奉賀，奏《皇夏》；皇帝入宁變服，黄鍾、太蔟二廂奏《皇夏》；皇帝變服，移幄坐於西廂，帝出升御坐，沽洗廂奏《皇夏》；王公奠璧奏《肆夏》；上壽，黄鍾廂奏上壽曲；皇太子入，至坐位，酒至御，殿上奏登歌，食至御前奏食舉樂；文舞將作，先設階步，次奏文舞；武舞將作，先設階步，次奏武舞；皇帝入，鐘鼓奏《皇夏》。」

肆夏

昊蒼眷命，興王統天。業高帝始，道邈皇先。禮成化穆，樂合風宣。賓朝荒夏，〔一〕揚對穹玄。

〔一〕荒夏：《隋書》作「皇夏」。

皇夏

夏正肇旦，周物充庭。具僚在位，俛伏無聲。大君穆穆，宸儀動晬。日煦天迴，萬靈胥萃。

皇夏

天子南面，乾覆離明。三千咸列，萬國填并。猶從禹會，如次湯庭。奉兹一德，上下和平。

皇夏

我應天曆，四海爲家。協同内外，混一戎華。鶴蓋龍馬，風乘雲車。夏章夷服，其會如麻。九賓有儀，八音有節。肅肅於位，飲和在列。四序氤氳，三光昭晰。君哉大矣，軒、唐比轍。

皇夏

皇運應籙，廓定區宇。受終以文，構業以武。堯昔命舜，舜亦命禹。大人馭曆，重規沓矩。欽明在上，昭納八賓。從靈體極，誕聖窮神。化生群品，陶育烝人。展禮肆樂，協此元春。

肆夏

萬方咸暨，三揖以申。垂旒馮玉，五瑞交陳。拜稽有章，升降有節。聖皇負扆，虞、唐比烈。

上壽曲

仰三光，奏萬壽。人皇御六氣，天地同長久。

登歌

大齊統曆，道化光明。馬圖呈寶，龜籙告靈。百蠻非衆，八荒非逖。同作堯人，俱包禹迹。天覆地載，成以四時。惟皇是則，比大於兹。群星拱極，衆川赴海。萬宇駿奔，一朝咸在。齊之以禮，相趨帝庭。應規蹈矩，玉色金聲。動之以樂，和風四布。龍申鳳舞，鸞歌麟步。

食舉樂

三端正啟，萬方觀禮。具物充庭，二儀合體。百華照曉，千門洞晨。或華或裔，奉贄惟新。

悠悠亘六合，圓首莫不臣。仰施如雨，晞和猶日。〔一〕風化表笙鏞，歌謳被琴瑟。誰言文軌異，今朝混爲一。

彤庭爛景，丹陛流光。懷黄綰白，鵷鷺成行。文贊百揆，武鎮四方。折衝鼓雷電，獻替協陰陽。大矣哉，道邁上皇，陋五帝，狹三皇。窮禮物，該樂章。序冠帶，垂衣裳。

天壤和，家國穆。悠悠萬類，咸孕育。契冥化，侔大造。靈效珍，神歸寶。興雲氣，飛龍蒼。麟一角，鳳五光。朱雀降，黄玉表。九尾馴，三足擾。化之定，至矣哉。瑞感德，四方來。

囹圄空，水火菽粟。求賢振滯，棄珠玉。衣不靡，宫以卑。當陽端嘿，垂拱無爲。云云萬有，其樂不訾。

嗟此舉，時逢至道。肖形咸自持，賦命無傷夭。行氣進皇輿，遊龍服帝皁。聖主寧區宇，乾坤永相保。

牧野征，鳴條戰。大齊家萬國，拱揖應終禪。奥主廓清都，大君臨赤縣。高居深視，當扆正殿。旦暮之期今一見。

兩儀分，牧以君。陶有象，化無垠。大齊德，邈誰群。超鳳火，冠龍雲。露以潔，風以薰。榮光至，氣氤氲。

神化遠，人靈協。寒暑調，風雨燮。披泥檢，受圖諜。圖諜啟，期運昌。分四序，綴三光。延寶祚，眇無疆。

惟皇道，升平日。河水清，海不溢。雲干呂，風入律。驅黔首，入仁壽。與天高，並地厚。

刑以厝，頌聲揚。皇情邈，眷汾、襄。岱山高，配林壯。亭亭聳，云云望。旆葳蕤，駕騤騤。刊金闕，奠玉龜。

〔一〕日：《隋書》作「春」。

皇夏

禮終三爵，樂奏九成。允也天子，穹壤和平。載色載笑，反寢宴息。一人有祉，百神奉職。

樂府詩集卷第十五

燕射歌辭三

周五聲調曲

庾信

曲序曰：「元正饗會大禮，賓至食舉，稱觴薦玉。六律既從，八風斯暢。以歌大業，以舞成功。」

宮調曲五首

氣離清濁割，元開天地分。三才初辨正，六位始成文。繼天爰立長，安民乃樹君。其明廣如日，其澤厚如雲。惟昔我文祖，撥亂拒謳歌。三分未撫運，八百不陵河。禮敷天下信，樂正神人和。風塵行息警，江海欲無波。

我皇承下武，革命在君臨。膺圖當舜玉，嗣德受堯琴。沈首多推運，陽城有讓心。就日先知遠，觀淵早見深。玄精實委御，蒼正乃皆平。履端朝萬國，年祥一作期慶百靈。玉帛咸觀禮，華戎各在庭。鳳饗中夷則，天文正玉衡。皇基自天保，萬物乃由庚。

握衡平地紀，觀象正天樞。祺祥鍾赤縣，靈瑞炳皇都。更受昭華玉，還披蘭葉圖。金波來白兔，弱木下蒼烏。玉斗調〔元〕協，〔一〕金沙富國租。青丘還擾圃，丹穴更巢梧。安樂新咸慶，〔二〕長生百福符。

明明九族序，穆穆四門賓。陰陵朝北附，蟠木引東臣。澗途求板築，溪源取釣綸。多士歸賢戚，維城屬茂親。貴位連南斗，高榮據北辰。迎時乃推策，司職且班神。日月之所照，霜露之所均，永從文軌一，長無外户人。

鬱盤舒棟宇，峥嶸侔大壯。拱木詔林衡，全模徵梓匠。千櫨綺翼浮，百栱長虹抗。北去邯鄲道，南來偃師望。龍首載文榥，雲楣承武帳。居者非求隘，卑宫豈難尚。壯麗天下觀，是以從蕭相。

〔一〕調〔元〕：據《詩紀》卷一一九補。

〔二〕咸慶：同上及《百三名家集》作「成慶」。

變宫調曲二首

帝遊光出震，君明擅在離。巖廊惟眷顧，欽若尚無爲。龍穴非難附，鸞巢欲可窺。具茨應不遠，汾陽寧足隨。烝民播殖重，溝洫劬勞多。桑林還注雨，積石遂開河。明徵逢永命，平秩值年和。更有《薰風曲》，方聞《晨露歌》。移風廣軒曆，崇德盛唐年。成文興大雅，出豫動鈞天。黄鍾六律正，閶闔八風宣。孤竹調陽管，空桑節雅絃。舞林鸞更下，歌山鳳欲前。聞音能辨俗，聽曲乃思賢。感物觀治亂，治心防未然。君子得其道，太平何有焉。

商調曲四首

君以宫唱，寬大而謨明；臣以商應，聞義則可行。有熊爲政，訪道於容成；殷湯受命，委任於阿衡。忠其敬事，有罪不逃刑；誦其箴諫，言之無隱情。有剛有斷，四方可以寧；既頌既雅，天下乃升平。專精一致，金石爲之開；動有兩心，妻子恩情乖。苟利社稷，無有不盡懷；昊天降祐，元首惟康哉。

百川俱會，大海所以深；群材既聚，故能成鄧林。猛虎在山，百獸莫敢侵；忠臣處國，天下無異心。昔我文祖，執心且危慮；驅翦豺狼，經營此天步。今我受命，又無敢逸豫；惟爾弼諧，各可知競懼。

禮樂既正，人神所以和。玉帛有序，志欲静干戈。各分符瑞，俱誓裂山河。今日相樂，對酒且當歌。道德以喻，聽撞鐘之聲；神姦不若，觀鑄鼎之形。酆宫既朝，諸侯於是穆；岐陽或狩，淮夷自此平。若涉大川，言憑於舟檝；如和鼎實，有寄於鹽梅。君臣一體，可以靜氛埃。得人則治，何世無奇才。

風力是舉，而台階序平。重黎既登，而天地位成。功無與讓，銘太常之旌；世不失職，受騂毛之盟。輯瑞班瑞，穆穆於堯門；惟翰惟屏，膴膴於周原。功成而治定，禮樂斯存，復子而明辟，姬旦何言。

角調曲二首

止戈見於絶轡之野，稱伐聞於丹水之征。信義俱存，乃先忘食；五材並用，誰能去兵。雖聖人之大寶曰位，實天地之大德曰生。涇渭同流，清濁異能；琴瑟並御，雅鄭殊聲。擾擾烝人，聲教不一；茫茫禹跡，車軌未并。志在四海而尚恭儉，心包宇宙而無驕盈。言而無文，行之不遠；義而無立，勤則無成。惻隱其心，訓以慈惠；流宥其過，哀矜典刑。

匡贊之士，或從漁釣；雲雨之才，乍歎幽谷。尋芳者追深逕之蘭，識韻者探窮山之竹。克明其德，貢以三事；樹之風聲，言于九牧。協用五紀，風若從時；農用八政，甘作其穀。殊風共軌，見之周南；異畝同穎，聞之康叔。祁寒暑雨，是無胥怨；天覆雲油，滋焉滲漉。幸無謝上古之淳人，庶可以封之於比屋。

徵調曲六首

乾坤以含養覆載，日月以貞明照臨。達人以四海爲務，明君以百姓爲心。水波瀾者源必遠，樹扶疏者根必深。雲雨取施無不洽，廊廟求才多所任。

淳風布政常無欲，至道防人能變俗。求仁義急於水火，用禮讓多於菽粟。屈軼無佞人可指，獬豸無繁刑可觸。王道蕩蕩用無爲，天下四人誰不足。

聖人千年始一生，黄河千年始一清。攝提以之而從紀，玉燭於是而文明。東南可以補地缺，西北可以正天傾。浮黿則東海可厲，運錙則南山可平。衆仙就朝於瑶水，群帝受享於明庭。懷和則𪟝任並奏，功烈則鐘鼎俱銘。

三光以記物呈形，四時以裁成正位。雷風大山岳之響，寒暑通陰陽之氣。武功則六合攸同，文教則二儀經緯。有道則咸浴其德，好生則各繁其類。白日經天中則移，明月横漢滿而虧。能虧能缺既無爲，雖盈雖滿則不危。開信義以爲苑囿，立道德以爲城池。周監二代所損益，郁郁乎文其可知。庖犧之親臨佃漁，神農之躬秉耕稼。湯則救旱而憂勤，禹則正冠而無暇。草上之風無不偃，君子之甿知可化。將欲比德於三皇，未始追蹤於五霸。

纖纖不絶林薄成，涓涓不止江河生。事之毫髪無謂輕，慮遠防微乃不傾。雲官乃垂拱大君，鳳曆惟欽明元首。類上帝而禋六宗，望山川而朝群后。地鏡則山澤俱開，河圖則魚龍合負。我之天（綱）〔網〕莫不該，〔一〕閶闔九關天門開。卿相則風雲玄感，匡贊則星辰下來。既興周室之三聖，乃舉唐朝之八才。莘臣參謀於左相，（大）〔天〕老教政於中台。〔二〕其宜作則於明哲，故無崇信於姦回。正陽和氣萬類繁，君王道合天地尊。黎人耕植於義圃，君子翺翔於禮園。落其實者思其樹，飲其流者懷其源。咎繇爲謀不仁遠，士會爲政群盜奔。克寬則昆蟲内向，彰信則殊俗宅心。浮橋有月支抱馬，上苑有烏孫學琴。赤玉則南海輸賨，白環則西山獻琛。無勞鑿空於大夏，不待蹶角於蹛林。

〔一〕天（綱）〔網〕：據《庾子山集》卷七改。

〔二〕（大）〔天〕老：據同上改。

羽調曲五首

樹君所以牧人，立法所以靜亂。首惡既其南巢，元凶於是北竄。居休氣而四塞，在光華而兩旦。是以雨施作解，是以風行惟涣。周之文武洪基，光宅天下文思。千載克聖咸熙，七百在我應期。實昊天有成命，惟四方其訓之。

運平後親之俗，時亂先疏之雄。踰桂林而驅象，濟弱水而承鴻。既浮干吕之氣，還吹入律之風。錢則都内貫朽，倉則常平粟紅。火中乃寒乃暑，年和一風一雨。聽鐘磬，念封疆。聞笙竽，思畜聚。瑶琨篠簜既從，怪石鉛松即序。長樂善馬成厩，水衡黄金爲府。百川乃宗巨海，衆星是仰北辰。九州攸同禹跡，四海合德堯臣。朝陽栖於鳴鳳，靈時牧於般麟。雲玉葉而五色，月金波而兩輪。涼風迎時北狩，小暑戒節南巡。山無藏於紫玉，地不（受）〔愛〕於黄銀。〔一〕雖南征而北怨，實西略而東賓。既永清於四海，終有慶於一人。定律零陵玉管，調鐘始平銅尺。龍門之下孤桐，泗水之濱鳴石。河靈於是讓珪，山精所以奉璧。滌九川而賦税，刊三危而納錫。北里之禾六穗，江淮之茅三脊。可以玉檢封禪，可以金繩探册。終永保於鴻名，足揚光於載籍。

太上之有立德，其次之謂立言。樹善滋於務本，除惡窮於塞源。沖深其智則厚，昭明其道乃尊。仁義之財不匱，忠信之禮無繁。動天無有不届，惟時無幽不徹。作德心逸日休，作僞心勞日拙。自非剛克掩義，無所離于勦絶。

〔一〕不（受）〔愛〕：據《庾子山集》卷七改。

隋元會大饗歌

《隋書·樂志》曰：「元會，皇帝出入殿庭奏《皇夏》，郊丘、社、廟同用，皇太子出入奏《肆夏》，食舉奏食舉歌，上壽酒奏上壽歌。」

皇夏

深哉皇度，粹矣天儀。司陛整蹕，式道先馳。八屯霧擁，七萃雲披。退揚進揖，步矩行規。句陳乍轉，華蓋徐移。羽旗照耀，珪組陸離。居高念下，處安思危。照臨有度，紀律無虧。

肆夏

惟熙帝載，式固王猷。體乾建本，是曰孟侯。馳道美漢，寢門稱周。德心既廣，道業惟優。傅保斯導，賢才與遊。瑜玉發響，畫輪停輈。皇基方峻，匕鬯恒休。

食舉歌八首

燔黍設教禮之始，五味相資火爲紀。平心和德在甘旨，牢羞既陳鐘石俟，以斯而御揚盛軌。養身必敬禮食昭，時和歲阜庶物饒。鹽梅既濟鼎鉉調，特以膚腊加臐膮，威儀濟濟懋皇朝。饔人進羞樂侑作，川潛之膾雲飛臛。甘酸有宜芬勺藥，金敦玉豆盛交錯，御鼓既聲安以樂。玉食惟后膳必珍，芳菰既潔重秬新。是能安體又調神，荊包畢至海貢陳，用之有節德無垠。嘉羞入饋猶化謐，〔一〕沃土名滋帝臺實。陽華之菜雕陵栗，鼎俎芬芳豆籩溢，通幽致遠車書一。

道高物備食多方，山膚既善水豢良。桓蒲在位簨業張，加籩折俎爛成行，恩風下濟道化光。禮以安國仁爲政，具物必陳饔牢盛。罝罘斤斧順時令，懷生熙熙皆得性，於兹宴喜流嘉慶。皇道四達禮樂成，臨朝日舉表時平。甘芳既飫醑以清，揚休玉卮正性情，隆我帝載永明明。

〔一〕猶化謐：猶，疑當作「由」。

上壽歌

俗已乂，時又良。朝玉帛，會衣裳。基同北辰久，壽共南山長。黎元鼓腹樂未央。

隋宴群臣登歌

皇明馭曆，仁深海縣。載擇良辰，式陳高宴。顒顒卿士，昂昂侯甸。車旗煜爚，衣纓葱蒨。

樂正展懸，司宫飾殿。三揖稱禮，九賓爲傳。圓鼎臨碑，方壺在面。《鹿鳴》成曲，《嘉魚》入薦。筐篚相輝，獻酬交遍。飲和飽德，恩風長扇。

隋皇后房内歌

《儀禮》曰：「燕歌，鄉樂：《周南》，《關雎》《葛覃》《卷耳》；《召南》，《鵲巢》《采蘩》《采蘋》。」鄭康成云：「王后、國君、夫人房中之樂歌也。《周南》《召南》風化之本，故謂之鄉樂，用之房中以及朝庭饗燕、鄉射、飲酒也。」《周官·磬師》：「掌教燕樂之鐘磬。」《傳》云：「燕樂，房中之樂，所謂陰聲也。」《詩·傳》曰：「國君有房中之樂，天子以《周南》，諸侯以《召南》。」《隋書·樂志》曰：「高祖龍潛時，頗好音樂，嘗倚琵琶作歌二章，名曰《地厚》《天高》，託言夫婦之義。牛弘修皇后房内之樂，因取之爲房内曲。命婦入，并登歌上壽並用之。煬帝大業初，柳顧言議，以爲房内樂者，主爲王后弦歌諷誦以事君子，故以房室爲名，其樂必有鐘磬。乃益歌鐘歌磬，土革絲竹副之，并升歌下管，總名房内之樂。女奴肄習，朝燕用焉。」

至順垂典，正内弘風。母儀萬國，訓範六宫。求賢啟化，進善宣功。家邦載序，道業斯融。

晉朝饗樂章

《五代會要》曰：「晉天福四年十二月，太常奏：正至王公上壽、皇帝舉酒奏《玄同之樂》，皇帝三飲皆奏《文同之樂》，食舉奏《昭德之舞》，次奏《成功之舞》，皇帝降坐奏《大同之樂》。其辭並崔棁等造。」《唐餘録》曰：「天福五年十一月冬至，朝群臣，舉觴奏《玄同》，三爵登歌奏《文同》，四爵登歌作，群臣飲宫懸樂作，又奏龜兹及《霓裳法曲》，以須食畢。於時衆聞龜兹、法曲，雅鄭雜糅，固已非之。明年正旦，上壽登歌，發聲悲離煩慝，如虞殯《薤露》之音，觀者以爲不祥。」

初舉酒文同樂

赫矣昌運，明哉聖皇。文興墜典，禮復舊章。鴛鸞濟濟，鳥獸蹌蹌。一人有慶，萬福無疆。

再舉酒

大明御宇，至德動天。君臣慶會，禮樂昭宣。劍佩成列，金石在縣。椒觴再獻，寶曆萬年。

三舉酒

朝野無事，寰瀛大康。聖人有作，盛禮重光。萬國執玉，千官奉觴。南山永固，地久天長。

四舉酒

八表歡無事，三秋賀有成。照臨同日遠，渥澤並雲行。河變千年色，山呼萬歲聲。願修封岱禮，方以稱文明。

群臣酒行歌

劍佩儼如林，齊傾拱北心。渥恩頒美禄，《咸》《濩》聽和音。一德君臣合，重瞳日月臨。歌時兼樂聖，唯待贊泥金。

萬國咸歸禹，千官共祝堯。拜恩瞻鳳扆，傾耳聽《雲》《韶》。運啟金行遠，時和玉燭調。酒酣齊抃舞，同賀聖明朝。

令節陳高會，群臣侍御筵。玉墀留愛景，金殿藹祥煙。振鷺涵天澤，靈禽下樂懸。聖朝無一事，何處讓堯年。

周朝饗樂章

《唐餘録》曰：「周元正冬至朝饗樂：公卿入奏《忠順》，皇帝坐奏《治順》，群臣上壽奏《福順》，皇帝舉壽酒登歌奏《康順》，群臣降階、公卿出並奏《忠順》。」

忠順

歲迎更始，節及朝元。冕旒仰止，冠劍相連。八音合奏，萬物齊(言)〔宣〕。〔一〕常陳盛禮，願永千年。

〔一〕齊(言)〔宣〕：據《全唐詩》卷一六改。

忠順

明君當宁，列辟奉觴。雲容表瑞，日影初長。衣冠濟濟，鐘磬洋洋。令儀克盛，嘉會有章。

治順

庭陳大樂，坐當太微。凝旒負扆，端拱垂衣。鴛鸞成列，簪組相輝。御鑪香散，郁郁霏霏。

福順

聖皇端拱，多士輸忠。鑾觴共獻，臣心畢同。聲齊嵩嶽，祝比華封。千齡萬祀，常保時雍。

康順

鴻鈞廣運，嘉節良辰。列辟在位，萬國來賓。干旄屢舞，[1]金石咸陳。禮容既備，帝履長春。

[1] 干旄：同上作「干旌」。

忠順

禮成三爵，樂畢九成。共離金卮，復列彤庭。

忠順

明庭展禮，爲龍爲光。《咸》《韶》息韻，鵷鷺歸行。

隋大射登歌

《周禮》曰：「射人掌以射法治射儀：王以《騶虞》，九節；諸侯以《貍首》，七節；大夫以《采蘋》，士以《采蘩》，皆五節。」《射義》曰：「《騶虞》者，樂官備也；《貍首》者，樂會時也；《采蘋》者，樂循法也；《采蘩》者，樂不失職也。是故天子以備官爲節，諸侯以時會天子爲節，大夫以循法爲節，士以不失職爲節。」《傳》云：「《騶虞》《采蘋》《采蘩》，皆樂章名。《貍首》逸。」《唐書·樂志》曰：「大射，皇帝奏《騶虞之曲》，皇太子奏《貍首之曲》。」《會要》曰：「王公射亦奏《貍首》，其設懸奏樂，如元會之儀。」按《禮記》載《貍首》詩曰：「曾孫侯氏，四正具舉。大夫君子，凡以庶士，小大莫處，御于君所。以燕以射，則燕則譽。」蓋逸詩云。

道謐金科照，時乂玉條明。優賢饗禮洽，選德射儀成。鑾旗鬱雲動，寶軑儼天行。巾車整三乏，司裘飾五正。鳴球響高殿，華鐘震廣庭。烏號傳昔美，淇、衛著前名。揖讓皆時傑，升降盡朝英。附枝觀體定，杯水覘心平。豐觚既來去，燔炙復從横。欣看禮樂盛，喜遇黄河清。

樂府詩集卷第十六

鼓吹曲辭一

鼓吹曲，一曰短簫鐃歌。劉瓛定軍禮云：「鼓吹未知其始也，漢班壹雄朔野而有之矣。鳴笳以和簫聲，非八音也。騷人曰『鳴篪吹竽』是也。」蔡邕《禮樂志》曰：「漢樂四品，其四曰短簫鐃歌，軍樂也。黄帝岐伯所作，以建威揚德、風敵勸士也。」《周禮·大司樂》曰：「王師大獻，則令奏愷樂。」《大司馬》曰：「師有功，則愷樂獻于社。」鄭康成云：「兵樂曰愷，獻功之樂也。」《春秋》曰：「晉文公敗楚於城濮。」《左傳》曰：「振旅愷以入。」《司馬法》曰：「得意則愷樂、愷歌以示喜也。」《宋書·樂志》曰：「雍門周説孟嘗君：『鼓吹于不測之淵。』説者云：『鼓自一物，吹自竽籟之屬，非簫鼓合奏，别爲一樂之名也。』然則短簫鐃歌，此時未名鼓吹矣。應劭《漢鹵簿圖》，唯有騎執箛，箛即笳，不云鼓吹。而漢世有黄門鼓吹。漢享宴食舉樂十三曲，與魏世鼓吹長簫同。長簫短簫，《伎録》並云：『孫竹合作，執節者歌。』又《建初録》云：『《務成》《黄爵》《玄雲》《遠期》，皆騎吹曲，非鼓吹曲。』此則列於殿庭者名鼓吹，今之從行鼓吹爲騎吹，二曲異也。又孫權觀魏武軍，作鼓吹而還，此應是今之鼓吹。魏、晉世，又假諸將帥及牙門曲蓋鼓吹，斯則其時方謂之鼓吹矣。」按《西京雜記》：「漢大駕祠甘泉、汾陰，備千乘萬騎，有黄門前後部鼓吹。」則不獨列於殿庭者名鼓吹也。漢《遠如期曲》辭，有「雅樂陳」及「增壽萬年」等語，馬上奏樂之意，〔一〕則《遠期》又非騎吹曲也。《晉中興書》曰：「漢武帝時，南越加置交趾、九真、日南、合浦、南海、鬱林、蒼梧七郡，皆假鼓吹。」《東觀漢記》曰：「建初中，班超拜長史，假鼓吹麾幢。」則短簫鐃歌，漢時已名鼓吹，不自魏、晉始也。崔豹《古今註》曰：「漢樂有黄門鼓吹，天子所以宴樂群臣也。短簫鐃歌，鼓吹之一章爾，亦以賜有功諸侯。」然則黄門鼓吹、短簫鐃歌與横吹曲，得通名鼓吹，但所用異爾。漢有《朱鷺》等二十二曲，列於鼓吹，謂之鐃歌。及魏受命，使繆襲改其十二曲，而《君馬黄》《雉子斑》《聖人出》《臨高臺》《遠如期》《石留》《務成》《玄雲》《黄爵》《釣竿》十曲，並仍舊名。是時吴亦使韋昭改製十二曲，其十曲亦因之。而魏、吴歌辭，存者唯十二曲，餘皆不傳。晉武帝受禪，命傅玄製二十二曲，而《玄雲》《釣竿》之名不改舊漢。〔二〕宋、齊並用漢曲。又充庭十六曲，梁高祖乃去其四，留其十二，更制新歌，合四時也。北齊二十曲，皆改古名。其《黄爵》《釣竿》，略而不用。後周宣帝革前代鼓吹，制爲十五曲，並述功德受命以相代，大抵多言戰陣之事。隋制列鼓吹爲四部，唐則又增爲五部，部各有曲。唯《羽葆》諸曲，備敘功業，如前代之制。初，魏、晉之世，給鼓吹甚輕，牙門督將五校悉有鼓吹。宋、齊已後，則甚重矣。齊武帝時，壽昌殿南閤置《白鷺》鼓吹二曲，以爲宴樂。陳後主常遣宫女習北方簫鼓，謂之《代北》，酒酣則奏之。此又施於燕私矣。按《古今樂録》，有梁、陳時宫懸圖，四隅各有鼓吹樓而無建鼓。鼓吹樓者，昔簫史吹簫於秦，秦人爲之築鳳臺。故鼓吹陸則樓車，水則樓船，其在庭則以簨虡爲樓也。梁又有鼓吹熊羆十二案，其樂器有龍頭大棡鼓、中鼓、獨揭小鼓，亦隨品秩給賜焉。周武帝每元正大會，以梁案架列於懸間，與正樂合奏。隋又於案下設熊羆貙豹，騰倚承之，以象百獸之舞。唐因之。

〔一〕「馬上」上疑脱「無」字。

〔二〕舊漢：當作「漢舊」。

漢鐃歌

古辭

《古今樂録》曰：「漢鼓吹鐃歌十八曲，字多訛誤。一曰《朱鷺》，二曰《思悲翁》，三曰《艾如張》，四曰《上之回》，五曰《擁離》，六曰《戰城南》，七曰《巫山高》，八曰《上陵》，九曰《將進酒》，十曰《君馬黄》，十一曰《芳樹》，十二曰《有所思》，十三曰《雉子斑》，十四曰《聖人出》，十五曰《上邪》，十六曰《臨高臺》，十七曰《遠如期》，十八曰《石留》。又有《務成》《玄雲》《黄爵》《釣竿》，亦漢曲也。其辭亡。或云：漢鐃歌二十一無《釣竿》，《擁離》亦曰《翁離》。」

朱鷺

《儀禮・大射儀》曰：「建鼓在阼階西南鼓。」《傳》云：「建猶樹也，以木貫而載之，樹之跗也。」《隋書・樂志》曰：「建鼓，殷所作。又棲翔鷺於其上，不知何代所加。或曰，鵠也，取其聲揚而遠聞。或曰，鷺，鼓精也。或曰，皆非也。《詩》云：『振振鷺，鷺于飛。鼓咽咽，醉言歸。』言古之君子，悲周道之衰，頌聲之息，飾鼓以鷺，存其風流。未知孰是。」孔穎達曰：「楚威王時，有朱鷺合沓飛翔而來舞，舊鼓吹《朱鷺曲》是也。」然則漢曲蓋因飾鼓以鷺而名曲焉。宋何承天《朱路篇》曰：「朱路揚和鸞，翠蓋曜金華。」但盛稱路車之美，與漢曲異矣。

朱鷺，魚以烏。（路訾邪）鷺何食？〔一〕食茄下。不之食，不以吐，將以問誅一作諫者。〔二〕

〔一〕（路訾邪）：表聲字，當與曲辭有别。

〔二〕誅一作諫：作「諫」是。

思悲翁

思悲翁，唐思，奪我美人侵以遇。悲翁也，但我思。蓬首一作蕞狗，逐狡兔，食交君。梟子五，梟母六，拉沓高飛暮安宿。

艾如張

艾與刈同，《説文》曰：「芟草也。」如讀爲而，猶《春秋》曰「星隕如雨」也。古詞曰：「艾而張羅。」又曰：「雀以高飛柰雀何？」《穀梁傳》曰：「艾蘭以爲防，置旃以爲轅門。」謂因蒐狩以習武事也。蘭，香草也，言艾草以爲田之大防是也。若陳蘇子卿云：「張機蓬艾側。」唐李賀云：「艾葉緑花誰翦刻。」俱失古題本意。

艾而張羅，（夷於何）行成之。〔一〕四時和，山出黄雀亦有羅，雀以高飛奈雀何？爲此倚欲，誰肯礞室。

〔一〕（夷於何）：表聲字，當與曲辭有别。

上之回

《漢書》曰：「孝（武）〔文〕十四年，〔一〕匈奴入朝那蕭關，遂至彭陽。使騎兵入燒回中宮，候騎至雍甘泉。」回中地在安定，其中有宮也。《武帝紀》曰：「元封四年冬十月，行幸雍，祠五畤。通回中道，遂北出蕭關。」吴兢《樂府解題》曰：「漢武通回中道，後數出遊幸焉。」沈建《廣題》曰：「漢曲皆美當時之事。」按石關，宮闕名，近甘泉宮。相如《上林賦》云「蹷石關，歷封巒」是也。

上之回所中，益夏將至。行將北，以承甘泉宮。寒暑德。游石關，望諸國。月支臣，匈奴服。令從百官疾驅馳，千秋萬歲樂無極。

〔一〕孝（武）〔文〕：據《漢書·匈奴傳》改。

翁離〔一〕

擁離趾中可築室，何用葺之蕙用蘭。擁離趾中。

〔一〕翁離：目録作《擁離》。左克明《古樂府》（以下簡稱《古樂府》）卷二注：「一作『雍離』，何承天詩云：『雍士多離心』。」

戰城南

戰城南，死郭北，野死不葬烏可食。爲我謂烏：「且爲客豪，野死諒不葬，腐肉安能去子逃？」水深激激，蒲葦冥冥。梟騎戰鬭死，駑馬徘徊鳴。（梁）築室，何以南（梁）何北，〔一〕禾黍（而）〔不〕穫君何食？〔二〕願爲忠臣安可得？思子良臣，良臣誠可思，朝行出攻，暮不夜歸。

〔一〕兩（梁）字是表聲字。何北：《詩紀》卷五作「何以北」。

〔二〕（而）〔不〕：據同上改。

巫山高

《樂府解題》曰：「古詞言，江淮水深，無梁可度，臨水遠望，思歸而已。若齊王融『想像巫山高』，梁范雲『巫山高不極』，雜以陽臺神女之事，無復遠望思歸之意也。」又有《演巫山高》，不詳所起。

巫山高，高以大；淮水深，難以逝。我欲東歸，害（梁）不爲？〔一〕我集無高曳，水何（梁）湯湯回回。臨水遠望，泣下霑衣。遠道之人心思歸，謂之何！

〔一〕（梁）字與下文（梁）字是表聲字。

上陵

《古今樂録》曰：「漢章帝元和中，有宗廟食舉六曲，加《重來》《上陵》二曲，爲《上陵》食舉。」《後漢書・禮儀志》曰：「正月上丁祠南郊，次北郊、明堂、高廟、世祖廟，謂之五供。禮畢，以次上陵。西都舊有上陵。東都之儀，太官上食，太常樂奏食舉。」按古詞大略言神仙事，不知與食舉曲同否。宋何承天《上陵者篇》曰：「上陵者相追攀。」但言升高望遠、傷時怨歎而已。

上陵何美美，下津風以寒。問客從何來，言從水中央。桂樹爲君船，青絲爲君笮，木蘭爲君櫂，黄金錯其間。滄海之雀赤翅鴻，白雁隨。山林乍開乍合，曾不知日月明。醴泉之水，光澤何蔚蔚。芝爲車，龍爲馬，覽遨遊，四海外。甘露初二年，芝生銅池中，仙人下來飲，延壽千萬歲。

將進酒

古詞曰：「將進酒，乘大白。」大略以飲酒放歌爲言。宋何承天《將進酒篇》曰：「將進酒，慶三朝。備繁禮，薦嘉肴。」則言朝會進酒，且以濡首荒志爲戒。若梁昭明太子云「洛陽輕薄子」，但叙遊樂飲酒而已。

將進酒，乘大白。辨加哉，詩審搏。放故歌，心所作。同陰氣，詩悉索。使禹良工觀者苦。

君馬黄

君馬黄，臣馬蒼，二馬同逐臣馬良。易之有騩蔡有赭，美人歸以南，駕車馳馬，美人傷我心；佳人歸以北，駕車馳馬，佳人安終極。

芳樹

《樂府解題》曰：「古詞中有云：『妬人之子愁殺人，君有他心，樂不可禁。』若齊王融『相思早春日』，謝朓『早玩華池陰』，但言時暮、衆芳歇絶而已。」

芳樹日月，君亂如於風。芳樹不上無心温而鵠，三而爲行。臨蘭池，心中懷我悵。心不可匡，目不可顧，妬人之子愁殺人。君有他心，樂不可禁。王將何似，如孫如魚乎？悲矣。

有所思

《樂府解題》曰：「古詞言『有所思，乃在大海南。何用問遺君？雙珠玳瑁簪。聞君有他心，燒之當風揚其灰。從今已往，勿復相思而與君絶』也。」按《古今樂録》漢太樂食舉第七曲亦用之，不知與此同否。若齊王融『如何有所思』，梁劉繪『别離安可再』，但言離思而已」。宋何承天《有所思篇》曰：「有所思，思昔人，曾、閔二子善養親。」則言生罹荼苦，哀慈親之不得見也。

有所思，乃在大海南。何用問遺君？雙珠玳瑁簪，用玉紹繚之。聞君有他心，拉雜摧燒之。摧燒之，當風揚其灰。從今以往，勿復相思。相思與君絶！雞鳴狗吠，兄嫂當知之。（妃呼豨）秋風肅肅晨風颸，〔一〕東方須臾高知之。

〔一〕（妃呼豨）：三字是表聲字。

雉子斑

《樂府解題》曰：「古詞云：『雉子高飛止，黄鵠飛之以千里，雄來飛，從雌視。』若梁簡文帝『姤埸時向隴』，但詠雉而已。」宋何承天有《雉子遊原澤篇》，則言避世之士，抗志清霄，視卿相功名猶冰炭之不相入也。

雉子，斑如此。之(干)〔于〕雉梁。〔一〕無以吾翁孺，雉子。知得雉子高蜚止，黄鵠蜚，之以(重)千里，〔二〕王可思。雄來蜚從雌，視子趨一雉。雉子，車大駕馬滕，被王送行所中。〔三〕堯羊蜚從王孫行。

〔一〕(干)〔于〕：干字誤，當作「于」。

〔二〕(重)千里：原作「重」，「重」字旁注「千里」，「重」爲「千里」之誤，據《宋書》及《古樂府》卷二改。

〔三〕被：《古樂府》卷二無「被」字。

聖人出

聖人出，陰陽和。美人出，遊九河。佳人來，騑離哉何。駕六飛龍四時和。君之臣明護不道，美人哉，宜天子。免甘星筮樂甫始，美人子，含四海。

上邪

上邪，我欲與君相知，長命無絶衰。山無陵，江水爲竭，冬雷震震夏雨雪，天地合，乃敢與君絶。

臨高臺

《樂府解題》曰：「古詞言：『臨高臺，下見清水中有黄鵠飛翻，關弓射之，令我主萬年。』若齊謝朓『千里常思歸』，但言臨望傷情而已。」宋何承天《臨高臺篇》曰：「臨高臺，望天衢，飄然輕舉凌太虚。」則言超帝鄉而會瑶臺也。

臨高臺以軒，下有清水清且寒。江有香草目以蘭，黄鵠高飛離哉翻。關弓射鵠，令我主壽萬年。(收中吾)〔一〕

〔一〕(收中吾)：當是表聲字。吾：原注云「一作吉」。

遠如期

一曰《遠期》。《宋書・樂志》有《晚芝曲》，沈約言舊史云「詁不可解」，疑是漢《遠期曲》也。《古今樂録》曰：「漢太樂食舉曲有《遠期》，至魏省之。」

遠如期，益如壽。處天左側，大樂萬歲，與天無極。雅樂陳，佳哉紛。單于自歸，動如驚心。虞心大佳，萬人還來，謁者引鄉殿陳，累世未嘗聞之。增壽萬年亦誠哉。

石留[一]

石留涼陽涼石水流爲沙錫以微河爲香向始甐冷將風陽北逝肯無敢與于揚心邪懷蘭志金安薄北方開留離蘭

〔一〕留：《古樂府》卷二作「流」，注：「一作留。」

漢鐃歌上

朱鷺

梁・王僧孺

因風弄玉水，映日上金堤。猶持畏羅繳，未得異鳧鷖。聞君愛白雉，兼因重碧雞。未能聲似鳳，聊變色如珪。願識昆明路，乘流飲復棲。

同前

裴憲伯

秋來懼寒勁，歲去畏冰堅。群飛向葭下，奮羽欲南遷。暫戲龍池側，時往鳳樓前。所歎恩光歇，不得久聯翩。

同前

陳・後主

參差蒲未齊，沉漾苦浮緑。〔一〕朱鷺戲蘋藻，徘徊留澗曲。澗曲多巖樹，逶迤復斷續。振振雖以明，湯湯今又矚。

〔一〕沉漾：疑當作「沆漾」，雙聲字。苦：《百三名家集》作「若」，疑當作「苔」。

同前

張正見

金堤有朱鷺，刷羽望滄瀛。周詩振雅曲，漢鼓發奇聲。時將赤雁並，乍逐彩鸞行。别有翻潮處，異色不相驚。

同前

蘇子卿

玉山一朱鷺，容與入王畿。欲向天池飲，還遶上林飛。金堤曬羽翮，丹水浴毛衣。非貪葭下食，懷恩自遠歸。

同前

唐・張　籍

翩翩兮朱鷺，來泛春塘栖緑樹。〔一〕羽毛如翦色如染，遠飛欲下雙翅斂。避人引子入深塹，動處水紋開灎灎。誰知豪家網爾軀，不如飲啄江海隅。

〔一〕泛：《全唐詩》卷一七注：「集作浴。」

艾如張

陳・蘇子卿

誰在閑門外，羅家諸少年。張機蓬艾側，結網槿籬邊。若能飛自勉，豈爲繒所纏。黄雀儻爲誡，朱絲猶可延。

同前

唐・李　賀

錦襜褕，繡襠襦。强强飲啄哺爾雛。〔一〕隴東卧穟滿風雨，〔二〕莫信一作逐〔龍〕〔籠〕媒隴西去。〔三〕齊人織網如素空，張在野春平碧中。〔四〕網絲漠漠無形影，誤爾觸之傷首紅。艾葉緑花誰翦刻，中藏禍機不可測。〔五〕

〔一〕强强飲啄：《唐文粹》卷一三作「强强啄食」。王琦注《李長吉歌詩彙解》卷四作「强飲啄」，是。
〔二〕隴東：《唐文粹》作「壟東」，下文「隴西」作「壟西」，似是。
〔三〕莫信（龍）〔籠〕媒：據王琦注改。《唐文粹》作「莫逐良媒」。
〔四〕野春：同上作「野田」。
〔五〕測：《唐文粹》作「識」。

上之回

梁・簡文帝

前旆拂回中，後車（隅）〔臨〕桂宫。〔一〕輕絲（臨）〔駐〕雲罕，〔二〕春色繞川風。桃林方灼灼，柳路日曈曈。笳聲駭胡騎，清磬讋山戎。微臣今拜手，願帝永無窮。

〔一〕（隅）〔臨〕：據《詩紀》卷六七改。
〔二〕（臨）〔駐〕：據同上改。

同前

陳・張正見

林光稱避暑，回中乃吉行。龍媒躡影駃，〔一〕玉輦御雲輕。風烏繞鳷鵲，綵鷁照昆明。欲知鍾簴遠，遥聽寶雞聲。

〔一〕駃：《百三名家集》作「駛」。

同前

隋・蕭慤〔一〕

發軔城西時，回輿事北遊。山寒石道凍，葉下故宫秋。朔路傳清警，邊風卷畫旒。歲餘巡省畢，擁仗返皇州。〔二〕

〔一〕隋蕭慤：《北齊書》卷四五有《蕭慤傳》，列入北齊。

〔二〕擁仗：《詩紀》卷一一〇注：「一作按節。」

同前

陳子良

承平重遊樂，詔蹕上之回。屬車響流水，清笳轉落梅。嶺雲蓋道轉，〔一〕巖花映綬開。下輦便高宴，何如在瑶臺。

〔一〕蓋道：疑誤，或當作「隨蓋」。

同前

唐・盧照鄰

回中道路險，蕭關烽候多。五營屯北地，萬乘出西河。單于拜玉璽，天子按琱戈。振旅汾川曲，秋風横大歌。

同前

李　白

三十六離宫，樓臺與天通。閣道步行月，美人愁煙空。恩疏寵不及，桃李傷春風。淫樂意何極，金輿向回中。萬乘出黄道，千旗揚彩虹。前軍細柳北，後騎甘泉東。豈問渭川老，寧邀襄野童。（秋暮）一作但暮〔但慕〕瑶池宴，〔一〕歸來樂未窮。

〔一〕（秋暮）：王琦注《李太白集》卷四作「但慕」，是，據改。

同前

李　賀

上之回，大旗喜。懸虹彗，〔一〕撻鳳尾。劍匣破，舞蛟龍。蚩尤死，鼓逢逢。（大）〔天〕高慶雷齊墜地，〔二〕地無驚煙海千里。

〔一〕虹彗：《李長吉歌詩彙解》卷四作「紅雲」。

〔二〕（大）〔天〕高：據同上改。

戰城南

梁・吴　均

蹀躞青驪馬，往戰城南畿。五歷魚麗陣，三入九重圍。名慴武安將，血汙秦王衣。爲君意氣重，無功終不歸。

同前

陳・張正見

薊北馳胡騎，城南接短兵。雲屯兩陣合，劍聚七星明。旗交無復影，角憤有餘聲。戰罷披軍策，還嗟李少卿。

同前

唐・盧照鄰

將軍出紫塞，冒頓在烏貪。笳喧雁門北，陣翼龍城南。琱弓夜宛轉，鐵騎曉參潭。應須駐白日，爲待戰方酣。

同前　　李　白

去年戰，桑乾源；今年戰，葱河道。洗兵條支海上波，放馬天山雪中草。萬里長征戰，三軍盡衰老。匈奴以殺戮爲耕作，古來唯見白骨黄沙田。秦家築城備胡處，漢家還有烽火然。烽火然不息，征戰一作長征無已時。野戰格鬬死，敗馬號鳴向天悲。烏鳶啄人腸，銜飛上挂枯樹枝。一作上枯枝。士卒塗草莽，將軍空爾爲。乃知兵者是凶器，聖人不得已而用之。

同前　　劉　駕

城南征戰多，城北無飢鴉。白骨馬蹄下，誰言皆有家。城前水聲苦，倏忽流萬古。莫争城外地，城裏有閑土。

同前二首　　僧貫　休

萬里桑乾傍，茫茫古蕃壤。將軍貌憔悴，撫劍悲年長。胡兵尚陵逼，久住亦非强。邯鄲少年輩，個個有伎倆。拖槍半夜去，雪片大如掌。

磧中有陰兵，戰馬時驚蹶。輕猛李陵心，摧殘蘇武節。黄金鏁子甲，風吹色如鐵。十載不封侯，茫茫向誰説。

樂府詩集卷第十七

鼓吹曲辭二

漢鐃歌中

巫山高

齊·虞羲

南國多奇山，荆巫獨靈異。雲雨麗以佳，陽臺千里思。〔一〕勿言可再得，〔二〕特美君王意。高唐一斷絶，光陰不可遲。

〔一〕千里：《英華》卷二〇一作「重怨」。

〔二〕可再：同上作「再可」。

同前

王融

想像一作彷彿巫山高，薄暮陽臺曲。煙雲乍舒卷，〔一〕猨鳥時斷續一作煙華乍卷舒，行芳時斷續。〔二〕

彼美如可期，寤言紛在矚。憮然坐相望，〔三〕秋風下庭緑。

〔一〕煙雲：《玉臺新詠》（以下簡稱《玉臺》）卷四、《百三名家集》作「煙霞」。《謝宣城集》卷二附及《藝文》卷四二作「煙華」。

〔二〕猨鳥：《玉臺》作「蘅芳」。

〔三〕相望：《玉臺》作「相思」。

同前

劉　繪

高唐與巫山，參差鬱相望。灼爍在雲間，氛氲出霞一作雲上。散雨收夕臺，行雲卷晨障。〔一〕出没不易期，嬋娟似一作以惆悵。〔二〕

〔一〕障：《英華》卷二〇一作「帳」，疑當作「嶂」。

〔二〕似：《詩紀》卷六二作「以」，是。

同前

梁・元　帝

巫山高不窮，迥出荆門中。灘聲下濺石，猿鳴上逐風。樹雜山如畫，林暗澗疑空。無因謝神女，一爲出房櫳。

同前

范　雲

巫山高不極，白日隱光暉。靄靄朝雲去，溟溟暮雨歸。巖懸獸無跡，林暗鳥疑飛。〔一〕枕席竟誰薦，相望空依依。〔二〕

〔一〕疑：《詩紀》卷七七注：「一作驚。」

〔二〕空：同上注：「一作徒。」

同前

費　昶

巫山光欲晚一作曉，陽臺色依依。彼美巖之曲，寧知心是非。朝雲觸石起，暮雨潤羅衣。願解千金珮，請逐大王歸。

同前

王　泰

迢遞巫山竦，遠天新霽時。樹交涼去遠，草合影開遲。谷深流響咽，峽近猿聲悲。只言雲雨狀，自有神仙期。

同前

陳・後　主

巫山巫峽深，峭壁聳春林。風巖朝蕊落，霧嶺晚猿吟。雲來足薦枕，雨過非感琴。仙姬將夜月，度影自浮沉。

同前

蕭　詮

巫山映巫峽，高高殊未窮。猿聲不辨處，雨色詎分空。懸崖下桂月，深澗響松風。别有仙雲起，時向楚王宫。

同前

唐・鄭世翼

巫山凌太清，岧嶤類削成。霏霏暮雨合，靄靄朝雲生。危峰入鳥道，深谷瀉猿聲。〔一〕别有幽棲客，淹留攀桂情。

〔一〕瀉：《英華》卷二〇一作「寫」。

同前

沈佺期

巫山峰十二，環合隱昭回。〔一〕俯眺琵琶峽，平看雲雨臺。古槎天外倚，瀑水日邊來。何忽啼猿夜，荆王枕席開。

神女向高唐，巫山下夕陽。徘徊作行雨，婉孌逐荆王。電影江前落，雷聲峽外長。霽雲無處所，臺館曉蒼蒼。

〔一〕環合：《英華》卷二〇一、《全唐詩》卷一七注均作「合沓」。

同前

盧照鄰

巫山望不極，望望下朝雰。〔一〕莫辨啼猿樹，徒看神女雲。驚濤亂水脈，驟雨暗峰文。〔二〕霑裳即此地，況復遠思君。

〔一〕雰：《全唐詩》卷一七注：「集作氛。」

〔二〕峰：《英華》卷二〇一作「岑」。

同前

張循之

巫山高不極，沓沓(奇)狀〔奇〕新。〔一〕暗谷疑風雨，幽巖若鬼神。〔二〕月明三峽曙，〔三〕潮滿二江春。〔四〕爲問陽臺夕，應知入夢人。

〔一〕沓沓：《英華》卷二〇一、《全唐詩》卷一七注均作「合沓」。(奇)狀〔奇〕新：據同上改。

〔二〕巖：《全唐詩》注：「集作崖。」

〔三〕曙：同上注：「集作曉。」

〔四〕二：同上注：「集作九。」

同前

劉方平

楚國巫山秀，清猿日夜啼。萬重春樹合，十二碧峰齊。峽出朝雲下，江來暮雨西。陽臺歸路直，不畏向家迷。

同前

皇甫冉

巫峽見巴東，迢迢半出空。〔一〕雲藏神女館，雨到楚王宫。朝暮泉聲落，寒暄樹色同。清猿不可聽，偏在九秋中。

〔一〕半出空：《極玄集》卷下、《御覽詩》、《中興間氣集》卷上均作「出半空」，是。

同前

李　端

巫山十二峰，皆在碧虚中。回合雲藏日，霏微雨帶風。猿聲寒過水，〔一〕樹色暮連空。愁向高唐望，〔二〕清秋見楚宫。〔三〕

〔一〕過水：《才調集》卷九、《英華》卷二〇一作「度水」。水：《全唐詩》卷一七注：「集作澗。」

〔二〕望：《才調集》作「去」。《英華》作「宿」。

〔三〕楚宫：《英華》作「楚東」。

同前

于　濆

何山無朝雲，彼雲亦悠揚。何山無暮雨，彼雨亦蒼茫。宋玉恃才者，憑雲構高（堂）〔唐〕。〔一〕自重文賦名，〔二〕荒淫歸楚襄。峨峨十二峰，永作妖鬼鄉。

〔一〕高（堂）〔唐〕：據《全唐詩》卷一七改。

〔二〕重：同上注「集作垂」。

同前〔一〕

孟　郊

巴江上峽重復重，陽臺碧峭十二峰。荆王獵時逢暮雨，夜卧高丘夢神女。輕紅流煙濕艷姿，行雲飛去明星稀。目極魂斷望不見，猿啼三聲淚沾衣。

見盡數萬里，不聞三聲猿。但飛蕭蕭雨，中有亭亭魂。千載楚襄一作王恨，遺文宋玉言。至今青冥裏，雲結深閨門。

〔一〕同前：《孟東野詩集》卷一，第一首作《巫山曲》，第二首作《巫山高》。

同前

李　賀

碧叢叢，高一作齊插天，〔一〕大江翻瀾神曳煙。〔二〕楚魂尋夢風颸一作颭然，曉風飛雨生苔錢。〔三〕瑶姬一去一千年，丁香筇竹啼老猿。〔四〕古祠近月蟾桂寒，椒花墜紅濕雲間一作端。

〔一〕高：《英華》卷二〇一作「齊」。王琦注《李長吉歌詩彙解》卷四注：「首句一作巫山叢碧高插天。」似勝。

〔二〕大江：《英華》作「巴江」。

〔三〕風：《李賀詩歌編》卷四作「嵐」。

〔四〕啼：《英華》作「號」。

同前

僧齊己

巫山高，巫女妖。雨爲暮兮雲爲朝，楚王憔悴魂欲銷。秋猿嘷嘷日將夕，紅霞紫煙凝老壁。千巖萬壑花皆坼，但恐芳菲無正色。不知今古行人行，幾人經此無秋情。雲深廟遠不可覓，十二峰頭插天碧。

將進酒

梁・昭明太子

洛陽輕薄子，長安遊俠兒。宜城溢渠盌，〔一〕中山浮羽巵。

〔一〕渠：《英華》卷一九五作「璖」。

同前

唐・李白

君不見黄河之水天上來，奔流到海不復回。君不見高堂明鏡悲白髮，朝如青絲暮成雪。

人生得意須盡歡，莫使金樽空對月。天生我材必有用，〔一〕千金散盡還復來。烹羊宰牛且爲樂，會須一飲三百杯。岑夫子，丹丘生，將進酒，杯莫停一作君莫停。〔二〕與君歌一曲，請君爲我傾耳聽。〔三〕鐘鼓饌玉不足貴，〔四〕但願長醉不復醒。〔五〕古來聖賢皆寂寞，唯有飲者留其名。陳王昔時宴平樂，〔六〕斗酒十千恣歡謔。主人何爲言少錢，〔七〕徑須沽取對君酌。五花馬，千金裘，呼兒將出換美酒，與爾同銷萬古愁。

〔一〕王琦注《李太白集》卷三作「天生我徒有俊材」，與下句叶韻。
〔二〕將進酒，杯莫停：《河岳英靈集》卷上無此二句。
〔三〕耳聽：同上無此二字。
〔四〕鐘鼓句：同上作「鐘鼎玉帛不足悦」。《英華》卷一九五作「鐘鼎玉帛豈足貴」。
〔五〕不復：王琦注本作「不用」，注：「蕭本作不願。」
〔六〕時：《英華》作「日」。
〔七〕爲：同上作「周」。

同前

元　稹

將進酒，將進酒，酒中有毒酖主父，言之主父傷主母。母爲妾地父妾天，仰天俯地不忍言。

佯爲僵踣主父前，主父不知加妾鞭。旁人知妾爲主説，主將淚洗鞭頭血。推椎主母牽下堂，扶妾遣升堂上牀。將進酒，酒中無毒令主壽。願主回（思）〔恩〕歸主母，〔一〕遣妾如此事主父。一作由妾爲此事人偶知，自慚不密方自悲。主今顛倒安置妾，貪天僭地誰不爲。

〔一〕回（思）〔恩〕：據《元氏長慶集》卷二三改。

同前

李　賀

瑠璃鍾，琥珀濃，小槽酒滴真珠紅。烹龍炮鳳玉脂泣，羅屏繡幕圍香風。〔一〕吹龍笛，擊鼉鼓，皓齒歌，細腰舞。況是青春日將暮，桃花亂落如紅雨。勸君終日酩酊醉，酒不到劉伶墳上土。

〔一〕羅屏：《李賀詩歌編》卷四作「羅幃」。

君馬黄

陳・蔡（知）君〔知〕〔一〕

君馬徑西極，〔二〕臣馬出東方。足策浮雲影，〔三〕珂連明月光。水凍恒傷骨，蹄寒爲踐霜，躊躇嗟伏櫪，空想欲從良。

〔一〕陳蔡（知）君〔知〕：據《陳書·蔡君知傳》改，補「陳」字。

〔二〕徑：《英華》卷二〇九作「經」，是。

〔三〕足策句：《英華》作「策舉浮雲影」，與下句對，是。

同前

張正見

幽并重騎射，征馬正盤桓。〔一〕風去長嘶遠，〔二〕冰堅度足寒。出關聊變色，上坂屢停鞍。即今隨御史，〔三〕非復在樓蘭。五色乘馬黄，追風時滅没。血汗染龍花，胡鞍抱秋月。唯騰渥洼水，不飲長城窟。詎待燕昭王，千金市駿骨。

〔一〕正：《英華》卷二〇九注：「一作自。」

〔二〕長嘶：《詩紀》卷一〇二作「嘶聲」。

〔三〕即今：《全漢三國晉南北朝詩·全陳詩》（以下按朝代稱）卷二作「即令」。

同前

唐·李白

君馬黄，我馬白。馬色雖不同，人心本無隔。共作遊冶盤，雙行洛陽陌。長劍既照曜，高冠何絶赫。各有千金裘，俱爲五侯客。猛虎落陷穽，壯夫時屈厄。相知在急難，獨好亦一作知何益。

芳樹

齊·謝朓

早玩華池陰，復（影）〔鼓〕滄洲（泄）〔枻〕。〔一〕（椅柅）〔旖旎〕芳若斯，〔二〕葳蕤紛可（結）〔繼〕。〔三〕霜下桂枝（鋪）〔銷〕，〔四〕怨與飛蓬（折）〔逝〕。〔五〕不厠玉盤滋，誰憐終委（絶）〔細〕。〔六〕

〔一〕復（影）〔鼓〕滄洲（泄）〔枻〕：據《謝宣城詩集》卷二改。
〔二〕（椅柅）〔旖旎〕：據同上改。
〔三〕（結）〔繼〕：據同上改。
〔四〕（鋪）〔銷〕：據同上改。
〔五〕（折）〔逝〕：據同上改。
〔六〕（絶）〔細〕：據同上改。

同前

王融

相望早春日，〔一〕煙華雜如霧。復此佳麗人，含情結芳樹。綺羅已自憐，萱風多有趣。〔二〕

去來徘徊者，佳人不可遇。

〔一〕望：《全齊詩》卷二注：「一作思。」
〔二〕萱：同上注：「一作喧。」是。

同前

梁・武帝

綠樹始摇芳，芳生非一葉。一葉度春風，芳芳自相接。色雜亂參差，〔一〕衆花紛重疊。重疊不可思，思此誰能愜。

〔一〕色雜：《全梁詩》卷六作「雜色」，與下句「衆花」相對。

同前

梁・元帝

芬芳君子樹，交柯御宿園。桂影含秋月，〔一〕桃色染春源一作桂影含秋色，桃花染春源。〔二〕落英逐風聚，輕香帶蕊翻。叢枝臨北閣，灌木隱南軒。交讓良宜重，成蹊何用言。

〔一〕含秋月：《英華》卷二〇八作「含秋色」，注：「一作隨秋月。」
〔二〕桃色：同上作「桃花」。

同前

費昶

長夜路悠悠，所思不可召。花開似含笑。枝偃一作低疑欲舞，〔一〕幸被夕風吹，屢得朝光照。行人早旋返，賤妾猶年少一作年猶少。

〔一〕偃：《英華》卷二〇八作「低」。

同前

沈約

宿昔寒飇舉，摧殘不可識。參差多異色。氤氳非一香，〔二〕發萼九華隈，開跗寒路側。〔一〕霜雪交横至，對之長歎息。

〔一〕寒路：《百三名家集》作「寒露」，《藝文》卷四二、《英華》卷二〇八注均作「露寒」。

〔二〕氤氳：同上作「氛氳」。

同前

丘遲

芳葉已漠漠，嘉實復離離。發景傍雲屋，凝暉覆華池。輕蜂掇浮穎，弱鳥隱深枝。一朝容色茂，千春長不移。

同前　　陳·李　爽

芳樹千株發，搖蕩三陽時。氣軟來風易，枝繁度鳥遲。春至花如錦，夏近葉成帷。欲寄邊城客，路遠誰能持一作路遠詎難持。

同前　　顧野王

上林通建章，雜樹遍林芳。日影桃蹊色，風吹梅逕香。幽山桂葉落，馳道柳條長。折榮疑路遠，用表莫相忘。

同前　　張正見

奇樹舒春苑，流芳入綺錢。合歡分四照，同心彰萬年。香浮佳氣裏，葉映彩雲前。欲識揚雄賦，金玉滿甘泉。

同前　　唐・沈佺期

何地早芳菲，宛在長門殿。夭桃色若綬，穠李光如練。啼鳥弄花疏，遊蜂飲香遍。歎息春風起，飄零君不見。

同前　　盧照鄰

芳樹本多奇，年華復在斯。結翠成新幄，開紅滿舊枝。〔一〕風歸花歷亂，日度影參差。容色朝朝落，思君君不知。

〔一〕舊枝：《英華》卷二〇八、《全唐詩》卷一七注均作「故枝」。

同前　　徐彦伯

玉花珍簟上，金鏤畫屏開。曉月憐箏柱，春風憶鏡臺。箏柱春風吹曉月，芳樹落花朝暝歇。藁砧刀頭未有時，攀條拭淚坐相思。

同前　　韋應物

迢迢芳園樹，列映清池曲。對此傷人心，還如故時緑。風條灑餘靄，露葉承新旭。佳人不再攀，下有往來躅。

同前　　元　稹

芳樹已寥落，孤英尤可嘉。可憐團團葉，蓋覆深深花。遊蜂競鑽刺，〔一〕鬬雀亦紛拏。天生細碎物，不愛好光華。非無殲殄法，念爾有生涯。春雷一聲發，驚燕亦驚蛇。清池養神蔡，已復長蝦蟆。雨露貴平施，吾其春草芽。

〔一〕鑽：《全唐詩》卷一七作「攢」。

同前　　羅　隱

細蕊慢逐風，暖香閑破鼻。青帝固有心，時時動人意。〔一〕去年高枝猶壓地，今年低枝已憔悴。吾所以見造化之權，變通之理。春夏作頭，秋冬爲尾，循環反覆無窮已。今生長短同一軌。〔三〕若使威可以制，力可以止，秦皇不肯斂手下沙丘，孟賁不合低頭入蒿里。伊人强猛猶如此，顧我勞生何足恃。但願開素袍，傾緑蟻，陶陶兀兀大醉於青冥白晝間，任他上是天，下是地。

〔二〕動人：《全唐詩》卷一七注：「集作滿天。」

〔三〕今：同上注：「集作人。」按作「人」是。

有所思

齊·劉繪

別離安可再，而我更重之。〔一〕佳人不相見，明月空在帷。共銜滿堂酌，獨斂向隅眉。中心亂如雪，寧知有所思。

〔一〕而我：《英華》卷二〇二注：「一作佳人。」

同前

王融

如何有所思，而無相見時。宿昔夢顔色，階庭尋履綦。高張更何已，引滿終自持。欲知憂能老，爲視鏡中絲。

同前　謝朓

佳期期未歸，望望下鳴機。徘徊東陌上，月出行人稀。

同前　梁・武帝

誰言生離久，適意與君别。〔一〕衣上芳猶在，握裏書未滅。腰中雙綺帶，夢爲同心結。常恐所思露，瑶華未忍折。

〔一〕意：《全梁詩》卷一注：「以文意推之，當作憶。『適憶與君别』，即文通《古離别》『送君如昨日』意。」

同前　梁・簡文帝

昔未離長信，金翠奉乘輿。何言人事異，夙昔故恩疏。寂寞錦筵靜，玲瓏玉殿虚。掩閨泣團扇，羅幌詠蘼蕪。

同前

昭明太子〔一〕

望望江山阻，悠悠道路長。別前秋葉落，別後春花芳。雷歎一聲響，〔二〕雨淚忽成行。悵望情無極，傾心還自傷。〔四〕

公子遠于隔，〔三〕乃在天一方。

〔一〕《玉臺》卷八作庾肩吾詩，《英華》卷二〇二作「昭明太子」，《昭明太子集》卷一載之。

〔二〕公子：同上與《百三名家集》注作「佳人」。遠于：《英華》作「路遠」。

〔三〕聲：《英華》作「流」，與下句對。

〔四〕傾心還：同上作「引領心」。

同前

王筠

丹墀生細草，紫殿納輕陰。曖曖巫山遠，悠悠湘水深。徒歌鹿盧劍，空貽玳瑁簪。望君終不見，屑淚且長一作微吟。〔一〕

〔一〕長吟：《英華》卷二〇二作「微吟」。

同前

庾肩吾

佳期竟一作杳不歸，〔一〕春日坐芳菲。〔二〕拂匣看離扇，〔三〕開箱見別衣。井梧生未合，〔四〕宮槐卷復稀。不及銜泥燕，從來相逐飛。

〔一〕竟：《英華》卷二〇二作「杳」。
〔二〕春日：同上作「春物」。
〔三〕離扇：《詩紀》卷八〇作「離鏡」。
〔四〕梧：《英華》作「桐」。

同前

王僧孺

夜風吹熠燿，朝光照昔耶。〔一〕幾銷蘼蕪葉，空落蒲桃花。不堪長織素，誰能獨浣沙。光陰復何極，望促反成賒。知君自蕩子，奈妾亦倡家。

〔一〕昔耶：《英華》卷二〇二作「辟邪」，注：「一作昔耶，瓦松也。」

同前　　吴均

薄暮有所思，終持淚煎骨。春風驚我心，秋露傷君髮。〔一〕

〔一〕秋露：《百三名家集》作「秋霜」。

同前　　沈約

西征登隴首，東望不見家。關樹抽紫葉，塞草發青牙。昆明當欲滿，蒲萄應作花。垂淚對漢使，因書寄狹邪。

同前　　費昶

上林烏欲（飛）〔棲〕，〔一〕長門日行一作將暮。所思鬱不見，〔二〕空想丹墀步。簾動意君來，雷聲似車度。北方佳麗子，窈窕能回顧。夫君自迷惑，非爲妾心妬。

〔一〕烏：《詩紀》卷九二作「烏」。（飛）〔棲〕：據同上改。

〔二〕見：《英華》卷二〇二作「已」。

同前〔一〕

陳・後　主

蕩子好蘭期，留人獨自思。落花同淚臉，初月似愁眉。階前看草蔓，窗中對網絲。不言千里望，〔二〕復是三春時。（沓沓）〔杳杳〕與人期，〔三〕遥遥有所思。山川千里間，風月兩邊時。相待春那劇，〔四〕相望（近）〔景〕偏遲。〔五〕當由分別久，夢來還自疑。佳人在北燕，相望渭橋邊。團團落日樹，耿耿曙河天。愁多明月下，淚盡雁行前。別心不可寄，唯餘琴上弦。

〔一〕同前：《詩紀》卷九八注：「《選詩拾遺》作《望遠》。」

〔二〕望：同上作「別」。

〔三〕（沓沓）〔杳杳〕：據同上改。

〔四〕相待：同上作「相對」。

〔五〕（近）〔景〕：據同上改。

同前

顧野王

賤妾有所思，良人久征戍。笳鳴塞表城，一作笳鳴(明)〔胡〕塞表，〔一〕花開落芳樹。〔二〕白登澄月色，黄龍起煙霧。還聞《雉子斑》，非復長征賦。

〔一〕塞表城：《英華》卷二〇二作「故塞表」，《詩紀》卷一〇六作「塞城表」。(明)〔胡〕塞：據同上改。

〔二〕花開：《英華》作「花閑」。

同前

張正見

深閨久離别，積怨轉生愁。徒思裂帛雁，空上望歸樓。看花憶塞草，對月想邊秋。相思日日度，〔一〕淚臉年年流。

〔一〕度：《英華》卷二〇二作「夜」。

同前

陸　系

别念(恨)〔限〕城闉，〔一〕還思樓上人。淚想離前落，〔二〕愁聞别後新。〔三〕月來疑舞扇，花度憶歌塵。只看今夜裏，〔四〕那似隔河津。

〔一〕（恨）〔限〕：據《詩紀》卷一〇七改。
〔二〕離：《英華》卷二〇二作「愁」。
〔三〕聞：同上作「開」。
〔四〕今夜：同上作「月彩」。

同前

魏・裴讓之〔一〕

夢中雖暫見，及覺始知非。展轉不能寐，徙倚獨披衣。悽悽曉風急，晻晻月光微。室空常達旦，所思終不歸。

〔一〕魏裴讓之：按《北齊書・裴讓之傳》作北齊時人。

同前

隋・盧思道

長門與長信，憂思並難任。洞房明月下，空庭緑草深。怨歌裁潔一作紈素，能賦受黄金。復聞隔湘水，猶言限桂林。悽悽日已暮，誰見此時心。

同前　　唐・沈佺期

君子事行役，再空芳歲期。美人曠延佇，萬里浮雲思。園槿綻紅豔，郊桑柔緑滋。坐看長夏晚，秋月生羅帷。〔一〕

〔一〕生：《全唐詩》卷一七注：「集作照。」

同前〔一〕　　李白

我思仙一作佳人，乃在碧海之東隅。海寒多天風，白波連山一作天倒蓬壺。長鯨噴湧不可涉，撫心茫茫淚如珠。西來青鳥東飛去，願寄一書謝麻姑。

〔一〕同前：《李太白詩》卷四作《古有所思行》，王琦注《李太白集》卷四作《古有所思》。

同前　　孟郊

桔槔烽火晝不滅，客路迢迢信難越。古鎮刀攢萬片霜，寒江浪起千堆雪。此時西去定如何，空使南心遠淒切。

同前　盧仝

當時我醉美人家，美人顏色嬌如花。今日美人棄我去，青樓珠箔天之涯。天涯娟娟常娥月，三五二八盈又缺。翠眉蟬鬢生别離，一望不見心斷絶。心斷絶，幾千里。夢中醉卧巫山雲，覺來淚滴湘江水。湘江兩岸花木深，美人不見愁人心。含愁更奏緑綺琴，調高絃絶無知音。美人兮美人，不知爲暮雨兮爲朝雲。相思一夜梅花發，忽到窗前疑是君。

同前　韋應物

借問江上柳，青青爲誰春。空遊昨日地，不見昨日人。繚繞萬家井，往來車馬塵。莫道無相識，要非心所親。

同前　劉氏雲

朝亦有所思，暮亦有所思。登樓望君處，藹藹浮雲飛。浮雲遮却陽關道，向晚誰知妾懷抱。〔一〕玉井蒼苔春院深，桐花落地無人掃。〔二〕

〔一〕「藹藹」三句:《才調集》卷一〇、《全唐詩》卷一七注作「藹藹蕭關道。掩淚向浮雲,誰知妾懷抱」。

〔二〕同上注,春:「集作青。」地:「集作盡。」

樂府詩集卷第十八

鼓吹曲辭三

漢鐃歌下

雉子斑

梁·吴均

可憐雉子斑，群飛集野甸。文章始陸離，意氣已驚狷。幽并遊俠子，直心亦如箭。死節報君恩一作以死報君恩，〔一〕誰能孤恩眄。

〔一〕死節：《英華》卷二〇六作「生死」。

同前

陳·後主

四野秋原暗，十步啄方前。雊聲風處遠，翅影雲間連。箭射妖姬笑，裘值盛明然。已足南皮賞，復會北宫篇。

同前

張正見

陳倉雉未飛，斂翮依芳甸。朱冠色尚淺，錦臆毛初變。雊麥且專場，排花聊勇戰。唯當渡弱水，不怯如臯箭。

同前

毛處約

春物始芳菲，春雉正相追。澗響連朝雊，花光帶錦衣。竄跡時移影，鷩媒或亂飛。能使如臯路，相逢巧笑歸。

同前

江　總

麥壟新秋來，澤雉屢徘徊。依花似協妬，拂草乍鷩媒。三春桃照李，二月柳爭梅。暫往如臯路，當令巧笑開。

同前〔一〕

唐・李　白

《古今樂録》曰：「梁三朝樂第四十一，設辟邪伎鼓吹作《雉子斑》曲引去來。」

辟邪伎作鼓吹驚，《雉子斑》之奏曲成，喔咿振迅欲飛鳴。扇錦翼，雄風生。雙雌同飲啄，趫悍（詐）〔誰〕能爭。〔二〕乍向草中（取）〔耿〕介死，〔三〕不求黄金籠下生。天地至廣大，何惜遂物情。善卷讓天子，務光亦逃名。所貴曠士懷，朗然合太清。

〔一〕同前：蕭本《李太白詩》卷四作《設辟邪伎鼓吹雉子斑曲辭》。

〔二〕（詐）〔誰〕：據同上改。

〔三〕乍向：誤，當作「乍可」。（取）〔耿〕介：據同上改。

臨高臺

魏·文帝

臨臺（行）高，〔一〕高以軒。下有水，清且寒。中有黄鵠往且翻。行爲臣，當盡忠。願令皇帝陛下三千歲，宜居此宫。鵠欲南遊，雌不能隨。我欲躬銜汝，口噤不能開；〔我〕欲負之，〔二〕毛衣摧頹。五里一顧，六里徘徊。

〔一〕臨臺（行）高：據聞一多《樂府詩箋》注删。

〔二〕〔我〕欲：據《藝文》卷四二補。

同前　齊・謝朓

千里常思歸，登臺臨綺翼。纔見孤鳥還，未辨連山極。四面動春風，〔一〕朝夜起寒色。誰知倦遊者，〔二〕嗟此故鄉憶。

〔一〕春風：《詩紀》卷五八作「清風」。
〔二〕知：《謝宣城集》作「識」，注云「一作念」。

同前　王融

遊人欲騁望，積步上高臺。井蓮當夏吐，窗桂逐秋開。花飛低不入，鳥散遠時來。還看雲棟一作陣影，含月共徘徊。

同前　梁・簡文帝〔一〕

高臺半行雲，望望高不極。〔二〕草樹無參差，山河同一色。彷彿洛陽道，道遠難別識。〔三〕玉階故情人，情來共相憶。〔四〕

〔一〕《玉臺》作梁武帝詩，《百三名家集》同。
〔二〕高不極：《英華》卷二一〇作「不可極」。
〔三〕别：同上作「可」。
〔四〕共：同上作「苦」。

同前

沈約

高臺不可望，〔一〕望遠使人愁。連山無斷（續）〔絶〕，〔二〕河水復悠悠。所思曖何在？〔三〕洛陽南陌頭。可望不可至，〔四〕何用解人憂。

〔一〕不可望：《藝文》卷四二作「不望遠」。
〔二〕斷（續）〔絶〕：據《英華》卷二一〇、《百三名家集》改。
〔三〕曖：《英華》作「竟」。《百三名家集》作「亮」。
〔四〕至：同上二書作「見」。

同前

陳・後主

晚景登高臺，迴望春光來。霧濃山後暗，日落雲傍開。煙裏看鴻小，風來望葉回。臨窗已響吹，極眺且傾杯。

同前

張正見

曾臺邇清漢，出迥架重棼。飛棟臨黄鶴，高窗度白雲。風前朱幌一作幔色，〔一〕霞處綺疏分。此中多怨曲，地遠詎能聞。

〔一〕幌：《英華》卷二一〇作「幔」。

同前

隋・蕭慤〔一〕

崇臺高百尺，迥出望仙宫。畫栱浮朝一作雲氣，飛梁照晚虹。小衫飄霧縠，豔粉拂輕紅。笙吹汶陽篠，琴奏嶧山桐。舞逐飛龍引，花隨少女風。臨春今若此，極宴豈無窮。

〔一〕隋蕭慤：據《北齊書・蕭慤傳》，「隋」當作「北齊」。

同前

唐・褚亮

高臺暫俯臨，飛翼聳輕音。浮光隨日度，漾影逐波深。迥瞰周平野，開懷暢遠襟。〔一〕獨此三休上，還傷千歲心。

〔一〕襟：《英華》卷三一〇作「衿」。

同前

王　勃

臨高臺，高臺迢遞絶浮埃。〔一〕瑶軒綺構何崔嵬，鸞歌鳳吹清且哀。俯瞰長安道，萋萋御溝草。斜對甘泉路，蒼蒼茂陵樹。高臺四望同，帝鄉佳氣鬱葱葱。〔二〕紫閣丹樓紛照曜，璧房錦殿相玲瓏。東彌長樂觀，〔三〕西指未央宫。赤城映朝日，緑樹摇春風。旗亭百隊開新市，甲第千甍分戚里。朱輪翠蓋不勝春，疊樹層楹相對起。〔四〕復有青樓大道中，繡户文窗雕綺櫳。錦衣晝不襞，〔五〕羅帷夕未空。歌屏朝掩翠，妝鏡晚窺紅。爲吾安寶髻，娥眉罷花叢。狹路塵間黯將暮，〔六〕雲間月色明如素。〔七〕鴛鴦池上兩兩飛，鳳皇樓下雙雙度。物色正如此，佳期那不顧。銀鞍繡轂盛繁華，可憐今夜宿倡家。倡家少婦不須嚬，東園桃李片時春。君看舊日高臺處，柏梁銅雀生黄塵。〔八〕

〔一〕《王子安集》卷二作「臨高臺，臨高臺，迢遞絶浮埃」。

〔二〕同上無「帝鄉」二字。

〔三〕彌：同上作「迷」。

〔四〕疊樹層楹：樹，疑當作「榭」。

〔五〕錦衣：同上作「錦衾」。

〔六〕狹路塵間：同上作「塵間狹路」。

〔七〕雲間：同上及《英華》卷二一〇作「雲開」。

〔八〕生：《英華》作「尚」。

同前

僧貫休

涼風吹遠念，使我升高臺。寧知數片雲，不是舊山來。故人天一涯，久客殊未回。雁來不得書，空寄聲哀哀。

遠期

梁·張率

遠期終不歸，節物坐將一作遷變。白露愴單衫，〔一〕秋風息團扇。誰能久離別，他鄉且異縣。浮雲蔽重山，相望何時見。〔二〕寄言遠期者，〔三〕空閨淚如霰。

〔一〕愴單衫：《玉臺》卷六作「濕單衣」。

〔二〕何時：《藝文》卷四二作「不可」。

〔三〕遠期：同上及《玉臺》作「遠行」。

同前

庾成師

憶别春花飛，已見秋葉稀。淚粉羞明鏡，愁帶減寬衣。得書言未（及）〔反〕，〔一〕夢見道應歸。坐使紅顔歇，獨掩青樓扉。

〔一〕未（及）〔反〕：據《藝文》卷四二改。

玄雲

張　率

壞陣壓峨壟，遮窗暗思扉。映日斜生海，跨樹似鵬飛。夢山妾已去，落曆何由歸。

黄雀行

唐・莊南傑

穿屋穿牆不知止，爭樹爭巢入營死。林間公子挾彈弓，一丸致斃花叢裏。小雛黄口未有知，青天不解高高飛。虞人設網當要路，白日啾嘲禍萬機。

釣竿

魏・文帝

崔豹《古今注》曰：「《釣竿》者，伯常子避仇河濱爲漁者，其妻思之而作也。每至河側輒歌之。後司馬相如作《釣竿詩》，遂傳爲樂曲。」

東越河濟水，遥望大海涯。釣竿何珊珊，魚尾何簁簁。行路之好者，芳餌欲何爲。

同前

梁・沈約

桂舟既容與，緑浦復回紆。輕絲動弱芰，微楫起單鳧。扣舷忘日暮，卒歲以爲娱。

同前[一]

戴暠

試持玄者釣，暫罷池陽獵。翠羽飾長綸，蕖花裝小（緤）〔艓〕。[二]（鉅）〔鉤〕利斷蓴絲，[三]（汎）〔帆〕舉牽菱葉。[四]聊載前魚童，過看後舟妾。[五]

〔一〕同前：《詩紀》卷九三注：「《英華》作劉孝威，今從《樂府》。」

〔二〕小（緤）〔艓〕：據同上及《英華》卷二一〇改。

〔三〕（鉅）〔鉤〕利：據同上改。

〔四〕（汎）〔帆〕舉：據同上改。

〔五〕過看：同上作「還看」，是。

（同前）〔釣竿篇〕〔一〕

劉孝綽

釣舟畫采鷁，（魚）〔漁〕子服冰紈。〔二〕金轄茱萸網，銀鉤翡翠竿。斂橈隨水脈，〔三〕急槳渡江湍。〔四〕湍長自不辭，前浦有佳期。船交棹影合，〔五〕浦深魚出遲。荷根時觸餌，菱芒乍罥絲。蓮渡江南手，〔六〕衣渝京兆眉。垂竿自來樂，〔七〕誰能爲太師。

〔一〕（同前）〔釣竿篇〕：據《英華》卷二一〇、《詩紀》卷八七改，《詩紀》注：「《藝文》作劉孝威。」

〔二〕（魚）〔漁〕子：據《英華》《詩紀》改。

〔三〕斂橈：《英華》作「促棹」。

〔四〕槳：同上作「艇」。

〔五〕棹：同上作「橈」。

〔六〕渡：《詩紀》作「度」。

〔七〕自來：《英華》作「自有」。

（釣竿篇）〔同前〕〔一〕

陳・張正見

結宇長江側，垂釣廣川潯。〔二〕竹竿横翡翠，桂髓擲黄金。人來水鳥没，檝渡岸花沉。蓮摇見魚近，綸盡覺潭深。渭水終須卜，滄浪徒自吟。空嗟芳餌下，〔三〕獨見有貪心。

〔一〕〔同前〕原作《釣竿篇》，按本書例改。
〔二〕釣廣川：《英華》卷二一〇作「鉤渡川」。
〔三〕空嗟：同上作「空明」。

同前

隋・李巨仁

潺湲面江海，滉瀁矚波瀾。不惜黄金餌，唯憐翡翠竿。斜綸控急水，定檝下飛湍。潭迴風來易，川長霧歇難。寄言朝市客，滄浪徒自安。〔一〕

〔一〕徒：《詩紀》卷一二七作「余」。

同前

唐・沈佺期

朝日斂紅煙，垂竿向緑川。人疑天上坐，魚似鏡中懸。避檝時驚透，猜鉤每誤牽。湍危不理轄，潭靜欲留船。釣玉君徒尚，徵金我未賢。爲看芳餌下，貪得會無全。

魏鼓吹曲

繆　襲

《晉書·樂志》曰：「魏武帝使繆襲造鼓吹十二曲以代漢曲：一曰《楚之平》，〔一〕二曰《戰滎陽》，三曰《獲吕布》，四曰《克官渡》，五曰《舊邦》，六曰《定武功》，七曰《屠柳城》，八曰《平南荆》，九曰《平關中》，十曰《應帝期》，十一曰《邕熙》，十二曰《太和》。」

楚之平

《晉書·樂志》曰：「改漢《朱鷺》爲《楚之平》，言魏也。」《古今樂録》作《初之平》。

楚之平，義兵征。神武奮，金鼓鳴。邁武德，揚洪名。漢室微，社稷傾。皇道失，桓與靈。閹官熾，群雄爭。邊、韓起，亂金城。中國擾，無紀經。赫武皇，起旗旌。麾天下，天下平。濟九州，九州寧。創武功，武功成。越五帝，邈三王。興禮樂，定紀綱。普日月，齊輝光。

《楚之平》曲凡三十句，句三字。

〔一〕《楚之平》：《宋書》作《初之平》，按篇中無平楚事，則《宋書》是。

戰滎陽

《晉書·樂志》曰：「改漢《思悲翁》爲《戰滎陽》，言曹公也。」

戰滎陽，汴水陂。戎士憤怒，貫甲馳。陣未成，退徐(滎)〔榮〕。〔一〕二萬騎，塹壘平。戎馬傷，六軍驚，勢不集，衆幾傾。白日没，時晦冥，顧中牟，心屏營。同盟疑，計無成，賴我武皇，萬國寧。

《戰滎陽》曲凡二十句，其十八句句三字，二句句四字。

〔一〕徐(滎)〔榮〕：據《魏志·武帝紀》改。

獲吕布

《晉書·樂志》曰：「改漢《艾如張》爲《獲吕布》，言曹公東圍臨淮，生擒吕布也。」

獲吕布，戮陳宫。芟夷鯨鯢，驅騁群雄。囊括天下，運掌中。

《獲吕布》曲凡六句，其三句句三字，三句句四字。

克官渡

《晉書·樂志》曰：「改漢《上之回》爲《克官渡》，言曹公與袁紹戰，破之於官渡也。」

克紹官渡，由白馬。僵屍流血，被原野。賊衆如犬羊，王師尚寡。沙塠旁，風飛揚。轉戰不利，士卒傷。今日不勝，後何望。土山地道，不可當。卒勝大捷，震冀方。屠城破邑，神武遂章。

《克官渡》曲凡十八句，其八句句〔四〕〔三〕字，一句五字，九句句〔三〕〔四〕字。〔一〕

〔一〕句〔四〕〔三〕字、句〔三〕〔四〕字：據《宋書》改。

舊邦

《晉書·樂志》曰：「改漢《翁離》爲《舊邦》，言曹公勝袁紹於官渡，還譙收藏死亡士卒也。」

舊邦蕭條，心傷悲。孤魂翩翩，當何依。遊士戀故，涕如摧。兵起事大，令願違。傳求親戚，〔一〕在者誰。立廟置後，魂來歸。

《舊邦》曲凡十二句，其六句句三字，六句句四字。

〔一〕傳求：《宋書》作「博求」。傳即轉，與博俱可通。

定武功

《晉書·樂志》曰：「改漢《戰城南》爲《定武功》，言曹公初破鄴，武功之定始乎此也。」

定武功，濟黄河。河水湯湯，旦暮有横流波。袁氏欲衰，兄弟尋干戈。決漳水，水流滂沱，嗟城中如流魚，誰能復顧室家。計窮慮盡，求來連和。和不時，心中憂戚。賊衆内潰，君臣奔北。拔鄴城，奄有魏國。王業艱難，覽觀古今，可爲長歎。

《定武功》曲凡二十一句，其五句句三字，三句句六字，十二句句四字，一句五字。

屠柳城

《晉書·樂志》曰：「改漢《巫山高》爲《屠柳城》，言曹公越北塞，歷白檀，破三郡烏桓於柳城也。」

屠柳城，功誠難。越度隴塞，路漫漫。北踰岡平，但聞悲風正酸。蹋頓授首，遂登白狼山。神武慹海外，永無北顧患。

《屠柳城》曲凡十句，其三句句三字，三句句四字，三句句五字，一句六字。

平南荆

《晉書·樂志》曰：「改漢《上陵》爲《平南荆》，言曹公南平荆州也。」

南荆何遼遼，江漢濁不清。菁茅久不貢，王師赫南征。劉琮據襄陽，賊備屯樊城。六軍廬新野，金鼓震天庭。劉子面縛至，武皇許其成。許與其成，〔一〕撫其民。陶陶江漢間，普爲大魏臣。大魏臣，向風思自新。思自新，齊功古人。在昔虞與唐，大魏得與均。多選忠義士，爲喉脣。天下一定，萬世無風塵。

《平南荆》曲凡二十四句，其十七句句五字，四句句三字，三句句四字。

〔一〕與：《古樂府》卷二無「與」字。

平關中

《晉書·樂志》曰：「改漢《將進酒》爲《平關中》，言曹公征馬超，定關中也。」

平關中，路向潼。濟濁水，立高墉。鬬韓、馬，離群凶。選驍騎，縱兩翼，虜崩潰，級萬億。

《平關中》曲凡十句，句三字。

應帝期

《晉書·樂志》曰：「改漢《有所思》爲《應帝期》，言文帝以聖德受命，應運期也。」

應帝期，於昭我文皇，曆數承天序，龍飛自許昌。聰明昭四表，恩德動遐方。星辰爲垂耀，日月爲重光。河、洛吐符瑞，草木挺嘉祥。麒麟步郊野，黄龍遊津梁。白虎依山林，鳳皇鳴高岡。考圖定篇籍，功配上古羲皇。羲皇無遺文，仁聖相因循。期運三千歲，一生聖明君。堯授舜萬國，萬國皆附親。四門爲穆穆，教化常如神。大魏興盛，與之爲鄰。

《應帝期》曲凡二十六句，其一句三字，二句句四字，二十二句句五字，一句六字。

邕熙

《晉書·樂志》曰：「改漢《芳樹》爲《邕熙》，言魏氏臨其國，君臣邕穆，庶積咸熙也。」

邕熙，君臣（念）〔合〕德〔一〕，天下治。（登）〔隆〕帝道，〔二〕獲瑞寶，頌聲並作，洋洋浩浩。吉日臨高堂，置酒列名倡。歌聲一何紓餘，雜笙簧。八音諧，有紀綱。子孫永建萬國，壽考樂無央。

《邕熙》曲凡十五句，其六句句三字，三句句四字，一句二字，三句句五字，二句句六字。

〔一〕（念）〔合〕德：據《宋書》改。

〔二〕（登）〔隆〕帝道：據同上改。

太和

《晉書・樂志》曰：「改漢《上邪》爲《太和》，言明帝繼體承統，太和改元，德澤流布也。」

惟太和元年，皇帝踐阼，聖且仁，德澤爲流布。災蝗一時爲絶息，上天時雨露。五穀溢田疇，四民相率遵軌度。事務（徵）〔澂〕清，〔一〕天下獄訟察以情。元首明，魏家如此，那得不太平。

《太和》曲凡十三句，其二句句三字，五句句五字，三句句四字，三句句七字。

〔一〕（徵）〔澂〕清：據《宋書》改。

吴鼓吹曲

韋　昭

《晉書·樂志》曰：「吴使韋昭製鼓吹十二曲：一曰《炎精缺》，二曰《漢之季》，三曰《攄武師》，四曰《伐烏林》，五曰《秋風》，六曰《克皖城》，七曰《關背德》，八曰《通荆門》，九曰《章洪德》，十曰《從曆數》，十一曰《承天命》，十二曰《玄化》。」

炎精缺

《古今樂録》曰：「《炎精缺》者，言漢室衰，孫堅奮迅猛志，念在匡救，王迹始乎此也。當漢《朱鷺》。」

炎精缺，漢道微。皇綱弛，政德違。衆姦熾，民罔依。赫武烈，越龍飛。陟天衢，耀靈威。鳴雷鼓，抗電麾。撫乾衡；鎮地機。厲虎旅，騁熊羆。發神聽，吐英奇。張角破，邊、韓羈。宛、潁平，南土綏。神武章，渥澤施。金聲震，仁風馳。顯高門，啟皇基。統罔極，垂將來。

《炎精缺》曲凡三十句，句三字。

漢之季

《古今樂録》曰：「《漢之季》者，言孫堅悼漢之微，痛董卓之亂，興兵奮擊，功蓋海内也。當漢《思悲翁》。」

《漢之季》曲凡二十句，其十八句句三字，二句句四字。

漢之季，董卓亂。桓桓武烈，應時運。義兵興，雲旗建。厲六師，羅八陣。飛鳴鏑，接白刃。輕騎發，介士奮。醜虜震，使衆散。劫漢主，遷西館。雄豪怒，元惡僨。赫赫皇祖，功名聞。

攄武師

《古今樂録》曰：「《攄武師》者，言孫權卒父之業而征伐也。當漢《艾如張》。」

《攄武師》曲凡六句，其三句句三字，三句句四字。

攄武師，斬黄祖。肅夷凶族，革平西夏。炎炎大烈，震天下。

伐烏林

《古今樂録》曰：「《伐烏林》者，言魏武既破荆州，順流東下，欲來爭鋒。孫權命將周瑜逆擊之於烏林而破走也。當漢《上之回》。」

曹操北伐，拔柳城。乘勝席卷，遂南征。劉氏不睦，八郡震驚。〔一〕衆既降，操屠荆。舟車十萬，揚風聲。議者狐疑，慮無成。賴我大皇，發聖明。虎臣雄烈，周與程。破操烏林，顯章功名。

《伐烏林》曲凡十八句，其十句句四字，八句句三字。

〔一〕八郡：《宋書》作「八都」。

秋風

《古今樂録》曰：「《秋風》者，言孫權悦以使民，民忘其死也。當漢《擁離》。」

秋風揚沙塵，寒露沾衣裳。角弓持弦急，鳩鳥化爲鷹。邊垂飛羽檄，寇賊侵界疆。跨馬披介冑，慷慨懷悲傷。辭親向長路，安知存與亡。窮達固有分，志士思立功。思立功，〔一〕邀之戰場。身逸獲高賞，身没有遺封。

《秋風曲》凡十六句，其十四句句五字，一句三字，一句四字。

〔一〕《宋書》無「思立功」三字，因此下文也無「一句三字」四字。

克皖城

《古今樂録》曰：「《克皖城》者，言魏武志圖并兼，而令朱光爲廬江太守。孫權親征光，破之於皖城也。當漢《戰城南》。」

克滅皖城，遏寇賊。惡此凶孽，阻姦慝。王師赫征，衆傾覆。除穢去暴，戢兵革。民得就農，邊境息。誅君弔臣，昭至德。

《克皖城》曲凡十二句，其六句句三字，六句句四字。

關背德

《古今樂録》曰：「《關背德》者，言蜀將關羽背棄吴德，心懷不軌。孫權引師浮江而擒之也。當漢《巫山高》。」

關背德，作鴟張。割我邑城，圖不祥。稱兵北伐，圍樊、襄陽。嗟臂大於股，將受其殃。巍巍夫聖主，〔一〕睿德與玄通。與玄通，親任吕蒙。泛舟洪氾池，溯涉長江。神武一何桓桓，聲烈正與風翔。歷撫江安城，〔二〕大據郢邦。虜羽授首，百蠻咸來同，盛哉〔三〕〔無〕比隆。〔三〕

《關背德》曲凡二十一句，其八句句四字，二句句六字，七句句五字，四句句三字。

〔一〕夫聖主：《宋書》作「吴聖主」。

〔二〕江安：當作「公安」。孫權襲關羽，先遣吕蒙襲取公安，再取江陵，見《吴志·吕蒙傳》。

〔三〕（三）〔無〕比隆：據同上及《古樂府》改。

通荆門

《古今樂録》曰：「《通荆門》者，言孫權與蜀交好齊盟，中有關羽自失之亹，戎蠻樂亂，生變作患，蜀疑其眩，吴惡其詐，乃大治兵，終復初好也。當漢《上陵》。」

荆門限巫山，高峻與雲連。蠻夷阻其險，歷世懷不賓。漢王據蜀郡，崇好結和親。乖微中情疑，讒夫亂其間。大皇赫斯怒，虎臣勇氣震。蕩滌幽藪，討不恭。觀兵揚炎耀，厲鋒整封疆。整封疆，闡揚威武容。功赫戲，洪烈炳章。邈矣帝皇世，聖吴同厥風。荒裔望清化，化恢弘。煌煌大吴，延祚永未央。

《通荆門》曲凡二十四句，其十七句句五字，四句句三字，三句句四字。

章洪德

《古今樂録》曰：「《章洪德》者，言孫權章其大德，而遠方來附也。當漢《將進酒》。」

章洪德，邁威神。感殊風，懷遠鄰。平南裔，齊海濱。越裳貢，扶南臣。珍貨充庭，所見日新。

《章洪德》曲凡十句，其八句句三字，二句句四字。

從曆數

《古今樂録》曰：「《從曆數》者，言孫權從圖籙之符，而建大號也。當漢《有所思》。」

從曆數，於穆我皇帝。聖哲受之天，神明表奇異。建號創皇基，聰睿協神思。德澤浸及昆蟲，浩蕩越前代。三光顯精耀，陰陽稱至治。肉角步郊畛，鳳皇棲靈囿。神龜游沼池，圖讖摹文字。黄龍覿鱗，符祥日月記。覽往以察今，我皇多嘒事。上欽昊天象，下副萬姓意。光被彌蒼生，家户蒙惠賚。風教肅以平，頌聲章嘉喜。大吴興隆，綽有餘裕。

《從曆數》曲凡二十六句，其一句三字，三句句四字，二十(二)〔一〕句句五字，〔一〕一句六字。

〔一〕二十(二)〔一〕句：據原作句數改。

承天命

《古今樂録》曰：「《承天命》者，言上以聖德踐位，道化至盛也。當漢《芳樹》。」

承天命，於昭聖德。三精垂象，符靈表德。巨石立，九穗植。龍金其鱗，烏赤其色。輿人歌，億夫歎息。超龍升，襲帝服。窮淳懿，體玄嘿。夙興臨朝，勞謙日昃。易簡以崇仁，放遠讒與慝。舉賢才，親近有德。均田疇，茂稼穡。審法令，定品式。考功能，明黜陟。人思自盡，唯心與力。家國治，王道直。思我帝皇，壽萬億。長保天禄，祚無極。

《承天命》曲凡三十四句，其十九句句三字，二句句五字，十三句句四字。

玄化

《古今樂録》曰：「《玄化》者，言上修文訓武，則天而行，仁澤流洽，天下喜樂也。當漢《上邪》。」

玄化象以天，陛下聖真。張皇綱，率道以安民。惠澤宣流而雲布，上下睦親。君臣酣宴樂，激發弦歌揚妙新。修文籌廟勝，須時備駕巡洛津。康哉泰，四海歡忻，越與三五鄰。

《玄化曲》凡十三句，其五句句五字，二句句三字，三句句四字，三句句七字。

樂府詩集卷第十九

鼓吹曲辭四

晉鼓吹曲

傅　玄

《晉書·樂志》曰：「武帝令傅玄製鼓吹曲二十二篇以代魏曲：一曰《靈之祥》，二曰《宣受命》，三曰《征遼東》，四曰《宣輔政》，五曰《時運多難》，六曰《景龍飛》，七曰《平玉衡》，八曰《文皇統百揆》，九曰《因時運》，十曰《惟庸蜀》，十一曰《天序》，十二曰《大晉承運期》，十三曰《金靈運》，十四曰《於穆我皇》，十五曰《仲春振旅》，十六曰《夏苗田》，十七曰《仲秋獮田》，十八曰《順天道》，十九曰《唐堯》，二十曰《玄雲》，二十一曰《伯益》，二十二曰《釣竿》。」

靈之祥

古《朱鷺行》。《古今樂録》曰：「《靈之祥》，言宣皇帝之佐魏，猶虞舜之事堯也。既有石瑞之徵，又能用武以誅孟度之逆命也。」

靈之祥，石瑞章。旌金德，出西方。天降命，授宣皇。應期運，時龍驤。繼大舜，佐陶唐。讚武、文，建帝綱。孟氏叛，據南疆。追有扈，亂五常。吴寇勁，蜀虜强。交誓盟，連遐荒。宣赫怒，奮鷹揚。震乾威，曜電光。陵九天，陷石城。梟逆命，拯有生。萬國安，四海寧。

宣受命

古《思悲翁行》。《古今樂録》曰：「《宣受命》，言宣皇帝禦諸葛亮，〔一〕養威重，運神兵，亮震怖而死。」

宣受命，應天機。風雲時動，神龍飛。禦諸葛，〔二〕鎮雍、梁。邊境安，夷夏康。務節事，勤定傾。攬英雄，保持盈。淵穆穆。赫明明。沖而泰，天之經。養威重，運神兵。亮乃震斃一作死，天下寧。〔三〕

〔一〕禦諸葛：毛刻本作「禦葛亮」。

〔二〕禦諸葛：同上作「禦葛亮」。

〔三〕寧：《晉書》作「安寧」。

征遼東

古《艾而張行》。《古今樂録》曰：「《征遼東》，言宣皇帝陵大海之表，討滅公孫淵而梟其首也。」

征遼東，敵失據。威靈邁日域，公孫既授首，〔一〕群逆破膽，咸震怖。朔北響應，海表景附。武功赫赫，德雲布。

〔一〕公孫：《宋書》作「淵」。

宣輔政

古《上之回行》。《古今樂録》曰：「言宣皇帝聖道深遠，撥亂反正，網羅文武之才，以定二儀之序也。」

宣皇輔政，聖烈深。撥亂反正，從天心。〔一〕網羅文武才，慎厥所生。所生賢，遺教施。安上治民，化風移。肇創帝基，洪業垂。於鑠明明，時赫戲。功濟萬世，定二儀。〔二〕雲澤雨施，〔三〕海外風馳。

〔一〕從:《晉書》作「順」。

〔二〕同上「定二儀」有兩句。

〔三〕澤:同上作「行」,疑是。

時運多難

古《擁離行》。《古今樂録》曰:「《時運多難》,言宣皇帝致討吴方,有征無戰也。」

時運多難,道教痡。天地變化,有盈虚。蠢爾吴蠻,虎視江湖。我皇赫斯,致天誅。有征無戰,弭其圖。天威横被,廓東隅。

景龍飛

古《戰城南行》。《古今樂録》曰:「《景龍飛》,言景帝克明威教,賞從夷逆,祚隆無疆,崇此洪基也。」

景龍飛,御天威。聰鑒玄察,動與神明協機。從之者顯,逆之者滅夷。文教敷,武功巍。普被四海,萬邦望風,莫不來綏。聖德潛斷,先天弗違。弗違祥,享世永長。猛以致寬,道化光。赫明明,祚隆無疆。帝績惟期,有命既集,崇此洪基。

平玉衡

古《巫山高行》。《古今樂録》曰：「《平玉衡》，言景帝一萬國之殊風，齊四海之乖心，禮賢養士而纂洪業也。」

平玉衡，糾姦回。萬國殊風，四海乖。禮賢養士，羈御英雄，思心齊。纂戎洪業，崇皇階。品物咸亨，聖敬日躋。聰鑒盡下情，明明綜天機。

文皇統百揆

古《上陵行》。《古今樂録》曰：「《文皇統百揆》，言文皇帝始統百揆，用人有序，以敷太平之化也。」

文皇統百揆，繼天理萬方。武將鎮四隅，英佐盈朝堂。謀言協秋蘭，清風發其芳。洪澤所漸潤，礫石爲珪璋。大道（謀）〔侔〕五帝，〔一〕盛德踰三王。咸光大，上參天與地，（並）〔至〕化無内外。〔二〕無内外，六合並康乂。並康乂，遘兹嘉會。在昔羲與農，大晉德斯邁。鎮征及諸州，爲蕃衛。玄功濟四海，〔三〕洪烈流萬世。

〔一〕（謀）〔侔〕：據《晉書》改。

〔二〕(並)〔至〕：據同上改。

〔三〕玄功：同上作「功」。

因時運

古《將進酒行》。《古今樂録》曰：「《因時運》，言文皇帝因時運變，聖謀潛施，解長蛇之交，離群桀之黨，以武濟文，審其大計，以邁其德也。」

因時運，聖策施。長蛇交解，群桀離。勢窮奔吴，虎騎厲。惟武進，審大計。時邁其德，清一世。

惟庸蜀

古《有所思行》。《古今樂録》曰：「《惟庸蜀》，言文皇帝既平萬乘之蜀，封建萬國，復五等之爵也。」

惟庸蜀，僭號天一隅。劉備逆帝命，禪、亮承其餘。擁衆數十萬，闚隙乘我虚。驛騎進羽檄，天下不遑居。姜維屢寇邊，隴上爲荒蕪。文皇愍斯民，歷世受罪辜。外謨蕃屏臣，内謀衆士夫。爪牙應指授，腹心獻一作同良圖。良圖協成文，大一作乃興百萬軍。雷鼓震地起，猛勢陵浮雲。逋虜畏天誅，面縛造壘門。萬里同風教，逆命稱妾臣。光建五等，紀綱天人。

天序

古《芳樹行》。《古今樂録》曰：「《天序》，言聖皇應曆受禪，弘濟大化，用人各盡其才也。」

天序，曆應受禪，〔一〕承靈祜。御群龍，勒螭虎。弘濟大化，英俊作輔。明明統萬機，赫赫鎮四方。咎繇、稷、契之疇，協蘭芳。禮王臣，覆兆民。化之如天與地，誰敢愛其身。

〔一〕曆應：《晉書》作「應曆」。

大晉承運期

古《上邪行》。《古今樂録》曰：「《大晉承運期》，言聖皇應籙受圖，化象神明也。」

大晉承運期，德隆聖皇。時清晏，白日垂光。應籙圖，陟帝位，繼天正玉衡。化行象神明，至哉道隆虞與唐，元首敷洪化，百寮股肱並忠良。民大康，〔一〕隆隆赫赫，福祚盈無疆。

〔一〕民大康：《晉書》作「時太康」。

金靈運

古《君馬黄行》。《古今樂録》曰：「《金靈運》，言聖皇踐祚，致敬宗廟，而孝道行於天下也。」

金靈運，天符發。聖徵見，參日月。惟我皇，體神聖。受魏禪，應天命。皇之興，靈有徵。登大麓，御萬乘。皇之輔，若闞虎。爪牙奮，莫之禦。皇之佐，讚清化。百事理，萬邦賀。神祇應，嘉瑞章。恭享禮，薦先皇。樂時奏，磬管鏘。鼓淵淵，鍾喤喤。奠樽俎，實玉觴。神歆饗，咸悦康。宴孫子，祐無疆。大孝烝烝，德教被萬方。

於穆我皇

古《雉子行》。《古今樂録》曰：「《於穆我皇》，言聖皇受命，德合神明也。」

於穆我皇，盛德聖且明。受禪君世，光濟群生。普天率土，莫不來庭。顒顒六合内，望風仰泰清。萬國雍雍，興頌聲。大化洽，地平而天成。七政齊，玉衡惟平。峨峨佐命，濟濟群英。夙夜乾乾，萬機是經。雖治興，匪荒寧。謙道光，沖不盈。天地合德，日月同榮。

赫赫煌煌，曜幽冥。三光克從，於顯天，垂景星。龍鳳臻，甘露宵零。肅神祇，祇上靈。萬物欣戴，自天効其成。

仲春振旅

古《聖人出行》。《古今樂録》曰：「《仲春振旅》，言大晉申文武之教，畋獵以時也。」

仲春振旅，大致民，武教於時日新。師執提，工執鼓。坐作從，節有序。盛矣允文允武。蒐田表禡，申法誓。遂圍禁，獻社祭。允以時，明國制。文武並用，禮之經。列車如戰，大教明，古今誰能去兵。大晉繼天，濟群生。

夏苗田

古《臨高臺行》。《古今樂録》曰：「《夏苗田》，言大晉畋狩順時，爲苗除害也。」

夏苗田，運將徂。軍國異容，文武殊。乃命群吏，撰車徒，辨其號名，讚契書。王軍啟八門，行同上帝居。時路建大麾，雲旗翳紫虛。百官象其事，疾則疾，徐則徐。回衡旋軫，罷陳弊車。獻禽享祀，烝烝配有虞。惟大晉，德參兩儀，化雲敷。

仲秋獮田

古《遠期行》。《古今樂録》曰：「《仲秋獮田》，言大晉雖有文德，不廢武事，順時以殺伐也。」

仲秋獮田，金德常剛。〔一〕涼風清且厲，凝露結爲霜。白藏司辰，蒼隼時鷹揚。鷹揚猶尚父，〔二〕順天以殺伐，春秋時敘。雷霆震威曜，進退由鉦鼓。致禽祀祊，羽毛之用充軍府。赫赫大晉德，芬烈陵三五。敷化以文，雖治不廢武。〔三〕光宅四海，永享天之祜。

〔一〕剛：《晉書》作「綱」。

〔二〕尚父：《宋書》作「周尚父」。

〔三〕治：同上作「安」。

順天道

古《石留行》。《古今樂録》曰：「《順天道》，言仲冬大閲，用武修文，大晉之德配天也。」

順天道，握神契，三時示，講武事。冬大閲，鳴鐲振鼓鐸，旌旗象虹霓。文制其中，武不窮武。動軍誓衆，禮成而義舉。三驅以崇仁，進止不失其序。兵卒練，將如闞虎。惟闞虎，氣陵青雲。解圍三面，殺不殄群。偃旌麾，班六軍。獻享烝，修典文。嘉大晉，德配天。禄報功，爵俟賢。饗燕樂，受兹百禄，嘉萬年。〔一〕

〔一〕嘉：《晉書》作「壽」。

唐堯

古《務成行》。《古今樂録》曰：「《唐堯》，言聖皇陟帝位，德化光四表也。」

唐堯諮務成，謙謙德所興。積漸終光大，履霜致堅冰。神明道自然，河海猶可凝。舜、禹統百揆，元凱以次升。禪讓應天曆，睿聖世相承。我皇陟帝位，平衡正準繩。德化飛四表，祥氣見其徵。興王坐俟旦，亡主一作國恬一作主自矜。致遠由近始，覆簣成山陵。披圖按先籍，有其證靈液。

玄雲

古《玄雲行》。《古今樂録》曰：「《玄雲》，言聖皇用人，各盡其材也。」

玄雲起丘山，祥氣萬里會。龍飛何蜿蜿，鳳翔何翽翽。昔在唐虞朝，時見青雲際。今親遊萬一作方國，流光溢天外。鶴鳴在後園，清音隨風邁。成湯隆顯命，伊摯來如飛。周文獵渭濱，遂載吕望歸。符合如影響，先天天弗違。輟耕綜時綱，〔一〕解褐衿天維。元功配二王，芬馨世所稀。我皇敘群才，洪烈何巍巍。桓桓征四表，濟濟理萬機。神化感無方，髦才盈帝畿。丕顯惟昧旦，日新孔所咨。茂哉明聖一作人德，〔二〕日月同光輝。

〔一〕時綱：《晉書》作「地綱」，是。

〔二〕明聖：《古樂府》作「聖明」。

伯益

古《黄爵行》。《古今樂録》曰：「《伯益》，言赤烏銜書，有周以興，今聖皇受命，神雀來也。

伯益佐舜、禹，職掌山與川。德侔十六相，思心入無間。智理周萬物，下知衆鳥言。黄雀應清化，翔集何翩翩。和鳴棲庭樹，徘徊雲日間。夏桀爲無道，密綱施山河。酷祝振纖綱，當奈黄雀何。殷湯崇天德，去其三面羅。逍遥群飛來，鳴聲乃復和。朱雀作南宿，鳳皇統羽群。赤烏銜書至，天命瑞周文。神雀今來遊，爲我受命君。嘉祥致天和，膏澤降青

雲。蘭風發芳氣，闔世同其芬。〔一〕

〔一〕闔：《晉書》作「蓋」。

釣竿

古《釣竿行》。《古今樂録》曰：「《釣竿》，言聖皇德配堯、舜，又有吕望之佐，以濟天功，致太平也。」

釣竿何冉冉，甘餌芳且鮮。臨川運思心，微綸沉九淵。太公寶此術，乃在《靈祕》篇。機變隨物移，精妙貫未然。游魚驚著釣，潛龍飛戾天。戾天安所至，撫翼翔太清。太清一何異，兩儀出渾成。玉衡正三辰，造化賦群形。退願輔聖君，與神合其靈。我君弘遠略，天人不足并。天人初并時，昧昧何芒芒。日月有徵兆，文象興二皇。蚩尤亂生民，黄帝用兵征萬方。逮夏禹而德衰，三代不及虞與唐。我皇聖德配堯、舜，受禪即祚享天祥。率土蒙祐，靡不肅，庶事康。庶事康，穆穆明明。荷百禄，保無極，永太平。

晉凱歌二首

張　華

命將出征歌

重華隆帝道，戎蠻或不賓。徐夷興有周，鬼方亦違殷。今在盛明世，寇虐動四垠。豺狼染牙爪，群生號穹旻。元帥統方夏，出車撫涼、秦。衆貞必以律，臧否實在人。威信加殊類，疏逖思自親。單醪豈有味，挾纊感至仁。武功尚止戈，七德美安民。遠跡由斯舉，永世無風塵。

勞還師歌

玁狁背天德，構亂擾邦畿。戎車震朔野，群帥贊皇威。將士齊心膂，感義忘其私。積勢如鞠弩，赴節如發機。囂聲動山谷，金光耀素暉。揮戟陵勁敵，武步蹈橫屍。鯨鯢皆授首，北土永清夷。昔往冒隆暑，今來白雪霏。征夫信勤瘁，自古詠《采薇》。收榮於（含）〔舍〕爵，〔一〕燕喜在凱歸。

〔一〕（含）〔舍〕爵：據《晉書》改。

宋鼓吹鐃歌三首

《宋書·樂志》曰：「鼓吹鐃歌四篇，今唯有《上邪》等三篇，其一篇闕。」《古今樂録》曰：「《上邪曲》四解，《晚芝曲》九解，漢曲有《遠期》，疑是也。《艾如張》三解，沈約云：『樂人以音聲相傳，訓詁不可復解。凡古樂録，皆大字是辭，細字是聲，聲辭合寫，故致然爾。』」

上邪曲

大竭夜烏自云何來堂吾來聲烏奚姑悟姑尊盧聖子黄尊來餲清嬰烏白日爲隨來郭吾微令吾

應龍夜烏由道何來直子爲烏奚如悟姑尊盧雞子聽烏虎行爲來明吾微令吾

詩則夜烏道禄何來黑洛道烏奚悟如尊爾尊盧起黄華烏伯遼爲國日忠雨令吾

伯遼夜烏若國何來日忠雨烏奚如悟姑尊盧面道康尊録龍永烏赫赫福祚〔一〕夜音微令吾

右四解

〔一〕祚：《宋書》作「胙」。

晚芝曲

幾令吾幾令諸韓亂發正令吾

幾令吾諸韓從聽心令吾若里洛何來韓微令吾

尊盧忌盧文盧子路子路爲路雞如文盧烱烏諸袏〔一〕微令吾

幾令諸韓或公隨令吾

幾令吾幾諸或言隨令吾黑洛何來諸韓微令吾

尊盧安成隨來免路路子爲吾路奚如文盧烱烏諸袏微令吾

幾令吾幾諸或言隨令吾

幾令吾諸或言幾苦黑洛何來諸韓微令吾

尊盧公汫隨來免路子子路子爲路奚姑文盧烱烏諸袏微令吾

右九解

〔一〕袏：《宋書》作「胙」。下第六解「袏」亦作「胙」，第七到第九解《宋書》缺。

艾如張曲

幾令吾呼曆舍居執來隨咄武子邪令烏銜針相風其右其右

幾令吾呼群議破葫執來隨吾咄武子邪令烏今烏今膗入海相風及後

幾令吾呼無公赫吾執來隨吾咄武子邪令烏無公赫吾娼立諸布始布

右三解

宋鼓吹鐃歌

何承天

《宋書·樂志》曰：「鼓吹鐃歌十五篇，何承天晉義熙末私造：一曰《朱路》，二曰《思悲公》，三曰《雍離》，四曰《戰城南》，五曰《巫山高》，六曰《上陵者》，七曰《將進酒》，八曰《君馬》，九曰《芳樹》，十曰《有所思》，十一曰《雉子遊原澤》，十二曰《上邪》，十三曰《臨高臺》，十四曰《遠期》，十五曰《石流》。」按此諸曲皆承天私作，疑未嘗被於歌也。雖有漢曲舊名，大抵别增新意，故其義與古辭考之多不合云。

朱路篇

朱路揚和鸞，翠蓋耀金華。玄牡飾樊纓，流旌拂飛霞。雄戟闢曠塗，班劍翼高車。三軍且莫喧，聽我奏鐃歌。清鞞驚短簫，朗鼓節鳴笳。人心惟愷豫，茲音亮且和。輕風起紅塵，渟瀾發微波。逸韻騰天路，頹響結城阿。仁聲被八表，威震振九遐。嗟嗟介冑士，勖哉念皇家。

思悲公篇

思悲公，懷衮衣。東國何悲，公西歸。公西歸，流二叔。幼主既悟，偃禾復。偃禾復，聖志申。營都新邑，從斯民。從斯民，德惟明。制禮作樂，興頌聲。興頌聲，致嘉祥。鳴鳳爰集，萬國康。萬國康，猶弗已。握髮吐餐，下群士。惟我君，繼伊、周。親覩盛世，復何求。

雍離篇

雍士多離心，荆民懷怨情。二凶不量德，搆難稱其兵。王人銜朝命，正辭糾不庭。上宰宣九伐，萬里舉長旌。樓船掩江瀆，駟介飛重英。歸德戒後夫，賈勇尚先鳴。逆徒既不濟，愚智亦相傾。霜鋒未及染，鄢郢忽已清。西川無潛鱗，北渚有奔鯨。凌威致天府，〔一〕一戰夷三城。江漢被美化，宇宙歌太平。惟我東郡民，曾是深推誠。

〔一〕凌：疑當作「稜」。

戰城南篇

戰城南，衝黄塵。丹旌電烻，鼓雷震。勍敵猛，戎馬殷。横陣亘野，若屯雲。仗大順，應三靈。義之所感，士忘生。長劍擊，繁弱鳴。飛鏑炫晃，亂奔星。虎騎躍，華毦旋。朱火延起，騰飛烟。驍雄斬，高旗搴。長角浮叫，響清天。夷群寇，殪逆徒。餘黎霑惠，詠來蘇。奏愷樂，歸皇都。班爵獻俘，邦國娱。

巫山高篇

巫山高，三峽峻。青壁千尋，深谷萬仞。崇巖冠靈，林冥冥。山禽夜響，晨猿相和鳴。洪波迅澓，載逝載停。悽悽商旅之客，懷苦情。在昔陽九，皇綱微。李氏竊命，宣武耀靈威。蠢爾逆縱，復踐亂機。王旅薄伐，傳首來至京師。古之爲國，惟德是貴。力戰而虐民，鮮不顛墜。矧乃叛戾，伊胡能遂。咨爾巴子，無放肆。

上陵者篇

上陵者，相追攀。被服纖麗，振綺紈。携童幼，升崇巒。南望城闕，鬱盤桓。王公第，通衢端。高甍華屋，列朱軒。臨濬谷，掇秋蘭。士女悠奕，映隰原。指營丘，感牛山。爽鳩既没，景君歎。嗟歲聿，逝不還。志氣衰沮，玄鬢斑。野莽宿，墳土乾。顧此纍纍，中心酸。生必死，亦何怨。取樂今日，展情歡。

將進酒篇

將進酒，慶三朝。備繁禮，薦嘉肴。榮枯换，霜霧交。緩春帶，命明僚。車等旗，馬齊鑣。懷温克，樂林濠。士失志，愠情勞。思旨酒，寄遊遨。敗德人，甘醇醪。耽長夜，或淫妖。〔一〕興屢舞，厲哇謡。形傞傞，聲號呶。首既濡，志亦荒。性命夭，國家亡。嗟後生，節酣觴。匪酒辜，孰爲殃。

〔一〕或：疑當作「惑」。

君馬篇

君馬麗且閑，揚鑣騰逸姿。駿足躡流景，高步追輕飛。冉冉六轡柔，奕奕金華暉。輕霄翼羽蓋，長風靡淑旂。願爲范氏驅，雍容步中畿。豈効詭遇子，馳騁趨危機。金陵策良駟，造父爲之悲。不怨吴坂峻，但恨伯樂稀。赦彼岐山盗，實濟韓原師。奈何漢、魏主，縱情營所私。疲民甘藜藿，厩馬患盈肥。人畜貿厥養，蒼生將焉歸。

芳樹篇

芳樹生北庭，豐隆正徘徊。翠穎陵冬秀，紅葩迎春開。佳人閑幽室，惠心婉以諧。蘭房掩綺幌，緑草被長階。日夕遊雲際，歸禽命同棲。皓月盈素景，涼風拂中闈。哀絃理虚堂，要妙清且悽。嘯歌流激楚，傷此碩人懷。梁塵集丹帷，微飈揚羅袿。豈怨嘉時暮，徒惜良願乖。

有所思篇

有所思，思昔人。曾、閔二子，善養親。和顔色，奉昏晨。至誠烝烝，通明神。鄒孟軻，爲齊卿。稱身受禄，不貪榮。道不用，獨擁楹。三徙既辭，禮義明。飛鳥集，猛獸附。功成事畢，乃更娶。哀我生，遘凶旻。幼罹荼酷，〔一〕備艱辛。慈顔絶，見無因。長懷永思，託丘墳。

〔一〕酷：《宋書》作「毒」。

雉子遊原澤篇

雉子遊原澤，幼懷耿介心。飲啄雖勤苦，不願棲園林。古有避世士，抗志清霄岑。浩然寄卜肆，揮棹通川陰。逍遥風塵外，散髮撫鳴琴。卿相非所眄，何況於千金。功名豈不美，寵辱亦相尋。冰炭結六府，憂虞纏胸襟。當世須大度，量已不克任。三復泉流誡，自驚良已深。

上邪篇

上邪下難正，衆枉不可矯。音和響必清，端影緣直表。大化揚仁風，齊人猶偃草。聖王既已没，誰能弘至道。開春湛柔露，代終肅嚴霜。承平貴孔、孟，政弊侯申、商。孝公明賞罰，六世猶克昌。李斯肆濫刑，秦民所以亡。漢宣隆中興，魏祖寧三方。譬彼鍼與石，效疾而稱良。〔一〕《行葦》非不厚，悠悠何詎央。琴瑟時未調，改弦當更張。矧乃治天下，此要安可忘。

〔一〕而：《宋書》作「故」。

臨高臺篇

臨高臺，望天衢。飄然輕舉，陵太虛。携列子，超帝鄉。雲衣雨帶，乘風翔。肅龍駕，會瑶臺。清暉浮景，溢蓬萊。濟西海，濯洧盤。佇立雲岳，結幽蘭。馳迅風，遊炎州。願言桑梓，思舊遊。傾霄蓋，靡電旌。降彼天塗，頹窈冥。辭仙族，歸人群。懷忠抱義，奉明君。任窮達，隨所遭。何爲遠想，令心勞。

遠期篇

遠期千里客，肅駕俟良辰。近命城郭友，具爾惟懿親。高門啟雙闈，長筵列嘉賓。中唐舞六佾，三廂羅樂人。簫管激悲音，羽毛揚華文。金石響高宇，絃歌動梁塵。修標多巧捷，丸劍亦入神。遷善自雅調，成化由清均。主人垂隆慶，群士樂亡身。願我聖明君，邇期保萬春。

石流篇

石上流水，湔湔其波。發源幽岫，永歸長河。瞻彼逝者，歲月其偕。子在川上，惟以增懷。嗟我殷憂，載勞寤寐。遘此百罹，有志不遂。行年倏忽，長勤是嬰。永言没世，悼兹無成。幸遇開泰，沐浴嘉運。緩帶安寢，亦又何愠。古之爲仁，自求諸己。虚情遥慕，終於徒已。

中國古典文學基本叢書

樂府詩集

第三册

〔宋〕郭茂倩 編

中華書局

同前〔一〕

諸葛穎

花帆渡柳浦，〔二〕結纜隱梅洲。月色含江樹，花影覆船樓。

〔一〕同前：《詩紀》卷一二〇作《春江花月夜和煬帝》。

〔二〕花帆：同上作「張帆」，是。

同前二首

唐・張子容

林花發岸口，氣色動江新。此夜江中月，流光花上春。分明石潭裏，宜照浣紗人。

交甫憐瑶佩，仙妃難重期。沈沈緑江晚，惆悵碧雲姿。初逢花上月，言是弄珠時。

同前

張若虚

春江潮水連海平，海上明月共潮生。灩灩隨波千萬里，〔一〕何處春江無月明。江流宛轉遶芳甸，月照花林皆似霰。空裏流霜不覺飛，汀上白沙看不見。江天一色無纖塵，皎皎空中孤月輪。江畔何人初見月，江月何年初照人。人生代代無窮已，江月年年望相似。〔二〕不知江月待何人，但見長江送流水。白雲一片去悠悠，青楓浦上不勝愁。誰家今夜扁舟子，何處相思明月樓。可憐樓上月徘徊，應照離人妝鏡臺。〔三〕玉户簾中卷不去〔四〕擣衣砧上拂還來。此時相望不相聞，願逐月華流照君。鴻雁長飛光不度，魚龍潛躍水成文。昨夜閑潭夢落花，可〔非〕〔憐〕春半不還家。〔五〕江水流春去欲盡，江潭落月復西斜。斜月沉沉藏海霧，碣石瀟湘無限路。不知乘月幾人歸，落月摇情滿江樹。

〔一〕里：《全唐詩》卷四注：「一作頃。」

〔二〕望：同上卷二注：「集作祇。」

〔三〕妝：同上卷四注：「一作玉。」

〔四〕玉户：同上卷四作「遮户」。

〔五〕可〔非〕〔憐〕：據同上改。

同前

温庭筠

玉樹歌闌海雲黑，花庭忽作青蕪國。秦淮有水水無情，還向金陵漾春色。楊家二世安九重，不御華芝嫌六龍。百幅錦帆風力滿，連天展盡金芙蓉。珠翠丁星復明滅，龍頭劈浪哀笳發。千里涵空照水魂，〔一〕萬枝破鼻團香雪。〔二〕漏轉霞高滄海西，頗黎枕上聞天雞。〔三〕鸞弦〔玳〕〔代〕雁曲如語，〔四〕一醉昏昏天下迷。四方傾動烟塵起，〔五〕猶在濃香夢魂裏。〔六〕後主荒宮有曉鶯，飛來只隔西江水。

〔一〕照：《全唐詩》卷二一作「澄」。
〔二〕團：同上作「飄」。
〔三〕頗黎：同上作「玻璃」。
〔四〕（玳）〔代〕雁：據同上改。雁：同上作「寫」。
〔五〕傾：同上注：「一作湏。」烟：同上注：「一作風。」
〔六〕香：同上注：「一作團。」

玉樹後庭花

陳·後主

《隋書·樂志》曰：「陳後主於清樂中造《黄驪留》及《玉樹後庭花》《金釵兩鬢垂》等曲，與幸臣等製其歌詞，綺豔相高，極於輕蕩，〔一〕男女唱和，其音甚哀。」《五行志》曰：「禎明初，後主作新歌，辭甚哀怨，令後宮美人習而歌之。其辭曰：『玉樹後庭花，花開不復久。』時人以歌讖，此其不久兆也。」《南史》曰：「後主張貴妃名麗華，與龔孔二貴嬪、王李二美人、張薛二淑媛、袁昭儀、何婕妤、江修容等，並有寵，又以宮人袁大捨等爲女學士。每引賓客游宴，則使諸貴人女學士與狎客共賦新詩，采其尤豔麗者，以爲曲調，被以新聲，選宫女千數歌之。其曲有《玉樹後庭花》《臨春樂》等。其略云『璧月夜夜滿，瓊樹朝朝新。』大抵皆美張貴妃、孔貴嬪之容色。」按《大業拾遺記》，「璧月」句，蓋江總辭也。

麗宇芳林對高閣，新妝豔質本傾城。映户凝嬌乍不進，出帷含態笑相迎。妖姬臉似花含露，玉樹流光照後庭。

〔一〕輕蕩：《隋書》作「輕薄」。

同前

唐・張　祜

輕車何草草，獨唱後庭花。玉座誰爲主，徒悲張麗華。

堂堂〔一〕

温庭筠

錢塘岸上春如織，淼淼寒潮帶晴色。淮南遊客馬連嘶〔二〕，碧草迷人歸不得。風飄客意如吹烟，〔三〕纖指殷勤傷雁弦。一曲堂堂紅燭筵，金鯨瀉酒如飛泉。〔四〕

〔一〕《堂堂》：《全唐詩》卷二一注：「一作《錢唐》。」

〔二〕連：同上注：「一作頻。」
〔三〕意：同上注：「一作思。」
〔四〕金：同上注：「一作長。」

三閣詞四首

劉禹錫

《三閣詞》，劉禹錫所作吴聲曲也。《南史》曰：「陳後主至德二年，於光昭殿前起臨春、結綺、望仙三閣，高數十丈，並數十間。窗牖壁帶懸楣欄檻之類，皆以沉檀香爲之。又飾以珠玉，間以珠翠，外施珠簾，内有寶牀寶帳，服玩瑰麗，近古未有。每微風暫至，香聞數里，朝日初照，光映後庭。其下積石爲山，引水爲池，植以奇樹，雜以花藥。後主自居臨春閣，張貴妃居結綺閣，龔孔二貴嬪居望仙閣，並復道交相往來。」

貴人三閣上，日晏未梳頭，不應有恨事，嬌甚却成愁。〔一〕
珠箔曲瓊鈎，子細見揚州。北兵那得度，浪語判悠悠。〔二〕
沈香帖閣柱，金縷畫門楣。回首降幡下，已見黍離離。
三人出眢井，一身登檻車。朱門漫臨水，不可見鱸魚。〔三〕

〔一〕成愁：《劉夢得文集》卷八作「生愁」。

〔二〕浪語判：同上作「浪話聲」。

〔三〕可：同上注：「一作得。」

泛龍舟

隋・煬帝

《隋書・樂志》曰：「煬帝大製豔篇，辭極淫綺。令樂正白明達造新聲，創《萬歲樂》《藏鈎樂》《七夕相逢樂》〔《投壺樂》〕〔一〕《舞席同心髻》《玉女行觴》《神仙留客》《擲磚續命》《（斷）〔鬬〕雞子》〔二〕《鬬百草》《泛龍舟》《還舊宮》《長樂花》《十二時》等曲，掩抑摧藏，哀音斷絶。」《唐書・樂志》曰：「《泛龍舟》，隋煬帝江都宫作。」

舳艫千里泛歸舟，言旋舊鎮下揚州。借問揚州在何處，淮南江北海西頭。六轡聊停御百丈，暫罷開山歌棹謳。詎似江東掌間地，獨自稱言鑑裏遊。

〔一〕《投壺樂》：據《隋書・樂志》補。

〔二〕（斷）〔鬬〕：據同上改。

黄竹子歌

唐李康成曰：「《黄竹子歌》《江陵女歌》，皆今時吴歌也。」

江邊黄竹子，堪作女兒箱。一船使兩槳，得娘還故鄉。

江陵女歌

雨從天上落，水從橋下流。拾得娘裙帶，同心結兩頭。

神弦歌〔十八首〕〔一〕

《古今樂録》曰：「《神弦歌》十一曲：一曰《宿阿》，二曰《道君》，三曰《聖郎》，四曰《嬌女》，五曰《白石郎》，六曰《青溪小姑》，七曰《湖就姑》，八曰《姑恩》，九曰《採菱童》，十曰《明下童》，十一曰《同生》。」

〔一〕〔十八首〕：據本書目録補。

宿阿曲

蘇林開天門，趙尊閉地户。神靈亦道同，真官今來下。

右一曲。

道君曲

中庭有樹，自語梧桐，推枝布葉。

右一曲。

聖郎曲

左亦不佯佯，右亦不翼翼。仙人在郎傍，玉女在郎側。酒無沙糖味，爲他通顔色。

右一曲。

嬌女詩

北遊臨河海，遥望中菰菱。芙蓉發盛華，渌水清且澄。弦歌奏聲節，彷佛有餘音。

蹀躞越橋上，河水東西流。上有神仙〔居〕一作仙聖，〔一〕下有西流魚。行不獨自〔去〕，〔二〕三三兩兩俱。

右二曲。

〔一〕〔居〕：據《古樂府》卷六及《詩紀》補。

〔二〕〔去〕：據同上補。

白石郎曲

白石郎，臨江居。前導江伯後從魚。

積石如玉，列松如翠。郎豔獨絶，世無其二。〔一〕

右二曲。

〔一〕其二：同上無此二字。

青溪小姑曲

吴均《續齊諧記》曰：「會稽趙文韶，宋元嘉中爲東扶侍，廨在青溪中橋。秋夜步月，悵然思歸，乃倚門唱《烏飛曲》。忽有青衣，年可十五六許，詣門曰：『女郎聞歌聲，有悦人者，逐月遊戲，故遣相問。』文韶都不之疑，遂邀暫過。須臾，女郎至，年可十八九許，容色絶妙。謂文韶曰：『聞君善歌，能爲作一曲否？』文韶即爲歌『草生盤石下』，聲甚清美。女郎顧青衣，取箜篌鼓之，泠泠似楚曲。又令侍婢歌《繁霜》，自脱金簪，扣箜篌和之。婢乃歌曰：『歌繁霜，繁霜侵曉幕。何意空相守，坐待繁霜落。』留連宴寢，將旦别去，以金簪遺文韶。文韶亦贈以銀盌及瑠璃匕。明日，於青溪廟中得之，乃知得所見青溪神女也。」按干寶《搜神記》曰：「廣陵蔣子文，嘗爲秣陵尉，因擊賊，傷而死。吴孫權時封中都侯，立廟鍾山。」《異苑》曰：「青溪小姑，蔣侯第三妹也。」

開門白水，側近橋梁。小姑所居，獨處無郎。

右一曲。

湖就姑曲

赤山湖就頭，孟陽二三月，緑蔽責荇藪。

湖就赤山磯，大姑大湖東，仲姑居湖西。

右二曲。

姑恩曲

明姑遵八風，蕃謁雲日中。前導陸離獸，後從朱鳥麟鳳凰。

苕苕山頭柏，冬夏葉不衰。獨當被天恩，枝葉華葳蕤。

右二曲。

採蓮童曲

泛舟採菱葉，過摘芙蓉花。扣楫命童侣，齊聲採蓮歌。

東湖扶菰童，〔一〕西湖採菱芰。〔二〕不持歌作樂，爲持解愁思。

右二曲。

〔一〕扶：疑當作「拔」。

〔二〕芰：疑當作「伎」。

明下童曲

走馬上前阪，石子彈馬蹄。不惜彈馬蹄，但惜馬上兒。

陳孔驕赭白，陸郎乘班騅。徘徊射堂頭，望門不欲歸。

右二曲。

同生曲

人生不滿百，常抱千歲憂。〔一〕早知人命促，秉燭夜行遊。

歲月如流邁，行已及素秋。蟋蟀鳴空堂，感悵令人憂。

右二曲。

〔一〕抱：《古樂府》卷六作「懷」。

神弦曲

唐·李賀

西山日没東山昏，旋風吹馬馬踏雲。畫弦素管聲淺繁，花裙綷縩步秋塵。桂葉刷風桂墜子，青狸哭血寒狐死。古壁彩虯金帖尾，雨工騎入秋潭水一作雨公夜騎入潭水。百年老鴞成木魅，笑聲碧火巢中起。〔一〕

〔一〕笑：吴本《李賀集》卷四作「嘯」。

神弦别曲

李賀

巫山一作陽小女隔雲别，松花春風山上發一作春風松花山上發。緑蓋獨穿香逕歸，白馬花竿前孑孑。蜀江風澹水如羅，墮蘭誰泛相經過。南山桂樹爲君死，雲衫殘汙紅脂花。〔一〕

〔一〕殘汙：王琦注《李長吉詩歌》卷四作「淺汙」。

祠漁山神女歌〔二首〕〔一〕

王維

張茂先《神女賦序》曰：「魏濟北從事弦超，嘉平中，夜夢神女來，自稱天上玉女，姓成公，字智瓊，東郡人。早失父母，天地哀其孤苦，令得下嫁。後三四日一來，即乘輜軿，衣羅綺。智瓊能隱其形，不能藏其聲，且芬香達于室宇，頗爲人知。一旦，神女別去，留贈裙衫裲襠。」《述征記》曰：「魏嘉平中，有神女成公智瓊降弦超，同室疑其有奸，智瓊乃絶。後五年，超使將之洛西，至濟北漁山下陌上，遥望曲道頭，有車馬，似智瓊，果〔是〕。〔二〕至洛，克復舊好。」唐王勃《雜曲》曰：「智瓊神女，來訪文君。」按《十道志》云：「漁山一名吾山。漢武帝過漁山，作《瓠子歌》云：『吾山平兮巨野溢』是也。」

迎神

坎坎擊鼓，漁山之下。吹洞簫，望極浦。女巫進，紛屢舞。陳瑶席，湛清酤。風凄凄，又夜雨。〔三〕不知神之來兮不來，〔四〕使我心兮苦復苦。〔五〕

〔一〕祠漁山神女歌：《全唐詩》卷一二五作《魚山神女祠歌》。〔二首〕：據同上補。

〔二〕〔是〕：據《太平寰宇記》卷一三引《述征記》補。

〔三〕又：同上作「兮」。

〔四〕不知：同上注：「一本無此二字。」

〔五〕使我句：同上注：「一作使我心苦。」

送神

紛進舞兮堂前，〔一〕目眷眷兮瓊筵。來不言兮意不傳，〔二〕作暮雨兮愁空山。悲急管兮思繁弦，〔三〕神之駕兮儼欲旋。〔四〕倏雲收兮雨歇，山青青兮〔水〕潺湲。〔五〕

〔一〕舞：同上注：「一作拜。」
〔二〕言：同上注：「一作語。」
〔三〕兮：同上注：「一本無兮字。」
〔四〕神：同上注：「一作靈。」
〔五〕〔水〕潺湲：據同上補。

祠神歌

王叡

迎神

蓮草頭花椰葉裙，蒲葵樹下舞蠻雲。引領望江遥滴酒，白蘋風起水生文。

送神

棖棖山響答琵琶，酒濕青莎肉飼鴉。樹葉無聲神去後，紙錢灰出木綿花。

西曲歌上

《古今樂録》曰：「西曲歌有《石城樂》《烏夜啼》《莫愁樂》《估客樂》《襄陽樂》《三洲》《襄陽蹋銅蹄》《採桑度》《江陵樂》《青陽度》《青驄白馬》《共戲樂》《安東平》《女兒子》《來羅》《那呵灘》《孟珠》《翳樂》《夜度娘》《長松標》《雙行纏》《黄督》《黄纓》《平西樂》《攀楊枝》《尋陽樂》《白附鳩》《(枝)〔拔〕蒲》《壽陽樂》《作蠶絲》《楊叛兒》《西烏夜飛》《月節折楊柳歌》三十四曲。〔一〕《石城樂》《烏夜啼》《莫愁樂》《估客樂》《襄陽樂》《三洲》《襄陽蹋銅蹄》《採桑度》《江陵樂》《青驄白馬》《共戲樂》《安東平》《那呵灘》《孟珠》《翳樂》《壽陽樂》並舞曲。《青陽度》《女兒子》《來羅》《夜黄》《夜度娘》《長松標》《雙行纏》《黄督》《黄纓》《平西樂》《攀楊枝》《尋陽樂》《白附鳩》《(枝)〔拔〕蒲》《作蠶絲》並倚歌。《孟珠》《翳樂》亦倚歌。按西曲歌出於荆、郢、樊、鄧之間，而其聲節送和與吴歌亦異，故□其方俗而謂之西曲云。」〔二〕

〔一〕三十四曲：上列共三十三曲，漏《夜黄》一曲，見下列倚歌中。《(枝)〔拔〕蒲》：據本書卷四九改。下同。

〔二〕□：疑是「依」字。

石城樂

《唐書・樂志》曰：「《石城樂》者，宋臧質所作也。石城在竟陵，質嘗爲竟陵郡，於城上眺矚，見群少年歌謡通暢，因作此曲。《古今樂録》曰：「《石城樂》，舊舞十六人。」

生長石城下，開窗對城樓。〔一〕城中諸少年，〔二〕出入見依投。

陽春百花生，摘插環髻前。捥指蹋忘愁，相與及盛年。

布帆百餘幅，環環在江津。執手雙淚落，何時見歡還。

大艑載三千，漸水丈五餘。水高不得渡，與歡合生居。

聞歡遠行去，相送方山亭。風吹黄蘗藩，惡聞苦離聲。〔三〕

右五曲。

〔一〕開窗：《舊唐書・樂志》作「開門」。

〔二〕諸少年：同上作「美年少」。

〔三〕苦離：《全宋詩》卷五作「苦籬」。

烏夜啼八曲〔一〕

《唐書·樂志》曰：「《烏夜啼》者，宋臨川王義慶所作也。〔二〕元嘉十七年，徙彭城王義康於豫章。義慶時爲江州，至鎮，相見而哭。文帝聞而怪之，徵還，(宅)〔慶〕大懼，〔三〕伎妾夜聞烏夜啼聲，扣齋閤云：『明日應有赦。』其年更爲南兖州刺史，因此作歌。〔四〕故其和云：『夜夜望郎來，籠窗窗不開。』今所傳歌辭，似非義慶本旨。」《教坊記》曰：「《烏夜啼》者，元嘉二十八年，彭城王義康有罪放逐，行次潯陽；江州刺史衡陽王義季，留連飲宴，歷旬不去。帝聞而怒，皆囚之。會稽公主，姊也，嘗與帝宴洽，中席起拜。帝未達其旨，躬止之。主流涕曰：『車子歲暮，恐不爲陛下所容！』車子，義康小字也。帝指蔣山曰：『必無此，不爾，便負初寧陵。』武帝葬於蔣山，故指先帝陵爲誓。因封餘酒寄義康，(旦日)〔且〕曰：〔五〕『昨與會稽姊飲，樂，憶弟，故附所飲酒往。』遂宥之。使未達潯陽，衡陽家人扣二王所囚院曰：『昨夜烏夜啼，官當有赦。』少頃使至，二王得釋，故有此曲。」按史書稱臨川王義康爲江州，而云衡陽王義季，傳之誤也。《古今樂録》曰：「《烏夜啼》，舊舞十六人。」《樂府解題》曰：「亦有《烏棲曲》，不知與此同否。」

歌舞諸少年，娉（停）〔婷〕無種迹。〔六〕菖蒲花可憐，聞名不曾識。〔七〕

長檣鐵鹿子，布帆阿那起。詫儂安在間，一去數千里。

辭家遠行去，儂歡獨離居。此日無啼音，裂帛作還書。

可憐烏臼鳥，强言知天曙。無故三更啼，歡子冒闇去。

烏生如欲飛，飛各自去。〔八〕生離無安心，夜啼至天曙。

籠窗窗不開，蕩户户不動。歡下葳蕤籥，交儂那得往。

遠望千里烟，隱當在歡家。欲飛無兩翅，當奈獨思何。

巴陵三江口，蘆荻齊如麻。執手與歡别，痛切當奈何。

右八曲。

〔一〕《烏夜啼》：《古樂府》卷七作「古辭」。

〔二〕臨川王義慶：《詩紀》卷五五注：「臨川王義慶當作彭城王義康。」

〔三〕（宅）〔慶〕：據同上改。

〔四〕因此作歌：《舊唐書》作「作此歌」。

〔五〕（旦日）〔且〕曰：任半塘《教坊記箋訂》「『旦日』應是『且』字之誤」，據改。

〔六〕娉（停）〔婷〕：據《舊唐書》及《古樂府》改。

〔七〕曾：同上作「相」。

〔八〕二飛：應是「飛飛」之誤。

同前

梁·簡文帝

緑草庭中望明月，碧玉堂裏對金鋪。鳴弦撥捩發初異，挑琴欲吹衆曲殊。不疑三足朝含影，直言九子夜相呼。羞言獨眠枕下（流）〔淚〕，〔一〕託道單棲城上烏。

〔一〕（流）〔淚〕：據《百三名家集》改。

同前

劉孝綽

鵾弦且輟弄，鶴操暫停徽。别有啼烏曲，東西相背一作各自飛。〔一〕倡人怨獨守，蕩子遊未歸。〔二〕忽聞生離曲，〔三〕長夜泣羅衣。〔四〕

〔一〕相背：《藝文》卷四二作「各自」。

〔二〕遊：同上作「猶」，《百三名家集》作「殊」。

〔三〕曲：《藝文》作「唱」。

〔四〕長：《藝文》作「中」。

同前二首

北周·庾信

促柱繁弦非《子夜》，歌聲舞態異《前溪》。御史府中何處宿？洛陽城頭那得棲。彈琴蜀郡卓家女，織錦秦川竇氏妻。詎不自驚長淚落，到頭啼烏恒夜啼。

桂樹懸知遠，風竿詎肯低。獨憐明月夜，〔一〕孤飛猶未棲。虎賁誰見惜，御史詎相攜。雖言入弦管，終是曲中啼。

〔一〕獨憐：《藝文》作「獨來」。

同前

唐·楊巨源

可憐楊葉復楊花，雪淨烟深碧玉家。烏棲不定枝條弱，城頭夜半聲啞啞。浮萍摇蕩門前水，任罥芙蓉莫墮沙。

同前

李白

黄雲城邊烏欲棲，歸飛啞啞枝上啼。機中織錦秦川女一作閨中織婦秦家女，碧紗如烟隔窗語。

停梭悵然憶遠人，獨宿孤房淚如雨一作停梭向人問故夫，欲説遼西淚如雨。〔一〕

〔一〕欲説句：《才調集》卷六作「知在流沙淚如雨」。

同前二首

〔顧　況〕〔一〕

玉房掣鎖聲翻葉，銀箭添泉遶霜堞。〔二〕畢逋發刺月銜城。〔三〕八九雛飛其母驚。此是天上老鴉鳴，人間老鴉無此聲。〔四〕摇雜佩，〔五〕耿華燭，良夜羽人彈此曲，東方曈曈赤日旭。

月出江林西，江林寂寂城鴉啼。昔人何處爲此曲，今人何處聽不足。城寒月曉馳思深，江上青草爲誰緑。

〔一〕作者原缺，據《全唐詩》卷二一補。

〔二〕遶霜：同上作「霜遶」。

〔三〕發：同上作「撥」。月：作「日」。

〔四〕人間：同上注：「一作我聞。」

〔五〕摇：同上作「摇風」。

同前〔一〕

李群玉

曾波隔夢時，〔二〕一望青楓林。有鳥在其間，達曉自悲吟。是時月黑天，四野烟雨深。如聞生離哭，其聲痛人心。悄悄夜正長，空山響哀音。遠客不可聽，坐愁華髮侵。既非蜀帝魂，恐是（恒）〔桓〕山禽。〔三〕四子各分散，母聲猶至今。

〔一〕同前：《全唐詩》卷二一作《烏夜號》。

〔二〕曾波：同上作「層波」。時：作「渚」，是。

〔三〕（恒）〔桓〕山：據同上改。

同前

聶夷中

衆鳥各歸枝，烏烏爾不棲。還應知妾恨，故向緑窗啼。

同前

白居易

城上歸時晚，庭前宿處危。月明無葉樹，霜滑有風枝。啼澀飢喉咽，飛低凍翅垂。畫堂鸚鵡鳥，冷暖不相知。

同前

王　建

庭樹烏，爾何不向别處棲。夜夜〔夜〕半當户啼，〔一〕家人把燭出洞户，驚棲失群飛落樹。一飛直欲飛上天，回回不離舊棲處。未明重繞主人屋，欲下空中黑相觸。風飄雨濕亦不移，君家樹頭多好枝。

〔一〕〔夜〕半：據《全唐詩》卷二一補。

同前

張　祜

忽忽南飛返，危弦共怨悽。暗霜移樹宿，殘夜遶枝啼。咽絶聲重叙，愔淫思乍迷。不妨還報喜，誤使玉顔低。

樂府詩集卷第四十八

清商曲辭五

西曲歌中

烏棲曲四首

梁·簡文帝

芙蓉作船絲作緈，北斗横天月將落。採蓮渡頭礙黄河，郎今欲渡畏風波。

浮雲似帳月如鉤，〔一〕那能夜夜南陌頭。〔二〕宜城投泊今行熟，〔三〕停鞍繫馬暫棲宿。〔四〕

青牛丹轂七香車，可憐今夜宿倡家。倡家高樹烏欲棲，羅帷翠被任君低。〔五〕

織成屏風金屈膝，朱脣玉面燈前出。相看氣息望君憐，誰能含羞不自前。

〔一〕如：《玉臺》卷九作「成」。

〔二〕能：同上作「得」。

〔三〕投泊：同上作「醞酒」，《藝文》卷四二作「投酒」。《楊升庵全集》卷六〇《樂府誤字》條：「酘酒，重釀酒也，不知何人妄改作『投泊』。酘酒熟則有理，投泊豈能熟也。」《北堂書鈔》：「宜城九醖酒曰酘酒。」

〔四〕停鞍繫馬：《英華》卷二〇六作「莫惜停鞍」。

〔五〕翠被：《玉臺》《藝文》作「翠帳」。任：《英華》作「向」。

同前六首〔一〕

梁·元帝

幄中清酒馬腦鍾，〔二〕裙邊雜佩琥珀龍。虚持寄君心不惜，共指三星今何夕。

濃黛輕紅點花色，還欲令人不相識。金壺夜水詎能多，莫持奢用比懸河。

沙棠作船桂爲楫，夜渡江南採蓮葉。復值西施新浣紗，共向江干眺月華。〔三〕

月華似璧星如佩，〔四〕流影澄明玉堂内。〔五〕邯鄲九(技)〔枝〕朝始成，〔六〕金卮玉椀共君傾。〔七〕

交龍成錦鬭鳳紋，芙蓉爲帶石榴裙。日下城南兩相望，月没參横掩羅帳。

七彩隨珠九華玉，〔八〕蛺蝶爲歌明星曲。蘭房椒閤夜方開，那知步步香風逐。

〔一〕同前六首：第一首「幄中清酒馬腦鍾」，《玉臺》卷九作蕭子顯詩，第二首「濃黛輕紅點花色」，《藝文》卷四二亦作蕭子顯詩。

〔二〕幄：《玉臺》作「握」。清酒：同上作「酒杯」。

〔三〕向：《玉臺》作「泛」。眺：同上作「瞻」。

〔四〕璧：同上作「碧」。

〔五〕澄：同上作「燈」。

〔六〕九〔技〕〔枝〕：據《百三名家集》改。

〔七〕玉椀：《玉臺》作「銀椀」。

〔八〕隨：《百三名家集》作「隋」。

同前

蕭子顯

芳樹歸飛聚儔匹，猶有殘光半山日。莫憚褰裳不相求，漢皋遊女習風流。

同前二首

陳·徐陵

卓女紅粉一作妝期此夜，〔一〕胡姬沽酒誰論價。風流荀令好兒郎，偏能傅粉復薰香。

繡帳羅帷隱燈燭，一夜千年猶不足。唯憎無賴汝南雞，天河未落猶爭啼。

〔一〕粉：《百三名家集》作「妝」，是。

同前

岑之敬

(總)〔驄〕馬直去没浮雲，〔一〕河渡冰開兩岸分。(烏)〔鳥〕藏日暗行人息，〔二〕空棲隻影長相憶。明月二八照花新，當壚十五晚留賓。

〔一〕(總)〔驄〕馬：據《詩紀》一〇六改。

〔二〕(烏)〔鳥〕：據同上改。

同前

唐・李　白

姑蘇臺上烏棲時，吴王宮裏醉西施。吴歌楚舞歡未畢，青山猶銜半邊日。〔一〕銀箭金壺一作金壺丁丁漏水多，〔二〕起看秋月墜江波，東方漸高奈樂一作爾何。〔三〕

〔一〕猶：《全唐詩》卷二一、王琦注《李太白集》卷三作「欲」。

〔二〕銀箭金壺：《河岳英靈集》卷上作「金壺丁丁」。

〔三〕奈樂何：同上作「奈爾何」。

同前

李端

白馬逐牛車，〔一〕黄昏入狹斜。狹斜柳樹烏爭宿，爭枝未得飛上屋。東房少婦婿從軍，每聽烏啼知夜分。

〔一〕牛：《全唐詩》卷二一注「集作朱」，疑是。

同前

王建

章華宫人夜上樓，君王望月西山頭。夜深宫殿門不鎖，白露滿山山葉墮。

同前

張籍

西山作宫潮滿池，宫烏曉鳴茱萸枝。吴姬自唱採蓮曲一作吴姬採蓮自唱曲，君王昨夜舟中宿。

烏棲曲三首

陳·後主

陌頭新花歷亂生，葉裏春鳥送春情。〔一〕長安遊俠無數伴，白馬驪珂路中滿。

金鞍向暝欲相連，玉面俱要來帳前。含態眼語懸相解，翠帶羅裙入爲解。
合歡襦薰百和香，牀中被織兩鴛鴦。烏啼漢没天應曙，只持懷抱送郎去。

〔一〕春烏：《古樂府》卷七作「啼烏」。

同前

江　總

桃花春水木蘭橈，金羈翠蓋聚河橋。隴西上計應行去，城南美人啼著曙。

同前二首

唐・劉方平

娥眉曼臉傾城國，〔一〕鳴環動佩新相識。銀漢斜臨白玉堂，芙蓉行障掩燈光。
畫舸雙艚錦爲纜，芙蓉花發蓮葉暗。門前月色映横塘，感郎中夜渡瀟湘。

〔一〕娥眉：同上作「蛾眉」，是。

莫愁樂

《唐書・樂志》曰：「《莫愁樂》者，出於石城樂。石城有女子名莫愁，善歌謡，石城樂和中復有忘愁聲，因有此歌。」《古今樂録》曰：「《莫愁樂》亦云蠻樂，舊舞十六人，梁八人。」《樂府解題》曰：「古歌亦有莫愁，洛陽女，與此不同。」

莫愁在何處，莫愁石城西。艇子打兩槳，催送莫愁來。

聞歡下揚州，相送楚山頭。探手抱腰看，江水斷不流。

右二曲。

莫愁樂

張　祜

儂居石城下，郎到石城遊。自郎石城出，長在石城頭。

莫愁曲

李　賀

（莫）〔草〕生（隴坂）〔龍坡〕下，〔一〕鴉噪城堞頭。何人此城裏，城角栽石榴。青絲繫五馬，黄金絡雙牛。白魚駕蓮船，夜作十里遊。歸來無人識，暗上沈香（舟）〔樓〕。〔二〕羅牀倚瑶瑟，殘月傾簾鉤。今日槿花落，明朝梧樹秋。若負平生意，何名作莫愁。〔三〕

〔一〕（莫）〔草〕生（隴坂）〔龍坡〕：據《全唐詩》卷三二一、王琦注《李長吉歌詩》外集改。

〔二〕（舟）〔樓〕：據同上改。

〔三〕「若負」兩句：同上作「莫負平生意，何名何莫愁」。

估客樂

齊・武帝

《古今樂録》曰：「《估客樂》者，齊武帝之所製也。帝布衣時，嘗遊樊、鄧。登阼以後，追憶往事而作歌。使樂府令劉瑶管弦被之教習，卒遂無成。有人啟釋寶月善解音律，帝使奏之，旬日之中，便就諧合。敕歌者常重爲感憶之聲，猶行於世。寶月又上兩曲。帝數乘龍舟，遊五城江中放觀，以紅越布爲帆，緑絲爲帆縴，鍮石爲篙足。篙榜者悉著鬱林布，作淡黄袴，列開，使江中衣，出。五城，殿猶在。齊舞十六人，梁八人。」《唐書・樂志》曰：「梁改其名爲《商旅行》。」

昔經樊鄧役，阻潮梅根渚。〔二〕感憶追往事，意滿辭不叙。

〔一〕阻潮：《全齊詩》卷一作「假楫」。

同前二首

釋寶月

郎作十里行，儂作九里送。拔儂頭上釵，與郎資路用。

有信數寄書，〔一〕無信心相憶。莫作瓶落井，一去無消息。

〔一〕「有信數寄書」首：《玉臺》卷一〇無作者名，作《近代西曲歌》五首之二。

同前二首

〔釋寶月〕〔一〕

大艑珂峨頭，何處發揚州。借問艑上郎，見儂所歡不。

初發揚州時，船出平津泊。五兩如竹林，何處相尋博。

右五曲。

〔一〕〔釋寶月〕：據《古樂府》卷七、《詩紀》卷六二補。

同前

陳·後主

三江結儔侶，萬里不辭遥。恒隨鷁首舫，屢逐雞鳴潮。

同前

唐·李白

海客乘天風，將船遠行役。譬如雲中鳥，一去無蹤跡。

同前

元　稹

估客無住着，〔一〕有利身即行。〔二〕出門求火伴，入户辭父兄。父兄相教示，求利莫求名。求名有所避，求利無不營。火伴相勒縛，賣假莫賣誠。交關少交假，〔三〕交假本生輕。〔四〕自兹相將去，誓死意不更。一解市頭語，〔五〕便無鄉里情。鍮石打臂釧，糯米吹項瓔。〔六〕歸來村中賣，敲作金玉聲。〔七〕村中田舍娘，貴賤不敢爭。所費百錢本，已得十倍贏。顔色轉光淨，飲食亦甘馨。子本頻蕃息，貨賂日兼并。〔八〕求珠駕滄海，採玉上荆衡。北買党項馬，西擒吐蕃鸚，炎洲布火浣，蜀地錦織成。越婢脂肉滑，奚僮眉眼明。通算衣食費，不計遠近程。經營天下遍，〔九〕却到長安城。城中東西市，聞客次第迎。迎客兼説客，多財爲勢傾。客心本明黠，聞語心已驚。先問十常侍，次求百公卿。侯家與主第，點綴無不精。歸來始安坐，富與王家勍。〔一〇〕市卒酒肉臭，縣胥家舍成。豈唯絶言語，奔走極使令。大兒販材木，巧識梁棟形。小兒販鹽鹵，不入州縣征。一身偃市利，突若截海鯨。鉤距不敢下，下則牙齒横。生爲估客樂，判爾樂一生。爾又生兩子，錢刀何歲平。

〔一〕着：《全唐詩》卷四一八作「者」。

〔二〕即：同上作「則」。

〔三〕少：同上作「但」。

〔四〕交假句：同上作「本生得失輕」。

〔五〕一解：同上作「亦解」。

〔六〕吹：同上作「炊」。

〔七〕金玉：同上作「金石」。

〔八〕貨賂：同上作「貨販」。

〔九〕經營：同上作「經遊」。

〔一〇〕王家：同上作「王者」。

賈客樂

張籍

金陵向西賈客多，船中生長樂風波。欲發移船近江口，船頭祭神各澆酒。停杯共説遠行期，入蜀經蠻遠别離。〔一〕金多衆中爲上客，夜夜算緡眠獨遲。秋江初月猩猩語，孤帆夜發滿湘渚。〔二〕水工持檝防暗灘，直過山邊及前侣。年年逐利西復東，姓名不在縣籍中。農夫税多長辛苦，棄業長爲販賣一作販寶翁。〔三〕

〔一〕遠：《全唐詩》卷三八二作「誰」。

〔二〕滿湘渚：同上作「瀟湘渚」。

〔三〕販賣：同上作「販寶」。長：同上注：「一作寧。」

賈客詞

北周・庾信

五兩開船頭，長檣發新浦。懸知岸上人，遥振江中鼓。

同前〔一〕

唐・劉禹錫

賈客無定遊，所遊唯利并。眩俗雜良苦，乘時知重輕。〔二〕心計析秋毫，（摇）〔捶〕鉤侔懸衡。〔三〕錐刀既無棄，轉化日已盈。徼福禱波神，施財遊化城。妻約雕金釧，女垂貫珠纓。高貲比封君，奇貨通倖卿。趨時鷙鳥思，藏鏹盤龍形。大艑浮通川，高樓次旗亭。行止皆有樂，關梁似無征。〔四〕農夫何爲者，辛苦事寒耕。

〔一〕同前：《全唐詩》卷三五四題下有「并引：五方之賈，以財相雄，而鹽賈尤熾。或曰『賈雄則農傷』，予感之作是詞」。

〔二〕知：同上作「取」。

〔三〕（摇）〔捶〕：據同上改。

〔四〕似：同上作「自」。

同前

劉 駕

賈客燈下起，猶言發已遲。高山有疾路，暗行終不疑。寇盜伏其路，猛獸來相追。金玉四散去，空囊委路歧。揚州有大宅，白骨無地歸。少婦當此日，對鏡弄花枝。

襄陽樂

《古今樂録》曰：「《襄陽樂》者，宋隨王誕之所作也。誕始爲襄陽郡，元嘉二十六年仍爲雍州刺史，夜聞諸女歌謡，因而作之，所以歌和中有『襄陽來夜樂』之語也。」舊舞十六人，梁八人。又有《大堤曲》，亦出於此。簡文帝雍州十曲，有《大堤》《南湖》《北渚》等曲。《通典》曰：「裴子野《宋略》稱晉安侯劉道産爲襄陽太守，有善政，百姓樂業，人户豐贍，蠻夷順服，悉緣沔而居。由此歌之，號《襄陽樂》。」蓋非此也。

朝發襄陽城，暮至大堤宿。大堤諸女兒，花豔驚郎目。

上水郎擔篙，下水摇雙櫓。四角龍子幡，環環江當柱。

江陵三千三，西塞陌中央。但問相隨否，何計道里長。

人言襄陽樂，樂作非儂處。乘星冒風流，還儂揚州去。
爛漫女蘿草，結曲繞長松。三春雖同色，歲寒非處儂。
黄鵠參天飛，中道鬱徘徊。腹中車輪轉，歡今定憐誰。
揚州蒲鍛環，百錢兩三叢。不能買將還，空手攬抱儂。
女蘿自微薄，寄託長松表。何惜負霜死，貴得相纏繞。
惡見多情歡，罷儂不相語。莫作烏集林，忽如提儂去。

右九曲。

同前

張祜

大堤花月夜，長江春水流。東風正上信，春夜特來遊一作待郎遊。

襄陽曲二首

崔國輔

蕙草嬌紅萼，時光舞碧雞。城中美年少，相見白銅鞮。
少年襄陽地，來往襄陽城。城中輕薄子，知妾解秦箏。

同前

施肩吾

大堤女兒郎莫尋，三三五五結同心。清晨對鏡冶容色，〔一〕意欲取郎千萬金。

〔一〕冶：《全唐詩》卷二一注：「集作理。」

同前

李端

襄陽堤路長，草碧楊柳黄。誰家女兒臨夜妝，紅羅帳裏有燈光。雀釵翠羽動明璫，欲出不出脂粉香。同居女伴正衣裳，中庭寒月白如霜。賈生十八稱才子，空得門前一斷腸。

雍州曲三首

梁·簡文帝

《通典》曰：「雍州，襄陽也。《禹貢》荆河州之南境，春秋時楚地，魏武始置襄陽郡，晉兼置荆河州。宋文帝割荆州置雍州，號南雍。魏、晉以來，常爲重鎮，齊、梁因之。」

〔南湖〕〔一〕

南湖荇葉浮，復有佳期遊。銀綸翡翠鉤，〔二〕玉舳芙蓉舟。荷香亂衣麝，橈聲送急流。〔三〕

北渚

岸陰垂柳葉，平江含粉(蝶)〔堞〕〔四〕。好值城傍人，多逢蕩舟妾。綠水濺長袖，浮苔染輕楫。

大堤

宜城斷中道，行旅極留連。〔五〕出妻工織素，妖姬慣數錢。炊彫留(吐)〔上〕客，〔六〕貰酒逐神仙。

〔一〕〔南湖〕：本集缺，據《玉臺》卷七、《詩紀》卷六七補。
〔二〕鉤：《詩紀》作「釣」。
〔三〕送：《詩紀》作「隨」。
〔四〕(蝶)〔堞〕：據《玉臺》改。
〔五〕極：《玉臺》《詩紀》均作「亟」，是。
〔六〕(吐)〔上〕客：據《玉臺》《詩紀》改。

大堤曲

唐・張柬之

南國多佳人，莫若大堤女。玉牀翠羽帳，寶袜蓮花炬。魂處自一作在目成，色授開心許。迢迢不可見，日暮空愁予。

同前

楊巨源

二八嬋娟大堤女，開壚相對依江渚。待客登樓向水看，邀郎卷幔臨花語。細雨濛濛濕芰荷，巴東商侶掛帆多。〔一〕自傳芳酒涴紅袖，〔二〕誰調妍妝迴翠娥。珍簟華燈夕陽後，當壚理瑟矜纖手。月落星微五鼓聲，春風摇蕩窗前柳。歲歲逢迎沙岸間，北人多識緑雲鬟。〔三〕無端嫁與五陵少，離别烟波傷玉顔。

〔一〕掛：《全唐詩》卷二一注：「一作駐。」

〔二〕涴：同上注：「一作翻。」

〔三〕北：同上注：「一作背。」識：同上注：「一作整。」

同前

李白

漢水臨一作横襄陽，〔一〕花開大堤暖。佳期大堤下，淚向南雲滿。春風復無情，〔二〕吹我夢魂（斷）〔亂〕。〔三〕不見眼中人，天長音信斷。

〔一〕臨：《才調集》卷六作「横」。

〔二〕復無：《全唐詩》卷二一注：「集作無復。」

〔三〕(斷)〔亂〕：據《才調集》改。《全唐詩》及蕭本《李太白詩》卷五作「散」。

同前

李賀

妾家住横塘，紅(沙)〔紗〕滿桂香。〔一〕青雲教綰頭上髻，明月與作耳邊璫。蓮風起，江畔春。大堤上，留北人。郎食鯉魚尾，妾食猩猩脣。〔二〕莫指襄陽道，緑浦歸帆少。今日菖蒲花，明朝楓樹老。

〔一〕紅(沙)〔紗〕：據《全唐詩》卷二一改。

〔二〕妾食：《英華》卷二〇一作「與客」。

大堤行〔一〕

孟浩然

大堤行樂處，車馬相馳突。歲歲春草生，踏青二三月。王孫挾珠彈，遊女矜羅襪。攜手今莫同，江花爲誰發。

〔一〕大堤行：《全唐詩》卷一五九作《大堤行寄萬七》。

三洲歌

《唐書·樂志》曰：「《三洲》，商人歌也。」《古今樂録》曰：「《三洲歌》者，商客數遊巴陵三江口往還，因共作此歌。其舊辭云：『啼將别共來。』梁天監十一年，武帝於樂壽殿道義竟留十大德法師設樂，敕人人有問，引經奉答。次問法雲：『聞法師善解音律，此歌何如？』法雲奉答：『天樂絶妙，非膚淺所聞。愚謂古辭過質，未審可改以不？』敕云：『如法師語音。』法雲曰：『應歡會而有别離，啼將别可改爲歡將樂。』故歌。歌和云：『三洲斷江口，水從窈窕河傍流。歡將樂共來，長相思。』舊舞十六人，梁八人。」

送歡板橋彎，相待三山頭。遥見千幅帆，知是逐風流。

風流不暫停，三山隱行舟。願作比目魚，隨歡千里遊。

湘東酃醁酒，廣州龍頭鐺。玉樽金鏤椀，與郎雙杯行。

右三曲。

同前

陳・後主

春江聊一望，細草遍長洲。沙汀時起伏，畫舸屢淹留。

同前

唐・温庭筠

團圓莫作波中月，潔白莫爲枝上雪。月隨波動碎潾潾，雪似梅花不堪折。李娘十六青絲髮，畫帶雙花爲君結。門前有路輕離別一作別離，惟恐歸來舊香滅。

襄陽蹋銅蹄〔一〕

梁・武帝

《隋書・樂志》曰：「梁武帝之在雍鎮，有童謡云：『襄陽白銅蹄，反縛揚州兒。』識者言：『白銅蹄，謂金蹄，爲馬也。白，金色也。』及義師之興，實以鐵騎。揚州之士皆面縛，果如謡言。故即位之後，更造新聲，帝自爲之詞三曲。又令沈約爲三曲，以被管弦。」《古今樂録》曰：「襄陽蹋銅蹄者，梁武西下所製也。沈約又作，其和云：『襄陽白銅蹄，聖德應乾來。』天監初，舞十六人，後八人。」

陌頭征人去，閨中女下機。含情不能言，送別沾羅衣。

草樹非一香，花葉百種色。寄語故情人，知我心相憶。

龍(門)〔馬〕紫金鞍，〔二〕翠毦白玉羈。照耀雙闕下，知是襄陽兒。

〔一〕《襄陽蹋銅蹄》：《英華》卷二〇一作《白銅蹄歌》，《詩紀》卷六四作《襄陽白銅蹄歌》。

〔二〕(門)〔馬〕：據《詩紀》改。

同前

沈約

分手桃林岸，〔一〕望別峴山頭。〔二〕若欲寄音信，〔三〕漢水向東流。

生長宛水上，從事襄陽城。一朝遇神武，奮翼起先鳴。

蹀鞚飛塵起，左右自生光。男兒得富貴，何必在歸鄉。

右六曲。

〔一〕分手：《英華》卷二〇一作「分首」。

〔二〕望別：《詩紀》卷七二作「送別」。

〔三〕音信：《英華》作「書信」。

採桑度

《採桑度》一曰《採桑》。《唐書·樂志》曰：「《採桑》因三洲曲而生，此聲苑也。〔一〕《採桑度》，梁時作。」《水經》曰：「河水過屈縣西南爲採桑津。《春秋》僖公八年，晉里克敗狄于採桑是也。」梁簡文帝《烏棲曲》曰：「採桑渡頭礙黄河，郎今欲渡畏風波。」《古今樂録》曰：「《採桑度》舊舞十六人，梁八人，即非梁時作矣。」

蠶生春三月，春桑正含緑。女兒採春桑，歌吹當春曲。

冶遊採桑女，盡有芳春色。姿容應春媚，粉黛不加飾。

繫條採春桑，採葉何紛紛。採桑不裝鉤，牽壞紫羅裙。

語歡稍養蠶，一頭養百塸。奈當黑瘦盡，桑葉常不周。

春月採桑時，林下與歡俱。養蠶不滿百，那得羅繡襦。

採桑盛陽月，緑葉何翩翩。攀條上樹表，牽壞紫羅裙。

僞蠶化作繭，爛熳不成絲。徒勞無所獲，養蠶持底爲。

右七曲。

〔一〕苑：疑誤。左克明《古樂府》卷七作「調」。

樂府詩集卷第四十九

清商曲辭六

西曲歌下

江陵樂

《古今樂録》曰：「《江陵樂》，舊舞十六人，梁八人。」《通典》曰：「江陵，古荆州之域，春秋時楚之郢地，秦置南郡，晉爲荆州，東晉、宋、齊以爲重鎮。梁元帝都之有紀南城，楚渚宫在焉。」

不復蹋踶人，踶地地欲穿。盆隘歡繩斷，蹋壞絳羅裙。

不復出場戲，踶場生青草。試作兩三回，踶場方就好。

陽春二三月，相將蹋百草。逢人駐步看，揚聲皆言好。

暫出後園看，見花多憶子。烏鳥雙雙飛，儂歡今何在。

右四曲。

青陽度〔一〕

《古今樂録》曰：「《青陽度》，倚歌。凡倚歌悉用鈴鼓，無弦有吹。」

隐機倚不織，尋得爛漫絲。成匹郎莫斷，憶儂經絞時。

碧玉擣衣砧，七寶金蓮杵。高舉徐徐下，輕擣只爲汝。

青荷蓋緑水，芙蓉披紅鮮。〔二〕下有並根藕，上生並目蓮。〔三〕

右三曲。

〔一〕《青陽度》：第三首「青荷蓋緑水」，《玉臺》卷一〇作《青陽歌曲》。

〔二〕披：《玉臺》作「發」。

〔三〕並目蓮：《玉臺》作「同心蓮」，《古樂府》卷七作「並頭蓮」。生：《詩紀》卷二二注：「一作有。」

青驄白馬

《古今樂録》曰：「《青驄白馬》，舊舞十六人。」

青驄白馬紫絲韁，可憐石橋根柏梁。

汝忽千里去無常，願得到頭還故鄉。

繫馬可憐著長松，遊戲徘徊五湖中。

借問湖中採菱婦，蓮子青荷可得否？

可憐白馬高纏騣，著地躑躅多徘徊。

問君可憐六萌車，迎取窈窕西曲娘。

問君可憐下都去，何得見君復西歸。

齊唱可憐使人惑，晝夜懷歡何時忘。

右八曲。

共戲樂

《古今樂録》曰：「《共戲樂》，舊舞十六人，梁八人。」

齊世方昌書軌同，萬宇獻樂列國風。

時泰民康人物盛，腰鼓鈴柈各相競。

長袖翩翩若鴻驚，纖腰婀婀會人情。

觀風採樂德化昌，聖皇萬壽樂未央。

右四曲。

安東平

《古今樂録》曰：「《安東平》，舊舞十六人，梁八人。」

淒淒烈烈，北風爲雪。船道不通，步道斷絶。

吴中細布，闊幅長度。我有一端，與郎作袴。

微物雖輕，拙手所作。餘有三丈，爲郎別厝。

制爲輕巾，以奉故人。不持作好，與郎拭塵。

東平劉生，復感人情。與郎相知，當解千齡。

右五曲。

女兒子

《古今樂録》曰：「《女兒子》，倚歌也。」

巴東三峽猿鳴悲，夜鳴三聲淚沾衣。

我欲上蜀蜀水難，蹋蹀珂頭腰環環。

右二曲。

來羅

《古今樂録》曰：「倚歌也。」

鬱金黄花標，下有同心草。草生日已長，人生日就老。

君子防未然，莫近嫌疑邊。瓜田不躡履，李下不正冠。

故人何怨新，切少必求多。此事何足道，聽我歌來羅。

白頭不忍死，心愁皆敖然。遊戲泰始世，一日當千年。

右四曲。

那呵灘

《古今樂録》曰：「《那呵灘》，舊舞十六人，梁八人。其和云：『郎去何當還。』多叙江陵及揚州事。那呵，蓋灘名也。」

我去只如還，終不在道邊。我若在道邊，良信寄書還。

沿江引百丈，一濡多一艇。上水郎擔篙，何時至江陵。

江陵三千三，何足持作遠。書疏數知聞，莫令信使斷。

聞歡下揚州，相送江津彎。願得篙櫓折，交郎到頭還。
篙折當更覓，櫓折當更安。各自是官人，那得到頭還。
百思纏中心，憔悴爲所歡。與子結終始，折約在金蘭。

右六曲。

孟珠〔一〕

一曰《丹陽孟珠歌》。《古今樂録》曰：「《孟珠》十曲，二曲，倚歌八曲。舊舞十六人，梁八人。」

人言孟珠富，信實金滿堂。龍頭銜九花，玉釵明月璫。
陽春二三月，草與水同色。攀條摘香花，言是歡氣息。

右二曲。

〔一〕孟珠：《玉臺》卷一〇作《丹陽孟珠歌》。

人言春復著，我言未渠央。暫出後湖看，蒲菰如許長。
揚州石榴花，摘插雙襟中。葳蕤當憶我，莫持豔他儂。

陽春二三月，草與水同色。道逢遊冶郎，恨不早相識。

望歡四五年，實情將懊惱。願得無人處，回身與郎抱。

陽春二三月，正是養蠶時。那得不相怨，其再闕一字〔許〕儂來。〔一〕

將歡期三更，合冥歡如何。走馬放蒼鷹，飛馳赴郎期。

適聞梅作花，花落已成子。杜鵑繞林啼，思從心下起。〔二〕

可憐景陽山，苕苕百尺樓。上有明天子，麟鳳戲中遊。〔三〕

右八曲。

〔一〕〔許〕：據《全晉詩》補。

〔二〕心下：同上作「心上」。

〔三〕中遊：《詩紀》卷二二作「中州」。

翳樂

《古今樂録》曰：「《翳樂》一曲，倚歌二曲。〔舊〕舞十六人，〔一〕梁八人。」

人生歡愛時，少年新得意。一旦不相見，輒作煩冤思。

右一曲。

〔一〕〔舊〕：據《詩紀》卷二二補。

同前

陽春二三月，相將舞翳樂。曲曲隨時變，持許豔郎目。

人言揚州樂，揚州信自樂。總角諸少年，歌舞自相逐。

右二曲。

夜黄

《古今樂録》曰：「《夜黄》，倚歌也。」

湖中百種鳥，半雌半是雄。鴛鴦逐野鴨，恐畏不成雙。

右一曲。

夜度娘

《古今樂録》曰：「《夜度娘》，倚歌也。」

夜來冒霜雪，晨去履風波。雖得叙微情，奈儂身苦何。

右一曲。

長松標

《古今樂録》曰：「《長松標》，倚歌也。」

落落千丈松，晝夜對長風。歲暮霜雪時，寒苦與誰雙。

右一曲。

雙行纏

《古今樂録》曰：「《雙行纏》，倚歌也。」

朱絲繫腕繩，真如白雪凝。非但我言好，衆情共所稱。

新羅繡行纏，足趺如春妍。他人不言好，獨我知可憐。

右二曲。

黄督

《古今樂録》曰：「《黄督》，倚歌也。」

喬客他鄉人，三春不得歸。願看楊柳樹，〔一〕已復藏班雖。

籠車度蹋衍，故人求寄載。催牛閉後户，無預故人事。

右二曲。

〔一〕願：似誤，疑作「顧」。

平西樂

《古今樂録》曰：「《平西樂》，倚歌也。」

我情與歡情，二情感蒼天。形雖胡越隔，神交中夜間。

右一曲。

攀楊枝

《古今樂録》曰：「《攀楊枝》，倚歌也。」《樂苑》曰：「《攀楊枝》，梁時作。」

自從別君來，不復著綾羅。畫眉不注口，施朱當奈何。

右一曲。

尋陽樂

《古今樂録》曰：「《尋陽樂》，倚歌也。」

雞亭故儂去，〔一〕九里新儂還。送一却迎兩，無有暫時閑。

右一曲。

〔一〕雞：《玉臺》卷一〇作「稽」。儂：同上作「人」，下句同。

白附鳩

〔梁·吴均〕〔一〕

《古今樂録》曰：「《白附鳩》倚歌，亦曰《白浮鳩》，本拂舞曲也。」

石頭龍尾彎，新亭送客者。〔二〕酤酒不取錢，郎能飲幾許。

右一曲。

〔一〕〔梁吴均〕：據毛本及本書目録補。

〔二〕者：《古樂府》卷七及《詩紀》卷二二均作「渚」，是。

白浮鳩

吴　均〔一〕

琅琊白浮鳩，紫翳飄〔陌〕頭。〔二〕食飲東莞野，棲宿越王樓。

〔一〕吴均：元刻本無作者名，《百三名家集》之《吴朝請集》不載，《詩紀》卷八一吴均詩中有此篇。疑此篇爲拂舞曲原詞，誤入吴均名下。

〔二〕〔陌〕：毛刻本缺，注「一作陌」，《詩紀》卷一八作「陌」，據補。

拔蒲

《古今樂録》曰：「《拔蒲》，倚歌也。」

青蒲銜紫茸，長葉復從風。與君同舟去，拔蒲五湖中。

朝發桂蘭渚，晝息桑榆下。與君同拔蒲，竟日不成把。

右二曲。

拔蒲歌

唐·張　祜

拔蒲來，領郎鏡湖邊。郎心在何處，莫趁新蓮去。拔得無心蒲，問郎看好無。

壽陽樂

《古今樂録》曰：「《壽陽樂》者，宋南平穆王爲豫州所作也。舊舞十六人，梁八人。」按其歌辭，蓋叙傷别望歸之思。〔南平穆王即劉鑠也。〕〔一〕

可憐八公山，在壽陽，别後莫相忘。

東臺百餘尺，凌風雲，别後不忘君。

梁長曲水流，明如鏡，雙林與郎照。

辭家遠行去，空爲君，明知歲月駛。

籠窗取涼風，彈素琴，一歎復一吟。

夜相思，望不來，人樂我獨愁。

長淮何爛漫，路悠悠，得當樂忘憂。

上我長瀨橋，望歸路，秋風停欲度。

銜淚出傷門，壽陽去，必還當幾載。

右九曲。

〔一〕〔南平穆王即劉鑠也〕：據《詩紀》卷五五補。

作蠶絲〔一〕

《古今樂録》曰：「《作蠶絲》，倚歌也。」

柔桑感陽風，阿娜嬰蘭婦。垂條付緑葉，委體看女手。
春蠶不應老，晝夜常懷絲。何惜微軀盡，纏綿自有時。
績蠶初成繭，相思條女密。投身湯水中，貴得共成匹。
素絲非常質，屈折成綺羅。敢辭機杼勞，但恐花色多。

右四曲。

〔一〕《作蠶絲》：第三首「績蠶初成繭」，《玉臺》卷一〇作《蠶絲歌》。

楊叛兒

《唐書・樂志》曰：「《楊伴兒》，本童謡歌也。齊隆昌時，女巫之子曰楊旻，少時隨母入内，及長爲何后寵。童謡云：『楊婆兒，共戲來所歡。』語訛，遂成楊伴兒。」《古今樂録》曰：「《楊叛兒》送聲云：『叛兒教儂不復相思。』」

截玉作手鉤，七寶光平天。繡沓織成帶，嚴帳信可憐。

暫出白門前，楊柳可藏烏。歡作沈水香，儂作博山鑪。

送郎乘艇子，不作遭風慮。横篙擲去槳，願倒逐流去。

七寶珠絡鼓，教郎拍復拍。黄牛細犢兒，楊柳映松柏。

歡欲見蓮時，移湖安屋裏。芙蓉繞牀生，眠卧抱蓮子。

聞歡遠行去，送歡至新亭。津邏無儂名。

落秦中庭生，誠知非好草。龍頭相鉤連，見枝如欲繞。

楊叛西隨曲，柳花經東陰。風流隨遠近，飄揚悶儂心。

右八曲。

同前

梁·武帝

桃花（如）〔初〕發紅，〔一〕芳草尚抽緑。南音多有會，偏重叛兒曲。

〔一〕（如）〔初〕：據《百三名家集》改。

同前〔一〕

（隋）〔陳〕·後主〔二〕

青春上陽月，結伴戲京華。龍媒玉珂馬，鳳軫繡香車。水映臨橋樹，風吹夾路花。日昏歡宴罷，相將歸狹斜。

〔一〕同前：《詩紀》卷九八作《楊叛兒曲》。

〔二〕（隋）〔陳〕後主：據同上改。同上題下注：「拾遺作隋越王《京洛行》。」

同前

唐·李白

君歌楊叛兒，妾勸新豐酒。何許最關人，烏啼白門柳。烏啼隱楊花，君醉留妾家。博山鑪中沈香火，雙（咽）〔烟〕一氣凌紫霞。〔一〕

〔一〕雙（咽）〔烟〕：據蕭本《李太白詩》卷四改。

西烏夜飛

《古今樂録》曰：「《西烏夜飛》者，宋元徽五年，荆州刺史沈攸之所作也。攸之舉兵發荆州，東下，未敗之前，思歸京師，所以歌。和云：『白日落西山，還去來。』送聲云：『折翅烏，飛何處，被彈歸。』」

日從東方出，團團雞子黄。夫歸恩情重，〔一〕憐歡故在傍。

暫請半日給，徙倚娘店前。目作宴瑱飽，腹作宛惱饑。

我昨憶歡時，攬刀持自刺。自刺分應死，刀作離樓僻。

陽春二三月，諸花盡芳盛。持底唤歡來，花笑鶯歌詠。

感郎崎嶇情，不復自顧慮。臂繩雙入結，遂成同心去。

右五曲。

〔一〕夫歸：《詩紀》卷五五作「夫婦」。

月節折楊柳歌〔十三首〕〔一〕

正月歌

春風尚蕭條，去故來入新。〔二〕苦心非一朝。折楊柳，愁思滿腹中，歷亂不可數。

二月歌

翩翩烏入鄉，道逢雙燕飛。勞君看三陽。折楊柳，寄言語儂歡，〔三〕尋還不復久。

三月歌

泛舟臨曲池，仰頭看春花。杜鵑緯林啼。折楊柳，雙下俱徘徊，我與歡共取。

四月歌

芙蓉始懷蓮，何處覓同心。俱生世尊前。折楊柳，捻香散名花，志得長相取。

五月歌

菰生四五尺，素身爲誰珍。盛年將可惜。折楊柳，作得九子粽，思想勞歡手。

六月歌

三伏熱如火，籠窗開北牖。與郎對榻坐。〔四〕折楊柳，銅塸貯蜜漿，〔五〕不用水洗溴。

七月歌

織女遊河邊，牽牛顧自歎。一會復周年。折楊柳，攬結長命草，同心不相負。

八月歌

迎歡裁衣裳，日月流如水。〔六〕白露凝庭霜。折楊柳，夜聞擣衣聲，窈窕誰家婦。

九月歌

甘菊吐黄花，非無杯觴用。當奈許寒何。折楊柳，授歡羅衣裳，含笑言不取。

十月歌

大樹轉蕭索，天陰不作雨。嚴霜半夜落。折楊柳，林中與松柏，歲寒不相負。

十一月歌

素雪任風流，樹木轉枯悴。松柏無所憂。折楊柳，寒衣履薄冰，歡詎知儂否？

十二月歌

天寒歲欲暮，春秋及冬夏。苦心停欲度。折楊柳，沈亂枕席間，纏綿不覺久。

閏月歌

成閏暑與寒，春秋補小月。念子無時閑。〔七〕折楊柳，陰陽推我去，那得有定主？

〔一〕〔十三首〕：據《詩紀》卷二二補。

〔二〕入：同上作「如」。
〔三〕言：《古樂府》卷七作「昔」。
〔四〕榻：《古樂府》、《詩紀》作「蹋」，疑誤。
〔五〕銅：同上作「同」。
〔六〕流如水：《詩紀》卷二三作「如流水」。
〔七〕無時閑：《詩紀》作「時無閑」。

常林歡

唐・温庭筠

《唐書・樂志》曰：「《常林歡》，疑宋、梁間曲。宋、梁之世，荆、雍爲南方重鎮，皆皇子爲之牧。江左辭詠，莫不稱之，以爲樂土，故隨王誕作襄陽之歌，齊武帝追憶樊、鄧。梁簡文帝樂府歌云：『分手桃林岸，送别峴山頭。若欲寄音信，漢水向東流。』又曰：『宜城投酒今行熟，停鞍繫馬暫棲宿。』桃林在漢水上，宜城在荆州北，荆州有長林縣。江南謂情人爲歡。常、長聲相近，蓋樂人誤謂長爲常。」《通典》曰：「《常林歡》，蓋宋、齊間曲。」

宜城酒熟花覆橋，沙晴緑鴨鳴咬咬。〔一〕穠桑繞舍麥如尾，幽軋鳴機雙燕巢。馬聲特特荆

門道，蠻水揚光色如草。錦薦金爐夢正長，東家呃喔雞鳴早。〔二〕

〔一〕 咬咬：《全唐詩》卷二一作「交交」。

〔二〕 呃：同上注：「集作咿。」

樂府詩集卷第五十

清商曲辭七

江南弄上

江南弄七首

梁·武帝

《古今樂録》曰：「梁天監十一年冬，武帝改西曲，製《江南上雲樂》十四曲，《江南弄》七曲：一曰《江南弄》，二曰《龍笛曲》，三曰《採蓮曲》，四曰《鳳笛曲》，五曰《採菱曲》，六曰《遊女曲》，七曰《朝雲曲》。又沈約作四曲：一曰《趙瑟曲》，二曰《秦箏曲》，三曰《陽春曲》，四曰《朝雲曲》，亦謂之《江南弄》云。」

江南弄

《古今樂録》曰：「《江南弄》三洲韻。和云：『陽春路，娉婷出綺羅。』」

衆花雜色滿上林，舒芳耀緑垂輕陰。連手躞蹀舞春心。舞春心，臨歲腴，中人望獨踟躕。

龍笛曲

《古今樂録》曰：「《龍笛曲》，和云：『江南音，一唱值千金。』馬融《長笛賦》曰：『近世雙笛從羌起，羌人伐竹未及已。龍鳴水中不見已，截竹吹之聲相似。』然則《龍笛曲》蓋因聲如龍鳴而名曲。」

美人綿眇在雲堂，雕金鏤竹眠玉牀。婉愛寥亮繞紅梁。〔一〕繞紅梁，流月臺，駐狂風，鬱徘徊。

〔一〕紅：《百三名家集》作「虹」，似是，下句同。

採蓮曲

《古今樂録》曰：「《採蓮曲》，和云：『採蓮渚，窈窕舞佳人。』」

遊戲五湖採蓮歸，發花田葉芳襲衣。爲君儂歌世所希。〔一〕世所希，有如玉。江南弄，採蓮曲。

〔一〕儂：《詩紀》卷六四及《百三名家集》作「豔」，是。

鳳笙曲

《古今樂録》曰：「《鳳笙曲》，和云：『弦吹席，長袖善留客。』」

緑耀尅碧彫琯笙，朱脣玉指學鳳鳴。流速參差飛且停。飛且停，在鳳樓，弄嬌響，間清謳。

採菱曲

《古今樂録》曰：「《採菱曲》，和云：『菱歌女，解佩戲江陽。』」

江南稚女珠腕繩，金翠摇首紅顔興。桂棹容與歌採菱。歌採菱，心未怡，翳羅袖，望所思。

遊女曲

《古今樂録》曰：「《遊女曲》，和云：『當年少，歌舞承酒笑。』」

氛氲蘭麝體芳滑，容色玉耀眉如月。珠佩婐姬戲金闕。戲金闕，遊紫庭。舞飛閣，歌長生。

朝雲曲

《古今樂録》曰：「《朝雲曲》，和云：『徙倚折耀華。』」宋玉《高唐賦序》曰：「楚襄王與宋玉遊雲夢之臺，望高唐之觀，獨有雲氣，變化無窮。王問玉曰：『此何氣也？』玉曰：『所謂朝雲也。』王曰：『何謂朝雲也？』玉曰：『昔者先王嘗遊高唐，怠而晝寢，夢見一婦人曰：「妾巫山之女也，爲高唐之客。聞君遊高唐，願薦枕席。」王因幸之。去而辭曰：「妾在巫山之陽，高丘之阻，旦爲朝雲，暮爲行雨，朝朝暮暮，陽臺之下。」旦朝視之如言，故爲立廟，號曰朝雲。』」酈道元《水經注》曰：「巫山者，帝女居焉。宋玉謂帝之季女名曰瑤姬，未行而亡，封于巫山之臺。精魂爲草，實謂靈芝，所謂巫山之女，高唐之姬也。」《朝雲曲》蓋取於此。

張樂陽臺歌上謁，如寢如興芳晻曖。容光既豔復還没。復還没，望不來。巫山高，心徘徊。

右七曲。

江南弄三首

梁〔昭明太子〕•〔簡文帝〕〔一〕

江南曲

和云：「陽春路，時使佳人度。」

枝中水上春併歸，長楊掃地桃花飛。清風吹人光照衣。光照衣，景將夕。擲黄金，留上客。

〔一〕梁（昭明太子）〔簡文帝〕：據《藝文》卷四二、《詩紀》卷六七改。按《玉臺》舊刻稱簡文爲皇太子，後人因誤爲昭明太子。

龍笛曲

和云：「《江南弄》，真能下翔鳳。」

金門玉堂臨水居，一嚬一笑千萬餘。遊子去還願莫疏。願莫疏，意何極，雙鴛鴦，兩相憶。

採蓮曲

和云：「《採蓮歸》，渌水好沾衣。」

柱楫蘭橈浮碧水，江花玉面兩相似。蓮疏藕折香風起。香風起，白日低，採蓮曲，使君迷。

江南弄四首

沈　約

趙瑟曲〔一〕

邯鄲奇弄出文梓，縈弦急調切流徵。玄鶴徘徊白雲起。白雲起，鬱披香。離復合，曲未央。

秦箏曲

羅袖飄纚拂雕桐，促柱高張散輕宮。迎歌度舞遏歸風。遏歸風，止流月。壽萬春，歡無歇。

陽春曲

劉向《新序·宋玉對楚威王問》曰：「客有歌於郢中者，其始曰《下里巴人》，國中屬而和者數千人。其爲《陽陵採薇》，國中屬而和者數百人。其爲《陽春白雪》，國中屬而和者，數十人而已也。引商刻角，雜以流徵，國中屬而和者，不過數人。是以其曲彌高，其和彌寡。然則《陽春》所從來亦遠矣。」《樂府解題》曰：「陽春，傷也。」

楊柳垂地燕差池，緘情忍思落容儀。弦傷曲怨心自知。心自知，人不見。動羅裙，拂珠殿。

朝雲曲

陽臺氤氳多異色，巫山高高上無極。雲來雲去長不息。〔二〕長不息，夢來遊。極萬世，〔三〕度千秋。

〔一〕《趙瑟曲》：《詩紀》卷七二注：「《英華》作元帝，今從《樂府》作沈約。」

〔二〕雲來雲去：《藝文》卷四二作「雲來雨去」。長：《詩紀》作「常」，下句「長」字同。

〔三〕極：《藝文》作「經」。

江南弄中

江南弄

唐·王勃

江南弄，巫山連楚夢。行雨行雲幾相送。瑶軒金谷上春時，玉童仙女無見期。紫露香烟眇難託，清風明月遥相思。遥相思，草徒緑，爲聽雙飛鳳皇曲。

同前

李賀

江中緑霧起涼波，天上疊巘紅嵯峨。水風浦雲生老竹，渚暝蒲帆如一幅。鱸魚千頭酒百斛，酒中倒卧南山緑。吴歈越吟未終曲，江上團團帖寒玉。〔一〕

〔一〕帖：王琦注《李長吉歌詩》卷四作「貼」。

採蓮曲二首〔一〕

梁・簡文帝

晚日照空磯，採蓮承晚暉。風起湖難度，蓮多摘未稀。棹動芙蓉落，船移白鷺飛。荷絲傍繞腕，菱角遠牽衣。

常聞蕖可愛，採擷欲爲裙。葉滑不留綖，心忙無假薰。千春誰與樂，唯有妾隨君。

〔一〕採蓮曲二首：《百三名家集》只收第一首「晚日照空磯」，《詩紀》卷六七作二首，于第二首「常聞蕖可愛」前之「二」字下注：「《蓮花賦歌》。」

同前

梁・元帝

碧玉小家女，來嫁（江）〔汝〕南王。〔一〕蓮花亂臉色，荷葉雜衣香。因持薦君子，願襲芙蓉裳。

〔一〕（江）〔汝〕南王：據《詩紀》卷七〇、《百三名家集》改。

同前

劉孝威

金槳木蘭船，戲採江南蓮。蓮香隔蒲渡，荷葉滿江鮮。房垂易入手，柄曲自臨盤。露花時濕釧，風莖乍拂鈿。

同前

朱　超〔一〕

豔色前後發，緩楫去來遲。看妝礙荷影，洗手畏菱滋。摘除蓮上葉，挖出藕中絲。湖裏人無限，何日滿船時。

〔一〕朱超：《詩紀》卷九三作「朱超道」，注：「朱超、朱超道、朱越，各詩集所載，名多互見，疑是一人之作。今從《詩彙》併載，而于各題下仍分注本名，以俟考訂。」

同前

沈君攸

平川映曉霞，〔一〕蓮舟泛浪華。衣香隨岸遠，荷影向流斜。度手牽長柄，轉楫避疏花。還船不畏滿，歸路詎嫌賒。

〔一〕曉霞：《詩紀》卷九三作「晚霞」。

同前二首

吴　均〔一〕

江南當夏清，〔二〕桂楫逐流縈。〔三〕初疑京兆劍，復似漢冠名。荷香帶風遠，蓮影向根生。

葉卷珠難溜，花舒紅易傾。〔四〕日暮凫舟滿，歸來渡錦城。

錦帶雜花鈿，羅衣垂緑川。問子今何去，出採江南蓮。遼西三千里，欲寄無因緣。願君早旋返，及此荷花鮮。

〔一〕同前二首，梁吴均：《初學記》卷二七作「梁元帝」，題曰《賦得涉江採芙蓉》。

〔二〕江南句：《詩紀》卷八一「南」作「風」，「夏」字注：「一作夜。」

〔三〕楫：同上注：「一作棹。」

〔四〕傾：《初學記》作「輕」。

同前

陳・後　主

相催暗中起，妝前日已光。隨宜巧注口，薄落點花黄。風住疑衫密，船小畏裾長。波文散動楫，茭花拂度航。低荷亂翠影，采袖新蓮香。歸時會被喚，且試入蘭房。

同前

隋・盧思道

曲浦戲妖姬，輕盈不自持。擎荷愛圓水，折藕弄長絲。珮動裙風入，妝銷粉汗滋。菱歌惜不唱，須待暝歸時。

同前

殷英童

蕩舟無數伴，解纜自相催。汗粉無庸拭，風裾隨意開。棹移浮荇亂，船進倚荷來。藕絲牽作縷，蓮葉捧成杯。

同前

唐・崔國輔

玉潊花紅發，〔一〕金塘水碧流。〔二〕相逢畏相失，並著採蓮舟。

〔一〕紅：《全唐詩》卷二一注：「集作爭。」

〔二〕碧：同上注：「集作亂。」

同前　徐彦伯

妾家越水邊，摇艇入江烟。既覓同心侣，復採同心蓮。折藕絲能脆，開花葉正圓。春歌弄明月，歸棹落花前。

同前　李　白

若耶溪傍採蓮女，笑隔荷花共人語。日照新妝水底明，風飄香袖空中舉。岸上誰家遊冶郎，三三五五映垂楊。紫騮嘶入落花去，見此踟蹰空斷腸。

同前　賀知章

稽山罷霧鬱嵯峨，鏡水無風也自波。莫言春度芳菲盡，别有中流採芰荷。

同前三首〔一〕　王昌齡

吴姬越豔楚王妃，争弄蓮舟水濕衣。來時浦口花迎入，採罷江頭月送歸。

荷葉羅裙一色裁，芙蓉向臉兩邊開。亂入池中看不見，聞歌始覺有人來。

越女作桂舟，還將桂爲楫。湖上水渺漫，清江初可涉。〔二〕摘取芙蓉花，莫摘芙蓉葉。將歸問夫婿，顔色何如妾。

〔一〕同前三首：《全唐詩》卷一四三作二首，第三首「越女作桂舟」見卷一四〇，題作《越女》。

〔二〕初：同上作「不」。

同前二首

戎　昱

雖聽採蓮曲，詎識採蓮心。漾楫愛花遠，回船愁浪深。烟生極浦色，日落半江陰。同侣憐波静，看妝墮玉簪。

涔陽女兒花滿頭，毵毵同泛木蘭舟。（春）〔秋〕風日暮南湖裏，〔一〕争唱菱歌不肯休。

〔一〕（春）〔秋〕風：據《全唐詩》卷二七〇改。

同前

儲光羲

淺渚荷花繁，〔一〕深塘菱葉疏。〔二〕獨往方自得，恥邀淇上姝。廣江無術阡，大澤絶方隅。浪中海童語，流下鮫人居。春雁時隱舟，〔三〕新荷復滿湖。〔四〕采采乘日暮，不思賢與愚。

〔一〕荷：《全唐詩》卷一三六作「荇」。

〔二〕塘：同上作「潭」。菱：同上注云：「一作茭。」

〔三〕雁：同上注：「一作荻。」

〔四〕荷：同上作「萍」。

同前二首

鮑　溶

弄舟朅來南塘水，荷葉映身摘蓮子。暑衣清淨鴛鴦喜，〔一〕作浪舞花驚不起。殷勤護惜纖纖指，水菱初熟多新刺。

採蓮朅來水無風，蓮潭如鏡松如龍。〔二〕夏衫短袖交斜紅，豔歌笑鬭新芙蓉，戲魚住聽蓮花東。〔三〕

〔一〕清：《全唐詩》卷四八六作「鮮」。

〔二〕鏡：同上作「鑑」。

〔三〕住：同上作「往」。蓮花：同上作「蓮葉」。

同前

張籍

秋江岸邊蓮子多，採蓮女兒憑船歌。〔一〕青房圓實齊戢戢，爭前競折蕩漾波。〔二〕試(索)〔牽〕綠莖(不)〔下〕尋藕，〔三〕斷處絲多刺傷手。白練束腰袖半卷，不插玉釵妝梳淺。船中未滿度前洲，借問誰家家住遠。〔四〕歸時共待暮潮上，自弄芙蓉還蕩槳。

〔一〕憑：《全唐詩》卷三八二注：「一作並。」

〔二〕蕩漾波：同上作「漾微波」，是。

〔三〕(索)〔牽〕、(不)〔下〕：據同上改。

〔四〕誰家：同上作「阿誰」。

同前

白居易

菱葉縈波荷颭風，荷花深處小船通。逢郎欲語低頭笑，碧玉搔頭落水中。

同前

僧齊己

越溪女，越江蓮，齊菡萏，雙嬋娟。嬉遊(向)〔向〕何處，〔一〕採摘且同船。浩(唱)〔唱〕發容與，〔二〕清波生漪漣。時逢島嶼泊，幾共鴛鴦眠。襟袖既盈溢，馨香亦相傳。薄暮歸去來，苧羅生碧烟。

〔一〕〔向〕何處：據《全唐詩》卷二一補。

〔二〕浩〔唱〕：據同上補。

採蓮歸〔一〕

王勃

採蓮歸，緑水芙蓉衣。秋風起浪鳧雁飛。桂棹蘭橈下長浦，羅裙玉腕摇輕櫓。〔二〕葉嶼花潭極望平，江謳越吹相思苦。相思苦，佳期不可駐。塞外征夫猶未還，江南採蓮今已暮。今已暮，摘蓮花。〔三〕今渠那必盡倡家。〔四〕官道城南把桑葉，何如江上採蓮花。蓮花復蓮花，花葉何重疊。〔五〕葉翠本羞眉，花紅强如頰。佳人不〔在〕兹〔期〕，〔六〕悵望别離時。牽花憐共蒂，折藕愛蓮絲。故情何處所，〔七〕新物徒華滋。〔八〕不惜南津交佩解，〔九〕還羞北海雁書遲。採蓮歌有節，採蓮夜未歇。正逢浩蕩江上風，又值徘徊江上月。蓮浦夜相逢，〔一〇〕吴姬越女何丰茸。共問寒江千里外，征客關山更幾重。〔一一〕

〔一〕《採蓮歸》：《全唐詩》卷五五作《採蓮曲》。

〔二〕搖輕櫓：同上作「輕搖櫓」。
〔三〕摘：同上作「採」。
〔四〕今渠：同上作「渠今」。
〔五〕重疊：同上作「稠疊」。
〔六〕〔在〕茲（期）：據同上改。
〔七〕何處所：同上作「無處所」。
〔八〕徒：同上作「從」。
〔九〕南：同上作「西」。
〔一〇〕蓮浦：同上上有「徘回」二字。
〔一一〕更幾重：同上作「路幾重」。

採蓮女

閻朝隱

採蓮女，採蓮舟，春日春江碧水流。蓮衣承玉釧，蓮刺罥銀鉤。薄暮斂容歌一曲，氛氳香氣滿汀洲。

湖邊採蓮婦

李白

小姑織白紵，未解將人語。大嫂採芙蓉，溪湖千萬重。長兄行不在，莫使外人逢。願學秋胡婦，真心比古松。

張靜婉採蓮曲〔一〕

温庭筠

《梁書》曰：「羊侃性豪侈，善音律，姬妾列侍，窮極奢侈。有舞人張靜婉，容色絶世，腰圍一尺六寸，時人咸推能掌上舞。侃嘗自造採蓮棹歌兩曲，甚有新致，樂府謂之《張靜婉採蓮曲》。其後所傳，頗失故意。」

蘭膏墜髮紅玉春，燕釵拖頸拋盤雲。城西一作邊楊柳向嬌晚，〔二〕門前溝水波潾潾。〔三〕麒麟公子朝天客，珮馬璫璫度春陌。〔四〕掌中無力舞衣輕，翦斷鮫綃破春碧。抱月飄烟一尺腰，麝臍龍髓憐嬌饒。〔五〕秋羅拂衣碎光動，〔六〕露重花多香不銷。鸂鶒膠膠塘水滿，〔七〕緑萍如粟一作緑芒金粟蓮莖短。〔八〕一夜西風送雨來，粉痕零落愁紅淺。船頭折藕絲暗牽，藕根蓮子相留連。郎心似月月易一作未缺，十五十六清光圓。

〔一〕《張靜婉採蓮曲》：《温庭筠詩集》卷一作「《張靜婉採蓮曲》並序。序云：『靜婉，羊侃妓也，其容絶世。侃自爲採蓮二曲，今樂府所存，失其故意，因歌以俟採詩者，事具載梁史。』」

〔二〕城西：同上作「城邊」。向嬌：同上作「向橋」。

〔三〕波潾潾：同上作「波粼粼」。

〔四〕珮馬：同上作「珂馬」。 瑲瑲：同上注：「一作堂堂，一作當當。」

〔五〕髓：同上注：「一作腦。」饒：《全唐詩》作「嬈」。

〔六〕拂衣：同上作「拂水」，是。

〔七〕膠膠：同上作「交交」。

〔八〕緑萍如粟：同上作「緑芒金粟」。

鳳笙曲

沈佺期

憶昔王子晉，鳳笙遊雲空。揮手弄白日，安能戀青宫。豈無嬋娟子，結念羅帳中。憐壽不貴色，身世兩無窮。

鳳吹笙曲〔一〕

李 白

仙人十五愛吹笙，學得崑丘彩鳳鳴。始聞鍊氣餐金液，復道朝天赴玉京。玉京迢迢幾千里，鳳笙去去無邊已。〔二〕欲歎離聲發絳脣，更嗟别調流纖指。此時惜别詎堪聞，此地相看未忍分。重吟真曲和清吹，却奏仙歌響緑雲。緑雲紫氣向函關，訪道應尋緱氏山。莫學吹笙王子晉，一遇浮丘斷不還。

〔一〕鳳吹笙曲：蕭本《李太白詩》卷五作《鳳笙篇》，《全唐詩》卷六注：「一作《鳳笙篇送别》。」

〔二〕無邊已：同上作「無窮已」。

樂府詩集卷第五十一

清商曲辭八

江南弄下

採菱歌七首

宋・鮑　照

騖舲馳桂浦，息棹偃椒潭。簫弄澄湘北，菱歌清漢南。一作弄弦瀟湘北，歌菱清漢南。

弭榜搴蕙荑，停唱納薰若。〔一〕含傷拾泉花，〔二〕縈念採雲萼。〔三〕

睽闊逢暄新，悽怨值妍華。秋心殊不那，一作秋心不可蕩，春思亂如麻。

要豔雙嶼裏，望美兩洲間。褭褭風出浦，沉沉日向山。〔四〕

烟噎越嶂深，箭迅楚江急。空抱琴心悲，〔五〕徒望弦開泣。〔六〕

緘歎凌珠淵，收慨上金堤。春芳行歇落，是人方未齊。

思今懷近憶，望古懷遠識。懷古復懷今，長懷無終極。

〔一〕納：《鮑參軍集》卷二作「紉」，似是。
〔二〕拾：同上作「捨」。
〔三〕縈：同上作「營」，黄節注本同。
〔四〕沉沉：同上作「容容」。
〔五〕琴心：同上作「琴中」。
〔六〕弦開：同上作「近關」。按疑作「復關」。

採菱曲

梁·簡文帝

菱花落復含，桑女罷新蠶。桂棹浮星艇，徘徊蓮葉南。

同前

陸罩

參差雜荇枝，田田競荷密。轉葉任香風，舒花影流日。戲鳥波中蕩，游魚菱下出。不與文王嗜，羞持比萍實。

同前

費昶

妾家五湖口，採菱五湖側。玉面不關妝，雙眉本翠色。日斜天欲暮，風生浪未息。宛在水中央，空作兩相憶。

同前　江淹

秋日心容與，涉水望碧蓮。紫菱亦可採，試以緩愁年。參差萬葉下，泛漾百流前。高彩隘通壑，香氣麗廣川。歌出櫂女曲，〔一〕舞入江南弦。乘鼉非逐俗，駕鯉乃懷仙。衆美信如此，無恨在清泉。〔二〕

〔一〕櫂女：《詩紀》卷七五作「趙女」。

〔二〕在：同上作「出」。

同前二首　江洪〔一〕

風生緑葉聚，波動紫莖開。含花復含實，正待佳人來。

白日和清風，輕雲雜高樹。忽然當此時，採菱復相遇。

〔一〕江洪：《詩紀》卷九一注：「以下三題（指《採菱曲》《渌水曲》《秋風曲》），《藝文》並作「江淹」，今從《樂府》。」

同前

徐　勉

相攜及嘉月，採菱渡北渚。微風吹櫂歌，日暮相容與。采采不能歸，望望方延佇。儻逢遺佩人，預以心相許。

同前

唐·儲光羲

濁水菱葉肥，清水菱葉鮮。義不游濁水，志士多苦言。潮没具區藪，潦深雲夢田。朝隨北風去，暮逐南風還。浦口多漁家，相與邀我船。飯稻以終日，羹蓴將永年。方冬水物窮，又欲休山樊。盡室相隨從，所貴無憂患。

採菱行〔一〕

劉禹錫

白馬湖平秋日光，紫菱如錦綵鸞一作鴛翔。〔二〕盪舟遊女滿中央，採菱不顧馬上郎。爭多逐勝紛相嚮，時轉蘭橈破輕浪。長鬟弱袂動參差，〔三〕釵影釧文浮蕩漾。笑語哇咬顧晚暉，蓼花緑岸扣舷歸。〔四〕歸來共到市橋步，野蔓繫船萍滿衣。〔五〕家家竹樓臨廣陌，下有連檣多估客。攜觴薦芰夜經過，醉踏大堤相應歌。屈平祠下沅江水，月照寒波白烟起。一曲南音此地聞，長安北望三千里。

〔一〕《採菱行》：《劉賓客文集》卷二六自注：「武陵俗嗜芰菱，歲秋矣，有女郎盛遊于馬湖，薄言采之，歸以禦客。古有《采菱曲》，罕傳其詞，故賦之，以俟采詩者。」

〔二〕「白馬」兩句：《英華》卷二〇八作「白馬湖秋日紫光，紫菱如錦綵鴛翔。」綵鸞：《劉賓客文集》作「綵鴛」，是。

〔三〕弱袂：《英華》作「弱帔」。

〔四〕緑岸：《劉賓客文集》作「緣岸」，是。《劉夢得集》卷八作「沿岸」。舷：《英華》作「船」。

〔五〕滿：《英華》作「惹」。

陽春歌

宋・吴邁遠

百里望咸陽，知是帝京域。〔一〕緑樹摇雲光，春城起風色。佳人愛華景，〔二〕流靡園塘側。妍姿豔月映，羅衣飄蟬翼。宋玉歌陽春，巴人長歎息。雅鄭不同賞，那令君愴惻。生重受惠輕，〔三〕私自憐何極。

〔一〕域：《古樂苑》卷二六作「邑」。

〔二〕華景：《玉臺》卷四、《全宋詩》作「景華」。

〔三〕生重句：《玉臺》作「生平重愛惠」。《全宋詩》注：「此句《英華》作『生重愛惠輕。』」又注：「愛一作受。」

同前

梁・吴　均

紫苔初泛水，連綿浮且没。若欲歌陽春，先歌青樓月。

同前

〔齊〕・檀　約〔一〕

青春獻初歲，白雲映彫梁。蘭萌猶自短，柳葉未能長。〔二〕已見紅花發，〔三〕復聞緑草香。乘此試遊衍，〔四〕誰知心獨傷。

〔一〕〔齊〕檀約：《全齊詩》作「檀秀才約」，據補。
〔二〕未：同上注：「一作本。」
〔三〕紅花：同上作「花蕊」。
〔四〕乘：《全齊詩》注：「一作樂。」

同前　陳·顧野王

春草正芳菲，重樓啟曙扉。銀鞍俠客至，柘彈婉童歸。〔一〕池前竹葉滿，井上桃花飛。薊門寒未歇，爲斷流黄機。

〔一〕婉童：《全齊詩》作「宛童」。

同前　隋·柳顧言〔一〕

春鳥一囀有千聲，春花一叢千種名。旅人無語坐檐楹，思鄉懷土志難平。唯當文共酒，暫與興相迎。

〔一〕柳顧言：《詩紀》卷一二三作「柳䛒」。

同前　唐·李白

長安白日照春空，緑楊結烟桑裊風。〔一〕披香殿前花始紅，流芳發色繡户中。繡户中，相經過，飛燕皇后輕身舞，紫宫夫人絶世歌。聖君三萬六千日，歲歲年年奈樂何。

〔一〕桑裊風：蕭本《李太白詩》卷四均作「垂裊風」。

陽春曲

〔無名氏〕〔一〕

芣苡生前逕，含桃落小園。春心自摇蕩，百舌更多言。

〔一〕〔無名氏〕：據毛刻本目録補。

同前

温庭筠

雲母空窗曉烟薄，香昏龍氣凝輝閣。霏霏霧雨杏花天，簾外春威著羅幕。曲欄伏檻金麒麟，沙苑芳郊連翠茵。厩馬何能（齧）〔齧〕芳草，〔一〕路人不敢隨流塵。

〔一〕（齧）〔齧〕：據《全唐詩》卷二二一改。

同前

莊南傑

紫錦紅囊香滿風，金鸞玉軾摇丁冬。沙鷗白羽翦晴碧，野桃紅豔燒春空。芳草綿延鎖平地，壠蝶雙雙舞幽翠。鳳叫龍吟白日長，落花聲底仙娥醉。

同前

僧貫休

爲口莫學阮嗣宗，不言是非非至公。爲手須似朱雲輩，折檻英風至今在。男兒結髮事君親，須斅前賢多慷慨。歷數雍熙房與杜，魏公姚公宋開府。盡向天上仙宫閑處坐，何不却辭上帝下下土，忍見蒼生苦苦苦。

朝雲引

郎大家宋氏

巴西巫峽指巴東，朝雲觸石上朝空。巫山巫峽高何已，行雨行雲一時起。一時起，三春暮，若言來，且就陽臺路。

上雲樂〔一〕

梁·武帝

《古今樂録》曰：「《上雲樂》七曲，梁武帝製，以代西曲。一曰《鳳臺曲》，二曰《桐柏曲》，三曰《方丈曲》，四曰《方諸曲》，五曰《玉龜曲》，六曰《金丹曲》，七曰《金陵曲》。」按《上雲樂》又有老胡文康辭，周捨作，或云范雲。《隋書·樂志》曰：「梁三朝第四十四，設寺子導、安息、孔雀、鳳皇、文鹿、胡舞、登連、上雲樂、歌舞伎。」

鳳臺曲

《古今樂録》曰：「《鳳臺曲》，和云：『上雲真，樂萬春。』」

鳳臺上，兩悠悠。雲之際，神光朝天極，〔二〕華蓋遏延州。羽衣昱耀，春吹去復留。

桐柏曲

《古今樂録》曰：「《桐柏曲》，和云：『可憐真人遊。』」

桐柏真，昇帝賓。戲伊谷，遊洛濱。參差列鳳管，容與起梁塵。望不可至，徘徊謝時人。

方丈曲

方丈上，崚層雲。挹八玉，御三雲。金書發幽會，碧簡吐玄門。至道虚凝，冥然共所遵。

方諸曲

《古今樂録》曰：「《方諸曲》，三洲韻。和云：『方諸上，可憐歡樂長相思。』」

方諸上，上雲人。業守仁，摐金集瑶池，步光禮玉晨。霞蓋容長肅，〔三〕清虚伍列真。

玉龜曲

《古今樂録》曰：「《玉龜曲》，和云：『可憐遊戲來。』」

玉龜山，真長仙。九光耀，五雲生。交帶要分影，大華冠晨纓。耇一作壽如玄羅，出入遊太清。

金丹曲

《古今樂録》曰：「《金丹曲》和云：『金丹會，可憐乘白雲。』」

紫霜耀，絳雪飛。追以還，轉復飛。九真道方微，千年不傳，一傳裔雲衣。

金陵曲

勾曲仙，長樂遊洞天。〔四〕巡會迹，六門揖，玉板登金門，〔五〕鳳泉迴肆，〔六〕鷺羽降尋雲。鷺羽一流，芳芬鬱氛氳。

右七曲。

〔一〕《上雲樂》：按此曲字數，以《桐柏》《方丈》《玉龜》三首爲準，餘四首似有脱誤。

〔二〕「神光」下疑脱「稠」字，「朝天極」上疑脱二字。

〔三〕此首第三句疑脱。容長肅：疑是「容裔」之誤，「容裔」見張衡《東京賦》。

〔四〕「勾曲」八字疑是和詞誤入詩中。

〔五〕「玉板」上疑脱一字。

〔六〕「鳳泉」下疑脱一字。

上雲樂

上雲樂

梁·周捨

西方老胡，厥名文康。遨遊六合，傲誕三皇。西觀濛汜，東戲扶桑。南泛大蒙之海，北至無通之鄉。昔與若士爲友，共弄彭祖扶牀。往年暫到崑崙，復值瑶池舉觴。周帝迎以上席，王母贈以玉漿。故乃壽如南山，志若金剛。青眼智智，白髮長長。蛾眉臨髭，高鼻垂口。非直能俳，又善飲酒。簫管鳴前，門徒從後。濟濟翼翼，各有分部。鳳皇是老胡家雞，師子是老胡家狗。（階）〔陛〕下撥亂反正，〔一〕再朗三光。澤與雨施，化與風翔。覘雲候吕，志遊大梁。重駟修路，始屆帝鄉。伏拜金闕，仰瞻玉堂。從者小子，羅列成行。悉知廉節，皆識義方。歌管愔愔，鏗鼓鏘鏘。響震鈞天，〔二〕聲若鵷皇。前却中規矩，進退得宫商。舉技無不佳，胡舞最所長。老胡寄篋中，復有奇樂章。齎持數萬里，願以奉聖皇。乃欲次第説，老耄多所忘。但願明陛下，壽千萬歲，歡樂未渠央。

〔一〕（階）〔陛〕下：據《詩紀》卷八九改。

〔二〕震：同上作「振」。

同前

唐·李白

金天之西，白日所没。康老胡雛，生彼月窟。巉巖容儀，戌削風骨。碧玉炅炅雙目瞳，〔一〕黄金拳拳兩鬢紅。〔二〕華蓋垂下睫，嵩岳臨上脣。不覩譎詭貌，豈知造化神。大道是文康之嚴父，元氣乃文康之老親，撫頂弄盤古，推車轉天輪。云見日月初生時，鑄冶火精與水銀。陽烏未出谷，顧兔半藏身。女媧戲黄土，團作愚下人。散在六合間，濛濛若沙塵。生死了不盡，誰明此胡是仙真。西海栽若木，東溟植扶桑。别來幾多時，枝葉萬里長。中國有七聖，半路頽鴻荒。陛下應運起，龍飛入咸陽。赤眉立盆子，白水興漢光。叱咤四海動，洪濤爲簸揚。舉足蹋紫微，天關自開張。老胡感至德，東來進仙倡。五色師子、九苞鳳皇，是老胡雞犬鳴舞飛帝鄉。淋漓颯沓，進退成行，能胡歌，獻漢酒，跪雙膝，並兩肘，〔三〕散花指天舉素手。拜龍顔，獻聖壽，北斗戾，南山摧，天子九九八十一萬歲，長傾萬歲一作年杯。

〔一〕炅炅：王琦注《李太白文集》卷三注：「一作皎皎。」

〔二〕兩鬢：同上注：「一作鬢髮。」

〔三〕並：《全唐詩》卷一六二、蕭注本《李太白集》卷三均作「立」，似是。

同前

李賀

飛香走紅滿天春，花龍盤盤上紫雲。三千宫女列金屋一作綵女别金屋，〔一〕五十弦瑟海上聞。大江碎碎銀沙路，〔二〕嬴女機中斷烟素。〔三〕斷烟素，縫舞衣，〔四〕八月一日君前舞。

〔一〕宫：《全唐詩》卷三九三注：「一作綵。」

〔二〕大江：同上作「天江」。

〔三〕斷烟素：《李賀集》吴本卷四作「烟素素」。

〔四〕縫舞衣：《全唐詩》作「縫衣縷」。

鳳臺曲

王無競

鳳臺何逶迤，嬴女管參差。一旦綵雲至，身去無還期。遺曲此臺上，世人多學吹。一吹一落淚，至今憐玉姿。

同前

李白

嘗聞秦帝女，傳得鳳皇聲。是日逢仙子，當時别有情。人吹彩簫去，天借緑雲迎。曲一作心在身不返，空餘弄玉名。

鳳皇曲

李白

嬴女吹玉簫，吟弄天上春。青鸞不獨去，更有攜手人。影滅綵雲斷，遺聲落西秦。

簫史曲〔一〕

宋·鮑照

簫史愛少年，〔二〕嬴女忝童顔。火粒願排棄，霞好忽登攀。〔三〕龍飛逸天路，鳳起出秦關。身去長不返，簫聲時往還。

〔一〕簫：《全宋詩》、本書目録作「蕭」。

〔二〕少年：《鮑參軍集》卷二作「長年」，似是。

〔三〕霞好忽：同上作「霞霧好」。

同前

齊·張融

引響猶天外，吟聲似地中。戴〔勝〕噪落景，〔一〕龍歎清霄風。

〔一〕戴〔勝〕：據《全齊詩》補。

同前

陳・江總

弄玉秦家女，簫史仙處童。來時兔月照，〔一〕去後鳳樓空。密笑開還斂，浮聲咽更通。相期紅粉色，飛向紫烟中。

〔一〕照：《詩紀》卷一〇四、《全陳詩》作「滿」。

方諸曲

謝燮

望仙室，仰雲光，繩河裏，扇月傍。井公能六著，玉女善投壺。瓊醴和金液，還將天地俱。

梁雅歌〔一〕

《古今樂録》曰：「梁有雅歌五曲：一曰《應王受圖曲》，二曰《臣道曲》，三曰《積惡篇》，四曰《積善篇》，五曰《宴酒篇》。三朝樂第十五奏之。」

〔應王受圖曲〕〔二〕

應王受圖，荷天革命。樂曰功成，禮云治定。恩弘庇臣，念昭率性。迺眷三才，以宣八政。
愧無則哲，臨淵自鏡。或戒面從，永隆福慶。

臣道曲

孝義相化，禮讓爲風。當官無媚，嗣民必公。謙謙君子，謇謇匪躬。諒而不許，和而不同。
誠之誠之，去驕思沖。弘兹大雅，是曰至忠。

積惡篇

積惡在人，猶酖處腹。酖成形亡，惡積身覆。殷辛再離，温舒五族。責必及嗣，財豈潤屋。
斯川既往，逝命不復。鏡兹餘殃，幸修多福。

積善篇

惟德是輔，皇天無親。抱獄歸舜，捨財去邠。豚魚懷信，行葦留仁。先世有作，餘慶方因。
嗚玉承家，錫珪于民。連城非重，積善爲珍。

宴酒篇

記稱成禮，詩詠飽德。卜晝有典，厭夜不忒。彝酒作民，樂飲虧則。腐腹遺喪，濡首亡國。

誓彼六馬，去兹三惑。占言孔昭，以求温克。

〔一〕《梁雅歌》：《詩紀》卷九七作《梁雅樂歌》。

〔二〕〔應王受圖曲〕：據同上補。

梁雅歌

君道曲

唐·李　白

唐李白曰：「梁之雅歌有五篇，今作一章。」按梁雅歌無《君道曲》，疑《應王受圖曲》是也。」

大君若天覆，廣運無不至。軒后爪牙，常先、太山稽。〔一〕如心之使臂。小白鴻翼於夷吾，劉葛魚水本無二。土扶可成牆，〔二〕積德爲厚地。

〔一〕常：《全唐詩》卷一六三作「嘗」。

〔二〕扶：同上與蕭本《李太白集》卷四作「校」。

樂府詩集卷第五十二

舞曲歌辭一

《通典》曰：「樂之在耳者曰聲，在目者曰容。聲應乎耳，可以聽知，容藏於心，難以貌觀。故聖人假干戚羽旄以表其容，發揚蹈厲以見其意，聲容選和而後大樂備矣。《詩序》曰：『詠歌之不足，不知手之舞之足之蹈之。』然樂心内發，感物而動，不覺手之自運，歡之至也。此舞之所由起也。」舞亦謂之萬。《禮記外傳》曰：「武王以萬人同滅商，故謂舞爲萬。」《商頌》曰：「萬舞有奕。」則殷已謂之萬矣。《魯頌》曰：「萬舞洋洋。」衛詩曰：「公庭萬舞。」然則萬亦舞之名也。《春秋》魯隱公五年：「考仲子之宫，將萬焉。(因)〔公〕問羽數於衆仲，〔一〕衆仲對曰：『天子用八，諸侯六，大夫四，士二。〔夫〕舞所以節八音而行八風，〔二〕故自八而下，於是初獻六羽，始用六佾也。』」杜預以爲六六三十六人，而沈約非之，曰：「八音克諧，然後成樂，故必以八人爲列。自天子至士，降殺以兩，兩者減其二列爾。預以爲一列又減二人，至士止餘四人，豈復成樂。服虔謂天子八八，諸侯六八，大夫四八，士二八，於義爲允也。」周有六舞：一曰帗舞，二曰羽舞，三曰皇舞，四曰旄舞，五曰干舞，六曰人舞。帗舞者，析五綵繒，若漢靈星舞子所持是也。羽舞者，析羽也。皇舞者，雜五綵羽，如鳳皇色，持之以舞也。旄舞者，氂牛之尾也。干舞者，兵舞持盾而舞也。人舞者，無所執，以手袖爲威儀也。《周官·舞師》：「掌教兵舞，帥而舞山川之祭祀。教帗舞，帥而舞社稷之祭祀。教羽舞，帥而舞四方之祭祀。教皇舞，帥而舞旱暵之事。」樂師亦掌教國子小舞。自漢以後，樂舞寖盛。故有雅舞，有雜舞。雅舞用之郊廟、朝饗，雜舞用之宴會。晉傅玄又有十餘小曲，名爲舞曲。故《南齊書》載其辭云：「獲罪於天，北徙朔方。墳墓誰掃，超若流光。」疑非宴樂之辭，未詳其所用也。前世樂飲酒酣，必自起舞。詩云「屢舞仙仙」是也。故知宴樂必舞，但不宜屢爾。譏在屢舞，不譏舞也。漢武帝樂飲，長沙定王起舞是也。自是已後，尤重以舞相屬，所屬者代起舞，猶世飲酒以杯相屬也。灌夫起舞以屬田蚡，晉謝安舞以屬桓嗣是也。近世以來，此風絶矣。

〔一〕（因）〔公〕問：據《左傳》改。

〔二〕〔夫〕：據同上補。

雅舞

雅舞者，郊廟朝饗所奏文武二舞是也。古之王者，樂有先後，以揖讓得天下，則先奏文舞，以征伐得天下，則先奏武舞，各尚其德也。黄帝之《雲門》，堯之《大咸》，舜之《大韶》，禹之《大夏》，文舞也。殷之《大濩》，周之《大武》，武舞也。周存六代之樂，至秦唯餘《韶》《武》。漢魏已後，咸有改革。然其所用，文武二舞而已，名雖不同，不變其舞。故《古今樂録》曰：「自周以來，唯改其辭，示不相襲，未有變其舞者也。」然自《雲門》而下，皆有其名而亡其容，獨《大武》之制，存而可考。《樂記》曰：「樂者，象成者也。總干而山立，武王之事也。發揚蹈厲，太公之志也。武亂皆坐，周召之治也。武始而北出，再成而滅商，三成而南，四成而南國是强，五成而分周公左，召公右，六成復綴以崇天子，夾振之而四伐盛，威於中國也。分夾而進，事早濟也，久立於綴，以待諸侯之至也，故季札觀樂見舞象箾南籥者，曰：『美哉猶有憾。』見舞《大武》者，曰：『美哉周之盛也，其若此乎！』其後成王以周公爲有勳勞，命魯公世世祀周公，以天子禮樂，升歌清廟，下管象武，朱干玉戚，冕而舞《大武》，皮弁素積，裼而舞《大夏》，以廣魯於天下也。自漢已後，又有廟舞，各用於其廟，凡此皆雅舞也。」

後漢武德舞歌詩

東平王蒼

一曰世祖廟登歌。《宋書・樂志》曰：「周存六代之樂，至秦唯餘《韶》《武》而已。始皇二十六年，改周《大武舞》曰《五行》。漢高祖四年，造《武德舞》，舞人悉執干戚，以象天下樂己行武以除亂也。六年，改舜《韶舞》曰《文始》，以示不相襲也。文帝又造《四時舞》，以明天下之安和，蓋樂先王之樂者，明有法也，樂己所自作者，明有制也。孝景採《武德舞》作《昭德舞》，薦之太宗之廟。孝宣採《昭德舞》爲《盛德舞》，薦之世宗之廟。」《漢書・禮樂志》曰：「高廟奏《武德》《文始》《五行》之舞，孝文廟奏《昭德》《文始》《四時》《五行》之舞，孝武廟奏《盛德》《文始》《四時》《五行》之舞，諸帝廟皆常奏《文始》《四時》《五行》舞，大抵皆因秦舊事焉。」《東觀漢記》曰：「明帝永平三年八月，公卿奏世祖廟舞名。東平王蒼議，以爲漢制，宗廟各奏其樂，不皆相襲，以明功德。光武皇帝撥亂中興，武功盛大，廟樂舞宜曰《大武》之舞，其《文始》《五行》之舞如故，勿進《武德舞》。詔曰：如驃騎將軍議，進《武德》之舞如故。」

於穆世廟，肅雍顯清。俊乂翼翼，秉文之成。越序上帝，駿奔來寧。建立三雍，封禪泰山。

章明圖讖，放唐之文。休矣惟德，罔射協同。本支百世，永保厥功。

晉正德大豫舞歌

傅　玄

《宋書·樂志》曰：「晉武帝泰始九年，荀勖典知樂事，使郭瓊、宋識等造《正德》《大豫》之舞，而勖及傅玄、張華又各造舞歌。咸寧元年，詔定祖宗之號，而廟樂同用《正德》《大豫舞》。初，魏明帝景初元年造《武始》《咸熙》二舞，祀郊廟。《武始舞》者，平冕，黑介幘，玄衣裳，白領袖，絳領袖中衣，絳合幅袴，絳韎，黑韋鞮。《咸熙舞》者，冠委貌，其餘服如前。奏於朝廷，則《武始舞》者，武冠，赤介幘，生絳袍，單衣，絳領袖，皁領袖中衣，虎文畫合幅袴，白布韎，黑韋鞮。《咸熙舞》者，進賢冠，黑介幘，生黃袍，單衣，白合幅袴。其餘服如前。晉相承用之。」

正德舞歌

天命有晉，光濟萬國。穆穆聖皇，文武惟則。在天斯正，在地成德。載韜政刑，載崇禮教。我敷玄化，臻於中道。

大豫舞歌

於鑠皇晉，配天受命。熙帝之光，世德惟聖。嘉樂大豫，保祐萬姓。淵兮不竭，沖而用之。先帝弗違，虔奉天時。

晉正德大豫舞歌

荀勖

正德舞歌

人文垂則，盛德有容。聲以依詠，舞以象功。干戚發揮，節以笙鏞。羽籥雲會，翊宣令蹤。敷美盡善，允協時邕。煥炳其章，光乎萬邦。萬邦洋洋，承我晉道。配天作享，元命有造。上化如風，民應如草。穆穆斌斌，形于綴兆。文武旁作，慶流四表。無競維烈，永世是紹。

大豫舞歌

豫順以動，大哉惟時。時邁其仁，世載邕熙。兆我區夏，宣文是基。大業惟新，我皇隆之。重光累暉，〔一〕欽明文思。迄用有成，惟晉之祺。穆穆聖皇，受命既固。品物咸寧，芳烈雲布。文教旁通，篤以淳素。玄化洽暢，被之暇豫。作樂崇德，同美《韶》《濩》。濬邈幽遐，式遵王度。

〔一〕暉：《宋書·樂志》作「耀」。

晉正德大豫舞歌

張　華

正德舞歌

曰皇上天，玄鑒惟光。神器周回，五德代章。祚命于晉，世有哲王。弘濟區夏，陶甄萬方。大明垂耀，旁燭無疆。蚩蚩庶類，風德永康。皇道惟清，禮樂斯經。金石在縣，萬舞在庭。象容表慶，協律被聲。軼《武》超《濩》，取節《六韺》。〔一〕同進退讓，化漸無形。太和宣洽，通于幽冥。

〔一〕《六韺》：《宋書》作《六英》。

大豫舞歌

惟天之命，符運有歸。赫赫大晉，三后重暉。繼明紹世，光撫九圍。我皇紹期，遂在璇璣。〔一〕群生屬命，奄有庶邦。慎徽五典，玄教遐通。萬方同軌，率土咸雍。受制大豫，宣德舞功。醇化既穆，王道協隆。仁及草木，惠加昆蟲。億兆夷人，悦仰皇風。丕顯大業，永世彌崇。

〔一〕璇璣：《宋書》作「璿璣」。

宋前後舞歌

王韶之

《宋書·樂志》曰：「武帝永初元年，改晉《正德舞》曰《前舞》，《大豫舞》曰《後舞》，並蕤賓廂作。孝武孝建二年九月，建平王宏議，以爲舞不更名，直爲前後二舞。依據昔代，義舛事乖，宜釐改權稱，以『凱容』爲《韶舞》，『宣烈』爲《武舞》。祖宗廟樂，總以德爲名。若廟非不毀，則樂（舞）〔無〕別稱。〔一〕猶漢高、文、武，咸有嘉號，惠、景二主，樂無餘名。章皇太后廟唯奏文樂，明婦人無武事也。郊祀之樂，無復別名，仍同宗廟而已。詔如宏議。」

前舞歌

於赫景明，〔二〕天監是臨。樂來伊陽，禮作惟陰。歌自德富，舞由功深。庭列宮縣，陛羅瑟琴。翿籥繁會，笙磬諧音。《簫韶》雖古，九成在今。〔三〕導志和聲，德音孔宣。光我帝基，協靈配乾。儀刑六合，化穆自然。如彼雲漢，爲章于天。熙熙萬類，陶和當年。擊轅中《韶》，永世弗騫。

〔一〕樂（舞）〔無〕：據《宋書》改。

〔二〕景明：《南齊書·樂志》作「景命」。

〔三〕九成：同上作「九奏」。

後舞歌

假樂聖後，實天誕德。積美自中，王猷四塞。龍飛在天，儀刑萬國。欽明惟神，臨朝淵默。不言之化，品物咸德。〔一〕告成于天，銘勳是勒。翼翼厥猷，亹亹其仁。〔二〕順命創制，因定和神。海外有截，九圍無塵。冕旒司契，垂拱臨民。乃舞《大豫》，〔三〕欽若天人。純嘏孔休，萬載彌新。

〔一〕咸德：《南齊書》作「咸得」。

〔二〕亹亹：同上作「娓娓」。

〔三〕《大豫》：同上作《凱容》。

齊前後舞歌

前舞階步歌

齊　辭

《隋書·樂志》曰：「近代舞出入皆作樂，謂之階步，咸用《肆夏》，至梁去之，隋復用焉。即周官所謂樂出入奏鐘鼓也。」《古今樂録》曰：「何承天云：今舞出樂謂之階步，蕤賓廂作。尋《儀禮》燕、飲、射三樂，皆云席工於西階上，大師升自西階北面東上，相者坐受瑟，乃降笙入，立于縣中北面，乃合樂工，歌《鹿鳴》《四牡》《周南》。今直謂之階步，而承天又以爲出樂，俱失之矣。」

天挺聖哲，三方維綱。川嶽伊寧，七耀重光。茂育萬物，衆庶咸康。道用潛通，仁施遐揚。

德厚坤極，功高昊蒼，舞象盛容，德以歌章。八音既節，龍躍鳳翔。皇基永樹，二儀等長。

前舞凱容歌

宋　辭

《南齊書·樂志》曰：「宋前後舞歌二章，齊微改革，多仍舊辭。《宣烈舞》執干戚，用魏武始舞冠服，《凱容舞》執羽籥，用魏《咸熙舞》冠服。宋以《凱容》繼《韶》爲文舞，據《韶》爲言。《宣烈》即是古之《大武》，今世諺呼爲武王伐紂。齊初仍舊，不改宋舞名。其舞人冠服，亦相承用之。」《古今樂録》曰：「宋孝武改《前舞》爲《凱容》之舞，《後舞》爲《宣烈》之舞。何承天《三代樂序》云：『晉《正德》《大豫舞》，蓋出於漢《昭容》《禮容樂》，然則其聲節有古之遺音焉。』晉使郭瓊、宋識等造《正德》《大豫舞》，初不言因革昭業等兩舞，〔一〕承天空謂二容，竟自無據。」按《正德》《大豫》二舞，即出《宣武》《宣文》魏《大武》三舞也。《宣武》，魏《昭武舞》也。《宣文》，魏《武始舞》也。魏改《巴渝》爲《昭武》，《五行》曰《大武》。今《凱容舞》執籥秉翟，即魏《武始舞》也。《宣烈舞》有矛弩，有干戚。矛弩，漢《巴渝舞》也，干戚，周武舞也。宋世止革其辭與名，不變其舞。舞相傳習，至今不改。瓊識所造，正是雜用二舞，以爲大豫爾。夷蠻之樂雖陳宗廟，不應雜以周舞也。

於赫景命，〔二〕天鑒是臨。樂來伊陽，禮作惟陰。歌自德富，舞由功深。庭列宫縣，陛羅瑟琴。翿籥繁會，笙磬諧音。《簫韶》雖古，九奏在今。導志和聲，德音孔宣。光我帝基，協靈配乾。儀刑六合，化穆自宣。如彼雲漢，爲章于天。熙熙萬類，陶和當年。擊轅中韶，永世弗騫。

〔一〕昭業：疑當承上作《昭容》。

〔二〕景命：按《前舞凱容歌》《後舞凱容歌》即據上《前舞歌》《後舞歌》改動一二字，已見前，不再出校。

後舞階步歌

齊　辭

皇皇我后，紹業盛明。滌拂除穢，宇宙載清。允執中和，以莅蒼生。玄化遠被，兆世軌形。何以崇德，乃作九成。妍步恂恂，雅曲芬馨。八風清鼓，應以祥禎。澤浩天下，功齊百靈。

後舞凱容歌

宋　辭

假樂聖后，實天誕德。積美自中，王猷四塞。龍飛在天，儀刑萬國。欽明惟神，臨朝淵默。不言之化，品物咸得。告成于天，銘勳是勒。翼翼厥猷，亹亹其仁。從命創制，因定和神。海外有截，九國無塵。冕旒司契，垂拱臨民。乃舞《凱容》，欽若天人。純嘏孔休，萬載彌新。

梁大壯大觀舞歌二首

沈　約

《隋書·樂志》曰：「梁初猶用《凱容》《宣烈》之舞，武帝定樂，以武舞爲《大壯舞》，文舞爲《大觀舞》。二郊明堂太廟三朝同用。」《古今樂録》曰：「梁改《宣烈》爲《大壯》，即周《武舞》也。改《凱容》爲《大觀》，即舜《韶舞》也。陳以《凱容》樂舞用之郊廟，而《大壯》《大觀》猶同梁舞，所謂祠用宋曲，宴準梁樂，蓋取人神不雜也。」

大壯舞歌

《隋書·樂志》曰：「《大壯舞》取《易·象》云：『大壯，大者壯也，正大而天地之情可見也。』」《古今樂録》曰：「《大壯》《大觀》二舞，以大爲名。《老子》云：『域中有四大。』《論語》云：『惟天爲大。』今制『大壯』『大觀』之名，亦因斯而立義焉。」

高高在上，實愛斯人。眷求聖德，大拯彝倫。率土方燎，如火在薪。惵惵黔首，暮不及晨。朱光啟耀，兆發穹旻。我皇鬱起，龍躍漢津。言届牧野，電激雷震。闞鞏之甲，彭濮之人。或貔或武，漂杵浮輪。我邦雖舊，其命惟新。六伐乃止，七德必陳。君臨萬國，遂撫八(寅)〔夤〕。〔一〕

〔一〕八(寅)〔夤〕：據《隋書・樂志》改。

大觀舞歌

《隋書・樂志》曰：「《大觀舞》取《易・象》曰：『大觀在上。觀天之神道而四時不忒也。』」

皇矣帝烈，大哉興聖。奄有四方，受天明命。居上不怠，臨下惟敬。舉無愆則，動無失正。物從其本，人遂其性。昭播九功，肅齊八柄。寬以惠下，德以爲政。三趾晨儀，重輪夕映。棧壑忘阻，梯山匪敻。如日有恒，與天無竟。載陳金石，式流舞詠。《咸》《英》《韶》《夏》，於茲比盛。

北齊文武舞歌

《隋書・樂志》曰：「北齊元會大饗奏文武二舞，二舞將作，並先設階步焉。」〔一〕

文舞階步辭

我后降德，肇峻皇基。摇鈴大號，振鐸命期。雲行雨洽，天臨地持。茫茫區宇，萬代一時。文來武肅，成定於兹。象容則舞，歌德言詩。鏘鏘金石，列列匏絲。鳳儀龍至，樂我雍熙。

〔一〕階步：《隋書》作「階步辭」。

文舞辭

皇天有命，歸我大齊。受兹華玉，爰錫玄珪。奄家環海，實子蒸黎。圖開寶匣，檢封芝泥。無思不順，自東徂西。教南暨朔，罔敢或攜。比日之明，如天之大。神化之洽，〔一〕率土無外。眇眇舟車，華戎畢會。祠我春秋，服我冠帶。儀協震象，樂均天籟。蹈武在庭，其容藹藹。

〔一〕之洽：《隋書》作「斯洽」。

武舞階步辭

大齊統曆，天鑒孔昭。金人降泛，火鳳來巢。眇均虞德，干戚降苗。夙沙攻主，歸我軒朝。禮符揖讓，樂契《咸》《韶》。蹈揚惟序，律度時調。

武舞辭

天眷横流，宅心玄聖。祖功宗德，重光襲映。我皇恭己，誕膺靈命。宇外斯燭，域中咸鏡。悠悠率土，時惟保定。微微動植，莫違其性。仁豐庶物，施洽群生。海寧洛變，契此休明。雅宣茂烈，頌紀英聲。鏗鍠鐘鼓，掩抑簫笙。歌之不足，舞以禮成。鑠矣王度，緬邁千齡。

隋文武舞歌

《隋書·樂志》曰：「隋有文舞武舞，舞各六十四人。文舞黑介幘，冠進賢冠，絳紗連裳，内單皁褾領，襈裾，革帶，烏皮履。左手執籥，右手執翟。武舞服，武弁，朱褠衣，餘同文舞。左執朱干，右執大戚。其舞六成，始而受命，再成而定山東，三成而平蜀道，四成而北狄是通，五成而江南是拓，六成復綴以闡太平。」

文舞歌

天睠有屬，后德惟明。君臨萬宇，昭事百靈。濯以江漢，樹之風聲。罄地畢歸，〔一〕窮天皆至。六戎行朔，〔二〕八蠻請吏。烟雲獻彩，黿龍表異。緝和禮樂，燮理陰陽。功由舞見，德以歌彰。兩儀同大，日月齊光。

〔一〕畢歸：《隋書》作「必歸」。

〔二〕行朔：同上作「仰朔」。

武舞歌

惟皇御宇，惟帝乘乾。五材並用，七德兼宣。平暴夷險，拯溺救燔。九域載安，兆庶斯賴。續地之厚，補天之大。聲隆有截，化覃無外。鼓鐘既奮，干戚攸陳。功高德重，政謐化淳。鴻休永播，久而彌新。

晉昭德成功舞歌

《唐餘録》曰：「晉天福五年，詔有司復修正至朝會二舞之制，以文舞爲《昭德》之舞，武舞爲《成功》之舞。十一月冬至，遂奏之。於時二舞久廢，衆喜於復興，而樂工舞員，雜取教坊以滿之。聲節靡曼，綴兆合節，而無遠促遲速之累。及明年正旦再奏，而蹈厲進退無列，議者非之。」《五代史·樂志》曰：「文舞六十四人，左手執籥，右手執翟。冠進賢冠，服黃紗袍，白紗中單，皁領褾，白練襹襠，白布大口袴，革帶，烏皮履，白布韈。武舞六十四人，左手執干，右手執戚。服弁，平巾幘，金支緋絲布大袖，緋絲布裲襠，甲金飾，白練襹襠，錦騰蛇起梁帶，豹文大口布袴，烏皮靴。」

昭德舞歌二首

聖代修文德，明庭舉舊章。兩階陳羽籥，萬舞合宮商。劍佩森鴛鷺，《簫韶》下鳳凰。我朝青史上，千古有輝光。

寰海干戈戢，〔一〕朝廷禮樂施。白駒皆就縶，丹鳳復來儀。德備三苗格，風行萬國隨。小臣同百獸，率舞賀昌期。

〔一〕寰：《全唐詩》卷一六作「淮」。

成功舞歌二首

撥亂資英主，開基自晉陽。一戎成大業，七德焕前王。炎漢提封遠，姬周世祚長。朱干將玉戚，全象武功揚。

睿算超前古，神功格上圓。百川留禹跡，萬國戴堯天。既已櫜弓矢，誠宜播管弦。蹌蹌隨鳥獸，共樂太平年。

樂府詩集卷第五十三

舞曲歌辭二

雜舞一

雜舞者，《公莫》《巴渝》《槃舞》《鞞舞》《鐸舞》《拂舞》《白紵》之類是也。始皆出自方俗，後寖陳於殿庭。蓋自周有縵樂散樂，秦漢因之增廣，宴會所奏，率非雅舞。漢、魏已後，並以鞞、鐸、巾、拂四舞，用之宴饗。宋武帝大明中，亦以鞞拂雜舞合之。鐘石施於廟庭，朝會用樂，則兼奏之。明帝時，又有西傖羌胡雜舞，後魏、北齊，亦皆參以胡戎伎，自此諸舞彌盛矣。隋牛弘亦請存四舞，宴會則與雜伎同設，於西涼前奏之，而去其所持鞞拂等。按此雖非正樂，亦皆前代舊聲。故成公綏賦云：「鞞鐸舞庭，八音並陳。」梁武帝報沈約云，「鞞、鐸、巾、拂，古之遺風」是也。唐太宗貞觀中，始造讌樂。其後又分爲立坐二部，堂下立奏，謂之立部伎，堂上坐奏，謂之坐部伎。立部伎八：一《安樂》，二《太平樂》，三《破陣樂》，四《慶善樂》，五《大定樂》，六《上元樂》，七《聖壽樂》，八《光聖樂》。自《破陣樂》以下，皆用大鼓，雜以龜茲樂，其聲震厲。《大定樂》又加金鉦。《慶善樂》顓用西涼樂，聲頗閑雅。坐部伎六：一《讌樂》，二《長壽樂》，三《天授樂》，四《鳥歌萬歲樂》，五《龍池樂》，六《小破陣樂》。自《長壽樂》以下，用龜茲樂，唯《龍池樂》則否。武后、中宗之世，大增造立坐部伎諸舞，隨亦寢廢。武后毀唐太廟，《七德》《九功》之舞皆亡，獨其名存。自後宴饗，復用隋文舞武舞而已。開元中，又有《涼州》《緑腰》《蘇合香》《屈柘枝》《團亂旋》《甘州》《回波樂》《蘭陵王》《春鶯囀》《半社渠》《借席烏夜啼》之屬，謂之軟舞。《大祁》《阿連》《劍器》《胡旋》《胡騰》《阿遼》《柘枝》《黄麞》《拂菻》《大渭州》《達磨支》之屬，謂之健舞。文宗時，教坊又進《霓裳羽衣舞》女三百人。末世兵亂，舞制多失。凡此，皆雜舞也。

魏俞兒舞歌

王　粲

《晉書·樂志》曰：「《巴渝舞》，漢高帝所作也。高帝自蜀漢將定三秦，閬中范因率賨人從帝爲前鋒，號板楯蠻，勇而善鬬。及定秦中，封因爲閬中侯，復賨人七姓。其俗喜歌舞，高帝樂其猛鋭，數觀其舞，曰：『武王伐紂歌也。』後使樂人習之。閬中有渝水，因其所居，故曰《巴渝舞》。舞曲有《矛渝》《弩渝》《安臺》《行辭》，本歌曲四篇。其辭既古，莫能曉其句度。」左思《蜀都賦》云：「奮之則賨旅，玩之則渝舞」也。顏師古曰：「巴，巴人也。俞，俞人也。高祖初爲漢王，得巴俞人，並趫捷，與之滅楚，因存其武樂。巴渝之樂，自此始也。」巴即今之巴州，渝即今之渝州，名各本其地。《宋書·樂志》曰：「魏《俞兒舞歌》四篇，魏國初建所用，使王粲改創其辭，爲《矛俞》《弩俞》《安臺》《行辭新福歌》曲，行辭以述魏德。後於太祖廟並作之。黄初二年，改曰《昭武舞》，及晉，又改曰《宣武舞》」。《唐書·樂志》曰：「俞，美也。魏、晉改其名，梁復號巴渝，隋文帝以非正典，罷之。」

漢初建國家，匡九州。蠻荆震服，五刃三革休。安不忘備武樂修。宴我賓師，敬用御天，永樂無憂。子孫受百福，常與松喬遊。烝庶德，莫不咸歡柔。

右《矛俞新福歌》。

材官選士，劍弩錯陳。應桴蹈節，俯仰若神。綏我武烈，篤我淳仁。自東自西，莫不來賓。

右《弩俞新福歌》。

武功既定，〔一〕庶士咸綏。樂陳我廣庭，式宴賓與師。昭文德，宣武威，平九有，撫民黎。荷天寵，延壽尸，千載莫我違。

右《安臺新福歌》。

〔一〕武功：《宋書》作「我功」。

神武用師士素厲，仁恩廣覆，猛節横逝。自古立功，莫我弘大。桓桓征四國，爰及海裔。漢國保長慶，垂祚延萬世。

右《行辭新福歌》。

吴俞兒舞歌

唐・陸龜蒙

枝月喉，棹霜脊，北斗離離（仕）〔在〕寒碧。〔一〕龍魂清，虎尾白，秋照海心同一色。轟影吒沙干影側，〔二〕神豪髮直。四睨之人股佶栗，欲定不定定不得。春膭殘，兒且止，狄胡有膽大如山，怖亦死。

右劍俞。

〔一〕（仕）〔在〕：據《全唐詩》卷二二及毛刻本改。

〔二〕干：同上作「千」。

手盤風，頭背分。電光戰扇，欲刺敲心留半線。纏肩繞脰，藴合眩旋。卓植赴列，奪避中節。前衝函禮穴，上指孛彗滅，與君一用來有截。

右矛俞。

牛來開弦，人爲置鏃。捩機關，迸山谷，鹿駭㴬，隼擊遲。析毫中睫，洞腋分齇。達堅壘，殘雄師，可以冠猛樂壯曲。抑揚蹈厲，有裂犀兕之氣者，非公與？

右弩俞。

晉宣武舞歌

傅　玄

《晉書・樂志》曰：「魏黄初三年改漢《巴渝舞》曰《昭武舞》。景初元年，又作《武始》《咸熙》《章斌》三舞，皆執羽籥。及晉，改《昭武舞》曰《宣武舞》，《羽籥舞》曰《宣文舞》。咸寧元年，詔廟樂停《宣武》《宣文》二舞，而同用《正德》《大豫舞》云。」

惟聖皇篇　矛俞第一

惟聖皇，德巍巍，光四海。禮樂猶形影，文武爲表裏。乃作《巴俞》，肆舞士。劍弩齊列，戈矛爲之始。進退疾鷹鷂，龍戰而豹起。如亂不可亂，動作順其理，離合有統紀。

短兵篇　劍俞第二

劍爲短兵，其勢險危。疾踰飛電，回旋應規。武節齊聲，或合或離。電發星騖，若景若差。

兵法攸象，軍容是儀。

軍鎮篇　弩俞第三

弩爲遠兵軍之鎮，其發有機。體難動，往必速，重而不遲。鋭精分鏄，射遠中微。弩俞之樂，一何奇，變多姿。退若激，進若飛，五聲協，八音諧，宣武象，讚天威。

窮武篇　安臺行亂第四

窮武者喪，何但敗北。柔弱亡戰，國家亦廢。秦始、徐偃，既已作戒前世。先王鑒其機，修文整武藝，文武足相濟。然後得光大。亂曰：高則亢，滿則盈，亢必危，盈必傾。去危傾，守以平，沖則久，濁能清，混文武，順天經。

晉宣文舞歌

傅　玄

羽籥舞歌

羲皇之初，天地開元。罔罟禽獸，群黎以安。神農教耕，創業誠難。民得粒食，澹然無所患。黄帝始征伐，萬品造其端。軍駕無常居，是曰軒轅。軒轅既勤止，堯、舜匪荒寧。夏禹治水，湯、武又用兵。孰能保安逸，坐致太平。聖皇邁乾乾，天下興頌聲。穆穆且明明。

惟聖皇，道化彰，澂四海，清三光，萬幾理，庶事康。潛龍升，儀鳳翔。風雨時，物繁昌。却走馬，降瑞祥。揚側陋，〔一〕簡忠良。百禄是荷，眉壽無疆。

〔一〕側：《宋書》作「仄」。

羽鐸舞歌

昔在渾成時，兩儀尚未分。陽升垂清景，陰降興浮雲。中和合氛氳，〔一〕萬物各異群。人倫得其序，衆生樂聖君。三統繼五行，然後有質文。皇王殊運代，治亂亦繽紛。伊大晉，德兼往古，越犧、農，（邈）〔邈〕舜、禹，〔二〕參天地，陵三五。禮唐、周，樂《韶》《武》，豈惟《簫韶》，六代具舉。澤霑地境，化充天宇。聖明臨朝，元凱作輔，普天同樂胥。浩浩元氣，遐哉太清。五行流邁，日月代征。隨時變化，庶物乃成。聖皇繼天，光濟群生。化之以道，萬國咸寧。受兹介福，延于億齡。

〔一〕合：《宋書》作「含」。
〔二〕（邈）〔邈〕：據同上改。

魏陳思王鼙舞歌

《宋書·樂志》曰：「《鞞舞》未詳所起，然漢代已施於燕享矣。傅毅、張衡所賦，皆其事也。魏曹植《鞞舞歌序》曰：『漢靈帝西園鼓吹，〔一〕有李堅者，能《鞞舞》。遭亂，西隨段煨。〔二〕先帝聞其舊有技，召之。堅既中廢，兼古曲多謬誤，故改作新歌五篇。』晉《鞞舞歌》，亦五篇，並陳於元會。《鞞舞》故二八，桓玄將即真，太樂遣衆伎。袁明子啟增滿八佾，相承不復革。宋明帝自改舞曲歌辭，并詔近臣虞龢並作。」《古今樂録》曰：「《鞞舞》，梁謂之《鞞扇舞》，即《巴渝》是也。鞞扇，器名也。鞞扇上舞作《巴渝弄》，至《鞞舞》竟，豈非《巴渝》一舞二名，何異《公莫》亦名《巾舞》也。漢曲五篇：一曰《關東有賢女》，二曰《章和二年中》，三曰《樂久長》，四曰《四方皇》，五曰《殿前生桂樹》，並章帝造。魏曲五篇：一《明明魏皇帝》，二《大和有聖帝》，三《魏曆長》，四《天生烝民》，五《爲君既不易》，並明帝造，以代漢曲。其辭並亡。陳思王又有五篇：一《聖皇篇》，以當《章和二年中》；二《靈芝篇》，以當《殿前生桂樹》；三《大魏篇》，以當漢吉昌，四《精微篇》，以當《關中有賢女》，五《孟冬篇》，以當狡兔。按漢曲無漢吉昌、狡兔二篇，疑《樂久長》《四方皇》是也。」《隋書·樂志》曰：「《鞞舞》，漢《巴渝舞》也。」按《樂録》《隋志》並以《鞞舞》爲《巴渝》，今考漢、魏二篇，歌辭各異，本不相亂。蓋因梁、陳之世，於《鞞舞》前作《巴渝弄》，遂云一舞二名，殊不知二舞亦容合作，猶《巾舞》以《白紵》送，豈得便謂《白紵》爲《巾舞》邪？失之遠矣。

〔一〕西園鼓吹：《宋書》作《西園故事》。

〔二〕段熲：同上作「段煨」，是。

聖皇篇

聖皇應曆數，正康帝道休。九州咸賓服，威德洞八幽。三公奏諸（公）〔王〕〔一〕不得久淹留。（蕃）〔藩〕位任至重，〔二〕舊章咸率由。侍臣省文奏，陛下體仁慈。沉吟有愛戀，不忍聽可之。迫有官典憲，不得顧恩私。諸王當就國，璽綬何纍縗。〔三〕便時舍外殿，宫省寂無人。主上增顧念，皇母懷苦辛。何以爲贈賜，傾府竭寶珍。文錢百億萬，采帛若烟雲。乘輿服御物，錦羅與金銀。龍旂垂九旒，羽蓋參班輪。諸王自計念，無功荷厚德。思一效筋力，糜軀以報國。鴻臚擁節衛，副使隨經營。貴戚並出送，夾道交輜軿。車服齊整設，韡曄耀天精。武騎衛前後，鼓吹簫笳聲。祖道魏東門，淚下霑冠纓。扳蓋因内顧，俛仰慕同生。行行將日暮，何時還闕庭。〔四〕車輪爲徘徊，四馬躊躇鳴。路人尚酸鼻，何況骨肉情。

〔一〕諸（公）〔王〕：據下文改。

〔二〕（蕃）〔藩〕位：據黄節《曹子建詩注》改。

〔三〕纍：《宋書》作「纍」，《詩紀》卷一三作「累」。

〔四〕庭：《曹子建詩注》作「廷」。

靈芝篇

靈芝生玉地，〔一〕朱草被洛濱。榮華相晃耀，光采曄若神。古時有虞舜，父母頑且嚚。盡孝於田壠，烝烝不違仁。伯瑜年七十，〔二〕綵衣以娱親。慈母笞不痛，歔欷涕霑巾。丁蘭少失母，自傷早孤煢。刻木當嚴親，朝夕致三牲。暴子見陵侮，犯罪以亡刑。〔三〕丈人爲泣血，免戾全其名。董永遭家貧，父老財無遺。舉假以供養，傭作致甘肥。責家填門至，不知何用歸。天靈感至德，神女爲秉機。歲月不安居，嗚呼我皇考。生我既已晚，棄我何其早。蓼莪誰所興，念之令人老。退詠南風詩，灑淚滿禕抱。亂曰：聖皇君四海，德教朝夕宣。萬國咸禮讓，百姓家肅虔。庠序不失儀，孝悌處中田。户有曾閔子，比屋皆仁賢。髫齔無夭齒，黄髮盡其年。陛下三萬歲，慈母亦復然。

〔一〕玉地：《曹子建集》作「天池」。

〔二〕伯瑜：《宋書考證》：「伯瑜一作伯俞。」

〔三〕亡刑：《宋書》作「亡形」。

大魏篇

大魏應靈符，天禄方甫始。聖德致泰和，神明爲驅使。左右宜供養，〔一〕中殿宜皇子。陛下長壽考，群臣拜賀咸悦喜。積善有餘慶，寵禄固天常。〔二〕衆喜填門至，〔三〕臣子蒙福祥。無患及陽遂，輔翼我聖皇。衆吉咸集會，凶邪姦惡並滅亡。黄鵠遊殿前，神鼎周四阿。玉馬充乘輿，芝蓋樹九華。白虎戲西除，舍利從辟邪。騏驥躡足舞，鳳皇拊翼歌。豐年大置酒，玉樽列廣庭。樂飲過三爵，朱顔暴已形。式宴不違禮，君臣歌《鹿鳴》。樂人舞鼙鼓，百官雷抃讚若驚。儲禮如江海，積善若陵山，皇嗣繁且熾，孫子列曾玄。群臣咸稱萬歲，陛下長壽樂年。〔四〕御酒停未飲，貴戚跪東厢。侍人承顔色，奉進金玉觴。此酒亦真酒，福禄當聖皇。陛下臨軒笑，左右咸歡康。杯來一何遲，〔五〕群僚以次行。賞賜累千億，百官並富昌。

〔一〕宜：《曹子建集》作「爲」。

〔二〕寵：《宋書》作「榮」。

〔三〕喜：同上作「善」。

〔四〕長壽樂年：《宋書》作「長樂壽年」。

〔五〕杯來：黄節《曹子建詩注》引《考異》説作「杯酒」。

精微篇

精微爛金石，至心動神明。杞妻哭死夫，梁山爲之傾。子丹西質秦，烏白馬角生。鄒衍囚燕市，繁霜爲夏零。〔一〕關東有賢女，自字蘇來卿。壯年報父仇，身没垂功名。女休逢赦書，白刃幾在頸。俱上列仙籍，去死獨就生。太倉令有罪，遠徵當就拘。自悲居無男，禍至無與俱。緹縈痛父言，荷擔西上書。盤桓北闕下，泣淚何漣如。乞得并姊弟，没身贖父軀。漢文感其義，肉刑法用除。其父得以免，辯義在列圖。多男亦何爲，一女足成居。簡子南渡河，津吏廢舟船。執法將加刑，女娟擁櫂前。妾父聞君來，將涉不測淵。畏懼風波起，禱祝祭名川。備禮饗神祇，爲君求福先。不勝釂祀誠，至令犯罰艱。君必欲加誅，乞使知罪愆。妾願以身代，至誠感蒼天。國君高其義，其父用赦原。河激奏中流，簡子知其賢。歸娉爲夫人，榮寵超後先。辯女解父命，何況健少年。黄初發和氣，明堂德教施。治道致太平，禮樂風俗移。刑錯民無枉，〔二〕怨女復何爲。聖皇長壽考，景福常來儀。

〔一〕夏零：同上作「下零」。

〔二〕刑錯：丁晏《曹集詮評》作「刑措」。

孟冬篇

孟冬十月，陰氣厲清。武官誡田，講旅統兵。元龜襲吉，元光著明。蚩尤蹕路，風弭雨停。乘輿啟行，〔一〕鸞鳴幽軋。虎賁采騎，飛象珥鶡。鐘鼓鏗鏘，簫管嘈喝。萬騎齊鑣，千乘等蓋。夷山填谷，平林滌藪。張羅萬里，盡其飛走。趯趯狡兔，〔二〕揚白跳翰。獵以青骹，掩以修竿。韓盧宋鵲，呈才騁足。噬不盡緤，牽麋掎鹿。魏氏發機，養基撫弦。都盧尋高，搜索猴猨。慶忌孟賁，蹈谷超巒。張目決眥，髮怒穿冠。頓熊扼虎，蹴豹搏貙。氣有餘勢，負象而趨。獲車既盈，日側樂終。罷役解徒，大饗離宮。亂曰：聖皇臨飛軒，論功校獵徒。死禽積如京，流血成溝渠。明詔大勞賜，太官供有無。走馬行酒醴，驅車布肉魚。鳴鼓舉觴爵，擊鐘釂無餘。〔三〕絕綱縱麟麑，弛罩出鳳雛。收功在羽校，威靈振鬼區。陛下長歡樂，永世合天符。

〔一〕啟行：黄節《曹子建詩注》引《考異》作「起行」。

〔二〕趯趯：《宋書》作「翟翟」。

〔三〕擊鐘釂：同上作「鐘擊位」。

晉鼙舞歌五首

傅　玄

《古今樂録》曰：「晉鼙舞歌五篇：一曰《洪業篇》，當魏曲《明明魏皇帝》，古曲《關東有賢女》；二曰《天命篇》，當魏曲《大和有聖帝》，古曲《章和二年中》；三曰《景皇篇》，當魏曲《魏曆長》，古曲《樂久長》；四曰《大晉篇》，當魏曲《天生烝民》，古曲《四方皇》；五曰《明君篇》，當魏曲《爲君既不易》，古曲《殿前生桂樹》。」按曹植《怨歌行》云：「爲君既不易，爲臣良獨難。」不知與此同否？

洪業篇

宣文創洪業，盛德在泰始。聖皇應靈符，受命君四海。萬國何所樂，上有明天子。唐堯禪帝位，虞舜惟恭己。恭己正南面，道化與時移。大赦盪萌漸，文教被黄支。象天則地，體無爲，聰明配日月，神聖參兩儀。雖有三凶類，静言無所施，象天則地，體無爲，稷、契並佐命，伊、呂升王臣。蘭芷登朝肆，下無失宿民。聲發響自應，表立景來附。虓虎從羈制，潛龍升天路。〔一〕備物立成器，變通極其數。百事以時叙，萬機有常度。訓之以克讓，納之以忠恕。群下仰清風，海外同歡慕。象天則地，化雲布，昔日貴雕飾，今尚儉與素。昔日多纖介，今去情與故，象天則地，化雲布，濟濟大朝士，夙夜綜萬機。萬機無廢理，明明降疇諮。〔二〕臣譬列星景，君配朝日暉。事業並通濟，功烈何巍巍。五帝繼三皇，三王世所歸。聖德應期運，天地不能違。仰之彌已高，猶天不可階。將復御龍氏，鳳皇在庭棲。

〔一〕升：《百三名家集》作「飛」。

〔二〕疇：《晉書》作「訓」。

天命篇

聖祖受天命，應期輔魏皇。入則綜萬機，出則征四方。朝廷無遺理，方表寧且康。道隆舜臣堯，積德踰太王。孟度阻窮險，造亂天一隅。神兵出不意，奉命致天誅。赦善戮有罪，元惡宗爲虛。威風震劲蜀，武烈慴强吴。諸葛不知命，肆逆亂天常。擁徒十餘萬，數來寇邊疆。我皇邁神武，秉鉞鎮雍、涼。〔一〕亮乃畏天威，未戰先仆僵。盈虚自然運，時變固多（難）〔艱〕。〔二〕東征陵海表，萬里梟賊淵。受遺齊七政，曹爽又滔天。群凶受誅殛，百保咸來臻。黄華應福始，王凌爲禍先。

〔一〕秉鉞：《晉書》作「執鉞」。

〔二〕多（難）〔艱〕：據同上改。

景皇篇

景皇帝，聰明命世生，盛德參天地。帝王道〔大〕，〔一〕創基既已難，繼世亦未易。外則夏侯玄，内則張與李。三凶稱逆，〔二〕亂帝紀，從天行誅，〔三〕窮其姦宄。（過）〔邊〕將御其漸，〔四〕潛謀不得起。罪人咸伏辜，威風振萬里。平衡綜萬機，萬機無不理。召陵桓不君，内外何紛紛，衆小便成群。蒙昧恣心，治亂不分。叡聖獨斷，濟武常以文。從天惟廢立，〔五〕掃霓披浮雲。雲霓既已闢，清和未幾間。羽檄首尾至，變起東南（蕃）〔藩〕。〔六〕儉、欽爲長蛇，外則憑吴蠻。萬國紛騷擾，戚戚天下懼不安。神武御六軍，我皇秉鉞征。儉、欽起壽春，前鋒據項城。出其不意，並縱奇兵。奇兵誠難御，廟勝實難支。兩軍不期遇，敵退計無施。虎騎惟武進，大戰沙陽陂。欽乃亡魂走，奔虜若雲披。天恩赦有罪，東土放鯨鯢。

〔一〕道〔大〕：據《晉書》及《百三名家集》補。
〔二〕稱：《晉書》作「搆」。
〔三〕從：同上作「順」。
〔四〕（過）〔邊〕將：據同上改。御：同上作「禦」。
〔五〕從：同上作「順」。
〔六〕（蕃）〔藩〕：據同上改。

大晉篇

赫赫大晉，於穆文皇。蕩蕩巍巍，道邁陶唐。世稱三皇五帝，及今重其光。九德克明，文既顯，武又章。恩弘六合，〔一〕兼濟萬方。内舉元凱，朝政以綱。外簡虎臣，時惟鷹揚。靡從不懷，〔二〕逆命斯亡。仁配春日，威踰秋霜。濟濟多士，同茲蘭芳。唐虞至治，四凶滔天。致討儉、欽，罔不肅虔。化感海外，〔三〕海外來賓。獻其聲樂，並稱妾臣。（而）〔西〕蜀猾夏，〔四〕僭號方域。命將致討，委國稽服。吴人放命，憑海阻江。飛書告諭，響應來同。先王建萬國，九服爲藩衛。亡秦壞諸侯，享祚不二世。〔五〕歷代不能復，忽踰五百歲。我皇邁聖德，應期創典制。分土五等，（蕃）〔藩〕國正封界。〔六〕莘莘文武佐，千秋遘嘉會。洪業溢區内，〔七〕仁風翔海外。

〔一〕恩：《晉書》作「思」。

〔二〕從：同上作「順」。

〔三〕海外：同上作「海内」。

〔四〕（而）〔西〕蜀：據同上改。

〔五〕享祚：《晉書》作「序祚」，《宋書》作「序胙」。

〔六〕（蕃）〔藩〕國：據同上改。

〔七〕洪業：同上作「洪澤」。

明君篇

明君御四海，聽鑒盡物情。顧望有譴罰，竭忠身必榮。蘭茝出荒野，〔一〕萬里升紫庭。茨草穢堂階，掃截不得生。能否莫相蒙，百官正其名。恭己慎有爲，有爲無不成。闇君不自信，群下執異端。正直罹譖潤，〔二〕姦臣奪其權。雖欲盡忠誠，結舌不敢言。結舌亦何憚，盡忠爲身患。清流豈不潔，飛塵濁其源。歧路令人迷，未遠勝不還。忠臣立君朝，正色不顧身。邪正不並存，譬若胡與秦。秦胡有合時，邪正各異津。忠臣遇明君，乾乾惟日新。群目統在綱，衆星拱北辰，設令遭闇主，斥退爲凡民。雖薄供時用，白茅猶可珍。〔三〕冰霜晝夜結，蘭桂摧爲薪。邪臣多端變，用心何委曲。便僻從情指，〔四〕動隨君所欲。偷安樂目前，不問清與濁。積僞罔時主，養交以持禄。言行恒相違，難贇甚溪谷。昧死射乾没，〔五〕覺露則滅族。

〔一〕茝：《晉書》作「芷」。

〔二〕罹譖：同上作「羅浸」。

〔三〕猶可：同上作「猶爲」。

〔四〕從：同上作「順」。

〔五〕射：同上作「則」。

(鼓)〔鞞〕舞歌〔一〕

東海有勇婦

唐·李白

魏《鞞舞》五曲。李白作此篇以代《關中有賢女》。

梁山感杞妻，慟哭爲之傾。〔二〕金石忽暫開，都由激深情。東海有勇婦，何慚蘇子卿。〔三〕學劍越處子，超騰若流星。〔四〕捐軀報夫讎，萬死不顧生。白刃耀素雪，蒼天感精誠。十步兩躩躍，〔五〕三呼一交兵。斬首掉國門，蹴踏五藏行。割此伉儷憤，粲然大義明。北海李(史)〔使〕君，〔六〕飛章奏天庭。捨罪警風俗，流芳播滄瀛。志在列女籍，〔七〕竹帛已光榮。淳于免詔獄，漢主爲緹縈。津妾一棹歌，脱父於嚴刑。十子若不肖，不如一女英。豫讓斬空衣，有心竟無成。要離殺慶忌，壯夫素所輕。妻子亦何辜，焚之買虚名。〔八〕豈如東海婦，事立獨揚名。

〔一〕(鼓)〔鞞〕：據《晉書》、本書目録改。

〔二〕慟哭：蕭本《李太白集》卷五作「痛哭」。

〔三〕蘇子卿：王琦注《李太白集》卷五注：「是知蘇子卿乃蘇來卿之誤。曹植《精微篇》：『關東有賢婦，自字蘇來卿。壯年報父仇，身没垂功名。』」

〔四〕超騰：同上作「超然」。

〔五〕躩躍：同上作「跳躍」。

〔六〕（史）〔使〕君：據同上改。

〔七〕志：同上作「名」。

〔八〕虚名：同上作「虚聲」。

章和二年中

李賀

雲蕭索一作正雲蕭索，風拂拂一作田風拂排，〔一〕麥芒如篲黍如粟。關中父老百領襦，關東吏人乏詬租。健犢春耕土膏黑，菖蒲叢叢沿水脈。殷勤爲我下田鉏，〔二〕百錢攜賞絲桐客。〔三〕遊春漫光塢花白，野林散香神降席。拜神得壽獻天子，七星貫斷姮娥死。

〔一〕風：《李長吉歌詩彙解》卷三作「田風」。

〔二〕田鉏：同上作「田租」。

〔三〕賞：同上作「償」。

樂府詩集卷第五十四

舞曲歌辭三

雜舞二

齊鼙舞曲

明君辭

《南齊書·樂志》曰：「漢章帝造。《鼙舞歌》云：『關東有賢女。』魏明帝代漢曲云：『明明魏皇帝。』傅玄代魏曲作晉《洪業篇》云：『宣文創洪業，盛德存泰始。聖皇應靈符，受命君四海。』今前四句錯綜其辭，從『五帝』至『不可階』六句全玄辭。後二句本云『將復御龍氏，鳳皇在庭棲』，又改易焉。」

明君創洪業，盛德在建元。受命君四海，聖皇應靈乾。五帝繼三皇，三皇世所歸。聖德應期運，天地不能違。仰之彌已高，猶天不可階。將復結繩化，靜拱天下齊。

聖主曲辭

聖主受天命，應期則虞、唐。升旒綜萬機。端扆馭八方。盈虚自然數，揖讓歸聖明。北化陵河塞，南威越滄溟。廣德齊七政，敷教騰三辰。萬宇必承慶，百福咸來臻。聖皇應福始，昌德洞祐先。

明君辭

明君御四海，總鑒盡人靈。仰成恩已洽，竭忠身必榮。聖澤洞三靈，德教被八鄉。草木變柯葉，川嶽洞嘉祥。愉樂盛明運，舞蹈升太時。微霜永昌命，軓心長歡怡。

梁鞞舞歌〔一〕

沈　約〔二〕

《隋書・樂志》曰：「梁三朝樂第十七設《鼙舞》。」《唐書・樂志》曰：「《明君》，本漢世《鞞舞曲》。梁武帝時改其辭以歌君德。」

大梁七百始，天監三元初。聖功澄宇縣，帝德總車書。熙熙億兆臣，其志皆歡愉。刑措甫自今，隆平亦肇兹。神武超楚、漢，安用道邠、岐。百拜奄來宅，執玉咸在斯。象天則地，體無爲。

禮緝民用擾，樂諧風自移。舜琴中已絶，堯衣今復垂。象天則地，體無爲。

治兵戰六獸，爲邦命九官。靈蛇及瑞羽，分素復銜丹。

望就蹫軒、頊，鏗鏘掩《咸》《濩》。九尾擾成群，八象鳴相顧。象天則地，化雲布。

有爲臣所執，司契君之道。運行乃四時，無言信蒼昊。宸居體沖寂，忘懷定天保。

至德同自然，裁成侔玄造。珍祥委天貺，靈物開地寶。窈窕降青琴，參差秀朱草。

右明之君。

〔一〕《梁鞞舞歌》：《詩紀》卷九七、《百三名家集》皆作《明之君》六首，將第四首「治兵戰六合」與第五首「望就蹫軒頊」合爲一首，疑是。

〔二〕沈約：《詩紀》注：「《樂府》失名，考目録作沈約。」是馮惟訥所見本《樂府詩集》無名，今本有。

梁鞞舞歌三首

周　捨

赫矣明之君，我皇邁前古。機靈通日月，聖敬締區宇。淮海無横波，文軌同一土，樂哉太平世，當歌復當舞。

右明之君。

聖主應圖籙，天下咸所歸。端扆臨赤縣，宸居法紫微。遐方奉正朔，外户闢重扉。我君延萬壽，福祚長巍巍。

右明主曲。

明君班五瑞，就日朝百王。充庭植鷺羽，鈞天奏清商。本支同中嶽，良臣安四方。盛明普日月，兆民樂未央。

〔右明君曲。〕〔一〕

〔一〕〔右明君曲〕：據毛本、本書目録補。

鐸舞歌（詩）〔一〕

《唐書·樂志》曰：「《鐸舞》，漢曲也。」《古今樂録》曰：「鐸，舞者所持也。木鐸制法度以號令天下，故取以爲名。今謂漢世諸舞，鞞、巾二舞是漢事，鐸、拂二舞以象時。古《鐸舞曲》有《聖人制禮樂》一篇，聲辭雜寫，不復可辨，相傳如此。魏曲有《太和時》，晉曲有《雲門篇》，傅玄造，以當魏曲，齊因之。梁周捨改其篇。」《隋書·樂志》曰：「《鐸舞》，傅玄代魏辭云『振鐸鳴金』是也。梁三朝樂第十八設鐸舞。」

〔一〕（詩）：據本書目録删，以下同。

聖人制禮樂篇〔一〕

古辭

昔皇文武邪　彌彌舍善　誰吾時吾　行許帝道　銜來治路萬邪　治路萬邪　赫赫意黄運道吾　治路萬邪　善道明邪金邪　善道　明邪金邪帝邪　近帝武武邪邪　聖皇八音　偶邪尊來　聖皇八音　及來儀邪同邪〔二〕烏及來義邪　善草供國吾　咄等邪烏　近帝邪武邪　近帝武邪武邪　應節合用　武邪尊邪　應節合用　酒期義邪同邪　酒期義邪　善草國吾咄等邪烏　近帝邪武邪　近帝武武邪邪　下音足木　上爲鼓義邪　應衆義邪　樂邪供邪延否　已邪烏已禮祥　咄等邪烏　素女有絶其聖烏烏武邪

〔一〕此篇據《宋書》空格。

〔二〕儀：同上作「義」。

雲門篇

晉・傅玄

黄《雲門》，唐《咸池》，虞《韶舞》，夏《夏》殷《濩》。列代有五，振鐸鳴金，延《大武》。〔一〕清歌發唱，形爲主。聲和八音，協律吕。身不虚動，手不徒舉。應節合度，周其叙。〔二〕時奏宫角，〔三〕雜之以徵羽。下饜衆目，上從鐘鼓。樂以移風，與德禮相輔，安有失其所。〔四〕

〔一〕延：《宋書》作「近」。

〔二〕惟《公無渡河》，古有歌有弦，無舞也。」

吾不見公莫時吾何嬰公來嬰姥時吾哺聲何爲茂時爲來嬰當思〔三〕吾明月之土〔四〕轉起吾何嬰土來嬰轉去吾哺聲何爲土轉南來嬰當去吾城上羊下食草吾何嬰下來吾食草吾哺聲汝何三年針縮何來嬰吾亦老吾平平門淫涕下吾何嬰何來嬰涕下吾哺聲昔結吾馬客來嬰吾當行吾度四州洛四海吾何嬰海何來嬰〔五〕四海吾哺聲熇西馬頭香來嬰吾洛道吾治〔六〕五丈度汲水吾噫邪哺誰當求兒母何意零邪錢健步哺誰當吾求兒母何吾哺聲三針一發交時還弩心意何零意弩心遥來嬰弩心哺聲復相頭巾意何零何邪相哺頭巾相吾來嬰頭巾母何何吾復來推排意何零相哺推相來嬰推非母何吾復車輪意何零子以邪相哺轉輪吾來嬰轉母何吾使君去時意何零子以邪使君去時使來嬰去時母何吾思君去時意何零子以邪思君去時思來嬰吾去時母何何吾吾

〔一〕（苦）〔古〕：按《舊唐書·音樂志》無此句，據上下文意校。

〔二〕離：疑當作「雜」。

〔三〕恩：《宋書》作「思」。

〔四〕土：同上作「上」。

〔五〕海何來嬰：同上有兩個「海何來嬰」。

〔六〕治：同上作「河」。

齊公莫舞辭

《南齊書·樂志》曰：「晉《公莫舞歌》二十章，章無定句，前是第一解，後是第十九二十解，雜有三句，並不可曉解。建武初，明帝奏樂至此曲，言是似永明樂，流涕憶世祖云。」

吾不見公莫時，吾何嬰公來。嬰姥時吾，思君去時。吾何零，子以耶，思君去時，思來嬰，吾去時母那何，去吾。

右一曲。

公莫〔辭〕〔舞〕歌〔一〕

唐·李　賀

方花古一作石礎排九楹，刺豹淋血盛銀罌。華一作軍筵鼓吹無桐竹，長刀直立割鳴筝。横楣粗錦生紅緯，日炙錦嫣王未醉。腰下三看寶玦光，項莊掉箾欄前起。〔二〕材官小臣公莫舞，座上真人赤龍子。芒碭雲瑞抱天回，咸陽王氣清如水。鐵樞鐵楗重束關，大旗五丈撞雙鐶。漢王今日須秦印，絶臏刳腸臣不論。

〔一〕《公莫(辭)〔舞〕歌》:《李長吉歌詩彙解》卷二《公莫舞歌》並序:「《公莫舞歌》者,詠項伯翼蔽劉沛公也。會中壯士,灼灼于人,故無復書。且南北樂府率有歌引,賀陋諸家,今重作《公莫舞歌》云。」今據改。

〔二〕欄:同上作「攔」。

晉拂舞歌(詩)

《晉書·樂志》曰:「《拂舞》出自江左,舊云吳舞也。晉曲五篇:一曰《白鳩》,二曰《濟濟》,三曰《獨禄》,四曰《碣石》,五曰《淮南王》。齊多删舊辭,而因其曲名。」《古今樂録》曰:「梁《拂舞歌》並用晉辭。」《樂府解題》曰:「讀其辭,除《白鳩》一曲,餘並非吳歌,未知所起也。」

白鳩篇

《南齊書·樂志》曰:「《白符鳩舞》,出江南,吳人所造。其歌本云:『平平白符,思我君惠,集我金堂。』言白者金行,符合也,鳩亦合也,符鳩雖異,其義是同。」《宋書·樂志》曰:「晉楊泓《舞序》云:『自到江南,見《白符舞》,或言《白凫鳩舞》,云有此來數十年矣。察其辭旨,乃是吳人患孫晧虐政,思屬晉也。』晉辭曰:『翩翩白鳩,載飛載鳴。懷我君德，來集君庭。』蓋晉人改其本歌云。」

翩翩白鳩，載飛載鳴。〔一〕懷我君德，來集君庭。白雀呈瑞，素羽明鮮。翔庭舞翼，以應仁乾。交交鳴鳩，或丹或黄。樂我君惠，振羽來翔。東壁餘光，魚在江湖。惠而不費，敬我微軀。策我良駟，習我驅馳。與君周旋，樂道亡餘。〔二〕我心虚靜，我志霑濡。彈琴鼓瑟，聊以自娱。凌雲登臺，浮遊太清。扳龍附鳳，目望身輕。〔三〕

〔一〕兩「載」字：《晉書》作「再」。

〔二〕亡餘：同上作「忘飢」。

〔三〕目：《宋書》作「日」。

濟濟篇

暢飛暢舞氣流芳，〔一〕追念三五大綺黄。去失有時可行，去來同時此未央。時冉冉，近桑榆，但當飲酒爲歡娱。衰老逝，有何期，多憂耿耿内懷思。淵池廣，〔二〕魚獨希，願得黄浦衆所依。恩感人，世無比，悲歌（具）〔且〕舞無極已。〔三〕

〔一〕暢飛暢舞：《晉書》作「暢暢飛舞」。

〔二〕淵池：同上作「深池」。

〔三〕（具）〔且〕舞：據同上及《古樂府》卷八改。

獨漉篇

「獨漉」，一作「獨禄」。《南齊書·樂志》曰：「古辭《明君曲》後云：『勇安樂，無慈不問清與濁。清與無時濁，邪交與獨禄。』《伎録》曰：『求禄求禄，清白不濁。清白尚可，貪汙殺我。』晉歌爲『鹿』字，古通用也。疑是風刺之辭。」

獨漉獨漉，〔一〕水深泥濁。泥濁尚可，水深殺我。雍雍雙雁，遊戲田畔。我欲射雁，念子孤散。翩翩浮萍，得風遥輕。〔二〕我心何合，與之同并。空牀低帷，誰知無人。夜衣錦繡，誰别僞真。刀鳴削中，倚牀無施。父冤不報，欲活何爲。猛虎班班，遊戲山間。虎欲齧人，不避豪賢。

〔一〕獨漉獨漉：《宋書》作「獨禄獨禄」。

〔二〕遥：《南齊書》及毛刻本作「摇」。

碣石篇

《南齊書·樂志》曰：「《碣石》，魏武帝辭。晉以爲《碣石舞》。其歌四章：一曰《觀滄海》，二曰《冬十月》，三曰《土不同》，四曰《龜雖壽》。」《樂府解題》曰：「《碣石篇》，晉樂，奏魏武帝辭。首章言東臨碣石，見滄海之廣，日月出入其中。二章言農功畢而商賈往來。三章言鄉土不同，人性各異。四章言老驥伏櫪，志在千里，烈士暮年，壯心不已也。」按《相和大曲》，《步出夏門行》亦有《碣石篇》，與此並同，但曲前更有豔爾。

東臨碣石，以觀滄海。水何澹澹，山島竦峙。樹木叢生，百草豐茂。秋風蕭瑟，洪波湧起。日月之行，若出其中。星漢粲爛，若出其裏。幸甚至哉，歌以詠志。〔一〕

右《觀滄海》。

孟冬十月，北風徘徊。天氣肅清，繁霜霏霏。鵾雞晨鳴，雁過南飛。鷙鳥潛藏，熊羆窟棲。錢鎛一作鎛停置，〔二〕農收積場。逆旅整設，以通賈商。幸甚至哉，歌以詠志。

右《冬十月》。

鄉土不同，河朔隆寒。流澌浮漂，舟船行難。錐不入地，豐籟深奧。水竭不流，冰堅可蹈。士隱者貧，勇俠輕非。心常歎怨，戚戚多悲。幸甚至哉，歌以詠志。

右《土不同》。

神龜雖壽，猶有竟時。騰地乘霧，終爲土灰。老驥伏櫪，〔三〕志在千里。烈士暮年，壯心不已。盈縮之期，不但在天。養怡之福，可得永年。幸甚至哉，歌以詠志。

右《龜雖壽》。

〔一〕詠：《南齊書》作「言」。
〔二〕錢鏄：《晉書》作「鎒鎛」。
〔三〕老驥：同上作「驥老」。

淮南王篇

崔豹《古今注》曰：「《淮南王》，淮南小山之所作也。淮南王服食求仙，遍禮方士，遂與八公相攜俱去，莫知所往。小山之徒，思戀不已，乃作《淮南王曲》焉。」班固《漢武帝故事》曰：「淮南王安好神仙，招方術之士，能爲雲雨。百姓傳云：『淮南王得天子，壽無極。』帝心惡之，使覘王，云：『能致仙人，與共遊處，變化無常，又能隱形飛行，服氣不食。』帝聞而喜，欲受其道，王不肯傳。帝怒，將誅焉。王知之，出令與群臣，因不知所之。」《樂府解題》曰：「古詞云：『淮南王，自言尊。』實言安仙去。」

淮南王，自言尊，百尺高樓與天連。後園鑿井銀作牀，金瓶素綆汲寒漿。汲寒漿，飲少年，少年窈窕何能賢。揚聲悲歌音絶天。我欲渡河河無梁，願化雙黄鵠，〔一〕還故鄉。還故鄉，入故里，徘徊故鄉，苦身不已。〔二〕繁舞寄聲無不泰，〔三〕徘徊桑梓遊天外。

〔一〕化：《南齊書》作「作」。

〔二〕苦：《宋書》無「苦」字，作七字句，疑是。

〔三〕寄聲：《晉書》作「奇歌」。

樂府詩集卷第五十五

舞曲歌辭四

雜舞三

齊拂舞歌

白鳩辭

晉《白鳩舞歌》七解，齊樂所奏，是最前一解。

翩翩白鳩，再飛再鳴。〔一〕懷我君德，來集君庭。

右一曲。

〔一〕兩「再」字：上卷《白鳩篇》作「載」。

濟濟辭

《南齊書·樂志》曰：「晉《濟濟舞歌》六解，齊樂所奏，是最後一解。」按《晉書·樂志》是最前一解，疑《齊書》之誤。

暢飛暢舞，〔一〕氣流芳，追念三五，大綺黄。

〔一〕暢飛暢舞：《晉書》作「暢暢飛舞」。

右一曲。

獨禄辭

《南齊書·樂志》曰：「晉《獨鹿歌》六解，齊樂所奏，是最前一解。」

獨禄獨禄，〔一〕水深泥濁。泥濁尚可，水深殺我！

右一曲。

〔一〕獨禄獨禄：見上卷《獨漉篇》作「獨漉」。

碣石辭

《南齊書·樂志》曰：「晉《碣石舞歌》四章，齊樂所奏，是前一章。」

東臨碣石，以觀滄海。水河淡淡，山島竦峙。樹木叢生，百草豐茂，秋風蕭瑟，洪波涌起。日月之行，若出其中。星漢粲爛若出其裏。幸甚至哉，歌以言志。〔一〕

右一曲。

〔一〕言：見上卷《碣石篇》作「詠」。

淮南王辭

《南齊書·樂志》曰：「晉《淮南王舞歌》六解，齊樂所奏，前是第一解，後是第五解。」

淮南王，自言尊，百尺高樓與天連。我欲渡河河無梁，願作雙黄鵠，〔一〕還故鄉。

右一曲。

〔一〕作：上卷《淮南王辭》作「化」。

梁拂舞歌

《古今樂録》曰：「梁三朝樂第十九，設《拂舞》。」

翩翩白鳩，再飛再鳴。〔一〕懷我君德，來集君庭。曖曖鳴球，〔二〕或丹或黄。樂我君恩，〔三〕振羽來翔。

〔一〕兩「再」字：上卷《白鳩篇》作「載」。

〔二〕暧暧鳴球：同上作「交交鳴鳩」。

〔三〕恩：同上作「惠」。

拂舞歌

拂舞辭

唐・李　賀

吴娥聲絶天，空雲閑徘徊。門外滿車馬，亦須生緑苔。樽有烏程酒，勸君千萬壽。全勝漢武錦樓上，〔一〕曉望晴寒飲花露。〔二〕東方日不破，天光無老時。丹成作蛇乘白霧，千年重化玉井黿。〔三〕從蛇作黿二千載一作玉井黿，二千載，〔四〕吴堤緑草年年在。背有八卦稱神仙，〔五〕邪鱗頑甲滑腥涎。

〔一〕漢武：《英華》卷三三五作「漢舞」。

〔二〕晴寒：《全唐詩》卷三九三作「寒空」。

〔三〕黿：同上作「土」，下同。

〔四〕二千載：《李長吉歌詩彙解》注：「一作一千載。」

〔五〕背有：《英華》作「背文」。

白鳩辭〔一〕

李白

《古今樂録》曰：「鞞、鐸、巾、拂四舞，梁並夷則格，鐘磬鳩拂和，故白擬之，爲《夷則格上白鳩拂舞辭》云。」

鏗鳴鐘，考朗鼓，歌白鳩，引拂舞。白鳩之白誰與鄰，霜衣雪襟誠可珍。含哺七子能平均，食不咽，〔二〕性安馴，首農政，鳴陽春。天子刻玉杖，鏤形賜耆人。白鷺一作鷹亦白非純真，〔三〕外潔其色心匪仁。闕五德，無司晨，胡爲啄我葭下之紫鱗。鷹鸇鵰鶚，貪而好殺，鳳皇雖大聖，不願以爲臣。

〔一〕《白鳩辭》：《全唐詩》卷一六二注：「一作《夷則格上白鳩拂舞辭》。」

〔二〕咽：同上作「噎」。

〔三〕亦：同上作「之」。

獨漉篇

李白

獨漉水中泥，水濁不見月。不見月尚可，水深行人没。越鳥從南來，胡鷹亦北度。〔一〕我欲彎弓向天射，惜其中道失歸路。落葉别樹，飄零隨風，客無所託，悲與此同。羅帷舒卷，似有人開。明月直入，無心可猜。雄劍挂壁，時時龍鳴。不斷犀象，繡澀苔生。國耻未

雪，何由成名。神鷹夢澤，不顧鴟鳶。爲君一擊，摶鵬九天。〔二〕

〔一〕鷹：王琦注《李太白集》卷四作「雁」。

〔二〕摶鵬：同上作「鵬摶」。

獨漉歌

王　建

獨獨漉漉，〔一〕鼠食猫肉。烏日中，鶴露宿，〔二〕黄河水直人心曲。

〔一〕獨獨漉漉：《全唐詩》卷二九八注：「一作獨漉獨漉。」

〔二〕鶴：同上注：「一作雀。」

臨碣石

梁·沈　約

碣石送返潮，登罘禮朝日。溟漲無端倪，山島互崇崒。驥老心未窮，酬恩豈終畢。

小臨海

劉孝威

碣石望山海，留連降尊極。秦帝枉鈎陳，漢家增禮飾。〔一〕石橋終不成，桑田竟難測。蜃氣遠生樓，鮫人近潛織。空勞帝女填，詎動波神色。

〔一〕禮飾：《全梁詩》作「禮秩」，是。

淮南王二首

宋・鮑　照

淮南王，好長生，服食鍊氣讀仙經。琉璃藥椀牙作盤，〔一〕金鼎玉匕合神丹。合神丹，賜紫房，〔二〕紫房綵女弄明璫，鸞歌鳳舞斷君腸。朱門九重一作朱城九門門九閨，〔三〕願逐明月入君懷。入君懷，結君佩，怨君恨君恃君愛。築城思堅劍思利，同盛同衰莫相棄。

〔一〕藥椀：《鮑參軍集》作「作盌」。

〔二〕賜：《玉臺》卷九作「戲」，似是。

〔三〕朱門句：《玉臺》作「朱城九門門九開」。

晉白紵舞歌詩

《宋書・樂志》曰：「《白紵舞》，按舞辭有巾袍之言，紵本吴地所出，宜是吴舞也。晉俳歌云：『皎皎白緒，節節爲雙。』吴音呼緒爲紵，疑白緒即白紵也。」《南齊書・樂志》曰：「《白紵歌》，周處《風土記》云：『吴黄龍中童謡云：行白者君，追汝句驪馬。後孫權征公孫淵，浮海乘舶，舶白也。今歌和聲猶云行白紵焉。』」《樂府解題》曰：「古詞盛稱舞者之美，宜及芳時爲樂，其譽白紵曰：『質如輕雲色如銀，製以爲袍餘作巾。袍以光軀巾拂塵。』」《唐書·樂志》曰：「梁武帝令沈約改其辭爲《四時白紵歌》。今中原有《白紵曲》，辭旨與此全殊。」

輕軀徐起何洋洋，高舉兩手白鵠翔。宛若龍轉乍低昂，凝停善睞客儀光。如推若引留且行，隨世而變誠無方。舞以盡神安可忘，晉世方昌樂未央。質如輕雲色如銀，愛之遺誰贈佳人。制以爲袍餘作巾，袍以光驅巾拂塵。麗服在御會嘉賓，醪醴盈樽美且淳。清歌徐舞降祇神，四座歡樂胡可陳。

右一篇。

雙袂齊舉鸞鳳翔，羅裾飄颻昭儀光。趨步生姿進流芳，鳴弦清歌及三陽。人生世間如電過，樂時每少苦日多。幸及良辰耀春華，齊倡獻舞趙女歌。羲和馳景逝不停，春露未晞嚴霜零。百草凋索花落英，蟋蟀吟牖寒蟬鳴。百年之命忽若傾，早知迅速秉燭行。東造扶桑遊紫庭，西至崑崙戲曾城。

右一曲。

陽春白日風花香，趨步明玉舞瑶璫。聲發金石媚笙簧，羅袿徐轉紅袖揚。清歌流響繞鳳梁，如矜若思凝且翔。轉盻遺精豔輝光，將流將引雙雁行。歡來何晚意何長，明君御世永歌昌。〔一〕

右一曲。

〔一〕昌：《宋書》作「倡」，是。

宋白紵舞歌詩

《宋書·樂志》曰：「《白紵舞歌詩》，舊新合三篇，二篇與晉辭同，其一篇異。」

高舉兩手白鵠翔，輕軀徐起何洋洋。凝停善睞客儀光，宛若龍轉乍低昂。隨世而變誠無方，如推若引留且行。宋世方昌樂未央，舞以盡神安可忘。愛之遺誰贈佳人，質如輕雲色如銀。袍以光軀巾拂塵，制以爲袍餘作巾，四坐歡樂胡可陳，〔一〕清歌徐舞降祇神。

右一篇。

〔一〕「四坐」句上較晉詩少「嚴服在御會佳賓，醪醴盈樽美且淳」二句。

齊白紵〔辭〕〔一〕

王　儉

陽春白日風花香，趨步明月舞瑤裳。情發金石媚笙簧，羅袿徐轉紅袖揚。

清歌流響繞鳳梁，如驚若思凝且翔。
轉眄流精豔輝光，將流將引雙雁行。
歡來何晚意何長，明君馭世永歌昌。

右五曲。

〔一〕〔辭〕：據本書目録補。

梁白紵辭二首

梁·武帝

《古今樂録》曰：「梁三朝樂第二十，設《巾舞》，并《白紵》，蓋《巾舞》以《白紵》四解送也。」

朱絲玉柱羅象筵，飛琯促節舞少年。〔一〕短歌流目未肯前，含笑一轉私自憐。〔二〕

纖腰嫋嫋不任衣，〔三〕嬌怨獨立特爲誰。赴曲君前未忍歸，上聲急調中心飛。

〔一〕琯：《英華》卷一九三作「管」。

〔二〕私自：同上作「自知」。

〔三〕「纖腰嫋嫋不任衣」首，同上與下卷「朱光灼爍照佳人」首合爲一首，「朱光」四句列前，「纖腰」四句列後。「朱光」四句見下卷《四時白紵歌》之《夏白紵》首。

白紵舞辭

白紵曲

宋·劉鑠

仙仙徐動何盈盈，玉腕俱凝若雲行。佳人舉袖耀青蛾，摻摻擢手映鮮羅。狀似明月泛雲河，體如輕風動流波。

白紵歌六首〔一〕

鮑照

吴刀楚製爲佩褘，纖羅霧縠垂羽衣。含商咀徵歌露晞，珠屣一作履颯沓紈袖飛。〔二〕淒風夏起素雲迴，車怠馬煩客忘歸，蘭膏明燭承夜暉。

桂宫柏寢一作梁擬天居，朱爵文窗韜綺疏。象牀瑶席鎮犀渠，雕屏鉛一作匼匝組帷舒。〔三〕秦箏趙瑟挾笙竽，垂璫散珮一作綬盈玉除，停觴不語欲誰須。〔四〕

三星參差露沾濕，弦悲管清月將入。寒光蕭條候蟲急，荆王流歎楚妃泣。紅顔難長時易戢，凝華結藻一作彩久延立，非君之故豈安集。

池中赤鯉庖所捐，琴高乘雲騰一作飛上天。〔五〕命逢福世丁溢恩一作徼命逢福丁溢恩，簪金藉綺升曲筵。思君厚德委如山，潔誠洗志期暮年，烏白馬角寧足言。

朱脣動，素腕一作袖舉，洛陽少童邯鄲女。古稱《渌水》今《白紵》，催弦急管爲君舞。窮秋九月荷葉黄，北風驅雁天雨霜，夜長酒多樂未央。

春風澹蕩俠思多，天色淨緑氣妍和。〔六〕桃含紅萼蘭一作蓮紫牙，〔七〕朝日灼爍發園花。〔八〕卷幌結帷羅玉筵，齊謳秦吹盧女弦，千金顧笑買芳年。

〔一〕《白紵歌》六首：《鮑參軍詩注》卷二作《代白紵舞歌詞》四首，《代白紵曲》二首。又鮑照有《奉始興王白紵舞曲啟》，是曲爲始興王濬作。

〔二〕屣：同上作「履」。

〔三〕鉿：同上作「匼」。

〔四〕語：同上作「御」，似是。

〔五〕雲：《百三名家集》作「去」，似是，言琴高乘鯉去。

〔六〕緑：同上作「渌」。

〔七〕桃含：同上作「含桃」。

〔八〕花：同上作「華」。

同前二首

湯惠休

琴瑟未調心已悲，任羅勝綺强自持。忍思一舞望所思，將轉未轉恒如疑。桃花水上春風出，舞袖逶迤鸞照日。徘徊鶴轉情豔逸，君爲迎歌心如一。

少年窈窕舞君前，容華豔豔將欲然。爲君嬌凝復遷延，流目送笑不敢言。長袖拂面心自煎，願君流光及盛年。

同前九首

梁・張　率

歌兒流唱聲欲清，舞女趁節體自輕。歌舞並妙會人情，依弦度曲婉盈盈，〔一〕揚蛾爲態誰目成。

妙聲屢唱輕體飛，流津染面散芳菲。俱動齊息不相違，令彼嘉客澹忘歸，時久玩夜明星稀。

日暮搴門望所思，風吹庭樹月入帷。涼陰既滿草蟲悲，誰能離别長夜時。流歎不寢淚如絲，與君之别終何知。〔二〕

秋風蕭一作鳴條露垂葉，〔三〕空閨光盡坐愁妾。獨向長夜淚承睫，〔四〕山高水（照）〔深〕路難涉，〔五〕望君光景何時接。佳期不待歲欲闌，念此遲暮獨無歡，鳴弦流管增長歎。

遥夜方遠時既寒，秋風蕭瑟白露團。

夜寒湛湛夜未央，華燈空（蘭）〔爛〕月懸光。〔六〕從風衣起發芬香，爲君起舞幸不忘。

列坐華筵紛羽爵，清曲未終月將落。歌舞及時酒常酌，無令朝露坐銷鑠。

愁來一作多夜遲猶歎息，撫枕思君終反仄。〔七〕金翠釵環稍不飾，霧縠流黄不能織。但坐空閨思何極，欲以短書寄飛翼。

遥夜忘寐起長歎，但望雲中雙飛翰。明月入牖風吹幔，終夜悠悠坐申旦。誰能知我心中亂，終然有懷歲方晏。

〔一〕依：《詩紀》卷七九注「一作調」，是。

〔二〕知：同上注：「一作如。」

〔三〕蕭：同上作「鳴」，似是。

〔四〕獨向長夜：同上注：「獨問長安。」

〔五〕水（照）〔深〕：據同上改。

〔六〕（蘭）〔爛〕：據同上改，或爲「闌」之誤。

〔七〕反仄：同上作「反側」。

白紵辭二首〔一〕

唐・崔國輔

洛陽梨花落如霰，〔二〕河陽桃葉生復齊。坐恐玉樓春欲盡，〔三〕紅綿粉絮裛妝啼。〔四〕

董賢女弟在椒風，窈窕繁華貴後宮。璧帶金釭皆翡翠，一朝零落變成空。

〔一〕《白紵辭》二首：《全唐詩》卷一一九第一首注：「此首一作《香風詞》。」

〔二〕落：同上注：「一作白。」

〔三〕恐：同上作「惜」。注：「一作怨。」

〔四〕紅綿：同上作「紅綿」，是。

同前二首〔一〕

楊衡

王纓翠珮雜輕羅，香汗微漬朱顔酡。爲君起唱《白紵歌》，清聲裊雲思繁多，〔二〕凝笳哀琴時相和。〔三〕金壺半傾芳夜促，梁塵霏霏暗紅燭。令君安坐聽終曲，墜葉飄花難再復。

躡珠履，步瓊筵，輕身起舞紅燭前。芳姿豔態妖且妍，迴眸轉袖暗催弦。涼風蕭蕭流水急，〔四〕月華泛豔紅蓮濕，牽裙覽帶翻成泣。

〔一〕同前：《全唐詩》卷四六五作《白紵歌》。
〔二〕思繁多：同上作「繁思多」。
〔三〕琴：同上作「瑟」。
〔四〕流：同上作「漏」。

同前三首

李　白

揚清歌一作音，發皓齒，北方佳人東鄰子。且吟《白紵》停《淥水》，〔一〕長袖拂面爲君起。寒雲夜卷霜海空，胡風吹天飄塞鴻。玉顔滿堂樂未終，館娃日落歌吹濛。〔二〕

月寒江清夜沈沈，美人一笑千黄金。垂羅舞縠揚哀音，郢中《白雪》且莫吟。《子夜》吴歌動君心。動君心，冀君賞，願作天池雙鴛鴦，一朝飛去青雲上。

吴刀翦綵一作綺縫舞衣，明妝麗服奪春輝。揚眉轉袖若雪飛，傾城獨立世所稀。《激楚》《結風》醉忘歸，高堂月落燭已微，玉釵挂纓君莫違。

〔一〕且吟：《全唐詩》卷一六三作「且吟」。
〔二〕歌吹濛：同上注：「一作歌吹中。」王琦注《李太白集》卷四作「歌吟深」，以此句屬下一首。

白紵歌二首

王建

天河漫漫北斗粲，〔一〕宫中烏啼知夜半。新縫白紵舞衣成，來遲邀得吴王迎。低鬟轉面掩雙袖，玉釵浮動秋風生。酒多夜長夜未曉。〔二〕月明燈光兩相照，後庭歌聲更窈窕。〔三〕館娃宫中春日暮，荔枝木瓜花滿樹。城頭烏栖休擊鼓，青蛾彈瑟白紵舞。夜天燑燑不見星，〔四〕宫中火照西江明。美人醉起無次第，墮釵遺佩滿中庭。此時但願可君意，回晝爲宵亦不寐，年年奉君君莫棄。

〔一〕粲：《全唐詩》卷二九八作「璨」。

〔二〕夜未曉：同上作「天不曉」。

〔三〕歌聲：同上作歌舞。

〔四〕燑燑：同上作「曈曈」。

同前

張籍

皎皎白紵白且鮮，將作春衫稱少年。裁縫長短不能定，自持刀尺向姑前。復恐蘭膏污纖指，常遺傍人收墮珥。衣裳著時寒食下，還把玉鞭鞭白馬。

同前[一]

柳宗元

翠帷雙卷出傾城，龍劍破匣霜月明。朱脣掩抑悄無聲，金簧玉磬宫中生。下沉秋水激太清，天高地迥凝日晶。羽觴蕩漾何事傾。

〔一〕同前：《全唐詩》卷三五三作《渾鴻臚宅聞歌效白紵》。

樂府詩集卷第五十六

舞曲歌辭五

雜舞四

四時白紵歌

梁・沈　約

《古今樂録》曰：「沈約云：『《白紵》五章，敕臣約造。武帝造後兩句。』」

春白紵

蘭葉參差桃半紅，飛芳舞縠戲春風。如嬌如怨狀不同，〔一〕含笑流眄滿堂中。翡翠群飛飛不息，願在雲間長比翼。佩服瑶草駐容色，〔二〕舜日堯年歡無極。

夏白紵〔三〕

朱光灼爍照佳人，含情送意遥相親。〔四〕嫣然宛轉亂心神，〔五〕非子之故欲誰因。翡翠群飛飛不息，願在雲間長比翼。佩服瑶草駐容色，舜日堯年歡無極。

秋白紵

白露欲凝草已黄，金瑱玉柱響洞房。雙心一意俱徊翔，〔六〕吐情寄君君莫忘。翡翠群飛飛不息，願在雲間長比翼。佩服瑶草駐容色，舜日堯年歡無極。

冬白紵

寒閨晝寢羅幌垂，〔七〕婉容麗心長相知。〔八〕雙去雙還誓不移，長袖拂面爲君施。翡翠群飛飛不息，願在雲間長比翼。佩服瑶草駐容色，舜日堯年歡無極。

夜白紵

秦筝齊瑟燕趙女，一朝得意心相許。明月如規方襲予，夜長未央歌《白紵》。翡翠群飛飛不息，願在雲間長比翼。佩服瑶草駐容色，舜日堯年歡無極。

〔一〕「如嬌」二句：《玉臺》卷九無。狀：《古樂府》卷八作「貌」。

〔二〕「佩服」二句：《玉臺》卷九無。瑶草：《藝文》卷四三作「堇草」。

〔三〕《夏白紵》：《英華》卷一九三作梁武帝《白紵歌》二之前四句，見上卷《梁白紵辭》校記〔三〕。

〔四〕送意：同上作「遠意」。

〔五〕宛轉：同上作「一轉」。

〔六〕一意：《玉臺》卷九作「一影」。

〔七〕晝寢：《藝文》卷四三作「晝密」。

〔八〕麗心長：《藝文》作「麗色心」。

四時白紵歌

隋・煬帝

東宮春

洛陽城邊朝日暉，天淵池前春燕歸。含露桃花開未飛，臨風楊柳自依依。小苑花紅洛水緑，清歌宛轉繁弦促。長袖逶迤動珠玉，千年萬歲陽春曲。

江都夏

梅黄雨細麥秋輕，〔一〕楓樹蕭蕭江水平。飛樓倚觀軒若驚，花簟羅帷當夏清。〔二〕菱潭落日雙鳧舫，緑水紅妝兩摇漾。還似浮桑碧海上，〔三〕誰肯空歌採蓮唱。〔四〕

〔一〕梅黄：《詩紀》卷一二〇作「黄梅」。

〔二〕夏：同上作「夜」。

〔三〕浮桑：同上作「扶桑」。

〔四〕誰：同上作「詎」。

四時白紵歌二首〔一〕

虞　茂

江都夏

長洲茂苑朝夕池，映日含風結細漪。坐（當）〔堂〕伏檻紅蓮（枝）〔披〕，〔二〕雕軒洞户青蘋吹。輕幌芳烟鬱金馥，綺檐花簟桃李枝。蘭苕翡翠恒相逐，桂樹鴛鴦恒並宿。

長安秋

露寒臺前曉露清，昆明池水秋色明。摇環動珮出曾城，鵾弦鳳管奏新聲。上林蒲桃合縹緲，甘泉奇樹上葱青。玉人當歌理清曲，婕妤恩情斷還續。

〔一〕《四時白紵歌》：《詩紀》卷一二〇題下有「和煬帝」三字。
〔二〕坐（當）〔堂〕（枝）〔披〕：據同上改。

冬白紵歌

唐・元　稹

吴宫夜長宫漏款，簾幕四垂燈焰暖。西施自舞王自管，雪紵翻翻鶴翎散，〔一〕促節牽繁舞腰懶。舞腰懶〔二〕，王罷飲，蓋覆西施鳳花錦。身作匡牀臂爲枕，〔三〕朝珮摐摐王晏寢。〔四〕酒醒閽報門無事，〔五〕子胥死後言爲諱，近王之臣諭王意。共笑越王窮惴惴，夜夜抱冰寒不睡。

〔一〕散：《唐文粹》卷一三注：「上聲。」
〔二〕兩「懶」字：同上作「軟」。
〔三〕匡牀：同上無「匡」字。
〔四〕摐摐：《全唐詩》卷四一八作「摐玉」。
〔五〕酒醒閽報門：《唐文粹》作「醒來閽門報」。酒醒：《全唐詩》作「寢醒」。

晉杯槃舞歌（詩）

《宋書·樂志》曰：「《槃舞》，漢曲也。張衡《舞賦》云：『歷七槃而縱躡。』王粲《七釋》云：『七槃陳於廣庭。』顔延之云：『遞間關於槃扇。』鮑照云：『七槃起長袖。』皆以七槃爲舞也。《搜神記》云：『晉太康中，天下爲《晉世寧舞》，矜手以接杯槃而反覆之。』此則漢世唯有《柈舞》，而晉加之以杯，反覆〔之〕也。」〔一〕《五行志》曰：「其歌云：『晉世寧，舞杯盤。』言接杯盤於手上而反覆之，至危也。杯盤者，酒食之器也，而名曰晉世寧者，言晉世之士，偷苟於酒食之間，而其知不及遠。晉世之寧，猶杯盤之在手也。」《唐書・樂志》曰：「漢有《盤舞》，晉世謂之《杯盤舞》。樂府詩云：『妍袖陵七盤。』言舞用盤七枚也。」

晉世寧，四海平，普天安樂永大寧。四海安，天下歡，樂治興隆舞杯盤。舞杯盤，何翩翩，舉坐翻覆壽萬年。天與日，終與一，左回右轉不相失。筝笛悲，酒舞疲，心中慷慨可健兒。樽酒甘，絲竹清，願令諸君醉復醒。醉復醒，時合同，四坐歡樂皆言工。絲竹音，可不聽，亦舞此槃左右輕。自相當，合坐歡樂人命長。人命長，當結友，千秋萬歲皆老壽。

右一篇。

〔一〕反覆〔之〕：據《宋書・樂志》補。

齊世昌辭

《南齊書・樂志》曰：「晉《杯槃舞歌》十解，第三解云：『舞杯槃，何翩翩，舉坐翻覆壽萬年。』其第一解首句云『晉世寧』，宋改爲『宋世寧』，惡其杯槃翻覆，辭不復取。齊改爲『齊世昌』，後一解辭同。」《唐書・樂志》曰：「梁謂之舞盤伎，唐隸散樂部中。」

《隋書·樂志》曰：「梁三朝樂第二十一設舞盤伎。」

齊世昌，四海安樂齊太平。人命長，當結久，千秋萬歲皆老壽。

右一曲。

宋泰始歌舞曲辭

《古今樂録》曰：「《宋泰始歌舞》十二曲：一曰《皇業頌》，歌自堯至楚元王、高祖，世載聖德，二曰《聖祖頌》，三曰《明君大雅》，四曰《通國風》，五曰《天符頌》，六曰《明德頌》，七曰《帝圖頌》，八曰《龍躍大雅》，九曰《淮祥風》，十曰《宋世大雅》，十一曰《治兵大雅》，十二曰《白紵篇大雅》。」

皇業頌

明帝

皇業沿德建，帝運資勳融。〔一〕胤唐重盛軌，胄楚載休風。堯帝兆深祥，元王衍遐慶。積善傳上業，祚福啟英聖。衰數隨金禄，登曆昌水命。〔二〕維宋垂光烈，世美流舞詠。

〔一〕融：《全宋詩》卷一作「庸」，是。

〔二〕水：《宋書》作「永」，疑「水」字是，與上句「金」相應。

聖祖頌

聖祖惟高德，積勳代晉曆。永建享鴻基，萬古盛音册。睿文纘宸馭，廣運崇帝聲。衍德被仁祉，留化洽民靈。孝建締孝業，允協天人謀。宇内齊政軌，宙表燭威流。鐘管騰列聖，彝銘賁重猷。

明君大雅

虞龢

明君應乾數，撥亂紐頹基。〔一〕民慶來蘇日，國頌薰風詩。天步或暫艱，列蕃扇迷慝。廟勝敷九伐，〔二〕神謨洞七德。文教洗昏俗，武誼清祲埏。英勳冠帝則，萬壽永齊一作衍天。

〔一〕紐：《全宋詩》作「紹」。

〔二〕伐：同上作「代」。

通國風

明帝

開寶業，資賢昌。謨明盛，弼諧光。烈武惟略，景王勳，南康華容變政文。猛績爰著有左軍，三王到氏文武贊，丞相作輔屬伊旦。沈柳宗侯皆殄亂。泰始開運超百王，司徒驃騎勳德康。江安謨效殷誠彰，劉沈承規功名揚，慶歸我后祚無疆。

天符頌

明帝

天符革運，世誕英皇。在館神炫，既壯龍驤。六鍾集表，四緯駢光。於穆配天，永休厥祥。

明德頌

明帝

明德孚教，幽符麗紀。山鼎見奇，醴液涵祉。鵷雛耀儀，騶虞遊趾。福延億祚，慶流萬祀。

帝圖頌

帝圖凝遠，瑞美昭宣。濟流月鏡，鹿毳霜鮮。甘露降和，花雪表年。孝德載衍，芳風永傳。

龍躍大雅

龍躍戎府，〔一〕玉耀蕃宮。歲淹豫野，璽屬嬪中。江波澈映，石柏開文。觀毓花蕊，樓凝景雲。白(鳥)〔烏〕三獲，〔二〕甘液再呈。嘉禭表沃，連理協成。德充動物，道積通神。宋業允大，靈瑞方臻。

〔一〕戎府：《宋書》作「式符」。

〔二〕白(鳥)〔烏〕：據同上改。

淮祥風

淮祥應，賢彦生。翼贊中興致太平。

宋世大雅

虞龢

宋世寧，在泰始。醉酒歡，飽德喜。萬國朝，上壽酒。帝同天，惟長久。

治兵大雅

明帝

王命治兵，有征無戰。巾拂以淨，醜類革面。王儀振旅。載戢在辰。中虚巾拂，四表靜塵。

白紵篇大雅

在心曰志發言詩，聲成于文被管絲。手舞足蹈欣泰時，移風易俗王化基。琴角揮韻白雲舒，《簫韶》協音神鳳來。拊擊和節詠在初，章曲乍畢情有餘。文同軌一道德行，國靖民和禮樂成。四縣庭響美勳英，八列陛唱貴人聲。舞飾麗華樂容工，羅裳映一作皎日袂隨風。金翠列輝蕙麝豐，淑姿秀一作委體允帝衷。

齊明王歌辭七首〔一〕

王融

《齊明王歌辭》七曲，王融應司徒教而作也。一曰《明王曲》，二曰《聖君曲》，三曰《淥水曲》，四曰《採菱曲》，五曰《清楚引》，六曰《長歌引》，七曰《散曲》。

明王曲

明王日月照，至樂天地和。幸息《雲門》吹，復歇《咸池》歌。桂房金匏棟，〔二〕瑶軒絲石羅。朱騏步躑躅，玄鶴舞蹉跎。露凝嘉草秀，烟度醴泉波。皇基方萬祀，齊民樂如何。

右一曲，三解。

聖君曲

聖君應昌曆，景祚啟休期。龍樓神睿道，兔園仁義基。海蕩萬川集，山崖百草滋。盤苗成萃止，〔三〕渝韎異來思。清明動離軫，威惠一作懷被殊辭。大哉君爲后，何羡唐虞時。

右一曲，三解。

淥水曲

湛露改寒司，文鶯變春旭。〔四〕瓊樹落晨紅，瑶塘水初淥。日霽沙溆明，風動泉華燭。〔五〕

遵渚泛蘭觴，乘漪弄一作舞清曲。斗酒千金輕，寸陰百年促。何用盡歡娱，王度式如玉。

右一曲，三解。

採菱曲

炎光銷玉殿，涼風吹鳳樓。雕輜一作青輅傃平隰，朱櫂泊安流。金華妝翠羽，鷁首畫飛一作龍舟。荆姬採菱曲，越女江南謳。騰聲翻葉靜，發一作散響谷雲浮。良時時一遇，佳人難再求。

右一曲，三解。

清楚引

平原數千里，飛觀鬱岧岧。清月冏將曙，浩露零中宵。轉葉渡沙海，別羽自冰遼。四面涌一作通寒色，左右竟巖飇。峭澠多榛梗，京索久塵苗。逝將憑神武，奮劍盪遺妖。

右一曲，三解。

長歌引

周雅聽休明，齊德覯升平。紫烟四時合，黄河萬里清。翠柳蔭通街，朱闕臨高城。方轂雷塵起，接袖風雲生。酣笑爭日夕，絲管互逢迎。徂年無促慮，長歌有餘聲。

右一曲，三解。

散曲

金枝湛明燎，繡幕裂芳然。層閨横緑綺，曠席緬朱纏。楚調《廣陵散》，瑟柱秋風弦。輕裙中山麗，長袖邯鄲妍。徐歌駐行景，迅節籥浮烟。〔六〕言願聖明主，永永萬斯年。

右一曲，三解。

〔一〕《齊明王歌辭》七首：《詩紀》卷五七題下有「應司徒教作」五字。

〔二〕桂房：同上作「桂序」。輮：同上作「轉」。

〔三〕成萃：疑當作「咸萃」。

〔四〕文鶯：同上作「交鶯」，是。

〔五〕動泉：同上作「泉動」，是。

〔六〕籥：同上作「瀹」，似是。

唐功成慶善樂舞辭〔一〕

太宗

一曰《九功舞》，殿庭朝會所奏文舞也。《新唐書·禮樂志》曰：「太宗生於武功之慶善宫，貞觀六年幸之。宴從臣，賞賜閭里，同漢沛、宛。帝歡甚賦詩，吕才被之管弦，名曰《功成慶善樂》。以童兒六十四人，冠進德冠，紫袴褶，長袖，漆髻，屣履而舞。」《舊書·樂志》曰：「《慶善樂》，太宗所造也，名《九功之舞》。舞蹈安徐，以象文德洽而天下安樂也。冬正享讌及國有大慶，與《七德舞》偕奏于庭。」

壽丘唯舊跡，酆邑乃前基。粵余承累聖，懸弧亦在兹。弱齡逢運改，提劍鬱匡時。指麾八荒定，懷柔萬國夷。梯山盛入款，〔二〕駕海亦來思。單于陪武帳，日逐衞文榀。端扆朝四岳，無爲任百司。霜節明秋景，輕冰結水湄。芸黄遍原隰，禾穎積京坻。〔三〕共樂還譙宴，〔四〕歡此《大風》詩。〔五〕

〔一〕《唐功成慶善樂舞辭》：《全唐詩》卷一作《幸武功慶善宫》。

〔二〕盛：同上作「咸」。

〔三〕坻：同上作「畿」。

〔四〕譙：同上作「鄉」。

〔五〕此：同上作「比」。

唐中和樂舞辭〔一〕

德宗

《唐會要》曰：「貞元十四年，德宗以中和節自製《中和舞》，舞中成八卦。」又叙其舞曰：「朕以中春之首，紀爲令節，象中和之容，作《中和》之舞。」按此曲蓋因繼《天誕聖樂》而作也。

芳歲肇佳節，物華當仲春。乾坤既昭泰，烟景含氤氲。德淺荷玄貺，樂成思治人。〔二〕前庭列鐘鼓，廣殿延群臣。八卦隨舞意，五音轉曲新。顧非《咸池》奏，庶協南風薰。式宴禮所重，浹歡情必均。同和諒在兹，萬國希可親。

〔一〕《唐中和樂舞辭》：《全唐詩》卷一作「《中春麟德殿會百寮觀新樂詩》一章，章十六句。」

〔二〕思治：同上作「恩洽」。

霓裳辭十首

唐・王　建

一曰《霓裳羽衣曲》。《唐逸史》曰：「羅公遠多秘術，嘗與玄宗至月宮。初以拄杖向空擲之，化爲大橋。自橋行十餘里，精光奪目，寒氣侵人。至一大城，公遠曰：『此月宮也。』仙女數百，皆素練霓衣，舞于廣庭。問其曲，曰《霓裳羽衣》。帝曉音律，因默記其音調而還。回顧橋梁，隨步而没。明日，召樂工，依其音調，作《霓裳羽衣曲》。一說曰：開元二十九年中秋夜，帝與術士葉法善遊月宮，聽諸仙奏曲。後數日，東西兩川馳騎奏，其夕有天樂自西南來，過東北去。帝曰：『偶遊月宮聽仙曲，遂以玉笛接之，非天樂也。』曲名《霓裳羽衣》，後傳於樂部。」《樂苑》曰：「《霓裳羽衣曲》，開元中，西涼府節度楊敬述進。鄭愚曰：『玄宗至月宫，聞仙樂，及歸，但記其半。會敬述進《婆羅門曲》，聲調相符，遂以月中所聞爲散序，敬述所進爲曲，而名《霓裳羽衣》也。』白居易曰：『《霓裳》法曲也。其曲十二遍，起於開元，盛於天寶。』凡曲將終，聲拍皆促，唯《霓裳》之末，長引一聲。故其歌云『繁音急節十二遍，唳鶴曲終長引聲』是也。按王建辭云：『弟子部中留一色，聽風聽水作《霓裳》。』劉禹錫詩云：『三鄉陌上望仙山，歸作《霓裳羽衣曲》。』然則非月中所聞矣。」

弟子部中留一色，聽風聽水作《霓裳》。〔一〕散聲未足重來授，直到牀前見上皇。

中管五弦初半曲，遥教合上隔簾聽。一聲聲向天頭落，効得仙人夜唱經。〔二〕

自直梨園得出稀，〔三〕更番上曲不教歸。一時跪拜《霓裳》徹，立地階前賜紫衣。〔四〕

旋翻新譜聲初足，〔五〕除却梨園未教人。〔六〕宣與書家分手寫，〔七〕中官走馬賜功臣。

伴教《霓裳》有貴妃，從初直到曲成時。日長耳裏聞聲熟，拍數分毫錯總知。

弦索摐摐隔綵雲，五更初發一山一作滿宫聞。武皇自送西王母，〔八〕新换霓裳月色裙。〔九〕

敕賜宫人澡浴回，遥看美女院門開。一山星月《霓裳》動，好字先從殿裏來。〔一〇〕

傳呼法部按《霓裳》，新得承恩别作行。應是一作日晚貴妃樓上看，内人舁下綵羅箱。〔一一〕

朝元閣上山風起一作風初起，夜聽《霓裳》玉露寒。〔一二〕宮女月中更替立，〔一三〕黄金梯滑並行難。

知向一作在華清年月滿，〔一四〕山頭山底種長生。去時留下《霓裳曲》，總一作半是離宮別館聲。

〔一〕水：《全唐詩》卷三〇一注：「一作雨。」

〔二〕効：同上注：「一作學。」

〔三〕直：同上注：「一作入。」

〔四〕紫：同上注：「一作彩。」

〔五〕旋翻新：同上注：「一作自修曲。」足：又注：「一作起。」

〔六〕却：同上注：「一作在。」

〔七〕與：同上注：「一作示。」

〔八〕自：同上注：「一作目。」

〔九〕换：同上注：「一作染。」

〔一〇〕裏：同上注：「一作後。」

〔一一〕下：同上注：「一作出。」

〔一二〕玉露：同上注：「一作露坐。」

〔一三〕中：同上注：「一作明。」替：又注：「一作潛。」

〔一四〕年：同上注：「一作秋。」

柘枝詞

《樂府雜録》曰：「健舞曲有《柘枝》，軟舞曲有《屈柘》。」《樂苑》曰：「羽調有《柘枝曲》，商調有《屈柘枝》。此舞因曲爲名，用二女童，帽施金鈴，抃轉有聲。其來也，於二蓮花中藏花坼而後見，對舞相占，實舞中雅妙者也。」《教坊記》曰：「凡棚車上擊鼓非《柘枝》，則《阿遼破》也。」《羯鼓録》曰：「凡曲有意盡聲不盡者，須以他曲解之，如《耶婆色雞》用《屈柘急遍》解，《屈柘》用《渾脱》解之類是也。一説曰：《柘枝》，本《柘枝舞》也，其後字訛爲柘枝。」沈亞之賦云：「昔神祖之克戎，賓雜舞以混會。柘枝信其多妍，〔一〕命佳人以繼態。」然則似是戎夷之舞。按今舞人衣冠類蠻服，疑出南蠻諸國也。

將軍奉命即須行，塞外領强兵。聞道烽烟動，腰間寶劍匣中鳴。

〔一〕《沈下賢文集》卷一，「妍」下有「兮」字。

（柘枝調）〔同前〕三首〔一〕

薛　能

同營三十萬，震鼓伐西羌。戰血黏秋草，征塵攪夕陽。歸來人不識，帝里獨戎裝。

懸軍征拓羯，内地隔蕭關。日色崐崘上，風聲朔漠間。何當千萬騎，颯颯貳師還。

意氣成功日，春風起絮天。樓臺新邸第，歌舞小嬋娟。急破催摇曳，羅衫半脱肩。

〔一〕（柘枝調）〔同前〕：據毛本、《全唐詩》卷五五八改。

屈柘詞〔一〕

温庭筠

楊柳縈橋緑，玫瑰拂地紅。繡衫金騕褭，花髻玉瓏璁。宿雨香潛潤，春流水暗通。畫樓初夢斷，晴一作曉日照湘風。〔二〕

〔一〕屈柘：《全唐詩》卷五八一作「握柘」。

〔二〕晴：同上作「曉」。

散樂附

《周禮》曰：「旄人教舞散樂。」鄭康成云：「散樂，野人爲樂之善者，若今黄門倡。」即

《漢書》所謂黄門名倡丙强、景武之屬是也。漢有黄門鼓吹，天子所以宴群臣。然則雅樂之外，又有宴私之樂焉。《唐書·樂志》曰：「散樂者，非部伍之聲，俳優歌舞雜奏。」秦漢已來，又有雜伎，其變非一，名爲百戲，亦總謂之散樂。自是歷代相承有之。

俳歌辭

古　辭

一曰《侏儒導》，自古有之，蓋倡優戲也。《説文》曰：「俳，戲也。」《穀梁》曰：「魯定公會齊侯于夾谷，罷會，齊人使優施舞於魯君之幕下。」范甯云：「優，俳。施，其名也。」《樂記》：「子夏對魏文侯問曰：『新樂進俯退俯，俳優侏儒獶雜子女』。」王肅云：「俳優，短人也。」則其所從來亦遠矣。《南齊書·樂志》曰：「《侏儒導》，舞人自歌之。古辭俳歌八曲，前一篇二十二句，今侏儒所歌，摘取之也。」《古今樂録》曰：「梁三朝樂第十六，設俳技，技兒以青布囊盛竹篋，貯兩踒子，負束寫地歌舞。小兒二人，提沓踒子頭，讀俳云：見俳不語言，俳澀所俳作一起。四坐敬止。馬無懸蹄，牛無上齒。駱駝無角，奮迅兩耳。半拆薦博，四角恭跱。」《隋書·樂志》曰：「魏、晉故事，有《侏儒導》引，隋文帝以非正典，罷之。」

俳不言不語，呼俳噏所。俳適一起，狼率不止。生拔牛角，〔一〕摩斷膚耳。馬無懸蹄，牛無上齒。駱駝無角，奮迅兩耳。

〔一〕拔：點校本《南齊書》作「扳」。

宋鳳皇銜書伎辭

《隋書·樂志》曰：「鳳皇銜書伎，自宋齊已來有之。三朝用之。」《南齊書·樂志》曰：「蓋魚龍之流也。元會日，侍中於殿前跪取其書以授舍人，舍人受書，升殿跪奏，宋世有辭。齊初詔江淹改造，至梁武帝普通中，下詔罷之。」

大宋興隆膺靈符，鳳鳥感和銜素書。嘉樂之美通玄虛，惟新濟濟邁唐虞。巍巍蕩蕩道有餘。

齊鳳皇銜書伎辭

皇齊啟運從瑶璣，靈鳳銜書集紫微。和樂既洽神所依，超商卷夏耀英輝，永世壽昌聲華飛。

樂府詩集卷第五十七

琴曲歌辭一

琴者，先王所以修身、理性、禁邪、防淫者也，是故君子無故不去其身。《唐書·樂志》曰：「琴，禁也。夏至之音，陰氣初動，禁物之淫心也。」《世本》曰：「琴，神農所造。」《廣雅》曰：「伏羲造琴，長七尺二寸，而有五弦。」揚雄《琴清英》曰：「舜彈五弦之琴而天下化。」〔一〕《琴操》曰：「琴長三尺六寸六分，象三百六十〔六〕日。〔二〕廣六寸，象六合也。文上曰池，池，水也，言其平。下曰濱，濱，賓也，言其服也。前廣後狹，〔象〕尊卑(象)也。〔三〕上圓下方，法天地也。五弦，象五行也。文王、武王加二弦以合君臣之恩。」〔四〕《古今樂録》曰：「今稱二弦爲文武弦是也。」應劭《風俗通》曰：「七弦，法七星也。」《三禮圖》曰：「琴第一弦爲宫，次弦爲商，次爲角，次爲羽，次爲徵，次爲少宫，次爲少商。」桓譚《新論》曰：「今琴四尺五寸，法四時五行也。」崔豹《古今注》曰：「蔡邕益琴爲九弦，二弦大，次三弦小，次四弦尤小。」〔五〕梁元帝《纂要》曰：「古琴名有清角，黄帝之琴也。鳴鹿、循況、濫脅、號鍾、自鳴、空中，〔六〕皆齊桓公琴也。繞梁，楚莊王琴也。緑綺，司馬相如琴也。焦尾，蔡邕琴也。鳳皇，趙飛燕琴也。自伏羲制作之後，有瓠巴、師文、師襄、成連、伯牙、方子春、鍾子期，皆善鼓琴。而其曲有暢、有操、有引、有弄。」《琴論》曰：「和樂而作，命之曰暢，言達則兼濟天下而美暢其道也。憂愁而作，命之曰操，言窮則獨善其身而不失其操也。引者，進德修業，申達之名也。弄者，情性和暢，寬泰之名也。其後西漢時有慶安世者，爲成帝侍郎，善爲《雙鳳離鸞之曲》，齊人劉道强能作《單鳧寡鶴之弄》，趙飛燕亦善爲《歸風送遠之操》，皆妙絶當時，見稱後世。若夫心意感發，聲調諧應，大弦寬和而温，小弦清廉而不亂，攫之深，醳之愉，斯爲盡善矣。古琴曲有五曲、九引、十二操。五曲：一曰《鹿鳴》，二曰《伐檀》，三曰《騶虞》，四曰《鵲巢》，五曰《白駒》。九引：一曰《烈女引》，二曰《伯妃引》，三曰《貞女引》，四曰《思歸引》，五曰《霹靂引》，六曰《走馬引》，七曰《箜篌引》，八曰《琴引》，九曰《楚引》。十二操：一曰《將歸操》，二曰《猗蘭操》，三曰《龜山操》，四曰《越裳操》，五曰《拘幽操》，六曰《岐山操》，七曰《履霜操》，八曰《朝飛操》，九曰《别鶴操》，十曰《殘形操》，十一曰《水仙操》，十二曰《襄陵操》。自是已後，作者相繼，而其義與其所起，略可考而知，故不復備論。」《樂府解題》曰：「《琴操》紀事，好與本傳相違，存之者，以廣異聞也。」

〔一〕化：《玉函山房輯佚書》樂類引《琴清英》作「治」。
〔二〕三百六十〔六〕日：據《初學記》第一六改。
〔三〕〔象〕尊卑（象）：據《古今樂録》改。
〔四〕文王、武王：同上《琴清音》作「堯」。
〔五〕〔二〕弦大〔三〕句：聚珍仿宋版《古今注》卷中作「後還用七弦」。
〔六〕鳴鹿、循況、濫脅：《初學記》作「鳴廉、修況、籃脅」。

白雪歌

齊・徐孝嗣

謝希逸《琴論》曰：「劉涓子善鼓琴，制《陽春》《白雪》曲。琴集曰：《白雪》師曠所作商調曲也。」《唐書・樂志》曰：「《白雪》，周曲也。」張華《博物志》曰：「《白雪》者，太帝使素女鼓五十弦瑟曲名也。」高宗顯慶二年，太常言《白雪》琴曲本宜合歌，今依琴中舊曲，以御製《雪詩》爲《白雪》歌辭。又古今樂府奏正曲之後，皆別有送聲，乃取侍臣許敬宗等和詩以爲送聲，各十六節。六年二月，吕才造琴歌《白雪》等曲，帝亦製歌辭十六章，皆著於樂府。

風閨晚翻靄，月殿夜凝明。願君早留一作流眄，無令春草生。

同前

梁・朱孝廉

凝雲没霄漢，從風飛且散。聯翩避幽谷，徘徊依井幹。既興楚客謡，亦動周王歎。所恨輕寒早，不迨陽春一作春光旦。

白雪曲

唐・僧貫休

列鼎佩金章，淚眼看風枝。却思食藜藋，身作屠沽兒。負米無遠近，所希斗䉼歸。〔一〕爲人無貴賤，莫學雞狗肥。斯言如不忘，别更無光輝。斯言如或忘，即安用人爲。

〔一〕斗䉼：《全唐詩》卷八二六作「升斗」。

神人暢

唐　堯

《古今樂録》曰：「堯郊天地，祭神座上有響，誨堯曰：『水方至爲害，命子救之。』堯乃作歌。」謝希逸《琴論》曰：「《神人暢》，堯帝所作。堯彈琴感神人現，故制此弄也。」

清廟穆兮承予宗，百僚肅兮于寢堂。醊禱進福求年豐，有響在坐，敕予爲害在玄中。欽哉皓天德不隆，承命任禹寫中一作東宮。

思親操

虞舜

《古今樂録》曰：「舜遊歷山，見烏飛，思親而作此歌。」謝希逸《琴論》曰：「舜作《思親操》，孝之至也。」

陟彼歷山兮崔嵬，有鳥翔兮高飛。瞻彼鳩兮徘徊，河水洋洋兮青泠。〔一〕深谷鳥鳴兮鸎鸎，〔二〕設罝張罝兮思我父母力耕。〔三〕日與月兮往如馳，父母遠兮吾當安歸。〔四〕

〔一〕青泠：《古樂府》卷九、《詩紀》卷四均作「清泠」。
〔二〕鸎鸎：《詩紀》卷四作「嚶嚶」。
〔三〕設罝張罝：《詩紀》作「設罝張罝」。
〔四〕當：《古樂府》作「將」。

南風歌二首〔一〕

虞舜

《古今樂録》曰：「舜彈五弦之琴，歌《南風》之詩。」《史記・樂書》曰：「舜歌《南風》而天下治，《南風》者，生長之音也。舜樂好之，樂與天地同，意得萬國之歡心，故天下治也。」

反彼三山兮商岳嵯峨，天降五老兮迎我來歌。有一作青黄龍兮自出于河，負書圖兮委蛇。羅沙案圖觀讖兮閔天嗟嗟，擊石拊韶兮淪幽洞微，鳥獸蹌蹌兮鳳皇來儀，凱風自南兮喟其增歎。〔二〕

南風之薰兮，可以解吾民之慍兮。南風之時兮，可以阜吾民之財兮。

〔一〕《南風歌二首》：《詩紀》卷四作「《南風歌》」，下注『《玉海》逸詩』，無作者名。」又一首《南風操》，稱「《琴操》以爲舜作」，即「反彼三山」一首。

〔二〕歎：同上作「悲」。

湘妃

唐・劉長卿

《山海經》曰：「洞庭之山，帝之二女居之。」郭璞云：「天帝之女，處江爲神，即《列仙傳》所謂江妃二女也。」劉向《列女傳》曰：「帝堯之二女，長曰娥皇，次曰女英，堯以妻舜于嬀汭。舜既爲天子，娥皇爲后，女英爲妃。舜死於蒼梧，二妃死於江湘之間，俗謂之湘君。」《湘中記》曰：「舜二妃死爲湘水神，故曰湘妃。」韓愈《黄陵廟碑》

曰：「秦博士對始皇帝云：湘君者，堯之二女舜妃者也。劉向鄭玄亦皆以二妃爲湘君。而《離騷》《九歌》既有《湘君》，又有《湘夫人》，王逸以爲湘君者，自其水神而謂，湘夫人乃二妃，璞與逸俱失也。堯之長女娥皇爲舜正妃，故曰君，其二女女英自宜降曰夫人也。故《九歌》謂娥皇爲君，女英爲帝子，各以其盛者推言之也。禮有小君，明其正自得稱君也。」按《琴操》有《湘妃怨》，又有《湘夫人》曲。

帝子不可見，秋風來暮思。嬋娟湘江月，千載空蛾眉。

同前

李賀

�竹千年老不死，長伴秦一作神娥蓋湘水。〔一〕蠻娘吟弄滿寒空，九山靜緑淚花紅。離鸞別鳳烟梧中，巫雲蜀雨遥相通。幽愁秋氣上青楓，涼夜波間吟古龍。

〔一〕秦娥：《李長吉詩歌彙解》王琦注：「秦娥，一作神娥。又《廣西通志》載此詩，『筠竹』作『斑竹』，『秦娥』作『英娥』，下文『蠻娘』作『蠻風』，似覺順遂。」

湘妃怨

孟郊

南巡竟不返，帝子一作二妃怨逾積。〔一〕萬里喪蛾眉，瀟湘水空碧。冥冥荒山下，古廟收貞魄。喬木深青春，清光滿瑤席。〔二〕搴芳徒有薦，靈意殊脈脈。玉佩不可親，徘徊烟波夕。

〔一〕帝子：《孟東野集》卷一作「二妃」。怨：同上注：「一作悲。」

〔二〕滿：同上作「肅」。

同前〔一〕

陳羽

二妃怨處雲沉沉，〔二〕二妃哭處湘水深。商人酒滴廟前草，蕭颯風生斑竹林。〔三〕

〔一〕同前：《全唐詩》卷三四八作《湘君祠》。

〔二〕怨：《英華》卷二〇四作「愁」。

〔三〕蕭颯：《全唐詩》作「蕭索」。

湘妃列女操

鮑溶

有虞夫人哭虞後，淑女何事又傷離。竹上淚跡生不盡，寄哀雲和五十絲。雲和經奏鈞天曲，〔一〕乍聽寶琴遥嗣續，三湘測測流急緑。秋夜露寒蜀帝飛，楓林月斜楚臣宿。更疑川宫日黄昏，闇携女手殷勤言，環珮玲瓏有無間。終疑既遠雙悄悄，蒼梧舊雲豈難召，老猿心寒不可嘯。目眄眄兮意蹉跎，魂騰騰兮驚秋波。曲一盡兮憶再奏，衆弦不聲且如何。

〔一〕經：《全唐詩》卷四八七作「終」，是。

湘夫人

梁・沈約

瀟湘風已息，沅澧復安流。揚蛾一含睇，便娟好且修。捐玦置澧浦，解珮寄中洲。

同前

王僧孺

桂棟承薜帷，眇眇川之湄。白蘋徒可望，緑芷竟空滋。日暮思公子，銜意嘿無辭。

同前

唐・鄒紹先

楓葉下秋渚，二妃愁渡湘。疑山空杳藹，何處望君王。日落水雲裹，油油心自傷。

同前

李頎

九嶷日已暮，三湘雲復愁。窅靄羅袂色，潺湲江水流。佳期來北渚，捐玦在芳洲。〔一〕

〔一〕玦：《全唐詩》卷一三三作「佩」。

同前〔一〕

郎士元

蛾眉對湘水，遥哭蒼梧間。〔二〕萬乘既已殁，孤舟誰忍還。至今楚山上，猶有淚痕斑。南有涔陽路，渺渺多新愁。昔神降回時，〔三〕風波江上秋。〔四〕彩雲忽無處，碧水空安流。

〔一〕同前：《全唐詩》卷二四八作「二首」，「南有涔陽路」下作另一首，作另一首是。

〔二〕間：同上作「山」。

〔三〕昔神降回：同上作「桂酒神降」。

〔四〕風波：同上作「迴風」。

襄陵操

夏禹

一曰《禹上會稽》。《書》曰：「湯湯洪水方割，蕩蕩懷山襄陵，浩浩滔天。」《古今樂録》曰：「禹治洪水，上會稽山，顧而作此歌。」謝希逸《琴論》曰：「夏禹治水而作《襄陵操》。」《琴集》曰：「《禹上會稽》，夏禹東巡狩所作也。」

嗚呼，洪水滔天，下民愁悲，上帝愈咨。〔一〕三過吾門不入，父子道衰。嗟嗟不欲煩下民。

〔一〕咨：《古樂府》卷九作「恣」。

霹靂引

梁・簡文帝

謝希逸《琴論》曰：「夏禹作《霹靂引》。」《樂府解題》曰：「楚商梁遊於雷澤，霹靂下，乃援琴而作之，名《霹靂引》。」未知孰是。

來從東海上，發自南山陽。時聞連鼓響，乍散投壺光。飛車走四瑞，繞電發時祥。令去於斯表，殺來永傳芳。

同前

隋・辛德源

出地聲初奮，乘乾威更作。雲銜天笑明，雨帶星精落。碎枕神無繞，〔一〕震楹書自若。側一作時聞吟白虎，遠見飛一作舞玄鶴。

〔一〕繞：《全隋詩》卷二作「擾」，是。

同前

唐・沈佺期

歲七月火伏而金生，客有鼓瑟於門者，〔一〕奏霹靂之商聲。始戛羽以騞砉，終扣宫而砰駖。電耀耀兮龍躍，雷闐闐兮雨冥。氣嗚唅以會雅，態欻翕以横生。有如驅千旗，制五兵，截荒虺，斮長鯨。孰與廣陵比意，别鶴儔精而已。俾我雄子魄動，毅夫髮立，懷恩不淺，武義雙輯。視胡若芥，剪羯如拾。豈徒慨慷中筵，備群娱之翕習哉！

〔一〕瑟：《全唐詩》卷九五作「琴」。

箕子操

殷・箕　子

一曰《箕子吟》。《史記》曰：「紂始爲象箸，箕子歎曰：『彼爲象箸，必爲玉杯；爲玉杯，則必思遠方珍怪之物而御之矣。輿馬宫室之漸，自此始不可振也。』乃披髮佯狂而爲奴，遂隱而鼓琴以自悲。」《古今樂録》曰：「紂時，箕子佯狂，痛宗廟之爲墟，乃作此歌，後傳以爲操。」《琴集》曰：「《箕子吟》，箕子自作也。」

嗟嗟，紂爲無道殺比干。嗟重復嗟獨奈何！漆身爲厲，被髮以佯狂，今奈宗廟何！天乎天哉！欲負石自投河。嗟復嗟，奈社稷何！

拘幽操

周・文王

一曰《文王哀羑里》。《琴操》曰：「《拘幽操》，文王拘於羑里而作也。文王修德，百姓親附。崇侯虎疾之，譖於紂曰：『西伯昌，聖人也。長子發，中子旦，皆聖人也。三聖合謀，君其慮之。』乃囚文王於羑里，將殺之。於是文王四臣散宜生之徒，得美女、大貝、白馬朱鬣以獻於紂，〔一〕紂遂出西伯。文王在羑里，演《易》八卦以爲六十四，作鬱厄之辭曰：『困于石，據于蒺藜。』乃申憤而作歌云。」

殷道溷溷，浸濁煩兮。朱紫相合，不別分兮。迷亂聲色，信讒言兮。炎炎之虐，使我愆兮。〔二〕幽閉牢穽，由其言兮。遘我四人，憂動勤兮。〔三〕

〔一〕朱鬣：《詩紀》卷四注作「朱鼠」。

〔二〕「炎炎」兩句：同上注：「《古今樂録》作『閻閻之虎，使我褰兮』，虎蓋謂崇侯也。」

〔三〕動勤：同上作「勤勤」。

同前〔一〕

唐・韓　愈

目掩掩兮其凝其盲，〔二〕耳肅肅兮聽不聞聲。朝不日出兮夜不見月與星，〔三〕有知無知兮爲死爲生。嗚呼，臣罪當誅兮天王聖明。

〔一〕同前：《韓昌黎集》卷一有序：「文王羑里作。」

〔二〕掩掩：同上作「窈窈」，似勝。

〔三〕朝不日出：同上注「日上或有見字」，有「見」字勝。

文王操

周・（武）〔文〕王〔一〕

《琴操》曰：「紂爲無道，諸侯皆歸文王。其後有鳳皇銜書於郊，文王乃作此歌。」謝希逸《琴論》曰：「《文王操》，文王作也。」

翼翼翺翔，彼鳳皇兮。銜書來遊，以會昌兮。〔二〕瞻天案圖，殷將亡兮。蒼蒼之天，〔三〕始有萌兮。五神連精，合謀房兮。〔四〕興我之業，望羊來兮。〔五〕

〔一〕（武）〔文〕：據毛本及本詩題解改。

〔二〕會：《詩紀》卷四注：「一作命。」

〔三〕之：同上注：「一作昊。」

〔四〕「五神」兩句：同上注：「一作精連神合，謀於房兮。」

〔五〕望羊來：同上作「望來羊」。

剋商操

周・武王

一曰《武王伐紂》。《古今樂録》曰：「武王伐紂而作此歌。」謝希逸《琴論》曰：「《剋商操》，武王伐紂時制。」《琴集》曰：「《武王伐紂》，武王自作也。」

上告皇天兮，可以行乎？

傷殷操

宋・微子

《琴集》曰：「《傷殷操》微子所作也。」《尚書大傳》曰：「微子將朝周，過殷之故墟，見麥秀之蔪蔪，黍禾之蠅蠅也，曰：『此故父母之國，宗廟社稷之亡也。』志動心悲，欲哭則爲朝周，欲泣則近婦人，推而廣之作雅聲，即此操也，亦謂之《麥秀歌》。」

麥秀漸漸兮禾黍油油，〔一〕彼狡童兮不我好仇。

〔一〕漸漸：《古樂府》卷九作「蕲蕲」。

越裳操

周公旦

《琴操》曰：「《越裳操》，周公所作也。」《古今樂録》曰：「越裳獻白雉，周公作歌，遂傳之爲《越裳操》。」

於戲嗟嗟，非旦之力，乃文王之德。〔一〕

〔一〕「非旦」兩句末，《詩紀》卷四均有「也」字。

同前〔一〕

唐・韓　愈

雨之施，物以孳，我何意於彼爲。自周之先，其艱其勤。以有疆宇，私我後人。我祖在上，四方在下。厥臨孔威，敢戲以侮。孰荒于門，孰治于田。四海既均，越裳是臣。

〔一〕同前：《韓昌黎集》卷一有序：「周公作。」

岐山操〔一〕

韓愈

《琴操》曰：「《岐山操》，周公爲大王作也。」

我家于豳，自我先公。伊我承緒，敢有不同。今狄之人，將土我疆。民爲我戰，誰使死傷。彼岐有岨，我往獨處。人莫舊作莫爾余追，〔二〕無思我悲。

〔一〕《岐山操》：《韓昌黎集》卷一有序：「周公爲太王作。」

〔二〕人莫：同上及《全唐詩》卷三三六作「爾莫」。《唐文粹》作「莫爾」。

神鳳操〔一〕

周·成王

一曰《鳳皇來儀》。《古今樂録》曰：「周成王時，鳳皇翔舞，成王作此歌。」謝希逸《琴論》曰：「成王作《神鳳操》，言德化之感也。」《琴集》曰：「《鳳皇來儀》，成王所作。」

鳳皇翔兮於紫庭，〔二〕予何德兮以感靈。賴先人兮恩澤臻，〔三〕于胥樂兮民以寧。

〔一〕《神鳳操》：《詩紀》卷四注：「《玉海》作周成王《儀鳳歌》。」

〔二〕於：同上注：「《玉海》云：一作舞。」

〔三〕臻：同上注：「《初學記》引此，宋《符瑞記》亦載此，臻字作轃。」

採薇操〔一〕

伯　夷

《琴集》曰：「《採薇操》，伯夷所作也。」《史記》曰：「武王克殷，伯夷、叔齊恥之，不食周粟，隱於首陽山，採薇而食之。乃作歌，因傳以爲操。」《樂府解題》曰：「《採薇操》亦曰《晨遊高舉》。」

登彼高山，言採其薇。以亂易暴，不知其非。神農虞夏，忽焉没兮，我適安歸。

〔一〕《採薇操》：《詩紀》卷一作《採薇歌》，引《史記・伯夷傳》作：「登彼西山兮，採其薇矣。以暴易暴兮，不知其非矣。神農虞夏，忽焉没矣，我適安歸兮。吁嗟徂兮，命之衰矣。」

履霜操

尹伯奇

《琴操》曰：「《履霜操》，尹吉甫之子伯奇所作也。伯奇無罪，爲後母讒而見逐，乃集芰荷以爲衣，採楟花以爲食。晨朝履霜，自傷見放，於是援琴鼓之而作此操。曲終，投河而死。」

履朝霜兮採晨寒，考不明其心兮聽讒言。孤恩别離兮摧肺肝。〔一〕何辜皇天兮遭斯愆，痛殁不同兮恩有偏，誰説顧兮知我冤。〔二〕

〔一〕恩：《詩紀》卷四作「息」。

〔二〕誰説顧：同上作「誰能流顧」，是。

同前〔一〕

唐・韓　愈

父兮兒寒，母兮兒飢。兒罪當笞，逐兒何爲？兒在中野，以宿以處。四無人聲，誰與兒語？兒寒何衣，兒飢何食？兒行于野，履霜以足。母生衆兒，有母憐之。獨無母憐，兒寧不悲。

〔一〕同前：《韓昌黎集》卷一有序：「尹吉甫子伯奇，無罪，爲後母譖而見逐，自傷作。」

士失志操四首

晉・介子推

《琴集》曰：「《士失志操》，介子推所作也，一曰《龍蛇歌》。」《琴操》曰：「文公與介子綏俱遁，子綏割腓股以啖文公。文公復國，咎犯、趙衰俱蒙厚賞，子綏獨無所得，乃作《龍蛇之歌》而隱。文公求之不肯出。」按《史記》：「文公重耳奔狄，其後反國，賞從亡，未及介子推。子推欲隱，從者憐之，乃懸書宫門。文公出見之，曰：『此介子推也。』使人召之，亡入綿上山中。於是文公環綿上山而封之，以爲介推田，號曰介山是也。」

有龍矯矯，頃失其所。五蛇從之，周遍天下。龍飢無食，一蛇割股。龍反其淵，安其壤土。四蛇入穴，皆有處所。一蛇無穴，號於中野。

有龍矯矯，遭天譴怒。三蛇從之，一蛇割股。二蛇入國，厚蒙爵土。餘有一蛇，棄於草莽。

有龍矯矯，將失其所。有蛇從之，周流天下。龍既入深淵，得其安所。蛇脂盡乾，獨不得甘雨。

龍欲上天，五蛇爲輔。龍已升雲，四蛇各入其宇。一蛇獨怨，終不見處所。

雉朝飛操

齊·犢沐子

一曰《雉朝雊操》。揚雄《琴清英》曰：「《雉朝飛操》，衛女傅母之所作也。衛侯女嫁於齊太子，中道聞太子死，問傅母曰：『何如？』傅母曰：『且往當喪。』喪畢不肯歸，終之以死。傅母悔之，取女所自操琴，於冢上鼓之。忽二雉俱出墓中，傅母撫雉曰：『女果爲雉耶？』言未畢，俱飛而起，忽然不見。傅母悲痛，援琴作操，故曰《雉朝飛》。」崔豹《古今注》曰：「《雉朝飛》者，犢沐子所作也。齊宣王時，處士泯宣，年五十無妻。出薪於野，見雉雄雌相隨而飛，意動心悲，乃仰天歎大聖在上，恩及草木鳥獸，而我獨不獲。因援琴而歌，以明自傷。其聲中絶。魏武帝時，宮人有盧女者，七歲入漢宮，學鼓琴，特異於餘妓，善爲新聲，能傳此曲。」伯牙《琴歌》曰：「麥秀蕲兮雉朝飛，向虚壑兮背喬槐，依絶區兮臨回池。」《樂府解題》曰：「若梁簡文帝『晨光照麥畿』，但詠雉而已。」

雉朝飛兮鳴相和，雌雄群遊於山阿。我獨何命兮未有家。時將暮兮可奈何，嗟嗟暮兮可奈何。

同前

宋·鮑　照

雉朝飛，振羽翼，專場挾雌恃强力。媒已驚，翳又逼，蒿間潛彀盧矢直。刎繡頸，碎錦臆，絶命君前無怨色。握君手，執杯酒，意氣相傾死何有。

同前

梁・簡文帝

晨光照麥畿，平野度春翬。避鷹時聳角，（姑）〔妒〕隴或一作忽斜飛。〔一〕少年從遠役，有恨意多違。不如隨蕩子，羅袂拂臣衣。

〔一〕（姑）〔妒〕：據《詩紀》卷六七改。

同前

吴　均

二月雉朝飛，橫行傍壟歸。斜看水外翟，側聽嶺南翬。蹀躞恒欲戰，耿耿恃强威。當令君見賞，何辭碎錦衣。

同前

唐・李　白

麥隴青青三月時，白雉朝飛挾兩雌。錦衣綺翼何離褷，〔一〕犢沐採薪感之悲。〔二〕春天和，白日暖，啄食飲泉勇氣滿。爭雄鬬死繡頸斷。雉子斑奏急管弦，心傾美酒盡玉椀。〔三〕枯楊枯楊爾生荑，〔四〕我獨七十而孤棲。彈弦寫恨意不盡，瞑目歸黄泥。

〔一〕綺翼：蕭本《李太白詩》卷三作「繡翼」。

〔二〕犢沐：同上作「犢牧」。

〔三〕心傾美酒：同上作「傾心酒美」。

〔四〕荑：同上作「稊」。

同前〔一〕

韓　愈

雉之飛，于朝日。群雌孤雄，意氣横出。〔二〕當東而西，當啄而飛。隨飛隨啄，群雌粥粥。〔三〕嗟我雖人，曾不如彼雉雞。〔四〕生身七十年，無一妾與妃。

〔一〕同前：《韓昌黎集》卷一有序：「犢牧子七十無妻，見雉雙飛，感之而作。」

〔二〕氣：同上注：「或無氣字。」

〔三〕粥粥：同上注：「粥粥，或謂字當作𠈌，音祝。《説文》：『呼雞，重言之。』」

〔四〕彼雉雞：同上注：「别本彼作此，無雞字，而下語妃亦娘，與雉協。」

同前

張　祜

朝陽隴東泛暖景，雙啄雙飛雙顧影。朱冠錦襦聊日整，漠漠霧中如衣褧。傷心盧女弦，七十老翁長獨眠。雄飛在草雌在田，衷腸結憤氣呵天。聖人在上心不偏，翁得女妻甚可憐。

樂府詩集卷第五十八

琴曲歌辭二

思歸引

晉・石崇

一曰《離拘操》。《琴操》曰：「衛有賢女，〔一〕邵王聞其賢而請聘之，未至而王薨。太子曰：『吾聞齊桓公得衛姬而霸，今衛女賢，欲留之。』大夫曰：『不可。若賢必不我聽，若聽必不賢，不可取也。』太子遂留之，果不聽。拘於深宮，思歸不得，遂援琴而作歌，曲終，縊而死。」晉石崇《思歸引序》曰：「崇少有大志，晚節更樂放逸。因覽樂篇有《思歸引》，古曲有弦無歌，乃作樂辭。」但思歸河陽別業，與琴操異也。《樂府解題》曰：「若梁劉孝威『胡地憑良馬』，備言思歸之狀而已。」按謝希逸《琴論》曰：「箕子作《離拘操》。」不言衛女作，未知孰是。

思歸引，歸河陽。假余翼，鴻鶴高飛翔。經芒阜，〔二〕濟河梁，望我舊館心悅康。清渠激，魚彷徨，雁驚泝波群相將，終日周覽樂無方。登雲閣，列姬姜，拊絲竹，叩宮商，宴華池，酌玉觴。

〔一〕賢女：《樂府古題要解》作「美」。
〔二〕芒阜：《藝文》卷四二作「芸阜」。

同前

梁・劉孝威

胡地憑良馬，懷驕負漢恩。甘泉烽火入，回中宫室燔。錦車勞遠駕，繡衣疲屢奔。貳師已喪律，都尉亦〔銷〕魂。〔一〕龍堆求援急，狐塞請先屯。櫪下驅雙駿，〔二〕腰邊帶兩鞬。〔三〕乘障無期限，思歸安可論一作言。〔四〕

〔一〕〔銷〕：據《古樂府》卷九及毛刻本補。
〔二〕驅：《藝文》卷四二作「嚴」。
〔三〕帶：同上作「垂」。
〔四〕思歸：同上作「歸思」。論：同上作「言」。

同前

唐・張　祜

重重作閨清旦鐍，兩耳深聲長不徹。深宫坐愁百年身，一片玉中生憤血。焦桐罷彈絲自絶，漠漠暗魂愁夜月。故鄉不歸誰共穴，石上作蒲蒲九節。

猗蘭操

魯・孔　子

一曰《幽蘭操》。《古今樂録》曰：「孔子自衛反魯，見香蘭而作此歌。」《琴操》曰：「《猗蘭操》，孔子所作。孔子歷聘諸侯，諸侯莫能任。自衛反魯，隱谷之中，見香蘭獨茂，喟然嘆曰：『蘭當爲王者香，今乃獨茂，與衆草爲伍。』乃止車，援琴鼓之，自傷不逢時，託辭於香蘭云。」《琴集》曰：「《幽蘭操》，孔子所作也。」

習習谷風，以陰以雨。之子于歸，遠送于野。何彼蒼天，不得其所。逍遥九州，無所定處。時一作世人闇蔽，不知賢者。年紀逝邁，一身將老。

同前

隋・辛德源

奏事傳青閣，拂除乃陶嘉。散條凝露彩，含芳映日華。已知香若麝，無怨直如麻。不學芙蓉草，空作眼中花。

同前〔一〕

唐・韓　愈

蘭之猗猗，揚揚其香。不採而佩，於蘭何傷。今天之旋，其曷爲然。我行四方，以日以年。雪霜貿貿，薺麥之茂。子如不傷，我不爾覯。薺麥之茂，薺麥之有。君子之傷，君子之守。

〔一〕同前：《韓昌黎集》卷一有序：「孔子傷不逢時作。」

幽蘭五首

宋・鮑　照

傾暉引暮色，孤景流恩顏。〔一〕梅歇春欲罷，期渡往不還。〔二〕

簾委蘭蕙露，帳含桃李風。攬帶昔何道，坐令芳節終。

結佩徒分明，抱梁輒乖互。〔三〕華落知不終，〔四〕空愁坐相誤。

眇眇蛸挂網，漠漠蠶弄絲。空慚不自信，怯與君盡一作劃期。〔五〕

陳國鄭東門，古來共所知。〔六〕長袖暫徘徊，驅馬停路歧。

〔一〕流恩：《鮑參軍集》作「流思」，是。

〔二〕期渡：當作「期度」。

〔三〕乖互：同上作「乖忤」。

〔四〕知不：同上作「不知」。

〔五〕盡：同上作「晝」，即「劃」字，佳。

〔六〕古來：同上作「古今」。

同前

唐·崔塗

幽植衆能知，〔一〕貞芳只暗持。〔二〕自無君子佩，未是國香衰。白露沾長早，青春每到遲。〔三〕不知當路草，〔四〕芳馥欲何爲。

〔一〕能：《全唐詩》卷六七九作「寧」。

〔二〕貞芳：同上作「芬芳」。

〔三〕「青春」句：同上作「春風到每遲」。

〔四〕不知：同上作「不如」。

將歸操

魯·孔子

一曰《陬操》。《琴操》曰：「《將歸操》，孔子所作也。」《孔叢子》曰：「趙使聘夫子，夫子聞鳴犢與竇犨之見殺也，回輿而旋，爲操曰《將歸》。」《史記·世家》曰：「孔子既不得用於衛，將西見趙簡子，至於河，而聞竇鳴犢、舜華之死，臨河而嘆曰：『美哉水，洋洋乎，丘之不濟此，命也夫。』子貢曰：『何謂也？』孔子曰：『竇鳴犢、舜華，晉國之賢大夫也。趙簡子未得志之時，須此兩人而后從政，及其已得志，殺之乃從政。夫鳥獸之不義也，尚知辟之，況乎丘哉！』乃還，息乎陬鄉，作爲《陬操》以哀之。」徐廣曰：「竇鳴犢、舜華，或作鳴鐸、竇犨。」王肅曰：「《陬操》，琴曲名也。」

翺翔于衛，復我舊居。從吾所好，其樂只且。

同前〔一〕

唐·韓　愈

秋之水兮其色幽幽，我將濟兮不得其由。涉其淺兮石齧我足，乘其深兮龍入我舟。我濟而悔兮將安歸尤。歸乎歸乎，〔二〕無與石鬬兮無應龍求。

〔一〕同前：《韓昌黎集》卷一有序：「孔子之趙，聞殺鳴犢作。」

〔二〕歸乎歸乎：同上作「歸兮歸兮」。

龜山操〔一〕

韓　愈

《琴操》曰：「《龜山操》，孔子所作也。季桓子受齊女樂，孔子欲諫不得，退而望魯龜山，作此曲，以喻季氏，若龜山之蔽魯也。」

龜之氣兮不能雲舊作爲雨，〔二〕龜之枿兮不中梁柱，龜之大兮祇以奄魯，知將隳兮哀莫余伍。〔三〕周公有思兮嗟余歸輔。〔四〕

〔一〕《龜山操》：《韓昌黎集》卷一有序：「孔子以季桓子受齊女樂，諫不從，望龜山而作。」

〔二〕氣：同上作「氛」。

〔三〕知：同上注：「或作如。」

〔四〕思：同上作「鬼」。

殘形操〔一〕

韓　愈

《琴操》曰：「《殘形操》，曾子所作。〔二〕曾子夢一狸，不見其首，而作此曲也。」

有獸維狸兮我夢得之，其身孔明兮而頭不知。吉凶何爲兮覺坐而思，巫咸上天兮識者其誰。

〔一〕《殘形操》：《韓昌黎集》卷一有序：「曾子夢見一狸，不見其首作。」

〔二〕曾子：同上注：「曾子一作魯子。」

雙燕離〔一〕

梁・簡文帝

《琴集》曰：「《獨處吟》《流凘咽》《雙燕離》《處女吟》四曲，其詞俱亡。」《琴曆》曰：「河間新歌二十一章，此其四曲也。」

雙燕有雄雌，照日兩差池。銜花落北户，逐蝶上南枝。桂棟本曾宿，虹梁早自窺。願得長如此，無令雙燕離。

〔一〕雙燕離：《詩紀卷六七作《雙燕詩》。

同前

沈君攸

雙燕雙飛，雙情想思。容色已改，故心不衰。雙入幕，雙出帷。秋風去，春風歸。幕上危，雙燕離。銜羽一別涕泗垂，夜夜孤飛誰相知。左回右顧還相慕，翩翩桂水不忍渡，懸目挂心思越路。縈鬱摧折意不泄，願作鏡鸞相對絶一作〔孤〕鸞對鏡絶，武本願作鏡鸞相對絶。〔一〕

〔一〕鏡鸞相對絶：《詩紀》卷九三注：「一作孤鸞鏡中絶。」《全梁詩》注：「又作孤鸞對鏡絶。」又本集注中脱「孤」字，據上注補。

同前

唐・李　白

雙燕復雙燕，雙飛令人羨。玉樓珠閣不獨棲，金窗繡户長相見。柏梁失火去，因入吴王宫。吴宫又焚蕩，雛盡巢亦空。憔悴一身在，孀雌憶故雄。雙飛難再得，傷我寸心中。

處女吟

魯・處　女

《琴操》曰：「《處女吟》，魯處女所作也。」《古今樂録》曰：「魯處女見女貞木而作歌，亦謂之《女貞木歌》。」

菁菁茂木，隱獨榮兮。變化垂枝，含蕤英兮。修身養志，建令名兮。厥道不同，善惡并兮。屈身身獨，去微清兮。懷忠見疑，何貪生兮。

貞女引

梁・簡文帝

《琴操》曰：「魯次室女作《貞女引》。」

借問懷春臺，〔一〕百尺淩雲霧。北有歲寒松，南臨女貞樹。庭花對帷滿，隙月依枝度。但使明妾心，無嗟坐遲暮。

〔一〕懷春臺：疑當作「懷清臺」，秦始皇作女懷清臺。

同前

沈　約

貞心信無矯，傍鄰也見疑。輕生本非惜，賤軀良足悲。傳芳託嘉樹，弦歌寄好詞。

列女操

唐・孟　郊

《琴集》曰：「楚樊姬作《列女引》。」

梧桐相待老，鴛鴦會雙死。貞婦貴徇夫，捨生亦如此。波瀾誓不起，妾心井中水。

別鶴操

商・陵牧子

崔豹《古今注》曰：「《別鶴操》，商陵牧子所作也。娶妻五年而無子，父兄將爲之改娶。妻聞之，中夜起，倚户而悲嘯。牧子聞之，愴然而悲，乃援琴而歌。後人因爲樂章焉。」《琴譜》曰：「琴曲有四大曲，《别鶴操》其一也。」

將乖比翼兮隔天端，〔一〕山川悠遠兮路漫漫，攬衣不寐兮食忘餐。〔二〕

〔一〕兮：《古今注》卷中無「兮」字，下兩句内亦無「兮」字。

〔二〕寐：同上作「寢」。

同前〔一〕

宋・鮑　照

雙鶴俱起時，徘徊滄海間。長弄若天漢，輕軀似雲懸。幽客時結侣，提攜遊一作到三山。青繳凌瑶臺，丹蘿籠紫烟。〔二〕海上疾風急，〔三〕三山多雲霧。散亂一相失，驚孤不得住。緬然日月馳，遠一作已矣絶音儀。有願而不遂，無怨以生離。鹿鳴在深草，蟬鳴隱高枝。心自有所懷一作存，旁人那得知。

〔一〕同前：《百三名家集》作《代别鶴操》。

〔二〕蘿：黄節《鮑參軍詩注》作「羅」，是。

〔三〕疾：同上作「悲」，是。

同前〔一〕

唐・韓　愈

雄鶴一作鵠銜枝來，〔二〕雌鶴啄泥歸。巢成不生子，大義當乖離。江漢水之大，鶴身鳥之微。更無相逢日，安可相隨飛。〔三〕

〔一〕同前：《韓昌黎集》卷一及《全唐詩》卷三三六均作《别鵠操》。集有序：「商陵穆子娶妻五年無子，父母欲其改娶。其妻聞之，中夜悲嘯，穆子感之而作。」

〔二〕鶴：同上作「鵠」，下「鶴」字皆作「鵠」。

〔三〕「安可」句：同上作「且可繞樹相隨飛」。

别鶴

梁・簡文帝

接翮同發燕，孤飛獨向楚。值雪已迷群，驚風復失侶。

同前

吴　均

别鶴尋故侣，聯翩遼海間。單棲孟津水，驚唳隴頭山。

同前〔一〕

唐・楊巨源

海鶴一爲別，高程方杳然。影摇江海路，思結瀟湘天。皎然仰白日，真姿棲紫烟。含情九霄際，顧侶五雲前。遐心屬清都，淒響激朱弦。超摇間雲雨，〔二〕迢遞各山川。東南信多水，會合當有年。雄飛戾冥寞，〔三〕此意何由傳。

〔一〕同前：《全唐詩》卷三三三作《别鶴詞送令狐校書之桂府》。
〔二〕「超摇」句：同上作「超遥聞風雨」。
〔三〕「雄飛」句：同上作「雌飛戾冥冥」。

同前〔一〕

王　建

主人一去池水絶，池鶴散飛不相别。青天漫漫碧海重，〔二〕知向何山風雪中。萬里雖然音影在，〔三〕兩心終是死生同。池邊巢破松樹死，樹頭年年烏生子。

〔一〕同前：《全唐詩》卷二九八作《别鶴曲》。
〔二〕碧海：同上作「碧水」。
〔三〕在：同上注：「一作隔。」

同前

張籍

雙鶴出雲溪，分飛各自迷。空巢在松杪，〔一〕折羽落江泥。〔二〕尋水終不飲，逢林亦未棲。别離應易老，萬里兩凄凄。

〔一〕松杪：《全唐詩》卷三八四作「松頂」。

〔二〕江泥：同上作「紅泥」。

同前

杜牧

分飛共所從，〔一〕六翮勢摧風。〔二〕聲斷碧雲外，影孤明月中。青田歸路遠，月桂舊巢空。〔三〕矯翼知何處，天涯不可窮。

〔一〕共：疑當作「失」。

〔二〕摧：《全唐詩》卷五二五作「催」。

〔三〕月桂：同上作「丹桂」。

走馬引

梁・張　率

一曰《天馬引》。崔豹《古今注》曰：「《走馬引》，樗里牧恭所作也。爲父報怨，〔一〕殺人而亡，匿於山之下。〔二〕有天馬夜降，圍其室而鳴，覺聞其聲，以爲追吏，〔三〕奔而亡去。明旦視之，乃天馬跡也。因惕然大悟曰：『豈吾所處之將危乎？』遂荷糧而逃，入于沂澤中，援琴而鼓之，爲天馬之聲，故曰《走馬引》也。」

良馬龍爲友，玉珂金作羈。馳騖一作相去宛與洛，半驟復半馳。倏忽而千里，光景不及移。九方惜未見，薛公寧所知。斂轡且歸去，吾畏路傍兒。

〔一〕怨：聚珍版《古今注》作「仇」。

〔二〕山：同上作「山谷」。

〔三〕追吏：同上作「吏追」。

同前

唐・李　賀

我有辭鄉劍，玉鋒堪截雲。襄陽一作長安走馬客，〔一〕意氣自生春。朝嫌劍光靜，〔二〕暮嫌劍花冷。〔三〕能持劍向人，不解持照身一作解持照身影。

〔一〕客：《唐文粹》卷一二作「使」。
〔二〕劍光靜：《李長吉歌詩》卷一作「劍花淨」。
〔三〕劍花：同上作「劍光」。

天馬引

陳・傅縡

驄色表連錢，出冀復來燕。取用偏開地，爲歌乃號天。權奇意欲遠，躞蹀勢難前。本珍白玉鐙，因飾黄金鞭。願酬芻秣寵，千里得千年。

龍丘引

梁・簡文帝

一曰《楚引》。《琴操》曰：「《楚引》者，楚游子龍丘高所作也。龍丘高出游三年，思歸故鄉，望楚而長歎，故曰《楚引》。」

龍丘一迴首，楚路蒼無極。水照弄珠影，雲吐陽臺色。浦狹村烟度，洲長歸鳥息。遊蕩逐春心，空憐無羽翼。

楚朝曲

宋・吴邁遠

白雲縈藹荆山阿，洞庭縱橫日生波。〔一〕幽芳遠客悲如何，繡被掩口越人歌。壯年流瞻襄成和，清貞空情感電過。初同末異憂愁多，窮巷惻愴沉汨羅。延思萬里挂長河，翻驚漢陰動湘娥。

〔一〕日生波：《詩紀》卷五三作「生白波」。

楚明妃曲

湯惠休

瓊臺彩楹，桂寢雕甍。金閨流耀，玉牖含英。香芬幽藹，珠彩珍榮。文羅秋翠，紈綺春輕。驂駕鸞鶴，往來仙靈。含姿綿視，微笑相迎。結蘭枝，送目成，當年爲君榮。

渡易水

燕・荆　軻

一曰《荆軻歌》。《史記》曰：「燕太子丹使荆軻刺秦王，丹送之至於易水之上，軻使高漸離擊筑，荆軻和而歌，爲變徵之聲。又前而爲此歌，復爲羽聲忼慨，於是就車而去。」《樂府廣題》曰：「後人以爲琴中曲。」按《琴操》商調有《易水曲》，荆軻所作，亦曰《渡易水》是也。

風蕭蕭兮易水寒，壯士一去兮不復還。

同前〔一〕

梁・吴　均

雜虜客來齊，時余在角抵。〔二〕揚鞭渡易水，直至龍城西。日昏笳亂動，天曙馬爭嘶。不能通瀚海，無面見三齊。

〔一〕同前：《詩紀》卷八一注：「一作《荆軻歌》。」

〔二〕抵：《全梁詩》作「觝」。

荆軻歌

陳・陽　縉

函谷路不通，燕將重深功。長虹貫白日，易水急寒風。壯髮危冠下，匕首地圖中。琴聲不可識，遺恨没秦宫。

力拔山操〔一〕

楚·項　籍

《漢書》曰：「項羽壁垓下，軍少食盡，漢帥諸侯兵圍之數重。夜聞漢軍四面皆楚歌，驚曰：『漢已得楚乎，何楚人多也。』起飲帳中，有美人姓虞氏，常從，駿馬名騅，常騎。迺悲歌忼慨，自爲歌詩。歌數曲，美人和之。羽泣下數行，遂上馬，潰圍南出。平明，漢軍迺覺。」按《琴集》有《力拔山操》，項羽所作也。近世又有《虞美人曲》，亦出於此。

力拔山兮氣蓋世，時不利兮騅不逝。騅不逝兮可奈何，虞兮虞兮奈若何！

〔一〕力拔山操：《詩紀》卷二作《垓下歌》。

項王歌〔一〕

無復拔山力，誰論蓋世才。欲知漢騎滿，但聽楚歌哀。悲看騅馬去，泣望艤舟來。

〔一〕《項王歌》：題下失作者名。

大風起[一]

漢・高　帝

《漢書》曰：「高祖既定天下，還過沛，留，置酒沛宫，悉召故人父老子弟佐酒，發沛中兒得百二十人，教之歌。酒酣，帝擊筑自歌，令兒皆和習之。帝自起舞。」《禮樂志》曰：「至孝惠時，以沛宫爲原廟，令歌兒習吹以相和，常以百二十人爲員。」按《琴操》有《大風起》，漢高帝所作也。

大風起兮雲飛揚，威加海内兮歸故鄉，安得猛士兮守四方。

〔一〕《大風起》：《詩紀》卷一作《大風歌》，注：「一名《三侯之章》。」

採芝操

四　皓

《琴集》曰：「《採芝操》，四皓所作也。」《古今樂録》曰：「南山四皓隱居，高祖聘之，四皓不甘，[一]仰天歎而作歌。」按《漢書》曰：「四皓皆八十餘，鬚眉皓白，故謂之四皓，即東園公、綺里季、夏黄公、角里先生也。」崔鴻曰：「四皓爲秦博士，遭世暗昧，坑黜儒術。於是退而作此歌，亦謂之《四皓歌》。」二説不同，未知孰是。

皓天嗟嗟，深谷逶迤。樹木莫莫，高山崔嵬。巖居穴處，以爲幄茵。曄曄紫芝，可以療飢。唐虞往矣，吾當安歸。

〔一〕甘：《詩紀》卷一作「出」。

四皓歌〔一〕

唐·崔　鴻

漠漠商洛，〔二〕深谷威夷。〔三〕曄曄紫芝，可以療飢。皇農邈遠，〔四〕余將安歸。〔五〕駟馬高蓋，其憂甚大。富貴而畏人，〔六〕不如貧賤而輕世。〔七〕

〔一〕《四皓歌》：《詩紀》卷二作《紫芝歌》。

〔二〕漠漠商洛：同上作「莫莫高山」。

〔三〕威夷：同上作「逶迤」。

〔四〕邈遠：同上作「世遠」。

〔五〕余將安歸：同上作「吾將何歸」。

〔六〕而畏人：同上作「之畏人兮」。

〔七〕「不如」句：同上作「不若貧賤之肆世」。

八公操

漢・劉　安

一曰《淮南操》。《古今樂録》曰：「淮南王好道，正月上辛，八公來降，王作此歌。」謝希逸《琴論》曰：「《八公操》，淮南王作也。」

煌煌上天，照下土兮。知我好道，公來下兮。公將與余，生毛羽兮。超騰青雲，蹈梁甫兮。觀見瑶光，過北斗兮。馳乘風雲，使玉女兮。含精吐氣，嚼芝草兮。悠悠將將，天相保兮。

樂府詩集卷第五十九

琴曲歌辭三

昭君怨

漢・王嬙

《樂府解題》曰：「王嬙，字昭君。」《琴操》載：昭君，齊國王穰女。端正閑麗，未嘗窺門户。穰以其有異於人，求之者皆不與。年十七，獻之元帝。元帝以地遠不之幸，以備後宫。積五六年，帝每遊後宫，常怨不出。〔一〕後單于遣使朝貢，〔二〕帝宴之，盡召後宫。昭君盛飾而至，帝問欲以一女賜單于，能者往。〔三〕昭君乃越席請行。時單于使在旁，驚恨不及。〔四〕昭君至匈奴，單于大悦，以爲漢與我厚，縱酒作樂。遣使報漢，白璧一隻，騵馬十匹，〔五〕胡地珍寶之物。昭君恨帝始不見遇，乃作怨思之歌。單于死，子世達立，昭君謂之曰：『爲胡者妻母，爲秦者更娶。』世達曰：『欲作胡禮。』昭君乃吞藥而死。」按《漢書・匈奴傳》曰：「竟寧中，呼韓邪來朝，漢歸王昭君，號寧胡閼氏。呼韓邪死，子雕陶莫皋立，爲復株累若鞮單于，復妻昭君。」不言飲藥而死。

秋木萋萋，其葉萎黄。有鳥處山，集于苞桑。養育毛羽，形容生光。既得升雲，上遊曲房。離宫絶曠，身體摧藏。志念抑沈，不得頡頏。雖得委食，心有徊徨。我獨伊何，改往變常。〔六〕翩翩之燕，遠集西羌。高山峨峨，河水泱泱。父兮母兮，道里悠長。嗚呼哀哉，憂心惻傷。

〔一〕常怨：《學津討原》本《樂府解題》作「昭君常恐」。

〔二〕貢：同上作「賀」。

〔三〕能者往：同上作「誰能行者」。

〔四〕驚恨：同上作「帝驚恨」。

〔五〕驟：同上作「駿」。

〔六〕改往：同上作「來往」。

同前

梁・王叔英妻劉氏

一生竟何定，萬事最難保。〔一〕丹青失舊儀，〔二〕玉匣成秋草。〔三〕想妾辭關淚，〔四〕至今猶未燥。漢使汝南還，〔五〕殷勤爲人道。

〔一〕最：《玉臺》卷八、《英華》卷二〇四作「良」，是。
〔二〕儀：《玉臺》作「圖」。
〔三〕玉匣：《全梁詩》作「匣玉」，注：「石崇《王明君詞》：『昔爲匣中玉，今爲糞上英。』則玉匣爲誤。」
〔四〕想妾：《玉臺》作「相接」。
〔五〕汝南還：《全梁詩》注：「按《漢書》稱幕南無王庭，幕即漠字，此漠南之訛也。還或作來。」

同前

陳・後主

圖形漢宮裏，遥聘單于庭。狼山聚雲暗，龍沙飛雪輕。笳吟度隴咽，笛轉出關鳴。啼妝寒葉下，〔一〕愁眉塞月生。〔二〕只餘馬上曲，猶作別時聲。

〔一〕寒：《英華》卷二〇四作「塞」。
〔二〕「愁眉」句：同上作「初月愁眉生」，注：「一作愁眉初月生。」

同前

唐・白居易

明妃風貌最娉婷，合在椒房應四星。只得當年備宮掖，〔一〕何曾專夜奉幃屏。〔二〕見疏從道迷圖畫，知屈那教配虜庭。自是君恩薄如紙，不須一向恨丹青。

〔一〕當年：《英華》卷二〇四作「常年」。

〔二〕幃屏：同上作「帷屏」。

同前二首

張　祜

萬里邊城遠，千山行路難。舉頭唯見月，〔一〕何處是長安？

漢庭無大議，戎虜幾先和。莫羨傾城色，昭君恨最多。

〔一〕月：《全唐詩》卷五一〇作「日」，較勝。

同前

梁氏瓊

自古無和親，〔一〕貽災到妾身。〔二〕胡風嘶去馬，漢月弔行輪。〔三〕衣薄狼山雪，妝成虜塞春。回看父母國，生死畢胡塵。

〔一〕無：《英華》卷二〇四作「有」，是。

〔二〕貽災：同上作「天移」。注：「移一作貽。」

〔三〕弔：《全唐詩》卷八〇一作「出」。

明妃怨

楊　凌

漢國明妃去不還，馬(駞)〔馱〕弦管向陰山。〔一〕匣中縱有菱花鏡，羞(到)〔對〕單于照舊顏。〔二〕

〔一〕(駞)〔馱〕：據《全唐詩》卷二九一改。

〔二〕(到)〔對〕：據同上及《又玄集》卷上改。

蔡氏五弄

《琴曆》曰：「琴曲有《蔡氏五弄》。」《琴集》曰：「《五弄》，《遊春》《渌水》《幽居》《坐愁》《秋思》，並宫調，蔡邕所作也。」《琴書》曰：「邕性沈厚，雅好琴道。嘉平初，入青溪訪鬼谷先生。所居山有五曲：一曲製一弄，山之東曲，常有仙人遊，故作《遊春》；南曲有澗，冬夏常渌，故作《渌水》；中曲即鬼谷先生舊所居也，深邃岑寂，故作《幽居》；北曲高巖，猨鳥所集，感物愁坐，故作《坐愁》；西曲灌水吟秋，故作《秋思》。三年曲成，出示馬融，甚異之。」《琴議》曰：「隋煬帝以嵇氏四弄、蔡氏五弄，通謂之九弄。」今按近世作者多因題命辭，無復本意云。

遊春曲二首

王（維）〔涯〕〔一〕

萬樹江邊杏，新開一夜風。滿園深淺色，照在緑波中。

上苑何窮樹，花開次第新。香車與絲騎，風靜亦生塵。

〔一〕王（維）〔涯〕：此詩《全唐詩》王維卷中未收，見《全唐詩》卷三四六王涯詩中，題作《春遊曲》。《唐詩紀事》卷四二作張仲素詩，但《全唐詩》張仲素詩中未收，今姑據《全唐詩》改。

遊春辭二首

王（維）〔涯〕〔一〕

曲江絲柳變烟條，〔二〕寒谷冰隨暖氣銷。纔見春光生綺陌，已聞清樂動雲韶。

（紅）〔經〕過柳陌與桃蹊，〔三〕尋逐風光著處迷。〔四〕鳥度時時銜絮起，花繁衮衮壓枝低。

〔一〕據同上及《唐詩紀事》改。

〔二〕絲柳：同上作「緑柳」。

〔三〕（紅）〔經〕過：據同上改。

〔四〕風光：同上作「春光」。

同前三首〔一〕

令狐楚

晚遊臨碧殿，〔二〕日上望春亭。芳樹羅仙仗，晴山展翠屏。

一夜好風吹，新花一萬枝。風前調玉管，花下簇金羈。〔三〕

閶闔春風起，蓬萊雪水消。相將折楊柳，爭取最長條。

〔一〕同前：《全唐詩》卷三三四作《春遊曲》。

〔二〕晚遊：同上作「曉遊」，是。

〔三〕羈：同上注：「一作雞。」

渌水曲

齊·江奐

塘上蒲欲齊，汀州杜將歇。春心既易蕩，春流豈難越。桂楫及晚風，菱江映初月。芳香若可贈，爲君步羅襪。

同前

梁·吴均

香曖金堤滿，湛淡春塘溢。已送行臺花，復倒高樓日。

同前二首〔一〕

江洪

塵容不忍飾，臨池客未歸。〔二〕誰能別渌水，〔三〕全取浣羅衣。〔四〕

潺湲復皎潔，輕鮮自可悦。横使有情禽，照影遂孤絶。

〔一〕同前：《玉臺》卷一〇作《緑水曲》。

〔二〕客未歸：同上及《藝文》卷四二作「思客歸」。

〔三〕能別：同上作「知取」。

〔四〕全取：同上作「無趣」。

同前〔一〕

唐·李白

淥水明秋月，〔二〕南湖採白蘋。荷花嬌欲語，愁殺蕩舟人。

〔一〕同前：蕭本《李太白詩》卷六作《緑水曲》。

〔二〕月：王琦注本《李太白集》作「日」。

淥水辭〔一〕

李賀

今宵好風月，阿侯在何處。爲有傾城色一作人，〔二〕翻成足愁苦。東湖採蓮葉，南湖拔蒲根一作折蒲茸。〔三〕未持寄小姑，且持感愁魂一作感秋風。〔四〕

〔一〕淥水：《李長吉歌詩彙解》卷四作「緑水」。

〔二〕傾城：同上作「傾人」。

〔三〕拔：姚仙期本《李長吉集》作「採」。

〔四〕愁魂：曾本、二姚本《李長吉集》作「秋魂」。

幽居弄

顧　況

苔衣生，花露滴，〔一〕月入西林蕩東壁。扣商占角兩三聲，洞户溪窗一冥寂。〔二〕獨去滄洲無四鄰，身嬰世網此何身。關情命曲寄惆悵，久别江南山裏人。〔三〕

〔一〕花：《全唐詩》卷二六五注：「一本疊花字。」

〔二〕溪：同上注「一作深」，是。

〔三〕江南：《全唐詩》作「山南」。

秋思二首

李　白

春陽如昨日，碧樹鳴黄鸝。蕪然蕙草暮，颯爾涼風吹。天秋木葉下，月冷莎雞悲。坐愁群芳歇，白露凋華滋。

閼氏黄葉落，〔一〕妾望白登臺。〔二〕月出一作海上碧雲斷，〔三〕蟬聲一作單于秋色來。〔四〕胡兵沙塞合，漢使玉關回。征客無歸日，空悲蕙草摧。

〔一〕閼氏：蕭本《李太白詩》卷六作「燕支」。

〔二〕白登臺：同上作「自登臺」。

〔三〕月出：同上作「海上」，是。

〔四〕蟬聲：同上作「單于」，是。

同前（二）〔三〕首〔一〕

鮑溶

胡風吹雁翼，遠别無人鄉。君近雁來處，幾回斷君腸。昔奉千日書，撫心怨星霜。無書又千日，世路重茫茫。燕國有佳麗，蛾眉富春光。自然君歸晚，花落君空堂。君其若不然，歲晚雙鴛鴦。

顧兔蝕殘月，幽光不如星。女兒晚事夫，顔色同秋螢。秋日邊馬思，武夫不遑寧。燕歌易水怨，劍舞蛟龍腥。風折連枝樹，水翻無蔕萍。立身多户門，〔二〕何必燕山銘。生世不如鳥，雙雙比翼翎。

季秋天地閑一作閉，〔三〕萬物生意足。我憂長於生，安得及草木。試從古人願，致酒歌秉燭。燕趙皆世人，詎能長似玉。俯憐老期近，仰視日車速。蕭颯禦風君，魂夢願相逐。百年夜銷半，端爲垂纓束。

〔一〕（二）〔三〕首：據《全唐詩》卷四八六改，一、二首原合爲一，今據分。

〔二〕户門：同上作「門户」。

〔三〕閑：作「閉」是。

同前〔一〕　　司空曙

静與懶相偶，年將衰共催。前途歡不集，〔二〕往事恨空來。晝景委紅葉，月華鋪緑苔。沈思更何有，〔三〕結坐玉琴哀。〔四〕

〔一〕同前：《全唐詩》卷二九二作《秋思呈尹植裴説》。
〔二〕不：同上注：「一作未。」
〔三〕更：同上作「竟」。
〔四〕結坐：同上作「坐結」。

同前　　司空圖

身病時亦危，逢秋多慟哭。風波一摇蕩，天地幾翻覆。孤螢出荒池，落葉穿破屋。勢利長草草，何人訪幽獨。

同前二首　　王(維)〔涯〕〔一〕

網軒涼吹動輕衣，夜聽更長玉漏稀。月渡天河光轉溼，鵲驚秋樹葉頻飛。

宫連太液見蒼波，〔二〕暑氣微清秋意多。〔三〕一夜輕風蘋末起，露珠翻盡滿池荷。

〔一〕王（維）〔涯〕：據《唐詩紀事》卷四二、《全唐詩》卷三四六改。

〔二〕蒼：《全唐詩》作「滄」。

〔三〕清：同上作「消」。

胡笳十八拍

後漢・蔡　琰

《後漢書》曰：「蔡琰，字文姬，邕之女也。博學有才辯，又妙於音律，適河東衛仲道。夫亡無子，歸寧于家。興平中，天下喪亂，文姬没於南匈奴。在胡中十二年，生二子。曹操痛邕無嗣，乃遣使者以金璧贖之，而重嫁陳留董祀。後感傷亂離，追懷悲憤，作詩二章。」《蔡琰别傳》曰：「漢末大亂，琰爲胡騎所獲，在右賢王部伍中。春月登胡殿，感笳之音，作詩言志，曰：『胡笳動兮邊馬鳴，孤雁歸兮聲嚶嚶。』」唐劉商《胡笳曲序》曰：「蔡文姬善琴，能爲《離鸞别鶴之操》。胡虜犯中原，爲胡人所掠，入番爲王后，王甚重之。武帝與邕有舊，敕大將軍贖以歸漢。胡人思慕文姬，乃捲蘆葉爲吹笳，奏哀怨之音。後董生以琴寫胡笳聲爲十八拍，今之《胡笳弄》是也。」《琴集》曰：「大胡笳十八拍，小胡笳十九拍，並蔡琰作。」按蔡翼《琴曲》有大小胡笳十八拍。沈遼集世名流家聲小胡笳，又有契聲一拍，共十九拍，謂之祝家聲。祝氏不詳何代人。李良輔《廣陵止息譜序》曰：「契者，明會合之至理，殷勤之餘也。」李肇《國史補》曰：「唐有董庭蘭，善沈聲、祝聲，蓋大小胡笳云。」

第一拍

我生之初尚無爲，我生之後漢祚衰。天不仁兮降亂離，地不仁兮使我逢此時。干戈日尋兮道路危，民卒流亡兮共哀悲。烟塵蔽野兮胡虜盛，志意乖兮節義虧。對殊俗兮非我宜，遭惡辱兮當告誰。笳一會兮琴一拍，心潰死兮無人知。〔一〕

第二拍

戎羯逼我兮爲室家，將我行兮向天涯。雲山萬重兮歸路遐，疾風千里兮揚塵沙。〔二〕人多暴猛兮如蟲蛇，〔三〕控弦被甲兮爲驕奢。兩拍張懸兮弦欲絶，志摧心折兮自悲嗟。

第三拍

越漢國兮入胡城，亡家失身兮不如無生。氈裘爲裳兮骨肉震驚，羯羶爲味兮枉遏我情。鞞鼓喧兮從夜達明，風浩浩兮暗塞昏營。〔四〕傷今感昔兮三拍成，銜悲畜恨兮何時平！

第四拍

無日無夜兮不思我鄉土，稟氣含生兮莫過我最苦。天災國亂兮人無主，唯我薄命兮没戎虜。俗殊心異兮身難處，嗜慾不同兮誰可與語。尋思涉歷兮何艱阻，四拍成兮益悽楚。

第五拍

雁南征兮欲寄邊心，〔五〕雁北歸兮爲得漢音。雁飛高兮邈難尋，空腸斷兮思愔愔。攢眉向月兮撫雅琴，五拍泠泠兮意彌深。

第六拍

冰霜凛凛兮身苦寒，飢對肉酪兮不能餐。夜聞隴水兮聲嗚咽，朝見長城兮路杳漫。追思往日兮行李難，六拍悲來兮欲罷彈。

第七拍

日暮風悲兮邊聲四起，不知愁心兮説向誰是。原野蕭條兮烽戍萬里，俗賤老弱兮少壯爲美。逐有水草兮安家葺壘，牛羊滿地一作野兮聚如蜂蟻。草盡水竭兮羊馬皆徙，七拍流恨兮惡居於此。

第八拍

爲天有眼兮何不見我獨漂流，爲神有靈兮何事處我天南海北頭。我不負天兮天何配我殊匹，我不負神兮神何殛我越荒州。製兹八拍兮擬排憂，〔六〕何知曲成兮轉悲愁。〔七〕

第九拍

天無涯兮地無邊，我心愁兮亦復然。人生倏忽兮如白駒之過隙，然不得歡樂兮當我之盛年。怨兮欲問天，天蒼蒼兮上無緣。舉頭仰望兮空雲烟，九拍懷情兮誰爲傳。〔八〕

第十拍

城頭烽火不曾滅，疆場征戰何時歇。殺氣朝朝衝塞門，胡風夜夜吹邊月。故鄉隔兮音塵絶，哭無聲兮氣將咽。一生辛苦兮緣别離，〔九〕十拍悲深兮淚（代）〔成〕血。〔一〇〕

第十一拍

我非貪生而惡死，不能捐身兮心有以。生（乃既）〔仍冀〕得兮歸桑梓，〔一一〕死當埋骨兮長已矣。日居月諸兮在（我）〔戎〕壘，〔一二〕胡人寵我兮有二子。鞠之育之〔兮〕不羞恥，〔一三〕愍之念之兮生長邊鄙。十有一拍兮因兹起，哀響兮徹心髓。〔一四〕

第十二拍

東風應律兮暖氣多，漢家天子兮布陽和。〔一五〕羌胡蹈舞兮共謳歌，〔一六〕兩國交歡兮罷兵戈。忽逢漢使兮稱近詔，〔一七〕遺千金兮贖妾身。喜得生還兮逢聖君，嗟别二子兮會無因。〔一八〕十有二拍兮哀樂均，去住兩情兮誰具陳。〔一九〕

第十三拍

不謂殘生兮却得旋歸，撫抱胡兒兮泣下霑衣。漢使迎我兮四牡騑騑，胡兒號兮誰得知。〔二〇〕與我生死兮逢此時，愁爲子兮日無光輝。焉得羽翼兮將汝歸，一步一遠兮足難移。魂消影絶兮恩愛遺，十有三拍兮弦急調悲，肝腸攪刺兮人莫我知。

第十四拍

身歸國兮兒莫知隨，〔二一〕心懸懸兮長如飢。四時萬物兮有盛衰，唯有愁苦兮不暫移。〔二二〕山高地闊兮見汝無期，更深夜闌兮夢汝來斯。夢中執手兮一喜一悲，覺後痛吾心兮無休歇時。十有四拍兮涕淚交垂，河水東流兮心是思。

第十五拍

十五拍兮節調促，氣填胸兮誰識曲。處穹廬兮偶殊俗，願歸來兮天從欲。〔二三〕再還漢國兮歡心，〔二四〕心有懀兮愁轉深。〔二五〕日月無私兮曾不照臨，子母分離兮意難任。同天隔越兮如商參，生死不相知兮何處尋。

第十六拍

十六拍兮思茫茫，我與兒兮各一方。日東月西兮徒相望，不得相隨兮空斷腸。對萱草兮

徒想憂忘，〔二六〕彈鳴琴兮情何傷。今别子兮歸故鄉，舊怨平兮新怨長。泣血仰頭兮訴蒼蒼，生我兮獨罹此殃。〔二七〕

第十七拍

十七拍兮心鼻酸，關山阻修兮行路難。去時懷土兮枝枯葉乾，〔二八〕沙場白（首）〔骨〕兮刀痕箭瘢。〔二九〕風霜凛凛兮春夏寒，人馬飢虺兮骨肉單。〔三〇〕豈知重得兮入長安，歎息欲絶兮淚闌干。

第十八拍

胡笳本自出胡中，緑琴翻出音律同。〔三一〕十八拍兮曲雖終，響有餘兮思未窮。〔三二〕是知絲竹微妙兮均造化之功。哀樂各隨人心兮有變則通，胡與漢兮異域殊風。天與地隔兮子西母東，苦我怨氣兮浩於長空。六合離兮受之應不容。〔三三〕

〔一〕 潰死：《楚辭後語》及《詩紀》卷四作「憤怨」，是。

〔二〕 揚塵沙：《楚辭後語》作「風揚沙」。

〔三〕 蟲：同上作「虺」。

〔四〕 昏：同上無「昏」字，是。

〔五〕心：同上作「聲」。

〔六〕排憂：同上作「俳優」。

〔七〕轉悲愁：同上作「心轉愁」。

〔八〕爲：同上作「與」。

〔九〕别離：同上作「離别」。

〔一〇〕（代）〔成〕：據同上改。

〔一一〕（乃既）〔仍冀〕：據同上改。

〔一二〕日居月諸：同上注：「一作日月居諸。」（我）〔戎〕：據同上改。

〔一三〕〔兮〕：據同上補。

〔一四〕哀響下同上有「纏綿」二字，較勝。

〔一五〕漢家上同上有「知是」二字。

〔一六〕踏：同上作「蹈」。

〔一七〕逢：同上作「遇」。

〔一八〕二子：同上作「稚子」。

〔一九〕誰：同上作「難」，是。

〔二〇〕胡兒號：同上作「號失聲」。

〔二一〕知：同上作「之」。

〔二二〕有：同上作「我」。

〔二三〕願：同上作「願得」。

〔二四〕歡心：同上作「歡心足」。

〔二五〕憶：同上作「懷」。

〔二六〕徒想憂忘：同上作「憂不忘」，較勝。

〔二七〕「生我」句：《楚辭後語》作「胡爲生我兮獨罹此殃」，《詩紀》無「我」字。

〔二八〕「去時」句：《詩紀》作「去時懷土兮心無緒，來時别兒兮思漫漫。塞上黄蒿兮枝枯葉乾」，是，當補。

〔二九〕白（首）〔骨〕：據同上改。

〔三〇〕㕙：《全漢詩》作「㕙」。骨肉：《詩紀》作「筋力」。

〔三一〕緑：《詩紀》作「緣」，是。

〔三二〕未：同上作「無」。

〔三三〕離：同上作「雖廣」，是。

胡笳十八拍

唐・劉　商

第一拍

漢室將衰兮四夷不賓，〔一〕動干戈兮征戰頻。哀哀父母生育我，見離亂兮當此辰。紗窗對鏡未經事，將謂珠簾能蔽身。一朝虜騎入中國，蒼黄處處逢胡人。忽將薄命委鋒鏑，可惜紅顔隨虜塵。

第二拍

馬上將余向絶域，厭生求死死不得。戎羯腥羶豈是人，豺狼喜怒難姑息。行盡天山足霜霰，風土蕭條近胡國。萬里重陰鳥不飛，寒沙莽莽無南北。

第三拍

如羈囚兮在縲紲，憂慮萬端無處説。使余力兮剪余髮，〔二〕食余肉兮飲余血。誠知殺身願如此，以余爲妻不如死。早被蛾眉累此身，空悲弱質柔如水。

第四拍

山川路長誰記得，何處天涯是鄉國。自從驚怖少精神，不覺風霜損顔色。夜中歸夢來又去，朦朧豈解傳消息。漫漫胡天叫不聞，明明漢月應相識。

第五拍

水頭宿兮草頭坐，風吹漢地衣裳破。羊脂沐髮長不梳，羔子皮裘領仍左。狐襟貉袖腥復膻，晝披行兮夜披卧。氈帳時移無定居，日月長兮不可過。

第六拍

怪得春光不來久，胡中風土無花柳。天翻地覆誰得知，如今正南看北斗。姓名音信兩不通，終日經年常閉口。是非取與在指撝，言語傳情不如手。

第七拍

男兒婦人帶弓箭，塞馬蕃羊卧霜霰。寸步東西豈自由，偷生乞死非情願。龜兹觱篥愁中聽，〔三〕碎葉琵琶夜深怨。竟夕無雲月上天，故鄉應得重相見。

第八拍

憶昔私家恣嬌小，遠取珍禽學馴擾。如今淪棄念故鄉，悔不當初放林表。朔風蕭蕭寒日暮，星河寥落胡天曉。旦夕思歸不得歸，愁心想似籠中鳥。

第九拍

當日蘇武單于問，道是賓鴻解傳信。學他刺血寫得書，書上千重萬重恨。髯胡少年能走馬，彎弓射飛無遠近。遂令邊雁轉怕人，絶域何由達方寸。

第十拍

恨凌辱兮惡腥羶，憎胡地兮怨胡天。生得胡兒欲棄捐，及生母子情宛然。貌殊語異憎還愛，心中不覺常相牽。朝朝暮暮在眼前，腹生手養寧不憐。

第十一拍

日來月往相催遷，〔四〕迢迢星歲欲周天。無冬無夏卧霜霰，水凍草枯爲一年。漢家甲子有正朔，絶域三光空自懸。幾回鴻雁來又去，腸斷蟾蜍虧復圓。

第十二拍

破瓶落井空永沈，故鄉望斷無歸心。寧知遠使問姓名，漢語泠泠傳好音。夢魂幾度到鄉國，覺後翻成哀怨深。如今果是夢中事，喜過悲來情不任。

第十三拍

童稚牽衣雙在側，將來不可留又憶。還鄉惜別兩難分，寧棄胡兒歸舊國。山川萬里復邊成，背面無由得消息。淚痕滿面對殘陽，終日依依向南北。

第十四拍

莫以胡兒可羞恥，恩情亦各言其子。手中十指有長短，截之痛惜皆相似。還鄉豈不見親族，念此飄零隔生死。南風萬里吹我心，心亦隨風渡遼水。

第十五拍

歎息襟懷無定分，當時怨來歸又恨。不知愁怨情若何，似有鋒鋩擾方寸。悲歡並行情未快，心意相尤自相問。不緣生得天屬親，豈向仇讎結恩信。

第十六拍

去時只覺天蒼蒼，歸日始知胡地長。重陰白日落何處，秋雁所向應南方。平沙四顧自迷惑，遠近悠悠隨雁行。征途未盡馬蹄盡，不見行人邊草黄。

第十七拍

行盡胡天千萬里，唯見黄沙白雲起。馬飢跑雪銜草根，人渴敲冰飲流水。燕山彷彿辨烽戍，鼙鼓如聞漢家壘。努力前程是帝鄉，生前免向胡中死。

第十八拍

歸來故鄉見親族，田園半蕪春草緑。明燭重然煨燼灰，寒泉更洗沈泥玉。載持巾櫛禮儀好，一弄絲桐生死足。出入關山十二年，哀情盡在胡笳曲。

〔一〕夷：《全唐詩》卷三〇三注：「一作方。」

〔二〕力：同上作「刀」。

〔三〕篳篥：同上作「觱篥」。

〔四〕催：當作「推」。

胡笳曲

宋・吴邁遠

輕命重意氣，古來豈但今。緩頰獻一説，揚眉受千金。邊風落寒草，鳴笳墜飛禽。越情結楚思，漢耳聽胡音。既懷離俗傷，復悲朝光侵。日當故鄉没，遥見浮雲陰。

同前

梁・陶弘景

負扆飛天曆，與奪徒紛紜。百年三五代，〔一〕終是甲辰君。

〔一〕三：《英華》卷二一一作「四」。

同前二首

江　洪

藏器欲逢時，〔一〕年來不相讓。紅顔征戍兒，白首邊城將。

落日慘無光，臨河獨飲馬。颸颸夕風高，〔二〕聯翩飛雁下。〔三〕

〔一〕逢：《英華》卷二一一、《藝文》卷四二作「邀」。

〔二〕颸：同上作「颾」。

〔三〕飛雁：《藝文》作「雁飛」。

樂府詩集卷第六十

琴曲歌辭四

飛龍引

隋·蕭慤

河曲銜圖出，江上負舟歸。欲因作雨去，還逐景雲飛。引商吹細管，下徵泛長徽。持此淒清引，春夜舞羅衣。

同前二首

唐·李白

黄帝鑄鼎於荆山，錬丹砂。丹砂成黄金，〔一〕騎龍飛上太清家，〔二〕雲愁海思令人嗟。宫中綵女顔如花，飄然揮手凌紫霞，從風縱體登鑾車。登鑾車，侍軒轅。〔三〕遨遊青天中，其樂不可言。

鼎湖流水清且閑，軒轅去時有弓劍，古人傳道（流）〔留〕其間。〔四〕後宫嬋娟多花顔，〔五〕乘鸞飛烟亦不還，騎龍攀天造天關。造天關，聞天語，長雲河車載玉女。〔六〕載玉女，過紫

皇，紫皇乃賜白兔所擣之藥〔方〕，〔七〕後天而老凋三光。下視瑶池見王母，蛾眉蕭颯如秋霜。〔八〕

〔一〕成黄金：《英華》卷一九三重複「成黄金」三字。
〔二〕飛上：同上作「飛去」，王琦本《李太白集》卷三注：「繆本作飛去太上。」
〔三〕「從風」三句：《英華》作「從登鑾車侍軒轅，侍軒轅」。
〔四〕(流)〔留〕：據王本改。
〔五〕花顔：《英華》作「米顔」。
〔六〕長：同上注：「一作迎。」王本作「屯」。
〔七〕〔方〕：據《英華》、王本、蕭本補。
〔八〕蕭颯：王本作「蕭涑」。如：《英華》作「成」。

烏夜啼引

張　籍

李勉《琴説》曰：「《烏夜啼》者，何晏之女所造也。初，晏繫獄，有二烏止於舍上。女曰：『烏有喜聲，父必免。』遂撰此操。」按清商西曲亦有《烏夜啼》，宋臨川王所作，與此義同而事異。

秦烏啼啞啞，夜啼長安吏人家。吏人得罪囚在獄，傾家賣産將自贖。少婦起聽夜啼烏，知是官家有赦書。下牀心喜不重寐，未明上堂賀舅姑。少婦語啼烏，汝啼慎勿虚，借汝庭樹作高巢，年年不令傷爾雛。

宛轉歌二首

晉·劉妙容

一曰《神女宛轉歌》。《續齊諧記》曰：「晉有王敬伯者，會稽餘姚人。少好學，善鼓琴。年十八，仕於東宫，爲衞佐。休假還鄉，過吴，維舟中渚。登亭望月，悵然有懷，乃倚琴歌《泫露》之詩。俄聞户外有嗟賞聲，見一女子，雅有容色，謂敬伯曰：『女郎悦君之琴，願共撫之。』敬伯許焉。既而女郎至，姿質婉麗，綽有餘態，從以二少女，一則向先至者。女郎乃撫琴揮弦，調韻哀雅，類今之登歌，曰：『古所謂《楚明君》也，唯嵇叔夜能爲此聲，自兹已來，傳習數人而已。』復鼓琴，歌《遲風》之詞，因歎息久之。乃命大婢酙酒，小婢彈箜篌，作《宛轉歌》。女郎脱頭上金釵，扣琴弦而和之，意韻繁諧，歌凡八曲。敬伯唯憶二曲。將去，留錦卧具、繡香囊，并佩一雙，以遺敬伯。敬伯報以牙火籠、玉琴軫。女郎悵然不忍别，且曰：『深閨獨處，十有六年矣。邂逅旅館，盡平生之志，蓋冥契，非人事也。』言竟便去。敬伯船至虎牢戍，吴令劉惠明者，有愛女早世，舟中亡卧具，於敬伯船獲焉。敬伯具以告，果於帳中得火籠、琴軫。女郎名妙容，字雅華，大婢名春條，年二十許，小婢名桃枝，年十五，皆善彈箜篌及《宛轉歌》，相繼俱卒。」唐李端又有《王敬伯歌》，亦出於此。

月既明，西軒琴復清。寸心斗酒爭芳夜，千秋萬歲同一情。歌宛轉，宛轉淒以哀。願爲星與漢，光影共徘徊。

悲且傷，參差淚成一作幾行。低紅掩翠方無色，金徽玉軫爲誰鏘。歌宛轉，宛轉情復悲。願爲烟與霧，氛氲對容姿。

同前

陳・江　總

〔九〕〔七〕夕天河白露明，〔一〕八月濤水秋風驚。樓中恒聞哀響曲，〔二〕塘上復有苦辛行。〔三〕不解何意悲秋氣，直置無秋悲自生。〔四〕不怨前階促織鳴，偏愁便路擣衣聲。〔五〕别燕差池自有返，離蟬寂寞詎含情。雲聚懷情四望臺，〔六〕月冷相思九重觀。欲題芍藥詩不成，來采芙蓉花已散。金樽送曲韓娥起，玉柱調弦楚妃歎。〔七〕翠眉結恨不復開，寶鬢迎秋度前亂。〔八〕湘妃拭淚灑貞筠，筴藥浣衣何處人。〔九〕步步香飛金薄履，盈盈扇掩珊瑚脣。已言採桑期陌上，復能解佩就江濱。競入華堂要花枕，爭開羽帳奉華茵。不惜獨眼前下釣，〔一〇〕欲許便作後來新。〔一一〕後來瞑瞑同玉牀，〔一二〕可憐顏色無比方。誰能巧笑特窺井，〔一三〕乍取新聲學繞梁。宿處留嬌墮黄珥，鏡前含笑弄明璫。（採）〔菤〕葹摘心心不盡，〔一四〕茱萸折葉葉更芳。已聞能歌《洞簫賦》，詎是故愛邯鄲倡。

〔一〕（九）〔七〕夕：據《詩紀》卷一〇四改。

〔二〕哀響曲：《英華》卷二〇七作「哀曲響」。按《英華》誤以此詩爲徐陵作，《詩紀》徐陵詩中無此首。

〔三〕苦辛：《詩紀》作「辛苦」。

〔四〕直置：《英華》作「直致」。

〔五〕便路：《詩紀》與《百三名家集》均作「别路」，是。

〔六〕懷情：《英華》作「含情」。

〔七〕歎：同上作「勸」。

〔八〕度：同上注：「一作風。」

〔九〕筴藥浣衣：同上作「行樂玩花」。

〔一〇〕眼：《詩紀》作「眠」，《百三名家集》作「眂」，即視。

〔一一〕新：《詩紀》作「薪」，是。

〔一二〕玉牀：《英華》作「匡牀」。

〔一三〕特：同上作「時」。

〔四〕(採)〔菤〕葹：據《詩紀》改。

同前

唐・郎大家宋氏

風已清，月朗琴復鳴。掩抑非千態，殷勤是一聲。歌宛轉，宛轉和且長。願爲雙鴻鵠，比翼共翱翔。

日已暮，長檐鳥應度。此時望君君不來，此時思君君不顧。歌宛轉，宛轉那能異棲宿。願爲形與影，出入恒相逐。

同前二首〔一〕

劉方平

星參差，月二八，燈五枝。〔二〕黄鶴瑶琴將别去，芙蓉羽帳惜空垂。〔三〕歌宛轉，宛轉恨無窮。願爲波與浪，〔四〕俱起碧流中。

曉將近，黄姑織女銀河盡。〔五〕九華錦衾無復情，千金寶鏡誰能引。歌宛轉，宛轉傷别離。願作楊與柳，同向玉窗垂。

〔一〕同前：《全唐詩》卷二五一作《代宛轉歌》。

〔二〕「月二八」兩句：同上作「明月二八燈五枝」，與下一首相當，是。

〔三〕帳：同上作「帳」，是。

〔四〕波：同上作「潮」。

〔五〕盡：同上作「隱」，是。

宛轉行

張　籍

華屋重翠幄，綺席雕象牀。遠漏微更疏，薄衾中夜涼。爐氲暗徘徊，〔一〕（塞烟）〔寒燈〕背斜光。〔二〕妍姿結宵態，寢壁幽夢長。〔三〕宛轉復宛轉，憶憶更未央。〔四〕

〔一〕爐氲：《全唐詩》卷三八二作「爐氣」。

〔二〕（塞烟）〔寒燈〕：據同上改。

〔三〕壁：同上作「臂」，是。

〔四〕憶憶：同上作「憶君」。

王敬伯歌

李　端

妾本舟中客，〔一〕聞君江上琴。君初感妾歎，〔二〕妾亦感君心。遂出合歡被，同爲交頸禽。傳杯唯畏淺，接膝猶嫌遠。侍婢奏箜篌，女郎歌宛轉。宛轉怨如何，中庭霜漸多。霜多葉

可惜，昨日非今夕。徒結萬里歡，〔三〕終成一宵客。王敬伯，淥水青山從此隔。〔四〕

〔一〕客：《全唐詩》卷二八四作「女」。
〔二〕歎：同上作「意」，是。
〔三〕里：同上作「重」，是。
〔四〕淥水：同上作「緑水」。

三峽流泉歌

李季蘭

《琴集》曰：「《三峽流泉》，晉阮咸所作也。」

妾家本住巫山雲，巫山流水常自聞。玉琴彈出轉寥敻，直似當時夢中聽。三峽流泉幾千里，一時流入深閨裏。巨石奔崖指下生，飛波走浪弦中起。初疑噴湧含雷風，又似嗚咽流不通。回湍曲瀨勢將盡，時復滴瀝平沙中。憶昔阮公爲此曲，能使仲容聽不足。一彈既罷復一彈，願似流泉鎮相續。

風入松歌

僧皎　然

《琴集》曰：「《風入松》，晉嵇康所作也。」

西嶺松聲落日秋，千枝萬葉風飀飀。美人援琴弄成曲，寫得松間聲斷續。聲斷續，清我魂，流波壞陵安足論。美人夜坐月明裏，含少商兮照清徵。〔一〕風何淒兮飄飈，〔二〕攪寒松兮又夜起。夜未央，曲何長，金徽更促聲泱泱。何人此時不得意，意苦弦悲聞客堂。

〔一〕照：《全唐詩》卷八二一作「點」，是。

〔二〕淒：同上注：「一作淒清。」飄飈：同上作「何飄飄」。

秋風〔一〕

宋・吴邁遠

寒鄉無異服，衣氈代文練。〔二〕月月望君歸，年年不解綫。〔三〕荆揚早春和，〔四〕幽冀猶霜霰。地寒妾已知，〔五〕南心君不見。〔六〕

〔一〕秋風：《玉臺》卷四作《古意贈今人》，爲鮑令暉作。

〔二〕衣氈：《詩紀》卷五三作「氈褐」。

〔三〕綫：《玉臺》《詩紀》作「綖」。

〔四〕早春和：同上作「春早和」。

〔五〕地：同上作「北」，是。

〔六〕同上下文有「誰爲道辛苦，寄情雙飛燕。形迫杼煎絲，顔落風催電。客華一朝改，唯餘心不變」。

同前

湯惠休

秋風嫋嫋入曲房，羅帳含月思心傷。蟋蟀夜鳴斷人腸，長夜思君心飛揚。他人相思君相忘，錦衾瑶席爲誰芳。

同前三首

梁・江　洪

先拂連雲臺，〔一〕罷入迎風殿。已折池中荷，復驅檐裏燕。

北牖風催樹，南籬寒蛩吟。庭中無限月，思婦夜鳴砧。

孀婦悲四時，〔二〕況在秋閨内。淒葉留晚蟬，〔三〕虚庭吐寒菜。

〔一〕先：《藝文》卷四二作「光」。
〔二〕孀婦悲：《玉臺》卷一〇作「孀居憎」。
〔三〕留晚蟬：同上作「流晚暉」。

秋風引

唐・劉禹錫

何處秋風至，蕭蕭送雁群。朝來入庭樹，孤客最先聞。

明月引

盧照鄰

洞庭波起兮鴻雁翔，風瑟瑟兮野蒼蒼。浮雲卷靄，明月流光。荆南兮趙北，碣石兮瀟湘。澄清規於萬里，照離思於千行。橫桂枝於西第，繞菱花於北堂。高樓思婦，飛蓋君王。文姬絶域，侍子他鄉。見胡鞍之似練，知漢劍之如霜。試登高而極目，〔一〕莫不變而迴腸。〔二〕

〔一〕極目：《全唐詩》卷四一作「騁目」。

〔二〕變：疑當作「變色」。

明月歌

閻朝隱

梅花雪白柳葉黄，雲霧四起月蒼蒼。箭水泠泠漏刻長，揮玉指，拂羅裳，爲君一奏楚明光。

緑竹

梁・吴　均

嬋娟鄣綺殿，繞弱拂春漪。何當逢採拾，爲君笙與篪。

緑竹引

唐・宋之問

青溪緑潭潭水側，修竹嬋娟同一色。徒生仙實鳳不遊，老死空山人詎識。妙年秉願逃俗紛，歸卧嵩丘弄白雲。含情傲〔睨〕慰心目，〔一〕何可一日無此君。

〔一〕傲〔睨〕：據《全唐詩》卷五一補。

山人勸酒

李　白

蒼蒼雲松，落落綺皓。春風爾來爲阿誰，胡蝶忽然滿芳草。秀眉霜雪顔桃花，骨青髓緑長美好一作秀眉雪霜桃花貌，青髓緑髮長美好。稱是秦時避世人，勸酒相歡不知老。各守兔鹿志，〔一〕恥隨龍虎爭。欻起佐太子，〔二〕漢王一作皇乃復驚。顧謂戚夫人，彼翁羽翼成。歸來南一作商山下，〔三〕泛若雲無情。舉觴酹巢、由，洗耳何獨一作太清。浩歌望嵩嶽，意氣還一作遥相傾。

〔一〕兔鹿：王琦本《李太白集》卷四作「麋鹿」，是。

〔二〕佐：同上注：「一作安。」

〔三〕南山：同上作「商山」，是。

幽澗泉

李白

拂彼白石，彈吾素琴。幽澗愀兮流泉深。善手明徽，高張清心。寂歷似千古，松颸飀兮萬尋。中見愁猨弔影而危處兮，叫秋木而長吟。客有哀時失志而聽者，〔一〕淚淋浪以沾襟。乃緝商綴羽，潺湲成音。吾但寫聲發情於妙指，殊不知此曲之古今。幽澗泉，鳴深林。

〔一〕志：同上作「職」。

龍宮操

顧況

顧況曰：「壬子癸丑二年大水，時在滁，遂作此操，蓋大曆中也。」

龍宮月明光參差，精衛銜石東飛時，鮫人織綃採藕絲。翻江倒漢傾吴、蜀，〔一〕漢女江妃杳相續，龍王宫中水不足。

〔一〕倒漢：《全唐詩》卷二六五作「倒海」。

飛鳶操

劉禹錫

鳶飛杳杳青雲裏，鳶鳴蕭蕭風四起。旗尾飄揚勢漸高，箭頭砉劃聲相似。長空悠悠霽日懸，六翮不動凝飛烟。〔一〕遊鵾翔雁出其下，慶雲清景相迴旋。忽聞飢烏一噪聚，〔二〕瞥下雲中爭腐鼠。騰音礪吻相喧呼，仰天大嚇疑鴛雛。〔三〕畏人避犬投高處，俛啄無聲猶屢顧。〔四〕青鳥自愛三山禾，〔五〕仙禽徒貴華亭露。〔六〕樸樕危巢向暮時，毰毸飽腹蹲枯枝。遊童挾彈一麾肘，臆碎羽分人不悲。天生衆禽各有類，威鳳文章在仁義。鷹隼儀形螻蟻心，雖能戾天何足貴。

〔一〕凝飛烟：《劉夢得文集》卷二作「飛凝烟」。

〔二〕一噪：《唐文粹》卷七作「噪相」。

〔三〕鴛雛：《劉夢得文集》作「鵷雛」。

〔四〕啄：同上作「吻」。

〔五〕三山：同上作「玉山」。

〔六〕華亭：同上作「山亭」。

昇仙操

李群玉

嬴女去秦宫，瓊簫生碧空。〔一〕鳳臺閉烟霧，鸞吹飄天風。復聞周太子，亦遇浮丘公。叢簧發仙弄，〔二〕輕舉紫霞中。濁世不久住，〔三〕清都路何窮。一去霄漢上，世人那得逢。

〔一〕瓊簫生：《全唐詩》卷五六八作「瓊笙飛」。

〔二〕仙弄：同上作「天弄」。

〔三〕住：同上作「駐」。

成連

隋・辛德源

征夫從遠役，歸望絶雲端。蓑笠城踰壞，〔一〕桑落梅初寒。〔二〕雪夜然烽濕，〔三〕冰朝飲馬難。寂寂長安信，誰念客衣單。

〔一〕蓑笠城：疑有誤字。

〔二〕梅：疑當作「海」。

〔三〕然：《詩紀》卷一一三作「愁」。

琴歌三首

秦・百里奚妻

《風俗通》曰：「百里奚爲秦相，堂上樂作，所賃澣婦自言知音，因援琴撫弦而歌。問之，乃其故妻，還爲夫婦也，亦謂之扊扅。」《字説》曰：「門關謂之扊扅，或作剡移。」

百里奚，五羊皮。憶别時，烹伏雌，〔一〕炊扊扅，今日富貴忘我爲。

百里奚，初娶我時五羊皮。臨當别時烹乳雞，今適富貴忘我爲。

百里奚，百里奚，母已死，葬南溪。墳以瓦，覆以柴，舂黄藜，搤伏雞。西入秦，五羖皮，今日富貴捐我爲。

〔一〕雌：《古樂府》卷九作「雞」。

同前二首

漢・司馬相如

《琴集》曰：「司馬相如客臨邛，富人卓王孫有女文君新寡，竊於壁間見之。相如以琴心挑之，爲《琴歌》二章。」按《漢書》相如飲卓氏弄琴，文君竊從户窺，心悦而好之。乃夜，亡奔相如，相如與馳歸成都，後俱如臨邛是也。

鳳兮鳳兮歸故鄉，遨遊四海求其凰。時未遇兮無所將，〔一〕何悟今夕升斯堂。〔二〕有豔淑女在閨房，〔三〕室邇人遐毒我腸。何緣交頸爲鴛鴦，胡頡頏兮共翱翔。〔四〕鳳兮鳳兮從我栖，〔五〕得託孳尾永爲妃。〔六〕交情通體心和諧，〔七〕中夜相從知者誰。雙翼俱起翻高飛，〔八〕無感我思使余悲。〔九〕

〔一〕時未遇兮：《玉臺》卷九作「時未通遇」。

〔二〕今夕：同上作「今夕兮」。

〔三〕閨房：同上作「此方」，《藝文》卷四二作「此房」。

〔四〕《玉臺》無「胡頡頏」句。

〔五〕鳳兮鳳兮：同上作「皇兮皇兮」。

〔六〕孳尾：同上作「字尾」。

〔七〕通體：同上作「通意」。

〔八〕雙翼：同上作「雙興」。

〔九〕思：同上作「心」。

司馬相如琴歌

唐・張　祐

鳳兮鳳兮非無凰，山重水闊不可量。梧桐結陰在朝陽，濯(雨)〔羽〕弱水鳴高翔。〔一〕

〔一〕(雨)〔羽〕:據《全唐詩》卷五一〇改。

琴歌

漢・霍去病

《古今樂録》曰:「霍將軍去病益封萬五千户,秩禄與大將軍等,於是志得意歡而作歌。」按《琴操》有《霍將軍渡河操》,去病所作也。

四夷既護,〔一〕諸夏康兮。國家安寧,樂未央兮。〔二〕載戢干戈,弓矢藏兮。麒麟來臻,鳳凰翔兮。與天相保,永無疆兮。親親百年,各延長兮。

〔一〕護:《詩紀》卷二注:「一作獲。」

〔二〕未央:同上作「無央」。

霍將軍〔一〕

唐・崔　顥

長安甲第高入雲,誰家居住霍將軍。日晚朝回擁賓從,路傍揖拜何紛紛。莫言炙手手可熱,須臾火盡灰亦滅。莫言貧賤即可欺,人生富貴自有時。一朝天子賜顏色,世上悠悠應自知。〔二〕

〔一〕霍將軍：《全唐詩》卷一三〇作《長安道》。

〔二〕自：同上作「始」。又注：「上一作事，應一作君。」

琴歌

魏·阮瑀

《魏書》曰：「太祖雅聞阮瑀，辟之不應，乃逃入山中。焚山得瑀，太祖大延賓客，怒瑀不與語，使就技人列。瑀善解音，能鼓琴，撫弦而歌，爲曲既捷，音聲殊妙。」

奕奕天門開，大魏應期運。青蓋巡九州，在東西人怨。士爲知己死，女爲悦者玩。恩義苟潛暢，〔一〕他人豈能亂。〔二〕

〔一〕潛暢：《三國志·魏志》卷二一作「敷暢」，是。

〔二〕豈：同上作「焉」。

同前二首〔一〕

晉·趙整

《晉書》曰：「苻堅末年，怠於爲政，趙整援琴作歌二章以諷。」

昔聞盟津河，〔二〕千里作一曲。此水本自清，是誰亂使濁。〔三〕

北園有棗樹，〔四〕布葉垂重陰。外雖多棘刺，〔五〕内實有赤心。

〔一〕同前：《詩紀》卷三六作《諷諫詩》。
〔二〕盟津：同上作「孟津」。
〔三〕亂使濁：同上作「攪令濁」。
〔四〕棗：同上作「一」。
〔五〕多：同上作「饒」。

同前

趙整

《晉書・載記》曰：「苻堅分氐户於諸鎮，趙整因侍，援琴而歌。堅笑而不納。及敗於姚萇，果如整言。」

阿得脂，阿得脂，博勞舊父是仇綏。尾長翼短不能飛，遠徙種人留鮮卑，一旦緩急語阿誰。〔一〕

〔一〕語阿誰：同上注：「《通鑑》作當語誰。」

琴歌

唐·顧　況

琴調秋些，胡風遶雪。峽泉聲咽，佳人愁些。

樂府詩集卷第六十一

雜曲歌辭一

《宋書・樂志》曰：「古者天子聽政，使公卿大夫獻詩，耆艾修之，而後王斟酌焉。」然後被於聲，於是有採詩之官。周室下衰，官失其職。漢、魏之世，歌詠雜興，而詩之流乃有八名：曰行，曰引，曰歌，曰謠，曰吟，曰詠，曰怨，曰歎，皆詩人六義之餘也。至其協聲律，播金石，而總謂之曲。若夫均奏之高下，音節之緩急，文辭之多少，則繫乎作者才思之淺深，與其風俗之薄厚。當是時，如司馬相如、曹植之徒，所爲文章，深厚爾雅，猶有古之遺風焉。自晉遷江左，下逮隋、唐，德澤寖微，風化不競，去聖逾遠，繁音日滋。豔曲興於南朝，胡音生於北俗。哀淫靡曼之辭，迭作並起，流而忘反，以至陵夷。原其所由，蓋不能制雅樂以相變，大抵多溺於鄭、衛，由是新聲熾而雅音廢矣。昔晉平公説新聲，而師曠知公室之將卑。李延年善爲新聲變曲，而聞者莫不感動。其後元帝自度曲，被聲歌，而漢業遂衰。曹妙達等改易新聲，而隋文不能救。嗚呼，新聲之感人如此，是以爲世所貴。雖沿情之作，或出一時，而聲辭淺迫，少復近古。故蕭齊之將亡也，有《伴侶》；高齊之將亡也，有《無愁》；陳之將亡也，有《玉樹後庭花》；隋之將亡也，有《泛龍舟》。所謂煩手淫聲，爭新怨衰，此又新聲之弊也。雜曲者，歷代有之，或心志之所存，或情思之所感，或宴游歡樂之所發，或憂愁憤怨之所興，或叙離别悲傷之懷，或言征戰行役之苦，或緣於佛老，或出自夷虜。兼收備載，故總謂之雜曲。自秦、漢已來，數千百歲，文人才士，作者非一。干戈之後，喪亂之餘，亡失既多，聲辭不具，故有名存義亡，不見所起，而有古辭可考者，則若《傷歌行》《生别離》《長相思》《棗下何纂纂》之類是也。復有不見古辭，而後人繼有擬述，可以概見其義者，則若《出自薊北門》《結客少年場》《秦王卷衣》《半渡溪》《空城雀》《齊謳》《吴趨》《會吟》《悲哉》之類是也。又如漢阮瑀之《駕出北郭門》，曹植之《惟漢》《苦思》《欲遊南山》《事君》《車已駕》《桂之樹》等行，《磐石》《驅車》《浮萍》《種葛》《吁嗟》《鰕䱇》等篇，傅玄之《雲中白子高》《前有一樽酒》《鴻雁生塞北行》《昔君》《飛塵》《車遥遥篇》，陸機之《置酒》，謝惠連之《晨風》，鮑照之《鴻雁》，如此之類，其名甚多，或因意命題，或學古叙事，其辭具在，故不復備論。

(蜨)〔蛺〕蝶行〔一〕

古辭

(蜨)〔蛺〕蝶之遨遊東園，〔二〕奈何卒逢三月養子燕，接我苜蓿間。〔三〕持之，〔四〕我入紫深宫中，行纏之，傅欂櫨間。雀來燕，〔五〕燕子見銜哺來，摇頭鼓翼，何軒奴軒。〔六〕

〔一〕(蜨)〔蛺〕蝶：據《初學記》卷三〇改。

〔二〕(蜨)〔蛺〕蝶句：同上作「蝶遊蝶遨戲東園」。

〔三〕苜蓿間：同上至此止，無下文。

〔四〕之：疑衍。

〔五〕雀：疑誤。

〔六〕奴：疑衍。

同前

梁·李鏡遠

青春已布澤，微蟲應節歡。朝出南園裏，暮依華葉端。菱舟追或易，風池渡更難。群飛終不遠，還向玉階蘭。

桂之樹行

魏・曹植

桂之樹，桂之樹，桂生一何麗佳。揚朱華而翠葉，流芳布天涯。上有棲鸞，下有盤螭。桂之樹，得道之真人，咸來會講仙：教爾服食日精，要道甚省不煩。淡泊無爲自然。乘蹻萬里之外，去留隨意所欲存。高高上際於衆外，下下乃窮極地天。

秦女休行

左延年

左延年辭，大略言女休爲燕王婦，爲宗報讎，殺人都市，雖被囚繫，終以赦宥，得寬刑戮也。晉傅玄云「龐氏有烈婦」，亦言殺人報怨，以烈義稱，與古辭義同而事異。

始出上西門，〔一〕遥望秦氏廬。〔二〕秦氏有好女，自名爲女休。休年十四五，〔三〕爲宗行報讎。左執白楊刃，右據宛魯矛。讎家便東南，〔仆〕僵秦女休。〔四〕女休西上山，上山四五里。關吏呵問女休，〔五〕女休前置辭：〔六〕「平生爲燕王婦，於今爲詔獄囚。平生衣參差，當今無領襦。明知殺人當死，兄言（快快）〔怏怏〕，〔七〕弟言無道憂。女休堅辭爲宗報讎，死不疑。」殺人都市中，徼我都巷西。丞卿羅東向坐，〔八〕女休悽悽曳梏前。兩徒夾我，持刀刀五尺餘。刀未下，朣朧擊鼓赦書下。

〔一〕始：《漢魏樂府風箋》卷一五注：「一作步。」

〔二〕廬：同上注：「《御覽》作樓。」

〔三〕休：同上注：「一作始。」

〔四〕〔仆〕僵：據同上補。

〔五〕「關吏」句：《全三國詩》注：「一作關吏得女休。」

〔六〕置：《漢魏樂府風箋》注：「一作致。」

〔七〕（快快）〔怏怏〕：據同上改。

〔八〕羅：《全三國詩》作「羅列」。

同前

晉・傅　玄

龐氏有烈婦，〔一〕義聲馳雍、涼。父母家有重怨，仇人暴且强。雖有男兄弟，志弱不能當。烈女念此痛，丹心爲寸傷。外若無意者，内潛思無方。白日入都市，怨家如平常。匿劍藏白刃，一奮尋身僵。身首爲之異處，伏尸列肆旁。肉與土合成泥，灑血濺飛梁。猛氣上干雲霓，仇黨失守爲披攘。一市稱烈義，觀者收淚並慨慷。百男何當益，不如一女良。烈女直造縣門，云父不幸遭禍殃。今仇身以分裂，雖死情益揚。殺人當伏法，義不苟活隳舊章。縣令解印綬，令我傷心不忍聽。刑部垂頭塞耳，令我吏舉不能成。烈著希代之績，義立無窮之名。夫家同受其祚，子子孫孫咸享其榮。今我絃歌吟詠高風，〔二〕激揚壯發悲且清。

〔一〕龐：《詩紀》卷二二注：「一作秦。」
〔二〕「今我」句：同上作「今我作歌詠高風」。

同前

唐·李　白

西門秦氏女，秀色如瓊花。手揮白楊刀，清晝殺讎家。羅袖灑赤血，英聲凌紫霞。〔一〕直上西山去，關吏相邀遮。壻爲燕國王，身被詔獄加。犯刑若履虎，不畏落爪牙。素頸未及斷，摧眉伏泥沙。金雞忽放赦，大辟得寬賒。何慚聶政姊，萬古共驚嗟。

〔一〕英聲：王琦注：《李太白集》卷五注：「許本作英氣。」

當牆欲高行

魏·曹　植

龍欲升天須浮雲，人之仕進待中人。衆口可以鑠金，讒言三至，慈母不親。（憒憒）〔憒憒〕俗間，〔一〕不辨僞真。願欲披心自説陳，君門以九重，道遠河無津。

〔一〕（憒憒）〔憒憒〕：據《詩紀》卷一三改。

當欲遊南山行

曹植

東海廣且深，由卑下百川。五岳雖高大，不逆垢與塵。良木不十圍，洪條無所因。長者能博愛，天下寄其身。大匠無棄材，船車用不均。錐刀各異能，何所獨却前。嘉善而矜愚，大聖亦同然。仁者各壽考，〔一〕四坐咸萬年。〔二〕

〔一〕各：《藝文》卷四一作「必」。

〔二〕四坐：同上作「八座」。

當事君行

曹植

人生有所貴尚，出門各異情。朱紫更相奪色，雅鄭異音聲。好惡隨所愛憎，追舉逐虚名。〔一〕百心可事一君，巧詐寧拙誠。

〔一〕虚名：《曹子建詩》作「虚聲」。

當車已駕行

曹　植

坐玉殿，〔一〕會諸貴客。侍者(打)〔行〕觴，〔二〕主人離席。顧視東西廂，絲竹與鞞鐸。不醉無歸來，明燈以繼夕。

〔一〕坐：同上作「歡坐」。

〔二〕(打)〔行〕觴：據同上改。

驅車上東門行

古　辭

驅車上東門，遥望郭北墓。白楊何蕭蕭，松柏夾廣路。下有(涷)〔陳〕死人，〔一〕杳杳即長暮。潛寐黄泉下，千載永不寤。浩浩陰陽移，年命如朝露。人生忽如寄，壽無金石固。萬歲更相送，賢聖莫能度。服食求神仙，多爲藥所誤。不如飲美酒，被服紈與素。

〔一〕(涷)〔陳〕：據《文選》卷二九《古詩》改。

駕言出北闕行

晉・陸機

駕言出北闕，躑躅遵山陵。長松何鬱鬱，丘墓互相承。念昔殂没子，悠悠不可勝。安寢重冥廬，天壤莫能興。人生何期促，忽如朝露凝。辛苦百年間，戚戚如履冰。仁智亦何補，遷化有明徵。求仙鮮克仙，太虚安可凌。〔一〕良會罄美服，對酒宴同聲。

〔一〕安可：《詩紀》卷二四作「不可」。

駕出北郭門行

（後漢）〔魏〕・阮瑀〔一〕

駕出北郭門，馬樊不肯馳。下車步踟蹰，〔二〕仰折枯楊枝。顧聞丘林中，嗷嗷有悲啼。借問啼者出：「何爲乃如斯？」親母舍我殁，後母憎孤兒。飢寒無衣食，舉動鞭捶施。骨消肌肉盡，體若枯樹皮。藏我空室中，父還不能知。上塚察故處，存亡永别離。親母何可見，淚下聲正嘶。棄我於此間，窮厄豈有貲。傳告後代人，以此爲明規。

〔一〕（後漢）〔魏〕阮瑀：據《全魏詩》改。

〔二〕踟蹰：《詩紀》卷一七注：「一作躑躅。」

出門行二首

唐・孟　郊

長河悠悠去無極，百齡同此可歎息。秋風白露沾人衣，壯心凋落奪顔色。少年出門將訴誰，川無梁兮路無歧。一聞陌上苦寒奏，使我佇立驚且悲。君今得意厭粱肉，豈復念我貧賤時。

海風蕭蕭天雨霜，窮愁獨坐夜何長。驅車舊憶太行險，始知遊子悲故鄉。美人相思隔天闕，長望雲端不可越。手持琅玕欲有贈，愛而不見心斷絶。南山峨峨白石爛，碧海之波浩漫漫。參辰出没不相待，我欲横天無羽翰。

同前

元　稹

兄弟同出門，同行不同志。悽悽分歧路，各各營所爲。兄上荆山巔，翻石辨虹氣。弟沈滄海底，偷珠待龍睡。出門不數年，同歸亦同遂。俱用私所珍，升沈自兹異。獻珠龍王宫，値龍覓珠次。但喜復得珠，不求珠所自。酬客雙龍女，授客六龍轡。遣充行雨神，雨澤隨客意。雩夏鍾鼓繁，禜秩玉帛積。彩色畫廊廟，奴僮被珠翠。驥騄千萬雙，鴛鴦七十二。言者禾稼枯，〔一〕無人敢輕議。其兄因獻璞，再刖不履地。門户親戚疏，匡牀妻妾棄。銘心有所待，視足無所愧。持璞自枕頭，淚痕雙血漬。一朝龍醒寤，本問偷珠事。因知行雨偏，妻子五刑備。仁兄捧屍哭，勢友掉頭諱。喪車黔首葬，弔客青蠅至。楚有望氣人，王前忽長跪。賀王得貴寶，不遠王所莅。求之果如言，剖則浮筠膩。白珩無顔色，垂棘有瑕累。在楚列地封，入趙連城貴。秦遺李斯書，書爲傳國瑞。秦亡漢、魏傳，傳者得神器。卞和名永永，與寶不相墜。勸爾出門行，行難莫行易。易得還易失，難同亦難離。善賈識貪廉，良田無稙稚。磨劍莫磨錐，磨錐成小利。

〔一〕禾稼枯：《元氏長慶集》卷二三作「未摇舌」。

出自薊北門行

宋·鮑照

魏曹植《豔歌行》曰：「出自薊北門，遥望胡地桑。枝枝自相值，葉葉自相當。」《樂府解題》曰：「《出自薊北門行》，其致與《從軍行》同，而兼言燕薊風物，及突騎勇悍之狀。若鮑照云『羽檄起邊亭』，備叙征戰苦辛之意。」《通典》曰：「燕本秦上谷郡，薊即漁陽郡，皆在遼西。」《漢書》曰：「薊，故燕國也。」

羽檄起邊亭，烽火入咸陽。徵師屯廣武，〔一〕分兵救朔方。嚴秋筋竿勁，虜陣精且强。天子按劍怒，使者遥相望。雁行緣石徑，魚貫度飛梁。簫鼓流漢思，旌甲被胡霜。疾風衝塞起，沙礫自飄揚。馬毛縮如蝟，角弓不可張。時危見臣節，世亂識忠良。投軀報明主，身死爲國殤。

〔一〕徵師：《文選》卷二八、《藝文》卷四一作「徵騎」。

同前

陳·徐陵

薊北聊長望，黄昏心獨愁。燕山對古刹，〔一〕代郡隱城樓。〔二〕屢戰橋恒斷，長冰塹不流。天雲如蛇陣，漢月帶胡愁。〔三〕漬土泥函谷，〔四〕挼繩縛涼州。平生燕頷相，會自得封侯。

〔一〕燕山：《詩紀》卷一〇〇、《英華》卷一九八作「燕然」。
〔二〕隱：《英華》注：「一作倚。」
〔三〕愁：同上作「秋」。
〔四〕漬：同上作「乞」。

同前

北周·庾信

薊門還北望，役役盡傷情。關山連漢月，隴水向秦城。笳寒蘆葉脆，弓凍紵弦鳴。梅林能止渴，複姓可防兵。將軍連轉戰，〔一〕都護夜巡營。〔二〕燕山猶有石，須勒幾人名。

〔一〕連轉戰：《百三名家集》作「朝挑戰」。

〔二〕都護：同上作「都尉」。

同前

唐·李白

虜陣横北荒，胡星曜精芒。羽書速驚電，烽火晝連光。虎竹救邊急，戎車森已行。明主不安席，按劍心飛揚。推轂出猛將，連旗登戰場。兵威衝絶漠，殺氣凌穹蒼。列卒一作陣赤山下，開營紫塞傍。途冬沙風緊，〔一〕旌旗颯凋傷。畫角悲海月，征衣卷天霜。揮刃斬樓蘭，彎弓射賢王。單于一平蕩，種落自奔亡。收功報天子，行歌一作歌舞歸咸陽。

〔一〕途冬句：王琦本《李太白集》卷五作「孟冬風沙緊」，是。

薊門行五首

高適

邊城十一月，雨雪亂霏霏。元戎號令嚴，人馬亦輕肥。羌胡無盡日，征戰幾時歸。

幽州多騎射，結髮重横行。一朝事將軍，出入有聲名。紛紛獵秋草，相向角弓鳴。

薊門逢古老，〔一〕獨立思氛氳。一身既零丁，頭鬢白紛紛。勳庸今已矣，不識霍將軍。茫茫長城外，〔二〕日没更烟塵。胡騎雖憑陵，漢兵不顧身。古樹滿空塞，黄雲愁殺人。漢家能用武，開拓窮異域。戍卒厭糠覈，降胡飽衣食。開亭試一望，〔三〕吾欲涕霑臆。〔四〕

〔一〕古：《全唐詩》卷二二一注：「一作故。」

〔二〕茫茫：同上作「黯黯」。

〔三〕開：同上作「關」。

〔四〕涕：同上作「淚」。

同前〔二首〕〔一〕

李希仲

旄頭有精芒，胡騎獵秋草。羽檄南渡河，邊庭用兵早。漢家愛征戰，宿將今已老。辛苦羽林兒，從戎榆關道。

一身救邊速，烽火連薊門。〔二〕前軍鳥飛斷，格鬭塵沙昏。寒日鼓聲急，單于夜火奔。〔三〕當須徇忠義，身死報國恩。

〔一〕同前〔二首〕：據《全唐詩》卷一五八改，本集原作一首。

〔二〕連：同上作「通」。

〔三〕火：同上作「將」。

君子有所思行

晉・陸　機

《樂府解題》曰：「《君子有所思行》，晉陸機云：『命駕登北山。』宋鮑照云：『西上登雀臺。』梁沈約云：『晨策終南首。』其旨言雕室麗色，不足爲久歡，宴安酖毒，滿盈所宜敬忌，與《君子行》異也。」

命駕登北山，延佇望城郭。廛里一何盛，街巷紛漠漠。甲第崇高闥，洞房結阿閣。曲池何湛湛，清川帶華薄。邃宇列綺窗，蘭室接羅幕。淑貌色斯升，哀音承顏作。人生盛行邁一作人生誠行過，〔一〕容華隨年落。善哉膏粱士，營生奥且博。宴安消靈根，酖毒不可恪。無以肉食資，取笑蔾一作葵與藿。〔二〕

〔一〕盛：《文選》卷二八作「誠」。

〔二〕蔾：同上作「葵」。

同前

宋・謝靈運

總駕越鍾陵，還顧望京畿。躑躅周名都，遊目倦一作卷忘歸。〔一〕市鄽無阨一作夾室，世族有高闈。密親麗華苑，軒甍飾通逵。〔二〕孰是金、張樂，諒由燕、趙詩。長夜恣酣飲，窮年弄音徽。盛往速露墜，衰來疾風飛。餘生不歡娛，何以竟暮歸。寂寥曲肱子，瓢飲療朝飢。所秉自天性，貧富豈相譏。

〔一〕倦：《詩紀》卷四七作「眷」，是。

〔二〕飾：同上作「飭」。

同前〔一〕

鮑照

西上登雀臺，東下望雲闕。層關肅天居，〔二〕馳道直如髮。繡甍結飛霞，璇題納明一作行月。〔三〕築山擬蓬壺，穿池類溟渤。選色遍齊代，徵聲匝邛、越。陳鍾陪夕宴，笙歌待明發。年貌不可留，〔四〕身意會盈歇。蟻壤漏山河，〔五〕絲淚毀金骨。器惡含滿欹，物忌厚生没。智哉衆多士，服理辨昭晰。〔六〕

〔一〕同前：《鮑參軍集》卷一作《代陸平原君子有所思行》。

〔二〕關：同上及《文選》卷三一作「闕」，是。

〔三〕明月：《鮑參軍集》作「行月」。

〔四〕留：同上及《文選》作「還」。

〔五〕河：《鮑參軍集》作「阿」。

〔六〕晣：同上作「昧」。

同前

梁・沈約

晨策終南首，顧望咸陽川。戚里遡曾闕，甲館負崇軒。複塗希紫閣，重臺擬望仙。巴姬幽蘭奏，鄭女陽春弦。共矜紅顔日，俱忘白髮年。寂寥茂陵宅，照曜未央蟬。無以五鼎盛，顧嗤三經玄。

同前

唐・李白

紫閣連終南，青冥天倪色。憑崖望咸陽，宫闕羅北極。萬井驚畫出，九衢如弦直。渭水清銀河，〔一〕横天流不息。朝野盛文物，衣冠何貪絶。〔二〕厩馬散連山，軍容威絶域。伊、皋運元化，衛、霍輸筋力。歌鍾樂未休，榮去老還逼。圓光過滿缺，太陽移中昃。不散東海金，何爭西輝匿。〔三〕無作牛山悲，惻愴淚沾臆。

〔一〕清銀河：王琦注《李太白集》卷五作「銀河清」。

〔二〕貪絶：同上作「翕艴」，是。

〔三〕「何爭」句：同上作「何曾西飛匿」。

同前二首〔一〕

僧貫休

我愛正考甫，思賢作《商頌》。我愛揚子雲，理亂皆如鳳。振衣中夜起，露花香旖旎。撲碎驪龍明月珠，敲出鳳凰五色髓。陋巷蕭蕭風淅淅，〔二〕緬想斯人勝珪璧。寂寥千載不相逢，無限區區盡虛擲。君不見沈約道：「佳人不在茲，春光爲誰惜？」

安得龍猛筆，點石爲黃金。〔三〕散（問）〔向〕一作向酷吏家，〔四〕使無貪殘心。甘棠密葉成翠幄，潁鳳不來天地塞。〔五〕所以傾城人，〔六〕如今不可得。〔七〕

〔一〕同前：《全唐詩》卷八二七作《擬君子有所思》。

〔二〕淅淅：同上作「析析」。

〔三〕「點石」句：同上注：「西嶽龍猛大士，於硯中磨藥，點筆成金。西天有龍猛金，其色紫。」

〔四〕散（問）〔向〕：據文意改。

〔五〕潁：同上作「欵」。

〔六〕傾城：同上作「傾國傾城」。

〔七〕如今：同上作「如今如今」。

樂府詩集卷第六十二

雜曲歌辭二

傷歌行

古　辭〔一〕

《傷歌行》，側調曲也。古辭傷日月代謝，年命遒盡，絶離知友，傷而作歌也。

昭昭素明月，〔二〕輝光燭我牀。憂人不能寐，耿耿夜何長。微風吹閨闥，〔三〕羅帷自飄揚。攬衣曳長帶，屣履下高堂。〔四〕東西安所之，徘徊以彷徨。春鳥翻一作向南飛，〔五〕翩翩獨翱翔。悲聲命儔匹，哀鳴傷我腸。感物懷所思，泣涕忽霑裳。佇立吐高吟，舒憤訴穹蒼。

〔一〕古辭：《玉臺》卷二作「魏明帝」，《文選》卷二七作「古辭」。

〔二〕明月：《文選》作「月明」。

〔三〕吹：《玉臺》作「衝」。

〔四〕屣：同上作「縱」。

〔五〕翻：同上作「向」。

同前〔一〕

唐・張　籍

黄門詔下促收捕，京兆(君)〔尹〕一作尹繫御史府。〔二〕出門無復部曲隨，親戚相逢不容語。辭成謫尉南海州，受命不得須臾留。身著青衫騎惡馬，東門之東無送者。〔三〕郵夫防吏急喧驅，往往驚墮馬蹄下。長安里中荒大宅，朱門已除十二戟。高堂舞榭鎖管絃，美人遥望西南天。

〔一〕同前：《全唐詩》卷三八二注：「元和中，楊憑貶臨賀尉。」

〔二〕京兆(君)〔尹〕：據同上及《唐文粹》卷一五下改。

〔三〕東門之東：《全唐詩》作「中門之外」。

〔傷哉行〕〔一〕

孟　郊

衆毒蔓貞松，一枝難久榮。豈知黄庭客，仙骨生不成。春色捨芳蕙，秋風遶枯莖。彈琴不成曲，始覺知音傾。館月改舊照，弔賓寫餘情。還舟空江上，波浪送銘旌。

〔一〕〔傷哉行〕：據本書目録及《全唐詩》卷三七二補。

同前

莊南傑

兔走烏飛不相見，人事依俙速如電。王母夭桃一度開，玉樓紅粉千回變。車馳馬走咸陽道，石家舊宅空荒草。秋雨無情不惜花，芙蓉一一驚香倒。勸君莫謾栽荆棘，秦皇虚費一作負驅山力。英風一去更無言，白骨沈埋暮山碧。

悲歌行

古辭

悲歌可以當泣，遠望可以當歸。思念故鄉，鬱鬱纍纍。欲歸家無人，欲渡河無船，心思不能言，腸中車輪轉。

同前〔一〕

唐·李白

悲來乎，悲來乎，主人有酒且莫斟，聽我一曲悲來吟。悲來不吟還不笑，天下無人知我心。君有數斗酒，我有三尺琴。琴鳴酒樂兩相得，一杯不啻千鈞金。悲來乎，悲來乎，天雖長，地雖久，金玉滿堂應不守。富貴百年能幾何，死生一度人皆有。孤猿坐啼墳上月，且須一盡杯中酒。悲來乎，悲來乎，鳳鳥不至河無圖，〔二〕微子去之箕子奴。漢帝不憶李將軍，楚王放却屈大夫。悲來乎，悲來乎，秦家李斯早追悔，虚名撥向身之外。范子何曾愛五湖，功成名遂身自退。劍是一夫用，書能知姓名，惠施不肯干萬乘，卜式未必窮一經。還須黑頭取方伯，莫謾白首爲儒生。

〔一〕同前：蕭本《李太白詩》卷七作《悲歌行》，《全唐詩》卷二四無「行」字。

〔二〕鳳鳥：同上作「鳳凰」。

悲哉行

晉・陸機

《歌録》曰：「《悲哉行》，魏明帝造。」《樂府解題》曰：「陸機云：『遊客芳春林。』謝惠連云：『羈人感淑節。』皆言客遊感物憂思而作也。」

遊客芳春林，春芳傷客心。和風飛清響，鮮雲垂薄陰。蕙草饒淑氣，時鳥多好音。翩翩鳴鳩羽，喈喈倉庚音一作吟。〔一〕幽蘭盈通谷，長莠被高岑。〔二〕女蘿亦有託，蔓葛亦有尋。傷哉客遊士，〔三〕憂思一何深。目感隨氣草，耳悲詠時禽。寤寐多遠念，緬然若飛沈。願託歸風響，寄言遺所欽。

〔一〕音：《文選》卷二八作「吟」，是，避免與上文「音」是重複。

〔二〕 莠：同上作「秀」。

〔三〕 客遊士：同上作「遊客士」。

同前

宋・謝靈運

萋萋春草生，王孫遊有情。差池燕始飛，夭裊柳一作桃始榮。〔一〕灼灼桃悦色，飛飛燕弄聲。檐上雲結陰，澗下風吹清。幽樹雖改觀，終始在初生。松蔦歡蔓延，樛葛欣虆縈。眇然遊宦子，晤言時未并。鼻感改朔氣，眼一作心傷變節榮。侘傺豈徒然，澶一作緬漫絶音形。風來不可託，鳥去豈爲聽。

〔一〕 柳：《詩紀》卷四七作「桃」，注：「一作柳，非。」

同前

謝惠連〔一〕

羇人感淑節，緣感欲回泬。〔二〕我行詎幾時，華實驟舒結。覩實情有悲，瞻華意無悦。覽物懷同志，如何復乖别。翩翩翔禽羅，關關鳴鳥列。翔（禽）〔鳴〕常疇偶，〔三〕所歎獨乖絶。

〔一〕 同前：《詩紀》卷四九作《代悲哉行》，謝惠連下注：「《樂府》作惠連，《鮑照集》亦載此。」

〔二〕沉：同上作「轍」。

〔三〕翔(禽)〔鳴〕：據同上改。

同前

梁·沈　約

旅遊媚年春，年春媚遊人。徐光旦垂彩，和露曉凝津。時嚶起稚葉，蕙氣動初蘋。一朝阻舊國，萬里隔良辰。

同前

唐·孟雲卿

孤兒去慈親，遠客喪主人。莫吟苦辛曲，〔此曲〕誰忍聞(可聞)。〔一〕可聞不可說，去去無期別。〔二〕行人念前程，不待參辰没。〔三〕朝亦常苦飢，暮亦常苦飢。飄飄萬餘里，貧賤多是非。少年莫遠遊，遠遊多不歸。

〔一〕〔此曲〕誰忍聞(可聞)：據《全唐詩》卷一五七改。

〔二〕期別：同上注：「一作形跡。」

〔三〕辰没：同上注：「一作晨設。」

同前

白居易

悲哉爲儒者，力學不能疲。〔一〕讀書眼欲暗，〔二〕秉筆手生胝。十上方一第，成名常苦遲。縱有宦達者，兩鬢已成絲。可憐少壯日，適在窮賤時。丈夫老且病，焉用富貴爲。沈沈朱門宅，中有乳臭兒。狀貌如婦人，光明膏粱肌。手不把書卷，身不擐戎衣。二十襲封爵，門承勳戚資。春來日日出，服御何輕肥。朝從博徒飲，暮有倡樓期。評封還酒債，〔三〕堆金選蛾眉。聲色狗馬外，其餘一無知。山苗與澗松，地勢隨高卑。古來無奈何，非君獨傷悲。〔四〕

〔一〕能：《全唐詩》卷四二四作「知」。

〔二〕欲：同上注：「一作前。」

〔三〕評：同上作「平」。封：注「去聲。」

〔四〕君獨：同上注：「一作獨君。」

同前

鮑溶

促促晨復昏，死生同一源。貴年不懼老，賤老傷久存。〔一〕朗朗哭前歌，絳旌引幽魂。來爲千金子，去卧百草根。黄土塞生路，悲風送回轅。〔二〕金鞍舊良馬，四顧不(出)〔入〕門。〔三〕生結千歲念，〔四〕榮及百代孫。〔五〕黄金買性命，白刃讎一言。〔六〕寧知北山上，〔七〕松柏侵田園。

〔一〕老：《全唐詩》卷四八五注：「一作者。」
〔二〕轅：同上注：「一作輪。」
〔三〕(出)〔入〕：據同上改，承回轅，當作「入」。
〔四〕歲：同上注：「一作載。」
〔五〕「榮及」句：同上注：「一作榮及萬代孫。」
〔六〕讎：同上作「酬」。
〔七〕上：同上作「下」。

妾薄命二首

魏・曹　植

《樂府解題》曰：「《妾薄命》，曹植云：『日月既逝西藏。』蓋恨燕私之歡不久。梁簡文帝云：『名都多麗質。』傷良人不返，王嬙遠聘，盧姬嫁遲也。」

攜玉手，喜同車。比上雲閣飛除。〔一〕釣臺蹇産清虚，池塘靈沼可娱。〔二〕仰泛龍舟緑波，俯擢神草枝柯。想彼宓妃洛河，退詠漢女湘娥。

日月既逝一作日既逝矣西藏，〔三〕更會蘭室洞房。華燈步障一作先置舒光，〔四〕皎若日出扶桑。促樽一作酒合坐一作座行觴。主人起舞娑盤，能者穴觸别端。騰觚飛爵闌干，同量等色齊顔。任意交屬所歡，朱顔發外形蘭。袖隨禮容極情，〔五〕妙一作屢舞仙仙一作僊僊體輕。裳解一作解裳履遺絶纓，〔六〕俛仰笑諠無呈。〔七〕覽持佳人玉顔，齊舉金爵翠盤一作槃。〔八〕手形羅袖良難，腕弱不勝珠環，坐者歎息舒顔。御巾裛粉君傍，中有霍納都梁，雞舌五味雜香。進者何人齊姜，恩重愛深難忘。召延親好宴私，但歌杯來何遲。客賦既醉言歸，主人稱露未晞。

〔一〕比：《詩紀》卷一三作「北」。

〔二〕靈：同上作「觀」。

〔三〕日月既逝：《玉臺》卷九作「日月既是」，《藝文》卷四一作「日既逝矣」。

〔四〕步障：《藝文》作「先置」。

〔五〕袖隨：《漢魏樂府風箋》卷一五：「疑是袖隋，隋一音惰，落陊，謂舞終而袖陊。」

〔六〕裳解：《藝文》作「解裳」。

〔七〕呈：《漢魏樂府風箋》注：「疑當作程，節度。」

〔八〕齊舉：《玉臺》卷九作「齊接」。

同前

梁・簡文帝

名都多麗質，〔一〕本自恃容姿。蕩子行未至，〔二〕秋胡無定期。玉貌歇紅臉，〔三〕長嚬串翠眉。〔四〕奩鏡迷朝色，縫鍼脆故絲。〔五〕本異摇舟咎，何關竊席疑。〔六〕生離誰拊背，溘死詎來遲。〔七〕王嬙貌本絶，〔八〕踉蹌入氈帷。盧姬嫁日晚，非復少年一作年少時。〔九〕轉山猶可遂，〔一〇〕烏白望難期。〔一一〕妾心徒自苦，傍人會見嗤。

〔一〕麗質：《英華》卷二〇七作「雅質」。

〔二〕未：《藝文》卷四一作「不」。

〔三〕臉：同上作「縷」。

〔四〕串：《英華》卷二〇七作「慣」。

〔五〕縫鍼：同上作「針縫」。

〔六〕席：同上作「虎」。

〔七〕來：《玉臺》卷七作「成」。

〔八〕王嬙：《玉臺》《藝文》作「毛嬙」。

〔九〕少年：《玉臺》作「好年」，《英華》作「妙年」。

〔一〇〕轉山：《玉臺》作「傳山」。遂：同上作「逐」。

〔一一〕期：《百三名家集》作「追」。

同前

劉孝威

去年從越障，〔一〕今歲殁胡庭。嚴霜封碣石，驚沙暗井陘。玉鐕久落鬢，羅衣長挂屏。浴蠶思漆水，〔二〕挑桑憶鄭坰。〔三〕寄書朝鮮吏，留釧武安亭。〔四〕的言戎夏隔，〔五〕但念心契冥。〔六〕不見豐城劍，千祀復同形。

〔一〕障：《英華》卷二〇七作「嶂」。

〔二〕漆水：同上作「沫水」。

〔三〕挑桑：《詩紀》卷八八作「條桑」。

〔四〕安：《英華》注：「一作章。」

〔五〕的：同上作「勿」，是。

〔六〕念：同上作「令」。

同前

劉孝勝

馮姜朝汲遠，徐吾夜火窮。舊井長逢幕，〔一〕鄰燈欲未通。五逐無來娉，三娶盡凶終。離災陽禄觀，就廢昭臺宫。乘屯迹雖淑，應戚理恒同。復傳蘇國婦，故愛在房櫳。愁眉歇巧黛，啼妝落豔紅。織書凌竇錦，敏誦軼繁弓。離劍行當合，春牀勿怨空。

〔一〕幕：《詩紀》卷八七作「羃」，是。

同前〔一〕

唐·崔國輔

雖入秦帝宫，不上秦帝牀。夜夜玉窗裏，與他卷羅裳。〔二〕

〔一〕同前：《全唐詩》卷一一九作《秦女卷衣》。

〔二〕羅裳：同上作「衣裳」。

同前

武平一

有女妖且麗，徘徊湘水湄。水湄蘭杜芳，採之將寄誰。瓠犀發皓齒，雙蛾嚬翠眉。紅臉如開蓮，素膚若凝脂。綽約多逸態，輕盈不自持。常矜絶代色，復恃傾城姿。子夫前入侍，飛燕復當時。正悦掌中舞，寧哀團扇詩。洛川昔云遇，高唐今尚違。幽閤禽雀噪，閑階草露滋。流景一何速，年華不可追。解珮安所贈，怨咽空自悲。

同前

李百藥

團扇秋風起，長門夜月明。羞聞拊背入，恨説舞腰輕。太常應已醉，〔一〕劉君恒帶醒。〔二〕横陳每虚設，吉夢竟何成。

〔一〕應：《全唐詩》卷四三作「先」。

〔二〕醒：同上作「酲」是。

同前

杜審言

草緑長門閉，〔一〕苔青永巷幽。寵移新愛奪，泣下故情留。啼鳥驚殘夢，飛花攪獨愁。自憐春色罷，團扇復迎秋。

〔一〕閉：《全唐詩》卷六二作「掩」。

〔一一〕下：同上作「落」。

同前

劉元淑

自從離別守空閨，遥聞征戰起雲梯。〔一〕夜夜愁君遼海外，〔二〕年年棄妾渭橋西。〔三〕陽春白日照空暖，紫燕銜花向庭滿。〔四〕綵鸞琴裏怨聲多，飛鵲鏡前妝梳斷。誰家夫婿不從征，〔五〕應是漁陽別有情。莫道紅顔燕地少，家家還似洛陽城。且逐新人殊未歸，還令秋至夜霜飛。北斗星前横度雁，〔六〕南樓月下擣寒衣。夜深聞雁腸欲絶，〔七〕獨坐縫衣燈又滅。〔八〕暗啼羅帳空自憐，夢度陽關向誰説。每憐容貌宛如神，〔九〕如何薄命不勝人。〔一〇〕願君朝夕燕山至，〔一一〕好作明年楊柳春。

〔一〕起：《英華》卷二〇七作「赴」。

〔二〕愁君：同上注：「一作相思，一作思君。」外：同上作「北」。

〔三〕棄：同上作「抛」。

〔四〕銜：同上作「紅」。

〔五〕不：同上作「久」。

〔六〕度：同上作「旅」。

〔七〕夜：同上作「更」。

〔八〕「獨坐」句：同上作「獨夜挑燈燈復滅」。

〔九〕每憐：同上作「每吟」。

〔一〇〕如何：同上作「何其」。不勝：同上作「不如」。

〔一一〕願：同上作「待」。

同前

李白

漢帝重一作寵阿嬌，貯之黄金屋。咳唾落九天，隨風生珠玉。寵極愛還歇，妬深情却疏。長門一步地，不肯暫回車。雨落不上天，水覆難再收一作重難收。〔一〕君情與妾意，各自東西流。昔日芙蓉花，今成斷根草。〔二〕以色事他人，能得幾時好。

〔一〕「水覆」句：《英華》卷二〇七作「覆水最難收」。《唐文粹》卷一二亦作「最難收」。

〔二〕斷根草：《英華》作「素秋草」。

同前〔一〕

孟郊

不惜十指弦，爲君千萬彈。常恐新聲至一作發，坐使一作使我故聲一作曲殘。棄置今日悲，即是昨日歡。將新變故易，持故爲新難。〔二〕青山有蘼蕪，淚葉長不乾。空令後代人，採掇幽思攢一作思幽蘭。

〔一〕同前：《唐文粹》卷一二作《薄命妾》。

〔二〕持：《英華》卷二〇七作「將」。

同前〔一〕　張籍

薄命婦，〔二〕良家子，無事從軍去萬里。漢家天子平四夷，護羌都尉裹屍歸。念君此行爲死別，對君裁縫泉下衣。與君一日爲夫婦，千年萬歲亦相守。君愛龍城征戰功，妾願青樓歡樂同。〔三〕人生各各有所欲，詎得將心入君腹。

〔一〕同前：《唐文粹》卷一二作《古薄命妾》。

〔二〕薄命婦：《全唐詩》卷三八二注：「一作薄命嫁得。」

〔三〕歡：同上作「歌」。

同前三首〔一〕　李端

憶妾初嫁君，花鬟如緑雲。回燈入綺帳，對一作轉面脱羅裙。折步教人學，偷香與客熏。容顏南國重，名字北方聞。一從失恩意，轉覺身憔悴。對鏡不梳頭，倚窗空落淚。新人莫恃新，秋至會無春。從來閉在長門者，必是宮中第一人。

玉壘城邊爭走馬，銅蹄市裏共乘舟。〔二〕鳴環動珮思無盡，〔三〕掩袖低巾淚不流。疇昔將歌邀客醉，如今欲舞對君羞。忍懷賤妾平生曲，〔四〕獨上襄陽舊酒樓。

自從君棄妾，憔悴不羞人。唯餘壞粉淚，未免映衫勻。

〔一〕同前三首：《全唐詩》卷二八四列第一首，又二八六列第三首，均作《妾薄命》；同卷列第二首作《代棄婦答賈客》。

〔二〕銅蹄：同上作「銅鞮」。

〔三〕思：同上作「恩」。

〔四〕曲：同上作「好」。

同前

盧綸

妾年初二八，兩度嫁狂夫。薄命今猶在，堅貞掃地無。

樂府詩集卷第六十三

雜曲歌辭三

羽林郎

後漢・辛延年

《漢書》曰：「武帝太初元年，初置建章營騎，後更名羽林騎，屬光禄勳。又取從軍死事之子孫，養羽林官，教以五兵，號羽林孤兒。」顔師古曰：「羽林，宿衛之官，言其如羽之疾，如林之多。一説羽所以爲主者羽翼也。」《後漢書・百官志》曰：「羽林郎，掌宿衛侍從，常選漢陽、隴西、安定、北地、上郡、西河六郡良家補之。」《地理志》曰：「漢興，六郡良家子選給羽林」是也。又有《胡姬年十五》，亦出於此。

昔有霍家姝，〔一〕姓馮名子都。依倚將軍勢，調笑酒家胡。胡姬年十五，春日獨當壚。長裾連理帶，廣袖合歡襦。頭上藍田玉，耳後大秦珠。兩鬟何窕窕，〔二〕一世良所無。一鬟五百萬，兩鬟千萬餘。不意金吾子，娉婷過我廬。銀鞍何煜爚，〔三〕翠蓋空踟躕。就我求清酒，絲繩提玉壺。就我求珍肴，金盤鱠鯉魚。貽我青銅鏡，結我紅羅裾。不惜紅羅裂，何論輕賤軀。男兒愛後婦，女子重前夫。人生有新故，貴賤不相踰。多謝金吾子，私愛徒區區。

〔一〕姝：《古樂府》卷一〇作「奴」。徐乃昌《玉臺札記》云「五溪雲館本、孟璟本均作奴」，是。

〔二〕窕窕：《古樂府》作「窈窕」。

〔三〕煜：《玉臺》卷一作「昱」。

羽林行

唐・王建

長安惡少出名字，樓下劫商樓上醉。天明下直明光宫，散入五陵松柏中。百回殺人身合死，赦書尚有收城功。九衢一日消息定，鄉吏籍中重改姓。出來依舊屬羽林，立在殿前射飛禽。

同前

孟郊

朔雪寒斷指，朔風勁裂冰。胡中射鵰者，此日猶不能。翩翩羽林兒，錦臂飛蒼鷹。揮鞭決白馬，〔一〕走出黄河淩。

〔一〕決：《孟東野詩集》卷一作「快」。

同前

鮑　溶

朝出羽林宫，入參雲臺議。獨請萬里行，不奏和親事。君王重年少，深納開邊利。寶馬雕玉鞍，一朝從萬騎。煌煌都門外，祖帳光七貴。歌鐘樂行軍，雲物慘别地。簫笳整部曲，幢蓋動郊次。臨風親戚懷，滿袖兒女淚。行行復何贈，長劍報恩字。

胡姬年十五

晉・劉　琨〔一〕

虹梁照曉日，渌水泛香蓮。如何十五少，含笑酒壚前。花將面自許，人共影相憐。回頭堪百萬，價重爲時年。

〔一〕晉劉琨：《詩紀》卷一一：「《樂府》作晉劉琨，《五言律祖》作梁劉琨，然晉未有律體，《律祖》或有考也。」按此必非晉劉琨作。

當壚曲

梁・簡文帝

《漢書》曰：「司馬相如與卓文君俱之臨邛，盡賣車騎，買酒舍，乃令文君當盧。相如身自著犢鼻褌，與庸保雜作，滌器於市中。」郭璞曰：「壚，酒壚也。」顔師古曰：「賣酒之處，累土爲壚以居酒甕。四邊隆起，其一面高，形如鍛壚，故名壚。」《當壚曲》蓋取此也。

十五正團團，流光滿上蘭。當壚設夜酒，宿客解金鞍。迎來挾琴易，送別唱歌難。欲知心恨急，翻令衣帶寬。

同前

范靜妻沈氏

逶迤飛塵唱，宛轉遶梁聲。調弦可以進，蛾眉畫未成。

齊瑟行

《歌録》曰：「《名都》《美女》《白馬》，並《齊瑟行》也。曹植《名都篇》曰：『名都多妖女。』《美女篇》曰：『美女妖且閑。』《白馬篇》曰：『白馬飾金羈。』皆以首句名篇，猶《豔歌羅敷行》有《日出東南隅篇》，《豫章行》有《鴛鴦篇》是也。」

名都篇

魏·曹植

名都者，邯鄲、臨淄之類也。以刺時人騎射之妙，游騁之樂，而無憂國之心也。

名都多妖女，京洛出少年。寶劍直千金，被服光一作麗且鮮。〔一〕鬭雞東郊一作長安道，走馬長楸間。馳驅未能半，〔二〕雙兔過我前。攬弓捷鳴鏑，長驅上南山一作驅上彼南山。左挽因右發，一縱兩禽連。餘巧一作功未及展，仰手接飛鳶。觀者咸稱善，衆工歸我妍。歸來宴平樂，〔三〕美酒斗十千。膾鯉臇胎鰕，炮鼈炙熊蹯。〔四〕鳴儔嘯匹旅，〔五〕列坐竟長筵。連翩擊鞠壤，〔六〕巧捷惟萬端。白日西南馳，光景不可攀。雲散還城邑，清晨復來還。

〔一〕光：《藝文》卷四二、《詩紀》卷一三均作「麗」。
〔二〕馳驅：《文選》卷二七作「馳騁」，《藝文》作「驅馳」。
〔三〕歸來：《文選》作「我歸」。
〔四〕炮：同上作「寒」。
〔五〕旅：《詩紀》作「侶」。
〔六〕擊鞠壤：《古樂府》卷一〇作《擊壤歌》。

美女篇

曹植

美女者，以喻君子。言君子有美行，願得明君而事之。若不遇時，雖見徵求，終不屈也。

美女妖且閑，采桑歧路間。柔條紛冉冉，〔一〕葉落何翩翩。〔二〕攘袖見素手，皓腕約金環。頭上三一作金爵釵，〔三〕腰佩翠琅玕。明珠交玉體，珊瑚間木難。羅衣何飄飄，〔四〕輕裾隨風還。顧眄遺光采，長（肅）〔嘯〕氣若蘭。〔五〕行徒用息駕，休者以忘餐。借問女何居，〔六〕乃在城南端。青樓臨大路，高門結重關。容華耀朝日，誰不希令顔。媒氏何所營，玉帛不時安。佳人慕高義，求賢良獨難。衆人徒嗷嗷，〔七〕安知彼所觀。〔八〕盛年處房室，中夜起長歎。

〔一〕柔條：《玉臺》卷二作「長條」。

〔二〕葉落：《詩紀》卷一三作「落葉」。

〔三〕三爵：《文選》卷二七作「金爵」。

〔四〕飄飄：《詩紀》作「飄颻」。

〔五〕（肅）〔嘯〕：據《文選》《詩紀》改。

〔六〕何：同上作「安」。

〔七〕徒：《文選》作「何」。

〔八〕觀：《玉臺》作「歡」。

同前

晉・傅　玄

美人一何麗，顔若芙蓉花。一顧亂人國，再顧亂人家。未亂猶可奈何？

同前

梁・簡文帝

佳麗盡關情，風流最有名。約黄能效月，裁金巧作星。粉光勝玉靚，衫薄擬蟬輕。密態隨流臉，嬌歌逐軟聲。〔一〕朱顔半已醉，微笑隱香屏。

〔一〕「嬌歌」句：《英華》卷一九三作「餘嬌逐語聲」。

同前

蕭子顯

章丹塹輟舞，〔一〕巴姬請罷弦。佳人淇洧出，〔二〕豔趙復傾燕。繁穠既爲李，照水亦成蓮。朝酤成都酒，暝數河間錢。餘光幸未借，〔三〕蘭膏空自煎。

〔一〕章丹：《玉臺》卷八作「邯鄲」。

〔二〕淇洧：《英華》卷一九三作「淇浦」，注：「一作洧上。」出：《玉臺》作「上」。

〔三〕未借：《英華》注：「一作（未）惜，一作許借。」

同前二首

北齊・魏　收

楚襄遊夢去，陳思朝洛歸。參差結旌旆，掩靄頓驂騑。變化看臺曲，駭散屬川沂。仍令賦神女，俄聞要虙妃。照梁何足豔，昇霞反奮飛。可言不可見，言是復言非。

□□□□□，我帝更朝衣。擅寵無論賤，入憂不嫌微。〔一〕智瓊非俗物，羅敷本自稀。居然陋西子，定可比南威。新吴何爲誤，舊鄭果難依。甘言誠易污，得失定因機。無憎蘗英妬，心賞易侵違。

〔一〕憂：字誤，當作「愛」。

同前

隋・盧思道

京洛多妖豔，餘香愛物華。恒臨鄧渠水，〔一〕共採鄴園花。時摇五明扇，聊駐七香車。情疏看笑淺，嬌深眄欲斜。微津染長黛，新溜濕輕紗。莫言人未解，隨君獨問家。

〔一〕恒：《英華》卷一九三作「俱」。鄧渠：又注：「一作梁墱。」

白馬篇

魏·曹植

白馬者，見乘白馬而爲此曲。言人當立功立事，盡力爲國，不可念私也。《樂府解題》曰：「鮑照云：『白馬騂角弓。』沈約云：『白馬紫金鞍。』皆言邊塞征戰之事。」

白馬飾金羈，連翩西北馳。借問誰家子，幽并遊俠兒。少小去鄉邑，揚聲一作名沙漠垂。宿昔秉良弓，楛矢何參差。控弦破左的，右發摧月支。仰手接飛猱，俯身散馬蹄。狡捷過猿猴，〔一〕勇剽若豹螭。邊城多警急，胡虜一作虜騎數遷移。羽檄從北來，厲馬登高堤。長驅蹈匈奴，左顧陵鮮卑。寄身鋒刃端，〔二〕性命安可懷。父母且不顧，何言子與妻。名編一作在壯士籍一作高名在壯籍，〔三〕不得中顧私。捐軀赴國難，視死忽如一作若歸。

〔一〕猿猴：《文選》卷二七作「猴猿」。

〔二〕寄：同上作「棄」。

〔三〕「名編」句：《藝文》卷四二作「高名在壯籍」。

同前〔一〕

宋·袁淑

劍騎何翩翩，長安五陵間。秦地天下樞，八方湊才賢。荆、魏多壯士，宛、洛富少年。意氣

〔三〕(微)〔徵〕兵(離)〔集〕：據同上改。

〔四〕勢：《英華》注：「一作膝。」

〔五〕虎：同上注：「一作雁。」

〔六〕冠：同上注：「一作寇。」

〔七〕帶：《百三名家集》作「鬼」。

同前

梁・沈約

白馬紫金鞍，停鑣過上蘭。寄言狹斜子，詎知隴道難。赤坂途三折，龍堆路九盤。冰生肌裏冷，風起骨中寒。功名志所急，日暮不遑餐。長驅入右地，〔一〕輕舉出樓蘭。直去已垂涕，寧可望長安。匪期定遠封，無羨輕車官。唯見恩義重，豈覺衣裳單。本持軀命答，〔二〕幸遇身名完。〔三〕

〔一〕驅：《英華》卷二〇九作「馳」。

〔二〕答：《藝文》卷四二作「苦」。

〔三〕身名：同上作「身得」。

同前

王僧孺

千里生冀北，玉鞘黄金勒。散蹄去無已，摇頭意相得。豪氣發西山，雄風擅東國。飛鞚出秦隴，長驅繞岷僰。承謨若有神，稟算良不惑。瀄汩河水黄，參差嶂雲黑。安能對兒女，〔一〕垂帷弄毫墨。兼弱不稱雄，後得方爲特。（主恩）〔此心〕亦何已，〔二〕君恩良未塞。不許跨天山，何由報皇德。

〔一〕能：《英華》卷二〇九作「得」。

〔二〕（主恩）〔此心〕：據《百三名家集》改。《英華》作「至思」，注：「一作此心。」

同前

徐悱

研蹄飾鏤鞍，〔一〕飛鞚度河干。少年本上郡，遨遊入露寒。劍琢荆山玉，彈把隋珠丸。聞有邊烽急，飛候至長安。然諾竊自許，捐軀諒不難。占兵出細柳，〔二〕轉戰向樓蘭。雄名盛李、霍，壯氣勇彭、韓。能令石飲羽，復使髮衝冠。要功非汗馬，報效乃鋒端。〔三〕日没塞雲起，風悲胡地寒。西征馘小月，北去腦烏丸。歸報明天子，燕然石復刊。〔四〕

〔一〕研：《詩紀》卷八九作「妍」，似是。
〔二〕占：《英華》卷二〇九作「召」。
〔三〕乃：《藝文》卷四二作「有」。
〔四〕石：《英華》注：「一作今。」

同前

隋・王　胄

白馬黄金鞍，蹀躞柳城前。問此何鄉客，長安惡少年。結髮從戎事，馳名振朔邊。良弓控繁弱，利劍揮龍泉。披林扼彫虎，仰手接飛鳶。前年破沙漠，昔歲取祈連。折衝摧右校，搴旗殪左賢。虒彌還謝力，慶忌本推儇。海外平遐險，來庭識負褰。三韓勞薄伐，六事指幽燕。良家選河右，猛將征西山。浮雲屯羽騎，蔽日引長旃。自矜有餘勇，應募忽爭先。王師已得俊，夷首失求全。鼓行徇玉檢，乘勝蕩朝鮮。志勇期功立，寧憚微軀捐。不羨山河賞，唯希竹素傳。

同前

辛德源

任俠重芳辰，相從競逐春。金羈絡赭汗，紫縷應一作紫陌映紅塵紅塵。〔一〕寶劍提一作横三尺，

彫弓韜六鈞。嗚珂蹀細柳，飛蓋出宜春。遥見浮光一作雲發，〔二〕懸知上頭人。〔三〕

〔一〕紫縷膺：《英華》卷二〇九作「紫陌映」。

〔二〕浮光：同上作「浮雲」。

〔三〕「懸知」句：同上作「懸識隴頭人」。

同前

唐·李白

龍馬花雪毛，金鞍五陵豪。秋霜切玉劍，落日明珠袍。鬭雞事萬乘，軒蓋一何高。弓摧宜山虎，〔一〕手接太山猱。〔二〕酒後競風彩，三杯弄寶刀。殺人如剪草，劇孟同遊遨。發憤去函谷，從軍向臨洮。叱咤萬戰場一作經百戰，〔三〕匈奴盡波濤。〔四〕歸來使酒氣，未肯拜蕭曹。〔五〕羞入原憲室，荒徑隱蓬蒿。

〔一〕宜山：王琦注《李太白集》卷五作「南山」，是。

〔二〕太山：同上作「太行」，是。

〔三〕萬戰場：《英華》卷二〇九作「經百戰」，王琦本同。

〔四〕波濤：王琦注《李太白集》作「奔逃」，是。

〔五〕拜：《英華》注：「一作下。」

苦思行

魏・曹植

緑蘿緣玉樹，光曜粲相暉。下有兩真人，舉翅翻高飛。我心何踊躍，思欲攀雲追。鬱鬱西岳顛，石室青葱與天連。〔一〕中有耆年一隱士，〔二〕鬚髪皆皓然。策杖從吾遊，〔三〕教我要忘言。

〔一〕青葱：《曹子建詩注》卷二作「青青」。

〔二〕一：《藝文》卷四一無「一」字。

〔三〕吾：《曹子建詩注》作「我」。

升天行二首

曹植

《樂府解題》曰：「《升天行》，曹植云：『日月何時留。』鮑照云：『家世宅關輔。』曹植又有《上仙籙》與《神遊》《五遊》《龍欲升天》等篇，皆傷人世不永，俗情險艱，當求神仙，翺翔六合之外，與《飛龍》《仙人》《遠遊篇》《前緩聲歌》同意。」按《龍欲升天》，即《當牆欲高行》也。

乘蹻追術士，遠之蓬萊山。靈液飛素波，蘭桂上參天。玄豹遊其下，翔鶤戲其顛。乘風忽登舉，彷彿一作彷徨見衆仙。扶桑之所出，乃在朝陽溪。中心陵蒼昊，布葉蓋天涯。日出登東幹，既夕没西枝。願得紆陽轡，迴日使東馳。

同前

宋·鮑照

家世宅關輔，勝帶宦王城。備聞十帝事，委曲兩都情。倦見物興衰，驟覩俗屯平。翩翻一作翩翩類迴掌，〔一〕恍惚似朝榮。〔二〕窮塗悔短計，晚志愛長生。〔三〕從師入遠岳，結友事仙靈。五芝發金記，〔四〕九籥隱丹經。風餐委松宿，雲卧恣天行。冠霞金綵閣，〔五〕解玉飲一作隱椒庭。蹔遊越萬里，近别數千齡。〔六〕鳳臺無還駕，簫管有遺聲。何時一作當與爾曹，啄腐共吞腥。

〔一〕類：《詩紀》卷四九作「若」。
〔二〕恍惚：同上作「恍惚」。
〔三〕愛：同上作「重」。
〔四〕五芝：同上及《文選》卷二八作「五圖」，是。李善引《五嶽真形圖》作注。
〔五〕金：《詩紀》作「登」，是。

〔六〕近：同上作「少」。

同前

梁·劉孝勝

堯攀已徒説，湯捫亦妄陳。欲訪青雲侶，正遇丹丘人。少翁俱仕漢，韓終苦入秦。汾陰觀化鼎，瀛洲宴羽人。廣成參日月，方朔問星辰。驚祠伐楚樹，射藥戰江神。閶闔皆曾倚，太一豈難親。趙簡猶聞樂，周儲固上賓。秦皇多忌害，元朔少寬仁。終無良有以，非關德不鄰。

同前

隋·盧思道

尋師得道訣，輕舉厭人群。玉山候王母，珠庭謁老君。煎爲返魂藥，刻作長生文。飛策乘流電，彫軒曳白雲。〔一〕玄洲望不極，赤野曉無垠。〔二〕金樓旦巃嵸，玉樹曉氛氳。擁琴遥可望，〔三〕吹笙遠詎聞。不覺蜉蝣子，〔四〕〔生死〕（葬）何紛紛。〔五〕

〔一〕白：《英華》卷一九三作「彩」，注：「一作紫。」

〔二〕曉：同上作「眺」，是。

〔三〕望：同上作「聽」。

〔四〕覺：同上作「學」。

〔五〕〔生死〕（葬）：原脱一字，據《百三名家集》補改，《英華》作「干侶」，侶下注：「一作迢，一作葬。」

同前

唐·僧齊己

身不沉，骨不重。驅青鸞，駕白鳳。幢蓋飄飄入冷空，〔一〕天風瑟瑟星河動。瑶闕參差阿母家，樓臺戲閉凝彤霞。五三仙子乘龍車，〔二〕堂前碾爛蟠桃花。回頭却顧蓬山頂，〔三〕一點濃嵐在深井。

〔一〕飄飄：《全唐詩》卷八四七作「飄摇」。

〔二〕五三：同上作「三五」。

〔三〕蓬山：同上作「蓬萊」。

雲中白子高行

晉·傅玄

陵陽子，來明意，欲作天與仙人遊。超登元氣攀日月，遂造天門將上謁。閶闔闢，見紫微絳闕，紫宫崔嵬，高殿嵯峨，雙闕萬丈玉樹羅。童女掣電〔策〕，〔一〕童男挽雷車。雲漢隨天流，浩浩如江河。因王長公謁上皇，鈞天樂作不可詳。龍仙神仙，教我靈祕，八風子儀，與遊我祥。〔二〕我心何戚戚，思故鄉。俯看故鄉，二儀設張。樂哉二儀，日月運移，地東南傾，天西北馳。鶴五氣所補，鼇四足所支。齊駕飛龍驂赤螭，逍遥五岳間，東西馳。長與天地並，〔三〕復何爲，復何爲？

〔一〕電〔策〕：據《詩紀》卷二二及《百三名家集》補。

〔二〕與遊我祥：疑當作「與我遊翔」。

〔三〕長：同上注：「一作期。」

樂府詩集卷第六十四

雜曲歌辭四

五遊

魏・曹植

九州不足步，願得凌雲翔。逍遥八紘外，遊目歷遐荒。披我丹霞衣，襲我素霓裳。華蓋紛晻藹，六龍仰天驤。曜靈未移景，倏忽造昊蒼。閶闔啟丹扉，雙闕曜朱光。徘徊文昌殿，登陟太微堂。上帝休西櫺，群后集東廂。帶我瓊瑶佩，漱我沆瀣漿。踟蹰玩靈芝，徙倚弄華芳。王子奉仙藥，羡門進奇方。服食享遐紀，延壽保無疆。

遠遊篇

曹植

《楚辭・遠遊》章句曰：「悲時俗之迫阨兮，願輕舉而遠遊。質菲薄而無因兮，焉託乘而上浮。」王逸云：「《遠遊》者，屈原之所作也。屈原履方直之行，不容於世，困於讒佞，無所告訴，乃思與仙人俱遊戲，周歷天地，無所不至焉。」周王褒又有《輕舉篇》，亦出於此。

遠遊臨四海，俯仰觀洪波。大魚若曲陵，承浪相經過。〔一〕靈鼇戴方丈，神岳儼嵯峨。仙人翔其隅，玉女戲其阿。瓊蕊可療飢，仰漱吸朝霞。〔二〕崑崙本吾宅，中州非我家。將歸謁東父，一舉超流沙。鼓翼舞時風，長嘯激清歌。金石固易弊，〔三〕日月同光華。齊年與天地，萬乘安足多。

〔一〕承浪：《曹子建詩註》卷二作「乘浪」。

〔二〕仰漱吸：《藝文》卷七八作「仰首漱」，《詩紀》卷一三作「仰首吸」。

〔三〕弊：同上作「敝」。

輕舉篇

北周・王　褒

天地能長久，神仙壽不窮。白玉東華檢，方諸西岳童。我瞻少海北，〔一〕暫别扶桑東。俯觀雲似蓋，低望月如弓。看棋城邑改，辭家墟巷空。流珠餘舊竈，種杏發新叢。酒釀瀛洲玉，劍鑄昆吾銅。誰能攬六博，還當訪井公。

〔一〕我：《詩紀》卷一一三作「俄」，是。

仙人篇　　魏・曹植

《樂府廣題》曰：「秦始皇三十六年，使博士爲《仙真人詩》，遊行天下，令樂人歌之。」曹植《仙人篇》曰：「仙人攬六著。」言人生如寄，當養羽翼，徘徊九天，以從韓終、王喬於天衢也。齊陸瑜又有《仙人覽六著》篇，蓋出於此。

仙人攬六著，對博太山隅。湘娥拊琴瑟，秦女吹笙竽。玉樽盈桂酒，河伯獻神魚。四海一何局，九州安所如。韓終與王喬，要我於天衢。萬里不足步，輕舉凌太虚。飛騰踰景雲，高風吹我軀。迴駕觀紫微，與帝合靈符。閶闔正嵯峨，〔一〕雙闕萬丈餘。玉樹扶道生，白虎夾門樞。驅風遊四海，東過王母廬。俯觀五岳間，人生如寄居。潛光養羽翼，進趣且徐徐。〔二〕不見昔軒轅，〔三〕升龍出鼎湖。〔四〕徘徊九天下，〔五〕與爾長相須。

〔一〕正：《百三名家集》作「自」。
〔二〕趣：《詩紀》卷一三作「趨」。
〔三〕昔軒轅：同上作「軒轅氏」。
〔四〕升：同上及《古樂府》卷一〇作「乘」。
〔五〕下：《詩紀》作「上」。

仙人覽六著篇

齊・陸瑜

九仙會歡賞，六著且娛神。戲谷聞餘地，銘山憶舊秦。避敵情思巧，論兵勢重新。問取南皮夕，還笑拂棊人。

神仙篇〔一〕

王融

命駕瑤池側一作隈，〔二〕過息嬴女臺。長袖何靡靡，簫管清且哀。璧門涼月舉，珠殿秋風迴。青鳥騖高羽，王母停玉杯。舉手暫爲別，千年將復來。

〔一〕神仙篇：《詩紀》卷五七作《遊仙詩》五首，注：「集云應教。」這是第三首。

〔二〕側：同上作「隈」。

同前

梁・戴暠

徒聞石爲火，未見坂停丸。暫數盈虛月，長隨晝夜瀾。辭家試學道，逢師得姓韓。闐山金靜室，蓬丘銀露壇。安平醞仙酒，渤海轉神丹。初飛喜退鳳，新學法乘鸞。十芒生月腦，六談起星肝。〔流〕瓊播疑俗，〔一〕信玉類陽官。玄都宴晚集，紫府事朝看。謝手今爲別，進憐此俗難。

〔一〕〔流〕瓊：據《詩紀》卷九三補。又注：「一作飛。」

同前

陳·張正見

瀛州分渤澥，閬苑隔虹霓。欲識三山路，須尋千仞溪。石梁雲外去，〔一〕蓬丘霧裏迷。年深毀丹竈，學久棄青泥。葛水留還杖，天衢鳴去雞。六龍驤首起雲閣，萬里一別何寥廓。玄都府内駕青牛，紫蓋山中乘白鶴。（尋）〔潯〕陽杏花終難朽，〔二〕武陵桃花未曾落。已見玉女笑投壺，復覩仙童欣六博。同甘玉文棗，俱飲流霞藥。鸞歌鳳舞集天台，金闕銀宮相向開。西王已令青鳥去，東海還馭赤虬來。魏武還車逢漢女，荆王因夢識陽臺。鳳蓋隨雲聊蔽日，霓裳雜雨復乘雷。神岳吹笙遥謝手，當知福地有神才。

〔一〕去：《詩紀》卷一〇二作「立」。

〔二〕（尋）〔潯〕陽：據同上改。

同前

隋・盧思道

浮生厭危促，名岳共招攜。雲軒遊紫府，風馹上丹梯。時見遼東鶴，屢聽淮南雞。玉英持作寶，瓊實採成蹊。飛策揚輕電，懸旌耀彩霓。瑞銀光似燭，靈石髓如泥。寥廓鸞山右，超越鳳洲西。〔一〕一丸應五色，持此救人迷。〔二〕

〔一〕超越：《英華》卷一九三作「超遥」。

〔二〕人迷：同上作「行迷」。

同前

魯　范〔一〕

王遠尋仙至，欒巴訪術迴。乘空向紫府，控鶴下蓬萊。霜分白鹿駕，日映流霞杯。煎金丹未熟，醒酒藥初開。〔二〕乍應觀海變，誰肯畏年頹。

〔一〕魯范：《詩紀》卷一二七同，《英華》卷一九三作「魯杞」。

〔二〕醒：同上作「醖」。

神仙曲

唐・李　賀

碧峰海面藏靈書，上帝揀作神仙居。〔一〕晴時笑語聞空虛，〔二〕鬬乘巨浪騎鯨魚。春羅剪字邀王母，〔三〕共宴紅樓最深處。鶴羽衝風過海遲，〔四〕不如却使青龍去。猶疑王母不相許，垂露娃鬟更傳語。〔五〕

〔一〕神仙：《李長吉歌詩彙解外集》作「仙人」。
〔二〕晴時：同上作「清明」。
〔三〕剪：同上作「書」。
〔四〕「鶴羽」兩句：二姚本《李長吉歌詩》無此二句。
〔五〕露：同上作「霧」。娃：作「妖」。傳：作「轉」。

昇仙篇

梁・簡文帝

少室堪求道，明光可學仙。丹繒碧林宇，〔一〕緑玉黄金篇。雲車了無轍，風馬詎須鞭。靈桃恒可餌，幾迴三千年。

〔一〕碧林：《英華》卷一九三作「碧琳」，是。

飛龍篇

魏・曹　植

《楚辭・離騷》曰：「爲余駕飛龍兮，雜瑶象以爲車。」曹植《飛龍篇》亦言求仙者乘飛龍而昇天，與《楚辭》同意。按琴曲亦有《飛龍引》。

晨遊泰山，雲霧窈窕。忽逢二童，顔色鮮好。乘彼白鹿，手翳芝草。我知真人，長跪問道。西登玉堂一作臺，金樓復道。〔一〕授我仙藥，〔二〕神皇所造。教我服食，還精補腦。壽同金石，永世難老。

〔一〕復：《詩紀》卷一三作「複」。
〔二〕仙：《藝文》卷四二作「此」。

應龍篇

陳・張正見

張正見《應龍篇》，言龍未起時，乃在淵底藏，以諭君子隱居養志，以待時也。《廣雅》曰：「有鱗曰蛟龍，有翼曰應龍，有角曰虬龍，無角曰螭龍。」

應龍未起時，乃在淵底藏。非雲足不蹈，舉則冲天翔。譬彼野蘭草，幽居常獨香。清風播四遠，萬里望芬芳。隱居可頤志，自見焉得彰。

鬬雞篇〔一〕

魏·曹植

《春秋左氏傳》曰：「季、郈之雞鬬，季氏介其雞，郈氏爲之金距。」杜預云：「擣芥子播其羽也。或曰：以膠沙播之爲介雞。」《鄴都故事》曰：「魏明帝大和中，築鬬雞臺。趙王石虎亦以芥羽溙砂；鬬雞于此。故曹植詩云，『鬬雞東郊道，走馬長楸間』是也。」

遊目極妙伎，清聽厭宫商。主人寂無爲，衆賓進樂方。長筵坐戲客，鬬雞觀閒房。〔二〕群雄正翕赫；雙翹自飛揚。揮羽邀清風，〔三〕悍目發朱光。觜落輕毛散，嚴距往往傷。長鳴入青雲，扇翼獨翱翔。願蒙狸膏助，常得擅此場。〔四〕

〔一〕《鬬雞篇》：《曹子建詩注》卷一作《鬬雞詩》。

〔二〕觀閒：《藝文》卷九一作「閒觀」。

〔三〕揮：《曹子建詩注》作「輝」。邀清風：《藝文》作「激流風」。

〔四〕常：《曹子建詩注》作「長」。

同前

梁・劉孝威

丹雞翠翼張，妬敵復專場。翅中含芥粉，距外耀金芒。氣踰上黨列〔一〕，名愧下韝良。祭橋愁魏后，食跖忌齊王。願賜淮南藥，一使雲間翔。

〔一〕列：《百三名家集》作「烈」，似是。

盤石篇

魏・曹植

盤石山巔石，〔一〕飄颻澗底蓬。〔二〕我本太山人，何爲客海東？〔三〕蘿葭彌斥土，〔四〕林木無分重。〔五〕岸巖若崩缺，〔六〕湖水何洶洶。〔七〕蚌蛤被濱涯，光彩如錦虹。高（彼）〔波〕淩雲霄，〔八〕浮氣象螭龍。鯨（鯗）〔脊〕若丘陵，〔九〕鬚若山上松。呼吸吞船欐，澎濞戲中鴻。方舟尋高價，珍寶麗以通。一舉必千里，乘颸舉帆幢。經危履險阻，未知命所鍾。常恐沈黄壚，下與黿鼈同。南極蒼梧野，遊眄窮九江。中夜指參辰，欲師當定從。仰天長太息，思想懷故邦。乘桴何所志，于嗟我孔公。〔一〇〕

〔一〕盤石：《詩紀》卷一三作「盤盤」，是。

〔二〕飄飖：《曹子建詩注》卷二注：「《考異》作飄飄。」

〔三〕海：《詩紀》作「淮」。

〔四〕藿：同上作「蒹」。

〔五〕分：《曹子建詩注》作「芬」。

〔六〕岸：《詩紀》作「圻」。若：作「苦」。

〔七〕湖：《曹子建詩注》作「河」。

〔八〕（彼）〔波〕：據同上改。

〔九〕（羹）〔脊〕：據同上及《詩紀》改。

〔一〇〕于：同上作「吁」。

驅車篇

曹 植

驅車揮駑馬，〔一〕東到奉高城。神哉彼太山，五嶽專其名。〔二〕隆高貫雲霓，嵯峨出太清。周流二六候，間置十二亭。上有涌醴泉，玉石揚華英。東北望吴野，西眺觀日精。魂神所繫屬，逝者感斯征。王者以歸天，効厥元功成。歷代無不遵，禮祀有品程。探策或長短，唯德享利貞。封者七十帝，軒皇元獨靈。餐霞漱沆瀣，毛羽被身形。發舉蹈虚廓，徑廷升窈冥。同壽東父年，曠代永長生。

〔一〕撣：《曹子建詩注》卷二作「揮」。

〔二〕專：《藝文》卷四二作「顯」。

種葛篇

曹　植

種葛南山下，葛藟自成陰。〔一〕與君初婚時一作初定婚，結髮恩義深。歡愛在枕席，宿昔同衣衾。竊慕《棠棣》篇，好樂和瑟琴。〔二〕行年將晚暮，佳人懷異心。恩紀曠不接，我情遂抑沉。出門當何顧，徘徊步北林。下有交頸獸，仰見雙栖禽。攀枝長歎息，淚下沾羅襟。良馬知我悲，延頸代我吟。〔三〕昔爲同池魚，〔四〕今爲商與參。往古皆歡遇，我獨（因）〔困〕於今。〔五〕棄置委天命，悠悠安可任。

〔一〕藟：《藝文》卷四二作「蔓」。

〔二〕和：《曹子建詩注》卷二作「如」。

〔三〕代：同上作「對」。

〔四〕爲：《玉臺》卷二作「若」，下句「爲」字同。

〔五〕（因）〔困〕：據《玉臺》改。

秋蘭篇

晉·傅 玄

秋蘭本出於《楚辭》。《離騷》云：「秋蘭兮蘼蕪，羅生兮堂下。緑葉兮素華，芳菲菲兮襲予。」蘭，香草，言芳香菲菲，上及於我也。傅玄《秋蘭篇》云：「秋蘭蔭玉池，池水且芳香。」其旨言婦人之託君子，猶秋蘭之蔭玉池，與《楚辭》同意。

秋蘭蔭玉池，池水且芳香。〔一〕芙蓉隨風發，中有雙鴛鴦。雙魚自湧濯，〔二〕兩鳥時迴翔。君其一作期歷九秋，與妾同衣裳。

〔一〕且芳香：《詩紀》卷二二作「清且芳」。

〔二〕湧濯：《玉臺》卷二作「踴躍」。

松柏篇〔一〕

宋·鮑 照

《松柏篇》，鮑照擬傅玄樂府《龜鶴篇》而作也。

松柏受命獨，歷代長不衰。人生浮且脆，鴥若晨風悲。東海迸逝川，西山道落暉。〔二〕南郭悦籍短，〔三〕蒿里收永歸。諒無疇昔時，百病起盡期。志士惜牛刀，忍勉自療治。傾家行藥事，顛沛去迎醫。徒備火石苦，奄至不得辭。龜齡安可獲，岱宗限已迫。睿聖不得留，爲善何所益。捨此赤縣居，就彼黄壚宅。永離九原親，長與三辰隔。屬纊生望盡，闔棺世業埋。事痛存人心，恨結亡者懷。祖葬既云及，壙隧亦已開。室族内外哭，親疏同共哀。外姻遠近至，名列通夜臺。扶輿出殯宫，低迴戀庭室。天地有盡期，我去無還日。居者今已盡，人事從此畢。火歇烟既没，形銷聲亦滅。鬼神來依我，生人永辭訣。大暮杳悠悠，長夜無時節。鬱（煙）〔湮〕重冥下，〔四〕煩寃難具説。安寢委沉寞，戀戀念平生。事業有餘結，（形）〔刊〕述未及成。〔五〕資儲無擔石，兒女皆孩嬰。一朝放捨去，萬恨纏我情。追憶世上事，束教以自拘。明發靡怡（悆）〔愉〕，〔六〕夕歸多憂虞。（撤）〔轍〕閑晨逕（流）〔荒〕，〔七〕輟宴式酒儒。〔八〕知今瞑目苦，恨失爾時娱。遥遥遠民居，獨埋深壤中。墓前人跡滅，冢上草日豐。空（牀）〔林〕響鳴蜩，〔九〕高松結悲風。長寐無覺期，誰知逝者窮。生存處交廣，連榻舒華裀。已没一何苦，（楛）〔梏〕哉不容身。〔一〇〕昔日平居時，晨夕對六親。今日掩奈何，一見無諧因。禮席有降殺，三齡速過隙。几筵就收撤，室宇改疇昔。行女遊歸途，仕子復王役。家世本平常，獨有亡者劇。時祀望歸來，四節靜塋丘。孝子撫墳號，父（子）〔兮〕知來不。〔一一〕欲還心依戀，欲見絶無由。煩寃荒隴側，肝心盡崩抽。

〔一〕《松柏篇》：《鮑參軍集》卷一並序云：「余患脚上氣四十餘日，知舊先借《傅玄集》，以余殤劇，遂見還。開袠，適見樂府詩《龜鶴篇》，於危殤中見長逝詞，惻然酸懷。抱如此重病，彌時不差，呼吸乏喘，舉目悲矣。火藥間缺而擬之。」

〔二〕道：同上作「導」。

〔三〕郭：同上注：「一作郊。」

〔四〕（煙）〔湮〕：據同上改。下：同上作「中」。

〔五〕（形）〔刊〕：據同上改。

〔六〕（愈）〔愉〕：據同上改。

〔七〕（撤）〔轍〕閑晨逕（流）〔荒〕：據同上改。

〔八〕輟：同上作「撤」。儒：同上作「濡」。

〔九〕（牀）〔林〕：據同上改。

〔一〇〕（梏）〔梏〕：據同上改。

〔一一〕（子）〔兮〕：據同上改。

采菊篇

梁・簡文帝

月精麗草散秋株，〔一〕洛陽少婦絶妍姝。〔二〕相喚一作呼提筐采菊珠，朝起露濕霑羅襦。東方千騎從驪駒，豈不下山逢故夫。〔三〕

〔一〕月：《英華》卷二〇八作「日」。

〔二〕少婦：同上作「小婦」。

〔三〕豈：同上作「更」。

飛塵篇

晉·傅玄

飛塵穢清流，朝雲蔽日光。秋蘭豈不芬，鮑肆亂其芳。河決潰金堤，一手不能障。

閶闔篇

梁·武帝

張衡《西京賦》曰：「表嶢闕於閶闔。」閶闔，天門也。立高闕以象之。薛綜云：「紫微宫門名曰閶闔也。」《閶闔篇》蓋出於此。

西漢本佳妍，金馬望甘泉。衛尉屯兵上，期門曉漏傳。猶重河東賦，欲以追神仙。羽騎凌雲轉，閶闔帶空懸。長旗掃月窟，鳳迹輾星躔。但使丹砂就，能令億萬年。

登名山行

名山本鎮地，迢遞上凌霄。雲披金澗近，霧起石梁遥。翠微横鳥路，珠樹拂星橋。風急清溪晚，霞散赤城朝。寓目幽棲客，駕口尋綺季。跡絶桃源士，忘情漆園吏。沉冥負俗心，疏索凌雲意。蒼蒼聳極天，伏眺盡山川。疊峰如積浪，分崖若斜烟。淺深聞渡雨，輕重聽飛泉。采藥逢三島，尋真遇九仙。藏書凡幾代，看傳已經年。逝將追羽客，千載一來旋。

西長安行

晉・傅玄

《樂府解題》曰：「《西長安行》，晉傅休奕云：『所思兮何在，乃在西長安。』其下因叙别離之意也。」《三輔舊事》曰：「長安城以北斗。」《周地圖記》曰：「長安城南爲南斗形，北爲北斗形。」《通典》曰：「漢高帝自櫟陽徙都長安，至惠帝，方發人徒築城，即長安西北古城是也。」

所思兮何在，乃在西長安。何用存問妾，香穟雙珠環。〔一〕何用重存問，羽爵翠琅玕。今我兮問君，〔二〕更有兮異心。香亦不可燒，環亦不可沉。香燒日有歇，環沈日自深。

〔一〕香穟：《詩紀》卷二二作「香橙」。

〔二〕問：《玉臺》卷二作「聞」，是。

齊謳行　陸機

《漢書》曰：「漢王至南鄭，諸將及士卒皆歌謳思東歸。」顏師古曰：「謳，齊歌也。謂齊聲而歌。或曰齊地之歌。」《禮樂志》曰：「齊古謳員六人。」梁元帝《纂要》曰：「齊歌曰謳」是也。陸機《齊謳行》，備言齊地之美，亦欲使人推分直進，不可妄有所營也。

營丘負海曲，沃野爽且平。洪川控河濟，崇山入高冥。東被姑尤側，南界聊攝城。海物錯萬類，陸産尚千名。孟諸吞楚夢，百二侔秦京。惟師恢東表，桓后定周傾。天道有迭代，人道無久盈。鄙哉牛山歎，未及至人情。爽鳩苟已徂，吾子安得停。行行將復去，長存非所營。

同前　梁・沈約

東秦稱右地，川隰固夷昶。層峰駕蒼雲，濁河流素壤。青丘良杳鬱，雪宫信疏敞。王佐改殷命，霸功繆周綱。

齊歌行

齊·陸厥

黄金徒滿籯，不如守章句。雪宫紛多士，稷下岦成覆一作露。同載雙連珠一作璧，合席懸河注。垂帷五行下，操筆百金賦。華屋大車方，高門駟馬驅。玄豹空不食，南山隱雲霧。

吴趨行

晉·陸機

崔豹《古今注》曰：「《吴趨行》，吴人以歌其地。陸機《吴趨行》曰：『聽我歌吴趨。』趨，步也。」

楚妃且勿歎，齊娥且莫謳。四坐並清聽，聽我歌吴趨。吴趨自有始，〔一〕請從閶門起。閶門何嵯峨，飛閣跨通波。重欒承遊極，迴軒啟曲阿。藹藹慶雲被，（泠泠鮮）〔泠泠祥〕風過。〔二〕山澤多藏育，土風清且嘉。泰伯導仁風，仲雍揚其波。穆穆延陵子，灼灼光諸華。王迹頽陽九，帝功興四遐。大皇自富春，矯（首）〔手〕頓世羅。〔三〕邦彦應運興，粲若春林葩。屬城咸有士，吴邑最爲多。八族未足侈，四姓實名家。文德熙淳懿，武功侔山河。禮讓何濟濟，流化自滂沱。淑美難窮紀，商榷爲此歌。

〔一〕始：《詩紀》卷二四注：「一作紀。」

〔二〕（冷冷鮮）〔泠泠祥〕：據同上及《文選》卷二八改。

〔三〕（首）〔手〕：據同上改。

同前〔一〕

〔無名氏〕〔二〕

藺滿蓋重簾，唯有遠相思，藕葉清朝釧，何見早歸一作還時。〔三〕

〔一〕同前：《詩紀》注：「此首及《飲酒樂》，《樂府》不載名字，次陸機之詩，彙作機詩。」

〔二〕〔無名氏〕：據毛刻本目録補。

〔三〕歸：同上作「還」。

同前

梁・元帝

水裏生葱翅，池心恒欲飛。蓮花逐牀返，何時乘艒歸。

會吟行

宋・謝靈運

《樂府解題》曰：「《會吟行》，其致與《吴趨》同。會謂會稽，謝靈運《會吟行》曰：『咸共聆會吟。』」

六引緩清唱，三調佇繁音。列筵皆靜寂，咸共聆會吟。會吟自有初，請從文命敷。敷績壺冀始，刊木至江汜。列宿炳天文，負海橫地理。連峰競千仞，背流各百里。滮地溉粳稻，輕雲曖松杞。兩京愧佳麗，三都豈能似。層臺指中天，高墉積崇雉。飛燕躍廣途，鷁首戲清沚。肆呈窈窕容，路曜便娟子。自來彌世代，〔一〕賢達不可紀。句踐善廢興，越叟識行止。范蠡出江湖，梅福入城市。東方就旅逸，梁鴻去桑梓。牽綴書士風，辭殫意未已。

〔一〕世代：《文選》卷二八作「年代」。

樂府詩集卷第六十五

雜曲歌辭五

北風行〔一〕

宋・鮑照

《北風》，本衛詩也。《北風》詩曰：「北風其涼，雨雪其雱。」傳云：「北風寒涼，病害萬物，以喻君政暴虐，百親不親也。」若鮑照《北風涼》、李白「燭龍棲寒門」，皆傷北風雨雪，而行人不歸，與衛詩異矣。

北風涼，雨雪雱。京洛女兒多嚴妝。〔二〕遥豔帷中自悲傷，沉吟不語若爲一作有忘。〔三〕問君何行何當歸，苦使妾坐自傷悲。慮年至一作去，慮顔衰。情易復，〔四〕恨難追。

〔一〕《北風行》：《鮑參軍集》作《代北風涼行》。

〔二〕嚴：同上作「妍」。

〔三〕爲：同上作「有」。

〔四〕復：同上作「遠」。

同前

唐・李白

燭龍棲寒門，光曜猶旦開。日月照之何不及此，〔一〕唯有北風號怒天上來。燕山雪花大如席，片片吹落軒轅臺。幽州思婦十二月，停歌罷笑雙蛾摧。倚門望行人，念君長城苦寒良可哀。別時提劍救邊去，遺此虎文金鞞靫。〔二〕中有一雙白羽箭，〔三〕蜘蛛結網生塵埃。箭空在，人今戰死不復迴。不忍見此物，焚之已成灰。黄河捧土尚可塞，北風雨雪恨難裁一作哉。

〔一〕「日月」句：王琦本《李太白集》卷三注：「一作日月之賜不及此。」

〔二〕鞞靫：同上作「鞞靫」，王注：「當作鞴靫。」

〔三〕一雙：蕭本《李太白集》作「二雙」。

苦熱行〔一〕

宋・鮑照

魏曹植《苦熱行》曰：「行遊到日南，經歷交阯鄉。〔二〕苦熱但曝露，越夷水中藏。」《樂府解題》曰：「《苦熱行》備言流金爍石、火山炎海之艱難也。若鮑照云：『赤阪横西阻，火山赫南威。』言南方瘴癘之地，盡節征伐，而賞之太薄也。」

赤阪横西阻，火山赫南威。身熱頭且痛，鳥墮魂未歸。〔三〕湯泉發雲潭，焦烟起石磯。〔四〕日月有恒昏，〔五〕雨露未嘗晞。丹蛇踰百尺，玄蜂盈十圍。含沙射流影，吹蠱病行暉。〔六〕瘴氣晝熏體，菵露夜霑衣。饑猨莫下食，晨禽不敢飛。毒涇尚多死，渡瀘寧具腓。生軀蹈死地，昌志登一作高禍機。戈船榮既薄，伏波賞亦微。爵輕君尚惜，〔七〕士重安可希。

〔一〕《苦熱行》：《鮑參軍集》作《代苦熱行》。

〔二〕交阯：同上作「交趾」。

〔三〕未歸：同上及《文選》卷二八作「來歸」。

〔四〕石磯：同上作「石圻」。

〔五〕恒昏：《古樂府》卷一〇作「同昏」。

〔六〕病：《文選》作「痛」。

〔七〕爵：同上作「財」。

同前

梁·簡文帝

六龍騖不息，三伏啟炎陽。寢興煩几案，俯仰倦幃牀。滂沱汗似鑠，微靡風如湯。洄池愧玉浪，蘭殿非含霜。細簾時半卷，輕幌乍横張。雲斜花影没，日落荷心香。願見洪崖井，詎憐河朔觴。

同前

任昉

旭旦烟雲卷，烈景入東軒。傾光望轉蕙，斜日照西垣。既卷蕉梧葉，〔一〕復傾葵藿根。重簟無冷氣，挾石似懷温。霢霂類珠綴，喘嚇狀雷奔。

〔一〕蕉梧：《詩紀》卷七八作「焦梧」，恐未是。

同前〔一〕

何遜

昔聞草木焦，今覩沙石爛。〔二〕曀曀風愈静，〔三〕曈曈日漸旰。習静閟衣巾，讀書煩几案。卧思清露浥，坐待明星爛。蝙蝠户間飛，蠛蠓窗中亂。會無河朔飲，〔四〕室有臨淄汗。〔五〕遺金自不拾，惡木寧無幹。〔六〕願以三伏晨，催促九秋换。

〔一〕同前：《詩紀》卷八三作《苦熱》，無「行」字。

〔二〕覩：同上作「窺」。

〔三〕愈：同上作「逾」。

〔四〕會：《百三名家集》作「實」。

〔五〕室：同上作「空」，是。

〔六〕幹：《詩紀》作「榦」。

同前

北周·庾信

火井沈熒散，炎洲高燄通。鞭石未成雨，鳴鳶不起風。思爲鸞翼扇，願備明光宫，〔一〕臨淄迎子禮，中散就安豐。美酒含蘭氣，甘瓜開蜜筒。寂寥人事屏，還得隱牆東。

〔一〕備：《百三名家集》作「借」，是。

同前

唐·王維

赤日滿天地，火雲成山岳。草木盡焦卷，川澤皆竭涸。輕紈覺衣重，密樹苦陰薄。〔一〕莞簟不可近，絺綌再三濯。思出宇宙外，曠然在寥廓。長風萬里來，江海蕩煩濁。却顧身爲患，始知心未覺。忽入甘露門，宛然清涼樂。

〔一〕密樹：《王右丞集》卷四注：「劉本、顧元緯本俱作樹密。」按作「樹密」則上句當作「紈輕」。

同前

王　轂

祝融南來鞭火龍，火旗焰焰燒天紅。日輪當午凝不去，萬國如在洪爐中。五嶽翠乾雲彩滅，陽侯海底愁波竭。何當一夕金風發，爲我掃却天下熱。

同前〔一〕

僧皎　然

六月金數伏，兹辰日在庚。炎曦曝肌膚，〔二〕毒霧昏檐楹。〔三〕安得奮翅翮，〔四〕超遥出雲征。〔五〕不知天地心，如何匠生成。火德燒百卉，瑶草不及榮。省客當此时，〔六〕忽貽懷中瓊。捧玩煩袂滌，〔七〕嘯歌美風生。〔八〕遲君佐元氣，調使四序平。中令霜不袄，〔九〕火餘氣常貞。〔一〇〕江南詩騷客，休吟苦熱行。

〔一〕同前：《全唐詩》卷八一六作《酬薛員外誼苦風一行見寄》。
〔二〕曝：同上作「爍」。
〔三〕檐楹：同上作「性情」。
〔四〕翅翮：同上作「輕翮」。
〔五〕超：同上注：「一作迢。」

〔六〕省：同上注：「一作有。」

〔七〕袂：同上注：「一作衿。」

〔八〕美：同上注：「一作善。」

〔九〕袄：同上作「袚」。

〔一〇〕火：同上作「大」。

同前

僧齊己

離宫劃開赤帝怒，喝起六龍奔日馭。〔一〕下土熬熬若煎煮，〔二〕蒼生惶惶無處處。火雲崢嶸焚沉寥，東皋老農腸欲焦。何當一雨蘇我苗，爲君擊壤歌帝堯。

〔一〕喝起：《全唐詩》卷八四七作「喝出」。

〔二〕若：同上注：「一作苦。」

太行苦熱行

劉長卿

迢迢太行路，自古稱險惡。千騎儼欲前，群峰望如削。火雲從中起，〔一〕仰視飛鳥落。汗馬卧高原，危旌倚長薄。清風何不至，赤日方煎爍。石露山木焦，〔二〕鱗窮水泉涸。九重今旰食，萬里傳明略。諸將候軒車，元兇愁鼎鑊。何勞短兵接，自有長纓縛。通越事豈難，渡瀘功未博。朝辭羊腸坂，夕望貝丘郭。漳水斜遶營，常山遥入幕。永懷姑蘇下，因寄建安作。〔三〕白雪和誠難，滄波意空託。陳琳書記好，王粲從軍樂。早晚歸漢庭，隨君上麟閣。〔四〕

〔一〕起：《全唐詩》卷二四注：「集作出。」
〔二〕露：同上注：「集作枯。」
〔三〕因：同上注：「集作遥。」
〔四〕君：同上注：「集作公。」

同前

獨孤及

駟馬上太行，修途亘遼碣。王程無留駕，日昃未遑歇。請問此何時，恢台朱明月。長蛇稽天討，上將方北伐。明主命使臣，皇華得時傑。已忘羊腸險，豈憚温風熱。〔一〕摇策汗滂沱，登崖思紓結。〔二〕炎雲如烟火，溪谷將恐竭。晝景赩可畏，涼飇何由發。山長飛鳥墮，目極行車絶。趙、魏方俶擾，安危俟明哲。歸路豈不懷，飲冰有苦節。會同傳檄至，疑議立談決，況有阮元瑜，翩翩秉書札。起予歌赤坂，永好踰白雪。誰念剖竹人，無因執羈紲。

〔一〕温：《全唐詩》卷二四注：「集作溼。」熱：同上作「入」。

〔二〕崖：同上注：「集作岸。」

春日行〔一〕

宋・鮑照

獻歲發，(春)吾將行。〔二〕春山茂，春日明。園中鳥，多嘉聲。梅始發，柳始青。泛舟艫，齊棹驚。奏《採菱》，歌《鹿鳴》。風微起，波微生一作微波起，微風生。弦亦發，酒亦傾。入蓮池，折桂枝。芳袖動，芬葉披。兩相思，兩不知。

〔一〕《春日行》：《鮑參軍集》作《代春日行》。

〔二〕(春)：據同上刪。

同前

唐・李白

深宮高樓入紫清，金作蛟龍盤繡楹一作繡作楹。佳人當窗弄白日，弦將手語彈鳴箏。春風吹落君王耳，此曲乃是升天行。因出天池泛蓬瀛，樓船蹙沓波浪驚。三千雙蛾獻歌笑，撾鐘考鼓宮殿傾，萬姓聚舞歌太平。我無爲，人自寧，三十六帝欲相迎，仙人飄翩下雲軿。帝不去，留鎬京，安能爲軒轅，獨往入窅冥。小臣拜獻南山壽，陛下萬古垂鴻名。

同前

張籍

春日融融池上暖，竹牙出土蘭心短。草堂晨起酒半醒，家僮報我園(已)〔花〕滿。〔一〕頭上皮冠未曾整，直入花間不尋徑。樹樹殷勤盡遶行，舉枝未遍春日暝。〔二〕不用積金著青天，不用服藥求神仙，但願園裏花長好，一生飲酒花前老。

〔一〕園(已)〔花〕：據《全唐詩》卷二四改。

〔二〕舉枝：同上作「攀枝」，是。

朗月行〔一〕

宋·鮑照

朗月出東山，照我綺窗前。窗中多佳人，被服妖且妍。靚妝坐帷裏，當户弄清弦。鬢奪衛女迅，體絶飛燕先。爲君歌一曲，當作《朗月篇》一作堂上《朗月篇》。酒至顔自解，聲和心亦宣。千金何足重，所存意氣間。

〔一〕《朗月行》：《鮑參軍集》作《代朗月行》。

同前〔一〕

唐・李白

小時不識月，呼作白玉盤。又疑瑶臺鏡，飛在青雲端。〔二〕仙人垂兩足，桂樹作團團。白兔擣藥成，問言與誰餐。蟾蜍蝕圓影，(天)〔大〕明夜已殘。〔三〕羿昔落九烏，天人清且安。陰精此淪惑，去去不足觀。憂來其如何，惻愴摧心肝。〔四〕

〔一〕同前：郭本《李太白詩》卷四作《古朗月行》。

〔二〕青雲：同上作「白雲」。

〔三〕(天)〔大〕明：據同上改，《文選・海賦》李善注：「大明，月也。」

〔四〕惻愴：同上作「悽愴」。

明月篇〔一〕

晋・傅玄

皎皎明月光，灼灼朝日暉。昔爲春蠶絲，〔二〕今爲秋女衣。丹脣列素齒，翠彩發蛾眉。嬌子多好言，歡合易爲姿。玉顔盛有時，秀色隨年衰。常恐新間舊，變故興細微。浮萍本無根一作浮萍無根本，〔三〕非水將何依。憂喜更相接，樂極還自悲。

〔一〕《明月篇》：《詩紀》卷二二注：「《藝文》作《怨詩》，一作《朗月篇》。」
〔二〕春蠶：《玉臺》卷二作「春繭」。
〔三〕本無根：同上作「無根本」。

明月子

陳・謝燮

杪秋之遥夜，明月照高樓。登樓一迴望，望見東一作南陌頭。故人眇千里，言别歷九秋。相思不相見，望望空離憂。

堂上歌行〔一〕

宋・鮑照

四坐且莫一作勿諠，聽我堂上歌。昔仕京洛時，高門臨長河。出入重宫裏，結友曹與何。車馬相馳逐，賓朋好容華。陽春孟春月，朝光散流霞。輕步逐芳風，言笑弄丹葩。暉暉朱顔酡，紛紛織女梭。滿堂皆美人，目成對湘娥。雖謝（詩）〔侍〕君閑，〔二〕明妝帶綺羅。筝笛更彈吹，高唱好相和。〔三〕萬曲不關情一作心，〔四〕一曲動情多。欲知情厚薄，更聽此聲過。

〔一〕《堂上歌行》：黄節《鮑參軍詩注》卷一作《代堂上歌行》。
〔二〕（詩）〔侍〕君：據同上及《詩紀》卷五〇改。

〔三〕好相和：《鮑參軍詩注》作「相追和」。

〔四〕情：同上及《詩紀》作「心」。

前有一樽酒行

晉·傅　玄

置酒結此會，主人起行觴。玉樽兩楹間，絲理東西廂。舞袖一何妙，變化窮萬方。賓主齊德量，欣欣樂未央。同享千年壽，朋來會此堂。

同前

陳·後　主

殿高絲吹滿，日落綺羅解。莫論朝漏促，傾卮待夕筵。

同前

張正見

前有一樽酒，主人行壽。今日合來，坐者當（今）〔令〕，〔一〕皆富且壽。欲令主人三萬歲，終歲不知老。爲吏當高遷，賈市得萬倍。桑蠶當大得，主人宜子孫。〔二〕

〔一〕當（今）〔令〕：據《詩紀》卷一〇二改。

〔二〕子孫：疑當作「孫子」。

同前二首〔一〕

唐·李白

春風東來忽相過，金樽緑酒生微波。〔二〕落花紛紛稍覺多，美人欲醉朱顔酡。青軒桃李能幾何，流光欺人忽蹉跎。君起舞，日西夕。當年意氣不肯傾，〔三〕白髮如絲歎何益。琴奏龍門之緑桐，玉壺美酒清若空。催弦拂柱與君飲，看朱成碧顔始紅。胡姬貌如花，當壚笑春風。笑春風，舞羅衣，君今不醉欲安歸。〔四〕

〔一〕同前：郭本《李太白詩》卷三作《前有樽酒行》。
〔二〕緑酒：同上作「渌酒」。
〔三〕傾：同上作「平」。
〔四〕欲：同上作「將」。

前緩聲歌

〔古辭〕〔一〕

晉陸機《前緩聲歌》曰：「游仙聚靈族，高會曾城阿。」〔二〕言將前慕仙游，冀命長緩，故流聲於歌曲也。宋謝惠連又有《後緩聲歌》，大略戒居高位而爲讒諂所蔽，與前歌之意異矣。按緩聲本謂歌聲之緩，非言命也。又有《緩歌行》，亦出於此。

水中之馬必有陸地之船，但有意氣，不能自前。心非木石，荆根株數，得覆蓋天，當復思。東流之水必有西上之魚，不在大小，但有朝於復來。長笛續短笛，欲今皇帝陛下三千萬。

〔一〕〔古辭〕：據本書目録補。

〔二〕曾城：《玉臺》卷三作「曾山」。曾：《詩紀》卷二四作「層」。

同前

晉・陸　機

遊仙聚靈族，高會曾城阿。〔一〕長風萬里舉，慶雲鬱嵯峨。宓妃興洛浦，王韓起太華。北徵瑶臺女，南要湘川娥。肅肅霄駕動，〔二〕翩翩翠蓋羅。羽旗棲瓊鸞，〔三〕玉衡吐鳴和。太容揮高弦，洪崖發清歌。獻酬既已周，輕舉乘紫霞。〔四〕總轡扶桑枝一作底，濯足暘谷波。〔五〕清輝溢天門，垂慶惠皇家。

〔一〕曾城：見上篇校記。

〔二〕霄：《文選》卷二八作「宵」。

〔三〕瓊鸞：《玉臺》卷三作「瑣彎」。

〔四〕輕舉乘：同上作「輕軒垂」。

〔五〕暘谷：《文選》作「湯谷」。

是，悔作從來任俠非。〔四〕

〔一〕擬：《全唐詩》卷一三三注：「一作夜。」

〔二〕十五：《河岳英靈集》卷上、《唐文粹》卷一二作「十年」。

〔三〕五侯：《全唐詩》作「五陵」。

〔四〕從來：同上作「從前」。任俠非：同上注：「一作狂俠兒。」《河岳英靈集》卷上同。

樂府詩集卷第六十六

雜曲歌辭六

結客少年場行〔一〕

宋・鮑　照

《後漢書》曰:「祭遵嘗爲部吏所侵,結客殺人。」曹植《結客篇》曰:「結客少年場,報怨洛北邙。」《樂府解題》曰:「《結客少年場行》,言輕生重義,慷慨以立功名也。」《廣題》曰:「漢長安少年殺吏,受財報仇,相與探丸爲彈,探得赤丸斫武吏,探得黑丸殺文吏。尹賞爲長安令,盡捕之。長安中爲之歌曰:『何處求子死,桓東少年場。生時諒不謹,枯骨復何葬。』按『結客少年場』,言少年時結任俠之客,爲游樂之場,終而無成,故作此曲也。」

驄馬金絡頭,錦帶佩吴鉤。失意杯酒間,白刃起相讎。追兵一旦至,負劍遠行遊。去鄉三十載,復得還舊丘。升高臨四關一作塞,〔二〕表裏望皇州。九衢平若水,〔三〕雙闕似雲浮。扶宫羅將相,夾道列王侯。日中市朝滿,車馬若川流。擊鐘陳鼎食,方駕自相求。今我獨何爲，轆轤懷百憂。

〔一〕《結客少年場行》：《詩紀》卷五〇作《代結客少年場行》。
〔二〕四關：《藝文》卷四一作「四野」。
〔三〕九衢：《文選》卷二八作「九途」。

同前

梁・劉孝威

少年本六郡，遨遊遍五都。插腰銅匕首，障日錦塗蘇。〔一〕鶩羽裝銀鏑，〔二〕犀膠飾象弧。近發連雙兔，高彎落九烏。邊城多警急，節使滿郊衢。居延箭箙盡，疏勒井泉枯。正蒙都護接，何由憚險途。千金募惡少，一麾擒骨都。勇餘聊蹙鞠，戰罷戲投壺。〔三〕昔爲北方將，〔四〕今爲南面孤。〔五〕邦君行負弩，縣令且前驅。

〔一〕塗蘇：《英華》卷一九五、《詩紀》卷八八均作「屠蘇」。
〔二〕鶩羽：《英華》作「鶩羽」。
〔三〕戲：同上作「暫」。
〔四〕北方：《藝文》卷四一作「北邊」。
〔五〕爲：《英華》作「成」。

同前

北周・庾信

結客少年場，春風滿路香。〔一〕歌撩李都尉，〔二〕果擲潘河陽。折一作隔花遥勸酒，〔三〕就水更移牀。〔四〕今年喜夫婿，新拜羽林郎。定知劉碧玉，偷嫁汝南王。

〔一〕滿路：《英華》卷一九五作「路滿」。
〔二〕撩：同上注：「一作嫌。」
〔三〕折：同上作「隔」。
〔四〕更：同上注：「一作便。」

同前

隋・孔紹安

結客佩吴鉤，横行度隴頭。雁在弓前落，雲從陣後浮。吴師驚燧象，燕將警奔牛。轉蓬飛不息，冰河結未流。若使三邊定，當封萬里侯。

同前

唐・虞世南

韓魏多奇節，倜儻遺名利。〔一〕共矜然諾心，〔二〕各負縱横志。〔三〕結友一言重，〔四〕相思千里至。〔五〕绿沈明月弦，金絡浮雲轡。吹簫入吴市，擊筑游燕肆。尋源博望侯，結客遠相求。少年重一顧，〔六〕長驅背隴頭。錟錟霜戈動，〔七〕耿耿劍虹浮。天山冬夏雪，〔八〕交河南北流。雲起龍沙暗，〔九〕木落雁（行）〔門〕秋。〔一〇〕輕生殉知己，非是爲身謀。

〔一〕名利：《全唐詩》卷三六作「聲利」。

〔二〕心：《英華》卷一九五作「情」。

〔三〕志：《全唐詩》注：「一作意。」

〔四〕結友：同上作「結交」。

〔五〕相思：同上作「相期」。

〔六〕重：同上作「懷」，注：「一作垂。」

〔七〕霜戈：同上作「戈霜」，與「劍虹」對。《英華》作「虹劍」，又與「霜戈」對，皆可，唯作「霜戈」與「劍虹」不對。

〔八〕「天山」以下四句：《英華》作「風起龍沙暗，木落雁門秋。天山冬夏雪，交河南北流。」

〔九〕雲：同上注：「一作風。」

〔一〇〕雁（行）〔門〕：據同上改，與「龍沙」對。

同前

虞羽客

幽并俠少年，金絡（空）〔控〕連錢。〔一〕竊符方救（魏）〔趙〕，〔二〕擊筑正懷燕。輕生辭鳳闕，揮袂上祁連。陸離横寶劍，出没驚徂旃。〔三〕蒙輪恒顧敵，超乘忽爭先。〔四〕摧枯逾百戰，拓地遠三千。骨都魂已散，樓蘭首復傳。龍城含曉霧，〔五〕瀚海隔遥天。〔六〕歌吹金微返，振旅玉門旋。烽火今已息，非復照甘泉。

〔一〕（空）〔控〕：據《英華》卷一九五改。
〔二〕救（魏）〔趙〕：據同上改。
〔三〕驚：同上作「鶩」，是。
〔四〕忽：同上作「總」。
〔五〕曉：同上注：「一作宿。」
〔六〕隔：同上注：「一作接。」

同前

盧照鄰

長安重遊俠，洛陽富才雄。〔一〕玉劍浮雲騎，金鞍明月弓。〔二〕鬭雞過渭北，走馬向關東。

孫賓遙見待，郭解暗相通。不受千金爵，誰論萬里功。將軍下天上，虜騎入雲中。烽火夜似月，兵氣曉成虹。橫行徇知己，負羽遠征戎。〔三〕龍旌昏朔霧，鳥陣卷寒風。〔四〕追奔瀚海咽，戰罷陰山空。歸來謝天子，何如馬上翁。

〔一〕才雄：《全唐詩》卷四一作「財雄」。
〔二〕金鞍：同上作「金鞭」。
〔三〕征戎：同上作「從戎」，是。
〔四〕寒風：同上作「胡風」。

同前

李白

紫燕黄金瞳，〔一〕啾啾一作稜稜摇緑鬉。平明相馳逐，結客洛門東。少年學劍術，凌轢白猿公。珠袍曳錦帶，匕首插吴鴻。由來萬夫勇，挾此生雄風。〔二〕託交從劇孟，買醉入新豐。笑盡一杯酒，殺人都市中。羞道易水寒，從令日貫虹。〔三〕燕丹事不立，虚没秦帝宫。武陽死灰人，〔四〕安可與成功。

〔一〕紫燕：《英華》卷一九五作「紫騮」。
〔二〕雄：王琦本《李太白集》卷四注：「繆本作英。」

〔三〕從：同上注：「一作徒。」

〔四〕武陽：郭本《李太白詩》卷四作「舞陽」。

同前

沈彬

重義輕生一劍知，白虹貫日報讎歸。片心惆悵清平世，酒市無人問布衣。

少年子

齊・王融

聞有東方騎，遥見上頭人。待君送客返，桂釵當自陳。

同前〔一〕

梁・吴均

董生能巧笑，〔二〕子都信美目。百萬市一言，千金買相逐。不道參差菜，誰論窈窕淑。願言奉繡被，〔三〕來就越人宿。

〔一〕同前：《玉臺》卷六作《詠少年》。

〔二〕能：同上作「惟」。

〔三〕奉：同上作「捧」。

同前

唐・李百藥

少年飛翠蓋，上路動金鑣。〔一〕始酌文君酒，新吹弄玉簫。少年不歡樂，〔二〕何以盡芳朝。千金笑裏面，一搦抱中腰。〔三〕掛冠豈憚宿，〔四〕迎拜一作落珥不勝嬌。〔五〕寄語少年子，〔六〕無辭歸路遥。

〔一〕動：《全唐詩》卷二一四注：「集作勒。」

〔二〕「少年」二句：同上卷四三注：「一作少年子，歡樂盡今朝。」

〔三〕抱：同上作「掌」。

〔四〕掛冠：同上作「掛纓」。

〔五〕迎拜：同上作「落珥」。

〔六〕寄語：同上注「一本無此二字」，與上注一本作「少年子」相應。

同前

李　白

青雲年少子，〔一〕挾彈章臺左。鞍馬四邊開，突如流星過。金丸落飛鳥，夜入瓊樓卧。夷、齊是何人，獨守西山餓。

〔一〕年少：《唐文粹》卷一三作「少年」。

少年樂

李賀

芳草落花如錦地，二十長遊醉鄉裏。紅纓不重白馬驕，〔一〕垂柳金絲香拂水。吴娥未笑花不開，緑鬢聳墮蘭雲起。陸郎倚醉牽羅袂，奪得寶釵金翡翠。

〔一〕重：《全唐詩》卷二四注「集作動」，是。

同前

張祜

二十便封侯，名居第一流。緑鬟深小院，清管下高樓。醉把金船擲，閑敲玉鐙遊。帶盤紅鼴鼠，袍砑紫犀牛。錦袋歸調箭，羅鞋起撥毬。眼前長貴盛，那信世間愁。

少年行三首

李白

擊筑飲美酒，劍歌易水湄。經過燕太子，結託并州兒。少年負壯氣，奮烈自有時。因聲魯

句踐，〔一〕爭情一作博勿相欺。〔二〕

五陵年少金市東，銀鞍白馬度春風。落花踏盡遊何處，笑入胡姬酒肆中。

君不見淮南少年遊俠客，白日毬獵夜擁擲。呼盧百萬終不惜，報讎千里如咫尺。少年遊俠好經過，渾身裝束皆綺羅。蘭蕙相隨喧妓女，〔三〕風光去處滿笙歌。驕矜自言不可有，俠士堂中養來久。好鞍好馬乞與人，十千五千旋沽酒。赤心用盡爲知己，黄金不惜栽桃李。桃李栽來幾度春，一回花落一回新。府縣盡爲門下客，王侯皆是平交人。男兒百年且樂命，何須徇書受貧病。〔四〕男兒百年且榮身，何須徇節甘風塵。衣冠半是征戰士，窮儒浪作林泉民。遮莫枝根長百丈，不如當代多還往。遮莫親姻連帝城，〔五〕不如當身自簪纓。看取富貴眼前者，何用悠悠身後名。

〔一〕聲：郭本《李太白詩》卷六作「擊」。

〔二〕情：同上作「博」，是。

〔三〕蘭蕙：《全唐詩》卷一六五作「蕙蘭」。

〔四〕徇：同上注：「一作讀。」

〔五〕親姻：王琦注本《李太白集》卷六作「姻親」。

同前四首

王　維

新豐美酒斗十千，咸陽遊俠多少年。相逢意氣爲君飲，〔一〕繫馬高樓垂柳邊。

漢家君臣歡宴終，高義雲臺論戰功。〔二〕天子臨軒賜侯印，將軍佩出明光宫。

出身仕漢羽林郎，初隨驃騎戰漁陽。孰知不向邊庭苦，縱死猶聞俠骨香。

一身能臂兩雕弧，〔三〕虜騎千群只似無。〔四〕偏坐金鞍調白羽，紛紛射殺五單于。

〔一〕飲：《英華》卷一九四注：「一作死。」

〔二〕高義：《英華》及《唐文粹》卷一三均作「高議」，是。

〔三〕臂：《英華》作「擘」。

〔四〕群：同上及《河岳英靈集》卷上作「重」。

同前二首

王昌齡

西陵俠年少，〔一〕送客過長亭。〔二〕青槐夾兩路，〔三〕白馬如流星。聞道羽書急，單于寇井陘。氣高輕赴難，誰顧燕山銘。

走馬還相尋，〔四〕西樓下夕陰。結交期一劍，留意贈千金。高閣歌聲遠，重關柳色深。夜間須盡醉，莫負百年心。

〔一〕年少：《河岳英靈集》卷上作「少年」。
〔二〕「送客」句：同上作「客過短長亭」。
〔三〕路：《全唐詩》卷二四注：「集作道。」
〔四〕還：同上注：「集作遠。」

同前

張籍

少年從出獵長楊，〔一〕禁中新拜羽林郎。獨到輦前射雙虎，〔二〕君王手賜黄金鐺。〔三〕日日鬬雞都市裏，〔四〕贏得寶刀重刻字。百里報讎夜出城，平明還在倡樓醉。遥聞虜到平陵下，不待詔書行上馬。〔五〕斬得名王獻桂宫，封侯起第一日中。不爲六郡良家子，〔六〕百戰始取邊城功。〔七〕

〔一〕出獵：《全唐詩》卷三八二作「獵出」。
〔二〕到：同上作「對」。
〔三〕鐺：同上及《唐文粹》卷一三作「璫」。
〔四〕日日：《英華》卷一九四作「白日」。

〔五〕待詔：同上作「待敕」。

〔六〕爲：《全唐詩》注：「一作同。」六郡：《英華》作「北郡」。

〔七〕始取：《英華》作「乃得」。

同前三首

李嶷

十八羽林郎，戎衣事漢王。〔一〕臂鷹金殿側，挾彈玉輿旁。馳道春風起，陪遊出建章。

侍獵長楊下，承恩更射飛。塵生馬影滅，箭落雁行稀。薄暮歸隨仗，〔二〕聯翩入瑣闈。

玉劍膝邊橫，金杯馬上傾。朝遊茂陵道，暮宿鳳凰城。〔三〕豪吏多猜忌，無勞問姓名。

〔一〕事：《河岳英靈集》卷下、《英華》卷一九四作「侍」。

〔二〕歸隨仗：同上作「隨天仗」。薄暮：《河岳英靈集》作「薄霧」。

〔三〕暮：《英華》作「夜」。

同前

劉長卿

射飛誇侍獵，行樂愛聯鑣。薦枕青娥豔，鳴鞭白馬驕。曲房珠翠合，深巷管弦調。日晚春風裏，衣香滿路飄。

同前四首

令狐楚

少小邊州慣放狂，驏騎蕃馬射黄羊。如今年事無筋力，猶倚營門數雁行。

家本清河住五城，須憑弓箭得功名。等閑飛鞚秋原上，獨向寒雲試射聲。

弓背霞明劍照霜，秋風走馬出咸陽。未收天子河(隍)〔湟〕地，〔一〕不擬回頭望故鄉。

霜滿中庭月過樓，〔二〕金樽玉柱對清秋。當年稱意須爲樂，不到天明未肯休。

〔一〕河(隍)〔湟〕：據《全唐詩》卷二四改。

〔二〕過：同上注：「集作滿。」

同前二首

杜牧

官爲駿馬監，〔一〕職帥羽林兒。兩綬藏不見，落花何處期。獵敲白玉鐙，怒袖紫金鎚。田、竇長留醉，蘇、辛曲護歧。〔二〕豪持出塞節，笑別遠山眉。捷報雲臺賀，公卿拜壽卮。

連環羈玉聲光碎，緑錦蔽泥虬卷高。春風細雨走馬去，珠落璀璀白罽袍。〔三〕

〔一〕駿馬：《英華》卷一九四作「騤馬」。

〔二〕護：同上作「讓」。

〔三〕落：《全唐詩》卷五二一注：「一作絡。」

同前三首

杜甫

莫笑田家老瓦盆，自從盛酒長兒孫。〔一〕傾銀注瓦驚人眼，〔二〕共醉終同卧竹根。

巢燕養雛渾去盡，〔三〕紅花結子已無多。〔四〕黄衫年少來宜數，〔五〕不見堂前東逝波。

馬上誰家白面一云薄媚郎，〔六〕臨階下馬坐人牀。〔七〕不通姓字粗豪甚，〔八〕指點銀瓶索酒嘗。〔九〕

〔一〕長：《全唐詩》卷二二六注：「一作養。」

〔二〕瓦：《英華》卷一九四作「玉」。

〔三〕養：《全唐詩》注：「一作引。」雛：又注：「一作兒。」

〔四〕已：同上注：「一作也。」

〔五〕來宜：同上注：「一作宜來。」

〔六〕馬上：同上注：「一作騎馬。」白面：《全唐詩》作「薄媚」。

〔七〕階：《英華》作「軒」。坐：《全唐詩》注：「一作踏。」

〔八〕豪：《全唐詩》注：「一作疏。」

〔九〕索酒嘗：同上注：「一作酒未嘗。」

同前

張　祜

少年足風情，〔一〕垂鞭賣眼行。〔二〕帶金師子小，裘錦騏驎獰。選匠裝金鐙，〔三〕推錢買鈿箏。〔四〕李陵雖効死，時論得虛名。

〔一〕少年足：《全唐詩》卷二一四注：「集作年少好。」

〔二〕賣眼：同上注：「集作眦睚。」

〔三〕選：同上注：「集作揀。」金：又注：「集作銀。」

〔四〕推：同上注：「集作堆。」

同前

韓　翃

千點斕斒噴玉驄，〔一〕青絲結尾繡纏鬃。鳴鞭晚出章臺路，〔二〕葉葉春依楊柳風。〔三〕

〔一〕噴玉：《全唐詩》卷二四注：「集作玉勒。」

〔二〕晚：同上注：「集作曉。」《極玄集》卷下晚作「曉」，章臺作「銅臺」。

〔三〕依：《極玄集》、《英華》卷一九四及《全唐詩》注均作「衣」，是。

同前

施肩吾

醉騎白馬走空衢，惡少皆稱電不如。五鳳街頭閑勒轡，半垂衫袖揖金吾。

同前三首

僧貫休

錦衣鮮華手擎鶻，閑行氣貌多輕忽。稼穡艱難總不知，五帝三皇是何物。〔一〕

自拳五色毬，迸入他人宅。却捉蒼頭奴，玉鞭打一百。

面白如削玉，猖狂曲江曲。馬上黄金鞍，適來新賭得。

〔一〕五帝三皇：《英華》卷一九四作「三皇五帝」。

同前

韋莊

五陵豪客多，買酒黄金賤。醉下酒家樓，美人雙翠幰。揮劍邯鄲市，走馬梁王苑。樂事殊未央，年華已云晚。

漢宮少年行

李　益

君不見上宮警夜營八屯，鼕鼕街鼓朝朱軒。玉階霜仗擁未合，少年排入銅龍門。暗聞弦管九天上，宮漏沉沉清吹繁。纔明走馬絶馳道，呼鷹挾彈通繚垣。玉籠金鎖養黄口，探雛取卵伴王孫。分曹六博快一擲，迎歡先意笑語喧。巧爲柔媚學優孟，儒衣嬉戲冠沐猿。晚來香街經柳市，行過倡市宿桃根。〔一〕相逢杯酒一言失，〔二〕回朱點白聞至尊。金、張、許、史伺顔色，王侯將相莫敢論。豈知人事無定勢，朝歡暮戚如掌翻。椒房寵移子愛奪，一夕秋風生戾園。徒用黄金將買賦，寧知白玉暗成痕。持杯收水水已覆，徙薪避火火更燔。欲求四老張丞相，南山如天不可上。

〔一〕倡市：《全唐詩》卷二八二作「倡舍」。
〔二〕杯酒：同上注：「一作酒後。」

長樂少年行〔一〕

崔國輔

遺却珊瑚鞭，白馬驕不行。〔二〕章臺折楊柳，春草路旁情。〔三〕

〔一〕《長樂少年行》：《才調集》卷一、《唐文粹》卷一三無「長樂」二字。《英華》卷二〇五作《古意》。

〔二〕驕：《才調集》作「嬌」。

〔三〕春草：同上三書均作「春日」。

長安少年行〔一〕

梁·何遜

長安美少年，羽騎暮連翩。玉羈瑪瑙勒，金絡珊瑚鞭。陣雲横塞起，赤日下城圓。追兵待都護，烽火望祁連。虎落夜方寢，魚麗曉復前。平生不可定，空信蒼浪天。

〔一〕《長安少年行》：《詩紀》卷八三爲《學古》三首之第一首。

同前

陳·沈炯

長安好少年，驄馬鐵連錢，陳王裝腦勒，晉后鑄金鞭。步摇如飛燕，寶劍似舒蓮。〔一〕去來新市側，遨遊大道邊。道邊一老翁，顔鬢如衰蓬。自言居漢世，〔二〕少小見豪雄。五侯俱拜爵，七貴各論功。建章通北闕，複道度南宫。太后居長樂，天子出回中。玉輦迎飛燕，金山賞鄧通。一朝復一日，忽見朝市空。扶桑無復海，崑山倒向東。少年何假問，頹齡值福終。子孫冥滅盡，鄉閭復不同。淚盡眼方暗，髀傷耳自聾。杖策尋遺老，歌嘯詠悲翁。遭隨各有遇，非敢訪童蒙。

〔一〕寶劍：《詩紀》卷一〇一注：「一作劍鍔。」

〔二〕居：同上注：「一作生。」

同前十首

唐・李廓

金紫少年郎，繞街鞍馬光。身從左中尉，官屬右春坊。剗戴揚州帽，重薰異國香。垂鞭踏青草，來去杏園芳。

追逐輕薄伴，閑遊不著緋。長攏出獵馬，數換打毬衣。曉日尋花去，春風帶酒歸。青樓無晝夜，歌舞歇時稀。

日高春睡足，帖馬賞年華。〔一〕倒插銀魚袋，行隨金犢車。還攜新市酒，遠醉曲江花。幾度歸侵黑，金吾送到家。

好勝耽長行，〔二〕天明燭滿樓。留人看獨脚，賭馬換偏頭。樂奏曾無歇，杯巡不暫休。時時遥冷笑，怪客有春愁。

遨遊攜豔妓，裝束似男兒。〔三〕杯酒逢花住，笙歌簇馬吹。鶯聲催曲急，春色訝歸遲。〔四〕

不以聞街鼓，華筵待月移。

賞春唯逐勝，大宅可曾歸。不樂還逃席，多狂慣衩衣。歌人踏月起，語燕卷簾飛。好婦唯相妬，〔五〕倡樓不醉稀。

戟門連日閉，苦飲惜殘春。開鎖通新客，教姬屈醉人。請歌牽白馬，〔六〕自舞踏紅茵。時輩皆相許，平生不負身。

新年高殿上，始見有光輝。玉雁排方帶，金鵝立仗衣。酒深和椀賜，馬疾打珂飛。朝下人爭看，香街意氣歸。

遊市慵騎馬，隨姬入坐車。樓邊聽歌吹，簾外市釵花。〔七〕樂眼從人鬧，歸心畏日斜。蒼頭來去報，飲伴到倡家。

小婦教鸚鵡，頭邊喚醉醒。犬嬌眠玉(鼻)〔簟〕，〔八〕鷹掣撼金鈴。碧地攢花障，紅泥待客亭。雖然長按曲，不飲不曾聽。

〔一〕帖馬：《才調集》卷二作「怗馬」。

〔二〕長行：同上作「長夜」。

〔三〕似：《英華》卷一九四作「是」。

〔四〕訝：《全唐詩》卷二四注：「集作送。」

〔五〕好婦：同上注：「集作婦好。」

〔六〕請：同上注：「集作倩。」

〔七〕市釵：同上注：「集作見鶯。」

〔八〕玉（鼻）〔簟〕：據同上及《才調集》改。

同前

僧皎然

翠樓春酒蝦蟇陵，長安少年皆共矜。紛紛半醉緑槐道，蹀躞花驄驕不勝。〔一〕

〔一〕蹀躞：《全唐詩》卷二一四作「蹀躞」。

渭城少年行〔一〕

崔顥

洛陽二月梨花飛，〔二〕秦地行人春憶歸。揚鞭走馬城南陌，朝逢驛使秦川客。驛使前日發章臺，傳道長安春早來。棠梨宫中燕初至，葡萄館裏花正開。念此使人歸更早，三月便達長安道。長安道上春可憐，摇風蕩日曲河邊。萬户樓臺臨渭水，五陵花柳滿秦川。秦川寒食盛繁華，遊子春來喜見花。〔三〕鬬雞下杜塵初合，〔四〕走馬章臺日半斜。章臺帝城稱貴里，青樓日晚歌鐘起。貴里豪家白馬驕，五陵年少不相饒。雙雙挾彈來金市，兩兩鳴鞭上渭橋。渭城橋頭酒新熟，金鞍白馬誰家宿。可憐錦瑟箏琵琶，玉臺清酒就君家。〔五〕小婦春來不解羞，嬌歌一曲楊柳花。

〔一〕《渭城少年行》：《英華》卷一九四無「渭城」二字。
〔二〕二：《全唐詩》卷二四注：「集作三。」
〔三〕喜見花：同上注：「集作不見花。」
〔四〕壚初合：《英華》作「春初合」。
〔五〕君：同上注：「集作倡。」

邯鄲少年行

高適

邯鄲城南遊俠子，〔一〕自矜生長邯鄲裏。千場縱博家仍富，幾度報讎身不死。宅中歌笑日紛紛，門外車馬如雲屯，〔二〕未知肝膽向誰是，令人却憶平原君。君不見今人交態薄，黄金用盡還疏索。以兹感激一作歎辭舊遊，〔三〕更於時事無所求。且與少年飲美酒，往來射獵西山頭。

〔一〕城南：《唐文粹》卷一三作「城西」。

〔二〕如雲屯：《全唐詩》卷二四注：「集作常如雲。」《河岳英靈集》卷上作「屯如雲」。

〔三〕感激：《河岳英靈集》、《唐文粹》均作「感嘆」。

同前

鄭錫

霞鞍金口騮，豹袖紫貂裘。家住叢臺下，〔一〕門前漳水流。喚人呈楚舞，借客試吴鉤。見説秦兵至，甘心赴國讎。

〔一〕下：《全唐詩》卷二四注：「集作近。」

樂府詩集卷第六十七

雜曲歌辭七

輕薄篇

晉・張　華

《樂府解題》曰：「《輕薄篇》，言乘肥馬、衣輕裘，馳逐經過爲樂，與《少年行》同意。何遜云『城東美少年』，張正見云『洛陽美少年』是也。」

末世多輕薄，驕或好浮華。志意能一作既放逸，〔一〕資財亦豐奢。被服極纖麗，肴膳盡柔嘉。僮僕餘粱肉，婢妾蹈綾羅。文軒樹羽蓋，乘馬鳴玉珂。横簪刻玳瑁，長鞭錯象牙。足下金鑮履，手中雙莫耶。〔三〕賓從焕絡繹，侍御何芳葩。朝與金、張期，暮宿許、史家。甲第面長街，朱門赫嵯峨。蒼梧竹葉清，宜城九醖醝。浮醪隨觴轉，素蟻自跳波。美女興齊、趙，〔四〕妍唱出西巴。一顧傾城國，〔五〕千金不足多。〔六〕北里獻奇舞，大陵奏名歌。新聲踰《激楚》，妙妓絶《陽阿》。玄鶴降浮雲，鱏魚躍中河。墨翟且停車，展季猶咨嗟。淳于前行酒，雍門坐相和。孟公結重關，賓客不得蹉。三雅來何遲，耳熱眼中花。盤案互交錯，坐席咸諠譁。簪珥或墮落，〔七〕冠冕皆傾邪。酣飲終日夜，明燈繼朝霞。絶纓尚不尤，〔八〕安能復顧他。留連彌信宿，此歡難可過。人生若浮寄，年時忽蹉跎。促促朝露期，榮樂遽幾何。念此腸中悲，涕下自滂沱。但畏執法吏，禮防且切磋。

〔一〕驕或：《詩紀》卷二一作「驕代」，是。

〔二〕能：同上作「既」。

〔三〕莫耶：《古樂府》卷一〇作「莫邪」，是。

〔四〕興：同上作「與」。

〔五〕傾城國：同上作「傾國城」，《詩紀》作「城國傾」。

〔六〕不：《詩紀》作「寧」。

〔七〕或：同上作「咸」，是。

〔八〕尤：《百三名家集》作「言」。

同前〔一〕

梁・何遜

城東一作長安美少年，〔二〕重身輕萬億。柘彈隨珠丸，〔三〕白馬黄金飾。〔四〕長安九逵上，青槐蔭道植。轂擊晨已喧，肩排暝不息。走狗（東）〔通〕西望，〔五〕牽牛向南直。〔六〕相期百戲傍，去來三市側。象牀沓繡被，玉盤傳綺食。大姊一作娼女掩扇歌，〔七〕小妹一作婦開簾織。〔八〕相看獨隱笑，見人還斂色。黄鶴悲故群，〔九〕山枝詠新識。〔一〇〕烏飛過客盡，雀聚行龍匿。酌羽方厭厭，〔一一〕此時歡未極。〔一二〕

〔一〕同前：《詩紀》卷八三作《擬輕薄篇》。

〔二〕美少年：《藝文》卷四二作「美年少」。

〔三〕隨珠：《詩紀》作「隋珠」。

〔四〕飾：同上注：「一作勒。」

〔五〕(東)〔通〕西望：據《玉臺》卷五改。

〔六〕向南：同上作「亘南」。

〔七〕大姊：同上作「娼女」。

〔八〕小妹：同上作「小婦」。

〔九〕黄鶴：同上作「黄鵠」。

〔一〇〕新識：同上作「初識」。

〔一一〕方厭厭：同上作「前厭厭」。

〔一二〕未極：《英華》卷一九四作「無極」。

同前

陳・張正見

洛陽美年少，朝日正開霞。細蹀連錢馬，〔一〕傍趨苜蓿花。揚鞭還却望，〔二〕春色滿東家。井桃映水落，門柳雜風斜。綿蠻弄青綺，蛺蝶遶承華。欲往飛廉館，遥駐季倫車。石榴傳瑪瑙，蘭肴奠象牙。聊持自娱樂，〔三〕未是鬬豪奢。莫嫌龍馭晚，〔四〕扶桑復浴鴉。

〔一〕連錢：《英華》卷一九四作「聯鑣」。
〔二〕還却望：同上作「却還望」。
〔三〕持自：同上作「自持」。
〔四〕晚：同上作「曉」。

同前

唐・李益

豪不必馳千騎，雄不在垂雙鞬。〔一〕天生俊氣自相逐，出與鵰鶚同飛翻。朝行九衢不得意，下鞭走馬城西原。忽聞燕雁一聲去，迴鞭挾彈平陵園。〔二〕歸來青樓曲未半，〔三〕美人玉色當金樽。淮陰少年不相下，酒酣半笑倚市門。安知我有不平色，白日欲顧紅塵昏。〔四〕死生容易如反掌，得意失意由一言。少年但飲莫相問，此中報讎亦報恩。〔五〕

〔一〕韃：《英華》卷一九四作「鞭」。

〔二〕迴鞭：同上作「迴鞍」。

〔三〕半：《全唐詩》卷二八二注：「一作卒。」

〔四〕欲顧：《全唐詩》作「欲落」，是。

〔五〕亦：《英華》注：「一作兼。」

同前二首

僧貫休

繡林錦野，春態相壓。誰家少年，馬蹄蹋蹋。鬭雞走狗夜不歸，一擲賭却如花妾。唯云不顛不狂，〔一〕其名不彰。悲夫！

木落蕭蕭，蛩鳴唧唧。不覺朱蔫臉紅，霜刼鬢漆。世途多事，泣向秋日。方吟少壯不努力，老大徒傷悲。如何？

〔一〕唯：《全唐詩》卷二五作「惟」，注：「集作誰。」

輕薄行

僧齊己

玉鞭金鐙驊騮蹄，横眉吐氣如虹霓。五陵春暖芳草齊，笙歌到處花成泥。日沉月上且鬬雞，醉來莫問天高低。伯陽道德何涕唾，〔一〕仲尼禮樂徒卑栖。

〔一〕涕唾：《全唐詩》卷八四七作「唾洟」，是。此詩句句押韻，作「洟」押韻。

灞上輕薄行

孟郊

長安無緩步，況值天景暮。相逢灞滻間，親戚不相顧。自嘆方拙身，忽隨輕薄倫。常恐失所避，化爲車轍塵。此中生白髮，疾走亦未歇。〔一〕

〔一〕亦未歇：《孟東野詩集》卷一注：「一作不得歇。」

遊俠篇

晉・張華

《漢書・遊俠傳》曰：「戰國時，列國公子，魏有信陵，趙有平原，齊有孟嘗，楚有春申，皆藉王公之勢，競爲遊俠，以取重諸侯，顯名天下。故後世稱遊俠者，以四豪爲首焉。漢興，有魯人朱家及劇孟、郭解之徒，馳騖於閭里，皆以俠聞。其後長安熾盛，街閭各有豪俠。時(萬)〔萬〕章在城西柳市，〔一〕號曰城西(萬)〔萬〕章。酒市有趙君都、賈子光，皆長安名豪，報仇怨、養刺客者也。」《魏志》曰：「楊阿若後名豐，字伯陽，少遊俠，常以報仇解怨爲事。故時人爲之號曰：『東市相斫楊阿若，西市相斫楊阿若。』後世遂有《遊俠曲》。」魏陳琳、晉張華，又有《博陵王宫俠曲》。

翩翩四公子，濁世稱賢明。〔二〕龍虎方交爭，〔三〕七國並抗衡。食客三千餘，門下多豪英。遊説朝夕至，辯士自從横。孟嘗（出）東〔出〕關，〔四〕濟身由雞鳴。信陵西反魏，秦人不窺兵。趙勝南詛楚，乃與毛遂行。黄歇北適秦，太子還入荆。美哉遊俠士，何以尚四卿。我則異於是，好古師老、彭。

〔一〕（萬）〔萬〕章：據《漢書·游俠傳》改。

〔二〕賢明：《詩紀》卷一一一作「賢名」。

〔三〕方：同上作「相」。

〔四〕（出）東〔出〕關：據同上改。

同前

北周·王褒

京洛出名謳，豪俠競交遊。河南朝四姓，〔一〕關西謁五侯。鬬雞横大道，走馬出長楸。〔二〕桑陰徙將夕，〔三〕槐路轉淹留。

〔一〕朝：《英華》卷一九六作「期」，是。

〔二〕長楸：同上作「長秋」。

〔三〕徒：同上作「徙」。

同前〔一〕

隋・陳良

洛陽麗春色，〔二〕遊俠騁輕肥。水逐車輪轉，塵隨馬足飛。雲影遥臨蓋，花氣近熏衣。東郊鬭雞罷，南皮射雉歸。〔三〕日暮河橋上，揚鞭惜晚暉。

〔一〕同前：《英華》卷一九六作《俠客行》。

〔二〕麗春色：同上作「春色麗」。

〔三〕南皮：同上作「南坡」。

同前〔一〕

唐・崔顥

少年負膽氣，好勇復知機。仗劍出門去，孤城逢合圍。殺人遼水上，走馬漁陽歸。錯落金鎖甲，蒙茸貂鼠衣。還家行且獵。〔二〕弓矢速如飛。地迥鷹犬疾，草深狐兔肥。腰間懸兩綬，〔三〕轉眄生光輝。〔四〕顧謂今日戰，何如隨建威。

〔一〕同前:《河岳英靈集》卷上、《唐文粹》卷一三作《古遊俠呈軍中諸將》。

〔二〕行且獵:同上作「且行獵」。

〔三〕懸:同上作「帶」。「腰間」句:《全唐詩》卷一三〇注:「一作腰帶垂兩鞬。」

〔四〕轉眄:同上作「轉盼」,是。

遊俠行

孟　郊

壯士性剛決,火中見石裂。殺人不迴頭,輕生如暫别。豈知眼有淚,肯白頭上髮。平生無恩酬,劍閑一百月。

俠客篇

梁・王　筠

俠客趨名利,劍氣坐相矜。黄金塗鞘尾,白玉飾鉤膺。晨馳逸廣陌,日暮返平陵。舉鞭向趙、李,與君方代興。

俠客行

唐・李　白

趙客縵胡纓,吴鉤霜雪明。〔一〕銀鞍照白馬,颯沓如流星。十步殺一人,千里不留行。事了拂衣去，深藏身與名。閑過信陵飲，脱劍膝前横。〔二〕將炙啖朱亥，持觴勸侯嬴。三杯吐然諾，五嶽倒爲輕。眼花耳熱後，意氣素霓生。救趙揮金槌，邯鄲先震驚。千秋二壯士，烜赫大梁城。縱死俠骨香，不慚世上英。誰能書閣下，白首《太玄經》。

〔一〕霜雪：《英華》卷一九六作「霜月」。

〔二〕前：同上注：「一作邊。」

同前

元稹

俠客不怕死，怕在事不成。事成不肯藏姓名，我非竊賊誰夜行。白日堂堂殺袁盎，九衢草草人面青。此客此心師海鯨，〔一〕海鯨露背横滄溟，海波分作兩處生。海鯨分海減海力，〔二〕俠客有謀人莫測，〔三〕三尺鐵蛇延二國。

〔一〕師：《唐文粹》卷一三作「歸」。

〔二〕「海鯨分海」句：同上作「海波分，海減力」。《全唐詩》卷四一八作「分海減海力」，皆無「海鯨」兩字。

〔三〕俠客句：《全唐詩》作「俠客有謀，人不識測」。

同前

温庭筠

欲出鴻都門，陰雲蔽城闕。寶劍黯如水，微紅濕餘血。白馬夜頻嘶一作驚，三更灞陵雪。

博陵王宫俠曲二首

晉·張華

俠客樂幽險，築室窮山陰。獠獵野獸稀，施網川無禽。歲暮飢寒至，慷慨頓足吟。窮令壯士激，安能懷苦心。干將坐自□，〔一〕繁弱控餘音。耕佃窮淵陂，種粟著劍鐔。收秋狹路間，一擊重千金。棲遲熊羆穴，容與虎豹林。身在法令外，縱逸常不禁。

雄兒任氣俠，聲蓋少年場。借友行報怨，殺人租市旁。吴刀鳴手中，利劍嚴秋霜。腰間叉素戟，手持白頭鑲。騰超如激電，回旋如流光。奮擊當手決，交屍自從横。寧爲殤鬼雄，義不入圜牆。生從命子遊，死聞俠骨香。身没心不懲，勇氣加四方。

〔一〕□：疑當作「至」。

遊獵篇

張華

《樂府解題》曰：「梁劉孝威《遊獵篇》云：『之罘講射所，上林娱獵場。』備言遊行射獵之事；亦謂之《行行遊且獵篇》。」

歲暮凝霜結，堅冰沍幽泉。厲風蕩原隰，浮雲蔽昊天。玄雲晻黮合，素雪紛連翩。鷹隼始擊鷙，虞人獻時鮮。嚴駕鳴儔侶，攬轡過中田。戎車方四牡，文軒駁紫燕。輿徒既整飭，容服麗且妍。武騎列重圍，前驅抗修旃。倏忽似回飈，絡繹若浮烟。鼓譟山淵動，衝塵雲霧連。輕繒拂素霓，纖網蔭長川。游魚未暇竄，歸雁不得旋。〔一〕由基控繁弱，公差操黄間。機發應弦倒，一縱連雙肩。僵禽正狼籍，落羽何翩翻。〔二〕積獲被山阜，流血丹中原。馳騁未及倦，曜靈俄移晷。結罝彌藪澤，嚣聲振四鄙。鳥驚觸白刃，獸駭掛流矢。仰手接遊鴻，舉足蹴犀兕。如黄批狡兔，青骹撮飛雉。鵠鷺不盡收，鳧鷖安足視。日冥徒御勞，賞勤課能否。野饗會衆賓，玄酒甘且旨。燔炙播遺芳，金觴浮素蟻。珍羞墜歸雲，纖肴出渌水。四氣運不停，年時何亹亹。人生忽如寄，居世遽能幾。至人同禍福，達士等生死。榮辱渾一門，安知惡與美。遊放使心狂，覆車難再履。伯陽爲我誡，檢跡投清軌。

〔一〕旋：《詩紀》卷二一作「還」。

〔二〕翩翻：同上作「翻翻」。

行行遊且獵篇〔一〕

梁・劉孝威

之罘講射所，上林娱獵場。選徒驕楚客，詔狩誇胡王。〔二〕罕車已戒道，風烏復啟行。〔三〕佽飛具罾繳，〔四〕材官命蹶張。高罝掩月兔，勁矢射天狼。蹠地不違免，〔五〕排虚豈及翔。日暮鉤陳轉，風清鐃吹揚。歸來宴平樂，寧肯（帶）〔滯〕禽荒。〔六〕

〔一〕《行行遊且獵篇》：《英華》卷一九五作《行行且遊獵篇》，《藝文》卷四二作《行行遊獵篇》，無「且」字。

〔二〕詔：《詩紀》卷八八作「召」。

〔三〕啟：同上作「起」。

〔四〕罾繳：《百三名家集》作「矰繳」，是。

〔五〕免：《詩紀》作「逸」。

〔六〕（帶）〔滯〕：據同上改。

同前

唐・李　白

邊城兒，生年不讀一字書。但知遊獵誇輕趫，胡馬秋肥宜白草。騎來躡影何矜驕一作可憐驕，〔一〕金鞭拂雲揮鳴鞘。半酣呼鷹出遠郊。弓彎滿月不虚發，雙鶬迸落連飛髇。海邊觀者皆辟易，猛氣英風振沙磧。儒生不及遊俠人，白首下帷復何益。

〔一〕何矜：《全唐詩》卷二五注：「一作可憐。」

遊子吟

孟郊

漢蘇武詩曰：「幸有弦歌曲，可以喻中懷。請爲遊子吟，泠泠一何悲。」又有《遊子移》，亦類此也。

慈母手中線，遊子身上衣。臨行密密縫，意恐遲遲歸。誰言寸草心，報得三春暉。

同前

顧況

故櫪思疲馬，故巢思迷禽。浮雲蔽我鄉，躑躅遊子吟。遊子悲久滯，浮雲鬱東岑。客堂無絲桐，落葉如秋霖。艱哉遠遊子，所以悲滯淫。一爲浮雲詞，憤塞誰能禁。馳暉百年内，〔一〕唯願展所欽。胡爲不歸歟，坐使年病侵。未老霜遶鬢，非狂火燒心。太行何艱哉，北斗不可斟。夜晴星河出，耿耿辰與參。佳人夐青天，尺素重於金。泬寥群動異，眇默諸境森。苔衣上閑階，蜻蛚催寒砧。〔二〕立身計幾誤，道險無容針。三年不還家，萬里遺錦衾。夢魂無重阻，離憂因古今。〔三〕胡爲不歸歟，孤負丘中琴。腰下是何物，牽纏曠登尋。朝與名山期，夕宿楚水陰。楚水殊演漾，名山杳嶇嶔。客從洞庭來，婉孌瀟湘深。橘柚在南國，鴻雁遺秋音。下有碧草洲，上有青橘林。引燭窺洞穴，凌波睥天琛。蒲荷影參差，鳧鶴雛淋涔。浩歌惜芳杜，散髮輕華簪。胡爲不歸歟，淚下沾衣襟。鳶飛唳霄漢，螻蟻制鱣鱏。赫赫大聖朝，日月光照臨。聖主雖啟迪，奇人分堙沈。層城發雲韶，〔四〕玉府鏘球琳。鹿鳴志豐草，況復虞人箴。

〔一〕暉：《全唐詩》卷二二五注：「集作歸。」

〔二〕蜻蛚：同上注：「集作蟋蟀。」

〔三〕因：同上注：「集作罔。」

〔四〕發：同上注：「集作登。」

同前

李　益

女羞夫婿薄，〔一〕客耻主人賤。遭遇同衆流，低回愧相見。君非青銅鏡，何事空照面。莫以衣上塵，不謂心如練。人生當榮盛，待士勿言倦。君看白日馳，何異弦上箭。

〔一〕蕩：《唐文粹》卷一三作「薄」。

遊子移

宋・劉義恭

三河遊蕩子，麗顔邁荆寶。攜持玉柱箏，懷挾忘憂草。綢繆甘泉中，馳逐邯鄲道。春服候時製，秋紈迎涼造。珍魄暉素腕，玉迹滿襟抱。常歎樂日晏，恒悲歡不早。揮吹傳舊美，謳謡盡新好。仲尼爲輟餐，秦王足傾倒。

壯士篇

晉・張華

燕荆軻歌曰：「風蕭蕭兮易水寒，壯士一去兮不復還。」《壯士篇》蓋出於此。

天地相震蕩，回薄不知窮。〔一〕人物稟常格，有始必有終。年時俛仰過，功名宜速崇。壯士懷憤激，安能守虚冲，乘我大宛馬，撫我繁弱弓。長劍横九野，高冠拂玄穹。慷慨成素霓，嘯吒起清風。震響駭八荒，奮威曜四戎。濯鱗滄海畔，馳騁大漠中。獨步聖明世，四海稱英雄。

〔一〕知：《詩紀》卷二一注：「一作可。」

壯士吟

唐・賈　島〔一〕

壯士不曾悲，〔二〕悲即無回期。〔三〕如何易水上，未歌先淚垂。

〔一〕賈島：《唐文粹》卷一三、《全唐詩》卷五五七作「孟遲」，《全唐詩》卷五七四作「賈島」。

〔二〕不：《全唐詩》卷五五七作「何」。

〔三〕悲：同上卷五七四注：「一作去。」

壯士行

劉禹錫

陰風振寒郊，猛虎正咆哮。徐行出燒地，連吼入黄茆。壯士走馬去，鐙前彎玉弰。叱之使人立，一發如鈹交。悍(情)〔睛〕忽星墜，〔一〕飛血濺林梢。彪炳爲我席，羶腥充我庖。里中欣害除，賀酒紛號呶。〔二〕明日長橋上，傾城看斬蛟。

〔一〕(情)〔睛〕：據《全唐詩》卷二一五改。

〔二〕號呶：同上注：「集作呶號。」

同前　鮑溶

西方太白高，壯士羞病死。心知報恩處，對酒歌易水。砂鴻嗥天末，橫劍別妻子。蘇武執節歸，班超束書起。山河不足重，重在遇知己。

同前　施肩吾

一斗之膽撑臓腑，如礫之筋礙臂骨。有時誤入千人叢，自覺一身横突兀。當今四海無烟塵，胸襟被壓不得伸。凍梟殘蠆我不取，污我匣裏青蛇鱗。

樂府詩集卷第六十八

雜曲歌辭八

浩歌

唐・李賀

《楚辭》屈原《九歌》曰：「望美人兮不來，臨風怳而浩歌。」〔一〕浩，大也。

南風吹山作平地，帝遣天吴移海水。王母桃花千遍紅，彭祖巫咸幾回死。青毛驄馬參差錢，〔二〕嬌春楊柳含細一作緗烟。〔三〕箏人勸我金屈卮，神血未凝身問誰。〔四〕不須浪飲一作不須亂舞丁督護，〔五〕世上英雄本無主。買絲繡作平原君，有酒唯澆趙州土。漏催水咽玉蟾蜍，衛娘髮薄不勝梳。〔六〕看一作羞見秋眉换深緑，二十男兒那刺促。〔七〕

〔一〕而：《九歌》作「兮」。

〔二〕驄馬：《英華》卷二〇三作「駿馬」。

〔三〕細烟：同上作「緗烟」。

〔四〕問：同上作「是」。

〔五〕浪飲：同上作「亂舞」。

〔六〕髮：同上作「鬢」。

〔七〕二十：同上作「世上」。

浩歌行

白居易

天長地久無終畢，昨夜今朝又明日。鬢髮蒼浪牙齒疏，不覺身年四十七。前去五十有幾年，把鏡照面心茫然。既無長繩繫白日，又無大藥駐朱顏。朱顏日漸不如故，〔一〕青史功名在何處。欲留年少待富貴，富貴不來年少去。去復去兮如長河，東流赴海無迴波。賢愚貴賤同歸盡，北邙塚墓高嵯峨。古來一作古今如此非獨我，未死有酒且酣歌。〔二〕顏回短命伯夷餓，我今所得亦已多。功名富貴須待命，命若不來知一作爭奈何。

〔一〕日漸：《唐文粹》卷一二作「日夜」。

〔二〕酣：《白氏長慶集》卷一二、《唐文粹》卷一二均作「高」。

歸去來引

張　熾

《晉書》曰：「陶潛素簡貴，不私事上官。義熙初爲彭澤令。郡遣督郵至縣，吏曰：

『應束帶見之。』潛歎曰：『吾不能爲五斗米折腰，拳拳事鄉里小兒。』即日解印綬去。乃賦《歸去來》。其辭曰：『歸去來兮，田園將蕪胡不歸。』言人生幾時，不願富貴，樂天知命，故去之無疑也。」

麗人曲

崔國輔

歸去來，歸期不可違。相見故明月，浮雲共我歸。

麗人行

杜　甫

《樂府廣題》曰：「《劉向别録》云：『昔有麗人善雅歌，後因以名曲。』」

紅顔稱絶代，欲並真無侶。獨有鏡中人，由來自相許。

三月三日天氣新，長安水邊多麗人。態濃意遠淑且真，肌理細膩骨肉勻。繡一作畫羅衣裳照暮春，蹙金孔雀銀麒麟。頭上何所有，翠微一作爲匐一作匌葉垂鬢脣。〔一〕背後何所見，珠壓腰衱穩稱身。〔二〕就中雲幕椒房親，賜名大國虢與秦。紫駝之峰一作珍出翠釜，水精之盤行素鱗。犀筯厭飫久未下，〔三〕鸞刀縷切空紛綸。〔四〕黄門飛鞚不動塵，御厨絲絡一作駱驛送八珍。〔五〕簫鼓一作管哀吟感鬼神，賓從雜遝實要津。〔六〕後來鞍馬何逡巡，當軒一作道下馬入錦茵。〔七〕楊花雪落覆白蘋，青鳥飛去銜紅巾。炙手可熱勢一作世絶倫，愼莫近一作向前丞相嗔。

〔一〕匐葉：《全唐詩》卷二一六注：「一作匌匐。」
〔二〕衱：同上注：「一作襻。」
〔三〕箭：《全唐詩》作「箸」。
〔四〕空：同上注：「一作坐。」
〔五〕絲絡：《全唐詩》作「絡繹」。
〔六〕雜：同上注：「一作合。」
〔七〕入：《杜少陵集》注云「一作立」，是。

望城行

齊・王融

金城十二重，雲氣出表裏。萬户如不殊，千門反相似。車馬若飛龍，長衢無極已。簫鼓相逢迎，信哉佳城市。

東飛伯勞歌〔一〕

古辭〔二〕

東飛伯勞西飛燕，黄姑織女時相見。誰家(兒)女〔兒〕對門居，〔三〕開顔發豔照里閭。南窗

北牖桂月光，〔四〕羅帷綺帳脂粉香。女兒年幾十五六，窈窕無雙顏如玉。三春已暮花從風，〔五〕空留可憐誰與同。〔六〕

〔一〕《東飛伯勞歌》：《藝文》卷四三作《古東飛伯勞歌》。

〔二〕古辭：《英華》卷二〇六作「梁武帝」。

〔三〕（兒）女〔兒〕：據《玉臺》卷九改。

〔四〕桂月：《玉臺》、《英華》注均作「挂明」，似是。

〔五〕從風：《藝文》作「隨風」。

〔六〕誰與同：《玉臺》作「與誰同」。

同前二首〔一〕

梁・簡文帝

翻階蛺蝶戀花情，容華飛燕相逢迎。誰家總角歧路陰，裁紅點翠愁人心。天窗綺井暖徘徊，〔二〕珠簾玉篋明鏡臺。可憐年幾十三四，工歌巧舞入人意。白日西落楊柳垂，含情弄態兩相知。

西飛迷雀東羈雉，倡樓秦女乍相隨。〔三〕誰家妖麗鄰中止，輕妝薄粉光閭里。網户珠綴曲瓊鉤，芳茵翠被香氣流。少年年幾方三六，含嬌聚態傾人目。餘香落蕊坐相催，可憐絶世誰爲媒。

〔一〕同前：《詩紀》卷六七注：「一云《紹古歌》。」

〔二〕暖：同上作「曖」，是。

〔三〕隨：同上作「值」，是。

同前〔一〕

劉孝威

雙棲翡翠兩鴛鴦，巫雲洛月乍相望。〔二〕誰家妖冶折花枝，衫長釧動任風吹。〔三〕金鋪玉鎖瑠璃扉，〔四〕花鈿寶鏡織成衣。〔五〕美人年幾可十餘，含羞轉笑斂風裾。〔六〕珠丸出彈不可追，空留可憐持與誰。

〔一〕同前：《玉臺》卷九作《擬古應令》。

〔二〕洛月：同上作「落月」。

〔三〕「衫長」句：同上作「蛾眉曼睇使情移」。

〔四〕金鋪玉鎖：同上作「青鋪緑瑣」。

〔五〕「花鈿」句：同上作「瓊筵玉笥金縷衣」。

〔六〕騁：同上作「轉」。

同前

陳・後主

池側鴛鴦春日鶯，緑珠絳樹相逢迎。誰家佳麗過淇上，翠釵綺袖波中漾。雕軒繡户花恒發，珠簾玉砌移明月。年時二七猶未笄，轉顧流眄鬟鬢低。風飛蕊落將何故，〔一〕可惜可憐空擲度。

〔一〕將：《詩紀》卷九八注：「一作時。」

同前

陸瑜

西王青鳥秦女鸞，姮娥嫈女慣相看。誰家玉顔窺上路，粉色衣香雜風度。九重樓檻芙蓉華，四鄰照鏡菱芰花。新妝年幾纔三五，隱幔藏羞臨綱户。然香氣歇不飛烟，空留可憐年一年。

同前

江總

南飛烏鵲北飛鴻，弄玉蘭香時會同。誰家可憐出窗牖，春心百媚勝楊柳。銀牀金屋掛流蘇，寶鏡玉釵横珊瑚。年時二八新紅臉，宜笑宜歌羞更歛。風花一去杳不歸，祇爲無雙惜舞衣。

同前

隋・辛德源

合歡芳樹連理枝，荆王神女乍相隨。誰家妖豔蕩輕舟，含嬌轉眄騁風流。犀槐蘭橈翠羽蓋，雲羅霧縠蓮花帶。女兒年幾十六七，玉面新妝映朝日。落花從風俄度春，空留可憐何處新。

同前

唐・張柬之

青田白鶴丹山鳳，婺女姮娥兩相送。誰家絶世綺帳前，豔粉芳脂映寶鈿。〔一〕窈窕玉堂褰翠幕，參差繡户懸珠箔。絶世三五愛紅妝，冶袖長裾蘭麝香。春去花枝俄易改，可歎年光不相待。

〔一〕芳脂：《全唐詩》卷九九作「紅脂」。

同前〔一〕

李嶠

傳書青鳥迎簫鳳，巫嶺荆臺數通夢。誰家窈窕住園樓，五馬千金照陌頭。羅裙一作裾玉珮當軒出，點翠施紅競春日。佳人二八盛舞歌，羞將百萬呈雙蛾。庭前芳樹朝夕改，空駐妍華欲誰待。〔二〕

〔一〕同前：《全唐詩》卷五七作《擬古東飛伯勞西飛燕》。

〔二〕妍：同上注：「一作年。」

同前

李暇

秦王龍劍燕后琴，珊瑚寶匣鏤雙心。誰家女兒抱香枕，開衾滅燭願侍寢。瓊窗半上金縷幬，輕羅隱面不障羞。〔一〕青綺幃中坐相憶，紅羅鏡裏見愁色。檐花照月鶯對棲，空將可憐暗中啼。

〔一〕隱：《全唐詩》卷二一五注：「集作掩。」障：同上注：「集作遮。」

同前

鮑溶

七月朔方雁心苦，聯影翻空落南土。八月江南陰復晴，浮雲繞天難夜行。羽翼勞痛心虛驚，一聲相呼百處鳴。楚童夜宿烟波側，沙上布羅連草色。月闇風悲欲下天，不知何處容棲息。楚童胡爲傷我神，爾不曾作遠行人。江南羽族本不少，寧得網羅此客鳥。

同前

陸龜蒙

朔風動地來，吹起沙上聲。閨中有邊思，玉筯此時横。莫怕兒女恨，主人烹不鳴。

晨風行

梁·王循

《晨風》，本秦詩也。《晨風》詩曰：「鴥彼晨風，鬱彼北林。」傳曰：「鴥，疾飛貌。晨風，鸇也。言穆公招賢人，賢人往之，疾如晨風之入北林也。」又曰：「如何如何，忘我實多。」「蓋刺康公忘穆公之業，而棄其賢臣焉。」《益部耆舊傳》曰：「後漢楊終，徙於北地望松縣，而母於蜀物故。終自傷被罪充邊，乃作《晨風》之詩以舒其憤也。」若王循「霧開九曲瀆」，沈氏「理楫令舟人」，但歌晨朝之風爾。

霧開九曲瀆，風起千金堤。岸回分野徑，林際成牛蹊。鳧隨落潮去，日傍綺霞低。望日輕舟隱，〔一〕瑟瑟遠褰悽。還眺小平急，宴語方難齊。

〔一〕望日：《古樂府》卷一〇作「望目」，疑當作「望望」，與「瑟瑟」對。

同前

范靜妻沈氏

理楫令舟人，停艫息旅薄河津。念君劬勞冒風塵，臨路揮袂淚沾巾。飈流勁潤逝若飛，〔一〕山高帆急絶音徽。留子句句獨言歸，〔二〕中心煢煢將依誰。風彌葉落永離索，神往形返情錯漠。循帶易緩愁難却，心之憂矣叵銷鑠。

〔一〕潤：疑是「闊」字之誤，即飈流勁闊。

〔二〕句句：疑「踽踽」之誤。

空城雀

宋·鮑照

《樂府解題》曰：「鮑照《空城雀》云：『雀乳四鷇，空城之阿。』言輕飛近集，茹腹辛傷，免網羅而已。」

雀乳四鷇，空城之阿。朝拾野粟，〔一〕夕飲冰阿。〔二〕高飛畏鴟鳶，下飛畏網羅。辛傷伊何言，怵迫良已多。誠不及青鳥，遠食玉山禾。猶勝吴宫燕，無罪得焚窠。賦命有厚薄，長歎欲如何。

〔一〕拾：《鮑參軍集》作「食」。

〔二〕阿：同上作「河」。按阿韻與「空城」句複，「河」字似是。

同前

後魏・高孝緯

百雉何寥廓，四面風雲上。紈素久爲塵，池臺尚可仰。啾啾雀噪城，鬱鬱無歡賞。日暮縈心曲，横琴聊自獎。

同前

唐・李　白

嗷嗷空城雀，身計何戚促。本與鷦鷯群，不隨鳳皇族。提攜四黄口，飲乳未嘗足。食君糠粃餘，常恐烏鳶逐。恥涉太行險，羞營覆車粟。天命有定端，守分絶所欲。

同前　王建

空城雀，何不飛來人家住？空城無人種禾黍。土間生子草間長，滿地蓬蒿幸無主。近村雖有高樹枝，雨中無食長苦飢。八月小兒挾弓箭，家家畏我田頭飛。〔一〕但能不出空城裏，秋時百草皆有子。黄口黄口莫啾啾，〔二〕長爾得成無横死。

〔一〕我：《全唐詩》卷二五注：「集作向。」

〔二〕黄口黄口：同上注：「集作報言黄口。」

同前　聶夷中

一雀入官倉，所食能損幾？所慮往損頻，官倉乃害爾。魚網不在天，鳥網不在水。飲啄要自然，何必空城裏。

同前　劉駕

飢啄空城土，莫近太倉粟。一粒未充腸，却入公子腹。且弔城上骨，幾曾害爾族。不聞莊辛語，今日寒蕪緑。

滄海雀

梁・張率

大雀與黄口，來自滄海區。清晨啄原粒，日夕依野株。雖憂鷙鳥擊，長懷沸鼎虞。況復隨時起，翻飛不可初。〔一〕寄言挾彈子，莫賤隨侯珠。

〔一〕初：《詩紀》卷七九作「拘」。

雀乳空井中

劉孝威

晉傅玄詩曰：「鵲巢丘城側，雀乳空井中。居不附龍鳳，常畏蛇與蟲。依賢義不恐，近暴自當窮。」《雀乳空井中》蓋出於此。

遠去條支國，心知漢德優。〔一〕聊棲丞相府，過令黄霸羞。挾子須閑地，空井共尋求。轆轤絲綆絶，桔槔冬蘚周。將憐羽翼長，誰辭各背遊。〔二〕

〔一〕優：《詩紀》卷八八作「休」。

〔二〕誰：毛刻本作「唯」。

樂府詩集卷第六十九

雜曲歌辭九

車遥遥

梁・車敷[一]

車遥遥兮馬洋洋，追思君兮不可忘。君安遊兮西入秦，[二]願將微影隨君身。[三]君在陰兮影不見，君仰日月妾所願。[四]

〔一〕梁車敷：《詩紀》卷九三同，《玉臺》卷九、《藝文》卷四二、《詩紀》卷二二作「晉傅玄」。

〔二〕遊：《詩紀》卷九三作「逝」。

〔三〕願將微影：《詩紀》卷二二作「願爲影兮」，《藝文》作「願微影兮」。

〔四〕仰日月：《玉臺》卷九、《詩紀》卷二二作「依光兮」。

同前

唐・孟郊

路喜到江盡，江上又通舟。舟車兩無阻，何處不得遊。丈夫四方志，女子安可留。郎自别日言，無令生遠愁。旅雁忽叫月，斷猿寒啼秋。此夕夢君夢，君在百城樓。(寒)〔寄〕淚無因波，〔一〕寄恨無因輈。願爲馭者手，與郎迴馬頭。

〔一〕(寒)〔寄〕：據《全唐詩》卷二一五改。

同前　張籍

征人遥遥出古城，雙輪齊動駟馬鳴。山川無處無歸路，〔一〕念君長作萬里行。野田人稀秋草緑，日暮放馬車中宿。驚麏遊兔在我傍，獨唱鄉歌對僮僕。君家大宅鳳城隅，年年道上隨行車。願爲玉鑾繫華軾，終日有聲在君側。門前舊轍久已平，無由復得君消息。

〔一〕無歸：《全唐詩》卷二一五注：「集作不歸。」

同前　張祜

東方曨曨車軋軋，地色不分新去轍。閨門半掩牀半空，斑斑枕花殘淚紅。君心若車千萬轉，妾身如轍遺漸遠。碧川(樓樓)〔迢迢〕山宛宛，〔一〕馬蹄在耳輪在眼。桑(門)〔間〕女兒情不淺，〔二〕莫道野蠶能作繭。

〔一〕（樓樓）〔迢迢〕：據《全唐詩》卷二五改。

〔二〕桑（門）〔間〕：據同上改。

同前

胡　曾

自從車馬出門朝，便入空房守寂寥。玉枕夜殘魚信絶，金鈿秋盡雁書遥。臉邊楚雨臨風落，頭上春雲向日銷。芳草又衰還不至，碧天霜冷轉無憀。

自君之出矣〔一〕

宋·孝武帝

漢徐幹有《室思詩》五章，其第三章曰：「自君之出矣，明鏡暗不治。思君如流水，無有窮已時。」《自君之出矣》，蓋起於此。齊虞羲亦謂之《思君去時行》。

自君之出矣，金翠闇無精。〔二〕思君如日月，回還晝夜生。〔三〕

〔一〕《自君之出矣》：《詩紀》卷四五注：「一云《擬室思》。」

〔二〕金：《全宋詩》注：「或作珠。」

〔三〕還：同上注：「或作環。」

同前

劉義恭

自君之出矣，笥錦廢不開。思君如清風，曉夜常徘徊。

同前

顔師伯

自君之出矣，芳帷低不舉。思君如回雪，流亂無端緒。

同前〔一〕

鮑令暉

自君之出矣，臨軒不解顔。砧杵夜不發，高門晝恒關。〔二〕帷中流熠耀，〔三〕庭前華紫蘭。物枯識節異，〔四〕鴻歸知客寒。遊取暮春盡，〔五〕餘思待君還。

〔一〕同前：《玉臺》卷四作《題書後寄行人》。
〔二〕恒：《英華》卷二〇二作「常」。
〔三〕帷中流：同上作「幃中浮」。帷：《詩紀》卷五四作「帳」。
〔四〕物：《詩紀》作「楊」，疑是。
〔五〕「遊取」兩句：《英華》作「近取暮秋盡，餘思待春還」，《詩紀》作「遊用暮冬盡，除春待君還」。

同前二首〔一〕

齊·王融

自君之出矣，芳蕙與絶瑶卮。思君如形影，寢興未曾離。

自君之出矣，金爐香不然。思君如明燭，中宵空自煎。

〔一〕同前：《詩紀》卷五七作《奉和代徐》二首，「代徐」指「代徐幹」。

同前

虞羲

自君之出矣，楊柳正依依。君去無消息，唯見黄鶴飛。關山多險阻，士馬少光輝。流年無止極，君去何時歸。

同前

梁·范雲

自君之出矣，羅帳咽秋風。思君如蔓草，連延不可窮。

同前六首

陳·後主

自君之出矣，霜暉當夜明。思君若風影，來去不曾停。

〔三〕苦：同上作「若」，是。

〔四〕映羅帷：「羅帷」二字衍，當删。《藝文》卷四二無「羅帷」二字，《玉臺》徐乃昌札記云：「五溪雲館本無『羅帷』二字。」

同前二首

陳・後主

長相思，久相憶，關山征戍何時極。望風雲，絶音息，上林書不歸，迴文徒自織。羞將别後面，還似初相識。

長相思，怨成悲。蝶縈草，樹連絲。庭花飄散飛入帷。帷中看隻影，對鏡歛雙眉。兩見同見月，兩别共春時。

同前二首

徐　陵

長相思，望歸難，傳聞奉詔戍臯蘭一作傳制成臯蘭。龍城遠，雁門寒，愁來瘦轉劇，衣帶自然寬。念君今不見一作君今念不見，誰爲抱腰看。

長相思，好春節，夢裏恒啼悲不洩。帳中起，窗前咽。〔一〕柳絮飛還聚，遊絲斷復結。欲見洛陽花，如君隴頭雪。

〔一〕咽：《詩紀》卷九八作「髻」。

同前

蕭　淳

長相思，久離別，新燕參差條可結。壺關遠，雁書絶，對雲恒憶陣，看花復愁雪。猶有望歸心，流黄未剪截。

同前

陸　瓊

長相思，久離別，一罷鴛文綺薦絶。鴻已去，柳堪結，室冷鏡疑冰，庭幽花似雪。容貌朝朝改，書字看看滅。

同前

王　瑳

長相思，久離別，兩心同憶不相徹。悲風悽一作淒，愁雲結。柳葉眉上銷，菱花鏡中滅。雁封歸飛斷，鯉素還流絶。

同前二首

江　總

長相思，久離別，征夫去遠芳音滅。湘水深，隴頭咽。紅羅斗帳裏，緑綺清弦絶。逶迤百尺樓，愁思三秋結。

長相思，久別離，春風送燕入檐窺。暗開脂粉弄花枝，紅樓千愁色，玉筯兩行垂。心心不相照，望望何由知。

同前〔一〕

罷秋有餘慘，還春不覺温。詎知玉筵側，長掛銷愁人。

〔一〕此詩失題作者名，《全陳詩》江總詩中無此詩。

同前

唐・郎大家宋氏

長相思，久離別。關山阻，風烟絶。臺上鏡文銷，袖中書字滅。不見君形影，何曾有歡悦。

同前

蘇頲

君不見天津橋下東流水，東望龍門北朝市。楊柳青青宛地垂，桃紅李白花參差。花參差，柳堪結，此時憶君心斷絶。

同前三首

李白

長相思，在長安。絡緯秋啼金井欄，〔一〕微霜淒淒簟色寒。孤燈不明思欲絶，卷帷望月空長歎。美人如花隔雲端一作佳期迢迢隔雲端，上有青冥之長天，〔二〕下有緑水之波瀾。〔三〕天長路遠魂飛苦，夢魂不到關山難。長相思，摧心肝。

日色已盡花含烟，〔四〕月明欲素愁不眠。〔五〕趙瑟初停鳳凰柱，蜀琴欲奏鴛鴦絃。此曲有意無人傳，願隨春風寄燕然。憶君迢迢隔青天。昔日横波目，〔六〕今成流淚泉。〔七〕不信妾腸斷，歸來看取明鏡前。

美人在時花滿堂，美人去後空餘牀。牀中繡被卷不寢，至今三載猶聞香。香亦竟不滅，人亦竟不來。相思黄葉落，白露點青苔。

〔一〕欄：王琦注《李太白集》卷三作「闌」。

〔二〕長天：同上作「高天」。
〔三〕緑水：同上作「渌水」。
〔四〕已：同上卷六作「欲」。
〔五〕欲：同上作「如」。
〔六〕昔日：同上作「昔時」。
〔七〕今成：同上作「今作」。《才調集》卷六作「今爲」。

同前　張繼

遼陽望河縣，白首無由見。〔一〕海上珊瑚枝，年年寄春燕。

〔一〕無由：《全唐詩》卷二二五作「無人」。

同前二首　令狐楚

君行登隴上，妾夢在閨中。玉箸千行落，銀牀一半空。
綺席春眠覺，紗窗曉望迷。朦朧殘夢裏，猶自在遼西。

同前

白居易

九月西風興，月冷霜一作露華凝。思君秋夜長，一夜魂九升。二月東風來，草坼花心開。思君春日遲，一夜腸九迴。〔一〕妾住洛橋北，君住洛橋南。十五即相識，今年二十三。有如女蘿草，生在松之側。蔓短枝苦高，縈迴上不得。人言人有願，願至天必成。願作遠方獸，步步比肩行。願作深山木，枝枝連理生。

〔一〕一夜：《全唐詩》卷二五作「一日」。

千里思

北魏·祖叔辨

細君辭漢宇，王嬙即虜衢。寂寂人逕阻，迢迢天路殊。憂來似懸旆，淚下若連珠。無因上林雁，但見邊城蕪。

同前

唐·李　白

李陵没胡沙，蘇武還漢家。迢迢五原關，朔雪亂邊花一作愁見雪如花。一去隔絶域，〔一〕思歸

但長嗟。鴻雁向西北，飛一作因書報天涯。〔二〕

〔一〕域：王琦注《李太白集》卷六作「國」。

〔二〕飛：同上作「因」。

同前

李端

涼州風月美，遥望居延路。泛泛下天雲，青青緣塞樹。燕山蘇武上，海島田横住。更是草生時，行人出門去。

樂府詩集卷第七十

雜曲歌辭十

行路難十(九)〔八〕首〔一〕

宋・鮑照

《樂府解題》曰：「《行路難》，備言世路艱難及離别悲傷之意，多以君不見爲首。」按《陳武别傳》曰：「武常牧羊，諸家牧豎有知歌謡者，武遂學《行路難》。」則所起亦遠矣。唐王昌齡又有《變行路難》。

奉君金卮一作巵之美酒，〔二〕玳瑁玉匣之彫琴，七綵芙蓉之羽帳，九華蒲萄之錦衾。紅顔零落歲將暮，寒光宛轉時欲沉。〔三〕願君裁悲且減思，〔四〕聽我抵節行路吟。不見柏梁銅雀上，寧聞古時清吹音。

洛陽名工鑄爲金博山，千斲〔復〕萬鏤，〔五〕上刻秦女攜手仙。承君清夜之歡娱一作娱樂，列置幃裏明燭前。外發龍鱗之丹綵，内含蘭芬之紫烟。〔六〕如今君心一朝異，對此長歎終百年。

璇閨玉墀上椒閣，文窗繡户垂綺幕。〔七〕中有一人字金蘭，被服纖羅蘊一作采芳藿。〔八〕春燕差池風散梅，〔九〕開幃對景弄禽一作春爵。〔一〇〕含歌攬涕恒抱愁，〔一一〕人生幾時得爲樂。寧作野中之雙鳧，〔一二〕不願雲間之別鶴一作鵠。〔一三〕

瀉水置平地，各自東西南北流。人生亦有命，〔一四〕安能行歎復坐愁。酌酒以自寬，〔一五〕舉杯斷絶歌路難。心非木石豈無感，吞聲躑躅不敢言。

君不見河邊草，冬時枯死春滿道。君不見城上日，今暝没山去，〔一六〕明朝復更出。今我何時當得然，〔一七〕一去永滅入黄泉。〔一八〕人生苦多歡樂少，意氣敷腴在盛年。且願得志數相就，牀頭恒有酤酒錢。功名竹帛非我事，存亡貴賤委皇天。〔一九〕

對案不能食，拔劍擊柱長歎息。丈夫生世能一作會幾時，〔二〇〕安能疊燮垂羽翼。〔二一〕棄檄罷官去，〔二二〕還家自休息。朝出與親辭，暮還在親側。弄兒牀前戲，看婦機中織。自古聖賢盡貧賤，何況我輩孤且直。

愁思忽而至，跨馬出北門。舉頭四顧望，但見松柏園，荆棘鬱蹲蹲。〔二三〕中有一鳥名杜鵑，言是古時蜀帝魂。聲音哀苦鳴不息，羽毛憔悴似人髡。飛走樹間啄蟲蟻，〔二四〕豈憶往日天子尊。念此死生變化非常理，中心惻愴不能言。

中庭五株桃，一株先作花。陽春沃若一作妖冶二三月一作二月中，〔二五〕從風簸蕩落西家。西家思婦見悲一作見之惋，〔二六〕零淚沾衣撫心歎。初我送君出户時，何言淹留節迴換。牀席生塵明鏡垢，纖腰瘦削髮蓬亂。人生不得恒稱意，〔二七〕惆悵徙倚至夜半。

蚪蘗染黄絲，黄絲歷亂不可治。我昔與君始相值，〔二八〕爾時自謂可君意。結帶與我言，〔二九〕死生好惡不相置一作結帶與君（何）〔同〕死生，好惡不擬相棄置。今日見我顔色衰，意中索寞一作錯漠與先異。〔三〇〕還君金釵玳瑁簪，〔三一〕不忍見之益愁思。〔三二〕

君不見蕣華不終朝，須臾淹冉零落銷。盛年妖豔浮華輩，不久亦當詣家頭。一去無還期，千秋萬歲無音詞。孤魂煢煢空隴間，獨魄徘徊遶墳基。但聞風聲野鳥吟，豈憶平生盛年時。爲此令人多悲悒，君當縱意自熙怡。

君不見枯籜走階庭，何時復青著故莖。君不見亡靈蒙享祀，何時傾杯竭壺罌。君當見此起憂思，寧及得與時人爭。生人倏忽如絶電，〔三三〕華年盛德幾時見，但令縱意存高尚，旨酒佳肴相胥讌。持此從朝竟夕暮，差得亡憂消愁怖。胡爲惆悵不能已，難盡此曲令君忤。

今年陽初花滿林，明年冬末雪盈岑。推移代謝紛交轉，我君邊戍獨稽沉。〔三四〕執袂分别已三載，邇來淹寂無分音。〔三五〕朝悲慘慘遂成滴，暮思遶遶最傷心。膏沐芳餘久不御，蓬首亂鬢不設簪。徒飛輕埃舞空帷，粉筐黛器靡復遺。自生留世苦不幸，心中惕惕恒懷悲。

春禽喈喈旦暮鳴，最傷君子憂思情。我初辭家從軍僑，榮志溢氣干雲霄。流浪漸冉經三齡，忽有白髮素髭生。今暮臨水拔已盡，明日對鏡復已盈。〔但〕恐羈死爲〔鬼客〕，〔三六〕客思寄滅生空精。每懷舊鄉野，念我舊人多悲聲。忽見過客問何我，〔三七〕寧知我家在南城。答云我曾居君鄉，知君遊宦在此城。我行離邑已萬里，今方羈役去遠征。來時聞君婦，閨中孀居獨宿有貞名。亦云朝悲泣閑房，又聞暮思淚沾裳。形容憔悴非昔悦，蓬鬢衰顔不復妝。見此令人有餘悲，當願君懷不暫忘。

君不見少壯從軍去，白首流離不得還。故鄉窅窅日夜隔，音塵斷絶阻河關。朔風蕭條白雲飛，胡笳哀急邊氣寒。聽此愁人兮奈何，登山遠望得留顔。將死胡馬跡，寧見妻子難。〔三八〕男兒生世轗軻欲何道，綿憂摧抑起長歎。

君不見柏梁臺，今日丘墟生草萊。君不見阿房宫，寒雲澤雉栖其中。歌妓舞女今誰在，高墳壘壘滿山隅。長袖紛紛徒競世，非我昔時千金軀。隨酒逐樂任意去，莫令含歎下黄壚。

君不見〔水〕〔冰〕上霜，〔三九〕表裏陰且寒。雖蒙朝日照，信得幾時安。民生故如此，誰令摧折强相看。年去年來自如削，白髮零落不勝冠。

君不見春鳥初至時，百草含青俱作花。寒風蕭索一旦至，竟得幾時保光華。日月流邁不相饒，令我愁思怨恨多。

諸君莫歎貧，富貴不由人。丈夫四十强而仕，余當二十弱冠辰。莫言草木委大雪，〔四〇〕會應蘇息遇陽春。對酒叙長篇，窮途運命委皇天。但願樽中九醞滿，莫惜牀頭百個錢。直須優游卒一歲，〔四一〕何勞辛苦事百年。

〔一〕《行路難》十〔九〕〔八〕首：《詩紀》卷五〇作《擬行路難》十八首，據改。原分「春禽喈喈旦暮鳴」一首爲兩首，把「亦云朝悲泣閑房」以下六句作另一首，誤，今仍合爲一首。
〔二〕美酒：《玉臺》卷九作「酒盈」。
〔三〕寒光：《玉臺》作「寒花」。
〔四〕減：同上作「滅」。
〔五〕〔復〕：據同上補。
〔六〕蘭芬：《鮑參軍集》卷二作「麝芬」。
〔七〕綺幕：同上作「羅幕」。
〔八〕蘊：《詩紀》作「采」。
〔九〕差池：《鮑參軍集》作「參差」。
〔一〇〕禽爵：同上作「春爵」，似勝。
〔一一〕攬涕恒抱愁：《玉臺》作「攬淚不能言」。
〔一二〕之雙梟：同上作「雙飛梟」。
〔一三〕之别鶴：同上作「别翅鶴」。

〔一四〕人生：《藝文》卷三〇作「民生」。

〔一五〕以：同上作「小」。

〔一六〕没山去：同上作「没西山」，《詩紀》作「没盡去」。

〔一七〕當得然：《藝文》作「得自然」。

〔一八〕一去永滅入：同上作「一滅永罷歸」。

〔一九〕委：《鮑參軍集》作「付」。

〔二〇〕能：《詩紀》作「會」。

〔二一〕疊燮：《鮑參軍集》作「蹀躞」。

〔二二〕棄檄：同上作「棄置」。

〔二三〕蹲蹲：同上注：「一作撙撙。」

〔二四〕啄：同上注：「一作逐。」

〔二五〕沃若：《玉臺》作「妖冶」。

〔二六〕見悲：同上作「見之」。

〔二七〕恒：同上作「常」。

〔二八〕我昔：同上作「昔我」。

〔二九〕與我言：《鮑參軍集》作「與君言」。按就本文言，作「我」是；如作「君」，則可從下注作「結帶與君同死生，好惡不擬相棄置。」注文中「同」字原作「何」，據《詩紀》卷五〇校改。

〔三〇〕索寞：《玉臺》作「錯漠」。

〔三一〕金釵：同上作「玉釵」。

〔三二〕愁思：同上作「悲思」。

〔三三〕生人：《詩紀》作「人生」。

〔三四〕獨：《鮑參軍集》作「猶」。

〔三五〕淹寂：同上作「寂淹」。

〔三六〕〔但〕恐爲〔鬼客〕：據同上補。

〔三七〕何：同上注：「疑當作向。」

〔三八〕寧：《百三名家集》作「能」，是。

〔三九〕（水）〔冰〕：據《詩紀》改。

〔四〇〕大雪：同上作「冬雪」，是。

〔四一〕直須：同上作「直得」。

同前

齊・僧寶　月

君不見孤雁關外發，酸嘶度揚越。空城客子心腸斷，幽閨思婦氣欲絶。凝霜夜下拂羅衣，浮雲中斷開明月。夜夜遥遥徒相思，年年望望情不歇。寄我匣中青銅鏡，倩人爲君除白髮。行路難，行路難，夜聞南城漢使度，使我流淚憶長安。

同前四首〔一〕

梁·吴均

洞庭水上一株桐，經霜觸浪困嚴風。昔時抽心曜白日，今旦卧死黄沙中。洛陽名〔士〕〔工〕見咨嗟，〔二〕一翦一刻作琵琶。白璧規心學明月，珊瑚映面作風花。帝王見賞不見忘，提攜把握登建章。掩抑摧藏張女彈，殷勤促柱楚明光。年年月月對君王，〔三〕遥遥夜夜宿未央。未央綵女棄鳴篪，争先拂拭生光儀。茱萸錦衣玉作匣，安念昔日枯樹枝。不學衡山南嶺桂，至今千載猶未知。

青瑣門外安石榴，連枝接葉夾御溝。金墉城西合歡樹，〔四〕垂條照彩拂鳳樓。遊俠少年遊上路，傾心顛倒〔想〕〔相〕戀慕。〔五〕摩頂至足買片言，開胸瀝膽取一顧。自言家在趙邯鄲，翩翩舌杪復劍端。青驪白駮的盧馬，金羈緑控紫絲鞶。〔六〕蹀躞横行不肯進，夜夜汗血至長安。長安城中諸貴臣，〔七〕争貴儒者席上珍。〔八〕復聞梁王好學問，輕棄劍客如埃塵。吾丘壽王始得意，司馬相如適被申。大才大辯尚如此，何況我輩輕薄人。

君不見西陵田，從横十字成陌阡。君不見東郊道，荒涼蕪没起寒烟。盡是昔日帝王處，歌姬舞女達天曙。今日翩妍少年子，〔九〕不知華盛落前去。吐心吐氣許他人，今旦迴惑生猶豫。〔一〇〕山中桂樹自有枝，心中方寸自相知。何言歲月忽若馳，〔一一〕君之情意與我離。還君玳瑁金雀釵，〔一二〕不忍見此便心危。〔一三〕

君不見上林苑中客，冰羅霧縠象牙席。盡是得意忘言者，探腸見膽無所惜。白酒甜鹽甘如乳，緑觴皎鏡華如碧。少年持名不肯嘗，安知白駒應過隙。〔一四〕博山爐中百和香，鬱金蘇合及都梁。逶迤好氣佳容貌，經過青瑣歷紫房。已入中山馮后帳，〔一五〕復上皇帝班姬牀。班姬失寵顔不開，奉箒供養長信臺。日暮耿耿不能寐，秋風切切四面來。玉階行路生細草，金爐香炭變成灰。得意失意須臾頃，〔一六〕非君方寸逆所裁。

〔一〕同前四首：《詩紀》卷八一作「五首」，第四首爲「君不見長安客舍門」，本書作爲費昶作的第一首。

〔二〕名（士）〔工〕：據同上及《玉臺》卷九改。

〔三〕君王：同上作「君子」。

〔四〕城西：《英華》卷二〇〇作「城裏」。

〔五〕（想）〔相〕：據同上改。

〔六〕緑控：同上作「緑鞚」。

〔七〕貴臣：同上作「賢臣」。

〔八〕儒者：同上作「文士」。
〔九〕翩妍：同上作「翩翩」。
〔一〇〕今旦：同上作「今且」。
〔一一〕若：同上作「相」。
〔一二〕玳瑁：同上作「玉纛」。
〔一三〕便：《詩紀》作「使」。
〔一四〕應：《英華》作「如」。
〔一五〕馮后：《玉臺》作「陰后」。
〔一六〕頃：《詩紀》注：「一作間。」

同前二首〔一〕

費昶

君不見長安客舍門，倡家少女名桃根。貧窮夜紡無燈燭，何言一朝奉至尊。至尊離宮百餘處，千門萬户不知曙。唯聞啞啞城上烏，玉欄金井牽轆轤。丹梁翠柱飛屠一作流蘇，〔二〕香薪桂火炊彫胡一作彫苽。當年翻覆無常定，薄命爲女何必粗。〔三〕

君不見人生百年如流電，心中坎壈君不見。我昔初入椒房時，詎減班姬與飛燕。朝踰金梯上鳳樓，〔四〕暮下瓊鉤息鸞殿。柏臺晝夜香，〔五〕錦帳自飄颺。笙歌膝上吹，〔六〕琵琶《陌上桑》。過蒙恩所賜，餘光曲沾被。既逢陰后不自專，復值程姬有所避。黄河千年始一清，微軀再逢永無議。娥眉偃月徒自妍，〔七〕傅粉施朱欲誰爲。不如天淵水中鳥，〔八〕雙去雙歸長比翅。

〔一〕同前二首：第一首一作吴均《行路難》五首之第四首，見《藝文》卷三〇（誤作吴筠）、《詩紀》卷八一〇第一首《玉臺》卷九作費昶詩，與本集同。
〔二〕屠蘇：《詩紀》卷九二作「流蘇」。
〔三〕何必粗：《英華》卷二〇〇作「必已粗」。
〔四〕踰：同上作「踏」。
〔五〕柏臺：《詩紀》作「柏梁」。
〔六〕膝上吹：同上作「東下曲」，疑是。
〔七〕娥：當作「蛾」。
〔八〕水中鳥：《英華》作「水中鳧」。

同前

王　筠

千門皆閉夜何央，百憂俱集斷人腸。探揣箱中取刀尺，拂拭機上斷流黄。情人逐情雖可恨，(傷)〔復〕畏邊遠乏衣裳。〔一〕已繰一繭催衣縷，復擣百和薰衣香。〔二〕猶憶去時腰大小，不知今日身短長。裲襠雙心共一袜，袙複兩邊作八撮。〔三〕襻帶雖安不忍縫，開孔裁穿猶未達。胸前却月兩相連，本照君心不照天。願君分明得此意，勿復流蕩不如先。含悲含怨判不死，封情忍思待明年。

〔一〕(傷)〔復〕畏：據《玉臺》卷九改。

〔二〕薰：同上作「裛」。

〔三〕撮：同上作「襵」。

同前

唐・盧照鄰

君不見長安城北渭橋邊，枯木橫槎卧古田。昔日含紅復含紫，常時留霧亦留烟。春景春風花似雪，香車玉輿恒闐咽。若個遊人不競攀，〔一〕若個倡家不來折。倡家寶袜蛟龍帔，公子銀鞍千萬騎。黄鶯一向花嬌春，〔二〕兩兩三三將子戲。〔三〕千尺長條百尺枝，丹桂青榆相蔽虧。〔四〕珊瑚葉上鴛鴦鳥，鳳凰巢裏雛鵷兒。巢傾枝折鳳歸去，條枯葉落狂風吹。〔五〕一朝零落無人問，〔六〕萬古摧殘君詎知。人生貴賤無終始，倏忽須臾難久恃。誰家能駐西山日，誰家能偃東流水。漢家陵樹滿秦川，行來行去盡哀憐。自昔公卿二千石，咸擬榮華一萬年。不見朱脣將白貌，〔七〕惟聞素棘與黄泉。〔八〕金貂有時須换酒，〔九〕玉麈但摇莫計錢。〔一〇〕寄言坐客神仙署，一生一死交情處。蒼龍闕下君不來，〔一一〕白鶴山前我應去。〔一二〕雲間海上邈難期，〔一三〕赤心會合在何時。但願堯年一百萬，長作巢由也不辭。〔一四〕

〔一〕遊人：《英華》卷二〇〇作「遊童」。

〔二〕一向花嬌春：《全唐詩》卷二二五注「集作一向花嬌」，是。

〔三〕兩兩三三：同上注「集作青鳥雙雙」，是。

〔四〕丹：同上注：「集作月。」青：又注：「集作星。」

〔五〕狂風：《英華》作「任風」。

〔六〕零落：同上作「憔悴」。

〔七〕白：同上注「一作玉」，是。

〔八〕素：同上注：「一作青。」

〔九〕須换酒：同上注：「一作换美酒。」

〔一〇〕但：同上注：「一作恒。」

〔一一〕來：同上作「留」。

〔一二〕前：同上作「頭」。

〔一三〕海上：同上作「海山」。

〔一四〕作：《全唐詩》注：「一作與。」

同前

張　紘

君不見温家玉鏡臺，提攜抱握九重來。君不見相如緑綺琴，一撫一拍鳳凰音。人生意氣須及早，莫負當年行樂心。荆王奏曲楚妃歎，曲盡歡終夜將半。朱樓銀閣正平生，碧草青苔坐蕪漫。當春對酒不須疑，視日相看能幾時。春風吹盡燕初至，此時自爲稱君意。〔一〕秋露萎草鴻始歸，此時衰暮與君違。人生翻覆何常定，誰保容顔無是非。

〔一〕自爲：《全唐詩》卷二二五作「自謂」。

同前五首

賀蘭進明

君不見巖下井，百尺不及泉。君不見山上蒿，〔一〕數寸凌雲烟。人生相命亦如此，〔二〕何苦太息自憂煎。但願親友長含笑，相逢莫吝杖頭錢。〔三〕寒夜邀歡須秉燭，豈得空思花柳年。〔四〕

君不見門前柳，榮曜暫時蕭索久。〔五〕君不見陌上花，狂風吹去落誰家。誰家思婦見之歎，〔六〕蓬首不梳心歷亂。盛年夫壻長別離，歲暮相逢色凋換。〔七〕君不見荒樹枝，〔八〕春花落盡蜂不窺。君不見梁上泥，秋風始高燕不栖。蕩子從軍事征戰，娥眉嬋娟空守閨。〔九〕獨宿自然堪下淚，況復時聞烏夜啼。君不見雲間月，〔一〇〕暫盈還復缺。君不見林下風，聲遠意難窮。親故平生欲聚散，〔一一〕歡娛未盡樽酒空。自歎青青陵上柏，歲寒能與幾人同。君不見東流水，一去無窮已。君不見西郊雲，日夕空氛氳。群雁徘徊不能去，一雁悲鳴復失群。人生結交在終始，莫爲升沉中路分。〔一二〕

〔一〕蒿：《全唐詩》卷二五注：「集作苗。」
〔二〕相：同上注「集作賦」，是。
〔三〕莫吝：同上注「集作不乏」，《河岳英靈集》卷中作「莫乏」，
〔四〕空：《全唐詩》注：「集作常。」
〔五〕暫時：《英華》卷二〇〇作「幾時」。
〔六〕誰：《英靈集》及《全唐詩》注作「鄰」。
〔七〕凋：《全唐詩》注：「集作已。」
〔八〕荒：同上注：「集作芳。」

〔九〕娥眉：當作「蛾眉」。
〔一〇〕間：同上注：「一作中。」
〔一一〕欲：《英靈集》作「或」，是。
〔一二〕爲：《全唐詩》注：「集作以。」

同前

崔　顥

君不見建章宫中金明枝，萬萬長條拂地垂。二月三月花如霰，九重幽深君不見。豔彩朝含四寶宫，香風吹入朝雲殿。〔一〕漢家宫女春未闌，愛此芳香朝暮看。看去看來心不忘，攀折將安鏡臺上。雙雙素手翦不成，兩兩紅妝笑相向。建章昨夜起春風，一花飛落長信(殿)〔宫〕。〔二〕長信麗人見花泣，憶此珍樹何嗟及。我昔初在昭陽時，朝折暮折登玉墀。〔三〕祇言歲歲長相對，不寤今朝遥相思。

〔一〕香風吹入：《英華》卷二二〇〇作「春風旦入」。
〔二〕長信(殿)〔宫〕：據《全唐詩》卷二一五改。作「殿」失韻。
〔三〕朝折：同上注：「折，集作攀。」

樂府詩集卷第七十一

雜曲歌辭十一

行路難三首

唐・李　白

金樽清酒斗十千，〔一〕玉盤珍羞直萬錢。停杯投筯不能食，拔劍四顧心茫然。欲渡黄河冰塞川，將登太行雪暗天。〔二〕閑來垂釣坐溪上，〔三〕忽復乘舟夢日邊。行路難，行路難，多歧路，今安在。〔四〕長風破浪會有時，直挂雲帆濟滄海。

大道如青天，我獨不得出。羞逐長安社中兒，赤雞白狗一作雉賭梨栗。彈劍作歌奏苦聲，曳裾王門不稱情。淮陰市井笑韓信，漢朝公卿忌賈生。〔五〕君不見昔時燕家重郭隗，擁篲折腰一作節無嫌猜。〔六〕劇辛樂毅感恩分，輸肝剖膽效英才。昭王白骨縈蔓草，誰人更掃黄金臺。行路難，歸去來。

有耳莫洗潁川水，有口莫食首陽蕨。含光混世貴無名，何用孤高比雲月。〔七〕吾觀自古賢達人，功成不退皆殞身。子胥既棄吴江上，屈原終投湘水濱。〔八〕陸機才多豈自保，〔九〕李斯税駕苦不早。華亭鶴唳詎可聞，上蔡蒼鷹何足道。君不見吴中張翰稱一作真達（士）〔生〕，〔一〇〕秋風忽憶江東行。且樂生前一杯酒，何須身後千載名。

〔一〕清酒：《英華》卷二〇〇作「美酒」。
〔二〕暗天：《李太白文集》卷三作「滿山」。
〔三〕坐：同上作「碧」。
〔四〕今：《英華》作「道」。
〔五〕卿：《全唐詩》卷二五注：「一作侯。」
〔六〕折腰：《英華》作「折節」。
〔七〕雲月：同上作「明月」。
〔八〕投：同上作「沉」。
〔九〕才多：《李太白文集》作「雄才」。
〔一〇〕（士）〔生〕：據同上改。

同前三首

顧　況

君不見古來燒水銀，〔一〕變作北邙山上塵。藕絲挂身在虚空，〔二〕欲落不落愁殺人。睢水英雄多血刃，建章宫闕成灰燼。〔三〕淮王身死桂枝折，〔四〕徐氏一去音書絶。〔五〕行路難，行路難，生死皆由天。秦皇漢武遭下脱，〔六〕汝獨何人學神仙。君不見擔雪塞井徒用力，〔七〕炊砂作飯豈堪喫。〔八〕一生肝膽向人盡，相識不如不相識。冬青樹上挂凌霄，歲晏花凋樹不凋。凡物各自有根本，種禾終不生豆苗。行路難，行路難，何處是平道。中心無事當富貴，今日覺君顏色好。〔九〕君不見少年頭上如雲髮，少壯如雲老如雪。豈知灌頂有醍醐，能使清涼頭不熱。吕梁之水挂飛流，鼉鼉蛟蜃不敢游。少年恃險若平地，獨倚長劍凌清秋。行路難，行路難，昔少年，今已老。前朝竹帛事皆空，日暮牛羊古城草。

〔一〕來：《全唐詩》卷二五注：「集作人。」

〔二〕身在虚空：同上注：「集作在虚空中。」

〔三〕灰：同上注：「集作煨。」

〔四〕枝：同上注：「集作樹。」

〔五〕氏：同上注：「集作福。」

〔六〕下：同上注「集作不」，是。

〔七〕徒：同上注：「集作空。」

〔八〕喫：同上注：「集作食。」
〔九〕覺：同上注：「集作看。」

同前

李　頎

漢家名臣楊德祖，四代五公享茅土。父兄子弟綰銀黄，〔一〕躍馬鳴珂朝建章。火浣單衣繡方領，茱萸錦帶玉盤囊。賓客填街復滿座，片言出口生輝光。世人逐勢爭奔走，瀝膽隳肝唯恐後。當時一顧生青雲，自謂生死長隨君。一朝謝病還鄉里，窮巷蒼茫絶知己。〔二〕秋風落葉閉重門，昨日論交竟誰是。薄俗嗟嗟難重陳，深山麋鹿下爲鄰。〔三〕魯連所以蹈滄海，古往今來稱達人。

〔一〕父兄子弟：《全唐詩》卷二二五注：「集作父子兄弟。」
〔二〕蒼茫：《英華》卷二〇〇作「蒼苔」。
〔三〕下：同上作「可」。

同前二首

高　適

君不見富家翁，昔時貧賤誰比數。〔一〕一朝金多結豪貴，萬事勝人健如虎。〔二〕子孫成長滿眼前，〔三〕妻能管弦妾能舞。〔四〕自矜一朝忽如此，〔五〕却笑傍人獨悲一作愁苦。東鄰少年安所如，席門窮巷出無車。有才不肯學干謁，何用年年空讀書。〔六〕長安少年不少錢，能騎駿馬鳴金鞭。五侯相逢大道邊，美人弦管爭留連。黄金如斗不敢惜，片言如山莫棄捐。安知憔悴讀書者，暮宿虚臺私自憐。〔七〕

〔一〕昔時：《英華》卷二〇〇作「舊時」。

〔二〕萬事：同上作「百年」。

〔三〕長：《全唐詩》卷二五注：「集作行。」

〔四〕能：同上注：「一作解。」

〔五〕朝：同上注：「集作身。」

〔六〕年年：《英華》作「長年」。

〔七〕虚：《全唐詩》注「集作靈」，是。

同前

張籍

湘東行人長歎息，十年離家歸未得。弊裘羸馬苦難行，僮僕飢寒少筋力。〔一〕君不見牀頭黄金盡，壯士無顏色。龍蟠泥中未有雲，不能生彼升天翼。

〔一〕飢寒：《唐文粹》卷一二作「盡飢」。

同前

聶夷中

莫言行路難，夷狄如中國。謂言骨肉親，中門如異域。出處全在人，路亦無通塞。門前兩條轍，何處去不得。

同前〔一〕

韋應物

荆山之白玉兮，良工琱琢雙環連，月蝕中央鏡心穿。故人贈妾初相結，恩在環中尋不絶。人情厚薄苦須臾，昔似連環今似玦。連環可碎不可離，如何物在人自移。上客勿遽歡，聽妾歌路難。旁人見環環可憐，不知中有長恨端。

〔一〕同前：《英華》卷二〇〇注：「一作《連環歌》。」

同前三首

柳宗元

君不見夸父逐日窺虞淵，跳踉北海超崑崙。披霄決漢出沆漭，瞥裂左右遺星辰。須臾力盡道渴死，狐鼠蜂蟻爭噬吞。北方竫人長九寸，開口抵掌更笑喧。啾啾飲食滴與粒，生死亦足終天年。睢盱大志少成遂，坐使兒女相悲憐。

虞衡斤斧羅千山，工命採斫杙與椽。深林土翦十取一，百牛連鞅摧雙轅。萬圍千尋妨道路，東西蹶倒山火焚。遺餘毫末不見保，躝躒磵壑何當存。群材未成質已夭，突兀峰豁空岊巒。柏梁天災武庫火，匠石狼顧相愁冤。君不見南山棟梁益稀少，愛材養育誰復論。

飛雪斷道冰成梁，侯家熾炭雕玉房。蟠龍吐耀虎喙張，熊蹲豹躑爭低昂。攢巒叢崿射朱光，丹霞翠霧飄奇香。美人四向迴明璫，雪山冰谷晞太陽。星躔奔走不得止，奄忽雙燕棲虹梁。風臺露榭生光飾，死灰棄置參與商。盛時一去貴反賤，桃笙葵扇安可常。〔一〕

〔一〕常：《全唐詩》卷二二五注：「集作當。」

同前

鮑溶

玉堂向夕如無人，絲竹儼然宮商死。細人何言入君耳，塵生金樽酒如水。君今不念歲蹉跎，雁天明明涼露多。華燈青凝久照夜，綵童窈窕虛垂羅。入宮見妬君不察，莫入此地出風波。此時不樂早休息，女顏易老君如何。

同前五首

僧貫休

不會當時一作初作天地，剛有多般愚與智。到頭還用真宰心，何如上下皆清氣。大道冥冥不知處，那堪頓得羲和轡。義不義兮仁不仁，擬學長生更容易。負心爲爐復爲火，〔一〕緣木求魚應且止。君不見燒金鍊石古帝王，鬼火熒熒白楊裏。

君不見道傍廢井生古木，本是驕奢貴人屋。幾度美人照影來，素綆銀瓶濯纖玉。雲飛雨散今如此，繡闥雕甍作荒谷。沸渭笙歌君莫誇，不應長是西家哭。休説遺編行者幾，至竟終須合天理。敗他成此亦何功，蘇張終作多言鬼。行路難，行路難，不在羊腸裏。

九有茫茫共堯日，浪死虛生亦非一。清淨玄音竟不聞，花眼酒腸暗如漆。或偶因片言隻字登第光二親，又不能獻可替否航要津。口談羲、軒與周、孔，履行不及屠沽人。行路難，行路難，日暮途遠空悲歎。

君不見道傍樹有寄生枝，青青鬱鬱同榮衰。無情之物尚如此，爲人不及還堪悲。父歸墳兮未朝夕，已分黃金爭田宅。高堂老母頭似霜，〔二〕心作數支淚常滴。我聞忽如負芒刺，不獨爲君空歎息。古人尺布猶可縫，潯陽義大令人憶。〔三〕寄言世上爲人子，孝義團圓莫如此。若如此，不遄死兮更何俟。

君不見山高海深人不測，古往今來轉青碧。淺近輕浮莫與交，地卑只解生荆棘。誰道黄金如糞土，張耳、陳餘斷消息。行路難，行〔路〕難〔四〕，君自看。

〔一〕負心：《英華》卷二〇〇作「負薪」，是。

〔二〕霜：同上作「雪」。

〔三〕義大：《全唐詩》卷二五作「義犬」，《英華》作「義夫」。

〔四〕行〔路〕：據《英華》及《全唐詩》補。

同前二首

僧齊己

行路難，君好看。驚波不在黿鼉間，小人心裏藏崩湍。〔一〕七盤九折寒崷崒，翻車倒蓋猶堪出。未似是非脣舌危，暗中潛毀平人骨。君不見楚靈均，千古沈冤湘水濱。又不見李太白，一朝却作江南客。

下浸與高盤，不爲行路難。是非真險惡，翻覆作峰巒。漆愧同時黑，朱慚巧處丹。令人畏相識，欲畫白雲看。

〔一〕崩湍：《全唐詩》卷二五作「奔湍」。

同前

翁　綬

行路艱難不復歌，故人榮達我蹉跎。雙輪晚上銅梁雪，〔一〕一葉春浮瘴海波。自古要津皆若此，方今失路欲如何。君看西漢翟丞相，鳳沼朝辭暮雀羅。

〔一〕梁：《全唐詩》卷二五注：「一作臺。」

同前

薛　能

何處力堪殫，人心險萬端。藏山難測度，暗水自波瀾。對面如千里，迴腸似七盤。已經吴坂困，欲向雁門難。南北誠須泣，高深不可干。無因善行止，車轍得平安。

從軍中行路難二首〔一〕

駱賓王

君不見封狐雄虺自成群，憑深負固結妖氛。玉璽分（别）〔兵〕徵惡少，〔二〕金壇受律動將軍。〔三〕將軍擁旄宣廟略，戰士横行静夷落。〔四〕長驅一息背銅梁，直指三巴逾劍閣。〔五〕閣道岧嶢上戍樓，〔六〕劍門遥裔俯靈丘。邛關九折無平路，江水雙源有急流。征役無期返，他鄉歲華晚。〔七〕杳杳丘陵出，蒼蒼林薄遠。途危紫蓋峰，路澀青泥坂。去去指哀牢，行行入不毛。絶壁千里險，〔八〕連山四望高。中外分區宇，夷夏殊風土。交趾枕南荒，昆彌臨北户。川源饒毒霧，〔九〕溪谷多淫雨。行潦四時流，崩查千歲古。漂梗飛蓬不自安，〔一〇〕捫藤引葛度危巒。〔一一〕昔時聞道從軍樂，今日方知行路難。蒼江緑水東流駛，〔一二〕炎洲丹徼南中地。南中南斗映星河，秦川秦塞阻烟波。〔一三〕三春邊地風光少，五月瀘中瘴癘多。朝驅疲斥候，夕息倦誰何。〔一四〕向月彎繁弱，連星轉太阿。重義輕生懷一顧，東伐西征凡幾度。夜夜朝朝斑鬢新，年年歲歲戎衣故。灞城隅，滇池水。天涯望轉積，地際行無已。徒覺炎涼節物非，不知關山千萬里。棄置勿重陳，重陳多苦辛。〔一五〕且悦清笳梅柳曲，〔一六〕詎憶芳園桃李人。絳節朱旗分白羽，丹心白刃酬明主。但令一技君王識，〔一七〕誰憚三邊征戰苦。行路難，行路難，歧路幾千端。無復歸雲憑短翰，〔空餘〕望日想長安。〔一八〕

君不見玉關塵色暗邊亭，〔一九〕銅鞮雜虜寇長城。天子按劍徵餘勇，將軍受脈事横行。七德龍韜開玉帳，千里黿鼓疊金鉦。〔二〇〕陰山苦霧埋高壘，交河孤月照連營。〔連營〕去去無窮極，〔二一〕擁旆遥遥過絶國。陣雲朝結晦天山，寒沙夕漲迷疏勒。龍鱗水上開魚貫，馬首山前振鵰翼。〔二二〕長驅萬里讋祁連，分麾三命武功宣。〔二三〕百發烏號遥碎柳，七尺龍文迴照蓮。〔二四〕春來秋去移灰琯，蘭閨柳市芳塵斷。雁門迢遞尺書稀，鴛被相思雙帶緩。行路難，〔二五〕誓令氛祲靜皋蘭。但使封侯龍頟貴，詎隨中婦鳳樓寒。

〔一〕《從軍中行路難》二首：《英華》卷二〇〇作《行路難》，第一首下注「一作《從軍中行路難》二首」，第二首下注「同心常伯軍中作」。

〔二〕分(别)〔兵〕：據《全唐詩》卷二二五改。

〔三〕受律動將軍：《英華》卷二〇〇作「授律勸將軍」。

〔四〕横行：同上作「横戈」。

〔五〕三巴：同上作「三危」。

〔六〕上：同上作「起」。

〔七〕歲華：同上作「年歲」。

〔八〕千里：同上作「千重」。

〔九〕川源：同上作「川原」。

〔一〇〕自安：同上作「暫安」。

〔一一〕捫藤引葛：同上作「捫蘿陟葛」。

〔一二〕蒼江：同上作「滄江」。

〔一三〕秦川：同上作「秦關」。

〔一四〕誰何：同上作「樵歌」。

〔一五〕重陳：《全唐詩》注：「集作征行。」

〔一六〕梅柳曲：同上作「楊柳曲」。

〔一七〕一技：同上注：「集作被。」識：《英華》作「知」。

〔一八〕〔空餘〕望日：據《英華》補。

〔一九〕邊亭：同上作「邊庭」。

〔二〇〕「千里」句：《英華》作「千重軀壘動金鉦」。

〔二一〕〔連營〕去去：據同上補。

〔二二〕鵬翼：同上作「鵬翼」。

〔二三〕三命：同上作「三令」。

〔二四〕龍交迴：同上作「龍文迴」，是。

〔二五〕行路難：《全唐詩》注：「集重行路難三字。」

變行路難

王昌齡

向晚横吹悲，風動馬嘶合。前驅引旗一作旌節，千里陣雲匝。單于下陰山，砂礫空颯颯。封侯取一戰，豈復念閨閤。

古別離〔一〕

梁・江　淹

《楚辭》曰：「悲莫悲兮生別離。」《古詩》曰：「行行重行行，與君生別離。相去萬餘里，各在天一涯。」後蘇武使匈奴，李陵與之詩曰：「良時不可再，離別在須臾。」故後人擬之爲《古別離》。梁簡文帝又爲《生別離》，宋吴邁遠有《長別離》，唐李白有《遠別離》，亦皆類此。

遠與君別者，乃至雁門關。黄雲蔽千里，游子何時還。送君如昨日，檐前露已團。不惜蕙草晚，所悲道里寒。君在天一涯，〔二〕妾身長別離。願一見顏色，不異瓊樹枝。兔絲及水萍，所寄終不移。

〔一〕《古別離》：此爲江淹《雜擬》中之一首。

〔二〕「君在」句：《江文通文集》卷四作「君行在天涯」。

同前

唐・沈佺期

白水東悠悠，中有西行舟。舟行有返棹，水去無還流。奈何生別者，戚戚懷遠遊。遠遊誰當惜，所悲會難收。自君（聞）〔間〕芳躧，〔一〕青陽四五遒。皓月掩蘭室，光風虛蕙樓。相思無明晦，長歎累冬秋。離居分遲暮，高駕何淹留。

〔一〕（聞）〔間〕：《全唐詩》卷二六作「間」，據改。

同前

孟雲卿

朝日上高臺，離人怨秋草。但見萬里天，不見萬里道。君行本遥遠，〔一〕苦樂良難保。宿昔夢同衾，憂心夢顛倒。〔二〕含酸欲誰訴，轉轉傷懷抱。結髮年已遲，征行去何早。寒暄有時謝，憔悴難再好。人皆算年壽，死者何曾老。少壯無見期，水深風浩浩。

〔一〕遥：《全唐詩》卷二六注：「集作迢。」

〔二〕夢顛：同上注：「集作常傾。」

同前

李　益

雙劍欲别風一作心悽然，雌沉水底雄上天。江迴漢轉兩不見，雲交雨合知何年。古來萬事皆由命，何用臨涕苦相連。〔一〕

〔一〕臨涕苦相連：《全唐詩》卷二六作「臨岐苦涕連」，是。

同前二首　于濆

君爲東封侯，非關備胡虜。知子去從軍，何處無良人。自是愛郎本東家兒，妾本西家女。對門中道間，終謂無離阻。豈知中道間，遣作空閨主。南風，妾作西北枝。青樓鄰里婦，終年畫長眉。自倚對良匹，笑妾空羅幃。入室少情意，出門多路歧。黄鶴有歸日，蕩子無還時。人誰無分命，妾身何太奇。

同前二首　李端

水國葉黄時，洞庭霜落夜。行舟聞商估，宿在楓林下。此地送君還，茫茫似夢間。後期知幾日，前路轉多山。巫峽通湘浦，迢迢隔雲雨。天晴見海檣，月落聞津鼓。人老自多愁，水深難急流。清宵歌一曲，白首對汀洲。

與君桂陽別，令君岳陽待。後事忽差池，前期日空在。木落雁嗷嗷，洞庭波浪高。遠山雲似蓋，極浦樹如毫。朝發能幾里，暮來風又起。如何兩處愁，皆在孤舟裏。昨夜天月明，長川寒且清。菊花開欲盡，薺菜泊來生。下江帆勢速，五兩遥相逐。欲問去時人，知投何處宿。空令猿嘯時，泣對湘潭竹。

同前

王　縉

下階欲離别，相對映蘭叢。含辭未及吐，淚落蘭叢中。高堂静秋日，羅衣飄暮風。誰能待明月，迴首見牀空。

同前

僧皎　然

太湖三山口，吳王在時道。寂寞千載心，無人見春草。誰堪緘怨者，〔一〕持此傷懷抱。孤舟畏狂風，一點宿烟島。望所思兮若何，月蕩漾兮空波。雲離離兮北斷，雁眇眇兮南多。身去兮天畔，心折兮湖岸。春山胡爲兮塞路，使我歸夢兮撩亂。

〔一〕堪：《全唐詩》卷二一六作「識」。

同前

聶夷中

欲别牽郎衣，問郎遊何處。不恨歸日遲，莫向臨邛去。

同前二首

施肩吾

古人謾歌西飛燕，十年不見狂夫面。三更風作切夢刀，萬轉愁成繫腸線。所嗟不及牛女星，一年一度得相見。

老母别愛子，少妻送征郎。血流既四面，乃亦斷二腸。不愁寒無衣，不怕飢無糧。惟恐征戰不還鄉，母化爲鬼妻爲孀。

同前

吴　融

紫燕黄鵠雖别離，一舉千里何難追。猶聞啼風與叫月，流連斷續令人悲。賦情更有深繾綣，碧甃千尋尚爲淺。蟾蜍正向清夜流，蛺蝶須教墮絲罥。莫道斷絲不可續，丹穴鳳皇膠不遠。草草通流水不迴，〔一〕海上兩潮長自返。

〔一〕「草草」句：《全唐詩》卷二六注：「集作莫道流水不迴波。」

樂府詩集卷第七十二

雜曲歌辭十二

古〔離〕别（離）〔一〕

唐·王　適

昔歲驚楊柳，高樓悲獨守。今年芳樹枝，孤棲怨别離。珠簾晝不卷，羅幔曉長垂。苦調琴先覺，愁容鏡獨知。頻來雁度無消息，罷去鴛文何用織。〔二〕夜還羅帳空有情，春著裙腰自無力。青軒桃李落紛紛，紫庭蘭蕙日氛氳。已能憔悴今如此，更復含情一待君。

〔一〕〔離〕别（離）：據本書目録及毛本改。

〔二〕去：《全唐詩》卷二六注：「集作却。」

（同前）〔古離别〕〔一〕

常　理

君御狐白裘，妾居緗綺幬。粟鈿金夾膝，花錯玉搔頭。離别生庭草，征行斷戍樓。蠨蛸網清曙，菡萏落紅秋。小膽空房怯，長眉滿鏡愁。爲傳兒女意，不用遠封侯。

〔一〕（同前）〔古離别〕：據本書目録及毛本改。

同前

姚係

涼風已嫋嫋，露重木蘭枝。獨上高樓望，行人遠不知。輕寒入洞户，明月滿秋池。燕去鴻方至，年年是别離。

同前二首〔一〕

趙微明

離别無遠近，事歡情亦悲。不聞車輪聲，後會將何時。去日忘寄書，來日乖前期。縱知明當還，一夕千萬思。

違别未幾日，〔二〕一日如三秋。猶疑望可見，日日上高樓。唯見分手處，白蘋滿芳洲。寸心寧死别，不忍生離愁。

〔一〕同前二首：第一首「離别無遠近」，《全唐詩》卷二六作張彪，第二首「違别未幾日」作趙微明。

〔二〕違：同上注：「集作爲。」

同前二首　孟郊

松山雲繚繞，萍路水分離。雲去有歸日，水分無合時。春芳役雙眼，春色柔四支。楊柳織別愁，千條萬條絲。

山川古今路，縱横無斷絶。來往天地間，人皆有離別。行衣未束帶，中腸已先結。不用看鏡中，自知生白髮。欲陳去留意，聲向言前咽。愁結填心胸，茫茫若爲説。荒郊烟莽蒼，曠野風凄切。處處得相隨，人那不如月。

同前　顧況

西江上風動，麻姑嫁時浪。西山爲水水爲塵，不是人間離別人。

同前　僧貫休

離恨如旨酒，古今飲皆醉。只恐長江水，盡是兒女淚。伊余非此輩，送人空把臂。他日再相逢，清風動天地。

同前

韋　莊

晴烟漠漠柳毿毿，不那離情酒半酣。更把馬鞭雲外指，斷腸春色在江南。

生別離

梁・簡文帝

離別四弦聲，〔一〕相思雙笛引。一去十三年，復無好音信。

〔一〕離別：《詩紀》卷六八作「別離」。

同前〔一〕

唐・孟雲卿

結髮生別離，相思復相保。何知日已久，〔二〕五變庭中草。〔三〕眇眇天海途，悠悠吳江島。但恐不出門，出門無遠道。遠道行既難，家貧衣服單。嚴風吹積雪，晨起鼻何酸。人生各有戀一作志，〔四〕豈不懷所安。分明天上日，生死誓同歡。〔五〕

〔一〕同前：《篋中集》作「《今別離》」。

〔二〕何知：同上及《全唐詩》卷二一六注均作「如何」。久：《篋中集》作「遠」。

〔三〕庭中：《篋中集》作「中庭」。

〔四〕各有戀：同上作「爲有志」。

〔五〕誓：《全唐詩》注：「集作願。」歡：《篋中集》作「觀」。

同前

白居易

食蘗不易食梅難，蘗能苦兮梅能酸。未如生别之爲難，苦在心兮酸在肝。晨雞載鳴殘月沒，〔一〕征馬重一作連嘶行人出。〔二〕迴看骨肉哭一聲，梅酸蘗苦甘如蜜。黄河水白黄雲秋，行人河邊相對愁。天寒野曠何處宿，〔三〕棠梨葉戰風颼颼。生離别，生離别，憂從中來無斷絶。憂積一作極心勞血氣衰，〔四〕未年三十生白髮。

〔一〕載鳴：《白氏長慶集》卷一二作「再鳴」。

〔二〕重嘶：同上作「連嘶」。

〔三〕野：同上作「路」。

〔四〕積：同上作「極」。

長别離

宋・吴邁遠

生離不可聞，況復長相思。如何與君别，當我少年時。〔一〕蕙華每摇蕩，妾心長一作空自持。〔二〕榮乏草木歡，悴極霜露悲。〔三〕富貴貌一作身難變，〔四〕貧賤顔易衰。〔五〕持此斷君腸，君亦宜自疑。淮陰有逸將，析羽不曾飛。〔六〕楚有扛鼎士，出門不得歸。正爲隆準公，仗劍入紫微。君才定何如，白日下爭暉。

〔一〕少年：《玉臺》卷四、《藝文》卷四二作「盛年」。

〔二〕長：同上作「空」。

〔三〕極：《英華》卷二〇二作「劇」。

〔四〕變：同上作「老」。貌難變：《玉臺》作「身難老」。

〔五〕顔：《玉臺》作「年」。

〔六〕「析羽」句：同上作「折翮謝翻飛」。

遠别離

唐・李白

遠别離，古有(黄)〔皇〕英之二女，〔一〕乃在洞庭之南，瀟湘之浦。海水直下萬里深，誰人不言此離苦。日慘慘兮雲冥冥，猩猩啼烟兮鬼嘯雨，我縱言之將何補。皇穹竊恐不照余之忠誠，雷憑憑兮欲吼怒，〔二〕堯舜當之亦禪禹。君失臣兮龍爲魚，權歸臣兮鼠變虎。或云堯幽囚，〔三〕舜野死，九疑聯綿皆相似，重瞳孤墳竟何是。帝子泣兮緑雲間，隨風波兮去無還。慟哭兮遠望，見蒼梧之深山。蒼梧山崩湘水絶，竹上之淚乃可滅。

〔一〕（黄）〔皇〕英：據郭本《李太白詩》卷三改。

〔二〕雷：同上作「雲」。

〔三〕云：同上作「言」。

同前

張　籍

蓮葉團團杏花拆，長江鯉魚鰭鬣赤。念君少年棄親戚，千里萬里獨爲客。誰言遠别心不易，天星墜地能爲石。幾時斷得城南陌，勿使居人有行役。

同前二首

令狐楚

楊柳黄金穗，梧桐碧玉枝。春來消息斷，早晚是歸時。〔一〕

玳織鴛鴦履，金裝翡翠簪。畏人相問著，〔二〕不擬到城南。

〔一〕時：《全唐詩》卷二六注：「集作期。」

〔二〕問著：同上注：「集作借問。」

久別離

李　白

別來幾春未還家，玉窗五見櫻桃花。況有錦字書，開緘使人嗟。至此腸斷彼心絶，〔一〕雲鬟緑鬢罷攬一作梳結。〔二〕愁如迴飈亂白雪。去年寄書報陽臺，今年寄書重相催。胡爲東風爲我吹行雲使西來。〔三〕待來竟不來，落花寂寂委青苔。〔四〕

〔一〕「至此」句：《才調集》卷六作「此腸斷，彼心絶」。

〔二〕緑：《全唐詩》卷二六注：「一作霧。」攬：《才調集》作「梳」。

〔三〕胡爲東風：《才調集》、《全唐詩》注「集作東風兮東風」，按集本是。

〔四〕寂寂：《全唐詩》注：「一作寂寞。」

新別離

戴叔倫

手把杏花枝，未曾經別離。黄昏掩閨後，寂寞自心知。〔一〕

〔一〕自心：《全唐詩》卷二六作「心自」。

今别離

崔國輔

送别未能旋，相望連水口。船行欲映舟，〔一〕幾度急摇手。

〔一〕映舟：《全唐詩》卷二六作「映洲」，是。

暗别離

劉氏瑶

槐花結子桐葉焦，單飛越鳥啼青霄。翠軒輾雲輕遥遥，燕脂淚迸紅線條。瑶草歇芳心耿耿，玉珮無聲畫屏冷。朱弦暗斷不見人，風動花枝月中影。青鸞脈脈西飛去，海闊天高不知處。

潛别離

白居易

不得哭，潛别離。不得語，暗相思。兩心之外無人知。深籠夜鎖獨棲鳥，利劍春斷連理枝。河水雖濁有清日，烏頭雖黑有白時。唯有潛離與暗别，彼此甘心無後期。

別離曲

張　籍

行人結束出門去，馬蹄幾時踏門路。〔一〕憶昔君初納綵時，不言身屬（邊）〔遼〕陽戍。〔二〕早知今日當別離，成君家計良爲誰。男兒生身自有役，那得誤我少年時。不如逐君征戰死，誰能獨老空閨裏。

〔一〕「馬蹄」句：《全唐詩》卷二六注：「集作幾時更踏門前路。」

〔二〕（邊）〔遼〕陽：據同上改。

同前

陸龜蒙

丈夫非無淚，不洒離別間。仗劍對樽酒，恥爲遊子顔。蝮蛇一螫手，壯士疾解腕。〔一〕所思在功名，離別何足歎。

〔一〕疾：《全唐詩》卷二六注：「集作即。」

西洲曲

古辭

憶梅下西洲，折梅寄江北。單衫杏子紅，雙鬢鴉雛色。西洲在何處，兩槳橋頭渡。日暮伯勞飛，風吹烏臼樹。樹下即門前，門中露翠鈿。開門郎不至，出門採紅蓮。採蓮南塘秋，蓮花過人頭。低頭弄蓮子，蓮子青如水。置蓮懷袖中，蓮心徹底紅。憶郎郎不至，仰首望飛鴻。鴻飛滿西洲，望郎上青樓。樓高望不見，盡日欄干頭。欄干十二曲，垂手明如玉。卷簾天自高，海水摇空緑。海水夢悠悠，君愁我亦愁。南風知我意，吹夢到西洲。

同前一作西州調

唐・温庭筠

悠悠復悠悠，昨日下西洲。西洲一作州風色好，遥見武昌樓。武昌何鬱鬱，儂家定無匹。小婦被流黄，登樓撫瑶瑟。朱弦繁復輕，素手直淒清。一彈三四解，掩抑似含情。南樓登且望，西江廣復平。艇子摇兩槳，催過石頭城。門前烏臼樹，慘澹天將曙。鸊鵜一作㶉鶒飛復還，〔一〕郎隨早帆去。迴頭語同伴，定復負情儂。去帆不安幅，作抵使西風。他日相尋索，莫作西洲客。西洲人不歸，春草年年碧。

〔一〕鸊鵜：疑當作鵯鵊，爲催明鳥。

荆州樂

梁・宗　夬

《荆州樂》蓋出於清商曲江陵樂，荆州即江陵也。有紀南城，在江陵縣東。梁簡文帝《荆州歌》云「紀城南里望朝雲，雉飛麥熟妾思君」是也。又有《紀南歌》，亦出於此。

迢遞樓雉懸，參差臺觀雜。城闕自相望，雲霞紛颯沓。

（同前）〔荆州歌〕〔一〕

唐・李　白

白帝城邊足風波，瞿塘五月誰敢過。荆州麥熟繭成蛾，繰絲憶君頭緒多，撥穀飛鳴奈妾何。

〔一〕（同前）〔荆州歌〕：據《李太白全集》及本書目録改。

同前二首

劉禹錫

渚宫楊柳暗，麥城朝雉飛。可憐踏青伴，乘暖著輕衣。

今日好南風，商旅相催發。沙頭檣竿上，始見春江闊。

荆州泊

李端

南樓西下時，月裏聞來棹。桂水舳艫回，荆州津濟鬧。移帷望星漢，引帶思容貌。今夜一江人，唯應妾身覺。

紀南歌

劉禹錫

酈道元《水經注》曰：「楚之先僻處荆山，後遷紀郢，即紀南城也。」《十道志》曰：「昭王十年，吴通漳水灌紀南城，入赤湖，郢城遂破。」杜預《左傳注》曰：「今南郡江陵縣北紀南城，故楚國也。」

風烟紀南城，塵土荆門路。天寒多獵騎，〔一〕走上樊姬墓。

〔一〕多獵騎：《全唐詩》卷二六作「獵獸者」。

宜城歌

劉禹錫

《通典》曰：「宜城，楚之鄢都，謂之郢。有蠻水，又有漢宜城縣，在今縣南。舊名率道，天寶中改焉。」《十道志》曰：「宜城，漢縣。宋孝武大明元年，以胡人流寓者，立華山郡於大堤村。古名上供，梁爲率道，俗呼大堤。其地出美酒，故曰宜城竹葉酒也。」

野水遶空城，行塵起孤驛。花臺側生樹，〔一〕石碣陽鐫額。靡靡度行人，温風吹宿麥。

〔一〕花：《全唐詩》卷二六注：「集作荒。」樹：同上注：「集作柏。」

南郡歌

齊・陸厥

江南可採蓮，蓮生荷已大。旅雁向南飛，浮雲復如蓋。望美積風露，疏麻成襟帶。雙珠惑漢皋，蛾眉迷下蔡。玉齒徒粲然，誰與啟(含)〔含〕貝。〔一〕

〔一〕(含)〔含〕貝：據《詩紀》卷六二改。

長干曲

古辭

逆浪故相邀，菱舟不怕摇。妾家揚子住，便弄廣陵潮。

同前四首

唐·崔　顥

君家定何處，〔一〕妾住在横塘。停舟暫借問，或恐是同鄉。

家臨九江水，去來九江側。同是長干人，生小不相識。

下渚多風浪，蓮舟漸覺稀。那能不相待，獨自逆潮歸。

三江潮水急，五湖風浪涌。由來花性輕，莫畏蓮舟重。

〔一〕定何處：《全唐詩》卷二六作「何處住」。

長干行二首〔一〕

李　白

妾髮初覆額，折花門前劇。郎騎竹馬來，遶牀弄青梅。同居長干里，兩小無嫌猜。十四爲君婦，羞顔尚不一作未嘗開。〔二〕低頭向暗壁，千喚不一迴。十五始展眉，願同塵與灰。常存抱柱信，豈一作恥上望夫臺。十六君遠行，瞿塘灩澦堆。五月不可觸，猿鳴一作聲天上哀。〔三〕門前遲一作舊行跡，一一生緑一作蒼苔。苔深不能掃，落葉秋風早。八月胡蝶來，〔四〕雙飛西園草。感此傷妾心，坐愁紅顔老。〔五〕早晚下三巴，預將書報家。相迎不道遠，直至長風沙。

憶妾一作昔深閨裏，烟塵不曾識。嫁與長干人，沙頭候風色。五月南風興，思君在一作下巴陵。〔六〕八月西風起，〔七〕想君發揚子。〔八〕去來悲如何，〔九〕見少別離多。湘潭幾日到，〔一〇〕妾夢越風波。〔一一〕昨夜狂風度，〔一二〕吹折江頭樹。〔一三〕淼淼暗無邊，行人在何處。北客真王公，〔一四〕朱衣滿江中。日暮來投宿，數朝不肯東。好乘浮雲驄，佳期蘭渚東。鴛鴦綠浦上，翡翠錦屏中。自憐十五餘，顔色桃（李）〔花〕紅。〔一五〕那作商人婦，愁水復愁風。

〔一〕《長干行》二首：第二首「憶妾深閨裏」，亦見《全唐詩》卷一一四作張潮詩。又卷二八三作李益詩，注：「黄魯直云：『李白集中《長干行》二篇，其後篇乃李益所作。』胡震亨從之，增入益集。」按此詩《唐詩紀事》卷二七作張朝作，似較可信。《英華》卷二一一注：「類詩作張潮。」

〔二〕尚不：《才調集》卷六作「未嘗」。《英華》卷二一一作「未曾」。

〔三〕猿鳴：《才調集》作「猿聲」。

〔四〕來：《英華》注：「一作黄。」

〔五〕坐愁：《才調集》作「坐見」。

〔六〕在：《全唐詩》卷一一四作「下」。

〔七〕西風：《英華》作「秋風」。

〔八〕想君：同上作「看君」。

〔九〕來：同上注：「一作時。」

〔一〇〕日：同上作「人」，注：「又作月。」

〔一一〕越：同上作「常」。

〔一二〕「昨夜狂風度」以下《唐詩紀事》另作一首。

〔一三〕江頭：《才調集》作「江皋」。

〔一四〕「北客真王公」以下四句，王琦注《李太白集》卷四及《才調集》《英華》無，似是。張潮詩中有。真字注：「一作至。」王公作「三公」。日暮作「薄暮」。

〔一五〕桃(李)〔花〕紅：據王琦注本及張潮詩改。

同前〔一〕

張潮

婿貧如珠玉，婿富如埃塵。貧時不忘舊，富貴多寵新。〔二〕妾本富家女，與君爲偶匹。惠好一何深，中門不曾出。妾有繡衣裳，葳蕤金鏤光。念君貧且賤，易此從遠方。遠方三千里，〔三〕發去悔不已。〔四〕日暮情更來，空望去時水。孟夏麥始秀，江上多南風。商賈歸欲盡，君今尚巴東。巴東有巫山，窈窕神女顔。常恐遊此山，〔五〕果然不知還。

〔一〕同前：《英華》卷二一一作《江風行》，注：「一作《長江行》。」

〔二〕貴：《全唐詩》卷二六注：「集作日。」

〔三〕「遠方」兩句：《英華》作「三千路役思，發竟悔不已」。

〔四〕「發去」句：《全唐詩》注：「集作思君心未已。」

〔五〕山：同上注：「集作方。」

小長干曲

崔國輔

月暗送湖風，〔一〕相尋路不通。菱歌唱不輟，知在此塘中。

〔一〕湖：《全唐詩》卷二六注「集作潮」，似是。

樂府詩集卷第七十三

雜曲歌辭十三

杞梁妻

宋・吴邁遠

崔豹《古今注》曰：「《杞梁妻》者，杞殖妻妹朝日之所作也。殖戰死，妻曰：『上則無父，中則無夫，下則無子，人生之苦至矣。』乃抗聲長哭，杞都城感之而頹，遂投水而死。其妹悲姊之貞，乃作歌，名曰《杞梁妻》焉。梁，殖之字也。」《列女傳》曰：「齊莊公襲莒，殖戰而死。其妻無所歸，乃就其夫之尸於城下而哭，十日而城爲之崩。既葬，遂赴淄水而死。」《琴操》曰：「《杞梁妻嘆》，齊杞梁殞，其妻之所作也。」

燈竭從初明，蘭凋猶早薰。〔一〕扼腕非一代，千載炳遺文。貞夫淪莒役，杜弔結齊君。〔二〕驚心眩白日，長洲崩秋雲。精微貫穹旻，高城爲隤墳。行人既迷徑，飛鳥亦失群。壯哉金石軀，出門形影分。一隨塵壤消，聲譽誰共論。

〔一〕猶：疑當作「由」。

〔三〕杜：疑當作「杻」。

同前

唐・僧貫休

秦之無道兮四海枯，築長城兮遮北胡。築人築土一萬里，杞梁貞婦啼嗚嗚。上無父兮中無夫，下無子兮孤復孤。一號城崩塞色苦，再號杞梁骨出土。疲魂飢魄相逐歸，陌上少年莫相非。

董嬌饒

後漢・宋子侯

洛陽城東路，桃李生路傍。花花自相對，葉葉自相當。春風東北起，花葉正低昂。不知誰家子，提籠行採桑。纖手折其枝，花落何飄颻。請謝彼姝子，何爲見損傷。高秋八九月，白露變爲霜。終年會飄墮，安得久馨香。秋時自零落，春月復芬芳。何時盛年去，〔一〕歡愛永相忘。〔二〕吾欲竟此曲，此曲愁人腸。歸來酌美酒，挾瑟上高堂。

〔一〕何時：當作「何如」。紀容舒《玉臺新詠考異》：「《藝文類聚》作如。言花落仍可重開，不如人；盛年一去而即遭捐棄。」

〔二〕愛：《詩紀》卷四注：「《藝文》作好。」

焦仲卿妻〔一〕　　古　辭

《焦仲卿妻》，不知誰氏之所作也。其序曰：「漢末建安中，廬江府小吏焦仲卿妻劉氏，爲仲卿母所遣，自誓不嫁。其家逼之，乃没水而死。仲卿聞之，亦自縊於庭樹。時人傷之而爲此辭也。」〔二〕

孔雀東南飛，五里一徘徊。「十三能織素，十四學裁衣。十五彈箜篌，十六誦詩書。十七爲君婦，心中常苦悲。君既爲府吏，守節情不移。〔賤妾留空房，相見常日稀。〕〔三〕雞鳴入機織，夜夜不得息。三日斷五疋，大人故嫌遲。非爲織作遲，君家婦難爲。妾不堪驅使，徒留無所施。便可白公姥，及時相遣歸。」府吏得聞之，堂上啓阿母：「兒已薄禄相，幸復得此婦。結髮同枕席，黄泉共爲友。共事二三年，〔四〕始爾未爲久。女行無偏斜，何意致不厚？」阿母謂府吏：「何乃太區區。此婦無禮節，舉動自專由。吾意久懷忿，汝豈得自由。東家有賢女，自名秦羅敷。可憐體無比，阿母爲汝求。便可速遣之，遣去慎莫留。」府吏長跪告：〔五〕「伏惟啓阿母。今若遣此婦，終老不復取。」阿母得聞之，槌牀便大怒：「小子無所畏，何敢助婦語。吾已失恩義，會不相從許。」府吏默無聲，再拜還入户。舉言謂新婦，哽咽不能語。「我自不驅卿，逼迫有阿母。卿但暫還家，吾今且報府。不久當歸還，還必相迎取。以此下心意，慎勿違吾語。」新婦謂府吏：「勿復重紛紜。往昔初陽歲，謝家來貴門。奉事循公姥，進(心)〔止〕敢自專。〔六〕晝夜勤作息，伶俜縈苦辛。謂言無罪過，供養卒大恩。仍更被驅遣，何言復來還。妾有繡腰襦，葳蕤自生光。紅羅複斗帳，四角垂香囊。箱簾六七十，緑碧青絲繩。物物各自異，種種在其中。人賤物亦鄙，不足迎後人。留待作遺施，〔七〕於今無會因。時時爲安慰，久久莫相忘。」雞鳴外欲曙，新婦起嚴妝。著我繡裌裙，事事四五通。足下躡絲履，頭上玳瑁光。腰若流紈素，耳著明月璫。指如削葱根，口如含朱丹。纖纖作細步，精妙世無雙。上堂謝阿母，〔八〕母聽去不止。〔九〕「昔作女兒時，生小出野里。本自無教訓，兼愧貴家子。受母錢帛多，不堪母驅使。今日還家去，念母勞家裏。」却與小姑別，淚落連珠子。「新婦初來時，〔一〇〕小姑如我長。勤心養公姥，好自相扶將。初七及下九，嬉戲莫相忘。」出門登車去，涕落百餘行。府吏馬在前，新婦車在後。隱隱何甸甸，俱會大道口。下馬入車中，低頭共耳語：「誓不相隔卿。且暫還家去，吾今且赴府。不久當還歸，誓天不相負。」新婦謂府吏：「感君區區懷。君既若見録，不久望君來。君當作磐石，妾當作蒲葦。蒲葦紉如絲，磐石無轉移。我有親父兄，性行暴如雷。恐不任我意，逆以煎我懷。」舉手長勞勞，二情同依依。入門上家堂，進退無顔儀。阿母大拊掌：「不圖子自歸。十三教汝織，十四能裁衣。十五彈箜篌，十六知禮儀。十七遣汝嫁，謂言無誓違。汝今無罪過，不迎而自歸。」蘭芝慚阿母：「兒實無罪過。」阿母大悲摧。還家十餘日，縣令遣媒來。云「有第三郎，窈窕世無雙。年始十八九，便言多令才。」阿母謂阿女：「汝可去應之。」阿女銜淚答：〔一一〕「蘭芝初還時，府吏見丁寧，結誓不別離。今日違情義，恐此事非奇。自可斷來信，徐徐更謂之。」阿母白媒人：「貧賤有此女，始適還家門。不堪吏人婦，豈合令郎君。幸可廣問訊，不得便相許。」媒人去數日，尋遣（承）〔丞〕請還。〔一二〕誰「有蘭家女，〔一三〕承籍有宦官」。云「有第五郎，嬌逸未有婚。遣丞爲媒人，主簿通語言。」直說「太守家，有此令郎君。既欲結大義，故遣來貴門」。阿母謝媒人：「女子先有誓，老姥豈敢言。」阿兄得聞之，悵然心中煩。舉言謂阿妹：「作計何不量。先嫁得府吏，後嫁得郎君。否泰如天地，足以榮汝身。不嫁義郎體，其住欲何云。」〔一四〕蘭芝仰頭答：「理實如兄言。謝家事夫婿，中道還兄門。處分適兄意，那得自任專。雖與府吏要，渠會永無緣。登即相許和，便可作婚姻。」媒人下牀去，諾諾復爾爾。還部白府君：「下官奉使命，言談大有緣。」府君得聞之，心中大歡喜。視曆復開書，便利此月內。六合正相應，良吉三十日。「今已二十七，卿可去成婚。」交語速裝束，絡繹如浮雲。青雀白鵠舫，四角龍子幡。婀娜隨風轉，金車玉作輪。躑躅青驄馬，流蘇金鏤鞍。齎錢三百萬，皆用青絲穿。雜綵三百匹，交廣市鮭珍。〔一五〕從人四五百，鬱鬱登郡門。阿母謂阿女：「適得府君書，明日來迎汝。何不作衣裳，莫令事不舉。」阿女默無聲，手巾掩口啼，淚落便如瀉。移我瑠璃榻，出置前窗下。左手持刀尺，右手執綾羅。朝成繡裌裙，〔一六〕晚成單羅衫。晻晻日欲暝，愁思出門啼。府吏聞此變，因求假暫歸。未至二三里，摧藏馬悲哀。新婦識馬聲，躡履相逢迎。悵然遥相望，知是故人來。舉手拍馬鞍，嗟嘆使心傷。「自君別我後，人事不可量。果不如先願，又非君所詳。我有親父母，逼迫兼弟兄。以我應他人，君還何所望。」府吏(爲)〔謂〕新婦：〔一七〕「賀卿(德)〔得〕高遷。〔一八〕磐石方(可)〔且〕厚，〔一九〕可以卒千年。蒲葦一時紉，便作旦夕間。卿當日勝貴，吾獨向黄泉。」新婦謂府吏：「何意出此言。同是被逼迫，君爾妾亦然。黄泉(不)〔下〕相見，〔二〇〕(忽)〔勿〕違今日言。」〔二一〕執手分道去，各各還家門。生人作死別，恨恨那可論。念與世間辭，千萬不復全。府吏還家去，上堂拜阿母：「今日大風寒，寒風摧樹木，嚴霜結庭蘭。兒今日冥冥，令母在後單。故作不良計，勿復怨鬼神。命如南山石，四體康且直。」阿母得聞之，零淚應聲落。「汝是大家子，仕宦於臺閣。慎勿爲婦死，貴賤情何薄。東家有賢女，窈窕豔城郭。阿母爲汝求，便復在旦夕。」府吏再拜還，長嘆空房中，作計乃爾立。轉頭向户裏，漸見愁煎迫。其日牛馬嘶，新婦入青廬。菴菴黄昏後，〔二二〕寂寂人定初。我命絶今日，魂去尸長留。攬裙脱絲履，舉身赴清池。府吏聞此事，心知長別離。徘徊庭樹下，自掛東南枝。兩家求合葬，合葬華山傍。東西植松柏，左右種梧桐。枝枝相覆蓋，葉葉相交通。中有雙飛鳥，自名爲鴛鴦。仰頭相向鳴，夜夜達五更。行人駐足聽，寡婦(赴)〔起〕傍徨。〔二三〕多謝後世人，戒之慎勿忘。

〔一〕《焦仲卿妻》：《玉臺》卷一作《古詩爲焦仲卿妻作》。

〔二〕「時人」句：同上作「時傷之爲詩云爾」。

〔三〕〔賤妾〕兩句：《玉臺》馮氏校本注：「按活本、楊本此句下有賤妾留空房，相見常日稀二句。」徐乃昌《玉臺新詠札記》：「蘭雪堂本、楊本、孟本有。」據補。

〔四〕二三年：《詩紀》卷七作「三二年」。

〔五〕告：《玉臺》作「答」。

〔六〕(心)〔止〕：據《古樂府》卷一〇改。

〔七〕遣：《詩紀》作「遺」。

〔八〕謝：同上作「拜」。

〔九〕「母聽」句：同上作「阿母怒不止」。

〔一〇〕「新婦」句：徐乃昌《札記》：「孟本及《樂府詩集》此句下有『小姑始扶牀，今日被驅遣』二句。」按《樂府詩集》各本皆無此二句，元刻本左克明《古樂府》、宋本《玉臺》亦無之。徐氏所云孟本《玉臺》乃康熙時傳刻本。

〔一一〕銜淚：《玉臺》作「含淚」。

〔一二〕（承）〔丞〕：據同上改。

〔一三〕誰：《玉臺》及《詩紀》均作「説」。

〔一四〕住：《玉臺》及《古樂府》均作「往」，是。

〔一五〕交廣：《古樂府》與《詩紀》均作「交用」。

〔一六〕繡：《古樂府》作「錦」。

〔一七〕（爲）〔謂〕：據《古樂府》及《詩紀》改。

〔一八〕（德）〔得〕據《詩紀》改。

〔一九〕（可）〔且〕：據同上及《玉臺》五溪本、孟本改。

〔二〇〕（不）〔下〕：據《玉臺》改。

〔二一〕（忽）〔勿〕據《詩紀》改。

〔二二〕菴菴：《玉臺》作「晻晻」。

〔二三〕（赴）〔起〕：據《玉臺》及《詩紀》改。

盧女曲

唐・崔　顥

《樂府解題》曰：「盧女者，魏武帝時宫人也，故將軍陰升之姊。七歲入漢宫，善鼓琴。至明帝崩後，出嫁爲尹更生妻。梁簡文帝《妾薄命》曰：『盧姬嫁日晚，非復少年時。』蓋傷其嫁遲也。」

二月春來半，宮中日漸長。柳垂金屋暖，花覆玉樓香。〔一〕拂匣先臨鏡，調笙更炙簧。還將《盧女曲》，〔二〕夜夜奉君王。〔三〕

〔一〕覆：《全唐詩》卷二六注：「集作發。」

〔二〕《盧女曲》：同上注：「集作歌舞態。」

〔三〕夜夜：同上注：「集作只擬。」

盧姬篇

崔　顥

盧姬小小魏王家，〔一〕緑鬢紅唇桃李花。魏王綺樓十二重，水精簾箔繡芙蓉。白玉闌干金作柱，樓上朝朝學歌舞。前堂後堂羅袖人，南窗北窗花發春。翠幌珠簾鬭弦管，〔二〕一奏一彈雲欲斷。君王日晚下朝歸，鳴環珮玉生光輝。人生今日得驕貴，誰道盧姬身細微。

〔一〕小小：《全唐詩》卷二六注：「集作少小。」

〔二〕弦：同上注：「集作絲。」

邯鄲才人嫁爲厮養卒婦

齊·謝　朓

生平宮閤裏，出入侍丹墀。開笥方羅縠，窺鏡比蛾眉。初别意未解，去久日生悲。憔悴不自識，嬌羞餘故姿。夢中忽彷彿，猶言承讌私。

同前

唐·李　白

妾本叢臺女，〔一〕揚蛾入丹闕。自倚顔如花，寧知有凋歇。一辭玉階下，去若朝雲没。每憶邯鄲城，深宫夢秋月。君王不可見，惆悵至明發。

〔一〕叢臺：蕭本《李太白詩》卷五作「崇臺」。

楊白花

〔無名氏〕〔一〕

《梁書》曰：「楊華，武都仇池人也。少有勇力，容貌雄偉，魏胡太后逼通之。華懼及禍，乃率其部曲來降。胡太后追思之不能已，爲作《楊白華》歌辭，使宫人晝夜連臂蹋足歌之，聲甚悽惋。」故《南史》曰：「楊華本名白花，奔梁後名華，魏名將楊大眼之子也。」

陽春二三月，楊柳齊作花。春風一夜入閨闥，楊花飄蕩落南家。含情出户脚無力，拾得楊花淚沾臆。秋去春還雙燕子，願銜楊花入窠裏。

〔一〕〔無名氏〕：據本書目録補。

楊白花

柳宗元

楊白花，風吹度江水。坐令宫樹無顔色，摇蕩春光千萬里。茫茫曉日下長秋，哀歌未斷城鴉起。

茱萸女

梁·簡文帝

茱萸生狹斜，結子復銜花。遇逢纖手摘，濫得映鉛華。雜與鬟簪插，偶逐鬢鈿斜。東西爭贈玉，縱横來問家。不無夫壻馬，空駐使君車。

同前

唐・萬　楚

山陰柳家女，九日採茱萸。復得東鄰伴，雙爲陌上姝。插花向高髻，結子置長裾。作性恒遲緩，非關姹丈夫。〔一〕平明折林樹，日入反城隅。俠客邀羅袖，行人挑短書。蛾眉自有主，年少莫踟躕。

〔一〕姹：《全唐詩》卷一四五作「詫」。

舞媚娘三首

陳・後　主

《樂苑》曰：「《舞媚娘》《大舞媚娘》，並羽調曲也。《唐書》曰：『高宗永徽末，天下歌《舞媚娘》。未幾，立武氏爲皇后。』按陳後主已有此歌，則永徽所歌，蓋舊曲云。」

樓上多嬌豔，當窗併三五。爭弄遊春陌，相邀開繡户。轉態結紅裙，含嬌拾翠羽。留賓乍拂弦，託意時移柱。

淇水變新臺，春爐當夏開。玉面含羞出，金鞍排夜一作暗來。

春日多一作好風光，尋觀向一作戲市傍。轉身移佩響，牽袖起衣香。

同前

北周・庾信

朝來户前照鏡，含笑盈盈自看。眉心濃黛直點，額角輕黄細安。秖疑落花謾去，復道春風不還。少年唯有歡樂，飲酒那得留殘。

于闐採花

〔無名氏〕〔一〕

山川雖異所，草木尚同春。亦如溱洧地，自有採花人。

〔一〕〔無名氏〕：據本書目録補。

同前

唐・李白

于闐採花人，自言花相似。明妃一朝西入胡，胡中美女多羞死。乃知漢地多名姝，胡中無花可方比。丹青能令醜者妍，無鹽翻在深宫裏。自古妬蛾眉，胡沙埋皓齒。

秦王卷衣

梁・吴　均

《樂府解題》曰：「《秦王卷衣》，言咸陽春景及宫闕之美。秦王卷衣，以贈所歡也。」唐李白有《秦女卷衣》。

咸陽春草芳，秦帝卷衣裳。玉檢茱萸匣，金泥蘇合香。初芳薰複帳，餘輝耀玉牀。〔一〕當須晏朝罷，〔二〕持此贈龍一作華陽。〔三〕

〔一〕玉牀：《英華》卷二二二作「寶牀」。

〔二〕晏：同上注：「又作早。」

〔三〕龍陽：同上作「華陽」。

秦女卷衣

唐・李　白

天子居未央，妾侍一作來卷衣裳。顧無紫宫寵，敢拂黄金牀。水至亦不去，熊來尚可當。微身奉一作捧日月，飄若螢火光。願君採葑菲，無以下體妨。

愛妾换馬

梁・簡文帝

《樂府解題》曰：「《愛妾换馬》，舊説淮南王所作，疑淮南王即劉安也。」古辭今不傳。

功名幸多種，何事苦生離。誰言似白玉，定是愧青驪。必取匣中釧，迴作飾金羈。真成恨不已，願得路傍兒。

同前

劉孝威

驄馬出樓蘭，一步九盤桓。小史贖金絡，良工送玉鞍。龍驂來甚易，烏孫去實難。麟膠妾猶有，請爲急弦彈。

同前

庾肩吾

渥水出騰駒，湘川實應圖。來從西北道，去逐東南隅。琴聲悲玉匣，山路泣蘼蕪。似鹿將含笑，千金會不俱。

同前

隋・僧法宣

朱鬣飾金鑣，紅妝束素腰。似雲來躞蹀，如雪去飄颻。桃花含淺汗，柳葉帶餘嬌。騁先將獨立，雙絶不俱標。

同前

唐・張祜

一面妖桃千里蹄，〔一〕嬌姿駿骨價應齊。〔二〕乍牽玉勒辭金棧，〔三〕催整花鈿出繡閨。〔四〕去日豈無沾袂泣，〔五〕歸時還有頓銜嘶。〔六〕嬋娟躞蹀春風裏，〔七〕揮手摇鞭楊柳堤。綺閣香銷華廄空，〔八〕忍將行雨换追風。休憐柳葉雙眉翠，〔九〕却愛桃花兩耳紅。侍宴永辭春色裏，趁朝休立漏聲中。恩勞未盡情先盡，暗泣嘶風兩意同。〔一〇〕

〔一〕妖桃：《英華》卷二〇九作「夭桃」。
〔二〕嬌姿：同上作「芳姿」。
〔三〕乍牽：同上作「試牽」。辭金棧：同上作「趨金埒」。
〔四〕催整：同上作「初整」。
〔五〕袂：《全唐詩》卷五一一注：「一作袖。」

〔六〕歸時還有：同上注：「一作别時猶解。」

〔七〕裏：同上注：「一作暮。」

〔八〕綺：同上注：「一作粉。」「綺閣香銷華厩空」首：同上注：「此篇一作陳標詩。」《英華》無此首。

〔九〕翠：同上注：「一作緑。」

〔一〇〕嘶風：同上注：「一作長嘶。」

樂府詩集卷第七十四

雜曲歌辭十四

枯魚過河泣

古辭

枯魚過河泣，何時悔復及。作書與魴鱮，相教慎出入。

同前

唐·李白

白龍改常服，偶被豫且制。誰使爾爲魚，徒勞訴天帝。作書報鯨鯢，勿恃風濤勢。濤落歸泥沙，翻遭螻蟻噬。萬乘慎出入，柏人以爲誡一作識。〔一〕

〔一〕誡：《李太白集》卷六作「識」。

冉冉孤生竹

古辭

冉冉孤生竹，結根泰山阿。與君爲新婚，菟絲附女蘿。菟絲生有時，夫婦會有宜。千里遠結婚，悠悠隔山陂。思君令人老，軒車來何遲。傷彼蕙蘭花，含英揚光輝。過時而不采，將隨秋草萎。亮君執高節，〔一〕賤妾亦何爲。

〔一〕亮君：《文選》卷二九作「君亮」。

同前

宋・何偃

流萍依清源，孤鳥親宿止。〔一〕蔭幹相經榮，〔二〕風波能終始。草生有日月，婚年行及紀。思欲侍衣裳，關山分萬里。徒作春夏期，空望良人軌。芳色宿昔事，誰見過時美。涼鳥臨秋竟，歡願亦云已。豈意倚君恩，坐守零落耳。

（一作散）

〔一〕親宿止：《詩紀》卷五四作「宿深沚」。

〔二〕經榮：同上作「經縈」。

棗下何纂纂

梁・簡文帝

《古咄唶歌》曰：「棗下何攢攢，榮華各有時。棗欲初赤時，人從四邊來。棗適今日賜，誰當仰視之。」潘安仁《笙賦》曰：「詠園桃之夭夭，歌棗下之纂纂。歌曰：棗下纂纂，朱實離離。宛其死矣，〔一〕化爲枯枝。」纂纂，棗花也。棗之纂纂盛貌，實之離離將衰，言榮謝之各有時也。

垂花臨碧澗，結翠依丹巘。非直入游宫，兼期植靈苑。落日芳春暮，遊人歌吹晚。弱刺引羅衣，朱實凌還幰。且歡洛浦詞，無羨安期遠。

〔一〕死：《文選》卷一八作「落」。

同前二首〔一〕

隋·王　胄

柳黄知節變，草緑識春歸。復道含雲影，〔二〕重檐照日輝。

御柳長條翠，宫槐細葉開。還得聞春曲，便逐鳥聲來。

〔一〕同前：指《棗下何纂纂》，按詩詠春景，與題不相應，疑題有誤。

〔二〕復道：《詩紀》卷一二五作「複道」，「復」通「複」。

西園遊上才〔一〕

沈約《詠月》詩曰：「月華臨静夜，夜静滅氛埃。方暉竟户入，圓影隙中來。高樓切思婦，西園遊上才。」因以爲題也。

西園遊上才，清夜可徘徊。月桂臨樽上，山雲影蓋來。飛花隨燭度，疏葉向帷開。當軒顧應、阮，還覺賤鄒、枚。

〔一〕《詩紀》卷一二五作王胄作，題下注：「樂府無名，在王胄後。」

薄暮動弦歌

梁・沈君攸

柳谷向夕沉餘日，蕙樓臨砌徙斜光。金户半入藂林影，蘭徑時移落蕊香。絲繩玉壺傳綺席，秦箏趙瑟響高堂。舞裙拂履喧珠珮，歌響出扇繞塵梁。雲邊雪飛弦柱促，〔一〕留賓但須羅袖長。日暮歌鍾恒不倦，處處行樂爲時康。

〔一〕雲邊雪飛：疑當作「雲起雪飛」，見《文選・西京賦》。

羽觴飛上苑

沈君攸

《楚辭》曰：「瑶漿蜜勺實羽觴。」張衡《西京賦》曰：「促中堂之狹坐，〔一〕羽觴行而無算。」羽觴，謂杯上綴羽以速飲。《漢書音義》曰「羽觴，作生爵形」是也。

上路薄晚風塵合，禁苑初春氣色華。石徑斷絲闌蔓草，山流細沫擁浮花。〔二〕魚文熠爚含餘日，鶴蓋低昂照落霞。隔樹銀鞍喧寶馬，分衢玉軑動香車。車馬處處盡成陰，班荆促席對芳林。藤杯屢動情仍暢，翠樽引滿趣彌深。山陽倒載非難得，宜城醇醖促須斟。半醉驪歌應可奏，上客莫慮擲黄金。

〔一〕狹坐：《文選》卷二作「陿坐」。

〔二〕浮花：《詩紀》卷九三注：「外編作浮槎。」

桂楫泛河中

沈君攸

黄河曲渚通千里，〔一〕濁水分流引八川。仙查逐源終未極，蘇亭一作漢帝遺跡尚難還。眇眇雲根侵遠樹，蒼蒼水氣雜一作合遥天。波影雜霞無定色，湍文觸岸不成圓。赤馬青龍一作驪交出浦，飛雲蓋海遠凌烟。蓮舟渡沙轉不礙，桂楫距浪弱難前。風急金烏翅自轉，汀長錦纜影微懸。榜人欲歌先扣棹，津吏猶醉强持船。河堤極望今如此，行杯落葉詎虚傳。

〔一〕曲渚：《全梁詩》作「曲注」。

内殿賦新詩

陳·江　總

兔影脈脈照金鋪，虬水滴滴寫玉壺。綺翼雕甍邇清漢，虹梁紫一作桂柱麗黃圖。風高暗綠凋殘柳，雨駛芳紅濕晚芙。三五二八佳年少，百萬千金買歌笑。偏羞故人織素詩，〔一〕願奉秦聲采蓮一作菱調。〔二〕織女今夕渡銀河，當見清一作新秋停玉梭。

〔一〕偏羞：《詩紀》卷一〇五作「偏著」。

〔二〕願奉：同上作「願奏」，疑作「奏」是。

武溪深行

後漢·馬　援

一曰《武陵深行》。崔豹《古今註》曰：「《武溪深》，馬援南征之所作也。援門生爰寄生善吹笛，援作歌，令寄生吹笛以和之。名曰《武溪深》。」

滔滔武溪一何深，鳥飛不度，獸不敢臨。嗟哉武溪兮多毒淫！

同前

梁·劉孝勝

武溪深不測，水安舟復輕。暫侶莊生釣，還滯鄂君行。櫂歌爭後發，譟鼓逐前征。秦上山川險，黔中木石并。〔一〕林壑秋籟急，猿哀夜月明。澄源本千仞，回峰忽萬縈。昭潭讓無底，太華推削成。日落野通氣，目極悵餘情。下流曾不濁，長邁寂無聲。羞學滄浪水，濯足復濯纓。

〔一〕木石并：《詩紀》卷八七注：「一作水石清。」

半渡溪

劉孝威

《樂府解題》曰：「《半渡溪》，言戰而半涉溪水見迫，所言皆嶺南地里，與《武溪深》相類。」梁元帝又有《半路溪》，則言相逢隔溪，已識行步，辭旨與此全殊。

本厠偏伍伴，一戰殄凶渠。制賜文犀節，驛報紫泥書。入營陳御蓋，還家乘紫車。皇恩空以重一作知已重，丹心恨不紓。渡瀘且不畏，淩溪嗟有餘。

半路溪

梁・元帝

相逢半路溪，隔溪猶不渡。望望判知是，翩翩識行步。摘贈蘭澤芳，欲表同心句。先將一作持動舊情，恐君疑妾妬。

昔思君

晉・傅　玄

昔君與我兮形影潛結，今君與我兮雲飛雨絶。昔君與我兮音響相和，今君與我兮落葉去柯。昔君與我兮金石無虧，今君與我兮星滅光離。

妾安所居

梁・吴　均

賤妾先有寵，蛾眉進不遲。一從西北麗，無復城南期。何因暫豔逸，〔一〕豈爲乏妍姿。徒有黄昏望，寧遇青樓時。惟惜應門掩，方餘永巷悲。匡牀終不共，何由横自思。〔二〕

〔一〕因：《詩紀》卷八一注：「一作用。」

〔二〕自思：同上作「自私」，是。

飲酒樂

晉・陸　機〔一〕

《樂苑》曰：「《飲酒樂》，商調曲也。」

蒲萄四時芳醇，瑠璃千鍾舊賓。夜飲舞遲銷燭，朝醒弦促催人。〔二〕

〔一〕本書卷七七載陳陸瓊《還臺樂》歌辭與此同，句末多出「春風秋月恒好，歡醉日月言新」二句。疑此非陸機詩。又下「飲酒須飲多」一首，疑亦非陸機詩。

〔二〕《詩紀》卷二四引此詩，句末亦多出「春風秋月」兩句。

同前

飲酒須飲多，人生能幾何。百年須受樂，莫厭管弦歌。

同前

唐・聶夷中

日月似有事，一夜行一周。草木猶須老，人生得無愁。一飲解百結，再飲破百憂。白髮欺貧賤，不入醉人頭。我願東海水，〔一〕盡向杯中流。安得阮步兵，同入醉鄉遊。

〔一〕東海：《英華》卷一九五作「西江」。

淫思古意

宋・顔竣

春風飛遠方，紀轉流思堂。貞節寄君子，窮闥妾所藏。裁書露微疑，千里問新知。君行過三稔，故心久當移。

思公子

齊·王　融

《楚辭·九歌》曰：「雷填填兮雨冥冥，猨啾啾兮狖夜鳴。風颯颯兮木蕭蕭，思公子兮徒離憂。」《思公子》蓋出於此。

春盡風颯颯，蘭凋木修修。王孫久爲客，思君徒自憂。

同前

梁·費　昶

公子才氣饒，凌雲自飄飄。東出鬬雞道，西登飲馬橋。夕宴銀爲燭，朝燔桂作焦。虞卿亦何命，窮極苦無聊。

同前

北齊·邢　劭

綺羅日減帶，桃李無顔色。思君君未歸，歸來豈相識。

王孫遊

齊・謝朓

《楚辭・招隱士》曰：「王孫遊兮不歸，春草生兮萋萋。」《王孫遊》蓋出於此。

緑草蔓一作夢如絲，雜樹紅英發。無論君不歸，君歸芳已歇。

同前〔一〕

王融

置酒登廣殿，開襟望所思。春草行已歇，何事久佳期一本辭同《思公子》。

〔一〕同前：指《王孫遊》，《詩紀》卷五七題下注：「《玉臺》作《春遊》。」按《玉臺》卷一〇作謝朓《春遊》。

同前

唐・崔國輔

自與王孫別，頻看黄鳥飛。應由春草誤，著處不成歸。

陽翟新聲〔一〕

齊・王融

《隋書・樂志》曰：「西涼樂曲《陽翟新聲》《神白馬》之類。皆生於胡戎歌，非漢、魏遺曲也。」

懷春發下蔡，含笑向陽城。恥爲飛雉曲，好作鵾雞鳴。

〔一〕《陽翟新聲》：《隋書》作「《楊澤新聲》」，屬西涼樂曲，疑是。

金樂歌〔一〕

梁・簡文帝

槐香欲覆井，楊柳正藏鴉。山爐當一作好無比，玉構火(聰)〔窗〕賒。〔二〕牀頭辟繩結，鏡上領巾斜。鐵(鍾)〔鑊〕種粱子，〔三〕銅樞生(秦)〔棗〕花。〔四〕開門抛水柱一作信，〔五〕城按特言家。〔六〕

〔一〕金樂歌：《英華》卷一九三注：「金，一作會。」《詩紀》卷七〇梁元帝《歌曲名詩》注：「《樂府》作《金樂歌》。」按「會樂」不知是否即會合歌曲名之意。《詩紀》以《歌曲名詩》與《宫殿名詩》《縣名詩》《姓名詩》《屋名詩》等並列，似非樂府詩，疑屬誤收。

〔二〕火(聰)〔窗〕：據《詩紀》卷六七改。聰：《英華》作「牒」。

〔三〕鐵(鍾)〔鑊〕：據同上改。

〔四〕(秦)〔棗〕花：據《詩紀》改，《英華》注：「一作棗。」

〔五〕水柱：《英華》作「水枕」。

〔六〕城按：《英華》作「城控」。

同前〔一〕

梁・元帝

啼鳥怨别偶，曙鳥憶誰家。〔二〕石闕題書字，金燈飄落花。東方曉星没，西山晚日斜。縠衫迴廣袖，團扇掩輕紗。暫借青驄馬，來送黄牛車。

〔一〕同前：一作《歌曲名詩》，見上一首注〔一〕。

〔二〕誰家：《英華》卷一九三作「離家」。

同前

房篆

前溪流碧水，後渚映青天。登臺臨寶鏡，開窗對綺錢。玉顔光粉色，〔一〕羅袖拂金鈿。春風散輕蝶，明月映新蓮。摘花競時侶，催（指）〔柏〕及芳年。〔二〕

〔一〕光粉色：《英華》卷一九三作「耀光彩」。

〔二〕催（指）〔柏〕：據同上改。

樂未央

沈約

億舜日，萬堯年。詠《湛露》，歌《採蓮》。願雜百和氣，宛轉金爐前。

南征曲

蕭子顯

櫂歌來（楊）〔揚〕女，〔一〕操舟驚越人。圖蛟怯水伯，照鷁竦江神。

〔一〕（楊）〔揚〕女：據《全梁詩》改。

發白馬

費昶

《通典》曰：「白馬，春秋時衛國曹邑有黎陽津，一曰白馬津。酈生云『守白馬之津』是也。」《發白馬》，言征戍而發兵於此也。

家本樓煩俗，召募羽林兒。怖羌角觝戲，習戰昆明池。弓弢不復挽，劍衣恒露鈹。一辭豹尾内，長别屬車垂。白馬今雖發，黄河未結澌。寄言閨中婦，逢春心勿移。

同前

唐・李白

將軍發白馬，旌節渡黃河。簫鼓聒川嶽，滄溟湧洪一作濤波。〔一〕武安有振瓦，易水無寒歌。鐵騎若雪山，飲流涸滹沱。揚兵獵月窟，轉戰略朝那。倚劍登燕然，邊峰列嵯峨。〔二〕蕭條萬里外，耕作五原多。一掃清大漠，包虎戢金戈。

〔一〕洪波：《李太白集》卷六作「濤波」。

〔二〕邊峰：王琦注《李太白集》作「邊烽」。

濟黃河

梁・謝微

積陰晦平陸，淒風結暮序。朝辭金谷戍，〔一〕夕逗黃河渚。赤兔徒聯翩，青鳧詎容與。淚甚聲難發，悲多袖未舉。虛薄謬君恩，方嗟別宛、許。

〔一〕戍：《詩紀》卷九一注：「一作樹。」

同前

陳・江　總

葱山淪外(城)〔域〕,〔一〕鹽澤隱遐方。兩京分際遠,〔二〕九道派流長。未殫所聞見,無待驗詞章。留連嗟太史,惆悵踐黎陽。導波縈地節,〔三〕疏氣耿天潢。憫周〔沉〕用寶〔四〕,嘉晉肇爲梁。

〔一〕外(城)〔域〕:據《英華》卷一六三、《詩紀》卷一〇四改。

〔二〕兩京:《詩紀》作「兩源」。

〔三〕節:《詩紀》注:「一作脈。」

〔四〕〔沉〕用寶:據《英華》《詩紀》補。

同前〔一〕

隋・蕭　慤〔二〕

大藩連帝室,驂駕奉皇猷。未明驅羽騎,凌晨方畫舟。津城度維錦,岸柳夾緹油。鍾聲颺別島,旗影照蒼流。早光生劍服,朝風起節樓。滔滔細波動,裔裔輕舷浮。迴橈避近磧,放舳下前洲。全疑上天漢,不異謁蓬丘。望知雲氣合,聽識水聲秋。從軍何等樂,喜從神仙遊。

〔一〕同前：指《濟黄河》，《詩紀》卷一一〇作《奉和濟黄河應教》。

〔二〕隋・蕭慤：同上作「北齊・蕭慤」，見本書卷一六。

結襪子

後魏・温子昇

《帝王世紀》曰：「文王伐崇侯虎，至五鳳墟。襪係解，顧左右無可使者，乃俯而結之。武王至商郊牧野，誓衆，左仗黄鉞，右秉白旄。王襪解，莫肯與王結，王乃釋旄，俯而結之。」《漢書》曰：「王生者，善爲黄老言，處士。嘗召居廷中，公卿盡會立。王生老人曰：『吾襪解。』顧謂張釋之：『爲我結襪。』釋之跪而結之。既已，人或讓王生：『獨奈何廷辱張廷尉如此！』王生曰：『吾老且賤，自度終亡益於張廷尉。廷尉方天下名臣，吾故聊使結襪，欲以重之。』諸公聞之，賢王生而重釋之。」唐李白辭，大抵言感恩之重，而以命相許也。

誰能訪故劍，會自逐前魚。裁紈終委篋，織素空有餘。

同前

唐・李　白

燕南壯士吴門豪，筑中置鉛魚隱刀。感君恩重許君命，太山一擲輕鴻毛。

沐浴子〔一〕

澡身經蘭汜，濯髮傃芳洲。折榮聊躑躅，攀桂且淹留。

〔一〕《詩紀》卷一三〇列入「樂府失載名氏」。

同前

李　白

沐芳莫彈冠，浴蘭莫振衣。處世忌太潔，志一作至人貴藏暉。〔一〕滄浪有釣叟，吾與爾同歸。

〔一〕志人：《李太白集》卷六作「至人」，是。

安定侯曲

後魏・温子昇

封疆在上地，鍾鼓自相和。美人當窗舞，妖姬掩扇歌。

澤雉〔一〕

《莊子》曰：「澤雉十步一啄，百步一飲，不期畜乎樊中。」《澤雉曲》，蓋取此也。《古今樂録》曰：「《鳳將雛》以《澤雉》送曲。」

擅場延繡頸，朝飛弄綺翼。飲啄常自在，驚雄恒不息。

〔一〕《詩紀》卷一三〇列入「樂府失載名氏」。

短簫

梁·張嵊

促柱弦始繁，短簫吹初亮。舞袖拂長席，鍾音由簴颺。已落檐瓦間，復繞梁塵上。時屬清夏陰，恩暉亦非望。

伍子胥

鮑機

忠孝誠無報，感義本投身。日暮江波急，誰憐漁丈人。楚墓悲猶一作空在，吴門恨一作怨未申。

清涼

張率

登臺待初景，帳殿藹餘晨。羅帷夕風濟，清氣尚波人。長簟涼可仰，平莞温未親。幸願同枕席，爲君横自陳。